suhrkamp taschenbuch 2581

W0094228

Adolf Muschg erzählt die alte Geschichte von Parzivâl und Grâl. Er erzählt sie neu. Sein Roman folgt dem Epos von Wolfram von Eschenbach, und folgt ihm ebenso nicht. Muschgs Parzivâl ist ein ganz anderer Parzivâl als der, den wir zu kennen glauben. Gewiß, nicht nur der Name des Roten Ritters verweist darauf, auch das gesamte hundertfältige Personal ist zur Stelle: die Grâls- und Artussage, die Märchen, Legenden und Fabeln. Die Geschichte greift in den vollen und überlieferten Stoff, doch freizügig und selbstbewußt.

Adolf Muschgs Roman *Der Rote Ritter* ist ein ungewöhnliches, großes, eminentes Buch: eine Weltgeschichte. Also nicht nur das Opus magnum eines Autors. Es ist, wie gesagt, eine Geschichte von Parzivâl, in der auch von anderen, auch von ihm die Rede ist, eine Verflechtung der Damaligkeit und eines heutigen Lebens. Parzivâl als Weltfigur. Seine Geschichte als die Geschichte der erzählbaren Welt:

»Mit dem 1000seitigen Roman *Der Rote Ritter. Eine Geschichte von Parzivâl* ist Adolf Muschg, dem 58jährigen Schweizer Autor, ein Buch von außergewöhnlichem Reichtum, ein begeisterndes sprachliches Kunstwerk gelungen.« *Beatrice von Matt, Neue Zürcher Zeitung.* »Im Parzivâl-Roman stellt sich Muschg der künstlerischen Herausforderung, ›sich und seine Zeit in einer anderen Person und einer anderen Zeit zu spiegeln‹.« *Andreas Isenschmid, Basler Zeitung.* »Im *Roten Ritter* ist Adolf Muschg seinem Ideal nahegekommen: ›eine Kombination von Heiterkeit und tiefstem Ernst – wie Mozarts Musik‹.« *Matthias Bischoff, Frankfurter Allgemeine Zeitung.*

Adolf Muschg wurde im Mai 1934 in Zollikon bei Zürich geboren. Er studierte Germanistik, Anglistik und Psychologie. 1959 promovierte Muschg mit einer Arbeit über Ernst Barlach. Danach lehrte er in Zürich, Tokio, Göttingen, Ithaka, N. Y. und Genf. Seit 1970 ist Adolf Muschg Professor für Germanistik an der Eidgenössischen Technischen Hochschule in Zürich. 1994 wurde er mit dem Georg-Büchner-Preis ausgezeichnet.

Adolf Muschg
Der Rote Ritter

Eine Geschichte von Parzivâl

Suhrkamp Verlag

Umschlagabbildung:
Aus dem Stundenbuch des Engelbert von Nassau, um 1740
Foto: Bodleian Library, Oxford

suhrkamp taschenbuch 2581
Erste Auflage 1996
© Suhrkamp Verlag Frankfurt am Main 1993
Suhrkamp Taschenbuch Verlag
Alle Rechte vorbehalten, insbesondere das
des öffentlichen Vortrags, der Übertragung
durch Rundfunk und Fernsehen
sowie der Übersetzung, auch einzelner Teile.
Satz: Wagner GmbH, Nördlingen
Druck: Ebner Ulm
Printed in Germany
Umschlag nach Entwürfen von
Willy Fleckhaus und Rolf Staudt

1 2 3 4 5 6 – 01 00 99 98 97 96

DER ROTE RITTER

Eine Geschichte von Parzivâl

Für Konrad, Philipp und Benjamin

AL-HAFI: ... Heißt das spielen?
NATHAN: Schwerlich wohl;
      Heißt mit dem Spiele spielen.

BUCH I
NIEDERKUNFT

GURZGRÎ

WIE SIGÛNE DAZU KOMMT,
EINE KATZE VOR DEM GALOPPIEREN
ZU BEWAHREN

Pst!

Der Rosengarten lag noch farblos, doch schon erkennbar am Fuß der Mauer. Das leise Knacken und Knistern hatte die Geschäftigkeit des Unabsichtlichen; sonst blieb alles still, bis auf den Gang des Flusses in der Entfernung, das grenzenlose Vogelläuten aus den Wäldern. Der Vollmond, zur Andeutung verblaßt, senkte sich dem Horizont des Hochlands entgegen, dessen gelassener Wellengang nur an einer Stelle scharf unterbrochen war: da zeichnete DER BERG WO EIN TAL IST die gespaltene Stirn in den glashellen Raum. Doch im Allernächsten da unten hielt das Rankenwerk die Nacht noch fest; dabei hing der kleine Platz, ein ummauertes Nest, selbst des Halts bedürftig zwischen Turm und Tiefe.

Sollte Sigûne sich verhört haben? Vorsichtig richtete sie sich im Fensterloch auf, ließ den angehaltenen Atem gehen; als schwacher Dunst verflog er in die kalte Freiheit. Dafür wehte die Erde ihre Duftspuren heran, die Frische von Wiesentau, die Bitterkeit knospenden Grüns.

Pst! sagte es wieder von unten. – *Princesse!*

Und nun fiel eine Kinderstimme ein, scharf, gedehnt, zum Steinerweichen.

Im Schatten der Kletterrosen stand eine schmale Gestalt. Sie hielt ein Bündel auf dem Arm.

Qui vive? fragte Sigûne mit kleiner Stimme und mußte sich räuspern.

Moi.

Qui?

Qui-qui. Mir fehlt was. Ich hab was.

Wie seid Ihr über die Mauern –?

Ich erzähl's Euch. Macht auf!

Un moment! sagte sie.

Sie trat einen Schritt in die Kammer zurück. Was tat sie da? Was tat sie nun? Sie festigte Schultern und Hals, zog die Kapuze über ihr offenes Haar. Sie nahm die Kerze in eine Hand und schützte die Flamme mit der andern, als sie die Kemenatentür geöffnet hatte und die Wendeltreppe hinunterschlich. Dann stellte sie das Licht auf den Boden neben der Pforte und entriegelte den Laden des Oberteils.

Das hagere Gesicht war fast vor dem ihren, aber so verdunkelt, daß sie nichts darin entziffern konnte. Sein Haar roch nach Jasmin, denn jetzt sah sie, es war ein Junge, und im Arm hielt er eine Katze.

Was ist Euer Begehr? fragte Sigûne, es schien förmlich genug; und wieder ärgerte sie sich über ihre gepreßte Stimme.

Ich bin Schiônatulander! sagte der Knabe atemlos, doch wohlgesetzt, mit französischer Betonung. – Wer mich kennt, sagt Qui-qui oder Chin-chin. Und man kennt mich weit herum, denn ich bin der Knappe des Königs von Zazamanc.

Den, erwiderte Sigûne mit Festigkeit, kenne ich noch weniger als Euch!

Das findet sich, antwortete der Knabe. – Wir sind zu eurem Turnier gekommen. Würdet Ihr mir so lange den Kater hüten? Er heißt Gurzgrî.

Was für ein Name! sagte Sigûne.

So hieß mein Vater.

Euer Vater?

Nun ist er tot, flüsterte der Knabe, und wir frieren. Laßt uns ein wenig hinein.

Sigûne erschrak, und ihr erster Gedanke war die volle Nachtschüssel. Sie hatte sie mitten in der Stube stehen lassen, als sie das Kindergeschrei draußen hörte.

Das geht wohl nicht an, erwiderte sie unter Aufgebot vieler Kräfte und verbesserte sich: Nicht wohl!

Sonst haut er ab! sagte der Junge, und das wäre ein Elend.

Ihre Augen hatten sich inzwischen so weit gewöhnt, daß sie in der Tigerung des Tiers einen Rotstich ausmachen konnte; am Tage mußte er ganz rot sein. Der gesträubte Balg ließ ihn mächtig erscheinen. Sein Kopf war breiter als hoch, und er hatte die Ohren flachgelegt, die in Sträußchen endeten. Seine Augen starrten unverwandt und leer. Der Knabe hielt ihn mit einer Hand im Nacken fest, mit der andern stützte er ihn unter dem Bauch.

So kommt in den Vorraum, sagte Sigûne, nur ja nicht weiter!

Ihre Hände waren ungeschickt, die Riegel zu öffnen; der Lärm mußte weithin zu hören sein. Wie ein Aal schlüpfte der Knabe herein

und stand nun im flackernden Kerzenlicht. Der Kater aber reckte
den Kopf und schrie; danach zog er ihn in sein Gefieder zurück und
musterte Sigûne wild und behaglich wie eine sichere Beute. Der
Wind drückte den unbefestigten Oberladen auf und zu; der Knabe
lehnte sich dagegen, und die Tür schnappte ins Schloß. Das Licht fiel
jetzt von unten auf sein Gesicht; es erschien dramatisch und vornehm, doch flach geschnitten, wie auf einer Grabplatte. Die Wimpern an den Lidern, die er gesenkt hielt, bemerkte Sigûne zuerst,
denn sie waren von verblüffender Länge und wahrscheinlich weich
wie Seide.

So schön habe ich Euch noch nie gesehen! sagte der Knabe.

Bitte? fragte Sigûne und errötete im Dunkeln. – Noch gar nicht
habt Ihr mich gesehen, so viel ich weiß!

Ihr wißt nicht alles! sagte er, doch das Nähere erzähle ich Euch
erst, wenn wir vertrauter sind.

Und was soll ich mit dem Tier? fragte Sigûne so bestimmt wie
möglich.

Er ist eine Kampfkatze! flüsterte der Knabe. – Bei einer Dame hält
er still. Nur im Feld ist er nicht zu halten. Beim ersten Trompetenstoß galoppiert er los.

Galoppiert? fragte Sigûne wider Willen neugierig. – Er rennt weg,
wollt Ihr sagen.

Im Gegenteil! beteuerte der Knabe, mitten hinein stürzt er sich.
Er glaubt, er sei ein Pferd. Wird in einem früheren Leben eins gewesen sein!

Es gab kein früheres Leben, nur ein einziges, danach kamen der
Tod und das Jüngste Gericht. Der Knabe, der unentwegt nach Jasmin roch, hatte merkwürdige Ansichten. Die engärmlige Bluse, die
er über schlanken Beinlingen trug, nahm jetzt einen Grünstich an,
und auf dem Gürtel, der sie raffte, begannen Steine zu schimmern.
Sein Gesicht war von tiefer Blässe. Die überhohe Stirn schälte sich
zerbrechlich aus den Wellen dunklen Haars, die ihm nach beiden
Seiten auf die geplusterten Schulterstücke fielen. Der Mittelscheitel
aber war kahl wie ein tiefer Schnitt. Die Lippen saßen als geöffnetes
Früchtchen auf dem zurückweichenden Kinn. Sie hüpften und kräuselten sich, wenn sie ihr singendes Französisch bildeten; die Laute
schwebten nasal, obwohl die lange Nase ziemlich verstopft klang
und die Stimme frisch gebrochen.

Warum lacht Ihr nicht? fragte der Knabe ernst.

Worüber soll ich lachen?

Weil es ein Wunder ist! sagte er. – Haltet ihn doch einmal!

Er reichte ihr das Tier mit gestreckten Armen und schrägem Kopf herüber, als wäre es ein Bouquet. Dazu lehnte er sich an die Tür und stützte ein Bein dagegen. – Sigûne war etwas zurückgetreten und hatte doch die Arme geöffnet. Gurzgrî schmiegte sich in die Ellbeuge und preßte den Kopf gegen ihre Schulter. Er war federleicht für seine Größe und schnurrte so hell an ihrem Ohr, daß es wie das Schnarren eines Vogels klang. Unwillkürlich hatte sie die Wange an den Kopf des Katers gelegt; stürmisch erwiderte er den leichten Druck.

Ich weiß doch nicht –! sagte Sigûne.

Ihr spürt etwas! antwortete der Knabe, wozu braucht Ihr da viel zu *wissen?*

Ist die Tür zu? fragte Sigûne. – Ich setze ihn auf den Boden.

Sie tat es so behutsam, daß ihr Zittern nicht auffiel. Augenblicklich preßte sich der Kater an ihr Bein, hob das Hinterteil und rundete den zuckenden Schweif; dazu schrie er, ohne sein Schnurren zu unterbrechen.

Er will wieder auf den Arm, sagte der Knabe.

Was frißt er denn? fragte Sigûne.

Alles, was Ihr habt! erwiderte der Knabe und wechselte das aufgestützte Bein an der Tür; dann stellte er einen Fuß vor den andern. Der Kopf, den er an die Wand zurücklehnte, schien als üppige Blüte auf überschlankem Stengel zu wachsen. Er schnürte sein Wams auf, griff sich an die Brust und brachte ein Stück Brot zum Vorschein. Davon riß er eine Krume ab und reichte sie dem Fräulein.

Sigûne berührte, trotz ihrer spitzen Finger, seine eiskalte Hand, als sie ihm das Futter abnahm. Sie reichte es dem Kater hinunter, der ihm entgegenkam, daran schnupperte und es mit den Zähnen faßte, denen es gleich wieder entfiel; da klaubte er das Bröcklein mit seitlich gedrücktem Kopf vom Boden auf, warf ihn hin und her, bis es richtig im Gebiß lag, und kaute umständlich.

Fleisch wird ihm lieber sein, sagte sie.

Wem nicht? fragte der Knabe mit einer Andeutung von Lächeln. – Aber wo wollt Ihr Fleisch hernehmen? Ihr seid doch belagert!

Belagert? fragte Sigûne. – Wieso?

Eure hohe Frau will erobert werden, sagte der Knabe, also müssen wir das Turnier als Belagerung verstehen.

Aber doch nur zum Spiel! erwiderte Sigûne.

Oh, wir spielen auch! sagte der Junge. – Unser Herr ist der größte Spieler vor dem Herrn.

Dann ist er hier nicht am richtigen Ort! entgegnete Sigûne. – Wir meinen es ernst.

Soll das ein Widerspruch sein? Eure Dame will sich im Ernst verheiraten, also muß sie mit den Herren spielen.

Ihr scheint sehr wenig von ihr zu wissen. Frau Herzeloyde und spielen ... sie wüßte gar nicht, wie.

Jetzt habt Ihr ja gelacht! sagte er. – Oder beinahe, das stand Euch so gut! Warum frieren wir hier unten? Laßt uns doch in Eure Kammer! Da geben wir uns warm.

Der kleine Lachreiz war Sigûne auf der Stelle vergangen.

Was fällt Euch ein!

Ich könnte Euch heiraten, flüsterte er mit sanfter Stimme und hob seine schweren Lider mit den langen Wimpern. – Nur für ein Stündchen!

Ich glaube kaum, antwortete sie, unter dem Erröten tief erkältet, daß ich Eure Katze nehmen kann. Denn weder scheint Ihr zu wissen, was Ihr redet, noch wer ich bin.

Ihr seid Sigûne! sagte er schnell. – Als ich von Euch reden hörte, wußte ich auf der Stelle: Gurzgrî ist für Euch!

Was soll es von mir zu reden geben? Das möchte ich wohl wissen.

Weniger als nichts, beeilte er sich zu erwidern und ließ dazu wieder seine Lider sinken. – Und nur das Beste! Ihr seid weit her, wie Eure Tante, aber sanftmütig und holdselig, nicht wie sie.

Wir haben ein Amt! sagte sie und richtete sich ein wenig auf. – Davon versteht Ihr nichts.

Ich habe auch schon von Euch geträumt, sagte er.

Sie hatte die Katze wieder aufgenommen; das Tier war in der Tat gefällig zu halten und erlaubte auch noch, das Gesicht zu verstecken.

Gurzgrî soll er heißen? sagte sie. – Und wie nennt Ihr Euch selbst?

Ich sagte es bereits, erwiderte er. – Auch ich heiße zum Lachen. Schiônatulander.

Ein langer Name, sagte sie. – Hattet Ihr nicht einen kurzen?

Ihr meint die Koseformen, sagte er. – Vergeßt es. Die werden sich finden.

Und wessen Knappe wollt Ihr sein?

Des Königs von Zazamanc.

Wo kommt Ihr her?

Von überall her und nirgends. Heute sind wir da, morgen dort. Diesmal kommen wir aus dem Morgenland, da liegt Zazamanc. Wir haben es genommen und wieder gelassen. Dann sind wir übers Meer gefahren, nach Spanien zuerst.

Und was führt Euch nach Kanvoleis?

So heißt das Städtchen? – Unser Herr hat einen spanischen Vetter, den König Kaylet. Den fanden wir nicht daheim. Wir hörten, er sei zu diesem Turnier aufgebrochen. So ritten wir ihm nach.

Und Ihr, fragte sie, wollt also auch teilnehmen, dementsprechend?

Ob wir wollen oder nicht – es wird nichts anderes übrigbleiben. Wenn Eure Frau meinen Herrn sieht, will sie ihn haben. Das war überall so.

Daß er diese Sätze fast mit Bedauern sprach, machte sie noch ungeheuerlicher.

Schiônatulander! sagte sie mit kurzem Atem und keineswegs durch die Nase. – Ich muß wiederholen, daß Ihr gar keine Ahnung zu haben scheint. Ihr wißt nicht ganz, wo Ihr steht und von welchen Frauen Ihr redet.

Ach, erwiderte er ruhig, bisher war noch jede etwas Besonderes und ganz unerreichbar. Und bevor es Abend wurde, drängten sie sich darum, mit meinem Herrn verheiratet zu sein, wenn's nur für eine Stunde war.

Junkêr! flüsterte Sigûne über den Kopf Gurzgrîs hinweg, dessen Haar ihr die Nase kitzelte. – Wollt Ihr damit sagen, daß Euer Herr schon verheiratet ist, und wohl gar mehr als einmal? Und sollte Euch eingefallen sein, die Schäferstündchen, die Euresgleichen im Sinn hat, eine *Ehe* zu nennen?

Nun, Ehe . . ., sagte Schiônatulander. – Es läuft schon eher auf eine Hochzeit hinaus. Das mag nicht so durabel sein. Dafür ist es lustiger.

Hochzeit will Ehe heißen! – Sigûnes Stimme bebte vor Entschiedenheit. – Alles andere, Qui-qui! wäre unverantwortlich und schamlos!

Ihr nehmt's streng, erwiderte er, und vor Gott habt Ihr gewiß ganz recht. Da, wo wir herkommen, hält man's anders. Man denkt sich nicht so viel, denn an alles läßt sich doch nicht denken. Und in Paris, wo ich groß geworden bin –

Wo Ihr groß geworden seid, entgegnete die Jungfrau, scheint man von Größe gar keinen Begriff zu haben. Und die Sinnenlust, die Ihr an ihre Stelle zu setzen beliebt, ist eines Ritters wohl nicht ganz würdig.

Darüber scheinen nicht alle Damen gleich zu denken, erwiderte der Knabe ohne Frechheit, fast im Ton der Abbitte.

Und wie beliebt *Ihr* zu denken?

Wir müßten einander näher sein, damit ich Euch antworten könnte. Und wären wir's, so müßtet Ihr nicht mehr fragen. – Seht mich doch nicht so an! Ich will's ja zufrieden sein, wenn Ihr die Katze hütet.

Und wie lange, gefälligst? fragte Sigûne mit schwacher Stimme, denn die Wärme des Katers an ihrer Brust hatte etwas Entkräftendes.

Nur bis zum Ende der Posse hier, sagte er, also längstens bis zum Pfingstmontag. Wenn ich erst in der Burg bin, übernehm ich ihn wieder, oder wir hüten ihn zusammen, Ihr und ich.

Was heißt: wenn Ihr erst in der Burg seid?

Ihr wollt mir nicht glauben, erwiderte der Junge, darum nichts mehr davon. Mein Herr wird sich um den Kampf nicht reißen. Er ist das Siegen ziemlich leid. Aber wenn man ihn auf Knien bittet –

Herr! unterbrach sie ihn scharf, wenn Ihr mit dem Unfug durchaus nicht aufhört... so will ich Euch etwas sagen. Und wenn ich dafür ein Gelübde brechen muß, das mir nämlich Schweigen gebietet!

Da schwieg er seinerseits und neigte den Kopf.

Die Dame, fuhr Sigûne mit hoher Stimme fort, die Ihr Euch in kniefälliger Stellung zu phantasieren erfrecht... ist meine Tante und hat in ihrem Leben noch keine Bitte getan! Denn sie hat es nicht nötig. Frau Herzeloydes Geburt ist die höchste der Kristenheit, und meine auch. Wir sind vom Grâl, um es geradeheraus zu sagen. Ich habe sie herunterbegleitet, als Einzige, da der Ruf an sie erging, in Wâleis Ordnung zu schaffen und die Leute Mores zu lehren. Dafür nahm sie den König Castis zum Mann, aus schuldiger Pflicht, doch seine Frau ist sie nie geworden! Die höhere Gewalt raffte ihn dahin, bevor er seine Lust an ihr büßen konnte. Schon für die Absicht büßte er mit dem Leben! *So* steht es um uns, und *so* geht es hier zu. Nun herrscht sie als Jungfrau und wie eine Göttin. Und wer sie gewinnen wollte, Schiônatulander!, der müßte vom gleichen Stamm sein wie sie. Und das ist gar nicht möglich!

Der Knabe spreizte beide Hände und sah sie zum ersten Mal an mit vollem Blick.

Habt Dank für Euren lieben Zorn, Sigûne! Nun weiß ich schon viel besser, wer Ihr seid. Da steht uns ja etwas bevor! Wie kann sich mein Herr von einer solchen Dame lumpen lassen! – Nun hat sie ja

wohl kein Turnier bestellt, wenn sie mit seinem Ausgang nichts zu
tun haben will. Hat sie meinen Herrn erst gewonnen, wird auch er
tun, was er kann. Und glaubt mir nur, das ist immer das Äußerste,
auch wenn's ganz leicht aussieht. Er gewinnt wie immer, und jetzt
freue ich mich sogar darauf. Denn nun werden wir noch weiter über
Eure Gelübde plaudern können. Ich weiß Euch Wunder zu erzählen
aus dem Morgenland, die glaubt Ihr nicht. Und wenn Ihr's kristlicher haben müßt... Paris hat auch allerhand zu bieten. Wie findet
Ihr meinen Duft?

Schiônatulander schien nicht belehrbar, und Sigûne fühlte sich
schaudern trotz der Wärme des Streitgesprächs. Unterdessen war die
Helligkeit noch stärker geworden, die durch das vergitterte Mauerloch drang. Auf dem Sims standen Brot, Wein und ein Fäßchen Salz.

Ihr könnt jetzt gehen, sagte sie. – Ihr müßt gehen. Ich gebe Euch
Urlaub. – Wegen der Katze seid unbesorgt.

Im Dämmerlicht sah sie den kleinen Leidenszug um die vollen
Lippen des Knaben. Seine Brauen waren hochgezogen, aber das
schien ihre Natur zu sein, denn die Stirn krauste sich nicht dabei.

Da war von draußen und von weitem ein Trompetenstoß zu hören. Sofort hörte Gurzgrî zu schnurren auf. Er straffte den Leib,
stellte die Ohren, um sie dann gänzlich flach zu legen, und reckte
den Kopf aus dem Haargefieder. Seine Schnurrhaare zitterten, und
sie spürte die Spannung seiner Muskeln auf ihrem Arm.

Seht Ihr wohl? fragte der Knabe. – Mein Gott, der Wächter! Ja,
jetzt scheiden wir wohl besser, denn es geht um Euren Ruf. Ich darf
nicht mehr säumen!

Säumt nur ja nicht, sagte Sigûne. – Und um meinen Ruf seid
unbesorgt! Das war gar kein Wächter! Der Kyberg – das ist unser
Burggraf – läßt zur Tagwache blasen. Um die neunte Stunde fängt es
an, mit den Freundschaftsstichen. War Euer Herr denn geladen?

Nicht daß ich wüßte. Wer rechnet mit ihm? Wenn er kommt, ist er
da.

Dann kommt er zu spät, sagte Sigûne spitz.

Sie strich über das Fell der Katze, in dem es knisterte.

Faßt ihn beim Nacken! sagte der Knabe, dann wird er ruhig! So
trug ihn seine Mutter auch.

Sigûnes Griff, furchtsam erst, festigte sich, das Tier erschlaffte und
begann wieder zu schnurren.

Wie viele Frauen will er haben, Euer Herr? fragte sie.

Da mußte der Junge denn doch so lange säumen, bis das Nötigste erklärt war –

Der König von Zazamanc hatte ja doch nur zwei Frauen, wenn man sich auf die augenfälligsten beschränkte. Die Königin von Frankreich war die erste. Sie hatte ihn zum Ritter geschlagen und reich beschenkt, bevor er auf Abenteuer gezogen war. Von denen hatte es viele gegeben, und das wundersamste hatte ihm das Morgenland beschert. Die Königin von Pâtelamunt war belagert, davon hatte sie sein Herr befreit, beiläufig ihr Herz gewonnen, und so wurde sie die Zweite. Auch ihr Reich Zazamanc war ihm in den Schoß gefallen. Sie hieß Belakâne und war über und über schwarz. Die hatte ihn noch üppiger ausgestattet, auch mit ihrer Liebe.

Bleiben aber war kaum seine Art. So befand man sich auch jetzt und hier nur auf der Durchreise und in einem Zwischenzustand. Und darin konnte Herrn Gahmuret (denn so hieß er) allerhand zustoßen. Nicht selten unterlief ihm dann eine Hochzeit, und wenn es nur für ein paar Wochen war. Da mußte man sich gut vorsehen.

Fürchtet ja nichts! erwiderte Sigûne wieder sehr nachdrücklich. – Frau Herzeloyde *hat* sich vorgesehen.

Schiônatulander bildete das schmalste Lächeln mit seinen üppigen Lippen und zuckte die Schulter. Er hob das Fäßchen vom Fenstersims und schnupperte daran.

Salz! sagte er mit verklärten Augen. – Seid Ihr schon übers Meer gefahren? Gönnt Ihr mir eine Prise? Legt's mir auf die Zunge! Ein Körnchen oder zwei –

Er hielt ihr das Fäßchen hin, und sie wunderte sich selbst: sie setzte die Katze auf den Fußboden. Er hatte sich auf ein Knie niedergelassen, faltete die Hände, schloß die Augen, öffnete den Mund und schob die Zunge vor.

Mit spitzen, aber zitternden Fingern griff Sigûne in das Gefäß und ließ eine Spur Salz auf diese Zunge fallen, die er weiter herausgestreckt hatte als sich schickte. Dennoch war die Handlung feierlich und gab dem Fräulein ein sonderbares Hochgefühl.

Der Knabe hielt sich die gefalteten Hände vor den Mund. Dann flüsterte er etwas das klang wie

La mer l'amère ma mère –

Sigûne nahm die Katze wieder auf, und der Knabe sprang auf die Füße.

A Dieu, mon amour! sagte er mit seinem halben Lächeln und hatte schon die Tür geöffnet, in der er sich noch einmal verneigte. Dann war er draußen, die Tür fiel ins Schloß.

Und wie kam er über die Mauer?

Sigûne stand einen Augenblick bewegt und ratlos. Langsam schob sie den Riegel vor, behindert durch den Kater im Arm, der sich aber nur fester an sie hielt und immerzu schnurrte. Das tat er auch, als sie sich bückte und das Licht am Boden ausblies; sie mußte es stehen lassen, denn das Tier wollte beidhändig gehalten sein. Durch die Luken des Gemäuers brachen die ersten Strahlen der Morgensonne. Mit unsicheren Knien trug sie den Flederwisch die Wendeltreppe empor, zärtlich bedrängte er ihr Wange und Kinn. Und als sie die Schwelle zu ihrer Kammer überschritt, biß er sie fast in die Lippen, als könne er das gemeinsame Lager nicht erwarten. Hinter dem gezähnten Kuß drang ein Hauch wie Pest und Verwesung aus seinem Rachen.

Den fremden Körper im Arm, sah sich Sigûne in ihrer Stube um, als betrete sie sie zum ersten Mal. Auf den Kamin fiel eine Spur Sonnenlicht, spielte mit der kleinen Pfütze in der Brunzkachel und hatte die weiße Nelke entzündet. Auch das Gottes Bild trat deutlich in seiner Nische hervor.

Sie schlich zu ihrem Bett, zog nicht mühelos die Decke hoch und kroch mit dem Kater darunter, der, sich ankrallend, nicht von ihr ließ. Kaum lag sie bequem, betrat er ihre Brust und begann ihr seine Pfoten mit gedehnten Bewegungen in die Achselhöhle zu stoßen, eine nach der andern, wobei sie die Spitze seiner Krallen fühlte. Doch sie litt es und zog mit der freien Hand die Decke fest über beide.

Sie nannte Gurzgrî flüsternd beim Namen und verstärkte damit seinen Tritt bis an die Grenze des Schmerzes. Ah, wie war er gelinde zu halten! Und blieb so viel eigensinniger dabei als die Mohrenpuppe, die ihr früher den leeren Arm getröstet hatte. Nun besaß auch sie eine Katze. Und Gurzgrî war von anderem Stoff als Maui, die vor lauter Heiklichkeit nicht wußte, wie sie die Pfoten setzen sollte ... und sich sogar von der Tante kaum anfassen ließ.

Es sollte Gurzgrî in seiner Schutzhaft an nichts fehlen. Sie würde ihm morgens und abends eine Schüssel Milch hinstellen, ein Tröglein voll Sand nicht zu vergessen, für den entgegengesetzten Fall. Und sie würde die Läden geschlossen halten, damit er keinesfalls in Versuchung geriet, der Turniertrompete zu folgen und hinauszugaloppieren.

Lächelnd hielt sie sich immer stiller, fühlte das Tier ermüden an seinem Tritt. Immer unmerklicher schnurrend, näßte es ihre bloße Schulter mit seiner Schnauze. Und so dämmerte sie mit der sanften Last dahin, als wäre sie ein Stück von ihr. Der Kater bedeckte sie mit seinem Schlaf; sie hütete ihn in dem ihren.

VORTURNIER
WIE DIE EINEN
MIT STUMPFEN WAFFEN KÄMPFEN,
WÄHREND DIE ANDERN
IHRE ZUNGEN WETZEN

Zelt an rundem Zelt lagert drüben im lichten Wald, jenseits des Flusses, wo ihn die obere Brücke durchschreitet, der hochgetürmten, der festgebauten Stadt Kanvoleis gegenüber, die von der Spielstadt nach beiden Seiten überflügelt wird. Leer gelassen dehnt sich das längliche Grün des Spielfelds aus, der Leoplan, den Der Kyberg regelrecht ausgemessen und mit Stangen in den wâleisischen Farben – schwarz und blau – sauber abgesteckt hat. Wie vom Maienwind zusammengeweht, in dem das gespannte Tuch schauert, dehnt und regt sich die Belagerung in gehörigem Abstand zu Füßen der Burg, welche die Herren Bewerber bisher erst ein Mal betreten haben, zur Begrüßung auf den Stufen des Münsters. Einer nach dem andern, jeder im feinsten Zeug, doch waffenlos, sind sie zu dieser Begrüßung geschritten und zum Kuß gekommen. Nachdem die Herolde vor gedrängtem Volk Namen und Titel ausgeschrien haben, mußten die Herren Der Burg ihre Namen, womöglich von einem Lächeln veredelt, noch einmal einzeln ins Angesicht sagen, königliche, herzogliche, fürstliche Namen. Sie haben es mit oft versagenden Lippen und nicht immer ohne Räuspern getan. Denn so ein Angesicht haben sie nicht erwartet, auch wenn es ihnen von den Boten geschildert worden ist.

Ein Mal erst haben sie die Stadt betreten, die sie begrüßt hat, ohne sie aufzunehmen. Ein Mal werden sie wiederkommen, um zu feiern. Sie haben die Einladung dazu mit niedergeschlagenen Augen gehört. Denn Einer, ein Einziger nur darf wiederkommen, um zu bleiben und zu herrschen. Dazwischen aber – daran ließ Die Burg keinen Zweifel, auch wenn sie nur drei Worte sprach, immer dieselben, in herbem Französisch –: dazwischen muß es ernst gelten, und zwar dermaßen ernst, daß es dem Einen oder Andern kahl wird ums Herz.

Ein Turnier ist doch ein Spiel!

Aber um diese Frau.

Die drei Worte lauteten übrigens: *Soyez le bienvenu!*

So, Herren. Wir wollen Unserer hohen Frau ein wenig Ehre machen. Leider seht ihr sie nur von weitem. Sie hat keine Tribüne befohlen hier draußen auf dem Leoplan. Sie will auf ihrer Burg sitzen bleiben. Immerhin haben wir den Söller, auf dem ihr sie vermuten dürft, zum Langen Fenster erweitert. Von den Bögen dort wird sie euch durchaus sehen, auch über den Fluß hinweg. Nur wird sie euch kleiner sehen, als ihr's gewohnt seid. Fürchtet aber nicht, daß sie etwas Wesentliches von euch übersieht, und hofft es schon gar nicht. Sie wird nur das Wesentliche sehen, das aber desto genauer. Also zeigt, was ihr zu bieten habt in eurer edlen Waffenkunst!

Denn wo sie herkommt, wird Ritterschaft nicht nur *geübt*. Sie wird beherrscht, daß Gott erbarm. Oder: kennt ihr die Schwarzen Ritter etwa nicht? Ihr würdet sie kennenlernen, wenn ihr gegen die Regeln verstoßt. Dort am BERG WO EIN TAL IST erscheinen sie am Horizont, wenn Not am Mann ist oder die Not größer als der Mann. Es kostet Unsere hohe Frau nur einen Wink. Wer die Hand nach Unserer Krone erhebt, der muß ohne Tadel sein, und ohne Furcht auch. Doch die Regeln muß er fürchten, denn ihre Übertretung wäre furchtbar.

Wir genieren uns fast, sie euch abermals einzuschärfen. Doch ihr seid große Herren und das Herhören so wenig gewohnt wie das Kleinaussehen. Also: beim Wäldchen dort sollen die Belagerer stehen, beim Bürglein die Belagerten. Über die Zuteilung haben nicht wir entschieden, sondern das Los. Darum besagt sie nicht das Geringste über die Allerhöchsten Vorlieben. Die müßt ihr euch erst ritterlich erwerben, wenn ihr könnt, hüben wie drüben.

Auch eure lieben Fehden müßt ihr schweigen lassen. Unser Pfingstturnier ist keine Fortsetzung des Spanischen Kriegs, aus dem die meisten von euch kommen. Da mögt ihr euch ja mit Ruhm bedeckt und um Frau Alîzens Ehre gestritten haben wie die weiland Griechen und Trôer. Aber Unsere Frau ist keine Frau Helene. Sie ist weniger von der erdigen Art und mehr von der sternischen. Dies hier ist ein ganz neues Spiel, und das Ernsteste daran sind die Regeln. Außer dem Tod, der euch da so gut betreten kann wie dort, und gestern so gut wie morgen. Nur heute lieber nicht. Heute dürft ihr ihn nicht etwa suchen und ihn einander noch weniger antun. Heute haben wir Vorturnier! Ein paar Freundschaftsstiche vorweg, zum Aufwärmen. Und dann auf zu rechter Tjost, Mann gegen Mann! Da könnt ihr Punkte sammeln. Die kommen euch persönlich zugute,

aber eurer Partei auch. Wer die meisten Punkte macht, darf die Partei
am Nachmittag führen. Denn nach der Mittagspause tretet ihr an zur
lustigen Bûhurt. »Lustig« will sagen, daß Die Burg auch diesmal
keine Toten sehen darf. Ihr werdet ins Gedränge kommen. Aber es
mag eng werden wie es will: laßt eure Schwerter in der Scheide. Das
blanke Schwert hat auf dem Leoplan heute gar nichts zu bestellen.
Ebensowenig eure Knappen mit ihren Knüppeln, Keulen und Saubeuteln. Einander die Rüstung herunterprügeln, das Pferd als Beute
schnappen, das mag morgen angebracht sein, beim Hauptturnier.
Heute gilt es nicht.

Heute gelten auch keine scharfen Lanzen. Steckt eure Krönchen
drauf, damit sich keiner zu Tode stößt. Splittern mögen die Schäfte,
so viel sie wollen, denn so gehört es sich zu rechter Tjost und auch
noch bei der lustigen Bûhurt. Wer hinters Pferd gesetzt wird, gilt als
gefangen. Was darüber ist, wäre von Übel und gäbe gar keinen
Punkt, *tout au contraire*! Wer hinters Pferd gesetzt wird, fällt schon
gefährlich genug. Nichts darüber, seid so gut! Sonst wären wir gezwungen, den Täter aus dem Spiel zu nehmen. Denn auch ein König,
und wäre er der Herr der Erde, hat sich hier nur als Ritter zu verstehen. Etwas Größeres gibt es nicht.

Das sind nur die gröbsten Regeln, das heißt: die Regeln gegen das
Gröbste. Ihr werdet aber das Feinste bieten müssen, wenn ihr in die
Kränze kommen wollt.

Wir haben ein Spielgericht. Es besteht aus dem Sprechenden selbdritt. Sein Spruch wird euch gefallen müssen. Da gilt kein Markten
und Mäkeln. Ein schiefes Maul, ein Wort zuviel, und wir nähmen
euch aus dem Spiel.

Wir haben's euch zum letzten Mal gesagt. Denn nun sprechen die
Trompeten. Und dann in Gottes Namen eure Lanzen. Brüllen mögt
ihr nach Herzenslust, den Namen eurer Dame oder auch eine Devise, wenn sie das Ohr Unserer Frau nicht beleidigt.

Ja, da brüllt er selbst, Der Kyberg, aus gepreßter Brust. Denn er muß
ein Korsett tragen gegen das Reißen, nicht nur dem Leibe nach, auch
im Herzen. Was da läuft vor seiner Burg: er selbst hat's betrieben,
der Burggraf und Majordomus von Wâleis, und doch: auf einmal
sieht er's nicht mehr gern. Ein Unstern nach dem andern fiel über
sein anvertrautes Land, zuletzt aus heiterem Himmel der rätselhafte

Blitz, der seinen König Castis auf der Treppe des Münsters erschlug, kaum hatte sich der mit der weit her gesandten Frau Herzeloyde getraut. Als Witwe und Jungfrau zugleich trat sie ihr Regiment in der verhaßten Niederung an, die man höheren Ortes der Zucht und Ordnung für so dringend bedürftig gehalten hatte, daß sich das Königskind der Verborgenen Höhe dafür nicht zu schade sein durfte.

Leider war sie nur erschienen, um zu befehlen und zu verlangen, doch nicht, um einzugreifen und durchzusetzen. So blieb die Last an Dem hängen, der sie schon seit Jahrzehnten trug und dem es zur Gewohnheit geworden war, sich daran zu überheben. Vor Jahr und Tag hatte er der Hohen Frau erklärt, was zuviel sei, sei endlich genug. Sie müsse sich einen Herrn wählen, um dem Land einen zu geben, und unter dem Stärksten und Besten dürfe sie es diesmal auf keinen Fall tun. Und da sie das Zwingende des Verlangens zwar nicht hören wollte, aber doch fühlen mußte, duldete sie, ohne es gerade zu erlauben, daß Der Kyberg die Einladung zu diesem Turnier in alle Welt gehen ließ.

Und aus aller Welt kam die Antwort zurück, und im Frühjahr kam auch die Ritterschaft in Person; denn dies war eine Herausforderung *sans pareil*. Die Herren ließen sogar den Weltkrieg erkalten, den der König von Gascogne, Hardîz, mit König Kaylet von Spanien angezettelt hatte. Sie waren erschienen, sie waren da, um ihre gepanzerte Hand nach dem höheren Ziel auszustrecken; und jetzt, da es endlich so weit war, verließ Den, der es so weit getrieben hatte, in aller Stille der Mut. Denn wo war hier eine Hand zu sehen, die das Land nicht nur zügeln würde, sondern auch heilen? Die auch den Leib der hohen Frau so anrühren konnte, daß er lernte, grün zu werden, zuerst sich selbst, dann auch den Menschen?

So verhallt seine gepreßte Stimme, dröhnt nicht mehr über den Fluß und die Burghöhe hinauf, die von Zuschauern dichter besetzt ist als ein Affenfelsen; dort aber macht man sich Des Kybergs Sorgen nicht. Man hat keine andere, als dem Schauspiel so nahe wie möglich zu sein, und verkürzt sich den Abstand, den die Burgfrau befohlen hat, wenigstens mit Zungen und Zünglein. Mein Gott, wie das dauert, bis sich die Herren zur rechten Tjost gerüstet haben!

Ich möcht auch einmal gerüstet sein!

Da müssen wir dich erst nackig machen.

Mach doch, wenn du dich traust!

Nicht so laut! Wenn sie uns hört –

Die Steife? Die hört doch nichts. Sieht nicht einmal zu.

An ihrem Einhorn stickt sie und hat dazu die Katze auf dem Schoß.

Ja, so ein Kätzchen hast du auch, darum brauchst du kein *Senftenier*. Wenn du ein Einhorn hättest, müßten wir's ordentlich verpakken.

Mit dickem Filz, damit es nicht mehr hüpfen kann, dafür später wieder einmal.

Da, wo der Unterschied zwischen Mann und Frau sitzt, ist der Mensch am empfindlichsten.

Laß los! Das kitzelt!

Das wär das *Senftenier*, wenn du ein Mann wärst. Das muß zwischen die Beine, damit dich keiner stößt.

Warum nicht, wenn er's kann?

Siehst du, das ist der Unterschied. Je weniger du anhast, desto besser bist du gerüstet.

Da splittern die Lanzen nur so!

Erst mußt du zum Stich kommen, Schöps.

Hast du Schöps gesagt?

Kannst du sie nicht wie eine Dame behandeln?

Nicht, wenn sie ein Ritter sein will. Jetzt mußt du ihr die Hüfte polstern.

Ist doch schon gepolstert genug!

Da muß das *Huffenier* hin, und dann packen wir deinen Busen in guten Filz.

Das kitzelt!

Was meinst du, wie das erst kitzeln würde, wenn sich das nackte Eisen an dir riebe!

Ja, Schatz, so gehen deine Formen verloren. Da siehst du, was ein Ritter auf sich nimmt.

Hast du Schöps gesagt?

Friede, Kuno. Hast du nicht gehört, was Der Kyberg geschrien hat? Keine Toten heute. Wo ich deine Käthe grade zum Ritter mache.

Und auf die Schultern gehört nichts Weiches?

Das wäre das *Spaldenier*, und hier das *Kollier*, das muß ich dir um den Hals binden. Hast du Knoblauch gegessen?

Das juckt, bloß kratzen kannst du jetzt nicht mehr.

Und wenn sich die Dame jetzt hinlegen würde –

Wozu?

Das hat Frau Eva auch schon gefragt. Aber wie kriegen wir sonst die Eisenstrumpfhose deine langen Beine hinauf? Muß gerollt werden – so –

Aufhören!

– und über deinen satten Hintern?

Das reicht!

War erst der Anfang, Käthchen. Jetzt kommt auf jedes Knie eine Eisenplatte. Die muß dir bis übers Schienbein reichen, das ist nämlich dein schwächster Punkt –

Nimm die Finger weg.

Und jetzt die Halsberge mit dem Mundschutz, damit schützen wir uns vor deinem Mundwerk.

Mußt ihn gut übers Kinn ziehen, das bricht wie Glas.

Ich hab genug!

Ach was, erst ein Kettenhemdchen am Leib! Da müssen doch noch Armeisen an deine Eisenarme –

Und die Brustplatte –

Die Panzerfäustlinge! Der Schild um den Hals! Der Helm auf den Kopf, und den Schmuck obendrauf, die *Zimier* –

Was nehmen wir dafür? Einen Vogelbauer mit offenem Türlein?

Ein Paar Hörner, das trägt sie zu deinen Ehren.

Wiegt seine zwanzig Pfund, ist gut für den aufrechten Gang, Käthe.

Das Schwert habt ihr vergessen.

Schaut euch den Frido an, dem steht es schon.

Schöner Knappe! Rüstet sich selber, statt seine Dame!

Geht in Einem.

Und wo bleibt mein Waffenrock?

Zeig uns dein Wappen, dann kriegst du auch einen Waffenrock.

Da! Gut genug?

Langsam glaub ich selbst, daß wir die Zuchtrute brauchen.

Übermorgen hält sie Hochzeit, da muß sie von ihrem Einhorn herunter!

Hinauf muß sie, willst du sagen.

Ich kann mir's einfach nicht vorstellen. Daß sie ißt wie andere Leute, oder einen Furz läßt.

Bist eben kein Philosoph.

Ist ja auch kaum ein Lediger da! Weiß gar nicht, was die alle von der Steifen wollen.

Weil du nicht weißt, was ein Turnier bedeutet. Um Lohn tut man's nicht, man tut's für die Ehre.

Dann ruft dich der König Artûs an den Runden Tisch. Dort bist du jemand und hast was zu erzählen.

Wo Artûs zeltet, ist immer Frühling, und die Luft riecht nach Maienglöcklein.

Frau Ginovêrs Parfüm! Dafür brauchst du nicht mehr nach Nantes. Das kriegst du jetzt auch in Mömpelgard.

Mömpelgard? Das hat doch der Lähelîn zu Lehen. Bei dem gibt's eben alles.

Nur zahlen kannst du's nicht. Da brauchst du Geld dafür, und das hast du nur, wenn du dem Lähelîn die Seele verkaufst.

Auch das Lachen hat er verboten.

Er hat eine Schwester, die hat noch nie gelacht. Die wird erst lachen, wenn der Heiland wiederkommt.

Dann hast aber du nichts mehr zu lachen!

Das Lachen hat der Lähelîn dem Teufel verkauft.

Er ist doch selbst wie der Teufel dahinter her. Wißt ihr, wie er seine Schwester zum Lachen bringen wollte?

Erzähl, aber geh aus der Sonne! Es ist auf einmal kühl.

Wenn man von Lähelîn erzählt, wird der Himmel schwarz.

Als er aus dem Kloster der Toten Brüder kam – da hat er lesen und schreiben gelernt – wollte er auch wie Gott werden. Dafür machte er Cunnewâre den Hof.

Der leiblichen Schwester?

Die ist doch nur zur Hälfte leiblich. Ihr Vater war der Zauberer Klinschor, und der Lähelîn hat gar keinen, wenn's nicht der Satan selber war. Der hat ihm geflüstert, er werde sein wie Gott, wenn er Frau Cunnewâre zum Lachen bringe. Aber da half alles Kitzeln nicht. So etwas bringt den stärksten Mann zur Verzweiflung. Auch der König Artûs hatte von der Frau gehört, die nicht lachen wollte. Er schickte zum Lähelîn und sagte: schickt mir das Fräulein, ich will es schon lächern! Und Lähelîn gab zur Antwort: Wenn Euch das gelingt, soll das Wasser aufwärts fließen und die Erde im Winter Frucht tragen, und der Mensch soll fliegen können! – Die Wette gilt! sagte König Artûs. Und ich sage Euch: sie gilt bis auf den heutigen Tag. König Artûs hat der Dame alle Schätze der Welt gezeigt, und sie –

Lachte nur.

Lachte nicht. Er hat ihr Witz um Witz erzählt, und er kennt die besten. Er hat die ganze Welt in einen Witz verwandelt, und sich damit. Und sie –

Lachte nicht.

Du hast's gefaßt. Seither ist die Ritterschaft krank, und das Fräulein macht Schule. In Nantes gehen Ritter herum, die wollen ihr Maul nicht auftun, bis sie das Heil der Welt gesehen haben. König Artûs soll auch nicht mehr lachen.

Der Lähelîn hat gewonnen!

Da hat er viel davon! Jetzt wettet er mit sich allein. In seinen Ländern fließt das Wasser schon aufwärts, so viele Dämme und Schleusen, wie der bauen läßt. Den Fall mit der Winterfrucht hat er auch gelöst. Er brauchte ja nur warme Länder dazuzukaufen.

Länder kannst du nicht kaufen!

Er kann auch das. Nur fliegen noch nicht.

Wo ist er jetzt? Eben stand er beim Wäldchen!

Er steht hinter dir!

Du Unflat!

Seht ihr, das Lachen kann er keinen lehren, aber das Fürchten. Und ich sage euch: der wird's. Den muß die Steife nehmen. Er kommt nur, wenn er gewinnt. Und er ist gekommen.

Als er sie zur Begrüßung küßte, hat sie sich weggedreht.

Habt ihr seinen Turniernamen gehört? »*Roi des Blêmes*«, das soll heißen: König der Toten. Er will die ganze Welt absterben lassen, wie er's im Kloster bei den Toten Brüdern gelernt hat. Die schlafen schon in ihren Särgen.

Warum kneifst du mich?

Halt mich fest.

Willst kein Ritter mehr werden, was?

Ich möchte, sie fingen endlich an!

Einer ist schon verletzt, sie tragen ihn weg.

Heben ihn aufs Pferd! Glaubst du, der kommt allein hinauf, mit soviel Eisen am Leib? Der ist jetzt noch mal so schwer wie er selbst!

Aber nun sitzt er! Wie schön der Waffenrock weht!

Weißt du überhaupt, für was der Waffenrock gut ist?

Damit man dir ansieht, wer du bist, wenn du's selbst nicht mehr weißt.

Damit dir der kalte Schweiß nicht auf den Harnisch tropft, dafür ist ein Waffenrock gut! *Eine* rostige Niete, und die Ringlein rieseln dir nur so am Leib hinunter, daß du in einer Eisenpfütze stehst!

Das ist wahr. Wenn mein Herr endlich im Panzer steckt, muß ich ihn mit dem Schwertgriff abklopfen, ringsum, damit man sieht, ob er dicht hält!

Mein Schatz kommt nie ins Schwitzen.

Weil du nicht weißt, wie man ihm einheizt!

Lähelîn schwitzt auch nicht.

Und die Steife?

Die wäscht sich den ganzen Tag. Da, wo die herkommt, riecht's wie der Tod.

Parfüm kann sie nicht riechen. Du dürftest den Maiglockenduft gar nicht tragen.

Die Trompete!

Das ist Herr Gurnemanz, der da aus dem Bürglein trabt. Ein guter Mann, und verwitwet auch schon.

Zu alt!

Kann den Jungen etwas zeigen! Das ist sein Beruf. Die größten Herren geben ihm die Söhne zum Erziehen.

Auch Falken zieht er, darum trägt er einen Falkenschnabel als Helmzimier.

Er kommt ja in Lumpen!

Von den feinsten! Die wollen sagen, daß ein Ritter der Armut pflegen muß. Im höchsten Sinn ist ein Ritter auch nur ein Mensch, und als solcher entbehrt er allzumal des Ruhmes vor Gott. Was er hat, muß er tragen, als hätte er nicht.

Du redest ja wie der Dompfaff!

Weil ich ihn vertreten muß. Er findet, Pfingsten sei der Tag des Herrn, da sei es lästerlich, mit Waffen zu spielen. Man schlägt sich nicht wie ein Heide, wenn man danach eine kristliche Hochzeit feiern will.

Für die Steife ist doch nur ein himmlischer Bräutigam edel genug.

Wenn sie dich hört, dreht sie dich am Spieß.

Die ist doch gar nicht fromm.

Wozu hat sie denn immer ihr Nönnchen dabei?

Meinst du die Nichte?

»Nichte« ist gut. Wißt ihr, wo das herkommt? Von nichts. Hinten nichts und vorn auch nichts.

Weil sie das Kind verhungern läßt. Sperrt's in den Turm, wie früher Herr Castis seine Bräute.

Dafür hat ihn der Schlag getroffen.

Konnte nur noch Ja sagen, dann war's auch schon Amen. Sie tötet mit *einem* Blick.

Die Schwarzen Ritter waren's, wenn du mich fragst.

Jetzt kommt der Gegner aus dem Wäldchen. Was für ein Herr!

Der König Lôt von Norwäge.

Er schüttelt sich ja!

Weil ihm einer im Zügel hängt.

Gâwân, das ist ja Gâwân, der süße, will den Papâ nicht reiten lassen!

Möchte selber reiten, Frau Ginovêrs kleiner Schatz. Wenn doch das Fernglas erfunden wäre!

Das Kind sieht ihm gar nicht ähnlich, dem Klotz!

Die Mutter ist eine Fei! Hat den Herrn Lôt ausgesaugt wie einen Schwamm und in der Hochzeitsnacht an einen Nagel gehängt.

Warum kommt er denn mit der Schlafmütze auf dem Kopf, und im Wollrock mit Streifen?

Das ist die norwägische Schultheißentracht. Er trägt das beste Eisen drunter.

Was hat der Aufzug zu bedeuten? Héda, Halbpfaff, du weißt doch alles!

Das Kostüm will sagen: heute trägt sich jeder Spießer als Ritter. Da muß ein wahrer Ritter kommen wie ich, der hält euch den Spiegel vor. Ich bin die Verkehrte Welt. Aber es kostet mich nur einen Lanzenstoß, dann fällt sie wieder ins Lot, so wahr ich Lôt heiße.

Und kommt nicht einmal aus dem Busch, weil ihn das Früchtchen nicht läßt.

Da! Er packt's am Genick und schleudert's weg, als wär's ein junger Hund.

Armer Gâwân! Wenn er sich wehgetan hat –

Sie legen die Lanzen ein!

Auf zu rechter Tjost – der Arme Ritter gegen die Verkehrte Welt!

NUR DIESER NICHT!
WIE LÄHELÎN SEINE GEGNER
HINTERS PFERD SETZT
UND DIE ZUSCHAUER
DAS FÜRCHTEN LEHRT

Die Trompete!

Da ziehen sie sich die geschlitzten Visiere vors Gesicht und verengen den Blick auf das Bild des Gegenritters. Noch einmal heben sie die gewimpelten Stangen zum Gruß.

Das zweite Signal: die Stangen sinken, befestigen sich unter dem eisernen Arm. Der andere Arm schüttelt den Schild, der muß zugleich sitzen und beweglich sein. Die Panzerfaust hat den Zügel gefaßt, der Leib rückt sich im Bocksattel zurecht, die Hacke bereitet sich zum Streich mit dem Sporn.

Das dritte Zeichen: nun rennen sie los, gemächlich fast der Falkenschnabel, vehement die Schultheißenmaske. Sie hüpft im Takt mit dem wollenen Waffenrock, der sich eher bläht als weht, während die Flickenseide des andern schon im Trab ihre Herrlichkeit entfaltet – sehen Wir nicht einen Falken die Schwingen breiten?

Die Zuschauer fiebern dem Zusammenprall entgegen. Für die mag er schon stattgefunden haben. Wir aber wollen mehr sehen. Denn was ist ein Lanzenstoß gegen seine Vorbereitung?

Man wird doch nicht glauben, Der Kyberg habe die erste Paarung dem Zufall überlassen. Sie soll Maßstäbe setzen und den Ton angeben. So hat er das Los ordentlich gequält, bis es Herrn Gurnemanz' Namen aus dem Topf springen ließ.

Gerade hat der Arme Ritter seinen Stammhalter verloren, im ordentlichen Zweikampf. Damit kann er nicht rechten. Es bleiben ihm ja der Söhne noch zwei, die jüngste Tochter nicht gezählt. Ihr Leben war der Mutter Tod. Auch das muß Gottes Wille gewesen sein, der Witwer durfte nicht hadern. Nur grau geworden ist er über Nacht. Von seiner Haltung hat er nichts eingebüßt. An seinen Falken übt er die Kunst, Leid zu tragen, ohne seine Last einen andern fühlen zu lassen. Es sei denn: durch einen regelrechten Stoß mit der Lanze, einen gemessenen Streich mit dem Schwert. Nicht einen zuviel. Was wären wir wert, gäben wir Gottes Ritterschläge nicht mit mehr Anstand weiter, als Er uns bewiesen hat?

Was den Gegner betrifft, so hätte Der Kyberg manchen andern lieber ausgelost als Herrn Lôt von Norwäge – den braven Cidegast von Lôgroys zum Beispiel, der ohne Namen, ohne Wappen und Devise erschienen ist, als wäre er die ritterliche Tugend in Person. Der Kyberg hätte sogar Lähelîn vorgezogen, keinen Ritter von Geburt, so viel man weiß, doch um so weniger gewillt, sich von einem solchen beschämen zu lassen. Nun aber ist's Herr Lôt geworden, das Los bestand auf ihm, und länger wagte es Der Kyberg nicht zu quälen. Er verläßt sich darauf, daß Herr Gurnemanz von Grâharz jeden Gegner besser aussehen läßt als er ist. Denn ihm liegt am Siegen weniger als an dessen Richtigkeit.

Mögen sie gegeneinander reiten, mögen sie schon zusammengekracht sein, wie es dem Geschmack des Affenfelsens entspricht. Wir aber tun Uns und Frau Herzeloyde – sie mag zusehen oder nicht – den Dienst, die Herren in voller Karriere einzufrieren, zum Zweck ritterlicher Betrachtung. Das können Wir und brauchen keine Maschinen dazu – auch ein Fernglas würde Uns da nicht helfen. Für Uns bleibt die Zeit eine Einrichtung, auf die sich zurückkommen läßt.

Bemerkt ihr, wie der Arme Ritter eins ist mit seinem Tier? Eins mit dem Ritt, will sagen: voller Ruhe auch in der stärksten Bewegung? Vom Ende seiner Lanze könntet ihr eine gerade Linie ziehen zum Zentrum seiner Bereitschaft unter dem Falkenhelm. Ungeteilt, wie sie sind, werfen Roß und Reiter ihr vereinigtes Gewicht auf die Spitze mit dem Krönchen, wer soll ihr widerstehen? Der Gegner ist schon geworfen, bevor sie ihn berührt.

Er *wäre* geworfen. Er *müßte* schon gefallen sein. Wie kommt es nur, daß Herr Lôt nicht fallen wird?

Seht hin: Herrn Gurnemanz fehlt etwas.

Auf dem Affenfelsen wissen sie schon Bescheid: er hat ein Kind verloren, und eine Hausfrau dazu. Wie soll ein Mann noch fröhlich reiten, mit solchen Schlägen im Rücken?

Nicht ganz gefehlt – Gott ist groß auch auf dem Affenfelsen. Nun aber seht Herrn Gurnemanz durch Unsere Augen. Die Unschärfe um die Schultern, die Schmierstelle an der rechten Vorderhand des Schimmels. Um mit so viel Anstand reiten zu können, unterdrückt dieser Mann etwas – im Galopp bliebe es unauffällig. Im Lebenden Bild tritt es hervor, als kleine Differenz. Sie entspricht dem Betrag, um welchen die Gegenwartsform dieses Mannes in der Schuld seiner Erinnerungen steht.

Genau dieses Quentchen fehlt Herrn Gurnemanz zu seinem Glück. Er mißtraut ihm, darum schenkt es ihm nichts. Bei sich hat er's durch Fassung korrigiert, bei andern durch Erziehung. Leider gibt es für Glück keinen Ersatz. Man kann es nur noch gut machen, so gut wie möglich. Ganz gut wird es nie mehr. So ist das bei der Kunst, sogar der Waffenkunst. Schön, wenn's einer so weit bringt, ohne Furcht und Tadel zu reiten. Aber soll das schon alles gewesen sein?

Und nun seht euch diesen Lôt an, die Pfahlbürger-Karikatur. Auch im Stillstand ein einziges Geschmier. Überhaupt nichts stimmt an seiner Figur. Bürgerliche Neigungen hat er noch nie gehabt – es sei denn zu den Jungfern seiner kalten Städte. Die Kostümidee ist auch nicht auf seinem Mist gewachsen. Die hat ihm sein Hofnarr – sind ja gescheute Häuser – eingeblasen und ihn damit selbst zum Narren gemacht. Ironie und tiefere Bedeutung, das steht dem Saubeutel etwa zu Gesicht wie einem Trampeltier die Soutane. Beherrscht er sein Pferd? Es nimmt Reißaus unter ihm.

Nur: dieser Mann verliert keine Kinder. Er sät sie und vergißt sie so fröhlich, wie er sie macht. Sein Leib weiß nichts von Gleichgewicht und ist imstande, die Lanze noch im Stehbild zu schwenken. An dem hat die Kunst ihr Recht verloren. Er hat keine Art, bloß Kraft. Aber die hat ihn, und zwar im Überfluß. Von allem hat er zuviel, Hunger und Durst, Rotz und Samen, Flüche und Sprüche.

Nur, er hat Glück. Ihm begegnet nichts ohnegleichen, das würde er gar nicht merken. Sein Herz ist ein Muskel, der weiß von Trauer so wenig wie von Treue. Er ist zu dumm, um recht getroffen zu werden – von einer wohlgesetzten Lanze so wenig wie von einem klaren Wort. Siegen werden Wir ihn nicht lassen, das wäre noch schöner! Leider ist er auch nicht besiegbar. Dem kann nichts geschehen; es ist viel, wenn ihm eines Tages etwas zustößt. Das könnte das Menschlichste an ihm werden.

Lassen wir das Bild wieder laufen.

Die Herren haben gebrüllt, die Devise war unverständlich. Sie haben ihre Gäule aus dem Galopp in die Karriere brechen lassen und die Zügel verhängt. Sie haben einander die gestreckte Lanze auf die Schilde gesetzt und diese zuvor auf Kinnhöhe gezogen. Im Langen Fenster ist das Aufkrachen einen halben Herzschlag später zu hören und zu sehen – dann ist alles schon vorbei. Sie passieren einander, schwer erschüttert in ihren Sattelböcken, aber nicht geworfen. Die

Lanze Des von Grâharz hat gesplittert, die des Norwägers ist weg-
geflogen; der eine kämpft um sein Gleichgewicht, der andere mit
seinem Tier, bis es seine Spur wieder findet, den weiten Bogen
schlägt zurück zum Ausgangspunkt, dem Wäldchen dort, dem Bürglein hier.

Der Kyberg läßt das Unentschieden in die Luft posaunen und
nachfragen, ob die Herren eine Wiederholung beliebten.

Sie lassen sich frische Speere reichen, bringen ihre tänzelnden,
kopfwerfenden Tiere in Stellung, rennen los, zum anderen Mal.
Diesmal splittern die Lanzen beide, Herrn Lôt wirft's vom Pferd,
dessen Bug nach vorn knickt, doch vermeidet es den Sturz, und auch
dem Reiter glückt es, den seinen zu bemänteln, indem er sich an die
Mähne klammert. Halb geschleift, rennt er ein paar Schritte nebenher, so schnell ihn die Eisenfüße tragen, zieht das steigende Tier zu
sich nieder und richtet sich an ihm wieder auf.

Herr Gurnemanz aber, gründlicher aus dem Sattel gehoben, verwandelt seinen Sturz fliegend in einen heroischen Sprung, steht
schon wieder aufrecht, während der Schimmel stäubend zum Stillstand kommt. Er trabt zu seinem Herrn, beschnobert den verrutschten Helm, wird streng am Zügel gefaßt.

Wäre dies schon das Hauptturnier, die Herren müßten's jetzt mit
dem Schwert ausmachen. Wirklich hat Lôt an sein Gehenk gegriffen;
da warnt ihn die Drommete. Der Jähzorn kostet einen Punkt, während für Herrn Gurnemanz einer zusätzlich angezeigt wird. Da reißt
sich Herr Lôt das Visier auf, zeigt ein rotes Gesicht und stemmt
beide Arme in die Seiten. Doch seine Knappen fassen ihn eilfertig
unter und wuchten ihn wieder in den Sattel. Der Graf von Grâharz
ist fast ohne Hilfe hinaufgekommen. Sie traben beide ihre Bahn zu
Ende und versäumen nicht, den Gegner mit frischer Lanze zu grüßen. Gebrauchen müssen sie diese nicht zum dritten Mal. Auch
Gleichwertigkeit ist ritterlich, für den Anfang.

Dem Volk auf dem Felsen geht es reichlich artig zu. Sie möchten's
krasser, nachdem sie das Turnierwesen so lang entbehrt haben – ihr
verflossener König Castis fand keinerlei Geschmack daran und ließ
dafür die Landeszügel schleifen, mit schauerlichen Folgen für seine
Person. Nun soll man ja aber einen rechten Herrn bekommen, der
ruhig auch ein Kerl sein darf. Und wenn ein Paar dem Ernst so viel
schuldig bleibt wie das nächste, bietet es dem herzlosen Spott dafür
um so mehr. Was kann man zum Beispiel an Herrn Schyolarz von
Poytouwe alles sehen!

Er hat satteln lassen, kommt nicht in den Sattel oder hält sich nie länger als ein paar Lacher darauf. Von weitem sieht sein Tier wie ein dickliches Pony aus, aber der Herr hat verbreiten lassen, es sei das reine Wildpferd, dulde weder Zaum noch Zügel und werde heute zum ersten Mal geritten, Frau Herzeloyde zu Ehren. Wenn Einer nicht reiten kann, ist das wohl die pfiffige Art, aus der Not eine Tugend zu machen, und aus der Untugend wenigstens eine Not! Was haben seine Herolde vorausgeschrien, als er bei Der Burg zum Kusse kam? »*Folie de la Jeunesse*«? Der und jung, mit seinem Schauspielergesicht voll Krähenfüße! Der hat doch in seinem Burgstall bereits eine lustige Hausfrau sitzen, samt sieben Töchtern, deren Vaterschaft so zweifelhaft ist wie seine Reitkunst. Bestimmt treibt ihn nur der Wunsch, diesem Frauenhaus zu entrinnen, so unverdrossen auf Abenteuer ... unverdrossen, daß wir nicht lachen! Hinter dem falschen Leuchten seiner Augen sitzt der reine Verdruß. Und wenn es nicht so anhaltend zum Lachen wäre, wäre es zum Heulen, wie schlecht er den Teufelskerl spielt und aus seinem Elend eine Nummer größter Zügellosigkeit macht ... nur weil er den Zügel nicht halten kann!

Doch was soll man zu seinem Gegner sagen? Das ist ja der uralte Utepandragûn, der hat wohl seine fünfzig Lenze auf dem dürren Buckel. Und der sucht noch eine Frau? Ja, aber seine eigene, denn die ist ihm davongelaufen, aus Langerweile. Das soll der Vater des Königs Artûs sein? Glaubst du ja selbst nicht! Sie hat den Alten betrogen, mit dem Zauberer Merlîn. Denn sie kann auch mehr als Brot essen und wurde immer jünger, je älter der Alte aussah. Jetzt ist sie wieder ins Feenland zurück, er kann sie lange suchen. Als Jammerbild eines Irrenden Ritters geht er herum und hat den traurigen Mut, um die Steife anzutreten! Seht ihr, wie seine Mähre die Hufe setzt, als dürfe sie dem Boden nicht trauen?

Das Volk will gesehen haben, wie das Pony Des von Poytouwe das Tor der Scheinburg kurz und klein trampelte. Um seinen Reiter loszuwerden, soll es endlich ins Freie gerannt sein, um seinen Zweck mit Hüpfen und Bocken zu erreichen. Indessen habe sich auch die Mähre des Irrenden Ritters in würdigen Trab gesetzt, aber nur bis zum nächsten saftigen Grasbüschel, den sie in aller Ruhe abgeweidet habe, unbeeindruckt von den Protesten und Hackenschlägen des uralten Utepandragûn. Der sei aber doch noch zu seinem Sturz gekommen. Denn dem Wildpferd soll es endlich gelungen sein, Herrn

Schyolarz nicht nur ab-, sondern dem Irrenden Ritter geradezu an den Hals zu werfen, und nun soll für beide kein Halten mehr gewesen sein. Aneinander geklammert seien sie abgestürzt, mühsam genug habe sich einer am andern wieder aufgerappelt, während das Pony, endlich befreit, sich ebenfalls der grünen Weide zugewandt habe.

Da sieht man, was aus Des Kybergs Turnier würde, behielte die nackte Schaulust das letzte Wort. Der Affenfelsen würde damit selbst den Beweis liefern, wie sehr er der Zuchtrute Frau Herzeloydes bedarf. Ja, einige Mäuler wären imstande, aus Herrn Kaylet im Straußenfederschmuck und Herrn Hardîz im Greifenkostüm einfach einen Haufen zankenden Federviehs zu machen!

Dabei muß man wissen, daß es sich bei dieser nächsten Kampfpaarung um keine geringere handelt als die des Spanischen Kriegs. Herr Hardîz *de Gascogne* hatte seine schöne Schwester Alîze dem reichen Lämbekîn von Brâbant zugedacht; da gefiel es ihr, zuvor den munteren König Kaylet von Spanien zu erhören. Das war so entschieden gegen die Abrede, daß ihr der Liebhaber einfach Gewalt getan haben mußte. Dafür wurde er mit Krieg überzogen. Zwar hatte sich der Brâbanter die Beschädigung der Braut mit Gold aufwiegen lassen und sie doch noch genommen. Doch der Schwager Hardîz, nach Spanien ohnehin lüstern, zwang ihm eine Fortsetzung des Ehrenhandels auf, er mußte ihm zuziehen. So blieb auch Herrn Kaylet, dem beleidigten Liebhaber, nichts übrig, als Bundesgenossen zu mustern. Ein Freundschaftsdienst gab den andern, der Krieg um Frau Alîzens verlorene Unschuld begann sich immer mehr selbst zu tragen und wuchs sich allmählich zu einem allgemeinen Weltkrieg aus. Erst die Nachricht, daß Wâleis ledig geworden und in einem großen Pfingstturnier zu gewinnen sei, bewirkte einen plötzlichen Stillstand der Waffen. Denn für ein so hohes Ziel waren sie doch gewinnbringender zu verwenden, auch wenn man dafür Des Kybergs Regeln in Kauf nehmen mußte. – Er hatte das Los lange gequält, um ein voreiliges Zusammentreffen der verfeindeten Feldherren zu vermeiden. Aber auch in diesem Fall hatte es seinen Willen haben wollen, und so konnte er nur noch beten, daß sein Regelwerk dichthalte.

Wahr ist: sie haben sich geradezu in ihre Wappentiere verwandelt. Das nickt, wippt und dräut mit Federn und Klauen; das weiß sich – der Spanier beim Bürglein, der Gascogner vor dem Wäldchen – vor

Mordlust oder Todesbereitschaft kaum noch zu halten und macht
Miene, den Feind in der Luft zu zerreißen. Wahr ist aber auch: die
böse Miene ist das Stärkste an den zwei Herren. Sie sprengen los wie
die Furien, aber je näher sie einander kommen, desto langsamer werden sie. Ein behutsamer Galopp, ein nur angedeuteter Stich, dann
sind sie aneinander vorbei. Mit kaum gekrümmten Federn, desto
lauter Triumph brüllend haben sie ihre Ausgangspunkte wiederge-
wonnen. Wiederholung gefällig? Die Herren denken nicht daran, es
ist unter ihrer Würde. Sie heben ihren Zorn für morgen auf, das
Hauptturnier. Dann aber kennt Herr Hardîz gar nichts mehr, das
läßt er das Turniergericht wissen. Nur gut, daß er nicht hört, was der
Spanier darauf erwidert hat.

Der schöne Herr Killirjakac, der nun beim Bürglein aufreitet,
steht bei den Zuschauerinnen in besonderer Gunst. Er ist jung, zart,
trägt Trauer und verschweigt ihren Grund. Auch seine Devise weiß
er zu tragen. Sie lautet: »*Au fond le meilleur!*« Er ist im Grunde der
Beste; ob er sich als solchen zu zeigen vermag, hängt natürlich auch
von seinem Gegner ab. Und mit dem hat er es leider nicht zum
besten getroffen. Das ist ein Herr – wie heißt er? Seidelbast? Cide-
brand? Cidegast? Er führt nichts im Schilde, schreit den Namen
keiner Dame. Wie soll man sich seinen eigenen merken? Und eben
der fegt nun den tragischen Killi ohne Umstände vom Pferd und holt
sich damit seinen Punkt – aber nicht die Sympathien des Affenfelsens. Die liegen da, wo der Schöne liegt, nun auch vom Staub um-
flort. Doch seht, wie er den Schild hebt, der Burg seine Devise ent-
gegenhält: sie ist unversehrt, ihm mag geschehen sein, was will! Für
die Steife dort oben mag er nicht ganz der Rechte sein, ihn aber
würde man noch mehr bedauern. »Au fond le meilleur« – auch im
Staub noch der Beste! Der Fluch des armen Jünglings bleibt in Kraft
– und da wäre doch so manche, die sich zutraute, ihn davon zu
erlösen!

An Herrn Brandelidelîn, dem nächsten, gibt es gar nichts zu erlösen. Die Sau auf seinem Schild schreit zum Himmel. Die Zeichnung
ihres Hinterteils läßt, auch ohne Fernglas, keine Frage offen. Dafür
hätte der Kampf ruhig offener sein dürfen – leider ist sein Gegner
Lambekîn nicht einmal Manns genug, einer Sau den Meister zu zeigen. Ist das nun nicht Der von Brâbant? Ja, Herr Lambekîn ist der
rechtskräftige Besitzer Frau Alîzens, die den Spanischen Krieg ent-
fesselt hat – sie scheint ihn nicht zu großen Taten zu begeistern!

Während sie sich mit Brüsseler Spitzen tröstet und wohl auch die Brüsseler Stümpflein nicht verachtet, ist ihr Eheherr, ganz in Gold geschnürt und sogar mit Gold bestäubt, nach Kanvoleis gezogen, um etwas wie Ehre für sie einzulegen. Aber dafür muß man erst die Lanze recht einlegen können, Herr Lambekîn! Sonst wird man vom ersten besten Sauritter vom Pferd gepflückt, verstäubt sein Gold in alle Winde und muß mit erschüttertem Gehirn weggeschleift werden. Während der saumäßige Ritter mit hohlem Gebrüll zum Bürglein zurücksprengen und der Frau Fei seine unversehrte Lanze präsentieren darf. Das wäre die Sorte, die zu ihm paßt! Ihr habt die Frau Fei nicht gesehen? Das ist doch das Weibsbild aus Holz, dessen Roheit nur noch von derjenigen ihrer Behandlung übertroffen wird! Ja, dies Denkmal haben unsere wâleisischen Knappen der Steifen gesetzt, zur Strafe, daß ihr kein einheimischer Ritter gut genug war! Der Kyberg hat's gelitten? Der möchte sie doch selbst! In seinem Alter? Ja, lerne einer die Menschen kennen! Sie sind Abgründe, wenn du mich fragst!

Die Drommete meldet: Herrn Môrholt von Irland gegen Herrn Schafillôr von Aragon; sie meldet noch manches Paar, das, wie die rechte Formel lautet, »Ritterschaft aneinander begehrt«. Die Aufmerksamkeit ermattet ein wenig, während die Sonne steigt, und mit ihr die Spannung unter der Haut. Ja, so widersprüchlich ist der Mensch: man vertreibt sich die Zeit und muß doch wünschen, daß sie nicht abläuft; man wartet ... doch nur auf den Einen, den man am meisten fürchtet.

Und da ist er ja, er selbst. Er ist fast der Letzte. Nun bläst auch die Trompete wie zum Jüngsten Gericht. Auf dem Felsen wird es still.

Er ist aus dem künstlichen Wäldchen getreten und zeigt Farbe. – Rötlich, das trifft es noch am besten. Die Farbe sticht nicht hervor. Sie fällt heraus. Der Schimmer, der ihn umgibt, den Waffenrock, das Eisengewand, die Fuchsstute mit der fußlangen Decke ... dieser rötliche Schimmer ist *fahl*. Herr Lähelîn beschäftigt einen Kunstschmied von Outre-mer, der kann den Stahl zugleich härten und dünnen. Am Ende wiegt er weniger als nichts. Er verkleidet seinen Träger bis zur Unsichtbarkeit, als trüge er eine Tarnkappe. Der Raum, den Roß und Reiter einnehmen, ist eine *Lücke*, herausgeschnitten aus dem hellen Pfingsttag, aus dem frischen Grün des Leoplans. Es verblaßt, als wäre eine Wolke vor die Sonne gezogen. An diesen Mann weigert sie sich hinzuscheinen. Mitten auf dem Leoplan

reitet eine Unschärfe in Menschengestalt. In weiter Ferne, hinter
dem BERG WO EIN TAL IST, wo die Wälderwüste im Blauen verschwimmt, ist man das Undeutliche gewohnt. Da unten aber, mitten
auf dem Turnierplatz, spottet es aller Vernunft. Ist euch etwas ins
Auge geraten? Ihr reibt's nicht weg. Das ist der Schatten des *Bösen*.

Herr Lähelîn wartet auf den zweiten Ruf der Trompete. Auch ihr
scheint es die Luft verschlagen zu haben.

Der ist es nun? Nur dieser nicht!

Und wo ist die hohe Frau, unsere Hauptperson? Tritt sie wenigstens jetzt an die Brüstung? Aber das lange Fenster bleibt so gut wie
leer. Nur der Kopf der Nichte ist zu sehen, kaum größer als derjenige einer Stecknadel.

Die Trompete überwindet sich, sie tönt zum andern Mal. Der
blinde Fleck gerät in Bewegung. Und wo ist sein Gegner?

Er hat gar keinen. Will sagen, es kommt gar nicht darauf an. Herr
Gaschier, der Normanne, hat sich als Grâlsritter verkleidet – ein
starkes Stück, und schon keiner Rede mehr wert. Denn die Turteltaube auf seinem Schild fliegt wie er selbst, und vom gezähnten
Kreuz auf dem Waffenrock bleibt kein ganzer Zahn. König Lac mit
seiner Lanzenkunst, von der man sich Wunder erzählt: eine Bewegung nur, und der Stachel ist ihm gezogen. Er sitzt im Gras, und das
Pferd galoppiert ihm unter dem Hintern davon, als habe es den Verlust gar nicht bemerkt.

Herr Lähelîn räumt auf. Er zerreißt keinen Gegner in der Luft,
schmettert keinen zu Boden. Fast geräuschlos schiebt er sie beiseite;
maßgerecht, mit dem geringstmöglichen Aufwand, setzt er sie hinters Pferd. Man kann nicht einmal sagen, daß er die Regeln nicht
beachte. Er entkräftet sie nur, ohne Aufhebens.

Und so bleibt dem Turniergericht nichts übrig, als die Tjost für
»recht« zu erklären – und zugleich für beendet. Die Herren möchten
sich zur Mittagspause zurückziehen in ihre Zelte und sich bereiten
für das Kampfspiel mit zwei Heeren, die lustige Bûhurt. Die Hohe
Frau lasse danken. Sie habe gebührend Notiz genommen von den
großen Taten zu ihren Ehren auf dem Leoplan.

So Der Kyberg. Und wenn sein letztes Wort bisher die reine
Courtoisie gewesen ist, so erfüllt es sich völlig überraschend in die-
sem Augenblick. Denn nun, da der Leoplan sich leert, tritt Frau
Herzeloyde ins Lange Fenster. Sie deckt sogar die Augen gegen die
Sonne, als müsse sie besser sehen und sehe noch immer nicht recht.

Und jetzt hört man sie deutlich sagen – denn sie sagt es mit Nachdruck und Empörung:

WER HAT MIR DAS GETAN?

DAS GRÜNE ZELT

WIE HERZELOYDE AUF EINEN GAST STÖSST,
DEN SIE NICHT GEBETEN HAT

Was ihre Nichte längst gesehen hat, endlich sieht es auch Frau Herzeloyde: das Zelt, das aus dem Mauerschatten getreten ist, ein grünes
Zelt. So nah liegt es in der großen Tiefe, man hätte sich, um es zu
sehen, hinauslehnen müssen; und die ihm auf dem Affenfelsen am
nächsten saßen, sahen es am allerwenigsten. So mächtig es ist, es
nistet im toten Winkel, spannt sich, wie das Schutzdach einer Bau-
hütte, zwischen den schieren Fels und die Vorwerke des Flußüber-
gangs. Es liegt aber auch am ziehenden Wasser wie ein Segler mit fünf
Masten und zeigt auf fünf Wimpeln auf grünem Grund einen weißen
Anker; doch der hängt schief, als fände er selbst keinen Grund.

So scheint das Zelt auf dem Wasser zu schweben, doch bleibt im
Zwickel zwischen Fels und Fluß noch Raum für eine kleine Menschengruppe, die der Burg den Rücken kehrt, zwei Edelknaben mit
einer Sitzenden in der Mitte. Einem Sitzenden?

Aschblondes Haar deckt die Schultern, von denen ein Soldatenmantel fällt und sich im Geröll ausbreitet wie die Schleppe einer
Braut. Das Gesicht der Figur ist nicht einmal im Ansatz zu erkennen, doch scheint sie das Kinn auf die Hand gestützt zu haben und
den Ellbogen auf das übergeschlagene Knie. Es ist die Haltung des
Betrachtenden, doch gibt es an ihrer Ruhe etwas Gestelltes, das die
kleine Kiesbank zur Bühne macht. Auch die Pagen stehen wie Topfbäumchen: der Schmalere von beiden birkenhell mit schwarzem
Haarwisch, der Stämmige trägt sich schwarz unter dem blonden
Schopf.

Was tun die da? Die Frage hätte man verstanden. Aber: WER HAT
MIR DAS GETAN?

Sieht Frau Herzeloyde auch den Schimmel erst jetzt, hat sie ihren
Augen nicht getraut? Das Tier ist fast durchsichtig in seiner nervösen
Blässe, über die bei der geringsten Regung ein Schatten von Silber
huscht. Es grast schmucklos, ohne Sattel und Pflock.

Sigûne antwortet der Tante mit kleiner Stimme:

Das ist der König von Zazamanc.

Woher? hätte Frau Herzeloyde zurückfragen können, denn der

Name ist unerhört. Statt dessen wiederholt sie ihn, als wäre er das Lösungswort eines Rätsels:

Von Zazamanc!

Ich weiß es von einem Pagen, fährt Sigûne fort, dem mit dem dunklen Haar. Er ist mir im Burghof begegnet, ich mußte seinen Kater halten. Der wollte einem Pferd vor die Hufe rennen –

Was sagte der Junge? fragt die Hohe Frau.

Wenig, erwidert die Nichte, nur das Nötigste. Daß der König von Zazamanc nicht etwa zum Turnier gekommen sei. Er habe sich nur verirrt.

Verirrt? fragt Frau Herzeloyde.

Er kommt aus dem Morgenland, wo er sich ein Reich erstritten hat, Zazamanc, und seine Herrin dazu, die schöne Belakâne.

Woher weißt du, daß sie schön ist?

Sie ist wohl nicht ganz schön, denn sie ist schwarz. Doch schwarz und schön kommen auch einmal zusammen, denn es steht geschrieben: *sum nigra sed pulchra.*

Nicht alles, was geschrieben steht, redet man nach. – Und warum ist er nicht im Morgenland geblieben, bei seiner Frau Belakâne? Ist sie tot?

Nicht daß ich wüßte. Von Ehe war auch nicht die Rede. Sie ist ja eine Heidin. Da war seines Bleibens nicht.

Ach. – Vortrefflich. Und jetzt verirrt er sich zu Uns?

Ja, erwidert Sigûne, denn in Spanien, wo er hinwollte, fand er seinen Vetter nicht zu Hause; das ist Herr Kaylet, der Schellenkönig mit den Straußenfedern. Der kämpfte ja im Spanischen Krieg um die Ehre Frau Alîzens, bis Euer Aufgebot zu ihm drang. Da ließ er alles stehen und liegen, um Herz und Hand zu wagen an Eurem großen Pfingstturnier. Und der König von Zazamanc ritt seinem Vetter nach, denn er hat noch ein Geschäft mit ihm.

Ein Geschäft? fragt Frau Herzeloyde.

Herr Kaylet hat sie auch gewollt, die Mohrin, sagt Sigûne, sie aber wollte nur den andern, den da unten im Zelt. So mußte er's werden, und der Spanier trat zurück. Das tat ihm leid.

Wem tat *was* leid? fragt Frau Herzeloyde ungeduldig. – Hast du überhaupt zugehört oder nur diesen Knaben gesehen?

An dem war nicht viel zu sehen. Ich rettete nur die Katze.

Lassen wir diese Katze, versetzt Frau Herzeloyde. – Du scheinst dich ja ziemlich verplaudert zu haben. Also was hat er gesagt? Dem

Spanier tat die Mohrin leid, daß sie den Herrn da unten nehmen mußte?

Sie wollte ihn um jeden Preis! stellte Sigûne richtig. – Und so bekam sie ihn. – Nein, Tante: dem König von Zazamanc – denn das wurde er ja nun – tat sein spanischer Vetter leid, daß er sie nicht bekommen hatte. Denn sie ist über alle Maßen süß.

Woher willst du das wieder wissen? fragt Frau Herzeloyde. – Wenn du schon plaudern mußt, tu's mit Verstand! Zwei Herren kämpfen um eine Dame. Der eine gewinnt sie, der andere tritt zurück. Und nun soll der Sieger dem Verlierer nachfahren über alle Meere, um sich bei ihm zu entschuldigen für sein Glück? Hat er nichts Gescheiteres zu tun, oder meinetwegen etwas Süßeres, um in deiner Sprache zu bleiben?

Das ist so wenig meine Sprache wie die Eure, Tante, erwidert die Nichte mit einiger Festigkeit. – So reden die Romane, die ich Euch vorlesen muß, und ich gebe mir Mühe, das Gelernte anzuwenden. – Der König von Zazamanc hat die Mohrenkönigin gewonnen, das ist wahr, und er liebt sie sehr. Doch glücklich darf er nicht werden. Mit jedem Glück wächst seine Untröstlichkeit. Dann muß er wieder fahren, auch wenn er nicht weiß, wohin. So ist er übers Meer gefahren, wo es am tiefsten ist. Er hat seinen Vetter aus Brüderlichkeit gesucht, denn er hat ihn unglücklich gemacht, bevor er's selber wurde.

Unglücklich, der? fragt Frau Herzeloyde, wenn er doch alles bekam, was er wollte, ein Königreich im Morgenland und deine Mohrin dazu?

Sie hat einen andern geliebt, so viel ich weiß, antwortet Sigûne, ihren Vetter Isenhart, der war ein Mohr wie sie selbst. Auch dieser belagerte sie von Herzen und hätte sie nur noch besiegen müssen. Doch ehe er's konnte, wurde er ihr totgeschlagen. Nun war sie trostlos, denn sie hatte ein keusches Herz.

Und wer hat diesen Isenhart totgeschlagen? will Frau Herzeloyde wissen und kraust die Stirn.

Der König von Zazamanc, so viel ich weiß, antwortet Sigûne. – Die Frau war belagert, da ist er ihr beigesprungen. Er hat Isenhart gefällt und Frau Belakâne getröstet. Die Minne hat das an beiden getan, denn sie tut, was sie will.

Was für ein abgeschmackter Roman!

Wenn sich einmal wirklich zuträgt, was in den Büchern steht, erwidert Sigûne fast empört, was ist schlecht daran?

So faustdick trägt sich's nie zu! Sonst wäre der Herr da unten nichts als ein Springinsfeld! Er hat der Mohrin wohl ein Kind gemacht und will's jetzt nicht gewesen sein?

Tante, erwidert Sigûne mit Nachdruck, davon weiß ich nichts. Sein Unglück war ihm Kind genug!

Ritterlatein! sagt Frau Herzeloyde. – Und jetzt hat man die Stirn, sich hierher zu verirren? Hierher verirrt man sich nicht, Sigûne! Ich erinnere mich nicht, einen König von Zazamanc eingeladen zu haben. Das kannst du deinem Knappen melden – wie heißt er überhaupt?

Schiônatulander! erwidert die Nichte.

Das ist kein Name! bestimmt Frau Herzeloyde. – So heißt man nicht! Wie kommt man dazu, sich vor meiner Burg häuslich niederzulassen, den Zuschauer zu spielen, als ginge einen das Ganze nichts an? Weiß man eigentlich, wer man ist? Warum rührt man sich nicht?

Da er siegen müßte, sagt Sigûne, kann er nicht wohl teilnehmen.

Was, bitte, sagt Frau Herzeloyde nach kurzem Atemholen, soll das heißen: da er siegen *müßte*?

Er siegt immer, antwortet Fräulein Sigûne mutig. – Das ist sein Schicksal, daher seine Sorge.

Ach! sagt Frau Herzeloyde. – Sein Schicksal? seine Sorge?

Er hat viele Sorgen, erwidert Sigûne, zum Beispiel: wie er den Frauen Treue halten soll, denn sie lieben ihn zu sehr.

Die Mohrin? fragt Frau Herzeloyde.

Auch! Aber zuerst die Königin von Frankreich, Frau Ampflîse. Denn man muß wissen, daß er ihr so gut wie versprochen war.

Die Königin von Frankreich, sagt Frau Herzeloyde in ungläubigem Hohn, ist dem König von Frankreich angetraut, soviel man weiß.

Gewiß, sagt Sigûne, nur liebt sie den Jugendfreund darum um so mehr. Es bleibt seine Sorge, wie er ihr die Treue halten kann, ohne sie mit anderer Liebe zu kränken.

Was für ein Mann! flüstert Frau Herzeloyde nach einer Pause, und der Hohn erstickt ihre Erschütterung nicht ganz.

In diesem Augenblick dreht sich der Sitzende nach der Burg um, als habe ihn das Geflüster geweckt. Wer beschreibt sein Gesicht? Ist es ein Bild im Wasser, kaum gefestigt, schon wieder verschwommen? Als Frau Herzeloydes Wimper zuckt, hat sie es schon verscheucht.

Und siehe, vom Leoplan naht eine Gesellschaft zu Pferd, die mit dem Turnier nichts zu schaffen haben will. Sie reitet an der Linde vorbei, kein Wächter scheint ihre Ankunft zu bemerken, kein Signal kündigt sie an. Die fünf Männer auf weißen Pferden sind nicht gerüstet; sie führen drei Saumpferde nach, die, von Fußknechten begleitet, mit Kisten hoch beladen sind. Der kleine Zug umreitet den Leoplan, stutzt vor der Frau Fei in der Spielburg, geht dem Ufer entlang, verschwindet im Brückentor, erscheint auf dem unbewachten Steg. Vorneher reitet in Scharlach und Violett ein geistlicher Herr von Rang, hinter ihm drei Pagen, deren Ziermäntel mit dem Liliensymbol geschmückt sind und umweht von Trauerflören.

Der Gottesmann führt seinen Zug durch das diesseitige Brückentor, dann läßt er die Pferde hinter der Mauer halten und klettert, mühsamer als seine Junker, die Stufen des Vorwerks zur Uferböschung hinab.

Der Weißmantel hat sich erhoben. Die beiden Wächterfiguren aber breiten die Arme aus und stürzen den französischen Pagen entgegen, um eine zärtlich verschlungene Gruppe mit ihnen zu bilden. Die Farben Orléans' gaukeln im Frühlingsduft. Das weiße Pferd steht regungslos wie ein Mittagsgespenst, dann senkt es sein Haupt über die Knaben und läßt sich liebkosen.

Der König von Zazamanc hebt die Hand; seine Pagen verschwinden im Zelt. Der Hellhaarige kommt mit einem Sitzhocker für den geistlichen Herrn zurück und einem Tischchen von maurischer Arbeit; der Dunkle stellt zwei Pokale darauf und schenkt aus hochgehaltenem Beutel eine glashelle Flüssigkeit ein. Noch ein Wink: und die Pagen greifen dem Pferd in die Mähne und führen es ins Zelt, spielend, ohne Laut. Nun sitzen der weiße Ritter und der geistliche Herr ohne Zeugen.

Während der König von Zazamanc in den Fluß starrt, bestreitet sein Besucher die Unterhaltung allein, bläst die Backen auf, läßt sein Mundwerk zappeln, wirft den Kopf zurück, als habe er die witzigste Erwiderung gehört. Er greift dem Schweigenden sogar ans Knie, und Frau Herzeloydes Herz zieht sich vor Empörung zusammen.

Sigûne, sagt sie, der König von Zazamanc hält Hof. Er scheint nicht zu wissen, daß es zu Wâleis schon einen Königshof gibt. Wir erwarten, daß er Uns grüße. Das Turnier steht still, bis er Uns nähergetreten ist. Befiehl Den Kyberg.

EINLÄUTEN

WIE GAHMURET SICH BITTEN LÄSST,
AM TURNIER TEILZUNEHMEN

Und wirklich trat der König von Zazamanc der Burg von Kanvoleis näher. Das geschah wie folgt.

An der Spitze des Zuges zogen vier berittene Posaunenbläser mit großem Schall. Dahinter folgten zehn lastbare Tiere, Esel und Mäuler, schwankend unter Bergen schweren Rüstzeugs. Es glänzte wie Gold: Bündel von Beinschienen, Kettenhemden, Halsberge und Brustpanzer, auch leere Helme mit steifem Zimier. Die Knechte, die den Schatz führten, drehten sich bei jedem Schritt hin und her, als wollten sie nicht von der Stelle kommen. Pagen, Köche und Küchenburschen wiegten sich mit ihrem Gerät im Arm. Grüngekleidete Knappen von dunkler Gesichtsfarbe schleppten die Füße in gewähltem Gleichschritt nach.

Das Volk von Kanvoleis, eilig hereingedrängt, säumte die Gassen und war sogar auf die Dächer geklettert. Die Musik ging durch Mark und Bein. Trompeten wieherten, Flöten gellten, die Glocken der Tamburins schrillten wie ein Schwarm metallener Vögel. Der Trommelschlag aber schien aus der Erde zu dringen, und Kanvoleis bebte.

Es kam eine Gruppe von Fiedlern, die hielten ihre Instrumente vor den Bäuchen und strichen sie heftig, doch diesmal hörte man keinen Ton. Braune Burschen folgten zu Roß, ihre grünen Mäntel warfen rötliche Schatten auf die blanken Leiber der Tiere. Die nächste Gruppe ging langsam unter der Last von Teppichen, Seidendekken, unschätzbaren Stickereien, Gold und Silber, an dem kaum noch Form zu bemerken war, nur noch Glanz. Ein Herold schritt allein mit offenem Mund, sein Schrei klang wie Schellengeläut, und von seiner Lederkappe stand ein Paar närrischer Ohren ab.

Es folgten zwei Königsknappen, der weißgemantelte auf einem Rappen, auf einem Schimmel der schwarze; der trug die Standarte mit dem weißen Anker, mit Zobelfell auf grünes Leder eingelegt. Der andere führte eine blutrote Fahne mit, darauf entrollte sich eine Mohrenkönigin im weißen Mantel mit goldener Krone. Von Sarazenen am Zaum geführt, gingen die nächsten Pferde einzeln, jedes beladen mit einer Zierde hoher Ritterschaft: das erste trug ein Lanzenbündel aus gelbem Meerrohr, mit Ankerwimpeln geschmückt; das nächste eine ganze Rüstung aus bläulich schimmerndem Stahl; das dritte ein Schwert am Gehenk, dazu den Schild; in seinem Buk- kel, einem einzigen Rubin, schien Feuer zu fließen. Und es folgte ein Fuchs, der trug nichts als einen ledigen Sattelbock. Bald wich das Erschrecken wieder dem Staunen: was trug denn das nächste Tier, dieser Schimmel wie Glas? Etwa gar nichts? Aber wie funkelt und blitzt sie so, die leere Stelle auf seinem Rücken? Das ist nun also der Helm aus Morgenland, von dem man so viel sagen hört: man sieht ihn nicht, und doch ist er vollkommen fest. Man sieht ihn nicht? Schließ die Augen, dann siehst du ihn dunkelrot! Mach sie wieder auf, dann ist nur noch das Pferd zu sehen. Und wie heißt es? Lilien- crôn.

Wo aber war der Herr des Zuges, er selbst, der König von Zaza- manc?

Wo die Mauern der Inneren Burg sich drei- und vierfach türmen; wo die Burg inmitten der Burg sich erhebt: da enden die Wege der Stadt, da wird dem Zutritt ein Riegel geschoben. Ein Eichenstamm sperrt das Tor zu, das seit Frau Herzeloydens Einzug noch für kei- nen aufgetan wurde. Heute steht es offen. Das Wappen von Wâleis, gepaart mit der Turteltaube von Munsalvaesche, weist den fremden Zug nicht ab. Ungedämpft zieht der ungeheure Lärm in die Stille hinein.

Wer von draußen einen Blick in die heimlichen Höfe erhascht, kann sie für unbewohnt halten. Denn zwischen dem Kopfpflaster, auf das kaum ein Sonnenstrahl fällt, wächst Moos, und wildes Grün wuchert aus den Quadern der Türme, die das Verlies begrenzen. Der Stein, von dem Nässe tropft, scheint in unaufhörlichem Rieseln be- griffen. Man blickt in die Gewölbe einer riesenhaften Ruine. Erst in überirdischer Höhe starren die Türme fensterlos, von Helligkeit aus- gedörrt, in erbarmungsloses Blau.

Alle geladenen Gäste hat Die Burg unten vor dem Münster will- kommen geheißen. Diesem aber stellt sie ihre geheime Verwahrlo- sung bloß.

Der König von Zazamanc kam als Letzter? Ja. Dem betäubend bunten und lauten Zug ritt nur einer noch hinterher, als gehöre er nicht dazu. Er blieb unter der Torwölbung im Sattel, während seine Leute sich nach links und rechts in den Burghof verteilten. Das Ge- schrill schien zu verwehen, er stand allein in der Mitte, der Frau, die ihn auf der Treppe ihrer Kapelle erwartete, gegenüber, mit Abstand. Er ritt ein Pony, das war schwarz und weiß gescheckt. Und auf dem Kopf trug er einen Hut, der war aus grauem Tuch gewunden, als hätte sich der Mann verletzt.

Frau Herzeloyde aber sah es gut: er war bewaffnet. Ein Bein hatte er quer über den Pferderücken gelegt, nicht anders als vor dem grünen Zelt. Doch diesmal deckte ihn der Mantel nicht. Und sie sah: er trug einen Dolch am Leib, eine feste kurze Waffe ohne Verzierung, bis auf den kirschroten Knauf.

Nur einen Augenblick sah sie es, denn nun sprang er vom Pferd, und der lange Rock schloß sich um seinen Leib. Er nahm den Turban vom Kopf und entblößte das lange Haar; es hatte die Farbe der Schilfblüte. Als würde er geschoben, tat er die paar Schritte zur Treppe. An ihrem Fuß ließ er sich auf ein Knie nieder.

Er war nicht groß und ohne Bart. Sie sah seine Lippen geöffnet mit hängenden Winkeln, die Nase dünn und gebogen, die Ohren sonderbar klein. Seine Augen waren schief geschnitten, das eine unter hohen Brauen weiter geöffnet als das andere, das er zukniff, als blende ihn die Sonne auch hier. Sein Gesicht hatte zwei Hälften, eine wache und eine starre. So viel konnte die Frau sehen. Und doch: das *Gesicht* sah sie nicht, auch nicht, als er es erhob.

Sie hatte sich geneigt.

Willkommen, Herr. Ihr seid der König von Zazamanc?

Gahmuret ze Anschouwe.

Erlaubt, daß ich Euch grüße.

Er erhob sich, sie traten einander näher, sie zwei Stufen hinab, er eine empor. Sein Gesicht streifte das ihre wie ein Hauch, sie sah das Zucken um den Mund, der ihren Mund berührt hatte.

Von Anjou seid Ihr, Herr? Das ist nicht weit. Ich hörte, Ihr seid von Zazamanc.

Nicht weit her, sagte der Mann mit leiser Stimme, ganz recht. Mein Vater war König Gandîn von Anschouwe. Nun ist er tot, und mein Bruder Gâlôês hat die Länder geerbt. Ich bin ein zweiter Sohn und muß fahren.

Ihr habt Euer Glück gemacht, sagte Frau Herzeloyde und deutete mit den Augen auf sein Gefolge.

Mein Glück, sagte er, war Frau Belakâne, die Königin von Zazamanc.

Ihr führt sie im Wappen, wie ich sehe. Wer hieß Euch hierher kommen?

Ein Unglück, Frau, erwiderte der Mann.

Das Unglück scheint Euch zu begleiten. Und jetzt gefällt es Euch, mein Turnier zu sehen. Ich hätte Euch dazu geladen, Herr Gahmuret, wäre ich Eures Interesses eher kundig gewesen.

Das hätte nicht geholfen, erwiderte der Fremde.

Geholfen? Die Rede ist dunkel.

Hört nicht darauf.

Dafür, daß ich nicht hören soll, seid Ihr mit viel Geräusch aufgetreten. Doch habt Ihr Euch vor meiner Burg mit einer Ruhe niedergelassen, die man wohl einer Erklärung bedürftig finden kann.

Ich suchte den Verwandten. Wir waren Brüder im Morgenland. Ich will ihn grüßen; erlaubt, daß ich dann wieder meines Weges reite.

Das kann ich nicht wohl erlauben, Herr Gahmuret. Denn hier hat man nur ein einziges Geschäft: Ritterschaft zu üben.

Die kann ich schon. Daran gibt es nichts mehr zu üben, um so mehr zu verderben.

Ihr könnt sie schon? So habe ich noch keinen Ritter reden hören.

Der Fremde zuckte die Schultern. – Es ist ja keine Kunst, sagte er.

Ihr wollt sagen, es sei keine Kunst, an Herrn Gurnemanz Ritterschaft zu begehren oder Herrn Lähelîn hinters Pferd zu setzen? Ich drücke mich nach Art dieser Herren aus.

Sie ehrt Euch, nur ist sie Eure Mühe nicht wert. Ihr habt den Diamanthelm gesehen. Ich habe meine Mittel, die Herren kurz zu halten. Es ist gar kein Verdienst dabei.

Eure Bescheidenheit ist unverschämt. Ihr werdet Eure Kunst sehen lassen müssen, damit Eure Geringschätzung keinem Mißverständnis begegne.

Das begegnet so oder so.

Dann muß ich mich deutlicher ausdrücken, denn Ihr seid auf meinem Boden. Wenn die Herren keine Herausforderung für Euch bedeuten: ich wünsche eine zu sein. Und darum sende ich Euch gegen die Belagerer ins Gefecht. Ihr werdet mir nicht abschlagen, mein Ritter zu sein. Ich will wissen, ob Ihr so gut seid wie Euer Wort.

Gott behüte mich, wenn ich geprahlt haben sollte. Tut's lieber nicht, was Euch da in den Sinn gekommen ist. Ich bringe kein Glück.

Wer redet von Glück? Ich gebe Euch ein Amt.

Ihr seid die Erste nicht, Frau, die mich mit einem Amt beehrt. Noch jede, die ihr Glück mit meinem verband, hat keine Ahnung davon gehabt. Ich will Euch gern dies und das schuldig sein, nur Euer Unglück erlaßt mir, seid so gut!

Mein Unglück, Herr, laßt meine Sache bleiben. Dafür vernehmt mein Gebot: Ihr rüstet Euch und mischt Euch da unten in den Streit. Sie nennen ihn die lustige Bûhurt. Denn lustig schlagen sie aufeinander. Diese Lust vergällt Ihnen, wenn Ihr könnt, und zeigt ihnen den Meister. Das tut als mein Ritter, da es Euch bisher gefallen hat, grußlos Euer Geschäft zu betreiben, als gäbe es hier kein größeres.

Das kann ich nicht, Frau. Wenn ich den Helm aufsetze, muß ich für Frankreich kämpfen.

Ihr wollt doch nicht die Königin von Frankreich gewinnen? Die ist schon vergeben.

Nicht mehr. Sie ist Witwe geworden und läßt melden, jetzt habe sie ein Amt für Gahmuret. Wie kann er ihr's abschlagen? Denn sie hat ihn erzogen.

Wenn Ihr von Euch selbst reden solltet, so kann es mit der Erziehung nicht weit her gewesen sein. Denn Ihr habt schon ein Weib im Morgenland, wenn ich recht gehört habe.

Gahmuret liebt sie über alles.

Ihr könnt also doch nicht Euch selber meinen. Denn wenn Ihr eine Frau über alles liebtet, hättet Ihr sie nicht verlassen.

Ihr geruht zu vergessen, was ich über mein Unglück sagte.

Ich fordere es heraus! Ich will stärker sein als Euer Unglück und wage die Probe. Ihr werdet den Helm aufsetzen und Euch zeigen, hier an meinem Turnier. Dafür hab ich's stillstehen lassen. Also nehmt Partei und faßt Euch ein Herz.

Der Mann im Soldatenmantel schwieg. Dann sagte er:

Wenn ich kämpfen soll, erlaßt mir den Helm. Er macht mich fest.

Das will ich hoffen! erwiderte sie. – Oder wollt Ihr gar, daß Euch jeder Bube treffen kann? Ihr sollt Euch bedecken, Herr Gahmuret!

Sie war rot geworden und wieder blaß. Der Mann neigte sich eine Spur.

Eure Knappen, fragte sie. – Herr Schiônatulander und der andere – wie nennt Ihr ihn?

Tampanîs.

Sie sind Euch doch lieb?

Sie sind vaterlos.

Und wären es erst recht ohne Euch. – Ihr murmelt?

Haben als hätte man nicht.

Sie sah ihn an. – Das ist der Wahlspruch meiner Herkunft, sagte sie leise. – Sollte es auch der Eure sein?

*Wahl*spruch? sagte er mit einer Spur von Lächeln. – Ich habe nichts dergleichen.

Und der Anker in Eurem Wappen?

Ach, sagte er, der hat keinen Grund. Dann gebt mir Urlaub, Frau.

Ja, sagte sie und lächelte nicht ohne Mühe. – Geht, rüstet Euch. Ich rechne auf Euren Schutz und werde Euch nicht aus den Augen lassen. Doch ohne Helm tut es auf keinen Fall!

Der Mann verbeugte sich zum letzten Mal.

TRAUERFALL

Was ist ein Turnier?

Ein Kampf, der dem Krieg die Spitze bricht. Da gibt es keine Toten. Da brauchen die Knochen nicht zu splittern, das besorgen die Lanzen für sie. Eine Devise kann noch so laut gebrüllt werden, sie hat es nicht nötig, in einen Todesschrei überzugehen. Sie ist, wie der Ritter selbst, einer Dame gewidmet. Diese aber will keinen Krieg in ihrem Namen. Sie will, daß der Kampf im Bunde bleibe mit der Sitte; die aber verlangt nach Frieden mitten im Streit.

Ein Turnier ist, wenn etwas abfärbt von diesem Frieden auf den Kämpfer. Kämpfen darf er mit Leib und Seele, der Dame zu Ehren; so viel ist er ihr schuldig. Dafür aber muß er keinem Feind den Schädel einschlagen. Er muß der Gewalt, die ihn beseelt, selbst ein wenig Gewalt tun. So behält auch der Feind noch eine Chance, sich als Ritter zu zeigen. Gegeneinander und doch vereinigt setzen Ritter ihrer Kraft, wie der Schärfe der Lanzen, ein Krönchen der Tugend auf. Brechen dürfen sie die Lanzen darum nicht minder; doch eben dies, daß die gebrochene Lanze von ungebrochenem Mut zeugt, ist eine Schönheit des Turniers. Der Ritter, schlägt er sich gut, wird selber umgeschmiedet mit jedem Schlag: vom Gewaltmenschen zu einem Werkzeug des Friedens.

Die Frau aber, sie ist der Preis des gebändigten Kriegs. Und hätte der Mann diesen Preis auch geschenkt, er dürfte ihn so nicht nehmen. So würde die Frau keine Dame. Das aber muß sie sein, wenn sie ihn zum Ritter machen soll. Wer den Preis nicht gewinnt – und das sind ja alle bis auf einen –, ergreife doch die Gelegenheit zum Beweis, daß er ihn wohl verdient hätte. Er schimpfe und wüte nicht, wenn ihm die Dame entgeht – meist fährt er ja besser so. Und das Turnier behält seinen tieferen Sinn.

Denn daß die Frau der Friede sei, ist keine Wahrheit nach der Erfahrung, die eher dagegen spräche. Es ist eine Wahrheit nach der Idee. Die Frau ist nicht der Friede, sie *bedeutet* ihn, und darin ist sie unwiderleglich. Man kann als Ehemann nach Kanvoleis gekommen sein, ohne dieser Idee Abbruch zu tun; im Gegenteil, damit stärkt

.n sie, bestärkt sich in ihr und schöpft wieder Kraft, die anders-
lautende Erfahrung auszuhalten. Ein einziger wird Frau Herzeloyde
gewinnen, wozu man ihm nur viel Glück wünschen kann. Alle übrigen wird das Hochzeitspaar dafür schadlos halten müssen, daß sie
der hohen Frau, ihrer Idee nach, von Herzen gedient haben. Für
Lohn hätten sie's nicht getan; ein Geschenk brauchen sie darum
nicht zu verachten. Damit ehrt die Braut ja nur sich selbst, und die
Gelegenheit dazu soll man ihr nicht verkürzen. Das wäre wenig
ritterlich.

Man kämpft an einem Turnier, und in einem Turnier hält man sich
zurück. Davon heißt die Bûhurt »lustig«, daß man zum Schlagen
kommt und doch nicht zu Tode. Man macht Gefangene mit dem
Vorbehalt, daß man sich selbst der Dame mit Freuden gefangen gibt,
der Idee nach. Davon verlieren auch Ehrenhändel ihre Spitzen. Der
Gefangene muß sich selbst etwas wert sein; da beschämt man ihn
nicht dadurch, daß man ein Lösegeld verschmäht.

Das alles ist das Turnier, und noch viel mehr. Es ist eine hohe
Schule der Ritterschaft, in der Männer üben, ihren Trieben zugleich
zu folgen und ihnen die Stirn zu bieten. Auch im Frauendienst erheben sie sich über die Natur. Weiß man etwa nicht, wer Adam den
Apfel gereicht hat, daß er davon esse? Wäre er ohne seine Frau Eva
nicht immer noch im Paradies? Sie war schwach, nun verherrlicht er
sie dafür, als wäre sie die Jungfer Marie. Denn nichts ist so ritterlich,
wie die Blöße der Schwachen zu bedecken. Sie hat ihn geschlagen;
nun bietet er ihr, nach der Idee gesprochen, auch noch die andere
Wange dar. Als Ritter ißt er zum zweiten Mal vom Apfel, als bedeute
er diesmal die Seligkeit.

Nein, auf der harten Erde ist wohl kein Friede zu stiften, auch
nicht zwischen Mann und Frau. Am Ende eines Turniers aber gibt es
ihn ja doch, und wär's nur für einen Hochzeitstag. Da wollen die
Ritter im Paradiese sein und den Sieg, den sie über sich selbst errungen haben, feiern aus Herzenslust. Da muß der doppelte Lehmkloß,
den Gott als Mann und Männin geschaffen hat, zum Goldschatz
werden. Wofür sonst, als daß so ein Glücksfall sich darin fange, soll
der Große Fischer sein Netz ausgeworfen haben! Und welche Fabel
hätte Besseres zu tun, als dieses Netz gedankenvoll nachzustricken!

So viel vom Turnier, seiner Idee nach gesprochen. Auf dem Leoplan hatte Der Kyberg ganz andere Sorgen. Er wäre mehr als zufrieden gewesen, hätten die Herren auch nur die Regeln eingehalten.

Die lustige Bûhurt? Eine Schlägerei war's, die kein Kaschemmen-
wirt geduldet hätte, ein Massenstechen ohne Witz und Sinn, ein
Krawall und Dauerauflauf. Er ließ die Drommeten des Preisgerichts
einfach untergehn, degradierte sie zum Zirpen. Ein Drunter und
Drüber, daß Gott erbarm – doch er tat es nicht. Um so lieber hatte
der Teufel seinen Schwanz darauf.

Dabei hatte es leidlich angefangen. Die Parteien, die das Spielgericht gebildet hatte, waren von Des Kybergs gepreßter Stimme aus-
gerufen worden. Er hatte dem Zufall dabei nicht allzuviel Raum
gegeben. Die Gänge waren geregelt wie folgt:

Zuerst brach, auf den dritten Drommetenstoß, das Heer der Be-
lagerer, angeführt von Herrn Lähelîn, aus dem Wäldchen und
sprengte die geschlossene, mehr oder minder stillstehende Front der
Belagerten an, die sinngemäß vor dem Bürglein hielten; ihr Vorreiter
Gurnemanz musterte sie und hielt sie an, den Nachteil verminderten
Anlaufs wettzumachen durch Verdoppelung der Standhaftigkeit.

Furchtbar blieb der Zusammenprall auch so, wobei sich Kampf-
paare bildeten; denn auch die Bûhurt *en masse* bleibt in ihrem ritterlichen Kern eine Tjost Mann gegen Mann. Doch hatte es bei dem
einen Stoß zu bleiben. Er hielt die Herren nur einen Augenblick auf
– der länger werden konnte, wenn einer aus dem Sattel gehoben
wurde. Die Mehrzahl der Angreifer aber durchritt die vom Anprall
gelockerte Formation der Gegenpartei und sprengte, nicht mehr geordnet, aber beflügelt, im Bogen zu ihrem Wäldchen zurück.

Nach der Regel konzentrierte sich die Schlacht auf ein kurzes
Treffen oder Fehlen. Klangvoll war es noch genug. Die Männer
schrien ihre Devisen durch das verdumpfende Visier, die Rosse ga-
loppierten, wieherten, stäubten und stiegen. Die Schilde krachten,
die Lanzen splitterten und taten gut daran. Denn so dämpften sie den
Anprall durch ihr gezieltes Bersten. Wer gestürzt war, durfte sich
ungehindert wieder aufheben und aufs Pferd helfen lassen. Das taten
die Knappen, die am Rande des Spielfelds in Bereitschaft standen
und ihren Herren die frische Lanze hinaufreichten oder einen ganzen Schild.

Vermerkt wurden die Stürze vom Kampfgericht. Sie zählten
durchaus für den Ausgang des Turniers. Auch der vermiedene Sturz
konnte etwas kosten, wenn er eher ein Werk der Vorsicht war als der
Manneskraft. Dann notierte Der Kyberg einen dunklen Punkt neben
dem Namen des Ritters. Noch verwendete er die Brandmarken spar-

sam. Zu einem Vorturnier gehört noch nicht der größte Mut, also fällt auch sein Mangel nicht so ins Gewicht.

Der nächste Gang wird mit umgekehrtem Vorzeichen geritten. Nach einer Pause, die der Wiederherstellung von Reiter und Roß dient, fällt es den Belagerten zu, sich zum Ausfall zu rüsten, während sich die Belagerer im Standhalten üben. Es ist die Gurnemanzische Partei, die jetzt die Lählinsche durchreitet, um in einem Bogen, der mehr Freiheit als Erleichterung an den Tag zu legen hat, das Bürglein wiederzugewinnen. So gebietet's die Regel. Wer sich dabei mannhaft zeigen kann, tut es für geübte Augen auch in Kürze genug.

Wie aber kam es zur Ausartung? Wie konnte der Spielplatz zur Walstatt werden, die Regel in grobes Gedränge kommen? Wie plötzlich dunkel werden, nicht nur auf dem Leoplan, auch in den Köpfen der Herren, die sie einander blutig färbten, gegen alle Abrede? Wer konnte sich so vergessen, wer die Knappen auffordern, sich an den Gegenspielern zu vergreifen mit Knüttel und Keule, um sie womöglich aus der Rüstung zu prügeln, ihnen diese abzunehmen und sie selbst in Gefangenschaft zu zerren, mitsamt dem Pferd?

So widerfuhr es vielen auf beiden Seiten, und die Proteste des Gerichts, die Mahnungen der Parteiführer waren in dem Gebrüll, Gewieher und Gestöhn so wenig vernehmlich, daß den Besonnenen am Ende nichts anderes blieb, als sich nicht lumpen zu lassen. Gefangen wurden, ohne Art, auf Belagererseite die Herren Schafillôr von Aragôn, Brandelidelîn von Punturtoys, Hardîz de Gascogne und, in einem verfrühten Höhepunkt, kein anderer als Herr Lählîn selbst. – Der oberste Belagerer fiel nicht kläglich, und alles andere als sang- und klanglos. Vom Pferd aber mußte er, er berührte den Boden mit beiden Füßen. Das hatte als Sturz zu gelten, auch wenn er ihn zu maskieren suchte, indem er, nachdem ihm das Pferd durchgegangen war, mit dem blanken Schwert ins Zeug fuhr. Das war nicht nur gegen alle Regel, es war ein starkes Stück für den als kalt bekannten Mann. Es besagte allerhand über den Grad seines Zorns.

Wer aber hatte ihn gefällt, wie die andern namentlich aufgeführten Herren auch, wie ungezählte Namenlose außerdem?

Er war's, Gahmuret, kein anderer. Er schien durchaus nicht unwiderstehlich. Er kam auf Liliencrôn angesprengt und machte mit einem Stich des Meerrohrs reinen Tisch. Es splitterte nicht einmal. Er ritt scheinbar unbedeckt, und doch prallte jede Lanze von seinem Kopf ab. Das war er nun, der Diamanthelm. Er blitzte kaum, wenn

Gahmuret dem Gegenritter aus dem Sattel half, denn so sah es aus: als hätte der Hintern keinen Sitz, die Schenkel keinen Druck. Kleinlaut, wie verzaubert wichen sie vom Pferd. Fast sah es aus, als hätten sie den Bocksattel freiwillig geräumt, gar mit einer Entschuldigung. Standen sie aber auf dem Boden, schüttelten sie den Kopf und stemmten die Arme in die Hüften.

Ist es ein Wunder, daß sich der Fortgang des Turniers durch Einsprachen verzögerte? Da Gahmurets Lanze ganz blieb – sie war übrigens mit der französischen Lilie geschmückt –, nannte man sie regelwidrig. Außerdem wollte man vom Diamanthelm geblendet worden sein.

Der Kyberg wiegte den roten Kopf so diplomatisch wie möglich. Er konnte nicht umhin, dem Heiden – die Nachrede kam auf, man wußte nicht wie – den Punkt zu lassen. Davon hatte Gahmuret im Lauf des Nachmittags eine stattliche Reihe gesammelt.

Zwar auch seine Partei – eigentlich die des Herrn Gurnemanz – ließ Haare und mußte sich Gefangene abgewinnen lassen. Eingezogen wurde Gahmurets Vetter Kaylet, den Herr Hardîz gesucht und an dem er sein Mütchen gekühlt hatte, bevor er selbst das Fallen lernte von Gahmurets Hand. Gefangen wurde auch Killirjakac in seinen Flören, von denen keiner ganz blieb, ferner König Lac und der uralte Utepandragûn. Allen diesen hatte es Lähelîn mit kühler Sicherheit besorgt, und wohl einem Dutzend Belagerter dazu, bevor der König von Zazamanc dem Furchtbaren das Schwert, das dieser aus der Scheide gerissen hatte, aus der Hand nahm, wie man im Vorbeireiten einen Apfel pflückt. Herr Lähelîn war so verblüfft, daß er sich von Tampanîs und Schiônatulander, die sich kurz verbeugten, ohne weiteres beim Arm nehmen und in Ehrenhaft abführen ließ.

So waren es beiderseits ihrer vier Namhafte, deren Ausfall man beklagen mußte. Dabei konnten sie noch von Glück reden. Denn wie hätten die Belagerer den Sturz ihres Herzogs auf sich sitzen lassen dürfen. Das Beiläufige daran war zu empörend. Nun gab die Ruhe dem Zorn Raum, die Regel der Rache. Herr Môrholt aus Irland war der erste, der sich das Schutzkrönchen von der Lanze riß. Aufs Blut gereizt, suchte er das Weiße im Auge des Gegners, und wenn das Auge gleich mitging, desto besser! Auch die irischen Knappen ließen ihre Knüppel aus dem Sack. Wollten sich Mann und Rüstung nicht trennen, nahmen sie auch die Keulen zu Hilfe, achteten nur darauf, daß die Rüstung heil blieb. So gab es die ersten Toten.

Auch wenn sie keinen Namen hatten, bleibt es doch traurig, daß sie sich nun keinen mehr machen konnten.

Immerhin, sie hatten ausgelitten, was die Blessierten von sich nicht sagen konnten. Ist eine Knieverletzung bei einem Turnier das Normalste von der Welt, so tut sie darum nicht weniger weh. Es gab welche, die wälzte der heulende Schmerz aus dem Sattel, nachdem sie den Lanzenstoß überstanden hatten. Andere lüfteten das Visier, das nicht hatte dichthalten wollen, um ihre Zähne ins grüne Gras zu spucken, und spien auch Blut hinterher. Anderen, die unversehrt schienen, lief das Blut aus dem Mund oder gar aus den Ohren. An einem solchen Mann war mehr zerstört als ein Gebiß.

Aber nicht der Stoß richtet das schlimmste Unheil an, sondern der Sturz. Den dämpft die Rüstung nicht, sie erschwert ihn noch, behindert Drehen und Wenden und die Flucht zu Fuß erst recht. Man scheppert zu Boden, wie sich's eben fügt, und fügt es sich schlecht, so wird man überritten. Oder es trifft ein Huf Nieren oder Schädel, als wäre man in einen Schmiedehammer gelaufen. Da bleibt man nicht gesund.

Herr Môrholt in seiner Wut hatte einen wahren Bergsturz von Unfug losgetreten und den Leoplan in eine Dresch- und Flegeltenne verwandelt. Und wenn schon Der Kyberg nicht mehr halten und wehren konnte: wie mochte Die Burg dabei zusehn?

Das tat sie schon eine Weile nicht mehr.

Obwohl es ja Gahmuret war, der das Überborden ausgelöst hatte und also das Hauptziel der Gereizten sein mußte, mit Gefahr für Leib und Leben?

Gahmuret hatte zu kämpfen aufgehört. Er war außer Gefecht.

Außer Gefecht? Er auch?

Allerdings.

Gefangen? Verwundet? – Erschlagen?

Nichts von alledem.

Er hatte die Belagerten zum fünften Punktesieg geführt und Lähelîn aus dem Gefecht gezogen. Da griff er sich an den Kopf.

Frau Herzeloyde umklammerte die Brüstung mit beiden Händen. Ihren Schrei hielt sie zurück. Daran tat sie gut.

Denn der Heide war nicht getroffen. Er griff sich an den Kopf wie ein Mann, der zur Besinnung kommt. Er ritt Môrholt mit einer Finte aus dem Weg und nahm den Helm ab, den niemand sah. Er kehrte sich vom Getümmel weg, ließ Liliencrôn aus der Reihe tanzen. Er floh die Angreifer nicht, hörte nur auf, sie zu beachten.

Er floh nicht, er ging nur. – Mir nichts, dir nichts? – Das denn doch nicht. Gahmuret war getroffen, doch am Leibe nicht.

Frau Herzeloyde hatte die Reitergruppe schon früher kommen sehen. Sie kam vom BERG WO EIN TAL IST und war ritterlich gepanzert. Im blauen Schild führte sie einen gelben Punkt, der sich allmählich zum Stern vergrößerte. Das Wappen von Anschouwe.

Sie trugen die Schilde verkehrt, die Spitze nach oben. Es hätte der Flöre nicht bedurft, damit jeder sehen konnte: Kampf hatten die nicht im Sinn, und einen Minnestreit noch weniger. Sie trugen Trauer.

Der kleine Zug hielt an, als er die Linde des Kampfgerichts erreichte. Da hatten sich bereits die Franzosen niedergelassen, und so begegnete eine Trauergesellschaft der andern, wobei die erste längst zum Jubeln übergegangen war. Gab ihnen Gahmuret nicht Grund dazu, trug er nicht ihre Farben? Frau Herzeloyde hatte es wohl bemerkt, mit Beklemmung und tiefem Mißvergnügen. Die ihr nahestand und die sie fast vergessen hatte, Sigûne, sah die Herrin heiß und kalt werden. Sie fieberte mit Gahmuret; sie erstarrte beim Anblick derer, die es wagten, sich seine Taten gutzuschreiben.

Das Turnier, von dem er sich abgewandt hatte, begann nun erst recht zu rasen; die Frau achtete darauf so wenig wie er. Sie sah, wie sein Haar mit dem letzten Sonnenstrahl verblaßte. Er ritt an dem blasenden Kyberg vorbei, vorbei am Grüpplein der Franzosen, um stehen zu bleiben vor seinen Landsleuten, die ihm Trauer zugetragen hatten. Er hielt den unsichtbaren Helm unter dem Arm, und Liliencrôn senkte das Haupt.

Das Turnier lärmte um so mehr. Man schrie nach dem Heiden, verlangte ihn zu stechen, zu schlagen. Er aber ritt am Rande des Leoplans über die Brücke zu seinem Zelt. Seine Knappen, der helldunkle und der dunkel-helle, folgten mit Abstand zu Fuß. Sie hatten Mühe, ihn nicht einzuholen, so langsam setzte Liliencrôn Huf vor Huf.

Gahmuret dachte nicht daran, aufzublicken zur Burg. Er hielt die Augen auf die Erde geheftet, während er den Schild umdrehte, auch er. Nun wies der Anker schief nach oben und schien Halt zu suchen in den Sternen, von denen der erste, Frau Venus, eben zu zwinkern begann.

Was die Boten zu melden hatten, konnte nur Eine Nachricht sein. Sie war auch vom Langen Fenster aus leicht zu erraten. Gâlôës, der ältere Bruder, war tot, Gahmuret war ein zweiter Sohn nicht mehr.

Hier ritt der König von Anschouwe, ritt seinem Zelt entgegen wie einem offenen Grab. Erst seine Knappen, dann auch die Boten folgten ihm in das Haus aus Tuch. Es blieb dunkel; es erhellte sich nicht.

Drüben aber auf dem Leoplan ging es zu, als seien mit dem Einzug des Todes auch alle Teufel von der Kette gelassen. Sie hackten einander kurz und klein, straften sich gegenseitig für den mühelosen Sieg, den ihnen der Heide abgewonnen hatte. Nun mußten sie sich selber zeigen, daß sie Männer waren, und kümmerten sich dabei um Zuschauer so wenig wie um die Warnzeichen des Gerichts.

Frau Herzeloyde steht noch immer an ihrer Stelle, als aus der Anspannung Frösteln geworden ist, aus der Dämmerung Nacht. Je dunkler das Zelt bleibt, desto klarer treten die Sterne hervor. Morgen soll wieder ein schöner Tag werden. Die Feuer auf dem Leoplan sind niedergebrannt bis auf eines, die Wache unter dem Lindenbaum.

Denn die Herren haben Feuer befohlen, um weiterzukämpfen. Als den Knappen das Holz ausging, haben sie das künstliche Wäldchen in Brand gesteckt und danach, unter Johlen, auch noch die Holzburg angezündet, mitsamt der Frau Fei; einer hat sie in den Arm genommen, um zu sehen, ob er die Hitze aushielt, und wäre fast mit ihr zusammen verbrannt, indessen es die Herren draußen immer weiter trieben, Mann gegen Mann. Sie sahen und hörten nichts, spürten kaum ihre Wunden. Pferde, die nicht gestürzt waren, entledigten sich selbst der Unvernunft ihrer Reiter, die den Kampf auch dann nicht aufgaben, als er zum Taumeln im Dunkel geworden war; rauschblind tasteten sie mit ihren Schwertern nacheinander, bis die Füße sie nicht mehr trugen, und auch das merkten sie erst, als sie schon gestürzt waren; da endlich blieben sie liegen.

Es wäre sinnlos gewesen, die Drommete zur Sammlung zu blasen. Der Kyberg begnügt sich damit, die Turnierfrüchte sang- und klanglos einsammeln und wegtragen zu lassen, einen jeglichen in sein Zelt. Den am schwersten Blessierten öffnet er die Untere Burg, damit sie sich auf Zinnen und in Fensterlöchern erfrischen können. Die Nachtluft kühlt Wunden, unterstützt ihre Heilung. Einigen ist nicht mehr zu helfen, die trägt man ins Münster, damit sie ordentlich aufgebahrt werden können. Findet jetzt auch der Burggraf ein paar Stunden Ruhe zur Besinnung, zum Abwägen der Kalamität? An Schlaf denkt er nicht. Und bald zeigt sich, wie gut er daran tut.

Die Frau im Langen Fenster hat sich nach ihrer fröstelnden Nichte umgewandt und gesagt:

Schaff mir Den Kyberg. Auf der Stelle.

Und steht schon wieder vertieft in den Anblick des erloschenen Landes zu ihren Füßen. Der ruhige Gang des Flusses läßt sich wieder hören, manchmal zerreißt ein Schrei die Stille. Der Mond, der gelb und riesig über dem brennenden Leoplan aufgegangen ist, steigt kleiner, doch klarer über den erloschenen empor, gießt sein kahles Licht auf den BERG WO EIN TAL IST und läßt seine Form hervortreten wie eine angeschnittene Frucht. Überallhin verbreitet sich die geisterhafte Helligkeit, nur eine Stelle spart sie aus. Da unten, am Fuß der Burg, läßt sie einen blinden Fleck mit fünf Zipfeln, eine Lücke, die kein Auge durchdringt.

DIE HEIMSUCHUNG

WIE HERZELOYDE IHRE RECHTE AUF GAHMURET
GELTEND MACHT

»Schaff mir Den Kyberg!« –

So geschah es, denn es hatte zu geschehen. Aber leicht war es nicht. Der Burggraf hatte wieder überall sein müssen: bei den Zelten der Belagerer und der Belagerten gleichzeitig. Denn sie waren ja teilweise zu Lazaretten geworden, aus denen es schrie und stöhnte: nach Wasser, Schnaps, oder auch nach dem Pfaffen, wenn ein Fall schwerer lag. So kam der Pariser Gesandte zu einem Versehamt, das er nicht gesucht hatte. Er mußte in gewähltem Französisch manche Letzte Ölung spenden, statt Herrn Gahmuret heimzusuchen und besorgt zu sein, daß die Sache Frankreichs auch bei der neuesten Wendung der Dinge gebührend vertreten blieb. Die ansässige Geistlichkeit war dem Turnier so gut wie ferngeblieben. Es schicke sich nicht, schon gar nicht zu Pfingsten, hatte der wâleisische Bischof befunden. So mußte der Burgkaplan, ein gelassener Mann, der die Bequemlichkeit liebte, für viele trösten. Dennoch ließ er die meisten unversehen, zu denen er gerufen wurde, mit der Bemerkung: das sehe schlimmer aus, als es sei. Nach einem Turnier komme mancher wieder auf, der scheinbar aus dem letzten Loch pfeife. Die Herren seien groß auch in ihrer Wehleidigkeit und pfiffen bald wieder nur zu vergnügt.

Auch wenn die Lebensweisheit des Herrn seinem geistlichen Vorurteil entsprang: sie erwies sich als gerechtfertigt. Denn immer lauter wurde, statt nach ärztlichem oder kristlichem Beistand, nach gesunderen Tröstungen gerufen. Und je weiter die Nacht vorrückte, und je höher der weiße Mond über den Zelten stand, desto zweideutiger ächzte es aus ihnen. In manchen begann es förmlich heiter zu werden.

Nur das eine Zelt, am Rande der Burgmauer, blieb still wie der Tod.

Kyberg, der in aller Kürze überall gewesen war, mußte jetzt also zugleich in der Burg antreten. Doch das Schwerste stand ihm erst bevor. Denn die Herrin richtete sich im kaum noch hellen Festsaal vor ihm auf und erhob auch ihre Stimme. Die war, da sie stark atmete, klein. Deutlich war sie genug.

Das Turnier ist zu Ende, sagte sie. – Ich brauche es nicht zu beendigen. Das haben die Herren selbst besorgt.

Der Burggraf wiegte den grauen Kopf. Ein Abbruch war gegen Regel und Vereinbarung. Nur kam er, leider, den Tatsachen entgegen. Von diesen ganz abgesehen: diese Frau war es gewohnt, Tatsachen zu schaffen. Die Gründe durften ihn nicht kümmern. Doch grauste ihm vor den Folgen.

Der Sieger liegt auf der Hand, sagte Frau Herzeloyde. – Wir sind der Wahl enthoben.

Der Kyberg sah auf. – Wer denn? fragte er gepreßt.

Der – wie will er heißen? erwiderte sie. – Der zuletzt noch hinzugetreten ist. Den Ihr mir zu melden versäumt habt. Den ich in die Burg bestellen mußte. Der da unten im Zelt. Der König von Zazamanc. So nennt er sich, wie ich glaube, oder auch Gahmuret, denn er ist auch *Ze Anschouwe*.

Der –? fragte der Burggraf, und alle Farbe wich ihm aus dem Gesicht, was etwas heißen will, bei seiner schlagflüssigen Komplexion.

Wer sonst? fragte sie in gespieltem Trotz. – Ich habe keine Wahl!

Die habt Ihr wahrhaftig! entgegnete Der Kyberg. – Herr Schyolarz, zum Beispiel, hat ausgehalten bis ans Ende –

Ihr redet ja wie aus der Bibel, sagte sie, da ist der Herr von Poitou der Richtige dafür! Sonst finde ich gar nichts Erbauliches an ihm. Außerdem ist er beweibt, um mich zurückhaltend auszudrücken.

So mancher ist unbesiegt, versetzte der Burggraf kurzatmig, und wird morgen wieder antreten, zum Hauptturnier.

Es gibt kein Hauptturnier, Kyberg! sagte Frau Herzeloyde. Wir müssen die Keilerei, die hier ausgebrochen ist, wohl oder übel als Ende gelten lassen. Ihr habt sie verhindern wollen, ohne es zu können. Ich tadle Euch nicht dafür. Die Herren haben sich eben als das gezeigt, was sie sind, als sie Eurer Regel spotteten. Daß Ihr einen wie Schyolarz dafür belohnen wollt, ist nicht Euer Ernst. So lange Eure Regel in Kraft war, hat sie uns einen Sieger gezeigt, klipp und klar.

Herr Lähelîn – fing Der Kyberg an, dann schluckte er einmal. – Er blieb unbesiegt, fuhr er fort.

Lähelîn unbesiegt? lachte Frau Herzeloyde kurz. – Jetzt treibt Ihr den Spaß zu weit. Herr Gahmuret hat ihn hinters Pferd gesetzt wie nichts.

Nicht wie nichts! erwiderte der Treue, in seiner Angst nun fast aufsässig. – Er kam nicht zum Stoß, das ist wahr. Aber er hätte getroffen, wenn der Heide nicht zu früh gekommen wäre –

Zu früh? fragte sie schneidend. – Was soll das heißen? Der Ehere ist der Bessere. So viel verstehe sogar *ich* von Eurem Turnier. Fehlte nur noch, daß Ihr jetzt mit dem Diamanthelm kommt!

Damit komme ich, Frau! sagte der Burggraf unerschrocken, denn er war wider die Regel.

Wider die Regel? fragte sie. – Nur weil er kaum zu sehen war, und schon gar nicht zu treffen? Das lag am Manne, Kyberg, und nicht am Helm. Er hat ihn aufgesetzt an meinem Turnier, das ist ausschlaggebend. Und wenn der bessere Helm und die ungebrochene Lanze wider die Regel sein sollen ... dann bin ich es auch. – Ihr habt den Mann zugelassen, Burggraf, fügte sie hinzu. – Jetzt bleibt nichts anderes, als daß ich ihn wähle.

Er hatte sie längst gespürt, ihre Entschlossenheit. Aber ein Dienstmann ist nicht treu, wenn er den Dienst nicht höher stellen kann als eine Laune der Herrschaft.

Ich gebe zu bedenken, wandte er ein, daß Ihr mit diesem Herrn keinen Frieden schaffen würdet, also auch keinen finden, so wenig wie Euer Volk. Er mag seinen Zauber haben. Aber von einem Zauberer will keiner der Herren besiegt worden sein. Sie werden wiederkommen, um die Wahl anzufechten, und eine solidere erzwingen.

Eine *solidere*, Kyberg? fragte die Herrin schneidend. – Solide bin ich selbst, um der Sache Eure Namen zu geben. Ich weiß mein Recht ebenso zu wahren wie mein Reich.

Der starke Kyberg mußte die Anmerkung verschlucken – und erstickte fast daran –, daß sie sich dann das Turnier ja gleich hätte sparen können. Doch es stimmte nicht und war durchaus nicht an dem. Das Reich war verschlampt und brauchte einen ganzen Mann.

Und was Euren Frieden betrifft, sagte sie, so ist es der meine nicht. Ich habe keinen faulen Frieden nötig.

Ihr wollt Euren Frieden nicht, aber Ihr wollt diesen Herrn, sagte Der Kyberg mit dem ganzen Mut seiner Treue. – Der erste Wunsch mag Euch nur zu sehr erfüllt werden. Der andere um so weniger. Denn Der Ze Anschouwe wird wieder gehen, wie er gekommen ist, über Nacht.

Das laßt meine Sorge sein, antwortete sie hochmütig.

Er ist aber auch beweibt! sagte Der Kyberg und ahnte schon, daß selbst dieser starke Trumpf nicht stechen würde. Darum setzte er hinzu: Er ist es sogar mehrfach und wird es bald wieder sein! Denn er kämpfte heute für die Königin von Frankreich; Gott weiß, für wen er morgen kämpft!

Auch das ist *meine* Sorge, Burggraf, erwiderte sie. – Er hat den Helm aufgesetzt, er hat an diesem Turnier teilgenommen, er hat es gewonnen. Ob es uns paßt oder nicht: der Preis gehört ihm.

Er wird Euch unerschwinglich werden, und Wâleis muß ihn zahlen, war Der Kyberg gedrängt zu sagen, und verschluckte es knapp. Blaß wie der Mond draußen erhob sie sich vor seinen Augen, von der Milde des Trabanten weiter entfernt als dieser von der Erde.

Dann, sagte er langsam, dann, Herrin – laßt wenigstens neben Eurem Wunsch und Willen einen Finger breit Raum für Klugheit. Sie gebietet –

Ich gebiete hier, sagte Frau Herzeloyde, das heißt, Eure Regel. Und Unser Gebot ist jetzt, daß Ihr Herrn Gahmuret Folgendes meldet: Wir gedächten ihn in seinem Zelt zu besuchen und – hier zögerte sie doch einen Augenblick – ihm den Ausgang des Turniers beliebt zu machen.

Beliebt? fragte Der Kyberg gepreßt zurück. – Wißt Ihr nicht, daß er Trauer trägt? Ihm ist der Bruder gestorben und die Mutter gleich hinterher.

Das tut mir leid, sagte sie. – Dann ist er jetzt König von Anschouwe. Anschouwe ist ein Reich, das Respekt heischt. So viel zu Eurem Abenteurer.

Ich werde Euch für morgen melden, sagte er, wenn die Messe –
Für *jetzt*, sagte sie, auf der Stelle.

Frau! sagte er, es geht an die zehnte Stunde!

Ich werde um Mitternacht erscheinen, erwiderte sie. – Er wird sein Zelt festlich machen wollen. Und Ihr sorgt für Zeugen, und zwar ausreichend.

Ihr befehlt ... ein Bankett? fragte er entgeistert. In diesem Zustand? Ich meine: dem Zustand der Herren?

Die Herren meiner Partei werden mir den Dienst nicht versagen, erwiderte sie.

Sie vielleicht nicht, antwortete Der Kyberg mit dem Humor der Verzweiflung, doch ihre Beine.

Sie mögen ihr Bett nehmen und wandeln, sagte Frau Herzeloyde, wenn wir schon nach Eurer Heiligen Schrift zu reden haben.

Diese Notwendigkeit bestand durchaus nicht, und die Sprache des Wunders klang gotteslästerlich genug in den Ohren des Dienstmannes. Es war ein Wunder, was die Frau befahl, doch sie mußte es wohl erleben. So neigte er den Kopf mit einem Ruck und befahl das Ungeheuerliche, denn zu geschehen hatte es ja doch.

Und es geschah. Die es gewagt hatte, stand am Eingang des Zeltes
und war selbst ein Wunder an Fassung. Diese war nötig, denn sie
bebte an ihrem ganzen hohen Leib. Das Kleid, das ihn verbarg, war
von steifer Seide und hielt auch ihre Bestürzung zusammen. Es war
aus einem einzigen Stück geschnitten und zeigte die Farbe ihres erhabenen Ursprungs. Im Kerzenlicht erschien es dunkelviolett. Sie
kam mit dem kleinsten Gefolge, nur mit Sigûne zu zweit, die ebenso
gekleidet war, als blasse Schwester. Und schmucklos kamen sie, die
Erste einen Schritt voraus. Nur ein sichelförmiges Diadem leuchtete
ihr von der Stirn. Es blitzte nicht, sondern schien aus sich selbst
heraus, wie draußen der fahle Mond.

So traten sie ein, hielten inne, und man erhob sich von der Tafel,
wenn auch nicht alle. Denn einigen, die liegen mußten, gelang es
nicht. Doch auch diese grüßten die Grußlose durch ein Neigen ihrer
geschlagenen Köpfe und gebleuten Schultern. Die meisten standen
aber doch, und einige gar sicher und fast keck. Das waren die Gefangenen, an denen das Gröbste vorübergegangen war.

Der Erste aber, den Frau Herzeloyde sah, war Herr Lähelîn. Der
hatte die blasse Stirn gesenkt, die Augen aber nicht. Und sie zwang
sich, diese Augen zu messen und die Erschütterung darin, die stärker
war als sein Wille und schwächer als die ihre. Denn nun wurden sie
doch gesenkt. Herr Lähelîn war geschlagen, an einem Tag zum zweiten Mal, und biß sich auf die Lippen. Sie waren nicht gefesselt, die
Gefangenen. Nur Ehrenbande hielten sie fest.

Am mühelosesten, mit der geringsten Eile, hatten sich der Prälat
von Frankreich erhoben, und hinter ihm seine drei Kindlein. Sie
beachtete ihn nicht einmal, hatte aber doch gesehen, wie er seine
Kiefer reckte. Es arbeitete darin, als könne er das Parlieren auch jetzt
nicht lassen, wo Schweigen geboten war.

Das Schweigen wog schwer.

Es kostete die beiden Damen etwelche Mühe zu glauben, was sie
sahen: ein Zelt wie noch keines in der Welt. Denn von innen wirkte
es nicht nur geräumig, sondern grenzenlos. An seinem Himmel
brannten Kerzen, als wären es Gestirne. Man hätte ins Grübeln
kommen können, wie sie dort oben befestigt worden waren, und wie
sie brannten, ohne Brand zu stiften. Sie standen wie an einem andern
Firmament und zwinkerten kaum im Luftzug, der sich mit der geöffneten Zelttür erhoben hatte. Die hielten sie selbdritt, Der Kyberg
und die beiden Knappen des Königs von Zazamanc, der dunkle und

der helle. Von ihrem Herrn aber war im ganzen Zelt nichts zu sehen. Und die beiden Damen standen in seiner Pforte nicht anders, als wären sie in die Wüste getreten.

Die Wüste war so leer, daß sich die Menschen darin verloren, ebenso der Prunk ihrer Tafel, und der war unermeßlich. Da glänzte es von Gold, Kristall, Rubin und Smaragd und schimmerte von Kerzenlicht. Es war an nichts gespart, und doch zerstreute es sich in der Weite. Es war etwas Verlorenes daran. Oder war es nur im Auge Frau Herzeloydes?

Verloren stand auch sie in einer Wüste, deren Horizont immer weiter zurückzuweichen schien. Entfernt war das Nicken von Pferden zu erkennen. Es duftete nach Gewürznelken, Balsaminen und Myrrhe. Frau Herzeloyde kannte keinen der Düfte, und doch stellten sich die Namen dazu ein, als wären sie ihr im Traume vorgesagt worden. Dann verloren sie auch die Namen, und die Düfte verzogen sich, langsamer, hinterher.

Das Schweigen dauerte.

Da war noch immer kein Gastgeber, der ihm entgegengetreten wäre, oder den beiden Damen, hinter denen sich der Zeltvorhang wieder gesenkt hatte. Niemand bot ihnen den Gruß.

Frau Herzeloyde hatte ihn endlich bemerkt, den Mann, der sitzen geblieben war. Sein Gesicht sah sie nicht. Er hatte es in beide Hände gestützt, das Haar fiel ihm darüber. Bei Tag war es schilfblütengrau gewesen. Jetzt schimmerte es wie Schnee.

Herr Gahmuret! sagte Frau Herzeloyde.

Da hob er es auf, sein Gesicht, und wieder konnte sie es nicht sehen; denn es war wie ein Spiegel beschlagen. Es kam nicht näher, als er aufstand und auf sie zutrat; er verbarg es abermals, als er sich vor ihr neigte. Sein Kleid war weiß und in der Mitte von einem Gürtel gerafft. Es ließ nur seine Füße frei; die steckten nackt in groben Sandalen. Er war nicht größer als sie und wirkte zerbrechlich. Schmal und braun war die Hand, die er gehoben hatte, ohne die Bewegung zu vollenden. Hatte er sie zum Sitzen eingeladen? Die Lippen in seinem Gesicht hatten sich gerührt, doch sie hörte kein Wort.

Da traten hinter ihm die Knappen hervor. Tampanîs und Schîonatulander, und baten leise, ihnen zu folgen. Das taten sie, Herzeloyde voran, Sigûne danach. Sie ließen sich nieder an der oberen Tafel, wo Herr Gahmuret gesessen hatte, auf ledernen Hockern. Da saßen sie nun allein. Er stand noch immer, wo er sie begrüßt hatte, und wandte ihnen den Rücken zu. Schiônatulander aber neigte sich, so daß sein Haar Sigûnes Haar streifte, und goß aus einem Bocksbeutel eine hellrote Flüssigkeit auf den Tisch. Aber da floß sie nicht aus, sondern sammelte sich in der Form eines Kelches, der zuvor nicht sichtbar gewesen war. Es schauderte Herzeloyde, den Kelch anzurühren, denn er schien mit Blut gefüllt; das schwebte in der Luft.

Es war so still, daß man atmen hören konnte, am lautesten die Blessierten. Auch die andern hatten sich, nachdem die Damen Platz genommen hatten, gesetzt. Einer räusperte sich, das war Der Kyberg; der allein stand noch immer. Und Herr Gaschier, der Normanne, brach die Stille. Gott weiß, ob man's ihm danken soll. Denn er sagte:

Was ist los mit Euch, Herr Gahmuret?

Sie zuckten zusammen an den Tischen. Herr Gurnemanz wurde noch grauer. Im übrigen schien er wohlbehalten, was für seine Besonnenheit sprach, selbst inmitten eines Gemetzels. Der Angesprochene antwortete nicht. Da tat es, an seiner Stelle, Frau Herzeloyde.

Ihr Herren, sagte sie, und ihre Stimme bebte kaum merklich, dieses Zelt ist fremd und wunderbar. Und doch steht es auf dem Boden von Kanvoleis, und der ist mein eigen. Gestattet darum, daß ich Euch danke als Herrin dieses Landes für die schwere Arbeit, die Ihr in meinem Dienst geleistet habt, und auch gelitten. Denn Ihr habt den Helm aufgesetzt und Euch nicht nehmen lassen, es unter Euch auszumachen, um den bekannten Preis. Gott hat es gefallen, uns den Mann zu zeigen, der vor den andern der glücklichste war. Und so gefällt es mir, das Turnier an dieser Stelle abzubrechen. Denn an den Schlägen, die heute ausgeteilt und empfangen wurden, war es genug und übergenug.

Die Herren rührten sich kaum zu dieser Rede. Sie rückten nur etwas hin und her, und ihr Atem wurde zum Stöhnen. Sigûne saß mit gesenktem Kopf und war errötet. Frau Herzeloyde blickte von einem zum andern, und schließlich hafteten ihre Augen auf dem abwesenden Mann.

Beschweren will ich Euch nicht, Herr Gahmuret, sagte sie mit fester Stimme, denn jetzt seid Ihr mein Herr, und seid der Herr von Wâleis.

Sie hatten recht gehört. Es war beim besten Willen nicht zu überhören. Atemlos saßen sie jetzt; sogar das Seufzen und Stöhnen war verstummt.

Herr Gahmuret rührte sich nicht. Silberweiß fiel sein Haar auf den Rücken seines weißen Kleides.

Wieder räusperte sich einer; das kam von anderer Seite und klang ebenso ungehalten wie sonor. Es war das Räuspern Frankreichs. Frau Herzeloyde schenkte ihm keinerlei Beachtung. Wer den geistlichen Herrn ansah, mußte fürchten, er zerspringe.

Da war von draußen fein und leise, dann immer lauter das Läuten von Schellen zu vernehmen, als nähere sich ein Fastnachtszug. Die Zeltwand flog auf und ließ erst einen Luftzug eintreten, dann eine Gruppe von Männern; vorneweg einen Ritter, der war über und über mit Glöcklein behängt. Er schüttelte sich und fragte:

Vetter, wo steckst du, in Dreiteufels Namen? Wir sitzen gefangen, weit weg, und du feierst? Findest du das in Ordnung?

Der da eintrat, war Herr Kaylet von Spanien. Er schüttelte nochmals seine Schellen, wie ein Hund sein Fell. Zwei finster blickende deutsche Ritter folgten ihm auf dem Fuß, zum Zeichen, daß der Spanier ihr Gefangener und förmlich zu bewachen sei. Er wirkte keineswegs mitgenommen und hinkte doch ehrenhalber etwas beim Stolzieren. Die Wunder des Zeltes beeindruckten ihn so wenig wie die Stille, die darin herrschte.

Er blieb vor Gahmuret stehen und packte ihn bei der Schulter.

Da bist du doch, Schwerenot! rief er. – Und die hohe Frau sitzt allein am Tisch? Mach, daß du an ihre Seite kommst, denn da gehörst du hin! Ihr habt einander redlich verdient!

Und nahm den Stummen beim Arm, führte ihn an die Tafel und setzte ihn schellenklingelnd zwischen die Damen, Herzeloyde und Sigûne.

So muß es sein! dröhnte er fort. – Denn solange man von einem Turnier reden konnte, warst du der Größte, genau wie vor Pâtelamunt. Gewonnen hast du auch wieder, diesmal was Rechtes und eine Kristin! Aber daß ihr schon angefangen habt mit Lustigmachen, das ist nicht kristlich gehandelt! Daß ihr die Belagerer vergeßt – nun gut, man kann sie vergessen. Verdient hat er mich nicht erwischt, der bleiche Lähelîn dort, und du hast ihm's ja auch gezeigt. Immerhin darf er jetzt in deinem Zelt sitzen und Gesichter schneiden. Da hockt ja sogar der saubere Hardîz und bildet sich wohl gar ein, er habe mich getroffen – knirsch nur mit den Zähnen, du Saubeutel! –

Herr Hardîz hatte sich erhoben.

Spaniole, sagte er, nimm dein windiges Maul in Acht! Sonst stopf ich's dir auf der Stelle, und zwar mit deinen falschen Zähnen. Und zeige den Herren zum zweiten Mal, wie man einem Jungfernschänder den Marsch bläst, aber für dich wär's das letzte Mal!

Still! rief Herr Gurnemanz mit Autorität. – Dies ist eine Trauergesellschaft!

Herr Hardîz schwieg in der Tat, der Spanier aber war nicht zu halten.

Trauergesellschaft? fragte er. – Vetter, das wäre! Weil's deinen Bruder endlich erwischt hat, der dir die liebe Luft nicht gönnte und die Butter vom Brot stahl? Die Mutter noch dazu? In Gottes Namen! Das tut mir leid. Doch Mütter sterben auch, und sie hat nicht eben mütterlich an dir gehandelt, sonst hättest du besser ausgesehen, als wir uns in die Arme liefen! Und müßtest nicht hinter den Weibern her sein, wie du's bist! Pardon, hohe Frau, Ihr seid ja endlich was Solides – als Verwandter darf ich mich wohl äußern. Müßt jetzt nur dafür sorgen, daß auch Ihr etwas Solides bekommt!

Und wer gedacht hatte, die Steife Jungfrau müsse über dem schellenlauten Gerede zu Stein erstarrt sein, der glaubte nicht recht zu sehen. Frau Herzeloyde lächelte und sagte:

Ja, Vetter, das Turnier ist zu Ende, und Ihr kommt zur rechten Zeit. Mein Herr Gahmuret wird dafür sorgen, daß Ihr ausgelöst werdet, denn es ist mein Wunsch. Einstweilen setzt Euch doch hier an meine Seite und pflegt Euer Knie. Gut sieht es nicht aus, wahrscheinlich ist's grün und blau.

Das ist normal, liebe Frau Base, sagte Herr Kaylet und kam der Aufforderung ohne Umstände nach. Seine deutschen Bewacher folgten ihm zwei Schritt, doch weiter nicht. Ein Blick Frau Herzeloydes ließ sie gefrieren. Sie aber rückte und schob dem Spanier, der sich gesetzt hatte, eigenhändig den Saum des Schellenrocks zurück. Kraftvoll faßte sie an sein Knie. Und als er Luft durch die Zähne zog, sagte sie:

Ja, Schmerz tut weh, Vetter! und tätschelte das blaue Mal ohne Scheu.

Für die Zeugen war diese Begebenheit noch unerhörter als alles zuvor. Denn sie stimmte allzu wenig zur Würde der Mondgekrönten.

Inzwischen war das Räuspern des geistlichen Herrn nun doch zur Stimme geworden:

Madame –

Ich kenne Euch nicht, unterbrach ihn Frau Herzeloyde.

Ich bin Clodévic, Abbé von Saint Denis, sagte er, und wäre dennoch gar nichts vor Gott, hätte er mich nicht gewürdigt, der Beichtiger Ihrer Majestät zu sein, Ampflîsens, der *Reine de France*.

Das mag Euch in Frankreich berechtigen, den Mund aufzutun, sagte Frau Herzeloyde, nicht aber in Wâleis, wohin Ihr Euch verirrt zu haben scheint. Ich kann mich gar nicht erinnern, daß ich Nachricht von Eurem Kommen erhalten hätte.

Weil sie unerheblich war, das heißt: für Euch. Sonst aber war sie von höchstem Gewicht. Doch hat meine Königin ein Geschäft ausschließlich mit Herrn Gahmuret, dem Gespielen ihrer Jugend, nunmehr ihrem Verlobten. Kam er nicht ebenfalls ungemeldet vor diese Stadt – wie heißt sie doch? Er hatte seinerseits kein Geschäft mit Euch, so wenig wie unsere Frau. Von mir, ihrem Gesandten, vollends zu schweigen.

Wohlgesprochen, Pfaffe! rief Herr Kaylet, also schweigt in Gottes Namen!

Der geistliche Herr lächelte mühelos.

Zu lange schon, sagte er, schweigt Herr Gahmuret, betreten von der Verlegenheit, in welche man ihn zu stürzen beliebt. So ist meines Amtes, ihn aus diesem Zustand zu reißen, da ihn der Takt daran hindert, diesen zu beenden. Menschen von Herz und Erziehung geböte seine Trauer Respekt. Hier wird Schimpf und Schande damit getrieben. Nun dürfte die Dame, die ihn heimgesucht hat, nicht recht wissen, was sie tut. Das mildert unser Urteil in etwa –

Dein Urteil, Pfaffe, ist nicht gefragt, sagte hier Gaschier, der Normanne. – Es hat noch keiner Frau Schande gebracht, Herrn Gahmuret haben zu wollen. Nur kriegen kann ihn nicht jede!

Ihr sagt es unnachahmlich, Herr, erwiderte der Franzose. – Kriegen kann ihn nicht jede, in der Tat, sondern gar keine. Er ist schon vergeben, um mich in Eurem *Styl* auszudrücken. Denn meine Frau Ampflîse ist die Seine, wie sie es schon als zarte Prinzessin war. Sie hat ihn zum Schwert geleitet, zum Ritter geschlagen und ausgestattet, ehe er auszog, um diese Ehre auch zu verdienen. Dazwischen hat sie den König von Frankreich genommen, das ist wahr; Frankreich ist, nach Gott, das einzige, zu dem man unmöglich nein sagen kann. Frankreich war ihr Schicksal, und sie hat es, mitsamt der Krone, getragen sieben Jahr. Dasselbe Schicksal hat sie wieder zur Witwe gemacht. Sie hat der Pflicht gehorcht; nun ist sie frei geworden, dem Herzen zu folgen. Ihr Herz ist alle Jahre bei Gahmuret gewesen, keinem andern.

Aber seins nicht bei ihr, das kann ich beschwören! rief Herr Kay-let. – Habt Ihr eine Ahnung, wie viele Damen er bedient hat? Und immer noch zehnmal weniger, als er hätte bedienen können! Verges-sen hat er sich nur bei einer einzigen, wenn Ihr mich fragt. Die hieß Belakâne und war schwarz wie die Nacht. Die hat ihm gepaßt, man sollte es nicht glauben –

Hier war es, daß Herr Gahmuret zum ersten Mal die Augen erhob vom Tisch und den Glöckelnden ansah mit bleicher Strenge; doch ungerührt fuhr der Spanier fort:

Gut – das ist Schnee von gestern und Wasser unter die Brücke! Deine Geschichten passen dir nicht mehr, und hierher gehören sie erst recht nicht, wo du wieder dein Glück gemacht hast! Und die Frau da das ihrige! Aber daß ihr's der Schwarzrock madig machen will, ist unter jedem kristlichen Hund!

Das wäre es allenfalls, sagte der geistliche Herr mit dem allerfein-sten Lächeln, wenn hier die Rede wäre von Glück. Es muß aber die Rede sein von Trauer. Und wem sie das lose Mundwerk nicht ver-schlägt, der muß sich sagen lassen, daß er nichts weiter als ein pö-belhafter Raufbold ist, und ein schlechter dazu. Wer immer Eure traurige Figur vom Pferd gestoßen hat, es kommt schon gar nicht mehr darauf an. Es hätte jeder sein können, der erste Beste!

Der bin ich nicht, schrie Herr Hardîz, aber ich war's doch!

Gefangen seid Ihr, das ist alles, gab der Spanier zurück, und habt hier überhaupt nichts zu melden! Gefangen bin ich auch, aber dem Brautpaar verwandt: ich weiß also, wovon ich rede! Und kann sehr wenig Heiliges an einer Dame finden, Pfaffe, der gestern ein Mann abgestorben ist, und die sich heute dem nächsten feilbietet! Frau Herzeloyde hat nicht einen alten Liebhaber aufgewärmt, sondern das Beste gesucht, was für sie zu haben war! Und Ihr, Hardîz, seid so wenig der Beste gewesen wie ich! Wenn Ihr hier anfangen solltet, gute Sitten zu predigen, so passen sie zu Euch wie die Faust aufs Auge. Glaubt Ihr, nur weil's Euch bei den Weibern nicht gelingen will, seid Ihr berechtigt, ihre Ehre zu hüten? Und was meine Zähne betrifft, so werde ich sie Euch noch zeigen; denn künstliche sind immer besser als faule!

Viel deplazierter konnte das Spektakel, das die Streithähne boten, nicht werden – eben darum verfolgte es die Gesellschaft mit stocken-dem Atem und vergaß nicht nur das Trinken, sondern sogar ihre Wunden. Man war gespannt, wie die Steife Jungfrau den Tort auf-

nehmen und darunter zucken würde. Denn der Heide, an dem es ja
wohl gewesen wäre, ihn niederzuschlagen, machte keinerlei Miene
dazu. Wen hätte es wundern dürfen, wenn die Frau, die so weit her
war, einfach aufgestanden wäre, um die Pöbelstätte zu verlassen?
Aber es ging fröhlich weiter.

Ich werde Euch zu finden wissen, sagte der Gascogner, und dann
wird kein Auge trocken bleiben!

Nein, erwiderte der Spanier, denn da werden die Hühner Tränen
lachen, und ich noch eher!

Da seid Ihr in der rechten Gesellschaft, erwiderte Herr Hardîz,
wenn nämlich ein Kapaun die rechte ist für Hühner. Es möchte
ihnen etwas fehlen!

Jetzt aber donnerte Herr Gurnemanz, wenn auch mit Maßen. Der
Rittermeister schlug auf den Tisch.

Schluß! rief er, auf der Stelle! Es gibt Herren, die haben heute ihr
Leben verloren! Es ist nicht nötig, daß wir ihnen unsere Würde
nachwerfen. Wir sollen sie dazu verwenden, der Kürze des Lebens
zu gedenken –

Herrn Gurnemanz' Stimme schwankte, brach ab, und eine Träne
schlich ihm ins Auge. Hatte er nicht eben einen Sohn verloren, oder
gar schon den zweiten?

Graf von Grâharz, sagte Frau Herzeloyde blaß, doch mit ruhiger
Stimme, ich danke. Und ich glaube, Herr Gahmuret, es wird Zeit,
daß Ihr Euren Willen erklärt.

Tiefer konnte das Schweigen nicht mehr werden.

Herr Gahmuret brach es nicht. Er starrte vor sich nieder in das
volle Glas, in dem die dunkelrote Flüssigkeit schwebte.

Sie erhob sich, ging zum Zeltausgang, Sigûne einen Schritt hinter
ihr her. Schiônatulander beeilte sich, den Vorhang zu lüften. Frau
Herzeloyde drehte sich noch einmal um.

Graf von Grâharz! sagte sie. – Ich wünsche, daß die Gefangenen
ausgetauscht werden. Ihr seid so gut und bestellt für morgen ein
ritterliches Gericht, mit allen Herren, die Gewicht und Stimme haben, von der einen Partei wie von der andern. Dort finde man mein
Recht! Und wenn die Glocke Mittag schlägt, wollen wir unser Recht
hören, mein Herr Gahmuret und ich.

Damit ging sie hinaus in die Nacht und bemerkte nicht mehr, daß
sich Sigûne und Schiônatulander, indes er den Vorhang hielt, in die
Augen sahen; als sie die sinkende Seide stützen half, berührten sich

auch ihre Finger, die kleinsten. Um so eiliger hatte es Sigûne, ihrer
Herrin zu folgen, die allein weiterging, der verdunkelten Burg entgegen, unter einem weißen Mond, der Sigûne ungeheurer erschien
als in allen Nächten zuvor.

Da hörte sie es keuchen und wandte sich erschrocken um. Aber es
war nur Der Kyberg, der sich zerriß, seiner Herrschaft zuvorzukommen mit dem kleinen Licht, das er ihr nachtrug durch die helle
Nacht. Es verminderte den Schatten nicht, den die hohe Frau warf,
bevor die höhere Mauer ihn und sie in stärkeres Dunkel hüllte.

Sigûne wandte sich noch einmal um: da stand das ungeheure Zelt
und glich mehr als je einem Schiff mit fünf Masten. Aber so wenig
ein Licht darin zu sehen war, so wenig warf es einen Schatten, und
stand selbst wie ein solcher unter DEM BERG in der Ferne, WO EIN
TAL IST. Im Mondschein erhob er sich deutlicher als je, ein in der
Stirn gespaltenes, geisterhaftes Gesicht, das seine Wunde zum offenen Himmel kehrte.

BRAUTGERICHT
WIE DIE RITTER EIN URTEIL FÄLLEN,
DAS DIE PARTEIEN SCHON VOLLSTRECKT HABEN

Das Gericht hatte den ganzen Pfingstmorgen getagt und machte sich seine Sache durchaus nicht leicht. Während dieser Zeit wurden die Verhandelten Mann und Frau. Wie ging das zu? Sie wurden getraut. So gut wie allein waren sie vor Gott getreten, dessen Stelle der kleine Burgkaplan erschrocken einnahm, bevollmächtigt immerhin. Sie hatten Ja gesagt, sie zuerst, dann er. Das war die einzige Abweichung vom heiligen Brauch. Sonst war er rechtens. Als die Glocke das Paar zum Spruch des Gerichtes rief, hatte es ihn schon selbst vollzogen. Er war Fleisch geworden.

Wie konnte das zugehen? Ja, das wissen Wir allein. Man nehme Unser Wort dafür, denn sonst gab es keine Zeugen. Wir machen kein Aufheben davon, Wir verraten nur, was gewesen ist. Was daraus noch wird, sagen Wir nicht, dazu müßten Wir Uns selbst verraten. Später vielleicht. Einstweilen fassen Wir nur zusammen, was man freilich gesehen haben muß, um es zu glauben.

Herr Gurnemanz – in der stillen Maienluft konnte man seinen befugten Baß weithin hören – hatte das Gericht unter der Linde eben zur Ordnung gerufen und um den Segen Gottes dafür gebetet, denn Pfingsten war Sein Tag: da betrat Frau Herzeloyde, schmucklos und unbegleitet, das Zelt des Königs von Zazamanc und jetzt auch von Anschouwe.

Bewacht war es nicht. Das Zelt war leer, doch sein Herr war da. Er saß allein auf dem Hocker, hatte einen Ellbogen auf das hochgeschlagene Knie gestützt und hielt die Stirn in der Hand. Doch auch Schiônatulander und Tampanîs waren zugegen, jeder in seiner Art: verlegen der Helle, der nicht wußte, wohin mit seiner Kraft; Schiônatulander geneigt wie eine Weide unter dem Gewicht tiefen, wenn auch unklaren Gefühls. Doch als die Frau eintrat, genügte ein Blick auf ihr Gesicht den Knappen zur Einsicht, sie würden wohl kaum benötigt. So gingen sie ab, durch den vorderen Eingang der eine, der andere durch den hinteren. Was vorn und hinten war, konnte man an diesem Morgen durchaus wieder sehen. Denn das Zelt war ein Zelt, nichts weiter, geräumig zwar, aber nicht grenzenlos. Und die Knappen setzten sich gebührend entfernt in die Sonne.

Herr, sagte Frau Herzeloyde.

Er hob den Kopf.

Ich möchte Euch froh machen, sagte sie.

Er erwiderte mit gewöhnlicher Stimme: Wenn Euch das gelingen soll, bindet mich nicht an Eure Hut. Bin ich bei Troste, muß ich fahren. Haltet Ihr mich fest, so muß ich mir nehmen, was mir nicht gegeben wird.

Wenn Ihr mein seid, sagte sie, seid Ihr frei. Euer Wille geschehe. Ihr sollt leben, wie es Euch gefällt.

Frau, sagte er, Ihr seid gut. Tretet doch näher.

Sie gehorchte und setzte sich auf seinen Schoß.

Ohne Umstände, diese Frau, von so weit her? Ja.

Er hatte das lange Kleid geöffnet, und dann auch die Beine. Dazwischen stand ihm ein Schwert. Er hielt es am Schaft, während sie sich darauf niederließ, schwer und langsam, wie zu einer Geburt. Das Blut lief von ihrer Hand über die seine, die sie drückte, bis die Last ihres Leibes beide Hände vertrieben hatte. Die Frau schlang ihre Arme um den Kopf des Mannes, der aber zog sein offenes Kleid wie einen Mantel in ihrem Rücken über den verdoppelten Leib. Vierfüßig gekreuzt ragten ihnen die Beine aus dem tuchenen Versteck hervor; schwebend, nur vom Atem bewegt, das eine Paar; das andere gegen die Erde gestreckt, mit eingestemmten Fersen und vortretenden Sehnen.

Die Frau hatte ihr Gesicht mit offenen Augen in den Nacken gelegt und hielt das Haar des Mannes fest, als müsse sie ihn vor einem Sturz bewahren und zugleich seine Augen vor einem Anblick ohne Maß. Immer wieder hielt sie die Bewegung an, die nicht ihre eigene war, sondern eine der ganzen Welt. Wäre Gott Zeuge gewesen, Er hätte die ganze Welt fliehen sehen müssen aus den Augen der Frau. Doch vom Mann gäbe es selbst für Gott an dieser Stelle nichts zu sehen oder zu sagen; als wäre der Mann nur als Festgehaltener anwesend. Die Frau aber schien nichts mehr zu halten. Sie allein war es noch, die festhielt, was immer weniger ein Kopf war, immer mehr ein Baum aus dem Paradies. Den schüttelte sie, damit der ganze Segen von Früchten auf sie rolle. Zugleich stürzte der Boden der Welt heraus, und die Verborgene Höhe mit ihren Mauern versank in grundloser Tiefe. Nur etwas blieb, das war unbeugsam und erhob sie über diesen Sturz; aufgerichtet hing sie daran zwischen Himmel und Erde. Sie war freudig genug, es für ein Stück ihrer selbst zu halten: einen neuen Anfang im eigenen Fleisch.

Und doch war sie es, die dem Anfang ein Ende bereitete. Sie löste sich von dem Mann.

Wo seid Ihr, Gahmuret?

Sie kniete auf der Erde. Er brauchte also kaum das Gesicht zu heben, als er sagte:

Was die jetzt noch für Rat wissen wollen?

Sah sie es jetzt endlich, sein Gesicht? Sie sah den Blutfleck auf dem weißen Umhang, den er wieder um sich gezogen hatte.

Was ist mit Euch? fragte sie.

Er antwortete: Frau, dann wollen wir uns trauen.

Sie meinte die Spur eines Lächelns in seinem Gesicht gesehen zu haben, darum sagte sie: Ich habe kein Brautkleid.

Da wird sich etwas finden, sagte er, Qui-qui!

Schiônatulander trat durch die Zeltpforte, nicht ungesäumt, aber Frau Herzeloyde glaubte an seinem Säumen etwas Wohlgeübtes zu bemerken. Er hatte eine sanfte Art, beim Hereintreten den Kopf zu neigen, ohne ihre Gegenwart sonderlich zu beachten.

Das Hochzeitskleid, Qui-qui, sagte Herr Gahmuret.

Für Euch? fragte der Page.

Und für die Dame.

So kam es, daß Frau Herzeloyde in einem Kleid unbekannter Herkunft vor ihren Burgkaplan trat. Es war bunt und doch eintönig. Die Vögel und Blumen waren dem tiefgrünen Grunde so unauffällig eingewoben, daß man ihren Umriß nur bei starkem Licht bemerkte. Solches verbreiteten die eilig hergeschafften Kerzen vor dem Hochaltar nicht. Dunkel und scheinbar vom gleichen Stoff war auch Gahmurets Gewand. Aus einem Stück geschnitten, reichte es bis zu den Füßen, und trotz seiner Enge raffte es noch ein Gürtel, bestickt von verblichenem Gold. Im Kerzenschein begann es hervorzutreten, und Frau Herzeloyde schien der Gürtel aus dem Sternenstoff gewirkt, der das Zelt in der Nacht von innen beleuchtet hatte.

Von anderem Stoff war das dunkelblaue Muttergewand des Gnadenbildes über ihr. Diese Frau war aus Lindenholz, Frau Herzeloyde fühlte sich aus Fleisch und Blut. Voller Leben war auch die Hand, mit der sie die Hand des Mannes hielt. Sie hatte ihn während des Ganges von seinem Zelt hinauf in ihre Burg nicht losgelassen. Rede und Widerrede vom Hügel herüber, wo die Ritter tagten, hatten in ihr Ohr geklungen wie ein fernes Gezwitscher. Sie war neben dem Mann gegangen wie auf einer neuen Erde. Sie fühlte sich geführt, und die Sonne über der Welt war für sie allein aufgegangen.

Die Burg schien entvölkert. Im Gotteshaus rührte sich nichts als die Flammen der Kerzen im Zugwind. Denn die Tür, in der die Knappen stehengeblieben waren, stand offen.

Schiônatulander, sagte die Frau, ohne sich umzuwenden, schafft mir den Kaplan. Er wird bei den Kranken sein. Und Sigûne.

Sie kannte den Namen des Knaben, sie wagte ihm zu gebieten, sie nahm an, er wisse im Hause Bescheid. Unterdessen blieb das Paar so still wie das Bild der Jungfrau, zu dem sie den Blick erhoben hatte; dieses sah unbestimmt ins Weite.

Endlich wurde die Zugluft stärker, der Kaplan eilte herzu. Als er im Halbdunkel sehen konnte, was es da zu sehen gab, erstarrte er.

Seid Ihr bereit, uns zu trauen? fragte sie.

Er stand in der grauen Arbeitskutte und hatte die Hände voll Krankenblut; jetzt fiel ihm der Kiefer herunter.

Ja, wie denn –! vermochte er endlich zu stammeln, und setzte hinzu: Wie denn nicht! Ich werde nur noch das Meßgewand –

Laßt nur, sagte Frau Herzeloyde. –

Der alte Mann senkte den Kopf. – Und die Zeugen? – fragte er.

Sigûne, sagte Frau Herzeloyde, Tampanîs. Tretet hierher.

So befahl sie, und so mußte es geschehen.

Und so fand sie statt, die heilige Handlung, mit ungewaschenen Händen. Und als der Kaplan seine Sprache wiedergefunden hatte, war es ungefähr lateinisch. Dann wurde ihm in einer verständlichen geantwortet, laut und leise.

Ja.

Ja –

Da hatte die Glocke noch nicht Mittag geschlagen, und die Herren draußen berieten immer noch kräftig.

Viel gäbe es zu fabeln von einem Gericht gerüsteter Männer, die über den Ausgang eines Turniers zu befinden, eine Hochzeit zu stiften oder zu verhindern haben. Nichts davon brauchte gelogen zu sein. Aber die reine Wahrheit vorweg, da sie in den Reden nicht zur Sprache kam. Denn sie hätte von unritterlichen Dingen handeln müssen, als da sind: hohe Politik und niedrige Sucht nach Gewinn. Beides gebot die Klugheit zu verschweigen. Hier aber sei es angesprochen:

Wenn die Sache ohne Hochzeit ausging, so war ihr Zweck verfehlt, die Teilnehmer zu begütern, also für die Mehrzahl: der wahre

Sinn des Wettbewerbs. Der Hauptgewinn konnte ja nur einem zufallen. Alle andern waren der Hochzeit wegen gekommen und hoff-
ten nur, sie zu erleben. Denn eine Königshochzeit muß in Gaben
schwimmen, die man solche der Ehre nennt. So erscheinen sie am
Sonntag. Im Licht aller Tage müssen sie sich in klingende Münze
verwandeln. An der pflegt es einem ehrenhaften Ritter geradezu
standesgemäß zu fehlen. Die wahre Ritterschaft ist arm geworden,
und Herr Gurnemanz hat in seiner Verkleidung nicht ohne Gründe
darauf angespielt.

Als Gerichtsherr tritt er wieder in seinem besten Eisen auf. Mit
der Armut spielen kann ja doch nur der, den sie nicht drückt. Der
Graf von Grâharz gebietet über segensreiche Länder und neigt als
Hausvater nicht zur Verschwendung, außer im Punkte der Falknerei.
Er hat sich auch hier nicht nehmen lassen, einen Wildfang auf der
Faust das Stillhalten zu lehren, während er in der andern Hand den
Hammer schwingt. Er weiß, wenn sein Blick über die notdürftig
hergestellten Harnische der versammelten Ritterschaft hingeht, daß
sie einen glücklichen Ausgang des Turniers nötiger hat als die Herrin
von Kanvoleis.

Die Wunde weltlichen Ungeschicks zeichnet ja auch die Heilge-
bliebenen. Was sie mit ihren Schwertern gesät haben, das ernten jetzt
die Städte, allenfalls die Klöster und einige wenige Fürsten, die, wie
Herr Lähelîn, die trügerische Welt ihrerseits zu täuschen wissen.
Haben wollen sie alle, aber behalten kann's fast keiner. Verschwenden ist, außer Schlagen, das Solideste, was sie gelernt haben. Das
Talent, ein Schwert mit Gewinn für den Beutel zu führen, hat der
Herr, den sie zum Schutz ihrer Beratung anrufen, fast keinem verliehen. Das wäre ja auch eher bürgerlich und insofern nicht erstre-
benswert. Zwar kommt schon dies und das zusammen, wenn man
seine Waffen recht führen kann, aber sich ballen und bleiben will es
nicht. Das Gold im Topf verflüchtigt sich über Nacht. Am Tage zeigt
er wieder seinen nackten Boden oder ist gar mit Asche gefüllt und
dürrem Laub. Zwar kann man seinen Bauern das Nötigste wieder
abpressen, wenn die Ernte gut war. Aber was tut man in einem
gefehlten Jahr? Und welchem Ritter wäre mit dem Nötigsten gedient? Schon zum Besuch eines Turniers muß einer Überfluß treiben, ob er ihn habe oder nicht. Er ist darauf angewiesen, daß die
Herrschaft des Turniers am Ende Gaben regnen läßt. Dafür muß sie
reich sein, und ihr Begünstigter gnädig.

In dieser Hinsicht durfte man sich von dem Heiden etwas versprechen. Man hatte sein Zelt gesehen und wollte nicht für nichts aus Diamant und Rubin getrunken haben. Aber auch Kanvoleis war eine Stadt wie ein satter Schwamm, den man wohl drücken durfte, ohne daß er davon gleich dürr wurde. Das saftige Wâleis würde ihn schon wieder tränken.

Insofern waren Herr Gahmuret und Frau Herzeloyde ein glückliches Paar, stand der Ausgang des Gerichts schon fest. Aber ohne jeden Umschweif zu diesem Schluß zu kommen, verbot die feine Art, und Herr Gurnemanz hatte über die feinste zu wachen.

Der zweite Punkt muß eher politisch betrachtet werden. Wâleis war unter Herrn Castis nicht sehr wehrhaft und also ein bequemes Ziel für Übergriffe gewesen. Hätte Herr Lähelîn den Preis geerntet, er hätte dieser Bequemlichkeit ein Ziel gesetzt. Wer sich gewöhnt hatte, an der reifen Frucht mitzusaugen, der konnte sich die Herrschaft über Wâleis auch weiterhin nicht allzu solide wünschen.

Nun war Herr Gahmuret gewiß ein Zauberer mit Helm und Lanze. Aber er war auch ein Abenteurer. Seine Regierungseigenschaften veranschlagte man nicht eben hoch. Er war der Typus des Irrenden Ritters – soweit er ein Typus war –, aber schwerlich der des haltbaren Landesfürsten. Kanvoleis würde nach seiner Krönung fast so ledig sein wie zuvor. Man mochte den Heiden nicht besonders, doch als Bräutigam war er keine schlechte Besetzung. Seine Liebeskunst ließ man gelten, und an der Steifen würde er sie ja auch zu bewähren haben. Um so besser für beide. Sie wollte ihn schließlich um jeden Preis. So weit, so gut. Mochte sie zahlen!

So lagen die Dinge insgeheim. Aber so durfte sie ein hohes Gericht nicht behandeln. Es hatte zu glänzen in Wort und Widerwort, so wenig glänzend die Verfassung der meisten auch war. Selbst die stark Beschädigten hatte es in den Ring gedrängt, und wenn sie dahin getragen werden mußten. Manchem fehlten allerhand Zähne, so daß ihnen das Reden schon als solches viel abverlangte, nicht nur das triftige. Doch wollten sie gehört werden. Sie liebten es, sich zu schmücken auch mit ritterlicher Rede. Wer gestern mit der Lanze nicht zum besten ausgesehen hatte, den verlangte es um so dringender, heute mit den stärkeren Gedanken zu triumphieren oder der künstlicheren Finesse.

Das war etwa der Fall Herrn Killirjakacs, den seine Stürze geradezu beschwingt hatten. Die Gefangenschaft hatte er dazu benützt, seinen Flor zu ordnen. Nun blühte derjenige der Rede desto freier auf seinen Lippen, und er durfte doch noch hoffen, dafür zu gelten: *au fond le meilleur*. Denn er ging den Gefühlen auf den Grund und vermochte dort, wo für andere schon alle Katzen grau wurden, noch wahre Ungeheuer von Zartheit zu erkennen.

Auch wer beim Vorturnier schwer auf den Mund geschlagen worden, hielt ihn heute nicht, sondern leistete sein Scherflein zum Zungengericht. Nur wenige, wie Herr Lähelîn oder Herr Cidegast, blieben stumm. Der erste aus Klugheit, vielleicht aber auch, weil er zu stolz war, sich nach erlittenem Schaden mit Spott zu bedecken.

Der von Lôgroys aber hielt aus wahrer Demut still. Er nahm sich nicht heraus, die Wege der Liebe zu kennen. Er glaubte freilich noch weniger, daß sie eine Sache sei, über die man mit der Mehrheit von Stimmen entscheide.

Der Tag war hell und nicht zu heiß, was den Blessierten wohl bekam. Man lagerte im frischen Wind, der herunter VOM BERG WO EIN TAL IST durch die Lindenzweige strich und den Schatten, in dem man saß, beweglich machte. Eine rechte Gerichtslinde streckt ihre Arme weit hinaus und hält die Gerichtsherren kühl. Doch die Hitze schufen sie selbst, und manche gerieten in solches Feuer, daß sie nicht nur den Helm abnahmen – das hatten sie schon zum Gebet getan –, sondern auch die Rüstung lockerten, damit das große Wort nicht beengt werde. Graf Gurnemanz sah es mit Unwillen. Seinen Falken hatte er, um beide Arme zum Beschwichtigen frei zu haben, auf ein Gerüst gesetzt, prüfte nur ab und zu die Knoten des Geschühs.

Es war klug, die Herren reden zu lassen. Sie bildeten Parteien, sie konnten nicht anders. Die einen nannten sich die »Zarten«, die »Redlichen« die andern. Doch was dabei herauskam, war eher Spitzfindigkeit oder Grobheit. Weder hier noch da gaben sie einander viel nach, so daß die Parteienbildung im Grunde eine Formalität war. Immerhin diente sie dem Frieden. Ohne *geregelte* Gegnerschaft wäre diese erst recht ins Feindselige ausgeartet. Außerdem waren die Parteien von heute nicht die von gestern. Sie blieben sich immerhin einig in einem Punkt: daß die Sache den Streit lohne. Denn was war nicht alles strittig daran!

Ob das Helmaufsetzen bei einem Turnier *per se* die regelrechte Teilnahme daran, die Pflicht zur Erfüllung aller seiner Bedingungen bedeute? Ja doch, entschied die Mehrheit. Wo käme man sonst hin. Da war es schon eher die Frage, ob der Diamanthelm als Helm zu

gelten habe. Auch daß er, wenn er als solcher eingesetzt werde, seinem Träger die Dienste eines Helms tue. Diese Funktion war seine
essentia und hatte Vorrang über seine Form oder Unform. – Die
Konkurrenz von Lanze und Helm gab am meisten zu reden. Auch
hier war ein gewisses geistliches Unterfutter, wenn auch grob geschneidert, dem ritterlichen Redestreit anzumerken. Lesen und
schreiben konnten sie meist nicht, in der Messe aber hatten sie doch
dies und jenes aufgeschnappt, sogar auf Lateinisch. Dafür brauchten
sie keinen Pfaffen, der natürlich nicht von ihrem Ding sein durfte,
sowenig wie eine Tochter Evas oder ein Kind wie Gâwân. Der war
auf die Jagd gegangen, statt im Lager zu schmollen. Im Zelt saß Herr
Gahmuret, soviel man wußte, und Frau Herzeloyde in ihrer Burg,
um dort im Gebet den Spruch abzuwarten, den Gott seinen frommen Rittern eingeben würde. – Richtig: Gott war ebenfalls ein starker Grund, Frieden zu halten. Pfingsten war ja Sein Tag, auch wenn
nur wenige der Ritter zu sagen gewußt hätten, was sich dabei ereignet habe. Nur Herr Schyolarz wußte für gewiß, daß Er dabei hatte
Milch und Honig regnen lassen. Das würde er wieder tun, wenn ihm
der Spruch gefiel; und eigentlich stand er ja schon fest.

Schwer wog der Ausschluß der Geistlichkeit im Fall der französischen Partei, denn er beeinträchtigte ihre Sache empfindlich. Und
nur, weil das Vergnügen, den geistlichen Herrn vorzuführen, schwerer wog als dasjenige an seiner Verschnupftheit, beschloß das Gericht, ihn wenigstens als Zeugen zu hören. Die drei Fürstensöhn-
chen, mit denen er sich umgeben hatte, wogen dagegen zu leicht; ihr
Gezwitscher wäre Zeitverlust gewesen, auch wenn sie Lanzidant,
Lîedarz und Lîahturteltart hießen und angeblich von Feen abstamm-
ten.

Schlag Mittag mußte die Sache abgetan sein. Darum hielt der Erzieher die Wortmeldungen knapp und mußte dieserhalb selbst mehr
reden, als ihm lieb war: ein Beispiel, wie der löblichste Zweck in
Menschendingen seiner eigenen Vereitelung dienen kann. Die Mühe
des Ordnunghaltens bringt eben das durcheinander, was sie zu bewirken strebt. Aber daß die menschlichen Dinge an Herrn Gurnemanz einen gewissenhaften Richter hatten, kam auch den allzumenschlichen zugute. Nur die Rührung behinderte gelegentlich
seine Wirksamkeit, erhöhte sie aber auch wieder in zarter gebauten
Herzen.

Solche durften sich wieder zeigen, denn das Hauen und Stechen war vorbei, und das Rittertum hat ja nicht nur Hand und Fuß, sondern auch Seele und Gemüt. Nach beidem, nicht nur nach Tagesordnung oder reglementarischer Scholastik, verlangte der hochzeitliche Gegenstand. Ein Paar war zu bilden; dabei können auch die Groben erfinderisch, die Spitzfindigen generös werden.

Frau Herzeloydens Gefühl fand starke Anwälte. Doch sprach man vielleicht weniger für sie als zum Beweis der eigenen Herzensstärke. Gebot diese etwa nicht, eine ungemeine Frau zu verehren, welche, aller Sitte spottend, ihren Willen haben wollte, und den Mann dazu? Was sie mit der Unsitte vielleicht gemein gehabt hätte, wäre es *irgendein* Mann gewesen, verklärte sich zur Größe (»Großheit« nannte sie Killirjakac), wenn es nur dieser Eine sein durfte. Da glich er – nun doch wieder halb-geistlich geredet – dem Einen, das not tut, und die Begehrliche erschien der Andacht als Wunder der Treue. Treue aber wollten andere auch in Herrn Gahmurets französischer Liaison gefunden haben. Ein Fräulein, das einen Jüngling zum Schwert leitet, ist mit ihm so gut, ja noch besser als verlobt. Sie hat zeitlebens Anspruch auf ihn, auch wenn sie zwischendurch mit dem König von Frankreich verheiratet gewesen sein sollte. –

So stritten sie unter der Linde vor dem weiten Land, und merkwürdigerweise doch nur über die Frau, ihren Anspruch und ihr Begehr. Von Herrn Gahmurets Person (vom Helm einmal abgesehen) war kaum die Rede, als scheue ihn das offene Wort ebenso, wie gestern Roß und Reiter vor ihm gescheut hatten. Das war doch einigermaßen merkwürdig. Denn das Wahlrecht des Mannes, den Herren sonst selbstverständlich, stand diesmal nicht zur Debatte. Herr Gahmuret war ihnen zu weit her, obwohl er über Nacht eine wohlbekannte Krone geerbt hatte. Es empfahl sich nicht, laut zu sagen, daß er ihnen mit seinem Schilfblütenhaar auch nicht männlich genug erschien. Immerhin war er gestern Manns genug gewesen für alle – um so schlimmer für ihn. Sie trauten dem Heiden nicht über den Weg. Er war kein geheures Subjekt, nicht einmal geeignet, daß man über ihn behaglich zu Gericht saß... Lieber fabelte man von Treue und unerschrockenem Mut; und auf die Dame schienen solche Zuschreibungen doch eher zu passen.

Am Ende würden sie einander ja doch bekommen müssen, mußten einander also würdig sein. Die Hochzeit war so gut wie befohlen. Und so mochte man noch lange über ihren Nutzen und Nachteil fabeln: die Waage schwankte nur zum Schein, im Ernste nicht. Daß dieser sich vollends in Heiterkeit auflöste und die Waagschale, von allem Gegengewicht entlastet, stracks zum Himmel schwebte – das war ausgerechnet das Werk seines Boten, will sagen: *Frankreichs* und des Himmels.

Anfangs machte der Beredte, den man endlich aus dem abgebrannten Wäldchen zitiert hatte, seine Sache gut. Er wußte die Herren durch Rührung für eine beraubte Dame zu erschüttern. Frau Ampflîse, immer nur den Einen im Herzen, hatte ihre Liebe der Krone geopfert und ihrer Selbstlosigkeit ein Denkmal gesetzt. Die heilige Pflicht für Frankreich hatte sie getan, war aber – wie der Beichtiger aufs zarteste andeutete – die eheliche schuldig geblieben. Denn wurde Frankreich ein Erbe geboren? *Point du tout.* Selbstüberwindung kann alles – nur zeugen und fruchtbar werden will sie nicht. Das ist der wahren Liebe vorbehalten, deren Seele Glück heißt und die frank zu bekennen die hohe Dame nun frei geworden ist.

Die Ritter waren beeindruckt, auch wenn ihnen vor so viel Freiheit schwindelte. Herr Kaylet aber, der heute den Förmlichen spielte, nicht weniger wirksam als gestern den Ordinären, verlangte die Vollmacht des Pfaffen zu sehen. – Vollmacht? – Der Geistliche war sprachlos. – Da könne doch jeder kommen und sich als Liebesboten Frankreichs ausgeben! Der Pfaffe möge sich ausweisen. Er habe hoffentlich einen Brief dabei? – Herr Ludévic hatte vor heiliger Empörung die Backen aufgeblasen. – Einen Brief? den habe er allerdings, und was für einen! den zartesten, und für gewöhnliche Ohren bei weitem zu schade! – Zart hin, zart her, entgegnete Herr Kaylet hochfahrend, ihm komme es nur auf Eindeutigkeit an! Habe die Königin von Frankreich ihren Willen unzweideutig kundgetan? – Unzweideutig genug, allerdings, schrie der Pfaffe, den die guten Geister verlassen hatten, um nur noch Urchitophel Raum zu geben, das ist der Dämon des Zorns. – Er glaube kein Wort, bis er die Worte der Königin gehört habe, erwiderte der Spanier mit wohlbeherrschter Schadenfreude. – Denn leider könne er, als echter Ritter, nicht lesen. Der Pfaffe möge doch zeigen, was er in der Hand zu haben glaube, und es laut vernehmen lassen! – Und der kluge Mann tappte schnaubend in die spanische Falle. Er griff sich in den Brustlatz, um ihm ein Pergament zu entreißen. Das rollte er aus und las mit hoher Stimme, was folgt:

Dir beut mein Leib der Minne Grüße
auf daß ich Lust und Kummer büße
so ich in deiner Minn empfand
die Minne dein ist Schloß und Band
erstickt mein Lust in Herzensnöten
ja deine Minne tut mich töten
ist deine Minne ferngerückt
geht meine Minne tief gebückt
Komm komm und nimm aus meiner Hand
Krone Zepter und ein Land
das ist mir alles angestorben
und deine Minne hats erworben
nimm dir heraus als Soldament
ein überreichliches Präsent
es hängt am Pferd in vieren Schreinen!
Ich aber grüße dich als meinen
Herz-Ritter ferne in Wâleis
vor seiner Hauptstadt Kanvoleis
Egal obs jene Dame sticht
es kann mir doch viel schaden nicht
viel schön- und reicher wie ich bin
hab außer Minne nichts im Sinn
kann Minne nehmen, Minne geben
und willstu stets in Minne leben
so greif geschwind nach meiner Kron
und hol dir deinen Minnelohn!

Den Eindruck dieser Worte zwiespältig nennen, hieße den Fall be-schönigen. Die ritterliche Runde stand wie begossen unter diesem Sturzbach unverhohlener Frauenlust. Herr Brandelidelîn, der Saurit-ter, war errötet, und das will etwas heißen. Sogar Herr Môrholt war vor seinen kleinen Schädel geschlagen und blickte verstört aus rot-geschwollenen Augensäcken. Donnerwetter, diese Königin von Frankreich! Natürlich war keiner gesonnen, einen so unverschämten Weiberwillen durchgehen zu lassen – aber ihn zu tun, konnte diesem und jenem schon einfallen. Denn bei so viel Brand schien es auf den Feuerlöscher nicht allzusehr anzukommen, wenn er sich nur als Mann erwies – und Frankreich gab's noch obendrein!

So oder so – der Pfaffe hatte seinem Zweck das Grab geschaufelt.

Und als er es recht inne wurde, war es zu spät. Es half ihm nichts, daß er sich auf die Zunge biß und sie dann zur Engelszunge schmeidigte. Er nannte den Brief ein Muster der *finesse*, auch wenn es eines anspruchsvollen Geschmacks bedürfe, um sie zu bemerken. Es gebe keine größere Treue als die zu sich selbst, das heißt, zu seinem Gefühl. Ein Gefühl aber müsse *gewagt* sein. Da er sich im Kreis wahrer Ritter befinde, spüre er, wie gut das Wagnis dieses Frauengefühls in den Ohren aufgehoben sei, die er gewürdigt habe, es zu vernehmen. Es gehe von den Ohren geraden Weges ins Herz. Denn die Ehrfurcht eile ihm voraus, bereite ihm den Weg und räume alle Kleinheiten beiseite. – Herr Gurnemanz hatte sich geräuspert und war im Begriff, dem Pfaffen das Wort zu entziehen, aus Erbarmen.

Aber siehe, da war es nicht mehr nötig. Seht und hört, da kamen sie dem Ausgang des Gerichts zuvor, kamen Hand in Hand, sie eine Spur voraus; kamen im gleichen herbstfarbenen Kleid. Das war mit Blumen und Vögeln bestickt, die sich vor der hellen Sonne ins Gewebe zurückzuziehen schienen, so daß nur noch ein vogel- und blumenhafter Hauch darauf schimmerte. Sein Kleid war mit einem Gürtel gerafft, während sie das ihre offen trug und bei weitem mächtiger wirkte, wie eine Mutter.

Immerhin war es Herr Gahmuret, der sprach, nachdem sich der Kreis für das Paar wie von selbst geöffnet hatte. Und was sprach er nun? Zeigte er mit Worten an, was man mit Augen sehen konnte?

Eminenz, sagte er zum Pfaffen – der Kreis war so ruhig, daß man auch ein Flüstern verstand –: meldet der Königin von Frankreich, daß ich ihretwegen großen Kummer trage. Sie hat mich zum Ritter gemacht. Als Ritter bleibe ich in ihrem Dienst, bis mich der Tod erlöst. Und bevor Ihr geht, laßt Euch beschenken. Nehmt reichen Botenlohn, oder lieber, verweilt als unser Gast, mitsamt Euren Büblein.

Anfangs hätte man seine Worte für eine Liebeserklärung an Frankreich halten können, hätte ihnen der Auftritt nicht widersprochen, und schlagend tat er es ja nicht gerade. Genau besehen, redete sich der Mann auf seinen Kummer hinaus. Und daß er den Tod beiläufig seinen Erlöser nannte, war nicht eben hochzeitlich und ein starkes Stück.

Frau Herzeloyde schien von den Worten ihres Gemahls weder überrascht noch bedrückt. Und ihr Gemahl war er ja wohl bereits. Damit erübrigte sich ein Spruch des Gerichts. So viel hatte auch der

Prälat von St. Denis verstanden. Er hob die Augen zum Himmel, und seine drei jungen Begleiter, denen ihre schönen Namen Lanzidant, Lîedarz und Lîahturteltart gar nichts mehr nützten, weinten vor Stolz.

Frau Herzeloyde sprach jetzt auch, und mit Ergriffenheit, die noch keiner an ihr bemerkt hatte. Es war etwas Weiches um ihren Mund und Ehrfurcht in ihren Augen.

Mir ist ein Glück geworden, sagte sie, und ich begehre nichts mehr, als es mit euch zu teilen; mit allen, die sich's nicht haben verdrießen lassen, von weitem herbeizukommen und zu kämpfen um meinetwillen und für ihre Ehre. Ihr habt des Ehrenhaften genug getan. Wir wollen euch danken, so gut wir können. Darum zeigt auch Ihr Euch versöhnlich, edle Boten Frankreichs; denn wie sollte ich meine Schwester Ampflîse nicht lieben um ihrer Liebe willen zu meinem Mann? Es wird mir nicht leicht zu fassen, daß ich mein Glück verdienen soll, und möchte mich fast unglücklich machen, daß ich's nicht teilen soll mit der ganzen Welt.

Sie kannten die Dame gar nicht mehr, die so sprach, und Frau Herzeloyde sah sich auch gar nicht mehr ähnlich. Da mochte dieser sein und jener, der dem Wunder nicht ganz traute, wie der Graf von Grâharz; die Weltklugheit hatte ihn zwar nicht geringschätzig, aber vorsichtig gemacht. Doch auch er fühlte sich entwaffnet, denn jede Spur von Klugsinn war aus dem Gesicht der Frau getilgt. Man hätte mit ebensoviel Bangen wie Staunen sehen können, wie weit sie heruntergekommen war. Herr Lähelîn sah es wohl, wie sehr das Glück, das die Dame so ungewohnt und um so rückhaltloser in den Mund nahm, jeder Erfahrung entbehrte. Doch sagte ihm sein Weltverstand, daß nur *eine* Erfahrung die Unschuld zu Exzessen hinreißen kann. Er glaubte zu wissen, was er sah, und sah es mit wunderbarem Haß auf den Mann, der diese Frau so wohlfeil gewonnen hatte. Doch geschmälert wie ein Getroffener stand Herr Gahmuret neben der Frau, die sich ihres Glücks mit ihm so dankbar wie ahnungslos überhob.

Frankreich aber sprach durch den Mund seines Gesandten:

Epargnez-vous la peine, Madame. La France vous quitte. Elle vous a déjà quitté!

Und hob sich, seine drei weinenden Junker im Gefolge, aus dem Ring hinweg. Sie taten keinen Blick mehr zurück, da sie ihre Pferde bestiegen und ihre Diener die Maultiere wegführen ließen, von deren

Rücken die Schatzkästchen baumelten. Das waren die überreichlichen Präsente, die nun ungeöffnet bleiben würden.

Erst als die nächste Bodenwelle die Franzosen verschluckt hatte, nach einer Weile tiefer Stille, wurde er laut, der Jubel über die Hochzeit Frau Herzeloydens mit Herrn Gahmuret. Sie wollte schon an diesem Tag gefeiert werden, um die siebte Stunde, im Rittersaal von Kanvoleis.

Zuvor gab es noch dies und das zu regeln. Das hatte Der Kyberg zu melden. Einigen Turniergefallenen war das letzte Geleit zu geben, und zwar nüchtern. Später sollten junge Herren, die sich ausgezeichnet hatten, zu Rittern geschlagen werden. Danach erst hatte man das zweite Frühstück verdient, wozu Die Burg auf ihren Zinnen Belagerer und Belagerte geladen haben wollte, und zwar herzlich. Weiterhin gedachte ihnen der neue Herr von Kanvoleis einiges von Wichtigkeit zu bestellen. Am Abend aber sollten alle Sorgen ein Ende haben. Der Ort des Glücks war der Palas der Burg, denn kein anderer Raum war groß genug dafür.

Auch dem Burggrafen stand das Glück nicht so recht zu Gesicht. Es wirkte angestrengt bis zum Ingrimm.

Herr Lähelîn aber blieb stehen, während der Ring sich auflöste, und blickte in die Höhe. Aus der Richtung DES BERGES WO EIN TAL IST strich eine einzelne Elster herüber, fiel in den Wipfel der Linde ein und keckerte unsichtbar aus dem dichten Grün. Und wer den Herrn ansah, mußte über seine Blässe erschrecken.

GOLDESEL

WIE DIE RITTER ES NICHT ERWARTEN KÖNNEN,
IHRE SCHÄFCHEN INS TROCKENE ZU BRINGEN

So stand der Hochzeit nichts mehr im Wege? – Welcher Hochzeit? –
Nun, von Herrn Gahmuret mit Frau Herzeloyde! – Oh! die hat sich
erübrigt. – Was soll das heißen? – Die Gäste gingen zu früh. – Kam
etwas dazwischen? – Es drängte sie plötzlich nach Hause, alle miteinander. – Ungefeiert? – Gewissermaßen. – Unbeschenkt? – Das
eben nicht. – Aber sie hat ihn doch gekriegt? – Wer? – Frau Herzeloyde Herrn Gahmuret! – Ach, den. Den hat sie wohl gekriegt, aber
bekommen hat sie ihn nicht. – Wie soll das zu verstehen sein?

Vorerst deutete nichts auf ein Rätsel, geschweige denn eine Überraschung. Ein Wunder ereignete sich allerdings. Die Herrn Gahmuret Glück wünschten, mit ritterlichem Handschlag, fanden sich geheilt, nachdem er sie berührt hatte. Die Schwären und Schwielen
verschwanden zwar nicht, aber sie brannten oder drückten nicht
mehr. Verlorene Zähne sprangen wohl selten in den Mund zurück,
aber die Löcher, die sie hinterlassen hatten, schlossen und festigten
sich so weit, daß nicht schon der Gedanke an Essen schmerzte; das
wäre an diesem Tag auch zu traurig gewesen. Wunden durften zwar
noch gepflegt werden, aber sie beeinträchtigten nicht sonderlich. Die
Hinkenden wagten wieder Tritt zu fassen, geschlagene Backen
schwollen ab.

Als die segensreiche Wirkung des Bräutigams erkennbar wurde,
zögerte man denn auch nicht mehr, ihm Glück zu wünschen, war
freilich auch nicht lange zu frommer Scheu gestimmt oder dankbar
im Übermaß. Nichts vergißt sich rascher als ein körperlicher Miß-
stand. Ist er behoben, hält man den vollen Gebrauch der Glieder für
normal. Sogar die üble Nachrede wußte sich bald wieder Raum zu
schaffen. Wer mit Helm und Lanze hexen konnte, mochte es wohl
auch mit seinem Handschlag können, der übrigens alles andere als
herzhaft war. Mit rechten Dingen ging es um den Heiden nun einmal
nicht zu, und so blieb auch seine Rechtmäßigkeit als Herr von Wâleis
in der Schwebe. – Nur für die Eine nicht; die schien es für natürlich
zu halten, daß er Wunder wirkte. Man konnte die Sorge Des Kybergs
um sein Haus verstehen. Aber einstweilen waren die Herren eines

Fests bedürftig und gedachten es sich nicht durch Nachdenklichkeit zu versauern.

Anfangs lief alles Weitere nach Des Kybergs Schnürchen. Die Turniergefallenen, denen durch Handschlag nicht mehr zu helfen war, wurden in der Burgkapelle zur Ruhe gebettet. Sie durften als stille Männer in jene Mauern einziehen, die sich ihrer weltlichen Werbung verschlossen hatten. Daß der Trauergottesdienst sich ausdehnte, war dem Bräutigam zuzuschreiben, der seines toten Bruders gedachte, und seiner Mutter auch noch. Die Gäste wagten nicht zu murren, doch ihre Mägen taten es für sie. Denn ungegessen, wie sie zum Gericht angetreten waren, mußten sie noch weit über die Mittagsstunde ausharren. Und danach wollte noch eine Schwertleite vor dem Frühstück ertragen sein. Frau Herzeloyde bestand darauf, einige Junker zu Rittern schlagen zu lassen, darunter die beiden Knappen ihres Herrn. Sie gedachte aus Herrn Gurnemanz' seltener Gegenwart Vorteil zu ziehen. Denn nobler kann der Himmel einen jungen Ritter nicht segnen als durch diesen Lehrmeister der Ritterschaft.

Indessen widerstand er dem Wunsch, Schiônatulander und Tampanîs in die Beförderung einzuschließen. Die jungen Herren mochten ja erprobt sein auf ihre Weise, entgegnete der große Mann aus Grâharz. Doch fürchte er, diese Art sei nicht ganz die seine, sondern den jungen Herren im Morgenland angeflogen, wo man mit anderer Elle messe. Er habe gelernt, nicht das Originelle abzusegnen – das stehe bei Gott –, sondern nur das von ihm persönlich geprüfte Verdienst. Dafür müsse einer bei ihm in die Schule gegangen sein. – Frau Herzeloyde biß sich auf die Lippen, denn da sie diese Ritterschaft nicht ganz ernst nahm, hielt sie die Standesbräuche für eine Formalität, die man wohl einmal biegen konnte, einem glückhaften Zweck zulieb. Noch lieber hätte sie alles, was mit ihrem Herrn in Verbindung stand, festlich erhoben gesehen, seine Knappen zuerst. Aber sie erkannte wohl, daß Herr Gurnemanz in seinen Begriffen von Ritterschaft keinen Nachlaß gewährte. Im übrigen schienen sich die beiden jungen Herren auch keineswegs nach der Ehre zu drängen und behandelten den Graukopf mit einigem Hochmut.

Da verzichtete die Frau erst recht auf die Laune, die ihr eingab, auch Gâwân zu Ritterehren kommen zu lassen. Um ein Geheimnis zu verraten: Gâwâns Kindergesicht war ihr erschienen, als sie dasjenige Gahmurets an die Brust gedrückt hatte. Natürlich konnte man dazu nur lachen. Sein Bild verband sich um so inniger mit der Erschütterung von Leib und Seele. Noch nie hatte sich Herzeloyde einem eigenen Kind näher gefühlt als in jenem Augenblick abgründigen Glücks.

Ganz rein hatte ihre Hochstimmung nicht vorgehalten. Es schien ihr, der Gatte verlängere die Trauer an seinem Hochzeitstag ohne Maß. Sie mußte sich bezwingen, seine Not nicht gegen ihr Glück zu halten. Sie glühte schon; er trauerte noch. Darin saß ein Stachel. Aber er war weit entfernt, ihren ungewohnten Hunger zu dämpfen. In frauenhafter Verschwörung flüsterte sie der Grâlsnichte zu, sie möge nicht traurig sein. Ihr Page werde bald genug zu Ritterehren kommen. Sigûne errötete aus Scham für die Ziehmutter.

Inzwischen hatten sich die Ritter endlich zum Frühstück niederlassen können. Im Schatten der Platanen genossen sie den jungen Wein, das unveränderte Pfingstwetter und den sich noch keineswegs neigenden Tag. Die Zeit tat gut daran, stillzustehen. Wo hätte sie Der Kyberg sonst hergenommen für alles, was heute noch fällig war? Zwar erübrigte sich, die Kapelle nach der Trauerfeier zur Hochzeit umzurüsten, denn diese hatte ja schon stattgefunden. Es gab Zeugen, Sigûne und Tampanîs. Einen Staatsakt konnte man die Zeremonie nicht eben nennen, der ein besorgter Hausmeier die größte Öffentlichkeit wünschen muß, damit sie nicht nur vor dem Himmel Geltung habe. Der Kyberg verbreitete eine Mär von Pietät, die es dem Bräutigam verboten habe, sich nach dem Tod des Bruders anders als diskret kopulieren zu lassen. Die Wahrheit war, daß Herr Gahmuret einen zweiten Gang an Gottes Tisch abgelehnt hatte. Getraut sei getraut. Frau Herzeloyde aber schien der kirchliche Segen nicht zu kümmern. Es gab wahrlich Veränderungen an der formstrengen Frau zu bemerken. Dem Kyberg aber, wem sonst, fiel es zu, die bräutliche Verwirrung den Herren ritterlich beliebt zu machen. Zum Glück erwarteten sie ohnehin mit Ungeduld das Ende der Zeremonien und den Anfang des Frühstücks. Dem widmeten sie sich nun so ausgiebig, daß Der Kyberg bei der Zurüstung des Festsaals nichts zu versäumen brauchte.

Er hatte den erkältenden Marmelboden mit frischem Röhricht, dieses wiederum mit Teppichen auslegen lassen. Schöner gewirkte hatte er an die Wände gehängt und die Fackelringe dreifach besteckt, aber vorerst einfach angezündet, damit der Raum sich immer stärker erheitern lasse. Um ihn wohnlich zu überschlagen, lag in den drei

mächtigen Essen Feuerholz bereit, wohlbrennende Kastanie mit
einer Beigabe von Balsamholz, damit auch die Nase Unterhaltung
finde. In mächtigen Küchen drehte sich über flammendem Herd
schon das beste Schlachtgut am Spieß, um sich rechtzeitig in Gebratenes zu verwandeln. Dort wurden auch die Tafeln gedeckt, damit sie
nur noch aufgetragen zu werden brauchten. Die elfenbeinernen Stützen dafür reihten sich vor den Polstern, von denen man sich nicht so
bald zu erheben gedachte.

Viel Kunst hatte Der Kyberg auf den hochzeitlichen Thron verwendet, denn von diesem würde das Paar das Meer von Tafeln über-
blicken. Der Baldachin im morgenländischen Geschmack verband
die Wappen von Anschouwe und Wâleis – das erstere, ein goldener
Stern auf blauem Grund, war eben vollendet worden. Den Anker,
mit dem der Heide angekommen war, hatte Der Kyberg weggelas-
sen, der hatte hoffentlich Grund gefunden und das irrende Schiff im
Hafen befestigt. Von Zazamanc, dessen Wappen etwas wie eine kin-
derfressende Mohrin zeigte, war ohnehin abzusehen, daher auch auf
die Farben von Norgâls auf der Brautseite. Wâleis und Anschouwe
hatten sich vereinigt: das war überblickbar und Wunders genug. Dafür hatte Der Kyberg von allen namhaften Herren das Wappenschild
konterfeien und in langer Reihe zwischen den Tapisserien anbringen,
dazu mit Blumen rot und geel schmücken lassen, so daß der Rittersaal seinem Namen alle Ehre machte.

In der hinter dem Palas gelegenen Halle musterten Zeremonien-
meister die Spaliere geschmückter Damen und auch die Musikanten-
gruppe, zu deren Klängen sie Einzug halten sollten, um sich zu
einem Willkommensgesang zu vereinigen. Dann, nach Wahl ihrer
Ritter, würden sich die Jungfern über den Saal an die Tafeln verteilen
und die Seligkeit voll machen. Fehlte jetzt nur, daß sich die Herren
von ihrem Gartenfrühstück erhoben, um über die geschmückte
Treppe den hohen Saal zu gewinnen und sich zum Bankett niederzulassen; in höfischer Art zuerst, solange das hohe Paar der Feier die
Ehre gab; wenn es sich zurückgezogen hatte, mit größerer Freiheit.
Lust und Laune griffen schon jetzt um sich und füllten den beschat-
teten Garten mit männlichem Lärm.

Da trat Herr Gahmuret an der Hand seiner Frau unter die Gäste
und bat um Gehör. Beide waren jetzt in reines Weiß gekleidet, und
der Mann wirkte noch blasser. Gahmuret wünsche noch dreierlei zu
regeln, bevor man sich's behaglich mache.

Die hinhörten – das waren am Anfang nicht viele, denn er redete
leise –, taten es befremdet. Man war nicht gewohnt, daß jemand, statt
»ich« zu sagen, sich beim Namen nannte, als spräche er von einem
Dritten oder gar wie ein Kind. Auch hatte er eine seltsame Art, den
Rachenlaut zu bilden, der sich halb erstickt, halb wie gehaucht an-
hörte, unnatürlich wie ein Lispeln der Gurgel. Am Ende hörte man
doch hin, und zwar mit angehaltenem Atem.

Gahmuret fragte die Herren Kaylet und Hardîz, ob sie sich als
versöhnt erklären könnten? Auch Herr Lambekîn von Brabant?
Eine Formsache, die man am besten formlos behandle. Die Gefangenen seien schon ausgetauscht, Sicherheit erübrige sich. Der nächste Punkt.

Herr Hardîz wirkte nicht sonderlich versöhnt angesichts so beiläufiger Behandlung. Und Herr Lambekîn schien sogar ernsthaft
erbost, da der Heide seiner erst in dritter Linie gedachte. Aber sie
hatten keine Muße, ihre Gefühle zu nähren, denn nun ging es Schlag
auf Schlag.

Herr Lähelîn möge vortreten.

Der »Roi des Blêmes« war zu überrascht, um nicht zu gehorchen.
Da stand er vor dem Heiden in seinem rötlichen Festrock, der vom
Waffenrock nur durch den Schnitt unterschieden war. Daß er einen
Kopf höher stand als der Heide, war ihm kaum anzusehen; denn
seine Haltung war erbötig wider Willen, und die Nächstsitzenden
bemerkten, wie er die Hände rang, so daß seine Knöchel weiß wurden. Er knirschte sogar mit den Zähnen. Der Heide flüsterte:

Gahmuret werde sich zu Kanvoleis etwas verweilen, dann wieder
fahren, wie sich's eben schicke. In Wâleis werde ja wohl zum Rechten gesehen werden wie bisher. In Norgâls hoffentlich auch. Gahmurets Stammlande aber seien etwas anderes. Nach Anschouwe, das
ihm angestorben sei, werde er einstweilen nicht kommen. Es bedürfe
aber einer starken Hand. Ob Herrn Lähelîn gefällig wäre, es zu
Lehen zu nehmen? Und ihm, Gahmuret, Rechenschaft davon abzulegen, oder, in seiner Abwesenheit, Frau Herzeloyde?

Herrn Lähelîns Wangen färbten sich mit einer Spur von Rot. Zugleich zog sich sein starker Leib zusammen.

Wußte der Heide, was er tat? Er vertraute sein Erbe einem Mann
an, der nicht mehr fahren ließ, was er einmal in die Hand bekam.
Daß es unter dem Titel »Lehen« geschah, war eine Formalität. Und
doch gewann sie in dem leisen Mund etwas Unannehmbares: als sei

es der äußerste Ausdruck der Herablassung gegen einen Fürsten, ihn mit einem Königreich zu belehnen. Herr Lähelîn stand einen Augenblick entgeistert.

Herr, stieß er hervor, Anschouwe hat Euch noch nicht gehuldigt.

Ihr werdet die Huldigung entgegennehmen, sagte der andere, an Gahmurets Statt.

Und es schien dem blassen Fürsten, die Selbstbenennung des Heiden bedeute etwas ganz Neues, als spräche er jetzt von sich nicht als vom hochmütigsten Ritter der Welt, sondern vom ärmsten und bedauernswertesten. Merkwürdigerweise lief das auf eines hinaus.

Selbstverständlich, sagte Herr Lähelîn, denn er hatte sich gefaßt. Anschouwe wurde nicht jeden Tag verliehen.

Dann kniet jetzt vor Gahmuret, sagte der neue Herr von Kanvoleis. – Die Herren sind Zeugen.

Ja, nun waren sie verstummt, alle, auch die schon stark Bezechten. Herr Lähelîn, der hier vor dem Fremden kniete, war mit einer Schwurformel, die ihm ohne Stocken von den Lippen ging, zum mächtigsten Fürsten des Abendlands geworden. Hier kniete der wahre Sieger des Turniers von Kanvoleis. – Und nun sprach auch die hohe Frau.

Wir vertrauen Euch, Herr Llewellyn, sagte Frau Herzeloyde. – Ihr werdet die Länder meines Herrn hüten wie Euer Auge, für seinen Sohn.

Selbstverständlich, sagte Herr Lähelîn, und erst als er sich erhoben hatte, fragte er nach: Seinen Sohn? Für welchen, wenn ich fragen darf?

Der da kommen wird, sagte Frau Herzeloyde.

Und hier verlor der Angesprochene zum zweiten Mal die Fassung. Er schluckte.

Wie Ihr befehlt.

Nun hätte das Erschrecken an ihr sein sollen, denn er betrachtete sie mit einem kalten Zorn, den man in seinen Augen noch nie gesehen hatte.

Daß über der stummen Aufregung Der Kyberg vergessen ging, wunderte niemanden, am wenigsten ihn selbst. Der Schlag, der ihn getroffen hatte, übertraf alles Gewohnte und schon Landesübliche. Nicht nur Anschouwe hatte keinen Herrn. Auch Wâleis, das ihn nötiger gebraucht hätte, bekam keinen. Der Satz des Heiden, wonach hier alles so weitergehen würde wie bisher, bedeutete beiläufig, daß Wâleis an ihm, dem überforderten Dienstmann, hängen blieb. Er und seine arme Seele allein standen wieder zwischen Wâleis und der Meisterlosigkeit. Hätte doch der Heide Herrn Lähelîn, wenn er ihn schon besiegen mußte, auch gleich dieses Land noch nachgeworfen!

Es kam noch besser.

Gahmuret kommt zum Letzten, sagte der Fremde. – Ihr habt seiner Frau die Ehre gegeben, um ihretwillen zu kämpfen. Ihr werdet gestatten, daß Gahmuret sein Glück richtigstelle und Euch nun etwas beschenke, an seiner Frauen Statt. – Lähelîn, sagte er, Ihr seid ausgenommen, denn geschenkt nehmt Ihr nichts.

Gahmurets Blick war leer und abwesend, doch der neue Lehensmann sah die reine Bosheit darin und war nicht gewohnt, sich zu täuschen. Den übrigen aber stockte der Bissen im Mund. Sie ließen das Kauen bleiben, um noch besser zu hören.

Ich weiß, Herren, sagte Gahmuret, Ihr seid nicht um eines Geschenks willen gekommen, es ist die reine Nebensache. Eine solche aber soll man ungesäumt abtun, sonst beschwert sie das Gedächtnis und ist dem Feiern abträglich. Doch werdet Ihr das Andenken, das Gahmuret Euch zugedacht hat, in vorläufigen Gewahrsam nehmen wollen. Darum begleitet ihn jetzt zu seinem Zelt und seid behilflich, es zu räumen. Ist das abgetan, wollen wir wieder zusammentreffen und einziehen in den Festsaal unserer Frau.

Doch es war die Richtung zum Burgtor, die er mit seinen Knappen einschlug. Die Gäste zögerten nur einen Augenblick zu folgen; die Glieder gehorchten ihnen ja wieder. Und bei der Zugbrücke drängten sie schon dermaßen, daß der Burgherr sie vorgehen ließ und als letzter vor dem grünen Zelt erschien. Da standen sie im Kreis herum, wie zuvor beim Rittergericht. Die Damen aber sammelten sich in den Fenstern der Burg oder an der Brüstung des Platanenhofs, um dem Schauspiel näher zu sein. Herr Lähelîn und Herr Gurnemanz, diese zwei, waren zwar nachgekommen, hielten aber Abstand vor dem Zelt, das nun im Abendlicht stand, während der Wind Schauer über die seidenen Wände jagte.

Auf ein Zeichen ihres Herrn schnitten Tampanîs und Schiônatulander die Zeltschnüre durch. Das Zelt begann, wie eine Schleppe, nach innen wegzusinken, gegen die Masten, die sich neigten. Was aber unter dem Tuch zum Vorschein kam, was war das? Gold?

Eitel Gold!

Wie eine Hand, die noch zögert, gab das Zelttuch eine ausgedehnte Feuerstelle frei, doch brannte sie nicht, blendete nur. Sie zuckte in die Augen wie ein unaufhörlicher Blitz. Langsam kam die Seide zur Ruhe, war offenbar durch noch verborgene Schatzhaufen am gänzlichen Zurückweichen gehindert.

Nur einen angehaltenen Atemzug lang waren die Herren vor der Bescherung erstarrt ... dann begann ein unerhörter Betrieb.

Stürzten sie sich darauf? Eher machte es den Eindruck, als stürzten sie hinein und würden verschlungen ... von eitel Gold. Sie arbeiteten sich hervor, um gleich wieder unterzugehen. Sie faßten es noch nicht, aber ihre Arme faßten schon zu. Mit beiden Händen – warum hatte ihnen Gott nicht hundert Hände wachsen lassen? Warum nahmen sie nicht gleich den Mund voll Gold, lötiges Gold?

Die zum Zuschauen verurteilt waren, sahen es in allen Formen spielen: Brustpanzer und Beinschienen, Kettenhemden und Sättel, Schwerter und Pokale, Tische und Sessel, goldene Becken, aus denen Münzengold rann; auch die Decken waren gewirktes Gold. – Die Täter überschlugen sich darin, sie schlugen sich damit herum, sie schlugen einander, und schneller, als Augen folgen, Worte fallen können, versuchten sie sich selbst in Gold zu verwandeln. Sie behängten, bedeckten sich damit, stopften sich Brust und Beutel voll, häuften sich's auf Kopf und Schultern, wo es nicht halten wollte ... und schafften es ja doch, daß der Goldberg weniger wurde. Die Röcke des Zeltes wurden gelüftet, zerrissen, ausgeweidet. Alles fand seinen Weg, auch wenn die Zuschauer nicht hätten sagen können wie, und die Raffer am allerwenigsten. Das Gold wanderte weg, verzettelte sich, gloste wie auseinandergetretene Glut. Sie schrien den Knechten und Knappen zu, ihnen Gold abzunehmen, damit sie Gold nachfassen konnten, aber das Gesinde hatte ja schon längst die Arme voll. Befehle wurden laut wie Lustgeschrei, wie Notrufe, und keiner hörte darauf. Jeden hatte es hingerissen, und jeder trug's schon fast schwimmend weg: Gold.

Aber nicht der Gierigste zog die meiste Beute an, sondern der am besten Organisierte. Doch Herr Lähelîn stand ja beiseite, blickte nur mit strengen Augen auf das furchtbare Schauspiel, von dem er ausgeschlossen war. Wie kam es, daß er ja doch das meiste Gold gescheffelt hatte?

Hier zeigte sich für jeden, der Augen hatte zu sehen, das Lähelînsche Wesen erstmals von seiner Person getrennt. Er hatte es nicht nötig, eigenhändig zuzupacken. Es genügte, daß er seine Dienerschaft abgerichtet hatte: dergestalt, daß sie augenblicklich eine Kette bildete, um sich das edle Gut weiterzureichen wie wohlgeübte Brandlöscher, wobei Schilde die Stelle der Eimer übernahmen. Damit nicht genug: das Gold langte bereits sortiert nach Größe und Güte am Ende des förderlichen Bandes an. Denn dort waren Goldkenner am Werk, die mit einem Blick übersahen, was des Aufhebens am würdigsten war.

Dagegen die unbedarft Raffenden, wie sie, ratlos vor Gier, auch dann noch nach Gold gruben, wenn es ihnen die Hüften hochquoll! Für wissende Augen nahmen sie sich mitten im Überfluß wie die armen Teufel aus, die sie schon nächstens wieder sein würden. Sie griffen sich an Brust und Hintern, an Herz und Geschlecht, ob es noch halten wolle, wo sie's hingepackt hatten. Wohl dem, der sich locker gegürtet hatte, und doch satt genug für die Last an seinem Leib! Dem Brâbanter Lambekîn war das Kunststück gelungen, sich eine Goldrüstung überzuziehen, die sich auch noch als Goldkoffer verwenden ließ. Sie waren nur durch Gold gehindert, einander Gold zu entreißen, und bei jeder Bewegung schien ihnen mehr zu entfallen, als sie wieder aufheben konnten.

Am Schluß war die Walstatt, bis auf das gefledderte Zelt, von der letzten Goldspur gesäubert. Alle standen sie in argwöhnischem Abstand zueinander hinter ihrem Haufen, den sie in Windeseile zum Bollwerk aufgeschichtet hatten, größer das eine, kleiner das andere, aber noch das kleinste augenscheinlich groß genug für ein sorgloses Leben.

Alle? Doch nicht ganz. Herrn Gurnemanz hatte es zwar in den Gliedern gezuckt wie dem ersten Besten. Dann aber war er zurückgetreten und betrachtete den Falken auf seiner Faust wie ein Andachtsbild. Ein Ritter ohne Namen – oder hieß er Cidegast? – hielt die Arme verschränkt. Erst, nachdem das Gold schon seiner Wege gegangen war, bückte er sich nach einem vergessenen Ring. Und da stand noch einer, der trug ein erlegtes Häschen über der Schulter. Er betrachtete das Schauspiel mit Staunen und Verachtung. Er war eben noch ein Kind.

Unbeweglich stand auch er, welcher den Herren das seltsame Fest gegeben hatte, Herr Gahmuret, der Bräutigam. Ohne eine Miene zu verziehen, sah er dem Verschwinden seiner Schätze zu. Nur einmal gab er den beiden Knappen einen Wink, die Maultiere heranzuführen. Er hatte sie im Schatten der Burg bereitstellen und mit Tragsätteln rüsten lassen, mußte also vorausgesehen haben, daß es seine

Gäste mit ihren Gaben nicht halten würde. Keiner der Goldberauschten bemerkte das Kränkende dieser Vorsorge. Wo aber war sein morgenländisches Gefolge hingekommen, die Lauten-, Zimbeln- und Beckenschläger, die Pferde, eines schöner als das andere? Hatten sie sich in Gold aufgelöst, in den hellen Dunst des Pfingstabends?

Alles Weitere kann man sich denken und sieht's doch nicht gern. Denn Herren wie Knechte hatten nur noch ein Ding im Kopf: wie sie ihren Schatz in Sicherheit brächten. Er konnte ja schon mit dem ersten Schritt gefährdet sein. Darum rührten sie sich vorerst gar nicht; dann aber, als jeder seine Goldwache mißtrauisch genug bestellt hatte, um so behender. Sie stritten sich um Esel und Mäuler, und es hätte Tote geben müssen, hätten sie nicht so oft zurückgeblickt nach ihrem Gold.

Nun erfuhren auch sie, was es heißt, sich zu zerreißen. Der Kyberg, von dieser Mühe für einmal freigestellt, sah mit ebensoviel Scheu wie Abscheu dem Abwandern des Goldes zu. Keiner hatte genug davon, jedem war das Beste schon abhanden gekommen. Aber da sie fürchteten, beim Streit darüber noch weiter bestohlen zu werden, hielten sie etwas wie Frieden, einer mit dem Rücken zum andern. Die Geheimniskrämerei folgte der wunderbaren Bescherung auf dem Fuß. Die Herren packten selbst. Wie hätte man ein solches Geschäft den Dienstboten überlassen dürfen? Wie sollten sie nicht stehlen, wo alles auch noch geschenkt war? Wo kamen all diese Schätze her? Eine zweite Frage. Die erste war: Wohin damit? Binnen einer Stunde waren die Lastzüge gepackt, das Geleit gerüstet.

Auch wenn es dem einen oder andern flüchtig durch den Sinn schoß, daß man ja zum Feiern geladen war: das Gold war stärker als der höfische Anstand.

Quid non mortalia cogis / Pectora, auri sacra fames? zitierte der Hofkaplan auf der Zinne seinen Vergil. Ihm stand wenigstens das heilige Latein zu Gebote. Die Damen, schnell atmende Zuschauerinnen, blieben sprachlos. Da zogen sie dahin, die großen Herren, und der festliche Lohn blieb ungefordert zurück. Man machte sich nicht einmal mehr so viel Mühe, die Zelte abzubrechen.

Ach, Gold hält keinem Ritter die Treue. Es will sich nicht hüten lassen und horten. Es will hecken. Neuerdings will es arbeiten, umgehen und sich vermehren. Dafür sprengt es jedes Schatzkästlein und jedes Verlies. Die es jetzt dahin zu haben glauben und nach allen

Himmelsrichtungen abführen ... sie selbst werden es zähneknirschend weitertragen, bis zum letzten Taler, dorthin, wo es sich heimisch fühlt: in die Städte, zu den Juden. Nur für den Augenblick läßt es sich fesseln an Maultiere und Tragsättel und blendet die Augen derer, die es hüten wie ihre arme Seele. Pfiffig genug, es in Sicherheit zu bringen, sind sie nicht hell genug zu bemerken, daß es ihnen in dieser Sicherheit nichts nützt.

Als Ritter sind sie gekommen; wie Plünderer und Strauchdiebe verreiten sie. Und noch vor dem Ende ihrer Reise wird ihnen dämmern, daß sie nichts gewonnen und ihre Würde verloren haben. Sie sind eben Ritter geblieben, schlechte Ritter heute, arme Ritter morgen. Ritter – das sagt nicht mehr viel.

IH GÂWÂN IH SIGÛNE

WORIN EIN KIND DAS BRAUTPAAR ERSCHÜTTERT UND
SIGÛNE EINEN GROSSEN SCHRITT VERSUCHT

Sie aber, Frau Herzeloyde auf der Höhe der Mauer, gönnte dem
Verschwinden kaum einen Blick, sie sah nur den Verschwender. Er
war ihr Mann; er würde ihr ein wenig bleiben. Was kümmerten sie
dagegen alle Schätze der Welt? – Sie schrak erst auf, als, nahe an
ihrem Ohr, etwas laut wurde, ein Wispern und Flüstern. Vor ihr
stand Herr Gurnemanz von Grâharz, und auf seiner Faust schlug ein
Falke mit den Flügeln, als wolle er auffliegen. Doch der Graf hielt
ihn mit ledernem Handschuh fest im Geschüh gefangen. Auch waren
dem Vogel die Lider mit Garn heruntergeknüpft. Daneben stand ein
zweiter Ritter.

Wir bitten um Urlaub, Herr Cidegast und ich, sagte Herr Gurnemanz, der, früh ergraut, grau aussah nun auch im Gesicht, während
der andere – wie hieß er doch? – das seine mit einer Art Kapuze
beschattete. Der Flickenmantel des Herrn Gurnemanz wirkte nicht
mehr kostbar, sondern mitgenommen von Stößen und Stichen, fadenscheinig im Flor.

Frau Herzeloyde zögerte, den einzelnen Mann dort unten mit den
Augen loszulassen. Sigûne! hatte sie befohlen, bitte unsern Herrn zu
uns und weich nicht von seiner Seite! Unten vor dem Tor war noch
immer keine Nichte zu sehen. Herzeloyde trat an die Brüstung, als
wolle sie sich hinunterstürzen, und schrie: Gahmuret! Gahmuret! Es
kümmerte sie nicht, daß ihre Stimme grell geworden war. Wie
konnte der Mann dort unten nichts gehört haben? Er starrte noch
immer auf sein Zelt, dessen Masten sich gelegt hatten. Die Fahnen-
stangen waren geknickt, der schiefe Anker ergraute im Staub.

Herr Gurnemanz hielt die Schreiende fest, der andere Ritter aber
sagte:

Ich bringe ihn zu Euch.

Wer seid Ihr? fragte Frau Herzeloyde.

Der Mann hatte sich schon entfernt.

Und Frau Herzeloyde rührte sich nicht mehr. Sie schien nicht
einmal zu wissen, daß sie sich an Herrn Gurnemanz gelehnt hatte,
der sie hielt. Unten war der Ritter mit der Kapuze aus dem Tor

getreten und rührte an Herrn Gahmurets Schulter. Frau Herzeloyde flüsterte: Es ist der Tod! und barg ihre Stirn an des Grafen Schulter, der sie mit dem linken Arm umfing. Den rechten aber hielt er in die Höhe, damit der Vogel auf der Faust weder erschrecke noch das Erschrecken störe.

Frau, sagte Herr Gurnemanz, es ist nur Herr Cidegast von Lôgroys. Wenn er Euren Mann holt, ist dieser schon so gut wie da. Herr Cidegast ist die Treue selbst.

Bleibt er mir, lieber Herr? fragte Frau Herzeloyde, und schien tiefer in Gurnemanz' Schulter zu sinken, so daß er seinen Falken, der mit den Flügeln schlug, noch höher halten mußte.

Das, antwortete Herr Gurnemanz, weiß Gott. Er bestimmt uns dazu, auf alles gefaßt zu sein.

Ihr habt einen Sohn verloren, Graf von Grâharz, sagte sie, und Eure Hausfrau auch.

Das ist die eine Seite, sagte der Graf, man kann auch die andere sehen. Gott hat mir die Tochter gelassen, an der sie gestorben ist, und zwei Söhne außerdem. Einer heißt Blancheflûrs, denn er hat die Haut seiner Mutter.

Inzwischen hatte Herr Cidegast, oder wie er hieß, den Heiden am Arm gefaßt und führte ihn zum Tor hinauf. Dann verschwanden beide in seinem Schatten.

So viel ist Euch gestorben, Herr von Grâharz, sagte sie, warum seid Ihr hergekommen vor meine Stadt? Ihr habt mich doch nicht begehrt, und Güter habt Ihr genug.

Frau, sagte er, ich bin gekommen, weil alles auf Erden stirbt; darum darf die Ritterschaft nicht sterben. Sie ist von Gott und gilt mehr als unser Leben.

Graf, sagte sie, redet mir nicht so, denn ich habe erst zu leben begonnen.

Ja, Frau, sagte er, und das gefällt mir, wenn Ihr erlaubt. Es ist zwar nicht mehr an dem, daß ich Euch begehren dürfte. Um so mehr ist es an dem, daß ich den Wunsch ehre, der nichts begehrt als Euch.

Tut er das, Gurnemanz? fragte sie. – Tut er das im Ernst?

Auch das steht bei Gott, Frau, antwortete der Graf, aber wir fahren am besten dabei, wenn wir handeln, als käme es auf uns an. Dann mag uns Gott helfen oder nicht: Wir haben immer ritterlich gehandelt.

Feiert mit uns, Graf, sagte sie. – Bleibt bei unserem Fest.

Bedenkt, Frau, entgegnete der Mann, der sie immer noch im Arm hielt, mich zieht der Wildfang heim auf meiner Hand. Er will gründlich gezogen sein, damit sich das Wilde verliere. Er muß die Freiheit verstehen, zu fliegen und wiederzukehren auf meine Hand; dies ist das Schwerste.

Wie lehrt Ihr das? fragte Frau Herzeloyde.

Der Graf von Grâharz lachte. – Durch Lernen, sagte er, der Falke muß mich lehren, wie ich ihn zähmen soll. Geduld, Frau, und noch einmal Geduld! Wer mit Falken jagt, darf gar nichts anderes mehr zu schaffen haben. Er schlägt mit den Flügeln, das macht, er will mir entfliegen; er ist noch weit entfernt, mir nahe zu sein. Darum muß ich ihn an mich fesseln und blind halten. Der Anfang der Kunst ist roh, denn noch sind wir im Zustand der Wildnis, er und ich. Die müssen wir besiegen, bevor wir uns dürfen fahren lassen. Er gewöhnt sich an meine Faust, ich mich an seine Kralle. Eins ist so not wie das andere. Wir lernen die Köpfe tauschen, denn sein gefiederter muß in meinem grauen sein, und mein grauer in seinem gefiederten. Darum, wenn er reif ist, auszufliegen nach seiner Beute, brauche ich seine Wildheit, damit er diese trifft und schlägt. Er aber braucht meine Bedenklichkeit, damit er sie nicht selber verschlingt, sondern wiederkehrt auf meine Faust, um aus ihr zu fressen. Das ist die Kunst, daß ich ihm der Nächste bleibe, wenn er mir aus den Augen geflogen ist. Dann haben wir uns gegenseitig ritterlich gemacht. Denn jeder dient dem andern mit dem Stärksten, das er hat: er mir mit seinen Fängen, ich ihm mit meiner Mäßigkeit.

Frau Herzeloyde zitterte in seinen Armen. – Ich kenne kein Maß mehr, sagte sie, ich will nicht mehr mäßig sein!

Er gab keine Antwort, denn inzwischen waren sie herbeigekommen, Herr Gahmuret und der Ritter ohne Namen. Herr Gurnemanz war zurückgetreten, um dem Falken, der heftiger mit den Flügeln schlug, auf die gefiederte Brust zu blasen; da beruhigte sich das Tier.

Frau Herzeloyde sagte mit leiser Stimme:

Ihr habt unsere Gäste hinweggesendet, mein Herr Gahmuret, nun fehlen sie zu unserem Fest. Wie sollen wir feiern? Ihr habt sie zu reichlich beschenkt.

Laßt den Plunder fahren, sagte Herr Gahmuret, da war nicht viel dran.

In diesem Augenblick erschien Der Kyberg unter der Tür.

Frau, sagte er, es wäre gerichtet. – Das Mahl, fügte er hinzu.

Wer bleibt uns denn noch, Kyberg? fragte sie.

Das Volk von Kanvoleis, antwortete er mit unbewegter Miene, und ein paar hiesige Herren. Die hier Anwesenden nicht gerechnet.

Der Graf von Grâharz räusperte sich. – Herrschaften von Wâleis, sagte er. – Ich fürchte, daß sich die Ritterschaft nicht entschuldigt hat –

Sie ist entschuldigt, sagte Frau Herzeloyde, denn mein Herr Gahmuret hat Wunder an ihr getan. Es ist nur zu menschlich, daß sie abgeblieben ist.

Um so mehr, fuhr der Graukopf fort, entschuldige ich mich für sie.

Ihr geltet uns so viel wie alle, erwiderte Frau Herzeloyde, so verweilt noch ein wenig.

Herr Gahmuret, fuhr Der von Grâharz fort, Ihr habt die Ritterschaft beschämt. Das tut mir leid. Denn ich würde zu gerne denken, daß ein *Ritter* König dieses Landes geworden ist.

Herr Gahmuret musterte ihn mit dunklem Spott.

Ihr habt andere Sorgen, antwortete Herr Gurnemanz sich selbst. – Womit ich den Wunsch ausdrücken will, daß Ihr gar keine habt und Eure Frau zu feiern wißt, wie sie es verdient.

Diesen Wunsch könntet Ihr selbst erfüllen, sagte Frau Herzeloyde höfisch, denn es würde unserer Freude zu viel fehlen, wenn Ihr sie nicht zu teilen wünschtet. Und Ihr, treuer Mann, wandte sie sich an den Ritter mit der Kapuze, habt meinem Herrn das Geleit in die Burg gegeben. So begleitet uns nun auch hinein, wo mein Hausmeier alles zum Fest gerüstet hat.

Ich habe eine Frau, sagte er, und sie ist noch ein Kind. Ihr müßt mir Urlaub geben.

Wenn ich muß, sagte sie, kann ich wohl nicht anders. Doch unbeschenkt kann ich Euch nicht gehen lassen.

Ich habe mehr, als ich brauche, Frau, und was ich brauche, kann mir niemand schenken.

Es wird kühl, Cidegast, sagte der Graf von Grâharz, wir wollen reiten. Ich wünsche Euch Glück, Frau Herzeloyde. –

Er neigte sich vor ihr, und aufs flüchtigste vor Gahmuret. Dann wandte er sich entschieden, nur den rechten Arm führte er mit Vorsicht; darauf saß der Falke. Dann aber unterbrach er die Bewegung, und alle, die da standen, erstarrten mit ihm. Denn in den Burghof war ein ganz in Silber gerüsteter Mann eingeritten, so hoch zu Roß, daß man nicht glaubte, jemals etwas Höheres gesehen zu haben. Der

Rappe setzte seine Beine wie ein Hirsch die Läufe auf dem Kopfsteinpflaster; sein Reiter wirkte fast zu zierlich, hätte er nicht mit so
viel Anstand im Sattel gesessen. Er hatte das Visier heruntergelassen
und trug einen Schild ohne Wappen; auch der Wimpel an seiner
Lanze war von reinem Weiß. Die hatte er gehoben wie zur Herausforderung; an ihrer scharfen Spitze stak ein Stück Pergament. Das
ließ er nun langsam vor Herrn Gurnemanz niedersinken und schien
ihn mit einem kurzen Ruck aufzufordern, es abzulösen. – Der Ritter
mit dem Falken gehorchte, rollte die Schrift aus, schüttelte, während
sein Falke mit den Flügeln schlug, den Kopf und reichte sie dann
Herrn Cidegast. Der drehte sie zweimal um, dann war das Kopfschütteln an ihm, und er blickte fragend nach Frau Herzeloyde.
     Wer seid Ihr, was begehrt Ihr? fragte sie.
     Der Silberne antwortete nicht. Er schüttelte die Lanze abermals,
und seine Linke hielt sich an der Mähne des Rappen fest; die war wie
weiße Seide. Inzwischen lag die Nachricht in Frau Herzeloydes
Hand. Sie hatte nur einen Blick darauf geworfen und ließ sie sinken. –
     Kyberg! rief sie: der Getreue kam und nahm das Pergament, aber
auch er wurde nicht klug daraus. –
     Sigûne! befahl sie. – Lies!
     Und die Gerufene erschien unter der Pforte, die zum Palas führte,
und dahinter die beiden Knappen Herrn Gahmurets. Alle trugen
Kränze im Haar. Sigûne, rot und blaß, nahm das Pergament aus der
Hand ihrer Tante und begann zu lesen.
     *Der Her Gachmurett ist fom tuevel, darum sol er das hertz der
frowe nicht haben. Ich fodere inn zum Kampff ohne sicherheit. Ehr
oder ih. Ih.*
     Leise, stockend hatte sie gelesen. Man hörte nur noch den Wind in
den Platanen. Er war kühl, denn die Sonne neigte sich hinter DEM
BERG WO EIN TAL IST, und die Burg wirkte im Schatten noch stei-
nerner. Herr Gahmuret hatte die Arme verschränkt und sagte laut:
     Wer seid Ihr?
     Der fremde Reiter holte die Lanze ein, lehnte sie an sein Pferd, das
sich nicht rührte, zog die eisernen Handschuhe aus und griff sich mit
kleiner Hand unter den Harnisch. Da brachte er ein Messer zum
Vorschein, eine schwarze Feder und ein zweites Stück Pergament.
Und zog sich die Schneide quer über die Hand, tauchte die Feder in
die Wunde und begann auf dem Vorbau des Sattels Zeichen um Zeichen auf das Pergament zu schreiben, immer wieder absetzend, um

die Spitze des Werkzeugs in seiner blutenden Hand einzufärben; das
tat er mit der Andacht eines Mönchs und dem Anstand eines geharnischten Engels. Dann packte er das Gerät in ein Kästchen und dieses unter seinen Gürtel, schlüpfte, des Blutes ungeachtet, wieder in
seine Handschuhe und steckte die neue Botschaft auf die Spitze der
Lanze, die er aufnahm und niederreichte; eine zweite Forderung.

Dergleichen war unerhört; ein Ritter, der schrieb, auch noch zu
Pferd, mit dem eigenen Blut und so zarter Hand, wie man sie sonst
bei Frauen sucht. Nun aber saß er wieder sehr aufrecht und erlaubte
keinerlei Zweifel an seiner männlichen Entschlossenheit. Als er sich
verwundet hatte, war ein Aufschrei durch die Zeugen gegangen; jetzt
starrten sie auf die Schrift, die sich vor sie niedergesenkt hatte. Keiner griff danach.

Dann tat es der Mann ohne Namen; Herr Cidegast faßte die
Spitze mit ganzer Hand und einem so überraschenden Ruck, daß der
Reiter ihm in die Arme stürzte. Da zeigte sich: er war noch ein Kind.
Und es mochte zappeln und zucken wie es konnte, Herr Cidegast
blieb stärker und geschickt, ihm den Helm vom Kopf zu lösen, und
den Harnisch von der Brust, wenigstens zur Hälfte: Da stand er vor
allen, mit verwirrtem Haar, Herr Gâwân, kein anderer. Und als er
seine Stimme erhob, nicht zum Jammern, sondern im Zorn, konnte
jeder hören, warum er sie hatte verstecken müssen. Sie war noch hell.

Das giltet nicht! rief er. – Das hat keine Art! Laß mich los, was
habe ich mit dir!

Aber Herr Cidegast hielt ihn fest wie Eisen, bis er den Widerstand
aufgab; als er stand, erhobenen Hauptes, ließ ihn sein Wärter los. Er
stand frisch und aufgebracht und schnaubte wie ein Stierkalb.

Nun war es wohl zum Lachen, und sie versuchten es fast; lächelnd
hoben sie das Schreibzeug auf, das dem Jungen bei der Bändigung
entfallen war, reichten Frau Herzeloyde das Pergament, die es nicht
las und keineswegs lachend die blutende Hand ergriff. Er aber entzog sie ihr und leckte sie ab. Mit blutigen Lippen sagte er:

Unterlaßt die Hilfe, Frau, denn Ihr seid es, die sie braucht. Ihr
dürft diesen Mann nicht nehmen! Er bringt Euch kein Glück! – Und
hatte sich Herrn Gahmuret gegenüber aufgestellt und blies die Bak-
ken auf vor Empörung und Inbrunst.

Zeig mir deine Hand, sagte Herr Gahmuret. – Und Gâwân, überrascht, hielt sie hin. Der Heide blies ihm einmal über den Schnitt, da
blutete er nicht mehr.

Gâwân zog die Hand zurück, als sei er nun erst recht verletzt. Er nahm Tampanîs, der neben Gahmuret stand, den Dolch aus dem Gürtel und stieß ihn sich langsam in die Hand, wobei er Herrn Gahmuret in die Augen sah. Jetzt war der Aufschrei allgemein. Der Junge kam nicht weit mit seiner grausamen Tat. Tampanîs sperrte ihm die beiden Arme auseinander, während Herr Gurnemanz nur einen Schritt tat und ihm ins Gesicht blickte. Er hielt den Fetzen Pergament in der Hand.

Was habt Ihr geschrieben? fragte er.

Herr Gâwân antwortete nicht.

Wollt Ihr, daß ich es laut sage? fragte Herr Gurnemanz.

Ihr könnt nicht lesen! sagte Herr Gâwân.

Laßt ihn los, sagte der Graf von Grâharz zum Knappen Gahmurets. Es geschah, und Gâwân stand still.

Gebt ihm den Dolch zurück.

Tampanîs gehorchte.

Wo ist Euer Vater? fragte Herr Gurnemanz.

Dahin, antwortete Gâwân, mit einem Sack voll Gold. Ich habe keinen Vater. Das habt *Ihr* getan, sagte er zu Herrn Gahmuret mit Tränen in den Augen.

Ihr seid enttäuscht, sagte Herr Gurnemanz. – Das ist gut. Denn wer sich täuschen will, muß enttäuscht werden. Wie alt seid Ihr?

Wo ich herkomme, sagte Herr Gâwân, zählt man die Jahre nicht. Da giltet auch keine Enttäuschung. Da gibt es von allem nur das Beste. –

Darum seid Ihr dumm und verwöhnt, sagte Herr Gurnemanz, und macht einen Narren aus Euch.

Das Kind starrte ihn an, mehr erstaunt als gekränkt. – Dann sagte es:

Ich bin der Neffe des Königs Artûs! Seine Frau Ginovêr liebt mich! Und ich folge meinem Gefühl!

Dazu werde ich Euch beglückwünschen, antwortete der Graf von Grâharz, wenn Ihr nicht mehr nötig habt, damit großzutun.

Herr Gâwân richtete sich auf. In seinem Gesicht breitete sich plötzlich Verständnis aus, das verzog ihm den Mund zu einem Lächeln.

Dann, sagte er, kann ich auch Euren Glückwunsch entbehren.

Herr Gurnemanz hob die Brauen, und wenn er seinerseits lächelte, verbarg er es gut.

Hohe Frau, edler Herr, sagte er zu Herzeloyde und Gahmuret, wir wollen uns nicht mehr aufhalten, und Euch noch weniger. Der Graf von Lôgroys will nach Hause, ich muß zu meinen Falken. Der Junge da wird mich begleiten und so lange mein Gast sein auf Grâharz, als ihn Frau Ginovêr entbehren kann. Ich werde ihr melden, wir hätten ein Geschäft miteinander, Herr Gâwân und ich.

Das Kind war errötet. Wer von Ritterschaft etwas verstand, hielt den Atem an. Denn wohl hatte der Erzieher alle mögliche Jugend zugesandt bekommen, damit er sein Werk an ihr verrichte, sie bilde im Umgang mit Pferd, Lanze und Schwert, und ihr auch etwas höheren Anstand beibringe, schlecht oder recht, je nach dem Stoff, aus dem Gott sie geschaffen hatte. Den härtete oder verfeinerte er nach Vermögen. Aber noch nie hatte man gehört, daß er sich einen Zögling selbst gewählt und so gut wie darum gebeten hatte, ihn bilden zu dürfen. Denn er hatte das Kind als Ritter angesprochen. – Doch war Gâwân mit seinem Vorwitz keineswegs zu Ende.

Herr Gahmuret, sagte Gâwân, den Teufel nehme ich zurück. Doch ich habe Euch gefordert und hoffe, Ihr habt mich verstanden.

Wozu wollt Ihr mich fordern? fragte Herr Gahmuret.

Ihr habt noch nicht erfahren, sagte das Kind, was es heißt, um eine Frau zu kämpfen!

Das wollt Ihr mich lehren! fragte der blasse Mann, und seid doch selbst viel eher dazu geschaffen, daß Euch die Damen um den Hals fallen? Sie nehmen Euch auf den Schoß.

Ihr findet es wohl witzig, mich zu kränken? fragte der Knabe.

Ich wüßte nicht wie, sagte Herr Gahmuret, aber wenn du erzogen bist, will ich dir jede Genugtuung geben, die du verlangst. Inzwischen erfreue dich deiner Artigkeit oder genieße deine Unart, wie es dir dein Gefühl gebieten mag.

Mein Herr Gahmuret, sagte Frau Herzeloyde, fahrt gelinder mit ihm, denn er will mein Glück. Das sollte Euch rühren.

Es rührt mich mehr, als Ihr glaubt, hohe Frau, sagte Herr Gahmuret kühl.

Es beschämt Euch! rief der Knabe, denn sie verdient das höchste Glück der Erde, und Ihr wißt am besten, daß Ihr dafür nicht geschaffen seid!

Und hier sprach Herr Cidegast ein Wort, das ihm nicht vergessen werden sollte; denn es könnte sein letztes in dieser Fabel sein.

Was das Glück eines Menschen ist, sagte er, weiß nur er selbst, und gerade er braucht es nicht zu wissen.

Der Kyberg wiederholte ungerührt:

Es ist aufgetragen, Frau.

Und während die einen Urlaub nahmen, ohne weitere Umstände
– in der Tat, es wurde kühl und spät –; während Herr Cidegast,
Gâwâns Pferd führend, an der Seite des Grafen von Grâharz durch
das Tor schritt, in dem der Falke auf seiner Faust mit den Flügeln
schlug; während Gâwân noch immer stehen blieb: gingen die andern, Der Kyberg voran, der Pforte entgegen, die von innen erleuchtet war wie diejenige des Himmels. Es schickte sich, daß sie paarweise gingen. Frau Herzeloyde hatte die Hand ihres Gemahls gefaßt,
und Schiônatulander, ganz ohne Umstände, diejenige Fräulein Sigûnes. Herr Gâwân aber blieb lange genug stehen, um auch das Weitere
zu sehen: Wie dem Fräulein erst nach zwei Schritten aufging, was sie
da zu dulden begann, worauf sie sich losriß, zur Seite lief und dann
ein paar Schritte weiter sprang, in Herrn Gâwâns Richtung, den sie
aber nicht bemerkte. Mit weit offenen Augen lief sie ganz in seine
Nähe und drehte sich atmend um. Da hatte Schiônatulander seinen
Kumpan Tampanîs bei der Hand genommen, ganz als wäre ihm eine
Hand so gut wie die andere. Seite an Seite gingen die beiden durch
die Tür ins Helle hinein.

In diesem Augenblick fing drinnen eine Musik an. Und da erst
war zu hören, wie still die Burg bisher gelegen hatte, als wäre sie die
ganze Zeit nicht bewohnt gewesen. War sie es nun?

Weder Zuruf noch Becherklang, kein Zeichen von Festlichkeit, ja
kein Menschenlaut drang hinaus in die beginnende Dämmerung. Die
Fiedeln und Flöten zirpten dünn und schienen für niemanden auf-
zuspielen, und niemand klatschte Beifall, als sie verklangen. Auch
das weite Land zu Füßen der Burg war erloschen. Nur auf der Höhe
DES BERGS WO EIN TAL IST hatte sich noch eine Ahnung von Abendlicht gefangen. In der Niederung der Aue bildeten sich, von Baum-
gruppen kaum noch zu unterscheiden, die verlassenen Zelte ab: geisterhaft war sie geworden, die aufgehobene Belagerung. Nicht minder ungewiß zeichnete sich der übermächtige Burgkörper ab, in dessen Fenstern ein zuckender Lichtschein huschte, als glühe dort der
verstreute Heidenschatz noch immer, oder eine ruhelose Seele zähle
ihr veruntreutes Gut. Deutlich, wie durch eine dünne Wand, hörte
man aus der Tiefe zwei väterliche Männerstimmen reden, auch wenn
kein Wort zu verstehen war, und hin und wieder scharrte der Huf
eines Pferdes auf dem Stein.

Da unten erwarteten sie Gâwân, waren bereit zu warten, bis es ihm gefiel zu kommen, und ein Hauch von Geborgenheit wehte ihm über das Herz. Auch das Fräulein schien diese Stimmen zu hören und etwas Gleiches zu empfinden, denn er sah sie ruhiger atmen. Zugleich schien es ihm unrecht, sie zu belauschen. Aber ehe er sich mit einem Räuspern bemerkbar machen konnte, sah er, wie sie sich bückte und einen Fetzen aufhob. Sie hielt ihn gegen den Himmel, um ihn zu lesen. Es war derjenige, den er mit seinem Blut geschrieben hatte.

Pardon, Fräulein, sagte er. – Und als sie das Pergamentlein erschrocken sinken ließ: Ihr könnt lesen?

Warum verletzt Ihr Euch, um das zu schreiben? fragte sie.

Was habe ich denn geschrieben? fragte er.

Wißt Ihr das schon nicht mehr?

Gebt, sagte Herr Gâwân, für Euch war es nicht.

Schreibt sich das so leicht? fragte sie.

Leicht? fragte er zurück. – Mit meinem Blut!

Ihr seid unbescheiden! Warum seid Ihr so?

Unbescheiden? fragte der Junge. – Wer viel halten will, muß viel versprechen! Ihr hättet dem jungen Mann nicht davonzulaufen brauchen! Er entgeht Euch doch nicht!

Er – mir? fragte Fräulein Sigûne und vergaß vor Staunen zu erröten.

Ihr seid die Stärkere, sagte er, das sehe ich mit einem Blick! Da habt Ihr's nicht nötig, ihn zu quälen!

Ich hätte ihn gequält? fragte Sigûne erschrocken, glaubt Ihr?

Das sieht ein Kind, sagte der Junge, und Ihr seid keines mehr! –

Sie stutzte, und auf einmal begann sie zu lachen; der hier für sie beide in Anspruch nahm, erwachsen zu sprechen, hatte nie kindlicher ausgesehen als in seiner Altklugheit. Sie fuhr ihm über das glatte Haar und rührte es durcheinander, was er sich mit Würde gefallen ließ. Und plötzlich faßte sich Sigûne ein Herz, daß sie das würdige Kind in die Arme nahm und seinen Knabenleib an sich preßte, wie zum Versuch einer ganz neuen Leidenschaft. Und sie lachte laut, wie der Knabe den Versuch hinnahm, und trieb diesen noch etwas fort, bis sie sein Widerstreben spürte.

Laßt es gut sein, Fräulein, sagte der Knabe, mich erwartet der Graf von Grâharz, und Ihr müßt zu Eurem Fest. Ich wünsche Euch Glück.

Ich Euch auch, Herr Gâwân, sagte Sigûne und ließ ihn los. – Ihr seid sehr süß.

Das höre ich oft, sagte Gâwân. – Etwas zu oft. – Und wandte sich zum Gehen.

Sie horchte dem Klang der Eisentritte nach; mochte er nur nicht fallen! Aber dann hörte sie seine Stimme bei den andern, tiefen, und wußte, daß er geborgen war. Und das Gefühl verlor sich nicht mit dem Trappeln der Pferde, seinem Verklingen in immer weiterer Ferne. Es kam ihr vor, als nehme jetzt alles seinen Gang, und ob er nach Hause führe oder ins Offene, mache keinen Unterschied. Es kam nur darauf an, daß man getragen blieb. Die Burg vor ihren Augen verlor etwas von ihrer Finsternis.

Sie hob das Pergamentlein auf, dessen Blutschrift nicht mehr zu lesen war, und trug's bis unter das Fenster, aus dem etwas Licht fiel, und da stand

Ih bins Gâwân, Gottes Kind.

Ja, du bist's, sagte sie. – Du bist's Gâwân. Und ich bin's Sigûne. Und das Ich, das sie hörbar sagte, klang wie ein niegehörtes Wort. Es schien mutige Verwandtschaft zu stiften zwischen denen, die es zu sprechen wagten. Und Sigûne war in diesem Augenblick ganz gewiß, daß sie es nicht aus Eitelkeit tat, sondern aus reinem Hochgefühl. Die so Ich sagten, gingen niemals verloren, denn sie hatten ein Schicksal. – Und es schien Sigûne ganz unmöglich, mit dieser Hoheit in der Seele in die Festgesellschaft zu gehen, auch wenn es sie einen Augenblick verlockte, Quiqui – nein: Schiônatulander – zu zeigen, daß sie das flüchtige Kaninchen nicht war, sondern eine Verwandelte.

Aber nun blieb er ja da, und es kam auf einen Tag und eine Nacht nicht an. Sie war auch sicher, daß Frau Herzeloyde sie nicht vermißte. So erschien es ihr als das beste, das Wachstum ihres Herzens vor Stürmen zu hüten und zunächst allein zu genießen. – Allein? Der Kater würde auch da sein, vielleicht nicht mehr lange. Sie würde ihn seinem Herrn ja wohl einhändigen müssen. Und bevor sie sich die Phantasie erlaubte, daß man eine Katze, die ohnehin keinen Besitzer gelten läßt, auch zu zweit hüten kann, gedachte sie Gurzgrî noch dies und das ins gefiederte Ohr zu flüstern. Auch er sollte es fühlen: *Ih bins Gottes Kind*, und sollte darum nicht weniger süß gepflegt sein. Vielleicht, ganz gewiß, würde sich auch die neue Hoheit in Süße verwandeln lassen, in mehr Süße, als die Welt und Schiônatulander sich träumen ließen. Denn jetzt ahnte sie, wie man Leidenschaft übt.

Aber als sie den hinteren Teil der Burg und über eine Wendeltreppe ihre Kemenate gewonnen hatte, fand sie die schwere Tür nur angelehnt. Wer hatte gewagt, sie zu öffnen? Sie öffnete ganz und sah im Licht der Kerze: leer. Gurzgrî war entwischt.

Die Angst sog ihr alle Kraft aus den Beinen, und sie setzte sich auf ihr schmales Bett. Und alle Würde sank mit ihr zusammen, entfiel, zerrieselte in dem Raum, und sie war nichts weiter als klein und verlassen. So schnell ging das? So wenig Verlaß war auf das Ich? Sie begann zu weinen und weinte immer heftiger beim Gedanken, daß niemand sie beim Fest vermißte, daß sie sich wie eine Gans angestellt habe und Schiônatulander kein Achselzucken mehr wert sei; daß er sich vielleicht eben jetzt bei einer Klügeren tröste, daß ihm recht geschah, wenn er seine Katze nicht mehr bekam. Wenn sie nur nicht, das Weite suchend, den Tod fand, irgendwo liegenblieb, erstarrte, während sich der Pelz mit Reif besetzte! Nie mehr würde er wiederkommen, nie mehr durfte sie sich unter Menschen zeigen, und die Tante hatte sie mit einem fremden Mann verlassen, lag Fratzen schneidend in seinen Armen und erkannte Sigûne nicht mehr.

Es dauerte eine Weile, bis Sigûne ein Satz einfiel, der sie wunderbar tröstete. Den hatte sie der Tante einmal vorgesagt, und er klang wie:

Wem nie von Liebe Leid geschah / Dem geschah auch Lieb von Liebe nie. –

Hatte sie nicht gelesen, daß der plötzliche Wechsel von Allem zu Garnichts, vom Paradies zur Hölle, der starken Liebe natürlich und also nicht zum Fürchten sei? Dann liebte sie ja am Ende doch! Und erneut faßte sie sich ein Herz und beschloß, daß das, was so war, auch so sein durfte. Sie beschloß, Schiônatulander zu lieben, und zwar ohne Maß. Ich, Sigûne, Ihn, Schiônatulander. Der junge Mann sollte sich wundern. Und die Tante auch!

Und streckte sich auf ihr Bett und faltete die Hände, um den herrlichen Vorsatz zu stärken, auch wenn ihr dazu kein Gebet einfallen wollte. Sie hörte in Ruhe das leise Läuten des Festes von sehr weit her. Hier lag sie, groß und stark wie ein ganzes Fest. Wäre nur die Sorge um Gurzgrî nicht gewesen! Am Ende war er nur eine Katze und würde seinen Weg schon finden. Sie aber war: Ih, Sigûne! Bis der Schlaf, ein dünner, heller Schlaf, das Gewicht aufhob, das sie mit zusammengezogenen Schultern getragen hatte.

DIE 3 EIER
WORIN DIE AGENTEN DIESER ERZÄHLUNG
SICH ZEIGEN UND ERKLÄREN

Wer nicht wissen will, wer hinter dieser Geschichte steckt, mag das folgende Kapitel überschlagen. Doch mit Vorsicht. Sein Inhalt ist zerbrechlich und hinterläßt Spuren, die kaum zu entfernen sind.

Jemand muß diese Fabel doch erzählen. Dazu ist etwas höhere Gewalt unerläßlich, gehobene Mitwisserschaft, eine vorwaltende Intelligenz. Müssen wir sie ein Geheimnis nennen, weil es ihr gefällt, eins aus sich zu machen? Wir werden ja sehen. Jedenfalls ist es hohe Zeit, es zu lüften, bevor die Ereignisse immer weiter fortschreiten. Ein wenig Durchblick ist von einer Fabel dieses Umfangs ja nicht zu viel verlangt.

Im Turm ringt Sigûne um eine neue Fassung ihres Lebens. Wo bleibt sie, die übergeordnete Instanz? Sie ist immer da, wo es etwas zu erzählen gibt, oder einen Strich drüber; im Bedarfsfall auch mehr als nur einen. Manchmal hat sie's hoch im Sinn. Aber über den Dingen schweben kann sie nicht, und auch über Personen erhebt sie sich nur der Lage nach. Vorweg: die höhere Instanz ist zerbrechlich.

Sie besteht aus 3 Eiern. Sie *ist* 3 Eier.

Ihren Standort nennen sie gern »höhere Warte« oder ähnlich. Sie müssen ja zusehen, daß gesehen wird. Sie müssen auch bemerken, was *nicht* gesehen wird. Die Verantwortung für die Fabel, die sie auf sich nehmen, reicht weiter als diejenige jeder erzählbaren Figur. Das strapaziert ganz ordentlich. Denn es sind ja nur 3 Eier, fürs Auge, dem sie sich aber zu entziehen wissen. Kein Mensch wird sie zu Gesicht bekommen, solange die Fabel währt. Und doch sind sie überall, im rechten Augenblick sind sie da. Beim Turnier haben sie auf der Zinne gesessen, über aller Zuschauerschaft. Wie sie da hingekommen sind, ist keine Frage. Es ist ein Wunder, immer aufs neue. Aber sie machen nichts davon her. Dafür sind sie zu klug.

Schon daß sie sitzen – was dem Ei des Kolumbus nur mit Gewalt gelungen ist –, sagt allerhand über ihren wunderbaren Charakter. Und doch meinen sie, geradezu das Wirklichkeitsprinzip zu vertreten. Sie hätten für die Überlegung, daß sie es schon durch ihre Existenz in Frage stellen, nur Verachtung übrig. Die Nase würden sie nicht rümpfen – sie haben keine –, aber den Mund verziehen; denn einen Mund, wahrlich, haben sie! Sie haben zusammen Einen Mund, eins der 3 Eier hat ihn und weiß ihn zu gebrauchen, obwohl niemals, wenn jemand darauf wartet, und schon gar nicht auf Befehl.

Das Ei mit dem Mund nennen wir Pekadî, weil es so heißt. Es hat, wie die andern Eier, Kindskopfgröße. Es ist glatt bis auf den Mund und so rund wie einem Ei eben möglich – heute wissen wir ja, daß es nicht einmal der Erde möglich ist, ganz rund zu sein. Außerdem (das bleibt unter uns) ist Pekadî besonders dünnschalig. Davon abgesehen, daß es nur ein Ei ist, könnte man ihn ansehnlich nennen, wenn er sich nur sehen ließe. Aber er sitzt über das Staunen erhaben, das er bei andern Figuren, selbst erfundenen, unfehlbar erregen würde. Stören würde es ihn wohl nicht, denn er ist eitel, und damit hat er recht. Wo käme die Fabel hin ohne ihn? Er weiß so viel mehr über ihre Figuren als diese selbst. Er kann kommen sehen, was ihnen begegnet, und wäre um die Deutung nicht verlegen. Vor allem weiß er es auszusprechen. Denn nicht nur die Sprache steht ihm zu Gebote, auch ein Mund.

Diesen Mund hat man sich keineswegs als Sprung in der Eischale zu denken. Pekadîs Mund ist gewissermaßen der bewegliche Ausdruck der Tatsache, daß ein Ei dieser Güte nicht nur der Geschlossenheit bedarf, sondern auch offen bleiben muß, und zwar buchstäblich für alles, ohne daran zu zerbrechen. Pekadîs Mund ist insofern nichts als ein Element seiner Beschalung. Es ist ihm so sehr gegeben, das letzte Wort zu behalten, daß man Pekadî schonend behandeln muß, was bei einem Ei ohnehin das Gegebene ist. Auch wenn das Vergnügen an Pekadîs letzten Worten nicht geringzuschätzen wäre, so muß doch der Spannung, für die ein Ei naturgemäß nicht besonders geschaffen ist, ihr Recht bleiben; ihr vergleichsweise rohes und niedriges, aber für gewöhnliche Fabelzuschauer doch unverzichtbares Recht.

Pekadî *hat* keinen Mund, er *ist* ein Mund. Aber da nichts vollkommen ist – nicht einmal ein Ei –, fehlt ihm auch dies und das. Er hat für die Fabel kein Auge, und niemals wird er für sie ganz Ohr sein können. Ohr ist dafür ganz und gar das andere Ei, das wir Kadipê nennen wollen, denn so heißt es nun einmal. Kadipê kann, um einen Begriff von seiner Sinnesschärfe zu geben, ebenso das graue Haar auf dem Kopf Des Kyberg wachsen hören wie das Gras auf dem Leoplan – und *nach* dem Turnier sind Haar und Gras mit Wachsen geradezu ohrenbetäubend beschäftigt. Kadipê hört aber auch das Knacken eines Herzens, bevor es bricht. Er hört ein Salzkorn ebensogut fallen wie eine Feder.

Doch ist seine Hörweite keineswegs aufs Intime beschränkt. Sie dehnt sich auch ins Fernste. Er vermag das Netz der Sterne knistern zu hören, das unsere Fabel zusammenhält, diese so gut wie jede seit Anbeginn der Schöpfung. Das Wehen in der Mähne des Einhorns – auch wenn es, wie das im Schoß Frau Herzeloydens, nur gestickt sein sollte – entgeht Kadipê so wenig wie das Rasen einer Wunde oder das Schreien der Steine, was der feinste Laut ist, den ein Ohr aufnehmen kann, und der gräßlichste. Denn es bedeutet ja, daß das Gebäude der Welt nicht mehr halten will, was es seinen Liebenden verspricht. Daß Kadipê hört, was Crethi und Plethi auch hören können: das Rauschen des Regens, das Splittern von Lanzen, Zähneknirschen oder unterdrücktes Gähnen –, versteht sich und ist wunderbar nur darum, weil auch das Alltäglichste in seinem Ohr die Klangfarbe des Geheimnisses annimmt. Denn das Wunderbare ist an einem Fabel-Ei gerade das Element, das nicht gefabelt zu werden braucht.

Kadipê hört aber auch, vielleicht zu seinem Leidwesen, das Seufzen der Kreatur und die Tränen der Dinge. Einfach alles hört er mit, wovon die Geschichte, als Fabel, nicht redet – und wovon Pekadî, das sprechende, Wörter wohl setzende Ei, zu sprechen unterläßt oder verschmäht, zu Kadipês unaussprechlichem Leidwesen. Allzuoft findet er, will Pekadî nicht hören lassen, was Kadipê hört – aus Rücksicht, wie jener findet, auf den Wahrscheinlichkeitsgrad der Fabel, die ihre Bündigkeit haben müsse und der mit Miß-, Neben- und Untertönen nicht gedient sei. So nennt sie Pekadî, wenn sie in seinen Augen – aber auch Augen hat er ja nicht – mit der Fabelsache nichts zu tun haben. So würde sie Kadipê aber nie und nimmer nennen, wenn ihm zu reden gegeben wäre. Denn für ihn ist, was er hört, nichts anderes als die Musik der Welt, an der kein Ton fehlen darf.

Bleibt der letzte Drilling, ebenso kindskopfgroß und ansehnlich wie seine Brüder, und ebensowenig einsehbar – was in seinem Fall mehr als aufgewogen wird durch eine Gabe des Sehens, wie man sie hinter einem Ei nicht suchen würde, auch wenn sie Kadipê keineswegs unerhört findet, und Pekadî lieber gar nicht davon spricht. Aber auch unerhört und unausgesprochen bleibt es Tatsache: Dipekâ, das dritte Ei, ist zum Sehen gerundet, zum Schauen geschaffen.

In zwei oder gar drei Punkten wendet sich seine zerbrechliche Schale ins Offene. Da ist sie offen für alles, was an der Welt sichtbar, und für fast alles, was in ihr möglich wäre; was *nur* in ihr, der sichtbaren, möglich ist. Denn darin, in seinem Möglichkeitssinn, geht das schauende Auge über das bloß sehende hinaus. Sollte Dipekâ ihrer zwei haben, so sieht er mit dem linken und schaut mit dem rechten. Das dritte aber – wenn er es denn hat – faßt Sehen und Schauen zusammen. Damit sieht er auch in jene Gegenden, die wir, stark abgekürzt, Vergangenheit und Zukunft nennen. Und er sieht sie so gegenständlich wie möglich.

Was natürlich niemals heißen kann: objektiv. Dieser Anspruch gehört in die Welt der geschliffenen Gläser, der zu durchsichtigem Zweck auf die Nase gesetzten Vorsätze. Dafür haben die 3 Eier keine Nase, und sie können auch – in Dipekâ – über die Nase, die die Tatsachen haben, spielend hinaussehen. Ja, sie spielen, die drei; das ist ihre Antwort – man kann sie als gerechte Verachtung lesen – auf jenen lebensverkürzenden Anspruch, wonach die Dinge so sein oder gar so bleiben müssen, wie sie sind. Von diesem Wirklichkeitsanspruch ist ja nur der Schein abzustreifen, dann bleibt nichts Erhebliches davon übrig, jedenfalls nichts Staunens- und Liebenswertes. Er könnte ein großer Spieler sein, dieser Dipekâ, wenn er nur nicht verhindert wäre. Denn Kadipê hört nur selten auf ihn, und Pekadî spricht nicht davon.

Kann man nach alledem noch behaupten, sie glichen sich wie ein Ei dem andern, Dipekâ, Kadipê und Pekadî? Obwohl man ihre Namen leicht durcheinanderwirft, könnte man sie für schwer zerstritten halten, ja für notwendig uneins, auch wenn leider nur eins von ihnen diesem Befund seine Stimme leihen könnte – eine boshafte, wie anders, wenn etwa Pekadî Dipekâ ein Spiegelei nennt, Kadipê ein Rührei und sich selbst, in einem Anfall von Selbstmitleid, ein verlorenes Ei. Er wäre verloren, meint Pekadî, wenn er sich auf das Ohr des einen oder das Auge des andern verlassen müßte; er käme an kein Ende damit.

Das aber muß er nicht. Er weiß dem totalen Überblick immer wieder ein Ziel, dem Grundgeräusch der Welt eine Grenze, ja, der Fabel selbst ein Ende zu setzen, auch ohne letzte Worte. Dabei kann er des leidenden Einverständnisses der beiden andern ziemlich sicher sein. Womit wir auf die Gemeinsamkeit der 3 Eier zu sprechen kommen, auch wenn sie mehr übel als wohl besteht. Und doch umfaßt und überholt sie immer wieder spielend ihre eklatante Organdifferenz und stiftet zwischen ihnen zwar nicht Einvernehmen, aber etwas mehr. Nennen wir es: Identität. Denn die 3 Eier haben, physiologisch gesprochen, nur Ein Gehirn. Und zwar ein schwer befrachtetes und reich gebildetes, ein wahres Wunder von Gehirn. Es ist in ihm alles, ihrer Teilung ungeachtet, als ein Ganzes vorhanden. Es liegt ihrer Trennung zugrunde, denn es hat sie gefordert, in der fabelhaften Gewißheit, daß sie in ihm aufgehoben bleibe. Es widerspricht dem Grundsatz von Trennung so fundamental, daß es der Trennungen, spielerisch betrachtet, gar nicht genug geben kann. Sie müssen, je tiefer sie gehen, desto kräftiger ihren eigenen Gegenbeweis liefern. Sie ist beliebig trennbar, diese Einheit, und will auch getrennt sein; zu teilen aber ist sie nicht.

Kadipê, Dipekâ und Pekadî sind ein einziges System, dessen Widersprüche zum Spiel geraten, bevor sie zum Spott werden oder gar sich zum Leid auswachsen können. Die 3 Eier liegen, bildlich gesprochen, in Einem Nest, und existieren nur durch einander, eines kraft des nächsten. Kein Mensch, auch keine Figur, darf hoffen, Auge, Ohr und Wort auf seine Seite zu ziehen oder gegeneinander auszuspielen. Das tun sie schon selbst, und können es unvergleichlich besser, denn sie sind ja in Einem Spiel. Es hält sie zusammen, wie sie es zusammenhalten. Es macht sie zwar identisch, aber einander nicht gleich.

Mit einem Wort: Es macht sie zu Eiern. Ihr Trotz gegeneinander kann beim besten Willen nie größer werden als die Gemeinsamkeit des organisierenden Organs. Und es ist – seiner Qualität und inneren Form nach – von so erschütternder Größe, daß ihm keine Gedankenverbindung fremd ist, kein Zusammenhang entbehrlich, am wenigsten die unverstandenen und unbegreiflichen. Dann beginnt es erst recht zu spielen. Sein Sinn – höher als Ohren-, Mund- und Augensinn – besteht geradezu darin, Zusammenhänge zu entdecken, wo noch keiner sie vermutet hat. Es bildet sie, und es bildet sich an ihnen fort. Es ist geradezu ein Perpetuum mobile, ein Schneller Brüter von Zusammenhängen, auch solchen, von denen die Fabel nicht einmal träumt – und die sie, auch wenn sie könnte, keineswegs herstellen dürfte, wenn sie ihr Ziel – den Zusammenhang von Allem mit Allem – vielleicht nicht *erreichen* kann (das wird sie wohl nicht), wohl aber den Weg dahin nicht verfehlen soll.

Dieser Weg aber ist für eine Fabel ALLES. Er will Schritt für Schritt

erfahren sein. An diesem Weg liegt der Reiz, der sie dazu begabt, so
etwas wie ein Ziel überhaupt ins Auge zu fassen, auch wenn es nur
das allervorläufigste sein sollte. An diesem Weg, kurzum, hängt ihr
ganzer Sinn. Und er darf ihr nicht verkümmert werden durch das
voreilige Auge, das zusammenfassende Ohr, das bündige Wort. Der
Reiz, unwissend auf einem Wege zu sein, ist auch für alle andern
Mitwirkenden unentbehrlich, so herzhaft sie auch ihre Irrgänge ver-
wünschen mögen. Und da alle, auch die Zuschauer, Mitwirkende
sind, ist für das Vor- und Überwissen der 3 Eier in der Fabel eigentlich gar kein Raum. Ihr Gehirn hat mit dem Reizweg – den ahnungs-
volle Mitwisser, ahnungslose Mitspieler der Fabel »Spannung« nennen – von Haus aus gar nichts im Sinn. Es ist ein so überlegener
Schlüssel, daß es die Dinge beim besten Willen nicht mehr spannend
machen kann. Es wäre sogar, würde es sich zu oft einmischen, der
gründlichste Verderber des Spiels, das sich unter seiner Aegide entfaltet. Was dabei herauskommen wird, könnte Pekadî jedem Mitspieler auf den Kopf zu sagen – und ein so roher Service kann ja nicht der
Sinn einer ausgekochten Fabel sein. Ihre Zusammenhänge wollen
sich nicht nur verkleiden. Sie wollen sich selbsttätig verstricken und
entwickeln. Sie wollen erlebt, erfahren, erlitten sein. Das aber ist ein
so ernsthafter Spaß für jede einzelne Figur, daß man auch nicht eine
ohne Schaden an Körper, Seele und Gesicht daran verkürzen soll.

Und so muß man von Glück reden, daß der umfassende Sinn der
Geschichte, den das Gehirn der Dreieinigen übersieht, praktisch
(und Praxis ist alles in der Fabel) auf drei keineswegs hinreichende
Organe verteilt ist. Jedes genügt nicht einmal sich selbst, geschweige
denn, daß ihm der Nachbar genügte. Und so kultivieren sie ihre
Differenz und spielen sie gegeneinander aus. Ich höre etwas, was du
nicht siehst – es ist nicht der Rede wert, was du gesehen haben willst
– ich kann den Senf nicht sehen, den du dazu abgibst: so geht es zu
im dreieinigen Nest. Und geht so weit, daß der sehende Dipekâ dem
hörenden Kadipê nicht empfindlich, ja: nicht einmal sehend genug
vorkommt; *könnte* er selbst sehen, dann sähen die Dinge ganz anders
aus! Und wenn sich die beiden einmal notdürftig einig sind, dann
nur gegen ihren Mundwalt Pekadî, den sie seiner verkürzenden und
zuspitzenden Art wegen geradezu einen Weltverhinderer, Fabel-
schädling und Anekdotenbäcker nennen – bei sich, versteht sich,
denn reden können sie ja leider nicht. Aber Hören und Sehen möchten ihnen vergehen angesichts des Schindluders, das der Wortema-

cher in ihren Augen (und Ohren) mit dem Reichtum der Erfahrung treibt. Und wenn es für Eier passend und möglich wäre, miteinander Hühnchen zu rupfen, sie täten tagein tagaus nichts anderes in ihrem Nest.

Nur zu! wendet der Mundwalt ein. Möchte es euch nur einmal vergehen, das Sehen und Hören, damit ich euren Uferlosigkeiten entkomme und die Fabel auf festen Boden führe! Denn fester als mit dem passenden Wort ist er nicht zu stampfen, ob es euch paßt oder nicht. Es versteht sich ja, aber trivial ist es auch, daß ich mit keinem Sterbenswörtchen euren Hang zum Überfluß abzudecken vermag. Aber ein Wort ist nun einmal weder ein Grundgeräusch noch eine Augenweide! Es will gesetzt sein, und dazu gehört ein gesetztes Ei, das sich auch einmal beruhigen kann über den notwendigen Abstand zwischen Erfahrungen und Wörtern, und dafür gelernt hat, aus den Wörtern selbst eine ganz neue Erfahrung zu ziehen.

Das ist keine geringe Kunst, und doch erst ihr Anfang! Ihr Sprachlosen habt ja keine Ahnung, was für eine Zumutung ihr seid für einen jeden, der mit einer Geschichte, und sei sie noch so erfunden, wohl zu Rande kommen will! Bei euch herrscht ja der reine Durchzug und bliebe vollständig folgenlos, wenn ich ihn nicht auffinge in meinen Gefäßen, so daß man das Ding bei Licht betrachten kann. Und wer dann nur, wie ihr, das Haar in der Suppe bemerkt, gibt auch das Nahrhafte der Fabel preis, die uns hier aufgetischt wird, kann vor lauter Köcheln nie zum Essen kommen, und muß auch die übrigen hungern und dürsten lassen nach der Gerechtigkeit, die ihnen gerade in einer Fabel werden muß. Wenn *das* aber keine Verkürzung des Menschlichen sein soll, weiß ich nicht mehr, was eine ist! Ihr werdet mir also meine Kürze hübsch stehen lassen müssen, mit der ich das Flimmern in euren Ohren und Augen raffe, damit es auch eine Art hat und ein Menschengesicht, über dessen Unerschöpflichkeit ihr mich nicht zu belehren braucht. Zu sehr ausgebreitet erschöpft sie eben doch, und nur zusammengefaßt kann man sie zeigen und sich dabei selbst sehen lassen – was nochmals eine besondere Kunst ist, wenn man dabei nicht gesehen werden darf wie Wir. Denn 3 Eier haben in einer Fabel allenfalls etwas zu finden, aber nichts zu suchen, denn sie lenken zu sehr von ihr ab!

Und so weiter. – So knirschen sie in ihrem Nest und wünschen einander dies und das an den Hals, den sie nicht haben. Das gemeinsame Organ kann böse Wünsche dieser Art zwar aussprechen lassen, im Ernst aber nicht denken. Denken, ja – aber nicht im Ernst. Denn dieser wäre ja das Ende von allen dreien und – für diesen Zusatz sind sie eitel genug – das Ende der Fabeln, besonders dieser.

Das mögen sie ja *glauben*. Aber was sie *wissen* – und ihr Gehirn weiß es am besten – ist etwas anderes. Nicht *sie* haben diese Fabel geschaffen, sondern umgekehrt. Sie sind im Grund nur kraft dieser Geschichte da. Denn diese ist es, die sich ihr Organ gebildet hat. Und so ist dieses bei weitem mehr ihr Geschöpf als ihr Urheber – freilich das gelehrigste Geschöpf. Denn in anderer Hinsicht ist es ja schon weiter als sie. Es kennt das Ziel, dem sie mit der Gnade der Ahnungslosigkeit erst noch zustrebt. Dabei hat sie das Gewicht der Welt auf ihrer Seite – oder auch gegen sich –, das die Eier naturgemäß nicht ertragen, nicht den Bruchteil eines Augenblicks lang, ohne zu Brei zu werden. Sie können es nur belauschen, betrachten, bereden. So erhoben-erhaben sie auf ihrer Warte sitzen – sie nisten zugleich im Schoß der Fabel und können nur hoffen, daß sie nicht plötzlich aufsteht, wie Frau Herzeloyde von ihrem Einhornstickrahmen. So etwas konnten sie kommen sehen, aber ihnen selbst dürfte es nicht passieren. Sie würden ja nicht, wie die Katze Maui, schneller als die eigene Überraschung auf ihre vier Füße fallen, sondern auf ihre enorm zerbrechlichen Köpfe. Sie würden den Aufstand der Fabel gegen ihr Gefabeltwerden nicht überleben. Und spätestens dann würde sich ja plastisch genug zeigen, wer denn zu guter Letzt wessen Geschöpf war. Pekadî würde es jedenfalls nicht behalten, das letzte Wort.

Das weiß er, kraft seines dreieinigen Gehirns. Sie wissen ja alles. Und gegen ihr Wissen müssen sie auch noch die Partei der Erzählung nehmen, sich ihrem Gang unterordnen bis zur Unsichtbarkeit. Denn mit der Ungeduld, der hochqualifizierten Kurzschlüssigkeit ihres Gehirns ist der Fabel nicht zu dienen. Selbst noch im dumpfsten Irrtum bleibt sie erhaben über die Kunde, wo es mit ihr hinaus will. Der Weg ist es ja, nicht das Ziel, was zählt. Da die Schritte darauf aber nicht zählbar sind, bleibt auch dies ein sinnloser Satz, im höchsten Sinn: dem unseres dreieinigen, für das Spiel mit jedem Widerspruch bereiten Organs.

Ja, Pekadî, Dipekâ, Kadipê wissen es längst: sie müssen die grausame Allmählichkeit dieser Geschichte mit ihren dünnen Schalen aushalten, auch wenn sie ihr tausendmal vorauseilen und ihren Figuren zuvorkommen möchten. Aber Figuren, wie Menschen, wachsen ja nicht am Zuvorkommenden, sondern müssen das Undurchdringliche erleben als zumutbar. Die 3 Eier sehen den ganzen Teppich, zu dem sich die Fabel in irrigem Hin und Her, schauderhaftem Auf und Ab zusammenwebt, schon im voraus an Einem Stück und in Einem Geiste – und wissen doch, daß sie unrecht daran tun. Sie müssen dulden, daß sich der Teppich webe, als wär's von selbst. Sie mögen kommen sehen, was sie wollen – sogar ihren Helden können sie im Schoß seiner Mutter endlich kommen sehen. Doch müssen sie an sich halten mit ihrem Besserwissen, das gegen sein Unwissen nicht aufkommen darf und sich davor sogar verstecken muß. Sich die Irrwege der Fabel bieten zu lassen, ohne zu platzen oder herauszuplatzen: darin besteht die Lebensaufgabe der 3 Eier, so weit sie ein Leben haben. Darauf beruht ihre Würde, ihr Stolz, ihre Demut. Es darf den Figuren nicht helfen, es soll ihren Betrachtern nichts nützen, daß irgendwo, kaum einsehbar, 3 allwissende Eier sitzen. Nicht einmal von ihrer Organdifferenz dürfen sie zu viel hermachen. Nicht einsehbar, wie sie sind, darf nicht einmal einzusehen sein, wofür sie da sind und wozu sie dienen.

Und doch: Sie dienen. Es sind, nach einem Wort Pekâdis, ritterliche Eier, insofern der Fabel nicht unverwandt und nicht unwürdig, der sie voreilen könnten und nicht dürfen. Sie können nur zusehn, auch dem, was sie kaum mitansehen können. Dabei ist nicht etwa das Blutige oder Grausame das Schlimmste, sondern die Langsamkeit! – die unerträglichen Umtriebe und Umschweife. Und doch: Ihrem Zusehen ist eine Farbe beigemischt, die klingt wie: Da siehe du zu, und hüte dich wohl! – eine Sorge um die Figuren, die größer werden lernt als ein dreifacher Kindskopf. Sie dienen um den Ritterschlag der Geduld, mit dem Risiko, daß sie an ihm zerbrechen. Und doch: ohne diese Geduld und ohne ihre Gefahr wären sie 3 Eier, weiter gar nichts.

Was sie, durch Dipekâ's Augen, längst gesehen haben, sehen sie natürlich auch kommen. Sie dürfen nicht hindern, was sie kommen sehen, und auch nicht befördern. Zum Glück für ihren Dienst, zum Kummer ihrer Eitelkeit, können sie es auch gar nicht. Wenn ein *Mangel* die Bezeichnung Gnade verdient: sie haben die Gnade, oder sind der Ungnade gewürdigt, daß sie sich nicht bewegen, nicht handeln können. Dafür sind es Eier: Eierköpfe, Kopf ganz und gar, arm-, bein- und geschlechtslos. Das ist die andere Seite ihrer vollkommenen Rundheit: sie sind Invalide, auch wenn der Ausdruck, bedenkt man die Validität ihres Gehirns, roh gewählt sein mag. Sie wissen alles, aber sie können nicht – was natürlich nicht heißen soll: sie können *nichts*. Sich versetzen, zum Beispiel, können sie im Handumdrehen, während die Fabel sie niemals versetzen kann. Wo die Handlung hinkommt, da sitzen sie bereits, die Nichthandelnden, diese Igel aller Hasen und Häsinnen. Ihre spielende Allgegenwart ist der Lohn für den Preis, den sie zahlen. Und um diesen Preis hat sich ihr Gehirnorgan zum Gegenstück einer Welt ausgewachsen, so daß man es auch ein Monstrum nennen könnte.

Aber Pekadî reserviert das Wort für die zwei andern, wenn er schon das Wort hat – nur hat er ja leider nichts anderes. Und wenn er die Reizüberflutung, die sie ihm zumuten, beherrscht, weiß er wieder: es ist nicht wahr. Es darf nicht wahr sein, daß sie drei zusammen ein Monstrum sind. Denn sie sind klug, tapfer – sie sind *ritterlich* genug, am hohen Preis ihres Wissens nicht zu markten. Sie begleiten die Fabel, das ist ihr Amt. Sie verkneifen sich sogar die stille Sehnsucht nach Täterschaft. Sie wissen ja, wohin diese führt. Aber übel nehmen sie nicht. Dies, dies allein macht ihre Gehirnsache zu einer Herzenssache. In ihrem Verschwinden werden sie fast menschlich, die 3 Eier.

Ja, sagt Pekadî im Namen ihres gemeinsamen Gehirns: Es ist nicht nur an dem, daß wir nicht Hand anlegen, die Dinge nicht voreilig richtigstellen können. Es *ist* nicht nur so, es soll auch so sein. Sollen sie dahinschleichen in ihrer Begriffsstutzigkeit, die Fabel und ihr Held! Er muß ja erst noch geboren werden, während wir ihm schon die Krone des Lebens aufsetzen könnten, spielend! Frau Herzeloyde soll ihrer Überraschung, von der sie nichts ahnt, ausgesetzt werden, und zwar so nackt wie möglich. Wenn sie schwanger wird, soll der guten Hoffnung kein Ende sein, und der heimlichen Sorge leider auch nicht.

Die Fabel könnte längst besser, weiter, schöner sein als sie ist – nur Unser Wissen fehlt ihr dazu. Aber sie will sich selber lohnen, und dafür braucht sie Unser Wissen nicht. Sollen sie frei bleiben, die Herren und Damen, für ihre Abenteuer, oder was sie so nennen – ein bißchen Spott wird manchmal ja doch mitlaufen dürfen, das läßt sich Pekadî nicht nehmen. Der Trost, den er bietet, ist ja schwach genug. Also zeigen Wir Stärke durch Verschwinden. Wir sind dabei, wir müßen sehen, zuhören, wo es sonst keine Menschenseele tut. Das macht Uns nicht zu Lauschern an der Wand. Denn Wir versetzen uns auch an die Stelle, wo jemand glauben möchte, es höre alles auf – und wissen, jetzt fängt es erst richtig an. Wenn Unsern Helden und Heldinnen zu sich selbst gar nichts mehr einfällt – Pekadî hat immer noch ein Wort für sie übrig, manchmal sogar ein gutes.

Darauf zu hören brauchen sie ja nicht – bitte sehr. Die 3 Eier sind nicht die Stimme des Gewissens. Sie sind die Platzhalter der Fabel. Sie verzichten zwar darauf, andere zu überraschen, daß sie aber selbst je überrascht wären, das hieße zu viel verlangen. Oder zu wenig. Man kann mehr von Uns verlangen. Wir gönnen der Fabel ihren Vorsprung, auch wenn sie natürlich ein erbärmliches Nachhinken ist und eine ständige Kränkung Unseres Besserwissens. Aber Wir fassen nicht mit an. Da mag die Fabel von Uns aus unfaßbar heißen. Wir spielen Eier. Den gackernden Hennen gönnen Wir das Recht der Erstgeburt. Mögen es die krähenden Hähne auch gleich für sich reservieren. Wenn das Figurengeflügel sündigen will, dann bitte gleich richtig. Wir sind nicht gefragt, Wir haben nichts zu erlauben. Höchstens erlauben Wir Uns einmal, sie Hühner und Hähne zu nennen – eine bescheidene Rache. Und eine ritterliche.

Ja, Wir geben dem Irrtum Raum, wenn er so scharf darauf ist. Diese Unsere Menschlichkeit betrachten Wir als sicheres Zeichen, daß Wir nicht nur ein Fabelwesen sind. Unter Uns mögen wir Uns ein Monstrum nennen – für Andere haben wir das nicht gesagt. Der Wind mag wehen, wie er will; Wir wissen, woher er weht. Davon werden Wir keine Windeier. Wir bleiben sitzen, wenn Herren und Damen meinen, sie rührten sich gewaltig. Uns rühren sie nur mäßig. Das haben Wir alles schon hinter uns. Müssen die Zappler nicht wissen. Wir wissen es, das genügt. Wir sitzen für den Sinn des Ganzen. Da brauchen Wir nicht selbst auch noch einen Sinn zu haben. Wir sind ja schon wieder so gut wie verschwunden, auf Unserer Höhe, wie andere in der Versenkung.

Nun ein letztes Wort: kann Unser Verschwinden Euer Ernst sein, liebe Leute? Wo kommt ihr hin, wenn Wir gegangen sind? Angenommen, ein Ritter irre allein in der grünen Wüste: woher wollt ihr wissen, was er denkt? Das kann ausnahmsweise viel sein – es ist immer noch lächerlich, verglichen mit allem, woran er *nicht* denkt. Ihr wollt es auch nicht wissen? Wollt vom Unerwarteten ebenso überrascht sein wie er? Dann wird euch ebensowenig zu helfen sein wie ihm – aber bitte. Habt euren Spaß daran. Und wenn sie zu zweit wären? Ein Herr und eine Dame, nein: eine Frau und ein Mann, endlich allein, die sich nicht nur unbelauscht *wähnen* – denn die Ohren des Gesindes sind fast so tüchtig wie die Kapedîs –, sondern es ausnahmsweise wirklich sind? Wer hört, was sie sagen, wenn sie glauben, sich selbst nicht mehr zu kennen? Wer hat ein Auge auf sie im tiefsten Dunkel, wer meldet, was sie seufzen, und was sie fühlen?

Sie wissen es ja selbst nicht – Wir wissen es. Ihr aber möchtet es für euer Leben gern wissen, nicht wahr? In dem Zustand, in dem ihr euch befindet, und den Wir höflicherweise Anteilnahme nennen wollen, seid *ihr* es, die's mit der Ungeduld bekommen. Dann, plötzlich, sollen Wir etwas zu melden haben. Dann ist Unser Wissen verlangt und gefragt.

Keine Sorge: erst werden Wir euch zappeln lassen, und dann werden Wir euch etwas weismachen. Eins jedenfalls müßt Ihr von Uns erfahren: daß auch Wir rechtmäßige Kinder der Fabel sind. Ihr wollt Tatsachen? Dann werdet ihr mit Uns spielen lernen müssen. Wir sind keine Büßer eurer Lücken. Unser Alleswissen steht euch zur Verfügung. Aber Wir erzählen euch – durch Pekadîs Mund – nicht alles, nur das Mögliche. Das ist mehr.

Gut, ihr Eier: alles soll möglich sein. Dann müßt ihr leider auch mit der Möglichkeit rechnen, daß die Fabel euch in die Pfanne haut, wenn sich nichts anderes zu essen findet. Euer Hirn in Ehren – aber nahrhaft zu sein wäre wohl eine pikante, nicht aber die schlechteste Richtigstellung seiner fabelhaften Allwissenheit. Sie könnte ja auch, statt nur *dem* Leben, kurz und gut *zum* Leben dienen. Warum soll uns bange sein um den Sinn des Ganzen, wenn es euch nicht mehr gibt? Die Helden der Fabel werden sich eines schönen Tages nicht mehr ihren Kopf zerbrechen, sondern gleich euren – und die Löffel werden sich schon finden, mit denen man eure Weisheit fressen kann. Und wenn der Sinn des Ganzen dann endgültig flöten geht? Aber wenn die Fabel an ihr Ziel kommt: warum soll er nicht aus jedem zerschlagenen Ei ebensogut wieder aufgehen, gedüngt vom Trümmerwerk eurer Schalen, wie eine Rose? Denn an welches Ziel sollte die Fabel sonst kommen, und welches verlohnte die Mühe, als das Ganze immer neu zu entdecken, das ihr für euch pachten wollt? *Überall* zu entdecken?

Pekadî, Kadipê, Dipekâ: sitzt. Wir lassen euch sitzen. Noch mögt ihr ruhig sitzen bleiben in eurem Nest. Wir trennen uns im Guten. Lassen wir's jetzt auf die Fabel ankommen. Sie mag ihre Weile haben

– messen wir sie nicht nach der Eier-Uhr. So viel können auch wir
Irrenden und Verirrten wissen, daß es keine Weile gibt ohne Frist;
daß die Fabel enden muß wie alles Sterbliche, im Schlüssigen oder
Unschlüssigen. Aber wissen wir alles, wenn wir das wissen? Oder
müssen wir, um wissen zu lernen, alles wissen? Oder auch nur viel
wissen, um etwas zu wissen? Wenn ihr wirklich alles wißt, ihr 3 Eier,
werdet ihr das hoffentlich zuletzt behaupten. Oder nur zum Spott –
und ihr spottet ja gern, hoffentlich auch eures Wissens.

Stellen wir eure Ritterlichkeit auf die Probe. Machen wir es ohne
sie, so lange wie möglich und so gut wir können. Sehen wir zu, hören
wir selbst. Und versuchen wir uns dann auch noch halbwegs auszudrücken.

PAARUNG

WIE ZWEI KATZEN SCHULE MACHEN
UND DER ZUCHTMEISTER VON HÖHERER STELLE
BESCHÄMT WIRD

So viel zum Hochzeitsfest.

Wie? Was? hat schon stattgefunden?

Was soll denn viel dabei gewesen sein?

Nicht viel dabei? Frau Herzeloyde zitiert die ganze ritterliche Welt nach Kanvoleis, um der gefallenen Stadt einen Herrn zu geben, der sie wieder aufrichte –

Die ganze ritterliche Welt? Und wo ist sie hingekommen?

Es bleiben der Wunder noch genug, wollen wir hoffen!

Bitte. Sie hat ja auch stattgefunden, eure Hochzeit. Nur leider im kleineren Kreis. Da saßen sie im halbleeren Festsaal, die ortsansässigen Herren und Damen – die waren ja wohl verpflichtet zu bleiben. Saßen mit säuerlichen Mienen, denn sie waren leer ausgegangen. Das Heidengold hatte sich verflüchtigt, und die kristlichen Ritter dazu. Wenigstens mit denen hatten die Damen noch eine Weile gerechnet; jetzt wurde ihnen die Weile lang, wie ihre Gesichter. Die Pfahlbürger und Hintersassen, mit denen Der Kyberg den Rittersaal gefüllt hatte ... sie waren vielleicht kein ganz vollwertiger Ersatz für die Kronen des Abendlandes. Und der Alte verlangte auch noch, daß man die gewöhnlichen Leute bediene, ihnen aufwarte ... als wären sie etwas Besonderes. Man hatte sich die Hochzeit stärker vorgestellt. Die *Welt* war es gerade nicht, die dem Paar als Zeuge seines Bundes diente.

Wahr ist: am Anfang war es ein stilles Fest. Und Der Kyberg hatte es doch an gar nichts fehlen lassen. Ohne Zahl, und jeweils zu dritt, brannten die Fackeln an den Wänden lichterloh. So wirkte das Gemäuer wohnlich auch ohne Fahnen und Wappen, die er eilig hatte entfernen lassen, nachdem die Herren dazu abgeblieben waren. Königlich immerhin blieben die Gänge, mit denen er den Hinterbliebenen aufwarten ließ. Sie konnten ihre langen Gesichter ruhig vergessen. Wohl zwanzig Kämmerer, Edelknaben von feinstem Wuchs und Anstand, trugen Becken zum Händewaschen und Handtücher herein: aus schwerem Silber die einen, die andern von purem Damast. Und als ob es der Kienfackeln nicht genug gewesen wäre, taten zahllose Kerzen ein übriges, so daß der Saal heller wurde als der Tag.

Selbst ohne heidnische Musiker kam das Ohr auf seine Kosten.
Denn wohl dreißig Fiedler begleiteten ebenso viele Sänger, die artige
Melodien konnten; sie verstummten auch während der Mahlzeit
nicht. Mundschenken betraten den Saal mit herrlichen Weinkannen,
und hinter ihnen, länglich aufgereiht, Truchsesse mit Speisen. Die
setzten sie auf den Tischen ab, damit die Vorschneider sie in mund-
gerechte Bissen zerlegten. Auch Besteck aus lötigem Silber war nicht
vergessen. Und so viele im Saal saßen, der Diener und Dienerinnen
waren noch mehr, so daß auf jeden Gast, auch auf den einfachsten,
ihrer zwei oder drei kamen. Und manche waren von so edler Geburt,
daß man sich in der Verkehrten Welt hätte wähnen können, oder im
Schlaraffenland. Die Bissen flogen ins Maul und wurden zugleich
von den feinsten Händen dahin befördert, mit goldenen Löffeln und
silbernen Gabeln.

Die Esser bekamen höflich ins Ohr geflüstert, was sie tun oder
lassen sollten. Sie sollten die abgenagten Knochen nicht in die Schüssel zurücklegen. Sie sollten nicht mit den Fingern in den Senftopf
oder die Sauce greifen, ohne sie zuvor am Tischtuch gesäubert zu
haben; den Mund aber mußten sie mit dem Handrücken abwischen.
So war es die feine Art. Diese verbot entschieden, sich in den Damast
zu schneuzen, in die Suppe zu pusten, sich über die Tafel zu legen
oder mit nacktem Finger an der Kehle zu kratzen. Dafür gab es
schließlich Gabeln aus Elfenbein! Ging es gar nicht anders, so
konnte man zum Abwischen des Mundes wohl den Ärmel zu Hilfe
nehmen, auch zum Schneuzen, nur verstohlen mußte man's tun.
Bevor man sich dem Nachbarn zuwandte, mußte man den Becher
absetzen. Essen sollte man mit der von ihm abgewandten Hand, ob's
nun die rechte war oder linke. Freundlich sollte man herumblicken,
und nicht dauernd auf das Essen starren; noch weniger über den
Tisch zur Schüssel. Es kam nämlich immer wieder eine gefüllte nach.
Gier war nicht sehr höfisch.

Es gab feißen Braten, Darmwurst, Hammen und Magen, Kragen
und Kröse, Hirn und Schlegel, Haupt und Waden, Bug und Grieben.
Fisch gab es nicht. Dies war ja doch kein Fastenmahl! Dafür gab es
kleingeschnittenen Kohl und reifen Käse; für jeden eine Gans am
Spieß, und zweierlei Huhn, gekochtes und gebratenes. Und zu allem
floß der Wein von selbst, der spritzige vorweg, der satte hinterher,
weiß, rot oder rosenfarben. Was blieb da noch zu wünschen übrig?
Man hörte aufspielen und singen, und tanzen sah man auch; bessere

Fräulein drehten und wendeten sich vor aller Augen, als wären es die Augen großer Herren. Was hätte fehlen sollen? Es fehlte nichts.

Und doch, am Anfang war es ein stilles Fest. Das machte der Regen. Denn während es drinnen klimperte und klapperte, trippelte und zirpte, hatte es draußen erst zu tropfen, dann zu laufen und schließlich zu gießen angefangen. Ein wahrer Strom stürzte vom Himmel; nicht heftig wie der Niederschlag eines Gewitters, sondern stetig und machtvoll, als habe sich die Luft in Wasser verkehrt. Geschützt saß man im Festsaal wie in einer Höhle und mußte doch an überflutete Keller und fortgeschwemmte Weinberge denken. Das schmälerte den Appetit am Braten, und mancher saß vor seiner Bescherung, als wäre sie ihm vom Henker eingebrockt.

Und das Brautpaar? Das sitzt nicht mehr auf dem Thron, den ihm Der Kyberg aufgebaut hat. Es hat sich herabgelassen zu den Leuten, und Frau Herzeloyde geht umher und schneidet ihnen vor, gießt ihnen nach, trinkt ihnen zu. Sie meint es holdselig, aber an dem Tisch, dem sie die Ehre gibt, ist nur noch der Regen zu hören. Nirgends verweilt sie lange, ihre Augen leuchten von Unruhe. Denn immer wieder sieht sie sich nach dem Mann um, der in seinem hellen Festkleid zart wirkt, abwesend fast. Er mischt sich nicht unter die Gäste, sondern bleibt an seiner Tafel sitzen, Tampanîs auf der einen Seite, Schiônatulander auf der andern.

Die Gäste verneigen sich, wenn Frau Herzeloyde vorbeigeht. Die Fräulein, die ihr folgen, setzen vor jedem Gast ein Körbchen ab, das ist aus Schilfstroh geflochten und mit fremden Früchten gefüllt; man erkundigt sich flüsternd nach deren Namen. Also Granatäpfel sind das, Pomeranzen, Palmdatteln, Feigen, persische Äpfel und Pampelmusen. Zwischen Pinienkernen und Pistaziennüssen ist ein Juwel versteckt, dessen Namen man sich leider noch weniger merken kann. Aber es ist ein Wunder, wenn man den grünen, roten oder blauen Stein vor das Kerzenlicht hält. Wie er spielt! Dazwischen wirft man einen unsicheren Blick zum Tisch des Heiden hinüber, der Speise und Trank nicht anzurühren scheint. Draußen hört der Regen zu fallen nicht auf.

Wann sind sie gegangen, Frau Herzeloyde, Herr Gahmuret? Jedenfalls sind sie nicht mehr da. Fast scheint es, das Paar sei nicht plötzlich verschwunden, sondern allmählich. Nur die Katze streicht noch herum, ohne die man die Herrschaft bisher nie gesehen hat, und die Katze nie ohne sie. Jetzt aber stakt sie zwischen den Tischen, läßt sich füttern und stellt ihren dürren Schweif. Das Tier hat hohe Beine, ein kurzes Fell aus hartem Samt, rauchfarben mit dunkleren Schatten; die starren Augen sind blauer als Edelsteine. Das Tier scheint auf der Suche, man weiß nicht wonach. Dabei läßt es sich anrühren, auch wenn es den Fingern zimperlich entspringt, um sich ihnen dann ebenso unerwartet wieder zuzuwenden. Dazu stößt es einen dünnen, wie gequälten Schrei aus, der bis in die hinterste Ecke des Saals zu hören ist und vorsichtige Heiterkeit erregt.

Allmählich erwacht man aus der höflichen Erstarrung. Mutiger beginnt man nachzuschenken, hörbarer einander zuzutrinken. Es scheint ja, man sei endlich unter sich. Verstohlen zeigt man auf Den Kyberg, der am Fuße des Thronsessels eingenickt ist. Das Zerreißen und Zerrissenwerden dieser Tage fordert seinen Zoll. Nun würde es eines starken Donners bedürfen, ihn zu wecken. Doch der Regen ist leiser geworden, oder das Reden an den Tischen lauter.

Die Fräulein, die das Hochzeitszimmer gerüstet haben, wissen Wunder davon zu erzählen. Es leuchtet zehnmal heller als dieser Saal. Tausend Kerzen brennen darin. Das Bett ist aus einem einzigen Kristall geschnitten, aber mit kostbaren Polstern und Decken in einen wahren Sündenpfuhl verwandelt. Ein Alter erzählt von Zeiten, da man ein Hochzeitspaar noch zu Bett gebracht und vor der Tür Wache gestanden hat, um den Vollzug der Beiwohnung zu bezeugen. Ein Jüngling fragt an, ob man sich nicht unverblümter ausdrücken könne.

Allmählich beginnt an den Tischen, vom Wein beflügelt, die volkstümliche Sprache zurückzukehren. Das Lachen wird kehlig, mit dem man den Schrei der irrenden Katze nachahmt. Und wenn die Lichter auf den Tischen niederbrennen, der Saal sich merklich verdunkelt, verlangt das Menschliche sein Recht und sucht es bei Mann oder Frau. Was bisher nur in der Rede üppig gewesen ist, drängt jetzt nach Tätigkeit und will dabei immer weniger Umstände machen. Es kommt vor, daß ein gewöhnlicher Bürgersmann, der sich bisher das Gehörige hat einflüstern lassen, das Fräulein näherzieht, um ihm nicht so gehörig zu erwidern.

Noch geht hie und da ein prüfender Blick zum schnarchenden Burggrafen hinüber, auch zu den heidnischen Knappen. Die sind am Tisch ihres Herrn sitzen geblieben, vertieft in ein Schachspiel, wobei der Dunkle die hellen Figuren führt, der Helle aber die dunklen. Sie halten ihre Köpfe mitsamt den Ohren in den Händen versteckt, wäh-

rend sie ihre Züge überlegen, und sind erhaben über die Bewegung
im Saal. Auch das Grâlsjüngferchen Sigûne ist nirgends zu erblicken,
und niemand würde sagen, daß er es vermisse. Die Hochzeit macht
ihm wohl Kopfweh, dem Sauertöpfchen? Es muß einmal brav durch-
gerührt werden, wie seine Meisterin? Man muß das Nönnchen wohl
einmal auf den rechten Bock setzen, damit es erfährt, wo ihm der
Zimmermann ein Loch gemacht hat?

Ja, man ist zur Volkssprache übergegangen an den Tafeln und
verläßt sich immer fröhlicher auf Des Kybergs gesegneten Schlaf.
Und die Herrenknaben, die Heidenschätzchen kann man vergessen.
Die einzigen Damen, für die sie Augen haben, stehen auf ihrem
Schachbrett.

Im Saal wird etwas laut, und zwar gräßlich laut.

Maui ist es, das Schoßtier der hohen Frau. Die Grâlskatze faucht
wie ein Tiger und schreit dann wieder zum Steinerweichen. Wem
fällt es ein, das Tier so schauderhaft zu quälen?

Maui balgt sich – aber das Wort ist zu milde und reichlich verblümt. – Also nur immer geradezu: denn inzwischen sehen es ohnehin so gut wie alle und wollen sich nicht sattsehen. Maui ist unter
einen fremden Kater geraten. Ein getigertes Biest mit flachen Ohren
und schwefelgelben Lichtern hat sie bestiegen und bleibt seinem
Opfer an Jammern und Schreien nichts schuldig. Denn offenbar gehört der Lärm zur Sache, mit welcher der Kater aus Leibeskräften
beschäftigt ist. Und wenn er gepreßter durch die Zähne jault, so nur,
weil er sie nötig hat, um die Rauchgelbe am Nacken zu schütteln, da
sie anders kaum zu halten wäre. Mit aufgerissenem Maul klagt sie
dem Himmel ihre Not mit dem Gewalttäter, um dann, wenn er
wirklich locker läßt, mit allen Zeichen rolliger Entrüstung wieder
unter seine Fänge zu kriechen, die nun gar nicht mehr wissen, ob sie
fassen oder lassen sollen.

Doch ist die Sache, um die es hier geht, augen- und ohrenfällig
stärker als ihre Widersprüche; und das will etwas heißen. Denn sie
prügeln und kratzen sich nach Noten, während sie sich vereinigen –
damit sich die Fabel wenigstens an dieser Stelle nicht ganz volkstüm-
lich ausdrücke. Das Schauspiel tierischer Unschuld hätte, unter andern Umständen, für ein erdnahes Publikum nichts Aufregendes gehabt. Diesmal waren die Umstände aber sonderlich, und die Katze,
die sich hier ihrem Frühling überließ, nicht ein Tier wie jedes andere.
Sie war an die Herrschaft gebunden, und von dieser so abgöttisch

ausgezeichnet, daß viele Kanvoleiser ihr lieber aus dem Weg gingen, da sie nicht recht wußten, wie sie dem Tier Reverenz erweisen sollten. – Unter diesen Umständen aber hatte das überaus Faßliche, dem sich die Katzenprinzessin, um die Hindernisse von Tischen, Beinen, Röcken und Hosen unbekümmert, unterwarf, den Reiz des Gotteslästerlichen. Den fühlte auch der Grobschlächtigste gewissermaßen am eigenen Leib. Und grobschlächtig hatte der Wein, der schwere noch mehr als der spritzige, inzwischen die meisten gemacht, auch die Feineren, und diese vielleicht ganz besonders. Denn im feinen Stoff zeichnet das nackte Fleisch eine hervorragende Spur.

Und so kam den Gästen, die sich als Helfer nicht benötigt und als Zuschauer überfordert fanden, die *Contenance* abhanden. Hinter Gürteln und Bändern, die man bei der Völlerei ohnehin gelockert hatte, begann sich allerhand zu regen. Und was sich sehen lassen durfte, wollte auch gewürdigt werden. Der Widerstand, den das zarte Obertuch leistete: Zendal und Baldekin, Sammit und Siglat, Pfellel, Diasper und Tribelat, bedurfte kaum noch der Überwindung. Beihilfe wurde schon eher für das Leinenunterzeug benötigt, doch durfte da auch der Griff derber werden, ohne die Haut darunter zu kränken. Wollten sich Beinlinge und Schnürbrüste in nützlicher Frist nicht abschälen, so tat es auch ein Riß, um springen zu lassen, was sich nicht halten ließ; so sprang man hinterher. Kaum noch verblümt gesprochen: bald waren sie keuchend und stoßend damit beschäftigt, ihre Frist zu nützen, daß es eine Art hatte, nämlich jene Unart, die seit König Castis' Zeiten zu Wâleis eingerissen war. Dahin fielen sie zurück und brauchten sich nur fallen zu lassen, denn der Polster gab es ja genug.

Für einen solchen Mangel an Umständen finden sich immer einige mildernde. Wenn doch keine Ordnung mehr im Lande ist: wer soll's verdenken, daß man von der Unordnung wenigstens etwas haben will? Wenn es die Grâlskatze trieb, daß es nicht mehr schön war, warum sollte man das Nachsehen haben? Und so trieb es sie eben, das Unterste zuoberst zu kehren, und die Oberen nach unten, was der Unart eine spezielle Würze gab. Die Kanvoleiser genügten sich wieder einmal selbst, und Männlein und Weiblein schaukelten auf der Stelle, sobald jedes Stümpflein sein Sümpflein gefunden hatte. Da ist wahrlich kein fester Grund zu finden. Sie taten's auch ohne. Sie girrten und seufzten, kreischten und grunzten zum Beweis dafür, daß der Mensch, der im Fleisch das Himmelsreich sucht, dem Höllengelächter dazu die eigene Stimme leihen muß.

Und da war keiner, der's ihnen verbot? Der Eine, auf den Verlaß
gewesen wäre, schlief den Schlaf des Gerechten, auch wenn er unruhig zu werden begann. Was die Knappen Herrn Gahmurets betraf:
die blieben zu versunken in die kitzlige Stellung, in der Schiônatulander seine Dame zu verlieren drohte, es geschehe denn ein Wunder; und ein solches zu erzwingen, hatte er alles um sich her vergessen. Nicht einmal die Stimme des Katers hatte er gehört und wäre
doch der Rechte gewesen, das Übel beim Schlafittchen zu packen,
bevor es sich ausbreiten konnte. Sein Schachzabel galt ihm mehr.
Oder waren die jungen Herren Lärm von dieser Art schon zu gewohnt?

Als sich nun aber ein Gebrüll im Saal erhob und eine Trompete
wie zum Jüngsten Gericht –: da freilich schraken auch die Pagen
zusammen, Schiônatulander sogar so heftig, daß sein langer Ärmel
über das Brett fuhr und die ganze delikate Stellung stürzte.

Denn nun hatte Einer sich erhoben. Nun war er bei Gott aufgewacht und hatte mit einem Blick gesehen, was ganz und gar nicht
mitanzusehen war. So hatte man Den Kyberg noch nie erlebt. Es war
ein Zorn zum Ersticken und ließ dem Dienstmann vorerst nur ein
einziges Wort entfahren: AUF! Es reichte durchaus hin, den Spuk zu
beenden. Die eben noch am schönsten Sumpfen gewesen waren, fuhren auseinander in die Höhe, und zwar auch der Hinterste und die
Letzte. Und wie das Hinterste und Letzte sahen sie auch aus, wie sie
da standen: von allen Gnaden entblößt, in der Fülle ihres Schimpfs
und auf schwankenden Beinen.

Die Schande zum Schimpf ließ nicht auf sich warten. Sie wurden
über und über damit begossen, sobald Der Kyberg seine Stimme
zum andern Mal gefunden hatte. Daß sie leiser war, machte sie nicht
gelinder. Sie bebte, denn auch Der Kyberg tat es, und zwar am
ganzen Leib.

Er hatte eine Tafel ergriffen. Es war die nächste beste und eben die,
an der die Pagen des Bräutigams beim Spiel gesessen hatten. Er hatte
sie nicht nur ergriffen. Er hob sie auf mitsamt dem Schachzabel und
zwei vollen Bechern – denn die jungen Herren hatten auch das Trinken vergessen. Nicht nur aufheben tat er sie, er ließ sie auch fallen. Er
ließ sie nicht nur fallen, er schmetterte sie in den Saal hinein. Was
zerbrechlich war, brach, und was fliegen konnte, das flog. Damen
und Bauern, Läufer und Türme sprangen nach allen Seiten unters
Volk. Und jetzt stand das in seinem Schrecken nackter da als je, am

meisten, wenn es sich notdürftig bedeckt hatte. Denn unter schlech-
tem Gewissen blickt das Fleisch doppelt erbärmlich hervor.

Auf! hatte Der Kyberg gedonnert zum zweiten Mal, obwohl sich
keiner mehr zu liegen erdreistete. Die Weiblein ließen die Köpfe
hängen, die Männlein duckten die Nacken. Der verstörte Gurzgrî
war unterm Figuren-Hagel davon und Schiônatulander an die Brust
gesprungen, um den Kopf schutzsuchend in die Beuge seines Arms
zu drücken. – Maui aber wurde aufgenommen von Tampanîs und
duckte sich unter seinen Griff, mit dem er sie an Bauch und Nacken
festhielt.

Und nun? Wie würde der nächste Donner lauten, der sich der
Brust des schwer geprüften Kyberg entrang? Man konnte sehen, wie
heftig es in ihr arbeitete, und mußte auf allerhand gefaßt sein. Einigermaßen gefaßt hatte man sich schon selbst, sogar die Kleider notdürftig geordnet.

Draußen rauschte der Regen wieder hörbar. Der hohe Saal aber
war fahl geworden. Nur noch zwei oder drei Fackeln zuckten und
scheuchten Schatten über die Mauern, in denen schon die Dämmerung nistete.

Es kam kein nächstes Wort. Statt dessen war ein seltsamer Ton zu
hören . . . leise, und doch unmißverständlich genug. Es war die Klage
einer Frau. Die Klage? Nun ja. Sie kam in langen Stößen des Atems,
die kürzer wurden. Allmählich begannen sich die Seufzer zu jagen,
die Stimme zu steigen. Immer höher stieg sie auf, wurde zum Jauchzen, das veratmete in einem zitternden Gleichklang von Wohl und
Weh.

Sie senkten die Köpfe, hörten es gut. Ja, ja, ja! hörten sie, und das
letzte Ja wollte kein Ende nehmen. Also ja. Die Klage einer Frau.
Diese Frau hatten sie noch nie klagen hören, weder so noch so.

Immerhin hatten sie aufgehört, sich zu Tode zu schämen, und
erhoben die Köpfe wieder. Der Kyberg aber senkte den seinen. Das
nächste Wort fand er nun nicht mehr.

Es war auch nicht nötig. Die Gäste sammelten sich in kleinen
Gruppen, um Abschied zu nehmen, voneinander, auch von Dem
Kyberg. Die Stadtbürger taten es so höfisch wie möglich. Manches
Mädchen knickste wie ein Fräulein dazu. Sie zogen sich die Mäntel
über das Haar, damit es nicht allzu naß werde. Und die den gleichen
Weg hatten, gesellten sich zueinander. Lang war er nicht, aber be-
schwerlich wohl, wegen der Löcher und Pfützen. Über die würde
man die Frauen tragen müssen.

Zurück im unaufgeräumten Festsaal, bei erloschenem Licht, im gedämpften Morgengrauen, blieb nur Der Kyberg mit den Pagen seines neuen Herrn. Sonst nannte er sie »Prinzen«, mit vernehmlichem Spott; jetzt tat er es ganz ohne. Sie hielten die Katzen im Arm.

Prinzen! sagte Der Kyberg, ich wollte Euer Spiel nicht verderben.

Ihm habt Ihr die schönste Niederlage verdorben, sagte Tampanîs.

Ihr meint wohl, sagte Der Kyberg, ich habe Euch um den Sieg gebracht?

Nein, Kyberg, sagte Schiônatulander, ich verliere gern schön. Siegen ist gewöhnlich.

Der Kyberg schluckte. – Ist der Kater Euer? fragte er. – Ich habe ihn noch nie gesehen.

Eine Katze ist niemandes Katze, naturgemäß, antwortete Schiônatulander. – Aber ich habe die Ehre, ihn zu hüten. Und für die Dauer des Turniers habe ich ihn in die Hut Fräulein Sigûnes gegeben. Er muß ihr ausgerückt sein. Sie vermißt ihn gewiß. Ich bringe ihn gleich zurück –

Prinz, sagte Der Kyberg. – Auf keinen Fall! Tut das lieber nicht.

Ich weiß ihr Gemach, erwiderte Schiônatulander.

Prinz! sagte Der Kyberg fast beschwörend. – Für heute war's genug. Tut nicht zu viel.

Schiônatulander musterte ihn nicht ohne Hochmut. –

Herr, sagte er, des Guten zu viel tut man nie. Euer Land ist matt. Es bedarf der Erfrischung.

Aber Der Kyberg schien ihn gar nicht zu hören. – Prinzen, sagte er mit gepreßtem Atem. – Ich hätte nur eine Frage. – Weiß Euer Herr, was Liebe ist?

Tampanîs und Schiônatulander sahen einander an.

Könnt Ihr fragen? erwiderte der eine; habt Ihr keine Ohren? der andere.

Herren, erwiderte Der Kyberg. – Das meine ich nicht. Hochzeit machen kann jeder. Treue üben kaum einer. Da ist es mit Lanzenstechen nicht getan. Dieses Land braucht Treue, und meine Frau noch mehr. Sonst geschieht ein Unglück.

Ihr seid gut, Kyberg, sagte Schiônatulander über den Katerkopf hinweg, der sich an sein Kinn drückte. – Aber Ihr irrt. Was ein Ritter braucht, ist Passion.

Und was eine Frau braucht, ist ein Kind, ergänzte Tampanîs.

Prinz, sagte Der Kyberg, reicht mir die Katze. – Sie ist die Freiheit nicht gewöhnt.

Zu spät, Herr, lachte Tampanîs. –

Er nahm Maui beim Genick und hob die Gestreckte dem Burggrafen in den Arm.

In diesem Augenblick begann er abermals, der Frauengesang aus
der Tiefe: gedehnt erst, und immer kürzer und heftiger klagend, bis
die Stimme in einem lauten Schrei brach und erstarb. Dann wurde sie
fortgetragen von den ersten Schreien der Vögel. – Tampanîs hatte die
Arme verschränkt, Schiônatulander lächelte ins Gefieder der schnur-
renden Katze hinein. Der ältere Mann hatte Mühe, Maui festzuhalten. Er war tief errötet.

Wenn Euer Herr meine Frau so liebt, sagte er plötzlich aufgerichtet, warum höre ich keinen Menschenlaut von ihm? kein Sterbenswörtchen?

Die »Prinzen« sahen sich wieder an. Dann sagte Tampanîs: Das ist
seine Art.

Nicht seine Art, willst du sagen, fügte Schiônatulander hinzu.

Der Kyberg seufzte tief.

Genug für heute, sagte er, Prinzen. – Sucht jetzt Euer Quartier
und ohne Umweg, wenn es Euch beliebt. – Und seine Stimme klang
durchaus nicht so, als stünde der Gehorsam ganz im Belieben der
beiden Herren.

Pst! hatte sie gehört und war nicht nur wach: es hob sie auf, als hätte
sie nur auf den Laut gewartet. Diesmal brauchte sie nach keinem
Überwurf zu tasten. Er lag auf dem Klostersessel bereit, damit sie
ihn sich umlege und mit der Agraffe verschließe. Der große Achat
durfte es nicht sein. Der kleine Malachit schien ihr zu dem lichten
Rosa zu passen. Ihre Hände zitterten nun doch beim Einhaken der
Nadel. Denn das Pst! hatte sich nicht wiederholt.

Sollte sie sich verhört haben? War er schon wieder gegangen?
Oder verließ er sich darauf, daß ein einziges Pst! von ihm genüge, sie
aus dem tiefsten Schlaf zu reißen? Welche der drei Möglichkeiten
war die am wenigsten erträgliche? Doch was zwang sie, schon wieder
an ihr Unglück zu glauben, statt einem Schicksal entgegenzugehen,
wie sie sich's fest vorgenommen hatte?

Sie vervollständigte ihr Negligé ohne Hast und maß die Schritte
zum Fensterloch mit Würde. Draußen tropfte es stark und dämmerte, wie beim ersten Mal. Wieder roch sie Jasmin, bevor sie sich
hinausbeugte – maßvoll – und seine Gestalt unterschied, da unten am

Rosenhag. Auch diesmal hielt er eine Katze im Arm. Aber jetzt wußte sie schon: das war Gurzgrî.

Was begehrt Ihr? fragte Sigûne mit kleiner Stimme.

Ich bringe den Lump, sagte er.

Scht! hatte sie gesagt, denn er hatte mit gewöhnlicher Stimme gesprochen. Was nahm er sich heraus?

Macht nur schnell die Tür auf, sagte er wie zuvor, dann setze ich ihn ab und mache mich dünn. Man wird naß hier. Er ist müde.

Sigûne straffte sich und spürte etwas wie Hitze in ihre Wangen steigen, trotz der Morgenkühle. So ging es ja wohl nicht!

Geduldet Euch ein wenig, sagte sie.

Sie trat in die Kemenate zurück und zählte bis zwanzig. Dann zog sie die Decke über ihrem Lager straff, richtete die Rosen im Wasserkrug und rückte den Sessel am Lesepult zurecht. Dann blätterte sie im Versroman und schlug ihre Lieblings-Initiale auf, die den Garten *»Joie de la court«* zeigte, und zwar vor dem Kampf des Helden mit dem mächtigen Ritter Mâbonâgrîn. Da schlangen sich Lilien, Eppich und schön gemaltes Geißblatt durch ein großes U und rahmten eine weiße Hindin ein, die überschlanke Läufe hob und Sigûne vor den Augen tanzte. Wie bald würde sie diese Bilder mit dem Geliebten betrachten, Kopf an Kopf gelehnt? Ob er lesen konnte? Leider würde er diese Kammer *nie* betreten! Nicht, wenn er so unverschämt war, so ohne Form –

Sie zwang sich zur Festigkeit und ließ noch manchen Augenblick verstreichen, bevor sie das Licht in die Hand nahm, und die Treppe unter die Seidenpantöffelchen. Endlich riegelte sie die Tür auf. Sie erschrak. Da war kein Mensch. Und erschrak noch einmal, denn da preßte sich ein Gewicht gegen ihr Schienbein, lautlos. Sie hob die Katze auf und erschrak zum dritten Mal. Das Tier war durchnäßt, über und über zerzaust. Sigûnes Hände ertasteten Unsauberkeiten im Fell, Ästchen und Gefaser, darunter Schorf, die Kruste gestockten Bluts. Zugleich stach ihr ein strenger Geruch in die Nase, die sie in das Gefieder hatte drücken wollen. Gurzgrî schnurrte nicht.

Schiônatulander! rief sie halblaut.

Aber es tropfte nur im Gebüsch. Sigûne begann zu zittern, der Kater zu strampeln.

Qui-qui! rief sie schon lauter.

Das wollte ich hören, sagte es aus dem Gebüsch, aus dem er heraustrat. – Ihr habt mich stehen lassen. Im Regen!

Sie biß sich auf die Lippen und sagte: Das seid Ihr wohl nicht gewohnt?

Ihr müßt ihn im Nacken halten, sagte er. – Aber kräftig. Dann regt er sich ab.

Sie tat es, und so geschah es.

Ihr seid nicht wohl? fragte er. – Wir haben Euch vermißt. Versäumt habt Ihr nicht viel. Sie war nicht sehr *propre*, Eure Hochzeit.

Was nennt Ihr *unsere* Hochzeit? fragte sie. – Und warum redet Ihr so laut, als wären wir einzig auf der Welt?

Erstens, Fräulein, kommt es nicht darauf an, denn aller Ohren sind zu. Sie schlafen ihren Rausch aus, unsauberes Volk. So wenig Kultur auf einem Haufen ist uns noch nie begegnet, nicht einmal bei den Heiden. Und zweitens, es ist die Wahrheit. Wir sind einzig auf der Welt.

Und Gott? fragte sie streng. – Gott sieht zu, überall!

Ach, Gott! sagte er. – Das glaube ich nicht. Der sieht gar nicht zu. Das ist ihm schon lange zu dumm.

In diesem Augenblick war ein ferner Ruf zu hören, ein Schrei, getragen von Leiden und Triumph, und zitternd wie das endlose Ausatmen einer stummen Last.

Was war das? fragte Sigûne entgeistert.

Eure Tante, sagte der Junge. – Das geht schon die halbe Nacht so. Mein Herr ist's gewohnt, aber sie übertreibt es ein wenig.

Der Kater hatte sich wieder so heftig zu rühren begonnen, daß sie ihn absetzen mußte. Die Bewegung verbarg ihre abscheuliche Verlegenheit, und vielleicht doch nicht genug. Gurzgrî preßte sich wieder an ihr Bein.

Mich friert, sagte Schiônatulander, und Gurzgrî hat Hunger. Ihr müßt ihn füttern. Hoffentlich habt Ihr noch etwas übrig.

Wohin geht Ihr? fragte sie zitternd.

Ach, sagte er, irgendwo wird auch mir ein Lager bereitet sein.

Ihr könnt Euch nicht beklagen, sagte sie. – Der Kyberg hat alles wohl besorgt –

Wie er's versteht, sagte der Junge. Wäre unseres Bleibens hier, die Sache müßte einen anderen *Chic* bekommen. Am Nötigsten fehlt es ja nicht. Aber wer mag für das Nötigste leben?

Pardon, sagte Sigûne, warum soll Eures Bleibens nicht sein?

Ich hab's Euch ja zuvor gesagt, antwortete Schiônatulander. – Kommen, Sehen, Siegen ist Eins für uns. Bleiben ist ein Anderes.

Herr Gahmuret ist zu allem Möglichen geschaffen, aber Herr eines Landes wird er nicht. *C'est pour les vilains.* Frankreich – gut. Aber Wâleis? Gute Nacht.

Herr Schiônatulander! sagte Sigûne, ich glaube, Euch fehlt noch allerhand, zur gehörigen Kenntnis, und auch zum rechten Ernst.

Geschenkt, antwortete der Junge, mag es uns weiter fehlen. Wir vermissen nichts.

Ihr vermißt nichts? fragte Sigûne, und beklagt Euch ununterbrochen? Ist das männlich?

Männlich sind wir genug, erwiderte Schiônatulander, Ihr hört's ja wohl. Für manche Leute ist das gut genug. Wir suchen *mehr*.

Und was, wenn ich fragen darf? entgegnete Sigûne, und hatte in ihrer Strenge sogar die Morgenkühle vergessen, und ihre Scheu. – Was sucht Ihr noch?

Wüßten wir's, verlohnte es das Suchen nicht, entgegnete der Junge.

Ihr klingt ziemlich verwöhnt, mit Verlaub! sagte Sigûne. – Von Pflicht scheint Ihr gar keinen Begriff zu haben, von Treue zu schweigen! Ihr glaubt wohl, die einzigen zu sein, die weit her sind?

Belehrt mich gelegentlich, antwortete der Junge. – So lange halten wir uns ja wohl auf. Eine schöne Geschichte läßt sich immer hören. Es sieht hier nicht nach allzuviel Unterhaltung aus. Spielen kann man auch nicht immer.

Spielen? fragte sie. – Was spielt Ihr denn?

Schach, sagte der Junge, oder die Laute. Was Ihr wollt. – Und er zog am Band auf seiner Brust; da schob sich das Instrument, das er auf dem Rücken getragen hatte, unter seinen Arm. Er faßte es zärtlich, rückte es zurecht und begann ein paar Töne zu greifen, während er den Kopf darüber neigte und die Füße verschränkte.

Habt Ihr bei der Hochzeit gespielt? fragte sie. – Er antwortete nicht, schien völlig versunken.

Nein, sagte er nach einer Weile, dafür war mir das Instrument zu schade. – Und schlug mit der flachen Hand über die Saiten, daß sie schrillten. – Ihr nehmt jetzt besser die Katze, sagte er, sonst läuft sie wieder weg. Sie ist zur Zeit kaum zu halten. –

Und Ihr? fragte sie mit rauher Stimme.

Nun ja, sagte er, Ihr werdet mit ihm in die Wärme gehen und die Tür gut verschließen, wie ich Euch kenne. Ich aber werde draußen bleiben und Euch etwas spielen. Hütet ihn gut, und denkt an mich.

Ist das Euer Ernst? fragte sie.

Aber er beugte sich nur über sein Instrument, ohne zu antworten.

Ihr hängt wohl sehr an Eurem Herrn? sagte sie, und sie sah, wie er fror.

Zögernd trat sie in die offene Tür zurück und blieb im Vorraum stehen. Draußen war kein Laut mehr zu hören außer dem Flüstern und Rieseln im Laub. Da setzte sie die Katze auf die Treppe und verriegelte die Tür von innen, ebenfalls bemüht, kein Geräusch zu machen.

Sie hörte den Kater weinen und huschte die Stufen empor. Im Licht der Kerze sah sie, wie das Tier an seinem vollen Teller schnupperte, der lange unberührt geblieben war, um sich dann mit einer Kopfbewegung wegzubäumen. Es blickte sich um, sprang auf ihr Bett und begann sich das zerrüttete Fell zu lecken.

Am ganzen Leibe zitternd schlüpfte sie unter die Decke und zog Gurzgrî darunter, in die Beuge ihres nackten Arms, den er alsbald zu bearbeiten begann mit seinem Milchtritt. Sie meinte die Spur eines Schnurrens zu hören und legte sich, immer noch atemlos, bequemer zurecht. Sie horchte . . . Warum war sie so unruhig? War er draußen? Blieb er noch da?

Und plötzlich beschlich sie die Heimlichkeit wie ein Dieb. Das Fensterloch hatte sich mit grauem Halblicht gefüllt. Etwas Neues war in die Welt gekommen, und sie spürte, daß sie es erwarten durfte. Hielt sie nicht die ganze Welt im Arm, wohlig wie das Tier, dessen Schnurren verröchelte in Ruhe und Schlaf?

Und da hörte sie ihn wieder, den Schrei.

Sie erstarrte und hielt den Atem an: nahm der Schrei gar kein Ende?

Er war Musik geworden, denn drunten hatte es zu spielen begonnen. Dazu hörte sie Qui-quis Stimme, hoch und leise, und horchte auf jedes Wort, aber verstehen konnte sie keines. Es war eine fremde Sprache, plärrend mit kehligen Lauten, und die Melodie dazu klang jammervoll wie ein künstliches Schluchzen. Wo kamen solche Töne her? Ihre Süße schien vergiftet und die Tonwechsel ohne Halt.

Der Kater hatte wieder zu treten begonnen. Gurzgrî stampfte. Er hatte Sigûnes Schultergrube verlassen, um sich ihres Oberarms zu bemächtigen. Den betrat und entblößte er, während er ihn umschlang, mit kralligen Vorderläufen, und drängte die Hinterschenkel gegen ihre Haut. Die hatte er jetzt auch mit seinen Zähnen gefaßt und begann daran zu reißen und zu schütteln, während er Geifer darauf tropfen ließ. Knurrende und schnalzende Laute drangen aus

Maul oder Kehle. Ganz und gar unzweideutig wurde das Geschäft, zu dem das Tier ihren Arm preßte. Und es war von Gestank begleitet, dem fauligen der Verwesung aus dem Rachen, und dem strengen der Brunst aus der zuckenden Lende. Sigûnes Arm wurde naß.

Sie fuhr auf, packte das Tier und trug es barfuß, um sein Zappeln unbekümmert, die Treppe hinunter, schloß heftig die Riegel auf und warf es hinaus. Dann blieb sie bebend in der offenen Tür stehen. Sie achtete des hell gewordenen Tages nicht, und nicht der Kälte und ihrer bloßen und zerkratzten Arme.

Schiônatulander! schrie sie.

Aber nichts antwortete als das geschäftige Nachtropfen im frischen Grün des Burggartens, und dann wieder der Laut ... der nackte Klagelaut aus der Tiefe des Gemäuers, ersterbend in einen noch reglosen Tag.

Da lief Sigûne zurück, ohne die Pforten zu schließen. Weinend lief sie die eisigen Stufen hinauf und warf sich über das schmale Bett.

Sie war allein auf der Welt. So war es. Ja.

Sie begann sich zu strecken, nach der Hand ihres Vaters Kyôt, den sie nie gesehen hatte. Er hatte Augen wie Sterne in einem stillen Gesicht. Nie waren sie auf etwas anderes gerichtet als auf den Himmel. Und ganz allmählich begann sich die Sternenstille auch über Sigûne auszubreiten und ihre arme Seele zu trösten. Es kam darauf an, ein Stern zu werden. Dann wurde sie angesehen und geliebt, in ihrer Bahn befestigt für immer.

JUNGFERNRAT

WIE HERZELOYDE BEI
DER HIMMLISCHEN JUNGFRAU
RAT SUCHT

Unsere Zeit ist reich an Klagen über nicht gewährte, unvollendete, unbillige Minne. Der eine oder andere Ritter findet sogar mehr Geschmack an Klagen als an der Lohnforderung. Er entwickelt eine Kunst der Klage, die der Dame, sollte sie am Entlohnen gehindert oder ihm abgeneigt sein, aber einer schönen Klage immer zugänglich, ein solideres Dienstverhältnis ersetzen kann. Die Dame kann Geschmack daran finden, ihre Unerreichbarkeit beklagen zu lassen, und ihrerseits zartere Formen der Belohnung entwickeln. Es ist auch der Fall denkbar, daß gerade die Klage den Zweck erreicht, dessen Nichterreichung sie so wundervoll beklagt; daß sie die Dame einer Belohnung zuneigt, zu der bloße Ritterdienste sie nicht bewogen hätten. Ja, dahin ist es schon gekommen, daß die Klage für minniglicher gilt, ihren Mann stärker empfiehlt als Streiten, Turnieren und Abenteuern.

Es liegt ohnehin viel Klage in der Luft. Eigentlich leben Wir alle beklagenswert, am meisten natürlich die ganz unten, in der Grundsuppe. Aber von dort hören Wir die Klage nicht, auch wenn es in Küchen und Kammern, Straßen und Schenken laut genug zugehen mag. Diese Töne müssen Wir verhallen lassen, um aufnahmebereit zu bleiben für Klagen aus der Höhe der Gesellschaft, denn dafür allein stehen Uns die rechten Tonträger zur Verfügung, nämlich Schweinshäute und Lettern.

Es ist Mode geworden, diese oberen Klagen für eitel zu halten. Das ist ungerecht und unsachgemäß. Denn oben wird vielleicht nicht so gehungert, aber mindestens ebenso gefroren; wer das Frieren weniger gewohnt ist, spürt es desto empfindlicher. Die Tapisserien, die Wir an Unsere schweren und trotzdem undichten Gemäuer hängen, halten kaum das Gröbste an Kälte von Uns ab. Dafür sperren sie das Tageslicht aus, das Wir besser verwenden können als die Bauern – die brauchen es nur zum Arbeiten, und denen ist es auch noch gegeben, sich bei Wind und Wetter abzuhärten. Wenn Wir ein wenig begünstigt sind, dann nur darin, daß Wir klagen dürfen – die Bauern sagen einfach: sie *könnten* nicht klagen –, und Unsere Klagen haben etwas besonders Rührendes. Denn Wir finden, dank besserem Überblick, bei weitem zartere Gründe dafür als der gemeine Mann oder die arme Frau. Wir klagen nicht nur über das Unvermeidliche wie das Frieren und das Sterben. Wir kennen auch sehr viel Vermeidbares, worüber Wir klagen können; über Unser Schicksal, zum Beispiel, wenn es in der Hand einer hohen Frau liegt, und wenn sie auch in der Hand hätte, es zu wenden. Minne-Unglück ist vermeidbar, davon wissen die armen Leute nichts, die kaum das Glück kennenlernen; Minne-Unglück ist aber auch unvermeidlich, davon wissen sie erst recht nichts, denn zu dieser Einsicht gehört Subtilität. So können Wir über beides klagen, das Vermeidbare und das Unvermeidliche, und haben also bei weitem am meisten zu klagen.

Immerhin bewahren Unsere Klagen das Gefühl dafür, es handle sich bei der Minne denn doch nicht nur (wie die Pfaffen predigen) um eine Sünde, einen allzumenschlichen Zwischenfall, eine Episode, von der sich wegzualtern und wegzusterben empfiehlt. Sondern die Minne ist eine Verheißung, auch als unerfüllte und unbelohnte, ja, da vielleicht ganz besonders. Sie ist, über jede fleischliche Belohnung hinaus, eine Triebkraft der Kultur.

Diese Kultur freilich möchte Unsere Fabel denn doch nicht ganz auf Ritter und Damen beschränken. Sie ist ein Vormund auch derer, die keinen Mund haben zu klagen, oder gar elend genug sind zu behaupten, »man könne nicht klagen«. Doch, man kann. Und wer es kann, muß es tun, nicht nur für die höheren Kreise, sondern für alle. Das Fabeln entbindet nicht von Redlichkeit und Wirklichkeit, gerade das Fabeln tut es nicht. Darum, nur darum ist der Fabel auch das Gut der Klage anvertraut und aufgegeben, es umsichtig für alle mitzuverwalten, am meisten die, die keine Stimme haben und nicht erfunden sind.

Darum ist der Singer, der die Not der Ritter und Damen zu seinem Beruf macht, nicht geringzuschätzen. Man ist keineswegs unsozial, wenn man ihre Not zu klagen anerkennt und ausstattet mit einem Schein von Notwendigkeit. Es muß dafür gesorgt sein – Ritter und Damen sorgen wohl oder übel selbst dafür –, daß die Notwendigkeit, die man künstlich nennen darf, durchsichtig bleibe auf die Not, die wir alle miteinander haben, Herren und Knechte, Kristen und Heiden, Eltern und Kinder, und natürlich allezeit: Männer mit Frauen, Frauen mit Männern. Was sich binden möchte, was die

Grenzen seiner Bindungslust und Bindungsfähigkeit erlebt, ohne sie gleich »Freiheit« zu nennen; das hat große Not miteinander und mit sich selbst.

Bei Liebesfreuden aber hat die Klage nichts verloren, so viel muß ausgemacht sein. Auch eheliche Freuden sollen in den sogenannten Flitterwochen als Liebesfreuden gelten, denen zwar das Diebische fehlt – ein Reiz, der sich erschöpft und früher oder später bestimmt zur Klage Anlaß geben wird –, denen die Aussicht auf Dauer dafür etwas Atemberaubendes verleiht. Man erschöpft einander und braucht nicht gleich zu fürchten, daß sich auch die Liebe erschöpfe. Man kann sie vielmehr zu nähren beginnen, jene Liebe auf Dauer, die sich vielleicht einmal zur Freundschaft lindert, zu heiterer Geselligkeit, einem Verständnis ohne Worte – und immer noch, eben so, Liebe genannt werden darf, auch wenn dieses Wort nicht mehr beschworen, geflüstert, gestöhnt, ja nicht einmal mehr gesprochen werden muß. Man kann den Leib des andern annehmen und sich seiner erfreuen, als wäre er geschenkt und nicht nur geliehen. Auch der eigene Leib beginnt sich dabei seiner Berechtigung ganz neu und gelassen innezuwerden. Das ist kein großes Thema für Singer. Dafür ist es auch kein Gegenstand der Klage.

Daß Frau Herzeloyde klagte, im Hochzeitsbett, ja aus dem Klagen gar nicht mehr herauskam – das mögen Wir noch eine Weile für natürlich halten. Auch wenn das Herunterkommen von der Verborgenen Höhe angezeigt und wohl im Stillen ersehnt war – ganz ohne Klage kann es dabei nicht abgehn. Ohnehin klang die Klage sonderbar gemischt und war von ihrem Gegenteil so schwer zu unterscheiden, daß die dienenden Jungfern um ihre Deutung nicht verlegen waren – oder nur kichernd verlegen. Ihnen klang er eindeutig genug in den roten Ohren, dieser Ton haltlosen, jeden Halt verschmähenden Entzückens. Wenn er wie ein einziges Flehen um Gnade klang, so war das wohl kaum ernst zu nehmen. Und wenn sie sich das Herunterkommen noch gnadenloser wünschte: um so besser für sie.

Es war viel, wenn sie zwischendurch mit kleiner Stimme nach Kerzen rief, immer mehr Kerzen – ohne taghelle Beleuchtung schien sie es nicht zu tun. Wenn man ins Gelaß huschte, stand sie leicht bemäntelt wie eine Träumende und zugleich voller Ungeduld. Sie schien es nicht erwarten zu können, bis man die Kerzenständer neu bestückt, die heruntergeschwelten Kienspäne an der Wand ersetzt hatte. Alles war recht, wenn es nur hell wurde und wenn man nur wieder ging, bevor man recht gekommen war. Die Speisen hätte man kaum zu erneuern brauchen, die standen so unberührt wie der Wein. Nun gut, man war ja schon weg. Und konnte, in kaum noch respektvoller Distanz, nur darauf warten, daß das Klagen wieder anhob ... und bei alldem schien sich der Bräutigam nicht zu rühren. Jedenfalls hatte man ihn liegen sehen wie tot und mit einem grünen Überwurf bedeckt bis zum Hals.

Es war ziemlich anstrengend, zugleich an- und abwesend zu sein, Kerzen bereitzuhalten für die nächste Ungeduld. Dafür tat man nichts anderes. – Was gab es zu tun? Hausarbeit? Damit brauchte man sich zur Zeit nicht zu übernehmen. Wenn die Herrin auf ihre Art feierte, durfte man es auf die eigene tun und ließ den Besen einen guten Mann sein. Dafür konnte man ein wenig lustwandeln und den Herren Knappen auf die Finger sehen, wenn sie ihre Pferde striegelten. Dazu sprachen sie französisch oder arabisch. Man entlockte ihnen hie und da ein menschliches Wort. Es gab so manche Art, sich die Langeweile zu vertreiben. Es war das mindeste, was man tun konnte, und man tat auch nur das Mindeste. Die Hochzeit nahm ja kein Ende, auf ihre Art.

Sie nahm kein Ende. Aber wurde die Ehe vollzogen? Oder war, was sich da vollzog, eine Ehe?

Immer wieder betrachtete sie ihn: sein Gesicht, das sie betastete wie eine Blinde. Aber auch seine Lenden, über die sie ihr langes Haar fallen ließ, kamen ihr wie ein Gesicht vor, augenlos, monströs, eine schmale Mulde, in der sich dieser Stempel erhob, arglos und höhnisch, eine Fratze geilen Lebens, die kein Lebenszeichen von sich gab. Da war nichts als diese stehende Waffe, ein Grabscheit von eingeschränkter Beweglichkeit, die sich gleich blieb, wenn sie dieses Gesicht mit ihrem Leib begrub und verschlang. Du, du, du! rief sie ihn an, worauf er langsam die Augen öffnete und mit ruhiger Stimme fragte: Ja, Frau? – Sie hatte es erst für einen Scherz gehalten, daß er sie so förmlich anredete in einer Lage, die jeder Förmlichkeit spottet. Sie lernte es fürchten, dieses: Ja, Frau? oder auch: Seid Ihr wohl? – Denn es war nicht der geringste Spott darin. Sie starrte ihn an, um es für möglich zu halten, was sie gehört hatte: diesen Ton eines Fremdenführers und Dragomans.

Sie hatte es hell werden lassen über seinem Gesicht, damit er ze Anschouwe sein sollte in seiner Hingerissenheit. Ihre Lust sollte der Spiegel sein, aus dem er sich ein neues Gesicht schöpfte. Und es sollte das Unerhörte zurückspiegeln: das vollkommene Da-Sein einer Frau, die so weit her gewesen war. Nun aber blieb der Spiegel blind. Und sie starrte in eine ausgedörrte Landschaft, versteinert unter einer erloschenen Glut.

Sie musterte sein Gesicht mit dem Zorn der Liebe, der Wachsamkeit des Mißtrauens. War das, was er hier trieb, oder zu treiben unterließ, ein Exempel mohrischer Liebeskunst? Stellte er geheime Übungen an, um ihr unausgesetzt zu bieten, was er für höchste Frauenlust hielt, aller Frauen, gleich, welcher Frau? Was fiel ihm ein, diesem elfenbeinernen Mannsbild? Wußte er, wer sie war, und wer sie blieb, auch wenn sie sich vergaß? Wollte er nicht einmal wissen, was es bedeutete, *daß* sie sich vergaß; sie, Herzeloyde? War das die noble Art, Geschenke zu machen und Tribut einzuziehen, indem man sich bei der Frau, irgendeiner Frau, durch ein einziges Glied vertreten ließ? Welches Mohrenweib hatte ihm beigebracht, damit geschehe den Frauen mehr als genug, daß sie an seinem Spieß stäken und schrien vor Wonne? Wer war er, sie für nichts weiter zu halten als ein Stück Fleisch? Das nichts in seinem stumpfen Sinn hatte, als daß er dem dafür geschaffenen Ofen einheize und Dampf mache?

Es war eine abscheuliche Karikatur – um so beschämender, als sie die Bilder dafür nicht weit zu suchen brauchte. Ja, wenn es solche Bilder in seinem Kopf gab, hatte sie sie wohl längst übertroffen. – Oder war er noch ganz andere Liebeswut gewohnt, als eine Grâlstochter zu bieten hatte? Hatte er ihr, während sie aus Hingabe bestand, mit halbgeschlossenen Lidern verheimlichter Herablassung zugesehen?

Ist Euch wohl? hatte er gesagt mit einer Andeutung von Lächeln in tiefem Ernst. Aber war es nicht traurig gewesen, dieses Lächeln? Hatte es sich nicht fast gewaltsam durchgesetzt gegen die Trockenheit seiner Wangen, die Kerben um seinen Mund? Konnte sie nicht selbst bei hellem Licht die Schatten in seinem Gesicht sehen? War sein Lächeln nicht um Mitgefühl bemüht gewesen und zugleich schon daran verzweifelt –? War es nicht auch mit ihm sehr weit her; mußte sie nicht unvergleichlich mehr Geduld aufbringen, um ihn zu sich kommen zu lassen? Dann schüttelte sie das Erbarmen wie ein Fieber, und sie mußte dulden, daß es schon wieder in Lust überging; in die Lust unendlichen Mitleidens. Sie wollte das Mannsbild in ihrem Hochzeitsbett mit Leib und Seele daran erinnern, daß es leben durfte, daß es sich nicht damit zu begnügen brauche, ze Anschouwe zu sein.

Und in den Momenten, da ihre Klage wieder wie Lust klang, bezeugte sie jedem, der es hören mochte, daß sie guter Hoffnung bleiben wolle um ihrer Liebe willen.

Wo seid Ihr? fragte sie immer wieder. Er lächelte schwach.

Gefällt es Euch? fragte er. Und wenn sie aufschrie, fragte er: Was beliebt Euch denn?

Ich will dich töten! schrie sie ihn an.

Da nickte er, und sie entsetzte sich. Es kam vor, daß sie ihn auf sich legte, um sein Gewicht zu spüren. Und einmal, im Dämmerschlaf, geschah es, daß sie zutode erschrak. Sein Kopf, den sie auf ihrer Brust festhielt, war so weich geworden, daß sie ihn hätte zerdrücken können; es war der übergroße, geknickte Kopf eines Ungeborenen. Doch als der Schreck sie vollends geweckt hatte, war sein Kopf wieder fest und noch fester als sein dichtes, langes Haar; im Kerzenlicht glänzte es wie Blei.

Manchmal hielt sie sich an diesem Haar, das die Farbe wechselte, fest, als wäre es das einzig Lebendige an ihm, ein feiner Trost, den sie mit den Fingern glättete.

Wenn sie ihn bei Tage betrachtete, schien er kleiner geworden. Es war kein Irrtum; wenn er auf ihr lag, mit seinen Füßen auf den ihren, reichte er ihr nur noch bis zur Schulter.

Er mochte ja sterben wollen, der Tote; daran gab es jetzt etwas, was sie verstand. Aber einlaufen durfte er nicht! Wollte er am Ende ein Däumling werden, nicht größer als sein Glied? Die Vorstellung schüttelte sie mit abscheulichem Gelächter. Und vor ihrem inneren Auge erschien die Jungfrau Maria mit ihrem verkürzten Sohn quer über dem Schoß. Wenn die Mutter Gottes keinen Rat wußte, wer sonst?

Die Burg hat eine Kapelle, fast so geräumig wie das Münster von Kanvoleis. Die Schloßgemeinde verliert sich darin. Und ihre Gebete täten es auch, wenn es nicht Nischen gäbe, Seitenaltäre, in denen man mit den Heiligen für sich sein und persönlicher reden kann. – Eine dieser Seitenkapellen, links neben dem Hochaltar, wird eines Tages stark besucht werden, denn sie enthält ein besonderes Bild: eine Marie aus Lindenholz, deren hölzerner Ausdruck Absicht ist. Der Künstler hätte es besser gekonnt, aber er wollte es nicht anders. Sie trägt ihren Sohn auf dem Schoß, eine kleine gelbe Leiche, nicht viel länger als die Arme, die ihn halten. Es ist ein Bild von schauerlicher Ausdruckskraft, und auch dem Schnitzer kann dabei nicht

geheuer gewesen sein. Aber er ahnte wohl, daß ernsthaft Betende
nicht das Glatte und Glänzende suchen, sondern besser erhoben
werden von etwas Abscheulichem, in dem sie die Wahrheit ihrer
eigenen Gefühle wiedererkennen. Ein solches Bild kann binden und
lösen, wie ein gefälliges nicht. Freilich darf es dann nicht als Bild
betrachtet werden, sondern als die Jungfrau selbst, und der Sohn auf
ihrem Schoß als der tote Herr der Welt. Daher nimmt der Künstler
den Mut, der Wahrheit einer Leiche nichts schuldig zu bleiben. Die
Andacht muß kräftig werden vor so einem Bild, denn es schenkt ihr
nichts.

Vor dem Bild brannte eine Ewige Kerze, denn der Kaplan wußte,
es wurde oft gebraucht. Doch wenn Frau Herzeloyde die Kapelle
aufsuchte, war sie leer; sie tat es auch mitten in der aberwitzigen
Liebesnacht.

Herzeloyde kniete vor dem Gnadenbild und weinte bitterlich. Sie
kümmerte sich nicht darum, ob die Pietà für Liebessorgen die rechte
Ader besaß. Zu wem sonst hätte sie gehen sollen? Sie war allein mit
ihrem horrenden Glück. Marie war Jungfrau geblieben; das war
Herzeloyde nicht mehr, weit davon. Marie war ewig; Herzeloyde
fühlte sich sterblich in ihrer Liebesglut. Die Hauptsache war aber
doch, daß die Gottesfrau litt, trotz ihres roh geschnitzten Lächelns.
Sie litt bis zum Wahnsinn an dem Manne, den sie querüber auf ihrem
Schoße trug, dem kindlich klein gebliebenen, grauenhaft starren
Mann.

Herzeloyde, in der Bitternis ihrer Tränen, fragte nicht, was für ein
Mann das sei, Vater oder Sohn, Gott oder Mensch. Sie suchte nur das
blutende Herz der Schwester. Es mußte dem ihren ja gleichen in
seiner Passion, deren Herrlichkeit nicht zu trennen war vom Fluch
des Todes. Die himmlische Jungfrau war die einzige ihresgleichen
weit und breit. Sie redete sie an ohne Worte, aus dem Herzensgrund
allein. Die Mutter Gottes hatte das Geschlecht der Menschen nicht
kennenlernen müssen. Hoffentlich kannte sie wenigstens ihr Herz.
Herzeloyde hatte beides kennengelernt, Herz und Geschlecht, und
jetzt war ihr Fleisch irre geworden, von Grund auf, so daß es den
Geist aufzugeben drohte – ja, ein wenig Drohung war schon in Herzeloydens Gebet. Die Person da oben, die für alles und alle gut zu
sein versprach: jetzt mußte sie Wort halten.

Ich liebe, Mutter Gottes, ich liebe wie verrückt. Ich kann mich
dabei nicht im geringsten leiden und leide wie ein Tier. Ich liebe nur

noch diesen Mann, der es mir antut, du hast keine Ahnung. Er saugt mich aus wie die Fliege im Spinnennetz. Ich habe es so nötig, ihn zu retten, und er spottet meiner Not, ohne es zu wissen, hoffe ich. Er will nicht gerettet sein, dafür lockt er mich in seine Rettungslosigkeit hinüber wie in ein schwarzes Loch. Ich glaubte mich zu kennen und war stolz darauf. Aber seit ich erkannt bin vom Falschen, kenne ich mich gar nicht mehr. Denn er ist leider ganz der Rechte, es gibt überhaupt keinen besseren Mann. Gott straf mich, Mutter Gottes, aber du brauchst es nicht auch noch zu tun. Wenn ich nach meinem Gesicht taste, finde ich's nicht mehr. Ich habe es verloren für Zeit und Ewigkeit, und fast ist es mir auch schon Ein Tun. Dir aber darf es doch bitte nicht ganz gleichgültig sein. Er löscht mich aus mit jedem Schrei, den er aus mir zieht. Ich will gar nicht schreien, aber es schreit aus mir, und ich weiß nicht mehr, wer oder was.

Ich will dir sagen, wer oder was, sagte die Mutter Gottes, und du weißt es ganz gut. Eine unwichtige Person. Eine Frau wie eine andere. Mit jedem Schrei verläßt dich ein Stück deiner Hoffart. Das tut dir gut, das bekommt dir, und mir plärrst du die Ohren voll. Ich soll wieder etwas Besonderes aus dir machen. Du begehst doch keine Todsünde in deinem Lotterbett, überschätz dich nicht so. Es ist schon eher eine Sünde, wie du deine Gewöhnlichkeit um keinen Preis wahrhaben willst. Nicht, daß sie nicht vergeben werden könnte. Wenn du mich fragst, deine liebe Todsünde besteht allenfalls darin, daß *du* meinst, dir nicht vergeben zu können. Für meinen Herrn ist das ein Pappenstiel, der hat ganz andere Dinge zu vergeben. Deine Grâlskrankheit in Ehren, aber es wird Zeit, daß du davon gesundest und ihr entwächst.

Unter uns Frauenzimmern: Ich habe die Lust nicht verboten, wo kämen wir da hin. Wenn es nach mir ginge, du brauchtest nicht einmal zu bezahlen dafür, schon gar nicht mit dem Tod. Aber ich wurde nicht gefragt. Ich werde viel weniger gefragt, als meine Bittsteller annehmen. Das gilt auch für die Damen, oder noch mehr. Im Himmel herrscht nicht allzuviel Jubel über die Lust der Frauen, das ist wahr. – Ich wurde erwählt, ja, und mein Herz hüpfte eine gewisse Zeit. Daß ihm das Hüpfen ausgetrieben wurde, kannst du in jedem frommen Buch nachlesen, auch wenn es etwas großartiger ausgedrückt wird. Du brauchst mich ja nur anzusehen hier oben. Schon ziemlich bald wollte man mit mir nichts mehr zu schaffen haben. Wer ist meine Mutter? wer sind meine Brüder? wurde gefragt. Weib, was habe ich mit dir zu schaffen? Und die großen Worte unter dem Kreuz! *Kein* Kreuz wäre mir lieber gewesen. Ich wurde gelobt für meine Passion. Sie haben überall ein ziemlich schlechtes Gewissen, daß sie mir's gegeben haben, nur um es wieder zu nehmen. Ich werde gelobt, aber ich hätte lieber einen langlebigen Sohn gehabt, der mich hätte versorgen können. Nun ja, jetzt lebt er ewig; das ist schon etwas, und die Engel kommen aus dem Lobsingen nicht mehr heraus. Sie lehren uns Demut, die Herrschaften, und du willst sie einfach nicht lernen. Eigentlich ist das ja ganz gut, eine Frau braucht sich nicht alles bieten zu lassen. Entschuldige, wenn ich's dir ausreden wollte, die Gewohnheit sitzt mir schon tief. Demut ist ja ganz schön, und Stolz darf auch sein, aber es müßte noch etwas Drittes geben für unsereinen –

Die Jungfrau Marie dachte nach. – Du verwirrst mich, sagte sie. – Das hast du von deinem Gebet. So wie von dir wird ja nicht allzuoft gebetet. Sie wollen ein Kind, oder eine Erbschaft, oder einen andern Mann, oder ihre Gesundheit. Gewähren kann ich zwar nichts dergleichen. Aber ihnen hilft's offenbar, wenn sie mich darum bitten können, und dafür sind sie mir ewig dankbar.

Es gibt etwas Drittes, sagte Herzeloyde, ich möchte einen Sohn wie du.

Einen Sohn wie meinen gibt's nicht mehr, sagte Marie, ich sag's in aller Bescheidenheit. Und jetzt hast du plötzlich an einem Sohn genug? Soll's das schon gewesen sein? Das riecht nach Munsalvaesche. Eigentlich war mir dein Eigensinn sympathischer. – Vielleicht liegt's daran, daß ich Jungfrau geblieben bin, fuhr sie selbstkritisch fort. – Man fällt immer wieder in seine Weltfremdheit zurück, wird anspruchsvoll. Oder gar sentimental, das ist noch schlimmer.

Das habe ich nicht gesagt, sagte Herzeloyde.

Gedacht hast du es aber, sagte die Jungfrau. – Wahrscheinlich hast du auch noch recht. Die ewige Seligkeit ist kein vollständiger Ersatz für die zeitliche. Das muß dir der Neid lassen.

Der Neid? fragte Herzeloyde, willst du sagen, daß du mich beneidest?

Nun ja, sagte die Jungfrau. – Es kostet mich ein Stück Selbstüberwindung. Aber wohin käme die Welt, wenn nicht wenigstens wir Frauen den Mut hätten zu ein wenig Unbequemlichkeit?

Ich habe es unbequem genug, heilige Mutter, sagte Herzeloyde. – Offenheit gegen Offenheit: der Neid ist ganz auf meiner Seite. Du hast das Beste aus unserer Sache gemacht, das sagen sie alle.

Weil sie nicht alles wissen, sagte Marie, oder weil sie zu fromm sind für gesunden Menschenverstand. Oder weil sie ihre liebe Sünde ganz gern für sich behalten. Etwas wollen sie ja auch haben. Darum lassen sie mir meine Heiligkeit mit Freuden. – Nein, Schwester, sagte sie, was wahr ist, muß wahr bleiben. Ein lebendiger Sohn ist besser, und nicht erst nach dem Tod. Ich glaube, ein bißchen zeitliche Liebe kann da auch nicht schaden, und außerdem erfüllt sie ihren Zweck. Wenn ich so aussehe, als wär ich drüber erhaben – es dauerte eine kleine Ewigkeit, bis ich so aussah. Und du solltest klug genug sein, nicht nach dem Aussehen zu gehen.

Ich habe dein Lächeln schon gesehen, sagte Herzeloyde, ich finde es gut getroffen.

Es soll dir ja auch gleichen, sagte die Jungfrau.

Wie bitte? fragte Herzeloyde. – Ich verstehe dich nicht.

Ganz einfach, sagte die Jungfrau. – Dein Verflossener hat mich nach deinem Bilde schnitzen lassen. Es sollte dir als Morgengabe überreicht werden. Nur gab es leider keinen Morgen für ihn, und nicht einmal eine einzige Nacht. – Du hast nichts versäumt. – Ich finde uns nicht allzu ähnlich, die Wahrheit zu sagen. Daß er unbedingt eine Pietà aus uns machen wollte ... nun, er hatte wohl zu viel Tod im Leib. Der arme Teufel hing nicht sehr am Leben, sonst wärst du nicht Jungfrau geblieben. Aber das ist ein weites Feld. Übrigens, ich würde ganz gern noch etwas nachdunkeln. Eine schwarze Madonna ist doch was Apartes. Vielleicht brennst du gelegentlich etwas Weihrauch vor mir ab, vom echten. Du hast ja eine gute Quelle an deinem Morgenlandfahrer.

Was rätst du mir nun? fragte Herzeloyde. – Ich bin schließlich nicht zum Schwatzen gekommen!

Die Jungfrau schwieg etwas pikiert, aber dann wurde ihr Lächeln immer deutlicher, denn Herzeloydens Tränen waren inzwischen versiegt.

Nimm's, wie's kommt, sagte Marie, und mach gute Miene dazu, zu deinem Stolz sowieso, aber zu deinem Vergnügen auch. Es dauert ja nicht ewig. So fährt eine Frau am besten. – Und noch etwas, sagte die Jungfrau, wenn du schwanger werden solltest – bei so viel Liebesmüh sollte es ja nicht fehlen –, mach lieber keinen Erlöser aus ihm.

Hast du »ihm« gesagt? fragte Herzeloyde atemlos.

Nun ja, man sagt so manches, erwiderte Marie. – Eigentlich sollte es grade dir nicht drauf ankommen. Aber wie gesagt: nur keinen Erlöser! Das geht nie gut aus und bekommt euch beiden nicht.

Herzeloyde verschloß den Mund, und wenn es nicht so dunkel gewesen wäre – aber die Kerzen brannten immer noch, und außerdem sieht die Heilige alles –, hätte man sehen können, wie dieser Mund wieder streng wurde. Marie aber, die alles sieht, sah nicht hin.

Ein bißchen mehr Bescheidenheit, sagte sie wie zu sich selbst, und ein bißchen mehr Stolz. Ein bißchen mehr Gewöhnlichkeit, und ein bißchen was Besonderes. Das klingt ja wie ein Kochrezept. Ich weiß schon, man bringt's im Kopf nicht zusammen. Zum Glück ist der Kopf das wenigste. Also nimm's, wie's kommt, und füg's aneinander, so gut es geht. Dann geht es besser als du denkst.

Sollte das eine göttliche Verheißung sein? Frau Herzeloyde war Anspruchsvolleres gewöhnt. Sie hatte zu beten aufgehört. Es half ja doch nichts. Man mußte es selber tun. Und mit dem nächsten hohen Atemzug – nach dem Weinen fällt das Atmen leichter – hob auch wieder der Grâlsstolz sein Haupt in ihr. Sie konnte Marie im Halbdunkel schweigen sehen, und der Tote in ihrem Schoß rührte sich nicht. Das Paar war stumm. Das hieß, Herzeloyde brauchte seinen Rat nicht mehr. Es war neues Land, wo ihr Weg hinführte, und noch kein Heiliger war ihn gegangen, auch nicht die Mutter Gottes, und nicht einmal Gott selbst. Dafür hatte er Frau Herzeloyde und ... Parzivâl.

Parzivâl, flüsterte sie, Mitten durch das Tal. Ich bin das Tal, durchschreite mich, mein Herr, mein Herz. Dafür brauchen wir keine Vermittlung. Ich muß mich selbst ins Mittel legen, ins Bett zu diesem Feenkönig, der nichts weiß. Der nicht einmal weiß, daß er mir Unsern Herrn bringen muß. Parzivâl.

Sie hatte den Kopf erhoben; jetzt erhob sie sich selbst. Sie neigte sich gegen die Jungfrau, doch ohne Übertreibung. – Ich bring dir deinen Weihrauch, sagte sie. Du hast dein Möglichstes getan, vielen Dank. Jetzt hast du auch einen Wunsch frei.

RENDEZ-VOUS
WORIN SIGÛNE UND SCHIÔNATULANDER
DAMIT UMGEHEN,
EIN PAAR ZU WERDEN

Schiônatulander langweilte sich. Seiner Laute klagte er die Langeweile auf französisch. Er zupfte an ihr, wenn es einmal ruhig wurde
in der erschöpften Burg, und fuhr fort zu zupfen, wenn das Wesen
wieder anhob.

Er begegnete dem Fräulein, als er sie in der Nähe des Brunnens
schluchzen sah. Das heißt, sie hatte sich dabei sehen lassen, da er sie
vielleicht nicht hören konnte. Er saß auf dem Brunnenrand, sie
schluchzte in seiner Nähe, und da er schon länger gezupft hatte,
konnte das kein Zufall sein. Litt das Fräulein etwa auch an Langeweile? Aber deswegen schluchzt man nicht.

Was fehlt Euch? fragte er vernehmlich, ohne aufzustehen. Aber er
ließ die Laute verstummen und besonders anmutig in seinem Schoß
liegen.

Sie schlich herbei, erschrocken, als hätte er sie ertappt.

Ach, *Ihr* seid es! sagte sie.

Warum denn Ach? fragte er und begann wieder ein paar Töne zu
zupfen.

Er ist fort, sagte sie. Ich habe ihn nicht hüten können. Er war
so ... durcheinander!

Schiônatulander griff ein paar Töne. – Dann sagte er mit seiner
französischen Betonung: Kunststück! Erst war er eine Katze unter
Palmen, dann wurde er eine Schiffskatze. Dann streunte er in Spanien. Und jetzt muß er mit Kanvoleis vorliebnehmen, wie Ihr und ich.

Unter Palmen? fragte Sigûne. – Ist das wahr?

Mit dieser Frage begann eine Geschichte. Die hohe Neugier begegnete der tiefen Langeweile und war unschuldig genug, diese selbst
neugierig zu machen. In dem Maße verminderte sie sich, die Langeweile, auch wenn sie ihren Ausdruck noch eine Weile beibehielt;
denn es war französischer so. Diese Vornehmheit frischte wiederum
die Neugier auf. Daß sie einander kennenlernten, Sigûne und Qui-
qui, wäre einstweilen zu viel behauptet.

Immerhin, sie wollte mehr wissen über die Palmen: Ist das wahr?

Zugleich sollte er erfahren, daß sie ihm nicht alles abnahm, was ihre Neugier zu wissen verlangte: er lernte eine Grâlstochter kennen. Zu diesem Zweck wurde sie wieder ganz Mund, nachdem sie eine Weile ganz Ohr gewesen war. Denn sein schwaches Lächeln sollte denn doch nicht das letzte Wort behalten. Um ihn widerlegen zu können, mußte man immer wieder ganz Ohr sein und ihn ganz Mund sein lassen. Und über den süßen Worten, die er zu reden wußte, begann er selbst einen süßen Umriß anzunehmen.

So gab eins das andere. Meist erzählte *er*, sie tat es nicht anders, doch ihre Widerworte waren deutlich und oft spitz. Die Stille erlaubte, einander dabei an der Hand zu halten, geschwisterlich. Sie gebot es geradezu. Sigûnes Turm war offen, wie auch die Tür des Gefangenen Gartens. Die Tante bewachte sich selbst nicht mehr. Wer hätte die Burg bewachen sollen?

Hand in Hand also nahmen sie Urlaub von der Stimme, die durch das Schloß ihr Klagelied sang und sich immer wieder zum Jammer steigerte. – Sigûnes Ton sollte ein ganz anderer sein, entschieden!

Was Mund und Ohr, Ohr und Mund aber verband und eins immer wieder in die Nähe des andern zog, blieb doch nicht Neugier und Langeweile. Denn beides veredelte sich zum Interesse, auch wenn es auf seiner Verschiedenheit bestand. Das Fräulein und der Knabe hatten ihre Eltern verloren. Beide verloren jetzt, auf sonderbare Art, auch ihre Zieheltern. Die Suche nach Eltern verband sie, nicht nur mit den Händen. Sie fingen damit an, erst leichthin und schnippisch, füreinander selbst ein wenig Vater und Mutter zu spielen.

Vater und Mutter wird man im Hinblick auf eine gemeinsame Schöpfung. Diese Schöpfung ist Unsere Zeit gewohnt, »Minne« zu nennen. Aber zwischen Waisen hat sie einen besonderen Klang. Und wenn sie Vater und Mutter spielen, gehen sie, Hand in Hand, auch ein besonderes Abenteuer ein. Denn wie kann man nachahmen, was man verloren hat, ohne den Verlust zu wiederholen, und die Schmerzen, die dazu gehören? Nur widerfahren sie einem nicht mehr. Man tut sie einander an.

Einstweilen aber – denn ihre Geschichte ist noch viel jünger als sie – tun sie erst etwas für Sigûnes Neugier, gegen Schiônatulanders Langeweile. Nur hat schon dieses Eröffnungsspiel seine Tücken, da jedes mit seinem Einsatz nicht ganz eins ist. Fräulein Sigûne hat ja sehr wohl gelernt, daß Neugier sich nicht schickt. Sie schämt sich ihrer – aber so verschämt, wie das Wort klingt, und die Nachrede glaubt, ist ihre Scham durchaus nicht. Im Hinblick auf das, was geistig zählt, kann Sigûne unverfroren werden. Ih Sigûne! Und in bezug auf höhere Dinge – und der Grâl ist das höchste – versteht sie keinerlei Spaß.

Doch ist auch Schiônatulanders Langeweile von der feineren Art. Nicht alles oder gar jede ist ihm gut genug dafür, sie zu vertreiben. Für schlichtere Spielarten des Minnewesens und -treibens hat er nur *dédain* übrig – auch Frau Herzeloydens Schreie *langweilen* ihn ausdrücklich. Sein *ennui* ist nur der Schlagschatten der wunderbarsten Erfahrung – von der er keineswegs behauptet, daß er sie gemacht habe. Sie hat *ihn* gemacht. Sie hat ihm das Morgenland nicht nur gezeigt, sondern eröffnet. Und diese Offenbarung war zugleich eine glühende Erweiterung seines Wesens. Sie floß zusammen mit dem Entgegenkommen einer umfassenden Welt. Die dunklen Arme, die ihn dabei immer wieder gehalten hatten, waren nur eine duftende Zugabe und willkommene Einfleischung dieses Umfassenden. Keine Umarmung erschöpft es. Denn es umfaßt auch seinen Gegensatz, das profunde Für-sich-Sein. Liebe Sigûne: nie hat Schiônatulander so sehr das Gefühl gehabt, sich gefunden zu haben, wie dort und damals, da er sich verlor. Damals und Dort sind jetzt fern, leider. Doch will das nur heißen, daß Hier und Jetzt für einen, der diese Erfahrung gemacht hat und von ihr gemacht wurde, nicht mehr so recht wirklich werden kann. Dann kommt er, der *ennui.*

Aber erzählt man, ohne zu erinnern? Man breitet vor der kleinen Neugier das große Morgenland aus. Man läßt es auf der Zunge glühen, denn das Glühen erinnert, und außerdem macht es *plaisir.*

Man erzählt der Neugier vom Glanz des Selbstverständlichen, den man leider mit dem Begriff des Wunderbaren verbinden muß. Denn Worte sind arm. Sie müssen aus der Wahrheit immer ein Wunder machen. Aber in den Erzählpausen zupft man von ungefähr den einen oder andern Ton. Man deutet an, daß man von alldem nur erzählen kann, weil man davon schweigen möchte. Und diese Andeutung wiederum erwärmt die Neugier zum Interesse. Und so beginnt man eben, am Gefühl des andern Vater- und Mutterstelle zu vertreten.

Das Nönnchen als Mutterfigur von Schiônatulanders glühender Erzählung? Nein, im Handumdrehen wurde es wahrhaftig nicht dazu. Da sträubte sich denn doch allerhand Stolz, Besserwissen und sogar Abneigung gegen die Mutterschaft. Man zierte sich nicht, das

ist nicht die Art des Grâls. Aber man ließ es eine Weile dauern, bis
man den Schwärmer einen Schritt näherkommen ließ. Man durfte
ihn nicht verzärteln. Darum versalzte man ihm seine Geschichten,
wenn sie sich allzu männlich-erfahren stellten. Er war ja ein Kind!
Eines Tags will man einem Kind aber das Leben schenken. Man spürt
doch: er ist noch gar nicht auf der Welt. Darum gibt er mit seiner
Welt so an. Man muß ihn bei der Hand nehmen und führen.

Was Dipekâ gesehen hat, was Pekadî davon zu berichten bereit ist:
Sigûne saß auf einer Fensterbank, oder in der Geißblattlaube, oder
unterm Rosenhag, und Schiônatulander lehnte ganz in der Nähe. Er
zupfte nicht mehr, er erzählte, er sang. Sie glühten und brannten auf
seinen Lippen, die Tage in der Wüste vor Pâtelamunt, der belagerten
Frauenfestung. Wie sollte die Wüste denn nicht glühen! Aber die
Nächte in Bagdad taten es auch, nur dunkler. Da herrschte der Baruch, Papst aller Heiden, viel reicher als der richtige und in Liebes-
dingen souveräner. Und überall, wo es zu glühen anfing, war Schiônatulander nicht nur dabei gewesen, sondern inmitten. Vorn gerade
nicht. Er war nicht gern zuvorderst, da, wo einem der Staub der
Schlachten in die Nase steigt, sondern lieber da, wo er sich gesetzt
hat, wo er Knospen treibt und zu Blüten entfaltet. – Der Sänger war
kein Kriegsmann; bei aller Lust an Wundergeschichten behauptete
das nicht einmal er selbst. Für staubige Arbeit hatte man Tampanîs,
und sie war keineswegs zu verachten. Eigentlich war man mit Tampanîs ein Herz und eine Seele. Man gehörte nicht nur zum Troß
Gahmurets, sondern zu seiner Familie. Angeherrscht wurde man
niemals. Man wurde gesucht.

So viel mußte die kleine Sigûne schon begreifen, daß Schiônatulander gesucht wurde, auch von Damen. Denn ausgesucht war sein
Ton und seine Sprache erlesen, und zwar nicht nur, wenn sie kostbare Dinge zu schildern hatte. Auch die unscheinbaren – die im
Morgenland freilich eine Seltenheit sind – traten im Kleide des Wunders auf. Man trug Wolle unter dem Zobel, trotz der Hitze, ja, um ihr
zu begegnen. Sigûne durfte ruhig glauben, daß Wolle nicht nur warm
hält, sondern auch kühl.

Wo bei uns Berberitzen und Hartriegel gedeihen, strotzt das Morgenland von Granathyazinthen und Balsamkerzen. Das Becken, in
dem die Hände zu netzen man eingeladen wird, ist ein einziger Rubin oder Emerald. Die Zinnen der Türme sind aus Elfenbein geschnitzt. Den Wänden entlang sind goldene und diamantene Schilde

aufgereiht, nicht nur drinnen, auch draußen. Man sieht sie über hundert Meilen leuchten, auch bei Nacht, und nennt sie Fata Morgana. Aus den Brunnen plätschert Maulbeerwein und roter Sinopel. Siesta hält man unter einem Pfefferbaum. Der Ingwer blüht das ganze Jahr, aber die Königin der Nacht nur einen Augenblick. Hat man sie blühen gesehen, so wird man hundert Jahre alt. Schiônatulander hatte sie siebenmal blühen sehen und würde nun so alt werden wie Noah.

In jeder besseren Stadt gab es auch einen Brunnen des Lebens. Wer da hineinblickte, sah Gesichter aus früheren Existenzen und aus zukünftigen. Als Gurzgrî aus dem Brunnen des Lebens lappte, hatte Schiônatulander deutlich gesehen, daß er ein Pferd gewesen war. Im nächsten Leben würde er Schiônatulanders Vater sein. Denn im Morgenland gibt es keine Zeit. Alles kommt wieder, und beim nächsten Mal gerät es noch üppiger. Hier machen die Leute wunder was aus einem Diamanthelm. Aber im Morgenland trägt jeder anständige Ritter einen. Man muß gut zaubern können, um so einen zu besiegen.

Ja, das waren andere Geschichten als die Des Veldeke oder von Ouwe, und ein ferner Schrei von allen Sprüchen, die Sigûne manchmal aus rohem Männermund hörte: »Wie wär's mit uns, Nönnchen?« oder: »Sind eure Ärmchen bloß angeleimt?« oder »In welchen Himmel hebt ihr euer Näschen?« Man konnte sich für die haarigen Mannsbilder nur schämen. Tampanîs mochte immerhin von besserem Stoff sein, nur sprach er leider fast nichts, außer mit den Pferden. Er sah wie der große Bruder aus, während Schiônatulander eigentlich der kleine war. Denn er konnte sich, wenn der *ennui* um seine Mundwinkel verflogen war, dunkelrot erzählen. Oft hatte man Lust, ihm die Stirn zu kühlen mit zarter Hand. Die aber war auch nicht mehr die kühlste.

Am Anfang faßten sie sich nicht an, das hätte Dipekâ gesehen. Da zauberte Schiônatulander nur mit seinem Mund. Er erzählte, und Sigûne fühlte sich kostbar werden inmitten der Schätze, die er ausbreitete. Sie zog ihre Brauen nur in die Höhe, wenn er sich beim Erzählen allzu sehr gefiel.

Schön war Schiônatulander nicht. Er hatte schönes Haar, ebenholzfarben über der zerbrechlichen Stirn. Seine Figur war eher splittrig, auch wenn er sie *à la mode* trug. Seine dünne Haut litt unter Geschwüren, die, wenn er sich heiß geredet hatte, unter dem Puder hervortraten. Es stand ihm nicht ins Gesicht geschrieben, daß die

Wüstensonne ihn verbrannt, unnennbare Winde ihn gegerbt, wundersame Düfte ihn gestreift hatten. Den des Jasmins fand sie allmählich sogar penetrant. Doch wenn er erzählte und sie die Augen schloß, sah sie seine wahre Gestalt. Da war er schön wie Gahmuret, kraftvoll wie Tampanîs. Seine belegte Stimme hatte etwas schwach Berauschendes wie Maulbeerwein. Den mußte er immerhin gekostet haben, um ihn so schildern zu können. Wenn sie lustwandelten, duldete sie, daß er ihre Hand ergriff, um des armen Isenharts Tod vor Pâtelamunt recht greifbar zu machen. Und sie duldete auch, wenn er sie drückte, die Hand, als Gahmuret das Herz der Mohrenkönigin gewann.

Wie hatte der dunkle Isenhart die gleichfalls dunkle Belakâne geliebt! Wie war er durchbohrt worden um ihretwillen! Wie hatte sie Trauer getragen über ihren eigenen Mangel an Erhörung! Wie war sie belagert gewesen innen und außen von Kräften, die Genugtuung verlangten für vermiedene, vorenthaltene Minne! Wie hatte aber auch Gahmuret, der Frauentrost, die Belagerung aufzuheben gewußt und die Mohrenkönigin entsetzt! Doch wie hold war dieses Entsetzen auch gewesen, wie unbezwinglich die Lust, dem zweiten Liebhaber die Genugtuung zu leisten, die man dem ersten schuldig geblieben war!

Schiônatulander wußte immer noch mehr, denn er war dabei gewesen. Er wußte von der Heidin Süße zu berichten, die so gut wie eine Taufe gewesen sei. Darüber hatte es in beiden Heeren, auch dem besiegten, nur eine Stimme gegeben. Hier endete die Kunst der Pfaffen! Da fing das wahre Kristentum an, die Auferstehung des Fleisches und ein ewiges Leben.

Das ging wohl etwas weit. Und ewig hatte es dann auch nicht gedauert, obwohl Gahmurets Minne so unerschöpflich geschienen hatte wie der dunkle Quell, in dem sie sich erfrischte. Nein, zuviel war es ihm nicht geworden, sein tintenschwarzes Gemahl, das Tischlein-deck-dich ihres holden Leibes. Sondern er, der Glückliche, hatte inmitten seines Glücks die Galle geschmeckt. Er hatte entdekken müssen, daß er für sein Glück nicht geschaffen war. Sein Anker im Wappen war dazu bestimmt, gelichtet zu werden, und zwar ins tiefe Dunkel seines Schicksals. Das hatte ihn mitten ins Glück geführt, aber für dieses bestimmt hatte es ihn nicht.

Konnte Sigûne nicht ihr eigenes Schicksal in diesen Geschichten pochen fühlen? Hingerissen vom Unglück des Herrn Gahmuret, angewebt von Mitleid, erhoben von Sympathie, erfuhr Sigûne die schauderhafte Bewandtnis, die es mit einem Feenkind hat. Herr Gahmuret, der größte Liebhaber vor dem Herrn, schickte sich zum Geliebtwerden nicht. Er mußte davor fliehen, desto gewisser, je holder die Form, in der es ihm begegnete. Dann aber trauerte er ihm nach, bis die Trauer ertrank, wenn auch nie für lange, in erneuertem Abenteuer und bedeckt schien mit frisch blühendem Ritterruhm, wie man ein Grab bedeckt. Der Grund, in den er seinen Anker warf, blieb grundlos, beziehungsweise ein Abgrund, nämlich von Verzweiflung.

Wahrhaftig, um Einen wie Gahmuret bemühte sich das Glück vergebens. Dafür hatte Einer, der aus der Mitte der Dinge zu singen weiß, das nötige Organ. Dieses sei die Nase nicht, welche einer wie Tampanîs immer zuvorderst haben müsse. Eher sei es die Zunge, welche die Kunst des Nachgeschmacks verstehe. In diesem erst zeige sich die Wahrheit des Lebens, die aber sei bitter. Wer nur zum Schlagen gut sei, der müsse ewig blind bleiben für das Geschlagene aller wahren Ritterschaft.

Die Neugier wandelte sich zum Interesse, die Einbildungskraft steigerte es zur Teilnahme. Aber auch die Kenntnis des Menschlichen nahm im Stillen zu, und sogar das Allzumenschliche begann etwas durchsichtiger zu werden. Denn wußte man jetzt nicht mehr darüber, was hinten in der Hochzeitsburg geschah? Daß der Mann, mit dem die Tante ihre Lust büßte, sie noch ganz anders würde büßen lassen ... *für* ihre Lust? Denn er war ja nicht zum Glück geschaffen. Und also würde der Tag kommen, an dem Herzeloyde allein sein würde ... und an dem ihr die Grâlsnichte zur Gesellschaft wieder gut genug war.

Sigûne träumte viel, und sie schlief ruhig dabei, *noch* ruhiger beim Gedanken, daß Qui-qui vielleicht nicht so ruhig schlief. Bei diesem kindlichen, also mütterlichen Namen nannte sie ihn aber nur noch bei sich. Denn weiß Gott, wozu er ihn sonst begeistert hätte!

So lange er erzählte, *redete* er nur von Gefahr und stellte keine dar. Sie fühlte sich sicher im Schutz seiner Fabeln – je gefährlicher diese klangen, desto sicherer. Das Kind mit seinen Räubergeschichten! Ach, ihr würde er nichts rauben. Er war nicht, wie Tampanîs, immer ganz vorn. Je unglücklicher seine Geschichten, desto glücklicher machte ihn das Erzählen ... und dann wollte er für beides getröstet sein, sogar für sein Glück. Doch hatte sie nicht zu glauben, daß es mit dem Glück der Männer eine traurige Bewandtnis habe? War es nicht menschlich, wenn man sie dafür tröstete? Nur durfte keineswegs neuer Schmerz aus dem Trost erwachsen, nicht für Isenhart, doch da für den ja keine Besserung mehr zu erwarten war, auch nicht für die Lebenden ... So hielt die Hand, die das Kind tröstete, es zugleich zurück.

Aber ach, Sigûne lernte die Widersprüche des Minnelohnwesens kennen. Eine Hand, die zurückgehalten wird, wendet unwillkürlich Kraft auf, der man ebenso unwillkürlich nachgibt, als hätte man nur auf diese Kraft gewartet. Denn was wäre das für ein Trost gewesen, den der Getröstete nicht einmal *fühlte*? Zu dem man den Leib nicht wenigstens mit Fingerspitzen verwenden und ein wenig seufzen durfte, wenn der Trost seinen Dienst versah? Aber wurde einem denn leichter davon? Und was war das für ein Dienst, den man mit Fingerspitzen leistete: war der feste Druck der Hand nicht unzweideutiger? Ach, er war es nicht! Wohin führte es also, das Trösten überhaupt – wohl gar ins Trostlose und Jammervolle, wenn auch nicht im Augenblick, so doch hinterher um so mehr? Wie nahe durfte man sich die Wohlgerüche Bagdads gehen lassen? Entfernte man sich nicht unaufhaltsam von der Höhe des Herzens und geriet in die Dornen, ins Dickicht?

Konnte man dem Geliebten die Angst vor dem Dickicht nicht zu erkennen geben, ohne daß er in Versuchung geriet, dessen Unwegsamkeit zu prüfen? Es hatte undurchdringlich zu bleiben! Aber wozu verteidigt man ein Dickicht, und womit? Doch mit eigener Hand – die den Händen des andern leider nicht wehren kann, ohne sie fassen zu müssen. Man muß sie um so fester fassen, je weniger diese Kinderhände sich wollen hindern lassen. Doch was für ein Wunder, daß gerade diese Festigkeit wieder dazu beiträgt, den eigenen Griff so unfest zu machen, daß der nächste Seufzer nur Nein lauten kann – Nein!

Doch ist ein geseufztes Nein ein ehrliches Nein? Und wohin gerät man, wenn man ehrlich bleiben will? Die Ehrlichkeit des Fleisches kennenlernen, heißt ihm gründlich mißtrauen – weiß der Himmel, was es begehrt, sobald man ihm ehrlich zu sein gestattet! Und dabei wäre es doch so nötig gewesen zu vertrauen, umfassend zu vertrauen ... wenn man sich beim Umfassen nur selber hätte trauen dürfen! Denn es ist etwas viel verlangt, allein, ohne Tante zu sein, während diese sich damit beschäftigt, gar nichts zu entbehren und des Unglücks, das sie gewiß erwartet, auch noch jauchzend zu spotten! Da ist es traurig, keine Hilfe zu haben, wenn die Hilfe so nahe scheint ... nur ist der allzu Nahe keine Hilfe, im Gegenteil! Er sieht wie die Gefahr selbst aus und weiß sich bei alledem nicht einmal selbst zu helfen ... Das ist zu wenig. Oder war es schon zu viel?

Sigûne blieb fest!

Nur war es mit der eigenen Festigkeit so eine Sache, wenn man diejenige des jungen Mannes zu spüren bekam. Es half nicht recht, ihn aus Leibeskräften abzuwehren. Der ganze Leib geriet ins Gedränge ... und ging geradezu in eine Art von eigenem Drängen über. Es durfte nicht sein, und doch ... Man fühlte sich süß werden in seiner Schwäche vor so viel Festigkeit und bekam Süßes ins Ohr geraunt. Und die Augen wußten nicht, wo sie jetzt noch hinwandern sollten. Zum Himmel etwa? Sie taten wohl am besten daran, sich ganz zu verschließen. Der Himmel sollte es nicht sehen ... und himmlisch war es ja doch, und taten es Mann und Frau nicht überall, und die Tante sogar ohne Maß? Man spürte, wie der Teufel seine ganze Zweideutigkeit in einen senkte ... fehlte nur, daß er sich dazu der Festigkeit des jungen Mannes bediente. Nein!

Aber wenn Qui-qui dann wirklich zurückwich –, wie beruhigend, wie enttäuschend leicht war er zu verscheuchen! – mußte sie ihn ja doch wieder festhalten gegen den schwarzen Verdacht, daß seine Gefühle des Teufels seien. Tat er ihr nicht nur Liebes? Konnte er dafür, daß diese Wohltat zugleich schauderhaft war? Sie trug ein Kleid in den Grâlsfarben, lila, die Tante hatte es nicht anders geduldet – es war sehr fein gewoben. Fein genug, um den Teufel förmlich anklopfen zu fühlen. Der Teufel wollte erkannt sein. Das also war seine Art! Er machte den Leib zum Baum der Erkenntnis und ließ verbotene Früchte daran reifen. Und die Schlange war durchaus nicht so abscheulich, wie sie hätte sein müssen von Rechtes wegen. Wohl, sie war ja die Versuchung, wohl, nur zu wohl und wohlan –

Nein! sagte sie, ganz entschieden. Jetzt nicht! Nicht jetzt ... Wann? fragte Schiônatulander. Sie sagte nicht: Morgen. Aber auch nicht: Nie! Sie sagte: erzähl!

Liebte sie ihn denn gar nicht? Wie konnte er fragen! Und wie! sagte sie in sein Ohr. Es war keine zweideutige Antwort, sie durfte es nicht sein. Denn war Sigûne nicht etwas geschehen, was noch kräftiger gedieh als die Sünde? Sie brauchte kein Schicksal abzuwarten! Sie konnte selbst eins sein! Das hieß: sie brauchte nicht das Erste,

was ihr widerfuhr, für das Beste zu nehmen. Sie konnte es zum
Besseren anhalten. Das war sie dem Schicksal schuldig. Es hatte Sigûne nicht niedrig gewollt. Sie erhob sich. Und damit erhob sie
Qui-qui. Er würde wachsen müssen. Er mußte lernen, vorn zu sein,
wenn es darauf ankam, wie Tampanîs.

Sie sah ihn leer schlucken, da er wieder anfangen sollte zu erzählen; sie sah es genau. Ihre Augen wanderten nicht mehr weg, sondern
lächelten heimlich dazu. Er mußte sich erst ein wenig fassen, bevor er
erzählen konnte. Doch von dem Augenblick an, da er erzählte, war
er in ihrem Dienst.

Von jenem Tag an wurden Schiônatulanders Erzählungen noch
glühender; das duldete sie wohl. Sie bestellte ihn täglich in die Geißblattlaube zum Erzählen, sie selbst aber kam nicht an jedem Tag. Es
geschah, daß sie sich wegen Kopfwehs entschuldigen ließ, und den
Boten dafür wählte sie sorgfältig aus. Er hatte hübsch zu sein und
minneverdächtig. Dann wußte sie: das war ein gewonnener Tag. Sie
verbrachte ihn in heiterer Nervosität vor dem Lesegerüst, um Frau
Enîten aus dem Roman Des von Ouwe auf ihrem entbehrungsrei-
chen Weg zu folgen.

Die Flitterwochen der Herrin störten sie nicht mehr über Gebühr.
Sie hatte den Teufel bei den Hörnern gepackt. Wenn sie kam, um
Qui-qui vom Morgenland erzählen zu hören, wußte sie ihn anders
zu belohnen als früher, mit Bedacht nämlich und zarter Überlegung.
Und siehe, dieser Lohn schlug ihm besser an. Er hatte Hochmut und
Langeweile vergessen. Manchmal erzählte er ihr wie ein Sohn seiner
Mutter. Wieviel delikater konnte sie ihn machen auf diese Art, als
wenn sie ihm das Paradies vorschnell geöffnet hätte! Er wurde aufmerksam und sogar schüchtern. Sie ließ ihn das Joch ihrer Erziehung
fühlen, aber sie hielt es leicht. Denn sie behielt sich in der Hand, und
damit ihn.

Es kam vor, daß er beim Erzählen den Kopf in ihren Schoß bettete. Dann spürte sie die doppelte Wohltat seines Kopfes in ihrem
Schoß und ihrer Macht über diesem Kopf. Sie erlaubte ihm etwas
mehr als früher, so sicher war sie ihrer Verantwortung geworden. Sie
erschrak nicht einmal, als er sie, um den Sieg über Isenhart zu demonstrieren, gewissermaßen ansprang – worauf sie auf dem Anger
zu ringen begannen. Natürlich war er stärker und brachte seine Kraft
auch zur Geltung. Sie spürte wieder seine Festigkeit. Aber sie lachte
dazu und verlockte ihn mitzulachen; denn nun war sie sich der
Stärke ihrer Schwäche bewußt.

Er begann zu leiden, wenn sie nicht kam. Er rechtete mit den starken Gründen, die sie vorschützte, wenn sie verhindert war. Aber achten mußte er sie. Ihre Augen blieben fest. Sie bestimmte, was er ihr heute zu erzählen habe. Und wenn er schwer zu atmen begann, sagte sie mit schalkhaftem Mund unerbittlich: Erzähl, Geliebter! Erzähl.

So bekam sie ihren Ritter; und er diente um eine Dame. Sie waren dazu übergegangen, Minne zu üben.

So nannten sie einen Zustand, in dem er auf ihr lag, ohne sie anfassen zu dürfen. Das war die ritterliche Preisaufgabe. Gelöst wurde sie so, daß man kreuzweis lagerte, er quer über ihr, so daß sie seine Festigkeit spürte. Dazu mußte er erzählen. Er hatte ihr den Kopf zuzuwenden, aber zwischen Kopf und Kopf blieb ein unüberwindlicher Raum. In diesen Raum durfte er seine Erzählung fließen lassen, doch er durfte ihn nicht enger machen. Das war ein Gelübde.

Auch das Küssen bekam jetzt seine Ordnung. Es hatte so zu geschehen, daß er ihren Mund erst suchen durfte, wenn er seinen Leib von ihr entfernt hatte.

Auf diese Weise war der Genuß konzentriert und vollkommen. Sie spürte seinen Leib, indessen sein Kopf sprach. Wenn aber sein Kopf schwieg und sein Mund zum Küssen überging, dann mußte sein Leib von ihr weichen. So genoß Fräulein Sigûne einmal seine Stärke, einmal ihre Schwäche, ohne daß beides sich vermischte und der Teufel Gelegenheit bekam zu wirken.

Zu dieser Minneübung hatte Sigûne einen sicheren Platz bestimmt, hinter dem sogenannten Rosenturm in einer kleinen Freiung, wo hohes Gras wehte. Das Gemäuer hatte früher zwei Frauen des Königs Castis zum Aufenthalt gedient; darin waren sie abgestorben, eine nach der andern.

Schiônatulander durfte keineswegs sicher sein, ob sich Sigûne zur verabredeten Stunde im verwilderten Gärtchen einfand. Oft kam sie verspätet und belohnte seine Ungeduld, auch wenn sie diese tadelte, mit strengem Wohlgefallen. Allmählich hatte er das Morgenland auserzählt und mußte von neuem beginnen.

So lernte er die Schönheit ihrer Seele kennen, ohne Körperhaftes ganz entbehren zu müssen.

Dann aber geschah etwas Furchtbares.

Sie hatten ihre Kreuzlage eingenommen, die ihnen so natürlich geworden war, daß sie sich selbst nichts mehr dabei dachten, schon gar nichts Böses. Sein Kopf lag, ihr zugedreht, mit geschlossenen Augen in einem Sonnenfleck, während sie in den Händen ein kleines Strickwerk bewegte – es war für ihren Ritter bestimmt. Er war vom Erzählen ermüdet, sie fühlte ihn schwerer werden auf ihrem Schoß und hütete seinen Schlaf.

Unvermittelt stand Frau Herzeloyde vor dem Paar, bebend im Zorn ihrer ganzen Hoheit. Ihr Kleid war geschlossen, und tief errötet ihr blasses Gesicht. Das ist kein Widerspruch. Denn wie blaß es werden konnte, zeigte sich schon im nächsten Augenblick. Was sah sie da? Zwei viel zu junge Menschen, in Kleidern zwar, aber auch in einer Lage unziemlicher, ja empörender Vertrautheit, als wären sie Mann und Frau. Woher sollte sie wissen, daß ihre Augen sie trogen? Daß es keineswegs genügte, nur mit Augen zu sehen, was man sah?

Beide waren aufgesprungen, hatten die Augen niedergeschlagen. Frau Herzeloyde hätte bemerken dürfen, daß es hier nichts zu ordnen gab. Auf ihrer Stirn war eine geschliffene Kante hervorgetreten.

Verschwindet, Junghêr, sagte Frau Herzeloyde und sah den Verstörten nicht einmal an.

Er machte Miene, sich zu erklären. Aber er kam nicht dazu.

Nichts will ich hören! sagte sie schneidend. – Ich werde dafür sorgen, daß Ihr die Abenteuer findet, die Euch gebühren.

Hohe Frau, sagte Schiônatulander heiser zwar, aber nicht stotternd, Ihr könnt nicht wissen –

Ich weiß genug! Geht!

Daß sie nicht sagte: »und schämt Euch«, war alles. Schiônatulander dachte nicht daran, wegzulaufen. Er wandte sich Sigûne zu und sagte hell und klar: Ich bitte Euch um Urlaub. – Beinahe hätte er die Kühnheit gehabt, sie auf den Mund zu küssen. Doch dazu hätte er ihr die Hände vom Gesicht ziehen müssen, und dabei wäre nichts Höfisches herausgekommen. Also sah Sigûne den gefaßten Anstand gar nicht, mit dem der Held sich vor ihr neigte, und dann, andeutungsweise, auch vor der Herrin. Ihn schickte man nicht weg! Frau Ampflîsens Liebespfand, der Knappe Gahmurets und der Erzähler des Morgenlandes ging dreifach erhobenen Hauptes – und so, als wolle er nie wiederkommen. Sigûne sah es durch ihre Finger hindurch. Dann stand sie der Herrin allein gegenüber, der Grâlstante in ihrer gebieterischen Erstarrung.

Nimm die Hände weg, sagte Herzeloyde. – Sieh mich an.

Sigûne tat es. Da war kein Unrat in ihrem Gesicht. Es war arglos in seiner Verschlossenheit.

Warum tust du so? fragte Herzeloyde.

Sigûne schüttelte den Kopf kaum merklich, doch die Tante sollte es ruhig bemerken. Aber hatte es in ihrer Frage nicht noch einen andern Ton gegeben?

So groß war Sigûnes Unschuld nicht mehr. Auch ihr Herz hatte sich kundig gemacht, denn Zwiespalt und Widerspruch sind tüchtige Schulmeister. Sigûne sah den Neid in der Miene der Entrüsteten – ja, sie war ohne Schutz in ihrem Zorn; dem großen Zorn über die Unschuld einer kleinen Minne, und in ihrer Bitterkeit vor einem stilleren Glück. Die Herrin hielt Beilager Tag und Nacht – aber sie war die bittere Jungfrau geblieben, oder nun erst recht dazu geworden. Sie hatte unaufhörlich um Hilfe gerufen, und keiner hatte sie gehört. Die Nichte sah den Jammer im Gesicht der Tante.

Ihr liebt ihn, sagte Herzeloyde mit zuckendem Mund, und jetzt war sie es, die die Augen niederschlug.

Ja, sagte Sigûne.

Ihr seid zu jung, sagte Herzeloyde.

Sigûne schwieg.

Gewährt ihm nichts, sagte Herzeloyde. – Es tut nicht gut. Du darfst ihm nichts gewähren. Hör auf mich.

Sigûne senkte kaum sichtbar den Kopf, und ihre kornblumenblauen Augen wanderten zur Seite.

Herzeloyde lächelte. Es war kein schönes, kein gelassenes Lächeln.

Laß ihn erst dienen, sagte sie. – Er soll dienen. Er soll seine Abenteuer bestehen. Er soll erst einmal weg von hier, weit weg. Hörst du mich?

Sigûne hörte sehr gut.

So machen sie es, Nichte, sagte Herzeloyde wie zu sich selbst, man muß sie machen lassen, sie können nicht anders.

Wenn man nicht weiß, wie man sie erzieht, dachte Sigûne. Sie sagte: Ja, Tante.

Komm, sagte Herzeloyde. – Ich brauche Luft. Gib mir deinen Arm.

Das Gewicht von Herzeloydes Arm in Sigûnes Arm war nicht wie sonst. Sie mußte die hohe Frau stützen, als würde ihr jeder Schritt zu schwer.

Wir sind weit her, Nichte, sagte Herzeloyde mit müder Stimme, du und ich. Wehe uns, wenn wir es vergessen.

Sigûne führte die schwere Frau hinaus, über die Ziehbrücke und auf das geblümte Feld, gelb und rot.

Schiônatulander heißt er? fragte Herzeloyde beinahe wieder in
ihrem alten Ton. Was für ein Name! Der soll erst mal reiten. – Reiten
soll er!

Als sie zurückkamen, zog die Tante sie zum Rosenturm zurück.
Eigentlich traurig, daß er so leer steht, sagte sie. Die Einrichtung
ist noch ganz herrschaftlich. Weißt du was? Du ziehst ein und machst
dir eine gute Zeit darin. Aber vergiß mich nicht ganz.

Nein, Tante, sagte Sigûne, mein Turm genügt mir.

Du versauerst offenbar nicht darin, erwiderte Frau Herzeloyde
mit leichtem Lächeln. – Oder lieber, komm doch wieder in meine
Nähe, wie früher.

Ich weiß mich wohl zu hüten, sagte Sigûne mit Bestimmtheit. –
Meinetwegen seid unbesorgt. – Und sie hatte den Satz auf seinem
ersten Wort derart betont, daß sich Frau Herzeloydens Überraschung in Bestürzung verwandelte, Mißtrauen und Rührung, alles in
Einem Gesicht.

Sigûne hatte Zeit nachzudenken. Es waren stille Tage, die Stimme in
ihrem Verlies war verstummt, und das Gemäuer von Kanvoleis brütete in der Schwere des Sommers. Fast schien es, als rühre sich kein
Leben mehr darin. Wo war Schiônatulander?

Sie wußte es nicht und war entschlossen, ihr Nichtwissen zu ertragen und keinesfalls Sehnsucht zu nennen.

Hatte die Tante gewußt, was sie sagte, als sie Qui-qui zu »reiten«
befahl? Sie dachte an seinen Auszug und Abgang – wohin sonst, als
ins Elend; und mit wem sonst als mit seinem Herrn? Also Dem, der
auch Frau Herzeloydens Herr geworden war, freilich ohne die Herrschaft anzutreten in aller Form. Sie hatte der Nichte im Zorn etwas
gesagt, was sie ihrer eigenen Seele auch in tiefster Trauer nicht gestanden hätte: daß sie Gahmuret wegschicken mußte, wenn er nicht
aus freien Stücken ritt. Wenn sie ihn liebte, mußte er gehen.

Sigûne aber gedachte ihrer Herkunft würdig zu werden: Die Er-
zählung ihrer Liebe sollte vollkommener werden, reiner als die Liebe
selbst. Daran gebrach es noch ein wenig, doch jetzt gedachte ihr
Sigûne nachzuhelfen. Da sie ewig war, hatte man Zeit. Sie würde
Vollkommenheit lernen müssen, ihre Liebe, und sich zur höchsten
Erzählung entwickeln, höher als alles, was in den Büchern stand.

Ja, Sigûne wollte sich selbst in Erzählung verwandeln, und zwar in
eine, die blieb, während alles übrige schwankte und schwand. Und

wie leicht schwand alles dahin, die Sinne, das Glück und das Leben. Ihre Erzählung würde schwerer sein müssen als das Schwindende, damit sie auf seinen Grund sank und das furchtbare und bewegliche Meer überstand.

Eines frühen Morgens kam Fräulein Sigûne von einem Gang durch den noch grauen Burggarten zurück. Sie hatte eine fast schlaflose Nacht hinter sich. Ihre Geschichte bereitete ihr Leid und wurde immer schöner dabei. Sie hatte die Plätze aufgesucht, an denen sie glücklich gewesen war, um zu spüren, wie verlassen sie jetzt waren, die Geißblattlaube, der Rosenhag, der Wildgraswinkel, für immer verlassen, um aufgehoben zu werden in ihrer Geschichte. Gurzgrî! Da saß er vor der Tür. Aber wie saß er denn da? Etwas war nicht richtig mit ihm.

Sie hob ihn auf, fühlte sein Gefieder an ihrer Wange, doch er begann weder zu singen noch drückte er seinen Kopf daran. Er war schwer, wie es Frau Herzeloyde gewesen war, als sie sich beim Spaziergang hatte stützen lassen.

Sie setzte ihn auf ihr Bett, und er begann sich zu lecken. Er hob den einen Hinterlauf und leckte sich fast verzweifelt. Einmal hob er auch den Blick, um sie verstört anzusehen, dann beugte er sich wieder über sein Hinterteil, mit Heftigkeit und Hingabe. Hier starrte ein wüster Fleck, eine unverheilte Wunde, und er fuhr fort, sie zu lecken, bis sie blutete. Da hob er den Kopf abermals und blickte sie herzzerreißend an. Was hatte man ihm getan?

Er hätte sonst keine Ruhe gegeben, sagte Frau Herzeloyde. Ich konnte dieses Wesen nicht mehr haben!

Sie redete herb und wegwerfend, doch ihre Augen starrten kaum weniger verstört als diejenigen Gurzgrîs. Aber ihre Verstörung war nicht rein wie seine. Sie war fahrig und unsicher. Frau Herzeloyde verriet Empörung über sich selbst: das half dem armen Gurzgrî nun auch nichts mehr. – Was hatte er ihr getan? Was hatte sie *ihm* getan?

Kurzum, Gurzgrî hatte sich wieder mit Maui beschäftigt, und, wie selbst die Tante wissen mußte, nicht ohne Mauis Einverständnis. Das war milde ausgedrückt. Die Grâlskatze hatte sich dem Kampfkater angeboten auf Schritt und Tritt. Sie hatte sich hingelegt und gefiept und gewêbert, laut und leise und immer gedehnter, in allen Tönen. Gurzgrî war unaufhörlich eingeladen worden und hatte sich schließlich nicht mehr bitten lassen können. Er hatte Maui betreten und war von ihr gar nicht mehr zu trennen gewesen, denn sie ließ ihn nicht weg. Wohin er sich auch wandte, überall trat sie ihm entgegen, bettete sich flach und ließ den Schweif zucken. In der Küche hatte sie das getan und in der Kemenate, im Söller und vor aller Augen, leider auch vor denen ihrer Herrin. Diese hatte das eine Weile mitangesehn, dann war es genug. Sie hatte Gurzgrî, der in ihrem Arm zu schnurren begann, gepackt und den Vertrauensseligen zum Burggrafen getragen. Der Burggraf hatte ihn »geschnitten«. Er hatte es ja nicht anders gewollt!

Er wird nun ganz einfach zu halten sein, sagte die Tante, du wirst schon sehen. Und jetzt geh zu deinen Rosen!

Er würde in ein paar Tagen wieder hüpfen? Das tat er nicht. Er fraß nicht mehr. Seine Kehle war verstummt. Er wurde unter dem gesträubten Gefieder leicht wie ein Vogel. Kaum daß er sich noch anfassen ließ.

Eines Morgens lag er tot auf Sigûnes Schwelle. Er war im Burghof herumgeschlichen, als die Pferde gerüstet wurden. Ein Huf hatte ihn getroffen.

Das war Gurzgrî.

BEIM TEA

WIE DER ZAUBERER KLINSCHOR

EINER FRAU IN NOT

SEINE NOT MIT DEN FRAUEN BEKENNT

Herzeloyde ließ einen falschen Pfaffen kommen, von dem es hieß, er reite so schnell wie ein Weibergedanke. Sie dachte ihn herbei mit aller Heftigkeit ihrer Seele. Aber er war erst am nächsten Morgen zur Stelle, zufällig, wie er dem Wächter sagte, weil sein Maultier der Rast bedürfe, und um mit der Burgfrau eine Tasse *Tea* zu trinken.

Eine Tasse – was? fragte der diensthabende Wächter. –

Laß nur, sagte der Pfaffe, das kennst du noch nicht. Bitte mich deiner Herrschaft zu melden: Klinschor.

Sie saß im Söller, als er eintrat. Sie hatte ihn schon gerochen. Klinschor roch durchdringend nach Nichts; und als sie sich nach ihm umwandte, war da auch fast nichts zu sehen, so gut wie niemand. Ein kleiner Mann mit Glubschaugen, an dem ein weißer Bart herabwuchs, strähnig, grau wie ein ungewaschenes Vlies. Dahinter verbarg er den Mund, fast auch den Leib. Man konnte keiner seiner Bewegungen kommen sehen. Er war bald da, bald dort, und doch konnte man nicht sagen, er fahre hierhin und dorthin. Auf dem Kopf trug er ein gestricktes rundes Mützchen, an jedem Finger seiner Hand einen schweren goldenen Ring, und in jeden war eine farbige Glasperle eingelassen. Klinschor stak bis über die Füße in einem blau und weiß gestreiften Matratzenstoff. An einem seiner dünnen Handgelenke – die Fingernägel spreizten sich wie Vogelkrallen unter den Ringen – hing ein schwarzer Lederbeutel. Er hielt sich nicht mit Komplimenten auf.

Es ist rar, sprach Klinschor, daß ich von Euch begrüßt werde. Wie steht's um das hohe Steinchen? Oder war's doch eher ein Kelch? Ja, wer so ein Tischlein-deck-dich hätte, und den tiefen Sinn gleich dazu! – Siecht er noch, der verehrte Herr Bruder?

Siecht er? fragte Herzeloyde erschrocken. – Wer sagt das?

Niemand, sagte der Zwerg, niemand, hohe Frau, pardon. Kann ja sein, er siecht noch nicht. Freut sich noch immer seines Lebens, wie? Ein großer Minner vor dem Herrn, Euer lieber Bruder Anfortas. Soll sich vor dem roten Schlänglein hüten, richtet's ihm aus. Bildlich gesprochen. Die Schlange ist natürlich ein Frauenzimmer, er sieht ja nichts anderes, der Herr Paradiesvogel. Wird sie schon kennenlernen. Wird sie gleich erkennen wollen, wenn er sie sieht, aber leider weder sehen noch hören. Richtet ihm also lieber gar nichts aus. Hilft ja doch nichts, die Herrschaften lassen sich nicht hindern. Prophezeien ist ganz einfach: das Dümmste trifft immer ein, das Elend kommt bestimmt. Und der andere Herr Bruder? Steht er ihm gut, der härene Sack?

Trevrizent? fragte Herzeloyde. – Aber der ist ja noch ein Kind – jedenfalls war er's vor manchem Jahr. Wollte das Kreuz erst im Frühjahr nehmen –

Das Kreuz nehmen, höhnte der Zwerg, gelblich wie Elfenbein und noch blasser als sein Bart. – Jaja, das Kreuz wird ihn schon kriegen. Noch ein Kind war er vor manchem Jahr? Desto schlimmer für ihn. Wird schon älter geworden sein, wenn er Pech hatte. Da seht Ihr, wie leicht das Prophezeien ist. Zaubern ist keine Kunst, man muß nur wissen wollen, was man weiß. Trevrizent. Wollte das Kreuz nehmen, sich das Heilige Grab verdienen. Hoffentlich hat's ihn wieder ausgespuckt. Kommt also auch später im Text, der härene Sack, und läuft doch alles auf eins hinaus. – Wozu nehmen die Herrschaften das Kreuz? Haben doch was Feineres, ein Grâlswunder für Sonn- und Werktage, das nährt doch viel kräftiger als der Leib des Herrn!

Ihr lästert, sagte Herzeloyde.

Gewiß, gewiß, sagte der gelbe Zwerg, was denn sonst. Etwas muß unsereins vom Leben auch haben. Wenn man schon auf den hohen Minnedienst verzichten muß, nur weil einem Esel von Eheherrn das Ding zuviel war, das man zwischen den Beinen trug. Und ein bißchen flotter schwenkte als er.

Klinschor, sagte Herzeloyde, wie macht Ihr's, daß die Frauen Euch immer noch suchen?

Fragt Euch doch selbst, sagte der Zwerg und zog den Bart so schief, daß sie seine starken gelben Zähne sah. – Ich mache nichts. Nichts zu machen, Gnädigste, das ist jetzt meine ganze Hexerei. Die Herren Ritter tun zu viel, die nimmermüden Grobschmiede. Zappeln immerfort. Rennen ihren Damen das Türlein ein und wissen sich dann im Geschäft nur wie Nashörner und Nilpferde zu benehmen. Schlechte Arbeit, Gnädigste, das ermüdet die gefälligste Dame. Eines Tages sucht sie weiter. Sie sucht das Menschliche, und dann hat sie mich schon gefunden.

Ein Witz, aber wahr: wenn sie weiter sehen mit ihrem verlorenen Blick, fallen sie auf mich. Ein Stündchen in meiner Gesellschaft scheint Wunder zu wirken. Ich verspreche nämlich keines – man wird ja schon was bei Euch ewig Angeführten, wenn man kein Wunder verspricht.

Wie ich's mache? Ich unterlasse. Ich lasse die Damen zu sich selber kommen und leihe ihnen mein bißchen Phantasie dazu. Es braucht fast nichts. Sind sie von mir hingerissen, so folgen sie mir willenlos. Willenlos? Das könnte den verlassenen Herren Rittern so passen. Mit offenen Augen folgen sie mir, die Damen, aus etwas wie Wahrheitsliebe – und ich bin's doch gar nicht, der Weg, die Wahrheit und das Leben, weit entfernt! – Und folgen mir doch, als wär ich der Junge am Kreuz. Kommt her zu mir, die ihr genug davon habt, mühselig und beladen zu sein! Ich werde euch nicht erquicken! Ich bin nicht für euch da! Könnt also ebensogut zu euch selbst kommen wie zu mir!

Hilft nichts, hohe Frau – inzwischen häufen sie sich in meinem Schloß und lassen verlauten, sie wollten erlöst sein. Aber wehe einem Jeden, der sich einfallen läßt, sie zu erlösen! Eines Tages wird einer kommen, das ist ganz unvermeidlich. Ich kann ihn schon kommen sehen. Etwas von Mann wird schon an ihm dran sein müssen, mächtig viel, und fast nichts. Ein Erlöser, mit einem Wort. Nur, diesem Titel muß er abgeschworen haben. Der wär ihm sehr hinderlich, würde alles vereiteln. Die *Sache* muß es tun. Aber da Er die Sache ist ... fällt für seine Eitelkeit immer noch genug ab. Ich könnte ihn beneiden.

Unterdessen halte ich die Damen fest, nicht wahr? Umstelle sie mit meinem bösen Zauber, so daß sie sich nicht mehr rühren können –? Irrtum, Verehrte, Geliebte. Ich bin ja hier bei Euch, Ihr habt nur an mich zu denken brauchen – so etwas rührt mich immer noch. Da rührt sich was, sogar wenn die Dame gar nichts von mir wissen will, nur wissen will, was sie schon weiß. Da sattle ich mein geflügeltes Maultier. Da lasse ich meine ganze Ausbeute unerlöster Damen stehen und liegen. *À la hop* steh ich da und bin zu Diensten.

Ja, da seht Ihr, wie gut ich die Damen bewache. Ich habe ihnen einen Apparat hingestellt, damit sie sich ordentlich bewacht fühlen, eine spiegelnde Säule, in der sie alles sehen können, was da kommt, nah oder fern. – Ein lustiges Spielzeug, die Spiegelsäule! Aber wie soll der Wahrheit dienen, was nicht einmal zur Überwachung taugt?

Die Damen sehen bloß ihre eigene Phantasie. Ich kontrolliere sie nicht, die Bewegungen meiner Opfer. Meinetwegen brauchen sie sich durchaus keinen Zwang anzutun. Ich hüte sie nicht. Ich begehre das Unmögliche nicht mehr. Muß nicht mehr geliebt sein, nicht mal gefürchtet. Bin keine Ehefrauenbewahranstalt. Wären sie doch erlöst, wenn ich wiederkomme! Aber, sie werden noch eine lange Weile damit beschäftigt sein, sich selbst zu entdecken. Soll ja eine Lust sein. Den Damen gerät alles zur Lust. Das können wir bösen Zauberer von uns nicht behaupten.

Ich könnte Euch stundenlang zuhören, sagte Herzeloyde.

Pardon, sagte der Gelbliche. – Ich war taktlos. Ich spreche ja mit einer Dame, der etwas fehlt zu ihrer Lust. Also, nur heraus damit.

Ihr wißt ja schon alles, sagte sie ruhig.

Natürlich, sagte er, das heißt: ungefähr. Ich will Euch nicht zu nahe treten, aber die Zahl der Fälle, in denen sich Euresgleichen befindet, ist begrenzt, und sie gleichen sich, auch die scheinbar entgegengesetzten. Sprecht Euch aus. Die Einzelheiten verblassen ja mit den Jahren, und wer weiß nicht, daß grade dort der Teufel steckt – natürlich der liebe Gott auch. Stecken ja immer unter einer Decke miteinander, wovon soll der Ofen sonst rauchen. Der Eine heizt ein, und der Andre gibt warm. Laßt nur hören aus alter Zeit, spart Eure zarten Wörtlein nicht. Stellt Euch vor, Ihr macht mir eine Freude damit. Was hätte ich sonst?

Und Herzeloyde erzählte stockend, nicht aus Scham, nur aus Verzweiflung am Erzählbaren, von der Seltsamkeit ihres Glücks. Sie könne nicht froh werden an diesem Überfluß an Einsamkeit inmitten der Freude. Es laufe auf eine Folter hinaus. Es komme ihr vor, als müsse sie die Männlichkeit ihres Mannes zu ihrer Züchtigung verwenden. Sie finde keine Lust mehr daran, ohne sie zu büßen. Nicht die Qual der Lust sei es, die sie am bittersten kränke. Es sei der Gleichmut des Mannes gegen ihre Lust. Seine Dienstbarkeit sei stumm. Und wenn sie ihn in Stücke risse: er gäbe ihr keinen Laut. Sie müsse ihn verletzen, um zu spüren, daß er noch da sei; er selbst, und nicht nur der Teil, den er ihr stehenlasse, als wär's gar kein Stück von ihm. Und wenn sie frage, höre sie nur etwas wie: Seid Ihr wohl? Was beliebt Euch denn?

Klinschor verzog keine Miene in seinem Bart.

Ihr konntet allerhand von ihm haben, sagte er, sogar Euer Glück. Aber *sein* Glück sollt Ihr nicht bekommen, und das habt Ihr gewußt. Weil er kein Glück zu geben hat.

Es muß ein Schaden vom Krieg sein, hörte sie sich sagen. – Er mußte ja weg von Hause, viel zu jung. Die schönsten Jahre hat er im Sattel versessen. Wenn Ihr ihn anseht ... sind das die Züge eines Mannes von dreißig Jahren? Er hat in den Sümpfen des Euphrat gekämpft, in der Wüste von Zazamanc. Ja, hörte sie sich sagen, die Töchter der Wüste, die zehrten wohl auch an ihm. Oder die Töchter des Paradieses, was weiß ich. Die Gegend soll üppig sein. Die Lüfte voller Gift. Es soll Schlangen geben und mephitische Dämpfe. Das gelbe Fieber. Die glühenden Tage und eisigen Nächte. Wie sollte ihm das falsche Leben nicht zugesetzt haben ... und seiner Manneskraft auch –

Hat sie gelitten? fragte der Kleine. – *Jetzt* leidet sie, mit Verlaub. Er hat ein Problem, sagte Herzeloyde.

Ihr, sagte Klinschor.

Wie meint Ihr?

Ihr habt ein Problem, sagte Klinschor, wenn wir uns schon dieser abgeschmackten Phrase bedienen müssen. Er ist stehen geblieben, nun wohl. Aber ein Problem? Hat er nicht. Zu viel des Guten pflegt man eher für einen Vorzug der Männer zu halten.

Ich möchte ihn klein! sagte Herzeloyde mit weit offenen Augen. – Und erzählte ihren Halbtraum von der durchscheinenden Kindsfrucht, mit dem großen geknickten Schädel, an den sie nicht zu rühren wagte.

Schön, sagte Klinschor, oder auch nicht. Oben ist der Herr also ein Kindskopf. Unten bleibt er ein Mann, da ist er nicht kleinzukriegen. Das Problem ist, er liebt Euch weder zu wenig noch zu viel. Er liebt Euch gar nicht. Das habt Ihr von Anfang an gewußt. Männlichkeit hat mit Liebe nicht das geringste zu tun, leider.

Er ist hierher gekommen, sagte sie leise, er hat den Helm aufgesetzt, und wußte, wozu. Er hat gekämpft, er wußte, warum. Er hat um mich gekämpft.

Na, antwortete der Gelbliche, sagen wir, er ist anderswo ausgerissen, und wer irgendwo ausreißt, kommt irgendwo an. Daraus folgt nichts. Er hat gekämpft, *so what*? Wenn Männer, die Ritter spielen wollen, auf Gleichgesinnte stoßen, stoßen sie eben zu. Da fällt ihnen nur noch Kampf ein, das ist alles. Wenn ich in der Zaubersäule recht gesehen habe, mußte er zum Kampf gezerrt werden. Es war nicht ganz richtig damit, nicht wahr? Man mußte ihn geradezu bitten, »richtig zu kämpfen«. Im Namen der *fairnesse*! Auch so ein Männerwitz! Kämpfen – und »Fairness«! Widersprüche, um die sie sich lieber nicht kümmern. Sie haben ja Glorreicheres im Kopf. Ich nenne es lieber Kuddelmuddel. Und die Schläge, die sie auf ihre Schädel kriegen, tragen zur Erleuchtung nicht sonderlich bei. Der Kindskopf ließ sich einreden, daß er ein Mann sein müsse, einmal auf dem Turnierplatz, ein andermal in Eurem Hochzeitsbett. Nein, das heißt nicht viel.

Ja, sagte er, ich sage Euch nur, was Ihr schon wißt, und Ihr starrt mich an, als sei ich ein Gespenst. Wenn Blicke versteinern könnten! Ich hätte nichts dagegen, mir wäre auch geholfen. Seine Manneskraft leistet euch Widerstand. Das soll ja ein Vergnügen sein, vorübergehend. Als Dauerzustand ist es eher abstrus. Aber er kann Euch nun einmal nicht leiden, das ist die Wahrheit.

Er soll glücklich werden! sagte Herzeloyde tonlos.

Ach! sagte Klinschor. – Dafür braucht Ihr mich nicht, für Erlösung bin ich nicht zuständig. Dafür haben wir Schastelmarveile. Da wird auf Erlösung gewartet, da mögen Erlöser ihre Geschäfte machen. Ich bin kein Liebhaber mehr. Das heißt, ich liebe die Wahrheit, gewissermaßen. Denn sie ist ja nicht sonderlich charmant. Sie hat kein minnigliches Frätzchen. Manchmal hat sie nicht einmal ein Gesicht. Zu Euch kommt sie in Gestalt eines Vergnügens, auf den ersten Blick. Die Täuschung ist hart. Da sie Euch weh tut, wollt Ihr sie nicht verstehen. Ihr zieht es vor, das Mannsbild verstehen zu wollen. Verlorene Liebesmüh! Herr Gahmuret ist von seiner Wahrheit nicht zu trennen.

Er ist beschädigt! rief Herzeloyde.

Geschenkt, sagte Klinschor. – Sein Glück ist krank. Er ist ein Mann.

Soll er sie doch lieben! schrie sie, mag er doch fort und fort hangen an seinem schwarzen Stück Weib! Mag er sich doch vorstellen und fühlen, was er will. Wenn er nur –

Wenn er nur – was? sagte Klinschor.

Wenn er nur *kommt*! sagte sie wieder leise. – Wenn er nur Ein Mal kommt, in meinen Schoß. Und das kann er nicht.

Wenn Ihr damit sagen wollt, erwiderte Klinschor gleichmütig, daß er nicht zeugen kann, so täuscht Ihr Euch. Wenn er liebt, ist er ein Mann wie ein anderer. Er *hat* gezeugt. Er hat einen Sohn.

Er hat einen Sohn? fragte Herzeloyde fassungslos. – Aber wo? Wie?

Wo, ist doch wohl keine Frage, sagte Klinschor. – Im Mohrenland

natürlich. Weiß er's überhaupt? Wenn's Euch tröstet: es würde auch
nichts ändern, wenn er es wüßte. Euer Anschewîn ist nicht kinderlieb. Das Söhnchen würde ihn nicht halten. Ist übrigens ein Wunder
von einem Kind. Hat schwarze und weiße Flecken. Die Mutterliebe
stört das nicht. Sie kann sich an dem Büblein nicht sattsehn, wiegt
und herzt es und begießt es mit ihren Tränen. In jener Gegend
herrscht kein Mangel an Säften. Das Kind heißt Feirefîz, wird wachsen und gedeihen, auch ohne einen Herrn Vater und ohne kristliche
Taufe.

Herzeloyde schwieg. Dann sagte sie: Wenn er diese Frau liebt –
warum hat er sie verlassen?

Warum, warum? murrte Klinschor, so etwas müßt Ihr nicht mich
fragen, sondern einen ganzen Mann.

Weil sie heidnisch ist! sagte Herzeloyde.

Dummes Zeug, sagte Klinschor. – Oder haltet Ihr für Kristentum,
was Euch ins Bett treibt? Weil sie heidnisch ist! *Nonsense.* Weil er
sein Glück zu finden begann. Und weil ihn in einer schwarzen Nacht
die nackte Angst packte vor seinem Glück. So, oder so ähnlich. Ich
glaube, die Herren Ritter nennen das: sich verliegen. – Seid doch ein
wenig klug, Frau. Sein Glück mag er ja bei Euch nicht finden. Dafür
verliegt er sich ganz ordentlich. Nehmt doch das Halbe für das
Ganze. Was wollt Ihr denn noch, im Namen der sogenannten Dreifaltigkeit?

Sein Kind, sagte Herzeloyde.

Der Zwerg starrte sie mit seinen Glubschaugen an.

Das klingt wie Wahrheit, sagte er. – Ihr wollt gar nicht ihn. Ihr
wollt ein Kind. Soll ein Sohn sein, wie? Einer wie er, nur noch
schöner? Leicht zu pflegen, und ganz für Euch? Wißt Ihr, was Ihr da
wollt?

Ja, sagte sie.

Ja und nein, erwiderte er. – Aber nehmen wir Ja. Ihr wollt also
Frucht tragen, pardon, daß ich mich nicht höfischer ausdrücke. Ihr
seid Euch hoffentlich über die Folgen klar. Ein Kind, geschenkt. Das
ist die eine Folge. Kennt Ihr die andere?

Ich werde Gahmuret verlieren, sagte sie.

Sowieso, sagte er. – Jetzt reden wir wie erwachsene Leute. Das
erste Mal, wo Ihr kriegt, was Ihr wollt, wird auch das letzte Mal sein.
Dann habt Ihr ihn gesehen. Genügt Euch das?

Ich weiß nicht, sagte sie, aber ich gäbe alles dafür.

Ouwê, sagte Klinschor. – Ich höre schon die Heldenmutter aus
Euch reden. Alles für ein Kind, ouwê. Wie soll ein Kind das aushalten? Soll am Ende auch ein Ritter werden?

Nein, sagte sie, niemals.

Soll also Euer Kind bleiben, sagte Klinschor.

Die Andre hat auch eins, sagte Herzeloyde.

Eben! rief der Zwerg. – Und da fällt Euch nichts Besseres ein?
Grâlstochter! Ich hätte Euch für klüger gehalten. Und für humaner.
Ein Held in Eurem Arm, reicht Euch das noch nicht?

Er wird ein Held nicht werden, sagte sie, da bin ich davor. Bei
meinem Leben.

Er wird ein Held nicht werden, äffte Klinschor sie nach. Und
wollt jetzt schon wissen, daß es ein Junge wird. Also ein Mann, also
ein Ritter, also der Größte. Also ein Held. Und da wollt Ihr davor
sein? – Frau Herzeleid! Wißt Ihr, was Euch gelingt? Ihr werdet ihn
nicht daran hindern, ein Held zu werden. Aber so viel werdet Ihr
schaffen, daß er ein elender Held wird, ein miserabler, ein gebeutel-
ter und gebrochener, einer, der den Ehrgeiz seiner Mutter verfluchen
wird, und sie damit, und sich am meisten!

Ihr vergeßt Euch, sagte Herzeloyde plötzlich kalt. – Ihr vergeßt,
wo Ihr seid und wer ich bin.

Schön wär's, sagte er, wenn ich mich vergäße. Ein Wunder wär's.
Ich gäbe nochmals einen Finger drum. Ich weiß, wer Ihr seid. Das
Grâlswunder, die Krone des Lebens. Die wollt Ihr Eurem Söhnchen
aufsetzen, die höchste der Narrenkappen, um von ihren Dornen zu
schweigen. Habt ihn noch gar nicht und bestimmt ihn schon zum
Halbgott. Und wollt ihn zugleich in Eurem Schoß behalten. Wollt
ihn zum Grâl geleiten, nur ja nicht zur Welt bringen.

Was ich sage: miserabel wollt Ihr ihn machen, und Euch dazu.
Dafür soll der alte Klinschor Hand bieten. Dafür soll er Euch grade
recht kommen. Fraue, Frau! Wenn Ihr durchaus ein Kind haben
müßt: laßt es ein Mädchen werden! Denn Jungen dürfen nicht Kinder sein und bleiben es darum zeitlebens – *unfit for life*, Fraue, zum
Dasein nicht geeignet. Noch besser, erfreut Euch an dem Zwirbel in
Eurem Schoß, so gut Ihr könnt, so lang Ihr dürft. Daraus muß doch
weiter gar nichts werden. Laßt Euch die Lust nur nicht zu sauer
ankommen. Erfindet Euch nicht überflüssige Not dazu. Nennt es
ein Glück, einen Mann zu haben, der Euch Grâlsweib die Stange
halten kann, pardon. Man sitzt vor dem ägyptischen Fleischtopf,

und was geruht man darin zu finden? Ein Haar! Eßt Euch doch
einmal satt, Frau Herzeloyde, tut Euch gütlich, nach all den Jahren
strikter Grâlskost! Seid's doch zufrieden, und verlangt nicht Zufriedenheit von Eurem Springer, wenn er es auch ohne tut! Schlagt Euch
die Fortsetzung des Menschengeschlechts aus dem Kopf! Der Spaß
ist kurz genug! Muß denn immer gleich geboren sein? Glaubt mir,
lieber heute als morgen würfe ich meinen Zauberstab ins tiefste
Meer, wenn mir noch einmal einer zwischen den Beinen wüchse!
Seht mich doch an und dankt dem Himmel, daß Ihr nicht sein müßt,
was ich bin!

Er sah schon, daß es nicht half.

Gut, sagte er müde, dann fragt nicht mich um Rat. Fragt Eure
Katze. Die braucht zum Balgen auch keine Festbeleuchtung. Die
Augen Eures Herrn sehen zu viel, da hat auch der Teufel den Spaß
gesehen. Ihr seid zu nackt, Fraue, kleidet Euch in Finsternis. Laßt es
dunkel sein wie in einer Kuh, dann sind alle Kühe gleich, und Ihr
werdet heimgesucht, wie Ihr begehrt.

Das heißt – sagte Herzeloyde.

Genau das heißt es, sagte er. – Wenn er Euch nicht mehr sehen
muß, darf er Euch verwechseln. Er wird sich in Euch verlieren, dann
habt Ihr ihn verloren. Aber dann wird er gezeugt haben, jawohl.
Futurum exactum! Wie soll es denn heißen, das Kind?

Parzivâl, sagte Herzeloyde.

Mitten durch, sagte Klinschor. – Vergeßt es. Durch das Tal. So
öffnet es ihm in Gottes Namen, Euer saftiges Tal des Todes. *Iemer
mêre ouwê.* In Teufels Namen, macht auf die Tür, die Tore weit.
Ouwê.

Setzt Euch nun doch, sagte Herzeloyde blaß, aber höflich.

Ja, sagte Klinschor, ich habe auch etwas für Euch. Etwas Reelles.

Der Zauberer hatte in seinem Beutel am Handgelenk ein schwarzes
dürres Kraut mitgebracht, das man durch einen Aufguß in ein wür-
ziges Getränk verwandeln konnte. Er bereitete am Kaminfeuer hei-
ßes Wasser und füllte zwei Schälchen damit. Damit setzten sie sich in
den Söller.

Das Feld unter ihnen war weit und wieder grün. Der Graswuchs
hatte die letzte Spur des Turniers verwischt. Der Dunst, der den
Vordergrund von der Ferne trennte, war nahezu durchsichtig in der
Mittagswärme; ganz würde er sich auch im Hochsommer nicht lüf-

ten. Zwischen Nähe und Ferne gab es immer einen verschwiegenen
Bereich; eine Zone, in der Weggehende verschwanden, aus der An-
kommende auftauchten, ebenso unerwartet. Nur eine Strecke weit
sah man sie kommen oder gehen. So bewahrte die Gegend ihr Geheimnis.

Das nennt sich *Tea*, sagte Klinschor, und kommt von weit her.
Fast so weit wie die Insel, wo der Pfeffer wächst. Ist gut gegen
Magendruck und das Grimmen der Seele. Hilft aber nur, wenn man
leichte Worte dazu wechselt. Kein schweres Geschäft mehr, Frau
Herzeloyde. Laßt uns zusammen *Tea* trinken, bevor wir uns tren-
nen, ich fürchte, für länger.

Wie steht es auf Schastelmarveile? fragte Herzeloyde.

Es steht nicht, Gnädigste, sagte der Zwerg, es hat sich ausgestanden. Die Damen liegen. Sie räkeln sich und berichten einander, wie
ruchlos ich sie entführt habe. Am Ende glauben sie's selbst. Sie sind
sich einig, daß sie nicht der erste Beste erlösen kann. Sie gönnen dem
armen Schelm, dem so etwas einfallen sollte, eine rechte Strapaze. Sie
wollen sich teuer verkaufen und messen den Preis an ihrem Wert –
und wenn Ihr hört, was mein armes Zauberschloß zu bieten hat, muß
jedem Mann sein erlösendes Lachen vergehen. Die Mutter des Königs Artûs soll ich geraubt haben, – seht mich an, Frau Herzeloyde!
Aber damit nicht genug: seine Schwester auch. Und deren zwei unschuldige Töchterlein. Davon können sich die Damen nicht erholen.
Doch ich schwöre Euch, sie wissen sich eine gute Zeit zu machen.
Herr Artûs ist die Frauen leid, wer weiß es nicht – und da sie ihm
gestohlen bleiben können, soll *ich* sie gestohlen haben. Mit Gewalt!
Denn davon redet er unaufhörlich, mein Haufen vergewaltigter Damen. Und nun sitzen oder liegen sie tagaus, tagein vor meiner Wundersäule und spähen nach dem Ritter aus, der da kommen soll, um
etwas zu erleben.

Bei Strafe seines Lebens! Er wird Mores lernen. Die Gegengewalt
meiner Damen ist sehr prononciert. Es geht, um deutsch zu reden,
barbarisch zu. Die Ritter, die das Unmögliche wagen, werden kleingekriegt, radikal, in einer als Bett getarnten Höllenmaschine. Es
bleibt nur die nackte Haut von ihnen übrig. Aller ritterliche Dampf
ist abgelassen. Und auf diesen Bälgen kuscheln sich die Damen wieder vor dem Zauberspiegel und erwarten den nächsten Ritter. Kein
Wunder, daß nur die allerdümmsten den Weg nach Schastelmarveile
finden. Und gerade die sind nie die richtigen und kriegen es einge-

tränkt, bis ihnen das bißchen Geist ausgeht, das sie haben. Als Fuß-
wärmer leisten sie dann noch ihre Dienste. –

Ihr redet, wie Ihr's versteht, sagte Herzeloyde.

Ja, Gnädigste, sagte der gelbe Zwerg, ich verstehe nichts mehr.
Die Widersprüche, von denen die Damen bedient werden wollen,
gehen über die Hutschnur eines armen Zauberers. Wollen sie Gewalt? Das wäre das Allerletzte. Zartsinn und Feingefühl? Dafür haben sie nur Verachtung übrig. Darin wittern sie die infamste Form
von Gewalt, die verkleidete. – Also am besten gar keine Männer?
Aber dann würde wohl doch etwas fehlen zur guten Unterhaltung.
Schastelmarveile lebt davon, daß sich die Ritter zeigen, die man nicht
mehr sehen mag. Man will sie dann doch sehen. Man will sie zappeln
sehen in diesem verfluchten Bett. Man kann es ganz gut und ganz
schön lange, nämlich bis zum Gehtnichtmehr der armen entwaffne-
ten Teufel. Ich – ich kann es nicht mitansehn. Ich Frauenschinder
ziehe aus und lasse Schastelmarveile sich selbst hüten.

Wie müßte er denn aussehn, der Erlöser? Er müßte ein Ungeheuer
an Feinsinn sein und ein Reh an Angriffigkeit. Er müßte dem schärfsten Abenteuer den Geschmack vollkommener Geborgenheit geben.
Er müßte jedem Unfug gewachsen sein und dürfte keinen üben –

Ja, sagte Herzeloyde. – Er müßte sein wie einer, den man liebt.

Klinschor sah sie an, und seine Glubschaugen trübten sich. –
Schön, sagte er. – Dann seid Ihr ja bedient. Verzeiht, daß ich nicht
gleich darauf gekommen bin. Die Logik eines Verschnittenen wird
arm. Ich habe vergessen, daß die Liebe Angst haben will um das
Geliebte. Ich will nicht mehr fassen, daß sie im Bunde ist mit ihrem
Unglück.

Ihr tut Eurem Getränk unrecht, sagte Herzeloyde, wenn Ihr es
mit ernsten Dingen vermischt und den Magen damit beschwert. Erzählt mir mehr von Schastelmarveile. Es soll ja sehr abgelegen sein?
so daß es sich nur von Begnadeten finden läßt, die ihren Pferden die
Zügel schießen lassen?

Begnadete *my foot*! sagte Klinschor. – Ihr verwechselt das mit
Eurer Grâlsburg, fügte er mit häßlichem Lächeln hinzu. – Nein,
Schastelmarveile ist nicht Munsalvaesche. Mit Zügelschießen ist da
gar nichts gewonnen. Es drängt sich auch nicht auf. Schastelmarveile
ist überaus zugänglich. Schastelmarveile liegt an der Straße, um nicht
zu sagen: *auf* der Straße. Außerdem leuchtet es, und zwar bei jeder
Witterung, und am meisten in der Nacht. Denn unsere Zaubersäule
ist auch als Festbeleuchtung zu verwenden.

Verehrte, es bereitet den Rittern geradezu Mühe, Schastelmarveile zu vermeiden. Sie müssen abenteuerliche Bögen dafür reiten, und die Klügeren lassen sich's auch nicht verdrießen. Nehmt den alten Utepandragûn – so alt, wie er sich gibt, ist er gar nicht, nur alt genug, um sich am Hofe der Jugendnarren nicht mehr zeigen zu dürfen. Aber nun hat er ja sein Abenteuer! Er sucht seine Frau, Arnîve, die ich geraubt haben soll, mit Gewalt. Tränenreich trabt er von einem Ort zum andern, um nach Schastelmarveile zu fragen, das ihm die ganze Zeit vor Augen liegt, um nicht zu sagen: auf der flachen Hand. Die hohen Jahre – an die fünfzig – entschuldigen seine Schwerhörigkeit. Will er seine Königin Arnîve zurück? Etwa so heftig, wie sie ihn. Seine Arnîve befindet sich auf Schastelmarveile so behaglich, daß er sein blaues Wunder erleben würde, fiele es ihm ein, ihr nahezukommen. Aber er sorgt schon dafür, daß es ihm nicht gelingt. Das blaue Wunder würde seine Abenteuerlust weit überfordern –

Ach, Frau Herzeloyde: Wann hat der Mensch ausgelernt? Noch immer traue ich meinen Ohren nicht, wenn ich die Mutter des Königs Artûs, Blüte und Inbegriff der Ritterschaft, über diese Ritterschaft lachen höre! Auf Schastelmarveile sind auch die Mütter nicht mehr, was sie waren. Würdet Ihr glauben, daß schon vor der Spiegelsäule Wetten abgeschlossen werden, wie lange der Erlöser, der grade erst am Horizont erscheint, auf dem Teufelsbett vorhalten wird?

Auch wenn ich hartnäckig als der Schöpfer von Schastelmarveile gelte – ich habe damit nichts mehr zu tun, Verehrte. Ich leiste ab und zu einen kleinen Reparaturdienst an der Bildsäule. Ich darf mich überhaupt nur noch zeigen, weil ich kein Mann mehr bin – fast hätten sie es hochnotpeinlich geprüft. Sie halten sich im Schloß auch ein paar Männer und erkühnen sich, sie ihre Mitgefangenen zu nennen, aufgrund einer Theorie, die besagt, es könne ohne Erlösung der Frauen auch keine erlösten Männer geben. Die Theorie ist grau, Verehrte, und grau können auch diese Männer in ihrem Tierpark werden. Offenbar taugten sie nicht einmal fürs Zauberbett. Es macht sie nicht glänzender, daß sie sich »Klinschors Heer« nennen. Die einzigen, die noch immer in der Furcht vor diesen traurigen Gestalten leben, sind die Frauen selbst. Wozu müßten sie sich sonst durch Gitter schützen! Ach, Gnädigste, wenn es nicht zum Lachen und Weinen wäre, könnte man's ja auch charmant nennen. Aber eben diese Nachrede fürchten sie noch mehr als den Teufel oder die Männer, und sie haben sich zu ihrer Widerlegung etwas ziemlich Schlagendes einfallen lassen – das Bett Litmarveile.

Ja, dieses Zauberbett, Verehrte! Es entbehrt in der Tat jeglichen Charmes. Es beschämt die Phantasie des bösartigsten Kastraten. Ihr, Frau Herzeloyde, beklagt Euch über *ein* sperriges Mannsglied. Was würdet Ihr von einer Installation sagen, die solche Glieder gleich schockweise von der Decke schießen läßt? Es sind künstliche Glieder – ja, ihre Erzeugerinnen haben allerhand Kunst darauf verwendet. Aber »scharf« ist da keine Redensart mehr. Sie werden buchstäblich als Hämmer und Totschläger eingesetzt. Wie findet Ihr einen Raum, in dem es Schwänze hagelt, auf Männerkörper, die auf einem teuflisch fahrenden Bett in die beste Zielposition geschoben werden? Spielzimmer nennen es meine süßen Gefangenen –

Das hält der stärkste Mann nicht aus. Da wird ihm sein bißchen Stärke eingetränkt. Und wenn nach dem Schwanzgewitter von ihm noch etwas übrig sein sollte, wird er den Löwen zum Fraß vorgeworfen. Es ist natürlich eine Löwin, auf den Mann dressiert, die ihn am Ende auseinandernimmt. Sie bereitet dem Mann ein wahrhaft männliches Ende, also kein schönes. Es springt keinerlei Heldenschaft dabei heraus. Die Ritterschaft wird zu einem Flickenleder reduziert, auf dem sich's die Damen bequem machen, bis die Zaubersäule den nächsten Erlöser anzeigt. –

Denkt ruhig, ich übertreibe, Frau Herzeloyde. Solang Ihr nur ein wenig lacht – widerwillig, wie anders soll man über Männer lachen. Oder über Frauen! Natürlich wollen sie an ihrem Teufelsbett nicht schuld sein. Dafür soll ich geradestehn. Ich und geradestehn! Der Witz ist fast so gut wie der von meiner Gewalttätigkeit – aber ich muß es nun einmal verkörpern, das Häßliche des Mannes. Da ich so viel Symbolwert habe und zum wirklichen Mann verdorben bin, genieße ich freien Eintritt im Frauenhaus ... der freie Ausgang ist mir lieber, ehrlich gesagt. Ich bin die Widersprüche des sogenannten Lebens ziemlich satt. Habe ja noch meine kleine ambulante Beraterpraxis. Hilft zwar auch nichts, wie wir sehen. Erlaubt uns doch immerhin, unsern *Tea* mit Verstand zu trinken. Sogar in Ehren und Züchten. Leider, Frau Herzeloyde.

Schastelmarveile trägt sich selbst. Die Frauen verwalten es ganz tüchtig, ihr Frauengefängnis. Sie leiden und ich bin schuld – das ist der wichtigste Punkt unserer Hausordnung. Über der Kammer mit dem Satansbett steht die Devise: *Quod facis sentias.* Ich übersetze:

Look what you made us do. – Aber, sagte Klinschor, die übrigens glockenreine Stimme senkend, ich *werde* etwas tun. Die Damen sollen sich wundern. Wozu bin ich der Zauberer Klinschor! Immer noch gut für eine kleine Überraschung!

Was wollt Ihr tun? fragte Frau Herzeloyde, nun doch lächelnd, und gar nicht mehr wider Willen.

Könnt Ihr ein Geheimnis hüten? flüsterte der Kleine, besser als Euch selbst?

Weil Ihr's seid, sagte Herzeloyde.

Ich suche eine Frau, sagte er, die das Erlösen verlohnt, eine Lockspeise über alle Vernunft, einen wahren Teufelsbraten. Und rotes Haar muß sie haben!

Ihr redet ja doch wie ein rechter Mann, antwortete Herzeloyde, den Tee sorglos an die Lippen hebend, und es klingt, als wäre sie schon gefunden!

Der Zwerg wand sich.

Gefunden? sagte er. – Sagen wir: ich habe sie im Auge. Aber sie ist noch ein Backfisch, frisch verheiratet, und schon die vollendete Unschuld.

Schon? fragte Herzeloyde erstaunt. – Was meint Ihr?

Sie liebt ihren Mann mit jeder Faser, flüsterte er kurzatmig, Ihr würdet es nicht glauben, wenn Ihr ihn seht. Wahrlich kein Herr Gahmuret – einer von denen, die er aus dem Sattel heben würde, ohne sich einmal umzublicken – wenn ich im Zauberspiegel recht gesehen habe, hat er's auch getan. Ein grundbraver Kämpe, so gut wie ohne Namen, der erste Beste. Aber für mein Schätzchen ist er nun einmal der beste Erste. Ich will sie lehren!

Das klingt nach Rache, sagte Herzeloyde sanft.

Getroffen, antwortete der Kleine, getroffen aufs Haar, aufs rote Haar. Aber auch an Rache verdient sie nur das Feinste. Ich will's ihr besorgen.

Klinschor, Klinschor! mahnte Herzeloyde.

Ja, sagte der Zwerg ruhig, sie wird sich machen. Aber dazu muß ich erst ihren Eheherrn abservieren.

Was müßt Ihr? fragte Herzeloyde entsetzt.

Dann geht etwas los, sagte Klinschor. – Wie nennt man Damen, die von Berufs wegen um ihren Lohn dienen lassen, Gnädigste? Und was wäre das Gegenteil einer solchen? – Sagt mir jetzt nicht: die züchtige Hausfrau, Herzeloyde, denn Ihr würdet Eurer selbst spotten. – Das Gegenteil einer Hure ist die Hurengöttin, die Scheide mit dem Himmelsbiß. Ich will meinen Artûsdamen zeigen, was ein rechter Männerhaß ist. Wird sich gewaschen haben, aber nicht in Rosenwasser, sondern in Sonnenfinsternis und Monatsblut –

Ich erkenne Euch gar nicht mehr, Klinschor, sagte Herzeloyde, und Euer *Tea* wird kalt.

Aber die Männer werden in Flammen stehen! zischte der Kleine, und sollen vergehen an ihrem Mund! Werden nicht mal Zeit haben, ihn offen zu lassen –

Ich verstehe nur so viel, sagte Herzeloyde, daß Ihr eine junge Frau, auf die Euer teuflisches Auge gefallen ist, ins Unglück zu stürzen gedenkt.

Damit Himmel und Erde mitstürzen! rief der Zwerg, denn das ist das Wunder, auf das Himmel und Erde gewartet haben, und sie haben's auch redlich verdient! Dafür aber darf das Unglück nicht von schlechten Eltern sein, sondern jedes Maß muß es sprengen. –

Wie das Eure, sagte Herzeloyde.

Gut gesehen, antwortete der Zwerg, und doch nicht scharf genug. Denn sie soll etwas haben von ihrem Unglück, meine Kleine, und ich will sie reicher davon machen als jedes andere Menschenkind.

Wie heißt sie? fragte Herzeloyde.

Mein Geheimnis! sagte der Zwerg, denn wer ihren wahren Namen findet, hat sie erlöst, und damit soll's noch gute Weile haben. Meinetwegen: bis ans Ende der Welt! Ein bißchen Zauberbettzauber wird's da nicht tun, Schluß mit dem Erlösungsgeplauder – ich will sie auf meine Art führen, soweit sie sich denn überhaupt führen läßt. – Ich selbst will staunen, wie alle Führung an ihr zuschanden wird außer der, die sie selbst übernimmt! *Sie* wird weiterführen, Verehrte, weiter als alle Vernunft, auch meine, die ja nicht ganz zu verachten ist. Ich will sie ihr billig lassen. Zum Pappenstiel will ich werden vor ihrer himmlischen Gefräßigkeit. Und sie soll's nicht einmal spüren, wenn sie mich verschlingt. –

Das heißt, *Ihr* wollt nichts mehr spüren, sagte Herzeloyde, keinen Schmerz und kein Leid.

Kluges Kind, antwortete Klinschor, viel zu klug für Euer Glück! Ja, alles soll aufhören für den, der sie liebt, aber nicht, wie Ihr meint. Munsalvaesche soll sich hüten.

Munsalvaesche? fragte Herzeloyde erschrocken. – Ich sehe keinen Zusammenhang.

Wird ihn schon herstellen, mein roter Teufelsbraten, den ge-
schätzten Zusammenhang, sagte der Zwerg. – Und auch wenn's erst
weiter hinten im Text kommt: Könnt Euren Herrn Bruder jetzt
schon warnen.

Welchen Bruder? fragte sie. – Anfortas? Trevrizent?

Den einen oder den andern, sagte er, oder gleich alle beide.
Könnt's aber auch lassen, denn es wird doch nichts helfen. Die Menschen lassen sich nicht hindern, auch nicht die vom Grâl. Ist noch das
Menschlichste an ihnen. Sie werden dafür zahlen, bis ihnen das Liegen weh tut. Aber noch siecht er ja nicht, Euer hoher Herr Bruder.

Warum sollte er siechen? fragte Herzeloyde.

Gute Frage, sagte Klinschor. – Ja, warum? Warum suchen die
Menschen ihr Unglück, als wär's ihr bestes Teil? Muß es wohl sein.
Sonst wär gar kein Fleisch am Knochen. Er wird meine Rote erlösen
wollen, der Herr Grâlskönig, wird bei ihr wieder der Erste sein
wollen. Und wird siechen, erbärmlich, ohne Maß. Ouwê, und *Well
Done*. – Frouwe, sagte er wie erwachend und mit einem Anflug von
Wärme, das sind so Einfälle des alten Klinschor. Sind mein Unglück,
müssen darum nicht gleich wahr sein. So viel Wahres ist immer dran,
daß Ihr Euch Eures Schicksals getrösten könnt. Einer Dame kann
Ärgeres widerfahren als ein Mann, der seiner Männlichkeit nicht
müde wird. Warum versucht Ihr nicht das Unmögliche und seid
glücklich mit ihm, gewissermaßen! Wär das gar keinen Versuch wert?

Ihr schweigt, sagte er nach einer Weile, und habt mir damit Antwort gegeben. Nun gut: Ihr müßt es zur Welt bringen, Euer Kind,
und wißt doch, in welche Welt. Er wird nicht blühen, Euer Sohn. Ich
sage Euch nichts, was Ihr nicht schon wißt, aber jetzt habt Ihr's auch
noch gehört. Das sind meine feinsten Kunden: denen nicht zu helfen
ist. – Ich gedenke, an Eurer Geschichte nicht teilzunehmen, Herzeloyde, darum hört mein letztes Wort, und nehmt es nicht zu ernst.

Ihr quält Euch mit dem Fleisch und wollt noch mehr davon. Das
Wort, das Ihr dem Grâl gegeben habt – ins Fleisch wollt Ihr's setzen.
Es ist grauenhaft, was Ihr tut, und Ihr tut gut daran. Und damit genug.

Ouwê, seid Ihr dumm, und seid Ihr groß. Vergeßt nur nicht, Euer
Licht zu löschen.

Ist kalt geworden, unser *Tea*.

Genießt mit Humor. Tut Eurem Sohn einen Gefallen: denkt nicht
nur an ihn, wenn Ihr ihn empfangt. Denkt an Euch, dann vergeßt
Euch und blüht nur noch in Eurem Fleisch. Ist ja nur ein Augen-

blick, geht vorüber, wie Ihr, wie ich. Bleibt das Beste an uns. Teilen wir's mit dem letzten Schluck. Den Geschmack der Neige, Frau Herzeloyde! Genießen wir ihn.

Wie seid Ihr schön! Bei mir brauchtet Ihr kein Licht zu löschen. Ich möchte Euch sehen.

Geht vorüber, ich gehe mit. Bin förmlich weg von Euch, Mutter Parzivâls.

Wenn Ihr schon nicht leben wollt: lebt wohl. *À Dieu!*

VOM PFLÜGEN UND SCHMIEDEN
WIE PARZIVÂL GEZEUGT WIRD UND
SIGÛNE IHREN RITTER
FÜR DIE REISE AUSSTATTET

»Was hat sie, das ich nicht habe« – die Frage einer eifersüchtigen Frau ist älter als unsere Fabel. Sie ist in allen Sprachen des Menschengeschlechts gedacht und kaum in einer laut ausgesprochen worden. Die Klugheit verbietet es; doch nicht immer kümmert sich die Verzweiflung um die Klugheit. Und kein Mann hat sie je beantworten können, auch wenn er, roh oder verzweifelt seinerseits, um eine Antwort nicht verlegen schien.

Denn sie ist auf dem Niveau, auf dem sie gestellt wird, nicht zu beantworten. *Daß* sie auf diesem Niveau gestellt wird: dem des anatomischen Vergleichs, des physiologischen Details, gehört ja zur Kränkungsabsicht des oder der tief Gekränkten. Sie unterstellt dem Partner eine Blindheit, gegen die er (oder sie) sich nur verwahren kann – bevor er vor eitel Verwahrung am Ende womöglich selbst auf dieses Niveau gerät. Das Beleidigende, die Ehre der Betroffenen am tiefsten Treffende ist natürlich die Spur von Wahrheit, die sich auch auf diesem Niveau findet, und auf keinem kränkender. Der Liebhaber *sans pareil*, die in den Hüften beflügelte Geliebte ist nicht nur ein Gerücht. Die Verschiedenheit der Liebesausstrahlung, und die Folge für das Wohlbefinden, um es nicht gleich: Glück zu nennen, sind so läppisch nicht, wie sie der Eifersüchtige, die Entbehrende durch Verachtung gern machen möchte – nur um es heimlich doch besser und schmerzhafter zu wissen. Die Eifersucht zollt dem oft kaum aussprechbaren Unterschied zwischen Mann und Mann, Frau und Frau, genau jenen Tribut, erweist ihm genau jene Ehre, die sie ihm so empört und gekränkt absprechen möchte.

Zuviel der Ehre? Pekadî weiß es besser und schlimmer. Das Fleisch erfährt der Ehre leider nie zu viel. Und es ist auch in unserer Fabel von allen Stoffen, mit denen sie in Berührung kommt, der Ehre am würdigsten, ehrwürdig nicht zuletzt durch die Ruhe, mit der das Fleisch Ehrensachen der Lächerlichkeit preisgibt. Leider auch Diejenige und Denjenigen, der die Ehre gegen die Wahrheit, gegen die dunkle Unbestechlichkeit des Fleisches zu retten versucht.

Am Ende aber ist es das unermüdliche Schwert, die gnadenreiche Scheide doch nicht, die den Eifersucht stiftenden Unterschied ausmachen, den Zauber des Einen vor den Andern. Es ist ein Zögern der Stimme, ein kleiner Tonfall, der uns nicht losläßt; der gedehnte Tonfall zum Beispiel, mit dem eine nicht nur körperlich wohlgebildete Mohrenkönigin die Fremdsprache unserer Fabel – fränkisch – handhabt in einem Augenblick, wo es nichts mehr zu sagen gibt, wo das Fleisch nur noch staunen möchte – um dann diesen Tonfall mitzunehmen in sein Liebeserstaunen und für den Rest seines Lebens darin festzuhalten. Dann bleibt es der Tonfall der Liebe, und keine wird jemals wieder sein wie diese. Die Unterscheidung hängt an winzigen Sprachfehlern, auch solchen des Körpers, welche die tiefere Richtigkeit in ein anhaltendes Entzücken versetzen und in ihm bewahren. Künftig wird es nie mehr ein Entzücken geben wie dieses. Es ist der Ansatz schweren dunklen Haars, aufgesteckt über einen scheinbar zerbrechlichen und doch so biegsamen Nacken, der einen verfolgt, oft lange erst hinterher; – nein, nicht »verfolgt«. Sondern aufsteigt von ungefähr und das Herz zittern macht, wenn einem etwas anderes Schönes begegnet, ein blühender Obstbaum, ein bemooster Stein am Weg, ein Nebelstreif vor dem Dreiviertelmond, eine Föhre, die ein weißer Vogel befliegt, so daß die Äste schwanken.

Dann zittert das Herz von einer Liebe, die vergangen sein mag und doch nie mehr vergeht. Es ist ein Ja in einem unvorhergesehenen, ein Nein in einem unpassenden Augenblick, an das die Liebe gebunden bleibt. Dann mag sie kein anderes Ja, kein anderes Nein mehr hören, und wäre es das passendste. Es ist der Ausdruck geschlossener Lider, das große Verstummen in einem nicht großen, doch durch Stille weit gewordenen Gesicht, das einem an einem späteren Tag vor den eigenen geschlossenen Augen aufgeht zwischen Tag und Traum, wie ein Gestirn, wie ein unverhofftes, unverlierbares Glück. Denn es rührt unser Heimweh an; noch als verlorenes spricht es von weiter her zu uns, als wir selber sind. Es ist von zarterem Stoff als jedes, das man in jenem aufgeregten Zustand findet, den die Eifersucht allein »Liebe« nennen möchte, – um sich an allem, was dazu fehlen mag, leidend zu erbittern und jeden Glückswunsch zu vergiften.

Aber die Eifersucht weiß, gerade sie muß es am Fleische erfahren: daß die unbekannte Erinnerung stärker bleibt. Der Leib, an den sie gebunden war, mag verschwunden sein, dunkel geworden in der

Tiefe der Zeit. Um so stärker erhebt sich die Erinnerung und hält
dem Verlorenen die Treue. Nein, an dem ist es nicht, daß die Andere
Liebe den Geliebten »verfolgte«, wie die Eifersüchtige unterstellt.
Sie begleitet ihn nur; sie wendet sich ihm aus allen Dingen, die ihn
berühren, wieder zu, ein Winken von Heimat. Und, das ist wahr:
ausschließen kann sie auch; weil es ausgeschlossen ist, diese Erinnerung willentlich auf ein anderes Gesicht zu übertragen, beim besten
Willen. Sie meldet sich wie eine Gnade, oder sie bleibt aus. Wer so
geliebt hat, dem ist es nicht möglich, dieses Glück einem Andern zu
verdanken. Denn es hat sich an den Einen und die Einzige gebunden
von ungefähr und bleibt ihr und ihm so treu, wie ein Mensch nie treu
sein kann. Das kann nur seine Erinnerung.

Frau Herzeloyde hatte es gewußt, bevor ihr der Verschnittene
Bescheid sagte; er hatte ihr nichts sagen können, was sie nicht schon
wußte. Sie hatte sich in einen Mann der Erinnerung verliebt. Sie hatte
ihn gewonnen vor Gott und den Menschen, aber nicht vor dem
Gewissen seiner Erinnerung, also auch vor dem eigenen nicht. Denn
für die Grâlstochter war auf Dauer nur das Beste gut genug, und das
Beste ist die Wahrheit, sei sie noch so bitter. Der Zauber seiner Liebe,
über den er Macht besaß, hatte sie überwältigt. Doch über seine
Erinnerung besaß er selbst keine Macht. Sie ist durch keine andere
Liebe zu widerlegen. Er liebte, aber er liebte nicht sie. Seine Man-
nesbereitschaft war nichts anderes als eine Erinnerung, deren sie sich
bedienen mochte, zu ihrer Lust, zu ihrer noch tieferen Kränkung.
Dieser Teil seines Körpers stand ihr zur Verfügung, aber zu Gebote
nicht.

Gahmuret, das Feenkind, war treu.

Sie fragte ihn viel; aber sie fragte nicht: was hat sie denn, das ich
nicht habe? – Von dergleichen gab es immer genug. Sie tröstete ihren
Zorn auch nicht mit einer Gegenrechnung: daß auch sie hatte, was
keine andere im entferntesten besaß. Sie wäre ja ebenso richtig gewesen, diese Rechnung, und ebensowenig aufgegangen. Vorgerech-
nete Verdienste, das weiß die Klugheit, verstimmen das Fleisch, das
nur eine einzige Sprache versteht: die der Gnade. – Das wußte Herzeloyde, aber es war nicht nur Klugheit, was sie nach diesem Wissen
handeln, oder eben nicht handeln, sondern schweigen hieß. Sie fragte
nicht mehr: was kann ich für dich tun? Sie wurde zu stolz und zu
klarsichtig, seine kränkende und abweisende Stärke als Schwäche
oder heimliche Krankheit zu behandeln. Sie fragte auch nicht:

warum hast du sie verlassen? Denn die Worte, die sie dafür bekam, waren niemals die Wahrheit; also waren sie gleichgültig.

Hatte er Belakâne verlassen, weil sie keine Kristin war? Das hatte er dieser selbst geschrieben in seinem Abschiedsbrief. Wenn's weiter nichts gewesen wäre! Belakâne hätte sich taufen lassen, heute lieber als morgen, wenn ihm damit ein Gefallen geschah. Gahmuret aber hatte auch ohnedies bei Gelegenheit ihre Tränen »ein reines Taufwasser« genannt; für seinen Wunsch war sie ihm längst getauft genug. – Hatte er sie verloren, weil sie ihn festhielt, festzuhalten drohte, nicht losließ, seine Ritterschaft behinderte? Auch das hatte er gesagt, nicht ohne Feierlichkeit, als ob nicht jedermann gewußt hätte – Herzeloyde am besten –, daß die Mohrenkönigin ihn jetzt, da er sie verloren hatte, nun erst recht »festhielt« – so zärtlich, daß man sich fragen mußte, ob er nicht deshalb gegangen war. Dachte er nicht, noch fester gehalten zu werden von ihrer Abwesenheit – in allem, was er »Ritterschaft« nannte? Um so, kraft seiner Erinnerung, Wunder mit der Lanze zu tun? War Belakânes Erinnerung nicht der einzige Grund, in den er seinen Anker werfen konnte – unter der Bedingung, daß dieser Grund grundlos war und blieb?

Ach, Herr Gahmuret brauchte nicht so genau zu wissen, was er sagte oder schreiben ließ. Für die Frau, die ihn liebte, war die Folgerung am Ende ganz einfach. Sie mußte sich an das halten, was er *tat*. Er suchte die größte Entfernung zu seiner Mohrin, um ihr am nächsten zu sein, noch näher als ihrem Fleisch. Er verwendete, abwesend, jedes Fleisch zur Herstellung dieser Nähe, und bewies doch einem jeden, daß es das rechte nicht war. Er war entschlossen, seine Abwesenheit zu steigern bis zum höchsten Grad: den Liebestod in der Ferne, und durch Entfernung. *Das* war seine Ritterschaft. Dazu baute er an jedem Ort, an dem er »Ritterschaft begehrte«, um ihres Lohns zu spotten, sein alle Sinne täuschendes Minnezelt auf. Wehe der liebenden Frau, die ihm als Beispiel dafür dienen mußte, daß sie zwar eins werden mochte mit ihm, mit seiner Erinnerung nie.

Sie hatte ihn sehen wollen, wie er war, der *ze Anschouwe*; aber da war nicht viel zu sehen. Denn da war er nicht. Es gab nur eines: ihn nicht mehr sehen wollen. Es gab nur dies: ihm die Sicht so zu verdunkeln, daß sie sich mit Erinnerung färbte. Der Zwerg hatte recht, es war ganz einfach. Nächstes Mal würde sie nur noch fragen: Stört Euch das Licht? und sich, um seine Antwort unbekümmert, anschikken, die Kerzen auszublasen, eine nach der andern, und dann auch die letzte.

Sie wollte seine Treue nicht mehr brechen. Doch sie war entschlossen, Gebrauch von ihr zu machen. Sie wollte ihn nicht mehr
haben. Aber was er ihr, mit oder ohne Wunsch, geben konnte, das
wollte sie unbedingt. Dafür mußte sie sich selbst auslöschen, sich
dunkel machen wie die Nacht. Dann behinderte sie ihn nicht mit
ihrer Lust, sondern bot sich seiner Erinnerung an. Und durfte hoffen, daß diese stärker war als er. Sie selbst mußte ihn zur Treue
verführen, zur Treue an seiner Erinnerung. Sie mußte einer Abwesenden zum Verwechseln ähnlich werden. Damit seine Täuschung
wahr und wirklich wurde, durfte sie, Herzeloyde, nicht mehr sein –
und wär's nur für einen Augenblick.

Sie hatte ihr Zimmer erlöschen lassen. Es war eine Gruft, und sie
lag darin bewegungslos und vollkommen allein. Da kam es. Sie erkannte nicht einmal sein Haar wieder, das um ihr Gesicht tanzte; es
fühlte sich an wie eine dampfende Mähne. Das Tier stieg an ihr hoch
und besprang sie. Es schnaubte und wieherte. Herzeloyde fühlte
ihren Hintern gepackt, zusammengepackt von einer doppelten
Pranke. Zugleich schoß ihr eine feurige Zunge ins Gesicht, und als
sie es abwandte, stach sie ihr ins Ohr. Das Tier überritt sie, ohne sie
loszulassen. Er begann über ihr zu jagen und ein Ziel zu verfolgen.
Auch sein Atem jagte. Endlich aber ging das Jagen schnell und leicht,
und sie hörte es wie Schwingen sausen in der Gruft. Das Tier hatte
abgehoben, und nun wurde sein Flug mit ihr zum Gesang, einem
zugleich hohen und grundlosen Gesang. Sie hatte noch nie einen Wal
singen gehört, den einzigen Fisch, der nicht stumm sein soll. Er sang
wie Behemoth, wie Luzifer, und stieg immer höher. Und dann, auf
dem höchsten Ton, fühlte sie ihn abstürzen, und sich mit ihm, in
seinen Fängen; die plötzlich gebrochenen Schwingen schlugen halt-
los wie gerissene Segel. Er stürzte ab mit ihr in sie selbst, und der
Sturz nahm kein Ende. Und dann schlug er auf in ihr, brach in ihrem
Eingeweide zusammen, gegen das sie sein Fleisch und Blut klatschen
hörte. Zum ersten Mal war sie kühl und fühlte, wie ein Feuer in ihr
ausströmte und verrann. Und siehe, sie hielt es fest: sie spürte ihren
Leib über diesem flüssigen Feuer zugehen wie ein Gebirge, und ihre
steinerne Kühle verschloß es wie einen Schatz.

Was aber an ihrem Leib zappelte, halb Einlaß begehrend, halb
zerrend wie an einem Fangeisen, war nur noch ein schwacher Balg.
Sie hielt ihn mit leichten Armen fest und begann ihn zu trösten und
zu streicheln, bis er wieder die Form eines zarten Männerleibes an-

nahm. Die Liegende lächelte aus ihrer Kühle, die ganze Finsternis um sie herum hatte den Glanz eines Lächelns angenommen und öffnete sich wie eine schwarze Blüte. Und Frau Herzeloyde wußte, es war vollbracht.

Sigûne stickte an einer Schärpe, silbern, weiß und grün, die ihr Held über dem Harnisch tragen sollte, um im Morgenland bestehen zu können. Wolken waren nicht das schwierigste Motiv. Doch konnte man sie mit der Nadel sehr künstlich behandeln. Man konnte sie hie und da von einer silbergrauen Zinne durchbrochen sein lassen; das machte Effekt und ersparte einem, die ganze Burg zu sticken. Denn dafür war die Zeit zu kurz. Nur noch Andeutungen einer Burg konnte man im weißen Nebel schwimmen lassen, das war auch geheimnisvoller. Erst den Boden, das grüne Gras, gestaltete man wieder nebelfrei und gewissenhaft, setzte aber auch ihm einen Silberstich zu. Die ganze Schärpe sollte von Silber durchweht sein und von einer sichtbaren Sonne überstrahlt. Doch eine gelbe oder gar goldene Sonne ist gewöhnlich. Darum wählte Sigûne das purpurne Lila, das ihn an ihr sanftes Herz erinnern sollte, aber auch an ihren Grâlsmantel, den sie bei feierlichen Gelegenheiten trug und in dem sie sich von jedermann unterschied, die Tante ausgenommen. Diese Sonnenscheibe in der Grâlsfarbe stichelte sie sorgfältig aus, auch wenn sie leider nicht ganz rund geriet. Hierher würde er seine Augen richten, wenn ihm einmal der Mut sinken sollte, um dann dieser Farbe zu Ehren weiterzukämpfen wie ein Held. Dabei würde ihn die Schärpe schützen.

Sie sollte eine Überraschung werden. Das bedeutete, daß man sich selten sah. Denn die Schärpe beschäftigte Sigûne Tag und Nacht, sollte sie zum Abschied fertig werden. Aber das ist die rechte Übung, sagte sich die Künstlerin. Wenn wir Raum und Zeit besiegen wollen mit unserer Minne, ist das die Gelegenheit, damit anzufangen. Um sich zu lieben, muß man sich nicht sehen. Nicht zu sehen und doch zu lieben, ist das höchste Verdienst; es ist die wahre Festigkeit. Ganz im Innern regte sich beim Sticken das deutliche Gefühl, man sei jetzt eine Hauptperson. Dieses Gefühl führte einem die Nadel und ließ die Zinnenspur auf dem Seidengrund immer silberner schimmern.

So war Sigûne in den letzten Tagen von Schiônatulanders Anwesenheit damit beschäftigt, seine nahende Abwesenheit zu verschö-

nen. Sie aß wenig; selten kam sie ins Freie. Ihr Nadelfinger wurde
klamm; es drang, auch an hellen Tagen, kaum Licht und noch seltener ein Sonnenstrahl durch ihr Fensterloch. So ging sie manchmal
über den Schloßhof, um zu erwarmen, doch ohne zu hoffen, daß sie
dem Geliebten dort begegnen würde. Denn es war gut, auch der
Hoffnung ein wenig Gewalt zu tun, um sie zur wahren Sehnsucht zu
erziehen.

In der Hofstatt ging es hell und laut zu. Die Knechte waren beschäftigt, die Pferde frisch zu beschlagen. In der Schmiede stand
Tampanîs, der Meisterknappe, vor der rotglühenden Esse, von der
die Fröstelnde stark angezogen wurde, trotz des klingenden Lärms.
Tampanîs, nur mit einem Lendenschurz bekleidet, schmiedete das
Eisen, weil es glühte, mit wuchtigen Schlägen; dazu drehte er es mit
der Feuerzange auf dem Amboß um und um.

Jungritter, die schmieden, sind ein schönes Bild, und so verweilte
Sigûne noch ein wenig, zumal der Knappe über der bloßen Brust ein
Angebinde trug, das sich mit seinem Atem hob und senkte. Der
Schmied ging ganz in seiner Arbeit auf; der Schweiß rann über sein
Gesicht, ohne es zu entstellen. – Er hatte ihren leisen Gruß nicht
gehört; so ging sie weiter, um ihren Gang in der Sonne fortzusetzen,
und als sie zurückkam, schwang Tampanîs den Hammer noch immer. Diesmal nagelte er das Eisen auf Liliencrôns Hinterhuf, den
zwei braune Knechte in die Höhe hielten.

Nun konnte sie das Band, das er trug, noch besser sehen. Es war
dunkelblau, mit goldenen Sternen in unregelmäßiger Folge bestickt.
Kam man näher heran, sah man die Sterne zu Bildern zusammenwachsen, die der feinste Goldfaden umlief; er bildete den Umriß von
Löwe, Schwan und Waage, Leier, Reiter und Skorpion. Denn die
Sterne sind nicht regellos verteilt, sondern an seltsamen Geschöpfen
festgemacht. Die Weisheit kann sie sehen, wenn auch nicht das Auge;
auf Tampanîs atmender Brust aber waren sie deutlich zu erkennen.
Diese Figuren hatte Sigûne im Traum mit ihrem Vater am Nachthim-
mel beobachtet; und auf einmal war ihr die katelangische Heimat,
von der sie nie mehr gehört hatte, so nahe wie Tampanîs' Brust.

Inzwischen war er mit dem zweiten Hinterhuf fertig geworden,
bemerkte sie und grüßte unbefangen. Er ließ sich das nächste Hufei-
sen reichen, aber bevor er es auf dem ersten Vorderhuf festnageln
konnte, frage Sigûne:

Geruht, Junker, wie heißt es?

Wie heißt was?

Das Roß.

Sie heißt Liliencrôn, sagte er erstaunt, denn wie konnte man das nicht wissen. Aber Sigûne hatte nur darauf gewartet, daß er »sie« sagte von dem wunderbaren Tier.

Was tragt Ihr am Leib? fragte sie weiter.

Tampanîs blickte an seiner Brust nieder.

Das Band, sagte sie. – Geniert es Euch bei der Arbeit nicht?

Oh, sagte er und war jetzt eine Spur errötet, das trage ich immer. – Er streifte das Angebinde über seinen Kopf und reichte es ihr hinüber. Sie ließ ihre Fingerspitzen über die Arbeit gleiten; das Band war feucht vom Schweiß.

Das habt Ihr aus dem Morgenland? fragte sie.

Woher sonst, sagte er rauh, aber das war wohl seine Art und auch ein wenig Verlegenheit.

Von einer Dame? fragte sie.

Mh-m, sagte er.

Er streckte die Hand aus, aber sie gab das Band nicht her.

Eine Mohrin? fragte sie und wußte nicht recht, ob man so sagen durfte.

Sicher, sagte er. – Sie heißt Laila und gehört der Königin Belakâne.

Dann werdet Ihr sie wohl bald wiedersehen? fragte sie.

Kaum, sagte er. – Wohl eher nicht. Wir ziehen nach Bâbel. Das ist ziemlich weit von Pâtelamunt. So weit wie Kanvoleis von Paris.

Von welcher Art sind sie denn, die Mohrinnen? fragte Sigûne.

Wie sollen sie sein? fragte er verdutzt. – Höfisch wie nur etwas!

Aha, sagte Sigûne respektvoll. – Aber wie redet Ihr denn mit ihnen?

Fränkisch, sagte er, oder heidnisch, wie's grade kommt.

Ihr sprecht arabisch? fragte das Fräulein.

Meistens ist es nicht nötig, sagte er. – Man weiß ja ungefähr, worum es geht.

Und solange Ihr sie nicht seht, müßt Ihr wohl Sehnsucht leiden?

Es geht, sagte er. – Es macht sich. Eine Dame braucht man schon.

Ich halte Euch auf, sagte sie. – Geht Ihr gern wieder ins Morgenland?

Heute hier, morgen dort, sagte Tampanîs, und ihr schien, als habe sie die Redensart schon gehört.

Liebt Ihr Euren Herrn? fragte sie.

Jetzt war sein Erstaunen merklich, aber sein Gesicht wirkte immer noch ruhig. – Nun ja, sagte er. – Ich wüßte keinen besseren.

Das ist schön, sagte Sigûne.

Ihr seid recht blaß, sagte Tampanîs. – Müßt mehr an die Sonne.

Er sprach wie ein Kumpan und mit Sachkenntnis.

Seid Ihr auch ein Heide? fragte sie.

Ich bin ein Krist, gefälligst! sagte er. – Wie fragt Ihr so?

Sie fragte weiter: Seid Ihr Schiônatulander hold?

Hold? fragte Tampanîs. Er schien das Wort zu prüfen. – Das muß ja nicht sein, sagte er. – Wir gehören zu Einem Herrn, das reicht.

Ich meine, sagte sie, er kann ja nicht schmieden wir Ihr, und vielleicht auch nicht so gut kämpfen.

Jedem das Seine, sagte er. – Er kann anderes.

Woran denkt Ihr? fragte sie.

Das müßt Ihr am besten wissen, sagte er ohne Anzüglichkeit. – Er kann singen, schöne Worte machen, hofieren –

Und erzählen, sagte sie.

Nun also, sagte der Knappe.

Von Euch hat er fast nichts erzählt, fuhr sie versucherisch fort.

Da gibt es auch nichts zu erzählen, sagte er. – Jedem das Seine!

Er gab den Knappen einen Wink, sie hoben Liliencrôns andere Vorderhand, und Tampanîs paßte das Eisen auf den Huf, der von auffälliger Kleinheit war. Während ein Gefährte das Eisen festhielt, setzte Tampanîs den ersten Nagel an und begann ihn mit leichten, dann festeren Schlägen in das Horn zu treiben. Da öffnete sich der Leib der Stute, und sie ließ einen kräftigen Strahl schießen. Sigûne sprang beiseite, die Knappen lachten nicht einmal.

Nachdenklich ging Sigûne weiter. In ihrem Geiste verglich sie das Band, das sie an der Brust des Meisterknappen gesehen hatte, mit ihrer Stickerei, die sie bisher so glücklich gewählt gefunden hatte. Jetzt fehlte ihr etwas daran. Das Mißvergnügen ließ sich nicht abschütteln. Jetzt konnte sie nicht an ihren Stickrahmen zurück. Sie wollte Schiônatulander sehen. Wo versteckte er sich?

Schließlich fand sie ihn an ungewohntem Ort im Treppenturm, ganz oben, wo dieser in einer achteckigen Plattform und überdachten Zinne endete. In Zeiten der Belagerung blickte man von hier nach allen Seiten aus. Schiônatulander spielte. Um seine Beine schlich Maui, Frau Herzeloydes Grâlskatze. Und um beider Füße stolperten drei winzige Kätzchen und schrien mit so spitzen Stimmen, daß es wie Pfeifen klang. Schiônatulander war damit beschäftigt, ihnen einen Finger hinzuhalten, über den sie kugelten und an dem sie sogen. Er ahnte nichts von Sigûnes Gegenwart.

Sie betrachtete ihn ausgiebig.

Geliebter! sagte sie.

Er schrak auf und sah sie an wie eine Erscheinung. – Sigûne! rief er.

Schon gut, Geliebter! sagte sie. – Bleibt nur! Ich sehe ja, daß Ihr Arbeit habt. Offenbar findet Ihr sonst keine, oder andere tun das Dringliche für Euch. Bald schon seid Ihr fern. Leider! Darum habe ich einen Wunsch an Euch.

Ja, sagte er, immer noch erschrocken. – Sprecht ihn aus. Er soll mir Befehl sein. Ich meine, ich erfülle ihn von Herzen gern, wenn ich kann.

Sie sagte: Ihr habt mir viel vom Morgenland erzählt, doch alles nicht. Ich höre, daß es dort bestickte Bänder von besonderer Arbeit gibt. Sie zeigen die Sterne am Himmel, auch solche, die man bei uns nicht sieht.

Ihr meint das Band von Tampanîs.

Es muß noch schönere geben, sagte sie, welche die Engel zeigen, wenn sie den Grâl vom Himmel holen.

Engel? fragte er erstaunt. – Im Morgenland? Die haben keine Engel.

Das weiß ich anders, sagte Sigûne, mein Vater Kyôt hat mit den heidnischen Engeln gesprochen, in ihrer Sprache. Ich verlange nicht, daß Ihr den Grâl sucht, dafür ist es noch zu früh. Bringt mir einstweilen ein Engelsband aus Babylôn. Vielleicht bedarf es schwerer Kämpfe, um es zu erringen. Außerdem gebe ich Euch etwas mit zum Trost.

Er hatte sich gefaßt. – Hohes Fräulein, sagte er, ich hätte auch einen Wunsch an Euch.

Sie sah ihn an, nicht ohne Spur von Mißbilligung. Hohes Fräulein nannte er sie nur, wenn er sich einen Spott erlaubte. Das aber mußte vorbei sein. Die Zeit war zu groß, denn der Abschied war nahe herbei gekommen.

Schiônatulander hatte das größte der Kätzchen in die Hand genommen; Maui drückte sich halb klagend, halb teilnehmend an seinen Fuß. Es war größer als die andern und doch sehr klein, es zappelte und fiepte. Sein Fell war unverkennbar rot gestreift, und es hatte gerade die Augen geöffnet. Sie waren bläulich, aber spielten sie nicht schon ins Gelbe hinüber?

Gurzgrî! sagte Schiônatulander mit sanftem Gesicht, und seine Augen waren naß. – Werdet Ihr ihn mir hüten, bis ich wiederkomme?

Geliebter, sagte sie, nicht ohne Strenge, er ist eine Katze, meinetwegen ein Kater. Er wird sich selber hüten, das muß er lernen.

Schiônatulander hob die Augen aus dem Fell des kleinen Tiers.

Wie Ihr gebietet, sagte er.

Ich gebiete gar nichts, sagte sie freundlich, denn was auf Befehl geschieht, ist niemals wohlgetan.

Seid Ihr mir denn noch hold? fragte der Junge leise.

Könnt Ihr fragen! sagte Sigûne. – Ihr werdet nicht mehr fragen, sobald Ihr seht, was ich Euch mitzugeben habe, wenn Ihr Urlaub nehmt. Es muß nur noch fertig werden.

Er hatte das Katzenjunge abgelegt, das alsbald den Bauch der Mutter suchte, um sich über die Unbill der hohen Lage zu trösten; Maui ließ sich fallen, um es zu säugen.

Sie standen beide und wagten einander nicht anzusehen.

Lebt wohl, Geliebter, flüsterte Sigûne und wandte sich zum Gehen. – Und auf der Treppe drehte sie sich noch einmal um. – Ich sehne mich danach, Euch wiederzusehen, sagte sie.

Ich auch, sagte Schiônatulander.

Damit war sie verschwunden.

NACHLESE
WORIN DEUTLICH WIRD, DASS DER ABSCHIED
EINE KUNST IST

Die Fabel weiß: er schrieb Frau Herzeloyde keinen Brief. Er ging nicht bei Nacht und Nebel, er zog allen sichtbar dahin, mit Frau Herzeloydes seidenem Hemd über der blanken Rüstung. Wir dürfen ihm glauben, daß er es nie mehr ausziehen wird. Diesem Hemd wird er die Treue halten, denn es ist eine Erinnerung. Vielleicht wird er es auch in seinen Wüstennächten über die nackte Haut ziehen, damit sie aufatmet durch die schwertgeschlagenen Risse. Wir dürfen's vermuten und wissen nicht, ob es Frau Herzeloyde hofft. Denn ihre Liebe ist in die Wochen gekommen und bereitet eine ganz neue Geschichte vor.

Aber auch am Klatsch haben Wir Interesse. Wir wollten schon lange wissen, wie denn der Brief damals lautete, den er der schwarzen Königin Belakâne geschrieben hat. Er liebt sie ja seiner Erinnerung nach, also über alles. Und da er nun wohl auch lernen wird, die Erinnerung an Frau Herzeloyde zu lieben, und sich darum von ihr getrennt hat, würde der Liebesbrief, den er ihr zum Abschied geschrieben hätte – wäre ein solcher diesmal nötig gewesen –, vielleicht nicht so viel anders gelautet haben.

Hier aber ist das Original an die Mohrin, von Uns überliefert, Wort für Wort:

> *»Hier beut ein Lieb dem andern Lieb!*
> *Ich muß uns diesen Abschied stehln*
> *und kann dir leider nicht verhehln,*
> *wärst du von meines Glaubens Art,*
> *so wär mir sauer die Abfahrt*
> *und schafft auch so mir Herzenspein!*
> *Doch unser beider Kindelein*
> *wird männlich, solches schwör ich dir,*
> *und aller Ritter höchste Zier!*
> *Denn weil er von Anschouwe stammt*
> *wird jede Frau von ihm entflammt.*
> *Die Ritter schert er mit dem Schwert*
> *Zeigt sich der höchsten Feindschaft wert.*

Tu ihm von meinethalben kund:
Sein Ältervater heiß Gandîn,
der sank als Ritter todeswund,
auch dessen Vater war schon hin
und kein Geringrer als Addanz!
Sein Schild blieb ihm nur selten ganz.
Von Herz und Seele ein Bertûn
War er des Utepandragûn
Kusin und zweier Brüder Kind,
die dir hiermit beschrieben sind:
Der erst nannt' sich Lazaließ,
der andre aber Brickus hieß.
Und beider Vater Mazadân
freit' eine Fei aus Feimurgân
die hieß Terdelaschoye,
war seines Herzens Boje.
Von denen her rührt mein Geschlecht
mit Glanz, ich denk, das sei dir recht.
War keiner, der nicht Krone trug,
sie taten ihrem Wert genug!
Und macht dich erst die Taufe naß,
so wird auch wohl aus uns noch was.

Dem Brief ist nicht zu helfen. Er ist albern, und empörend in seiner Albernheit. Er klingt so, als wäre dem Schreiber jeder Grund recht gewesen, von dieser Frau wegzukommen. Wir finden kaum einen Ton darin, der sie als Vertraute behandelt und ihr den Abschied erleichtern könnte – es sei denn auf die grausame Art: daß er ihr den Unwert des Abschiednehmers bestätigt.

Oder sollte darin eine besondere Feinheit liegen? Ach, dergleichen ist schon behauptet oder sogar durchgespielt worden, und zwar von moralisch hellen Köpfen. Wer die Geliebte freistellen wolle von ihrer großen, aber irreführenden Liebe, dürfe ja nicht erklären, daß er ihrer unwürdig sei – darüber behalte ja die Geliebte immer ihre andere und stärkere Meinung. Da sei es mit nichts anderem getan, als daß man ihr seinen Minderwert plastisch darstelle und so unabweislich mache, daß er auch der blindesten Liebe ins Auge stechen müsse. Das dumme Lachen, die geschmacklose Bemerkung, der Rülpser an unpassender Stelle – das ginge einen weiteren Weg zur Erkältung der

Geliebten als beispielsweise eine Schreckenstat, in der das liebende Gefühl immer noch die Ehrenhaftigkeit der Verzweiflung wittern könnte – und also auch würde, unfehlbar.

In diesem Sinne müßte Gahmurets Brief seinen Zweck erfüllen.

Aber wie kann ein Liebender – wenn er doch zauberhaft war wie dieser – in der Rolle des Tölpels glaubwürdig sein? Was ist von einer subtilen moralischen Demut zu halten – denn der Entwöhner würde dergleichen ja wohl für sich beanspruchen –, wenn sie als ihr Gegenteil daherkommt? Wenn Herr Gahmuret durchdrungen wäre vom Unhaltbaren einer Liebe – müßte sich in seinem Brief nicht wenigstens eine Spur von Erschütterung zeigen? Muß das Haltlose so unhaltbar klingen wie in diesem Brief – nicht einmal verletzend, nur noch grotesk; noch abscheulicher als freiwilliges Zerrbild denn als unfreiwilliges? Ist das die Treue des Feenkindes?

Denn wahrlich, der Briefschreiber hat nichts Empörendes ausgelassen – von der Tauf-Lüge bis zum Bramarbasieren mit seinem Stammbaum; von der Herablassung gegen eine Verlassene bis zum merkwürdigen Trost, das Kind würde es dem Vater eines Tages an jener Ritterlichkeit noch zuvortun, von der er mit diesem Brief gerade ein stockfinsteres Beispiel liefert. Und dies vom gleichen Mann, der bei jeder Gelegenheit, da er selbst »Ritterschaft« übte, jeden möglichen Abstand dazu erkennen ließ. Jetzt aber verspricht er der werdenden Mutter großartig, sein Nachwuchs werde ein Ritter über alle Ritter werden. Damit gefiel es Herrn Gahmuret, ein Herz zu trösten, das er zerriß: mit der Verheißung weiterer Herzzerreißungen.

Aber was er in diesem Glanzstück von Brief alles *nicht* sagt, ist ja noch empörender, als was er sagt – oder fallen läßt, da es in der Tat ungesagt bleiben müßte, wenn ihm an der Fiktion läge, seine Königin (schwarz oder weiß) sei ihm im Entferntesten lieb und teuer gewesen. Davon verlautet kein Ton. Davon ist kein Schimmer rettender Grazie übriggeblieben. Die Empfängerin dieses Briefes kann sich nicht einmal an den Kopf greifen. Denn es gibt nichts, was nach Verstand klingt. Und noch viel mehr muß sie am Verstand seiner Seele zweifeln – sie kann sich nur ärgern über so viel männliche Seelendummheit. Es ist die Sorte Geschäftsbrief, vor dem sich die Frage erübrigt, wie einem dieser Mann je habe nahegehen können. Sie kann nur mit ärgerlichem Lachen beantwortet werden. Das Machwerk paßt zu einem, der bei Nacht und Nebel ausreißt – und sich bei seinem Abgang auch noch als Schatzdieb und Seeräuber erweist. Denn er hatte Frau Belakânes Morgengabe einfach mitlaufen lassen – wovon wäre das grüne Zelt sonst so voll gewesen? Was hätte der Landstreicher sonst zu verteilen gehabt?

Diesen Brief hätten Wir doch besser nie gesehen.

Aber es gibt ihn. Und, so viel Wir wissen, gibt es von Frau Belakâne durchaus nicht jene Reaktion darauf, die Wir für angemessen gehalten hätten. Sie freute sich auf ihr Kind, *punctum.* Sie nahm seinen Stammbaum freudig zur Kenntnis und seine Aussicht auf väterlichen, ritterlichen Glanz. Ihre Liebe bleibt unerschüttert und unbeirrt.

Damit wird das ungünstige Licht auf Herrn Gahmuret zu einem Glorienschein für Frau Belakâne, und mit ihr: für alle Frauen. Wie dürften Wir rechten mit männlicher Roheit, wenn diejenige es nicht tut, die sie zuerst treffen müßte, und am tiefsten? Herr Gahmuret ist nicht zu entschuldigen. Aber die größere Liebe hält sich damit gar nicht erst auf. Sie weiß: der Abschiednehmende wird klein. Es gibt keinen Abschied auf gute Art. Wir wüßten und predigten es so gerne anders. Wir wünschen uns selbst von einem Treulosen ein liebes Wort, eine Erinnerung an die Gemeinschaft, die er aufkündigt. Ein bißchen Scham schreiben wir seinem schlechten Gewissen schon vor.

Hier war sie nicht zu haben. Und wurde nicht verlangt, nicht erwartet. Die enttäuschte Liebe hätte auch dem zartesten Liebesabschied das Fehlende vor- und nachgerechnet, und es hätte ja *immer* genug gefehlt. Die *enttäuschte* Liebe, ja; die Liebe: nein.

Wer Frau Belakâne, die Mohrenkönigin, für gutgläubig, stumpf oder gar: für des Lesens nicht mächtig halten will, mag es tun.

Die Fabel hingegen läßt im Brief des ritterlichen Seeräubers den Abschied eines Menschen vom andern gelten und nimmt der Trauer, die dazu gehört, nichts weg. Es war ein Abschied. Mehr ist dazu nicht zu sagen. Außer diesem: natürlich hat Herr Gahmuret den Brief nicht selbst geschrieben. Er hat ihn einem Briefsteller überlassen: dem Pfaffen, den er als guter Krist ins Morgenland mitgeführt hatte. Der hatte dort nicht mehr viel Kristliches zu melden und zu besorgen. Er war also froh um den Auftrag und dachte ihn am schonendsten zu erfüllen, indem er den Flüchtling mit seinem Glauben entschuldigte und seinem Bastard im schwarzen Pâtelamunt so viel anschewinische und bretonische Rechtmäßigkeit hinterließ wie grade noch erlaubt. Immerhin machte er ihn schon vor seiner Geburt mit König Artûs verwandt – kann man mehr tun für ein Heidenkind? Er tat sein Bestes – seine Schuld ist es nicht, wenn es nicht gut genug war. Und als ihn ein Sturm zwischen Levante und Alicante von Bord blies – auf Nimmerwiedersehen –, ist er gewiß mit reinem Herzen untergegangen.

Herr Gahmuret konnte selbstverständlich weder lesen noch schreiben.

Was die Gründe für den bevorstehenden Abschied betrifft, so nennt die Fabel folgende: Herr Gahmuret habe »sichere Nachricht erhalten, daß sein ehemaliger Dienstherr, der Baruch zu Bagdad, von den beiden Königen Babylons mit großer Heeresmacht überfallen worden sei«. – Eine alte Lehensverpflichtung? Sehr achtbar. Aber was ging ihn der Baruch an und sein weit entferntes Reich am Ausfluß des Paradieses? Er ging in den Orient, es zog ihn an die Quelle seiner treulosen Treue – Herzeloyde konnte es sich denken. Aber sie dachte nicht daran ohne Maß. Sie habe allen Frauen einen so treuen Geliebten gegönnt, meldet die Fabel. Das ist, nach allem, was wir von ihr wissen, unerhört – und doch nur die alte fromme Art zu sagen, daß es hier nichts mehr zu »gönnen« gab. Er gehörte ihr nicht, das wollte es heißen. Sie hatte ihn nur geliehen. Sie hatte ihm viel abgewonnen und konnte ihn darum in Ruhe ziehen lassen. Er ging an seine Quelle, wo immer die lag, um darin unterzugehen – und blieb doch anwesend in einem Kind. In diesem kam er wieder, von Grund auf verwandelt. Dafür muß eine Mutter sorgen können.

In diesen letzten Tagen saß Schiônatulander öfter im Treppenhaus, wo es zu Frau Herzeloydes Kemenate ging, am Fenster und hielt seine Laute fest. Er griff hie und da einen Ton und blickte über das weite Land.

Oh, hätte er immer hier sitzen dürfen und die Ferne von weitem sehn, statt dort hinauszuziehen.

Warum saß er nicht bei Sigûne, wenn es so bald Urlaub zu nehmen galt?

Erzähl, hatte Sigûne gebeten, wenn er ihr zu nahe kam. – Und dann? und dann? Es war ihre Art, ihn zu entfernen. Und er sollte auch noch dabei mitwirken und stolz darauf sein.

Jetzt wirst du mein Ritter, hatte sie gesagt. Wie weit du auch gehst, du wirst mir immer gleich nah sein. Unsere Liebe ist stärker als Zeit und Raum! Das müssen wir uns nur fest vornehmen.

Es kommt nicht darauf an, daß du geliebt wirst, hatte Sigûne gesagt. – Es kommt darauf an, daß du liebst. – Aber wer liebt, spricht

solche Sätze nicht aus. Schiônatulander hatte in Sigûnes ernsthaftem
Gesicht alles Mögliche gesehen: Stolz, Adel und hohen Sinn. Aber
was er in ihrem Gesicht gesucht hatte, das fand er nicht.

In Frau Herzeloydes Gesicht hatte er es gesehen. Darum saß er
und wartete auf sie. Und als er nicht mehr darauf hoffte, kam sie und
blieb stehen.

Braucht Euer Herr Euch nicht? fragte sie.

Schiônatulander schüttelte den Kopf.

Ihr habt geweint, sagte sie. – Tut Euch die Minne so weh?

Schiônatulander hatte den Kopf geschüttelt, bevor er recht wußte,
was er tat. – Ja, sagte er, auch die Minne.

Ich habe Euch wehgetan, sagte sie.

Er konnte nicht antworten, aber er sah sie an.

Ihr möchtet nicht fahren, sagte sie. – Vielleicht kann ich wirken,
daß Ihr bleibt.

Er schüttelte den Kopf.

Nein, sagte er.

Dann richtete er sich auf. – Ich werde unsern Herrn hüten, sagte
er. – Ich werde alles tun, damit er lebt. Er kommt Euch wieder. Ich
schwöre!

Statt aller Antwort fuhr sie ihm übers Haar.

Er beugte sich über ihre Hand.

Und jetzt waren sie fort, und die Burg stand wieder ledig.

Die Herrin bat Sigûne öfter in ihre Räume, damit sie ihr vorlese:
aus den Liebes-Exempeln, die Der von Ouwe ausgedacht und ge-
dichtet hatte: von Erec, der sich bei Enîten erst zu viel, dann gar
nicht mehr verlag und durch ihren Schmerz und ihre Treue wieder
zum rechten Maß zurückkehrte; oder von Iwein, der umgekehrt das
Verliegen bis zur Unanständigkeit trieb und nach der Seite der Ehre
zurechtgerückt werden mußte. Oft schwammen die Augen der Vor-
leserin in Tränen. Denn wie hätte sie bei diesen Exempeln nicht ihrer
eigenen treuen Sehnsucht gedenken sollen.

Die Vorlesung litt manche Unterbrechung deswegen, die Frau
Herzeloyde gestattete, wenn auch nicht eben huldvoll. Sie gab zu
verstehen, daß sie die Exempel für übertrieben durchsichtig halte, für
nicht weit genug her. Sie nannte solche Bücher erbauliche Unterhaltung und sprach beide Wörter abfällig aus, als bedeuteten sie das
Gleiche. Die Exempel waren gut gemeint, doch eher ländliche Rit-
terkost. Ob Sigûne von keiner aparteren gehört habe?

Das hatte sie allerdings, und zwar von Schiônatulander. Es gebe da die Liebesgeschichte eines Meistergottfrieds aus Straßburg, die sei schon sehr stark. Das sei nichts Gemeines, so viel sie wisse, ganz und gar nicht. Es sei ungemein.

Herzeloyde fragte nicht nach der Quelle ihrer Kundschaft, doch sie erlaubte, daß Sigûne den Roman aus dem Kloster Vahr kommen ließ. Da nämlich war er vorhanden und wurde wie ein Schatz gehütet, vom Prior privatim, denn der Schatz habe seine Tücken. Aber nachdem das Klösterchen von Gahmuret eine so ungeheure Stiftung erhalten hatte, daß es in Kürze zum Kloster gedieh, war man ja wohl zur Ausleihe verpflichtet.

Der Prior ließ das Buch mit zuverlässigem Geleite senden und ausrichten, streng genommen halte er weltliche Leute nicht für berufen zur Würdigung des Romans. Es bedürfe eines sicheren Glaubens und scholastischer Erfahrung, bis man einen Satz wie diesen

Da wurde wohl geoffenbärt
Und auch vor aller Welt bewährt
daß der gar tugendreiche Krist
windschaffen wie ein Ärmel ist

würdigen könne, ohne zu erschrecken. Und Erschrecken könne der Frau in ihrem gesegneten Zustand nicht guttun.

Sigûne stockte denn auch, als sie den Satz lesen mußte. Aber Herzeloyde, wieder mit ihrem Einhorn beschäftigt, schien nicht im geringsten bestürzt. Offenbar konnte sie Krist auch als windschaffenen Ärmel sehen. Sie lachte sogar über das Gottesgericht, in dem einem eifersüchtigen Eheherrn so übel mitgespielt worden war, und wollte die Stelle zweimal hören von dem verkleideten Pilger Tristan, mit dem Isôt wie von ungefähr hingefallen war, also daß sie getrost schwören konnte, sie habe, außer bei ihrem Mann, nur bei diesem Pilger gelegen. Verschmitzterweise hatte sie diesen auch noch »ohnmächtig und schwach« genannt. – Sigûne las mit andächtigen Augen, denn da war in wunderbar fließenden Versen immer wieder vom wunderbaren Fluß der Welt die Rede, und die Minne schien von allen Dingen das fließendste zu sein. Das sagte der Herrin besser zu als die feststehenden Exempel Des von Ouwe.

Auch Sigûne fand sich hochbewegt: so hatte nicht einmal Schiônatulander vom Morgenland erzählen können. Meistergottfried wußte unsere eigene Welt so darzustellen, als flösse das Morgenland auch bei uns gleich unter der Haut der Erde und lasse sich aufdecken mit zarter Hand. Was war Belakâne gegen Isôt? Gahmuret gegen Tristan? Das sagte Sigûne nicht, dachte es immerhin. Aber hatte nicht auch Schiônatulander gesagt, daß in diesem Buch das Wahre über die Liebe zu finden sei? Da war sie wohl ein Wunder, die Wahrheitsliebe der verlassenen Frau. – Und doch kam es eines schönen Morgens zum *éclat*.

Wie denn, warum nur? Sigûne hatte eben etwas besonders Zartes gelesen, nämlich:

> *Doch laßt mich eine Bitte tun:*
> *Welch fremden Landes Ihr auch fahrt,*
> *Daß Ihr Euch, meinen Leib, bewahrt,*
> *Denn wenn ich des verwaiset bin,*
> *So bin ich, Euer Leib, dahin.*
> *Mir, Eurem Leben will ich fein –*
> *Denn was ich bin will Euer sein –*
> *Obacht und liebe Mühe geben,*
> *Denn Euer Leib und Euer Leben,*
> *Das weiß ich wohl, das liegt an mir.*
> *Ein Leib und Leben, das sind wir.*
> *Laßt mich an Euch mein Leben sehn –*

Klingelingeling! rief Frau Herzeloyde und war aufgesprungen in ganzer Schwere ihres Leibes. Sie stand zornempört und nahm der erschrockenen Sigûne das Pergament aus der Hand. Zerreißen konnte sie es nicht, es war schweinsledern. Sie packte das teure Konvolut, hob es mit Leibeskräften und warf es gegen den Kamin. Zum Glück brannte kein Feuer darin. Es war immer noch Sommer.

Schämst du dich gar nicht? schrie Herzeloyde, bebend vor Fassungslosigkeit. – Solch Geseire deinem Herrn vorzutragen? Was soll er denken, wenn er dich säuseln hört?

»Denn was ich bin, will Euer sein«, höhnte sie, und jetzt scherbelte der fließende Minnetrost zwischen ihren Zähnen wie gesprungenes Glas.

Der *Herr*? Was für ein Herr? Es dauerte eine Weile, in der Sigûne ihre Frau für rasend halten mußte, bevor sie auf den kaum weniger rasenden Gedanken kam: die Frau meine wohl das Kind in ihrem Leib.

Er soll es nicht hören, hörst du! schrie Herzeloyde. Sie war auf ihren Stuhl gefallen. – Das hat der Herr nicht verdient, dabei braucht er sich nicht aufzuhalten. Er hat zu tun, verstehst du? Es kommt nicht in Betracht, daß er sich in Höhlen verliegt, mit einer Gumsel. Sie girren alle gleich, und immer bedeutet es nur eines: Habenhaben! Ich brauchebrauchebrauche dich! Einen Dreck brauchen sie! Der Herr hat zu tun, verstehst du? Er hat Dringenderes zu schaffen als ein bißchen Weiberlust! – Das geht vorbei, schneller als geträumt. Da soll auch der Herr dran vorbeigehn. Eine Höhle, ein Liebesnest aus Kristall, du lieber Gott! Da rottet und fault das Beste. Das stinkt zum Himmel, eh man sich's versieht. – *Minne!* sagte Herzeloyde plötzlich. – Ja, da sehnen sie wieder!

Sigûne eilte herbei, sie zu stützen; denn sie war in ihrem Sessel zusammengesunken und drohte ganz herabzufallen. – Er ist so minniglich! flüsterte Herzeloyde und hatte die Augen voll Tränen. – Es darf ihm nichts geschehen, nichts, hörst du mich gut? Nie darf ihm nichts geschehen, meinem süßen Herrn –

Sprach sie jetzt von Herrn Gahmuret? Sigûne war auf einmal unsicher. Und die hier die Minne verschwor ... wie hatte sie der Minne geopfert! War die Ferne des Herrn nur im Wahnsinn auszuhalten, das ledige Schloß, das meisterlose Land?

Gibt es denn in dem ganzen gesegneten Kloster nicht *eine* Schwarte, sagte Frau Herzeloyde, in der die Minne vorkommt, wie sie sein soll?

Wie soll sie denn sein? fragte Sigûne.

Arbeit! sagte Frau Herzeloyde. – Glaubst du etwa, es sei damit getan, daß zwei ihre Gliedchen zusammenflechten, nur weil sie Lust dazu haben und einigermaßen verschieden sind? Daß sie Wunder was finden an dem bißchen Unterscheidung, so daß sie mit Suchen gar nicht aufhören können? Das ist ganz nett, zu seiner Zeit, und schauderhaft vorläufig. Sondern dafür sind ihnen Leib und Glieder gegeben, daß sie wahrhaft zusammenspannen, für eine Arbeit, die zwar ohne Minne nicht getan werden kann, aber wahrhaftigen Gottes nicht nur aus Minne besteht!

Arbeit? Das heißt in unserer Sprache: Leiden und Mühsal.

Arbeit, was sonst! sagte Herzeloyde. – Dafür legen sie sich zusammen, damit sie überhaupt zusammenspannen lernen, und nicht, daß sie sich darin erschöpfen. Denn das ist alles nur Vorübung! Sie lernen miteinander zusammenspannen, damit sie auch weniger Süßes und Minnigliches verflechten lernen, was ohne Minne nicht zu schaffen ist, auch wenn's ihr schwer fällt und man sie vor lauter Arbeit manchmal nicht wiedererkennt. Doch an ihren Früchten erkennt man sie! Denn wenn Minne am sauren Werk war, dann muß wieder Minne daraus aufgehn, arbeitsfähig und arbeitswillig, wenn du mich gut verstehst! Das tust du gefälligst, denn du bist nicht minder vom Grâl als ich. Die Welt muß nämlich verflochten sein! Sonst fällt sie in Stücke, und ginge jeden Tag zu Bruch, wenn da nicht Welche wären, so die Liebesmüh auf sich nehmen, sie zusammenzuhalten.

Und gar nicht immer brauchen sie gleich zu wissen, was sie tun! Sie lernen das Verlorene überall sonst auch zu sehen und heimzusuchen. Nämlich, das Meiste ist verloren und würde ohne Liebesmüh auseinanderfallen. Die Welt will befestigt sein, Sigûne! Sie will einen besseren Grund finden, und dafür wird man so tief in die Minne eingetaucht. Aber nicht, damit man darin herumplantsche oder gar untergehe. Sondern damit man selber tauchen lerne, um den Grund der Minne zu packen, und das ist das Gottes Wesen mitten in uns!

Das Tauchen ist schöner zu zweit, das geb ich dir zu. Aber notfalls kann man's wohl auch allein. Und wer so recht eingetaucht war, dem bleibt das Ding nicht flüssig auf der Haut oder rinnt von ihr ab, sondern wird fest wie eine Rüstung. Und als minnefester Mensch, Mann oder Frau, macht Einer sich ans Werk, allein oder zu zweit, um die Welt zusammenzuhalten, wo sie's am nötigsten hat. Und nötig hat sie's allenthalben auf Schritt und Tritt. Das ist Arbeit, Nichte, denn die Minne muß die Welt zusammenhalten auch gegen ihre eigene Haltlosigkeit. Und es gibt ihrer zu viele, die das Haltlose auch noch für minniglich halten, wie dein Meistergottfried. Dabei neigt es nur zum Einstürzen und Ineinandersinken. So mußt du notfalls die Minne auch gegen die Minne stützen, und das ist eine Heidenarbeit. Von der möchte ich einmal in einer Schwarte viel lesen, nicht bloß von volkstümlichen Exempeln, schlaffen Morgenländern und nichtsnutzigen Minnehöhlen.

Doch leider, die wahre Fabel gibt es nicht, unsere Singer und Sager sind zu mickrig dazu! Unser Herr aber darf nicht so sein! Er soll der Minne ihren schwachen Sinn austreiben und wird am Ende auch noch dafür sorgen müssen, daß er seine Singer und Sager findet!

Solcher Belehrung ließ sich wohl nicht anders als andächtig lauschen, und Sigûne verlegte sich wieder einmal auf das erprobte Umherwandern ihrer blauen Augen. Es war ihr von Arbeit zuviel die Rede. Wo blieb die Poesie?

Von Stund an aber kamen sie nicht mehr zu Ehren, der Meister-gottfried und sein im Unglück überseliges Paar. Und Sigûne mußte lieber wieder aus Dem von Ouwe lesen, vom Armen Heinrich zum Beispiel, bei welchem Vortrag die Herrin sanft zu entschlummern pflegte; er mußte demnach wohltätig sein. Und Sigûne las für sich weiter, mit leisen Lippen, die beim Lesen probeweise die Schwären des Armen Ritters berührten, die Rosen seines Aussatzes, um ihn zu heilen durch angestrengte Inbrunst.

EIN RITTERSMANN
WIE DER KYBERG SEINER HERRSCHAFT
EINEN WAHREN RITTER VORSTELLT

Wer ein Mensch ist, kann das Stärkste sagen und auch tun an einem
Tag, um am nächsten nur noch hinfällig zu sein. Vielleicht ist das
Um-zu dieses Zielsatzes für einmal eher bedenkenswert als fehler-
haft. Noch gestern hatte Frau Herzeloyde Rat gewußt für Sigûne
und alle Welt; heute fand sie für sich selbst keinen mehr und schien
sogar ihres Selbst ledig geworden zu sein.

So sind die Launen der Schwangeren, sagt die Umgebung augen-
zwinkernd; aber nein, so ist der Mensch: sehr wenig Sicheres. Wo
war die Gute Hoffnung hingekommen? Versunken war sie in Be-
trübnis, deren augenfällige Grundlosigkeit das Elendeste daran war.
Denn diese zieht auch noch das *Recht* zu einem Gefühl in ihr
schwarzes Loch mit hinab. Es ist eine andere Grundlosigkeit als die
der Liebe, nämlich eine flache, gewissermaßen sumpfige; und fast
beneidenswert kam Herzeloyde nun jene grüne vor, die ihr ver-
schwundener Mann im Wappen geführt hatte.

Gahmuret! So lange er da war, hatte sie den Namen kaum ausgesprochen. Was sie ihm sagte, wenn ihr die Stimme brach, klang ohnehin wie sein Name, die erste Silbe davon; einen längeren Namen
brauchte er nicht in ihrem Mund. Aber seit die Kerzen gelöscht
waren, und der Funke des Lichts aufgesprungen in ihrem Leib,
sprach sie es manchmal vor sich hin, ganz wie zum ersten Mal:
Gahmuret.

Ze Anschouwe war er nun nicht mehr, nicht nur, weil Anschouwe
Lähelîns Lehen geworden war. Anschouwe war untergegangen. Es
kam ihr vor, als sei die ganze Welt nicht mehr *ze Anschouwe*; als
hätte sie keine andere Lust oder Pflicht mehr, als die Augen zu
schließen, das Licht zu nähren und es aufgehen zu lassen über einer
neuen Welt. Alles an ihr hatte sich zurückgezogen. Es war gut, es war
unerläßlich, daß Der Kyberg zur Stelle war und zum Rechten sah.
»Eigen« nannten sie ihre Mägde, die scheu geflogen kamen, wenn sie
in die Hände klatschte. Sie war eigen geworden auch in ihrem Appetit, rührte kein Fleisch mehr an, das ihr Der Kyberg jagte und fast
aufdrängte; eigen auch in ihrem Kleid. Man sah sie nur noch in

einem langen Hemd aus roher Wolle. Immerhin trug sie helle Seide auf dem bloßen Leib. Für Sein Wachstum war ihr nur das Teuerste gut genug.

Manchmal ließ sie Sigûne rufen, deren große Augen gerötet waren. Die Jungfrau weinte viel und sagte nicht, um was; die Herrin war nicht begierig zu erfahren, was die Weinende für einen guten Grund hielt. Ein Verlust war ihr so viel wie der andere, und doch keiner so viel wie: Gahmuret.

Ja, nun sprach sie den Namen vor sich hin, auch die letzten Silben, die weiter reichten als ein Seufzer; jetzt vollendete sie seinen Namen in ihrem Mund. Sie trauert ihm nach, sagt das Gesinde, und nannte es eine überflüssige Sünde. Denn auch wenn der Herr weitläufig war: er trug ja doch seinen Demanthelm und blieb so fest, schwertfest und todesfest in jeder Ferne.

Sie aber redete nicht von seinen Wegen. Sie hatte ihn ziehen lassen und zog nicht mehr an ihm. Aber seinen Namen sprach sie aus, immer wieder, langsam, in tiefer Verwunderung; als enthülle dieser Name, bewußtlos ausgesprochen, das Rätsel, das die Männer verkörpern. Denn nie, nicht einen Augenblick war ihr zweifelhaft, daß sie selbst mit einem Manne schwanger ging. Sie mußte das Rätsel rechtzeitig lösen, um seine Schwere aufzuwiegen mit ihrer weiblichen Sorgfalt. Sie wollte es wissen, um es zu entkräften. Gahmuret: er war nicht da, es war die Art geliebter Männer, nicht mehr da zu sein. Der Burggraf aber war da und ein Vertrauensmann. Vielleicht besaß auch er ein Rätsel und hatte die Lösung nicht ganz vergessen? Vielleicht bestand seine Mannhaftigkeit gerade darin, daß er sein Rätsel zurückgestellt hatte um ihretwillen –?

Er hatte die Schweighöfe besucht, die der Krone gehörten, wâleisische Inseln in der Wüste der Wälder. Er hatte sie geprüft und dafür gesorgt, daß sie wohl bestellt waren, die Felder Frucht trugen und das Vieh sich mehrte. Gegen Mißwuchs, Unwetter und Viehseuche war kein Kraut gewachsen. Er strafte die Bauern nicht dafür, indem er sie drückte.

Davon erzählte er auf seine Art, legte Rechenschaft ab vor der Herrin, ehrerbietig und doch sachlich genug. Seine Pflicht, überall zu sein, ohne einen Schritt zu übereilen – denn Bärbeißigkeit ist noch keine Ungeduld –, hatte ihm selbst etwas Bäuerliches gegeben. Er sprach nicht viel, doch von innen heraus, aus beherzter, obschon bedrängter Brust. Denn sein Atem ging schwer.

Ihr solltet Euch schonen, sagte die Herrin verlegen. – Setzt Euch doch, ich bitte Euch, setzt Euch zu mir.

Er lächelte mit edler Scham und ließ sich auf der Kante der Fensterbank nieder, als wäre ihm das Kissen darauf zu bequem, und als müßte er, der schwere Mann, auf dem Sprung bleiben auch jetzt. Wie sollte er sich denn wohl schonen, wenn er der Einzige war, der zusah, daß die Arbeit im Land nicht aussterbe, sondern getan wurde? Er hatte auch zugesehen, daß die Burgluken, die er für das Turnier weit hatte öffnen lassen, wieder vermauert wurden, der Wehrhaftigkeit zulieb. Turniere würde es hier so bald nicht mehr geben. Dafür konnte man nie wissen, wie bald es einem fremden Herrn einfiel, dem herrenlosen Wâleis Fehde anzusagen und die still gewordene Burg zu bestreiten. Es konnte jeden Tag geschehen, man hatte sich vorzusehen. Und auch für diese Vorsicht rührte sich ja keine Hand als die seine.

Da saß er nun, ein Ritter von Geburt, von dem das Ritterhafte, so vieler nötiger Dienste wegen, abgeblättert war, auch wenn seine Haltung etwas davon bewahrte, mit Hilfe der Korsetts. Anständig, schwer geprüft und immer etwas in Unruhe – denn wenn er bei der Herrschaft war, konnte er ja nicht überall sein –: so saß er auf der steinernen Kante. Er konnte melden, daß es wohl stehe auf den Schweighöfen; daß die Bauern ihre Früchte in Frieden ernteten, weil die umliegenden Herren vorläufig nicht daran zu denken schienen, ihn zu brechen. Manche von ihnen waren auf Pilgerschaft oder beim Abenteuern und hatten ihre Länder in die Hände von Burggrafen gelegt. Burggrafen aber leisten sich selten den Luxus, die Fehden ihrer Herren weiterzupflegen. Sie halten ihre Länder zusammen, das ist Abwechslung genug.

Hörte Herzeloyde die Bitterkeit in Des Kybergs Stimme, und den traurigen Spott, wenn er von »echter Ritterschaft« sprach? Viele echte Ritter hatten ihr Land geräumt, und das war ein Glück. Denn so lange konnten diese Länder, unter der pflegenden Hand ihrer Platzhalter, einigermaßen aufatmen. Die herrenlosen Damen aber fanden Muße, sich von reisenden Singern huldigen zu lassen. Dabei geschah nicht viel Unglück. Denn diese Singer, die hohe Ritterschaft über alles priesen, besaßen weder den Mut noch die Mittel, ihr selbst zu huldigen. Es genügte ihnen, deren Lohn zu begehren in artigen Tönen. Sie hatten Glück, wenn sie ihn erhielten, waren aber nicht untröstlich, wenn er ihnen vorenthalten blieb. Denn viel glücklicher, als sie waren in ihrem poetischen Unglück, wollten sie im Grunde gar nicht werden.

Hier war die Ironie des von der Landsonne gebrannten Vertrauensmannes kaum zu überhören. Doch Frau Herzeloyde war bei anderen Gedanken. Sie hatte sich das Leben auf den Schweighöfen schildern lassen, das Inselleben inmitten der Wälder. Sie erkundigte sich nach dem Komfort dieser Anwesen – viel davon würde sie nicht mehr brauchen. Sie wollte wissen, ob auf einem solchen Hof zu leben wäre.

Für Euch, Herrin? fragte Der Kyberg überaus verdutzt. Traurig genug, daß sie in der Burg zwar weder zu sehen noch zu sprechen, aber immerhin vorhanden war: es fehlte noch, daß sie sich aus Kanvoleis zurückzog und auch dem Leibe nach in der Wüste verschwand. Aber es war ja doch wohl nur eine Flause ihrer Guten Hoffnung.

Für das Kind und mich, sagte sie. – Um Seinetwillen möchte ich mich zurückziehen, so lange Gott mir das Leben gibt, um das Kind in seinem Namen zu erziehen und zu halten.

Wenn sie von ihrem Kind sprach – und sie tat neuerdings nichts anderes mehr, sogar wenn sie schwieg, schwieg sie von diesem Kind –, wußte der Burggraf, daß es ernst galt. Er begann zu schwitzen, trotz der Kühle des Gemäuers. Er gab zu bedenken, daß ein Bauernhof mitten im Wald – und auch ein Schweighof war ja nichts Besseres – schwerlich der rechte Platz wäre für einen jungen Herrn, schon gar nicht für den Erben dreier Länder. Für eine Dame und ihren jungen Herrn sei ein Bauerngut so schlecht wie eine Einsiedelei, nur noch unbequemer. Denn ein Einsiedel sei auf Entbehrung gefaßt und wisse, worauf er sich einlasse. Wie der junge Herr denn in der Einöde Ritterschaft lernen solle!

Das soll er nicht, sagte Herzeloyde, bei meinem Leben!

Der Kyberg erschrak noch mehr. Wie durfte die Leibesfrucht, wenn sie denn männlich war, *nicht* ein Ritter werden, zur Herrschaft berufen, wie sie war, über Anschouwe, Wâleis und Norgâls? Drei Reiche, die er sich zum Teil auch noch würde erstreiten müssen? Das war nicht bei Troste geredet.

Ritterschaft? sagte Herzeloyde mit zuckenden Lippen. – Ritterschaft!

Sogar sich selber hatte Der Kyberg das Wort nie bitterer sagen hören und Herzeloyde auch nicht, nicht einmal zu der Zeit, da sie

noch die Steife Jungfrau gewesen war. Jetzt war sie die Hausfrau des
zauberhaftesten Ritters der Kristenheit und redete von Ritterschaft
gerade so, als dürfe man das Wort nicht einmal in den Mund nehmen!
Denn ausgesprochen hatte sie es nicht, sondern ausgespien.

Seid *Ihr* ein Ritter? fragte Herzeloyde. – Ja, Ihr seid ein Ritter,
trotz allem. Und dürft stolz sein darauf, denn Ihr seid es nicht geblieben, sondern mehr geworden. Ihr seid ein Gottes Mensch, Burggraf. Ihr seid da, wenn einer Euch braucht, es braucht nicht einmal
ein Besonderer zu sein. Ihr geht, aber nur, um wiederzukommen
und Rechenschaft zu geben von den guten Gründen Eurer Abwesenheit. Denn sie war nötig und hat ein Ende, wenn sie nicht mehr
nötig ist. Ritters Ehre! Ihr habt sie wohl, aber von der großen Art,
und der einzigen, von der ich hören mag. Denn Ihr dient, und in
Eurer Herrschaft dient Ihr Gott und dient ohne Arg, Hintergedanken und Abenteuer. Ja, Ihr seid ein Ritter, denn Ihr seid tausendmal
mehr!

Im Gesicht des grauen Mannes ging bei ihren Worten Merkwürdiges vor, nacheinander und durcheinander. Er war erblaßt, als Herzeloyde ihn rühmte wegen seines Mangels an abenteuerlichem Sinn.
Und er war errötet, als sie seine Dienstauffassung die höchste
nannte, reinen Dienst um Gottes Lohn. Der Kyberg hatte seit vielen
Jahren keine Hausfrau mehr. Sie war an seinem jüngsten Sohn gestorben, der nun auch schon Herr eines festen Plätzchens war und
das Land schirmen half. Man wußte, wofür man diente, und erkannte es doch kaum wieder in Frau Herzeloydens erhabenem Lob.
Es beschämte ihn und erhob ihn auch. Er diente also um Gottes
Lohn und war doch redlich genug zu wissen, daß er es nicht immer
aus reinster Tugend tat. Aber da ganze Ehrlichkeit zur Zeit nicht
gefordert schien, antwortete er auch nicht, zumal er die Frau unvermittelt sagen hörte:

Gahmuret. Gahmuret.

Zum Glück! dachte er zum ersten Mal. Zum Glück gibt es ja noch
den. Er war wohl weit weg und kam so bald nicht wieder, und die
Herrin hätte die Gelegenheit anderer Herrinnen gehabt, sich einstweilen besingen zu lassen, auch den Huldiger zu lohnen in Gottes
Namen. Aber kein fahrender Singer kam dazu, hier auch nur seine
Harfe oder Fiedel abzustellen; und wenn er doch einmal spielte,
dann um gewöhnlichen Lohn. Das Schloßtor blieb zu für seinesgleichen, auch wenn er noch so artig sang. Herzeloyde durfte für das

Bild einer treuen Frau gelten, und das kam der Autorität des Burggrafen zustatten, auch wenn sie ihrem Land sonst kein Vorbild mehr war.

Herr Gahmuret war ausgezogen um seiner Abenteuer willen – nun ja, so war es, wo nicht recht, so doch billig und Sitte; und durch ritterlichen Ruhm verschafft sich am Ende auch die Unsitte Recht und Respekt. Gahmuret, der sonderbare Krist, war hereingeschneit nur, um sich wieder zu verlaufen. Immerhin nicht ohne ein Kind zu zeugen, hoffentlich einen Herrn – mochte Herzeloyde recht behalten, das war Dem Kyberg auch am liebsten. Er brauchte einen Herrn nicht zu mögen, um ihm zu dienen, oder (wenn er sich zu verlaufen geruhte) seiner Frau, und zwar ohne Lohn. Aber wie absonderlich dieser Herr auch sein mochte: zumindest an seiner siegenden Art war nicht zu rütteln. – Ja, sie gedieh mit jedem Tag, da er fehlte, ins Sagenhafte. Man brauchte den Zauber, den er anwandte, nicht reinlich zu finden. Jedenfalls war er Manns genug, wenn er wiederkam, die Feinde zu verscheuchen wie Rauch die Mücken. Und würde ja wohl nicht geduldet haben, daß sich seine Hausfrau mit dem Kind und Erben in die Einöde vergrub –

Der Burggraf entspannte sich ein wenig. Wenn Frau Herzeloyde das Grüne suchen sollte und die frische Einsamkeit, um ihr Kind zur Welt zu bringen: das war am Ende ein begreiflicher Wunsch. Da war wohl Rat zu schaffen. Doch es empfahl sich, nicht weiter davon zu reden, dann ging der Wunsch vielleicht schon bis zum Abend vorüber.

Sagt mir an, fuhr sie fast mädchenhaft fort, da Ihr ja doch ein Ritter seid: warum sind sie so, die Ritter?

Bitte? fragte er. Er war noch keineswegs schwer von Gehör, aber die Frage hatte er wahrhaftig nicht verstanden.

Warum trägt er einen Anker im Wappen? fragte sie. – Ein Mensch ist doch kein Schiff!

Ein Ritter muß fahren, denk ich, sagte er. – Es ist ein Brauch, eine Gewohnheit, also wird sie schon einen Grund haben. Er bringt Euch gewiß etwas Schönes nach Hause.

Seid Ihr auch gefahren? fragte sie. – Da Ihr noch jünger wart?

Das konnte man wohl sagen. Das war einzuräumen. Nicht gleich ins Heilige Land, nach dem hatte es ihn nie gejuckt. Aber zu Fehden war er schon gefahren, als Mann des Königs Castis, und zuvor bereits als Knappe von dessen Vater. Das waren rohe Zeiten gewesen, aber geregelte. Und er hatte manchen Speer verstochen, nicht nur im Turnier.

Ihr seid wiedergekommen, sagte sie.

Was denn sonst? Wenn man um eine Dame in Ehren gedient hatte, kam man eben wieder, um sich niederzulassen, wo man hingehörte.

Man kommt immer wieder, sagte Der Kyberg, wenn man nicht totbleibt. Das kommt vor, aber dagegen kann man sich etwas vorsehn. Das Normale ist, daß man durch Gottes Gunst wieder nach Hause kommt, denn dort erwartet einen ja auch allerhand.

Was erwartet Euch jetzt?

Nun ja, was wohl? Der Pflichten mehr als genug, und eine ledige Tochter, die ihm das Haus versah; wenn die Hausfrau ins Grab sinkt, muß besser noch eine Tochter da sein. Sie ist die hübscheste nicht, und auch nicht die geduldigste. Sie jammert viel, aber man hängt an ihr und weiß nichts Anderes.

Euer Herr bleibt nicht tot! verkündigte Der Kyberg, denn endlich glaubte er Frau Herzeloydes geheime Gedanken zu erraten. Auch wenn man nie wissen konnte, fühlte er sich sicher in seinem Trost. Es gab ja doch den Demanthelm!

Ich danke Euch, sagte Frau Herzeloyde, er hatte offenbar das Rechte getroffen. Und doch schien ihm auch wieder, sie habe gar nicht zugehört. Er war demnach entlassen und konnte wieder seinen Pflichten nachgehn. Das war einfacher als solch ein Gespräch.

Vergeßt mich nicht! sagte sie.

Oh bitte! sagte er, errötend. – Wie sollte ich Euer vergessen, ich –

Vergeßt auch nicht, mein Gut in der Einöde zu rüsten, sagte sie, denn nach der Stunde meiner Niederkunft wollen wir da hinaus ziehn, mein Herr und ich.

Er zwang sich ein Lächeln ab; mochte es bäurisch sein. Die Laune würde also etwas länger dauern. Aber er war ja da, auf alle Fälle, und geschehen lassen würde er seiner Frau nichts, mit Gottes Hilfe.

Das Gut ließ er noch gute Weile haben.

VOM HERUNTERKOMMEN
WORIN DIE REDE SEIN MUSS
VOM GRÂL UND SEINER SIPPSCHAFT

Zu dieser Zeit um den Martinstag aber geschah es, daß Sigûne in ihrem Turm der dienstbare Geist abhanden kam. »Geist« trifft nicht ganz – die Trine, soweit sie sich sehen ließ, war eine leibhafte Person unbestimmten Alters und eher unförmig in ihrem Dienstkleid, das sie ordentlich hielt und auch sauber, soweit möglich. Denn wer einen Kachelofen nähren, wer unter dem Kessel Feuer machen und das Wasser am Kochen halten muß; kurzum: wer für die Not da ist, der trägt die Spuren der Nötigung an Fingernägeln, Haar und Schürze.

Trine brachte dem Fräulein Brot, Milch, Salz und etwas eingemietetes Gemüse zu, die Ration Lebensmittel, die sie am Vorabend in der Burgküche abgeholt und im Turmkeller deponiert hatte, von Mäusen einigermaßen geschützt. Am Morgen klopfte sie an die Kammertür und fragte, ob man sie brauche. Bejahendenfalls trat sie ein, öffnete den Laden, leerte die Brunzkachel (oder Saichscherbe), brachte das Frühstück zum Bettkasten, dessen Vorhang sie beiseite schob, und machte sich reinigend zu schaffen, während das Fräulein sich ein Brötlein brach oder seine Milch nippte. Wurde es gewünscht, half sie beim Ankleiden und lüftete das Bettzeug, um dann unsichtbar zu werden, das heißt, in der Küche zu verschwinden, die nur durch den entfernten Hintereingang des Turms zu erreichen war, doch an die Kemenate stieß, so daß die Herrschaft gegebenenfalls nur an die Wand zu klopfen brauchte. Die irdenen Kacheln, welche einen großen Teil dieser Wand einnahmen, mußten sich zur Frühstückszeit aufgewärmt haben, dafür hatte Trine vor Tagesanbruch gesorgt. Und in ihrer Küche verbrachte sie, wie die Nacht, den Großteil des übrigen Tages und machte sich von da her, in der Tat, nur noch wie ein Geist bemerkbar.

Sigûne nahm ihre Dienste nie ganz ohne Verlegenheit in Anspruch. Ihr schien, daß der diensthabende Geist ungesehen eine aufdringliche Körperlichkeit gewinne, besonders in der Nacht. Da hörte sie die Trine hinter der Wand schnauben und schnarchen, husten und ächzen, gelegentlich auch im Traum laut schreien. Dann konnte das Gewohnte einen Stich ins Unheimliche annehmen, und

Sigûne fühlte sich beim Präparieren am Lesepult ins Zittern geraten oder schreckte, wenn sie schon geschlafen hatte, mit jagenden Pulsen auf.

In der Nacht vor Sankt Martin aber wollte das Schreien gar kein Ende nehmen. Und Sigûne hörte hinter der Wand andere Stimmen, fluchende von Männern, und keifende, auch beschwichtigende von Frauen, später ein langes Wimmern; dabei gab es ein aufgeregtes Hin und Her von Schritten, ein Herumschleifen von Gerät. Danach polterte man die entfernte Treppe hinab, und noch später wurde alles still.

Am nächsten Tag eröffnete ihr die Tante kurz, die Trine habe in der Nacht geboren, ein totes Kind, und dabei Blut verloren. Nun liege sie selbst für tot bei den Ställen und werde schwerlich davonkommen. Wie könne man noch Mägde in den Turm senden, wenn die dort nichts Besseres zu tun hätten, als krebskrällig zu werden.

Krebskrällig? fragte Sigûne.

Schwanger, sagte die Tante. – Du wirst dich selbst versorgen müssen und auch lernen, Feuer zu machen.

Ich? sagte Sigûne.

Wir wollen uns für nichts zu gut sein, Nichte. Oder muß ich dir helfen?

Danke, Tante, nein.

Das Nötige wird dir geliefert wie bisher, sagte Frau Herzeloyde.

Und Trine? fragte Sigûne.

Die, antwortete die Frau. – Die pflege ich selbst.

In der Nacht danach hatte Sigûne, wie in jeder andern, das schwere Konvolut der »Eneît« auf das Lesepult gehoben und sich davor gesetzt. Aber sie las nicht, sie fror. Atemwolken stiegen ihr von den Lippen, denn ihre Nase war verstopft und würde es wohl den ganzen Winter bleiben. Die Kerzen auf dem Lesetisch und vor dem Gottes Bild rührten sich kaum, obwohl sie die Holzläden nicht ganz dicht hatte zuziehen können. Zum ersten Mal hatte sie es eigenhändig getan. Die Welt draußen war in Kälte erstarrt, nichts rührte sich, kaum ein Wind. Sie hatte den kalten Vollmond über dem offenen Tal wie festgenagelt scheinen sehen, bevor sie ihn mit ungeschickten und rasch zerschundenen Händen ausgesperrt hatte. Nun sog sie an den blutenden Fingern; das kostbare Pergament litt keinen Flecken. Das war ein guter Grund, es einstweilen nicht anzurühren. Sie starrte in das Flämmchen; die Lichtfäden, die sie durch ein Wimpernzucken erzeugen konnte, schossen wie Haarrisse durch die eisige Luft.

Lebendig begraben. Aus der Verborgenen Höhe in den Turm von Kanvoleis: von einem Gemäuer ins andere. Kein menschlicher Laut, nicht einmal das Schnarchen hinter der Wand. Der Wunsch, sich im Bettkasten zu verkriechen, die Wärme der Decke um sich zu ziehen und darunter etwas Trost zu suchen. Doch Sigûne mußte es aushalten vor dem offenen Buch. Der Platz war so gut und so kalt wie ein anderer.

Die Tante hatte sie in der Verborgenen Höhe zum ABC-Unterricht geschickt, zu ihrem jüngeren Bruder, Trevrizent. Die Ritter und Damen dort hinten mußten wenigstens ihren eigenen Namen lesen können. Denn sie lebten für den Tag, an dem ihre Namen aufleuchteten auf dem STEIN. Das war Der Ruf, der sie für die Welt bestimmte, darauf hatten sie sich gerüstet, die Männer mit den Waffen, die Damen durch Waschungen und Körperpflege.

Die Tante, das Königskind, tat nichts wie alle andern. Sie hatte die Nichte bei der Hand genommen und durch dunkle Gänge ins Männerhaus geführt, zu ihrem Bruder, und dort nach einer Stunde wieder abgeholt. Für die Tante gab es auf der Verborgenen Höhe keine Grenze. Sie schmückte keine Puppe zum Zeitvertreib, zum Totschlagen der unabsehbaren Zeit bis zum Ruf. Sie hatte ja Sigûne, das Kind der toten Schwester, und lieh sie ihrem Bruder Trevrizent aus, eine Stunde täglich, damit sie lesen lerne, und zwar nicht nur ihren Namen.

Warum hatte die Tante das getan? Weil Trevrizent der einzige war auf Munsalvaesche, der für noch strenger galt als sie? Wäre Munsalvaesche nicht ohnehin ein Kämpfendes Kloster, eine Mönchsburg gewesen, dieser zweite Sohn wäre zum Pfaffen bestimmt worden. In seinem hochgeschlossenen Umhang trug er sich auch so und verlangte geradezu das Unmögliche von einem Kind. Sigûne hatte nichts zu lachen, wenn er die Ungeheuer, zu denen sich die Buchstaben unter seinen gepflegten Händen auswuchsen, beim Namen nennen sollte.

Die Ungeheuer? Das war buchstäblich zu verstehen. Denn er verwandelte die Lettern, um sie einzuprägen, in Wesen nicht von dieser Welt, als da sind: Tritonen, Kentauren, Greife, Hydren, Medusen oder Lemuren. Und am Ende war es das Unmögliche daran, was das Einprägen erleichterte. Denn jeder Buchstabe nahm den Leib einer Fabel an, die in keinem Buch geschrieben stand. Trevrizent schien sie aus dem blanken Nichts zu schöpfen. Er hängte sie an einem Kielkropf auf, am Schattenwurf eines X oder am Galgen eines P, und

schien sie nach Belieben fortspinnen zu können. Dabei sah er besonders grimmig aus. Wenn er ein Lachen verbiß, so jedenfalls keines,
das laut werden durfte.

Und so war es ein eigentümliches Wechselbad von Schrecklichem
und Erheiterndem, von Undenkbar und doch Möglich, mit dem er
die Schülerin stundenweise abschreckte. Gemischt war auch sein Re-
nommée. Der »Pfaffe« sei unter den Rittern auf dem Exerzitienfeld
(denn von »Turnierplatz« war auf Munsalvaesche keine Rede, und
Damen wurden davon ausgeschlossen) der Treffsicherste und so un-
überwindlich, daß er seine Gegenspieler zur Verzweiflung treibe und
sie sich damit zu Todfeinden mache.

Dieser Bruder also war Frau Herzeloydes Mann; und wenn sie
ihren Ehemann nach diesem Maß ausgesucht hatte, so konnte es in
der Tat nur Gahmuret sein, der Hexenmeister mit der Lanze – auch
wenn er in allen übrigen Stücken wohl nicht ganz der Passende war
und sie ihn dafür so verzweifelt liebte, wie die Tempelherren den
schnöden Trevrizent gehaßt hatten. Aber war nicht auch die Tante
gespalten: in die Strenge der Steifen Jungfrau und die Lust, alle
Stränge abzuwerfen und unter der Lanze zu schmelzen? Mußte sie
darum so wegwerfend von »Trinen« sprechen, weil diese in ihrer
Niederung schon da waren, wo die Tante heimlich hinbegehrte? Und
dafür fast nichts wegzuwerfen hatten, nur ein paar Lappen, und
wenn's hoch kam, ein wenig angelernte Verschämtheit? – Sogar diese
Scham hatte die Tante abgelegt, als sie am Pfahl in der Hölle briet. Sie
hatte gejubelt im Martyrium des Fleisches. Aber wenn eine Trine die
Beine breit machte und dafür verblutete, hatte sie nur ein kühles
Schulterzucken übrig.

Sie hätte lesen können, Sigûne, denn sie hatte es gelernt. Jetzt las
sie nicht. Ihre Augen beschlugen sich mit Sehnsucht nach dem Le-
semeister, der aus dem Lachen ein so strenges Hehl gemacht hatte.
Und jetzt zersplitterte das Licht der drei Kerzen den kalten Raum.

Sie hatte doch einen Vater gehabt – wer hatte ihr den Vater genommen?

Darauf gab es nur eine Antwort, und sie war schauderhaft. Ihre
Mutter Schoysiâne war an der Geburt gestorben. Herzeloydes ältere
Schwester hatte den Ruf erhalten, das entfernte Land Katelangen
heimzusuchen und seinen Stamm zu veredeln. Denn König Kyôt
hatte es verwahrlosen lassen; nicht, weil er, wie Herr Castis, ein
gotteslästerlicher Faulpelz gewesen wäre, sondern weil er pflichtver-

gessen das Höchste gesucht hatte. »Herr Kyôt hat nur Augen für den Himmel«, hatte sie die Tante sagen gehört, in keineswegs ehrfürchtigem Ton. Es sollte heißen, daß er die Erde verkürzte; daß er *keine* Augen hatte für die Nöte seiner Leute, eben auch nicht für ihre südliche Saumseligkeit. Das aber war keine Ordnung in den Augen der Verborgenen Höhe. So war Schoysîâne, die älteste Tochter des Hauses, vom STEIN bestimmt worden, Katelangen ein solideres Heil zu bringen. Dafür war sie dem weltfernen Herrn ins Hochzeitsbett gelegt worden. Ihr Rang sagte immerhin etwas aus über die Dringlichkeit der Aufgabe.

Ach, sie war nicht zu lösen durch eine verordnete Hochzeit, für die Herr Kyôt, nach Darstellung der Tante, sein überwiegendes Gottesinteresse eine Nacht lang hatte beiseiteschieben müssen. Schon die Schwangerschaft war der zarten Frau zuviel. Das Edelreis welkte am fremden Stamm; es trug nur eine einzige Frucht. Die Mutter starb – Sigûne schluckte, aber dann sagte sie es sich vor und bewegte die erstarrten Lippen dabei –: sie *verblutete* an der Geburt, wie jetzt die Trine drüben im Stall der Burg. Sie hatte noch einem Kind das Leben gegeben, auch wenn sie es nicht mehr erkannte und niemals stillen und wiegen durfte.

Dieses Kind bin ich.

Sie achtete nicht mehr darauf, daß die Tränen auf die kostbare Schwarte tropften und sich dort mit denjenigen Frau Didôs um ihren Eneâs vermischten. Mochten sie. Frau Didô setzte sich nur noch aus Buchstaben zusammen. Sie *brauchte* nicht mehr zu leben.

Sigûne, von der Amme kaum abgestillt, war geholt worden von ihrer Tante, der Grâlsprinzessin. Und das Fräulein war nicht allein gekommen: eine Schar Ordensmänner hatte sie begleitet mit blanken Schwertern. Die Mutterschwester forderte das Erziehungsrecht für Sigûne ein; war es so nicht ritterlicher Brauch? Wußte Herr Kyôt überhaupt noch, daß er eine Tochter hatte? Er werde sie nicht vermissen, verfügte die Tante. Denn wo hatte er seine Augen? Unter seinem Sternenblick war bereits eine Grâlstochter unverrichteter Erdendinge gestorben. Daß er auch ihr Kind verkommen lasse, sei die Verborgene Höhe hinzunehmen nicht bereit. Schlimm genug, wenn jetzt in Katelangen wieder die Stränge rissen. Der STEIN werde sein nächstes Machtwort sprechen müssen. Vorläufig aber kehre Sigûne dahin zurück, wo ihre Mutter hergekommen sei und wo man für die Erziehung der Waise zu sorgen wisse.

Aus der Wiege hat sie mich gestohlen! Warum hast du keinen Stern vom Himmel fallen lassen und ihr die Stirn gespalten?

Sigûne zitterte, ihre Augen waren wieder hell geworden vor blankem Zorn. IRA, die Todsünde. Die hatte sie bei Trevrizent schreiben gelernt: als Initiale in Gestalt einer nackten Frau.

Einer nackten? Allerdings, sagte er streng. Er hatte ihr das große I vorgemalt, eine Weibsperson, die ihre Füße, mit leicht gespreizten Schenkeln gegen den Boden stemmte. Ihre Brüste richtete sie auf, beide Arme hatte sie in den Himmel verworfen und spreizte die Finger dazu. Dazwischen aber stand ihr das Haar in straffen Wellen zu Berge.

Das war ein I?

Sprich es aus!

Sie versuchte es.

Iiii – Zimperliese! Hast du eine Maus gesehen und hüpfst auf einen Hocker? – Einen Löwen hast du gesehen! Zeig ihm die Zähne! Los, los: Iiii!

Er brüllte im Falsett; sie versuchte, nach dem ersten Schreck, einzustimmen.

Also! sagte er. – Der Löwe ist eine verdammte Gemeinheit! Du sollst dir sein Gebiß nicht gefallen lassen! Und jetzt gehst du in die Zelle zurück und probierst, daß sich die Wände biegen. Dazu sind Wände da! Oder hast du gar keine Wut?

Ich trau mich nicht.

Eine Wut getraut man sich nie. Davon wird sie noch stärker!

Nein, damals brachte sie diese Wut nicht zusammen. Trevrizent war zu streng dafür. Wie hätte sie da lachen dürfen! Jetzt aber spürte sie auf einmal etwas von dieser Wut. Und plötzlich kam auch das Lachen nach. Es wollte sie schütteln, da lief schon das Augenwasser wieder.

Vater Kyôt. Oheim Trevrizent! Warum habt ihr mich allein gelassen?

Sie hatte das I der IRA ausgemalt.

Wie malst du ihr Haar?

Schwarz? fragte sie zurück. –

Verdammt! schrie er. – Willst du auch im Zorn noch schwarz sehen? Rot siehst du, also malst du rot! –

Sie gehorchte eingeschüchtert.

Und das Gesicht? fragte sie.

Das Gesicht? fragte er zurück. – Leer lassen! Im Zorn verliert man
sein Gesicht, und das ist gut. Aber *das* vergißt du gefälligst nicht!
sagte er, nahm die Rabenfeder und setzte der zornigen Frau eine
Kerbe zwischen die Beine. – Das Tüpfelchen auf dem I, sagte er mit
schroffer Miene. – Frau Eva versteckt sich hinter Feigenblättern.
Frau Ira zeigt, was sie hat!

Die Verborgene Höhe war streng, aber nicht verschämt. Zwar
blieb den Geschlechtern strikte verboten, einander zu berühren. Sie
lebten in getrennten Gewölben, nur die königliche Familie besaß die
Freiheit der Bewegung. Doch an den Festtagen des STEINS zeigte
man sich einander, in höchstem Putz und genauester Förmlichkeit.
Der Einzug in die achteckige Festhalle wurde stundenlang geprobt,
bevor man sich niederlassen durfte zum Großen Akt, jedes Geschlecht auf seiner Seite.

Da man auf den Ruf, das *Herunterkommen* allzeit gerüstet sein
mußte, gab es für Begattung und Empfängnis, für alles, was Fort-
pflanzung bedeutete, eine ebenso kunstgerechte wie deutliche Sprache. Sie nannte die Dinge nicht nur beim Namen, sie machte sie
feierlich-plastisch.

Da mußte man wissen, daß den Frauen eine Furche in den Leib
gezogen war, bestimmt zu zweimaliger Öffnung. Einmal für den
Pflug des Sämanns; einmal für die ausgetragene Frucht. Die Pflicht
des Heckens und Hegens war es, was die auserwählten Jungfrauen
nach dem *Herunterkommen* erwartete. Sie unterzogen sich ihr nach
dem Brauch der Welt, aber nicht im Dienste der Welt. Vielmehr war
es ihre heilige Pflicht, den Samen aufzuheben, der unter die Dornen
gefallen war. Blutige Hände durften sie dabei nicht scheuen. Sie
hatten für das Aufgehobene nicht nur neuen Boden zu bereiten,
sondern schon den Samen zu erziehen und zu verwandeln in ihrem
Leib, damit er nicht nur *fort* gepflanzt würde, sondern *hinauf*. Neun
Monate hatten die Frauen Frist, das Werk der Schöpfung in ihrem
hohen Leib zu wiederholen. Diesmal durfte es weder fehlen noch
fallen, sondern mußte sich erheben zu Gottes Ordnung.

Die Männer aber mußten wissen: daß ihnen das Schwert, das sie
sonst in der Faust führten, im Fall des Minnewerks aus dem Leibe
wuchs. Die berufene Jungfrau hatte es, ohne der Blutung zu achten,
mit ihrem nackten Leib zu verschlingen und in ihrer Furche umzu-
schmieden zum Pflug. Dann mahlte sie es klein und stampfte es zu
Samen, wozu die Hüften als Mühlsteine dienten. Darum war es für

Frauen gut, kräftige Hüften zu haben und auch einen sicheren Busen, an dem sich der zur Pflicht bestimmte Mann festhalten konnte, um den Pflug recht zu führen. War sein Werk getan, so räumte er seinen Platz. Denn an der Brust der Frau wurde die Frucht weitergezogen, nachdem sie ihrem Leib entwachsen war. Das Kind hatte ganz und gar das Werk der auserwählten Mutter zu sein, um ein Gottes Werk zu werden, noch mehr: um Sein Werk zu verbessern. Denn Gott hatte das Beste noch nicht getan. Die Frucht wurde der Fixpunkt einer neuen Welt. Er mußte außer der Welt stehen, doch fest genug, daß man sie daran wieder einrenken konnte.

Diese Frucht war das Große Werk, zu welchem DER STEIN die erwählte Jungfrau bestimmt hatte. Erst zum *Herunterkommen* und dann zur Niederkunft, damit sie schwanger gehe mit dem neuen Heiland. War das Kind geboren, so wurde es von keiner Amme gestillt, sondern an den Brüsten seiner Schöpferin selbst gesäugt. Davon wurde das Kind erst stark, und seine Ernährerin zur rechten Gottesmutter –

Hast du gut verstanden?

Tante, ja.

Aber Sigûnes Mutter war an ihrer Geburt gestorben, und das Kind war ungestillt geblieben; da hatte doch eine Trine her müssen, um es zu nähren. Bis die Rechte gekommen war, es abzuholen, *heimzuführen* auf die Verborgene Höhe.

Was wußten diese Schmuckritter und Weltdamen von Pflicht und Ordnung!

Ja, Tante.

Was waren diese höfischen Romane für eitles Zeug! Aber man mußte es kennenlernen, um den Bräuchen der Welt nicht fassungslos gegenüberzustehen.

Ja, Tante.

Und so studierte man das Ritter- und Damengefabel in gemeinsamen Lesestunden, kostete von der sogenannten Spannung und beherrschte seine Ungeduld. Eine Pflicht, wie es oben im Kalten Haus das Puppenstopfen gewesen war. Ein Zeitvertreib, bis die Zeit erfüllt war und man der Welt gab, nicht was ihr gefiel, sondern was sie brauchte.

Und jetzt hüpft es schon, das Kind in Herzeloydes Leib.

Und ich, Tante? Du hast mich aus meines Vaters Haus entfernt. Du hast mich, als wäre ich ein Buch, mitgeführt aus der Verborgenen

Höhe, als *dein* Ruf erging. Woher wußtest du, daß ich selbst keinen zu erwarten hatte? Bin ich kein Kind des Hauses? Erst holtest du mich im Namen des Grâls – und jetzt soll nur noch *dein* Wille geschehen?

Wie hätte ich dich auf der Verborgenen Höhe zurücklassen dürfen, Sigûne, unberaten, allein? Und jetzt darfst du unseren Schatz hüten! Wo wären die Bücher besser aufgehoben und das Gottes Bild, als bei dir?

Hinter den Läden begann sich etwas zu rühren, die Kerzenflamme zuckte nach allen Seiten. Kühl strich es über Sigûnes Stirn, ein Hauch von den Mondküsten des Weltalls. Da draußen, da oben hatte ihr Vater seine Augen gehabt, als ihm sein Kind genommen wurde. Und wo war er nun?

Herr Kyôt war immer reichlich abwesend, Kind, damit hat er schon deine Mutter gepeinigt. Wir müssen sehen, daß du ihm nicht nachschlägst. Dafür sind wir da.

Dafür bist du also da. Der Mutter *darf* ich nachschlagen, der jungen Toten? Nur ihre Schwangerschaft willst du für dich, und das ganze Leben noch dazu? Und ich soll immer nur lesen, bis ich grau werde? Das Nönnchen, der Trauerfliegenschnäpper?

Sie legte sich die eiskalten Hände vors Gesicht. Wenn sie Fieber hatte im eisigen Turm, wer stellte es fest, wer würde sie finden? Die kleine graue Tote, mutterseelenallein. Das Gottes Kind endlich bei seinem Vater.

Das könnte dir so passen, Heulsuse! hörte sie sagen.

Sie öffnete die Finger einen Spalt. Erschrocken war sie nicht. Sie wußte, daß die Stimme aus ihrem Innern gekommen war. Das war so überraschend wie tröstlich. Es war ihre Stimme – und die Stimme Trevrizents. Sein Zorn – ihr Zorn. Sie ließ die Hände sinken und legte sie um die Kerzenflamme, die nach links und rechts züngelte. Das Schlänglein konnte nicht beißen. Aber sengen durfte es. Es durfte weh tun an den klammen Händen.

Auch die Flamme vor dem Gottes Bild an der Wand zappelte unruhig. Sie sah ihm ins Gesicht.

Es war das Bild des Gründers von Munsalvaesche, und es war mitsamt den Büchern und ihr selbst *heruntergekommen* und wollte gehütet sein. Herr Tyturel hatte das Gefäß geerbt, in dem Joseph von Arimathia, Besitzer des Heiligen Grabes, das Blut des Herrn aufgefangen hatte. Als das Grab leer war, hatte er die volle Blutschale

bergen müssen, und im Verborgenen war sie durch die Zeiten wei-
tergereicht worden. Es haftete ein schreckliches Geheimnis an ihr.

Die Schale hatte nicht nur diejenigen verwandelt, die sie ernährte,
sondern auch sich selbst. Sie war DER STEIN, der vom Himmel gefallen war, aus Luzifers Krone, bei seinem Krieg gegen den Herrn
der Heerscharen. Das gestürzte Juwel war von Engeln aufgefangen
worden, die sich weder auf die eine Seite geschlagen hatten noch auf
die andere. Nach seinem Sieg aber hatte sie Gott der Herr zu Hütern
DES STEINS bestimmt, zu ewiger Buße ihrer Lauheit. Der Ort, an
dem sie ihr Geheimnis bewahrten, durfte nie wirtlich oder gesellig
werden. Darum hieß er eine Verborgene Höhe.

Und doch war Munsalvaesche ausgezeichnet wie kein anderer Ort
der Welt. Denn hüteten die Engel nicht das Beweisstück dafür, daß es
in Gottes Ordnung eine Lücke gab? Ja, ihnen war die empfindlichste
Stelle der Schöpfung anvertraut; die mußten sie versiegeln mit Leib
und Leben. Sie hatten sich weder für die Guten noch für die Bösen
entscheiden können. Strafweise, und zur Auszeichnung, wurde es
nun ihres Amtes, auf der Erde für eine Ordnung ohne Lücken zu
sorgen und ihr das Heil zu bringen ohne Federlesens. Dafür waren
sie an den höchsten und tiefsten Punkt der Erde verbannt worden:
damit sie die Zweideutigkeit besiegten. Dafür mußten sie siegen oder
sterben. Diesmal war etwas Drittes ausgeschlossen. Aus ihrer Buße
schöpften sie die Vollmacht, Zuchtruten zu schwingen über alles
Halbe in der Welt. Das mußte heißen: über die ganze Welt.

Sie büßten, indem sie Herrschaft übten. Und nichts war ihnen so
verboten wie die Lust. Auch am Herrschen durften sie keine Lust
finden. Sie hatten es ohne Gesicht zu besorgen; aus dem Verborgenen mußten sie einschlagen wie der Blitz aus der Wolke. Sie waren
keine Opfer von Gottes Zorn geworden. Dafür dienten sie als Darsteller Seines Zorns: gnadenlos.

Am meisten hatten sie vor sich selbst zu verbergen, daß sie Engel
waren, Engel im Fegefeuer. Sie durften nicht wissen, was sie taten.
Nur ihren Königen war eine Ahnung erlaubt.

Sie hatten die Ordnung der Welt damit angefangen, daß sie sich
selbst eine gaben, und zwar die schroffste. Dazu gehörte eine Obrigkeit ohne Wenn und Aber. Und diese Obrigkeit gab sich einen königlichen Stammbaum.

Ihr Begründer hieß Tyturel. Der hing da an der Wand. Er war
unsterblich, aber dauerhaft zu herrschen kam ihm nicht zu. Das war

Gottes Sache allein. So dankte der Gründerkönig ab zugunsten seines Sohns Frimutel, dessen Lenden überaus gesegnet waren. Denn er zeugte eine Tochter zuerst, dann zwei Söhne und noch zwei andere Töchter. Damit hatte Frimutel das Seine getan und starb.

Starb? – Ja. – Wünschte sich keine Unsterblichkeit? – Nein. – Verwünschte sie wohl gar? – Vielleicht. – Aber Vielleicht, das gab es nicht. – Verwünschte also die Unsterblichkeit? – Ja. – Segnete das Zeitliche nicht? – Nein. – Starb, indem er sich dem Anblick DES STEINS entzog.

Da kam die Herrschaft an seinen Ältesten, das zweite Kind, Anfortas. Zu jung trat er sie an, und sie hat ihn noch. Nun wäre es an ihm, Ordnung zu halten und zu zeugen.

Daß die Königsfamilie sich fortpflanze, ist in der Ordnung. Sie muß bleiben. Sie bleibt auf Munsalvaesche, für Zeit und Ewigkeit. Die andern aber müssen kommen und gehen, Mann oder Frau. Sie werden schon als Kinder aus der Welt gefischt, mit der Schwertspitze, und müssen das Schwert führen oder die Furche pflegen, bevor sie reif werden, die Ordnung der Engel zu verbreiten. Dann müssen sie in die Welt hinunter. Keine Engel, kamen sie aus Hütte oder Palast; denn der Ruf macht keinen Unterschied der Stände, so wenig wie der Tod. Doch als Engel müssen sie wieder hinaus, um den Pflug zu führen oder Frucht zu tragen. Ihre Saat muß aufgehen, damit die Buße der Engel vollkommen sei. Büßend gehen sie in die Welt zurück, von deren Staub sie genommen sind.

Fels muß werden aus dem Staub. Und alles, was sie tun, müssen sie zugleich büßen, am meisten ihre Lust. Ihr Geschäft ist die Ordnung und die Rache an allem Halben, diesem heillosen »Vielleicht« oder »Warum nicht«? Zweideutigkeit dürfen sie nie mehr kennen, sie müssen sie austilgen, zuerst in sich selbst. Denn die Welt muß in den Stand rechter Ehe einkehren, wie die des Königs mit seiner Braut, die ihm DER STEIN bestimmt. Der König zeugt im Hause. Wir andern, wir müssen in die Welt zeugen, unter die Dornen, wenn wir männlich sind, oder aber als Jungfrauen die Welt aufheben, damit sie nicht die halbe Sache bleibe, die sie ist.

Ja, Tante – Nein, Tante. – Warum ist Schoysîâne an der Welt gestorben?

Sie hat dich zur Welt gebracht, und nun ist diese Welt an dir. Dafür habe ich dich gerüstet.

Ja Tante, nein Tante. Und was ist mit Munsalvaesche?

Was soll sein?

Anfortas ist jung und nicht für die Ordnung geschaffen. Er sucht das Weite, er liebt das Wilde.

Woher willst du das wissen?

Er fischt Frauen wie Forellen im See Brumbâne. Er verliebt sich von Ort zu Ort wie ein Ritter im Roman.

Schweig! hatte Frau Herzeloyde gerufen. – Der Herr sät wie er will! Er mag tun, was ihm beliebt!

Sie hatte die Tante selten so zornig gesehen – und so erschüttert in ihrem Zorn. Sprach die Tante von Anfortas? Sie hatte kaum je von ihm gesprochen. Sie hatte den Herrn im Sinn, der aus ihrem Leib kommen sollte, trotz aller Welt und zu ihrem Heil. Wer hätte Herr heißen dürfen in ihrem Mund, als Der, den *sie* zur Herrschaft gebar? Für wen hatte sie sich der Minnequal unterworfen und alle Höhe von sich abgetan? Jauchzend, daß es nicht mehr schön war? War das nicht bei weitem unordentlicher als die Abenteuer ihres Bruders Anfortas, des hungrigen Königs und Junggesellen? War es nicht ärger, als Isolde es je getrieben hatte mit Tristan in der Minnegrotte?

Der Fluß rauschte vernehmlicher, Windstöße jagten einander durch die Kemenate. Sigûne, überwach, starrte auf das Gottes Bild an der Wand, das mit jedem Flackern der Kerze die Miene wechselte.

Sein Haar schien aus Mondschein geschaffen. Wie ein bleicher Nebel strich es um seine Stirn und hob die frischen Wangen, die geröteten Lippen. Doch Gottes Blick war tot. Er hatte sein eines Auge vom Betrachter so weit abgewendet, daß man das starre Blau nicht zu ertragen brauchte. Die andere Hälfte des Gesichts lag im Schatten. Wo ein Auge hätte sein müssen, blickte man in eine Höhle, die den Bildgrund zu durchdringen schien.

Das Gottes Bild zeigte den Stifter Tyturel, wie er leibte, ohne zu leben. Als Abgeschiedener mußte er auf seinem Stuhl vor den Grâl getragen werden. Dann färbte sich der Leichnam mit einem Schein von Blut, und er hielt sich von selbst. In eines seiner Auge kehrte Beweglichkeit zurück, ein Schimmer wie von faulem Holz. So verweilte er eine Stunde vor dem Grâl. *Er erfrischt sich*, war die Redensart für dieses tägliche Zusammentreffen. Außer dem Baden, Waschen und sich Putzen war es die wichtigste *Freiheit* der Frauen. Nur ihretwegen entging Herr Tyturel jeden Tag der Verwesung. Er war das einzig Männliche in ihrer Gruft. Ihn *frisch* zu halten wie sich selbst: das war das Frauenleben auf Munsalvaesche. Ohne Erröten hatten sie ihre Leiber dem kommenden Ruf zu weihen und im zeitlichen Leben tot zu sein, aber den Toten mit Lebensröte zu schmücken. Das sei der Widerschein des Heiligen Blutes aus dem Kelch des Herrn.

Für das Hörensagen der Welt war der Grâl ein Tischlein-deck-dich. In der Eigenschaft, seine Hüter zu nähren, sahen arme Leute das wahre Wunder. Der Orden brauchte sich nur zu versammeln, dann begann das Ding zu spenden, im Überfluß, und nur vom Besten. Was immer der Orden zu entbehren hatte: zu fasten brauchte er nicht. Für Hungerleider war das Grund genug, sich nach Munsalvaesche zu wünschen. Eltern, denen ein Kind dorthin entrissen worden war, blieben nicht trostlos. Es würde zu essen haben. Das mochte ein Junggesellenleben wohl wert sein.

Warum schlug den Berufenen die Schwelgerei nicht an? Hager wie ihre blanken Schwerter erschienen die Schwarzen Trupps am Horizont über den Städten der Welt, auf DEM BERG WO EIN TAL IST. Auch ihre Seele wußte von Versöhnlichkeit nichts, zu der ein üppiges Mahl gewöhnliche Leute stimmt. *Sie hatten, als hätten sie nicht.* Das klang recht kristlich – und hatte doch nur Teufelskerle aus den Männern gemacht, Teufelsbraten aus den Frauen. Denn diese durften wohl etwas üppiger geraten, dem Fleische nach. Sie glänzten gar von Wohlgestalt. Aber wehe einem jeden, der sie verschlang, wenn auch nur mit den Augen! Den hatten sie bald selbst verschlungen mit ihrer Strenge in allen Dingen.

Ja, Tante, in der Liebe auch. Gahmuret durfte nichts weiter sein als ein Pflug für deine Furche, der Zuhälter zu deinem Werk.

Sigûne fröstelte noch mehr, nachdem sie sich auf der Brunzkachel erleichtert hatte.

Liebeswerk: auch das war ein Name für den Grâl; er hatte der Namen viele. Der gebräuchlichste war: DAS DING. So nannten ihn die Frauen, die ihn auf- und abtrugen. Sie hätten am besten sagen können, was für ein Ding er war: Kessel, Kelch, Stein oder Zaubertisch. Doch gerade sie wußten es nicht. Fast hätte man sagen können, sie sähen ihn nicht einmal.

Er war nicht unsichtbar. Es wollte nur keine Bezeichnung an ihm haften. Er glich nichts anderem. Man konnte ihn »unvergleichlich« nennen, der *saelden überval* oder so ähnlich. Sprach man züchtig von ihm, so hieß er: *Das Geheimnis.* Da man es nur zu wahren hatte, mußte man es nicht ausplaudern können. Ausgesprochen, wurde es

ganz leicht zu einer Dummheit wie »Tischlein-deck-dich«. Ein Geheimnis ist verschlossen von Haus aus. Man erträgt es am besten,
wenn man auch seine Lippen versiegelt. Die Hauptsache ist seine
Wirksamkeit. An der war nicht zu rütteln. Tyturel blieb im Fleisch,
die Rehkeulen und der Hasenpfeffer waren genießbar.

Sigûne hatte *Das Ding* von weitem gesehen, im Achteck, beim
Großen Akt. Die Devotion, mit der man es umgab, war das Sicht-
barste daran gewesen. Dann aber zeigte sich darauf die Schrift. Die
Namen der Berufenen erschienen an der Stelle, wo der Grâl stehen
mußte: vor dem Königsthron, auf der Tafel aus Amethyst. Immer,
wenn der Name erschienen war, erhob sich ein Seufzen und Stöhnen
im Achteck. Denn der Ruf ist ebenso ein Glücks- wie ein Trauerfall;
für die, welche er erreicht, und für die andern, an denen er auch
diesmal wieder vorbeigegangen ist. Ein Kelch, der eitel Bitternis enthält? Ein Stein, der uns vom Herzen gefallen ist? Oder eine Gnade,
die uns abermals verschmäht? Eine Beförderung, die uns nie erreicht,
ein Freispruch, der unser Leben bedeutet?

So viel hatte Sigûne von *Dem Ding* gesehen. Morgen würde auf
der Männer- oder Frauenseite jemand fehlen, unsichtbar werden wie
Das Ding selbst. Es blieb im Kalten Haus und würde abermals
schreiben. HERZELOYDE KANVOLEIS. Ein Name, ein Ort, ein Befehl.
Kein Zögern. Und die Tante hatte Sigûne mitgenommen, als wäre sie
ein bewegliches Eigentum.

Das Stöhnen und Ächzen im Achteck. Wie viele hatten diesmal
auf die Gnade gehofft oder mit der Freiheit gerechnet? – Später
erschienen die Namen der Männer, Frauen und Kinder auf dem
Stein, die zu greifen waren, abzuholen, an den Verborgenen Ort
überzuführen, im Guten oder anders. Hört, hört! Da ging das Stöhnen in kurzes Atmen über, Zähneknirschen und gepreßtes Lachen.
Man würde sie zu finden wissen, die Unschuldigen, die Ahnungslosen. Sie würden ihr Wunder erleben! – Und wer im Achteck keinen
Ruf hatte, bekam einen Befehl oder gar Oberbefehl. *Fischzug* nannte
man diesen Beutefang mit blanker Waffe zum Heil der Welt.

Einer aber, der junge König, stöhnte und grinste zugleich. Auch
an ihm, Anfortas, war es vorübergegangen, noch einmal, und schon
wieder. Nicht Der Ruf – den hatte er ja längst, seit Frimutels, seines
Vaters, Verenden. Er wartete nur noch auf den Namen der Frau, die
berufen war, die Krone mit ihm zu teilen; denn er mußte ja bleiben
und zeugen.

Doch der Grâl gab den Namen der bestimmten Königin nicht her. Anfortas blieb Junggeselle. Er mußte es weitertreiben, es trieb ihn immerfort, das *Liebeswerk* ohne Urlaub auf eigene Faust, die wilde Saat in die Furchen Unberufener, der Weiber in der Vielzahl, die nur einen Namen hatte: Legion. Wußte er, was er tat? Tun konnte er's immerhin, als Herr und Kind des Hauses. Die andern konnten nur stöhnen vor Hunger, Brunst oder Leid. Und untergehen im Überfluß der Zungenweide, die da aus der Stelle quoll, wo kein Ding mehr zu sehen war, kaum ein Beben der Luft. Die Lücke strömte aus, unerschöpflich, grenzenlos. Waren die Begnadeten satt, hatten sie ihre Lust gebüßt, trugen die dienstbaren Fräulein die Tafel mit *Dem Ding* hinaus. Dann herrschte sie wieder ohne Lücke, die Strenge der Ordensburg.

Während sie sich im Hof zusammenrotteten, die Schwarzen Ritter, gerüstet für den *Fischzug*, und ihre Waffen im Dunkel klirrten: da stahl sich ihr König an ihnen vorbei. Da schlich Anfortas, den Pfauenhut in die Stirn gedrückt und die Tracht des Fischers am Leib, davon in die tiefere Nacht, um die erste beste Lücke zu suchen und zu stopfen, mit dem Stachel, der ihm aus dem Leib wuchs als knochenloses Überbein. Es hieß, er zahle eine Bande von Fischern mit Heidengold dafür, daß sie ihm's schafften, an den See Brumbâne führten und splitternackt in sein Boot bänden. Damit stoße er auf die Höhe des Wassers hinaus. Dann mache er sich darüber her, gnadenlos, so daß der Nachen sich wiegen müsse bis zum Morgengrauen.

In Munsalvaesche aber flüsterte es: *Der Herr hat Kühlung gesucht. Er muß sich erfrischen.* – Und ein Kichern ging durch das Gemäuer.

DIE MAGD
WIE SIGÛNE FEUER MACHEN LERNT
UND MIT EINER TOTEN REDET

Sigûne war an ihrem Frösteln erwacht, dem Zeichen, daß die Nacht
dem Morgen entgegendämmerte – ach, sie nahm darum kein Ende.
Nur die Ofenwärme war an das ihre gelangt. Die groben Kacheln
hinter dem Kissen fühlten sich kaum noch handwarm an, das Kru-
schen der Kirschsteine unter den Füßen befriedigte nicht mehr. Umsonst versuchte sie die Bettwärme noch einmal um sich zu ziehen.
Decke und Pfellel ließen den Wind auf allen Seiten heran, er bauschte
den Umhang des Bettkastens. Die Kerze unter dem Gottes Bild hatte
er nicht löschen können, aber dünnen Schnee durch die Läden getrieben und wehte ihn auf den Dielen vor sich her. Sie mußte sich
rühren.

So schob sie die Decke weg, warf den Kapuzenumhang über das
Hemd und kauerte auf die Brunzkachel. Ein fader Hauch stieg an
ihren nackten Beinen empor, die sie rasch wieder bedeckte. Das
Geschirr in der einen, die Kerze in der andern Hand, klapperte sie
die Wendeltreppe hinab in den Vorraum, wo das Waschwasser gefroren im Krug stand. Das Weidengitter, mit dem sie Brot, Salz und
Milch vom Vortag zugedeckt hatte, war durchgebissen, die Mäuse
hatten nur noch Krumen übriggelassen. Die Milch würde Sigûne
später im Ofenloch auftauen. Erst mußte der Ofen wieder warm
werden.

Mit klammen Fingern riegelte sie das Schloß auf. Der Sturm
drückte sie mitsamt der Tür in den Keller zurück. Das Licht in der
Hand hatte sie noch schützen können, aber die Saichscherbe kehrte
ihren Inhalt über Sigûnes bloßen Arm. Hinaus mußte sie doch, in die
Sturzsee grauer Kälte. Die Hudeln an den Leib gerafft, hastete sie,
immer bemüht, keine Pantine zu verlieren, der Mauer entlang durch
scharfes Schneetreiben, das ihr die Kapuze wegriß. Im Windschatten
fand sie die Hintertür, die sie eilig auf- und wieder zuriegelte. Zum
Glück brannte das Talglicht noch, das sie am Vorabend bereitgestellt
hatte; behutsam trug sie es die Stiege empor.

Schwärzer als die Küche gähnte ihr das Feuerloch entgegen, auch
die letzte Glut war erloschen. Sigûne nahm eine Handvoll kleinge-

arbeiteten Brennholzes und kroch, das Flämmchen gegen den Zug aus dem Kamin schützend, ins enge Heizloch. Mit bloßer Hand wischte sie die Aschentrümmer beiseite, um auf dem Steinboden eine freie Stelle zu schaffen. Die Flamme, dem kleinen Scheiterhaufen zugeführt, in dem es auf die richtige Lage jedes Stöckleins ankam, leckte prüfend am dünnen Holz, schien es zu bewittern, drohte immer noch, in sich zusammenzufallen oder einem Windstoß zu erliegen.

Behutsam rückte Sigûne etwas von ihm ab, um es mit ihrem Atemhauch zu ermutigen. Das Brändlein zitterte noch so gebrechlich in der dumpfen Luft, als könnte es nicht die ganze Welt verschlingen.

Sigûne war schwindlig geworden, doch von der Kälte spürte sie nichts mehr. Welch ein Glück, wenn das Feuer die Nahrung angenommen hatte, mit Verzehren begann, auflebte, Kraft schöpfte; wenn das rot- und gelbe Lichtlein die erste Hitze abgab und mit gröberem Holz nachgefüttert werden wollte! Mit dem Ofenfeuer war das Leben für einen Tag so gut wie gewonnen. Und über dem Hunger der Flamme vergaß Sigûne ihren eigenen. Bebend von Andacht und Aufregung sah sie dem Brand bei seinem Wachstum zu, das immer fröhlicher wurde.

Eine ungemessene Zeit verbrachte sie so in der Küche und gab dem Feuer, was es begehrte. Es brannte, sie brannte, die Steine fingen die Hitze auf und würden sie nach drüben als Wärme abgeben; sie durfte es abwarten. Das Lebendige zu warten, um zu leben: es war ein armer Zeitvertreib. Und schien doch so viel sinnvoller als das Präparieren eines Romans. Was die Trine konnte, siehe, das konnte sie jetzt auch; ih Sigûne! Jeden Morgen früh wurde sie im Frost geboren und wiedergeboren im Feuer. Nun gab es eine Stelle, wo das Gestein wohnlich wurde. Darauf durfte sie die Hand legen und sagen: mein Werk.

War es recht Tag geworden, saß sie an ihrem Tisch und schloß, wie zum Gebet, die Hände um die aufgetaute Kachel Milch.

Auch in der Nacht konnte ihre Gefangenschaft festlich werden. Der Schlaf war Sigûnes andere große Freude, da stießen ihr die größten Begebenheiten zu. Sie träumte von ihrem Vater, der die Augen in den Sternen hatte. Zugleich gingen ihr die Sterne auf dem Grund seiner Augen auf. Sie schwebte dazwischen in einem gläsernen Raum. Die Sterne stellten sich zu Bildern zusammen, die sie lesen

konnte wie ein Buch. Auszusprechen waren sie nicht. Doch wußte
sie: die Worte dazu würden sich finden, wenn alles Leben sich gefunden hatte und zusammenging, Hand in Hand. In diesen Sternen
stand geschrieben, daß alles Leiden eines Tages nichts anderes gewesen sein würde als ein Glück. Es war nicht mehr an dem, daß sie
selber träumen mußte; sie war von jeder Mühe befreit. Es war an
dem, daß sie geträumt wurde; sie malte sich in einem unendlichen
Auge als ein vollkommenes Bild.

Wenn der Traum erkaltete, wenn die Dämmerung ihn umschlich,
wenn sie sich umsonst zusammenzog, um ihn festzuhalten: dann war
sie auf die kalte Erde zurückgekehrt, mit dem einzigen Geschäft, das
Feuer auf ihr zu unterhalten. Dafür mußte sie wieder in ihren fröstelnden Leib schlüpfen und in die rußige Kutte, um sich Beine zu
machen, die Pantinen an die Füße zu stecken und durch die kalte
Nacht an die erloschene Stelle zurückzukehren. Dieses Feuer war die
Quelle des Tages für die Erde, die Nahrung für den Traum in der
Nacht.

Eines Morgens aber erwachte sie mit einem Schrei. Sie lebt! hatte es
gerufen. Und Sigûne wußte augenblicklich, was das zu sagen hatte:
Sie stirbt.

Sie erhob sich, schlüpfte ins Kapuzenkleid, eilte die Treppe hinunter und öffnete die Tür. Da begrüßte sie ein Wind, der war nicht
mehr schneidend, sondern lau. Er hatte die Nacht so rein gefegt, daß
sie jede Einzelheit des Landes erkennen konnte, bis hinüber zum
BERG WO EIN TAL IST. Seine Spalte schien frisch aufgebrochen.

Sigûne suchte diesmal nicht den Schutz des Turms, dachte nicht
daran, Feuer zu machen. Der Geist trieb sie durch den Gefangenen
Garten, wo schwarze Flecke aus dem Schnee traten; der Geist öffnete ihr die Gartenpforte und führte sie über den schweigenden
Burghof einem kleinen Licht entgegen, das bei den Ställen brannte.
Eilig, doch ohne Hast stieß sie die grobe Tür auf, die nur angelehnt
gewesen war.

Auf einem Strohbett lag die Trine mit aufgesperrten Augen. Ihr
Gesicht war eingefallen, auf der Stirn glänzte der Schweiß. Links und
rechts stand eine Kerze aus gutem Wachs. An der Wand saß noch
jemand, eine Gestalt im Mantel. Ihr Gesicht lag im Schatten der
Kapuze, und ihre Stimme sagte:

Setz dich.

Sigûne kniete neben Trine nieder und nahm ihre kalten Hände zwischen die ihren. Da schloß die Tote die Augen und ihre Wangen färbten sich und begannen zu arbeiten. Was flüsterte sie?

Da kommst du Königin herein
von deinem Antlitz fällt ein Schein
des hellen Tages auf uns beide
du trägst ein Kleid aus grüner Seide
aus Morgenland und auf der Hand
der Wunsch erfüllt auf Seidengrün
des Gartens Eden Wurzel zart
seh ich in deinen Händen blühn
und ist ein Ding von Gottes Art
und überströmt vom Morgenschein
drum hüte dich und hüte sein
es hat die Wahl du hast die Qual
es ist ein Ding –

Ja, sagte Sigûne, ja Trine, das habe ich geträumt. Und du hast es gesagt.

Zu spät, Nichte, sagte die Tante aus dem Dunkel. –

Warum seid ihr da? fragte Sigûne.

Ich habe etwas gehört, sagte die Tante.

Einen Ruf? fragte Sigûne.

Ein Geräusch, sagte Frau Herzeloyde. – Mein Schlaf ist leicht geworden.

Ihr könnt Euch verkühlen, sagte Sigûne. – Geht in die Burg. Ich bin die Kälte gewohnt.

Ich auch, sagte die Tante. – Es ist gar nicht kalt, für den Heiligen Abend.

Heiliger Abend? fragte Sigûne. – Ist das heute?

Frau Herzeloyde schwieg. Dann sagte sie:

Ich habe sie diese Zeit gepflegt.

Wovon hat sie gesprochen? fragte Sigûne.

Alles durcheinander, sagte Frau Herzeloyde, und viel von ihrem Herrn.

Gott? fragte Sigûne.

Nicht ganz, sagte Frau Herzeloyde.

Sigûne legte die schlaffen Hände der Magd zusammen.

Wir müssen ihr den Mund schließen, sagte Frau Herzeloyde. –

Sie zog ein Schnupftuch aus dem Ärmel; es war aus durchbroche-
ner Seide. Sie führte es unter dem Kiefer der Toten durch und
knüpfte es über dem schütteren Haar zusammen. Aber die Zähne
waren noch zu sehen.

Wenn du festhalten würdest, sagte die Tante.

Sigûne nahm das zerbrechliche Kinn in die Finger und stieß es
nach oben; durch den Gegendruck an der Oberlippe fühlte sie die
Härte des Schädels.

Mit einem gewaltsamen Ruck zog die Tante den Knoten fest. Jetzt
waren die Lippen zu.

Die Tante setzte sich auf den Stuhl zurück. Sigûne kniete und
blickte in das verschlossene Gesicht.

Sie lächelt noch nicht, sagte Frau Herzeloyde. –

Die Kerzenflammen wanden sich.

Ich bin froh, sagte Sigûne, daß sie noch gesprochen hat.

Gesprochen? fragte Frau Herzeloyde.

Vom Grâl, sagte Sigûne.

Die Tante lächelte wie über einen Scherz. – Es ist gut, daß du sie
früher nicht gehört hast. Ich durfte dem Pfaffen ihre letzten Worte
nicht zumuten. Er hätte ihr ein kristliches Begräbnis versagt.

Was hat sie gesagt? fragte Sigûne.

Weiter nichts, sagte Frau Herzeloyde. – Daß es der König Castis
mit einer Ziege trieb. Er schloß seine Frauen im Turm ein und besprang die Ziege. Er nannte sie Amalthea. Er wolle mit ihr ein Hel-
dengeschlecht zeugen. Er versteckte sich nicht einmal vor den
Dienstboten. Er *meckerte*. Das verfolgte die Trine bis aufs Totenbett.

Zu mir hat sie vom Grâl gesprochen, sagte Sigûne.

Wie geht es dir, Kind, fragte die Tante nach einer Weile. – Ist dir im
Turm warm genug?

Ich mache Feuer, sagte Sigûne.

Du träumst zu viel, sagte die Tante. – Du träumst doch nicht von
jenem jungen Mann?

Nein, Tante, sagte Sigûne.

Die Arme hier hat irgendeinem Kerl ihr Bestes gegeben, fuhr Herzeloyde fort. – Und sieh, was von ihr übrig ist. Sie hat seinen Namen
nicht verraten. Dafür läuft er draußen frei herum und schwängert die
nächste.

Frau Herzeloyde hatte sich erhoben.

Der Grâl! sagte sie. – Ja, den suchen sie jetzt, die Närrinnen und

Narren! Als ob der Grâl sich suchte oder fände! Was hat ein *Ritter* zu schaffen mit dem Grâl!

Aber sie war noch nicht zu Ende.

Ein Ritter! sagte sie, und Sigûne hörte sie auf einmal kurz atmen, fast wie die Trine zuvor, und sah mit Entsetzen, wie sich die Lippen der Tante bleckten wie die der Toten.

Was haben sie anderes im Sinn, als den Bock zu machen bei jeder Ziege, die ihnen über den Weg läuft! Das schämt sich nicht, auf offener Gasse zu reiten, eins auf dem andern. Frag doch deine Trine da, wohin das Reiten führt!

Die Tante hatte sich zurückfallen lassen und saß breit wie eine Bäuerin.

Da stand Sigûne auf und legte ihr den Arm um die Schultern. Sie lehnte die Stirn gegen den Scheitel der Schwangeren.

Bekümmert Euch nicht, sagte Sigûne leise. – Ich bleibe bei Euch.

Sigûne, sagte Frau Herzeloyde mit gepreßter Stimme, ich darf mein Kind nicht verlieren.

Und sie ließ ihr Gewicht gegen die andere Frau sinken, ohne die Hände aus dem Schoß zu nehmen.

Plötzlich richtete sie sich auf, ergriff Sigûne beim Arm und trat mit ihr vor die Tote.

Wir werden das Notwendige besorgen, sagte sie, auch den Geistlichen. Du ziehst zu mir in die Burg. Es ist kein Bleiben im Turm.

Ihr irrt, liebe Tante, erwiderte Sigûne. – Da ist mir wohl.

Ich werde dich brauchen, sagte die Tante.

Sigûne neigte den Kopf. – Vergebt mir, Tante, sagte sie, aber ich habe angefangen, das Meinige zu besorgen. Es ist mir lieb, daß ich damit allein bleibe.

Dann laß uns noch ein paar Schritte tun, sagte die Tante.

Und ließ Sigûnes Arm nicht los, als sie einander über den hell gewordenen, noch leeren Burghof an die Mauer führten. Erschöpft lag das Land im dünnen Licht, der Fluß zog schwarz wie glatt gekämmt seinen Bogen um den befestigten Absturz, während drüben die Schneedecke des Leoplans sich wie ein niedergelegtes Segel breitete. Das Hochland dahinter verschwebte mit wechselnden Grautönen in einer diesigen Unendlichkeit. Nur DER BERG, WO EIN TAL IST sprang als schwarzer Keil hervor und trennte die Leere des Himmels von den gefrorenen Wellen der Erde.

Gâwân! sagte Frau Herzeloyde. – Das würde ein Mann für dich. Man traut ihm nur zu leicht.

Er hatte Euch lieb, Tante, sagte Sigûne. – Er hätte Euch gern gewonnen.

Herzeloyde lächelte in überraschender Anmut; dann sagte sie: Er ist bei Frau Ginovêr am besten aufgehoben.

Parzivâl wird noch herrlicher sein! sagte Sigûne.

Sag den Namen nicht, antwortete Frau Herzeloyde schroff und verdunkelte sich. – Wie leicht wird etwas verrufen.

Wann? fragte Sigûne.

Im Sommer! sagte Frau Herzeloyde. – Ich brauche Licht! Alles Licht der Welt!

Und Sigûne sagte: Dann kann ihn sein Vater sehen.

Frau Herzeloyde antwortete ebenso förmlich: Und Schiônatulander kann dir die schöne Schärpe wiederbringen.

Gewiß, Tante, sagte Sigûne, und jetzt gönnt mir Urlaub. Ich habe heute noch kein Feuer gemacht.

Mangelt auch nichts? fragte Frau Herzeloyde. – Könntet Ihr nicht etwas anderes gebrauchen als immer Milch, Brot, Salz?

Ich fastete gern, sagte Sigûne, könnte ich Eurem Herrn das Kommen damit erleichtern. Aber seid ohne Sorge, ich habe mehr, als ich brauchen kann.

Übertreibt nichts, sagte Frau Herzeloyde. – Tragt Sorge.

Ihr auch, liebe Tante, erwiderte Sigûne.

Und das war das Letzte zwischen ihnen an diesem Tag, und sogar in diesem Jahr. Den Geburtstag des Krist feierte jede für sich in ihrem Gemäuer. Zum neuen Jahr aber fand Sigûne in ihrem Vorraum hinter der Tür einen Bund weißer Kristrosen neben einem Mann aus Teig mit Augen aus Weinbeeren. Um seinen Leib war eine Schärpe aus silbernem Taft gebunden. Sigûne lächelte; inzwischen war sie längst reicher beschenkt, als jemand in der Burg wissen durfte. Sie setzte den Brotmann unter das Gottes Bild und steckte den frischen Blumenschmuck dazu, ohne die dürre Aster wegzunehmen, eine Aufmerksamkeit Trines, als sie noch gelebt hatte.

GARDEVÎAS
WIE SIGÛNE GEISTERHAFT
HEIMGESUCHT WIRD

Aber in den zwölf oder Rauhen Nächten – daß sie auf Kanvoleis nicht mehr gefeiert wurden, versteht sich, denn wo wäre man vom Dämonenglauben weiter entfernt gewesen; daß es so aussah, als werde in den Häusern doch stark geräuchert, hing mit den undichten Verhältnissen der Zeit zusammen, und etwas Nützliches darf der Rauch auf seinem Weg in die Kälte wohl verrichten, wo soll unser Rauchfleisch sonst herkommen? –:

in den zwölf Rauhen Nächten also, an denen das Spukhafteste ihre für die Neujahrszeit wundersame Milde war, so daß Sigûne zwar kein Feuer zu machen vergaß – man gibt ein Werk nicht auf, welches dem Stolz der Seele ebenso dient wie der Erhaltung des Leibes –, aber wagen durfte, sich tagsüber im Gefangenen Garten zu ergehen, nicht um den Blick müßig schweifen zu lassen, sondern um die Arbeit der Knechte zu überwachen, die da zwei Spuren von steinernen Platten auslegten: in die Länge eine, und dann auch eine der Breite nach, in Kreuzform also, und schließlich eine dritte dicht am Leib des Turms entlang vom vorderen Tor zur hinteren Pforte; denn Sigûne hatte entschieden, daß der weiche Boden dem Plattenlegen günstig sei und wünschte sich, wenn die Frühlingssonne sich zum ersten Mal zeigen sollte, trocknen Fußes die wohlbedachte Kreuzform zu begehen –

in den zwölf Rauhen und doch gelinden Nächten also bekam Fräulein Sigûne Besuch.

War das nun ein Satz oder keiner? Dabei ist seine Länge der Größe des Ereignisses noch kaum angemessen. Fräulein Sigûne erhielt *nächtlichen* Besuch. Männlichen Besuch? – Ist GARDEVÎAS etwa kein Männername? – Nach Schiônatulander und Gurzgrî das dritte männliche Wesen im Turm? – Allerdings. Und diesmal ein Besuch mit Folgen. – Ein Verhältnis, um Gottes willen! Das traurige Vorbild der Trine – sollte es doch noch gewirkt haben, über den Tod der Armen hinaus? – Wir reden von Folgen ganz anderer Art. Vor einigen Jahrhunderten hätte es genügt, sie »von Art« zu nennen, denn es sind Folgen aus besten Verhältnissen. Der erste Satz, für den die

Agenten der Fabel die Verantwortung abgelehnt haben –: das war
schon ein rechter GARDEVÎAS-Satz.

Wer war, wer ist GARDEVÎAS?

Gemach. Zuerst will einiges Weitere bemerkt sein. So ein Haupt-
satz will auf fruchtbaren Boden fallen. Ohren, die ihn hören, Augen,
die ihn lesen, wachsen nicht über Nacht. Ein Fräulein, mutterseelenallein fröstelnd in seinem Turm – so ein Geschöpf wäre für den
Besuch GARDEVÎAS niemals gerüstet gewesen. Es käme kein befruch-
tendes Verhältnis zustande, geschweige denn eine Heimsuchung höherer Art. Etwas wie »gegrüßt seist du, Maria voll Gnaden« gehört
schon dazu. »Liebe Maria«, wie es gewisse Mönche, dem Volk aufs
Maul schauend, lieber gedolmetscht hätten, tut es nicht. Ein Fräulein
darf nicht nur »lieb« sein. Es muß eine Art haben, auch wenn sie
vielleicht noch eine zeitlang etwas Angenommenes ist. Auch Rom
wurde nicht an einem Tag erbaut.

Das sind stolze Sätze – denn GARDEVÎAS beherrscht nicht nur die
langen. Aus dem Maul des Volkes, wenn man ihm drauf schaut,
fallen sie nicht; allenfalls von den Lippen eines herzenskühnen Kle-
rikers. Des Kybergs Knechten, die im Tauwetter Platten kreuzför-
mig durch den Gefangenen Garten legten, kam es bald nicht mehr in
den Sinn, das Fräulein, das ihnen auf die Finger schaute, »Trauerfliegenschnäpper« und »Nönnchen« zu nennen.

Die verstand ja zu befehlen!

Sie verstand es vielleicht noch nicht recht, aber sie tat es trotzdem.
Und mit dem Trotz der Unsicheren wäre nicht gut Kirschen essen
gewesen. Sie hatte ihr Näschen überall, und keineswegs, um sich
darauf herumtanzen zu lassen. Eine Gefangene? Das mußte ein Gerücht gewesen sein. Sie bewies täglich dessen Unhaltbarkeit. Die
Tore standen offen. Es gefiel ihr nur eben, sich selbst zu verschließen.

Was ihr sonst noch gefiel, das tat sie ebenso entschieden. Es gefiel
ihr, diesen Teil der Burganlage nach ihrem Geschmack auszubauen.
Und wenn man ihn abwegig fand – gefragt war man nicht. Es gefiel
ihr, Gärtner zu bestellen, die alten Rosen um den Turm schneiden
und die wildesten herausreißen zu lassen, um sie durch größer blühende zu ersetzen. Daß sie ungesäumt blühten, den Gefallen freilich
konnte man ihr nicht tun. Dafür hätte man die Natur selbst biegen
müssen, wie es dem Dämchen offenbar gefiel, die ihre zu kasteien.

Denn sich bedienen zu lassen, auch nur Feuer gelegt zu bekommen, ließ sie sich durchaus nicht gefallen. Dabei wären junge Gärt-

ner dafür ganz geschickt gewesen, sobald man solche Verrichtungen etwas bildlicher versteht. Kein Gedanke! So etwas gefiel dem Dämchen ganz und gar nicht. Nicht einmal die gutmütigste Zweideutigkeit kam bei ihr an.

Dafür gefiel es ihr, jeden Abend mutterseelenallein zu sitzen. Und wie sie die Gärtner bei der ersten Dämmerung herkommandierte, so trieb sie sie vor der letzten wieder hinaus – *ein* Blick genügte. Menschen, ihre Stimmen und ihr Lärm, waren es zur Zeit nicht, was Sigûne gefiel. Sie verknappte den Umgang mit ihnen aufs Nötigste. Sie wurde ungnädig, wenn die Leute einen Wink nicht verstehen wollten.

Noch nicht ganz die Tante, doch deutlich auf dem Weg dazu! – Hatte das Fräulein nicht einmal einen Kavalier gehabt, den schwindsüchtigen mit dem unaussprechlichen Namen?

Nein, ihr Dienstmädchen von Kanvoleis. Sie hatte etwas Besseres. Und wie kam sie dazu? Es war am Dreikönigstag.

Sie saß an einem Lesestück, ohne zu lesen, und starrte auf das Gottes Bild, ohne es zu sehen. Die Läden hatte sie geschlossen, denn die Temperatur war merklich gefallen. Und da eine blasse Wintersonne den Turm nicht durchwärmt, hatte sich Sigûne ein Feuer zubereitet und war über die frisch verlegten Platten zurückgeschwebt. Die neuen Rosenstöcke waren mit Strohmännchen zugekleidet gegen Wind und Frost. Der Winter mußte ja erst recht kommen. Im Wind, der ums Gemäuer strich, ließ sich etwas Schneidendes fühlen. Es verging noch reichlich Zeit, bis die Rosen blühten, und noch mehr, bis sie das Gemäuer zuwuchsen. Was sollte Sigûne mit so viel kalter Muße anfangen?

Der »Tristan« Meistergottfrieds lag noch auf derselben Seite aufgeschlagen, wo die Tante die Lektüre abgebrochen hatte. Sigûne hatte keine Lust, sie mutterseelenallein fortzusetzen. Und etwas Stärkeres hatte das Bücherbrett dort hinten im halben Kerzenlicht leider nicht zu bieten.

Sigûne langweilte sich. Ihre Finger mit gesprungenen Nägeln und schmerzhaften Brandflecken suchten Trost im Innern des Dreikönigsgebäcks, das sie herausklaubten und zu Kugeln formten. Wer diesen Kuchen mit niemandem teilen muß, braucht auf die Bohne darin nicht zu warten. Er erbt die Krone in jedem Fall, welche die Backstube mitgeliefert hat, ein Machwerk aus versilbertem Draht.

Ihr gedankenloser Blick schlich über die Reihe der kunstvoll be-

schlagenen Schwarten und Skripte. Plötzlich blieb er auf einem grünen Streifen haften. Den hatte sie noch nie bemerkt. Er stand zwischen dem Glossar zum Alten Testament und einem Roman vom
König Alexander. Der Streifen glänzte wie Samt oder Seide; ein
Buchzeichen?

Sie stieg vom Lesehocker und zog den Gegenstand aus Reih und
Glied. Er war von ungewöhnlichem Gewicht. Und es war kein Buch,
sondern eine in grüne Seide geschlagene Platte oder Tafel, die sich
um ein geschmiedetes Scharnier öffnen ließ. Sie mußte das Objekt
auf beiden Armen halten. Um es bequemer zu studieren, hob sie es
auf den Tisch hinüber und auf die Buchstütze, die knackte, vom
aufgeschlagenen Konvolut schon beschwert genug.

Ein Stein? Das mußte es sein – und war doch eher eine doppelte
Scheibe von jenem »Glas« genannten Stoff, mit dem die Burg neuerdings angefangen hatte, ihre Fensterlöcher zugleich gegen Kälte
abzudichten und für ein wenig Licht durchlässig zu machen. Doch
jene Scheiben waren klein und rund wie Flaschenböden, die ein Gitterwerk aus Blei zusammenhielt. Dieses Glas hier aber war aus zwei
zusammengehefteten Stücken, jedes viereckig und eher von Buch-
als Fenstergröße; durchsichtig war es auch nicht. Der Steingrund
war überfangen von einer glatt polierten Oberflächenschicht, wie ein
randloser Spiegel, in dem aber nichts zu sehen war; weder ihr dar-
übergeneigtes Gesicht noch der Widerschein des Kerzenlichts.

Dann aber begann es in der Tafel zu wimmeln und zu laufen;
Kringel, huschende Zeichen, Andeutungen von Figur, die in einem
Punktgestöber auftauchten und wieder untergingen. Immer eindeutiger wollte sich da etwas abbilden, fuhr auseinander und fügte sich
neu zusammen, während die Glasur heller wurde und mit der Zeit
gleichmäßig leuchtete – genug, um die Kammer in ein fahles Licht zu
tauchen. Gleichmäßig schien es und pulsierte doch zugleich in solcher Geschwindigkeit, daß Sigûnes Augen flimmerten. Immer deutlicher fügte sich das Gezappel zu Zeichen zusammen, zu einer
Schrift. In stark vereinfachten Lettern stand da zu lesen:

Hoi Sigûne

Was immer das erste Wort sagen wollte – das zweite war unmiß-
deutlich. Die Tafel sprach sie an, und bevor die Schrift erlosch, hellte
sie sich auf wie Glut im Ofen, wenn sie mit spitzen Lippen angefacht
wird.

Da stand plötzlich auf dem Schirm zu lesen:

ICH GARDEVÎAS

Was für ein Ich redete da zu ihr – übrigens lautlos, oder lag nicht doch ein Summen in der Luft? oder in ihrem Gehör?

Die Lettern blieben lange stehen, wackelten ab und zu, der unsichtbare Schreiber schien sich besinnen zu müssen. Aber dann stand es da, mit einem Schlag:

VON DER WUESTE.

Und nach abermaligem Zögern begann es zu schreiben, kleiner als zuvor, von oben links nach unten rechts, Wort für Wort, ohne abzusetzen, schneller als von einer menschlichen Hand, und doch langsam genug, daß die Augen bequem folgten; der Schrift, wenn auch nicht überall dem Sinn.

Lange Wege sind fällig in der Welt dieser Fabel. Denn der Abstand von einem Menschen zum nächsten erfordert oft eine Tagesreise, und fast immer geht er durch die Wüste. Und noch ist fast alles Wüste; Wüste ist auch der Wald. Grüne Wüste bedeckt Berg und Tal. Sie würde auch die wenigen Menschen verschlingen, wehrten sie sich nicht mit Feuer und Axt. Damit gewinnen sie der Wüste freie Räume ab, in die sie Äcker und Dörfer bauen und, wenn's hoch kommt, eine Burg wie Kanvoleis.

Das sind Inseln. Auch an ihnen ist noch das Meiste grün, doch grünt es nicht mehr, wie es kommt und will. Da wird die Wüste erzogen, Nahrung abzuwerfen für die wenigen Menschen, die ihr Leben darauf verwenden, sich am Leben zu halten. Klein sind die Inseln inmitten der Wüste, und bald geht über ihnen die Sonne unter. Aber die Sonne scheint doch so lange, daß die Frucht reift und geerntet werden kann; denn die Wüste trägt keine Frucht. Geerntet wird sie von den Vielen, die kaum das Nötigste haben. Und verzehrt wird sie von den Wenigen, die mehr zu bestellen haben als das Allernötigste.

Von diesen ganz Wenigen handelt die Fabel; das sind die Ritter und Damen. Sie bilden Inseln inmitten der Inseln und erheben sich ein Kleines über die Wüste. Dieses Kleine aber erscheint ihnen eine große Sache. Denn es ist der kleine Unterschied, der sie sichtbar macht. Die Wüste redet mit ihnen eine andere Sprache. Nicht, daß sie der Wüste gebieten könnten – das kann kein Mensch. Aber sie gebieten den Menschen, die sie zwischen sich und die Wüste gesetzt haben, damit diese die Kleineren zuerst verzehrt. Sie nennen diese Menschen

Bauern, häßlich und halbwild, um sie nicht bedauern zu müssen. Doch fürchten sie sie noch mehr, als sie sie bedauern. Und gegen ihre Furcht bauen sie Mauer und Turm, aber auch diese bauen sie nicht mit eigener Hand. Herren und Damen lassen sich Raum schaffen inmitten der Wüste und machen ihn fest. Und darin beziehen sie ihre geschützten Plätze, die sie prächtig nennen, Burgen und Schlösser, auch wenn sie nicht weiter sind als Verliese, und im Winter ebenso kalt. Immerhin sind sie frei genug, um die Wüste Wüste nennen zu können, während die gemeinen Leute sich darauf beschränken müssen, sie zurückzudrängen. Herren und Damen aber haben gerade so viel Abstand zum Notwendigsten, daß sie allem einen Namen geben können. Und sie machen sich selbst einen, während sie das Gefühl genießen, das Allernötigste mache sich inzwischen ohne ihr Zutun.

Das ist eine Täuschung. Aber sie verschwindet in ihren Fabeln, die von einer schöneren Wahrheit handeln. Etwa der, daß Gott nahe sei, der Tod fern, die eigene Kraft gewaltig und der Weg von Mensch zu Mensch gangbar, wenn man nur Kunst brauche. Diese Kunst aber sei nicht, wie Säen und Ernten, ein Kampf gegen die Wüste, sondern ein Werk des eigenen Herzens. Am glänzendsten bewähre es sich auf dem Weg des Herrn zur Dame, der Dame zum Herrn. Die Wüste ist immer da. Aber die Kunst kann ihr gebieten zu schweigen. Wenn es der Kunst gefällt, kann sie auch der Wüste ihren Reiz abgewinnen. Denn der Sorge, ihr das Nötigste eigenhändig abzutrotzen, ist sie enthoben. Sie zieht der Frucht die Blüte vor und spielt mit ihr. Dieses Spiel aber will die Grenzen nicht kennen, welche die Wüste den Menschen gesetzt hat; und wo die Fabel am kühnsten ist – und manche Herren und Damen lieben das Kühne –, spielt sie auch mit der Wüste.

Die grüne Wüste soll nicht die einzige sein. Wie man vernimmt, gibt es auch gelbe Wüsten und rote. Da ist alles verkehrt, auch die Inseln. Bei uns sind die Inseln hell und liegen im Licht, sie müssen der Nacht der Wälder abgewonnen werden. Dort aber sind es die Inseln, die im Schatten liegen, und dieser ist es, der gepflegt werden muß. Denn nur im Schatten gedeiht die Kunst, die Wüste nicht immer sehen zu müssen, sondern sie beim Namen zu nennen, von ihr zu schweigen oder mit ihr zu spielen. Hoch schlägt bei uns das Grün der Wüste, ihre Wipfel verschlingen sich, ihre Wurzeln stehen im Sumpf. Dort aber müssen ganz vereinzelte Bäume den Schatten spenden, ohne den auf dem glühenden Boden nichts gedeiht. Diese Bäume heißen Palmen. Und wenn wir auf unsern Inseln bedacht sind, jeden

Sonnenstrahl zu nützen, muß die Sonne auf jenen Inseln ausgesperrt werden, denn sie brennt erbarmungslos. Sie ist es, die alles gelb und rot verbrannt hat, und nicht einmal die Palmen schützen die Menschen davor, schwarz zu werden.

Anders reist man durch die grüne Wüste, anders durch die gelbe und rote. Wären unsere Flüsse nicht, die schiffbaren Flüsse, zu denen der Sumpf der Wälder zusammenfließt, wir fänden nie zueinander. Alle anderen Wege verschlingt die grüne Wüste im Nu, und sicher werden sie nie. Denn auch Räuber und Wegelagerer nützen die Wüste für ihre dunklen Zwecke. Bei uns ist das Undurchdringliche der Wüste zum Fürchten. Von den Palmen aber geht man ins Offene hinaus, wo zu viele Wege sind, und keiner. Denn das Offene ist überall gleich leer und hat an jedem Punkt die Temperatur eines Backofens. Das Wasser, vor dem man sich in unserer grünen Wüste kaum zu retten weiß, mangelt in der gelb- und roten Wüste so sehr, daß man es mitführen muß in Schläuchen oder Kürbissen. Sogar die Pferde lernen ihren eigenen Wasservorrat mitzuführen, um nicht auszutrocknen. Davon bekommen sie einen Höcker und heißen Kamele.

Viele Sorten Wüste gibt es, grüne, gelbe und rote. Es gibt aber auch eine blaue, die grau werden kann vor Trostlosigkeit, und weiß vor Wut. Diese Wüste ist die grenzenloseste und heißt das Meer. Furchtbar ist die Täuschung, daß man aufbrechen könne, wohin man wolle, nur weil sie offen liegt bis zum Ende des Horizonts. Spärlich sind in der blauen Wüste die Inseln gesät. Um auch nur die nächste zu erreichen, ist die Kunst des Schiffbaus vonnöten. Man muß bewegliche Inseln bauen, doch wieviel Kunst auch an ihre Leichtigkeit verwendet wurde, noch leichter gehen sie unter mit Mann und Maus. Und doch müssen die Schiffe auch von Rittern, manchmal sogar von Damen, bestiegen werden, wenn sie in entfernte Wüsten gelangen wollen, zum Beispiel in die gelbe und rote des Heiligen Landes. Da muß man hingekommen sein. Denn das Heilige Grab, das auf der Insel Hierusalem liegt, verspricht jedem, der es erreicht, ein ewiges Leben. Mancher findet sein Grab schon zuvor in den Fluten und gelangt nicht mehr zu seinem Heil, wieviel Kunst er auch gebraucht haben mag. Die der Waffen ist dabei unter Rittern die üblichste. Aber auch sie hat noch keinem über die blaue Wüste geholfen. Wenn sie zürnt, ist schon die erste beste Welle zu stark für hundert Ritter in einem Schiff.

Und doch müssen sie hinaus in die Wüste, jeder in die seine. Und *wer weit genug fährt mit Gott – auch Gott zeigt sich in jeder Wüste verschieden –, kommt vielleicht bis zur nächsten Insel und gewinnt ihr etwas ab, was den Einsatz des Lebens lohnt. Nicht immer bringt er es auch nach Hause. Manchmal ist es ein Klumpen Gold, manchmal ein kostbares Schwert oder Tuch, manchmal ein Wort, das hilft. Wenn er sich einen Namen gemacht hat, kommt der Name vielleicht in einem andern Mund zurück. Sie begegnen einander selten in der Wüste, und freundlich noch seltener. Denn die Wüste verwildert auch die Menschen, so daß der eine zum Wegelagerer des andern wird. Aber auch auf den Inseln, wenn sie solche erreichen, gehen sie nicht gütlicher miteinander um. Denn die Inseln sind wenige und knapp, und ein gepanzerter Fuß tritt hart auf den andern.*

Verschieden, wie die Wüsten, sind auch die Träume, die darauf gedeihen. Die Träume sind den Wüsten entgegengesetzt. Die in der Wälderwüste hausen, träumen von einer geblümten Aue, auf der des Lustwandelns kein Ende ist, und von einer Eßtafel, wo man sich von einer Freude bei der nächsten erholt. Mühelos soll sie sich decken und rund sein zum Zeichen, daß jeder, der sich daran niederläßt, der Größte ist, und doch einer nicht größer als der andere. Eine Insel über allen Inseln soll sie sein, diese Tafelrunde. An ihr muß auch das elendste Leben eine starke Geschichte werden, die nackteste Not ein Abenteuer, der steinigste Weg eine Erfahrung, die sonst keiner gemacht hat. Alles soll einem väterlichen König erzählt werden dürfen, der des Zuhörens nie müde wird, und einer mütterlichen Königin, die den schönsten Lügner mit ihrem Kuß belohnt. Auf dieser Insel sollen Ritter und Damen vergessen, daß es noch etwas anderes gibt als sie selbst.

So träumt die grüne Wüste; anders die gelbe und rote. Denn die im Sand Verlorenen sehen eine flüssige Stadt zittern am Rand aller Dinge. Der Horizont, der nicht näher kommen will, verschwimmt zu Türmen, Minaretten und Kuppeln, eins im andern gespiegelt. Sie wässert vor den Augen, die Insel am Ende des Durstes. Eine einzige Anstrengung nur noch, dann wird man die gedörrte Zunge an ihr letzen und untergehen in den Flüssen des Paradieses.

Die aber in der Meereswüste siedeln, heften ihren Blick an die Bilder der Sterne, um ihr schwankendes Boot daran festzumachen, und werfen Anker nach der Höhe aus, denn in der Tiefe ist kein Halten. Die wollen ein Schloß am nächtlichen Himmel gesehen haben, mit durchsichtigen Wänden erbaut auf den Ecksternen Arcturus,

Deneb, Ataïr und Aldebaran. Denen ballt sich die Schwärze des Himmels zu einem schwebenden Stein, auf dem ihre Rettung geschrieben steht.

Da zögerte der Spiegel, und am Ende erschien in Großschrift
SO WEIT SO GUT
Und dann noch größer und heftig blinkend wie eine Warnung
KEIN LICHT KEIN WORT
Inzwischen war die Tafel ermattet, erloschen. Sie war wieder das Stück unirdischer Materie, kein Schiefer, kein Glas, und etwas von beidem.

SPIL DOCH MAL
WIE SIGÛNE SICH IM VERKEHR
MIT IHREM TRÖSTER
ZU EINER DAME HERAUSBILDET

Sie hatte nicht geträumt – auch die Nacht im Bettkasten, oder was von ihr übrig war (jeder Begriff von Zeit war in der Wüste verloren gegangen), hatte sie in unruhigem Schlaf und traumlos zugebracht. Aber als sie endgültig nicht mehr schlafen wollte, brauchte sie, außer dem Nachtlicht vor dem Gottes Bild, kein zweites Licht zu machen, um zu sehen: der grüne Streifen zwischen den Schwarten stand noch da. Sie öffnete einen Laden, um die Saichscherbe zu leeren; als sie sich umdrehte, hatte sich der wunderbare Gegenstand nicht verflüchtigt.

Kein Licht kein Wort

Sie zwang sich, den Tag wie andere zu behandeln. Sie widmete sich dem Feuer und dehnte den Spaziergang im Gefangenen Garten aus, der mit den neuen Platten einen ganz neuen *Chic* hatte; doch die innere Betrachtung verzehrte diejenige der äußeren Dinge. Der Kälte achtete sie kaum; zu sehr glühte sie vor Ungeduld. Das Herdfeuer bekam diese zu spüren und wollte lange nicht brennen. Auch Brot und Milch blieben ohne Geschmack. Kein Licht. Nur Nacht sollte es werden, damit sie Gardevîas wieder vornehmen konnte.

Nach dem Eingangsflimmern begrüßte er sie wie gestern mit dem rätselhaften Hoi und stellte sich vor. Danach aber ließ er keinen Text folgen, sondern eine Reihe von Titeln.

Parzivâl

Und verblaßte beinahe pathetisch; dann flimmerte der Schirm ganz leer, um schließlich drei Sätze erscheinen zu lassen

Spizz fingerlîn

Pick Item

1 Mal Spiln

Das sah wie eine Gebrauchsanweisung aus, und das Folgende wie ein Inhaltsverzeichnis:

SCHAH ZUR STEUER DES ELENDES ZWEIER KOENIGREICHE WÂLEIS UND NORGÂLS

ITEM III   WIE FRAU HERZELOYDE HERUNTERKAM IN DIE STADT KANVOLEIS UND IHR DER BESTIMMTE BRAEUTIGAM GEKNICKT WARD OHN ALLES BEILAGER

ITEM IV   WIE FRAU HERZELOYDE ALS JUNGFRAU UND WITTIB EIN REGIMENT FUEHRTE UND NEBEN DEN ZUEGEL GRIFF WELCHER ALSBALD ZU SCHLEIFFEN ANHUB ALSO DASS DIE HERRSCHAFT GENTZLICH VERWAHRLOSETE

ITEM V   WIE DER BURGGRAF BEI SEINER FRAUEN HERZELOYDEN VORSTELLIG WARD AUS HERZENSGRUND UND SIE DA HIN FUEHRETE WO SIE NICHT WOLLTE

ITEM VI   WIE VON FRAUEN HERZELOYDEN EIN GEBOT AUSGING DASS ALLER WELT HERREN ZU IHR HERUEBERKAEMEN UND IHR ABGEWOENNEN HAND UND LAND IN RECHTER TJOST ZUR ENDLICHEN STEUER DES ELENDS

ITEM VII   WIE DIE MEHRSTEN KOENIGE VON IHREN FEHDEN ABSTUNDEN AUF DASS SIE KAEMEN UND SICH MANNLICH ZEIGTEN VOR FRAUEN HERZELOYDEN AN DEROSELBEN WOHL BESTALLTEM PFINGST-TURNIER

Das war ein kurioses Fränkisch, aber noch zu verstehen. Nur was sie mit dem Katalog sollte, den GARDEVÎAS ein zweites und drittes Mal erscheinen ließ, wußte sie nicht. Da aber half ihr der Spiegel auf den Sprung, denn er schrieb:

NIM DEN FINGER

SPIL DOCH MAL

Sigûne war unwillkürlich errötet. Der Satz hatte auf der Grâlsburg umgekehrt gelautet: Damit spielt man nicht! Finger weg! Und wenn man erwischt worden war, wie man unter dem Hemdchen Trost gesucht hatte, mußte man sich den ganzen Tag waschen, und zwar in der *Kalten Freiheit,* die ihren Namen nur zu sehr verdiente. Denn die Waschküche war eine Eisgrotte, darin waren die Kinder aus dem Zähneklappern nicht herausgekommen und hatten außerdem an der nächsten *Pflicht* im Oktogôn nicht teilnehmen dürfen, der einzigen Gelegenheit, bei der man sich sattessen konnte.

SPIL DOCH MAL

Sigûne tippte mit dem Zeigefinger – im Nagelbett steckte Ofenruß – auf Item V. Und siehe, der Titel begann zu blinken, während die übrigen verblaßten. Bald stand er allein im Gewimmel, bevor es auch ihn zurücknahm und fünf seltsame Buchstaben entstehen ließ.

OKEEH

Dann begann es auf dem Spiegel stark zu schneien. Sternförmig barst eine Rosette beweglicher Teilchen, so daß sie glaubte, in einen sprühenden Schacht niederzufahren. Doch waren die Flocken zeichenhaltig, und als der Wirbel seine Schnelligkeit verminderte, nahmen sie Formen von Lettern an. Allmählich begann der Strom sich querzulegen, in parallele Fluchten zu gliedern, als flöge das Auge wie ein Vogel neben einem schnelleren Wolkenstrom her. Dann begann die Bewegung in sich selbst hin und her zu zappeln wie ein unsichtbares Webschiffchen, das den Strom zu einem Text verstrickte. Schuß um Schuß kam eine Buchstabenreihe unter die andere, mit kleinen oder großen Lücken.

Bald wußte ihr GARDEVÎAS wörtlich und haarklein von einem Gespräch zu berichten, bei dem es gewiß keine Zeugen gegeben hatte. Frau Herzeloyde beugte sich dem Wunsch und Willen ihres Dieners Kyberg. Sie überwand sich, Hand und Land einem Ritter zum Preise auszuliefern. Atemlos und nicht ohne Schadenfreude lauschte Sigûne dem Wortwechsel von Frau und Mann. Denn sie konnte beides förmlich *hören*, die Schroffheit der Erniedrigten, die Demut des Aufrechten. Sie sah es vor sich, das Bild, welches dem Dienstverhältnis widersprach. Das Bild entstieg den rasch fließenden Buchstaben wie ein Dschinn dem morgenländischen Tonkrug.

Wieder starrte und lauschte sie ohne Zeit und Raum. Und als GARDEVÎAS am Ende

SO WEIT SO GUT

KEIN TAG KEIN WORT

verfügte, schrak sie auf und wußte nicht, ob die übrige Welt noch Nacht hatte oder schon wieder Tag. Unscheinbar lag er auf dem Tristan-Corpus, der Zauberspiegel; nur als sie mit dem Finger versehentlich daran rührte, gab er ein leises Knistern von sich.

Sie war Zeugin gewesen.

GARDEVÎAS hatte ihr nur erzählt, was sie schon wußte – oder wovon sie die Folgen greifbar erlebt hatte. Er hatte die Stimmen der Wirklichkeit nachgeführt: genau so mußte sich die Szene abgespielt haben! Und doch hatte sie darin noch eine andere Stimme vernommen – einen Ton von weiter her. Sie hatte diese Stimme schon gehört – aber wo?

An dieser Stelle packte sie die Erschöpfung, als habe sie eine lange Reise getan. Es gelang ihr noch, den Schiefer in seine grüne Seide zu schlagen und zwischen Hiob und Alexander zurückzuschieben. Dann löschte sie die Kerzen bis auf die eine vor dem Gottes Bild, stolperte in ihre Ecke, fiel in den Bettkasten, ohne den Mantel abgeworfen zu haben, und augenblicklich in tiefen Schlaf.

Als sie gerädert erwachte, ungewiß, was die Stunde geschlagen hatte, fühlten sich die Kleider, in denen sie lag, widerwärtig an, und der Strohsack unter ihrem Leib hatte Nässe gezogen wie ein Schwamm. Und als sie sich aufrichtete, ein Bein aus dem Bett hob, erschrak sie bis auf den Grund.

An ihrem Schenkel lief Blut hinab, ein süßlicher Geruch stieg ihr in die Nase. So hatte es bei der Trine gerochen: so roch der Tod. Nun floß er aus ihrem Leib.

Langsam bemächtigte sich die Vernunft ihres Schreckens, begann ihn mit Einsichten zu zerlegen. Ihr Leib beruhigte sich, die Nässe verlor ihr Grauen. Leicht streifte sie über ihren Schoß, der zur Wunde geworden war, betastete die Schwellung, begann sie zu trösten.

Zu essen brauchte sie heute nicht. Sie trug Wasserkrug und Becken ins Freie, um sich dort zu waschen, der Kälte ungeachtet. Der Berg wo ein Tal ist grüßte aus der Ferne mit seinem machtvollen Schrund, sie war um eine stumme Antwort nicht verlegen. Sie blickte zur Burg hinüber, dem weitläufigen Gemäuer in seiner Winterlichkeit. Hier mußte es zu blühen anfangen! In diesem Augenblick fiel ihr ein, wessen Stimme sie gestern hinter dem Zauberspiegeltext gehört hatte. Es war die ihres Oheims Trevrizent, die Helligkeit seines Lachens, in das sich seine Strenge aufgelöst hatte wie ein Rätsel über Nacht.

Da stand sie vor ihrem Turm im Gefangenen Garten, Hoi Sigûne! Sie stemmte die Beine auseinander, warf beide Arme in die Luft, wie auf dem I, das sie gemalt hatte, und auch der I-Punkt vibrierte in der Kälte. Doch so sehr der Wind an ihren Haaren riß, nach oben sträuben wollten sie sich nicht, rot wurden sie auch nicht davon. Sigûne schlüpfte wieder in Hemd und Kutte. Das Zeug kam ihr plötzlich zu bescheiden vor.

Und an diesem Tag ließ Sigûne Den Kyberg wissen – als Bote war nun doch ein Gärtner zur Hand –, daß sie das Feuer am längsten eigenhändig besorgt habe. Sie wünsche eine Magd und zwei erträgliche Köchinnen dazu. Sie habe vor, einmal am Tag festlich zu speisen. In der Nacht verbitte sie sich jegliche Störung. Sie habe viel

nachzudenken. Um sich munter zu halten, befehle sie *Tea*, das neue
erquickliche Kraut. Den Aufguß bereite sie selbst, doch besseres
Geschirr dafür könne nicht schaden. Am liebsten eins mit mauri-
schem *dessin*.

Beim *Tea* begann Sigûne Rat zu halten mit GARDEVÎAS, ihrem bald
Vertrauten. Im Brautkleid der toten Mutter saß sie vor dem Lesepult,
das von Ritterromanen befreit, ihm nun allein zur Stütze diente. Da
ließ er seine Zeichen flackern und spielte ihr die Fabeln zu, die sie mit
Fingerdruck auswählte. Hatte sie ihr OKEEH (was immer das hieß)
zu einem ITEM gegeben, so lieferte er den gewählten Text und erzählte ihr, wie dies oder jenes wirklich gewesen war.

Und siehe, von diesem Tag an wuchs auch GARDEVÎAS' Ehrgeiz
ganz merklich. Er legte es darauf an, daß sie ihren Augen nicht traue.
Was er darin lesen konnte, nahm Einfluß darauf, wie er sich ausdrückte. Sigûne genoß es, immer anspruchsvoller zu werden. Sie
hielt ihre Zustimmung zurück, um den Spiegel zu stärkerer Leistung
aufzumuntern, wandte sich auch einmal von ihm ab und widmete
sich nur noch dem *Tea*.

Mit einem Wort: sie lernte mit GARDEVÎAS spielen und erweiterte
damit seinen Wortschatz, beflügelte seine Phantasie und Finesse. Was
sie schon wußte, erlaubte sie sich manchmal besser zu wissen. Und
was *ihm* gefiel – er konnte recht kindisch sein –, ließ sie sich nicht
immer gefallen. Er wurde durch einen Blick angehalten, es spannen-
der zu machen.

Sein Fassungsvermögen beschränkte sich auf das Vergangene.
Wollte sie ihn in die Gegenwart locken oder gar in die Zukunft, stieß
sie an seine Grenzen. Auch für Nahes und Nächstes schien er kein
Programm zu haben. Die Vorgeschichte war sein Element, und er
legte es darauf an, ihr das Entfernte so nahe wie möglich zu bringen,
es durch die Lupe der Fabel zu vergrößern.

Sie wußte aber auch ihrerseits zu verhüten, daß er ihr zu nahe trat.
Was er von Männern und Frauen zu sagen wußte – besonders an
ihrem Unterschied nahm er munteres Interesse –, wollte sie so genau
nicht wissen. Sie wandte sich gegebenenfalls mit einem gewissen
Nachdruck ihrem *Tea* zu. Sie hatte bald gemerkt, daß sie ihn damit
bis zur Sprachverwirrung entgeistern konnte. Es bedurfte eines
deutlichen Winks, damit er wieder der Reihe nach und schicklich
fortfabelte. Von seinem Angebot, ihr über Vater und Mutter mehr zu
sagen, machte sie keinen Gebrauch.

Ihre Eltern waren nicht mehr an der Reihe, sondern sie selbst.

So lernte Sigûne mit dem neuen Spielgefährten schalten und walten. Sie steuerte ihn mit einem Druck ihres Fingers. Den Augen eines Dritten hätte sie das Bild eines verwöhnten Fräuleins geboten, das sich einer ausgefallenen Spielleidenschaft überläßt. Neuerdings pflegte sie vor dem zauberhaften Spiegel auch ihre Abendmahlzeit einzunehmen – kein Fastenmahl mehr! –, und so hatte sie GARDEVÎAS zu ihrem Tischgenossen und geräuschlosen Hofnarren gemacht.

Allmählich hatte sich das Spiel auf einem gewissen Niveau der Gewohnheit befestigt. Beim Essen und *Tea*trinken zog Sigûne leichtere Fabeln vor. Sie wählte meist solche aus dem Umkreis des Königs Artûs, wo die Bewährung der Männer und Frauen das Gemeine zu vermeiden hat. GARDEVÎAS wurde zum Fabrikanten romanhafter Texte, wie sie Frau Herzeloyde zur Weltkunde beigezogen, zum Abgewöhnen aufgegeben hatte. Auch GARDEVÎAS erzählte sie nicht ohne Ironie, doch begegnete ihr Sigûne mit ihrem eigenen Vorbehalt. Sie entdeckte, daß man ein Gegenüber aufmuntern kann, wenn man es im Verdacht läßt, es könne seine Sache nie ganz recht machen. Was Wunder, daß der Witz des Spiegels unter diesen Umständen etwas angestrengt wurde.

RÔT AUF GRUENER HEIDE NAHM DIE TOTE IHREN TOTEN AUF DEN SCHOSS OUWÊ MUOTER WAZ IST GOT UND KUSTE KEINEN ROTEN RITTER MEHR DENNACH TÔTET UNDE TOETELT BIS DAZ DER TOD EUCH SCHEIDE GOT IST GROSS MEIN GOTT WIE GROSS IST DEIN IOHANNES

Das war nur noch Nonsense. Sigûne ließ die großen Augen wandern und zeigte an, sie fühle sich nicht amüsiert.

So spielten sie miteinander durch die kalten Monate des Jahres hindurch, in Heimlichkeit und doch wie ein Paar, das einander geläufig und schon etwas müde geworden ist. Sigûne hatte Gewalt über den Gefährten; nur das letzte Wort (SO WEIT SO GUT / KEIN TAG KEIN WORT) behielt er und entschied eigenmächtig, wann er seinen Dienst als erfüllt betrachtete. Dann gähnte Fräulein Sigûne, leerte den *Tea* bis zur Neige, wickelte GARDEVÎAS in sein grünes Futteral und fiel, nachdem sie ihr Brautkleid abgelegt hatte, in einen tiefen Schlaf. Nur besuchte sie darin kein Traum mehr. Seit sie spielte, brauchte sie ja nicht mehr zu träumen.

Das nächtliche Wunder wurde zum Zeitvertreib. Eine Zeit, die man sich vertreibt, ist schon so gut wie vorüber. Und wenn sie keine neue Form findet, so wird sie zur Langeweile –

Sigûne genoß, in aller Stille, eine Art höfische Erziehung und war dabei selbst zur Erzieherin geworden. Nun begann sie sich, mit Motiven wohl ausgestattet, nach einem neuen Gegenstand ihres Interesses umzusehen. Da fiel ihr auch Schiônatulander wieder ein. Von Qui-qui war lange keine Rede mehr gewesen. Obwohl er weit genug entfernt sein mochte, führte ihn GARDEVÎAS nicht im Angebot. Sigûne war noch nicht auf den Gedanken gekommen, die Textlücke der Eifersucht des Spielgefährten zuzuschreiben. Jetzt gefiel es ihr, ihm Gründe dafür zu liefern; und siehe, diese Gründe wurden stärker. Jetzt hätte sie Qui-qui wahrlich auch etwas zu erzählen gewußt.

Als der Frühling kam, der junge Mann aber nicht, begann sie sich nach ihm zu sehnen.

DER BLEICHE GAST
WIE EIN UNHEIMLICHER LEHENSMANN
SEINE HERRIN VOR DER ZUKUNFT
SCHAUDERN LÄSST

Es war Frühling geworden, es wurde Sommer, und der Sommer hielt an. Denn das Kind sollte in der Fülle des Lichts geboren werden. Es verwunderte nicht allzusehr, daß die Herrin über den Gang des Jahres gebot oder daß die Zeit stillstand über ihrem hohen Leib. Hingegen wunderte man sich sehr, als sie eines Tages nach Lähelîn sandte, ihren Lehensmann. Man hatte Zweischneidiges über ihn gehört. Das Land gedieh unter seiner Fuchtel. Zugleich schien es dem Lehensnehmer in die Hand zu wachsen. Man flüsterte, er habe sich schon als König zu Anschouwe titulieren lassen – eine Lästerung! Es gab nur Einen König ze Anschouwe. Es gab nur Eine Königin, und die mußte es im Auge behalten. Denn sie nährte einen Erben dafür unter ihrem hohen Herzen.

Lähelîn ließ melden, Eile werde es mit dem Kommen ja wohl nicht haben. Bei dem fortwährenden Sommer sei mehr als nur eine Ernte einzubringen. Er habe in Anschouwe das Brachland abgeschafft. Er probiere eine Fruchtsorte, die zugleich trage und dünge. Sie wachse, ohne das Feld zu erschöpfen. Er sei den ganzen hellen Tag damit beschäftigt, ihr Gedeihen zu beschleunigen.

Als Herzeloyde den Burggrafen selber sandte, mit dem *Befehl*, den so überaus Beschäftigten beizubringen, kam dieser immerhin, verdrossen genug. Herzeloyde hatte ihm melden lassen, sie erwarte Herrn Gahmuret jeden Tag.

Er trat ein, nicht gewappnet, das verbot sich denn doch. In seinem Dienstkleid sah er wehrhaft genug aus. Er war in sein fahles Rot gekleidet, das eigentlich keine Farbe war. Auch sonst war er unverändert und von eigenhändiger Feldarbeit nicht im mindesten gebräunt.

Er beugte das Knie, erhob sich unaufgefordert. Sie ließ es hingehn.

Ihr seid in Erwartung, sagte er mit fachmännischem Lächeln.

Das war nicht zu übersehen, dennoch errötete Herzeloyde.

Seid Ihr nicht überfällig? fragte der Lehensmann. – Es hüpft Euch ja schon! – Und sein Lächeln wurde noch unschöner.

Auf ihr Kind angesprochen, konnte Herzeloyde nicht ungesäumt Strenge zeigen. Das mußte der Besucher so bedacht haben, unbedacht tat er ja nichts.

Danke der Nachfrage, sagte sie, wenn es eine war. Ihr habt eine eigene Art nachzufragen.

Lähelîn zuckte die Schultern. – Schade, sagte er, Euer Herr kommt wohl nicht mehr zur Zeit.

Herzeloyde versuchte umsonst, ihre Bestürzung zu verbergen. Er betrachtete sie gelassen.

Er sei im Anzug, habt Ihr melden lassen, sagte er. – Er ist durchaus nicht im Anzug. Wenn's gut geht, überschreitet er gerade einen der Teufelsflüsse, die aus dem Paradies kommen. Und wer weiß, ob's gut geht.

Ihr wißt wunderbar zu trösten und zu erbauen, sagte Herzeloyde.

Es sind der Feinde viele dort hinten, sagte Lähelîn, und zaubern können sie allesamt. Dafür sind's Heiden.

Ihr zaubert ja auch, sagte Herzeloyde, dem Gespräch mühsam eine unbefangene Wendung gebend. – Jedenfalls höre ich Erstaunliches von Unseren Gütern, die Ihr zu Lehen habt.

Ich arbeite, sagte Lähelîn, und sorge dafür, daß die Pächter arbeiten, sogar die Klostermeier.

Wir sind Euch dafür zu Dank verpflichtet, sagte Herzeloyde.

Das verdankt sich selbst, sagte Lähelîn.

Und Gott, sagte Herzeloyde auf alle Fälle; denn das Lehenswesen beruht auf Seiner Ordnung.

Dem hat man immer ein wenig nachhelfen müssen, sagte Lähelîn. – Er hat uns die Haut nicht dafür gegeben, daß wir auf ihr herumliegen.

Maui lag in diesem Augenblick gerade außerordentlich faul auf ihrem Fell. Sie erschien wie das reinste Gegenstück zu Lähelîn, soweit sich zu ihm überhaupt ein Gegenstück denken ließ.

Ich bin sicher, daß Unser Herr von Euch lernen kann, sagte sie, und nachdem Ihr ihm gehuldigt habt, können wir wohl daran denken, ihn später zu Euch in die Zucht zu geben.

Lähelîn zeigte sich begriffsstutzig. – Welcher Herr? fragte er.

Der da kommen soll, sagte Herzeloyde.

Aha! sagte Lähelîn, und sein unschönes Lachen kam wieder zum Vorschein. – Ich denke, der soll ein Ritter werden!

Herzeloyde sah ihn so streng wie nötig an und so gnädig wie möglich.

Wird er bei Euch etwa kein Ritter? fragte sie mit einem Schalk, der sie Überwindung kostete.

Mit Verlaub, sagte er. – In meinen Ländern werden nur redliche Gewerke geduldet, die einer auch brauchen kann.

In meinen Ländern! Herzeloyde hatte es wohl gehört und würde darauf zurückkommen müssen.

Edler Herr, sagte sie, Ihr habt einen starken Humor! Ich weiß doch am besten, wie an Eurem Hof die Lanzen splittern!

Ja, sagte er, hoffentlich! Für das Splittern werden sie schließlich angebaut. Ihr müßt meine Eschenbaumschule besuchen, werte Frau. Zwanzig Morgen Splitterholz, halbsplitterndes und splitterarmes. Damit kann ich sämtliche Turniere des Herrn Artûs beschicken.

Und selber laßt Ihr keine splittern? fragte sie, ebenso amüsiert wie beeindruckt.

Muß ja sein, sagte er, wir haben eine Lanzensplitterstrecke mit allem, was dazu gehört, und verbessern laufend. Meine Leute testen auch die Schilde dazu, und auch die Pferde. Meine Turnierpferde sind unerreicht. Das Zeug wird zwar bald außer Gebrauch kommen, ernsthaften Gebrauch, meine ich, soweit von dergleichen je die Rede sein konnte. Aber es gibt einen wachsenden *sportlichen* Markt. Die Städte sind ganz wild aufs Turnieren –

Ihr beliefert die *Städte*? fragte Herzeloyde mit einem Naserümpfen.

Was heißt beliefern? sagte Lähelîn. – Ich *gründe* Städte. Ich nehme doch nicht die Produktion in die Hand und hab dann keinen Markt dazu.

Ich verstehe, sagte Frau Herzeloyde, aber das tat sie durchaus nicht.

Den Ernstfall gibt es ja auch noch, sagte Lähelîn. – Der Krieg stirbt nicht aus. Die Kunst ist: diesen Markt zu beliefern und sich herauszuhalten. Ich habe im östlichen Norgâls wieder aufforsten lassen, Eiben. Das unerreichte Bogenholz, und es fängt überall an, knapp zu werden. Die Herren Ritter verstehen sich ja nur auf Raubbau, und die Bauern fürchten sich vor den Eiben. Es vergiftet ihnen die Kühe. Den Ziegen kann es nichts anhaben. Meine Eibenwälder bestoße ich mit Ziegen.

Interessant, sagte Frau Herzeloyde. – Übt Ihr denn auch für den Ernstfall? Den Krieg, meine ich?

Wo käme man sonst hin, sagte Lähelîn. – Dieser Markt wächst unerbittlich. Ich habe einen kleinen Bruder, der sich aufs Kriegshandwerk versteht. Ich meine: Handwerk, Gnädigste, nicht Kunst. Die überlasse ich mit Vergnügen den Rittern. Auch Krieg wird immer mehr eine Sache der Technik. Orilus bringt das Nötige dafür mit, er kämpft wie eine Maschine. Da tut der Klotz endlich etwas Gescheites.

Ihr denkt weit, sagte Herzeloyde. – Ihr verdientet wohl, König zu sein.

Nicht mein Bier, sagte Lähelîn.

Ihr habt Besseres zu tun, als König zu sein, sagte Frau Herzeloyde, das beruhigt mich. Zugleich stellt Ihr Euer Licht unter den Scheffel, denn Ihr seid ja auch ein Ritter ohne Fehl und Tadel. Wäre mein Herr Gahmuret nicht gewesen ... Ihr hättet das Turnier gewonnen.

Und Euch damit, meint Ihr! lachte er, obwohl sie nichts dergleichen gemeint hatte. – Sein unschönes Lachen war einen Augenblick lang künstlich geworden. – Das wäre kein gutes Geschäft gewesen, sagte er, für mich jedenfalls. Ich habe Euch geliebt, aber geschickt hätten wir uns nicht. Ihr hättet mir zu viel hineingepfuscht. Weit weg von Euch ist besser Kirschen essen.

Ich *werde* Euch aber hineinpfuschen, sagte Herzeloyde, immer noch lächelnd; denn jetzt wurde es ernst.

Das wäre Euer Vorteil nicht, versetzte Lähelîn ruhig, und es war nicht zu unterscheiden, ob er eine Drohung ausgesprochen hatte oder eine Empfehlung.

Wozu glaubt Ihr, daß ich Euch habe kommen lassen? fragte Herzeloyde.

Ja, ich wäre Euch verbunden, wenn Ihr zur Sache kämt, antwortete Lähelîn, denn wir beginnen die dritte Ernte, und ich werde benötigt.

Wißt Ihr auch, warum Ihr eine dritte Ernte habt? fragte Herzeloyde.

Da gibt es mehr als einen Faktor, sagte Lähelîn. – Erstens habe ich dafür gesorgt, daß der Boden endlich etwas abwirft. Zweitens haben wir einen ungewöhnlichen Sommer –

Einen *sehr* ungewöhnlichen, sagte Herzeloyde, denn eigentlich wäre schon Herbstmonat, wie Euch nicht entgangen sein kann.

Eine Klimaveränderung, sagte Lähelîn, ist nichts ganz Unerhörtes. Ein Meteor wird schuld daran sein, oder ein Stocken der Atmosphäre, das bleibt zu prüfen. In Outre-mer soll ein Vulkan ausgebrochen sein. Außerdem zeigt sich im Hundsstern ein Haar –

Ihr braucht nicht am Himmel zu suchen, sagte Herzeloyde. Sie legte die Hand auf ihren Leib. – Hier ist der Grund. Hier ist Er, den das Meteor verkündet, oder meinetwegen der Vulkan. Er verändert die Atmosphäre, weil er die Sonne anhält. Denn er will im Licht geboren werden. Hier glänzt Euer Hundsstern, denn Ihr auch hättet Sirius nennen können, denn so nennt ihn die Sternweisheit der Mohren, und es klingt auch besser.

Lähelîn betrachtete sie nicht ohne sachlichen Respekt, dem eine Spur häßliches Amüsement zugesetzt war.

Ja, es sieht nach einer guten Ernte aus, sagte er. – Tragt ihr Sorge.

Darum habe ich Euch bestellt, sagte Herzeloyde. – Dafür bedarf ich der Sorge meines ersten Dienstmanns. Ich habe Euch kommen lassen, damit Ihr Ihm huldigt.

Wem? fragte Lähelîn und wirkte zum zweiten Mal verblüfft. – Der Frucht in Eurem Leib? Huldigen? Alles was recht ist!

Es ist recht! sagte Herzeloyde, denn ich bestimme es Euch zu Recht und Pflicht, an die ich Euch zum Glück nicht zu mahnen brauche. Gefällt es Euch, so seid Ihr für heute mein werter Gast. Für morgen habe ich eine feierliche Messe befohlen, zu Eurer Huldigung vor diesem Kind, das mein und Euer Herr ist und ein Herr sein wird über noch viel mehr.

Pardon! sagte Lähelîn lachend vor Unglauben. – Das gibt es doch gar nicht! Ich soll dem Kind in Eurem Schoß huldigen, wo man noch nicht einmal weiß, ob es heil auf die Welt kommt, bei dieser Größe? Ihr seid auf dem besten Weg, es zu übertragen, wenn Ihr mich fragt, und müßtet andere Sorgen haben als eine Huldigung! Kommt nieder, Frau, lieber heute als morgen! Und wenn alles gut gegangen ist, können wir die Geburt noch lange feiern!

Jetzt hatte er wahrlich zuviel gesagt. Zorn- und schreckensbleich sah die Herrin von der Höhe ihres Leibes auf den unverschämten Knecht hinunter, der sie anzuschauen wagte, als wäre sie ein trächtiges Schaf, und der ihr als Fachmann nicht einmal eine leichte Geburt versprach. Ihr seid mein Gefangener! hätte sie am liebsten gesagt. Dazu aber war sein Gefolge zu stattlich. Er hatte wohl gewußt, warum er es hatte mitkommen heißen, trotz der dritten Ernte. Und außerdem ... dieser Llewellyn war es nicht *wert*, daß sie sich seinetwegen in Aufregung stürzte, die ihr die Weise Frau streng verboten hatte. Es hätte noch gefehlt, daß sie aus lauter Aufregung der düsteren Prognose zur Erfüllung verhalf und das Gotteskind verlor vor der Zeit, statt es auszutragen auf dem Weg seines Glücks und des Glücks der ganzen Welt.

Geht, Llewellyn, sagte sie, und laßt Euch nicht mehr so bald blikken!

Das war auch nicht meine Absicht, hohe Frau, sagte er. – Ich nehme Urlaub. Ich empfehle mich.

Das hatte er wahrlich nicht getan! Herzeloyde war geistesgegenwärtig genug, sofort einzusehen, daß Anschouwe und Norgâls verloren waren, auf lange Zeit; bis das Kind Gottes antreten würde, um es dem Bösen wieder abzunehmen. In Frieden! setzte sie mit unhörbarem Gebet dazu. Es durfte nicht kämpfen müssen, das Kind Gottes: alles mußte ihm geschenkt werden. Ihr verwirrter Blick begegnete dem Lähelîns, der sich nach dem flüchtigsten Kniefall noch einmal umdrehte.

Wünsche gesegnete Niederkunft, sagte er.

Wider Willen fasziniert starrte sie ihn an. Der Mann war kein Ritter, aber er hatte etwas. Sein Wunsch war ohne Häme.

Erst als er draußen war, kam ihr in den Sinn, daß sie Gahmuret vergessen hatte, den einzigen Mann, der Lähelîn schon verkürzt hatte und wieder verkürzen konnte –

Er würde ihn nicht mehr verkürzen. Gahmuret kam nicht zurück. Lähelîn sprach wahr.

Sie hielt den Leib steif, damit der Schmerz die Frucht unter ihrem Herzen nicht erreiche.

Dann nahm sie Maui auf und drückte die Geschmeidige, die träge zu schnurren begann, an Wange und Mund.

Hatte Lähelîn nicht beiläufig gesagt, er habe sie geliebt? – Erst jetzt glaubte sie recht gehört zu haben. – Sie hätte ihn beim Wort nehmen sollen, vielleicht wäre es dann sanfter geworden. Hatte sie Parzivâl einen Feind geschaffen, und *diesen* Feind? – Um Gottes Willen! Auf einmal zitterte sie und beschloß, dem Dienstmann einen Brief nachzusenden, auf der Stelle, aber was sollte darin stehen? Gnade, Gnade für ihren Herrn und Sohn? Nichts anderes konnte sie denken und fühlen – als sie es schreiben wollte, eigenhändig, fliegend, da zitterte ihre Hand zu sehr.

JÂ TOT
WORIN DER TOD EINE EHE ENDIGT
UND EIN VERHÄLTNIS AUF EINEN
ANDERN FUSS STELLT

»Da brach die Klinge ihres Glücks mitten am Griff entzwei.« So die Fabel über den Augenblick, in dem Herzeloyde die Todesnachricht Gahmurets empfing. Ein zweideutiges Bild. Es möchte Frau Herzeloyde mitten unter die Ritter versetzen: als habe *sie* das Schwert geführt. Als wäre sie nicht selbst zum Schwert geführt worden. Als hätte sie nicht lange genug an seinem Griff gerüttelt. Und jetzt brach er endlich. Er brach, meldet die Fabel, vorweg in einem Traum:

Frau Herzeloyde wurde von einem Meteor hoch in die Luft gerissen. Da war sie ein Spiel der Blitze, daß die Funken knisterten in ihren Zöpfen. Und das Gewitter barst und ließ feurige Tränen regnen auf ihren Leib, so daß sie die Besinnung verlor. – Als sie zu sich kam – immer noch im Traum –, zerrte ein Greif an ihrer rechten Hand.

Das Folgende war grauenhaft. Mit dem Greifen war ein neues Ungeheuer auf den Plan getreten; es erschreckte ihren Leib zutode, denn ihre Seele wollte davon nichts wissen; und doch begab es sich – im Traum, einstweilen nur im Traum –, daß Herzeloyde gebar. Sie gebar ein Ungeheuer, das ihr Innerstes zerriß. Es sprengte ihren Schoß und verwandelte ihn, ausfahrend, in eine Pforte der Hölle. Es stieg aus ihr empor –

Sie brachte – im Traum – nicht einmal die Kraft auf, die Augen zu schließen. Der Drachen setzte seinen Zahn an ihre Brust. Er saugte mit gespaltener Zunge. Er zog allen Saft aus ihrem Leib, der zusammenfiel, ein hohler Balg. Und mit erstarrtem Blick sah sie, wie Zahn und Zunge nach ihrem Herzen fühlten, um es auszureißen mitsamt den Wurzeln.

Ihr Schrei war kraftlos. Sie wäre selbst daran nicht erwacht, hätten ihre Jungfern sie nicht geschüttelt: da sei eine Gesandtschaft. Im Vorraum warte Tampanîs, der Knappe des Herrn –

Ja, sagte Herzeloyde. – Er ist tot.

Tampanîs stand mit gesenktem Kopf.

Ja, leider. Gahmuret war ins Morgenland gezogen, und jetzt war er tot. Aber nicht etwa in Zazamanc hatte er seinen Tod gesucht, sondern im Dienste des Bârucs, des größten Herrn der Heidenheit, ihres Papstes, ja. Gahmuret hatte Wunder der Tapferkeit vollbracht. Dann hatte ihm leider der König Ippomidôn im Zweikampf die Stirn durchbohrt. Das war so zugegangen: Gahmuret hatte wohl den Diamanthelm getragen. Den aber hatte ihm ein Zauberer und Judas mit Bocksblut beträuft, und davon war er weich geworden wie ein Schwamm. Der König von Babylon hatte Gahmuret lediglich zu treffen brauchen, um ihn auf den Tod zu treffen. Sein Haupt war entblößt, und er ahnte es nicht.

Auch im Sterben hatte er noch Wunder gewirkt. Er hatte mit wenig Worten gebeichtet und seine Seele dem rechten Herrn empfohlen. Eigenhändig hatte er die tödliche Lanzenspitze aus dem Haupt gezogen, dafür das Hemd der Königin Herzeloyde festgehalten, das er unverbrüchlich auf dem Leibe trug. Immer hatte es geholfen, nur diesmal nicht. Aber als Sterbehemd wünschte er sich nichts anderes. Hier war beides, Lanzenspitze und Hemd. Er war ohne Sünde gestorben. Der Kampf ruhte auf der Stelle, aus Respekt vor einem so großen Tod. Der Bâruc ließ den Leichnam nach Bagdad führen und balsamieren. Der Deckel des Sarkophags bestand aus einem einzigen Rubin, durch den der Tote zu sehen war, schöner als im Leben. Sein kristliches Gefolge tat es nicht anders, als daß auf der Gruft ein Kreuz errichtet wurde, und zwar aus einem einzigen Smaragd. Tampanîs und seine Männer hatten es selbst gesetzt, damit es nicht entweiht würde durch ungetaufte Hände. – Der Diamanthelm war wieder fest geworden. Sie hefteten ihn auf die Spitze des Kreuzes. Zuvor hatten sie eine Botschaft hineingeritzt, die Tampanîs vorlas. Frau Herzeloyde hörte sie nicht.

Das Denkmal war ein Wunder, seine Wirkung unerhört. Sogar die Heiden verehren die Stätte als Heiliges Grab. Sie knien vor dem unverweslichen Leib und beten in seinem Namen um Erlaß ihrer zahllosen Sünden. Noch nie hat ein kristlicher Held im Leben so viel bewirkt. Noch nie hat ein Toter etwas Ähnliches erlebt.

Und damit überreichte er seiner Frau, was er auf einem Kissen aus grüner Seide trug: ein blutbeflecktes Hemd, oder was davon übrig war, und die Spitze eines Speers –

Was erwarteten sie anderes, als daß Frau Herzeloyde beim Anblick der Reliquien zusammenbrach? Sie stützten sie mit vielen Armen. Sie hätten gut verstanden, wenn sie ihrem Mann in den Tod nachgefolgt wäre. Sie schrien nach dem Arzt; der kam auf den glücklichen Gedanken, ihr das Schweißtuch auf den Leib zu legen und die Speerspitze in die kraftlosen Hände, die man schon gefaltet hatte. Da griff sie zu, und es war nicht zu vermeiden, daß sie sich schnitt. Davon kam sie wieder zu Sinnen.

Sie starrte auf die Schneide und das frische Blut, das auf das trockene des Seidenfetzens tropfte.

Nein! sagte sie. – Gahmuret soll nicht zum zweiten Male sterben! Hier ist mein Herr, sagte sie und faltete die Hände wieder auf ihrem hohen Leib. – Er lebt!

Sie begann sich in wunderbarer Ruhe das Oberkleid aufzuknöpfen und legte die Brüste frei. Sie waren blau geädert, schwer wie Euter. Sie hob sie an und drückte daran. Aus den Warzen trat blasse Milch, und als sie stärker drückte, spritzte die Milch heraus. Damit netzte sie ihren hohen Leib. Das tat sie vor aller Augen und sprach vor aller Ohren: Dies ist mein Leib. Ich taufe ihn im Namen des Vaters, des Sohnes und des Heiligen Geistes. Gesegnet sei die Frucht meines Leibes. Gesegnet sei, Der da kommen soll im Namen der Liebe. Ich verkündige euch –

Sie stockte, begann zu lallen, erblaßte, sank zusammen, und abermals mußten ihre Jungfern sie halten. Die Ritter, nicht ohne Verlegenheit, hoben ihre Andenken auf, Tampanîs die Lanzenspitze, Schiônatulander das blutige Hemd. Dann bildeten sie einen feierlichen Zug, um beides ins Münster zu tragen und ein Begräbnis auszurichten, als würde der Tote leibhaft beigesetzt. Der Kyberg half ihnen dabei. Das heißt, er tat das Meiste.

Frau Herzeloyde nahm nicht teil an dieser Feierlichkeit.

Ja, Schiônatulander war lebend zurückgekommen. Er trug sie noch, die Silberschärpe. Sie war heil geblieben. Auch wenn die Sitte geboten hätte, daß sie übel zugerichtet sei.

Der Geliebte war gewachsen, das sah Sigûne mit einem Blick. Er wirkte gebieterisch fast mit seinem hoch erhobenen Kopf. Seine bronzene Farbe unterschied sich kaum noch von der des Gesellen. Jetzt war auch Schiônatulander mehr helldunkel als dunkelhell. Sein Blick war fester geworden. Er hatte ihn vor Herzeloydes Schmerz nicht niedergeschlagen, auch nicht vor ihrer entblößten Brust. Er hatte keine Eile, Sigûne zu suchen. Er schien ihr auf einmal schön.

Sie begegneten sich zum ersten Mal bei der Beisetzung der Reliquien. Das Münster hatte einen Schrein dafür bereitgestellt. Da in der Eile kein hinlänglich prächtiger zu fertigen war, hatte der Kaplan Kinnlade und Wadenbein des Hl. Exuperantius ausquartiert, damit Herrn Gahmurets Wunderkraft auch unter Kristen sofort Gelegenheit erhalte zu wirken. In den nächsten Wochen setzte ein kleiner Pilgerstrom nach den blutigen Merkwürdigkeiten ein, so daß Kanvoleis aus seinem Herrn noch einmal Gewinn zog. Böse Zungen, wie die Lähelîns, sagten: zum ersten Mal. Denn auch der hatte das Reliquienwesen entdeckt und verstand, die fromme Bewegung auf seine Mühlen zu leiten.

Aber noch pilgert niemand zu Gahmuret. Noch sind Hemd und Lanze kaum eingeschreint, eben erst ist das Hochamt für den Verewigten vorbei. Und Sigûne, die ihre Herrin vertreten hat, ist mit Schiônatulander unter der Linde vor dem Münster zusammengetroffen, und nicht von ungefähr. Denn schon im Gotteshaus waren sich ihre Augen öfter begegnet. Sigûne atmete kurz. Doch daß der Geliebte seine Aufregung beherrschen konnte, dämpfte auch die ihre ein wenig.

Seid mir willkommen, sagte er.

Ihr seid *mir* willkommen, erwiderte sie, denn schließlich seid *Ihr* es, der nach Hause gekommen ist. Ich habe mich nach Euch gesehnt.

Er neigte den Kopf.

Wir wollten noch nicht zurückkommen, sagte er, wir waren auf guter Fahrt. Und wenn nicht der Satan mit seinem Bocksblut –

Ihr werdet mir später davon erzählen, sagte Sigûne. – Laßt uns lustwandeln. Das wird uns erquicken nach so schwerer Zeit.

Sie gingen über die Zugbrücke, ohne sich bei der Hand zu führen wie früher, und hinaus auf den Leoplan, wo die Blumen gelb und rot ins Kraut geschossen waren. Niemand hätte vermutet, daß hier einmal ein Turnier stattgefunden hatte, und doch war es erst wenige Monde her. Ja, der Sommer war lang gewesen, begann nun aber doch, müde zu werden. Die Lerchen stiegen nicht mehr so froh, und der Nebel zwischen Nah und Fern verbreitete sich nach beiden Seiten. Nur DER BERG WO EIN TAL IST stand in unveränderter Gewalt.

Ich bin erfreut, sagte Sigûne, daß Ihr meiner Schärpe nicht überdrüssig geworden seid. Ihr tragt sie noch, wie ich sehe.

Ja, sagte er, das wäre noch schöner, wenn sie mich nicht durch Dick und Dünn begleitet hätte.

Wie kommt es aber, fragte sie, daß sie fast keinen Schaden genommen hat?

Gar keinen, will ich hoffen, sagte der Jungritter, vor dem Kampf habe ich sie abgelegt. Es wäre schade darum gewesen.

Aber da hätte sie Euch doch am besten gedient, sagte Sigûne.

Er zuckte die Schultern.

Ihr seht ja, was unserem Herrn sein Hemd geholfen hat, sagte er. – Wie geht's den Katzen?

Sie sind wohlauf, meine ich, sagte Sigûne abermals befremdet, ich habe sie eine Weile nicht gesehen. Möglich, daß die hohe Frau sie weggegeben hat.

Zu einem Bauern hoffentlich, sagte Schiônatulander. – Die Burg bekommt einer Katze nicht. Herrschaft ist gut, aber Mäuse sind besser.

Habt Ihr mir etwas mitgebracht, Schiônatulander? fragte Sigûne.

Oh *bien sûr*! sagte er, und zum ersten Mal überflog eine leichte Röte sein Gesicht, das zur Bräune doch nicht recht geschaffen war. – Selbstverständlich. Ihr müßt warten, bis wir zu Hause sind.

Ich kann warten, sagte sie, ich bin geübt darin. Ist es das Band?

Was für ein Band? fragte er.

Ihr könnt es nicht vergessen haben, sagte sie.

Ach ja, sagte er. – Das Sternenband aus Pâtelamunt. Wo wir hinzogen, stickt man keine Bänder. Ich habe etwas Aparteres für Euch.

Da bin ich gespannt, sagte sie.

Ich werde ja bald wieder losziehen, fuhr er leise fort.

Warum denn, und wohin? fragte sie.

Sonst komme ich zu keiner Ritterschaft, sagte Schiônatulander, und sie glaubte auf seinem Gesicht eine ungewohnte Mischung von Härte und Spott zu bemerken. – Ich muß ein Ritter werden. Das heißt: reiten und nochmals reiten.

Treibt es euch denn nicht dazu? fragte sie.

Es macht sich, sagte er. – Abenteuer besteht man nicht. Steckt man mittendrin, ist die Chose nur unübersichtlich, langweilig und gefährlich, und meist alles miteinander.

Und zarte Abenteuer? fragte sie. – Habt Ihr auch keine solchen erlebt?

Wie denn, erwiderte er eher unwirsch als verlegen. – Was soll ich damit?

Sigûne hatte Mühe, ihre Füße ordentlich einen vor den andern zu setzen auf dem grünen Gras, denn es wuchs hier ziemlich wild, war nur durch Holzfuhren niedergedrückt.

Ihr müßt wissen, sagte er, ein Feldzug ist kein Zuckerschlecken, sondern eine Niedertracht. Es geht dabei nicht heldenmütig zu, sondern schmutzig. Was heißt Ritterschaft? Will man nicht den eigenen Schädel gespalten bekommen, muß man handlich genug sein, um einen andern zu spalten. Aber das Schlimmste sind die Mücken.

Die Mücken? fragte Sigûne verblüfft. – Sind sie so groß?

Wie Krammetsvögel! sagte er, aber die großen sind die harmlosen. Giftig sind die kleinen, die man nur hört, nicht sieht. Wenn sie gestochen haben, ist es zu spät. Dann beginnt das Siechtum und nimmt kein Ende. Was meint ihr, wieviel mehr Kristen durch Mücken verloren gegangen sind als durch Heiden?

Ich möchte umkehren, sagte Sigûne, denn der Weg wird unerquicklich. Reicht mir doch den Arm.

Er tat es, aber sein Kopf schien immer noch bei den Mücken zu sein.

Ich hoffe, sagte Sigûne, daß Ihr jetzt Großes im Sinn habt. Unser Reich ist wieder ledig, Gott sei's geklagt. Wir werden wieder einen Herrn haben müssen, bis das Kind zum Ritter heranwächst.

Hier mag Herr spielen, wer will, sagte Schiônatulander kurz. – Wie ich die Frau kenne, ist sie Manns genug, und sonst hat sie ja noch Den Kyberg.

Geliebter, sagte Sigûne stillstehend und sehr ernsthaft, so dürft Ihr nicht reden. Ihr seid lebendig zurückgekommen, das ist ein Glück. Und Ihr werdet es verdienen, ich erwarte viel von Euch. Da wir uns nun in der Sehnsucht geübt haben, könnt Ihr daran denken, um meinen Lohn zu dienen. Es wäre nicht gut, wenn Ihr den hohen Mut ganz und gar im Morgenland gelassen hättet.

Verzeiht, Fräulein, sagte er, aber Ihr wißt nicht ganz, wovon Ihr redet. Für Gefabel bin ich zu alt.

Sie hatte blaß vor ihm gestanden: jetzt errötete sie in Unmut. Er betrachtete sie und lachte schief. Dann zog er sie kurzerhand in seine Arme und küßte sie wütend auf den Mund. Wütend? Oder lachten seine Lippen auf den ihren? Und dazu hielt sie still?

Geliebter! rief sie und riß sich los. – Wie tut Ihr so?

Pardon, sagte er, ich führe Euch jetzt zurück. Das Gras wird zu hoch für Euch.

Diesmal schob er seinen Arm resoluter unter den ihren, sie gingen schneller, als sie gekommen waren, ohne Worte, und Sigûne atmete noch schneller.

Unter dem Burgtor ließ er sie los.

So, sagte er, gönnt mir Urlaub. Ich habe noch bei den Pferden zu tun.

Sie sah ihm nach, als er über das Kopfsteinpflaster zu den Ställen ging. Der Kuß war *roh* gewesen. Er hat Erziehung nötig, dachte sie verwirrt.

Das Geschenk bestand übrigens aus einem Ring, und dieser aus einem schwarzen Opal, der alle übrigen Farben spielte; er erinnerte sie an das Haar des Herrn Gahmuret. Vorläufig dachte sie gar nicht daran, einen Ring zu tragen. Den mußte sich der Geliebte verdienen.

Allmählich schien er der Mann dafür.

In ihrer Turmklause erlebte sie den nächsten Schreck. Doch er ging bald vorüber.

Im Grunde war sie nicht völlig überrascht, als sie das Lesepult leer fand. Jemand hatte den Fensterladen aufgestoßen. Jemand? Sie selbst hatte es getan, hastig, bevor sie den Turm verließ. War es denn nicht möglich, daß der Wiedergekehrte darauf bestand, die Stube zu sehen, in der er so sehnlich erwartet worden war? Dann mußte sie gelüftet sein. Etwas Tageslicht war auch nötig, wenn man noch einmal den Sitz der Frisur, der dunkel verschleierten Spitzhaube überprüfen wollte. Bei Kerzenlicht gab der ohnehin trübe Bronzespiegel keinen Eindruck von der Richtigkeit des Trauerkostüms. GARDEVÎAS aber stand noch auf dem Lesepult –. Sie hatte ihn vergessen.

KEIN LICHT

In der Nacht vor der Totenfeier hatte ihr geträumt, sie ziehe als Herrin auf Munsalvaesche ein, an ihrer Hand das Göttliche Kind. Es war ihr eigenes, obwohl sie es nicht geboren hatte. Sie hatte kaum gewagt, es recht anzusehen. Es war ja gar kein Kind, sondern ein Zwerg in der Mönchskutte, und sie hatte ihn aus einem Dickicht von Sternen gepflückt; da war er nur eine dürre Stachelfrucht gewesen. Unterwegs verwandelte sich die Frucht in einen Hund, zupfte an der Leine in ihrer Hand. Allmählich nahm das Zupfen die Form eines Händchens an. Es war die kleine Knochenhand, an der sie das Geschöpf im Kapuzenmantel führte. Es ging in würdigen Schrittchen neben ihr her, und sie schämte sich dieser Begleitung über die Maßen. Wer bist du? hatte sie im Traum gefragt. Ich bin das Göttliche Kind, mit dem du niedergekommen bist, raspelte es mit Greisenstimmchen. Halb schaudernd schielte sie nach dem Gesicht, das sich ihr zugewandt hatte, doch lag es im Schatten der Kapuze und ließ

nur eine glatte Rundung sehen. Mit dieser Ausgeburt an der Hand
mußte sie die endlosen Stufen nach Munsalvaesche hinaufsteigen. Im
Traum war der Verborgene Ort eine Pyramide, die kein Ende nahm,
ihr Schlußstein waberte am Firmament, und der lachhafte Begleiter
stieg die Stufen, die höher waren als er selbst, mit so fabelhafter
Rüstigkeit, daß Sigûne sich hochgeschleift fühlte und immer mehr
außer Atem geriet. Sigûne erwachte an der Folter, schweißbedeckt
und mit jagendem Puls; ihre Hand umklammerte den Pfosten des
Betthimmels. – Danach hatte sie sich das Kleid der Mutter überge-
worfen und sich vor GARDEVÎAS gesetzt, aber auch sein Schieferge-
sicht starrte sie ohne Lebenszeichen an.

So hatte ihn Sigûne stehen lassen, als sie sich, plötzlich in Eile,
ankleidete für Gahmurets Totenfeier und das Wiedersehen mit dem
Geliebten.

Jetzt stand das Fenster offen, und GARDEVÎAS war verschwunden.

Sigûne erschrak nur mäßig. Sie ließ einen Blick über das Bücher-
bord schweifen, aus dem sie auch kein grüner Streif mehr grüßte.

Nun gut! sagte sie halblaut. – Der ganze mit Schlössern und Bändern gesicherte Fabelschatz war abgelegt, hatte seine Zeit gehabt.
Nun begann eine neue Geschichte, es galt, sie an die Hand zu nehmen und nicht atemlos zu werden. Man würde ja sehen, ob es dann
bei der Zwergengestalt blieb, dem Totenmännchen mit dem Eierkopf.

VOLLBRACHT
WORIN PARZIVÂL
ALS EIN WUNDER ZUR WELT
GEBRACHT WIRD

Die Frau trug im zehnten Monat, und Kanvoleis lebte in größter Sorge. Denn ihr Leib war geschwollen wie von Drachengift, und sie fühlte die Beine nicht mehr. Ihr Gesicht fiel ein und zeigte die Züge eines griechischen Arztes, die den nahen Tod anzeigen. Man hatte ihr bittere Latwergen eingegeben, aber sie spie sie wieder aus, so konnten sie die Geburt nicht befördern. Der Arzt, den ganzen Tag in ihrer Nähe, hätte ihr gern etwas gegen die Schmerzen eingetränkt, etwa einen Sud von arabischem Mohn. Aber auch den wollte sie nicht behalten. Insgeheim hatte er den Pfaffen verständigt, daß er das heilige Öl bereithalte, denn man mußte mit dem Schlimmsten rechnen. Sie litt über alle Vernunft. Aber das litt sie nicht, daß man das Zimmer verdunkle. Sie ließ Öllampen, Kerzen und Kienspäne schaffen, immer neue, damit es hell bleibe; das Kind sollte die Welt im Licht erblicken.

Wenn es denn überhaupt noch lebend zur Welt kam! Die Weise Frau hatte kaum Hoffnung. Denn so sehr Herzeloyde litt, stoßweise tat sie es nicht. Ihren schmal gewordenen Kopf warf sie auf den Kissen hin und her, aber der Bauch tat keinen Wank. Dennoch lächelte sie. Er lebt, sagte sie, Er schläft noch, aber Er lebt.

Der Kyberg ließ Bittmessen halten, eine um die andere. Er kniete vor der Mutter Gottes, die er hatte beleuchten lassen, fast wie das Zimmer der Geburt. Mochte es nur nicht ein Sterbezimmer werden. Aber fast gleichzeitig, wie er betete, stand er auch wieder zu Diensten.

Kyberg, sagte Frau Herzeloyde, und ihr Gesicht glänzte von kaltem Schweiß. – Schafft mir die Spitze!

Welche Spitze, Frau? fragte der dienende Mann.

Seine, sagte sie, den Tod Meines Lieben Herrn.

Es geschah. Sie warf die Decke ab und faltete über der Lanzenspitze beide Hände. Sie waren wie Wachs.

Wenn ich sterbe, sagte sie, müßt Ihr mich schneiden, hier und hier. Ihr müßt es tun, bevor ich erkalte. Noch warm müßt Ihr mich schneiden, wenn Ihr mich liebt. Ihr müßt ihn zur Welt bringen an meiner Statt. Bei Eurer Seligkeit, schwört!

Hier stand der Mann, der zu sagen pflegte, Unmögliches werde sofort verrichtet, vor seiner Herrin, schwor den grauenvollen Eid und betete, bevor er ihn halten müsse, möge Gott ihn abrufen.

Bleibt nahe, Kyberg, sagte sie, du auch, Sigûne! Sonst soll jedermann hinausgehen. – Sigûne zog ihr die Decke über den Bauch, der geädert war wie Marmelstein und kaum weniger hart, und über die Hände, in denen sie immer noch die Schneide hielt.

So blieb niemand im Wehzimmer außer dem treuen Mann und der Jungfer, die sich bleiche Blicke zuwarfen. Draußen hielt man alles bereit, dampfendes Wasser und eine Wiege, die heilige Monstranz und das Letzte Öl, auch weiße Tücher für jeden Fall, ein Kind zu wickeln oder eine Tote.

Während Der Kyberg und Sigûne still waren, begann Frau Herzeloyde keuchend zu reden. Von einem Drachen sprach sie, den sie gebären wolle, auf daß die Welt von ihm erlöst würde, und von seiner minniglichen Zunge, die ihr das Herz aus der Brust reiße. Mit der einen Hand hielt sie die Lanzenspitze, mit der anderen Sigûnes Hand, um sie unverhofft zu beißen. Sigûne konnte einen Schrei nicht unterdrücken, während Der Kyberg versuchte, die Kiefer der Frau zu lösen. Zu Sigûne Befremden und schauerlicher Rührung begann ihr die Herrin die blutende Wunde zu lecken.

Ach Mütterchen, seufzte Herzeloyde mit feiner Kinderstimme, ich weiß schon, was du treibst, und es ist nicht schön. Du treibst es hinter meinem Rücken, Tag und Nacht. Tut es so wohl? Hast du denn schon einen Mann gesehen?

Nein, sagte Sigûne leise.

Sieh einer an! flüsterte Frau Herzeloyde mit dünnen Lächeln auf den blutleeren Lippen, bleckte die Zähne, und auch ihr Zahnfleisch war weiß. – Noch keinen Mann? Du treibst es immerfort und weißt nicht einmal, was? Sag an, süße Schwester, steht dort nicht ein Mann?

Ihr verdrehtes Auge fiel auf Den Kyberg, der sich im Hintergrund hielt.

Wirf dein Kleid ab, lieber Mann, auf daß wir dich sehen, meine Schwester und ich. Deck's uns doch einmal auf, dein sterblich Lätzchen, dein hohles Staubgewand! So, so! und jetzt steig auch noch aus deiner Hose, wenn's gefällig ist, damit wir auch das Beste sehen! Meine sanfte Schwester will doch einmal erlöst sein! Aber hüte dich wohl mein Kind, damit du nicht empfängst, denn du weißt, daß du eine Jungfrau bleiben sollst dein Lebtag! Das wird schmerzhaft. Du bekommst Arbeit, Schwesterchen, aber du hast sie verdient!

Der alte Mann hatte es wahrhaftig getan, auf ihr Wort, das wahn-
witzige Wort. Er hatte das Lederkoller abgeschnallt, das seinen
schmerzhaften Rücken zusammenhielt. Er war aus den Leinenhosen
gestiegen mit linkischem Tritt, erst mit einem Bein, dann mit dem
andern. Nun stand er nackend in einer Demut, die Sigûnes Erstarrung löste. Er hatte den Leib eines tüchtig gebauten, noch unabge-
zehrten Mannes, und nur ein Zucken um Des Kybergs Mund verriet,
daß er sich wehgetan hatte, am Rücken und an der Seele.

Sieh an, Taube, sagte die Herrin, er hat sich abgeschirrt. Er hat sich
deinetwegen entrüstet und steht vor dir wie vor Gott. Er wird dich
erlösen, der Verfluchte. Wahre Wunder wird er tun. Der Herr ist
mein Stecken und mein Stab. Er hat sich herrlich gemacht vor meinen Augen, und wird sich verherrlichen und abermals verherrlichen
– abermals – aber –

Ihre Augen brachen.

Nein! rief Sigûne. Mit Unflat im Munde durfte die Tante nicht
sterben.

Nee-ein! antwortete ihr eine furchtbare Stimme, die Sigûne erstarren ließ. Es schrie aus Frau Herzeloydes blassen Lippen, hatte sie
zurückgeschlitzt wie bei einer fauchenden Katze. Nein, Neiin! Und
da hüpfte es unter der Decke, es schleuderte sie hoch, so daß sie von
dem schwangeren Leib sank –

Und jetzt sah man ihn tanzen, den Dämon. Er hüpfte und tobte
unter der zum Reißen gespannten Bauchhaut, während er zugleich
heulte, lachte, rülpste und pfiff aus Frau Herzeloydes Lefzen. Ihre
Augen waren so eingedreht, daß keine Pupille mehr zu sehen war,
und ihr Kopf abgewinkelt, als wäre ihr der Hals gebrochen. Der
Kyberg, wieder eingekleidet bis auf das Lederkoller, stand vor dem
Teufelssack, auf dem Frau Herzeloydes Hände hüpften. Sie hielten
das scharfe Eisen umklammert, ohne daß ihnen ein Tropfen Blut
entrann, und Der Kyberg versuchte umsonst, ihr die Waffe zu entwinden. – Mußte er sie töten, die Frucht schneiden? Sollte Sigûne
den Pfaffen rufen, den Arzt, die Weise Frau?

Aber da waren sie alle schon hereingestürzt – sie hatten den Schrei
des Dämons gehört und hatten sich nicht mehr halten lassen. Und
mußten nun schreckensbleich mitansehen, wie die unsaubere
Stimme fort und fort Frau Herzeloydes abscheulichem Maul ent-
fuhr, das nicht das ihre war, sondern kreischte und fauchte. Das
Nein! erstickte im Schaum, der ihr auf die Lippen trat, und ging in

ein Röcheln über. Der Kyberg kämpfte mit Frau Herzeloydes Fäusten, Blut lief ihm über die seinen.

Der Bauch bäumte sich auf und spannte einen Bogen aus Frau Herzeloydes starkem Leib, der gänzlich entblößt war. Der Pfaffe hatte laut zu beten begonnen –

Dann brach sie zusammen. Sie öffnete die Beine, zwischen denen ein Strom von Wasser hervorbrach und einen faden Geruch verbreitete. Die Besessene zog die Beine an und begann zu arbeiten. Der Arzt warf eine Decke über den geöffneten Leib, hätte fast die Weise Frau mitzugedeckt, die auf die Knie gestürzt war und die Arme unter das Tuch führte.

Ha-a! schrie Herzeloyde, und es war wieder ihre Stimme, wenn auch heiser und gepreßt, ha-a! Und während ihr Leib aus Leibeskräften stieß und schob, der Arzt und Der Kyberg mit beiden Armen stützten, sahen sie, wie das Übergewicht von der Stelle rückte. Es kommt! rief die Wehmutter, stoßt, Frau, stoßt, nur zu, immer zu! Ja!

Ja! ja! ja! sagten sie ihr nach wie aus einem Mund. Und während Frau Herzeloyde preßte, daß ihr Gesicht sich verdunkelte, zogen sie mit allen Stimmen wie Bootsleute – JA!

Und auf einmal mischte sich etwas Neues ein in ihr Ja: das Quäken, das Quieken, das helle Weinen – gar nicht die Stimme eines Drachen. Und die Wehmutter hatte es schon aufgefangen in ihren Armen. Und seht und hört! sie hielt es schon empor an seinen starken Beinen, so daß Er in der Luft schrie; denn wahrlich, das war ein Sohn! Und was tat Er schon? Er spritzte schon, spritzte, noch an der Nabelschnur, im hohen Bogen über sie alle hin, auch über den Bauch seiner Mutter, auf den ihn die Weise Frau legte, damit Frau Herzeloydes Hände ihn faßten. Und sie faßten ihn schon, mit unendlicher Behutsamkeit; und Der Kyberg hatte das Lanzenmesser schon in der Hand, um die Nabelschnur abzutrennen, als hätte er nie anderes getan. Und Frau Herzeloydes Augen irrten nicht mehr, sie hatten sich geschlossen, ihre Hände fühlten wieder, fühlten über und über, jeden Zoll und jede zarte Stelle, und andere gab es ja nicht. Ihre Hände fühlten sich ins Leben zurück an diesem Kind und gewannen wieder Farbe. Und schon hatte sie die Augen geöffnet, ihr Gesicht war von Seligkeit erschöpft, und ihre Lippen waren rein. Und sie sprach es aus, klar, daß alle es hörten: ein Wort, das hier noch kein Mensch gehört hatte:

PARZIVÂL

Und sie hörten es gut. Und während die Wehmutter die Nachgeburt
in Empfang nahm und in einer Schale dem Priester reichte – denn sie
bedurfte des Segens, um nicht zu schaden; und während die Frauen
eilends und doch ruhig zugange waren mit Wasser und Windeln und
alles bereiteten, um das Kind zu säubern und zu pflegen: da lag es
endlich auf dem gesunkenen, zerarbeiteten Leib seiner Mutter,
sperrte die Augen zu und den Mund auf. Es schrie, schrie aus keineswegs zarten Leibeskräften in die geschäftige und doch andächtige
Stille hinein. Und da hob Frau Herzeloyde es mit zitternden und
doch sicheren Händen an ihren Mund, um es zu küssen, nicht ohne
ihm vorher Schleim aus Nase und Mund zu saugen, daß es noch
besser schreien könne. Und da küßte sie es wieder, Ihn küßte sie;
küßte Ihn auch auf die Hände, die sich zu Fäusten schlossen, als
wollten sie den Kuß festhalten. Und da bettete sie Ihn an ihre rechte
Brust und schob Ihm die Warze in den Mund, die Er mit dem ganzen
Gesicht zu packen schien. Und da waren sie Ein Fleisch, Mutter und
Kind, und das Kind war still.

Und das Kind war groß, niemals hatte man ein längeres und stärkeres gesehen. Und schon hatte es die Brust, an der es sog, auch mit
der rechten Hand gefaßt und drückte daran, keineswegs sanft. Und
da hatten sie schon zu lachen begonnen, einer nach dem andern. Und
wie sie vorher Ja! ja! ja! geschrien hatten im Takt von Herzeloydes
Wehen, so lachten sie jetzt durcheinander und doch mit Einer
Stimme. Sie lachten schallend vor Erleichterung, gedämpft vor großer Ehrfurcht und teilnehmendem Glück.

Die es aber gebracht hatte, lag still und lächelte nicht. Denn jetzt
war es genug. Es war am Licht. Sie hatte es vollbracht.

BUCH II
AUSZUG

NACH SOLTÂNE

WIE DIE WELT ZUM ERSTEN MAL
PARZIVÂLS KÖNIGREICH WIRD

Nach Parzivâls Geburt hatte der Sommer sein Äußerstes getan und
brach zusammen. Wer nun die Rache eines strengen Winters gefürchtet hatte, fand sich angenehm überrascht. Parzivâls erster Winter war sehr mild. Das Jahr ließ nur den angehaltenen Atem ausströ-
men. Blätterwirbelnd fuhr er über die Zinnen und gönnte sich eine
kurze Ruhe, während welcher ein Schnee sich setzen durften auf die
leichte Welt und die ausgeräumten Wälder. Denn alle Gesichter der
Natur wollten das Kind einmal sehen und blickten kurze Zeit durch
verhängte Burgscharten – neuerdings gab es ja auch ein paar verglaste
– in die Heimlichkeit hinein.

Aber diese waltete vor, umgab die Wiege von allen Seiten und ließ
es wohl stehen um Parzivâl. Heimlichkeit tanzte im Feuerlicht des
Kamins und huschte mit freundlichen Schatten über die Deckenbal-
ken. Sie neigte sich mit großen Augen herein, die sich in leisem
Lachen verkleinerten. Nur Ein Paar wurde noch größer, wenn es
lachte. Dieses Augenpaar schien das zuständigste zu sein. Denn es
kam immer wieder, und immer kam auch Nahrung die Fülle hinterher. Man wurde aufgehoben, um lange gehalten zu werden. Man
sank in eine Welt aus warmem Dunst, wo Milch und Honig flossen.
Man brauchte nur zu saugen, um satt zu werden, mit quellenden
Lippen, Zug um Zug. Es war ein ständiges Aufheben und inständiges
Aufgehobensein, alles ging in Behaglichkeit zu und her, her und zu.
Eins kam immer nach dem andern, und von jedem gab es genug.

Allmählich konnte man die Bewegung unterscheiden, in die man
gesetzt wurde. Doch war jede überaus herzlich und behutsam. Und
über allen schwebte der Laut eines warmen Lachens, ein unaufhörlicher, niemals drängender Lockruf der nahen Welt.

Alles war nah und wartete nur darauf, daß man es noch näher
hole, bis in den Mund hinein. Man genoß es auch, alles ringsumher
durcheinanderzuwirbeln, indem man schrie. Je kräftiger man schrie,
desto rascher lief es hin und her, bis es kam in der Form eines erfüllten Wunsches. Verschiedenförmige Wünsche gab es, nasse und
trockene, warme und kühle, bewegliche und ruhige. Allen war ge-

meinsam: sie erfüllten sich gern. Sie hatten nichts anderes zu tun. Man brauchte nur zu schreien. Am Ende flossen sie alle in dem Einen erfüllten Wunsch zusammen: da zu sein, im Dasein gewiegt zu werden, bis jeder Wunsch versank. Nach einer stillen Weile stieg man auf aus der grundlosen Tiefe, um wieder gewiegt zu werden und Wünsche erfüllt zu bekommen, einen nach dem anderen.

So königlich wird man es nie mehr haben.

Das war Parzivâl, doch einen Namen hatte er noch nicht und wird von der Mutter weggehen müssen, um ihn zu hören.

Einstweilen heißt er: Dusüßeskind Duliebeskind, und einen Ton höher: Duguteskind! Diesen Namen bekommt er immer, wenn er sich erleichtert hat und dampft im Wohlgeruch faustdicken Werks. Dann muß er dulden, daß er eine halbe Ewigkeit von Kälte umweht, von Nässe betupft wird. Oft breitet sie sich zur Pfütze aus, könnte viel wärmer sein und viel trockener. Doch braucht er dann nur zu schreien, und etwas geschieht gewiß. Das Wasser hüpft sich warm, nur trocken wird es leider nicht, vor allem nicht im Gesicht. Gegen Wasser im Gesicht ist sehr viel einzuwenden. Da hilft nicht einmal das stärkste Brüllen.

Aber wenn es so recht laut wird, kriegt der Schreier selbst seine Freude daran. Er setzt das Gebrüll noch ein wenig fort, aus sportlicher Wut, wenn ihm schon wieder wohl und warm sein könnte. Wohl- und Warmsein ist nämlich durchaus nicht alles. Brüllen tut auch gut, manchmal sogar besser. Dabei ist er längst kein Guteskind mehr, sondern wieder ein Liebeskind Süßeskind. Auch das Lachen schwebt wieder durch den Raum, und er kann es noch umfassender machen, wenn er brüllt. Nun wird er wieder gehaltengetragen, das Brüllen macht Spaß, und schließlich macht es müde.

So begann das Liebesüßegutekind zu lernen, wie man die Welt steuert, und jeden Tag wurde sein Reich größer. Er konnte ein entferntes Gesicht von einem nahen unterscheiden. Manchmal war auch das gleiche Gesicht einmal näher, einmal ferner. Man unterschied die richtigen Gesichter von den unpassenden. Doch brauchte man nur einen Ton zu lassen, mit Mund oder Bauch, dann verschwand das falsche und erschien das richtige Gesicht. Oder das richtige kam noch näher und so nahe, daß es nicht mehr zu sehen war, nur noch zu fühlen. Es konnte geschehen, daß man wieder naß wurde im Gesicht. Aber diesmal kam nur wenig Nasses und schmeckte nach Salz. Man konnte es essen wie alles Nahe. Aber man lernte: nicht allem Nahen beliebte es auch zu schmecken. Manches widerte und verzog einem den Mund.

Und eines glorreichen Tages – man hatte das richtige Gesicht herbeigebrüllt, doch mit sparsamem Aufwand, auch Aufwand zu sparen macht Spaß –: da begab es sich, daß dieser Spaß an den Lippen zupfte, schon ehe man die Fülle der Nahrung bezog. Man verzog den Mund, bevor er mit Saugen begann.

Und damit bewirkte man Ungeheuerliches. Die ganze Nähe begann zu tanzen und zu fliegen. Sie platzte in lauter Bewegung auseinander und lachte nah und fern, laut und leise. Das richtige Gesicht wollte gar nicht mehr aufhören, sich einem zuzuneigen. Es hatte gleichfalls den Mund verzogen. Es näßte so warm, daß man gar nicht anders konnte, als sich selber naß zu machen. Wunder ohne Ende!

Und als man an der Brust lag, probierte man den Mund noch einmal aus: ja, er ließ sich zusammenziehen, ohne daß man gleich zu saugen brauchte. Man brauchte mit dem Mund nicht nur zu trinken oder zu brüllen! Man konnte ihn auch spielen lassen.

Von da an verzog man den Mund sogar häufiger, als man brüllte. Denn es war wirksamer, jedenfalls in der Nähe, die Wünsche drängten förmlich herbei, und man brauchte durchaus nicht jeden zu erfüllen. Man konnte etwas tun, man konnte es auch lassen. Und wurde immer noch liebundsüß genannt, süßundlieb.

Was ist von einer Kindheit Königlicheres zu berichten, als daß man von ihr gar nichts zu wissen brauchte? Man war inmitten, und es war gut. Sie dauerte ewig, so kurz der Winter war. Denn der Winter hatte noch keinen Namen, so wenig wie das richtige Gesicht, dem man alles entlocken konnte: Töne, leise, laute und halblaute; Nahrung und Wärme, Tränen und bloße Haut; jede Berührung an jeder Stelle des Leibes. Auch der Leib durfte namenlos bleiben. Der Leib hieß Wohlsein. Er reichte überall hin, denn alles Gewünschte zog er in die Nähe. Nichts war unfreundlich, auch das Unangenehme nicht, denn es ging bald vorüber, und immer unter Lachen. Alles war voll Liebe, und auch diese hatte keinen Namen, denn es gab nichts außerdem, oder nie lange.

Man lernte immer besser alles hersteuern, was eine Wohltat war, und alles verscheuchen, was sich auf Wohltun nicht verstand. Man lernte mit der Nähe verhandeln, bis sie sich schickte, wie man sie haben wollte. Fast nie geschah etwas wider den eigenen Willen, außer der Nässe, diese aber, in Anbetracht ihrer Kürze, lernte man

dulden. Auch dulden konnte eine gute Art sein, mit einem Gesicht
zu verhandeln. Denn je weniger man zappelte, desto schneller ging
das Nasse vorbei.

Und so weiter auf ewig. Wir waren alle da, wo sich das Kind ohne
Namen verweilt. Wir brauchten keinen Namen, um die Wohltat der
Nähe zu erfahren (wenn auch selten genug davon) und die Kälte der
Entfernung (wenn auch immer zu viel davon). Nicht allen von uns
ging es so gut wie Parzivâl. Der Glückliche nämlich ist am Morgen
seines Lebens nackt geliebt worden. Das macht auch verwandt mit
dem nackten Unglück, und also herzhafter im Verkehr mit ihm,
wenn es eines Tages anklopft, damit wir es nähren und kleiden, als
gehörte es zu unserer Familie.

Von der Hauptsache vielleicht abgesehen, machte Frau Herzeloyde alles falsch mit ihrem Kind. Das war jedenfalls die Meinung
ihrer Leute. Sie wollte, im Ernst, nach Soltâne mit ihrem Sohn, um
ihn allein zu erziehen; hinaus aus den Mauern der Heimlichkeit ins
öde Freie, wo dem Kind gar nichts sollte zustoßen dürfen. Im nahen
Frühling wollte sie ausziehen an einen Ort, den es gar nicht gab.
Genug, wenn dem Kind da nur Eins nicht begegnete: Ritter und
Ritterschaft. Gerüstete, gepanzerte Männer sollte das Kind nicht sehen. Nie sollte es Lust bekommen zu werden wie sein Vater Gahmuret, tot und ein Held.

Damit lag Kanvoleis endgültig abseits wahrer Ritterschaft. Das tat
es nun schon eine geraume und böse Zeit. Frau Herzeloyde sollte
gekommen sein, sie zu wenden. Statt dessen war sie nur noch mit
ihrem Leib beschäftigt gewesen, dem Gefäß der ersehnten Frucht.
Land und Leute mochten sehen, wo sie blieben.

Das taten sie ja, auf ihre kanvoleisische Art. Sie blickten nicht
mehr nach der Burg, sorgten nur noch für ihr eigenes Fleisch und
Blut, wie sie's verstanden, und brauchten dafür nicht über Nase und
Bauch weiterzusehen. Sie hatten Glück mit dem Sommer gehabt, der
nicht enden wollte und ihnen die Früchte fast ungeerntet ins Maul
wachsen ließ. Dem Kyberg war's schon wieder nicht recht. Er sah
seine Anbefohlenen noch lieber entbehren als verludern. Aber die
kunstvolle Entbehrung, die sich seine Herrschaft jetzt zuzumuten
gedachte, beschäftigte ihn weit mehr und zerriß sein Herz. Sie wollte
gar nichts mehr sehen als ihr Kind? Und das Kind gar nichts anderes
sehen lassen als heilige Unschuld und grüne Einfalt? Sie träumte von
einem Ort, wo alle Wege enden und nur Eines nie enden dürfe: die

Ehe von Mutter und Kind? Frau Herzeloyde träumte durchaus nicht nur, sie befahl. Das war nicht gut. Aber was blieb übrig, als das Beste daraus zu machen. Und siehe da, in seiner schieren Verzweiflung wußte Der Kyberg nicht nur Worte zu brauchen, sondern auch Ränke, und fast eine List.

Frau Herzeloyde hatte von einer Höhle läuten hören, in der Herr Castis Unterschlupf gesucht habe, als er noch auf die Pirsch gezogen sei. Von einem Wasserfall war die Rede, der turmhoch über den Felsen stürze, nicht ohne ein Steinbecken zu füllen, aus dem sich das Nötigste an Erquickung schöpfen ließ. Wurzeln und Beeren getraute sich die hohe Dame selbst zu sammeln und auch die Felle, die man zur Bedeckung brauche, eigenhändig zu nähen. Und wer sollte die Tiere dazu jagen? Der Kyberg unterdrückte die Frage. Er erinnerte nur daran, jene Höhle liege durchaus nicht hinreichend abgeschieden. Sie sei ein wohlbekannter Treffpunkt zwielichtigen Volks und habe gewiß schon als Minnehöhle gedient. Einen Ort für Kinder könne man sie also kaum nennen. Doch wisse er eine Einöde, die an Abgelegenheit wirklich nichts zu wünschen übrig lasse und wo für das Notdürftigste ebenfalls kaum gesorgt sei. – Und nannte Soltâne.

Das Jagdschloß? rief Frau Herzeloyde erstaunt. – Jagdschloß? fragte er kunstvoll gedehnt. – Wenn in jener abscheulichen Gegend jemals gejagt worden sei – natürlich habe ihre Wildheit auch etwas Erbauliches, für Kinderaugen gar Entzückendes (er hatte »abenteuerlich« sagen wollen, doch verschluckte er das Ritterwort gerade noch zur rechten Zeit) –: dann müßte das *vor* Des Kybergs Zeit gewesen sein, und er diene dem Königshaus nun doch schon seine vierzig Jahr. Mit »Freigut« wäre das Anwesen besser getroffen – denn man habe den Bauern, der sich in jener Ödnis zu roden und ackern erkühnte, natürlich von Abgaben freigestellt. Mit dieser Freiheit habe er sich, wie die Prächtigkeit des Guts beweise, übernommen, schon dem Sohn sei es über den Kopf gewachsen, und seither stehe es ziemlich verlassen da. – Aber Soltâne sei doch kaum einen Spazierritt von Kanvoleis entfernt? – Einen Spazierritt? fragte der Treue dagegen. – Da müsse man in Munsalvaesche atemberaubende Ritte gewöhnt sein! Derjenige nach Soltâne führe ja keineswegs durch Dick *und* Dünn, es komme immer dicker unterwegs, und an Reiten sei vernünftigerweise gar nicht zu denken. Der einzige grade Ritt, der dahin führe, sei derjenige eines Engels durch die reine Luft. Und wenn er gerade von der reinen Luft spreche, für die Soltâne

berühmt sei – wenn auch nur dem Hörensagen nach –. Er räusperte
sich. – Gerade diese reine Luft sei es, in die sich Soltâne für jeden
auflöse, dem es einfallen sollte, es zu suchen. Seine Nähe, nach der
Luftlinie betrachtet, täusche enorm. Davon abgesehen, fehle dem
Ort wenig zur Bequemlichkeit einer sorgenden Mutter, und das Wenige werde natürlich beigebracht werden von ein paar Maurern,
Zimmerleuten, Gärtnern und Pflugschmieden, für deren Verschwiegenheit er bürge. Wenn er die Frau recht verstehe, komme es am
Ende mehr auf die Verschwiegenheit der Mutterkindstätte an als auf
ihre bloße Abgelegenheit. Soltâne sei mit allem ausgestattet, was der
Bub für eine unschuldige Jugend brauche, Bäche etwa zum Hinein-
setzen von Wasserrädern, geeigneten Hügeln, wenn er es lieber mit
Windrädern versuchen sollte, Ställen mit artigem und harmlosem
Getier, auch Werkstätten von Schneidern, Korbmachern, Sattlern
und Schustern, denen ein Kind Gescheiteres absehen könne als den
Umgang mit Waffen –.

Frau Herzeloyde sah ihn an, den Mann, der Soltâne abwechselnd
als Kate, Dornröschenschloß und Kinderparadies darstellte. Und
wir gehen nicht fehl anzunehmen, daß es die Rührung noch mehr als
die Überzeugung war, die sie das Jagdschloß, das in Kanvoleis jedes
Kind unter dem Namen Solitüde kannte, in Betracht ziehen und
nach einer Bedenkzeit akzeptieren ließ. Immerhin lag der Landsitz
noch hinter DEM BERG WO EIN TAL IST und also abgelegen genug,
wenn eine geeignete Mannschaft für seinen Schutz sorgte. Der Kyberg brauchte noch ein paar Wochen, bevor die Wildnis für Mutter
und Kind bereit war; und so wurde ausgemacht, daß sie im Frühling
hinausziehen würden, sobald die Gefahr der Nachtfröste gebannt
war.

Hier war Dem Kyberg also etwas gelungen. Leider ist noch von
einem anderen Fall zu berichten.

Tampanîs, als Marschalk der Herrschaft über ihre Ställe und Ge-
stüte gesetzt und immer mehr Des Kybergs rechte Hand, hatte es
diesem beiläufig gesteckt; der glaubte nicht recht gehört zu haben.
Schiônatulander als Reichsverweser? Die Zierpflanze in der Burg?
Stracks eilte er selbst dahin, wollte gemeldet werden, und zwar sehr
hörbar. Ein Ochse, der da dreschen soll, läßt sich das Maul nicht
verbinden!

Pssst! zischte es von allen Seiten, das Kind schläft!

Der Kyberg dämpfte seinen Baß ein wenig, nachdem die hohe

Mutter selbst ins Vorzimmer gestürzt kam. Es gelang ihm, sich ritterlich zu fassen, sogar mit grimmigem Humor.

Er hatte Soltâne geschluckt. Einen Reichsverweser hätte er nicht nur geschluckt, sondern begrüßt, mit Pauken und Trompeten. Einen, der ein Fürst war und danach aussah, der eingermaßen präsentierte. Der Kyberg tat es nicht, das wußte keiner besser als er. Er war nur ein Mann, gewöhnt, das Nötigste zu besorgen, eine Herrschaft brauchte er dazu, es durfte fast jede sein. Aber das Wunder, das der Frau diesmal eingefallen war, ging über jeden Verstand. Es strapazierte das Gemeine Wohl über das erträgliche Maß. Das fürchtete der Sprechende nicht, das *wußte* er. Der Junker war, um es milde zu sagen, unerprobt. Er schien auf Erprobung sehr wenig erpicht, auch wenn Fräulein Sigûne redlich bemüht war, ihn dafür zu begeistern. Verlorene Liebesmüh! Wenn er recht sah, begeisterte sich das Paar lieber für zartere Dinge als ein heruntergewirtschaftetes Königreich. Knappe im Morgenland, gut und schön. Aber das Morgenland hat eigene Bräuche. Ruhm, den man sich dort erwirbt, scheint wenig haltbar auf unserer Seite des Meeres. Der Jüngling sieht ja selbst nicht am haltbarsten aus. Wenn schon, würde der andere besser passen, der versteht sich aufs Praktische, auf Zügel und Zaum, der mag nicht den schnellsten Kopf haben, aber Ritterschaft hat er im Blut.

Und hier war es, wo Frau Herzeloyde den Dienstmann unterbrach. – Hat er gerufen? fragte sie. – Habt Ihr nichts gehört?

Es dauerte, bis Der Kyberg begriff, daß sie keineswegs von Schiônatulander redete, sondern von dem Einen und Einzigen. Sie standen im Vorzimmer seiner Wickelstube, und er hatte keineswegs gerufen, wie Frau Herzeloyde sich von den Mägden sagen ließ; nachsehen wollte sie dann doch persönlich.

Verzeiht, sagte sie, Kyberg, wir reden zu laut. Laßt uns in den Rittersaal gehen, da stört es nicht so. Aber nur einen Augenblick, denn gleich haben wir Stillzeit.

Kyberg, sagte sie in dem weitläufigem und immer kalten Raum, während sie unruhig über die Schulter zurücklauschte, wir wollen's doch gerne kurz machen. Ich ehre Eure Sorgen, aber habt ihr ihm schon einmal in die Augen geblickt?

Wem, Frau? fragte er verblüfft.

Schiônatulander! sagte sie.

Der Kyberg erlaubte sich die Bemerkung, meist habe er Dringenderes zu tun.

Sagt das nicht, Kyberg! erwiderte sie. – Seine Augen sind kindlich geblieben! Wißt Ihr, was das bedeutet?

Der Kyberg schüttelte den Kopf.

Doch wißt Ihr hoffentlich, was unser Herr dazu gesagt hat, fuhr sie beinahe strafend fort. Von welchem Herrn mochte sie wohl jetzt reden?

Lasset die Kindlein zu mir kommen, hat Er gesagt, denn ihrer ist das Reich der Himmel! – Das ist eine Verheißung, Kyberg, und eine Verpflichtung. Schiônatulander hat noch immer ein Stück Himmel in den Augen, dem müssen wir Sorge tragen. Bedenkt, wie er meinen Herrn geliebt hat! Er ist der Rechte, das sagt mir mein Gefühl. – Ihr müßt mir ihn hüten, Kyberg! sagt die Frau, und Sigûne auch! Versprecht es mir. – Jetzt hat er ja doch gerufen! Ich muß gehen, liebster Kyberg – aber versprecht es mir zuvor, bei Eurem Leben, Eurer Treue!

Doch wartete sie nicht einmal sein Versprechen ab, sondern war schon wieder durch die Tür gehuscht, zurück in die Heimlichkeit, zu ihrem Kind.

Der Mann, der außer einem verschlampten Reich auch noch ein träumendes Paar hüten sollte –: dieser Mann sollte jetzt auch noch seinen Groll, seine Verzweiflung und vor allem seine Zunge hüten, damit ja kein bedenklicher Laut in das entfernte Kinderzimmer drang! Seine Brust zog sich zusammen, daß er nur noch wünschte, Gott möge ihn abberufen, nicht nur aus dem Amt, auch aus dem lachhaften Leben.

Stöhnend trat er ans leere Fenster, aus dem selbst das Sitzkissen weggeräumt war. Es gab im ganzen hohen Saal keine Erinnerung an Wappen und Waffen mehr. Die Teppiche mit ihren ritterlichen Motiven waren abgehängt, das letzte Möbel verschwunden. Die Burg war längst zur Einöde verkommen und schon so gut wie geräumt, bis auf ihre Kinder- und Herzkammer, wo das Feuer der Mutterliebe brannte und der Geruch von Windeln, lauer Milch und allen möglichen Körpersäften zum Schneiden dick stand, und durch die festesten Mauern schwebte ein Laut wie Eiapôpeia und Lalulâ.

Dem Burggrafen kamen die Tränen. Lange sah er nicht, was er sah: DEN BERG WO EIN TAL IST und dem ein fuchsfarbener Wald den Fuß säumte. Die Landschaft war leer; für einen langen Augenblick, der das Wasser in seinen Augen trocknete, war ihm, als habe er die Welt schon hinter sich; so ohne Menschen war sie ein Paradies. –

Doch mit dem nächsten Blick schon suchte er die Stelle Soltânes, eine kaum erkennbare Lichtung in der herbstlichen Wildnis, und bedachte in seinem Kopf voraus, wie sie zu reinigen, zu befestigen, zu pflegen und zu bevölkern sei, um für Mutter und Kind etwas zu werden, was es nicht gab: ein begrenzter Ort ohne Grenzen, ein neuer Anfang der Welt. Dafür gab es viel zu regeln. Die Aufgabe war unmöglich, und zaubern konnte er nicht. Darum war er der einzige, sie zu erfüllen.

So war er denn bald wieder überall, so gut es ging. Draußen in Soltâne, einen Tagesritt entfernt, überwachte er den Bau des Arsenals, eines als Scheuer getarnten Waffenverstecks für alle Fälle. Drinnen in Kanvoleis hörte er Sigûne und Schiônatulander ohne bemerkbare Ungeduld zu, wenn sie erzählten, wie sie es mit dem Regieren anfangen wollten, nämlich so, daß nun alles den rechten *Chic* bekommen müsse in Wâleis. Sie hörten kaum, was er sich darauf zu erwidern erlaubte. Er tat das Notwendige ja auch so. Er sandte sogar zu Lähelîn, dem Lehensmann, um sich an Frau Herzeloydens Statt die Lehenspflicht bestätigen zu lassen und sich zu vergewissern, daß die Erblande des Kindes, Anschouwe und Norgâls, in guten Händen waren. Sie waren es nur zu sehr.

Dazwischen mußte er noch Zeit erübrigen, sich über Parzivâls Wiege zu beugen, ohne ihn beim Namen zu nennen. Der Liebegutesüße wollte Dem Kyberg nicht so recht durch den Bart. Natürlich hatte er seine Waffen abgelegt, bevor er in die Nähe des Kindes kam. Von Waffen sollte es nie etwas wissen. Aber er brauchte sich nicht zu überwinden, wenn er das Kind ein Wunder nannte, an Größe und rundlicher Gliederpracht, auch wenn ihm nicht erspart blieb, das eine Gliedchen im besonderen mit Andacht zu feiern. Die Kinderfrauen machten das höchste Wesen davon. Der Kyberg sah es traurig an, das Fiselîn, das Lidelîn. Denn was würde es Einem jemals nütze sein, der gar keine Ritterschaft begehren durfte?

DER VERWESER
WIE SIGÛNE SCHIÔNATULANDER
ZUM PRINZEN ERZIEHT

Will man's wissen, wird man's glauben, wessen Werk sie wirklich war, die Erhebung Schiônatulanders zum Verweser von Wâleis?

Seit Frau Herzeloyde, guter Hoffnung, auch alles übrige gut sein ließ – und erst recht, seit die Hoffnung das Licht erblickt hatte –, schränkte sich ihre Herrschaft auf eine Kinderstube ein. Die übrige Burg, vom Palas, dem alten Wohnteil, bis zum Rosenturm, wäre menschenleer gewesen, hätte sie das Paar nicht bezogen und teilweise unterhalten. Es nannte diesen Bezirk »Rosenfrieden« und entwickelte darin seinen Haushalt *à part*. Doch verkürzte es ihn um den ganzen Vormittag, denn an diesem ruhten sie beide, lesend Fräulein Sigûne, während Herr Schiônatulander die Laute rührte.

Das Paar? Sie wohnten keineswegs zusammen, denn auch der Rosenfrieden war in sich getrennt. Von den Räumen, die Herr Castis bewohnt hatte, führte keine Verbindung in die ehemaligen Frauengemächer. Der bekannte Turm war nur durch den Gefangenen Garten zu betreten und zu verlassen, während der Herrenflügel, den Schiônatulander bezogen hatte, durch den inneren Hof erschlossen war, und zwar nach der Seite des Marstalls, über dem Tampanîs Wohnung genommen hatte; die Pferde waren seine Sorge und sein Leben. Die Dienerschaft hatte sich in den Zwischenräumen einzurichten und möglichst unsichtbar zu bleiben, außer, wenn Fräulein Sigûne winkte und befahl. Darin war sie entschieden geworden und hatte ein gebieterisches Wesen angenommen.

Aber auch die unsichtbarste Dienerschaft sieht alles, was sie sehen will, und noch einiges dazu. Leichtfertige Vermutungen fallen da so mühelos wie die Blütenblätter der Rosen von der Mauer – sie waren kleinblütig und weiß, und bedeckten diese jetzt bis über die Zinnen. Doch hätte keiner der immer noch zahllosen Merker dem Paar etwas Ärgeres nachsagen können, als daß es seine Kunst pflege, und das Zusammensein als Blüte der *finesse*. Man beschränkte sich auf ein einziges Rendenz-vous, das jeden Nachmittag um die fünfte Stunde im Befestigten Winkel gefeiert und um die sechste ebenso regelmäßig beendet wurde. An diesem luftigen, abgeschirmten Ort war eine kleine Tafel zu decken. Sie bestand aus einem Schachbrett, dessen weiße Felder in Elfenbein ausgelegt waren, die schwarzen in geschliffenem Onyx.

Indessen spielten die beiden nicht darauf, sondern unterhielten sich auf Französisch. Dazu nahmen sie aus dünnen Henkelgefäßen ein bräunliches Getränk zu sich, das sie *Thé* nannten und dessen Zubereitung Fräulein Sigûne keiner fremden Hand überließ, denn sie hatte nach einem geheimen Rezept zu geschehen. Ein fremder Besucher hatte einen Vorrat der braunen Krümel hinterlassen, die, wenn man sie mit heißem Wasser aufgoß, einen herzhaften, mit Jasmin geschwängerten Duft verbreiteten. Hatte das Getränk »gezogen«, trug es das Fräulein auf einem silbernen Tablett ins umfriedete Freie und setzte es auf dem faltbaren Tischchen ab, um ihren Gast zu erwarten, der sich, frisch geputzt und seinerseits leise nach Jasmin duftend, immer pünktlich einstellte. Dann wendete das Fräulein, nachdem es sich gegen ihn geneigt und ihm, der kniete, die Hand zum Kuß gereicht hatte, die auf dem Tisch stehende Sanduhr um und winkte dem Prinzen, sich niederzulassen. Und während der Sand rann, der die zugemessene Stunde anzeigte, vertieften sie sich ins Gespräch und ineinander; nur zu dieser einen Stunde im Gefangenen Garten, keiner andern, waren sie ein Paar.

Die Grâlsjungfrau war verantwortlich geworden, speziell für Schiônatulander, den sie liebte. Daß sie es tat, versicherte sie ihm bei Gelegenheit, doch nie dann, wenn er darauf wartete, sondern wenn er ihr einer Stärkung bedürftig schien. Feierlich geschah es in jedem Fall. Seit er ein Ritter war, gefiel es ihr, ihn *Prince* zu nennen. Quiqui klang ihr zu kindlich, und ein Kind war er nun am längsten gewesen. Wenn sie ihn mit »Delphin« ansprach, mußte er wissen, daß es nicht vertraulich, sondern im Vertrauen geschah; darauf nämlich, daß er über sich hinauswuchs. Und darum mußte es ihm gefallen, sich täglich in der Waffenkunst zu üben und sein Pferd zu tummeln – einen gutmütigen Schecken, der etwas Feuer hätte gebrauchen können.

Man denke: Sigûne wollte wieder Turniergeschrei hören, das seit Pfingsten vorigen Jahres ganz verstummt war zu Kanvoleis. Ihr Name sollte durch Helmeisen geschrien werden, und zwar so deutlich, daß sie jede Silbe verstand. Den Ruf der Drommete wollte sie hören, das Stampfen der Hufe, das Splittern von Lanzen, das Dröhnen der Schilde. Nicht, daß sie jetzt Geschmack daran gefunden

hätte; *er* sollte ihn finden, den Geschmack am Mannhaften, und
seine Ritterschaft erproben, damit sie ihn daran prüfen konnte; gelesen hatte sie davon ja mehr als genug. Er wiederum hatte ihr so viel
von Wundern im Morgenland erzählt, daß die Geliebte wohl zu
erfahren berechtigt war, wie viel davon Stich halten würde, wenn es
mit Erzählen nicht mehr getan war.

So verdiente sich der Prinz oder Delphin durch Reit- und Waffen-
übung die gemeinsame Teestunde. Sigûne ließ sich nicht nehmen,
dem Spiel, nach dem Vorbild der Tante, ihre entfernte Gegenwart zu
gönnen. Allein saß sie im Langen Fenster der Arkade. Aber die
Princesse – denn mit diesem Titel huldigte er ihr seinerseits – stickte
an keinem Einhorn. Sie ballte in der Hand ein weißes Batisttüchlein,
um damit zu winken, wenn die tjostierenden Herren auf der anderen
Seite des Flusses zum Kampf fertig waren. Dann ließ der Trompeter
sein Signal erschallen, das etwas verloren in der Weite hing, die Ge-
wappneten lösten sich von ihrem zudienenden Trüpplein und durften mit dem Ansprengen beginnen. Sie schauderte jedesmal vor dem
Zusammenstoß, doch sie verhüllte ihre Augen nicht. Es war ihre
Pflicht, mitanzusehen, wie der Delphin im rosa Waffenrock auf seinem Schecken fortschritt in seiner Kunst und sich mit Ruhm bedeckte. Fehlte etwas dazu im ersten Gang, so brachte es hoffentlich
der zweite und dritte. Jedenfalls dauerte die Übung immer so lange,
bis der Gegenspieler endlich hinter das Pferd gesetzt war.

Die Wahrheit zu sagen, das Siegen wurde dem Prinzen nicht allzu
schwer gemacht. Denn sein Gegenspieler war Herr Tampanîs – ein
Ritter jetzt auch, ein Meister mit Pferden schon längst, und ein guter
Freund Schiônatulanders zuerst, auf seine männliche Art; doch auf
eine eher befangene auch der ihre, des Fräuleins. Das durfte ihn nicht
hindern, dem feineren Kumpan den Widerstand zu bieten, den dieser
dringend kennenlernen mußte, denn am Pariser Hof Frau Ampflîsens hatte er von Hauen und Stechen nicht allzuviel gehalten und
geübt. Im Morgenland aber, wo es heißer zuging, hatte er lieber in
der Mitte gestanden. Tampanîs, immer an der Seite seines Herrn, also
ganz vorn, war der rechte Mann, dem Zurückgebliebenen nachzuhelfen und ihm auf dem Leoplan förmliche Schlachten zu liefern.

Ein noch kundigeres Auge als das Sigûnens hätte vielleicht gesehen, daß sein Turniergehabe etwas *zu* förmlich war; daß er, mit mehr
Kunst als Kraft, dem Gegenspieler erlaubte, besser, als er war, auszusehen und dazustehen. Die Prinzessin aber bemerkte nur hohen

Anstand beiderseits. Sie begriff ganz gut, warum ihr Geliebter auf *diesem* Mitspieler bestand. Welcher andere wäre nicht unter seiner Würde gewesen und hätte ihm die Chance gelassen, seine Kraft regelrecht zu prüfen und ihre Grenzen zu sprengen, mit jedem Lanzenstoß, schließlich mit einem sieghaften?

Und wie Schiônatulander mit Anstand gestoßen hatte, so stürzte Herr Tampanîs mit ebendemselben. Er beleidigte das Auge durch keine unhöfische Bewegung, nicht einmal beim Sturz. Dieser aber kam unfehlbar, anfangs erst beim zehnten Gang, immer öfter schon beim dritten oder zweiten. – Dann erklang die Trompete wieder, die Streithähne nahmen die Helme ab und umarmten sich noch zu Pferd, der Helldunkle den Dunkelhellen. Der Delphin aber durfte die Walstatt verlassen und das gerüstete Bad suchen, dem Jasminblätter zugesetzt waren und etwas Glaubersalz.

So kam es, daß Herr Schiônatulander immer ansehnlicher wurde und sich den *Thé* durch hinreichend eingeschärfte, aber auch bisher unerhörte Finessen bei der Tjost verdiente. Während sich der eine Ritter aber frisch machte, ritt der andere ungesäumt zu Dem Kyberg, den er oft an mehreren Orten suchen mußte; denn es gab an der Einrichtung Sôltanes, der Einöde, viel zu regeln. Tampanîs ging ihm dabei zur Hand. Er schien sich bei den Waffengängen nicht besonders verausgabt zu haben. Der Delphin aber atmete hoch und heftig, und tat es noch, wenn er, zur gesetzten Minute, den festen Garten betrat, um seiner Herrin aufzuwarten mit artigem Gespräch und noch zarterem Schweigen; denn über vieles schwiegen sie zusammen.

Heute hatte er sich verspätet, und sie erschienen gar zu zweit, denn Herr Tampanîs stützte ihn.

Was ist geschehen? fragte sie erblassend.

Nichts, liebste Sigûne, erwiderte Schiônatulander mit zusammengebissenen Zähnen.

Ihr weint ja, bemerkte sie nicht ohne Strenge.

Das läuft von selbst, Fräulein, antwortete Tampanîs nach kurzem Räuspern. – Das läßt sich gar nicht unterdrücken, wenn es verflucht weh tut, besonders am Knie.

Wie habt Ihr Euch weh tun können? fragte das Fräulein. – Warum ist das nicht vermieden worden?

Herr Schiônatulander stöhnte wider Willen, und Herr Tampanîs senkte den Kopf.

Es soll nicht mehr vorkommen Fräulein, sagte er zerknirscht.

Ich frage *ihn*! antwortete das Fräulein entschieden. – Wie konnte es *Euch* zustoßen, Geliebter?

Doch der Prinz vermochte seinem Augenwasser so wenig zu gebieten, daß wieder der andere antworten mußte an seiner Statt.

Seht, Jungfer, sagte er, das war nur mein Ungeschick. Er verbessert sich jeden Tag, das hätte ich wahrlich wissen können. Keine Ahnung, was in mich fuhr, daß ich das Knie abspreizte. Es gehörte sich ganz und gar nicht und war ein Fehler von meiner Seite.

Aber damit muß er rechnen, Tampanîs! antwortete Sigûne. – Er kann sich nicht darauf verlassen, daß er es jedesmal mit einem Gegenspieler ohne Fehl zu tun hat, wie Ihr einer seid! Und warum schmerzt es Euch selber nicht? Denn sein Knie stieß ja das Eure so gut wie Eures das seine? Ich frage!

Da fragt Ihr zuviel, Fräulein, antwortete der Freund nun fast schon behaglich, auch wenn's eine gute Frage ist! Der Zufall muß es gewollt haben, und zwar der dümmste! Ich trug wohl zu harte Schienen für seine Knochen. Er ist nun einmal der Feinere von uns beiden, wenn auch bei weitem ritterlicher. Aber das nächste Mal trifft's mich gewiß!

Fehlte nur, daß er auch noch: Versprochen! dazu gesagt hätte. Fräulein Sigûne aber reckte ihre Hand gegen den Geliebten und führte ihn, ohne ihn anzusehen, zu seinem Stühlchen, wo er sich niederließ, nicht ohne einen neuen Schmerzenslaut und mit weit ausgestrecktem Bein.

Für diesmal will ich's gut sein lassen und Euch Urlaub geben, sagte Sigûne zu Tampanîs, der begehrlich nach dem Tischchen geblickt hatte, weniger nach dem Tee als nach dem Schachzabel. Aber nun konnte er sich wohl nur noch neigen und gehen.

Sie schwiegen eine Weile und hatten es auch schon zarter getan.

Delphin! sagte sie, ich will Euch einschenken, Ihr könnt es wohl nicht. Und morgen reitet Ihr nicht hinaus, sondern pflegt Euch. Denn ich sehe, ich habe Euch zu viel zugemutet.

Er war so blaß und erwiderte so wenig, daß sie nun doch erschrak.

Es ist nichts, eine *Bagatelle*, fuhr sie fort. – So etwas kann jeden Tag vorkommen, auch wenn die Bücher davon nichts vermelden. Jetzt kommt es nicht mehr vor. Ihr habt Euch verbessert und mich gestern stark an den Helden Eneas erinnert, als er den furchtbaren Turnus bestand. Es geschieht nur zu Eurem Besten, wenn ich Euch nicht darf ruhen lassen. Denn wir sind nicht zu Großem bestimmt, sondern zum Größten.

Ich diene um Euren Lohn, sagte er, Größeres gibt es nicht.

Das sagt Ihr mit allzu kleiner Stimme, antwortete sie, und habt bei weitem zu viel Mitleid mit Euch selbst. Doch irrt Ihr überhaupt, Geliebter. Es gibt viel Größeres als mich, und das Größte ist der Grâl. Um den darf ich Euch noch nicht dienen lassen. Aber das Näherliegende ist immer das Größte, und für Euch gerade groß genug. Ich habe dieser Sache viel Nachdenken gewidmet, darum hört mir zu.

Und sie ließ den Tee erkalten, als sie ihm das Ziel entwickelte, um das er dienen sollte, als wäre es sie selbst. Dieses Ziel war die Sorge um Kanvoleis, eine um so viel größere, als es die Sorge der Tante nicht mehr war. Denn diese erwartete von der Welt nichts mehr als ihr Kind. Die Welt aber wartete auf einen Mann.

Wie roh sie ist, Delphin, sagte sie, könnt Ihr kaum ermessen. Ihr mögt ja das Morgenland kennengelernt haben, von dieser Stadt aber macht Ihr Euch keinen Begriff. Man putzt sich die Ohren mit der Gabel, die man sich vorher in die Zähne gebohrt hat. Die Nase putzt man sich überhaupt nicht, oder dann ins Tischtuch, wenn man eins hat, und das kommt selten genug vor. Die Frauen kneift man ins Gesäß und wischt sich die blutigen Finger an ihrem Haar ab, wenn man ein Huhn geschlachtet hat. Es kommt sogar vor, daß man hinter mir her pfeift. – So leide ich unter diesem Volk jeden Tag. Wer es bändigen will, muß vom Feinsten sein, und bei manchen tut es auch die Feinheit nicht. Der Frauen spotten sie nur, darum muß man ein Mann sein wie Erec und Iwein zusammen. Ein anderer wäre verloren, und jede weitere Bemühung verloren an diesem Volk. Von Feinheit habt Ihr schon Euer Teil, darum will ich Euch das Männliche meiner Entschlußkraft leihen, denn es ist weit her. – Wir müssen bereit sein, Geliebter, die Verantwortung für Wâleis zu übernehmen. Das sage ich mit Vollmacht. Der Grâl hat gewußt, warum er zwei Frauen selbander in diese Niederung sandte und nicht die Tante allein. Ihre Berufung zum Höchsten sieht sie als Mutter; wir haben die unsere strenger zu betrachten und dafür zu sorgen, daß Wâleis in reine Hände fällt. Darum müssen unsere die reinsten sein.

Ich diene allein um Eure Hand, sagte Schiônatulander, und finde Euch recht erbarmungslos.

Sagt nur das nicht! antwortete sie eher bestürzt als empört. – Fühlt Ihr denn nicht, daß ich nur aus dem herzlichsten Erbarmen handle? Wer sollte sich dieser Klötze erbarmen, wenn wir es nicht tun?

Darin, mein Freund, müssen wir ein Paar werden, keinem andern gleich, das sind wir unserer Liebe schuldig! Sind wir in unserer Pflicht vereinigt, und ist sie wohl erfüllt, so mögen wir auch an unser privates Glück denken, eher nicht! Das wird eine entzückende Zugabe sein und ein holdes Nachspiel, wenn wir das höhere Glück, der Menschheit zu dienen ohne Lohn, bis zur Neige gekostet haben. Warum weint Ihr schon wieder?

Verzeiht, sagte Schiônatulander und versuchte, mit Ächzen, die Lage seines Beins zu verbessern, ich ersehnte mir's anders herum: daß wir unser Glück finden miteinander, weil's ja doch der erste Schritt auf dem Weg ist, es auch für andere zu machen und ihnen allenfalls ein Vorbild zu sein, nämlich an Seligkeit. Einem seligen Paar folgt sich's bedeutend leichter! Was Ihr vermißt haben mögt an meiner männlichen Kraft, könnt Ihr mir doch am besten gleich in meinen Armen zuschießen. Ich schwöre Euch, daß ich damit wuchern und es für jeden guten Zweck verwenden will, meinetwegen auch für den höchsten! Sogar den Kanvoleisern, die hinter Euch herpfeifen, werde ich dann das Nötige flüstern, wenn's Euch so dringlich scheint. Nur glaube ich leider nicht, daß diese Leute durch Feinheit zu belehren sind und auf die unsere gewartet haben, es sei denn, um weiter ihren Spott damit zu haben. Darum übe ich mich auch gern in Ritterschaft, damit ich ihnen das Nötige flüstern kann. Aber erst will ich Euch dasselbe ins Ohr sagen, und was mir an Neuem und Wunderbarem zu Euch einfällt; Ihr werdet Euch nicht zu beklagen haben. Und alles Weitere findet sich, wenn ich's nur erst bei Euch gefunden habe!

Sigûne erwiderte mit trauriger Bestimmtheit:

Geliebter! Ich will Euren guten Willen ehren, auch wenn ich ihn gar nicht gutheißen und mich ihm noch minder beugen darf. Ließe ich mich darauf ein, zuerst das Meine und Eure zu suchen, so weiß ich gewiß, daß für die arme Welt gar nichts mehr übrigbliebe von Eurer Kraft, die ich keineswegs geringschätzen will. Doch sind wir begrenzte Naturen und müssen unser Bestes wohl aufheben für das Notwendige, statt an süßen Überfluß zu denken, und womöglich gar an unsere Sinnenlust.

Ihr habt mir von überströmenden Herzen und triefenden Leibern genug erzählt. Das mag die morgenländische Art sein, die Ihr Euch nur zu willig angeeignet habt. Doch habt Ihr auch sehen können, wohin sie führt, was aus Eurem Herrn geworden ist, dem Feenkind, und wie tief er meine hohe Tante heruntergestimmt hat. Alles um ein Kind! Unser Kind, Geliebter, sei unser Werk; so hab ich's auch von der Tante gelernt, als sie noch auf der Höhe war. Das ist die Art des Grâls, und meine. Und wer um mich dienen will, muß meinen Leib dafür einstweilen entbehren können, auch wenn er ihn süß finden sollte.

Wir wollen erst die Not der andern wenden, und diese Arbeit trägt ihren Lohn in sich selbst. In ihr wollen wir verbunden sein als herrliches Paar, nicht dem Fleische nach – einstweilen nicht –, sondern im Geiste der edelsten Zumutung, die Ihr vom innigsten Zutrauen nimmermehr unterscheiden dürft! Denn dieses setze ich wahrhaftig in Euch, keinen andern, darum liebe ich Euch und schwöre Euch zu, daß dieser Liebe kein Ende sein wird, nicht im Leben und nicht einmal im Tode, dem wir den Spott verderben wollen und der Hölle den Stachel ziehen. Denn wir sind nicht gekommen, die Welt zu genießen, sondern sie aufzuheben, und das ist unser Schicksal!

Was soll ich tun, Liebste? fragte Schiônatulander kleinlaut.

Sigûne führte die hauchdünne Tasse zum Mund und spreizte dabei den kleinen Finger zum Entzücken vom Henkel ab. Ihr Hals bebte von Vollmacht.

Als erstes pflegt Ihr Euch, sagte sie, denn eine *Dame sans merci* bin ich wahrlich nicht, und Euer Leibliches liegt mir so weit am Herzen! Wenn es Euer Knie erlaubt, werdet Ihr in Eurer Übung fortfahren und dürft Tampanîs keineswegs schonen. Sonst wird er fortfahren, es Euch zu leicht zu machen. Auch von Eurem Lautenspiel will ich mehr hören. Nur sollt Ihr weniger durch die Kehle stöhnen, vielmehr die Stimme höher in den Kopf ziehen; von dort herab klingt sie säuberlich.

Ja, wir wollen die Musik nicht geringschätzen, Geliebter! denn sie geht einen weiten Weg zu den Herzen der Menschen, auch der rohesten, und spricht die einzige heilige Sprache, der sie sich nicht verschließen können! Wir wollen nicht vergessen, daß die Schöpfung selbst durch Musik geordnet ist, nämlich diejenige der Sterne. Mein Vater Kyôt vermag sie zu hören, und ich auch; ich vernehme neuerdings jeden Mißklang in der Schöpfung. Er macht mir Kopfweh, wie gerade jetzt; da könnt Ihr sehen, daß Ihr nicht alleine leidet. Gott hat Euch die Gnade verliehen, alles in Musik zu setzen, was Euch in Ohren und Seele wehtut. So übt auch diese Gottes Gnade an mir, und glaubt fest daran, daß Ihr damit zu seiner Regelung beitragt, nicht minder als Der Kyberg mit seiner Geschäftigkeit, und Harmonie stiftet, wo Ihr geht und steht. Nur aus der Kehle oder gar dem Bauch darf es Euch nicht kommen, sondern aus dem hoch erhobenen Kopf.

Ich aber, Freund, werde bitten, daß Ihr die Stelle bekommt, die Euch kleidet und zu der ich Euch erhoben sehen will. Denn ich glaube, das steht in meiner Macht. Ich habe das Ohr meiner Tante, und werde ihr Herz rühren, das Ihr, unter uns gesagt, schon halb gewonnen habt. Sie hält große Stücke auf Eure Unschuld, auch wenn es Zeiten gab, wo der Schein gegen Euch sprach und Eure Zunge auch, die Ihr noch immer zu wenig hüten gelernt habt –.

Und mit diesen Worten beugte sie sich über den Klapptisch und reichte ihm, über den kalten Tee hinweg, ihren Mund zum Kuß. Und als ihn seine Lippen überrascht berührt hatten, überraschte er ihn neuerdings. Denn auf einmal war es *ihre* Zunge, die ihr aus dem Mund in den seinen fuhr und eine heftige Wanderschaft um seine Zähne unternahm. Er vergaß sein schmerzhaftes Knie und wollte die Umarmung gründlicher machen. Da aber schoß sie so brüsk zurück, daß er statt dessen das Tischlein festhalten mußte. Er konnte doch nicht verhindern, daß die noch volle Teekanne kippte und ihren bräunlichen Saft über das Schachfeld und dann ins grüne Gras vergoß.

Sigûne aber war schon unterwegs zum kleinen Tor mit dem Schwibbogen. Ihr straffer Rücken erlaubte keinen Gedanken daran, ihr etwa nachzufolgen, jedenfalls nicht dem Leibe nach, der ihm wieder wehzutun anfing, als ganzer, nicht nur am Knie. Dazu rann der Sand immer noch durch das Stundenglas, und er betrachtete es trübe. So kostbar mußte ihr diese Stunde gewesen sein, daß sie ihm nicht einmal eine volle geschenkt hatte.

KIND

Kindheit ist nicht erzählbar.

Aber wenn ihr je so erzählt, daß Wir euch zuhören mögen – erinnert man sich noch an Uns? – so erzählt ihr von Kindheit, nichts anderem; das braucht ihr nicht zu bemerken. Selbst wer sicher ist, nicht erzählen zu können: von Kindheit erzählt er so, daß Uns die Schalen zittern. Denn Kindheit ist Uns immer neu, sie ist exakt das, was Uns fehlt. Da berühren Wir Uns mit euch an einer verborgenen Stelle der Welt.

Erzählen ist Kindheit, eine Wiederholung, die es nicht gibt.

Ein Erwachsener, der vorzeigt, wie er meint, das geworden zu sein, was er ist, kann seine Sache noch so gut machen. Wir vergessen keinen Augenblick, daß es nur *seine* Sache ist: warum brauchen wir das zu wissen? Warum glaubt er so viele Zeugen und Eideshelfer auf die Behauptung verwenden zu müssen, daß dieses Leben seine Mühe wert war? Es ist etwas Eitles an jedem selbsterzählten Leben – nicht nur, weil Wir uns Alles schon denken können.

Ganz anders, wenn Uns jemand von seiner Kindheit erzählt. Sie ist nicht erzählbar – und doch muß er von Glück reden, ob er will oder nicht. Und im selben Atemzug redet er der Trennung vom Glück, dem Abschied von der Kindheit das Wort. In diesem Doppelklang hören Wir eine Abenteuergeschichte, für die sich Unsere Neugier nie erschöpft.

Denn als ihr lerntet, Worte zu machen, nahmt ihr zugleich Abschied von einer Welt *diesseits* der Worte. Sie war von der Wahrheit, die euch die Großen zu sagen anhielten, so ungeheuer entfernt, daß ihr lernen mußtet zu lügen. So habt ihr die Worte kennengelernt: als Wahrheit der andern, die Macht besaßen über euch. Um ihnen zu gefallen, um ihnen zu gleichen, mußtet ihr vergessen, wie wenig das, was ihr ihnen gegeben habt, das war, was sie zu verlangen schienen: die ganze Wahrheit. Denn diese hatte keine Worte und verband sich mit keinem. Sie blieb stumm. Und je besser ihr die Worte konntet, desto tiefer verstummte sie. Doch in unbewachten Augenblicken, wenn ihr aus dem Rahmen gefallen seid, stieg sie wieder auf und

wehte euch an, die ungesprochene Sprache der Kindheit: aus einem
Duft wie Lindenblüte, dem Geschmack eines Brötchens, einem
Schnitt auf dem Handrücken. Das war schon einmal da gewesen, so
wirklich da, wie es nur wortlos geschehen kann.

Der Abschied aber wird durch Worte besiegelt, die ihr andern
halten und selber machen lerntet; und natürlich gehört auch ein Wort
wie »Glück« oder »Abschied« dazu. Und je besser ihr diese Worte
zu Netzen knüpftet, desto tüchtiger verwirkten sie euch, desto weniger fing sich das Glück darin, von dem ihr als Kinder hättet reden
können, hätte sich das Reden nicht erübrigt. Euer Redenetz spricht
nur noch für euch selbst. Da es auch für die Kunst des Flechters
spricht, kann er sich für eine gemachte Person halten und viele Sorten von Glück damit machen. Dabei mag er sogar vergessen, daß er
sich von dem einzigen Glück getrennt hat, das kein Mensch zu *machen* brauchte.

Erzählt er aber von seiner Kindheit, so erleben Wir, daß das Netz
der Worte, wie undurchdringlich es auch gewoben sein mag, zu
zucken beginnt, als ziehe etwas Übermächtiges daran. Es wird sich
darin nicht fangen. Aber es hinterläßt seine Spur als Riß im Netz.
Beim Wortarmen läuft der Riß durch seinen Mangel und läßt diesen
glänzen; beim Wortreichen durch seinen Überfluß, der davon verblaßt. Durch diesen Riß meinen Wir das Leben selbst zittern zu
sehen, so unvergleichlich, wie es uns nur im Zeichen des Verlusts
erscheinen kann. Dies aber ist das Zeichen, in dem ihr mit dem
Innersten eures Lebens im Bunde bleibt und immer von Neuem
einheimisch werdet bei euch selbst. Nicht mehr bei euch, wie ihr
seid, redet ihr von einer Heimat, die euch eben durch die Rede verloren ging; aber durchsichtig, wie die Rede geworden ist, erscheint
sie Uns als erlaubte Fabel all dessen, was sie verschweigt. Euch aber
hält sie durch das Heimweh, das sie in euch erweckt, ein wenig
schadlos für die Fremde, in der sie euch ausgesetzt hat.

Ja, es kann so scheinen – und möglicherweise ist es so –, daß die
Kindheit das Abenteuer, das Uns mit euch zittern läßt, erst werden
konnte, seit es ihren Verlust zu beklagen gibt. Wenn es aber so ist, so
wären die Wörter etwas wie die frische Tat, auf der wir Abenteurer
uns immer wieder ertappen. Und frisch bleibt diese Tat lebensläng-
lich, so lange es Wörter gibt, uns ihrer zu überführen und uns zugleich von ihr freizusprechen. Niemand hat an eurer Kindheit gesündigt wie ihr, die ihr sie verlassen habt; und durch keine Sünde ist eure

Unschuld herrlicher geworden. Sie hat euch Täter des Worts zu Vo
gelfreien gemacht, zu Mördern der Kindheit und zu Waisen der Welt.
Nun kehrt ihr, und Wir mit euch, immer wieder zum Schauplatz der
Untat, den Wörtern zurück, um uns in ihnen wiederzufinden und
neu zu verlieren.

Ja, Erzählen von der Kindheit, das ist beides, Glücksfall und Ver-
lustanzeige. Und wenn wir von ihr erzählen, erzählen wir etwas
Wahres, wie sehr auch die Erinnerung täuschen mag. Wir erzählen
nicht nur von uns, wenn wir von uns erzählen. Beim Reden von der
Kindheit erzählen uns die Wörter, die wir brauchen, auf einmal ihre
eigene Geschichte. Und dabei hören sie auf, Zeugen oder gar Anstif-
ter der Glücksferne zu sein. Sie geben sich zu erkennen als Gefährten, Mitgeschöpfe unserer Verstoßung aus dem Paradies. Ja, auf einmal können sie aussehen wie Engel, welche die bloßen hauenden
Schwerter, mit denen sie uns vertrieben haben, sinken lassen. Dann
deutet ihre Spitze wörtlich auf den Punkt, wo wir, die Sterblichen
wie die Unsterblichen, die Gefabelten wie die Erfahrenen, die Wis-
senden wie die Ahnungslosen, – wo wir *lebendig* sind.

Die Landschaft eurer Abenteuer ist rissig. Wer sich in dieses Labyrinth begibt, den führt kein Weg zurück. Er muß durch das Tal des
Todes, um das Ding ohne Namen zu finden (diese Fabel nennt es den
Grâl). Doch er findet es nur, wenn ihn die fromme Täuschung leitet,
er sei ihm schon einmal begegnet: in Soltâne, an der Stelle der Kindheit. Hat er sich weit genug von ihr entfernt, so zündet sie ihm heim.
Das Labyrinth macht's möglich, daß Irrwege sich kehren in Heim-
wege, und daß das Ende verwandt wird mit dem Anfang.

Nur ist es dann nicht mehr die Mutter, die in der Tür steht.

Lassen wir sie gut sein, diese Stelle.

Parzivâls Fabel gehört zu denen, die ihr nicht ganz allein erfinden
müßt. Es ist noch etwas Anderes dran; etwas von der Gotteserfin-
dung, die ihr seid. Schon mancher hat sie nacherzählt auf der Suche
nach Dem verborgenen Erzähler. Sucht ihn nicht zu weit. Glaubt
immer daran, diese Fabel erzähle euch selbst, wo ihr geht und steht.

Der Mensch weiß vom Menschen sehr wenig, darum kommt zurück nach Soltâne. Laßt euch mehr sagen von Parzivâl, dem Verwandten eures Nichtwissens, begleitet ihn noch etwas weiter auf
eurem Weg.

Der Liebeguteschöne begann zu kriechen. Parzivâl lernte seine Glieder anzuwenden und zu beherrschen. Er bewegte sich. Der erste Schritt, der zweite – bald waren sie nicht mehr zu zählen. Aber wie weit er auch ging, die Mutter war immer schon da, und wenn er fiel, fiel er in ihre Arme.

Da schrie und zappelte er, als ihn die Mutter festhielt. Warum unter Tränen?

Ängstliche Mütter bringen es unfehlbar fertig, ihre Kinder zu gefährden. Denn sie umgeben sie mit Gefahren und erfinden noch welche dazu, nur um die Kinder noch wirksamer schützen zu können. Parzivâl entkräftete Herzeloydes Angst immer wieder. Er führte ihr vor Augen, daß er seine Mutter liebte, ohne ihre Angst zu brauchen. Davon ging diese leider nicht weg, sie wurde erst recht erfinderisch. Im Stillen war die Mutter aber auch dankbar für seine Sorglosigkeit. Er wußte nichts von Gefahr, doch die Gefahr lernte etwas von ihm. Sie brauchte nicht so schrecklich zu sein, wie die Angst sie sich ausgemalt hatte. Auch die Gefahr beugte sich dem Vertrauen des Kindes. Die Tollkirsche vergaß ihr Gift in seinem Mund. Der Graben, in den er fiel, machte die Steine, an denen er sich hätte stoßen können, rund.

So dämpfte der nächste Sommer seine Hitze, der übernächste, der als kühl galt, sparte sein Sonnenlicht nur, um es über Soltâne zu verschwenden. Der Winter dazwischen war von ausgesuchter Milde, und kinderlieb auch der folgende mit seinem großen Schnee.

Wer das Paar in der Einöde besuchte, dem wurde eingeschärft, Parzivâl nicht mit seinem Namen anzureden. Das Kind spielte mit Steckenpferden, Kieselsteinen und Wasserrädern, Fröschen, Katzen und auch den Mäusen, die sie ihm unbeschädigt zutrugen; sie erholten sich vom Schrecken in seiner offenen Hand. Immer schien es so, als spielten auch diese Dinge und Geschöpfe mit ihm. Man war gegenseitig ins Spiel vertieft. Es machte dem Wasserrad Vergnügen, sich unter Parzivâls Augen zu drehen. Es gluckste, wenn sein Finger es anhielt. Das Wasser wurde noch munterer, wenn es ihm über die Finger hüpfte. Inzwischen wurde er auch gerne naß, da es der Nässe auf seiner Haut so gut gefiel.

Wer ihm zuschauen wollte, mußte es nach Mutters Weisung verstohlen tun, um ihn nicht zu stören. Aber auch Störungen waren ihm willkommen. Sobald das Kind den Besucher sah, lief es auf ihn zu und machte ihn vor Freude schön. Immer nahm es zuvor von seinem

Spielzeug Abschied, mit einem Blick so zufrieden wie der erste, der den Gast willkommen hieß. Der kam sich vor wie einer, der lange erwartet wurde.

Man fand sich gestimmt, auch Soltâne zu loben, wie glücklich es da gebettet liege in seine Waldesfrische. Sonst war die wilde Natur ja keiner Aufmerksamkeit wert. Man nahm sie lieber nicht wahr, sie wurde als Zwischenraum behandelt, der eine menschenwürdige Stätte von der andern trennt. Er ist für nichts zu gebrauchen als zum Federn wilder und zum Weiden zahmer Säue. Frau Herzeloyde zu Ehren aber erhoben die Gäste den Ödhof zur rechten Jägerlust, da sie ihn ein Liebesnest nicht gut nennen konnten und eine Klause nicht zu nennen wagten.

Die Scheu band sie auch sonst. Denn Frau Herzeloyde schien in der Waldesstille nicht recht zu blühen. Man sah nicht, daß ihr das Glück, mit ihrem Liebengutensüßen so gut wie alleine zu hausen, besonders angeschlagen hätte. Ängstlich hütete sie nicht nur ihr Kind, mißtrauisch schien sie auch die Blumen auf dem Felde zu mustern. Häufig blickte sie zum Himmel, ob er nicht etwa herunterfalle, etwa in Gestalt von Donner und Blitz oder womöglich eines Meteors. Sie prüfte das Bächlein, ob es nicht unversehens zum Strom anschwelle, um alles Teure fortzuspülen. Sie scheute sogar die Sonne und ließ sich in ihrem Licht kaum noch blicken. Verwirrt grüßte sie die Besucher, flüchtete vor ihnen in die Nähe des Kindes, als ob sie Schutz wisse nur noch bei dem Einen, um den sie ja auch wieder am meisten bangte. Sah sie ihr Kind denn noch, oder sah sie auch in diesem klaren Spiegel nur noch ihre Angst?

Nur noch *nett* wollte sie alles haben. Fragte sie den Gast, wie es stehe, wollte sie es so genau nicht wissen; es hätte ja einmal nicht ganz gut stehen können. Erstattete Der Kyberg von den Landesgeschäften Bericht, hörte sie ihn mit leicht geöffnetem Mund und fortwandernden Augen, als spräche er vom Mond. Von Sigûne wollte sie nur noch hören, daß es ihr an nichts fehle; auch Schiônatulander war jetzt ein junger Mann, auf den man sich verlassen konnte. Erhaben war sie über alles Menschliche gewesen, nun schien sie es in allem zu fürchten. Und oft kam es Sigûne vor, sie betrachte auch ihr Kind so, als habe sie es schon verloren.

Natürlich stand es zu Kanvoleis nicht zum besten – Der Kyberg spürte die Luftveränderung am Reißen in seinem Rücken. An die Lendenwirbel geht er ihm, der Schwund in der Ritterwelt, das Löchıgwerden des Gebeins bei gleichzeitiger Verhärtung. Und doch hat auch Der Kyberg in Soltâne sein Wunder erlebt. Das Kind hat ihn angefaßt, einmal bei den Hüften und einmal bei den Schultern – ja, so groß ist es schon, aber etwas gebeugt hat sich der Besucher auch. Erst hatte er eine Liebkosung befürchtet, oder wollte ihn das Kind gar auf den Arm nehmen? Dann aber spürte er auf einmal eine wundersame Richtigstellung durch seinen zerrissenen Leib ziehen. Unversehens kamen ihm die Tränen. Dann schied er getröstet von Soltâne, zum ersten Mal in dieser Geschichte angefaßt, zurechtgerückt von einem Glück.

Auch Sigûne wischte sich in Gegenwart des Kindes immer wieder die Augen – es sei ihr eine Mücke hineingeraten, beschied sie die erschrockene Tante; hoffentlich war ihr eine Mücke harmlos genug. Schiônatulander hinkte; warum? Von Ritterschaft durfte vor dem Kind nie die Rede sein; wie hätte sich der Verweser beim Ritterspiel verletzen dürfen? Nein, er war in einen Graben gefallen, und dann hatten ihn die Raben gefressen – das kannte der Liebeguteschöne vom Hoppe-Reiter auf Mutters Knie, für das er freilich ein wenig groß geworden war. Wuchs ihm dabei nicht sogar ein Stöcklein am Leib? Wie hätte sie es nicht bemerken sollen, die Verehrerin des Fiselîns; nun aber erschrak sie sehr. Denn er hatte beim Hüpfen ein Bein vor sich quer übers Knie gelegt, auf seins und ihres. Wo hatte er diese Bewegung her? So hatte das Unglück schon einmal angefangen.

So anstrengend war sie, die Verschwörung zugunsten der kindlichen Unschuld. Parzivâl aber gedieh unverdrossen. Vielleicht war dies das größte Wunder von Soltâne: wie leicht das Kind am Gewicht seiner Mutter trug.

Im Grund kamen sie Parzivâls wegen nach Soltâne, sie alle, die nichts mehr zu lachen hatten; bei ihm kamen sie oft aus dem Lachen nicht mehr heraus. Etwa, wenn er Sigûne, die sich verstohlen die Augen rieb, tröstete: es gebe ja der Mücken noch mehr. Oder wenn er Schiônatulanders Hinken nachahmte, um ihm zu zeigen, er müsse sich nur im Kreise drehen. dann werde ein Tanz daraus. Parzivâl wußte nichts von Schadenfreude, und so gab er auch dem Schaden die Freude zurück.

Über das, was ihm selbst mißriet, lachte er nicht minder als über das Wohlgeratene; er schien mühelos die Partei der Dinge nehmen zu können, die ihm Widerstand leisteten, behandelte ihn mit Neugier, fast Ehrfurcht und vermochte gar keine Tücke darin zu sehen. Wie oft sah ihn Frau Herzeloyde ganz selbstvergessen über ein defektes Spielzeug geneigt; wollte es sich von seinen ungeschickten Fingern gar nicht mehr herstellen lassen, so dachte er nicht daran, es der Mutter zu bringen; dann durfte es bleiben wie es war. Er lachte mit ihm und legte es an einen geschützten Platz, bis beiden Teilen etwas einfiel, was sie miteinander anfangen konnten. Parzivâl weinte nicht selten, aber niemals über einen Schmerz oder eine Kränkung; diese fühlte er gar nicht, weil er sich nicht vorstellen konnte, warum sie ihm jemand zufügen sollte. Er weinte nur *mit* andern, mit Sigûne zum Beispiel, wenn die Mücke weggewischt war, und das Auge immer noch tränte; dann weinte Parzivâl von ganzem Herzen, wie er eben noch gelacht hatte, und ermutigte auch das Fräulein damit, ihren Tränendurst zu stillen, statt ihm Gewalt zu tun. Das Weinen kam ihr eben, also war es berechtigt, und sie durfte es weinen lassen. Und weinte sich alles verunglückte Wesen aus den Augen, bis sie wieder hell wurden und abermals zu tränen begannen, jetzt aber vor Lachen über das grundlose Weinen des Kindes, dem er sich so vertrauensvoll überließ.

Das waren Augenblicke, wo Herzeloydes Mutterliebe besonders kümmerhaft aussah. Ihr Versuch, alles starke Gefühl fernzuhalten von ihrem großen Kind, schien so eitel, wenn man zusah, wieviel es mit Schmerz oder Freude anzufangen wußte. Herzeloyde aber bereitete es Mühe und Not, dazu auch nur zu lächeln, und das Lächeln verzog ihr den Mund wie eine saure Frucht.

Von Parzivâls Leibeskräften werden schon auf Soltâne Wunder berichtet. Ein kindlicher Kraftmeier war er nicht, nicht einmal ein starker Range. Der Eindruck von Kraft beruhte auf der Leichtigkeit, mit dem ihm alles von der Hand ging. Kein Muskel tat mehr als nötig, und leistete eben so viel mehr als einer, der sich anstrengt und mit dem Rest von Kraft auskommen muß, der noch bleibt, wenn man sich durch Anstrengung selbst gefesselt hat. Was ihr Anstrengung nennt, ist ja nichts weiter als die unselige Meinung, ihr hättet mehr Kräfte frei, wenn ihr euch stärker verkrampft.

Parzivâls Augen bemerkten die Verhärtungen an einem Körper mühelos, wie der Tuchmeister einen Webfehler; doch verwarf er das Gewebe darum nicht, sondern suchte es ab, ob der Knoten vielleicht zu einem tragenden Muster gehöre, das er mit den Händen las. So fand er die Stelle, wo die unsichtbare Last am Rücken Des Kyberg befestigt war, und spürte, daß er sie nicht lösen durfte. Diesem aber

fuhr schon der behutsame Hinweis, daß daran zu rücken sei, durch
die Glieder wie ein Glück. Parzivâl tröstete auch die Mutter dafür,
daß sie ihre große Kraft so traurig verwendete. Er machte es anders.

Dabei hatte er die besten Lehrer: die Tiere. In Soltânes Landwirt-
schaft und in der benachbarten Wildnis wimmelte es von Kreatur,
die sich naturgemäß nie mehr anstrengt als nötig. Das gilt sogar für
pflugziehende Ochsen, lastbare Mäuler und springende Pferde; wieviel mehr für das freie Wild, das nichts anderes zu tun hat, als Kräfte
zu schonen, um sie im Augenblick der Not zur Verfügung zu haben.
Die hielten nicht an sich wie die Mutter; die ließen sich gehen, und
davon gewann an ihrem Gang alles seine schöne Richtigkeit.

Einen Fall gab es allerdings, wo sich das Kind über die Tiere nur
wundern konnte. Da wurde viel mehr Kraft aufgewendet als benötigt; das war der Fall, wenn die Ziege dem Bock über die Straße half,
wenn die Kuh den Stier durch den Bach trug.

So die Erklärungen Frau Herzeloydes. Für Eine, die einmal den
Klartext Munsalvaesches geredet hat, sind sie ein starkes Stück von
Verschleierung. Natürlich bemerkte das Kind den Unsinn daran.
Das aufreitende Tier legte es, bei aller Bewegung, nicht darauf an,
vom Fleck zu kommen; dennoch machte es auch keinen hilfsbedürf-
tigen Eindruck. Die Knechte hatte er von »Vögeln« reden hören.
Aber Vögel waren etwas ganz anderes. Vögel brauchen noch weniger
Kraft als nötig. Denen kommt die Luft zuhilfe. Sie brauchen sich nur
ins Leere zu schwingen, dann werden sie davongetragen. Vögel wissen, wie man fliegt.

Wohin flogen die Vögel dem Kind davon? Sie hoben sich und
zeichneten einen Sprung in den Himmel von Soltâne, unsichtbar.
Jede Schwinge zog diese Spur tiefer, mit leichtester Feder, scharf wie
ein Diamant. Und mit jedem Davonfliegen der Vögel öffneten sich
Parzivâls Augen weiter, wurde der Himmel über Soltâne zerbrechlich. Kein Mensch, am wenigsten die Mutter, hat ihn bersten sehen
und einstürzen. Und doch, eines Tages war er offen, Raum über
allem Raum.

Darin wird für Soltâne kein Halten mehr sein.

DAS LEBEN DER VÖGEL
WORIN PARZIVÂL KEINE FLÜGEL WACHSEN
UND ER DIE GEFLÜGELTEN
DAFÜR ZAHLEN LÄSST

Er sah die Elster auf der großen Linde sitzen und erklomm den Stamm, lautlos wie eine Schlange, um ihr nahe zu sein, vielleicht ihr schwarzweißes Kleid zu berühren. Da stieß sie ihren grellen Ruf aus, zog in mühelosem Bogen um den Taubenschlag, das Scheunendach und weiter zu den nächsten Wipfeln, um einzusinken in den weiten Wald. Aus dem war noch einmal, schwächer, ihr lachender Gesang zu hören. Und dem großen Kind kam es so vor, als verstecke sie sich eben da, wo er etwas verloren habe; was war es nur? Hatte die Mutter die Elster nicht diebisch genannt? Er atmete schnell, noch schneller schlug sein Herz. Wie um ihm Raum zu schaffen, breitete er im Baum die Arme aus und schlug heftig mit ihnen, als er hinunterfiel; sie hatten ihn nicht getragen.

Hast du dir weh getan?

Sie war nicht nahe genug gewesen, ihn aufzufangen. Und als sie es nachträglich versuchte, da er lag, hätte er fast sie geschlagen.

Duguter! sagte sie und wich zurück, aber er rührte sich nicht und behielt den Kopf in den Armen.

Jeden Morgen erwachte er am Singen der Vögel. Es war voller Ferne. Die Ferne sang.

Im Frühjahr und Herbst zogen sie durch den Himmel von Soltâne, einmal waren sie eine wimmelnde Wolke, dann ein fliegender Winkel, ein schwarzes Sternbild am hellichten Tag. Ein tiefer Seufzer hob ihm die Brust, als wolle ihn sein Atem verlassen, flügge werden, mitziehen aus der Ferne in die Ferne. Dann atmete er nicht mehr, bis sich seine Augen verdunkelten; als sie wieder hell wurden, war der Abgrund über ihnen leer.

Er schnitzte eine Armbrust aus Lindenholz; das hatte er bei den Knechten gesehen. Er schnellte die Bolzen von der Sehne und ließ sie den Vögeln folgen; doch die Bolzen trafen die Vögel so, daß sie herunterfielen. Wenn er hinlief, lagen sie auf der Erde mit offenem Schnabel, gebrochenen Augen, rot getünchter Brust. Er breitete die nutzlos gewordenen Schwingenfächer in seinen Händen aus, und

Tränen fielen darauf. Das Reglose war das Fliegende nicht mehr; das war etwas Anderes. Parzivâl wußte nicht, daß er die Armbrust hatte fallen lassen und die Fäuste ballte. Seine Finger fühlten sich fremd an. Wenn auch er ein Anderer war?

Er rannte mit diesen fremden Händen zu seiner Mutter zurück und versteckte sie an ihrer Brust. Er weinte nicht mehr lautlos, er schluchzte zum ersten Mal. Zugleich wuchs ihm das Stöcklein am Leib.

Wer hat dir etwas getan?

Er konnte es nicht sagen.

Sie umschlang ihn, roch in seinem feuchten Haar das Bluten seiner Seele. Sein Weinen erschöpfte sich, doch er sah sie nicht an; seine Hände zuckten. Sie hatten keinen Trost geschöpft.

Herzeloyde empörte sich. Sie mußte die Quelle dieses Schluchzens finden und verstopfen.

Er ist tot, sagte er.

Wer?

Der Vogel. Es macht überhaupt nichts.

Du hast ihn doch nicht etwa selbst getroffen? fragte sie. – Sie überwand sich, ihn noch einmal in die Arme zu schließen. Aber sie spürte: jetzt waren sie zwei.

Was habe ich für einen guten Schützen! sagte sie.

Von da an kam es vor, daß er halbe Tage ausblieb. Erhitzt kam er wieder, Tannennadeln und Dornen im verwirrten Haar. Er zerriß auch die groben Kleider, die sie ihm genäht hatte, wusch sich nicht mehr und duldete nicht, daß sie ihm die Nägel reinige. Damit hatten sie sich früher gerne zusammen verweilt. Seit er sich selber anzog, pflegte sie seine Nägel, knetete seine Füße und, zarter, auch seine Ohrmuscheln, bis ihm die Augen zufielen; dann schlief er in ihrem Schoß.

Nun aber vermied er ihre Berührung.

Sie begann ihn zu belauschen und folgte ihm unbemerkt.

Eines frühen Morgens fand sie sein Bett neben dem ihren leer. Als sie in den grauen Garten schlich, sah sie ihn unter der Linde stehen, in der eine Amsel flötete. Seine Brust hob und senkte sich im Kampf, dazu ballte er die Fäuste.

Also die Vögel! Sie quälten ihr Kind mit Gesang. Sie hatten zu verstummen, zu verschwinden.

Und Herzeloyde ließ ihren Seneschall – Der Kyberg war es leider nicht – alle verfügbaren Leute zusammenrufen, auch die kaum verfügbaren, denn es war gerade Erntezeit. Aber nun mußten sie Sichel und Sensen liegen lassen, um Vögel zu jagen. Mit Fangnetzen und Leimruten, Armbrust und Bogen begann die keineswegs fröhliche Jagd. Die Jäger murrten. Denn wie wäre die Tiefe der Wälder von Vögeln auszuschöpfen gewesen? Immerhin wuchs der Berg von gefiedertem Aas, auf dem sie ihre Beute zusammenschütteten, ins Aschgraue und begann zum Himmel zu stinken. Aus Wald und Feld aber sang und klang es unvermindert. Nicht einmal der frischen Saat war etwas Gutes geschehen, denn der reine Tisch, den die Jäger zu machen versuchten, zog bald frische Gäste an.

Parzivâl stand ohne Armbrust vor dem Haufen zerlumpten und unnütz gewordenen Gefieders.

Warum tun sie so? fragte er.

Die Vögel? fragte Herzeloyde unklug zurück.

Die Leute, sagte er.

Oh, sagte Herzeloyde, Duguteskind. Sie tun es zu ihrem Vergnügen, nicht anders als du. Du hast sie ja auch mit dem Bolzen heruntergeschossen, nicht wahr?

Nein, sagte Parzivâl, das waren andere.

Duguter, sagte sie, gewiß doch waren es andere, und denen hast du es ja gegeben! Aber es waren immer noch welche übrig, zu viele. Die wären wir jetzt los!

Ich habe sie nicht heruntergeschossen, sagte er. – Sie wären nicht heruntergekommen, wenn der Bolzen sie nicht getroffen hätte.

Aber es war doch dein Bolzen, Guterlieber, sagte sie.

Die Bolzen verstehen mich nicht, sagte er, ich habe sie nicht geheißen, die Vögel zu töten. Das tun sie von selbst. Aber die Leute töten die Vögel mit Fleiß. Warum?

Sie küßte ihn auf den Mund, aber er wandte sich ab, ging zu den toten Vögeln und hob den Balg der schwarzweißen Elster auf. Er öffnete ihre Flügel.

Sie singt nicht mehr, sagte er.

Ach du Liebersüßer, sagte sie, eine Elster singt doch nicht.

Doch, Mutter, sagte er, wenn sie froh ist. Wenn sie tot ist, kann sie nicht mehr froh sein.

Er wollte ihr die Elster reichen, da schlug die Mutter die Hände vors Gesicht.

Mutter, fragte das Kind, warum tut Ihr Euch weh? Weil Ihr die Vögel totgemacht habt?

Komm, schluchzte sie, Dusüßerlieber, sie sollen leben, deine Vögel. Gott hat sie zum Singen geschaffen. Was habe ich nur getan.

Was ist Gott, Mutter? fragte Parzivâl

Komm, sagte sie, Liebersüßer, halt mich fest, dann sag ich's dir gern. – Gott ist ganz hell. Er strahlt vor lauter Licht. Er hat kein Flecklein im Gesicht und sieht doch ganz so aus wie ein Mensch, wenn er will. Es hat ihm gefallen, auszusehen wie du. Wenn du ihn anrufst in der Not, so hilft er dir, das hat er versprochen. Wer dir Not macht, das ist der Teufel. Der sieht aus wie Einer, der heißt Lâhelîn. Er ist der Fürst der Hölle und hat nichts Gutes im Sinn. Später wirst du es ihm zeigen. Aber jetzt darfst du nicht einmal an ihn denken, Dulieberguter. Wer an den Teufel denkt, der hat ihn schon gerufen.

Parzivâl lauschte.

Sie singen! rief er und sprang davon.

Herzeloyde sah ihm erschrocken nach. Hatte er sie denn gar nicht gehört?

Sie hob die Elster auf, die zu ihren Füßen lag, und warf sie auf den Berg von Aas. Dann befahl sie, daß eine Grube gegraben würde, tief genug, um den Berg zu verschlingen. Kein Wort durfte über das Begräbnis gesprochen werden, weder jetzt noch später. Und jedermann mußte zurück aufs Feld zu seiner befohlenen Arbeit.

Die Vögel waren noch einmal gerettet und fast ebenso die Einheit von Mutter und Kind. Die Jahreszeiten wechselten wie Blätter am Baum, und Parzivâl, der wuchs, schien darum nicht unkindlicher werden zu wollen und hielt sich auch wieder an seiner Mutter fest. Doch jetzt war sie nicht mehr ganz eins mit sich selbst. Oft wagte sie dem Kind gar nicht recht ins Gesicht zu sehen. Dabei wurde es immer schöner, das bestätigten ihr die städtischen Besucher fast flüsternd und verstimmten sie damit. Wer konnte die Schönheit nicht sehen? Und wer der Versuchung widerstehen, das Gottes Gesicht in den Schmutz zu ziehen?

An Weiblichkeit hatte sie von Anfang an nur solche gesetzten Alters auf Soltâne geduldet. Das hieß Röse, Änne und Kätter und schien über das Gröbste hinaus. Sie hatte den Personen schon beim Waschen und Baden alles Wesen mit dem Fiselîn verboten. Als dieses mit dem Kind zusammen größer wurde, verbot sie es auch sich selbst. Eigentlich wäre ihr eine reiner Männerwirtschaft am liebsten gewesen. Doch Der Kyberg hatte ihr vorgehalten: Soltâne sei nicht Munsalvaesche. Frauenlose Männer im rüstigen Alter seien entweder zur Unart veranlagt oder würden durch Not dazu gezwungen. Beides wäre dem gewünschten Wohlstand nicht dienlich. Es bleibe das mindere Übel, den Knechten handfeste, doch sittsame Eheweiber zu verstatten.

Frau Herzeloyde mußte sich mit dem minderen Übel befreunden. Doch hatte die Knechtsame ihre Weiber so gut wie gefangenzuhalten. Mit dem Ertönen des Hörnleins, das die Nähe des Kindes anzeigte, hatte alles Weibliche in den Türlöchern zu verschwinden. Es spähte dann erst recht durch die Ritzen. Dem Gutenlieben aber hatte sie erklärt, das Signal sei ein Freudenzeichen.

Warum ist dann alles leer, wenn ich komme? Haben die gar keine Freude an mir? – Eidulieberguter, wie sollten sie keine Freude haben! Sie werden auf der Stelle krank vor Freude. Du bist so hell, das tut ihren Augen weh, da laufen sie gleich ins Haus! – So schlug immer ein wenig Wahrheit durch ihre Lügen, auch wenn sie davon zur Übertreibung wurde. Das Kind aber war traurig, daß es mit den Bäuerinnen nicht ebensogut lachen konnte wie mit den Bauern, die offenbar stärkere Augen hatten.

Von Tieren sah das Kind ja noch genug, nur Tiergeburten sollten ihm verhohlen bleiben. Erst wenn das Kälbchen oder Zicklein gesäubert und geleckt war, durfte das Kind darauf aufmerksam sein. – Mit dieser Maßregel behielt sich die Mutter gleichsam die Erstgeburt vor, und Wir haben in der Tat nie gehört, daß das Kind gefragt hätte, woher die Tiere denn kämen. Es wußte es längst, machte nur kein Aufheben davon, ganz anders als bei den Vögeln. Wer hätte die undichte Stelle Soltânes gerade am Himmel vermutet und in den Wipfeln! Aber an einem warmen Märztag tat sich noch eine andere auf und gebar ein Ungeheuer.

Frau Herzeloyde hatte das Kind in der knospenden Laube, wo sie zu zweit ein Milchfrühstück genossen, auf den Schoß gezogen. Mein Gott, wie groß du geworden bist! Da sah er ihr in die Augen und fragte:

Helft Ihr mir ein wenig über den Weg, Mutter? Tragt mich doch durch den Bach.

Sie stutzte, die rätselhaften Worte kamen ihr bekannt vor. Hatte sie sie nicht selbst erfunden, bei bestimmter Gelegenheit? Sie erschrak noch tiefer, als sie das Kind schnell atmen sah. War es nicht blaß geworden wie sie selbst? Und das Kind fuhr fort:

Mir steht der Fisel in die Höhe und tut fast weh. Ihr müßt ein

Löchlein für ihn haben. Da will ich ihn hineinstecken, und dann tragt Ihr mich durch den Bach.

Ungeheuer! sagte sie zum ersten Mal. Sie rückte heftig von ihm ab.

Mit wem tust du das? fragte sie mit erstickter Stimme.

Ich will es mit der Röse tun, sagte das Kind, doch die leidet's nicht, und die Änne und die Kätter wollen's auch nicht leiden.

Er hätte das Aufatmen der Mutter sehen können. Ihr Herz fuhr zu schlagen fort. Aber es stockte gleich wieder, als er sagte:

Jetzt tu ich's mit der Scheckigen.

Mit *wem*? fragte sie mit starren Lippen. – Mit welcher Scheckigen? der *Kuh*?

Ach was, mit der Ziege doch, Mutter, sagte er. – Die will's wohl leiden, denn der Bock tut ihr's auch.

Du –! sagte die Mutter. – Du –. Und dann gar nichts mehr.

Seht nur, fuhr das Kind fort, das will Euch nicht gefallen. Lieber, ich tu's mit Euch. Denn der Fisel tut mir weh. Ihr müßt nur das Kleid heben, dann steck ich ihn hinein, ich weiß schon wo. Recht mitten durch.

»Liebergutersüßer« sagte sie dazu wahrlich nicht. Aber »Ungeheuer« auch nicht mehr. Sie hatte sich aufgerichtet und sah ihn nur noch an, mit qualvoller Strenge.

Kind, sagte sie, das tut ein – das tut Einer nicht. Nicht mit der Röse, der Änne und der Kätter, auf keinen Fall mit der Gescheckten, und nicht einmal mit der Mutter. Nein, das tun wir nie.

Warum nicht? fragte er.

Die Mutter rang nach Atem. Dann sagte sie: Weil der Himmel davon schwarz würde und die Sterne herunterfielen. Weil alle Vögel davon stürben. Und weil ich etwas Besseres weiß. Einen richtigen Spieß. Weißt du, was ein Gabilôt ist?

Nein Mutter, sagte er.

Eine Saufeder, sagte sie. – Ich meine, ein Spieß ist ein Spieß. Ich ruf den Jäger, der zeigt dir, wie man einen schnitzt und wie man das Holz noch härter macht. Dann steckst du eine Spitze aus Eisen darauf. Die kannst du beim Meister Heribald selber schmieden, mit Hammer und Zange, auf dem Amboß, daß die Funken stieben. Dabei will ich dir helfen.

Das kann ich selbst, sagte das Kind, und dann?

Dann gehst du auf die Jagd. Aber nicht allein. Aber nicht zu weit. Du stellst dich hinter einen Baum und rührst dich nicht. Wenn eine wilde Sau kommt ... die läßt du vorbeigehen. Einen Eber auch, den erst recht. Du kennst ja nun den Unterschied. Aber auch Sauen sind gefährlich. Du wartest ... auf ein Reh. Keinen Hirsch, einen Hirsch auf keinen Fall. Ein Reh, doch es darf kein Junges haben, kein Kind, verstehst du? Mutterricken jagt man nicht. Aber wenn eine allein kommt –

Und dann? fragte der Knabe.

Dann, sagte sie, dann triffst du das Reh. Es darf auch ein Häschen sein. Aber das ist zu klein für dich. Du wirfst den Gabilôt mit aller Kraft. Dann bohrt er ein Loch in das Reh, und das Blut fließt heraus. Wenn du gut getroffen hast, stirbt es auf der Stelle. Sonst mußt du ihm mit dem Messer die Kehle durchschneiden – aber schneide dich ja nicht dabei –

Jetzt war es wieder an der Mutter, kurz zu atmen, als sie sagte: Das Messer ist scharf, du mußt dich vorsehen –

Ich weiß. Und dann?

Wenn's tot ist, sagte sie, dann wirfst du dir's über die Schulter, mit Vorsicht, es könnte schwer sein. Du läßt es doch besser. Der Jäger holt's dann –

Ich bin der Jäger, Mutter, ich bring's selbst.

Gut, sagte sie, du zeigst es mir, damit ich staune, und dann trägst du's in die Küche. Dort lernst du, wie man ihm das Fell schindet, wie man's aufbricht und ausweidet und in Stücke zerlegt. Aus dem feinsten machen wir uns einen Braten und genießen ihn miteinander. Dann bist du mein Jäger gewesen. Aber das Jagen ist schwierig, und vielleicht triffst du's nicht.

Ich treffe alles, sagte er, aber der Fisel drückt mich so.

Wenn du den Gabilôt in die Hand nimmst, drückt dich gar nichts mehr. Der Gabilôt macht dich zu Einem, wie noch keiner gewesen ist.

Und Sigûne? fragte er, will mich die auch nicht durch den Bach tragen? Sie ist so artig und würde vielleicht wieder lachen.

Nun lachte Frau Herzeloyde, und fast von Herzen. – Sigûne ist eine Dame, sagte sie, die darf gar nichts tragen außer einem Weidenkörbchen. Da kannst du ihr ein gutes Stück vom Hirsch hineintun – ich meine, vom Reh. Du kannst es ihr zeigen, und Schiônatulander auch. Ich wette, der kann nicht jagen wie du.

Heute noch mach ich den Spieß, Mutter, sagte Parzivâl. – Und morgen jage ich und stecke ihm den Spieß mitten durch den Leib. Und wenn es ihm wehtut, töte ich es mit dem Messer und lache.

Warum weinst du denn, Mutter? fragte er mit Tränen in den Augen, ich treffe es schon! Ich bin ein Jäger, du wirst sehen!

KAMPFLOS UND UNERTRÄGLICH
WIE FÜRST LÄHELÎN
DIE LEDIGEN LÄNDER EINZIEHEN LÄSST

Da ein Unglück selten allein kommt, durfte auch in der Welt draußen nichts bleiben, wie es sein sollte. Kanvoleis fiel an Lähelîn.

So hat er es bestritten, mit Krieg überzogen, erobert?

Nichts von alledem. Er beherrschte nicht, er *verwaltete* ja bereits Anschouwe und Norgâls. Eines schönen Tages hatte er seine Verwaltung auf Wâleis ausgedehnt, und niemand hätte den Tag bezeichnen können. Wir wissen nicht einmal, ob er schön war. Er schlich sich ein. Er erstreckte sich über ungezählte Alltage des Handels und Wandels zwischen einem hervorragend – und einem nur noch mühsam geordneten Gebiet.

Der Kyberg ließ nach. Das Sichzerreißen stieß an Grenzen. Er hatte keine Lust mehr dazu. Ohne rechte Herrschaft sah er auch im Dienen keinen Sinn mehr. Er fühlte sich zu alt, auf ein Wunderkind zu warten. Ach, die Heilung seines Rückenwehs war vorübergehend, das Rückenweh bleibend, wie sich zeigte. Er hatte der Wunder allmählich genug. Meist ereigneten sie sich ja doch auf seinem Bukkel, und von diesem hatte er seinen schmerzhaften Rücken.

Die Wunder, die Herr Lähelîn wirkte, waren von anderer Sorte. Sie ereigneten sich zwar mit Hilfe von Menschen, aber auch wieder ganz ohne sie, sogar ohne Lähelîn. Er verrichtete sie nicht selber, obwohl er ebenfalls vorgab, sich zu zerreißen. Er tat mehr und weniger: er ermöglichte sie. Er legte ihnen nichts in den Weg, so kamen sie zustande.

Wie tat er das? Er faßte die Ströme der Begierde, die sich über Stadt und Land verbreiteten – langsam, aber sie flossen und nahmen jedes Jahr an Stärke zu. Die Begierde nach sachlichen Lebensmitteln war meist an Ort und Stelle zu befriedigen, wenn Gott die Saat gedeihen ließ und ihr weder mit Unwettern zusetzte noch mit Mißwuchs. Dann gediehen so leidlich auch die Leute, die die Äcker bestellten, und die höheren Menschen, die den Ertrag abschöpften. Aber diesen genügte das tägliche Brot naturgemäß nicht und immer weniger. Sie mußten Salz und Pfeffer haben, Silber aus Spanien und Schildereien vom Niederrhein, Wasser aus dem Jordan und Reli-

quien aus beiden Sizilien, Pfellel aus Arabien und Achmardî aus dem
Zweistromland. Von alldem hatten sie gehört, also mußten sie es
auch haben. Die Begierde nach höheren Gütern nahm zu und war
naturgemäß unbegrenzt, denn sie betrachtete Grenzen und lange
Lieferfristen als lästig, als Quälerei der Begierde. Man war jedem
dankbar, fiel jedem zu, der die schöne Ware schneller und sicherer
fließen ließ und erst noch ihren Preis drücken konnte. Und Lähelîn
war der Mann, diese Ströme zu fassen und auf seine Mühle zu leiten.

Eigentlich stand er nur dabei und sah zu. Er stand am rechten Ort,
wo sich etwas tat, ohne daß er viel dazu tun mußte, nur den Behin-
derungen galt es zu wehren. Er verstand die Ströme zu beschleunigen. Er schaffte Zölle ab, mit denen andere Herren ihren Aufwand
bestritten und die auf wohlerworbenen Rechten beruhten. Jetzt aber
mußten sie sich Raubritter schimpfen lassen, wenn sie diese Rechte
einforderten, wohl oder übel gewaltsam, denn sie wurden ihnen bestritten. Am liebsten bestritt sie Lähelîn gar nicht erst. Er ließ einfach
die Ströme an den Hindernissen vorbeifließen, hinter denen sich die
Herren verschanzten. Dann kamen diese von selbst aus ihren ver-
ödeten Mauern hervor und sammelten sich an den Stellen, wo etwas
lief; dort steckten sie die Schwerter ein, denn die hinderten sie am
Schöpfen. Die Ströme unterspülten die Mauern, und sie brauchten
nicht einmal gesunken zu sein, damit das Land offener wirkte; daß
die Ströme dabei auf Lähelîns Mühle flossen, war ein Wunder, denn
niemand sah die Mühle und konnte mit Fingern darauf zeigen.

Unsichtbarkeit war überhaupt ein Merkmal von Lähelîns Wirtschaft. Zuerst hatten sich die Tüchtigen und Rührigen seiner Länder
um ihn versammelt; dann kamen auch die aus den benachbarten
Ländern. Sie entkräfteten die Grenzen ihrer Herren, indem sie sie
überschritten, um bei Lähelîn etwas zu gewinnen, was sie »Freiheit«
nannten. Was immer das war: es floß ihnen zu, sie brauchten nur
dem Zug ihrer Tüchtigkeit zu folgen. Darunter waren auch nicht
ganz wenige aus Wâleis. Sie brauchten das Land nicht einmal zu
verlassen; wichtig war nur, daß die Grenze in ihren Köpfen gefallen
war. Dann wurde sie auch draußen in der Landschaft immer uner-
heblicher, und die Güterströme flossen immer weniger behindert
hinüber und herüber.

Wâleis mußte sich ertüchtigen, um Begehrenswertes entweder
selbst zu erzeugen oder kaufen zu können. Die neuen Männer zeigten den alten, wie sie das anzustellen hatten, und besonders den

Frauen; die waren am begehrlichsten und lernten daher am schnellsten. Wenn ein Fürst klug war, legte er seinen neuen Männern und Frauen, wenn sie neue Wünsche befriedigten, so wenig wie möglich in den Weg. Denn ihre Köpfe wußten jetzt selbst die Ströme zu erzeugen, mit denen sich immer neue Mühlen treiben ließen. Erst mahlten sie in den Köpfen, da waren sie freilich unsichtbar; bald aber auch am Rand der Ströme, und da verwandelten sie sich fast nach Belieben. Sie brauchten nicht wie eine Öl- oder Knochenmühle auszusehen, sie nahmen auch die Gestalt neuer Schmieden und Schneidereien, Gewürzläden und Tuchhallen an. Sogar über dem Ackerbau schwebte bald der Geist des Geschäftsmäßigen; aber die Früchte, die er abwarf, waren nicht etwa geisterhaft, sondern handgreiflich und rechneten sich.

Je mehr das Neue in Wâleis fruchtete, desto mehr blühten Stadt und Land, desto weniger gehörte es nur noch sich selbst. Kanvoleis wurde ein Markt, besonders in schönen Geweben; und als solcher begann es Lähelîns Reich anzugehören und bedurfte gar keines schönen Tages dazu. Auch die schlechten ließen sich nützen. Es gab in Lähelîns Herrschaft immer weniger leere Stellen, und auch diese entwickelten einen Sog und zogen sein Wesen unfehlbar an. Er brauchte nicht persönlich zu kommen.

Sein Volk eroberte Wâleis und sah dabei gar nicht fremd aus; denn die Neuen waren ja Wâleisen, nur eben die tüchtigsten. Noch legten sie der alten Krone – oder ihrem Verweser – den Treueid ab. Doch taten sie es nur noch der guten Form halber. In Wirklichkeit waren sie an etwas Stärkeres, wenn auch vorläufig Sprachloses gebunden, an ihr persönliches Interesse. Sprachlos, wie es war, verstand es sich immer mehr von selbst. Es zählte und konnte einen das Rechnen lehren. Wer sich auf Rechnen nicht verstand, dem half es nichts, wenn er lesen konnte, Rittergeschichten zum Beispiel. Auch das Zupfen an der Laute half ihm gar nichts, es sei denn, er fand einen, dem das Zuhören etwas wert war oder der ihn gar eigens fürs Zupfen anstellte. Denn Handel und Wandel ermöglichten auch höhere Begierden und machten sie den minder Hohen zugänglich. Dann wurde einer eben Zupfhansel von Profession und galt auch für tüchtig auf seine Art; nämlich wenn sie etwas abwarf. Nennen wir das Namenlose beim Namen: Geld, nochmal Geld und immer mehr davon. Geld war die Flüssigkeit der Ströme und befestigte zugleich ihre Ufer; denn es ließ sich, wenn es tüchtig fließen durfte, auch in

Festes verwandeln, gesetzt, man hatte genug davon oder wußte wenigstens zu tun, als ob. Im Grunde war es eine rechte Hexerei damit,
denn wie kann man einen Fluß dingfest machen? Wie eine Schatz-
truhe verflüssigen? Die es aber konnten, fanden, es gehe in Wâleis
zum ersten Mal mit rechten Dingen zu. Und ihr Wohlstand sprach
für sich.

So wurde Lähelîn, oder sein Wesen, eigentlich nur der Nachfolger
Des Kybergs und versah seine Sache viel besser als er selbst. Die neue
gedeihliche Regelung löste die alte mühselige schrittweise ab und
wirkte Wunder, ohne dafür gerade Heiligkeit vorauszusetzen, eher
im Gegenteil. Doch seit das Lottervolk rechnete, war es berechenbar
geworden, hielt selbst auf Ordnung in Werkstätten und Krambuden,
und Der Kyberg mußte es gut sein lassen. An seinem Verständnis
schien nichts gelegen. Die neuen Regeln machten sich auch so.

Und der Herrschaftsverweser? Und Schiônatulander? Das ist eine
traurige Geschichte.

Er war der bestellte Regent, er hatte die Rechte Frau Herzeloydes
bei ihren Leuten zu vertreten. Er tat, was Ritter immer getan hatten,
und am meisten solche, die es noch werden mußten, von bestimmter
Grâlshand angeleitet. Der Titel eines Ritters gilt bekanntlich mehr
als der eines Fürsten oder Königs. Wer wüßte es nicht? Wen interessierte es noch?

Schiônatulander und Sigûne hielten Hof im engsten Kreise, indem
sie einander Geschichten erzählten und in die Augen blickten, während er sich auf der Laute begleitete. Es war eine Hochkultur von
zarter Traurigkeit mit französischem *Air*, denn der junge Mann war
in Orléans erzogen. Zur Blüte der Festlichkeit gehört die Bereitschaft zum Tode; sie wird geübt und bewährt in der ritterlichen
Turney. In Kanvoleis wurden Lanzen gesplittert, daß es eine Art
hatte, aber was für eine? Warum blühte die Turney? Am Verweser lag
es leider nicht.

Sie blühte, weil sie ein Geschäft geworden war, ein Marktplatz
ohnegleichen. Denn auf dem Leoplan wurden in wenigen Tagen so
viele Güter umgeschlagen, so viele Begierden angemeldet und befriedigt wie früher in einem ganzen Jahr. Also hatte auch hier, wo nicht
Herr Lähelîn persönlich, so doch sein Wesen die Hand im Spiel.
Auch der französische *Styl* der Burg war gar kein schlechter Boden
für den Güterumschlag, obwohl man ihn nie bei diesem Namen
genannt hätte. Von Liebesopfern war die Rede, Aufmerksamkeiten,

Gegengaben. Nichts verachtete man herzlicher als die bare Geld-
form des Verkehrs. Doch selbst um der Verachtung ein stattliches
Gesicht zu geben, mußte man Geld aufwenden; und so hatte Herr
Lählîn auch die Burg von Kanvoleis eingenommen, und zwar ohne
Schwertstreich, und sein Wesen schlug durch die dicksten Mauern,
denn sie verlangten nach kostbaren Gobelins. Was kostbar ist, kostet
Geld, wenn man es anschaffen muß. Oder man muß etwas anderes
dafür zu Geld machen. Diese Notwendigkeit hat nichts Persönliches. Daß der Verweser dennoch glaubte, eine Person dafür haftbar
machen zu müssen; daß er sich angegriffen fühlte und seinerseits auf
Schwertstreichen bestand, ist ein anderes Kapitel, eben ein trauriges.

Herr Lählîn, seiner Verachtung des Turneywesens unbeschadet,
förderte es nach Kräften. Er sah nur zu, daß es eine Art hatte, und
zwar die neue Art. Die Kanvoleiser fanden, daß er geradezu mit
König Artûs wetteifere in der Begünstigung des Ritterwesens; denn
seit sie selbst daran teilnahmen und sich von ihren Hausfrauen in den
Kampfpanzer schnallen und von ihren Laufburschen auf die Gäule
heben ließen, betrachteten sie das Turnieren als ihre Sache und fanden seine Entwicklung besonders glänzend. Man hörte, daß Der
Fürst es sich nicht nehmen lasse, hie und da selbst eine Lanze zu
verstechen, nicht mehr als *Roi des Blêmes* – diesen Titel hatte er
einem florierenden Böttcher für zehntausend Gulden abgelassen,
dem zu seinem Glück nichts mehr fehlte als ein Titel –; nein, Herr
Lählîn trat jetzt als »Der letzte Ritter« auf. Er allein mochte wissen,
wie beziehungsvoll die Devise war. Die neuen Ritter schluckten sie
ohne Murren, und den angestammten half das Murren nichts. – Herr
Lählîn hatte am Ende doch gesiegt, selbst auf dem Leoplan.

Hatte er nicht sogar das Lächeln gelernt? Man geht nicht zu weit,
wenn man ihn populär nennt. Er schützte die Juden, die sich auf das
Fließenlassen von Warenströmen verstanden und ihm das Klingeln
ihrer Kassen mit Zinsen dankten, die er selbst nicht nehmen durfte;
denn ein frommer Krist war er inzwischen auch. Die Klöster florier-
ten unter seinem Wesen. Die Geistlichkeit betete nicht weniger flei-
ßig für seine Seele, als sie für ihn arbeitete. Ihre Wirtschaft war immer tüchtiger als die weltliche, und jetzt erfüllte sie auch diese mit
ihrem heiligen Geist; davon profitierte Lählîn mit, der manches
Kloster stiftete. Zudem förderte er den Zusammenschluß von Hand-
werksmeistern zu Innungen, so weit diese den Wettbewerb nicht
behinderten. Dieser mußte das höchste Gut bleiben, denn es er-
zeugte alle übrigen.

Herr Lähelîn ebnete auch die Wege der Kaufleute, besonders der fernhin ziehenden, die neue Ströme zum Fließen brachten. Um ihre Stützpunkte und Niederlassungen schützen zu können, mußte er manchmal doch zu Eroberungen schreiten, so ungern er die Waffen sprechen ließ; Krieg war nichts Haushälterisches. Floß Blut, so stockte der Fluß der Güter. Für den nicht immer vermeidbaren Notfall hielt sich der Fürst eine Sondertruppe von Rittern, die sich »zum Heiligen Kreuz« nennen durfte und eine Ordensverfassung erhielt, die viel zu reden gab. Denn sie war derjenigen der Grâlstempler nachempfunden, insofern sie auch den Tüchtigen niederer Stände offenstand. Nur war ihnen das Weiben und Sich-Mehren durchaus nicht verboten; auch kämpften sie um guten Lohn und brauchtes es nicht auf Leben und Tod zu tun, zumal, dank ihrer überlegenen Rüstung, der Tod die andere Seite bevorzugte. Gefangene aber machten sie noch lieber, die für ihr Leben bezahlen konnten. Bei den guten Verbindungen, die Lähelîn zum Beispiel nach Bagdad unterhielt, war ihm sogar Gahmurets Ende früher bekannt geworden als Frau Herzeloyde. Aber er fiel der Fabel nicht in ihren gehörigen Gang; es genügte ihm, den Umständen, die ein so großer Tod bereitet, das Beste abzugewinnen und dafür zu sorgen, daß die Devotionalien termingerecht bereit waren.

Sein Wesen war tausendfüßig. Er hatte nicht bloß zwei Füße wie jeder Mensch, oder sechs, wenn er sich beritten macht. Doch auch der Ritterlichkeit gab Herr Lähelîn eine neue Wendung. Er hatte zum Beispiel eine Kasse für Turniergeschädigte eingerichtet, bei der sich die Abenteuersuchenden versichern konnten. Das rohe Beutemachen hatte er durch gestaffelte Preise ersetzt, die ein Gericht von Ehrenjungfrauen verteilte. Er wurde leutselig. Man nannte ihn gern »Den Fürsten«, denn ein König war er nicht und brauchte es nicht zu sein. Wer sich mit einem Fürstentitel begnügt, zeigt damit an, daß er dem Volk nahesteht, und auf diesen Geruch legte er Wert. Es war klug, machte sich bezahlt und war nicht einmal ganz gelogen. Denn das Volk steht immer dem am nächsten, der seine Bedürfnisse ernst zu nehmen scheint. Wozu brauchte er gefürchtet zu werden? Furcht verdirbt das Geschäft. Wenn er durch seinen Bart lächelte – den er geschworen hatte, stehen zu lassen, bis jeder Bauer sein Huhn im Topf habe –, lächelte man dankbar zurück und bezahlte sogar Leute an seinem Hof dafür, daß sie ihn auf das Lächeln der Küfer und Schmiede, Ärzte und Apotheker aufmerksam machten. Wer lächelt, hat Zukunft, und Zukunft hat Kredit.

So entstand eine allgemeine Kultur des vorsorglichen Lächelns und warf ihren Glanz auch auf die alte Ritterschaft. Denn die neue, nach Verdienst dazu geschlagen, nicht nach Geburt, trug ihre Wahrzeichen mit Sorgfalt und antiquarischem Geschmack. Ja, man kann sagen, die Ritter seien sich selbst nie ähnlicher gewesen als da, wo es sie nicht mehr gab. Der Hintergrund von Lähelîns Macht – sie bestand aus Hintergründen, und die waren solider als Burgen – stützte sich auf die Tatsache, daß es etwas kosten darf, ein Mensch zu sein. Man muß es sich leisten, und was man sich leistet, bewegt den Markt. Die Herrschaft des Fürsten galt als menschlich, weil man mit Menschlichkeit weiterkam, sie durfte sich lohnen; und dabei fuhr auch der ritterliche Schein am besten. Lähelîns Wesen machte Epoche, Lähelîn breitete sich aus: er brauchte durchaus nicht, wie Der Kyberg, überall zu sein. Alles, was floß, arbeitete für ihn; auch die Zeit.

Doch der Geist dieser Zeit hatte nicht mit Sigûne gerechnet, auch nicht mit Schiônatulander. Das Paar hielt Rechnen ohnehin für eine elende Kunst, die ihren Könner schändet. Was sich liebt, das rechnet nicht einmal auf das Geliebte, und sein Zeitraum ist der Ewige Augenblick. Im Rosenfrieden war die Ritterschaft immer noch von Gott. Sein Urteil forderte man mit chevaleresk erhobener Lanze heraus, bevor man sie auf den Gegenspieler senkte. Gott aber redete nicht die Sprache des Marktes, sie beleidigte Ihn, wie Er durch die Vertreibung der Krämer aus Seinem Tempel schlagend genug bewiesen hatte.

Sigûne vor allem nahm das neue Wesen persönlich. Sie wußte auch ihren Geliebten dagegen zu empören. Für die Grâlsnichte lag der Fall einfach. Lähelîn hatte Anschouwe und Norgâls gestohlen, und nun streckte er seine Finger nach Wâleis aus – man mußte ihn darauf schlagen, ihm eine ritterliche Lektion erteilen als Zuchtrute Gottes. Man war für Wâleis nicht verantwortlich geworden, um es an den Seelenkäufer fallen zu lassen. Schiônatulander mußte der Mann sein, die Rechte der Tante zu wahren, den Anspruch der Verborgenen Höhe und des Göttlichen Kindes. Eher wurde er auch nicht der Mann Sigûnes.

So gewaltig trat es auf, das weiland Nönnchen; ach, es wollte nicht wissen, wie fest es schon mit beiden Füßen in Lähelîns Lager stand, wenn es für seine Stickerei Goldfaden bestellte aus Florenz, oder Krafthafer aus Kappadokien für seinen Zelter. Die ganze glänzende

Haushaltung stand natürlich in Lähelîns Kreide. Aber da Sigûne nur den Juden etwas schuldig zu sein glaubte, die sich fürstlichen Schutz besser etwas kosten ließen – andernfalls verkürzte man sie wieder um ihren unkristlichen Profit –, sah sie der Sache nicht auf den Grund. Die klaren Verhältnisse, die sie ihren Geliebten zu schaffen anhielt, waren längst die von gestern.

Klare Verhältnisse? Was das heißen sollte?

Konnte man fragen? Kampf mußte es heißen, ritterliche Fehde! Wofür hatte sich der Geliebte im Morgenland getummelt? Jetzt war der Augenblick, seine Kunst nicht nur mit Lautenschlagen zu zeigen! Herr Lähelîn mußte hinters Pferd gesetzt werden nach Gahmurets Art!

Und dann?

Dann mußte er Sicherheit bieten, wenn er nicht ehrlos bleiben wollte, und Wâleis war sicher vor seinen Übergriffen!

Das war unmißverständlich genug, auch wenn es an den Tatsachen vorbeiging. Der Fürst kämpfte nur noch ausnahmsweise in Person, dann nämlich, wenn seine Volksnähe es gebot. Dann gefiel es ihm nicht selten, wie ein Edelmann zu verlieren. Er legte Wert darauf, daß das Turnier »ein Spiel blieb«; bei einem Spiel können eben nicht alle immer gewinnen. Gerne richtete er es ein, daß er gegen einen Anfänger verlor, der sich ihm dann erst recht verpflichtet fühlte. Das verschaffte ihm den Ruhm eines souveränen Mannes, der das Menschenschicksal sportlich zu nehmen weiß. Die Ritterschaft, wie er sie verstand, hatte eine Lust zu bleiben.

Doch als ihm Schiônatulander den Fehdehandschuh sandte, zeigte er durchaus keine Lust, ihn aufzunehmen. Diplomatisch ausgedrückt: er habe ein Geschäft, er werde sich vertreten lassen. Die Antwort verstimmte den Herausforderer, aber sie war korrekt. Unter Rittern war Stellvertretung in Ehrensachen möglich, vorausgesetzt, die »Sicherheit«, die der Ersatzmann geschlagenenfalls zu bieten hatte, wurde vom Absender übernommen. Unbesehen! garantierte der Fürst die Klausel und fügte hinzu: und wenn es mich Anschouwe und Norgâls kosten sollte! Ein starkes Stück, denn von Rechts wegen *besaß* er weder das eine noch das andere. Er war ein Lehensmann Frau Herzeloydes und herrschte in diesen Ländern nur zu treuen Händen vor. Doch es war ein Wort, und man gedachte ihn dabei zu nehmen. Mit einem einzigen guten Stoß war die ritterliche Welt wieder einzurenken. Das rückte Sigûne dem Geliebten lebhaft vor Augen.

Leider war es leichter gesagt als getan. Der Stellvertreter war näm-
lich nur zu bekannt. Es war sogar sein Beruf, den »letzten Ritter« auf
Nebenschauplätzen zu vertreten, und der hatte allen Grund, den
Ausgang in Ruhe abzuwarten.

Herr Orilus war ein Halbbruder und Ziehsohn des Fürsten und
hatte seit seiner frühen Jugend nichts getan, als sich in den Ställen
herumzuprügeln. Dort hatte Lähelîn, als er dem Kloster der Toten
Brüder entronnen war, den kleinen Muskelprotz im Stroh gefunden,
mit Blutsuppe und Krafthafer genährt und, als er davon wahrhaft
fürchterlich gedieh, zu einer Kampfmaschine ausgebildet, der mit
keiner Waffe beizukommen war. Noch als Halbstarker zog er, als
Lanzenprüfer Lähelîns nicht ausgelastet, eine eigene Kampfschule
auf, nannte sich »von Lâlant« und nahm ein geckenhaftes Wesen an.
Jetzt wollte der Schlagetot auch als Gentleman gelten und den sehen,
der ihm diesen Titel streitig mache!

Anfangs suchten die besten Ritter vom Artûshof dem Skandal ein
Ziel zu setzen, scheiterten aber schmählich mit Schwert oder Lanze
und mußten froh sein, am Ende das liebe Leben zu behalten. Ja,
Orilus hatte, um den Preis eines Sperbers, sogar die Legende Herrn
Erecs zertrümmert, und diesen fast damit, hätte er ihm nicht seine
schöne Schwester Jeschûte als »Sicherheit« geboten. Die nahm er
und sorgte dafür, daß das Ehrenpfand nicht mehr ausgelöst wurde.
Denn in der ritterlichen Welt zeigte niemand Lust, der Kampfmaschine nochmals in den Wurf zu laufen. Im Hintergrund war es Herr
Lähelîn, der die Fäden dieser Verlobung zog, denn Frau Jeschûte
brachte ein kleines Königreich in die Ehe, und günstiger als mit ein
paar Lanzenstichen kam man auf keinen Fall dazu. So wurde Der
von Lâlant auch noch zum Prinzgemahl und Eheherrn und tat sich
auf seine Gattentreue viel zugute. Nun besaß er, wie er prahlte, die
schönste Frau der Kristenheit und wollte den sehen, der sie ihm
wieder nahm!

So also sah der Stellvertreter aus, man konnte es wissen. Wußte
Sigûne gar nichts davon, als sie ihren Liebsten zu diesem Waffengang
antrieb?

Er wurde anberaumt, er nahm seinen Lauf, und das Unheil damit.
Zur Schilderung seines Umfangs bedienen Wir uns der Sprache, mit
welcher die Kampfmaschine den Ärmsten traktierte. Sie war noch
tiefer verletzend als der Hammer, in den er mitsamt seinem Pferdchen lief, in schöner bläulicher Rüstung und mit Sigûnes Namen auf
den Lippen.

Herrn Gahmurets Zeltschatz wurde glatt vom Pferd gepustet. Gar kein Brot hatte er gegen einen Mann mit Schnauz. Der war aufgestellt im Ring erschienen und hatte dem Verweserlein einen goldenen Furz versprochen, wenn es auch nur einen zweiten Stich mache. Leider hatte schon der erste gar keine Wirkung gezeigt. Hatte einen Gentleman nicht einmal kitzeln können, und der hätte doch so gern wieder einmal gelacht. Habe aber schon wieder selber aus dem Sattel steigen zu müssen, um dem abservierten Bubi das Nötige zu flüstern: Vogel friß oder stirb! Der habe nicht einmal mehr sein Eisenhütchen lüpfen können, man habe es ihm, mit der umgekehrten Lanze, vom Kopf schnippen müssen, für den es ja doch eine Nummer zu groß gewesen sei. Sonst sei von dem Kriechpflänzchen, dem Elendshäufchen nicht viel Großes übriggeblieben, bis auf die kesse Lippe, die es noch habe schwingen wollen. Statt dessen sei ihm eine blutige Blase draufgetreten. Noch ein kleiner Schlagabtausch gefällig? Man war wohl grade etwas indisponiert? Jaja, eine passende Ohnmacht hat schon manches Jüngferchen gerettet! Lieber läßt man Hören und Sehen sein, als den Zahn zuzulegen, mit dem man endgültig ins Gras gebissen hätte. Will ein Leben geschenkt, das ein anderer nicht geschenkt haben möchte!

A la bonne heure! Schenken wir's dem andern Jüngferlein da, damit es nicht mehr so zetert und plärrt! Dabei könnte das Fräulein von Glück reden, daß wir es nicht einfach mitlaufen lassen! Als Männer noch unter sich waren, und das Kämpfen ehrlich, wäre so ein Spatz dem Sieger glatt zugefallen – glatt ist das Wort, wenn man sie näher ansieht! Verstünde sie etwas von ihrem Glück, könnte sie ein Mannsbild von einem Lilienstengel unterscheiden, dann flöge sie einem Sieger ganz von selber zu! Da war Frau Jeschûte ein anderes Kaliber, an der hat Gott der Herr rundum nicht gespart, an der ist wahrlich nichts glatt geraten als ihre Haut!

Von Rechts wegen müßte man mit den Herrschaften ja eine ganz andere Sprache reden. Von Rechts wegen hätte das Prinzchen hier und heute mehr verscherzt als Leben und Gesundheit, nämlich das Land Wâleis, über das ihn seine Frau Herzeloyde gesetzt hat, daß er's ihr hüte. Da erlebt die gnädige Frau nichts Schönes mit ihm! Dafür hat sie einen Verehrer an seinem Herrn und Bruder, dem Fürsten; der denkt zu ihrem Glück nicht daran, sie um dieses Stück Land zu verkürzen – hat schon Sorgen genug damit, die übrigen bei der Stange zu halten! Dafür müssen schon andere Kerle her als der

Kleinritter da – solange er nur sich selbst Schaden bringt, mag er ja
spaßeshalber in Kraft bleiben, wenn er jemals wieder zu Kräften
kommt.

Ja, wenn! Da hat das andere Jüngferchen endlich Besseres zu tun
als Süßholz zu raspeln! Soll ihren Helden auflesen und zusammen-
leimen, so gut es geht! Muß jetzt sein Räuschlein von Ritterschaft
ausschlafen, das Fräulein mag ihn nur gleich ins Himmelbett stekken, aber ihm darin nicht zu viel zumuten. Kein Problem, wie? Ist
schon etwas Eigenes um eine zarte Konstitution! Leider kommt man
persönlich aus dem Kämpfen nicht heraus, sonst hätte man für das
Zarte selbst allerhand übrig und würde sich's öfter schmecken lassen. Man hat ja auch Kultur, aber alles zu seiner Zeit! Mit der Ritterschaft hat es für den Herrn Verweser noch gute Weile, das ist ihm
heute etwas unsanft beigebracht worden. Aber wenn er wieder zu
Verstand kommt, wird er dem Lehrmeister noch dankbar sein für die
Lektion! Womit man sich empfohlen haben will und gute Besserung
wünscht, mit einem Gruß des Fürsten!

An diesen Reden war nur eins erträglich: daß Schiônatulander in
seiner tiefen Ohnmacht nichts davon zu hören brauchte. Leider
sollte er sie noch zu fühlen bekommen. Seiner Sigûne nämlich war
leider kein Wort entgangen. Vor ingrimmiger Scham brachte sie viele
Tage lang selbst keines mehr hervor, obwohl das Opfer ein gutes
wohl hätte gebrauchen können, nachdem ihm die Sinne zurückgekehrt waren. Ein Wunder, daß ihm kein dauernder Schade blieb.

Dem *Leibe* nach wohl nicht.

Als das Paar zum ersten Mal wieder Soltâne besuchte, war von
dem unseligen Waffengang keine Rede. Zum ersten Mal war es ein
Glück zu nennen, daß Frau Herzeloyde der Welt gar nichts mehr
nachfragte. Aber nun kennt man die Bewandtnis, die es mit Schiônatulanders nachgezogenem Bein hatte, und weiß, warum Sigûne aus
dem verstohlenen Augenwischen nicht herauskam. Es gebe ja der
Mücken noch mehr! tröstete sie das Kind. Leider gab es auch Elefanten, Nashörner und Trampeltiere, und sie selbst hatte ihnen den
Weg ins Herz der Minne geöffnet. Nun war da nichts mehr ganz.

GOTTES RINGEL

WORIN EIN RITTER PARZIVÂL ENTDECKT
UND PARZIVÂL DIE RITTERSCHAFT

Die Gescheckte hat die Unschuld, die das Kind an ihr getrieben hat,
mit dem Leben gebüßt; sie ist als Schlachtplatte auf den Tisch von
Soltâne gekommen, und das Kind hat die besten Stücke abgekriegt.
Die Unschuld weiß es nicht und würdigt es nicht einmal. Denn sie ist
scharf geworden, scharf auf Wild. Alles, was nicht Wild ist, und zwar
selbstgejagt, ist ihr zu zahm.

Ist das noch Herzeloydes Kind?

Man kann Tiere nicht so gründlich treffen, ohne sich wie ein Tier
zu bewegen. Sehr menschlich sieht man mit dieser Blutsverwandtschaft nicht mehr aus. Und kindlich doch um so mehr. Mit stillem
Grauen starrt die Mutter auf den Preis, um den sie ihrem Kind die
Kindheit verlängert hat. Gerettet sieht diese Unschuld nicht aus, wie
sie daherkommt, einen Rehbock über die Schultern geworfen, als
hinge der Träger am Kreuz und müsse unter dem toten Gewicht
zugleich keuchen und hüpfen. Vom Fisel ist keine Rede mehr: Parzivâl hat seine Mutter entwaffnet mit seinem Spieß und ihre Sorge
um so viel kindische Männlichkeit noch nackter gemacht. Weiß er
selbst, wie scharf er geworden ist? Er hat keine Ahnung. Er strahlt!
Und der tiefe Schatten, der von seinem Gesicht auf das Gesicht der
Mutter fällt, mischt sich immer widerwilliger mit Rührung.

Von der Jagd redet er nicht viel, denn was gäbe es zu sagen? Für
den Jäger spricht ja die Beute mit ihren gebrochenen Augen. Wie
kommt's, daß sie ihn nicht entgeistern? Dafür sucht Frau Herzeloyde eine Erklärung, die sich mit ihrer Hoffnung verträgt – tut sie
das noch? Oder wagt sie dieser Hoffnung gar nicht mehr ins Gesicht
zu blicken? Dann doch lieber dem strahlenden Kind mit seiner unschuldigen Blutrünstigkeit.

Die Erklärung aber, die sie ihrem Herzen dennoch schuldet, hat
Kadipê gehört. In Pekadîs bündigen Wortlaut übersetzt, könnte sie
klingen wie folgt:

Das Kind jagt? Tötet Tiere? Aber das tut doch der Gabilôt an
seiner Statt. – Und das gefällt ihm? Es gefällt ihm, ein Jäger zu sein,
den Gabilôt zu wiegen und zu schleudern, damit er trifft. Leider

kann er nicht treffen, ohne zu töten. Man muß töten, um zu essen. Wenn man so gern Wildbret ißt, muß das Tier zuvor getötet sein, das geht nicht anders.

Man kann es auch von jemand anderem töten lassen. Aber das ist eine halbe Sache. Es kommt der Tag, wo man die Dinge, die man sich bisher gefallen ließ, selber tut, und nicht nur, weil sie getan sein müssen. *Ganz* muß man sie tun. Den Gabilôt in seiner Hand hat er ja selbst gehauen, selbst geschnitzt und die Spitze selbst geschmiedet. Was immer zu tun ist, das tut er jetzt selbst. Er tut es gern. Und was man gerne tut, tut man auch ganz.

Eine Jagd ohne Beute – das wäre nichts Ganzes. Ein Wurf ist nichts Ganzes, wenn er nicht trifft. Ein Treffer ist nichts Ganzes, wenn er nicht tötet. So ist das Kind ein Jäger geworden. Und was er getroffen hat, das läßt er von keinem Knecht abholen. Selbst trägt er's nach Hause und strahlt, wenn alles sich wundert. Er bringt ja Tiere nach Hause, an denen ein Maultier schwer getragen hätte! Und er trägt daran kein bißchen schwerer als nötig. Er trägt nur das Gewicht des Tieres! Sein eigenes Gewicht trägt sich selbst.

Und die Mutter freut sich, da ist er ganz sicher! Es freut sie aber nur halb, daß er jagen kann, ohne es gelernt zu haben. Denn vom Jagen zum Rittern ist es nur noch ein Schritt. Er ist weit gegangen, um sein Wild zu jagen. Das ist schlimm. Eines Tages ist so weit nicht mehr weit genug. Aber er ist nur gegangen, um wiederzukommen. Noch einmal ist er wiedergekommen. Und die Mutter freut sich unter Tränen.

So denkt sie, daß sie denkt. Es könnte sich zu Munsalvaesche hören lassen. Aber sie weiß, daß es schauderhaft oberflächlich ist. Und was man schlimmer weiß, braucht man sich nicht auch noch zu sagen. Genug, daß es kommt.

Und was kommt da durch den Wald?

Der Teufel, endlich. Es kann kein anderer sein, die Äste knacken wie höllisches Feuer.

Das Kind steht in der kleinen Lichtung, wo die Tollkirschen reifen. Die Sonne erhebt sich aus dem Morgendunst und lockt das erste Gelb aus den Blättern. Das Kind hat auf dem Rand eines Buchenblattes den Lockton geblasen, mit dem die Ricke ihre Brunst anzeigt.

Was weiß er von Brunst? Genug für die Jagd. Aber dies ist keine Ricke mehr. Hier kommt etwas Gewaltiges.

Die Lichtung ist keine Wegstunde von Soltâne entfernt. Er hat die
Tollkirsche versucht. Er weiß genau, wieviel ihm davon bekommt.
Der Wald hat jene Art von Helligkeit, die anzeigt, daß sich der Sommer geneigt hat. Die Tiere sind nicht mehr scheu. Sie suchen einander. Wer es versteht und ein Jäger ist, kann sich zwischen Bock und
Ricke stellen und ihren Lockruf nachahmen auf einem Blatt, wenn er
kann. Dann sucht die Ricke ihn statt den Bock, und er kann sie töten.

Äste knacken, Büsche bersten, Hufe hämmern den Stein. Der
Teufel ist keine Ricke. Er ist stärker als eine Sau. Um so besser!

Das Kind hat keine Angst. Der Jäger wiegt den Gabilôt. Er wird
den Teufel treffen.

Da wiehert es hellauf – das kann der Teufel auch?

Und jetzt wird es Parzivâl hell vor den Augen, heller als der Tag.
Dreifach blitzend tritt es in die Sonne, hoch zu Roß. Dreimal trägt es
Menschengesicht und Menschengestalt. So viel hat das Kind noch
gesehen, bevor es die Augen niederschlagen mußte. Alles trifft zu.
Also fällt Parzivâl auf die Knie, bedeckt die Augen mit den Händen
und ruft:

Hilf mir, Gott! denn wenn ich in Not bin, hilfst du mir, sagt meine
Mutter!

Gott stößt einen Fluch aus. – Was soll der Quatsch! ruft Gott. –
Wir haben's *pressant*, du wâleisischer Trottel! *Marche,* aus dem Weg!

Parzivâl hebt seine Augen, denn jetzt muß er ja wohl, wenn Gott
ihn anflucht. Und siehe: da bricht es gleich noch einmal aus dem
Busch, ein Gott in Eisen sonnenhaft, wie die andern drei. Parzivâl
hat sich ein wenig an den Schreck gewöhnt. Auch dieser Gott schlägt
den größten Lärm.

Allez! sagt er, was auch nichts anderes sagen will als: Marsch!
Aber dann hält er inne und sieht Den, der da kniet und ihn ansieht,
unverwandt. Was sieht er?

Was Parzivâl sieht, ist leicht gesagt.

Er sieht ein Pferd, aber was für eins! Es ist mit den Fuhr- und
Pfluggäulen auf Soltâne nicht von ferne zu vergleichen. Es geht in
weißer Seide wie die schönste Braut. Sein Überwurf schleift den Tau
von den Zweigen. Oder ist es Gottes Mantel, so lang, daß er mit der
Pferdedecke zusammenfließt? Auch die Steigbügel – Parzivâl sieht
sie zum ersten Mal und hat keinen Namen dafür – sind von wunderbarer Länge. Und wenn Gott den eisernen Fuß hineinstemmt,
klingen die Glöcklein daran hellauf, und der Sporn zwinkert wie ein

goldener Stern. Und am Sattel schwingt ein Schild hin und her, auf dem ein blauer Vogel fliegt, der Nägel ungeachtet, die ihm durch den Leib getrieben sind. Und wie blitzt des Schildes Rand! Denn da sind frische Scharten hineingeschlagen, die immer noch Funken sprühen. Auch die Beinschienen glänzen; und nur wenig dunkler schimmert der Kettenpanzer. Dafür strahlt der Helm wieder wie nicht gescheit. Und der Helmschmuck, die Zimier in Vogelgestalt, ist an Glanz überhaupt nicht zu überbieten. Gott hat ein helles Schwert umgebunden. Er hat die Lanze umgekehrt, um das bäurische Hindernis wegzustoßen. Das Antlitz Gottes aber ist rot und blaß zugleich.

Und jetzt: Gott stutzt.

Der Ritter stutzt. Die Fabel wird an jedem, der Parzivâl begegnet, zuerst dieses Stutzen zu bemerken haben. Es ist ungemein charakteristisch. Parzivâls Anblick trifft jeden und alle wie ein kleiner Schlag, von dem sie sich nur allmählich erholen. Was sieht der Mann, der bisher – gleich wird er sich sehr höflich vorstellen – nur gestutzt und innegehalten hat, um recht zu sehen, bevor er glauben kann? Karnachkarnanz will er heißen, ein bretonischer Name, und hörenswert, besonders wenn man noch beifügt: Graf von Ulterlec. Das ist zwar nicht so weit her, wie es klingt. Und doch könnte der Mann beliebig weit hergefahren sein, um zum ersten Mal so etwas zu sehen und unbedingt zu stutzen. Ja, was sieht er denn?

Es fehlte noch, daß Wir uns an einer Beschreibung Parzivâls versuchten und das Stutzen damit zur Bagatelle machten. Wer neugierig ist, soll eben an dieser blanken Stelle stutzen und ruhig glauben, daß er durch ihre Leere immer noch besser bedient ist als durch jedes Bild.

Parzivâl war groß für sein und für jedes Alter; er war schon als Neugeborener groß und wird es auch als Grâlskönig bleiben. Das ist nicht viel an Beschreibung, aber immerhin etwas. Er hat breite Schultern, sonst trüge er keinen Rehbock nach Hause – was nicht heißt, man habe sich Parzivâl »breitschultrig« zu denken. Der Rehbock ist schon Bild genug. Seine Rüstung – wenn er eines Tages selbst eine trägt, aber vorläufig sieht er bloß Gott darin –: die wird sich prächtig schildern lassen. Rot wird sie sein, ein Bild von einer Rüstung. Das läßt sich beschreiben, wenn auch mit Mühe. Auch sein Pferd, in der Regel ein Kastilianer wie der, den er grade sieht, nur feuriger – alles, was zur Ritterschaft gehört, läßt sich schildern, das ist keine Kunst, oder *höchstens* eine Kunst. – Aber von Parzivâl gibt es kein Bild. Der Andere stutzt, das ist die Hauptsache. Das war's schon. Es bleibe die einzige Form der Darstellung Parzivâls. Es ist keine Eigenheit, die er hat, aber eine, die er unfehlbar hervorruft – und zwar bei jedermann; von jeder Frau vorläufig zu schweigen.

Sie stutzen also. Zum Wesen des Stutzens gehört das Gefühl: halt, da ist doch was – habe ich das nicht schon gesehen? Unmöglich! Und doch... Wenn sie von Parzivâl reden – und er wird bald genug ein Thema sein in Ritter- und Damenkreisen – reden sie von Gottes Kunst, Wohlgetan oder Glücksgeschaffen. Sie nennen ihn gar »von Allermannsschön ein Blütenkranz«. Das alles trifft so ungefähr. Es schiebt die Zuständigkeit für das, was sie sehen, an eine höhere Stelle ab, an die höchste – was auch eine Art ist, seinen Augen nicht zu trauen.

Graf Ulterlec hatte »*Allez!*« gesagt, aber das »*Marche!*« blieb ihm im Halse stecken. Denn dazwischen kam das Stutzen, und jetzt machte er halt. Und siehe da, plötzlich hatte der Graf von Ulterlec Zeit zum Reden.

Junkêr, habt Ihr zwei Ritter durchreiten sehen, die man gar nicht Ritter nennen sollte? Denn haben sie nicht eine Frau geraubt? Und sollte ihnen nicht zuzutrauen sein, daß sie sie schänden?

Er redete, um sein Stutzen zu bemänteln. Statt einer Antwort fuhr Parzivâl fort zu rufen: Hilf, hilfreicher Gott! – Und beugte wieder sein Gesicht über die gefalteten Hände, wie seine Mutter ihn gelehrt hatte.

Nun durfte er denn doch ein wenig lächeln, der Graf von Ulterlec. Gott bin ich nicht, gestand er freimütig und setzte gleich dazu: Immerhin erfülle ich seine Gebote! Wenn du recht hinschaust, siehst du vier Ritter vor dir stehen. Das ist doch auch etwas!

Parzivâl hatte die Augen wieder erhoben und tat sie weit auf.

Ritter? fragte er. – Was ist das? Wer hat die Ritter geschaffen?

Nun, die erste Frage war nicht ganz leicht, doch die zweite ließ sich wohl beantworten. Der Graf von Ulterlec fing an, seinen Auftritt zu genießen. Das pflegt, nach dem Stutzen, die zweite Reaktion zu sein.

Das tut der König Artûs! sagte er. – Und wenn du an seinen Hof fährst, Junkêr, wird er dich auch zum Ritter schlagen. Du siehst mir ganz danach aus.

Die Antwort war voreilig in mancher Hinsicht und unkorrekt auch, besonders im Gebrauch der Anrede. Wenn schon »Junkêr«, so hätte sich das »Ihr« gehört. Aber seltsamerweise verlangte das Stutzen nach einem Du, wie das Gebet.

Parzivâl stieß sich so und so nicht daran. Er war aufgestanden.

Ritter Gott, sagt er, was bist du für einer?

Er trat an den Grafen heran und fuhr mit dem Finger über die Rüstung. Das Kettenhemd hatte es ihm besonders angetan.

Du hast ja Ringel am Leib! lachte Parzivâl – auch er auf du und du, wie immer, wenn er staunte –, Ringel von oben bis unten! Die Jungfern meiner Mutter haben auch welche, aber nicht solche. Sie tragen sie an Schnüren und stecken sie nicht so eng ineinander. Ich kann sie ja gar nicht abzwicken? Es muß dir ganz schön eng darin sein! Für was ist das gut?

Der Fürst war zunehmend angetan und schien seine Eile vergessen zu haben. Er griff nach dem Schwert und zückte es mit einer großen Bewegung. Es blendete gewaltig, aber Parzivâl erschrak nicht mehr. Er hatte Gottvertrauen gefaßt.

Sieh nur! sagte der Ritter in seiner Pose. – Das ist ein Schwert! Wer etwas von mir will – Streit natürlich! – der bekommt es zu fühlen, daß es kracht! Der Andere aber soll *mir* nichts tun können, verstehst Du? Dafür trag ich das Kettenhemd. Es hilft gegen Stoß und Stich und ist eine saubere Arbeit!

Ja! sagte Parzivâl. – Die Hirsche müßten auch so ein Fell tragen! Dann käme ihnen mein Gabilôt nicht bei!

Die drei Begleiter empfanden die Schönheit dieses Satzes nicht, in dem sich ein Jäger an die Stelle seiner Beute versetzt. Untergeordnet, wie sie sich zeigten, begannen sie zu maulen. Die Gottes Kunst stand ihren Geschäften im Wege. Aber der Graf von Ulterlec sah es nicht ganz so. Ohne ritterliches Glaubensbekenntnis wollte er von dem Kind nicht scheiden. Und nun war er es, der von Gott zu reden anfing, er konnte nicht anders.

Gott behüte dich! sagte er in leichtem Sington. – Wär ich doch nur so schön wie du! Gott hat das Beste an dir getan – wenn du so klug wärst, wie du schön bist, könnte man dich nicht aushalten. Gott behüte dich! sagte er noch einmal, du wirst es nötig haben!

Er stutzte nicht mehr, aber noch einmal innezuhalten, das mußte erlaubt sein, bevor er seinem Kastilier die Sporen gab. Und Parzivâl sah den vierfachen Gott nun als vier Ritter im Wald verschwinden.

Nur verschwanden sie leider keineswegs. Der Wald war nun ein Waldstreifen. Drüben standen sie vor den Äckern Soltânes, und die wurden gerade bestellt für den Winter.

Hê! rief Fürst Karnachkarnanz hoch zu Roß die Bauern an, ihr

habt hier doch zwei Ritter durchreiten sehen, in Eile, und eine Jungfrau obendrein, und die war gefesselt!

Das war keine Frage mehr. Ja, das hatten die Bauern. Die gefes-
selte Jungfrau dauerte sie, aber sie hätte ihnen gestohlen bleiben
können. Viel ärger war ihnen das Auftauchen gepanzerter Ritter, die
es ja gar nicht geben durfte. Und dafür trugen die Bauern auch noch
die Verantwortung. Schon an der ersten Rittergruppe war es mehr als
genug gewesen. Nun kamen noch ihrer viere hintendrein! Parzivâl
war den Bauern früh aufs Feld gefolgt, um dann in den Wald zur Jagd
weiterzugehen. Wenn er die Ritter nun gesehen hatte, wie standen
die Bauern bei ihrer Herrin da? – Ihre Sorge war nur zu begründet.

Denn Parzivâl rannte nach Hause und nahm alle Abkürzungen,
die er kannte. Er hatte seinen Gabilôt bei der Linde liegen gelassen,
um besser laufen zu können. Das war etwas andres als ein Rehbock
auf den Schultern oder ein krankes Lamm im Arm. Jetzt wußte er
der Mutter etwas zu erzählen. Sie würde sich freuen!

Sie war eben aufgestanden und hatte sich erfrischen lassen von
ihrer Magd, mit einem Tropfen persischen Rosenöls in einer Bauern-
schüssel. Er stürzte herein, überschlug sich beim Erzählen, und sie
fiel in Ohnmacht.

Bestürzt hielt er sie im Arm, und die Magd brachte noch einen
Tropfen Rosenöl. Herzeloyde öffnete die Augen.

Duguter, sagte sie mühsam und immer noch todesfahl, woher hast
du es erfahren? Wie bist du es innegeworden?

Woher hatte er *was* erfahren, war *was* innegeworden? Er hatte
doch eben alles erzählt! Da erzählte er es noch einmal. Vielleicht
richtete es die Mutter wieder auf. Das tat es allerdings, besondern
zum Schluß. Denn er sagte:

Mutter, ich will auch reiten! Ihr müßt mir sogleich ein Pferd geben! Ich muß zu König Artûs, denn ich will ein Ritter werden!

Als hätte sie es nicht kommen sehen, von weit her, und nicht erst
heute. Nach dem Wort »Ritter« fiel sie zum zweiten Mal in Ohnmacht. Vielleicht gab ihr Gott in diesem Zustand ein Mittel ein zur
Abwendung des Unvermeidlichen.

AM SEIL

WORIN DAS PIQUE-NIQUE ERFUNDEN
UND DURCH EINEN HUND
UNTERBROCHEN WIRD

In Kanvoleis der Burg war Verdüsterung eingekehrt, noch mehr, als das Gemäuer ohnehin verbreitete. Und da es zwar nicht mehr Sommer, doch ein milder Herbst war, entflohen seine Bewohner am liebsten ins Grüne. Man hatte, in Befürchtung eines Unwetters, die Zelte aufschlagen lassen. Aber das Wetter blieb gewogen, und die Zelte sahen im Freiengrünen lustig aus, auch ohne daß man ihrer zum Schutz bedurfte.

Sigûne und Schiônatulander genossen ein Frühstück aus Wildbret und harten Eiern am Rand eines Bächleins und im Schatten einer breiten Buche. Und als sie es genossen hatten, zupfte Schiônatulander wieder einmal die Laute. Es war alles wie früher und wie nie zuvor; doch seit dem Unglückskampf mit Orilus hatten die jungen Herrschaften das Frischgrüne ins Herz geschlossen und suchten es als Aufenthalt um seiner selbst willen. Gern flohen sie die Stadt, in der sich Lähelîns Wesen *mit* ihnen ebensogut ausbreitete wie ohne sie, um an unvorhergesehenem Orte die Zelte aufzuschlagen, zu essen, zu trinken und mit Maßen fröhlich zu sein. Denn die Zelte des Herrn und der Dame blieben getrennt, um die Höhe der Ritterschaft nicht zu gefährden. Dafür gab ihnen das Grüne immer neue Namen füreinander ein, und sie ergingen sich und begegneten einander in Wendungen ausgesuchter Zartheit.

Schiônatulander führte den Delphin in seinem Wappen, Sigûne war jetzt eine Herzogin. Diese Namen bezeichneten zwar ihren Rang vor der Welt, nahmen aber in der Sprache des Herzens eine sublimere Farbe an. Seit dem Zweikampf mit Orilus bestand die Herzogin unerbittlich darauf, daß ihr Delphin die Grenze zu wahren wisse, die sie seiner Ungeduld gezogen hatte, im Wunsch, den Geliebten noch ferner zu veredeln. Diesen einseitigen Wunsch trugen sie fortan gemeinsam ins Grüne, wo er sich ein wenig mit seinem Gegenstück, der Wildheit der Bächlein, Pflanzen und Tiere, schmücken durfte und dadurch noch verdienstlicher wurde und interessanter. Während der Delphin zu angeln pflegte, was gereizten

Nerven wohl bekommt, las die Herzogin in ihren Büchern. Die waren eine Novität.

Denn das Kloster, das Herrn Gahmuret viel schuldig geworden war, hatte die Hand des Fürsten Lähelîn zu spüren bekommen. Wohl war er ein Liebhaber von Büchern, aber er fand sie zu lastig. Außerdem standen sie ihm zu stillvergnügt im Regal. Warum sollten sie nicht ausgeliehen werden und Geld bringen? Dafür hatte er die Schwarten auf tragbare Formate umschreiben lassen. Auch die bebilderten Initialen hatten verkleinert werden müssen, was der Kunst des mönchischen Malers das Äußerste abverlangte. Und so vertiefte sich die Herzogin eher, als daß sie gelesen hätte. Sie überließ sich der Betrachtung, daß Herausforderungen und Erschwernisse höchst wünschbar sind. Sie spornen die Phantasie an und zwingen auch das Handwerk, einen Sprung zu tun. Denn je kleiner, desto feiner die Landschaften in den Initialen. Der Herzogin Auge war geistlich geschärft, demnach auch für das Kleinste gerüstet.

Übrigens trug man auch die tragbar gewordenen Codices nicht eigenhändig, so wenig wie die Zeltbahnen und -stangen, Angelgerät und Eßkörbe. Natürlich war man von Personal begleitet, wenn man ins Grünefrische umzog, um sich die Gedanken nicht länger von Lähelîns Wesen trüben zu lassen. Aber die Diener waren gehalten, sich hinter die Büsche zu verziehen, damit das Bild der Einsamkeit für die Herzogin und ihren Delphin vollkommen bleibe. Erst auf einen durchdringenden Pfiff des Herrn, den er einem morgenländischen Pfeifchen entlockte, hatten sie wieder zur Stelle zu sein und beim *Pique-nique* zuzudienen, um augenblicklich, wenn sie nicht mehr gebraucht wurden, das Paar wieder seiner wohltuenden Einsamkeit zu überlassen.

Von der aber konnten nicht einmal böse Zungen sagen, sie werde mißbraucht. Man verwendete sie ausschließlich dazu, seine Verfeinerung voranzutreiben und in den Arbeitspausen dem Plätschern des Wassers zu lauschen und dem Säuseln des Windes. Etwas anderes als Säuseln erlaubte er sich selten und schien an der Verfeinerung des Paares teilzunehmen auf seine Art.

Ja, die *Pique-nique* waren ein rechtes Wunder, und auch das Gras blieb sanft, auf dem man sich niederließ. Die Fische ließen sich fast begierig fangen, als wüßten sie, daß sie sich auf ein zartes Gebraten- und Zerlegtwerden verlassen konnten. So fiel ihnen auch das Gefangen- und Getötetwerden von Schiônatulanders Hand nicht ungebührlich zur Last.

Der Delphin stand barfuß, wie irgendein Mensch, doch höfisch wie kaum ein zweiter, im knietiefen Wasser und führte ein Sperberfederchen, an dem er mit Kunst einen Köder befestigt hatte, eine Handbreit über den gestauten, daher stillen Wasserspiegel hin, als wär's eine jagbare Mücke. – Der Delphin konnte es wie ein Federspiel aussehen lassen, nicht größer als diejenigen, die die Herzogin in den Initialen ihres Büchleins betrachtete. Die Kunst der Mönche wußte ganze Falkenjagden in einem großen, aber doch sehr kleinen B oder K unterzubringen und fand in einem einzigen O Raum genug für Himmel, Hölle und die Erde dazwischen, ein jedes bevölkert nach seiner Art. Während also Sigûne ihr Büchlein nach vielen Seiten wendete, ließ Schiônatulander seine Feder hart über der wässrigen Tiefe schweben. Und die Karpfen oder Forellen beeilten sich, anzubeißen und den Köder gleich mitzuschlucken, so daß man sie nur noch herauszuziehen brauchte.

Allmählich kam in dem Bottich am Ufer, der mit Behemoth und Leviathân geziert war, die Ausbeute für ein artiges *Pique-nique* zusammen. Vielleicht weiß man heute gar nicht mehr, daß Sigûne und Schiônatulander als Erfinder dieser Lustbarkeit gelten dürfen. Wohl nicht des Essens im Grünen platterdings – das gab es schon länger, etwa bei Hirten oder Bauern –; aber des *intimen*, zum Zweck seiner selbst erhobenen Essens im Grünen, an dem gewissermaßen mehr Genuß als Essen ist. Man kostet die Speise da mit höfischem Verstand, zu dem das geile Grün einen nachdenklichen Kontrast bildet.

Aber was war denn das? In die Stille des Angelns, in die Sammlung des Betrachtens hinein bellte ein Hund, bellte so, wie Hunde auf einer Fährte bellen, nämlich heiser vor Hitze, jappend vor Aufregung. Und siehe, da sprang aus dem wirren Grün ein Wild in Todesangst auf den Angler im Wasser zu, als suche es bei dem Bild, das er bot, Schutz vor dem nach- und immer näherhechelnden, durch Busch und Dorn brechenden Mordgebiß. Der Delphin hatte gerade noch Zeit, seinen Federköder auf einer kleinen Kiesbank abzulegen, da sprang der Hund oder Bracke, ein schwarzweiß geschecktes, zum Glück nicht allzu großes Ungeheuer, auf ihn zu.

Nun bewies der Delphin, daß er seine morgenländische Schule nicht vergessen hatte. Er fing das Tier im Sprung auf, den es nach dem Reh hatte tun wollen; dieses hatte sich in seiner Not an Schiônatulanders Seite geschmiegt und die Nässe nicht gescheut. Er fing den Bracken in der Luft ab, hielt ihn in den Armen fest und brachte

ihn durch einen Druck hinter dem schlackernden Ohr zur Ruhe, so
daß das Tier wundersam erschlaffte. Der Delphin gab dem Reh mit
den Augen einen Wink, es möge sich schleunigst entfernen, und das
glückliche Tier ließ sich nicht zweimal bitten. Schiônatulander trug
den stillgewordenen Bracken durch das nur noch fußtiefe und bald
ganz zurückweichende Wasser ans Ufer und auf den Weg, den geraden Weg zu seiner Herzogin, um ihr die Störung vor Augen zu
führen und zugleich zu beweisen, wie männlich er sie aufgehoben
habe.

Der Hund war zwar ruhig, aber schwer. Das wäre noch angegan-
gen. Doch wurde das Tragen durch ein Sperrgut weiter erschwert,
das der Hund hinter sich herschleifte, eine wohl zwölf Klafter, das
ist: fast zwölf mannslange Leine, die jetzt auch der Träger nach-
schleifen mußte, wobei sie sich unausgesetzt im wilden Busch ver-
fing. Es bedurfte kunstvoller Schritte und Wendungen, um sie wie
ein Hündlein folgen zu lassen.

Leine? Es war ein vielfach durchwirktes Seil, dessen Kostbarkeit
die Länge noch weit übertraf. Den Ansatz am Halsband, das ebenfalls ein Bijou war, hatte der Träger dicht vor Augen. Der Bracke war
ausgestattet wie ein Fürst, reicher als der Delphin selbst in seinem
freizeitlichen Leichtgewand. Endlich war er an den Zeltplatz zu-
rückgelangt, wo Sigûne, ihr Büchlein wendend, im gesprenkelten
Schatten saß und ihn mit großen Augen empfing.

Ja, Herzogin, keuchte er lächelnd und von der Last nun doch
echauffiert, hier bring ich Euch wieder einmal ein Tier.

Tot? fragte sie erschrocken.

Das will ich nicht hoffen, wollte er erwidern. Da gab der Bracke
die Antwort gleich selbst, indem er, kaum auf die feste Erde gestellt,
an der teuren Leine riß und dringend wieder zu hecheln und zu jagen
verlangte, um sich das Wild womöglich doch nicht entgehen zu lassen. Der Delphin hielt ihn an seinem Bande fest und schlug dessen
Ende zur Sicherheit mit einem Knoten, der den Seemann aus dem
Morgenland verriet, um die Stütze des Zeltes, die ihrerseits sicher
genug schien. Das Tier entsprang augenblicklich. Doch weiter als bis
zum Ende der Leine gelangte es nicht, wurde von ihr förmlich hochgezogen, zerrte und gierte daran aufs Haltloseste. Aber die Stange
hielt, auch wenn das Zelt sich schüttelte.

Hachhach! schrie Schiônatulander; der arabische Laut wirkt unfehlbar. Der Bracke erwachte aus der blinden Gier, wandte sich stau-

nend nach seinem Bezwinger um, begann ihm den nackten Fuß zu lecken und mit dem Schweif zu wedeln.

Delphin! rief Sigûne entzückt, seht doch nur! – Ihr Entzücken galt nicht der Dressur des Hundes, sondern dem Halsband. Schiônatulander zog ihn vollends zu ihr her, damit sie es noch besser sehen konnte. Sehen? Lesen! Auf dem grünen Samt, der den faltigen Hals der Bracke umlief, waren nicht nur Edelsteine aufgenäht, auch Buchstaben. Sigûne, die ihr Büchlein weggelegt hatte, begann laut zu lesen.

GARDEVÎAS! las sie. – Mein Gott! rief sie mit eifrigem, schon leseblinden Blick, und las weiter: *So wie das ist des Bracken Name, / den Edlen ein Leitspruch es wäre, / Mann und Weib. Die rechte Wege wählen, / sie dürfen hier auf die Gunst der Welt / und dort auf die Seligkeit zählen.*

Es stand noch viel mehr auf dem Halsband.

Gardevîas! sei stad! rief sie; und während der Delphin sich anstrengen mußte, um den Bracken zugleich am Halsband festzuhalten und dieses zum Lesen freizugeben, las Sigûne schon weiter: *Wer auf den Weg recht achten kann, / dessen Preis wird einem Käufer nie zuteile / weil er im lautern Herzen so erstarkte, / daß nie ein Auge ihn sehen wird / in dem unsteten Hin und Her am Markte.*

Wahrlich, dies alles, so viel Weisheit und, was fast noch mehr ist: so viel Buchstaben, hatten Platz auf einem Hundehalsband! Und Sigûne las immer atemloser, denn was da stand, sprach ihr aus tiefster Seele. Hatte man Minne jemals vielsinniger ausgedrückt? Hatte das Lähelînsche Wesen je eine schroffere Abfuhr erlitten als hier auf dem grünen Samt? »In dem unsteten Hin und Her am Markte« – wahrlich, kein preiswürdiger Mensch war *daran* zu messen! Sie sah vor lauter Lesen den Hund nicht mehr, obwohl er sich durch störendes Rücken und Zerren so heftig in Erinnerung brachte, daß Schiônatulander seinen Ohrdruck wieder applizierte. Jetzt keuchte das Tier nur noch, und die Lektüre blieb ungestört. Sie war, wie sich zeigte, nur ein Anfang.

Delphin! sagte sie, das ist das Wunderbarste, was Ihr mir jemals gebracht habt! Gardevîas war mein Freund, er kam jede Nacht, nun kommt er mir wieder!

Befremdliche Worte; der Delphin war erstarrt. Wußte sie, was sie sagte, konnte sie gemeint haben, was er hörte? und was bedeutete es angesichts des Hundes? Welchem Geheimnis war er entsprungen? Wie kam es, daß Sigûne mit beiden Händen und Augen danach griff,

und fast mit den Lippen? Hatten diese Lippen, die er lange nicht
geküßt hatte, immer getrogen?

Sie sah ihn nicht; nichts sah sie, nur das Halsband und die lange
Leine daran.

Mit ihrem von Miniaturen geschärften Augen hatte sie entdeckt,
daß das Band nicht nur kostbar war, über und über bestückt mit
Smaragden und Rubinen, sondern daß die Edelsteine auch noch Lettern bildeten. – *Aus Kanedic war sie geboren,* las Sigûne. Und wer
immer die Person sein mochte; es war herauszufinden, denn es ging
immer weiter, und bei der ungeheuren Länge der Leine konnte noch
ein ganzer Roman daraus werden. Die Leine war ein einziges
Spruchband! Und wenn es hielt, was das *Collier* versprach, so war
für eine gute Stunde Lektüre gesorgt, vorausgesetzt, der Hund
muckte nicht wieder auf. Sigûne hielt das Band zwischen den Fingerspitzen und war auf die Knie gesunken, ihrer teuren Seide ungeachtet; sie kniete und las und las.

Herzogin, fragte der Delphin, benötigt Ihr mich noch? Sonst
würde ich wieder etwas angeln.

Sie hörte ihn nicht, nicht das Spezielle in seinem Ton. Sie tastete
sich an dem Band entlang wie eine begeisterte Blinde und las unaufhörlich mit halbblauen Lippen, indes der Hund still lag und nur
gelegentlich seufzte oder das Maul öffnete, um wenigstens seine
Zunge jagen zu lassen.

Geht und ergeht Euch, sagte sie, ohne aufzusehen. – Fischt nur
was Schönes. Ich lese einstweilen, ich lese, und dann werde ich Euch
erzählen. Es ist spannend und wohlgesetzt, hört nur: *Für ihre Liebe
mußte er unter Helm sein Leben enden / Verböte es nicht höfische
Zucht / ich würde wohl fluchen dessen Händen / der den Stoß nach
seinem Herzen führte / Florîe starb auch an demselben Stoß / obgleich nie Speeres Spitze sie berührte.* Er reimt sich, Delphin! sagte sie.

Herzogin – begann der Angesprochene und schluckte, denn sie
sprach ja nicht mehr mit ihm. Er ging zum Zelt hinüber und verbesserte die Haftung Gardevîas' vorsorglich, indem er das Seil auch um
die zweite Zeltstange schlug; so würde sich der Hund nicht so leicht
wieder davonmachen. Das war eine zweideutige Hilfeleistung.
Konnte der Delphin nicht sehen, wieviel Text er auf die Sicherung
des Hundes verwendete, daß er Sigûne damit die Lektüre verkürzte?
In ihrer Versessenheit würde sie unbedingt wissen wollen, wie der
Roman weiterging, und den Knoten lösen. Die Folge war eigentlich

zu erraten, wenn die Wirkung des Drucks hinter dem Hundsohr nachließ.

Hatte er's darauf angelegt? Mochte nun alles in sich zusammen-fallen, wie der Sinn seines Dienstes, so das Zelt, die Welt? Darauf ging er, ging angeln, holte sein und Sigûnes letztes Frühstück aus dem Wasser, und auch das würden sie nicht mehr genießen. Sigûne aber blieb über und über in ihren Edelsteinroman vertieft. Kniend kroch sie Letter um Letter dem Knoten entgegen, wo das Bracken-seil festgemacht war und wo es natürlich am spannendsten wurde; denn so will es das Unheil.

Auf dem Band aber stand nichts Geringeres als die Bewandtnis des Bracken Gardevîas. Zur Sprache kam eine liebende Jungfrau und Königin namens Clauditte. Sie war's, die dem Erwählten ihrer Seele den Bracken gesandt hatte, einem Herrn Ehcunat oder auch Ehku-navêr – die Lesart war undeutlich, Topase und Smaragde verwirrten sich bei dem seltenen Namen. Aber wie immer er hieß: der Bracke Gardevîas gebot ihm, sich an der Minne seiner Clauditte aufzurich-ten wie ein Kind an der Stuhllehne. Da der Adressat des Hundes *de Salvage Florîe* hieß, zu deutsch »von Wildblume«, schickte sie ihm »in die Wilde« diesen »wildlichen Brief«, wie sie sich ausdrückte. Oh, war das beziehungsvoll! Es war an der Schrift nichts versäumt, weder kühnes Wortspiel noch tiefere Bedeutung. Und die Augen Sigûnes, auch wenn sie sie anstrengen mußte, gingen ihr über vor der tiefsinnigen Bewandtnis, die es mit dem Seil hatte. Sie bemerkte so-gleich einen noch geheimeren Sinn *darin*, daß sich der Bracke in seiner Wildheit losgerissen und den Adressaten verfehlt hatte, um eigensinnig die Wildnis zu gewinnen mitsamt diesem Seil, das nun aber in ihre Hand gegeben war. Wie hätte sie darin ihr eigenes hohes Minnewesen, ihre Herzensbotschaft nicht erkennen sollen! Die Be-wandtnis lautete ja ebensowohl oder gar noch exakter auf sie selbst denn auf Clauditte und Ehcunat (oder Ehkunavêr)! Also war der Text in die rechten Hände gekommen. Die Verheißung des Bandes stand ihr in ihrer eigenen Gestalt leuchtend vor Augen. Kurzum, Gardevîas hatte sich besonnen. Er war – wenn auch nicht mehr als Bildschirm, sondern in hündischer Gestalt – zurückgekehrt, um ihre wahre Geschichte zu apportieren.

Nur würde sie leider nächstens an diesen dummen Knoten gera-ten. Sie mußte weiterlesen, unbedingt, denn jetzt kam ja wohl das Beste, der tiefere Sinn der Geschichte! Und so begann sie am Knoten

zu zupfen, den der Seemann wohl besser gesichert hätte, wäre er
nicht so erschüttert gewesen. Den Hund hatte Sigûne, in dessen
Bewandtnis vertieft, wie sie war, längst vergessen.

So kam's, wie es kommen mußte. Der Hund, mit ungestillter
Jagdgier in seinem Schädel, spürte nicht sobald das Zupfen am Seil,
die erste Lockerung des Zugs: da wartete er die nächste nicht ab,
sondern führte sie selbst herbei. Denn *er* hatte die Welt nicht vergessen und mochte nicht allzuweit entfernt wieder den Locktritt eines
jagdbaren Wildes erlauscht oder gar seine Witterung aufgenommen
haben. Mit Hundsgewalt riß er an seinem beschriebenen Seil, kehrte
sich nicht daran, daß es in diesem Augenblick eine unvollendete
Geschichte war. Er riß die erste Zeltstange um, die zweite zugleich
und damit das Zelt, und auch Sigûne, die ihren tiefsinnigen Text
umsonst festzuhalten suchte. Und die steinharte Schrift schrammte
ihr durch die Finger, wie eine Lanze beim Aufprall auf den gegne-
rischen Schild die Hand zerreißt. Alle tieferen Beziehungen waren
nur noch scharfe Ecken und schneidende Kanten. Ungelesen schossen sie durch Sigûnes blutende Finger ins Wilde zurück.

Und schon hechelte der Bracke Gardevîas, das Seil im Schlepp,
wieder auf seiner Fährte im grünen Irgendwo, keuchte immer ferner
und fiel dann in das charakteristische Gebell, mit dem ein Hund die
nahe Beute anzeigt. Doch auch das verhallte immer mehr. Das Tier
ließ sich durch die Geschichte, die er zwölf Klafter lang mitschleifte,
nicht hindern, seinem Trieb genugzutun. – Wahrhaftig, Gardevîas
verdient seinen Namen nicht. Er weiß nichts von Wegen, die er hüten
oder vor denen er sich hüten soll. Wenn's drauf ankommt, kennt er
nur *einen* Weg: den eines flüchtigen Stückes Fleisch vor seiner Nase.

Schiônatulander im knietiefen Wasser hörte es und machte sich
seinen Reim darauf. Mit einem Fluch legte er sein Federchen auf die
Kiesbank und stieß weglaufend sogar den zierlichen Bottich mit Leviathân und Behemoth um. Er hastete durch dick und dünn, Brom-
beeren und andere Dornen, dem Brackenlaut nach, der ihn schneller
floh, als der beste Läufer laufen kann, um sich schließlich im Winde
zu verlieren. Der war nun doch aufgekommen, zum Zeichen, daß es
mit dieser Geschichte stürmisch abwärts geht. Was blieb dem armen
Delphin übrig, als zurückzukehren, sein Angelgerät einzusammeln,
von der Ausbeute zu retten, was zu retten war, und mit Behemoth
und Leviathân unterm Arm zu seiner Herzogin zurückzukehren?

Er traf sie in einem heillosen Zustand, unter bewegten Buchenblättern. Nicht nur war sie wundgescheuert, sie bemerkte nicht einmal, daß er's noch mehr war, an der Seele, aber am Leibe auch. Die Dornen hatten auch *seine* Haut nicht geschont. Sie sah ihn überhaupt nur an, um an ihm vorbeizusehen, rot und blaß vor enttäuschter Erwartung. Da sagte er:

Verzeiht, Herzogin, ich hätt auch gern gewußt, was drauf geschrieben steht, denn Ihr wolltet's mir ja wohl erzählen. Ein zweites Mal konnt ich's nicht wieder schaffen, ich hab's versucht. Ach Herzogin, laßt es nun gut sein und das Band fahren, wohin es will. Übrigens wüßte ich auch gern, wo es herkam. Denn von Eurem Freunde höre ich zum ersten Mal.

Delphin! sagte sie mit Würde. – Ich muß diese Geschichte wieder haben. Sie will zu Ende gelesen sein. Sie ist von der größten Bedeutung, auch für mich und Euch. Es wird nichts aus uns beiden, wenn Ihr mir das Band nicht zu schaffen wißt. Ich gäbe mein Herzogtum um das Seil, und alle Schätze der Welt. Auch unsere Minne, damit Ihr's wißt. Gardevîas muß wieder her, mitsamt dem Seil, Delphin! Sonst könnt Ihr meinen Lohn vergessen.

Schiônatulander sah sie an. Er war noch blasser geworden. Er zog seine morgenländische Pfeife aus der Tasche und blies darauf, und auf der Stelle belebte sich der wilde Wald. Das Personal kam hinter heftig bewegten Büschen hervor. Es hätte für einmal früher zur Stelle sein können, um den Bracken festzuhalten.

Kleidet mich an, sagte Schiônatulander mit schmalen Lippen und heiserer Stimme, die nun doppelt gebrochen klang. – Oder rüstet mich lieber gleich. Holt das Pferd. Räumt das Zelt zusammen, alles andere auch. Und dann geleitet die Herzogin nach Hause.

Was tut Ihr? fragte Sigûne verblüfft.

Er verneigte sich, noch im Anglergewand. Aber Kettenhemd, Ritterstiefel und Beinschienen hielt man schon bereit.

Ich bringe Euch das Seil zurück, hohe Frau, sagte er, wenn Kampf es erringen kann. Ich will mir lieber Ehre und Leben verderben, als ohne Seil wiederzukommen. Aber ich wäre Euch sehr verbunden, wenn Ihr's dann genug sein ließet. Unser Zustand ist unhaltbar geworden, jedenfalls für mich. *A dieu.*

Sie sah ihren Delphin eingekleidet werden in hartes Eisen, zum ersten Mal seit jenem unglückseligen Zweikampf mit der Kampfmaschine. Und es war ihr, als gelte es diesmal ernst. Der Roman, in dem sie sich befanden, nahm seinen Lauf.

Ja, sagte sie, ja *Mon Sieur*. Bringt mir das Seil, und in derselben Nacht will ich die Eure werden.

Schließlich ist es nur ein Hundeseil, dachte sie, auch wenn es kostbar ist und beschrieben, die Prüfung ist nicht übergroß. Alle Welt wird's nicht kosten. Er wird's schon bringen, dachte sie, als er fort war. – Ganz sicher bringt er's. Es wird Zeit. Ich werde alt.

LETZTER RAT
WIE HERZELOYDE IHR KIND
ZIEHEN LÄSST

Was Soltâne betrifft, und die Abwendung des Unabwendlichen –
Gott hatte Frau Herzeloyde seltsame Mittel eingegeben, fanden ihre
Dienstleute. Sie befahl dem Marschalk – ach, wie gut hätte sie jetzt
Den Kyberg brauchen können! –, die elendeste Mähre aus dem Stall
herbeizuschaffen, doch eine, die es noch eine Weile täte. Dem Liebenguten könnte es einfallen, zu bald eine neue, bessere geschenkt zu
kriegen – er bekam ja alles geschenkt!

Der Marschalk war pikiert, denn elende Mähren duldete er auf
Soltâne nicht. Die wurden eher abgetan. Zum Glück hatte Frau Herzeloyde ein paar Kastilier aus Gahmurets Zeiten das Gnadenbrot
fressen lassen. Die waren vierzehn Jahre alt. Aber sie sahen immer
noch nach etwas aus. Und einige wußten die Augen feurig zu rollen.
Der Liebegute würde den Unterschied nicht sehen, desto mehr alle
andern Leute, und ihm gebührend heimzünden. –

Dem Heimzünden dienten auch die übrigen Zurüstungen, die sie
nun fast fieberhaft traf. Sie ließ sich Sacktuch bringen und schnei-
derte daraus einen Aufzug zurecht, eigenhändig, daß Gott erbarm.
Sie schnitt das Sackkleid aus einem Stück. Mußte er sich entleeren,
würde er aus der Kombination kaum hinausfinden und sich hoffentlich mit Schande bedecken. Jetzt war ihr für den Liebenguten nur
noch das Schäbigste gut genug. Für den Spott würde er nicht zu
sorgen haben.

Herzeloyde entwischte beim ungeschickten Zuschneiden des
Narrengewands kein Lächeln mehr. Aber sie machte es zum Lachen,
so gut sie konnte und nähte ein Zehrgeld hinein, das war nicht mehr
lustig. Dabei hatte sie nichts im Sinn, als daß die Welt den Schatz, den
sie verschnürte, möglichst kränkend zurücksandte, damit der Liebegute, der in der Ritterschaft Gott gesehen hatte, den Teufel daran
ungesäumt kennenlerne.

Die arme Frau diente dem Teufel mit ihrer Schere nach Kräften zu.
Die Kapuze, die sie schnitt, setzte dem Narrenaufzug die Krone auf.
Sie unterstützte den Effekt durch zu kurz geschnittene Beine. Ein
Mönchsnarr mit abgesägten Hosen! Wenn das nicht zum Totlachen

war! Dafür mußten die Bauernstiefel zu groß sein. Die konnte sie
nicht selbst schneidern. Aber sie überwachte die Arbeit beim Flick-
schuster, als hätte sie ein Meisterstück in Auftrag gegeben. Dabei
kam es ihr nur darauf an, daß der Meister seiner Kunst vergaß. Er
hatte für das eine Bein frisch abgezogene, für das andere schlecht
gelagerte Kälberhaut nehmen müssen, so daß der Träger gleichzeitig
nach Rohheit und Verwesung stank und sich in jeder Gesellschaft
unmöglich machen mußte – von der am Artûshof zu schweigen, die
nur aus Nasen bestand, hoch getragenen, rasch gerümpften.

Es mußte auch dafür gesorgt sein, daß der Guteliebe in diesen
Stiefelklötzen zwar schwimmen konnte, aber gehen nicht, am wenigsten höfisch. Wenn ihn das Pferd tatsächlich bis nach Nantes trug –
und so sah es nicht aus –, dann würde, wenn es endgültig eingebrochen war, nichts übrig bleiben, als in diesem Spott von Schuhwerk
heimzustolpern. Zum ersten Mal gestattete sich Frau Herzeloyde
den Gedanken, daß Menschen zu ihrem großen Kind grausam sein
könnten; ja sie klammerte sich daran. Sie würden es an Spott hoffentlich nicht fehlen lassen. Und wenn er ein Ritter war (hier biß sich
Frau Herzeloyde auf die Zunge), dann würde er Spott nicht ertragen.
Er hatte ja auch noch keinen kennengelernt. Dann würde er heim-
stolpern an den einzigen Ort, wo er es gut hatte, zu seiner Mutter.

Bei dieser Folgerung mußte Herzeloydes wider Willen ritterliche
Logik einen verzweifelten Sprung tun. Kein Ritter stolpert heim zu
seiner Mutter, auch nicht im unmöglichsten Schuhwerk. Aber der
Süßegute würde es tun, ihr zuliebe, und aus Angst vor dem Spott.

Glaubte sie denn selbst daran? Im Innersten glaubte sie kein Wort.
Sonst hätte sie ja ein einziges Mal gelächelt beim Zuschneiden des
kostbaren Sackes. Sie hätte gelacht, als er's anprobierte und vor ihr
stand. Sie hätte gelacht, und wär's im Stillen, als er sich in seinem
lächerlichen Zeug auf die Mähre schwang, freudestrahlend und mit
solcher Leichtigkeit, daß der Mähre ganz morgenländisch wurde um
ihr altes Herz und sie lauschend die Ohren stellte. Die Mutter hatte
jedermann das Lachen untersagt – und die Soltâner hatten viel damit
zu tun, es sich zu verbeißen. Denn Parzivâl sollte unbelacht ausreiten, um desto gewisser wiederzukommen.

Aber ach, die Soltâner taten etwas Ärgeres als lachen, als sie Parzivâl auf der Mähre sitzen sahen. Sie stutzten, sie strahlten. Er saß
bar jeder Reitkunst auf der durchhängenden Kruppe. Kaum wußte
er, wie man die Zügel hält, geschweige denn, wie man sie führt. Und

dennoch saß er gut. Das Bild, das so sehr zum Lachen war, hatte seine Richtigkeit.

Die Mutter sah, wie ihr ausgetifteltes Narrenwerk an Parzivâl zuschanden wurde. Ein Sprung, und er hatte alle Narretei hinter sich gelassen, so närrisch er auch aussehen mochte auf den vierten oder fünften Blick. Auf den ersten saß er wie das reine Glück. Und der erste Blick gibt in der Welt den Ausschlag, sogar bei Spöttern. Sie würden länger stutzen müssen, sogar die Dümmsten, um die Narretei seiner Erscheinung endlich wahrzunehmen. Und bis dahin war ihnen der Spott längst vergangen. – Das Lachen, welches das Gesinde gehalten war zu unterdrücken, kam als Heiterkeit zum Vorschein, schon jetzt. Parzivâl war ein Ritter, das war klar wie der Tag.

Ach, sie sah es ja nur zu gut. Und im Grunde nicht einmal mehr mit gemischtem Gefühl. Dies war ihr Werk. Es war zur Vollendung bestimmt, und es vollendete sich nur, wenn es sie verließ. Ihr Mutterstolz war, im tieferen Grunde, größer als ihre Sorge. Und im tiefsten Grunde war ihr Grâlsgewissen noch tiefer und höher als jeder Stolz. Wie sollte es ihr nicht höher stehen als das Leben.

Hier saß unbekümmert zu Pferd, was sie mit Schmerzen empfangen, aus Höllenqual geboren, mit warmem Kummer erzogen hatte. Hier saß er auf dem elendesten Pferd, als wäre es das edelste, und wußte nichts von Kummer, Schmerz oder Qual. Hier saß Gahmurets Kind und lebte; hier saß Herzeloydes Sohn, mit Herzeleid unbekannt. Möchte er es nur nie schmecken und erfahren! Aber wenn das Fahren einmal anfing – wie hätte er es *nicht* schmecken sollen?

Sie sah Tränen der Heiterkeit in den Augen des Gesindes, die sich beim Anblick Parzivâls erhöhten; ja, Tränen und Heiterkeit waren eins. Sie verlor ihn nun; mochte er nur sich selbst nicht verloren gehen. Es war so weit. Dafür war sie weit her gewesen. Sie war es *gewesen*. Sie war bereit.

Nein, ganz noch nicht.

Guterlieber, sagte sie und faßte in seinen Zügel, schenk mir noch eine Nacht. Ich habe dir noch so viel zu sagen und mitzugeben.

Ja, Mutter, sagte Parzivâl und sprang so leicht vom Pferd, wie er hinaufgesprungen war. Er stolperte nicht hinter ihr her in den Kalbsstiefeln, er ging wie auf Flügeln. Stinken taten sie heftig, immerhin.

Noch eine Nacht, die letzte Nacht für Mutter und Kind. Sie wußte es und tat kein Auge zu. Er hatte keine Ahnung und schlief den Schlaf der Seligen, um früh genug munter zu sein. Aber so lang

sie sprach, an der großen Esse, die den schon kühlen Bauernsaal
aufwärmte, hörte er zu und hörte jedes Wort. Denn er spürte, wie
wichtig jedes war, auch das seltsamste. Und der seltsamen Worte
sprach sie genug.

Parzivâl hörte seine Mutter zum ersten Mal von der Welt reden,
die sie geflohen hatte, um sie ihrem Sohn zu ersparen und in die er
nun dennoch hinausritt, ihr nicht mehr treu, sondern seiner Bestimmung, und also auch ihr. Ritterschaft! Für ihn war's nichts weiter als
ein Spaziergang zu König Artûs, von dem er ihr etwas Schönes mit-
bringen würde, zum Beispiel ein Schwert und einen hohen Mut. Für
sie war's das Kreuz, und mit jedem Wort nagelte sie sich selbst daran
fest, um ihr Werk zu vollenden und ihren Geist aufgeben zu dürfen
in Gottes Hand.

Ein wenig geistverloren waren ihre Sätze freilich schon jetzt. Manche sprach sie mit nicht ganz getrennten Lippen, die der Feuerschein
rötete, nicht an allen Stellen ihrer Rede, aber an den passenden. Dann
zitterten sie, und Herzeloydes Tränen flossen frei, ohne daß sie es
hätte hindern wollen. Ohnmächtig aber wurde sie nun nicht mehr.

Liebergutersüßer, sagte sie, bevor du reitest, gebe ich dir noch
etwas mit, ein paar Worte nur, aber bewahre sie in deinem Herzen.
Auf ungebahnten und wilden Wegen mußt du nicht über den Bach
gehen, solang er dunkel ist. Erst wenn die Sonne darauf scheint, so
daß du siehst, es ist seicht, kannst du hinüberreiten auf die andere
Seite. Sei immer nett und biete jedem deinen Gruß. Will dir ein
Graukopf gute Sitte beibringen, wie er wohl kann, laß dich von ihm
leiten. Zürne ihm nicht deswegen. Noch etwas lege ich dir ans Herz.
Wenn du das Ringlein einer edlen Frau gewinnen kannst, und ihre
Gunst, so greif immer zu. Das hilft gegen Traurigkeit. Laß dich nicht
bitten, sie zu küssen, sondern pack sie in deine Arme. Wenn sie rein
ist und gut, so machst du dein Glück und findest hohen Mut. Ach,
du Liebersüßer, da ist noch etwas, einer ist da immer noch. Der heißt
Lähelîn und ist frech. Der hat zwei Reiche, die gehören dir, Wâleis
und Norgâls. Anschouwe hat er noch dazu. Er hat allen Menschen
übel mitgespielt, die sich für deine Rechte gewehrt haben. Ich
glaube, er tötet sie oder nimmt sie gefangen –.

Hier brach sie ab. Was sollte Lähelîn in dieser Abschiedsstunde!
was die Einladung zu ritterlicher Rache, wenn der Liebesüße doch
gar nicht kämpfen durfte! Es war ein aus Wünschen und Flüchen,
gutem Rat und trauriger Irreführung, Hoffnung und Verzweiflung,

Wahrheit und Täuschung sonderbar gemischtes Testament. Von einem Letzten Wort, das sich hören lassen darf, kann man nicht gut reden.

Aber Parzivâl merkte sich Wort für Wort und schwor sich im Stillen, ein jedes zu beherzigen.

Noch einmal sah sie sich tränensatt an ihm, da er am Feuer kniete, um es zu schüren mit seinem mühelosen Atem. Der wendete weder zu wenig Luft auf noch zu viel, um die Flämmchen das Tanzen zu lehren und sie zu Flammen zu erziehen, die sein argloses Gesicht erhellten. Als hätte es noch heller werden können! Hier kniete es, das Gottes Werk. Ihr Teil daran war vollbracht. Sie durfte es ja doch gut nennen. Sie trat zurück. Von jetzt an mußte Gott allein zusehn. Parzivâl würde heimkehren, aber nicht zu ihr, sondern dahin, wo er hingehörte: in eine aufgehobene Welt.

Es war noch grau, als Parzivâl auf dem Pferd saß, in seinem Narrenkleid eins mit der Dämmerung, und doch zunehmend von ihr unterschieden, jedenfalls in den Augen, die den Tag noch hatte sehen wollen, an dem Parzivâl ausritt. Das Pferd wieherte.

Herzeloyde stand vor dem Pferd und sah hinauf und blickte mit blinden Augen in die Sonne, die noch nicht aufgegangen war.

Die Sonne aber beugte sich zu ihr nieder und küßte sie auf den Mund.

Ich geh jetzt zum König Artûs, sagte der neue Tag.

Und hatte es kaum gesprochen, da begann das Pferd schon zu traben, wie es noch niemand hatte traben sehen. Bevor es mit seinem Reiter im Morgendunst verschwand, wieherte es zum zweiten Mal.

Hatte Herzeloyde das dritte Wiehern gehört? Sie war ein paar Schritte in die Richtung des Rufes gelaufen, dann gestolpert und gefallen. Keine Jungfer war bei der Hand gewesen, sie zu halten. Sie rannten hin, doch als sie die Frau aufhoben, war sie tot.

Sie trugen sie nicht nach Hause, sondern legten sie wieder ab. Sie begruben sie da, wo sie gestürzt war, und errichteten ein kleines Gottes Haus, am Ende der paar Schritte, die sie der Sonne entgegen getan hatte, dem Sohne nach. Der ritt unschuldig pfeifend seines Weges fort, den sein Pferd einstweilen besser wußte als er. Er ließ die Mähre gehen, wie sie mochte, und freute sich an jedem Schritt. Denn jeder trug ihn weiter dorthin, wo er die Vögel hatte verschwinden sehen. Jetzt begann endlich die Ferne, in der er zu Hause war, und er ritt mitten hinein. Er schnupperte das rohe Kalbfell an seinem Leib und das mürbe Leder, das mütterliche Sacktuch und den Schweiß des Pferdes, den Tau auf dem Gras und den nassen Hauch der Uferwiesen. Das Wasser war dunkel hier, also durfte er es nicht überschreiten. Es paßte alles zusammen, und alles roch durchdringend nach Ritterschaft.

DAS ZELT AM FLUSS
WIE PARZIVÂL EINER FRAU GEWALT TUT,
UM SEINER MUTTER WORT ZU HALTEN

Hat er den Schrei im Walde nicht gehört? O gewiß; nur daß es ein Todesschrei war, hat er nicht gehört. Im selben Augenblick hat er etwas Entzückendes gesehen; und noch konnte er in der Welt nicht sehen und hören zugleich.

Er war dem Flüßchen gefolgt, eine ungerechnete Zeit lang, eine ungemessene Strecke. Das einzige Maß, das es gab, pochte an seinen Hintern, ein schleppender Wechsel von Tripp und Trapp, und der Schild baumelte ihm vor der Brust. Das Kind hielt den Zügel locker. Manchmal zog es daran, ohne viel zu bewirken; der Gaul schüttelte nur den Kopf und zeigte sein Augenweiß. Zwischen Dickicht und Strömung schritt er so geradeaus, wie der Flußlauf erlaubte. Manchmal schnalzten die Hufe im Schlick; lieber klatschten sie durch handtiefes Wasser, machten sich die Kiesbänke für ein paar ebene Schritte zunutze. Das Kind hatte sein Vergnügen daran, daß es überhaupt vorwärts ging, und eine Richtung war ihm so gut wie die andere. Daß der Weg zu König Artûs führte, unterlag nicht dem geringsten Zweifel. Der schlechte Sattel drückte noch wenig, und die Schenkel fanden Genugtuung darin, einen breiten Rumpf zu umspannen.

Im grauenden Tag begann die Au Farbe anzunehmen. Manchmal traf ein Sonnenblick, er schmerzte noch nicht. Die Bäume standen hoch genug, um das Wasser zu verdunkeln, auf dem dünne Nebel schwankten. Über ein dunkles Wasser führt kein Weg, so viel hatte er von seiner Mutter gelernt. Das Pferd schien die Warnung der Mutter zu kennen.

Manchmal schreckte eine Uferschwalbe auf, eine Grasmücke zeterte weg, eine Bachstelze, die von Mutters Gebot nichts wußte, wippte auf die andere Flußseite. Einmal hörte er Knacken im Holz, als breche unweit ein zweiter Reiter durch die Büsche; es klang wie springendes Eisen und verklang bald wieder. Von den Wegen anderer wußte Parzivâl nichts, am wenigsten solchen, die zum Tode führen.

Die Sonne stieg, und auf einmal sah das Kind drüben das Gehölz einem offenen Anger weichen. Etwas Helles schimmerte herüber. Zum Erkennen war es noch nicht, und doch zum Erstaunen schon.

Es war ein großer, runder Hut mit geteilten Farben, und durch die
Mitte lief ein dunkler Riß, aus dem es lockte.

Er hörte ihn nicht einmal, den Todesschrei in diesem Augenblick.
Sein Ohr hatte ausgesetzt, damit sich sein Auge mit Staunen beschäf-
tige. Und plötzlich stellte er fest, daß der Weg ja gerade dort hinüber
führte. Der Wald hatte auch diesseits der Sonne Raum gegeben; und
die malte eine klare Bahn quer durch das Flüßchen. Eigentlich war es
an dieser Stelle ziemlich tief, aber es wurde hell, also war hier sein Weg.

Doch das Pferd wollte weiter geradeaus, als wäre da drüben nichts
Entzückendes zu bemerken. Zum ersten Mal war der Reiter uneins
mit dem Tier. Er zerrte den großen Kopf am Zügel und wollte sein
Kopfschütteln nicht gelten lassen. Da aber alles Ziehen und Drücken
nicht half, mußte am Ende doch abgesprungen sein, ins Wasser, das
Parzivâl durch die schlappenden Stiefel lief. Er zog am Pferdekopf,
bis das übrige Pferd endlich nachkam und ihm unwillig durchs Wasser folgte.

Da stand ein Ding! Es war aus gestreifter Seide: rosa, lila und
violett. Die Nähte verbargen sich unter silbernen Borten, und von
der Spitze grüßte ein feuerspeiender Drache. Da Parzivâl aufgehört
hatte zu gehen, bewegte sich auch die Welt nicht weiter. So standen
sie einander gegenüber, Parzivâl und das Ding.

Wieder sah er etwas zum ersten Mal. Da er nicht einmal »Zelt«
dazu sagen konnte, wußte er schon gar nicht, daß es ein Frauenzelt
war. Er wäre nicht auf die Idee gekommen, eine Frau darin zu suchen. Ein kundiger Blick hätte die hingestreckte Schläferin erraten
und sich geschärft, um ihr schweres rotes Haar zu sehen oder gar
schon die beiden Lippen, die sich im Traum geöffnet hatten, die zwei
Reihen glänzender Zähne. So gut wie entblößt war auch der Frauenleib, nur ein zartes Hemd verkleidete ihn noch. Am Hals gerafft,
teilte es sich über den Brüsten und ließ einen runden Nabel sehen,
den der Atem hob und senkte. Die Decke, die über den Hüften lag,
konnte nicht weiter sinken. Denn ein weißer Arm schmiegte sie an
sich, mit schlafgelockerter Hand.

Der unkundige Blick sah noch fast nichts und doch mehr als genug. Er sah die runde Seidenkappe des Zeltes sich bahnweise zum
Boden hin spreiten; die mittlere Bahn war offen und zeigte ein In-
neres aus beweglichem Halbschatten. Sein Blick wanderte zum nächsten Baum, an dem die Lederhülse des Zeltes baumelte; er sah sie
gut. Denn was sich bewegte, hatte sein Jägerauge ihn sehen gelehrt.

Die Seidenhaut des Zeltes schauerte in der Morgenluft, als wolle sie flügge werden. Auch am Zeltaufschlag zupfte der Wind, und ohne seinen Wink hätte Parzivâl vielleicht die noch leisere Bewegung auch jetzt nicht gesehen. Da lag ja ein nackter Arm auf zartem Fell! Und als sein Blick zur Hand weiterlief, sah er auch einen Ring.

Aha! sagte sein Hirn fast erleichtert dazu: ein Ring! den kannte er schon. Den hatte er am Hals der Mägde gesehen, und am Leibe Gottes auch. Ein Ring! den wußte er beim Namen zu nennen, auch die Mutter hatte den Namen schon im Mund gehabt. Warum hatte sich sein Fisel erhoben und stramm gemacht? Hier war der Ring, den er einer schönen Frau vom Finger ziehen mußte, nicht ohne sie herzhaft geküßt zu haben. Und nun erst strengte er die Augen an, ob da außer Zelt, Arm und Ring auch noch eine Frau zu bemerken und ob sie schön und womöglich zum Küssen sei.

Ja, nun sah er etwas Frauenhaftes. Nun stand er nicht mehr mitten im Fluß still. Er zerrte das Pferd näher, um nachzuforschen, ob sich das Ding noch besser sehen lasse, und ob es außer dem Arm und dem Ring auch Lippen habe; denn ohne Lippen, das wußte er immerhin, wird aus einem Kuß nichts Rechtes.– Er hatte die Mutter oft genug damit geküßt, und erst ganz neulich etwas weniger.

Hätte das Flüßchen nur noch ein wenig länger im Schatten gelegen, er wäre weitergeritten, und Gott allein hätte gewußt wohin. Aber Gott wußte es anders. Er ließ Parzivâl das neue Ufer gewinnen. Er zeigte ihm, daß da ja bereits ein Pferd stand, ein weißer Zelter mit einer roten Decke und einem kunstreichen kleinen Sattel. Da konnte er seinen alten Schimmel gleich daneben binden. Die Tiere beschnoberten sich die Köpfe und legten sie einander über den Hals.

Hat Frau Jeschûte den Tritt der Kalbsstiefel im nassen Gras gehört? Ein Innehalten gespürt, dicht vor ihr? Es war nur ein Traum, der ihre Wimpern rührte; und nun sah der Jäger sie zittern, wie er alles sah, was sich bewegte, auch das Feinste.

Umstände machte er nicht. Er sah ihre Lippen halb geöffnet; er ließ sich auf die Knie fallen, um sie herzhaft zu küssen. Dabei reckte er die andere Hand schon nach ihrem Ring.

Aber die Lippen, auf die er traf, verschlossen sich heftig, so daß er ganz umsonst versuchte, den Kuß so sanft zu runden, wie es seine Mutter am liebsten hatte. Und die Hand, die den Ring trug, ballte sich zur Faust und suchte die Zobeldecke bis an den Hals zu ziehen; vergebens, denn Parzivâl lag der Frau bereits auf Bauch und Brust, so

daß ihre Hand nur sein Sacktuch zu fassen bekam und die nackte
Haut darunter, vor der sie zurückzuckte. Ihr Gesicht drehte sich zur
Seite, so daß es mit dem Küssen seine Not hatte. Sie zog ihren Arm
wieder an sich, um ihn zwischen ihre Brüste zu zwängen, ihre und
seine, die sie wegzudrücken suchte. Sie begann zu schreien, und die
ruhig atmende Bewegung ihres Leibes ging in eine ungeregelte über.
Davon hatte seine Mutter nichts gesagt.

Parzivâl, dessen Lippen jetzt einem Ohr begegneten, sprach diesem so gut wie möglich zu. Dafür mußte er das schwere rote Haar
der Dame etwas beiseite wischen und ihre Ringhand fahren lassen.
Etwas piekte ihn an der Brust mit nadelscharfer Spitze; das mußte
weg, sobald der Kuß überstanden war. Aber mit dem hatte es noch
immer Not und keine runde Richtigkeit. Den Namen der Mutter,
den er der Frau ins Ohr sagte, schien sie gar nicht zu hören. Um ihm
ihr Ohr zu entreißen, drehte sie ihm die Lippen zu, aber die waren
zugesperrt. Und gleich begegnete er wieder ihrem Ohr, diesmal dem
andern; das gedachte er nun nicht mehr loszulassen, vielleicht hörte
sie ja auf dem etwas besser.

Und in der Tat, der Mutterlaut, den er ihr ins linke – oder war es
schon wieder das rechte? – Ohr flüsterte, rührte sie so weit, daß sie
ihm, plötzlich erschlaffend, wenigstens die Ohrmuschel zum Küssen
überließ. Statt zu schreien, keuchte sie nur noch, und er verstand
nicht, warum. Was seufzte sie denn da? Schließlich brachte sie es
fertig, die Hände, die seine Brust zerkloben hatten, loszureißen und
ihm links und rechts ins volle Haar zu greifen. Und nun zog sie sein
Gesicht von sich weg, um ihm hineinzusehen, und er hörte sie sagen,
entsetzt, empört, erstaunt:

Wie – tut – Ihr – so?

Frau, sagte er, ich küsse Euch, doch meine Mutter hält still dabei.
Jetzt brauche ich noch das Ringlein und Eure Gunst.

Sie starrte ihn an, sprachlos wider Willen. Dann sagte sie:

Hört! ich bin eine edle Frau –

Das paßt! sagte er. – So eine müßt Ihr auch sein. Sonst darf ich
Euch gar nicht küssen. Wißt Ihr was? Helft mir über den Fluß.

Ihre Augen wanderten zum nahen Wasser, und als sie wiederka-
men in seine erwartungsvollen, schimmerte durch ihren Schrecken
etwas wie Hoffnung.

Das will ich gerne tun, nur müßt Ihr mich loslassen.

Im Gegenteil! lachte er. – Jetzt muß ich Euch packen und wenden!
Denn Ihr seid verkehrt.

Verkehrt? fragte sie und war in diesem Augenblick tiefer erstaunt als erschrocken.

Ja, Frau, sagte er. – Und mit einer Bewegung der starken Arme hatte er sie umgedreht auf ihren Bauch, und mit der zweiten ihr das Hemd hochgestreift, über beide Hinterbacken; die lagen wie Pfirsiche. Von denen hatte Sigûne ein Körbchen voll nach Soltâne gebracht, Herr Lähelîn hatte sie senden lassen als Versöhnungsgabe. Die rührte sie nicht an. Frau Herzeloyde aber hatte den Fruchtkorb entgegengenommen, denn für den Liebenschönenguten war ihr nur das Feinste gut genug.

Ihr habt einen schönen Arsch! verkündete Parzivâl, denn die Sprache der Bauern war nicht ganz an ihm vorübergegangen; und die waren um Namen nicht verlegen, wo die Mutter sprachlos blieb.

Bitte! Ich will Euch ja über den Fluß helfen! bitte! wimmerte die Frau.

Ist ja gut! tröstete er, nur bitten darf ich mich nicht lassen, sagt meine Mutter! Ich muß Euch noch fester packen, pardon, Frau. Aber der Latz geht nicht auf. Mein Fisel ist zu groß, und die Mutter näht alles zu.

Er preßte ihr mit den Knien die Schenkel zusammen, wie eben noch seinem Pferd; und mit der einen Hand hatte er durch das rote Haar ihr Genick gefaßt und drückte es unsanft nieder, während er mit der andern Hand an seinem Sacktuch zerrte. Erst als es riß, konnte der Fisel springen. Da prangte er wie eine Tollkirsche am Stamm.

Die Frau gab keinen Laut mehr, hatte nur beide Arme ausgebreitet, als könne man schwimmen auf der harten Erde. An einem Finger zitterte der Ring und wäre ganz leicht abzustreifen gewesen. Doch erst war da noch etwas zu tun. Hoffentlich war die Frau nicht tot! Er lockerte den Griff an ihrem Genick.

Ungeheuer! hörte er.

Das sagt meiner Mutter auch! antwortete er zugleich erleichtert und aufgeregt. – Ihr müßt den Arsch besser heben, damit mein Fisel in Euer Loch kann!

Sie tat nichts dergleichen, und so hatte er seine liebe Mühe.

Euer Loch ist zu klein! Bei der Scheckigen wurde es von selbst größer. Ohne Fleiß kein Preis, sagt meine Mutter. Seht Ihr? Jetzt ist er drin.

Ach, sagte sie. – Stoß zu, Kalb. Mach mich tot.

Tot? lachte Parzivâl. – Habt Ihr eine Ahnung! Das wäre ganz anders. Aber Ihr braucht nicht zu stoßen. Das mach ich selbst.

Er kniete zwischen ihren Schenkeln und hatte, als wäre sie ein Schubkarren, die Ränder ihres Beckens angehoben; die waren wie Schaufeln breit und nach innen handlich ausgehöhlt. Dazwischen hatten sich die Pfirsiche geteilt, und sein Fisel fuhr eifrig vor- und rückwärts darin herum. Erst klemmte es ein wenig, dann ging es immer flotter.

Hüst und hott! rief Parzivâl und lachte laut. – Hoppe hoppe Reiter! wenn er fällt so schreit er! fällt er in den Gra-ben fressen ihn die Ra-ben fällt er in den Sumpf! macht der Reiter plumps –. Dann fehlten ihm die Worte, doch der Fisel dachte nicht ans Aufhören, sondern stieß fröhlich weiter. – Warum lacht Ihr nicht? keuchte Parzivâl, das ist doch lustig! – Doch sie schwieg und hing so schlaff in den Fäusten, mit denen er ihren Leib an sich zog, daß ihm angst und bange wurde, er könnte sie doch noch totgemacht haben. Nur den Fisel kümmerte weder Angst noch Tod. Er hatte Kraft genug, Parzivâl so heftig hüpfen zu lassen, als wäre er auf ein wildes Pferd gebunden.

Wären die Griffe am Becken nicht gewesen, er hätte sich gar nicht mehr halten können. Und auf einmal konnte er es auch nicht mehr. Erst warf es ihm den Kopf in den Nacken, daß er laut aufschrie. Dann schnellte es ihn aus dem Sattel. Er brach über dem fremden Leib zusammen, blieb darauf liegen und keuchte. Nun war geschehen, wie die Mutter gesagt hatte. Denn als sein Kopf nach hinten gefahren war, hatte er durch die geschlossenen Lider gesehen: die Sterne fielen herunter, der Himmel wurde schwarz. Nun lag er, wagte die Augen nicht zu öffnen, spitzte nur die Ohren. Sang auch kein Vogel mehr?

Vom Ufer her war das aufgeregte Zirpen einer Grasmücke zu hören. Und es hob ihm die Brust.

Pardon, sagte er, Frau, ich mache Euch naß. Das tut mir leid.

Die Frau antwortete nicht. Sie schien eingeschlafen zu sein. Immerhin atmete sie noch. Er richtete sich auf. Das war der Augenblick, seine Pflicht zu tun. Er zog ihr den Ring von der schlaffen Hand. Da lag auch die Agraffe daneben, die ihn so übel gestochen hatte. Die steckte er wütend in die Tasche, die ihm seine Mutter ins Kreuz genäht hatte. Sie mußte die Sitzpolster mit Kiesel gefüllt haben, denn sie knirschten im Sattel und waren gar nicht bequem.

Ja, sagte die Frau. – Das paßt. – Erst ein Tier, und dann ein gemeiner Räuber. Was willst du noch?

Ein Ritter will ich werden! sagte Parzivâl.

So, sagte sie mit derselben kalten Stimme. – Ein Totschlag, das fehlt dir noch. Ein Ritter willst du werden. Dann gib mir den Ring zurück.

Das geht auf keinen Fall! sagte er. – Es muß sein, daß ich ihn Euch abgewinne, mit Eurer Gunst. Denn Ihr seid eine edle Frau. Darum packe ich Euch so fest in den Arm. Das hilft gegen Traurigkeit, sagt meine Mutter.

Mir nicht, sagte die Frau.

Mir auch nicht, antwortete das Kind. – Plötzlich lache ich nicht mehr. Das ist schade. Denn es ist doch lustig.

Lustig? sagte die Frau. – Tu's doch noch mal, großer Ritter, wenn es so lustig war.

Ich möchte wohl, sagte er, aber der Fisel nicht. Seht ihn nur an! Jetzt ist er weich wie Ihr.

Er hatte zu weinen angefangen und merkte es nicht. Sie richtete sich auf, als sie die Tropfen auf ihrem Rücken spürte, und sah ihn an.

Was hast du? fragte sie.

Hunger! sagte er und schluchzte.

Dort, sagte sie. – Setz dich an den Tisch. Zwei Rebhühnchen. Das ist mein Frühstück. Ich habe es nicht berührt.

Parzivâl kam auf die Füße und reichte der Frau den Arm. – Sie nahm ihn nicht. Sie hatte die Augen ja auch voll Tränen! Sie ordnete sich das Hemd. Sie hielt es mit beiden Händen zusammen und sah sich nach der Agraffe um. Dann bückte sie sich nach ihrem Überwurf. Auf den waren durchsichtige Vögel gestickt.

So einen hat meine Mutter auch! sagte Parzivâl mit vollen Backen, aber Eurer ist schöner.

Iß schnell, sagte sie leise, und mach, daß du weiterkommst. Mein Mann kann jeden Augenblick zurück sein. Dann schlägt er dich tot.

Mich nicht, sagt er. – Ich habe den Gabilôt.

Mich schlägt er auch tot, sagte sie.

Für was? fragte er und gab sich mit dem Schlingen alle Mühe. Die Hasenpastete schmeckte noch besser als die Rebhühner.

Für was? fragte sie. – Für meine Ehre.

Eure Ehre? Wo habt Ihr die?

Die kannst du mir nicht mehr stehlen, sagte sie. – Du hast sie schon. Ehre! Als Ritter müßtest du etwas davon verstehen.

Danke für den Ring, sagte er.

Gib ihn zurück! sagte sie schroff. – Sofort.

Das kann nicht sein. Den habe ich durch Eure Gunst. Ach, wie
das schmeckt! –

Sie starrte ihn an. Sie stutzte nicht mehr.

Du-bist-ein-vollkommener-Narr, flüsterte sie. Dann fuhr sie sich
über den Mund. – Mein Leben! sagte sie. – Lauf! zischte sie durch die
Finger. – Sitz auf, reite, so schnell du kannst!

Ihr seid schön, sagte er kauend, darum tu ich's Euch zulieb. Aber
noch lieber, Ihr helft mir nochmals über den Fluß. Der Fisel steht
schon wieder. Wollt Ihr ihn sehen?

Nein! schrie sie und hatte die Hände jetzt vor die Augen geschlagen. – Um Gottes willen, lauf und reite!

Okeeh! sagte er in Sigûnes höfischer Art.

Was sagt Ihr? fragte sie verdutzt.

Weiß nicht, sagte er. – Aber so heißt's, wenn's gut ist.

Er war vom Tisch aufgestanden und wischte sich den Mund mit
dem Ärmel. Dann rieb er sich den Magen. Nun mußte sie ihn nochmals sehen, durch die Finger, zum vierten und letzten Mal.

Er verneigte sich, der Narr. Immerhin ging er zu seinem Klepper,
band ihn los und sprang hinauf.

Ich heiße Liebergutersüßer! rief er. – Wie heißt Ihr?

Ich habe keinen Namen für Euch, sagte sie. – Reitet, reitet! – Sie
flatterte.

Bloß keine Angst! sagte Parzivâl. – Behüt dich Gott!

Er stieß dem Klepper die Hacken in die Weichen: der ging ungern
von dem Zelter fort, aber er mußte, da half kein Wiehern. Parzivâl
trieb ihn mit beiden Beinen und schüttelte den Zügel so lange, bis er
in Gang kam; dann fiel er gar in eine Art Trab. Immer noch empörend gemächlich verschwand er zwischen den Silberweiden. Die
Frau hatte die Hände von den Augen genommen, ließ die Arme
hängen und stand wie vor den Kopf geschlagen. Sie merkte nicht
einmal, daß sich ihre Lippen bewegten.

Behüt dich Gott, sagte sie. – Und dann: Um Gottes Willen.

Sie drehte sich um und um, lauschte hin und her wie ein gejagtes
Tier, kniete und suchte die Spuren auszuwischen, im Zelt und darum
herum. Das Gras war zerdrückt, als habe der größte Kampf stattgefunden. Sie suchte die Agraffe und hielt zugleich den Überwurf zusammen. Ach, es war doch alles zu spät und ohne Sinn, sie wußte es.

Und fuhr doch erst recht damit fort, als sie den bekannten Hufschlag
näher kommen hörte wie Hämmer des jüngsten Gerichts. Jetzt stand
alles still, sogar ihr Herz.

Das Schnauben dicht bei ihrem Ohr. Sie war so gut wie tot und
wurde kalt wie Eis. Da richtete sie sich auf. Ihr Mann stand vor ihr,
Herr Orilus, hoch zu Roß. Und sie erkannte mit einem Blick, er war
schwächer als sie.

Sie schlug die Augen nicht nieder. Sie blickte fest in seine starr
gewordenen.

Es war unmöglich, auf dem Pferd sitzen zu bleiben. Er mußte
herunter und wußte nicht, wie. Sie sah kommen, daß er es mit Zorn
versuchen würde, und wußte, der Zorn würde nicht stärker sein
können als er; und er war schwach.

Er saß ab und stand in Eisen vor dem Spurengewirr. Er setzte
keinen Fuß darüber.

Ôwê, sagte er, Frau! Wie habe ich Euch gedient. Und nun habt Ihr
einen Andern.

Da kam ein Narr geritten, sagte Frau Jeschûte. – Was für ein Narr.
Ich habe nie einen schöneren Menschen gesehen. Ich habe ihm gar
nicht erlaubt, meinen Ring zu nehmen, und den Fürspann auch
noch. – Daß er es getan hatte, mit oder ohne Erlaubnis, hatte Herr
Orilus längst gesehen. Der Ritter sprach wie im Traum und als hätte
er's eingelernt.

Hey! Er hat Euch so gefallen. Ihr habt Euch zu ihm gelegt.

Gott, sagte Frau Jeschûte, Gott! Ihr hättet ihn sehen sollen. Seine
Kalbsstiefel, den Beutel voll Sauspieße. Er war zum Lachen und
stank auch noch. Ein Knecht! So einer sollte mir nahetreten? Solltet
Ihr Euch nicht schämen, so etwas auch nur zu denken? Zu einem
solchen wollt Ihr mich legen, eine Fürstin, mich?

Statt aller Antwort nahm Herr Orilus seinen Helm ab und band
sein Pferd an die erste beste Erle.– Dann setzte er sich ins Gras,
stützte den Kopf in beide Hände und begann mit gepreßter Stimme
zu prahlen, daß es nicht mehr schön war.

Frau, sagte er, nie hab ich Euch etwas zuleid getan. Gut, Ihr seid
eine Königin gewesen. Ich habe Euch bloß zur Herzogin machen
können. Das hat Euch wehgetan und mir auch. Dafür habe ich Euch
etwas gezeigt. Ich war ganz der Mann, es mit Eurem Bruder Erec
aufzunehmen. *Der* könnte sich vielleicht beklagen! Vor Prûrin hat er
mich geschlagen, vor Karnant ich aber ihn. Nur so vom Pferd hab ich

ihn gefegt. Ich mußte wirklich nicht darauf gefaßt sein, daß Ihr Euch einen Geliebten nehmt, Frau Jeschûte. Habt Ihr vergessen, was ich mit dem stolzen Gâlôes gemacht habe, dem Sohn König Gandîns? Tot hab ich ihn gemacht. Ihr habt's selbst gesehen. Und wie war's in Kanedî, bei Artûs, vor der ganzen Tafelrunde? Da ging's rund. Um ein Sperberweibchen ging's, und um Euch. Ihrer Achte haben mich gefordert, und ich? Ihrer Achte hab ich niedergemacht, vor Euren Augen, und denen Cunnewâres, meiner Schwester. Die darf nicht lachen, bis sie den stärksten Mann gesehen hat. Oh, der sollte mir vor die Lanze laufen, am liebsten auf der Stelle! Niedergemacht müßte er sein. Gerade habe ich wieder einen niedergemacht. Ich wurde sein Unglück, versteht Ihr? Wehe einem Jeden, der meinen Zorn kennenlernen muß. Frauen sind schon aus schlechteren Gründen geschlagen worden, als Ihr mir geliefert habt. Habt Ihr vergessen, daß wir in den Flitterwochen sind? Jetzt könnt Ihr lange warten, bis ich Euch wieder näher trete. Eure weißen Arme sollen mir gar nichts mehr sagen. Ich will Eure roten Lippen erbleichen lassen. Ich muß Eure Augen rot machen, leider. Ich muß Euer Glück vernichten. Ich muß Euch das Seufzen lehren.

Wie eingelernt klang es, und wurde immer noch leiser. Der Mann verlor sich förmlich in seiner Stimme. War das noch Orilus, die Kampfmaschine?

Jeschûte antwortete ihm ebenso leise:

Lernt die Frauen kennen, dann fahrt Ihr besser mit ihnen. Warum macht Ihr mich nicht auch gleich tot. Haßt mich nur, das tut Euch wohl. Für mich aber ist Totsein fröhlicher als Leben mit Eurem Haß.

So, fröhlicher! sagte Herr Orilus und ermunterte sich, als hätte er nur auf ein Wörtchen gewartet, mit dem sie sich verriet. – Üppige Frau, dann sollt Ihr mich kennenlernen. Erwartet wohl gar nichts mehr von mir? Ihr werdet Euch wundern. Schluß mit Süßholzraspeln, Schluß mit Genuß! Was Ihr da am Leibe tragt, ist zu wenig. Nun aber werdet Ihr's tragen, bis es in Fetzen von Euch blättert. Schluß mit schönem Geschirr, ein Strohseil tut es auch! Und wenn mein Pferd frißt, soll Eures zusehen, die elende Mähre –

Herr Orilus' Stimme hatte zu zittern begonnen. Er räusperte sich, ging zum Damenzelter hinüber und zerrte am Sattel; den riß er herunter mit einem Ruck. Dann brach er ihn übers Knie. Aus der Tasche des Sattels zog er eine Schnur und stückte ihn wieder zusammen, notdürftig genug. Den Zaum nahm er ab und knüpfte an seiner Stelle ein Seil aus Bast.

Sitzt auf! befahl er, ohne sie anzusehen. – Wir reiten. Gleich werden wir ihn haben, den schönsten Mann, den Ihr je gesehen habt. Ich möchte ihn auch genießen –

Er hob die Frau auf den Sattel, wo der gebrochen war. Er behielt das Bastseil in der Hand, als er selbst aufsaß. Ein Pferd folgte dem andern, langsam. Es war dafür gesorgt, daß diese Verfolgung nicht weit führte. Das Zelt blieb stehen, leer, auf Nimmerwiedersehen, ein Spielzeug der Winde.

VOR DER FERNE

WIE SCHIÔNATULANDER
SICH AN EINER KAMPFMASCHINE TOTRENNT
UND PARZIVÂL EINE STRASSE GEHT,
AUF DER SEIN GLANZ ERLISCHT

Geschehen ist es, wie folgt.

Schiônatulander, *vom Pique-nique* weg gewappnet, war ins Unge-
fähre geritten, auf der Suche nach dem Brackenlaut.

Er ritt zwar heftig ausgreifend, doch drehte er das Pferd zugleich
suchend im Kreise, um nach allen Seiten bereit zu sein für das Laut-
werden der Bestie mit dem Halsband. Doch aller Laut hatte sich
verzogen, und der Wald verharrte in windiger Wüstenstille. Nur einmal meinte der Delphin etwas zu hören wie den platschenden Tritt
eines Pferdes durch flaches Wasser.

Bis die Sonne hoch über den Wipfeln stand, war er ohne Glück
unterwegs. Da war es fast eine Erlösung, als er nun doch etwas
kommen hörte. Es klang bei weitem gewichtiger als der Trab eines
jagenden Hundes. Klirrend näherte es sich und trat aus der kleinen
Lichtung hervor, in Gestalt eines vierschrötigen Ritters in Waffen.
Schiônatulander erkannte ihn sofort in seiner finsteren, doch beweglichen Rüstung, zum Kampf bereit immer und überall, also auch
mitten im Gehölz. Hier stand Herr Orilus. Der zog sich das Visier
über die Augen. Denn es diente ihm nicht nur zum Schutz, sondern
auch zur Schärfung seines Gesichts.

Er griff nicht an, das hatte er nicht nötig.

Schiônatulander war's, der die Lanze einlegte, den Helm neigte
über den Schild, dem Pferd die Sporen gab und die Zügel schießen
ließ. Er war's, der mit dem Schrei »Sigûne!« lossprengte über die
kleine Schonung, um diesen Gegner anzunehmen und die Rechnung
des Schönen mit dem Widerwärtigen zu begleichen, einmal für immer.

Es hätte gelingen können. Schiônatulanders Verzweiflung war
größer als die gefrorene Stärke der Kampfmaschine, einen kostbaren
Augenblick lang. Aber leider gelang es nicht. Etwas war im Wege.
Nichts weiter als eine Wurzel, ein dummer Strunk, den die Bauern,
die hier rodeten, hatten stehen lassen, aus begreiflicher Bequemlich-

keit. Dieser Stock mußte es sein, über den das Pferd in voller Karriere stolperte. Zu gut hielt er sich verborgen unter dem tauschweren Gras. Und statt den Gegner zu treffen, fiel der Delphin kopfüber in dessen gestreckte Lanze hinein. Sie brauchte nur gestreckt zu bleiben, um dem Stürzenden durch und durch zu gehen. Er hatte sich aufgespießt am Hindernis, das er diesmal fast geworfen hätte. Der stockdumme Zufall kam seinem Mut zuvor und brach ihn entzwei.

Daß Schiônatulander nicht gelitten hat, nicht mehr als einen schnellen Tod; daß ein Blutsturz aus seinem Munde den Schrei darin erstickte: was für ein schauderhafter Trost! Er stürzte in den Schatten vor ihm wie ein Schmetterling ins Licht. Und das Morgenland, das er in die Welt gebracht hatte, ging unter mit ihm zu dieser schwarzen Mittagsstunde.

Der Wahrheit die Ehre: Herr Orilus ist nur darin anzuschwärzen, daß er meinte, mit diesem Totschlag angeben zu müssen, hinterher. Dies war ein Stück seines Elends, das festzuhalten er sich schuldig war. Wer käme auf den Gedanken, daß ein rechtes Kalb würde kommen müssen, um auch diese Schuld an ihm heimzusuchen, ritterlich, wie sonst? Ausgerechnet dem kindischen Abschneider seiner Ehre wird es zufallen, den Stoß, den der Delphin nicht mehr hat führen können, ins Ziel zu leiten und das Hindernis zu werfen, damit hier endlich kein Schattenfleck mehr sei, und Herr Orilus immer noch lebe, oder zum ersten Mal.

Vorläufig wußte Parzivâl noch nicht einmal, was er angerichtet hatte im aufgeschlitzten Zelt, und daß er sich den Dunkelmann zum leibhaftigen Bruder gemacht hatte. Denn waren sie nicht in derselben Frau gewesen?

Nichts wußte er, als daß seine Säfte leicht waren und sein Magen voll. Nun mochte es nur immer so weitergehen durch diesen Wald. Es ging nicht schnell. Denn das Roß war alt, dafür wurde jeder Schritt um so jünger. Felsen, die wie Burgen aufgetürmt, nicht aber von Menschenhand gefügt, sondern aus zahllosen Steinchen gebakken waren – Nagelfluhfelsen also hatte das Kind, zum Beispiel, noch nie gesehen. Dabei war sehenswert, wie sich das zu Ballen und Knollen auswuchs, zu Klüften und Höhlen. Das Pferd, gewitzt durch das häufige Rutschen im Lehm, setzte seine Hufe heikel und benützte dankbar die Stufen eines Bächleins. Seitwärts aus Vorsicht ging der alte Gaul. Fast konnte man ihn vor Erleichterung seufzen hören, als eine niedrige Ebene gewonnen war, ein Stück gangbaren Waldes, hinter dem eine Schonung schimmerte. Aus dieser aber schrie es wie nicht gescheit.

Das Pferd blieb stehen und spitzte die Ohren.

Es war eine Frau, die so schrie. Sie kniete unter einem Felsvorsprung und ließ ihr Haar über ein längliches Bündel fallen. Neben ihr lagen Stücke einer Rüstung, aufgeschnürt und dann weggeworfen. Und als das Pferd mit dem Knaben noch näher trat, konnte er durch das Haar der Frau einen anderen Kopf erkennen, den dunklen Kopf eines blassen Jünglings. Die Frau hatte mit Schreien aufgehört. Ihr Haar schaukelte nur noch. Alles war still, sogar das Bächlein schwieg.

Eine Frau; ein toter Mann. Er hätte sie wahrlich kennen dürfen, die Besucher auf Soltâne; den Mann, der sein Hinken nicht beherrschen konnte; die Frau, der so leicht eine Mücke ins Auge geriet. Hier saß seine Verwandte, und hier lag ihr Liebster, der Delphin. Der Tod entstellt, und die Klage zerreißt auch ein vertrautes Gesicht. Er erkannte sie nicht. Er hatte bisher keinen Tod gesehen, außer bei Tieren und Vögeln, und Menschentrauer war ihm fremd.

Wer nichts weiß, der fragt.

Ihr mögt fröhlich sein oder traurig, sagte er laut – er hatte schon bei der Frau im Zelt Jammer und Freude nicht unterscheiden können –: meine Mutter befiehlt mir, jedermann zu grüßen. Ich grüße Euch. Ihr haltet einen Mann im Schoß. Wer macht Euch so ein Geschenk?

Die stumme Frau hob ihn kaum, ihren Kopf mit dem gelösten Haar. Ihm kam es vor, als lausche sie. Er entschloß sich, weiter zu reden und der Frau zu melden, was er sah.

Wer tötet ihn so? fragte er. – Ist es ein Gabilôt? Mir scheint, Frau, er muß ein Ritter sein. Wollt Ihr mir nicht erzählen, wer ihm das tut? Wenn ich den erwische, will ich's ihm zeigen.

Er rückte seinen Köcher nach vorn, in dem Wurfspieße staken, wohl ein halbes Dutzend, mit scharfen Spitzen und selbstgeschmiedet.

Und jetzt begann Sigûne zu reden, geläufig und ununterbrochen. Ihre Rede war zum Erstaunen. Hatte auch sie die Stimme nicht erkannt, die ebenso wohllautend fragte wie töricht? Sollte sie aber den Kopf noch immer nicht gehoben haben: wie kam sie dazu, die süße Jugend des Fragers zu loben, sein liebreizendes Angesicht? Denn das tat sie unbesehen, und sagte noch mehr, viel zu viel für eine fassungslos Trauernde. Was fiel ihr ein, dem Jüngling Glück zu wünschen und vorauszusagen? Was hatte ein Wort wie »Glück« inmitten ihrer Verzweiflung zu suchen? Aber all das tat sie, und auf seine Frage nach der Mordwaffe ging sie ein, als läge etwas daran.

Es war kein Gabilôt, sagte sie. – Der Gabilôt hat ihn vermieden. Er fiel in ritterlichem Kampf, wenn es je einen gab. Du mußt eine gute Seele sein, daß dich sein Tod so rühren kann.

Nicht zu glauben. Ein irrtümlicher Tod; und dann: ›in ritterlichem Kampf‹. Sie wußte wahrlich nichts, doch Parzivâl noch viel weniger.

Wie heißt du? fragte sie, als wüßte sie es nicht schon. Sie sah ihn ja an durch ihre Strähnen, sie hatte das nasse Gesicht erhoben. Parzivâl maß den Toten mit Neugier. Der war ja fast so jung wie er selbst, aber sein Gesicht hatte sich geleert.

Der Tod mußte schlimmer als der Teufel sein, denn mit dem konnte man immerhin kämpfen. Mit dem Tod kämpfte man nicht, obwohl er hatte sagen hören, daß jemand mit dem Tode ringe. Parzivâl schaute hin, ob der tote Knabe nicht gerade ein wenig gezuckt habe. Bei dem Fräulein hatte er, hinter dem vielen Haar, einen verzogenen Mund entdeckt, aber nicht zum Lachen. Auch war er so weiß wie das Kind in ihrem Schoß. Immer wieder beugte sie sich über sein Gesicht, wie ein Vogel, der nippt.

Parzivâl betrachtete den stillen Leib. Er sah den breiten roten Fleck auf der Brust, wie bei einem erlegten Wild.

Wie heißt du? fragte die Frau.

Schönerguterlieber! sagte er.

Ach! sagte sie und schloß die Augen. Dann erhob sie die Stimme, die immer weiter sprach; und dabei wurde sie langsam und tief.

Du bist Parzivâl! sagte sie. – Dein Name ist: Recht Mittendurch! Du bist die Furche, die Liebe durch das Herz deiner Mutter pflügte. Denn dein Vater ließ sie mit dir allein. Ich sage dir, wer du bist, und sage nicht zu viel. Dein Vater war ein Anschewîn, und wurde ein Wâleis durch deine Mutter. Über Wâleis herrschte sie selbst, war meine Tante und vom Grâl: ich sage nicht zuviel. Du bist geboren zu Kanvoleis und König auch von Norgâls, dort müßtest du die Krone tragen. Aber Lähelîn hat's dir genommen, wie alles, und sein Bruder heißt Orilus. Der hat diesen Fürsten erschlagen, mir, aber auch dir. Wahrlich, dieser Tote hat dir dein Reich gehütet, so lange er konnte. Lieberguter Cousin, der hier ist mein Liebster, und ich selber hab ihn in den Tod geschickt. Ich war's, Orilus hat's nur vollbracht. Ich habe diesen Mann geliebt und hab's ihn doch nicht recht fühlen lassen. Er sollte mir doch nur das Brackenseil wieder schaffen, mit der wahren Geschichte drauf, dann wollt ich ihm endlich zu Willen sein. Mein Wille war es auch, von ganzem Herzen. Statt dessen hab ich ihn in den Tod geschickt. Ich hab's getan, denn ich hab's unterlassen, als es noch Zeit war. Jetzt ist es nicht mehr an der Zeit, und ich muß ihn im Tode lieben, so gut es geht. Er ist in meinem Dienst gestorben, Parzivâl, aber in deinem auch.

Sie starrte ihn durch die Strähnen an. Er war also Parzivâl! und dies war seine Cousine; als sie ihn Liebergutersüßer nannte, hatte er sie erkannt. Das war Sigûne und keine andere. Dann mußte der Tote Schiônatulander sein. Er sah sich gar nicht mehr ähnlich, das machte wohl der Tod. Das war bei den Vögeln nicht anders. Sie waren nicht mehr dieselben, wenn sie tot lagen, sie flogen nicht mehr. Und Lähelîn hatte ihn getötet, oder sein Bruder. Ein Teufel war dem Knaben so gut wie der nächste. Er kannte beide nicht; sie aber sollten ihn kennenlernen.

Denn nun war er Parzivâl, recht mitten durch! Und ein König wie Artûs war er auch, das hatte er gern gehört. König Parzivâl! Die Sache mit dem Hundeseil verstand er nicht, aber Lähelîn hatte ihm seine Königreiche gestohlen. Das sah dem gleich. Und hatte diesen Jüngling totgemacht, der Schiônatulander gewesen war, als er noch lebte. Lähelîn, immer derselbe! König Parzivâl wußte jetzt, was er zu tun hatte.

Base, sagte er, das tut mir leid. Aber ich werde ihn schon kriegen. Dann soll's ihm übel ergehen, so wahr ich Parzivâl heiße! Sagt mir nur schnell, wo ist er hingeritten?

Wie groß er stand in der Welt, und wie ahnungslos. Ja, sie waren verwandt, so viel durfte sie ihm heute sagen, mehr aber nicht.

Sie hob den Zeigefinger, der fing an zu suchen und beschrieb fast einen Halbkreis, bevor er in der Luft stehen blieb.

Da! sagte sie. Dahin, da hin! und ließ den Finger zur Sicherheit noch ein Stück weiterrücken.

Die Bewegung hatte ihr Kleid geöffnet; er sah Brüste unter dem weißen Kleid, die waren ihm nicht mehr neu. Immer häufiger begegnete ihm etwas, was er schon kannte; er hörte seinen Magen knurren. Aber erst mußte er kämpfen. Er blickte den Richtungen nach, die ihr Finger wies; hier war kein Wald mehr, sondern offenes Feld, mit kleinen Buschgruppen, die feucht in der Sonne glänzten.

Ich gehe, sagte er, seid unbesorgt! Bald sollt Ihr nicht mehr weinen. Vielleicht wird er ja wieder lebendig. Ihr könnt ihn aber auch begraben. Das ist besser! Sonst fängt er an zu stinken.

Sah er, wie sie erstarrte? Er hatte seinen Klepper vom Baum losgebunden und schwang sich obendrauf. Das Tier stellte die Ohren. Es begann von selbst in die angezeigte Richtung zu gehen, sie war auch ihm die bequemste. Und es dauerte nicht lange, da hatten sie eine Straße gewonnen, auf der sich noch bequemer reisen ließ.

Parzivâl sagte seinen Namen vor sich hin, einmal mit dem König davor, einmal ohne. In leichtem Trab überholte er Bauerngruppen, die Holz in ihren Karren führten, Torf oder Gemüse, auch Kaufleute und wandernde Mönche. Alle waren sie ihm neu, und jeden fragte er danach, ob er Lähelîn gesehen habe oder dessen Bruder. Ich bin König Parzivâl! stellte er sich vor. Ich soll Euch grüßen, sagt meine Mutter!

Von den bösen Brüdern wollten sie nichts gehört haben und erwiderten seinen Gruß mit schiefem Lächeln, wenn sie den Mund wieder zugekriegt hatten. Denn der Reiter in seinem Narrenkleid ließ jedermann stutzen, und die Frauen erst recht. Ein schöner Narr! Der Ernst, mit dem er fragte, ließ ihn erst recht närrisch erscheinen. Doch seine Schönheit war kein Spott und brachte diesen zum Schweigen. Noch nie hatten sie einen mitlachen sehen, wenn man über ihn lachte – um dann innezuwerden, daß man *mit* ihm lachte, über den Tag, der immer schöner wurde. Und doch konnte er nie so schön werden wie dieser Narr.

Sigûne aber und ihr Toter versanken in der Ferne. Sie waren schon nicht mehr von dieser Welt, in die Parzivâl auf seinem munter gewordenen Pferd ins immer Weitere zog. Und doch befestigte sich die Leidensgruppe auf dem Grund seines Gefühls und würde dort bleiben, bis er sie wiederfand: immer dasselbe Paar, den Toten und die Klagende, und doch jedesmal verändert. Um genau so viel verändert, wie er, der Dumme, sich selber verwandelte, vom Königsnarr, der in Glück und Dummheit prangte, zum Meister in der Werkstatt des Unglücks, in das er seinen Arm fahren ließ wie in einen Ärmel, mitten durch, um es zu wenden.

Parzivâl reitet nach Westen, die Sonne zur linken Hand. Fraglos zieht er auf der Landstraße, schon bald nicht mehr sauberer als ihre Kinder. Die stutzen kaum noch und schauen ihm immer seltener nach. Es gibt schöne Dirnen, schöne Halsabschneider, schöne Ritter, und alle ziehen sie auf der breiten Straße dahin, weil sie bequem ist und darum doch nicht gleich zur Hölle führt.

Er blickt nicht mehr so keck um sich. Er ist müde geworden. Auch sein Gaul stolpert nur noch durch Pfützen und über Karrengeleise. Wo die Straße zum Morast wird, muß man ihr ausweichen; das offene Feld ist mit Maulwurfshügeln besetzt. Bald wird das Paar auch zum Ausweichen zu müde und reitet recht mittendurch, ohne des aufspritzenden Schmutzes zu achten. Es kommt auch vor, daß Parzivâl von einer Schar Berittener einfach aus dem Weg gescheucht wird, oder der Gaul war noch wach genug, aus Klugheit beiseitezutreten. Dann jagen sie vorbei mit Flüchen und Hallô und halten sich bei der Schönheit eines Narren nicht auf.

Auch Parzivâl hat aufgehört, in jedem Dahergelaufenen den Ritter Gottes zu sehen. Der Vorsatz, selbst einer zu werden, ist immer dünner geworden. Es kommt vor, daß auch er, wenn er weggedrückt wird, flucht wie ein Fuhrknecht; erst zur Probe, dann geläufiger, denn auf der Straße fliegen einem die Flüche nur so zu und lernen sich im Handumdrehen. Man muß nicht immer wissen, was sie bedeuten, wie etwa: Schürz dich, du Herrenbräutchen! Er versteht immerhin: da hat jemand seine Königlichkeit nur bemerkt, um sie der Landstraße ähnlich zu machen.

Mühselig stapfen sie ins offene Leere, der Gaul und sein Narr, und die Ebene vor ihnen, auch wenn sie sich immer weiter streckt, ist nur noch ein schwaches Ufer vor einem übermächtigen Himmel. Das Paar wird einsamer in der Dämmerung. Öfter bleibt der Gaul stehen, um am Wegrand etwas Frisches zu rupfen; Parzivâl, der einnicken will im Schaukeltrab, wacht am Stillstand wieder auf und fühlt Hunger. Hätte ich doch wieder die Frau im Zelt! dachte er. Dann würde der Tisch gedeckt!

Kohlköpfe sind keine Rebhühner, aber sie haben den Vorzug, hier zu sein und still zu halten, ein ganzes Feld davon; dahinter schimmert das schwache Licht einer Burg. Es ist noch dunkler geworden. So dreht Parzivâl den Kopf des Pferdes dem Kohlfeld zu, und zum Glück läßt es sich diesmal nicht bitten. Es stapft mit schweren Hufen in das Erdreich hinaus. So kommt auch das Licht in der Burg langsam näher, doch wird diese immer mehr zur Kate dabei, windschief auf einen Sockel aus rohen Steinen gesetzt. Dahinter dehnt sich ein eisgraues Gewässer, und ein Netz hängt ausgespannt im Baum, an dem Parzivâl seinen Gaul festmacht. Dann stolpert er auf das Gehäuse zu und klopft an die rohe Tür.

Der Mann, der die Tür einen Spalt öffnete, wollte sie gleich wieder zudrücken. Aber Parzivâl schob seinen Kalbsfuß in den Spalt, zitternd vor Hunger. Da riß der Fischer die Tür wieder auf.

Pack dich, Gesindel! sagte er mit grobem Baß.

Grüß Gott! sagt Euch meine Mutter, antwortete Parzivâl. – Ich bin ein König und habe Hunger.

Der Mann hielt das Windlicht höher und schützte es mit der Hand; er betrachtete Parzivâls Gesicht, während sein eigenes im Schatten lag.

Hunger! sagte er. – Da kann jeder kommen. Reitet nur fort, in ein paar Stunden kommt Ihr zu den Grauen Brüdern von Jaucke, die können ja mildtätig sein. Ich habe sieben Kinder, und leben tun sie auch noch. Viermal jede Nacht werfe ich mein Netz aus und muß froh sein, wenn ich einen Stiefel herausziehe, der halb so gut ist wie Eurer da. Nehmt ihn aus der Tür. Sonst tritt was drauf, das tut Euch weh.

Nur ein Rebhühnchen! sagte Parzivâl. – Eine Hasenpastete!

Nicht in tausend Jahren, sagte der Mann.

Parzivâl zog den Fuß zurück. Da endlich stutzte der Mann.

Ihr seid wohl gar aus gutem Haus? fragte er. – Habt doch nicht zufällig etwas Teures dabei, etwas Apartes?

Parzivâl griff in den Köcher und suchte die Spange, die er unter den Wurfspießen verborgen hatte. Er hielt sie auf der flachen Hand vor sich hin; die zitterte. Der Glanz im Kerzenlicht zitterte noch mehr.

Echt? fragte der schwere Mann. – Zeig her.

Parzivâl zog die Spange zurück. – Sie gehört Euch, sagte er, für Essen und ein Bett. Und –

Und? fragte der Fischer.

Das Kind spürte, daß es je mehr für den Schmuck bekam, je länger es ihn zurückhielt.

Wenn Ihr mich morgen zu meinem König Artûs führt, sagte Parzivâl.

Der Fischer hielt die Kerze zum ersten Mal so, daß Parzivâl sein Gesicht sehen konnte. Es war grob, aber die Gier verstellte es zur Freundlichkeit.

Warum nicht gleich! stieß der Mann hervor. – Ihr hättet sagen sollen, daß Ihr vom König Artûs seid. Seltsam verkleidet habt Ihr Euch, aber jetzt sieht man's so ungefähr. Schlecht genug werdet Ihr's finden, aber auf Stroh müßt Ihr nicht schlafen, denn ein Spannbett haben wir auch. Und etwas Warmes kocht auf dem Herd, also nehmt fürlieb.

Die Kate enthielt nur das Nötigste, aber sie war aufgeräumt. Der Fischer belehrte die Frau am Herd mit einem Puff in die Seite, sie müsse ein anderes Gesicht machen.

Einer aus Nantes, sagte er. – Hat sich verirrt und gibt uns die Ehre. Du schläfst auf dem Sack. Kannst du das Maul nicht auftun?

Das Kind, sagte die Frau. – Es ist tot.

Ja? sagte der Fischer. – Ja dann.

Du hast es nicht zur Taufe gebracht, sagte die Frau.

Und wer fischt? fragte der Mann.

Und mein Pferd? fragte Parzivâl ungeduldig.

Aber freilich! sagte der Mann. – Mit einem Stall können wir nicht aufwarten, aber eine gute Scheuer tut's alleweil. Denkt zuerst an Euer Tier, das nenne ich menschlich. Darf man Euren Namen wissen?

Ich habe keinen, sagte Parzivâl.

Das Kind im Winkel wimmerte nur noch, dafür begann ein anderes lauter zu klagen. – Essen! sagte es. Essen!

Interessant! sagte der Fischer und verdrehte die Augen. – Seid wohl ein irrender Ritter? Wollt von einem Namen nichts mehr wissen? Habt ein Gelübde getan?

Ich versorge jetzt mein Pferd! sagte Parzivâl.

Schön, sagte der Fischer. – Ich zeige Euch, wohin. Erlaubt nur, daß ich gleich das Kind mitnehme.

Wie heißt es? fragte Parzivâl.

Hat keinen Namen, wie Ihr, sagte der Fischer. – Muß auch ein Gelübde getan haben.

Er nahm das tote Kind in den einen Arm und öffnete mit dem andern die Tür. Er legte es unter dem Hollerbusch ab und raufte frisches Gras, das er in die Scheune hinübertrug; Parzivâl folgte ihm mit dem Gaul an der Hand. Die Scheune war ein offener Verschlag, gedeckt mit Schilf und gefüllt mit Stroh; im Winkel lehnte Gerät zum Ackern und Fischen. Der Mann machte Platz frei für das Pferd, das zu misten begann.

Oho! sagte der Mann. – Ich habe einen Rosenbusch, der könnte

wieder einmal blühen. Junker, Ihr bringt mir Glück. Ein Kind weniger, und jetzt auch noch Roßmist. Dafür muß ich sonst bis zur
Straße laufen, und ich habe die Beine voll Wasser.

Der Himmel war erloschen, bis auf einen grellen Streifen am un-
tern Rand; nur der See hielt noch etwas Licht und glänzte wie Blei.

Geht nur voraus an die Wärme, sagte der Fischer, ich bin gleich
fertig. Die Suppe muß gar sein. Kohl und ein wenig Fisch, wenn's
recht ist. Ich muß nochmals hinaus, damit Ihr zum Frühstück bedient seid. – Ihr geht doch früh? fragte er, während er mit so heftigen
Bewegungen begann, ein Loch auszuheben, daß der Lehm nach allen
Seiten flog. – So jung und schon ein Gelübde! Fabelhaft!

Parzivâl sah das Tote klein unter dem Baum liegen und hörte den
Magen knurren. In der dunklen Hütte stand die Frau am Herd und
rührte im Kessel mit steinernem Gesicht.

Der Kohlsud hat das Wimmern in der Hütte eine Weile verstummen
lassen. Aber Parzivâl hätte in dieser Nacht auch die Trompete des
Jüngsten Gerichts überhört; der Schlaf hütete sie fest, seine erste
Nacht in der offenen Welt. Oder behütete er ihn schon davor, sich
dies und das träumen zu lassen?

Zum ersten Mal hatte er von Ehre reden hören, und schon war sie
nichts als ein Wort. Er hörte sich einen Ritter nennen, und schon
beim ersten Mal war es nicht wahr. Draußen unter dem Hollerbusch
lag ein Kind unter der Erde, dem er Glück gebracht hatte; so also sah
es aus, das Glück. Zum ersten Mal hatte er seinen Gaul »ausgesucht«
nennen hören, und zum ersten Mal wußte er: es war nur ein Klepper,
und doch das einzige, was er besaß. Es dämmerte ihm, daß er Niemand war unter diesem Dach aus Schilf, und wäre noch weniger als
Niemand gewesen, hätte er den gestohlenen Schmuck nicht gehabt;
nicht einmal eine Schüssel Kohlbrühe wert und eine Nacht auf einem
elenden Bett. Er hatte sich aufblasen müssen, um wie Etwas auszusehen. In der Hütte werden die Menschen dunkel, sie wachsen und
vergehen wie Gras. Und die Menschen sind arm; ihre Freundlichkeit
ist knapp und muß ihnen teuer abgekauft werden. Wie man den Preis
dafür zusammenbekommt, ist gleich, aber zahlen muß man ihn;
sonst wird man ärmer als sie, und es ist plötzlich wahr, daß man
keinen Namen mehr hat, wie das Kind unter dem Holunder.

Parzivâl träumte nicht, und das war gut. Er hätte sich womöglich
träumen lassen, die Schwäche der Leute sei für einen Totschlag im-

mer noch stark genug. Denn wo die goldene Spange herkam, da hätte
ja noch mehr sein können, und in der abgestreiften Narrenhaut hätte
sich vielleicht ergiebiger fischen lassen, als im nächtlichen See. –
Aber Parzivâl schlief traumlos, im Schutz des Königs Artûs, auf den
er sich berufen hatte – gelogen, aber wirksam.

DAS LACHEN ZU NANTES
WIE PARZIVÂL IM ARTÛSHOF EINZIEHT,
UM SEINEN AUFTRAG LOSZUWERDEN,
UND EIN BLAUES WUNDER ERLEBT

Der Fischer war vorausgelaufen, auf der Heerstraße zuerst, dann
seitab auf immer schmaleren Wegen. Unfest war der Boden geworden, moorig, und schmatzte. Der Klepper wählte Tritt um Tritt,
während der Fischer von einer festen Stelle zur nächsten sprang und
immer wieder innehalten mußte mit rasselndem Atem. Bei Tage
wirkte der Mann grau und ungesund, mußte auch ein Bein nachzie-
hen, bewegte sich dennoch mit überraschender Geschicklichkeit. Sie
hatten einen Deich erklommen, der aber nur Land von Land trennte;
die wollige Sumpfgraswiese wich einem Blumenteppich.

Dort! sagte der Fischer. – Das ist Nantes.

Was ist Nantes? fragte Parzivâl.

Die Stadt Eures Königs Artûs, sagte der Fischer.

So führt mich hin! sagte Parzivâl.

Ich? sagte der Fischer. – Lieber nicht! Leute wie ich schicken sich
nicht für die Stadt. Wir sind eine Pein für die Augen der Herren. Das
ist nur etwas für einen Ritter wie Ihr.

Parzivâl konnte den Hohn nicht hören, denn er war mit Staunen
beschäftigt. Der gezackte Streifen am Ende des Veilchenfeldes sollte
die Burg des Königs Artûs sein? Sie leuchtete ja nicht einmal! Der
Gaul aber genoß den sanften Boden, ging immer weiter und versuchte eine Art Tanzschritt, angezogen von Veilchenblau und Maien-
grün.

Halt! schrie der Fischer.

Er hatte zu laufen begonnen. Dabei zog er die Mütze, um sie
Parzivâl hinzuhalten, und verbeugte sich heftig auf seine schiefe Art.

Gott schütze Euch! sagte er keuchend, mit stechenden Augen.

Euch ebenfalls, sagte Parzivâl, aber bevor er das Pferd wieder am
Zügel zupfen konnte, hielt sich der Mann daran fest.

Gott schütze Euch! wiederholte er drohend. – Und was ist mit der
Spange?

Daran hatte Parzivâl gar nicht mehr gedacht. Er klaubte das
Schmuckstück aus dem Köcher und warf es in die Mütze. Der Mann

nahm es, drehte es im Sonnenlicht und sprang davon. Kein einziges
Mal wandte er sich um.

Nantes, das war es nun? Vielleicht mußte man näher reiten, damit
sich das Wunder zeigte. Er gab dem Klepper die Sporen und begann
im Trab, dann im Galopp gegen den steinernen Wald da vorn anzu-
reiten, der gar nicht größer werden wollte.

Aber kam ihm da nicht ein Licht entgegen, ein Funke am hellich-
ten Tag? Parzivâl zog die Zügel an; das Licht wurde stärker, nahm
Gestalt an, und siehe, es wurde die Gestalt eines berittenen Herrn.
Ja, diesmal war es Gott selbst.

Parzivâl stand und hatte sich vergessen. Hüpfend vergrößerte sich
das Freudenfeuer und warf Glanzlichter über die glatten Buchen-
stämme. Was für ein Schild! Die Erscheinung trug ja die Abendsonne
vor sich her! Parzivâls Augen tränten. So rot war auch das Blut nicht,
das seine Bolzen aus den Vögeln geschlagen hatten.

Die Satteldecke Seide aus Zinnober, das Zaumzeug purpurnes Saf-
fian, der Waffenrock nach der letzten Mode geschnitten, aber das sah
das Kind nicht, sah nur: rot. Die Erscheinung hatte eine Stange
aufgestützt, mit einem brandroten Wimpel dran, hielt die Stange in
einem Arm, der war aus kupferroten Ringlein geschmiedet wie der
ganze Leib, bis zu den Fußspitzen im roten Steigbügel; und der rote
Handschuh hielt einen Becher, der war aus rotem Gold. Himmel,
ging das Pferd unter der Flatterdecke frei und schön.

Das Haupt Gottes war geflügelt! Es war ein roter Topf mit weißen
Schwingen, doch er mußte beschädigt sein. Ringsum lief ein Riß,
darunter waren zwei große Löcher hineingeschlagen, und viele kleinere dazu. Vorn hing ein Eisenbart davon nieder, und im Nacken
eine Schleppe bis zu den Schultern. Das war alles aus beweglichen
Ringeln zusammengewirkt.

Die Erscheinung hob den geflügelten Kübel ab und setzte ihn vor
sich aufs Roß. Und nun wurde sie ein Mensch, der war sehr weiß, bis
auf die Lippen. Sogar die Augen, die er starr auf den Knaben richtete, erblaßten; nur das kurze Haar blieb rötlich.

Parzivâl hatte den Mund auf- und zugemacht; jetzt machte er ihn
wieder auf.

Gott behüte Euch, sagt meine Mutter.

Die Erscheinung bewegte die Lippen.

Gott lohne ihr und Euch den Gruß! hörte Parzivâl.

Er schloß den Mund wieder und öffnete die Ohren. Denn die
Erscheinung begann zu singen.

Gepriesen seist du, süßes Leben! sang sie mit hoher Stimme. – Wohl dir und Heil, du mußt geboren sein! von einem Weibe wunderfein, warum nicht gar mit Haut und Haar von einer Jungfrau zart! Du Schönster, des ich inneward, du bist ein wahrer Liebesblitz! du machst den Frauen rechte Hitz, da rutschen sie auf ihrem Sitz, sie winken dir und sinken dir, du Engels Kind, du Gottes Kitz! Sie quälen dich mit ihrer Qual und stillen deine allzumal. Das möchte nicht gehindert sein, will immer nur gelindert sein, sie wollen bloß mit ihrem Schoß dir unterliegen, Glück der Welt, und dich besiegen, wenn's gefällt. Doch wenn's gefällt, so fällst du mit und wirst gefressen, wenn du frißt! Vergiß nicht, wenn du dich vergißt, daß du den Frauen, die dir trauen, vieles, doch nicht alles bist!

Höre, Kleiner, sagte der Rote Ritter in gewöhnlichem Ton, der plötzlich etwas Gepreßtes hatte. – Ob du mir einen Gefallen tätest? Du fährst ja wohl zu Artûs, wenn ich recht sehe. Dann richte ihm doch etwas aus. Ich bin Ithêr, König von Kukûmerland. Bin aber auch König von Bertâne oder müßte es sein, von Rechtes wegen. Das hab ich dem Onkel Artûs vorgetragen, denn ich bin sein lieber Neffe. Und dabei ist mir ein *Malheur* passiert. Ich habe ihm diesen Becher vom Tisch serviert. Das gehört sich wohl nicht. Aber noch viel weniger gehört es sich, daß ich nicht gehört werde. Da ist mir der Becher in der Hand geblieben, versehentlich. Zuvor ist er umgekippt und ausgeflossen, leider, in Frau Ginovêrs Schoß, die mich liebt. Ich stürzte hinaus. Was blieb mir übrig! Nun grollen mir die Herrschaften und schreien nach Sühne. Aber bin ich König von Bertâne oder nicht? Richte aus: du hättest mich hier stehen gesehen! Hier steht auch meine Lanze! Ich fordere Genugtuung – und leiste sie jedem, der das Herz hat, sie von mir zu begehren! Hier sei der Becher: soll ihn holen, wer kann, aber auf der Spitze seiner Lanze!

Parzivâl glotzte dem Ritter auf die Lippen, die noch weißer geworden waren. Er schien Parzivâls Erstaunen als Vorbehalt mißzuverstehen.

Du fragst, warum ich meinen Anspruch nicht vorgetragen habe, wie der Brauch verlangt? Man sengt ein Büschel Stroh an, kehrt's um und rückt es den Herren vor, daß es ihnen in die Nase stinkt. *Bel et bien* – aber nun sieh dir diesen Rock an! Ich habe ihn in Brügge machen lassen und trage ihn erst seit gestern. Soll mir da Ruß dran kommen? *Impossible!* Du fragst, wie das mit dem Becher passieren konnte. Mir! Ich habe die sicherste Hand der Kristenheit und auch

das feinste Tafelgeschirr. Wenn du meine Sammlung von Pokalen
sehen könntest... alles mit der Lanze abgeholt! Ich habe bei meinem
Onkel Gahmuret gedient, dem du von ferne ähnelst... dann fuhr ich
mit Trevrizent ins Heilige Land. Männer *sans pareil.* Doch unter uns:
den Damen war ich noch lieber. Ich war Gahmurets Glück! und
weißt du was? Mit mir hat's ihn verlassen! Was willst du – ich steckte
mir ein höher Ziel, es wurde mir gesteckt – von meiner Tante Ginovêr. Ich tat's ihr an, wie konnte ich ihr's abschlagen? Noch nie habe
ich eine Dame befleckt – nun dies! Artûs eigner Becher, aus dem ich
ihre Gesundheit trinken will, er springt mir aus der Hand, wohin?
Ihr mitten in den Schoß! Sie ist gut, meine Frau, sagte er plötzlich in
ungeziertem Ton, sie ist ein Wunder. Du wirst es sehen mit einem
Blick. – Aber ich will meine Länder! schrie er plötzlich. – Ich habe
die Mohren zu Paaren getrieben, daß sie unsern Herrn Kristus kennenlernten! Mit dieser Lanze habe ich sie in Scharen bekehrt, schneller als Gahmuret mit dem Diamanthelm! Kennst du ihn?

Nein, sagte Parzivâl.

Du hast etwas versäumt! sagte Herr Ithêr, nun, er ist *perdu!* Das
Bocksblut hat ihm den Tod gebracht... er suchte ihn, wenn du mich
fragst. Wer die Frauen zu gut kennt, will sterben. Du kannst von
Frauen auch ein Liedlein singen, hab ich recht?

Sie singen schöner, sagte Parzivâl.

Und ob! lachte der Blaßrote zum ersten Mal. – Gesprochen wie
ein Kavalier! Aber ich weiß auch zu singen, *croys-moi!*

Ich habe Euch gehört, sagte Parzivâl.

Du hast etwas Hinreißendes, sagte der Rote Ritter und zog die
Zunge über die blassen Lippen. – Du wirst noch weit gehen, *mon
petit chou!* Deine Verkleidung ist superb! Wo hast du die Sauspieße
aufgetrieben?

Selbst gemacht! sagte Parzivâl stolz.

Trägt man das jetzt? fragte König Ithêr. – Eine Frechheit! sagte er
bewundernd und krauste zugleich die Nase. – Doch über Geschmack soll man nicht streiten. A propos Streiten! Wenn Artûs sein
Geschirr wieder haben will... soll er einen Ritter schicken, aber
nicht den feigsten! Ich bin gekränkt – ich habe gekränkt. *A la bonne
heure!* Ich bin der Mann, auch ein *Malheur* zu adeln. Ich will um
diesen elenden Becher kämpfen, als wär's der heilige Grâl. Siehst du
ihn? Siehst du mich?

Ja, sagte Parzivâl.

Vergebens ist der Tod! sagte Herr Ithêr. – Also sag König Hahnrei meinen Gruß, dann weiß er schon, was ich meine. – Er hob die Lanze und schloß das Visier, wie eine Tür ins Schloß schnappt. – Ich warte hier, fuhr er dumpf fort. – Sprich durch die Blume, Schatz, aber sonnenklar.

Sonnenklar, sagte Parzivâl.

Ich warte, ich warte, sagte Herr Ithêr von Kukûmerland und ließ seinen Rotfuchs, ohne den Zügel zu berühren, einen vollkommenen Kreis tänzeln, nur mit dem Druck seiner Schenkel. Parzivâls Augen begannen zu leuchten. So ein Pferd mußte er auch haben!

Aber laß mich nicht zu lange warten, sagte der Rote Ritter. – Warten ist der Tod für mich!

Ja, sagte Parzivâl.

Und jetzt kam, wie an einer Schnur gezogen, der steinerne Wald immer näher. Er bestand aus einer einzigen starken Mauer, die, im Abstand eines guten Steinwurfs, von einem runden Turm nach dem andern befestigt war, alle von gleichem Maß und doch verschieden hoch, denn das Land senkte sich nach der Seite zum Fluß hin. Parzivâl konnte ihn hören; es war so still. Die blauen Fahnen auf den Zinnen wehten ostwärts, dem Reiter entgegen. Der Wind war frisch und zog das lange Haar Parzivâls unter der Narrenkappe hervor; er wußte nicht, daß es der Atem des nahen Meeres war.

Hinter der gezähnten Mauer hoben sich weitere Hochgebäude und Zinnen, die waren zart und sehr künstlich durchbrochen. Parzivâl sah in jedem Mauerturm ein Tor offenstehen, unbewacht; war Nantes verzaubert, lag es in tiefem Schlaf? Dann meinte er Schellenklingen und Becherläuten zu hören, auch schwebte ein Klang von Schwalbenharfen in der Luft. So ritt er denn durch das erste beste Tor – und erschrak. In diesem Augenblick hatte über ihm eine Glocke zu schwingen begonnen, und ihre Schläge gingen ihm durch Mark und Bein. Der Zwinger führte zu einem nächsten Tor und dahinter in ein Gewirr von Gassen, die von wohlgekleideten Menschen bevölkert waren; Parzivâl hätte nie gedacht, daß es so viele davon geben könne. Sie schauten kaum auf und parlierten mit großer Schnelligkeit; ihm war, als verstehe er die Worte, aber ohne Ahnung, was sie bedeuteten. Plötzlich stand ein ernster Knabe vor seinem Pferd und faßte es am Zügel.

Où allez Vous? fragte der Knabe. Er trug ein schwarzes knapp gegürtetes Wams und ließ darunter hellblaue Beinlinge sehen und spitze Stiefel aus blauem Leder; seine Augen waren dunkelgrau, und braunes Haar fiel ihm offen über die gepolsterten Schultern, die er nervös hin- und herschob. Diese Bewegung schien hier Mode zu sein. Niemand sprach, wie die Bauern auf Soltâne, mit ruhigen Schultern, und jedermann ließ beim Reden die Hände fliegen.

Behüt dich Gott, heißt mich meine Mutter sagen, antwortete Parzivâl. – Ich gehe zum König Artûs.

Der Knappe musterte ihn, und dabei geschah etwas Seltsames. Parzivâl sah sich plötzlich selbst durch die Augen des Fremden, sah sich im verschnittenen Sack, den ungeschnürten Kalbsstiefeln und der Kappe zum Lachen; dazu schleppte er einen Lederköcher voll kurzer Spieße und hatte sogar einen in die Hand genommen, als suche er Streit oder müsse sich irgendwo festhalten. Nichts an ihm paßte in diese Welt, weder der geknickte Sattel unter seinem Hintern noch die brüchigen Stränge, mit denen er unter dem Bauch des Tieres festgezogen war. Parzivâl brach der Schweiß aus.

Viens! sagte der Knabe. – Ich führe dich zum König. Ich heiße Iwânet.

Er faßte den alten Edelgaul beim Zaum und führte ihn zwischen die schmalen Häuser; ein Stockwerk ragte immer über das andere und wurde je höher desto zierlicher, so daß die obersten zusammenzuwachsen schienen. Schließlich trat man auf einen weiten Platz – war es ein Hof, eine Halle, ein Zelt? Denn über alles war ein Himmel aus Seide gespannt, der Figuren und Gesichter bläulich erschimmern ließ. Auch Stoffe, Tücher, Teppiche, Fahnen und Girlanden, Pferde, Tische, ein spiegelnder Brunnen in der Mitte und die Zierbäume im Kübel, die ihn umstanden: alles entfärbte sich zum Blauen hin. Die Menschen sahen in diesem Licht schlanker aus, als zehre das blaue Licht an ihrem Leib.

Parzivâl schaute an sich nieder, ob auch er schon zu den Blauen gehöre. Doch erst der Kopf des Schimmels hatte sich entfärbt, auch der Zaum war bläulich angehaucht; schlanker wirkten die Spitzen der Kalbsstiefel und konnten sich beinahe sehen lassen. Parzivâl dachte nicht anders, als daß auch seine Nase, wenn der Gaul noch einen Schritt täte, spitz werden müsse, und wollte ihn zurückhalten, doch Iwânet zog ihn vorwärts.

So viel Vornehmheit hatte er nie beieinander gesehen! Wie war dieser Hofraum schön gegliedert, in die Höhe, vor der einem schwindeln konnte, vor allem um die Mitte: denn diese bestand aus

einem einzigen runden und ganz glatten Brunnen. An seinem Rand
standen Sessel, einer dicht neben dem andern. Und obwohl sie besetzt waren, schienen die menschlichen Figuren wie durchsichtig auf
ihren kostbaren Kissen. Sie trugen Farben, die alle ins Bläuliche
spielten; auch die Früchte an den Kübelbäumen hingen blau gedämpft. Dazwischen eilten blaue Pagen mit gedehnten Gliedern und
schlanken Gesten hin und her.

Auch das Gesicht Iwânets nahm eine fahle Note an, seine Wangen
wurden flach und sein Haar verfeinerte sich noch, als wär's aus
Spinnweb.

Sitz ab, sagte Iwânet, an diesen Hof kommt man nicht zu Pferd.

Parzivâl gehorchte zögernd; es war ihm nicht geheuer. Der Schimmel wurde seitwärts geleitet unter eine Galerie, diese führte als
Brücke auf zierlichen Ständern vom Grund des Hofes in die Höhe
und entwickelte sich zur unmerklich steigenden Spirale, auf der Figuren paarweise auf und ab wandelten, immer ein Herr und eine
Dame. Sie hielten einander bei den Händen, vielmehr: der Herr hob
seine Hand vor sich hin, und die Dame legte die Fingerspitzen darauf. Vom Zauber der Berührung gebannt, hielten sie immer wieder
inne, um einander anzusehen; sie schienen im Gesicht des andern zu
versinken und waren vor Andacht unfähig, weiterzugehen. Dabei
atmeten sie stark, obwohl der Aufgang nicht beschwerlich war, und
ihre Gesichter schienen sich abwechselnd zu verdunkeln und wieder
zu erbleichen. Unschlüssig, ob die Paare verweilen oder gehen, ob sie
sehen oder gesehen werden wollten, warfen sie sehnsüchtige Blicke
nach allen Seiten. Die Galerie stieg ja immer weiter; der Lusthof war
ein einziger Treppenturm, ein gedecktes Gewinde. Es schwebte von
einem Bogen zum nächsten bis an den Zelthimmel empor; draußen
war das Himmelszelt schwer und bedeckt gewesen, drinnen glänzte
es wolkenlos. Die Paare, die den Wandelgang bevölkerten, schienen
sich gegen einen Wind zu lehnen, der die Falten ihrer Gewänder
nicht verschob; bei den Damen sanken sie quer über das sanfte
Brustteil, um dann lange senkrecht zu fallen. Die Männer aber trugen, wie Iwânet, Pagentracht mit gerafften Gürteln und darunter
verschwindend schlanke Beinlinge mit Schuhen, nicht breiter als
Strümpfe. Alt schien hier überhaupt niemand, nur in der Luft, die
man atmete, schwebte ein Verblühen, zarter als jedes Blühen.

Manchmal schien auf ein unsichtbares Zeichen hin ein Ruck, eine
Brise durch das hochgebaute Theater zu gehen; dann rührten sich

alle Paare zugleich, wie eine Welle in stiller Bucht das Treibgut hebt,
ohne es von der Stelle zu rücken, und doch stand danach niemand
mehr an der selben Stelle. Ja, gleiche Stellen schien es in dem in sich
verdrehten Hof nirgends zu geben; und wem es nicht schwindlig
wurde, der konnte nur noch staunen.

In der Mitte, auf dem Grund des Hofes und am Rand des spiegelnden Brunnens, ruhte die Bewegung oder herrschte nur die aller-
sparsamste vor. Auch hier saßen Herren und Damen in zart-bunter
Reihe. Durch die Äste der Topfbäumchen wurden ihnen Becher gereicht; man hob sie einander entgegen, dann an die Lippen und
nippte mit geschlossenen Augen daran, um das kostbare Gefäß lautlos abzusetzen.

Doch die Becher versanken nicht, sie standen und schienen zu
schweben. Das leere Rund in der Mitte konnte demnach kein Wasser
sein. Es war ein polierter Stein von reinstem Blau, so daß nicht mehr
zu sagen war, ob er den Himmel spiegle oder der Himmel ihn. Nun
war es Parzivâl, der aus dem Stutzen nicht herauskam. Der leere
Glanz war Herz und Mitte des Arkadenhofes, die Quelle seiner
stillen Bewegung. Alles nahm hier seinen Ausgang und führte hierher zurück. In diesem Rund aus glattem Stein spiegelten sie sich
selbst, die Damen und Herren.

Parzivâl war nahe an den Rand des Kreises getreten. Gedämpft
waren hier die Geräusche, die von draußen noch laut, wie aus einer
Schenke, geklungen hatten. Hier aber hörte man nur noch das Flüstern der Runde, das Läuten und Absetzen der Trinkgefäße, das
Schleifen der Ärmel; hier waren sie überlang bei Herren und Damen
und entfalteten beim Redespiel ihre Stickereien.

Hier ist Artûs, sagte Iwânet mit süßer Stimme, in der Parzivâl viele
Glöcklein läuten hörte. – Sprich ihn an!

Parzivâl sah von Einem zum Andern; sie sahen Alle gleich wunderbar aus und schienen seine Gegenwart kaum zu bemerken.

Gott halte dich gut, Iwânet! sagte Parzivâl mit lauter Stimme, – so
will meine Mutter, daß ich rede. – Ich sehe manchen Artûs hier.
Welcher macht mich denn zum Ritter?

Iwânet verzog die Mundwinkel zu einem feinen Lächeln.

Sprich nur! sagte er. – Der wahre Artûs wird sich schon zeigen!

Parzivâl räusperte sich nicht, als er zu reden begann, und seine
Stimme war keineswegs gedämpft.

Gott behüte Euch Alle, und besonders König Artûs! Leider weiß ich nicht, wer der Richtige ist. Zuerst habe ich etwas zu bestellen. Ein Roter Ritter läßt sagen, daß er dort draußen auf Einen wartet, und nicht auf den feigsten. Er will kämpfen. Es tut ihm leid, daß er der Frau Königin den Schoß versaut hat. Und ich möchte die Rüstung dieses Ritters haben. König Hahnrei soll sie mir bitte geben, denn sie sieht wahnsinnig gut aus!

Nun wandte man sich ihm denn doch zu. Einer nach dem Andern tat es mit gehobenen Brauen und zog sie noch etwas höher, als sie ihn sahen. »Wahnsinnig gut« hatte er die Rüstung genannt; das hatte er von Sigûne gehört, oder Schiônatulander; sie hatten es ja doch nicht fertiggebracht, auf Soltâne jede chevalereske Redensart zu unterdrücken. König Hahnrei! Nun hatte sich Parzivâl teils sackgrob, teils hochmodisch ausgedrückt und wußte von beiden nichts. Er erwartete nur eine Antwort, im Ernst.

Da begann Einer von denen am Tisch zu reden, und Parzivâl wußte endlich, wo er seine Augen festmachen sollte. War der Mann alt oder jung? Parzivâl kam es vor, auf den ersten Blick, als habe er nie einen so häßlichen Menschen gesehen. Er hatte einen dicken Hals, selbst in auszehrender Beleuchtung; der Kopf darüber hätte schlank wirken können, wären die Backen nicht schlaffe Polster gewesen, in denen sich ein voller Lippenmund nach allen Seiten räkelte. Die Augen waren wasserblau und traten aus den Höhlen, während die Stirn sich hoch und glatt in das gelichtete Haar schob; es war eigentlich zu dünn, um in Wellen gelegt zu werden. Der Mann hatte ein schweres, verschwommenes Untergesicht. Aber die Stimme, die er jetzt hören ließ, *trug* wie die eines Sängers. Dabei trat ihm Nässe in die Mundwinkel, der Kopf schob sich vor und zurück, straffte zwei Falten an seinem Hals und ließ sie wieder erschlaffen. König Artûs trug einen lichtblauen Festrock, dessen Ärmelansatz mit einer lila Bordüre kaschiert war. Beim Reden hob er seine Arme sacht wie zum Gebet und ließ an den Fingern kostbare Ringe glänzen.

Junkêr! sang er, Gott vergelte Euren Gruß! Es bereitet uns ja ein wahres *Plaisir*, Euch zu Diensten zu sein mit Gut und Blut!

Im Widerspruch zur Heftigkeit, ja Inbrunst seiner Ansprache waren die Augen des Königs nicht auf den Angesprochenen, sondern in eine unbestimmte Höhe gerichtet. Auch die übrigen setzten ihre leichten, leisen Gespräche fort.

Parzivâl war gerade lange genug in der Welt, um das Stutzen zu vermissen, wenn es bei seinem Anblick gänzlich ausblieb.

In dieser Runde wurde offenbar nicht so leicht gestutzt, komme
da, wer wolle. Parzivâl musterte die verzogen dasitzenden Herren
und zierlich abwesenden Damen mit der Festigkeit seiner Unschuld.
Sie benahmen sich ganz so, als müßte man sie wiedererkennen; offenbar waren *sie* es, die mit seinem Stutzen gerechnet hatten. Denn:
wer saß denn *nicht* da! Lanzelôt saß da und Keie, Gâwân und Ga-
lahad, Erec und Iwein, alle bei ihren Damen, deren Vorzüge erprobt
und weltbekannt waren; ihre Abenteuer hatten sie zu Legenden gemacht und doch überaus menschlich bleiben lassen. Und da saßen sie
nun in Wirklichkeit: hyazinthblau der Eine, die Andere veilchenfar-
ben wie das südliche Meer; andere wiederum im Schimmer von
Amethyst und Saphir. Und saß nicht neben ihrem Herrn Artûs die
wahre Herrin der Ritterheit, geprüft in jedem Abenteuer des Herzens und nun erhaben über jedes, bis auf das noch immer gefeierte
Zucken ihrer langen Wimpern? Alle Wunder der Fabel hätte Parzivâls Auge abweiden können, wenn es kein Kälberauge gewesen wäre.
Aber das war es nun eben, und darum erkannte er nicht einmal Frau
Ginovêr, die Tafelherrin, die nun wirklich jedes Kind kennt, wenn es
nicht in der Einöde aufgewachsen ist.

Man träumt von diesen Herren und Damen, wo immer man in der
Welt von Ritterschaft und Abenteuer träumt. Man weiß, was es mit
Frau Ginovêr und Herrn Lanzelôt für eine gefühlvolle Bewandtnis
hatte – und noch immer hat, denn die wahre Leidenschaft altert
nicht. Man kann ihn sehen, muß ihn bewundern, den Leidenszug um
den Mund des wohlerhaltenen Ritters, der sich zwischen seinem
König und seiner Herrin in der zartesten Klemme befindet und dabei
sein Herz so fabelhaft zu bezwingen versteht. Nicht möglich ist es,
eine Figur wie Herrn Erec zu übersehen, der versöhnt, doch auch
etwas teilnahmslos neben seiner Frau Enîte sitzt, nachdem sie umeinander so viel Leid gelitten haben. Von Herrn Iwein und Frau
Laudîne – oder ist es Lunête? – schwärmt, von den Pfaffen abgesehen, die ganze fühlende Kristenheit. Und wo ist Gâwân, das noch
zarte und doch schon kräftigste Reis am blauen Wunderbaum? Da er
nicht fehlen darf: wie kann Einer verfehlen, ihn zu bemerken? Denn
er ist der Einzige, der das Backwerk auf dem Tisch – Brot kann es
nicht sein, Brot würde nicht blau – zu Kugeln dreht und über die
Tafel schnippt. Will er den Gast auf sich aufmerksam machen? Verlorene Mühe! Der Gast glotzt. Er sieht Alles und Nichts. Er kennt
Niemand.

Nicht einmal Herrn Keie kennt er, den Hofmarschall, der zwar Dem Kyberg nicht zu vergleichen ist, dafür aber seinem Herrn und König zu gleichen begonnen hat, jedenfalls für das Auge des Kenners. Auch Herr Keie ist ziemlich kahl geworden, auch er hat diesen schwülen Lippenmund. Nur Musik würde man in seinem Ton vergeblich suchen, denn der muß Blitz und Donner durchdringen und gelegentlich auch verbreiten. Zwar übertrifft Herrn Keies Häßlichkeit die des Königs Artûs in solchem Grade, daß derselbe neben ihm als die reine Schönheit wirkt; zwar spuckt der Hofmarschall schon, während sich sein Herr König kaum geräuspert hat; zwar sind seine Augen noch prüfend verkniffen, während die seines Königs schon glasig werden vor Erweiterung. Und doch! Wer die beiden sieht, muß auch fühlen können, daß sie einander verbunden sind wie Licht und Schatten. Keine Fabel darf sie trennen, nur gemeinsam kommen sie darin vor. Wo Artûs die Heiterkeit aller Feste bleibt, kommt Keie für ihre notwendige Mühsal und verschwiegene Bitterkeit auf. Und nimmt als strenger Diener das Rohe auf sich, das in den Zügen seines Herrn niemals erscheinen darf.

Herr Gâwân, der Übermut, schnippt immer noch; macht nicht sogar die Bläue vor seiner gesunden Farbe Halt? Man müßte ihn die Hoffnung der *Tablerone* nennen, wenn es nicht so abgeschmackt wäre, etwas wie Hoffnung durchblicken zu lassen, deren Gegenstück ja Verzweiflung sein müßte; und wer von dieser nicht reden mag, der redet auch von Hoffnung nicht. Die Gnade des Augenblicks muß uns hier reichen; alles ist zur Stelle, was zwar nicht den Hunger stillt, aber den Feinsinn reizt. Hier wartet man auf nichts als auf das tägliche Abenteuer, das sein muß, damit sich die *Tablerone* guten Gewissens setzen kann. Aber auch der Abenteuersinn muß sich in diesem Kreis jede nur mögliche Verfeinerung gefallen lassen. Mit einem Tölpel vom Lande, zum Beispiel, ist ihm nicht gedient. Im Stillen aber weiß die Welt, daß König Artûs kaum noch der Abenteuer bedarf, da er das Abenteuer verkörpert. Ja, jede Geste, jedes Wort von ihm ist schon die Überraschung, auf die man gewartet hat.

Es muß auf den ersten Blick klar sein, daß man noch nie etwas so Schönes gesehen hat wie diese Runde unter ihrem künstlichen Himmelszelt.

Parzivâl sah es nicht. Er platzte von Ungeduld und empörte sich allmählich.

Hoffentlich ist das wahr! sagte er dem König Artûs ins Gesicht

hinein. – Es ist ja nicht zu fassen, wie lange es dauert, bis ich ein
Ritter bin – Stunden! rief Parzivâl, indem er die Runde abschritt. –
Das finde ich überhaupt nicht gut! Macht endlich vorwärts und
schlagt mich zum Ritter!

Eine solche Sprache war zu Nantes noch nicht gehört worden. Die
Herren und Damen schauderten. Iwânet, der seine neue Bekanntschaft am Ärmel hatte zurückhalten wollen, rührte vor Entsetzen
kein Glied mehr. Herr Artûs aber hatte in Parzivâls Geradezu schon
ein Abenteuer entdeckt. Da dieser von Ironie noch nichts gehört
hatte, wußte er sie nicht zu würdigen.

Das wollen wir gerne tun, sagte der König und rückte den Kopf
auf dem dicken Hals hin und her, – wenn wir dessen würdig sind. Du
bist ja ein solches Gottes Geschenk! Wir wissen noch gar nicht, wie
wir dir danken sollen. Jedenfalls wollen wir dich ausrüsten, so gut
wir können, und flehen nur um ein wenig Geduld. – Herr Artûs bog
den Hals zurück und begann zu glucksen, als wäre der Kitzel nicht
mehr auszuhalten.

Nichts da! sagte Parzivâl und blieb stehen. – Geschenk nehme ich
nichts! Ich hol mir's schon selbst. Ich bitte Euch nur um die Rüstung
des Roten Ritters! Die will ich haben, sie paßt mir. Alles übrige kann
mir gestohlen bleiben! Ausrüsten hätte mich meine Mutter auch
können, sie ist eine Königin trotz Einer!

Oh? sang König Artûs. – Dann mußt du aber etwas wissen. Die
Rüstung trägt der Rote Ritter noch auf dem Leibe. Ich kann sie dir
also nicht schenken. Er mag uns ja auch noch gram sein, der Liebe,
und tritt uns damit bei weitem näher als nötig. Herr Ithêr hat sich
schwer gekränkt, und damit kränkt er natürlich auch uns. Jetzt trinkt
er aus Unserem Becher und übernimmt sich womöglich.

Den Becher schaff ich Euch schon wieder her, König Hahnrei!
rief Parzivâl und stakte dabei wie eine Trappe auf und ab. – Es war ja
nur ein Versehen, daß er ihn mitlaufen ließ. Er wollte kein *Malheur*
anrichten, bloß sein Erbe will er haben und hat vergessen, den Stroh-
wisch vor Eurer Nase abzubrennen! Sein schönes Kleid dauerte ihn,
wegen des Rußes, das müßt Ihr einsehen –

Er verstummte, denn gleichzeitig mit ihm redete ein anderer. Es
war Keie. Parzivâl starrte den Häßlichen an und suchte zu fassen,
was aus diesem Mund kam.

Laßt ihn doch hinaus, sagte der Baß und wackelte vor Hohn. – Er
sei die Peitsche, draußen wartet der Kreisel. Soll ihn das Büblein

doch tanzen lassen. Vielleicht tut einer sich weh dabei, oder gleich beide miteinander. *Tant pis!* Manchmal muß man einen Hund opfern, wenn man einen Eber jagen will.

Hélas! fiel der König im gleichen Ton ein, nur eine Oktave höher. – Was wird man von uns denken, wenn dieser blühende Jüngling Schaden nimmt, den ich ja doch zum Ritter schlagen muß?

Er unterbrach sich, denn jemand lachte. Da lachte es aus einer Person überlaut und konnte gar nicht mehr aufhören.

Einige Gesichter waren jetzt so blau geworden, als würde ihnen die Luft abgeschnitten. Wer lachte so? Eine Dame. Eine *Dame?*

Sie stand am Geländer der untersten Galerie und hielt das Gesicht mit beiden Händen zusammen. Es schien bersten zu wollen vor Lachen. Das Lachen warf sie zurück und vornüber, ließ ihr langes rotes Haar fliegen, brach mit immer neuer Gewalt aus ihr hervor. Ein Lachen? Es war eine Katastrophe, die den Hof bis ins Mark gefrieren ließ.

Der Hofmarschall Keie faßte sich als erster. Er sprang, auf seinen Stock gestützt, von der Tafel hoch, stürzte zur Treppe, die Galerie hinauf. Er packte die Dame bei den Haaren, die sie über das Geländer hatte fallen lassen, und zerrte ihr den Kopf daran zurück. Mit dem Stock in der andern Hand schlug er auf ihre Röcke und auf die Hände, mit denen sie sich zu decken suchte. Das Kleid über ihrem Rücken platzte; er traf sie auf die bloße Haut. Sie heulte vor Lachen, doch er überschrie sie noch mit seinem Zorn.

Nie gelacht! Nie, nie, nie! Aber jetzt?! Das wäre ja gelacht, wenn Ihr gerade jetzt lachen müßtet! Habt Ihr noch keinen Narren gesehen? Ungezählte von der Sorte sind uns ins Haus geschneit, und keiner hat Euch auch nur die Lippe gekräuselt! Und dieser soll der Erste sein? Was ist so wundervoll an dem Kalb? Nur herunter mit den Röcken, laßt sie sehen, Eure nackte Schande! Das Liegen soll Euch so weh tun wie das Lachen! Nur zu, nur immer zu –

Die Dame hob den Kopf und lachte Parzivâl ins Gesicht. Sie lachte um so lauter, je grimmiger der Hofmarschall walkte, lachte im Takt seines Stockes, aber auch so, als gingen sie die Schläge gar nichts an.

Parzivâl war stumm.

Keie hatte endlich zu schlagen aufgehört. Da stand er mit gesenktem Schädel, und der Stock sank ihm aus der Faust. Es war still, bis auf sein Keuchen; sonst schien gar niemand mehr zu atmen. Auch die Dame lag wie tot über der Brüstung, doch ihre Augen lebten.

Parzivâl konnte nicht sehen, was sie sah. Aber sie blickte auf ihn, er auf sie, und alles an ihm hatte sich erhoben, Kopf, Schultern und Geschlecht. So stand er, während die übrige Welt versunken schien in bodenloser Scham.

Dafür werdet Ihr zahlen, Herr Keie, hörte er jemanden weiter oben laut sagen.

Eine Stufe höher war ein älterer Mann an die Brüstung getreten, und die Hand, die er gegen Parzivâl erhoben hatte, zitterte.

Er spricht! dröhnte Herr Keie. – Natürlich, wenn die Irre zum ersten Mal lacht, muß auch der Stumme zum ersten Mal das Maul aufreißen! Das hat uns noch gefehlt! Ich werde zahlen? Ja, Herr Antanor, ich fange gleich bei Euch an! Wieviel darf's denn sein?

Der Rasende hatte seinen Stock wieder gepackt und stampfte nach oben, um ihn dem unverhofften Sprecher über die Schulter zu ziehen, über Rücken und Kopf. Jetzt endlich rührte sich der Hof, ließ einen gedämpften Schrei hören. Denn über die Stirn des stummen Mannes lief ein Tropfen Blut in sein Auge.

Assez, assez! rief Herr Artûs mit sich überschlagender Stimme, *vraiment, cela suffit! Dieu de Dieu!* Und er schlug sich die Hände vors Gesicht.

Herr Keie tat, als habe er nur auf diesen Ruf gewartet. Mit einem schaurigen Juchzer sprang der schwere Mann über das Geländer von seiner Höhe herunter, stürzte auf Hände und Gesicht; nun war es an ihm zu bluten. Aber er raffte sich auf, hinkte wieder hinter seinen Herrn und lächelte abscheulich.

Parzivâl tastete nach seiner Hüfte, nach einem Gabilôt.

»Nein!« flüstert es an seinem Ohr. »Komm. Komm schnell.«

Und ehe Parzivâl sich versah, hatte Iwânet ihn weggezogen.

Weiter, drängte Iwânet. – Und als sie draußen waren, zerrte er ihn durch die Gassen, bis vor das Tor, wo der Gaul wartete, half Parzivâl hinauf und zog das Pferd ins freie Feld.

Geh, sagte Iwânet, geh! Du bist schrecklich! Wolltest du ihn töten?

Aber sicher! sagte Parzivâl. – Todsicher!

Damit? fragte Iwânet und rührte an den Köcher.

Ich treffe gut! erwiderte Parzivâl.

Das sind Saufedern! flüsterte der andere. – Ich dachte, sie gehören zu deiner Verkleidung!

Ich bin nicht verkleidet! schnaubte das Kind. – Aber die da drinnen sind es! Das Fräulein hat sie schön ausgelacht!

Dich hat sie ausgelacht! flüsterte Iwânet.

Du bist verrückt, erwiderte Parzivâl.

Du bist kühn! sagte Iwânet. – Ehrlich! Wir müssen uns wiedersehen. Aber nicht gleich! rief er entsetzt und sprang davon.

Der Artûshof hatte an diesem Tage nichts Geringeres erlebt als
den Untergang seiner Welt. Von daher muß die Roheit Herrn Keies
zu verstehen sein. Hätte nur noch gefehlt, daß ihn sein Herr dafür
hätte büßen lassen. Das verbot die *finesse* unbedingt.

Man war schon gestraft genug, oder, wie es Herr Artûs nach einer
Weile ausdrückte:

Der Tag hätte etwas ruhiger beginnen können.

Es war das Äußerste an Tadel für Herrn Keie.

Das Kalb aber wußte nichts von Allem, was es in der Welt angerichtet hatte. Der Gaul schüttelte nur den Kopf, Parzivâl zog am
Zügel, und sie setzten sich in Gang. Wohin?

Wohin denn sonst! Jetzt hatte er ein Geschäft. Der Rote Ritter
wartete auf ihn!

DER ROTE RITTER
WIE PARZIVÂL EINEN RITTER TOTSCHLÄGT,
UM SELBST EINER ZU WERDEN

Herr Ithêr von Kukûmerland stand immer noch in der Waldschneise.
Der Himmel hatte sich verdunkelt, dafür schien die Rüstung eine
ganz eigene Rotglut auszustrahlen. Sein Kopf trug Flügel. Er hob die
Lanze, als Parzivâl näherkam.

So, sagte Parzivâl, da wäre ich.

Hinter Herrn Ithêrs Augenschlitzen war kein Ausdruck zu bemerken. Er fragte mit einer Stimme, die das Eisen verdumpfte: Wo
ist er?

Wer?

Der sich erkühnt, mit mir zu kämpfen.

Ich! sagte Parzivâl, sonst keiner. Ich bekomme Eure Rüstung, und
Euer Pferd auch.

Was war das? fragte Herr Ithêr. – Wie bitte?

König Artûs sagt es selbst, antwortete Parzivâl. – Er schenkt mir
Eure Rüstung. Sie steht mir ganz bestimmt. Ich werde jetzt ein Ritter. König bin ich schon.

Der Rote Ritter sagte langsam: Artûs? – hat dir? – meine Rüstung?
– geschenkt?

Aber sicher, sagte Parzivâl. – Es ist das Einfachste, wenn Ihr sie
gleich auszieht.

Ach, sagte Herr Ithêr, und man konnte die Brust im Kettenhemd
heftig atmen sehen. – Artûs verschenkt also meine Rüstung. Hat er
dir auch mein Leben geschenkt?

Nein, sagte Parzivâl. – Warum?

Weil ich die Rüstung nur mit dem Leben zusammen abgebe! sagte
Herr Ithêr.

Ihr schwatzt zuviel, sagte Parzivâl. – Los! Herunter damit!

Er griff den Rotfuchs am Zaum. – Paß auf! sagte er. – Ich weiß
jetzt, wer du bist. Du bist Lähelîn, gegen den meine Mutter klagt.
Der ist so rot wie du. Du hast ihr zwei Reiche weggenommen, und
mir sogar drei.

Cela suffit maintenant! zischte der Gepanzerte. – Er drehte seine
Lanze um und stieß das stumpfe Ende Parzivâl gegen die Brust, daß

der zurückflog. Der Stoß war ziemlich ernsthaft. Parzivâls Sacktuch zerriß und färbte sich mit Blut.

Er lag nur einen Augenblick benommen und kam wieder auf die Füße; und fast ebenso schnell sprang ihm ein Gabilôt in die Faust. Er brauchte kaum zu zielen. Die bäurische Waffe fand von selbst die Ritze im Helm, brach sie auf und fuhr hinein, mit einem abscheulichen Knirschen, als wären Steine oder Scherben dahinter und kein verletzliches Auge. Die Spitze schoß sogar durchs Nackengehenk wieder heraus. Recht mittendurch!

Es ging zu schnell für einen letzten Schrei, und der Fuchs rührte sich erst, als ihm das Gewicht des Reiters auf die Kruppe sackte; erschrocken sprang er seitwärts und ließ die Leiche mit einem Bein noch im Bügel hängen, während sie mit Kopf und Schulter schon auf den Boden schlug. Dann löste sie sich, schepperte hin und zuckte zum letzten Mal. Der Helmkübel hielt den gesprengen Schädel noch zusammen, aber aus allen Lücken und Maschen des Eisens drückten Rinnsale von Blut und schwärzten das grüne Moos. Der Becher, vom Huf des verstörten Pferds getroffen, flog gegen einen Stamm, kollerte Parzivâl vor die Füße zurück und drehte ihm die Öffnung zu, wie das Maul eines Goldkarpfens.

So! sagte Parzivâl, selbst am ärgsten verdutzt. – In Gottes Namen. Jetzt müssen wir dran. Aber erst das Pferd. Wart nur, Lähelîn.

Er redete immerfort mit sich selbst, als er den Fuchs anband, den Helm des Toten packte und daran zu ziehen anfing. Sitzt noch zu fest! redete Parzivâl. – Gehen bloß die Flügel ab. Brauchen wir nicht! – Er biß die Zähne wie frierend zusammen, und seine Hände voll geknickter Schwanenfedern klebten von Blut und Hirn. Auch durch sein eigenes Wams drang das Blut, doch er spürte die Wunde nicht. Er zerrte noch ein paar Mal mit aller Macht am Helm, dann kehrte er die Leiche um und wollte ihr das Ringelhemd aufschließen. Doch es klemmte allenthalben. Mit zitternden Fingern tastete er nach der Stelle, wo die Halsberge mit Helm und Kettenhaube zusammenhing. Aber er hatte die Knoten durch das Reißen noch fester gezogen. Die Panzerhose ließ sich ein Stück über die Schenkel zerren, nachdem er den Gürtel gelöst hatte. Die Polsterung quoll heraus, und unter der leinenen Bruochhose faltig verhaarte Hoden, ein Stumpf mit gespaltenem Kopf. Fast bis zu den Knien wollten sich die Panzerstrümpfe schälen lassen, weiter aber auch nicht mit Teufels Gewalt. Parzivâl brüllte, schwitzte und weinte. Wie ein Hund zerrte er die Leiche in

ihrem Panzer hin und her. Der Rotfuchs hatte zu wiehern begonnen.
Dünner und höher fiel auch der Schimmelklepper ein. Und als Parzivâl endlich aufsah, stand Iwânet neben ihm, blaß wie der Tod.

Steh nicht herum! heulte Parzivâl, hilf, wenn du mein Freund bist!

Hast *du* das getan? fragte der andere schließlich. – Du allein?

Wer denn sonst.

Das ist ja grauenvoll!

Nicht so schlimm, sagte Parzivâl. – Weißt du, wie man das Zeug
aufmacht? Anziehen kann ich es schon, du mußt mir nur zeigen, wie.

Iwânet ging zu den Pferden, verbarg sein Gesicht am Hals des
Fuchses und tätschelte ihm den unruhigen Leib. Dann atmete er tief
auf und wandte sich um. Nervös starrte ihn Parzivâl an. Iwânet
erwiderte seinen Blick nicht.

Hilf mir doch! wiederholte Parzivâl kleinlaut.

Iwânet warf den Mantel ab und zog dem Toten die Hose wieder
hoch. Dann griff er ihm an den Helm. Er hatte das Eisen mit wenigen
Griffen gelöst. Dann die Halsberge. Auch das Kettengeflecht ging
jetzt über den Kopf, oder was davon übrig war.

Iwânet zitterte am ganzen Leib. Er entkleidete den Toten Stück
für Stück. Er zog den plötzlich klein gewordenen Ithêr auf einen
grasigen Fleck, drückte ihm das eine Auge zu – vom andern war nur
ein blutiges Loch übrig – und faltete ihm die Hände.

Das ist so! sagte Parzivâl wie zum Trost. – Wenn man sie trifft,
singen sie nicht mehr. – Dazu breitete er die Arme aus.

Ungeheuer! sagte Iwânet.

Aber die Sachen sind noch gut, sagte Parzivâl und betrachtete die
Stücke der Rüstung, die Iwânet auf dem Boden ausgebreitet hatte
zum Anziehen bereit, aus Gewohnheit; denn er diente Artûs als
Leibknappe.

Parzivâl wedelte mit ausgebreiteten Armen. – Schnell! sagte er. –
Die Hose! Mach doch! Sie paßt bestimmt!

Iwânet nahm das gepanzerte Beinkleid in die Hand, es war am
wenigsten blutig. Er hielt es vor Parzivâl hin.

Nein, sagte er.

Was! fragte Parzivâl ungeduldig.

Nicht mit deinen Stiefeln, sagte er. – *Diese* Stiefel! Die gehen nicht.

Du spinnst! sagte Parzivâl. – Die hat mir die Mutter selbst angezogen. Die behalt ich. Das geht schon, du mußt nur wollen.

Man wird lachen, sagte Iwânet. – Und alles ist voll Blut!

Das geht schon weg, sagte Parzivâl.

Iwânet verstummte. Dann ließ er Parzivâl die Polster halten und schob sie in die blutige Rüstung, die er ihm überzog, ein Stück ums andere. Einmal hielt er inne –

Hier, sagte er. – Das ist *dein* Blut, du bist verwundet.

Gern geschehen! sagte Parzivâl.

Schweigend streifte Iwânet das Kettenhemd über das Sacktuch und riegelte es zu. Er legte die Halsberge um, band die Schamberge fest, prüfte die Polsterung, zupfte und rückte, bis das Werk zur Not vollendet war. Schweigend ließ er Parzivâl am Ende wieder die Kalbsstiefel über die Panzerfüße ziehen und hängte ihm den Waffenrock um, den er auf der rechten Schulter mit einer Spange verschloß. – Den Helm nicht, sagte er. – Den mußt du erst waschen.

Mach ich, sagte Parzivâl. – Erst setz ich ihn aufs Pferd zwischen die Beine. So hat es der Rote Ritter auch gemacht. Jetzt bin *ich* der Rote Ritter! sagte er. – Noch die Handschuhe. Die kann ich selbst.

Auch die Handschuhe paßten. Der Rote Ritter stand fast wieder da, als wäre nichts gewesen. Nur eine kleine Leiche lag noch herum.

Sie steht dir, sagte Iwânet leise.

Gern geschehen, sagt meine Mutter.

Wir müssen ihn ehrlich begraben, sagte Iwânet. –

Ich fand ihn auch ganz nett, sagte Parzivâl. – Er sang so schön.

Parzivâl grinste, dabei kamen ihm die Tränen. – Er hätte mir die Rüstung einfach geben können! sagte er heftig. – Ich habe ihn gebeten! Er hätte mich nicht zu stoßen brauchen –

Es war Ithêr von Kukûmerland, sagte Iwânet, und Gahmuret hat ihn erzogen. Dann war er Knappe bei Trevrizent.

Kenn ich nicht, sagte Parzivâl.

Er ist auch der Neffe Frau Ginovêrs, sagte er, und sie liebte ihn zärtlich.

Ich weiß, sagte Parzivâl, er schüttet ihr Wein auf den Schoß, das tut ihm leid. Aber das kann man wieder abwaschen.

Du verstehst nicht ganz, sagte Iwânet. – Sie *liebte* ihn.

Verstehe ich doch, sagte Parzivâl. – Er sieht ja gut aus und meint es nicht bös. Er will auch den Becher nicht stehlen. Dort liegt er, nimmst du ihn mit?

Du hast es wohl auch nicht bös gemeint? fragte Iwânet.

Parzivâl begann zu schluchzen. – Er darf mich nicht stoßen! sagte er. – Aber jetzt bin ich ihm nicht mehr böse.

Davon hat er nun nichts mehr, sagte Iwânet.

Leider! sagte Parzivâl und grinste schon wieder.

Dir fehlt etwas, sagte Iwânet leise.

Stimmt! rief Parzivâl. – Das Schwert! Ich habe meine Wurfspieße, die sind auch gut. Aber das Schwert sieht stark aus. Das brauch ich für den Ritterschlag. Bind mir's um, sei so gut.

Iwânet gehorchte.

Komm, sagte er. – Ich helf dir jetzt aufs Pferd.

Auf den da! sagte Parzivâl. Und saß schon auf dem Fuchs, fast ohne den Steigbügel zu berühren, in voller Rüstung und mit einem Sprung, daß der rote Waffenrock flog. Und als der Fuchs steigen wollte, hielt ihn der Reiter mit einem Druck seiner Schenkel nieder.

Gern geschehen! sagte Parzivâl. – Das Pferd ist okeeh.

Jetzt brauchst du noch die Lanze, sagte Iwânet.

Er bückte sich nach der Waffe, die abseits im Moos lag, und reichte sie dem Roten Ritter hinauf. Aber der nahm sie nicht an.

Was soll ich denn *damit?* fragte er. – Damit kriegt man bloß Püffe!

Jetzt wußte Iwânet nicht, ob er lachen oder weinen sollte.

Sie hat auch ein anderes Ende, sagte er.

Aber das ist scharf, sagte Parzivâl hoch zu Roß. – Damit tut man weh!

Du kannst dich schützen, sagte Iwânet und reichte ihm den Schild hinauf. Der Reiter fuhr mit dem Arm in die Gurte.

Stark, sagte er, in Sigûnes Hofsprache.

Aber verkehrt, sagte Iwânet. Die Spitze darf nicht nach oben zeigen. Das würde heißen, daß du Trauer trägst.

Die kann ich auch noch tragen, sagte Parzivâl. – Die ist mir nicht zu schwer.

Nein! sagte Iwânet bestimmt. – Dreh den Schild um. Und hier ist der Helm. Ich hab ihn abgewischt. Setz ihn auf.

Parzivâl gehorchte und zog sich den löchrigen Kübel über Augen und Nase; über Mund und Kinn fiel der klebrige Kettenbart.

Gern geschehen, sagte er dumpf. Aber wo krieg ich ganze Flügel her?

Warte, sagte Iwânet. – Ich hole mein Pferd.

Nicht weit entfernt hatte er seinen kleinen Apfelschimmel festgebunden. Nun saß er auf und brach einen dürren Föhrenast, den er sich unter den Arm klemmte. Gerüstet war er nicht, er kam ja von der Tafelrunde. Iwânet hob den linken Ellbogen, als trage er einen

Schild, und senkte den Kopf darüber, während er mit dem anderen
Arm sowohl Ast wie Zügel führte.

Parzivâl ahmte jede Bewegung nach. Er saß höchst ungeschickt
auf dem Fuchs. Es hatte keine Art, wie er sich hinter den Schild
bückte; und den Speer hielt er nicht anders, als wolle er Schweine
treiben. Aber es war etwas Helles an seinem Ungeschick, eine Mü-
helosigkeit im Grundverkehrten, die Iwânet schlucken ließ.

Parzivâl, sagte er.

Ja? fragte es unter dem Eisen hervor.

So, sagte Iwânet. – Siehst du, wenn du ein Ritter bist, und ich
auch, so sprengen wir gegeneinander. Mit der Lanze zielen wir auf
den Schild oder auf den Helm. Und mit dem Schild fangen wird den
Stoß auf, du meinen, ich deinen.

Das geht aber nicht, murrte Parzivâl unter seinem Visier. – Ich
könnte dich ja nicht mehr schützen.

Du sollst nicht *mich* schützen, sagte Iwânet, sondern dich.

Ich darf diese Lanze nicht haben, sie ist viel zu scharf, sagte Parzivâl.

Du mußt erst lernen zu treffen, sagte Iwânet.

Das kann die Lanze von selbst, ich brauch sie nur zu halten. Sie
tötet dich, wie kann ich dich da noch schützen. Und du bist doch
mein Freund.

Iwânet warf den Knüppel weg und schüttelte den Kopf. Da ließ
auch Parzivâl die Lanze fallen.

Besser so! sagte er. – Jetzt brauch ich dich nicht zu töten.

Endlich glaubte Iwânet zu verstehen.

Du hast Ithêr getötet, und jetzt denkst du, du tötest jeden, mit
dem du zu tun bekommst. Da täuschst du dich. Normalerweise
braucht ein Ritter nicht damit zu rechnen, daß ihm jemand einen
Sauspieß durchs Auge stößt. Das ist nicht ritterlich. Es ist abscheulich.

Es hilft ja doch nichts mehr, dachte Iwânet. – Gut, sagte er, jetzt
bist du also ein Ritter und wirst nie wieder so etwas tun, hörst du?
Nie wieder!

Wie kann ich's hindern? sagte Parzivâl und zerrte sich den Helm
ab. Er hatte wieder zu weinen begonnen, und Tränen wuschen sein
verschmiertes Gesicht.

Du meinst, daß du immer siegen wirst, sagte Iwânet.

Ja, sagte Parzivâl, ich muß sie alle töten, und das will ich nicht. Sie
sind freundlich, nur Lähelîn ist schlecht. Hilf mir, Iwânet, sie dürfen
nicht sterben. Sie leben doch gern!

Und du? fragte Iwânet.

Ich auch, sagte Parzivâl. – Ich habe noch keinen gesehen, der so gern lebt wie ich!

Gut, sagte Iwânet, lassen wir's dabei. Du wirst schon deinen Meister finden.

Parzivâl lächelte durch Tränen. – Gern geschehen! sagte er. – Kannst nicht du mein Meister sein?

Ich glaube nicht, sagte Iwânet. – Du bist zu weit weg für mich, und ich muß zu Artûs zurück. – Jemand muß ihm diese Geschichte ja erzählen. Sie warten immerfort auf ein Abenteuer. Aber das wird ihnen zu stark sein.

Ich komme mit, sagte Parzivâl, dann kann er mich gleich zum Ritter schlagen.

Kaum, sagte Iwânet. – Ich glaube nicht, daß du willkommen wärst. Du hast es nicht böse gemeint, aber dein Gesicht könnte sie trotzdem stören, besonders Frau Ginovêr.

Dann reite ich eben! sagte Parzivâl, das ist auch recht. Ein Ritter muß reiten. Aber dem Herrn Ithêr mußt du noch einen Gefallen tun. Er wollte König Artûs den Becher zurückbringen und kann es nun nicht mehr. Und meinen Schimmel nimm auch mit und schenk ihn der Dame, die geschlagen wurde, nur weil sie gelacht hat.

Ja, sagte Iwânet, es gehörte sich nicht, was Herr Keie tat. Aber Frau Cunnewâre hätte dich auch nicht auszulachen brauchen.

Auslachen? staunte Parzivâl. – Das hat sie nicht getan! Sie hat gelacht, weil ich zum Lachen bin. Gern geschehen! Ich möchte immer zum Lachen sein, denn ich bin ein Ritter, und das macht Spaß! Meine Mutter lacht selten, denn sie hat zu viel Angst. Aber diese Dame hat keine Angst meinetwegen, das ist doch schön! Ich möchte, daß sie nie mehr aufhören muß zu lachen! Dem Herrn Keie zahl ich's heim. Totmachen will ich ihn nicht, sonst lernt er nicht mehr lachen. Aber erst will ich reiten, bis ich den Graukopf finde.

Den Graukopf? fragte Iwânet.

Sagt meine Mutter, erwiderte Parzivâl ernsthaft. – Ich muß ein solcher Ritter werden, daß sie alle lachen müssen wie die Jungfrau mit dem langen Haar! Sag ihr, mein Pferd sei noch ganz gut. Und bestelle ihr einen Gruß von meiner Mutter, und der Frau Ginovêr auch. Ich hab's nicht böse gemeint, aber es hat sich gelohnt. Jetzt bin ich der Rote Ritter. Ich will alle schlagen und keinem wehtun!

Iwânet brachte den Mund nicht mehr zu.

ZUM GRAUKOPF
WORIN PARZIVÂL WEIT GENUG REITET,
UM SEINEN MEISTER ZU FINDEN

Was für ein Tag! Am frühen Morgen noch in der Fischerkate; am
Vormittag im Angesicht des Roten Ritters; über Mittag am Hof des
Königs Artûs zu Nantes. Am Nachmittag wieder draußen auf der
Trift, wo Herr Ithêr ein paar Stunden gewartet hat, auf nichts als
seinen Tod. – Und dann der Einzug in die erbeutete Rüstung –
 Noch kann man einen Halbwüchsigen in ihm sehen, wenn das ein
mildernder Umstand ist. Er bleibt ein Kalb, mit seinen Kalbslatschen
über den Eisenfüßen. Ein Pferd wie diesen Rotfuchs hat er ebensowenig führen gelernt wie die Lanze, die er noch lange unter den Arm
klemmen wird, bis er merkt, daß sie auch in der Sattelpausche rasten
kann. Er blickt sich nicht nach Iwânet um, dem entgeisterten Helfer,
nicht nach dem toten Vorgänger, auch nicht nach dem entbehrlich
gewordenen Pferd. Wer wird sich in dieser Welt eines alten Gauls
erbarmen? Immerhin ist der Schimmel Vaters Pferd gewesen – aber
noch hat Parzivâl keinen Vater. Dafür hält er sich in den nächsten
Stunden selbst eine Art Trutzrede. Sie läßt darauf schließen, daß ihm
eine Unrichtigkeit dämmert. Er sucht ihr mit Galoppieren beizukommen. Damit ihm der Galopp nicht den Atem verschlägt, bläst er
sich auf und redet sich große Dinge ein. Es kommt ihm in den Sinn,
gekränkt zu sein wie König Ithêr. Das ist schon wieder etwas Neues,
und er probiert es tüchtig aus.
 Ist er etwa nicht schwer gekränkt worden, in Gestalt einer Jungfrau, die ihm zugelacht hat, weil er so gut, lieb und schön war? Dafür
ist sie gezüchtigt worden, von einem, der Keie hieß, dem Hofmarschall. Dem wird er's heimzahlen! – Es ist eine ziemlich künstliche
Wut, in die er sich da hineinreitet, und desto trotziger muß sie festgehalten werden. Wie Frau Cunnewâre gelacht hatte, so hatte er
bisher erst eine Frau gehört, die Frau im Zelt. Frau Cunnewâre hatte
zwar anders geklungen, aber nicht *ganz* anders. Mit Stock und
Stöcklein konnte man die Frauen zum Lachen und zum Weinen
bringen. Und wenn etwas Unrechtes daran war, dann hatte man jetzt
einen gefunden, dem man den Makel anhängen konnte, ein böses
Mannsbild, das einem dazu verhalf, ein feines zu bleiben.

Damit die Welt eindeutig wird, muß es Hofmarschälle darin geben, die man für ihre Häßlichkeit strafen kann. Von jetzt an hat man
eine Ehre, denn sie ist gekränkt. Man bläst sich auf, um sie im Galopp wieder herzustellen. Trotz hat man auf Soltâne noch nicht nötig
gehabt. Jetzt aber ist er ein berauschendes Genußmittel. Denn er
beseitigt den Verdacht, daß man davonläuft. Hätte man innegehalten,
so hätte das Ding womöglich ausgesehen wie der erste schlimme
Zweifel an sich und der Welt. So weit darf man es nicht kommen
lassen. Darum reitet man, was das Zeug hält. Man vergißt ganz,
wozu man zu König Artûs gefahren ist: um sich zum Ritter schlagen
zu lassen. Nun hat man sich eben selbst zum Ritter geschlagen, mit
einem Gabilôt ins Auge Gottes, oder des Ersten Besten. Kein Wunder, daß man weggaloppiert, als hätte man gestohlen. Man *hat* gestohlen, und gemordet hat man auch.

Was für ein Tag! und noch immer geht er nicht zu Ende. Die Fabel
will wissen, daß Parzivâl weit gefahren sei – weiter, als ein Vogel
fliegt, weiter, als ein Mann mit Verstand in zwei Tagen reitet.

Nicht Parzivâl flog, das besorgte sein frisches Pferd für ihn. Es
flog, weil ihm unter seinem Reiter nicht geheuer war. Er wußte es
zwar zu spornen, aber zu zügeln nicht. Das Zaumzeug diente ihm
nur dazu, sich selbst festzuhalten. Es war viel, daß er oben blieb.
Parzivâl sah nichts oder fast nichts durch den Sehschlitz seines
Helmkübels, der nach süßlichem Blut roch und saurem Schweiß.
Bäume, Menschen, Burgen und Städte flogen vorbei, während er, in
seinen Sattel geklemmt, zu stehen meinte, gerüttelt am Ort, von
einem nicht endenwollenden Zauber. Aber er hielt sich oben, kraft
seines Trotzes.

Mit der Zeit wurde sein Rütteln schwächer, aber nicht, weil er es
nun beherrschte, sondern weil der aberwitzige Ritt auch für den
stärksten Ritter zu lange dauerte. Parzivâl erschöpfte sich in seiner
Klemme, erschöpfte jedes Gefühl für Zeit und Raum, sogar für seinen Trotz. Er war nicht viel mehr als eine herumgeworfene Puppe
auf einem meisterlosen Pferd, das die Verzweiflung an seinem Reiter
immer weitertrieb. Die geharnischten Beine ließen das Spornen sein
und baumelten nur noch. Der Schild rutschte vor der Brust hin und
her. Es hungerte und dürstete den Reiter. Er ritt über Hunger und
Durst hinaus und war nur noch leer. Der Kettenharnisch war das
einzige, was ihn zusammenhielt, nachdem er lange unerträglich gedrückt hatte. Das Kind hätte Wasser lassen müssen, aber wie hätte es

anhalten sollen? Also machte es sich naß, und nach einer Weile leerte es auch noch den Darm und ritt im eigenen Kot. Und immer noch war es heller Tag, ein Tag so lang wie der Sommer von Frau Herzeloydes Schwangerschaft. Und er war noch nicht zu Ende, als das Pferd zum Stillstand kam. Es hielt von selbst und zitterte am ganzen Leib.

Es stand vor einer Linde, und unter der Linde saß ein Mann mit einem Sperber auf der ledernen Faust. Er hatte dichtes graues Haar, gebuschte Brauen und einen Ausdruck gelassener Würde. Vielleicht witterte die Nase des Fuchses auch schon etwas von Melancholie. Aber ein trauriger Herr ist besser als ein verrückter, der so weit reiten muß, nur weil er nicht reiten kann.

Parzivâl sah den Herrn noch nicht. Er stellte nur Stillstand fest und richtete sich grunzend auf. Der Kübel war ihm auf dem Kopf verrutscht. Er war blind geritten; jetzt hob er das stinkende Eisen ab, riß es von der Bänderung, hielt es in der Hand und war geblendet. Denn vor ihm senkte sich die Sonne über eine Stadt und zeichnete jeden ihrer Türme und Zinnen mit großer Schärfe. Doch über die gefelderte Flur legte sie eine sanfte Helligkeit mit langen Baumschatten.

Parzivâl sah die Stadt und sagte, ohne die Lippen recht zu öffnen:

So etwas gedeiht bei uns nicht. Das kann nur König Artûs wachsen lassen. Bei uns regnet es zuviel.

Der Mann am Fuß der Linde erhob sich. Er trug ein unscheinbares Kleid, knapp, doch bequem geschnitten, wie es sich schickt für die Jagd. Der Sperber in seinem Geschüh sprang und schlug mit den Flügeln; doch der Mann beruhigte ihn durch einen Hauch aus dem gespitzten Mund.

Seid mir gegrüßt, Junkêr, sagte der Herr mit tiefer Stimme. – Woher des Wegs, und wohin heute noch? Kann man Euch dienen?

Mit der freien Hand hatte er den Fuchs beim Zaum gefaßt, den ihm dieser augenrollend hinhielt. Er tätschelte dem Tier den Hals, während der Sperber wieder mit den Flügeln schlug.

Parzivâl war zum Staunen zu erschöpft. Den Vogel sah er als erstes, und unwillkürlich hob sich seine Brust. Dann sah er auch die Faust dazu, dann den Arm und schließlich den ganzen Mann.

Ihr seid es, Graukopf, sagte er. – Das ist gut. Warum dauert es so lange? Ihr wohnt zu weit weg.

Der Mann nahm die Hand vom Zaum und trat einen Schritt zurück. Sein schweres Gesicht war steif geworden, und er hob die Brauen; die waren, anders als die ergraute Haarkappe, noch von tiefem Schwarz.

Ja, Graukopf, sagte Parzivâl, meine Mutter schickt mich her. Ihr sollt mich unterweisen. Das sagt sie selbst.

So ist das, sagte der Herr, und um seinen Mund erschien eine Spur von Erheiterung. Zugleich stutzte er und rümpfte die Nase; aber Parzivâl hatte nur das Stutzen gesehen. Darin erkannte er endlich wieder etwas von sich selbst.

Wenn, sagte der Ritter mit dem Sperber auf der Faust, an dessen Geschüh eine kleine Schelle hing und ein goldenes Zierwappen mit einem geknickten Turm: – wenn Ihr wirklich um meinen Rat gekommen seid, so gebe ich Euch den, mir in meine Burg zu folgen und mein Gast zu sein. Denn nur der Freund kann dem Freunde raten.

Euer Freund bin ich gern, sagte Parzivâl und lächelte durch Blut und Rost.

Der andere stutzte nachhaltiger. Dann befestigte er seinen Blick auf dem Vogel. Sein Gesicht wurde still.

Elisson, geh! sagte er und hob die Faust mit einem Ruck, der den Vogel abheben ließ. Klingelnd breitete der Greif die Schwingen und wurde, wegstreichend zu den fernen Dächern, immer kleiner, ein Punkt in der zarten Himmelsleere. Parzivâl sah ihm nach und vergaß seine Müdigkeit.

Mein zweiter Rat, Junkêr, sagte der Mann, wäre der: daß Ihr absitzt. Denn erstens sitzt Ihr da oben nicht mehr gut, und Eure Glieder wollen sich rühren. Zum zweiten aber schickt es sich nicht, daß Ihr reitet, während ich zu Fuß gehe. Übrigens heiße ich Gurnemanz, und das da drüben ist Grâharz, meine Burg.

Der Fuchs schien nur darauf gewartet zu haben, daß der Graue ihn wieder beim Zaume nahm, denn er wieherte erleichtert.

Nein, Graukopf, sagte Parzivâl, so haben wir nicht gewettet! Ich bin ein Ritter, also muß ich reiten. Von diesem Pferd steige ich nicht. Doch folgen tu ich Euch gern. Denn das gebietet mir meine Mutter.

Mit weltkundiger Schonung behielt der Graf von Grâharz den Fuchs an der Hand und führte ihn; das war dem recht.

Sie gingen selbdritt über eine Talsenke auf die Dächer und Türme zu, die mit jedem Schritt größer und wohnlicher wurden. Sie dämpften das himmlische Abendlicht, und die Augen erholten sich im Grauen. Sie durchschritten ein Tor, und der Zwinger füllte sich sogleich mit Edelknaben, denen der Graf das Pferd übergab.

Ich grüße Euch, sagte Parzivâl von oben herab; Euch alle zusammen, und jeden einzeln. Denn das sagt mir meine Mutter!

Die Pagen stutzten und rümpften die Nase.

Sitzt jetzt ab, wenn's gefällig ist, sagte der Graf und hob die linke Hand, auf die sich schellenläutend der Sperber senkte, um heftig mit den Flügeln zu schlagen.

Das Ziget! befahl der Alte.

Ein Page reichte dem Herrn ein Hühnerbein; dieser hielt es dem Vogel vor, der sich mit kleinen Verbeugungen hineinverbiß. Parzivâl sah den Arm lange nicht, der sich ausgestreckt hatte, um ihm herunterzuhelfen.

Versorgt sein Tier, sagte der Graf, er ist mein Gast. Ihr werdet Euch frisch machen wollen, Junkêr. Wir sehen uns danach. – Und damit war er gegangen.

Sie halfen dem Glotzenden vom Pferd; da stand er auf dem gepflasterten, schon dämmrigen Hof und schwankte. Er sah den Fuchs, der ebenfalls ausglitt vor Müdigkeit, weggeführt werden, und stand noch immer, bis sie ihn zogen, mit abgewendeten Gesichtern; denn er stank beträchtlich. Sie mußten ihn stützen, beinahe heben durch eine enge Wendeltreppe. Oben war einer mit der Fackel in der Hand und zündete ihm in die Kemenate. Parzivâl stand, wo man ihn hinstellte; da begannen sie, ihn abzurüsten, eilig, denn sie wollten es hinter sich bringen, und einer trug einen Bottich mit Wasser herein. Parzivâl hatte die Augen geschlossen, als die Eisengewichte von ihm abfielen. Danach wurde es still. Sie waren zurückgewichen. Parzivâl sah an sich herunter und errötete.

Halt mir einer das Licht, sagte der Mann mit der Fackel; er war alt und gebeugt. – Und ihr andern macht, daß ihr weiterkommt. Nehmt seine Rüstung und säubert sie.

Parzivâl stand da auf seinen Kalbsfüßen, das Sacktuch klebte an seinem Leib, naß und verschissen. Auf der rechten Brust starrte ein Fleck geronnenen Blutes. Wortlos zog ihm der Alte das Hemd über den Kopf, tauchte dann eine Windel in den Bottich und begann den Nackten zu waschen. Er betupfte die Prellung auf der Brust, die Druckstellen auf Schultern und Schenkeln, die sich verfärbt hatten. Am Ende reinigte er ihm den Hintern, wrang den Lappen aus und trocknete die Haut mit einem frischen Tuch.

Parzivâl zitterte vor Kälte, Erschöpfung und Scham. Versinken hätte er mögen in den kundigen Händen, die ihn versorgten. Er schwankte, sank; er durfte sich fallen lassen und kam nicht mehr zu sich. Er spürte nicht einmal mehr, daß er getragen wurde, zu Bett getragen und zugedeckt.

Ihr müßt früh aufgebrochen sein, sagte eine tiefe Stimme.

Meine Mutter schläft noch, lallte er und schlief schon wieder.

Der ihn aber getragen und zugedeckt hatte, blieb an seinem Bett sitzen und hielt Wache, mit gesenktem Graukopf. Er hatte gerade den letzten Sohn verloren, Schenteflûrs, seinen jüngsten. Der hatte eine belagerte Dame gegen einen unerwünschten Freier zu schützen versucht, in der Hoffnung, selber zum erwünschten zu werden. Daß er in ihrem Dienst sein Leben ließ, mochte ihm das Sterben erleichtert haben. Für den Vater war es kein Trost. Der Älteste hatte Gurzgrî geheißen und war bei einem Turnier zu Tode gekommen; immerhin hatte er zuvor noch etwas von der Süße des Lebens gekostet. Denn er war verbunden mit einer Schönen, die ihm nach seinem Tod einen Sohn gebar; davon hatte er nicht mehr viel. Auch die junge Mutter welkte im Wochenbett dahin. Das Söhnchen aber, Schîônatulander, wuchs am Hofe Frankreichs auf und gelangte da, zu jung, in die Hand eines irrenden Ritters mit Namen Gahmuret. Herr Gurnemanz hatte seinen Enkel einmal gesehen, anläßlich des Turniers von Kanvoleis. Aber das war nun fünfzehn Jahre her, und auch jenes Kind sah nicht so aus, als wäre es zu einem langen Leben bestimmt. Gurnemanz' zweiter Sohn, Lascoyt, hatte irgendeiner um einen Sperber totgeschlagen. – Und jetzt ging also auch der letzte, Schenteflûrs, das Bild seiner Mutter.

Alle waren sie als Ritter gestorben, doch keiner ganz nach der Regel. Damit ein Ritter überleben kann, muß die Regel in Kraft sein. Und was Herrn Gurnemanz selber an Kraft verblieben war, hatte er dem Dienst an der Regel gewidmet. Es war sein Beruf geworden, sie in den jungen Rittern zu kräftigen, die ihm zugeführt und anvertraut wurden, und das waren viele. Herr Gurnemanz war der ritterliche Schulmeister einer ganzen Jugend geworden, und viele waren Söhne von Königen, die er nachzog zur wahren Ritterschaft. Was war ihm übriggeblieben, als die Regel anzunehmen an Sohnes Statt, und ihr alles angedeihen zu lassen, was ihm selber fehlte zu seinem Glück? Doch hatte er noch seine Falken. –

So saß er mit gesenktem Kopf vor dem jungen Fleisch und Blut, das unter seinen Augen schlief, und nahm es in seine Hut. Er hielt Wache davor, gegen sein verdrossenes Gefühl, und hütete auch dieses, so gut es ging. Regelwidrig bis zum Äußersten war ihm dieser vorbeigekommen in seinem vernarrten Ritterkleid, unmöglich in seinem stinkenden Sack. Er hatte es auf eigenen Armen zu Bett getragen, das Kind der Welt, nackt und schauderhaft. Er hatte seine Blöße bedeckt und hütete es nun, ohne Sehnsucht und Trauer ganz hüten zu können im Angesicht der Gottes Kunst. Ihren Schlaf nicht zu stören, kniete er eher vor dem Bett, als daß er es mit seinem Gewicht beschwert hätte. – Wie hätte er seine verlorenen Söhne nicht vor Augen haben sollen, die sich schon wieder mit Tränen füllten. – Und wie konnte er das Verlorene gefunden haben, ohne es wieder von neuem zu verlieren.

Was für ein Tag!

UNTERWEISUNG
WIE PARZIVÂL ANFÄNGT,
MORES ZU LERNEN

Was hatte ihn aufgeweckt: das Wasserplätschern, der Rosenduft?

Als er die Decke von sich warf – zu kühn, denn die wunden Stellen meldeten sich schon bei der ersten Bewegung –: als er nackt zum Türspalt schlich, sah er dahinter einen hölzernen Bottich dampfen, in den eine Magd Wasser goß. Eine lange Reihe von Mägden zog sich durch den steinernen Gang bis zur Wendeltreppe. Die vollen Kübel wurden dampfend hergereicht, die leeren wanderten durch eine zweite Reihe zur Treppe zurück. Die Kopfhauben leuchteten im Morgenlicht, und man war tüchtig bei der Sache. Der Bottich füllte sich fast zusehends, als stünde er unter einem Wassersturz.

Davor stand ein einzelnes Fräulein, fein gekleidet und geputzt. Sie holte Rose um Rose aus dem Korb, den zwei Gespielinnen ihr hinhielten, um die taufrischen weißen Blütenblätter zu zerpflücken, so daß sie ins Wasser fielen und, von den Güssen immer wieder aufgeregt, allmählich die Oberfläche bedeckten.

Die sehr junge Dame war ernsthafter als ihre beiden Helferinnen und bei weitem ansehnlicher. Sie trug eine spitze Haube auf dem dichten Haar, von der ein Schleier vor das Gesicht niederschwebte. Ihr blaugraues Seidenkleid war zum Erstaunen weit geschnitten, so daß Parzivâl hinter der Tür nicht einmal zu spähen brauchte, um auf zwei schneeweiße Äpfel mit rotem Stielchen aufmerksam zu werden, die sich beim Vorbeugen eigensinnig rührten. Ihre Hände staken in Handschuhen, durchsichtig wie der Schleier, was den Fingern etwas Geisterhaftes gab.

Die stille Festlichkeit der Gruppe war nicht zu beschreiben; das kam ihm auch nicht in den Sinn. Er war mit einem Widerspruch beschäftigt, der sich erhoben hatte, sehr sichtbar, hoffentlich ungesehen. Denn während die kräftigen Güsse den Harndrang immer unwiderstehlicher machten, schnitt der erhöhte Zustand des Organs, durch den ein Mann sein Wasser lassen muß, diesem den Ausgang ab. Da er wohl bald aufgerufen wurde, in dieses Bad zu steigen – es füllte den Bottich bereits bis über die Mitte –, mußte der Widerspruch schleunigst gelöst sein.

Und in der Tat: eines der Fräulein klopfte an die angelehnte Tür. Junk-hêr! rief die Geputzte mit einem von Heiterkeit erschütterten Stimmchen, wacht auf! Euer Bad ist gesattelt!

Parzivâl war zurückgesprungen und blickte sich nach einem Geschirr um; aber er sah nur die Fensterluke, die sich ins weite Land öffnete.

Ich komme! schrie der Junge. – Noch nicht! rief er, und dann: aber gleich! – Er sprang auf den Sims vor der Luke und wollte den Sprüher zwingen, sich zu erleichtern. Der aber gab erst nach peinvollem Zaudern seinen Strahl her. Parzivâl hörte es im Buchengrün prasseln; hinter der Tür war jeder Laut verstummt. Parzivâl raffte die Hermelindecke um den Leib, atmete tief und öffnete die Tür mit einem Ruck. Hier bin ich! sagte er.

Hier war er, und hier waren die Damen und die Mägde. Wie geschah ihnen bei seinem Anblick? Sie wichen zurück. Eine schlug sich die Hände vors Gesicht, um sie gleich wieder herunterzureißen und den Mund zu öffnen. Sie starrten ihn an wie eine Erscheinung. Die drei Damen senkten die Augen. Es zuckte um ihre Lippen, und der Korb verschüttete seine Rosen. Die Eine in Haube und Schleier faßte sich zuerst. Sie neigte sich vor, so daß die Äpfel wieder zu sehen waren, und sagte mit kleiner Glockenstimme: Einen guten Morgen! und wenn's beliebt, so stürzt Euch nun in Euer Bad!

Sie winkte die Mägde hinweg, die sich nicht rührten und erst auf das entschiedenste Zeichen anfingen zu weichen, ohne jedoch ein Auge von dem Erschienenen wenden zu können. Erst auf der Wendeltreppe mußten sie sich umdrehen. Und Parzivâl hörte sie unten laut werden und durcheinander lachen.

Wollt Ihr uns die Decke überantworten? sagte die Erste ernsthaft. – Fürchtet Euch nicht! denn wir sehen Euch gar nicht an.

Abgewendet nahmen sie die Decke in Empfang, er stieg ins Bad – es war grausam heiß – und ließ sich unter die Rosenblüten nieder. Erst als das Plätschern verstummt war, drehten sich alle nacheinander wieder um, und Parzivâl glühte wie ein Krebs, während die Fräulein wie Rosen blühten, diesmal rote.

Sie sprachen nicht mehr. Die Eine zog ihre Hände aus den Handschleiern, um seine Schulter, seinen Hals zu streifen und zu streichen. Behutsam rührte sie an die blauen Flecken, wie ein Hauch an den Schorf auf seiner Brust.

Isolde, sagte sie mit beherrschter Stimme, was wollen wir denn

heute vom Wetter draußen sagen? – Die Zweite begann Parzivâls
andere Schulter zu fassen und zu kneten, während ihm die Hauptperson jetzt über die Arme, die Ellbeugen strich. – Was soll dazu
denn zu sagen sein, mein Fräulein? fragte die Angesprochene. – Wollen wir es blau nennen, Hildiko, oder wären wir damit schon zu
kühn? – Blau? sagte die zweite junge Dame und schöpfte Wasser mit
der hohlen Hand, um es über Parzivâls Gesicht tropfen zu lassen. –
Blau wäre zu belanglos, meint Ihr nicht? – Du findest es unschicklich, die Dinge beim Namen zu nennen, sagte die Erste und betupfte
Parzivâls Brust mit einer Handvoll Rosenblättern, und du mahnst
mich zu Recht. Immerhin ist der Vater schon ausgeritten, wenn ich
gut gehört habe, um den neuen Gerfalken nach dem Reiher fliegen
zu lassen, der will gern zeitig gejagt sein. – Ob er das gerne will, sagte
Isolde, ist die Frage, aber Euer Herr Vater will es um so mehr. Wo
soll die frische Reiherbrust sonst herkommen, mit der er uns zu
überraschen vorhat? – Warum nicht aus dem Reiherhaus? fragte Hildiko, ich werde nie begreifen, warum man jagt, was man auch
schlachten kann! – Nun, das ist eben die männliche Art, sagte Isolde,
und wir werden ja auch lieber gejagt als geschlachtet. – So oder so,
wenn nur die Tafelwürze nicht fehlt, sagte Hildiko. – Zunächst wirst
du dich am Tisch Gottes niederlassen müssen, meine Liebe, sagte die
junge Herrin, es ist Sonntag, und da schickt es sich, unserer Sünden
zu gedenken. – Ach, wenn sie doch der Mühe wert wären, sagte die
Angesprochene, dann würde ich ihrer noch lieber gedenken. Es
schickt sich zu vieles, ich möchte endlich etwas erleben, das sich
nicht schickt! – Und seufzend strich sie Parzivâl über die bartlose
Wange. – Da brauchst du nicht weit zu suchen, sagte die Schönste, es
schickt sich zum Beispiel nicht, daß wir den jungen Herrn noch
nicht gefragt haben, wie seine Ruhe gewesen ist, oder auch, wie er
heißt. – Da Parzivâl weit und breit keinen jungen Herrn sehen
konnte, öffnete er seinen Mund nicht, während er sich die Behandlung mit Fingerspitzen und Rosenblüten bestürzt und doch immer
lieber gefallen ließ. – Es schickt sich auch nicht, Hildiko, sagte
Isolde, daß du beim Pflegen des Herrn die Blüten verwirrst, unter
denen sich das scheue Reh vor den Blicken des Jägers birgt.   Du
sprichst von einem Reh, sagte Hildiko, manche wollen doch eher
einen Hirsch gesehen haben, der sich, sollte er in Bedrängnis geraten,
vielleicht zu wehren wüßte mit seinem kräftigen Gehörn. – Ach,
sagte die andere, bei Jägern würde er es wohl nötig haben, sich zu

wehren, Jägerinnen aber würden ihm ganz gewiß nicht nahetreten. – Das ist die Frage, sagte die andere und nahm beide Hände voll Rosenblätter, um sie über Parzivâls Haar auszudrücken, gerade Jägerinnen können recht wehrhaft sein, wie das Beispiel der Göttin Diâna zeigt, mit der durchaus nicht zu spaßen war. – Aber *Ihr* spaßt mir zu viel, sagte die Schönste nicht ohne Strenge, und wenn mich seine Farbe nicht täuscht, hat der junge Herr genug gebadet –.

Trotzdem ging es noch eine ganze Weile mit Schwätzen fort. Es schien, daß Parzivâl in den Augen seiner Pflegerinnen immer noch sauberer werden konnte. Denn sie machten sich von allen Seiten her an ihm zu schaffen. Er hatte die Augen so weit erhoben, daß er die Äpfel tanzen sehen mußte. Mit der Erinnerung an das Zelt am Fluß erhob sich wieder das Wunder an seinem Leib, und gleichzeitig ein wütender Hunger. Bereits die Erwähnung von Reiherbrüsten hatte eine Wolfsmeute in seinem Leib knurren lassen; schon gestern war nur die Müdigkeit noch größer gewesen als sein Hunger. – Ich weiß gar nicht, hörte er die Herrin in der Spitzhaube sagen, ob unsere Pflege dem Junker so recht anschlägt, er ist allzu schweigsam. Ruf die Knappen, Hildiko, damit er schicklicher versehen sei. Ich habe den Vater kommen hören, und gewiß drängt er zur Messe, sich selber nicht, aber uns. – Sie neigte den Kopf, und plötzlich fand sich Parzivâl in seinem Bottich allein.

Nicht lange; schon war eine Gruppe von Knappen erschienen. Der Vorderste entfaltete ein Linnen, während Parzivâl sich erhob, um von dem Tuch umfangen und abgetrocknet zu werden. Dann wurde es ihm über die Schultern gelegt wie ein Königsmantel, und man geleitete ihn in die Kemenate zurück. Auf seinem Bett lag ein schneeweißes Unterkleid mit einem golddurchwirkten Gürtel zum Raffen. Und wie es ihm übergezogen wurde, rollten sich Strümpfe seine Füße und Beine hinauf, scharlachfarbene Strumpfhosen aus feiner Wolle. Das kitzlige Wickeln wollte kein Ende nehmen, denn seine Beine waren lang und wohlgeformt. Wie er so stand, legte sich ihm ein Rock um die Schultern, und auch der Mantel dazu, scharlachfarben, nur eine Spur dunkler als die Beinlinge. Der Mantel zeigte ein Futter aus weißem Zobel, das machte ihn so gelind. Um das Werk zu vollenden, schlang sich ein grüngolden bestickter Gürtel um seine Taille, sprang eine goldene Agraffe an seine Schulter, um den Mantel festzuhalten, ohne seine Freiheit einzuschränken. – Da stand Parzivâl in fühlbarer Herrlichkeit, bewegte sich wie noch nie und konnte nicht aufhören, an sich herabzusehen, bis ihm ein Knappe einen Spiegel aus blanker Bronze reichte. Da sah er sich noch schöner, als er sich fühlte. Sein unscharfes Ebenbild war so voller Anstand, daß er unmöglich glauben konnte, er sei es selbst.

Nun trat der Gastgeber ins Gemach; er trug einen Falken auf der linken Hand und ging straffer als gestern. Er musterte Parzivâl und schlug die Augen nieder, um sie fast zornig wieder auf den jungen Mann zu richten. Die begleitenden Ritter raunten. Macht ihn nicht verrückt! sagte der Graf und schien den Falken zu meinen, denn der hatte zu springen begonnen. Herr Gurnemanz blies ihn an, mit gespitztem Mund, worauf er sich beruhigte. Sehr förmlich fragte der Graf, wie Parzivâl geruht habe.

Herr, sagte der, ohne Euch bin ich kaputt gegangen. Ich bin froh, daß mich die Mutter zu Euch schickt.

Ihr seid zu gütig, sagte der Graf mit starrem Lächeln. – Kommt jetzt zur Messe, wenn's beliebt. – Er sprach mit Kälte, aber sein Gesicht blieb gerötet, und jetzt nahm er Parzivâl bei der Hand, nicht ohne sich zugleich von ihm abzuwenden.

Ein seltsames Gefühl: an der Hand ins Gotteshaus geführt zu werden. Von Gott hatte Parzivâl allerhand gehört, nicht aber, daß er ein Haus habe; und es zeigte sich, daß der Junker noch nie eine Kirche betreten hatte. Sein Wirt mußte ihm vormachen, wann und wo das Knie zu beugen war und wie man die Hände faltete. Mit frischen, aber fremden Augen sah Parzivâl einen Kahlkopf im bunten Rock vor einem Kreuz stehen, an dem, von Kerzen angeflackert, das Bild eines totgestochenen Mannes hing. Die Lanzenwunde an seiner Seite tropfte noch immer. Der Raum, höher als lang, bildete seinerseits ein Kreuz, auch wenn die Querbalken nur kurze Stummel waren. In der Nische zur linken Hand sah er wieder einen bärtigen Leichnam querüber im Schoß einer Frau liegen. Dieses Bild hatte er schon einmal gesehen, in der Kemenate der Mutter, einmal aber auch leibhaftig im grünen Wald. Da war die Trauernde seine Cousine gewesen, die ihn beim Namen genannt hatte, und der Tote hieß Schiônatulander; einen Bart hatte er nicht getragen. Geradeaus, hoch über dem Kruzifix, war König Artûs auf goldenem Stuhl abgebildet, aber mit einem Strahlenkranz und auch sonst nicht allzu ähnlich.

Menschen und Bilder glichen einander überhaupt nicht sonderlich; und alle Bildmenschen im Gotteshaus mußten etwas Schweres tragen, ein Kreuz, einen Toten, einen Strahlenkranz, wenigstens einen Bart. Am rechten Seitenaltar der Kirche war Jemand gekreuzigt, der trug zwar einen Bart, doch unzweifelhaft auch ein Frauengewand, das von Brüsten geschwellt war. Unter diesem Bild hatte der Wirt seinen Falken abgestellt. Um ein Reck hatte er die Langfessel am Geschüh des Vogels geschlungen, mit zweierlei Knoten, und hatte ihm ein Käppchen über den Kopf gezogen und mit einem Goldfaden festgebunden, grade als wäre es ein Helm. Während der Andacht behielt das Tier den Schnabel offen.

Kaum zwei Dutzend Menschen füllten das kleine Gotteshaus, Herrschaft und Gesinde, nach Geschlechtern getrennt. Das murmelte im Chor und respondierte dem Kahlkopf, der zu singen und leiern begonnen hatte. Er mußte hier der Gastgeber sein, denn vor ihm beugten sich alle, während er immer wieder dem Toten am Kreuz seine Reverenz erwies. Er hatte eine dünne Stimme, die sich in der Höhe des Raums verlor, und sang in einer fremden Mundart. Parzivâl fand nicht, daß er sein prächtiges Kleid gut trage. Es war weder geschnitten noch gegürtet, nur ein Sack, von dem zwei silberne Bänder hingen und der ebenfalls ein Kreuz auf dem Rücken trug. Er drehte und wendete sich gemessen. Wenn er nicht mit gefalteten Händen vor seinem Tisch hin und herging, öffnete er die Arme, um seine langen Flügelärmel auszubreiten.

Parzivâl genoß den sanften Druck von Pelz und Seide, die Mantelwärme auf Schultern und Hüften, das Nachgeben des Stoffes beim Beugen der Knie. Er verstand nicht recht, was der Violette zu besorgen hatte, und warum selbst der Graf sich vor ihm neigte, nachdem sich zuvor der Kahle unterwürfig gezeigt hatte. Nun schritt er wie ein König um seinen goldenen Tisch herum, aber es sah nicht so aus, als ob man hier etwas zu essen bekäme. Lustiger waren die zwei Knaben in durchbrochenen Hemden, die den Gastgeber auf Schritt und Tritt begleiteten. Wenn nicht alles täuschte, ahmte einer ihn nach. Sie dienten ihm zu mit allerlei Gerät und schienen dabei das Lachen zu verbeißen. Auch sie hielten die Augen gesenkt und die Hände gefaltet.

Parzivâl suchte die Gesichter von Bekannten, machte den Altknappen aus, der ihn gestern gesäubert hatte, auch den jungen mit dem Badetuch. Die farbigen Spitzfenster ließen nicht viel Licht herein. Auf der Frauenseite waren nur verhüllte Köpfe zu sehen, während die der Männer entblößt waren. Auch der Graf hatte sein Barett abgenommen, nur der Falke durfte sein Käppchen tragen. Manchmal

tupfte der Wirt mit den Fingern auf Stirn, Brust und Schultern oder
starrte mit dunklem Ausdruck zu ihm herüber.

Jetzt drehte der Kahlschädel seinen Gästen den breiten Rücken
zu. Er öffnete ein Schränklein, beugte sich inbrünstig und schien
etwas zu küssen, dann zu verschlucken, während die Gäste murrten.
Einer der weißen Knaben zog an einem Seil, so daß die Glocke Laut
gab. Der Kahle hatte sich gereckt und hielt einen Becher über sich,
trank verstohlen daraus, und die Gäste murrten noch lauter. Der eine
Knabe schwang ein Gefäß an einer Kette herum, aus dem ein süß-
verbrannter Geruch wölkte. Schließlich nahm der Kahle dem Knaben das Gefäß aus der Hand und schwenkte es gegen den Burgherrn.
Er breitete die Arme aus, sang noch ein paar Sätzlein und machte
sich, von den Knaben gefolgt, durch eine Seitentür davon.

Der Burgherr tippte sich auf die Schultern, stand auf und begab
sich zu seinem Vogel, um die Knoten zu lösen und auch das Käppchen. Dann hob er ihn auf die Linke, über die er wieder den Lederhandschuh gezogen hatte, und reichte die Rechte Parzivâl. Sie war
eiskalt. Alle warteten, bis der Graf mit Parzivâl das Gotteshaus
durch den Mittelgang verlassen hatte. Eine alte Magd tippte sich bei
seinem Anblick auf Stirn, Brust und Schultern. Er tat desgleichen,
worauf sie ihn entgeistert anstarrte.

Draußen fiel Sonne in den Hof, und eine Katze spielte mit ihren
Jungen. Der Graf, der den Falken mit Vorsicht durch jede Tür hob,
führte Parzivâl über eine Treppe in den hochgebauten Palas hinauf.
Sie betraten einen leeren, angenehm hellen Saal, denn die Fenster
gingen auf die Sonnenseite. Trotzdem brannte ein Feuer im Kamin,
und davor standen Böcke, auf die alsbald eine Tafel gesetzt wurde,
gedeckt für zwei. Den Falken erwartete auch hier ein Gestänge, auf
das er, abermals verkappt, abgesetzt wurde. Pagen warteten auf, mit
Wasser zuerst, zur Reinigung der Hände, dann mit Tüchern. Hier
kannte sich Parzivâl wieder aus. Richtig essen hatte er bei seiner
Mutter gelernt. Die Mauern waren mit Teppichen behängt, auf denen
Falkner auf der Beize abgebildet waren, an gewellten Gewässern und
unter penibel geblätterten Bäumen.

Der Falke hungerte seinen dritten Tag, er sollte auf dem Arm
seines Meisters kröpfen lernen, was er bisher verweigert hatte. Die
Menschen aber aßen schweigend, was ihnen die Pagen vorschnitten.
Parzivâl zerarbeitete die Rebhuhnbrüste, Wachtelflügel und Froschschenkel mit leidlichem Anstand in den Händen, achtete darauf, daß

der schöne Rock keinen Fleck bekam und ließ auf zinnenem Teller ein abgenagtes Häufchen Knochen zurück. Dem Wein sprach er zu, wie er es bei seinem Wirt sehen konnte: mäßig. Und beim Kauen nickte er nicht anders als Herr Gurnemanz, der eine gewisse Befangenheit nicht verhehlte. Nach dem Geflügel kam Fisch, dann ein gespickter Rehrücken, wohl abgehangen und in Essig angerichtet. Er schmeckte so vorzüglich, daß Parzivâl sich am liebsten verbeugt hätte, wie der Gottesmann vor dem Kreuz. Der Falke dauerte ihn, der den Braten gewiß riechen konnte. Aber als ihm der Burgherr das Käppchen abnahm und ihn auf seinen Lederhandschuh setzte, um ihm ein Stück Leber vorzulegen, wippte der Vogel nur heftig, um dann vor seinem eigenen Biß zurückzuschrecken. Da verkappte ihn sein Herr wieder und ließ ihn abtragen. Bald verschwand auch die Tafel.

Es ist selten, sagte Herr Gurnemanz, aber es kommt vor, daß einer eher verhungert, als aus der Hand zu fressen. Um diesen wäre es schade. Er würde ein guter Jäger, das kann ich fühlen. Aber damit er mir etwas nützt, muß er zurückkehren. Er ist ein Wildfang und muß mein Gefährte werden. Mein Geselle ist er schon, denn er sitzt bei mir. Mein Genosse ist er noch nicht, denn er verweigert die Atzung. Jetzt heißt es: Vogel friß oder stirb!

Ihr versteht zu essen, wie ich sehe, sagte Herr Gurnemanz, nachdem die Becher wieder gefüllt waren. – Nehmt mir nicht übel, wenn ich Euch nun frage, woher Ihr kommt.

Von meiner Mutter, sagte Parzivâl. – Sie lebt auf Soltâne und will mich gar nicht fortlassen. Aber dort kann ich kein Ritter werden, und so einer muß ich sein. Am frühen Morgen reite ich aus. Die erste Nacht übernachte ich bei einem Fischer –

Gemach, sagte Herr Gurnemanz. – Zwischen Morgen und Abend muß Euch dies und das zugestoßen sein.

Nicht viel, sagte Parzivâl. – Ich reite einen kleinen Fluß entlang, denn ich darf nicht hinüber, sagt meine Mutter, wenn das Wasser dunkel ist. Erst muß es hell werden.

Ihr werdet nicht den ganzen Tag an diesem Fluß entlanggeritten sein, sagte Herr Gurnemanz. – Spätestens am Mittag schien die Sonne drauf. Also erzählt mir nichts, oder besser, erzählt mir alles.

Da ist ein Zelt, sagte Parzivâl unbehaglich, das steht auf der anderen Seite, genau da, wo ich zum ersten Mal hinüber kann. In dem Zelt liegt eine Frau und schläft.

Allein? fragte der Wirt und hob die Brauen.

Ja, sagte Parzivâl, und wenn ich eine edle Frau sehe, sagt meine Mutter, muß ich sie drücken und küssen. Und ihr den Ring abnehmen, sagt sie. Ich nehme auch den Fürspann, denn er sticht mich sehr.

Als Ihr die Dame drücktet? fragte Herr Gurnemanz.

Und, sagte Parzivâl, ich habe Hunger. Ich soll sie nicht aufessen, sagt die Dame. Sie bewirtet mich mit Brot und Wein, auch mit zwei Rebhühnern.

Das hat sie getan? fragte Herr Gurnemanz.

Weil es so lustig ist, sagte Parzivâl leise. – Sie lacht die ganze Zeit.

So, hat sie gelacht, sagte Herr Gurnemanz, und geweint wohl auch? Nur ein wenig, sagte Parzivâl.

Aha, sagte er, gelacht und geweint. Und wohl auch geschrien?

Mein Leben, sagt sie zu mir. – Aber das ist mein Name nicht. Und ich soll laufen, bevor ihr Mann kommt, der bringt mir den Tod. Ich fürchte mich nicht. Aber ich gehe ja schon weg, ihrer Ehre zulieb.

Und ihrer Ehre zulieb habt ihr den Ring genommen, sagte Herr Gurnemanz.

Das heißt mich meine Mutter, sagte Parzivâl.

Und den Fürspann auch? fragte Herr Gurnemanz.

Den lasse ich dem Fischer, damit er mir ein Bett gibt. Und damit er mich zum König Artûs führt.

Ein Fischer? fragte Herr Gurnemanz. – Wie sah er aus?

Nicht besonders, sagte Parzivâl. – Er hinkt, hat eine Frau und sieben Kinder, und eins ist gerade tot.

Er hinkte? fragte Gurnemanz forschend. – Gehen konnte er immerhin? Er trug nicht zufällig einen Hut aus Pfauenfedern?

Nein, sagte Parzivâl. – Er ist kahl, wie Euer Herr im Gotteshaus.

Gleichviel, sagte Herr Gurnemanz. – Es war also nicht Der Fischer, nur ein Fischer, irgendeiner. Es hätte mich auch sehr gewundert.

Parzivâl verstand kein Wort.

Gleichviel, sagte der Graf noch einmal. – Ein Gotteshaus habt Ihr wohl noch nie betreten? Hat Euch Eure Mutter nichts von Gott gesagt?

Oh ja, sagte Parzivâl. – Gott ist Licht ganz und gar, und der Teufel ist schwarz wie Lähelîn.

Wie Lähelîn? fragte Gurnemanz. – *Fürst* Lähelîn?

Ich weiß nicht, Herr, sagte Parzivâl, aber ich habe ihn totgemacht.

Was habt Ihr? fragte Herr Gurnemanz entgeistert.

Er will mir seine Rüstung nicht geben, sagte Parzivâl, und stößt mich. Da nehme ich ihm die Rüstung, und das Leben leider auch, er tut es nicht anders.

Wenn ich Euch recht verstehe, so habt Ihr einen Ritter totgeschlagen, sagte Gurnemanz, wieder einigermaßen gefaßt. – Warum?

Ich bin auf dem Weg zu König Artûs, sagte Parzivâl, da kommt mir einer entgegen, der ist ganz rot und trägt einen Becher in der Hand. Er vergießt Wein, auf den Schoß der Königin, das tut ihm leid. Jetzt wartet er auf einen, der mit ihm kämpfen will. Aber erst muß ich doch zu König Artûs. – Parzivâl verwirrte sich.

Und, sagte der Graf, seid Ihr hingekommen? zu König Artûs?

Sicher, sagte Parzivâl. – Iwânet führt mich in den Hof. Da sind viele Artûse, aber einer ist doch der rechte. Von dem wünsche ich mir die rote Rüstung. Ohne Rüstung kann ich kein Ritter sein.

Nicht wohl, sagte Herr Gurnemanz. – Wohl nicht. Und, habt Ihr sie bekommen, Eure Rüstung?

Ich muß sie mir holen, sagte Parzivâl. –

Holen? fragte Herr Gurnemanz.

Mit dem Gabilôt, sagte Parzivâl leise.

Verstehe ich recht, sagte Herr Gurnemanz erbleichend, Ihr habt den Roten Ritter totgeschlagen – *mit einem Gabilôt?*

Iwânet schimpft mich auch schon, sagte Parzivâl fast unhörbar. – Aber es geht nicht anders. Die Vögel mache ich ja auch tot.

Welche Vögel? fragte der Graf irritiert.

Die auf Soltâne, sagte Parzivâl, aber sie singen schon wieder, keine Angst. Sie leben. Es sind andere, aber sie leben. Der Rote Ritter ist tot, aber nun bin *ich* der Rote Ritter.

Der Graf räusperte sich. – Und was hat König Artûs dazu gesagt? fragte er.

Weiß nicht, sagte Parzivâl. – Jetzt bin ich der Rote Ritter und reite weiter, immer weiter, bis ich Euch finde.

Den Graukopf, sagte Herr Gurnemanz. – Wie Eure Mutter sagte.

Ja, sagte Parzivâl.

Herr Artûs sollte Euch zum Ritter machen, sagte Gurnemanz. – Hat er das getan?

Ja, antwortete das Kind, nur kommt er nicht dazu. Eine Dame lacht mich an. Das ist stark. Aber wißt Ihr, was dann passiert? Da geht der Hofmarschall hin und prügelt sie. Jetzt lachst du? schreit er, zum ersten Mal! Und dann spricht ein Stummer für sie, und dann schlägt der Hofmarschall auch noch den . . . das vergesse ich ihm *nie*.

Der Wirt, der die Farbe gewechselt hatte, sah ihn ungläubig an; denn eine Träne nach der andern fiel aus Parzivâls offenen Augen.

Sie hat gelacht? fragte er mit schwankender Stimme. – Frau Cunnewâre hat Euch ausgelacht?

Ausgelacht? fragte Parzivâl so erstaunt, daß seine Augen trockneten. – Sie lacht, das ist alles! Muß man sie dafür schlagen?

Über Euch gelacht? fragte Gurnemanz und sah an Parzivâl vorbei. – Euch zugelacht? Gleichviel. Sie hat also gelacht. – Er schluckte. – Sie hat noch nie gelacht. Sie konnte nicht lachen, bis –. Nun ja, sie wird Euch wohl zugelacht haben. Was Wunder. Gleichviel. Hat Euch Eure Mutter auch geboten, König Ithêr zu erschlagen? – Die Kraft der Empörung erlaubte ihm, Parzivâl wieder anzusehen.

Wen? fragte Parzivâl.

Den Roten Ritter, sagte Herr Gurnemanz. – So hieß er und war ein König.

Ich auch, sagte Parzivâl bescheiden.

Und wie heißt Ihr? fragte der Graf.

Parzivâl, sagte Parzivâl.

Ist Euch nicht gut, Herr? fragte Parzivâl.

Fragt mich nicht, sagte Herr Gurnemanz und straffte den Rücken. Ihr fragt und fragt. Fragt nicht so viel. Die ganze Zeit schwatzt Ihr von Eurer Mutter. Wer hat Euch herkommen heißen? Eure Mutter. Es ist mir einerlei, wie Ihr hergekommen seid, und woher. Ob Ihr ein König seid oder ein Narr, und ob Ihr so heißt oder anders. Jetzt seid Ihr da, das muß reichen. Für mich seid Ihr der Rote Ritter. Das fehlte noch. Nichts seid ihr, gar nichts, überhaupt niemand. Wie soll ich glauben, daß aus Euch noch etwas werden kann? – Das werden wir ja gleich sehen, sprach er weiter, nachdem er sich erhoben hatte, um in der Halle auf und ab zu gehen. – Heute noch will ich Euch sehen, und zwar zu Pferd. Bisher seid Ihr nicht geritten. Dafür müßtet Ihr wissen, was Reiten heißt. Geritten worden seid Ihr, wenn Ihr mich fragt. Ihr hättet Euch gestern sollen kommen sehen. Es war eine Schande. An jeder schiefen Wand hängt ein Schild besser als an Euch. Und die Lanze schwingt Ihr wie einen Gabilôt. Ein Gabilôt ist ein kommuner Bauernknüppel, merkt Euch das, und es hat keine Art, Ritter damit totzuschlagen, als wären es tolle Hunde . . .

Die Stimme des Grafen begann wieder zu schwanken. – So, mein Lieber, sagte er. – Jetzt werden wir dich tummeln. Daß du am Abend weißt, was du getan hast. Daß dir jedes Glied am Leibe wehtut. – Apropos . . . fragte der Graf und hielt den Schritt an. – Wie steht's um Eure Wunde? Laßt mich sehen . . . wir üben doch besser erst morgen.

Nein, sagte Parzivâl. – Heute. Ich bin okeeh.

Was ist das für ein Bauernwort? schimpfte Herr Gurnemanz ergriffen. – Ihr seid nicht mehr im Stall, merkt Euch das! Wollt Ihr hören, was ein Ritter ist? Un-verschämt soll er sein, aber nicht wie der Rotzlöffel vom Dorfe! Das heißt, voller Scham, doch ohne Scheu! Mausern sollt Ihr Euch endlich, aber nicht mausig machen! Heraus aus Eurem Kinderflaum und die Flügel gereckt! Aber nur, wo Platz dafür ist. Nicht überall ist Platz, mein Lieber.

Über die Armen, zum Beispiel, breitet man den Fittich der Milde! Da ist kein Platz für Hochmut, da tut es der hôhe Mut! Aber der muß es dann auch tun! Am meisten bei den verschämten Armen. Und unsere liebe Ritterheit ist voll von Rittern, die nichts zu beißen haben, nichts zu brechen, kaum noch eine arme Lanze. Da steckt Euch Euren Hochmut an den Hut und macht Euch klein wie sie oder noch kleiner. Seid Euch zu gut, einen Mann Eures Standes zu beschämen, auch wenn er unfrei ist. Dann müßt Ihr frei sein für zwei, und edel für zwanzig. Das heißt, daß er Euren Edelmut gar nicht bemerken darf! Niemals soll sich ein Ritter schämen müssen, versteht Ihr mich? Denn Scham ist die Hölle für einen Mann von Ehre, es gibt keine schwärzere. Wer Ehre hat, hat Scham, und wer diese kennt, tut sie keinem andern an. Das meine ich mit »un-verschämt«, Parzivâl! oder wie Ihr heißt –

Aus dem rechten Verkehr mit der Scham, Parzivâl, folgt alles andere, was zur Ritterschaft gehört. Auch das Mitleid, auch das Erbarmen. Das muß sein. Doch zeigen darf sich's nicht. Auch die Huld gegen Frauen und Pfaffen. Wendet Eure ganze Kraft daran, den Bedürftigen zu zeigen, daß sie's nicht sind. Hebt sie auf, aber ohne Aufhebens. Wer milde sein will, gibt nicht an damit, er ist's. Punktum. Und wenn man ihn fragt, weiß er selbst nichts mehr davon.

Angeben ist eine Schande, und betteln ist auch eine. Warum? das will ich Euch gut sagen. Jeder, der Euch bitten muß, ruft Eure Schande ins Land und tut sie Gott kund. Denn Ihr hättet nicht fehlen dürfen, als noch keine Not war zu bitten. Ihr hättet die Not müssen kommen sehen. Laßt Euch niemals bitten, Roter Ritter! *Seid* den Bedürftigen eine Hilfe, indem Ihr nicht fehlt. Seid da. Fragt nicht, und laßt Euch nicht lange fragen. Sondern habt Augen und Ohren

offen. Das reicht. Ihr braucht der Welt nichts zu schenken, aber *seid*
ihr ein Geschenk. Dann hat sie auf Euch gewartet, sonst nicht. Nur
das will Ritterschaft heißen.

Ihr versteht das nicht, ich seh's Euch an. Spart auch nicht mit
milden Gaben, das ist klar. Das ist okeeh, in Eurer Sprache zu reden.
Wenn Ihr's habt, so gebt's und teilt's mit denen, die nichts haben,
Parzivâl! Und merk dir, daß ein Ritter *immer* etwas hat, was die
andern nicht haben. Denn er *ist* etwas. Es gibt heute viele, die vieles
haben, auch Geld. Merkt Euch nur gleich: was man zählen kann,
zählt nicht. Womit man rechnet, darauf rechnet niemals. Daß andre
auf Euch rechnen können, soll Euer ganzer Reichtum sein. Und von
dem müßt Ihr immer etwas zu *schenken* übrig haben.

Ein Ganzer gibt immer ein Ganzes, das ist das ganze Geheimnis.
Das versteht Ihr nicht? Soll nicht heißen, daß Ihr verschwenden
müßt! Wer verschwendet, zeigt nur an, daß er die Welt glaubt beste-
chen zu müssen, um in ihr was zu gelten. Seid unbestechlich, aber
mit Gefühl. Ich rede jetzt von Frauen und Frauenliebe. Das ist immer nur eine halbe Sache. Nehmt das Halbe für ein Ganzes. Gebt
Euch ganz hinein, sonst bleibt Ihr selbst ein Halber. Aber alles mit
Maß. Das versteht Ihr nicht? Ist auch kein Zuckerlecken, Parzivâl!
Auf die Frauen verstehe sich, wer will. Da versteht sich ein Mann
meistens selbst nicht mehr. Aber das schadet nichts. Das wird Gott
der Herr so eingerichtet haben.

Von dem versteht Ihr auch nichts, das hab ich wohl bemerkt, daß
Ihr noch in keiner Messe gewesen seid. In Gottes Namen. Ich sitze
jeden Sonntag drin und verstehe Gott darum nicht besser. Verstehe
nur so viel, er hat uns als Halbe geschaffen, damit wir nach etwas
Ganzem streben lernen. Aber mit Streben ist es nicht getan, gerade
bei Frauen nicht. Streber mögen die gar nicht leiden. Das macht, sie
haben einen andern Sinn fürs Ganze, obwohl es mit ihnen immer nur
eine halbe Sache ist. Dennoch strebt die Frau nach dem Mann, und
der Mann nach der Frau. Zusammen geben sie ein Ganzes, fragt
mich nur nicht wie. Die Frau ist die Sache, und der Mann ist der
Name dafür. Das verstehst du nicht? Also, Ihr könnt sagen: draußen
scheint die Sonne. Das wäre die Frau. Und Ihr könnt sagen: es ist
heller Tag, das wäre der Mann. Mann und Frau sind zwei Seiten ein
und derselben Sache, wenn Ihr mich versteht. Die eine Seite ist schon
da, die andere Seite muß noch werden. Die Frauen waren zuerst,
dann kamen die Männer und machten was her. Und davon kamen

beide zu sich selbst, eins im andern. Das versteht Ihr nicht. Macht nichts. Das versteht nur Gott, und am Ende ist das ja die Hauptsache. Er hat die Welt so und nicht anders eingerichtet, und wir sollen zugreifen und nicht lange fragen. Verschäm dich nicht, Parzivâl! ein Ritter darf un-verschämt sein. Aber immer zu seiner Zeit, und nur am rechten Ort. Und mit Respekt vor der Scham der andern.

Wir wollen uns tummeln, so lange es hell ist, ich hab's nicht vergessen. Okeeh, Parzivâl. Nur noch eins.

Die Frauen sind ganz leicht zu betrügen, und zwar von jedem. Das macht: Sie lieben zu leicht, darum werden sie betrogen. Ihr Gefühl mag unbestechlich sein, aber bedürftig ist es auch. Wer liebt, ist so gut ein Notfall wie ein Bettler. Wollt Ihr ein Ritter heißen, so dürft Ihr die Not der Frauen gar nicht erst aufkommen lassen. Dafür bist du ein Mann, daß du der Not zu steuern weißt. Die Liebe ist ein Ding, da gehören sich halbe Sachen nicht, grade darum, weil sie ja doch eine halbe Sache bleibt. Du nimmst sie ganz, oder läßt sie ganz, verstehst du? Fangt damit lieber gar nicht erst an. Bringt's hinter Euch, wenn Ihr ein Ritter sein wollt. Jung gefreit hat selten gereut. Das wär's für den Moment.

Noch etwas, sagte Herr Gurnemanz, der beim Auf- und Abgehen öfter die Farbe gewechselt hatte und endlich stillstand, aber ohne Parzivâl anzusehen.

Ihr habt einen Ritter totgeschlagen, als wär er eine wilde Sau. Das hat er nicht verdient. Das war unverschämt am falschen Platz. Ihr habt etwas gutzumachen. Ihr seid der Rüstung, die Ihr gestohlen habt, einen Sieg schuldig, und jeder sei ein Sieg über Euch selbst. Was heißt das? Angenommen, es gelingt Euch zufällig, einen Ritter zu werfen, im ritterlichen Kampf. Laßt ihn dann nicht um Gnade bitten. Nehmt Sicherheit von ihm, das gehört sich und ist gut genug. Er darf wissen, daß Ihr stärker gewesen seid, und die Welt soll's auch erfahren. Das schadet nichts. Aber gebt ihm eine Chance, etwas zu bessern an seiner Sache, nachdem sie sich schwächer gezeigt hat als die Eure. In jedem guten Kampf steckt ein Urteil Gottes. Er hat gesprochen, durch Eure Lanze, durch Euer Schwert. So spricht er mit hellem Klang, und fröhlicher als mit der Zunge des Pfaffen, wenn Ihr mich fragt. Aber die Gnade hat auch ein Wörtchen mitzureden. Drum schlagt den Besiegten nicht gleich tot, auch nicht aus Versehen. Dafür üben wir Ritterschaft, um ein Versehen gar nicht erst aufkommen zu lassen. Tötet ihn nicht; tut ihm so etwas nicht an.

Das wäre kein Zeichen von Stärke. Es sei denn ... es sei denn, sagte
Herr Gurnemanz und biß sich auf die Lippen, er habe Euch ein Kind
erschlagen, hinterrücks, und ohne Not. Dann fort mit Schaden, in
die Hölle mit ihm. Aber sollte er Euren Sohn ritterlich getroffen
haben, nur zu heftig ... aus Versehen ... das dürfte nicht vorkommen. Aber es kommt vor, und dann bleibst du allein. Töte ihn darum
nicht. Mein ist die Rache, spricht der Herr. Nimm sein Urteil an,
auch wenn es dich irre macht. Dafür bist du ein Ritter. – Zum Glück
hast du noch lange keinen Sohn. Bist selber einer. Also müssen wir
dich tummeln, damit dir nichts passiert –

Ein Letztes, sagte Herr Gurnemanz plötzlich heiter, vergeßt auch
nicht, Euch den Rost von den Augen zu wischen. Wenn Ihr im Eisen
schwitzt, fällt er an. Ist unvermeidlich. Aber bei Tisch ist er nicht
mehr unvermeidlich. Ihr gefallt den Damen besser ohne. – So. Auf
geht's.

Wo ist Eure Hausfrau? fragte Parzivâl unter der Tür.

Tot, sagte der Graf. – Und jetzt tummelt Euch. Laßt Euch sehen in
Eurer Rüstung, Herr Roter Ritter, wir werden Euch schon hinein-
helfen. – Und mit steifem Lächeln setzte er hinzu: Das hat dir deine
Mutter nicht gesagt. Also mach ihr Ehre, zum ersten Mal.

DER VATER

WIE PARZIVÂL BEIGEBRACHT WIRD,
WAS ER SCHON KANN,
UND WIE ER EINEN VATER ENTDECKT

An Ehre brauchte er nicht zu denken, sie war seine geringste Sorge. Ja, er schien überhaupt nicht denken zu müssen, um auf dem Feld der Ehre spielend zu bestehen: einem Pappelkarree, das dem Lehrmeister zum Tummeln diente. Da pflegte es ein paar Tage zu dauern, bis ein Zögling auch nur mit Anstand in den Sattel kam, ohne Beihilfe der Knappen oder einer Bockleiter.

Der Graukopf rieb sich die Augen: denn das Technische der Ritterschaft hatte Parzivâl an einem Nachmittag heraus. Es war schon lange in ihm.

Herr Gurnemanz ritt seinem Schüler etwas vor. Er prägte ihm Haltung und Anstand ein, zeigte ihm, wie die Schenkel den Leib des Pferdes greifen und führen müssen, wenn die Arme beschäftigt sind; wie man es aus dem Schritt in den Trab, aus dem Trab in den Galopp treibt und vom einfachen Galopp in den gestreckten. – Was er Parzivâl vormachte, brauchte ihm dieser nicht lange nachzutun. Er machte es gleich besser. Gurnemanz' Brauner zeigte die Spur des Sporns an der Weiche; der Fuchs des Roten Ritters kaum einen Kratzer. Sein Reiter hatte ihn nicht zu verletzen brauchen, um ihm die nötige Leistung abzufordern; das Pferd arbeitete aus eigener Lust. Das Kampfwesen war ihm eingefleischt. Und vielleicht war es gestern nur darum so geflogen, weil es auch für die Ritterschaft des Reiters allein aufkommen mußte. Aber heute waren beide in der rechten Schule. Als Parzivâl den Lehrer vorbildlich aufreiten sah, gab es in Parzivâl einen Ruck. Aha! aber ja! wie denn anders! Das geschnäbelte Visier des Graukopfs hob ihm die Brust und ließ ihm die Seele fliegen. Aber auch Herr Gurnemanz kam es so vor, als habe er die Erscheinung auf dem Fuchs schon einmal gesehen.

Es war ein Nachmittag voller Wunder, Waffengeschrei und herrlichem Lärm. Das Pferd war heilfroh, daß es seinem Reiter nichts mehr zu zeigen brauchte. Es spürte die Richtigkeit bis ins Mark, mit der sein Herr die Lanze einlegte. Es reagierte auf den Druck der Wirbelsäule, wenn sie sich bog, um dem hochgezogenen Schild ent-

gegenzukommen. Es brauchte nicht mehr ins Weite zu fliehen. Es
setzte die Muskeln zugunsten des Lanzenstoßes ein und fühlte den
Bruchteil eines Augenblicks, in dem Roß und Reiter eins sein müssen, damit der Stoß unwiderstehlich werde. Parzivâl setzte seine
Lanze so exakt, daß sie zu splittern vergaß. Da ihr ein Schutzkrönchen aufgesetzt war, brauchte sie nicht durchschlagend zu sein. Es
genügte, daß sie den Schild antippte – mit der Leichtigkeit eines
Pfeils und der Energie einer Explosion –, daß der Gegenspieler flog.
Parzivâls Helmkübel war geflügelt, und an der Lanze wehte der Pe-
likan. Der Stoß, den der Rote Ritter mit seinem Fuchs vereinigt
führte, ließ das Gegenpferd steigen, als wollten auch ihm Flügel
wachsen. Bevor sein Vorderhuf wieder die Erde berührte, war das
Rote Paar vorbei und sprengte zum Ausgangspunkt zurück. Hier
wartete Herr Gurnemanz auf seinem Braunen, um den Gang förderlich zu bemäkeln.

Das fiel ihm wunderbar schwer. Denn die Tjost hatte weder die
Haltung des Schülers geschmälert noch seinen Helm verrutscht. Sein
Schild zeigte kaum die Spur eines Treffers, so sehr war der rechte
Augenblick auf seiner Seite gewesen. Herr Gurnemanz hatte Mühe,
ein dem Lehrling nicht förderliches Erröten der Begeisterung zu
beherrschen. Er verschärfte die Übung. Er gab immer neue Stellen
an, auf die Parzivâls Lanze zielen sollte: zwischen die vier Nägel, die
das Faustband an der Außenseite des Schildes verankern – hier kann
im Ernstfall die Schildhand zerschlagen werden –; dann geradezu auf
den Helm und, noch empfindlicher, auf den Hals. Zurückhaltung ist
hier angezeigt, selbst mit stumpfer Lanze, wenn man den andern
nicht töten will. Zurückhaltung *und* Kraft – das eben war die Mischung, die Parzivâl im Traum beherrschte. Der Gegner flog mit der
gebotenen Schonung, doch so unfehlbar, als hätte er nur auf diesen
Stich gewartet. Die Bedächtigkeit seines Sturzes konnte man beinahe
als schönen Sieg über die Schwerkraft feiern, von dem auch der Besiegte zu kosten bekam.

Kurzum: Parzivâl, der Rote Ritter, tjostierte und turnierte auf
dem Pappelfeld, als habe er nie etwas anderes gelernt und nichts
Besseres zu tun. Die Übungsgänge hatten schon fast Schau-Charak-
ter. Die Kampfpartner hüpften förmlich aus dem Sattel, wenn Parzivâls Fahnenstange sie anrührte. Es war viel, wenn der Junge wenigstens ab und zu eine Lanze *brach*, wie es sich schickt. Denn auf
nichts sind die Ritter so stolz wie die Zahl der Lanzen, die sie brechen.

Fast kränkte es den Waffenlehrer, mit wie wenig Aufwand Einer so viel bezwingende Kraft entfalten kann. Hier war die Gottes Kunst leibhaftig am Werk. Und sie wirkte aus dem Eigensinn der Dinge, die Parzivâl anfaßte. Die Dinge kamen ihm entgegen, um das Fliegen von seiner Hand zu lernen, und Herrn Gurnemanz' graues Herz klopfte wie das eines Liebenden.

Die Sonne berührte den Horizont noch nicht, als der Graf das Spiel beendete. Für die Verlierer war es ja doch nicht ohne Empfindlichkeit. Er lobte sie mit Nachdruck, hierin wenigstens konnte er dem Roten Ritter etwas vormachen. Der kannte die Ehre noch nicht, dachte also auch nicht daran, diejenige der andern zu schonen. Beim Zurückkreiten nannte Gurnemanz die Arbeit »passabel«, fürs erste Mal, und mußte selbst lachen bei diesem Wort. Dann machte er den Gast auf Umstände aufmerksam, die seine »Leistung« zwar nicht schmälerten, doch geeignet waren, ihren Glanz zu dämpfen.

Zum Ersten: Solide darf man ein Turnierglück nie nennen, das an *einem* Tag erworben wird. Es macht vielmehr die Hilflosigkeit, mit der man gestern hier vorgetrabt ist, doppelt bedenklich. Also muß Herr Gurnemanz denn doch festhalten, daß Parzivâl das Wichtigste zum Ritter noch fehlt, das ist: die Regelmäßigkeit. Wer gestern gar nichts gekonnt hat, und heute alles kann, der ist ein Ritter erst dem Schein nach, und sein Glanz darf ihm nicht zu Kopfe steigen. – Ferner darf er von seinen heutigen Gegnern nicht auf wahre Ritterschaft schließen. Zwar sind sie ehrenhafte Männer, aber entweder von gar keinem Adel oder vom niedrigsten. Bei rechten Herren muß Parzivâl nicht nur auf scharfe Lanzen gefaßt sein, sondern auch auf eine andere Sorte Widerstand. Die haben jedem Stoß eine Welt von Erfahrung zuzusetzen, mit der sich diejenige eines Halb-Starken noch nicht messen kann. Mit Schaukampf ist es bei denen durchaus nicht getan. – Und ein Drittes schließlich: das Pferd hat alles mögliche Training genossen. Was den unerfahrenen Reiter um so mehr verpflichtet, der Herkunft des herrlichen Tiers eingedenk zu bleiben, und der weniger herrlichen Umstände des Erwerbs. Der Fuchs hat darauf mit Großmut geantwortet und Parzivâl seine Expertise zugehalten – woraus dieser entnehmen kann, wie wenig er gegen den vorigen Roten Ritter zu bestellen gehabt hätte, wäre es dort mit rechten Dingen zugegangen statt mit der Saufeder.

Das waren starke Dämpfer. Parzivâl nahm sie mit Respekt entgegen, doch auch mit stiller Belustigung. Nicht über einen Toten oder

seine eigene Schuld machte er sich dabei lustig. Er spürte nur die
heimliche Freude des lebendig gewordenen Mannes neben ihm, die
so mächtig war, daß der Herr von Grauherz selbst eines Dämpfers
bedurfte, um sie in guter Haltung zu tragen. – Außerdem verlangt
die Weltweisheit, daß man ein mögliches Glück nicht hätscheln darf,
soll es warmgehalten werden bis zu seinem Eintreten in die Wirklichkeit.

Es wurde Abend, und wieder war die Tafel gedeckt, diesmal für
viele. Dienerschaft und Gesinde, vor allem die Turniergenossen, sollten für diesen Tag belohnt werden. So saß der Hofstaat von Grâharz
familiär am langen Tisch, dessen Schmalseite zwei Gedecken Platz
geboten hätte. Doch blieb der Platz neben dem Hausherrn unberührt, zu Ehren der toten Hausfrau, und leer waren auch die drei
nächsten Plätze auf der andern Seite. Parzivâl bemerkte sie mit Un-
behagen. Es ist dem Appetit nicht förderlich, drei Toten gegenüber-
zusitzen.

Er saß auf dem Ehrenplatz zur Rechten des Grafen neben der
jungen Dame, die am Morgen die Rosen ins Badewasser geblättert
hatte. Sie war also die Tochter des Hauses. Er kam sich in seinem
prächtigen Scharlach wieder recht nackt vor, da der Vater, der Graukopf, seine Worte immerfort an ihm vorbei richtete, an die mit ge-
neigter Stirn sitzende Lîâze.

So hieß sie. So viel hatte der Gast verstanden, auch wenn der
Hausherr Kosenamen vorzog wie Sternchen, Äuglein, Herzblatt,
tendre fleur oder *mon petit chou*, und auf alle Weise zu der Zarten
hinschäkerte. Von morgendlicher Keckheit war an ihr gar nichts
mehr zu bemerken. Sie antwortete mit Ja oder Nein, oder auch:
Danke, Papâ; denn die Fragen drehten sich um ihr Wohlbefinden,
um ihren Appetit, um die vielleicht störende Zugluft oder nicht ganz
ausreichende Kühlung. Von Ja und Nein abgesehen, schwieg Lîâze
so stille, als wäre ihr Mund kaum zum Essen und Trinken geschaffen.
Trotzdem verschwanden die Fasanenbrüstchen weit behender von
ihrem Teller als von dem Parzivâls. Die guten Geister hatten ihn
spurlos verlassen. Er saß als Dümmling da und wagte nicht aufzublicken.

Doch aus den Augenwinkeln sieht man immer noch gut. Jetzt, da
Lîâze keine Schleierhaube trug, war ihr Gesicht zur Hauptsache geworden. Es war streng und zart. Die Strenge saß in der Oberlippe,
die der Unterlippe zurückzutreten gebot; sie formte das Kinn und

blickte aus grauen, von nur angedeuteten Brauen überwölbten Augen. Die Zartheit zog sich über einen langen schlanken Hals hin in den Schatten des Kleides. Daß unter dem blauen Samt frische Äpfel gediehen, durfte sich kein Mensch mehr vorstellen. Das Loseste an ihr war eine helle Haarflechte, die nicht mit aller Strenge unter das Festkäppchen zurückgestrichen war. Die Stirn, in ihrer Zerbrechlichkeit fast besorgniserregend, konnte man auch gebieterisch finden. Nur die Nase hatte etwas Zutrauliches, denn sie buckelte sich eine Spur und gedieh am Ende zu einem Knöllchen. Um die Nasenspitze herum schien das Fräulein ganz menschlich. Sie versuchte, sich nicht im Profil zu zeigen, und saß mit hochgepolsterten und bestickten Schultern leicht zum Vater gewendet, der sie mit seinen Kosenamen zudeckte.

Ich glaube, Süßblättchen, sagte der Graukopf mit einer vom Weingenuß dröhnenden Stimme – das Fräulein nippte nur, und Parzivâl hatte noch gar nicht getrunken –: ich glaube, wir müssen unserem Gast den Mund öffnen, damit ihm ein Stück Fasan hineinfliege. Sei doch so freundlich, meine Taube, ihm ein wenig vorzuschneiden.

Lîâze neigte sich zu Parzivâl hin, und ihre flüchtige Röte antwortete seiner tiefen.

Sieh an! sagte der Vater, nun wissen wir doch, warum er der Rote Ritter heißt!

Erst als Parzivâls Verlegenheit tödlich wurde, schien die Jungfrau ihre Unbefangenheit wieder zu finden. Mit kaum zitterndem Messer löste sie das Fleisch vom Bein und schnitt es in Streifchen. Jetzt blieb ihm ja wohl nichts anderes übrig, als die Bissen in den Mund zu schieben. Er wagte kaum zu kauen. Alles, was in seinem Mund vorging, war ihm zu laut. Erst als er dem Grafen Bescheid tat, begann der Wein sein verschrecktes Gemüt zu beleben.

Da waren ja auch noch andere, denen er zutrinken mußte; wie gerne hätte er zwischen diesen Burschen gesessen, statt eingeklemmt zwischen Vater und Tochter! Er erschrak, als ihn das Fräulein fragte, was er noch begehre, und ob ihm ihre Dienste auch ferner gefällig wären. Die Blicke des Grafen blieben so herausfordernd dabei, als hätte Parzivâl schon wieder ein Verbrechen begangen.

Die Tafel wurde aufgehoben, nachdem man die Hände in Holzeimerchen abgespült hatte. Doch für den Graukopf fing der Abend nun erst richtig an. Er hieß Parzivâl in der geräumigen Fensternische am Steintisch Platz zu nehmen und winkte auch die Tochter herbei, die sich mit einem Knicks hatte entfernen wollen.

Nichts da! rief er, du leistest uns noch ein wenig Gesellschaft, *ma tendresse*, deinem jungen Helden und deinem alten Vater. Wein! Setzt Euch zusammen, und wenn es zu kühl werden sollte, dann müßt ihr eben näher zusammensitzen. – Wein! schrie er nochmals, er hatte zu schwitzen begonnen, und seine Augen schwammen in Wasser. – Wir wollen fröhlich sein!

Die Beiden, die keineswegs besonders nah zusammensaßen, tranken auf seine Gesundheit, immer wieder, auch wenn Lîâze bloß am Becher nippte, während Parzivâl den seinen leeren mußte. –

Jetzt kenn ich Euch! rief der Burgherr, o ja! Ihr habt Euer Geheimnis wohl zu hüten geglaubt, Parzivâl, aber es springt in die Augen, sobald man Euch endlich wie einen Ritter springen sieht! Der Zwick, mit dem Ihr die Lanze hochnehmt! Jeder Zoll der Vater!

Vater? fragte Parzivâl, wer ist das?

Ihr wollt mich versuchen, mein Freund, aber eine gute Frage bleibt es doch! Wer? dröhnte Herr Gurnemanz, ja, wer war er eigentlich, der Herr Gahmuret? Aber ich habe ihn kennenlernen müssen, und so mancher brave Ritter mit mir! Da ist keiner oben geblieben, sage ich Euch! Er hatte eine heidnische Art, den Gegner vom Pferd zu heben! Er machte es wie Ihr, auf die mühelose Tour, doch in Sachen Eleganz dürft Ihr noch etwas zulegen. Seid auf dem besten Weg dazu, so etwas sieht der Graukopf in zwei Stunden. Ihr tjostiert schon passabel, und was Ihr noch zu lernen habt, kann Euch nur Einer beibringen, das seid Ihr selbst, das heißt die Erfahrung. Der letzte Schliff kommt erst, wenn die Lanze geschliffen ist, dann darf nichts mehr danebengehen! Lebensgefahr allein macht die Kunst perfekt!

Herr Gurnemanz, fortgerissen von seiner Belehrung, sah den Belehrten nicht an, wie Schulmeistern leicht geschieht. Sie halten niedergeschlagene Augen für ein Zeichen ihrer Wirkung und genießen den Wechsel von Röte und Blässe in einem Schülergesicht. – Die Wahrheit aber war, daß Parzivâl, der von Vätern bisher nur hatte reden hören, getroffen wurde von der Einsicht, er müsse ja auch einen haben. Ein Vater. *Sein* Vater! Die Mutter hatte nie von ihm gesprochen, weil er ja wohl ein Ritter gewesen war. Lieber erzog sie ihr Kind zur Waise als zum Ritter, dachte wohl, an Männlichem gebe es auf Soltâne auch so noch genug, vom Hausmeier bis zum Zuchtbullen, denen der Liebegute das Unvermeidliche der Vaterschaft schon abmerken würde.

Und nun hörte Parzivâl zum ersten Mal, daß er nicht nur einen Vater hatte, sondern was für einen! Wie sollte der Graukopf glauben, Parzivâl wisse nicht, wo sein Vater geblieben sei, und: *daß* er geblieben sei! tot nämlich, auf dem Feld der Ehre, sehr weit hinten im Morgenland. Dabei verweilte Herr Gurnemanz nicht. Das Morgenland war ihm Ekubâ. Er hatte sich nie bemüßigt gefühlt, einen Kreuzzug mitzumachen. Ihn dürstete nicht nach dem Heiligen Grab. Für die Seele hatte er seine Falken, und für den Durst den Wein auf dem Tisch, gezogen im eigenen Wingert. Dieser Tropfen machte es zur Lust, dem Gast und der Tochter, dem Goldpinselchen, Bescheid zu tun. Solchen Wein werde Jung-Parzivâl auch noch mit Verstand trinken lernen, statt rot und blaß zu werden!

Wahrhaftig, es gab Lustigeres als den Tod, den Herr Gahmuret von Anschouwe im Morgenland gefunden hatte, obschon er ja hieb- und stichfest genug schien. Aber ein Beutel voll Bocksblut, über den Diamanthelm gegossen, hatte es ihm angetan, so daß ihm der erste Beste den Schädel spalten konnte. Und das war dann das Ende vom Lied. Doch ein Satan war Gahmuret schon gewesen, bunt hatte er's getrieben. Und schwarz hätte es einem braven Ritter vor den Augen werden können, wenn er ihm zusah; als wenn es dort, wo es ihn herumtrieb, nicht schon schwarz genug gewesen wäre – am meisten die Weiber, die Damen, pardon, und an denen habe der Herr wohl auch Wunder verrichtet. Heidî! auf die Farbe sei es ihm nicht angekommen, wenn er nur an Frauen Arm habe warm werden können. Und es habe ihm gar nichts ausgemacht, wenn es ohnehin schon heiß gewesen sei.

Furcht habe er nicht gekannt. Und bevor ihn ein Tadel erreicht habe, sei er schon fort gewesen. Er habe sie ja gewonnen, Herzeloyde, die Frau Mutter des Gastes, im Sturm und Handumdrehen. Doch wie gewonnen so zerronnen! Bleiben habe er dann nicht wollen, und die Länder, die ihm in den Schoß gefallen seien, habe er mit kühlen Augen betrachtet. Regieren sei nicht sein Fall gewesen. Verschenken und verschwenden, ja; alles gewinnen, ja, und alles wieder zum Teufel. Lang genug sei er allemal geblieben, um einen Sohn zu vatern. Aber das Söhnchen auch noch ritterlich zu machen: dazu hätte mehr gehört, als Herr Gahmuret gehabt habe. Hätte er seine Pflicht getan, so wäre Parzivâl zehn Jahre eher auf Grâharz gelandet, um mit Gurnemanz' Söhnen geschliffen zu werden, wie Gâwân, so gut wie ein Sohn. Oder besser.

Aber noch sei ja nicht alles verloren. Und es sei ja auch kein rappenstiel, vom lustigsten Ritter der Kristenheit abzustammen! Schwitzen habe ihn keiner gesehen, aber lustig... nein, allzu lustig sei er am Ende denn doch nicht gewesen. Mit der Lustigkeit sei es ja immer so eine Sache – eine elende Sache, bei Licht betrachtet –, und recht lustig werde sie erst hinterher, beim Wein –

Herr Gurnemanz tönte überlaut. Parzivâls Ohr war offen wie seine Seele. Jedes Wort sank auf ihren Grund und richtete sich dort zum Bildnis auf. Parzivâl sah den geborstenen Helm, den gespaltenen Kopf, das dunkel-helle Gesicht, das mit geschlossenen Augen lächelte. Er sah einen Ritter, der in mühelosem Galopp Ernte hielt unter seinesgleichen. Er sah Herrn Gurnemanz, sah auch Lähelîn fallen unter diesem Lächeln, das zugleich verächtlich war und traurig. Das Pferd des Vaters war weiß. Parzivâl sah es, obwohl sein Gastgeber davon nicht gesprochen hatte.

In dieser Nachtstunde, beim Kerzenlicht im Söller von Grâharz, wurde Parzivâl der Sohn eines toten Vaters. Er hob die Augen auf zu dem Mann, der da trank und redete, unbekümmert um seine Wirkung und so angeregt wie lange nicht.

Wie hätte dieser Mann sehen können, was Parzivâl sah: einen Vater, der nicht Papâ hieß, sondern mit all seinem Glanz erloschen war im Schatten des Todes. Wo dieser Vater geblieben war, mußte er hin. Nicht, um zu bleiben. Sondern um recht mitten durch zu gehen durch diesen Tod, der ihm so nahe war wie die eigene Haut, näher als Lîâze, deren Gegenwart er vergessen hatte. Jetzt wandte er sich ihr zu, trank auf ihre Gesundheit und sah sie erröten.

Taut Ihr endlich auf? lachte Herr Gurnemanz, das ist wohlgetan! Ich genieße es auch, und mein Herzblatt weiß, wie rar das ist. Wieviel hat man zu besorgen und wie lange den Koller gehabt. – Herr Gurnemanz leerte den Becher bis auf den Grund und schenkte sich aufs neue ein. – Die Welt ist schwarz geworden, Ihr glaubt nicht, wie. Man merkt es erst, wenn einem wieder ein Licht aufgeht! Sie hat unter mir zu leiden gehabt, meine Herztaube, so daß sie ihr eigenes Leid vergessen mußte, wohl oder übel. Und das will viel heißen, sie hat ein sanftes Herz. Und war doch der einzige Trost, den ich ihr bieten konnte: verlorener zu sein als sie.

Ja, sie hatte zu schaffen, mein junger Freund. Ihr könnt nicht wissen, wie es hier zuging. Das war kein Schloß mehr, das war eine Trauerburg und eine Mauer der Klagen. Doch jetzt seid Ihr da. Und

wir haben schon gesehen, daß Ihr nicht von schlechten Eltern se
Dafür, daß Ihr zum ersten Mal Ritterschaft geübt habt, seid Ihr
passabel. Mein Herzblatt hier kann ein wenig Lebensfreude wohl
gebrauchen – mein Gott, ich gäbe sie ungern her. Gar nicht gäbe ich
sie her. Der Glückliche müßte hier mit uns in der Wolle sitzen bleiben, es würde ihn hoffentlich nicht zu hart ankommen! Es wäre mir
ein Trost, mein Äuglein, wenn du in gute Hände kämst, das Herz
bräche mir leichter –

Da ist sie schon wieder, die schwarze Galle! Seht mich nur an –
wer trinkt, dem läuft's über. Das macht der Stoffwechsel. Stoff
wechselt ganz abscheulich, das weiß die liebe Jugend noch nicht. –
Reden wir von deinem Vater, mein Sohn! sagte er brüsk, und an
seiner Stirn trat eine Ader hervor. – Du schlägst ihm nach, das sieht
ein Blinder, aber hoffentlich nicht in allen Stücken? Denn was die
Frauen betrifft... da hätte sein Ruhm etwas Zurückhaltung vertragen können, auch wenn die Welt dazu Heidî schreien mag und Hop-
sassa! Das ist nicht ehrlich, Sohn. Und lustig nur so lange, wie es die
anderen trifft. Wenn einem die eigene Frau durchgeht, mit dem ersten Besten, ist's nicht mehr halb so lustig, wie wenn man's dem
Nachbarn besorgen kann. Nicht daß ich aus Erfahrung spräche.
Mein Herzblatt weiß, daß es sich bei mir ausgeminnt hat. Als ich
unsere liebe Mutter kennenlernte, in Ehren, brauchte ich kein irrender Ritter mehr zu sein. Und als ich sie verloren hatte... nun, ich bin
wohl einer von denen, die nicht zweimal das Ganze zu bieten haben.
Sonst wär's ja auch zuvor nur das Halbe gewesen. Außerdem steht's
mir nicht mehr, und regelmäßig ist's auch nicht besonders. Es ist in
der Minne keine Regelmäßigkeit zu finden, mein lieber Sohn, es sei
denn, man ordnet sie einigermaßen im Ehebett. Dann bekommt sie
freilich ein anderes Gesicht, eins ohne Zucker. Da ist nur noch das
Salz übrig. Das ist unvermeidlich. Aber nicht zu verachten. Nun
liegt sie drüben in der Kapelle, das ist auch nicht weit – nein, so weit
ist das nicht mehr hin. Genug, und übergenug! Gleichviel –

Der Graf preßte sich den leeren Becher gegen die Stirn und brütete, während Parzivâl Lîâze zum ersten Mal ansah, im Einverständnis, das ihm auch aus ihren Tränen entgegenschien. Beinah wär es
zum Lächeln geworden und blieb grade noch darunter, in der Stille.
Der Graf ließ den Becher sinken, füllte ihn noch einmal und atmete
heftig auf. Er schwitzte, und ein starres Lächeln erschien auf seinem
schweren Gesicht.

Die ganze Zeit habe ich das Minniglichste im Haus gehabt, sagte
er... jeden Tag hat mir ein Glück geblüht, bis hierher, nicht wahr,
mein Sperberchen? Wie gefällt er dir denn, der junge Gast, der heute
seine Lanze geschwungen hat, ganz passabel, für den Anfang? Ja, die
Menschheit hat eine wilde Art, und der Apfel fällt nicht weit vom
Stamm. Die Katze läßt das Mausen nicht. Man weiß nicht, was man
hat, und mitnehmen kannst du nichts. Gebt mir zu, junger Herr, daß
in meinem Garten auch artige Früchtlein wachsen –

Er war betrunken. Mit beiden Fäusten hielt er sich an seinem
Becher fest. – Wenn die Vögel nicht wären, sagte er. – Die Vögel. *Sie
heben sich vil schône und fliëgen in anderü Lant –*

Papâ, sagte Lîâze, meint Ihr nicht, daß es schon spät genug ist?
Daß wir zu Bett gehen sollten?

Zu Bett? lachte der Alte, und Parzivâl sah, wie ihm die Stirnader
schwoll, als müsse ihn gleich der Schlag treffen.

Nein, Kinder, zu Bett – das ist viel zu früh. Der Tag ist noch lang,
und die Nacht noch länger. – Du Bube! sagte er mit plötzlich drohender Stimme. – So leicht geht das nicht! Nicht in diesem Haus,
und solang ich noch da bin! Ich habe Euch allerhand erzählt... so
viel behaltet gefälligst, daß es hier nach der Regel läuft! Sonst könnt
Ihr gleich wieder gehen, wo Ihr hergekommen seid. Hier seid Ihr
nicht im Morgenland, und Lîâze ist kein Weib im Zelt am nächstbesten Fluß! Den möchte ich sehen, der uns das Ringlein abnimmt, und
den Fürspann gleich dazu – nicht hier! Auf Grâharz nicht!

Parzivâl blickte betreten. Der Wirt war offenbar nicht mehr zu
halten und im Zuge, sich in unsinnigsten Zorn hineinzutrinken. Lîâze stand auf.

Entschuldigt mich, Papâ, sagte sie, ich bin etwas erschöpft. Unser
Gast wird es noch mehr sein. Es wäre das Beste, Ihr würdet ihn zu
seinem Lager geleiten, oder er Euch zu Eurem. Allein werdet Ihr
nicht weitertrinken wollen.

Allein, wiederholte Herr Gurnemanz. – Wie denn sonst. Was
denn sonst.

Er war in sich zusammengesunken, sein Gesicht arbeitete gegen
den Blödsinn des Rausches. Er kniff ein Auge zu, riß es wieder auf
und zog seinen Mund nach links und rechts. Dann raffte er sich auf
und kämpfte um sein Gleichgewicht. Seine Tochter stützte ihn. – Du
weißt, Lîâze, sagte er lallend, daß ich meinen Wein nie anders als
alleine getrunken habe. So war es, so ist es. So wird es bleiben. Ich

habe überhaupt nicht getrunken, so gut wie gar nicht. Und ihr werdet nicht glauben, daß ihr deshalb etwas Besseres seid. Ihr wollt
einem alten Mann keine Gesellschaft leisten. Das verstehe ich wohl.

Ja, sagte er. – Also gut. Gib mir deinen Arm noch dazu, Herr
Roter Ritter. Wenn schon gestützt sein soll, dann beiderseits.

Er nahm Parzivâl in den rechten Arm, die Tochter in den linken
und drückte beide an sich. Sein Atem ging schwer. So standen sie
eine Weile, schweigend.

Das war's, sagte er und schob sie von sich weg. – Gehen wir zur
Ruhe. Wir tummeln uns wieder, mein Sohn. Ich will doch sehen, wie
ich gegen dich bestehe. Aber nicht morgen. Morgen gehen wir zu
den Vögeln, damit du lernst, wo Gott hockt. – Und hiermit: gute
Nacht. Wir finden unseren Weg, sei unbesorgt, Tochter. Hast du ihn
schon geküßt?

Papâ! sagte Lîâze erbleichend.

Du hast ihm noch nicht einmal einen Willkommenskuß geboten,
sagte Herr Gurnemanz mit leiser, jetzt sehr ruhiger Stimme. – So viel
ich sehen konnte, hast du es vermieden. Das schickt sich nicht. Das
schickt sich immerhin. Es ist die Regel. Also tut es, vor meinen Augen.

Lîâze küßte Parzivâl mit einiger Förmlichkeit auf die linke Wange,
drehte den Kopf und hielt ihm ihre rechte hin.

In Ordnung, sagte Herr Gurnemanz. – Oder okeeh, wie unser
Roter Ritter zu sagen beliebt. Geht jetzt schlafen. Ich sitze hier noch
ein Weilchen und denke. Die Diener sind zu Bett. Nehmt jeder ein
Licht mit, ich brauche nur eines. Aber tragt es mit Verstand.

Lîâze huschte weg, und Parzivâl trug seine Kerze die Wendeltreppe hinunter. Obwohl er die Flamme mit der Hand schützte, blies
ein Windstoß sie aus, als er in den Hof trat. Die Äste des Lindenbaums rührten sich mächtig und nickten nach allen Seiten. Der Vollmond trieb durchs Gewölk, und die Dinge warfen einen fahlen, doch
klaren Schatten.

Parzivâl hatte keine Mühe, die Pforte zu seinem Turm zu finden.
Auch sein Lager fand er im Dunkeln. Aber den Schlaf fand er nicht.
Er setzte sich in die Fensterbank und sah das Land unter sich im
Mondschein liegen. Er wartete still, bis die Vögel in den Wipfeln laut
wurden und das Land in Dämmerung ergraute.

Er nickte erst ein, als der Sonnenrand durch das Morgenrot zündete. Dort ging ihm das blasse Gesicht seines Vaters auf. Er hatte die
Augen geschlossen und war schmal unter dem durchsichtigen Helm.

Im Traum schwor Parzivâl diesem Gesicht, seiner zu gedenken, ohne es jemals beim Namen zu nennen. Von dieser Nacht an nahm er sie mit, die drei Silben, die er unter der Zunge an ein Ziel tragen wollte, das er nicht zu kennen brauchte, um seiner gewiß zu sein.

Er war schon wach, als es klopfte, und blickte auf die Hände in seinem Schoß. Sie lagen ruhig im Licht des neuen Tages. Das waren die Hände, in die er jetzt sein Leben nahm. Und noch bevor er »herein« rief, freute er sich auf das Neue hinter der Tür, das jetzt auf ihn zukam.

VOGELHERD

WORIN PARZIVÂL ERLEBT,
WIE FALKEN GEZÄHMT WERDEN

Als sie in das Reich der Vögel traten, begriff Parzivâl: dies war heiliges Land; mit dem Mund sprach sein Wirt nur noch leise. Dafür sprach das Zögern des Schritts, die Bewegung der Augen, der Wink mit der Hand.

Der Graf hatte einen Teil des Vorwerks zur Volière umbauen lassen und durch den Einbezug gemauerter Winkel, grüner Freiungen und künstlicher Teiche in einen unterirdischen Garten verwandelt. Was von der Zinne herab wie der gangbare Boden des Zwingers aussah, entpuppte sich, wenn man es von den Gewölben her betrat, als durchbrochene Decke. Sie war aus zahllosen Eisenringen geknüpft, wie man sie für leichte Panzerhemden verwendet. Das Gitterzelt wurde abgestützt durch Stangenwerk, hoch genug, um den Vögeln Raum zum Flattern zu bieten. Auch das gepflanzte Grün diente der Vortäuschung einer natürlichen Außenwelt. Die Überspannung dämpfte das Tageslicht, und ihr Rost färbte es rötlich, so daß Gänse, Reiher und Pelikane in einer sanft blutenden Landschaft zu stehen schienen. Das Gras in den Käfigen war abgeweidet, doch fremdartiges, ungenießbares Blattgewächs gedieh in der Windstille und rankte sich der Lichtquelle entgegen. Manchmal fielen einzelne Tropfen durch das eiserne Netzwerk. Parzivâl schauderte im Gestank dieser geschlossenen, von Dung gepflasterten Welt. Hier fehlte ganz und gar die Weite, die er mit geflügelten Wesen verband. Wie ihre eigenen Schatten bewohnten sie eine Dämmerung, die keine Tageszeit kannte, und drängten sich an wenigen Stellen zusammen, wo durch eine Lücke im Dach ein voller Lichtstrahl hereinfiel. Darin standen sie regungslos wie beleuchtete Bilder von Vögeln.

Sein Wirt bewegte sich aufgerichtet, verjüngt unter seinem Getier und schob mit kundiger Hand die Fischernetze beiseite, die eine Vogelart von der benachbarten trennten. Der Mauer entlang zog sich eine Galerie fester Dächer, die den Vögeln geschützte Räume bot und Plätze zum Nisten. Da hockten Enten und Käuzchen im Dunkel sowie ein trauriger Adler, dem beim Fall aus dem Horst beide Schwingen gebrochen waren. Gurnemanz hatte ihn gefunden und aufgefüttert, aber fliegen konnte er nicht mehr. Da gab es auch Taubenschläge und einen Hühnerhof. Ein Knecht ging mit drei frischgeschlachteten Tauben in der Hand vorbei, und Gurnemanz flüsterte Parzivâl zu, diese Vögel seien zum Kröpfen der *schwarzen* Falken vorgesehen. Ihrer melancholischen, also kalten und trockenen Natur müsse Fleisch von warmer und feuchter Komplexion zugesetzt werden, damit ihre Stimmung ins Gleichgewicht gerate. Auch Hühner- oder Kitzfleisch vermöge diesen Dienst zu tun, nicht aber das Fleisch von Enten, das, seiner kalt-feuchten Eigenschaft wegen, den *roten* Falken anständig sei; ihr hitziges Wesen bedürfe eines Dämpfers. Beim *weißen* Falken aber, der Krone der Beizjagd, sei es wieder anders. Als Phlegmatiker, der leicht an schädlicher Feuchte leide, komme ihm warme und trockene Speise entgegen, als da sei Fleisch vom Bock, Hund oder Maulesel, notfalls auch vom Sperling.

Parzivâl nickte und wandte sich zugleich ab; denn der Lehrmeister roch aus dem Mund.

Bevor man ins Falkenhaus eintrat, gab es noch den Reihergarten zu bemerken, in dem der edelste Beutevogel nachgezogen wurde. Zwei Knappen beschäftigten sich damit, dem Reiher, der zum nächsten Übungsflug bestimmt war, Röhrchen aus Holderholz auf den Schnabel zu stecken, damit seine Spitze die Jäger nicht verletze. Im Reich der Vögel unterblieb jede Formalität zwischen Graf und Knecht. Hier durfte nur die Rücksicht auf die Natur herrschen, und die Besinnung auf die Kunst.

Von außen betrachtet, war das Falkenhaus nichts weiter als eine mächtige Scheuer, eingeklemmt zwischen innerer und äußerer Mauer. Von der Volièrenseite her hatte man gemeint, eine Sackgasse, einen toten Winkel des Befestigungswerks zu betreten; auf der andern Seite verließ man es plötzlich ins Freie, in weit offenes Feld. Grâharz schien keine Feinde zu haben, da es seine Mauern zur Wohnung der Vögel machte.

Aber noch blieb man im Innern des Falkenhauses. Es setzte sich aus zahllosen Kojen, Nischen und unerwarteten Passagen zusammen, als wäre es ein umständlich gefaltetes Bilderbuch. So viele Wohnungen unter einem einzigen Dach! Zuerst gelangten sie in die Kinderstube, wo die Falkenweibchen in künstlichen Felsen auf ihren Gelegen brüteten. Daneben wurden Jungfalken, noch im Flaum, von schweigenden Knechten geatzt, mit einer halb festen Masse, die aus Milch und Rührei in kleinen Schüsseln über offenem Feuer ausgekocht wurde. Liebenswürdig war es zu sehen, wie die Knappen, den Jungvogel auf lederner Hand, Falkenmütter spielten und ihren Pfleglingen die Brocken mit Hilfe eines hölzernen Zängleins ebenso entschieden wie behutsam in den weit offenen Schlund stießen; denen blieb nur noch das Schlucken übrig, welches sie scheinbar erzürnt und dabei höchst gravitätisch besorgten.

Diese, sagte Herr Gurnemanz leise, seien handzahm von Anfang an, so daß sich das Aufbräuen oder Häuben erübrige und die Kunst vielmehr darin bestehe, sie, als Haustiere, jagdscharf zu machen und ihnen ein Falkenherz einzupflanzen. Bei Wildfängen bestehe die Kunst darin, ihre heftige Natur zu dämpfen; das sei diffiziler.

Hiervon gab es in der nächsten Kammer, wo die frisch Gefangenen saßen, manche Probe zu sehen. Da lernte ein Knappe nichts anderes, als den verkappten Vogel auf das hohe Reck zu setzen. Er führte ihn zunächst über die Stange, um ihn dann rückwärts darauf niederzulassen, ohne daß sich seine Klauen im Halt vergriffen. Dabei mußte das Geschüh samt allem, was daran befestigt war: Langfessel, Lockschnur und Bell (mit dem Schmuckwappen von Grâharz, dem gebrochenen Turm), vor Verwirrung bewahrt werden und satt genug sitzen, daß der Vogel sich zwar sicher fühlte, aber nicht beengt. Dann war die Langfessel erst am Reckständer, dann auch an der Sitzstange kunstgerecht festzuschlingen, nämlich mit einem nachhaltig geschürzten sowie einem leicht zu lösenden Knoten.

Eine nächste Falknergruppe übte statt an den Stangen am Holzbock, wo ein am Ständer angebrachter Ring der Sicherung der Langfessel diente. Nur wenige Falkner arbeiteten allein, etwa diejenigen, die mit einem schon besser gewöhnten Falken die richtige Atzung einstudierten, wobei die freie Hand ein Stück Taube oder ein Lämmerherz zum Kröpfen bereithielt. Sonst waren die Knappen paarweise zugange, oft unter Aufsicht eines erfahrenen Dritten. Denn das Aufbräuen, die heikle Kunst, will besonders gelernt sein.

Dabei geht es um das Ziehen eines Fadens durch das untere Lid, wobei die Krummnadel mit ihrer Spitze von der Pupille abgekehrt geführt werden muß. Ein zweiter Faden, mit einem Knoten am Ende, wird durch das andere Unterlid gezogen, das eine wie das andere Ende dann über dem Kopf verknüpft und so mit Gefieder bedeckt, daß der Falke den Knoten nicht herunterkratzen und sich wehtun kann. Das häufige Durchstechen der empfindlichen Lidhaut mußte den Tieren leid genug sein, doch von erfahrenen Falknern

ließen sich die Vögel den Eingriff zum Erstaunen ruhig gefallen.
Unter den Fingern unerfahrener dagegen hüpften sie, schrien erbärmlich und versuchten selbst mit verschlossenen Lidern zu »springen«, will heißen: aufzufliegen. Herr Gurnemanz erklärte, daß die
Unruhe der Falken in genauem Verhältnis stehe zur Unerfahrenheit
der Falkner und sich nach beiderseitiger Übung legen müsse.

Andere Falken wurden eben abgebräut, das heißt: nach Durch-
trennung des Bindfadens fielen ihnen die Lider wieder herunter,
welche die Pupillen verblendet hatten. Dies war ein kritischer Moment. Mit dem Augenlicht schossen auch wieder Unruhe und Angst
in die Vögel ein, und die Fackel, die der Operation geleuchtet hatte,
mußte schleunigst verschwinden, damit das Tier nicht lichtscheu
wurde. Den Falken, die mit Springen nicht aufhörten, mußte das
Ziget angeboten werden, ein Entenbein oder ein entfleischter Gän-
seflügel. Da biß der Vogel seine Unrast hinein. Fruchtete auch das
Ziget nichts, so blieb nichts übrig, als dem Falken aus spitzen Lippen
das Gefieder anzusprühen, nachdem der Mund mehrmals ausgespült
worden war. Denn das Wasser mußte rein sein und temperiert, aber
auch nicht zu warm. An Brust und Flügeln benetzt, ließ der Falke
seine Unruhe bleiben.

Auf einem langen Reck saß eine Reihe gebräuter Falken, die zum
Fasten verurteilt waren. Der Hunger erzog sie dazu, unter allen Umständen, also auch auf der Hand des Falkners, zu kröpfen, wozu
dieser ein sanftes Schnalzen vernehmen ließ. An diesen Locklaut
mußte der Vogel gewöhnt werden, in der Fessel zuerst, um auch in
Freiheit zurückzukehren.

Neben der Abteilung des Auf- und Abbräuens wurde einer nächsten Falkengruppe der gleiche Prozeß gemacht, wenn auch bei weitem milder. Das war für den Gast leichter mitanzusehen. Aus dem
Orient war eine neue Art herübergekommen, den Vogel locke zu
machen, in Gestalt eines Häubchens, das ihm, wenn er wieder in
Nacht getaucht werden mußte, über den Kopf zu ziehen und mit
einem Lederbändchen unter den Flügeln zu befestigen war. Diese
mußten dabei am Schlagen gehindert werden, und die Krallen am
Hacken. Daher hielt ein Gehilfe den Vogel in einem Tuch fest, das
ihm, wie auch schon beim Bräuen, mit Gefühl umgeschlagen werden
mußte. Das Verkappen verlangte keineswegs weniger Kunst als das
Bräuen und mußte ausgiebig geübt sein. Denn der Fremdkörper
über dem Kopf irritierte den Vogel, obwohl seine Atmung durch

Löcher an passender Stelle gewährleistet war. Auch sein Schnabel blieb frei.

Parzivâl verstand, daß es überall darum ging, Menschen und Falken aneinander zu gewöhnen, und daß der Falkner zur Verwandtschaft mit seinem Pflegling gebildet werden mußte, damit am Ende gewissermaßen nur noch *ein* Herz in beiden schlage. Nur so erreiche man, daß der Falke eines Tages nicht nur die Beute verfolgte, sondern auch zum Falkner wiederkehrte und ihn für teurer hielt als die Freiheit.

In der nächsten Abteilung wurden Falken, die schon die nötige Vertrautheit mit der Hand erworben hatten, auf die Bewegung vorbereitet, die sie beim Ausritt ertragen mußten. Sie wurden, aufgebräut oder verkappt, in Ringen geschaukelt, von einem Knappen, der die Zugfäden spannte und wieder fahren ließ, im Takt von Schritt und Galopp, manchmal auch mit unverhofftem Ruck. Diese Übung wollte auf die Dauer betrieben sein, in Ablösung Tag und Nacht. Und gerade ihre Eintönigkeit betrachtete Herr Gurnemanz als besonderen Wert.

Der Gast lernte einen andern Wirt kennen. Er hatte die leiblichen Söhne verloren. Die Vögel waren seine Kinder dem Geiste nach, Heilmittel gegen die schwarze Galle. Sie waren nicht *seine* Geschöpfe, sondern widerspenstige Zeugen der Ferne, denen er Verträglichkeit mit dem Menschen anerzog, zur gemeinschaftlichen Lust an der Jagd. Man mußte Herrn Gurnemanz im nächsten Raum, der, dank locker vergitterter Wände, nahezu taghell war, zusehen, wie er einen Falken namens Elisson – jeden Falken kannte er namentlich – zum Baden lockte. Erst führte er das abgebräute Tier auf der rechten Hand an die irdene Wanne heran, während er mit einer Haselrute in der Linken das Wasser schlug, um es lustverheißend zu machen. Dann tauchte seine Lederfaust so weit ins Nasse, daß der Falke es an den Klauen spüren mußte, bis er Mut faßte – was er durch veränderte Fußstellung zu erkennen gab –, ins flache Wasser zu hüpfen und mit den Flügeln zu schwadern. Man mußte erleben, wie der Mann, der den Vogel am losen Band hielt, mit dem Rütchen zu quirlen fortfuhr, als der Vogel ermattete, um ihn von neuem zum Schwadern aufzumuntern –

Die Zusammengehörigkeit von Beizvogel und Beute nannte Herr Gurnemanz nicht minder wunderbar als die kunstvoll herangezogene mit dem Falkner. Die Falken waren eigensinnig auch nach ihrem Temperament. Wenn er die weißen, die er am höchsten schätzte, Phlegmatiker genannt hatte, so war das bedingt zu verstehen und bedeutete nur, daß sie den ungeduldigen Stoß vermieden und sich für den todsicheren aufsparten, von dem sie aber auch zuverlässig zurückkehrten, statt von der Beute zu kröpfen. Diese blieb den Hunden zum Apport, und am Ende den Menschen für die Lust ihrer Tafel, während der weiße Falke seelenstark genug war, sich auf dem Handschuh mit einem Sperling zu begnügen. Und dies nicht etwa, weil ihm der Falkner den Meister gezeigt hätte – damit käme man bei dem edlen Tier nicht weit –, sondern weil der Mensch ein Meister geworden war, beherrscht auch in sich selbst. Nur so werde er dann auch zur Zuflucht und Freude der Kreatur.

Herr Gurnemanz war wieder ins Reden geraten. Doch hier und heute ließ seine Lehre keine Zweifel aufkommen und war so unzweideutig wie sein Lächeln, mit dem er Parzivâl wissen ließ: *eine* Unterscheidung finde im Falkenhaus nicht statt, die der Geschlechter. – Es sind *nur* Frauen, sagte er; nur weibliche Tiere wissen zu jagen und wiederzukommen. Die Männer ziehen ihre Kreise und fliegen den Frauen etwas vor, wenn sie um sie werben oder sie beim Brüten unterhalten. Viel mehr haben sie nicht im Sinn –

Um so seltsamer, daß Herr Gurnemanz seine Falkinnen männlich getauft hatte. Astôr hießen sie und Affinamus, Archeinôr und Amincas. Das waren die Schwarzen, die Melancholiker, die man mit Hühnern, Tauben und Kitzfleisch atzte. Die roten Vögel, die hitzigen, hießen Jetakranc, Jurâns, Jerneganz und Jôdevast, während die Weißen, die Königinnen, auf Sennes hörten, Serabîl und Schîrniel, Senilgorz und Strennolas. Aber auch auf Trîdanz und Tîrides, Transpains und Thôasis, die lichtbraun waren, ruhte das Falkenauge mit Ehrfurcht. Leideborn, Lysander und Longefiez hießen die Schwanenjägerinnen. Postfar, Papîris, Piblesûn und Plîneschanz wurden auf Fasanen abgetragen, während Oniprîz die einzige war, die die wilde Sau jagte – sie hatzreif klob für die nachfolgende Meute. Colleval stand auf Füchse, während Behantîn, zusammen mit der erfahrenen Bodugacht, das Reh zur Strecke brachte. Elisson, von der sich ihr Meister gar nicht trennen mochte, kam eben darum in den Genuß seiner ganzen Strenge. Einmal hatte er, mit dieser Falkin jagend, sich beinah Hals und Bein gebrochen, weil er nur in den Himmel geschaut hatte und nicht auf die Wegsamkeit des Bodens. – Dergleichen konnte beim Beizen vorkommen: man flog mit dem Falken und

vergaß, daß man selbst keine Flügel hatte. Elisson war eine Dreijäh-
rige, aber ihr Fuß war nicht, wie sonst im Alter, strohgelb geworden,
er hatte auf der Hand des Meisters die bläuliche Jugendfarbe bewahrt.

Und hier geschah es, daß der Graf die Tür ins Freie öffnete, und
sie ins freie Land traten, dessen man bedarf, um mit Vögeln auf Vögel
zu jagen. Es war höchst merkwürdig zu sehen, wie der Wirt Elisson
auf der Faust durch die Tür trug – rückwärts gehend, damit der Vogel
von dem jähen Lichteinfall abgeschirmt sei und deswegen nicht
scheu werde.

Auch auf dem grünen Glacis herrschte eine beschwingte Tätigkeit.
Die Falkner lernten aufzusitzen, indem sie zugleich den Beizvogel
auf der Faust hielten. Das ist nichts Geringes, denn der verkappte
oder aufgebräute Vogel will ungern erschüttert werden. Es ist nötig,
sofern man ihn auf der Rechten führt, mit dem linken Fuß zuerst in
den Bügel zu steigen, sodann mit der linken Hand den Zügel zu
fassen und die Rechte mit dem Vogel sorgsam auf die Sattelpausche
zu stützen, damit man erst Stand fasse, bevor man auch die Rechte
heben und sich auf dem Pferd niederlassen kann. Auch beritten muß
man lernen, den Vogel abzubräuen oder abzukappen, und darauf
gefaßt sein, daß er erschrickt, wenn ihn der offene Himmel überfällt.

Aber Mitreiten ist für den Falken das wenigste. Jetzt muß er am
langen Seil auf die Beute fahren lernen und sich daran zurückziehen
lassen, um auf der Faust zu kröpfen, bevor er der Anleitung entwächst. Parzivâl sah, wie sich angeseilte Vögel auf den Kopf eines
ausgestopften Hasen schwangen, der vor ihnen hergerollt wurde,
und nach der Atzung hackten, die in den gehöhlten Augen befestigt
war. Bevor sie aber davon kröpfen konnten, wurden sie eingeholt
und bekamen auf der Hand das gleiche Futter oder ein besseres.
Andere Vögel suchten bereits ungebunden ihre Beute und stürzten,
bevor sie sich verfliegen konnten, auf das Federspiel, das ihnen zu-
geschwungen wurde, an immer verkürzter Leine, bis sie wieder auf
der Faust des Falkners saßen als gelernte Rückkehrer. Die Luft war
voll Ruf, dem Tschi-tschi-tschi und Schnalzen der Falkner, das die
Vögel zur Rückkehr einlud und zur Atzung. Aber auch die Vögel
schrien in freier Höhe, aus nichts als Flugfreude und Daseinslust.

Parzivâl sah die Vögel rütteln, sinken, zögernd erst, dann mit gerafften Flügeln abstürzen wie Steine vom Himmel. Er ahnte, wie ihre
gestreckten Fänge in den Nacken eines lebenden Hasen schlugen,
der mit einem Wehlaut zur Seite fiel. Er sah zwei Falken Zyrotân und

Zarôastêr, gegen einen Reiher schießen und an ihm vorbei in die
Höhe, die sie erst gewinnen mußten, um recht auf ihn niederzustoßen; er warf sich in der Luft auf den Rücken und hätte sie mit dem
Schnabel aufgespießt, wenn der nicht mit Holderholz verbunden
gewesen wäre. Nun warfen sie ihn auf die Erde und nahmen Abstand, ihn zu töten, als der Lockruf im Befehlston erklang. Der
Reiher wurde unter dem Arm ins Gehege zurückgetragen, während
die beiden Jäger vereint von der Leber kröpften, die ihnen die lok-
kende Faust reichte.

So entfaltete sich die Jagd als Spiel, damit sie für den Ernst gerüstet
sei, ohne des Spielerischen dabei zu vergessen, oder der Pflicht zur
Rückkehr. Zum ersten Mal sah Parzivâl die Vögel seines Lebens
wiederkehren, auf seine Faust noch nicht, aber auf die geübte.

Vor Einbruch der Dämmerung gelang es auch ihm, einen Falken
zu sich kommen zu lassen, einen echten Wildfang. Er lag neben
Herrn Gurnemanz im Berberitzenstrauch und hielt am langen Bind-
faden eine Taube, die mit gestutzten Schwingen zwanzig Schritt entfernt im Offenen hüpfte. Der Wirt führte indessen am Faden einen
Raubwürger, der, auf dem Baum sitzend (doch Vögel »sitzen« nicht,
sie stehen), die Aufgabe hatte, einen Falken, der sich von ferne der
Beute nahen mochte, schreiend anzumelden. Dann zupfte Parzivâl
an seinem Faden worauf die Taube flatterte und unwiderstehlich
wurde für den heranstreifenden Greif. Er stürzte auf sie nieder und
ließ sie nicht aus den Klauen, als sie von Parzivâls Hand dem Gebüsch entgegengezogen wurde. Hier lief der Faden durch einen
Ring, von dem sich im Augenblick, als Jagd- und Beutevogel ver-
klammert dagegenstießen, ein Netz entfaltete, in dem beide zappel-
ten und gefangen blieben, wüstem Flattern zum Trotz. So gerieten
sie in Parzivâls Hände, die sich nur um die geschlagene Taube schließen durften. Denn sein Wirt allein kannte den Griff, mit dem man
den Falken um die Brust faßt, so daß er sich widerwillig beruhigt
und sogar unterläßt, nach den Fingern des Fängers zu hacken.

Killicrâtes sollst du heißen! rief Herr Gurnemanz. Denn jeder
Falke in seinen Händen mußte sofort getauft sein. Ob der Falke eine
Falkin war, dafür hatte er den sichersten Blick. Und wenn er sich
doch einmal täuschte, warf er das Tier, wenn er es nicht für die Zucht
verwendete, zurück in die Luft.

DAS KNIE
WORIN PARZIVÂL EMPFINDLICH
GETROFFEN WIRD

Am nächsten Morgen auf dem Pappelfeld gelang wenig – um es milde zu sagen. Es gebe solche Tage, meinte Herr Gurnemanz. Nein, so hatte es in Parzivâls Leben noch keinen Tag gegeben.

Beim zweiten Mal, als ihn sein Wirt aus dem Sattel warf, konnte Parzivâl nicht einmal liegen bleiben, um vor Scham zu sterben. Herumkriechen mußte er, heulen vor Schmerz, sein rechtes Knie mußte einfach zerschmettert sein. – Das war es dann doch nicht, was ihn noch tiefer beschämte. Dies alles vor den Damen der Burg!

Das Pferd hatte schuld! – Das Pferd ist immer so gut wie der Reiter, sagte Herr Gurnemanz. – Außer es ist krank oder lahmt – doch das Lahmen eines Gauls kommt nicht von nichts, und selten allein.

Ja, der Lehrmeister hatte gut reden. Dem Fuchs fehlte also nichts – auch jetzt nicht, da sein Reiter im Sterben lag vor Schmerz und Scham, im Staub, oder, um genau zu sein, im Dreck. Nicht die kleinste Verletzung tat ihm das Tier zu Gefallen. Und nun sollte Parzivâl auch noch alleine auf sich wütend sein.

Oh, er würde die Lanzen nachmessen. Es kam ihm so vor, die des Graukopfs müsse wohl eine Elle länger gewesen sein – Parzivâl fühlte sie schon auf seinem Schild, bevor er denjenigen Gurnemanz' auch nur berührt hatte. Er hatte gut gezielt, nicht anders als vorgestern, sogar mit gebremstem Lauf, aus Respekt. Er hätte ja auch auf den Helm halten können, oder gar auf den Hals: das wollte er dem älteren Mann nicht antun.

Statt dessen fühlte er sich von der Lanze des Gegners unaufhaltsam angehoben; dann saß er in der Luft, und der Fuchs sprengte weiter. So sitzt man leider nicht lange. Ein schwerer Fall war das nicht, er fiel auf die Füße. Es war ein *beiläufiger* Fall, das war noch schlimmer. Und jetzt stand Parzivâl nur noch da und schwor, wie er die Landstreicher hatte schwören hören, oder die Bauern auf Soltâne, wenn ihnen die Kuh beim Melken mit dem dreckigen Schwanz einen Backenstreich gab. Biest! Zu wem sagte er das? Zur ganzen Welt – zuerst zu Herrn Gurnemanz, und auch zum Rotfuchs: was

fiel dem ein, ihn in der Luft sitzen zu lassen, auch noch vor den
Augen Liâzens!

Ja, Gurnemanz hatte sie zum Pappelfeld mitgenommen, um ihr
das Wunder eines jungen Mannes zu zeigen, der weiß, wie es gemacht wird, ohne es gelernt zu haben. Fast genierte sich Parzivâl,
diesen älteren Herrn *vorzuführen;* aber wenn er es nicht anders tat?
Der Alte hatte sich beim Wein einige Blößen gegeben – nun sollte
Liâze erleben, daß Vater noch immer der Größte war.

Und da saßen sie denn auf ihren Pölsterchen, die Damen, am Rand
des Übungskarrees, des elenden Ackers – der nur noch zum Stolpern
gut war, es sei denn das Pferd kannte jeden Maulwurfshügel im
Schlaf; und darauf konnte man sich bei dem Alten verlassen. Parzivâl
flog, und die Damen schrien auf. Was maßlos übertrieben war, denn
er saß ja nur ab, wenn auch nicht ganz freiwillig.

Herr Gurnemanz wendete sein Pferd und nahm den Helm ab, als
wäre er der große Sieger und alles vorbei. Er trabte zu dem ledigen
Fuchs, nahm ihn beim Zaum und führte ihn dem schwörenden Parzivâl wieder zu. Der hatte noch Eisen vor dem Gesicht, und hoffentlich dämpfte es seine Worte. Der Graukopf war die Großmut selbst.

Das wiederholen wir! sagte er. – Diesmal ohne Lanze, um Euern
Reflex zu üben. Ihr müßt lernen, erst hart auf den Mann zu reiten,
und dann ebenso hart an ihm vorbei. Dabei sollt Ihr diesmal einen
Schlag landen; aber mit der bloßen Hand. Wenn Euch die Lanze
splittert, muß Euer Geist gegenwärtig bleiben und sehen, wie Ihr den
Gegner handgreiflich erwischt, mit Stoß, Schlag oder Zug. Dazu
müßt Ihr Euch im Gleichgewicht halten, sonst wirkt Eure Kraft
gegen Euch selbst. Verstanden?

Oh, sehr wohl. Ein Schlag oder Stoß mit bloßer Faust, das kam
Parzivâl eben recht! Ein Knappe trug die Lanzen vom Übungsplatz,
ein anderer brachte Parzivâl den Fuchs am Zügel, zwei weitere wollten ihm hinaufhelfen. Das konnte er selbst, vielen Dank, auch in
voller Rüstung. Er hätte die Verwirrung des Pferdes zwischen seinen
Schenkeln spüren müssen. Kein gutes Wort ins Ohr, das hoffnungs-
voll zu ihm zurückgedreht war? Statt dessen gab ihm Parzivâl verbissen die Sporen und ritt zum Ausgangspunkt zurück. Die Damen
drückten ihre Tüchlein vor den Mund. Jetzt lachten sie. Er würde es
ihnen zeigen.

Er hatte gewendet; weit weg sah er Herrn Gurnemanz halten und
auf das Trompetensignal warten. Klein wirkte er aus der Entfernung
und würde gleich noch kleiner werden.

Das Zeichen tönte durch den hellen Morgen; Parzivâl spornte sein Pferd – diesmal dämpfte er den Galopp nicht mehr. Von Hand, *à la bonne heure!* Parzivâl spürte die Energie in seine Rechte schießen. Der Eisenhandschuh brannte darauf, den Gegner in einen Hammer laufen zu lassen. Parzivâl hatte alles in dieser Hand. Sie ließ den Zügel fahren und konnte es kaum erwarten, auf dem Helm des Grafen zu explodieren, der ebenfalls Karriere ritt, aber die Zügel immer noch festhielt. Parzivâl sollte den Schlag also nicht kommen sehen. Aber diesmal war er auf jede Überraschung vorbereitet... nur auf diese nicht.

Herr Gurnemanz zwang das Pferd, das bisher in gerader Linie gesprengt war, eine Spur nach links; und dann mit einem kurzen Ruck am Zügel wieder nach rechts. Die Beinschienen krachten zusammen – und im selben Augenblick schoß Parzivâl ein so unvernünftiger Schmerz ins abgespreizte Knie, daß er das Feuer in Holland sah. Gleichzeitig fühlte er sich geworfen und flog wie ein Vogel aus Eisen – aber den Aufschlag, so unsanft er war, spürte er gar nicht mehr, nur noch den Schmerz im Knie. Sein Knie schrie geradezu, und er heulte mit, schleppte es hinter sich her im Kreis. Es gab kein Entrinnen aus diesem Wahnsinn von Schmerz, er mochte kriechen, wohin er wollte. – Dann blieb er liegen, gab dem Schmerz Raum – er füllte die Welt bis zum letzten Winkel – und weinte vor höllischer Pein und ohnmächtiger Scham.

Sie schälten ihn aus seinen Panzerstrümpfen, solange es noch ging; das Knie schwoll zusehends. Gebrochen war nichts, wie sie sofort prüften – es war ihm egal, wer da an ihm herumgriff. Erst war der Schmerz lichtblau gewesen, dann wurde er dunkelgrün, dann purpurn. Er war jetzt zum Aushalten; dafür war es die Scham immer weniger. Parzivâl bedeckte die Augen mit den Eisenhänden. Er fühlte sich aufgehoben, weggetragen und endlich irgendwo abgelegt. Er machte die Augen noch immer nicht auf.

Ich kann nicht, sagte Parzivâl eine Stunde später, als sich sein Wirt neben ihn gesetzt hatte mit der Frage, ob er etwas essen wolle. – Ich kann *nichts*. Und eben konnte ich noch alles. Oder habe ich beides nur geträumt?

Es schmerzt mich, daß ich Euch wehgetan habe, sagte Herr Gurnemanz. Er trug ein fußlanges graues Kleid und sah darin in der Tat wie ein Büßer aus. Parzivâl schielte nach seinem Gesicht, er entdeckte nur Friede darin und heiteren Ernst.

Ich habe Euch keine Freude gemacht, sagte Parzivâl und dachte das Gegenteil.

Um meine Freude seid unbekümmert, sagte der Wirt. – Wie steht es um Eure Blessur?

So mußte er fragen, der alte Fuchs, der ihm neulich das Fragen verboten hatte, aus Gründen der unter Rittern gebotenen Diskretion und Zartheit. Im Verkehr mit Kindern galt offenbar etwas anderes.

Ich bin ein Klotz, sagte Parzivâl.

Ihr tut Euch Unrecht, erwiderte Gurnemanz. – Wer gut kämpfen will, soll sich nicht beschimpfen. Sein Leib muß ihm teuer bleiben, er ist ein Tempel des Herrn.

Also wäre es fromm zu jammern? fragte der Knabe.

Alles ist fromm, sagte der Alte, was Ihr von Herzen tut, auch Jammern.

Ich bin nichts und kann nichts, und das kommt von Herzen, sagte Parzivâl.

Ihr täuscht Euch, sagte der Graf. – Ihr seid Parzivâl. Und Ihr könnt nicht nichts, nur alles noch nicht. Ihr braucht auch nicht alles zu können. Mit diesem Wunsch würdet Ihr Euch nur hindern, das wirklich zu lernen, was Ihr könnt. Ihr werdet eines Tages das Eure können, und das reicht für ein Leben. Denn Ihr seid Parzivâl.

Das sagt Ihr jetzt zum zweiten Mal, zischte der Junge und drehte den Kopf auf die andere Seite. – Das ist nichts Besonderes.

Da mögt Ihr recht haben, sagte der Alte. – Ihr seid ja ein König. Also werdet Ihr nicht dazu erzogen, etwas Besonderes zu sein.

Ich bin kein König, sagte Parzivâl. – Ich bin ein Anfänger. Das habt Ihr mir gezeigt.

Dann hätte ich Euch mehr gezeigt, als ich zu hoffen wagte, sagte Gurnemanz. – Gibt es etwas Frischeres als einen Anfang?

Parzivâl drehte den Kopf wieder zurück. – Ihr habt eine längere Lanze genommen, sagte er. – Und vor dem zweiten Gang habt Ihr mir nicht gesagt, daß Ihr gegen das Knie schlagen wollt. Ihr habt von einem Stoß geredet.

Ihr müßt immer damit rechnen, sagte Gurnemanz, daß der Gegner mogelt. Ich bin nicht dazu da, Euch über die Welt zu täuschen. Ihr müßt auch mit dem kürzeren Spieß besser kämpfen. Das heißt, Ihr müßt besser *sein* –

Ihr seid sehr wütend, und das ist schon wieder ein Anfang.

Immer habe ich gekonnt, was ich getan habe, sagte Parzivâl. – Ich habe mich nicht einmal darüber gewundert!

Dann müßt Ihr anfangen, Euch zu wundern. Andere müssen ihre Sicherheit entdecken, um Ritter zu werden. Ihr Eure Unsicherheit. Wäre Euch etwa lieber gewesen, ich hätte Euch siegen lassen?

Niemand braucht mich siegen lassen! sagte Parzivâl. – Das kann ich allein!

Wie Ihr bewiesen habt! sagte Gurnemanz heiter.

Euch habt Ihr etwas beweisen wollen! schrie Parzivâl. – Daß Ihr noch ein Kerl seid!

Ganz recht, sagte Gurnemanz. – Nur: das wird bei keinem Eurer Gegner anders sein. Und ich will Euch ja auf wirkliche Gegner vorbereiten, nicht auf ideale. Ideale Gegner haben gegen Euch nichts zu bestellen, soviel sieht ein Blinder.

Ihr spottet.

Die Wirklichkeit wird noch ganz anders spotten. Siegen könnt Ihr schon. Jetzt müßt Ihr nur noch kämpfen lernen. Das wird Euch Eure Unschuld kosten.

Meine Dummheit, wollt Ihr sagen.

Dummheit, sagte der Graf, ist das Schauderhafteste, was es gibt.

Parzivâl richtete sich auf und stöhnte. – Ich habe das Schauderhafte getan, sagte er. – Ich habe es wirklich getan.

Als blutiger Anfänger. Jetzt kommt Ihr zum Anfang des Lernens.

Was kann ich denn noch lernen?

Dem neuen Anfang treu zu bleiben, sagte Gurnemanz. – Allem zuhören, was gegen Euch spricht. Etwas verstehe ich davon, nicht allzu viel. Ich bin nur ein Schulmeister. Noch reicht meine Schwäche aus, Euch aus dem Sattel zu holen.

Ich werde nie ein Ritter wie Ihr, sagte Parzivâl.

Euer Glück, sagte der Alte. – So viel habe ich von *Euch* gelernt.

Parzivâl errötete.

Was Euer Knie betrifft, sagte Gurnemanz. – Ihr habt Euch auf Eure Faust versteift und nicht bedacht, daß sich auch unsere Knie begegnen könnten. Ich wußte es, denn ich habe es erfahren. Ich habe mein Knie darauf einstellen können, während Ihr das Eure vergessen habt. Das will ein Knie nicht leiden, es kehrte sich gegen Euch und hat Euch gestraft. Die starke Hand half Euch da nicht mehr viel. Merkt Euch: ein Kämpfer wird nie von einem anderen geschlagen. Jeder schlägt sich selbst, mit der Lanze, dem Schwert, auch mit dem Knie. Knieschäden sind die häufigsten. Die Herren haben nicht gelernt, auch mit dem Knie anwesend zu sein. Ist man mit Hand und

Fuß anwesend und mit dem Hintern im Gleichgewicht, so wird das
Kämpfen leicht, und der Sieg kommt von allein.

Ich will mir Mühe geben, sagte Parzivâl.

Schön, sagte Gurnemanz. – Dann werden wir zu tun haben, bis
Ihr Eure Mühe wieder vergeßt. Ihr bleibt ja noch eine Weile.

Morgen zeig ich's Euch! sagte Parzivâl. Er hatte plötzlich zu weinen begonnen und wußte nicht, warum.

Zeigt es zuvor Eurem Knie. – Das ist Eure Arbeit für heute. Viel
Vergnügen! – Und ging.

Parzivâl schlief unruhig. Er schwitzte und begann zu fiebern. Das
geschwollene Knie beruhigte sich nicht. Es glühte, pochte und duldete keinerlei Versuch, es zu belasten. Parzivâl sank zurück; er fühlte
sich geschlagen an Leib und Seele. Als er kommen hörte, zog er die
Decke bis übers Kinn.

Herr Gurnemanz trat im bequemen Jagdgewand ein; er trug Elisson auf der ledernen Faust. Der musterte Parzivâl mit starrem Auge.

Aha! sagte Herr Gurnemanz. – Eure Arbeit ist immer noch am
Anfang. Ruht, nehmt Euch Zeit.

Morgen reite ich wieder, sagte Parzivâl heiser.

Ihr seid noch nie krank gewesen? sagte der andere, also bereitet
Euch, wieder etwas Neues zu erfahren. – Und empfahl sich mit einer
Verbeugung gegen Parzivâls Knie.

Nach einer Weile erschienen Isolde und Hildiko mit einem Ge-
deck aus weißem Hühnerfleisch, Gerstenbrot, Milchsuppe und einem Krug frischen Wassers. Parzivâl erwiderte den Gruß äußerst
karg und drehte sich wieder gegen die Wand.

Unmut und Erschöpfung hatten ihn wohl eine Weile dämmern
lassen. Da kam ihm vor, als habe er ein Rascheln im Raum gehört,
eine Regung leichter Heimlichkeit; eben noch war ihm Lîâzens Bild
im Fiebertraum sehr leibhaft entgegengekommen. Und als es ihm
gelang, die schmerzenden Augäpfel zu drehen, saß Lîâze wirklich
da, wenn auch nicht, wie im Traum, in unbescheidener Stellung,
sondern auf einem Kirchenstuhl und vor einem Lesepult. Aus einem
Holzkästchen holte sie ein Pergamentblatt nach dem andern und
schichtete eine saubere Lage daraus.

Guten Morgen! sagte sie; er konnte ihr Gesicht vor dem Fensterloch nicht erkennen. – Wie befindet Ihr Euch?

Parzivâl war geniert, fürchtete, sie könnte ihm seinen Traum ansehen.

Was tut Ihr? fragte er.

Ich betrachte ein Geschenk, sagte sie, das ich meinem Vater machen will. Meine Patentante ist Äbtissin bei den Klosterfrauen von Prazvert. Da leben sie nach der Regel des heiligen Benedictus, und vorzüglich pflegen sie die Schrift, denn sie können schreiben. Schwester Mechthild überträgt die Heilige Schrift, und zwar aus der Sprache, in der sie Gott verfaßt hat, in die Sprache, die wir reden; das ist ein erhebliches Abenteuer. Schwester Afra aber malt die Initialen künstlich aus und ist mit den ersten Büchern Mosis grade fertig geworden. Die Heilige Schrift dauert freilich zu lang für ein Menschenleben, und so wollen wir nicht weiter kommen als bis zu Josua und Kaleb, wenn sie die Trompeten vor Jerichô blasen lassen, so daß die Mauern stürzen mit Gottes Hilfe. Danach ist das heilige Land ja so gut wie erobert, und die Kinder Israel brauchen nur noch einzuziehen. – Außerdem führen wir selbst einen zerbrochenen Turm im Wappen, und der soll keine traurige Bedeutung habe. Wir bilden nur das Wichtigste ab. So können wir bis zu Martini fertig sein.

Lîâze sprach geläufig, wie er sie noch nie hatte reden hören; das Pergament in ihrer Hand mußte ihr wunderbare Kräfte verleihen, auch wenn sie etwas zitterte.

Ihr könnt lesen? fragte Parzivâl.

Hoffentlich! sagte sie. – Ich könnte auch vorlesen, wenn es nötig würde, denn ich habe nicht den Eindruck, daß Ihr die Geschichte kennt. Man muß sie aber kennen, wenn man sich den Himmel verdienen will. Die Geschichte kommt von Gott, und zu Gott strebt sie zurück. Dazwischen ist aber auch etwas los, und schon am Anfang ging es bedenklich zu, im Paradies.

Im Paradies? fragte Parzivâl. – Davon höre ich gern. Ich meine, es könnte mir nötig werden.

Aber erst muß etwas da sein, sagte sie, Gott muß die Welt geschaffen haben.

Bitte, sagte Parzivâl, nur zu.

Lîâze lachte wider Willen. – Ja, nur zu, das sagt Ihr so. Er brauchte aber ganze sechs Tage dafür, länger, als Euer Knie zum Heilen braucht.

Morgen bin ich wieder draußen, sagte er, dann werdet Ihr sehen, was ich kann. Letztes Mal ist etwas dazwischengekommen. Es ging nicht mit rechten Dingen zu –

Soll Gott die Welt jetzt schaffen oder nicht? fragte Lîâze spitz.

Einverstanden, sagte Parzivâl.

Sie hob die Brauen und schichtete die Pergamentblätter eins ums andere wieder in das Kästchen zurück, das mit Silber beschlagen war. Dann nahm sie das oberste in die Hand und begann laut und immer fester zu lesen: wie Gott Licht werden ließ und die Finsternis davon schied; wie er eine Feste schuf zwischen den Wassern und sie Himmel nannte. Wie er das Wasser unter dem Himmel an besonderen Örtern sammelte, so daß man an den übrigen das Trockene sah; wie er dieses Erde nannte, und das Flüssige Meer. Wie er Gras und Kraut aufgehen ließ und fruchtbare Bäume; wie er Lichter setzte an die Feste des Himmels und sie Sterne nannte, und mit ihrer Hilfe den Tag unterschied von der Nacht, und die Zeit schuf, Tage und Jahre. Wie er Sonne und Mond auf die Erde scheinen ließ, und das Wasser mit Tieren bevölkerte, mit Walfischen ganz besonders; und wie er Gevögel fliegen ließ auf der Erde unter der Feste des Himmels. Und wie er allem Getier und Gevögel befahl, sich zu mehren. Wie er aber die Erde auch Vieh, Gewürm und Tiere hervorbringen ließ, und wie er schließlich sagte: Lasset uns Menschen machen, die da herrschen sollen über die Fische im Meer und die Vögel unter dem Himmel, und über alles andere auch, was da kreucht und fleucht. Und wie er den Menschen Ihm zum Bilde schuf, zum Bilde Gottes schuf Er ihn, und schuf sie einen Mann und ein Weib. Und das alles schuf Er Tag für Tag, bis zum sechsten; und nach jedem einzelnen sah Er, daß es gut war, was Er geschaffen hatte; und das sagte Er auch nach der Erschaffung des Menschen: sehr gut. Das sagte Er am Abend des sechsten Tages, am siebten ruhte Er von seinem Werk. Aber alles war noch nicht geschaffen, was es auf der Welt gibt, denn Gott hatte es noch nicht regnen lassen, und kein Mensch hatte das Land bebaut. Und so ließ Gott einen Nebel aufgehen von der Erde und feuchtete alles Land, und dann machte Er den Menschen aus einem Lehmkloß und blies lebendigen Odem in seine Nase, so daß der Mensch eine Seele hatte. Dann aber pflanzte Gott einen Garten in Eden gegen Morgen und setzte den Menschen hinein, den Er gemacht hatte, und ließ aufwachsen allerlei Bäume, lustig anzusehen und gut zu essen. Und den Baum des Lebens setzte Er mitten in den Garten und gleich daneben den Baum der Erkenntnis des Guten und des Bösen. Und Gott gebot den Menschen: du sollst essen von allerlei Bäumen im Garten, aber vom Baum der Erkenntnis des Guten und Bösen sollst du nicht essen, denn welchen Tages du davon issest, wirst du des

Todes sterben. Und dann sprach der Herr: es ist nicht gut, daß der Mensch allein sei, Ich will ihm eine Gehilfin machen, die um ihn sei –

Lîâze hatte ein Pergamentblatt nach dem andern umgelegt; jetzt verstummte sie.

Und dann? fragte Parzivâl.

Das ist noch ungeschrieben, sagte Lîâze. – Der Bote soll morgen wieder kommen, dann hört Ihr mehr.

Aber da sind noch Blätter, sagte Parzivâl, Ihr habt nicht alle gelesen.

Das ist meine Freiheit, sagte Lîâze. – Jedenfalls liegt das Ende der Geschichte noch nicht vor, und ohne dieses ist sie weder verträglich noch erbaulich.

Kennt Ihr das Ende? fragte Parzivâl.

Selbst wenn ich es kennte, sagte sie, müßtet Ihr es doch in Gottes Wort hören, denn nur dieses macht keinen Fehler.

Nur noch ein bißchen, sagte Parzivâl. – Dann bin ich auf das Ende noch gespannter. Bitte!

Sie seufzte und nahm denn doch auch die letzten zwei Blätter in die Hand; es waren frische Häute, wie Parzivâl riechen konnte. Er kannte den Geruch aus der Gerbermühle zu Soltâne; aber es schien, daß Gottes Wort ihn etwas gemildert habe.

So las Lîâze vor, wie Gott einen tiefen Schlaf fallen ließ auf den Menschen, und seiner Rippe eine nahm, und die Stätte zuschloß mit Fleisch; wie Er ein Weib aus der Rippe baute, die Er von dem Menschen genommen hatte, und sie zu ihm brachte, und wie der Mensch sprach: das ist doch Bein von meinem Bein, und Fleisch von meinem Fleisch! Und daß das neue Geschöpf Männin heißen müsse darum, daß es vom Manne genommen sei. Darum werde ein Mann Vater und Mutter verlassen und an seinem Weibe hängen, denn sie müßten sein Ein Fleisch.

Und dann? fragte Parzivâl.

Das ist alles für heute, sagte Lîâze.

Sie werden vom Baum essen, sagte Parzivâl.

Woher wollt Ihr das wissen?

Weil es verboten war, tun sie es gewiß.

Vielleicht wird der Mann vom Baum essen, die Frau aber nicht.

Dann würde er allein bestraft, und sie wären nicht mehr zusammen. Er wäre längst tot, und sie lebte noch immer. Es gäbe nur noch Frauen. Sie müssen beide vom Baum essen, sonst bleiben sie nicht zusammen Ein Fleisch.

Wer sagt Euch denn, daß sie zusammenbleiben?

Euer Vater. Mann und Frau gehören zusammen wie das Licht und der Tag.

Der Tag vergeht, und dann ist das Licht nur noch eine Kerze, sagte Lîâze. – Mein Vater weiß nicht alles von den Frauen. Die Mutter ist schon zu lange tot.

Meine Mutter lebt noch, sagte Parzivâl. – Sie hat mir gesagt, ich soll eine schöne Frau umarmen und ihr den Ring nehmen. Ihr habt gar keinen Ring.

Ihr sollt mich auch nicht umarmen, sagte Lîâze, das würde nichts Gutes.

Weiß ich schon, sagte Parzivâl.

Auch bin ich einstweilen keine Frau, sagte sie. – Das wird man erst, wenn man verheiratet ist.

Parzivâl dachte nach.

Meine Mutter war nicht verheiratet, sagte er.

Das ist unmöglich, sonst wärt Ihr nicht geboren.

Mein Vater ist tot. Sie war mit ihm nicht mehr verheiratet.

Das bleibt man. Wer einmal verheiratet ist, bleibt es sein Leben lang.

Davon hat sie mir nichts gesagt. – Sie hatte Angst immerzu. Sie hatte um alles Angst. Aber ich soll von ihr nicht mehr reden, sagt Euer Vater.

Um Euch hatte sie Angst. Sie fürchtete, daß sie Euch verliert.

Wie soll sie mich denn verlieren, sagte Parzivâl erstaunt.

Ihr seid weggegangen, wie meine Brüder. So machen es die Männer.

Die Mutter bleibt ja doch, dann macht es nichts. Ich komme wieder. Ich muß nur erst ein Ritter werden, dann geh ich zu ihr zurück. Sie wird sich freuen. Sie hat vor Rittern zu viel Angst. Wenn ich selber einer bin, braucht sie keine mehr zu haben.

Ihr seid gegangen, weil sie es Euch verboten hat. Genau so, wie die ersten Menschen vom Baum gegessen haben, weil er verboten war.

Seht Ihr! Ich wußte doch, wie die Geschichte weitergeht. Ich hatte recht, und Ihr wolltet es nicht zugeben.

Ihr habt Euch schon genug angestrengt, sagte sie. – Man muß Euer Knie versorgen. Laßt mich sehen –

Zum Glück hatte er sein Hemd anbehalten. Dennoch schämte er sich sehr, als er sich jetzt im Bett aufsetzte. Weh tat es auch, und sein Kopf hämmerte dazu. Sie sahen miteinander auf das gebleute Gelenk nieder. Lîâze legte die flache Hand auf den Bluterguß, zart wie ein Blütenblatt.

Heiß! sagte sie. – Man muß es salben.

Und wie sich zeigte, hatte sie das Nötige schon mitgebracht. Sie steckte zwei Finger in den Tiegel voll ausgelassenen Ziegenfetts und strich es eins ums andere Mal mit Andacht auf das Knie; Parzivâls Bein lag hingestreckt, biegen ließ es sich nicht mehr. Dann breitete sie ein gefaltetes Linnen darüber, zog sich das rote Seidentüchlein vom Hals und knüpfte es um ihr Werk.

Zu fest? fragte sie und sah ihm in die Augen.

Es ist gut, sagte er, liebe Lîâze.

Ach, ich bin gar nicht lieb, sagte sie und fiel vornüber vom Stuhl in seine Arme. Um sein Knie beim Fallen zu schonen, zog sie die Beine an den Leib; nun lag sie mit ihrem merklichen und doch leichten Gewicht auf seinem Bauch, an seiner Brust. Es dauerte, bis er sich gefaßt hatte. Dann umfing er sie und legte das Kinn auf ihren Scheitel, der an seiner Schulter lehnte. Er roch den Duft ihres weizenfarbenen Haars und küßte es.

Ihr seid schön, sagte er und suchte mit den Lippen nach ihrem Gesicht.

Stille, flüsterte sie, bleibt.

Aber dann hob sie den Kopf und hielt ihm ihre kleinen harten Lippen hin, und sein Mund wußte lange nicht, wie er damit fertig werden sollte.

So, sagte sie und richtete sich auf, ohne ihn anzusehen. – Und jetzt werdet gesund und lebt wohl!

Sie räumte mit raschen Bewegungen die Blätter ins Kästchen, verschloß es und wehte zur Tür hinaus.

SCHÖPFUNGSGESCHICHTE
WORIN PARZIVÂL LERNT,
WIE WEIT DER MENSCH HER SEI,
UND DAMIT EINEM FRÄULEIN NÄHERKOMMT

Am Abend war der Bote mit der Fortsetzung der heiligen Schrift aus dem Kloster eingetroffen, und so mußte Lîâze wiederkommen, um Pflege und Belehrung weiter zu fördern und wenigstens den Anfang der Welt zu Ende vorzulesen. Da wurde sonnenklar, daß Frau Eva schuld war an der Vertreibung aus dem Paradies. Denn sie hatte den Mann dazu verführt, von der verbotenen Frucht zu essen. Lîâze las die Geschichte mit Strenge und erlaubte keine vertraulichen Fragen, von einem Kuß ganz zu schweigen. Man konnte sich fragen, warum sie überhaupt gekommen war. Denn daß Parzivâl mit seiner Ahnung recht gehabt hatte, schien sie gar nicht für ihn einzunehmen. Und am Ende sollte er ja auch nicht recht behalten. Die Schlange war es gewesen, ihr allein war es zuzuschreiben, daß der Eine im Schweiß ihres Angesichts ackern, die Andere unter Schmerzen gebären mußte, um schließlich wieder Erde zu werden, von der sie beide genommen waren. Auch das Paradies hatten sie durch ihre verschämte Nacktheit verscherzt und würden es nie wieder betreten dürfen. Denn sie hatten den Garten Gottes benützt, sich vor Gott zu verstecken, und ihre Scham half ihnen nicht das geringste.

Lîâze unterließ es zwar nicht, Parzivâls Knie zu salben, aber sie näherte sich ihm nicht weiter, ja sie floh ihn geradezu und ließ ihn in Verwirrung zurück. Die Geschichte hatte er zwar noch nie gehört, und doch kam sie ihm bekannt vor – er hatte sie ja schon erlebt, ohne zu wissen, worum es sich handelte. Er hatte kräftig nach den Früchten gegriffen und sogar hineingebissen. Und jetzt hatte er erfahren, daß sie verboten waren, von einer jungen Dame, die ihm die ihren schon gezeigt hatte, als er nackt im Bade saß. Es schien nicht mehr passend, ihr zu erzählen, daß er selbst schon im Paradies herumgeritten sei, ahnungslos. Sie hatte ihm ja auch gesagt, daß man nie mehr dahin zurückkehre, bis sich der Erlöser auf der Welt wieder zeige, diesmal im Strahlenglanz und ohne blutende Wunden. Dafür blühten ihm Rosen in der Hand. Der Erlöser, das war der Tote, der in der Kapelle am Kreuz hing und erwartete, daß man sich vor ihm verbeuge und auf Stirn und Schultern tippe.

Immer rätselhafter wurde ihm die Bewandtnis, die es mit Sühne und Erlösung hatte. Hatte er nicht seine Cousine den armen Schiônatulander eben so auf dem Schoß halten sehen, wie die Jungfrau Maria ihren Gekreuzigten hielt; und hatte sie sich da nicht der Sünde bezichtigt, ihn nicht erlöst zu haben? Auf seine Frage, was denn Sünde sei, nannte ihm Lîâze gleich sieben davon, von denen er nicht eine kannte; doch sie bewies ihm auf der Stelle das Gegenteil. Der Kuß gestern, oder erinnerte er sich etwa nicht? – das sei die Wollust gewesen, erklärte die Jungfrau, die vierte der Todsünden. – Warum sie es denn getan habe, wenn es Sünde sei, fragte Parzivâl erstaunt. – Nun, weil man ganz ohne Sünde ja nicht erlöst werden könne, hatte Lîâze schnippisch erwidert.

Parzivâls Gedanken verwirrten sich noch weiter. Das Fieber war es nicht mehr, sein Knie begann abzuschwellen und sogar wieder biegsam zu werden. Herr Gurnemanz ließ sich nicht blicken und durch Lîâze entschuldigen. Ein Wildfang bedürfe seiner Aufmerksamkeit in diesen Tagen, die für die jagdliche Abrichtung entscheidend seien; was da nicht gelernt werde, werde es nie mehr. Doch inzwischen zweifelte Parzivâl, ob der Graukopf der Mann sei, den Knoten zu lösen, zu dem die Welt sich verschlungen hatte, oder ob er nicht ebenfalls an der Verwirrung teilnehme und sie befördere, bei bestem Willen. War Parzivâl zornig gewesen? Hoffärtig? Beides sei eine Todsünde, hatte ihm Lîâze gesagt; und der Sünde folge die Strafe auf dem Fuß. Aber hatte ihm Herr Gurnemanz nicht Unverschämtheit ans Herz gelegt? und freilich auch Bescheidenheit, schon im nächsten Satz? Parzivâl verstand die Welt nicht mehr – das heißt, er begann zu fassen, daß sie mißverständlich war, und zwar von Grund auf. Vielleicht lag es aber auch an den Wörtern. Vielleicht war die Sache ganz einfach, nur die Wörter trafen sie nicht. Plötzlich waren Hoffart und Bescheidenheit dasselbe, dafür war Reiten nicht gleich Reiten. Ach, was Reiten immer heißen wollte – er hätte es so gern getan.

Parzivâl schwitzte, schleuderte die Decke weg und hob das Hemd. Die Schlange. Da stand sie auf mit augenlosem Kopf, der war rot und gespalten wie eine reife Kirsche. Da stand es vor ihm, das Zelt am Fluß, mit der aufgeschlagenen Öffnung; nein, die Frau sah er nicht, nur das gespaltene Zelt. Es ging ein Riß durch alle Dinge, und auch durch das Fleisch; recht mitten durch! zischte die Schlange in seinem Schoß. Er faßte sie, versuchte ihr den Kopf niederzuhalten, der da-

von immer nur hartnäckiger wurde; Parzivâl regte sich auf: wir werden ja sehen, wer stärker ist! Da begann die Schlange zu zucken und
weißes Gift zu spritzen, über den Bauch, bis ans Herz hinauf. Das
tut mir nicht weh! sagte er mit offenem Mund; und so war es wirklich; er war doch stärker, und er konnte der Schlange förmlich zusehen, wie sie ermattete. – Kleingekriegt! sagte er halblaut; aber das
Lächeln auf seinen Lippen war ihm fremd, und er war froh, daß er es
nicht sehen mußte. Er warf die Decke wieder über seinen nassen
Bauch; dann stieg er vom Lager und humpelte ans Fenster. Ihm
schien, so allein sei er noch nie gewesen. Er breitete die Arme aus, so
weit er konnte; dann betrachtete er seine Handflächen. Da waren
keine Wunden, keine Rosen, sie waren feucht und leer.

   Owê, Mutter, was ist Gott?

Was ist Gott? fragte Parzivâl.
   Lîâze sah ihn bestürzt an. – Wie fragt Ihr so?
   Er fragte nicht ein zweites Mal und sah ihr unverwandt in die
Augen, so daß sie die ihren niederschlug.
   Nun, Er ist der Herr ... über Himmel und Erde und alle Ge-
schöpfe. Er regiert uns, und Er liebt uns, Er hat uns seinen einzigen
Sohn geschickt ... damit wir nicht verloren gehen und das ewige
Leben haben. – Das Letzte sagte sie ohne Stocken.
   Liebt Er Euch auch?
   Mich? – Ich hoffe doch.
   Dann bin ich wie Gott! – sagte Parzivâl. – Denn ich liebe Euch!
   Ist das wahr? fragte sie.
   Ich schwöre! sagte er.
   Schwört nicht, sagte Lîâze. – Und sagt nicht, daß Ihr mich liebt
wie Gott. Das könnt Ihr gar nicht.
   Warum nicht?
   Er liebt mich auch in meiner Sünde.
   Sünde? Was war das schon wieder?
   Das sind die Sachen, die Gott nicht gefallen. Aber Er liebt uns
trotzdem.
   Ich liebe Euch *deswegen*, sagte Parzivâl, also liebe ich Euch mehr
als Gott.
   Lîâze hatte das Kästchen mit den Pergamentblättern aufgeschla-
gen und ein Blatt herausgenommen, aber sie las nicht vor.
   Junker, sagte sie, wenn ich Euch wirklich teuer bin, redet nicht
mehr so. Es ist Sünde.

Ich habe keine Sünde, verkündete Parzivâl. – Davon müßte ich doch etwas merken. Tut sie weh?

Ja, sagte Lîâze, aber dazu muß man ein Gewissen haben. Dann tut sie weh, die Sünde, viel mehr als Euer Knie.

Das Knie wird besser, sagte Parzivâl. – Wo habt Ihr denn Euer Gewissen?

Im Herzen, sagte sie, am gleichen Ort wie Ihr.

Zeigt es mir doch einmal.

Sie sah ihn strafend an. – Da gibt es nichts zu zeigen.

Doch, sagte er. Er hatte sich aufgerichtet und öffnete den Fürspann, das Kleid und sogar das Hemd auf seiner Brust. – Da ist mein Herz! sagte er. – Hier unter dem Flecken. Den habe ich vom Roten Ritter. Der tut auch nicht mehr weh. Da sitzt mein Gewissen.

Lîâze war rot geworden. Die Wimpern über ihren Augen flatterten heftig.

Jetzt möchte ich Euer Gewissen auch sehen, sagte er. –

Lîâze war blaß geworden. Diesmal hob sie die Augen mit Strenge.

Das Gewissen sitzt nicht an einem Ort, den Ihr sehen könnt, sagte sie. – Es sitzt im Herzen, wo es am tiefsten ist. Da wacht es über die Seele. Und jetzt bedeckt Euch, Junker, denn es ist zu kühl.

Im Herzen, wo es am tiefsten ist? fragte Parzivâl. – Und da kann keiner hineinsehn?

Nur Gott, sagte sie.

Ich auch, sagte er. – Es ist gar nicht schwer. Beim Kleid, das Ihr gestern anhattet, kann man gut hineinsehn. Das war stark.

Parzivâl! sagte sie. – Soll ich weiter bei Euch sitzen? Dann schweigt auf der Stelle.

Ihr habt ein trauriges Gesicht, sagte er. – Macht das Euer Gewissen? Tut es Euch jetzt weh? Das wollte ich nicht.

Wenn ich Euch glauben soll, so schließt Euer Hemd.

Parzivâl gehorchte. Dabei sah er Lîâze von einem Auge ins andere.

Darf ich noch etwas fragen? sagte er dann. – Sitzt das Gewissen am gleichen Ort wie die Sünde?

Ich glaube wohl, sagte sie. – Ganz in der Nähe.

Aber nicht am gleichen Ort wie das Herz? fragte er. Sie dachte nach, und dabei erschien eine Falte zwischen den Brauen.

Manchmal, sagte sie, entfernt sich unser Herz von unserem Gewissen. Das ist wahr. Denn unser Herz ist beweglich und schwach.

Es muß doch stark sein, wenn es eigene Wege geht, sagte Parzivâl. – Und wohin geht es denn?

Zur Sünde, sagte sie.

Jetzt war das Nachdenken an Parzivâl.

Aber dann geht es doch auch zum Gewissen, sagte er. – Vorhin habt Ihr gesagt, das Gewissen und die Sünde sitzen am selben Ort.

Sie sitzen vielleicht am selben Ort, sind aber nicht dasselbe. Sie hassen einander. Das Gewissen ist die Scham über der Sünde.

Die Scham? fragte Parzivâl. – Und wo sitzt denn die?

Das ist Gottes Geheimnis, und Ihr sollt jetzt schweigen.

Habe ich auch eine Scham? fragte Parzivâl leise.

Ich hoffe es, sagte Lîâze.

Habe ich die gleiche Scham wie Ihr?

Ich fürchte, nein. Bei Euch muß sie noch zunehmen.

Parzivâl lachte. – Jetzt weiß ich, wovon Ihr redet, sagte er. – Macht Euch keine Sorge, meine Scham nimmt ganz leicht zu. Ihr braucht mich nur zu küssen, dann wächst sie von selbst. Wollt Ihr mich nicht noch einmal küssen?

Ich küsse Euch nicht, sagte sie, bis Ihr wißt, daß Ihr ein Gewissen habt, und ein bißchen Verstand dazu.

Sie hatte so entschieden gesprochen, daß er nicht nachzufragen wagte, was denn der Verstand sei, und wo der nun sitze.

Ihr habt noch viel zu lernen, sagte Lîâze.

Das sagt euer Vater auch. Er hat mir erzählt, daß wir eins sind, Ihr und ich, wie das Licht und der Tag.

Das sagt Ihr nun schon zum zweiten Mal, versetzte sie, und ich glaube Euch nicht. Das würde mein Vater nie sagen.

Mann und Frau sind all Eins, hat er gesagt, ich schwöre es!

Wir sind nicht Mann und Frau. Mann und Frau wird man nur vor Gott.

Sind wir denn nicht vor Gott? fragte er. – Gott ist überall, sagt meine Mutter.

Nein, sagte Lîâze, und jetzt huschte wieder ein Lächeln über ihr Gesicht. – Man kann sich vor Gott auch verstecken, wie Adam und Eva. Mit unsern Reden sind wir nicht ganz vor Gott, auch wenn Er uns hört.

Er schüttelte den Kopf. – Ich verstehe Gott nicht, sagte er. – Zuerst hat Er den Menschen als Mann und Frau geschaffen, in seiner heiligen Schrift. Und dann schafft Er sie noch einmal als Adam und Eva, zuerst aus Erde, und dann aus einer Rippe. – Ihr müßt mir mehr von Gott sagen. Ihr könnt mich unterweisen, wollt Ihr?

Wenn Ihr nicht so viel fragt, sagte sie. – Ihr fiebert ja wieder. Ich komme später zurück.

Küßt mich noch einmal, sagte Parzivâl, dann fiebere ich mich gesund!

Sie wußte, daß er sich täuschte, und es freute sie im innersten Herzen, wo das Gewissen saß, und vielleicht auch die Sünde; das mußte Gottes Geheimnis bleiben. Aber der junge Mann ihr gegenüber war auch eins. Das wußte er nicht, und eben dies machte ihn zum Küssen. So küßte sie ihn denn doch noch, und versuchte dem Kuß die Bestimmtheit zu geben, die der schwere Fall verdiente, nicht zu viel, doch nicht zu wenig. Und Gottes Geheimnis lachte in ihren Augen, aber ihr Gewissen blieb so ernst dabei, wie es sich schickte.

Während Herr Gurnemanz seine Wildfänge locke machte und sich den ganzen Tag im Falkenhaus vergrub, lag die Pflege des Gastes in Lîâzes Händen. Sie fühlte wohl, daß keine Person weit und breit mit dem Fieber des jungen Mannes umgehen konnte wie sie. Sie mußte ihm die Medizin bringen, die ihm bekam, nicht zu wenig, nicht zu viel; und fast war sie traurig, als sie sehen mußte, wie gut ihm alles anschlug und wie schnell er genas. Aber es eilte ihm keineswegs mit dem Aufstehen und Sich-Tummeln. Er blieb, wie sie geboten hatte, in der Kemenate, damit er sich nicht vorschnell verkühle. Darum ließ sie auch das Feuer im Kamin nicht ausgehen, verbat sich nur, daß man es während der Unterweisung schüre. Denn diese bedurfte ungestörter Geistesgegenwart. Aber manchmal rief Lîâze eine der Mägde herbei, damit sie dem Gast aufwarte, und so ungesäumt war man zu Diensten, daß man nur an der Tür gehorcht haben konnte.

Mochte man horchen; sie wußte mit dem Junker mehr und anderes anzufangen, als eine müßige Magd sich träumen läßt. Wer eintrat, konnte das Fräulein mit dem Junker im Söller sitzen sehen; sie hielt ein Pergamentblatt in der Hand, während er, ihr gegenüber, mit der seinen den Kopf stützte. Dabei fiel ihm das Haar bis auf die Schultern. Lîâze versäumte nicht den Griff nach seinem Mantelkragen, um das Hermelinfutter nach außen zu kehren, gegen die Zugluft, aber auch, weil es ihm so lockerer zu Gesicht stand. Den lieben langen Nachmittag blieb das Bild der Unterweisung vollkommen. Fräulein Lîâze trug neuerdings rote Seide, die zu Parzivâls Scharlach wohl paßte, auch wenn ein strenges Auge sowohl den Kontrast wie die Übereinstimmung zu wenig deutlich finden sollte.

Fräulein Lîâze, sagte Parzivâl, ich soll glauben, daß ich Euch nicht lieben kann wie Gott. Denn, sagt Ihr, Er liebt Euch mit Unterscheidung. Euch liebt Er, aber Eure Sünde nicht. Nur kann ich Eure Sünde nicht gut sehen, und so lange ich mir von ihr kein Bild machen kann, scheint sie mir gering und zart wie Eure Lippen. Darum müßt Ihr mir verzeihen, wenn ich Euch liebe mit Haut und Haar, mitsamt Eurer Sünde, bis ich sie ernst nehmen kann.

Ihr sollt sie wohl ernst nehmen! sagt sie, – denn sie ist mein Teil, da ich ein Mensch bin so gut wie Ihr, und des Menschen Teil, wie Ihr gehört habt, seit Anbeginn der Welt. Dennoch ist Gottes Liebe vollkommener als die Eure, von der ich ja auch noch kein rechtes Bild habe. Gott liebt zwar die Sünde nicht – die ist des Teufels –, daber den Sünder liebt Er wohl. Und darum sieht Er seine Sünde nicht an, so beträchtlich sie sein mag. Das ist die Unterscheidung: den Sünder lieben, heißt durchaus nicht, die Sünde lieben. Es heißt lernen, die Sünde zu hassen, wie sie es verdient.

Dann ist es wunderbar, mein Fräulein, sagte Parzivâl, daß ich Eure Sünde beim besten Willen nicht zu hassen vermag, denn, verzeiht mir, sie scheint mir bisher ganz unbeträchtlich. Das mag an meiner Unschuld liegen.

Eure Unschuld wollen wir dahingestellt sein lassen, bis Ihr selbst ihre Grenze erkennt. Dafür müßtet Ihr erst ein Gewissen haben. Vorläufig seid Ihr zu sehr verliebt in Euren Leib und rechnet es Euch wohl gar zum Verdienst an, daß ihn Gott so schön geschaffen hat. Er ist aber ein Sündenleib, und wenn Euch die Augen aufgehen, werdet Ihr seine Schönheit bescheidener betrachten. – Was meine Sünden betrifft, so könnt Ihr darüber gar keine Meinung haben. Ihr kennt mich so wenig wie Euch selbst, und das will etwas heißen. Ich aber, nächst Gott, kenne mich am besten.

Um Eure Sünden so ernst nehmen zu können, wie es Euch lieb ist, sagte Parzivâl, müßt Ihr mir schon etwas mehr davon zeigen. Die Wahrheit zu sagen, wollen sie mir gar nicht recht einleuchten, während Ihr, als Person, es tut. Ich würde Euch gern leuchtend nennen und nenne Euch auch so, wenn Ihr es nicht hört. Wenn Ihr da seid, leuchtet Euer Gesicht noch stärker als Eure Unterweisung. Das will etwas heißen. Denn diese finde ich schon recht stark.

Das liegt am Gegenstand, sagte Lîâze, und an Eurer Unkenntnis. Der Gegenstand ist stark, der uns verbindet; denn wenn es mit Mann und Frau nicht eine so wichtige Bewandtnis hätte, wäre es ja nicht zum Sündenfall gekommen, und wir säßen noch im Paradies.

Aber das tun wir doch! rief Parzivâl, wir sitzen beieinander wie die ersten Menschen! Ich träume von Euch, auch wenn Ihr es verboten habt. Dieses Verbot kommt mir genau so verboten vor, wie das Essen vom Baum der Erkenntnis, ohne welches wir nicht vertrieben worden wären. Aber ohne dieses wäre ja auch der Sohn Gottes nicht gekommen, um uns von der Sünde zu erlösen, und wir könnten nicht so gemütlich davon reden.

Davon reden wir auch nicht, und schon gar nicht gemütlich, sagte Lîâze, denn das Leiden unseres Herrn folgt viel weiter hinten in der Geschichte, und wir werden seinerzeit ernsthaft darüber sprechen müssen, wenn Ihr selbst weiter fortgeschritten seid. Aber da Ihr ja noch bei uns bleibt, werden wir schon dahinterkommen und nicht nur die Sünde mit Unterscheidung verstehen, sondern auch die Gnade. Noch haben wir kaum das Paradies verlassen!

Das ist gut so, sagte Parzivâl, das Paradies lehrt uns immerhin, daß man ohne Sünde sein kann, und Mann und Frau einander so betrachten dürfen, wie Gott sie geschaffen hat. Dessen braucht man sich also nicht zu schämen. Ihr sagt ja selbst, daß ich vom Baum der Erkenntnis noch gar nicht gekostet habe, und werdet mich gewiß nicht, wie Eva, von meiner Unschuld abbringen wollen. Als Ihr mich im Bade gesehen habt, habe ich mich auch nicht besonders geschämt. Ich finde es gar nicht anständig, daß ich Euch noch nicht ebenso gesehen habe.

Ihr habt genug gesehen und schon zu viel, wenn ich Eure unbedachten Bemerkungen recht verstanden habe. Und als Ihr im Bade saßet, hatten wir Euch zu säubern, denn Ihr befandet Euch in einem elenden Zustand. Und überhaupt wart Ihr noch ein Kind.

Das ist wahr, sagte er, auch ich habe Euch als Kind gesehen. Denn viel habt Ihr in meinen Augen zuerst nicht hergemacht.

Immerhin habt Ihr Euch hinreichend geschämt, um Euch hinter dem Tuch zu verstecken, sagte sie. – So weit kann es also mit Eurer Unschuld nicht her gewesen sein. Im übrigen finde ich es komisch, daß Ihr mich nur als Kind gesehen haben wollt. Denn man sagt, daß ich schon recht wohlgebildet bin.

Das sagt man ganz recht! antwortete Parzivâl, das würde ich auch sagen. Für Euer Alter seid Ihr sehr wohlgebildet.

Wie wollt Ihr das wissen und beurteilen? fragte sie. – Habt Ihr denn andere Frauen gesehen?

Ich war eine Weile unterwegs, sagte Parzivâl, auf der Straße, da sieht man dies und jenes, ob man will oder nicht. Und dann war ich ja auch am Hofe des König Artûs, wo es von Damen wimmelt, eine wohlgeschaffener als die andere. Eine wußte sich gar nicht mehr zu lassen, als sie mich sah. Sie vergaß sich förmlich in meinem Anblick.

Schon gut, sagte sie, aber Ihr werdet schwerlich behaupten, daß Ihr diese Dame gesehen habt, wie Gott sie geschaffen hat. Woher soll Eure Kunde kommen?

Ihr habt recht, sagte Parzivâl, ich habe keine Kunde.

Wenn wir schon davon reden müssen, sagte Lîâze, bin ich nicht schöner als die Frau, die Ihr, wie ich höre, in einem Zelt am Fluß gesehen habt, als sie sich zum Baden anschickte, oder wozu immer?

Ach, die, sagte Parzivâl. – Nein, die habe ich so gut wie vergessen. Da war meine Unschuld noch zu groß, als daß ich recht gewußt hätte, wie mir geschah.

Wollt Ihr damit sagen, fragte Lîâze mit zusammengezogenen Brauen, daß Ihr seither Eure Unschuld verloren habt, und womöglich gar durch unser Gespräch? Daran möchte ich nicht schuld sein!

Wo denkt Ihr hin! rief Parzivâl, aber nein! Seit Ihr mich unterweist, ist meine Unschuld ja erst recht im Wachsen begriffen, das könnt Ihr doch an meinen Fragen merken. Von denen wäre mir gestern noch keine in den Sinn gekommen! Also sagt mir doch, wie es kommt, daß Gott Männer und Frauen geschaffen hat, statt den Menschen allein zu lassen? Er hätte ihm doch viel erspart, namentlich die Sünde.

Es wäre wohl *beiden* viel erspart geblieben, sagte Lîâze streng, aber es sieht Euch gleich, daß Ihr nur vom Mann redet, als käme die Frau vor Gott gar nicht in Betracht.

Aber das kommt sie doch, und nicht nur vor Gott, sondern auch beim Mann, nachdem er nicht mehr allein ist! Ich frage mich nur, wie er seine Blicke hüten soll, da er überall auf die verbotenen Früchte stößt, die sie ihm anbietet, und dabei auch noch ihren Widerspruch fürchten muß.

Das hat sie nicht getan, sagte Lîâze, das war das Werk der Schlange, wie Ihr wohl gehört habt. Und es geschah zum Zeichen, daß der Mensch zur Sünde geschaffen ist, nicht nach Gottes Willen, sondern nach seinem eigenen.

Aber wäre es Gott nicht leicht gefallen, fragte Parzivâl, sie gar nicht erst zur Sünde zu schaffen? Er hätte sie nur überhaupt nicht zu schaffen brauchen, oder nicht so verschieden. Denn erst in ihrer

Verschiedenheit ist ja die Sünde zu finden, wenn ich Euch recht verstehe. Man soll Gott mit Unterscheidung begegnen. Also wozu soll nun der Unterschied zwischen Mann und Frau gut sein, und worin besteht sein Witz?

Witz? fragte Lîâze entgeistert, Ihr fragt wohl nach dem Sinn und der tieferen Bedeutung! Eure Unschuld hat sich so gründlich im Wort vergriffen, daß ich geradezu die Sünde herausblicken sehen kann. Denn der Fall war ernst und ist es bis heute –

Verzeiht, sagte Parzivâl, als ich noch bei der Mutter lebte, wurden wir öfter von Hofleuten besucht, und die hatten ihre eigene Art, die Wörter zu setzen. Sie redeten von Witz, wo Ihr von Ernst reden würdet, oder gar von Gewissen –

Er hielt inne.

Was ist Euch? fragte Lîâze. – Ihr weint?

Es ist mir eine Mücke ins Auge geflogen, sagte er mit stockender Stimme, und dann ist mir noch eingefallen: sie sind tot. Ich meine, der junge Mann vom Hofe ist tot. Ich bin ihm im Walde begegnet, er lag im Schoß seiner Liebsten –

Tot? fragte Lîâze leise.

Ja, sagte Parzivâl und schluckte heftig. – Und sie gab sich die Schuld daran. Sie sei ihm ihre Liebe schuldig geblieben, daran sei er gestorben.

Er war rückhaltlos, ja hingerissen traurig, sie sah ein Kind, das in Tränen ausbricht, und ärgerte sich im Stillen daran. Er konnte also Gefühl zeigen. Doch zeigte er's einer unbekannten Frau im Wald und einem jungen Toten. Sie mußte ihn weinen lassen und erhob sich schon, um zu gehen. Er hielt ihre Hand fest.

Bleibt, bitte! sagte er, und in seinen nassen Augen ging ein Strahlen auf. – Jetzt habe ich Euch!

In diesem Augenblick sah sie einen Mann vor sich sitzen, einen ganzen Menschen, der ein Wunder war und sein Gefühl strömen ließ. Sein Herz kannte keine Scham; und das ihre erschrak.

Verzeiht, sagte sie mit kurzem Atem, ich habe rufen hören. Der Vater begehrt nach mir –

Unter der Tür drehte sie sich noch einmal um.

Parzivâl, sagte sie. – Ich kenne Gott auch nicht. Aber morgen möchte ich zu ihm beten. Begleitet Ihr mich in die Kapelle? Da ist meine Mutter begraben, und meine Brüder auch.

Parzivâls Atem stockte vor der kalten Schwermut, die ihm aus der
Kapelle entgegenschlug. Er witterte Reste der Rauchwürze darin,
welche die Gottesdiener in ihren Fäßlein geschwenkt hatten. Der
Altarschmuck und die Bildstöcke, vor denen einzelne Kerzen flak-
kerten, machten die Leere noch eindringlicher.

Um sich zu bekreuzigen, hatte Lîâze seine Hand losgelassen, die
sie beim Gang über den hellen Burghof mit höfischer Selbstverständlichkeit gefaßt hatte. Parzivâl konnte sein Knie wieder beugen. Er
schlug das Kreuz so, wie er es bei ihr gesehen hatte.

Wortlos gingen sie an den Wänden des kleinen Schiffs entlang. Vor
der Schmerzensmutter blieben sie stehen; da war in der Wand eine
Reihe von Sandsteinplatten eingelassen. Drei zeigten die Umrisse
lockiger Ritter mit exakt linierten Kleidfalten. Die vierte ließ im
Halbdunkel eine Frau erkennen, deren Haar von einer Haube bedeckt war; ihr Gesicht schien leer. Lîâze ließ sich auf einen Bet-
schemel nieder, faltete die Hände und senkte den Kopf. – Ratlos erst,
dann entschlossen wanderte Parzivâl weiter und vermied, auf die vier
rötlichen Fliesen zu treten, unter denen er die Toten vermutete.

Er verweilte vor der gekreuzigten Frau in der Nische gegenüber;
ihr Leib im Purpur, mit spitzem, dunkel gesäumten Halsausschnitt
war unzweifelhaft weiblich, wie auch ihre Brüste, ihr langes Haar
und die Feinheit ihres Gesichtes. Dennoch sproß der rote Bart ganz
natürlich darauf und verwirrte die Richtigkeit der Figur auf den
ersten Blick, verwandelte sie aber beim zweiten und forschenden.
Parzivâl sah Mann *und* Frau am Kreuze hangen, nicht mit qualvoll
zerbrochenen, mit strahlend ausgebreiteten Armen. Kein Opfer war
es, was der Maler hier verkündete, sondern Triumph und Verklä-
rung. Seht mich an, was für eine Freude ich bin, freut euch mit mir!
sagte ihm die Figur auf ihrer Höhe. Und der blaue Gürtel tanzte ihr
um die Hüften, während der Wind ihr langes Kleid neckte. Auf
einmal schien Parzivâl, als sei in diesem Bild das Rätsel gelöst, um das
er mit Lîâze gerungen hatte.

Nach einer Weile kam sie herüber und erzählte ihm halblaut die
Geschichte zu diesem Bild, das sie die Heilige Kümmernis nannte.
Die Jungfrau hatte Wilgefortis geheißen und war eine batavische
Königstochter gewesen in der ersten Zeit des wahren Glaubens, als
der römische Kaiser diesen verboten hatte und mit dem Kreuz bestrafte; sie aber hatte sich in aller Stille dazu bekehrt. Als ihr heidnischer Vater sie einem ebenso heidnischen Fürsten vermählen

wollte, wandte sie sich mit Inbrunst an ihren rechten Herrn und betete, er möge sie so unweiblich schaffen, daß die Männer ihre böse Lust nach ihr verlören. Und Gott erhörte sie und ließ ihr einen Bart wachsen, so daß der Bräutigam sie in der Tat nicht mehr haben wollte. Der Vater aber ergrimmte dermaßen, daß er sie zum Tod bestimmte, und auch noch am Kreuz. Sie frohlockte, daß sie gewürdigt war, den Schmerz des Erlösers bis zur Neige zu kosten.

Warum lächelt Ihr so? fragte Lîâze.

Tue ich das? fragte er. – Mir scheint nur, die Geschichte könne noch nicht fertig sein.

Sie ist nicht ganz fertig, sagte Lîâze. – Als die Jungfrau schon ihren Geist aufgeben wollte, setzte sich ein Geiger zu Füßen des Kreuzes, um ihr den letzten Augenblick zu versüßen mit seinem Spiel. Im Sterben schüttelte sie ihm zum Dank ein Pantöffelchen von ihrem Fuß; und wo es auf die Erde fiel, wuchs eine Blüte auf, die heißt Frauenschuh und blüht bis heute.

Wie kam das Bild in die Kirche? fragte Parzivâl.

Mein Bruder Schenteflûrs hat es machen lassen, sagte sie, er kniete oft davor, bevor er auszog, einer Dame in ihrer Not beizustehen, das ist meine Cousine, heißt Condwîr âmûrs. Auch sie sollte einen ungeliebten Mann nehmen, wie Wilgefortis, der belagerte sie, und sie wollte ihn nicht. Schenteflûrs aber zog dahin, um ihr das Kreuz zu sparen, damit sie der Tod nicht finde. Da fand der Tod ihn dafür. Das ist noch nicht lange her, und inzwischen wird sie den andern ja doch genommen haben. Er kam mit Heeresmacht, so ist das Leben. Nun ist nur noch die Heilige Kümmernis übrig und steht da zu seinem Gedenken.

Sie hatte darauf gewartet, daß er ihr vor dem Kirchentor wieder die Hand reiche. Statt dessen blieb er stehen und hörte der Amsel zu, die auf der Linde sang, und tat einen tiefen Atemzug.

DER ABSCHIED

WORIN PARZIVÂL DEN RISS IN DER WELT
DAZU VERWENDET, EINEM VERHÄLTNIS
ZU ENTSCHLÜPFEN

An diesem Abend kam Herr Gurnemanz zum ersten Mal wieder auf das Zimmer des Gastes, prüfte sein Knie, auch die Wunde auf seiner Brust, von der nur noch eine Spur von Schorf zurückgeblieben war. Das Gespräch entwickelte sich höflich und etwas befangen. Der Burgherr dankte Parzivâl für die Ritterlichkeit, mit der er die Pflege des Fräuleins ertragen habe, und entschuldigte sich bald, da er nach der maudernden Elisson sehen müsse. Parzivâl sah ihn vom Fenster aus über den Hof gehen mit gebeugtem Rücken. Und plötzlich faßte ihn große Traurigkeit.

In Grâharz hatte er gesehen, daß man Vögel das Wiederkommen lehren kann, gegen ihre wilde Natur. Es war nicht möglich, dem Falken in die Lüfte zu folgen und hinter den Horizont. Es war aber möglich, ihn ans Haus zu binden, mit Hilfe einer langen und einer kurzen Fessel, wenn man die rechten Knoten wußte. Zuvor mußte man ihn hungern lassen, blenden und schwindlig schaukeln. Man mußte Gewalt brauchen, mit Maßen, wie man den Pfeilbogen biegt im heißen Dampf. Dann bleibt er verbogen, und es wird seine Natur, einem Jäger zu dienen nach dessen Wunsch.

Und im Traum der folgenden Nacht sah Parzivâl die graue Taube vor sich, die er am Band hüpfen ließ, damit sie den Falken locke. Wie eine Glocke hörte er über sich den Warnschrei des Rotwürgers den Himmel füllen. Und zugleich war der Träumer ein Falke, der heranstrich, der Warnung zum Trotz, um auf die leichte Beute niederzustoßen; ja, seltsam genug fand er sich auf beiden Seiten des Traums. Er zog am Netz, in dem er auf der andern Seite gefangen zappelte, und zugleich sah er die vergitterte Grube immer näher auf sich zufahren.

Und siehe, da zuckte seine Hand weg vom Vogelnetz, sie flog auf, die Hand, und wurde zum Falken, der in herrlichem Bogen das Weite suchte. – Und weiter sah er sich im Traum auf Herrn Gurnemanz zusprengen, mit leeren Händen, nicht anders, als an jenem Tag der Mißgeschicke. Statt daß er die Finger ballte zum Schlag, betrachtete er sie nur, und sah im Innern seiner Hand ein Auge aufgehn, das ihn musterte mit dem Ausdruck strenger Warnung. Es war das Auge des Vaters.

Parzivâl erwachte an einem tiefen Seufzer. Nun sah er es mit offenen Augen in der dunklen Kemenate: der Zwiespalt der Dinge durfte nicht zur Falle werden. Auch die sachliche Trauer kann weinen. Denn so wenig es ihm bestimmt war, hier zu bleiben, so wenig verdienten die guten Leute von Grâharz, daß er ging.

Parzivâl empfing Lîâze an der Tür und lächelte so unbeschwert, daß sie Mühe hatte, ihre Erkältung zu verbergen.

Ihr habt meinen Kragen vergessen, sagte er, als sie sich im Söller gesetzt hatten; den Kasten aus hellem Holz hatte er ihr schon abgenommen. Sie war schöner geputzt als sonst, und das Bruststück, gegen das sie das Kästchen gedrückt hatte, war modisch ausgeschnitten.

Euren Kragen mögt Ihr selber hochschlagen, wenn es Euch gefällt, bemerkte sie. – Ich bin Euch nicht dienstbar.

Dann bleibt er, wie er ist, sagte er feierlich.

Ihr seid schon ausgeritten, fragte sie, und ziemlich früh, wenn ich recht gehört habe?

Ich mußte den Fuchs wieder einmal bewegen, sagte er. – Es scheint, er trägt mir nichts nach.

Warum soll man Euch etwas nachtragen? fragte sie. – Ihr habt doch nichts getan.

Ich bin gesund, sagte er, es wurde Zeit. Ich habe viel von Euch gelernt.

Zum Beispiel? fragte sie erschrocken.

Daß Mann und Frau Eins sind, sagte er. – Wie die Heilige Kümmernis.

Vorläufig sind wir noch immer zweierlei, Mann und Frau, sagte sie. – Ihr tätet gut daran, den Unterschied zu bemerken.

Parzivâl lachte. – Wir sind nicht Mann und Frau, das habt Ihr mir doch gleich gesagt. Ich habe es mir zu Herzen genommen.

Euer Herz übertreibt sehr leicht, sagte sie, und dann unterläßt es wieder die Unterscheidung. Wir mögen nicht Mann und Frau sein, aber daß Ihr ein Mann seid, und ich eine Frau, werdet Ihr nicht leugnen.

Oh, Ihr seid eine Frau, sagte er, das sieht ein Blinder, und Ihr wißt wahrlich zu blenden. Aber mir fehlt zum Mann noch allerhand.

Ihr wollt mich wohl versuchen, Euch Komplimente zu machen?

Annehmen würde ich sie gerne, sagte er, aber wenn ich sie glaubte, müßtet Ihr mich ja für noch dümmer halten, als ich bin. Darum möchte ich lieber Eure Achtung gewinnen als Euch versuchen.

Ihr seht mich ja gar nicht an, sagte Lîâze.

Parzivâl lächelte. – Ihr seid nie schöner gewesen, sagte er.

Da Ihr Komplimente offensichtlich für dumm haltet, sagte sie, weiß ich nun gar nicht, was ich für ein Gesicht machen soll.

Am liebsten gar keins, sagte er. – Ihr habt schon eins, und es ist schön genug.

Aber es scheint, Ihr wünscht Euch noch einen Bart dazu, sagte sie, wie bei der Heiligen Kümmernis.

Oh, sagte er, was nicht ist, kann noch werden. Wo ich herkomme, auf Soltâne, da trug so manche ein Bärtchen, und es stand ihr recht wohl und schien der Lebensfreude keineswegs hinderlich.

Ihr sprecht abscheulich, sagte sie. – *Fi donc!* das waren wohl Eure Rösen und Ännen!

Gott wird auch sie geschaffen haben, sagte er ruhig. – Mir scheint, man kann zu wenig unterscheiden, aber auch zu viel. Aber da Euch heute das Unterscheiden am Herzen liegt, so erklärt mir noch eins: Warum hat Gott den Menschen zweimal geschaffen?

Damit er nur halb sei, sagte sie, und sich nicht überhebe. Einen Menschen hat er geschaffen, dem etwas fehlte, und einen, an dem etwas zu viel war.

Ihr sprecht in Rätseln, sagte er, wer ist was? An wem soll etwas zuviel sein, und wem fehlt etwas?

Das könnt Ihr verstehen wie Ihr wollt, sagte sie.

Es war offensichtlich Gottes Wille, sagte er, daß ich Euch nicht nur bildlich verstehe. Wenn Ihr aber andeuten wollt, daß am Mann etwas zuviel sei, so kränkt Ihr mich; und wenn Ihr meint, der Frau fehle etwas, so tretet Ihr Euch zu nahe. Was sollte Euch fehlen, da Ihr vollkommen seid?

Eben noch habt Ihr übertrieben abscheulich geredet, sagte sie, und jetzt redet Ihr übertrieben höfisch. Ihr müßt Euren Hofleuten doch zuviel abgehört haben. Es steht Euch gar nicht zu Gesicht.

Im Ernst, sagte er, als hätte sie gar nicht im Ernst gesprochen. – Angenommen, Ihr habt recht damit, daß dem Einen etwas zuviel sei, und dem Andern etwas fehle. Dann schicken sie sich doch vortrefflich zusammen.

Sie mögen sich schicken, sagte Lîâze, aber es schickt sich nicht. Jedenfalls nicht ohne weiteres. Gott hat es nicht gewollt, daß sie sich zusammenfügen wie die Tiere, sondern er hat die Schlange zwischen sie gesetzt. –

Er hat das getan? sagte Parzivâl. – Also kam doch auch die Schlange aus Gottes Hand, und damit die Sünde? Wie könnte es anders sein! Denn wenn er Frau und Mann füreinander bestimmt hat, daß aus beiden erst ein Ganzes werde – Ein Fleisch, wie es in Eurem Buche steht –, dann wird er doch auch die Mittel zu diesem Zweck nicht des Teufels sein lassen. Er –

Parzivâl unterbrach sich und stützte das Kinn in die Hand.

Wir sagen immer: Er, liebe Lîâze, aber wie kann es sein, daß Gott ein Mann ist, und nur ein Mann? Wenn er selbst ein Ganzes ist, so muß er doch ebensowohl Frau wie Mann sein! Wie wäre er sonst auf den Gedanken gekommen, eins und das andere zu schaffen, damit sie sich zusammenfügten und würden wie Gott? Gott selbst muß Mann und Frau sein in Einem. Und wenn er den Menschen doch in Mann und Frau getrennt geschaffen hat ... warum tut er so? Hat er nicht gewollt, daß wir an unserer Teilung leiden und sie zusammenfügen wollen aus Sehnsucht, aber uns dann auch wieder trennen müssen, damit Gott in uns nicht bloß Liebe sei, sondern auch Liebe erfahren könne, im Leiden an ihr?

Lîâze starrte ihn an. – Ihr denkt Euch zu viel aus, wahrhaftig, sagte sie schroff. – Zeigt mir Euer Knie.

Erst zeigt Ihr mir, was Ihr im Kästchen habt, sagte er, denn dazu seid Ihr doch gekommen, liebe Lîâze.

Ihr sagt »liebe Lîâze«, sagte sie. – Und meint es gar nicht so.

Ach, sagte er, wie schön.

Er nahm ihr das Pergament aus der Hand, dessen Initiale – das A von »Am Anfang« – ausgemalt war, und zwar mit einem kleinen und sehr künstlichen Bildchen, das in Licht und Finsternis geteilt war querüber wie ein Wappenschild. Auf den zweiten Blick aber glaubte man die Finsternis, die unten lag, fast leuchtender zu sehen als die Helle, die darüber schwebte und etwas Grauliches hatte, wie das Gefieder einer wilden Gans. Auf den dritten Blick wurde der Buchstabe zum Durchblick, einem Fenster in eine andere Welt, in der es von Figuren braute wie in gewittrigem Gewölk und deren geheimnisvolles Licht doch über jede Figur erhaben schien. Das Geistige verkörperte sich erst in den nächsten Initialen, wo das Obere tat-

sächlich burgartig wurde, als enthülle eine himmlische Stadt ihre
Zinnen durch hellen Nebel, während unter ihr das Wasser aus der
Tiefe zu steigen begann, die Dunkelheit sich wellenförmig klärte. So
ging es von einem Weltbuchstaben zum andern; immer figürlicher
wurde die Schöpfung. Und an dem riesigen Walfisch, so winzig er
daherschwamm, war nichts versäumt worden, am wenigsten der steigende Atemstrahl, an dem die neugeschaffenen Vögel – fast glaubte
man ihre Federn zählen zu können – ihren Flug netzten. Und so
führte Bild um Bildchen hin zum sechsten Tag, wo es hieß: und lasset
uns Menschen machen. Da stieg aus dem großen U eine Gestalt aus
dem Schöpfungsborn, die war erst vorgezeichnet, noch nicht ausgeführt, denn so weit und nicht weiter war die Malerin in ihrer Nach-
ahmung von Gottes Werk gekommen. Noch kaum erkennbar, wie es
war, breitete das Geschöpf schon die Arme aus in der Wonne, geschaffen worden zu sein, oder auch auf dem Kreuz des Daseins; das
war nicht zu unterscheiden. Aber es war das in seiner verschwinden-
den Kleinheit getreue Ebenbild der Figur aus der Kirche, die Schenteflûrs gestiftet hatte.

Eine begnadete Sorfalt war nötig gewesen, die Schöpfung in sechs
Buchstaben unterzubringen; und eines Falkenauges bedurfte es, um
sich an den Bäumen und Kräutern, Würmern und Getier, ausgeführt
bis auf Blatt, Feder und Ringlein, recht zu weiden. Es fügte sich wie
von selbst, daß dabei Parzivâls Kopf denjenigen Lîâzes berührte; sie
spürte es wohl, er aber war in die Ebenbildchen versunken. Und hob
endlich den Kopf, um durchs Fenster zu sehen, schloß die Augen
und sagte:

So schön ist alles!

Ihr solltet lesen können, sagte Lîâze, das ist noch schöner.

Ich möchte reiten, sagte er.

Parzivâl, sagte Lîâze. – Ich bin müde. Würdet Ihr das Kästchen auf
mein Zimmer tragen?

Oh, warum nicht, sagte er freundlich. – Und sie führte ihn die
Treppe hinunter über den Hof in den nächsten Turm, dessen höchste
Kammer sie bewohnte. Die war rund, die Fenster mit bleigefaßtem
Glas und die Wände mit Teppichen versehen. Neben ihrem Bett
stand eine Vase voll weißen Phloxes. Sie hatte nicht den Eindruck,
daß er die Blumen sehe oder sich den Weg gemerkt habe. Und nicht
einmal unter der Tür dachte er daran, sie zu küssen.

Der Vater freut sich schon auf den nächsten Gang mit Euch, sagte
sie leise.

Wer? fragte Parzivâl. – O ja! Seid Ihr wieder unter den Zuschauern? Diesmal passiert nichts mehr. Ihr sollt keinen Tölpel im Gedächtnis behalten.

Als sie allein war, hörte sie seinen Worten nach, fühlte, daß an ihnen nicht zu rütteln war, und legte sich beide Hände vor das Gesicht.

Parzivâl hatte seinen Wirt in diesen Tagen nur selten gesehen, seine Falken hielten ihn mehr in Atem als sonst, insbesondere Elisson. Sie war rötlich, schien aber auf einmal schwarzer Atzung zu bedürfen: solcher, die der Melancholie die Waage hielt. Dazu wollte sie unausgesetzt auf der Faust getragen sein, so daß Herr Gurnemanz selbst kaum zum Kröpfen kam – ja, es gefiel ihm, seine Bedürfnisse nach denen der Falken umzunennen, ohne daß man dazu anders als gezwungen lächeln konnte.

Da Parzivâl auf einen Gang mit ihm brenne, ließ er ihm durch Lîâze ausrichten, möge er sich doch am nächsten Morgen bereit halten, sofern seinem Knie die Belastung wieder zumutbar sei. Die Überbringerin wußte es besser als ihr Vater, von »Brennen« konnte keine Rede sein –. Unruhig und von gewaltsamem Humor war der Burgherr selbst. Plagte ihn die Sorge, es möchte seinem Zögling womöglich nicht mehr, oder gar: nie mehr geraten? Der Kniestich hatte ihn vielleicht geweckt, aber auch den Zweifel an ihm selbst – vom Zweifel an einem Wirt zu schweigen, der mit ungleichen Spießen und lehrhafter Heimtücke angetreten war. Wie aber, wenn es dem Jüngling nur zu gut geriet? Wenn er sich Quellen erschlossen hatte, die einem jungen Mann wie von selbst den Wunsch einflößen können, es einem älteren zu zeigen? Herr Gurnemanz wollte es von ganzem Herzen – *nicht* hoffen; damit ist sein Zwiespalt in Kürze bezeichnet. Er hatte den Roten Ritter ja gewissermaßen selbst an jene Quelle geführt, auch wenn er den Gedanken kaum ertrug, daß er sich daran erquickt haben könnte. Er hoffte auf einen Sohn. Aber ertrug er einen Rivalen um seine Tochter? Der Graukopf hatte sich bei Lîâze durch den Jungen vertreten lassen und dabei streng zur Seite, nach seinen Falken, geblickt – denen er jedoch so wenig seine ungeteilte Aufmerksamkeit widmete, daß Elissons Melancholie kaum ein Wunder war. Wehe dem Knaben, wenn er den Dienst zu weit trieb, zu dem er ihn mit abgewendetem Graukopf angehalten hatte! Dabei sagte ihm die Lebenserfahrung, daß die Dinge nur dann ins Treiben geraten, wenn man sie weit genug treibt.

Kurzum, Herr Gurnemanz wollte den Wildfang gleichzeitig locke machen und wieder fliegen lassen, um nicht zu sagen: zum Teufel schicken, für den er ihm denn doch wieder viel zu schade war. Denn er war es ja, der den Jüngling liebte. Einen Sohn an ihm zu gewinnen, dafür gab es nur den bekannten Weg. Er wollte nicht hoffen und mußte es doch, das Pärchen habe ihn schon gefunden, nicht ganz in Ehren, doch über jede Umkehr in Ehren hinaus. So zitterte sein Herz – und keineswegs dasjenige Parzivâls – vor dem nächsten Kampf zwischen Männern.

Es herrschte eine eigenartige Stimmung um diesen Gang in der Frühe. Er war formlos und förmlich zugleich. Herr Gurnemanz hatte bei einem Jungfalken gewacht und ihn eigenhändig geschaukelt, traf also übernächtig und daher mit mildernden Umständen wohlversehen auf dem Pappelfeld ein.

Anderseits hatte er seinen gesamten Hof aufgeboten, ungeachtet der Unzeit, und zwar im Befehlston und doch, als sei er bei dieser Ritterprobe menschlicher Gesellschaft, um nicht zu sagen: des Trostes bedürftig. Es sollte gelten und nicht gelten, was hier geschah. Und so fröstelten sie am Rande unter den Pappeln, deren Schatten nicht benötigt wurde, denn die Sonne hatte sich kaum hinter dem Gewölk erhoben. Die Gegner würden gegeneinander kämpfen, doch wenigstens einer von beiden kämpfte auch mit sich selbst.

Der andere hatte sich gerüstet wie zum ersten Mal – oder vielmehr: rüsten lassen. Lîâze war ihm beim Anlegen des Harnischs behilflich gewesen und hatte ihm auch den Schwanenhelm aufgesetzt und die Lanze mit dem Pelikanfähnchen gereicht. Dann eilte sie zu ihrem Vater, der verspätet und unmutig aus dem Falkenhaus getreten war, um ihm den gleichen Dienst zu tun, den er sich schroff verbat.

Als er auf dem Braunen an das eine Ende des Turnierplatzes ritt, stand Parzivâl am andern längst bereit. Gurnemanz sah mit einem Blick, daß der Jüngling die Lanze nicht nach der Regel gefaßt hatte, was ihm auch die seine nicht unbefangen zu heben erlaubte. Es widerstrebte seiner Ehrlichkeit, den Jüngling in dieser unklaren Verfassung siegen zu lassen.

Das Signal erklang; sie sprengten los, aufeinander zu, mit erhobener Lanze erst, dann mit gesenkter – und was dann geschah, als sie zusammenprallten, war seltsam und doppeldeutig genug. Herr Gurnemanz fiel, und keineswegs glimpflich. Die Zuschauer schrien. Er fiel gern und ungern, er war sich bewußt, seine Kraft gehemmt zu

haben, wenn auch nicht bis zum Punkt des Betrugs. Das war nicᴉ
nötig; denn Parzivâl hatte ihn nicht geschont. Er hatte auch das Knie
rechtzeitig angezogen. Seine Reiterkunst schien untadelig wie am
ersten Tag –

Und doch, hatte er nicht, um seinen Gegner zu werfen, Kunst
gebraucht – zuviel Kunst für dessen Geschmack; wo hatte er sie
erworben? Oder hatte er mehr Kraft gebraucht als nötig? Das eine
fand Herr Gurnemanz, während er stürzte, bedenklich genug – das
andere erschreckte ihn mehr als ein Sturz. Denn es hätte bedeutet,
daß der Jüngling nicht mehr aus seiner Mitte wirkte, dem Zentrum
eines unfehlbaren Gleichgewichts. Nur wer an sich irre geworden
ist, braucht zu *viel* Kraft; und die kann ein ernsthafter Gegner immer
gegen ihn verwenden. Gurnemanz aber war kein ganz ernsthafter
Gegner gewesen, sondern ein rücksichtsvoller, mit dem besseren Teil
seiner Kraft; und so hatte der schlechtere Teil von Parzivâls Kraft
genügt, ihn zu werfen.

Vielleicht war es die Verzweiflung, die Herrn Gurnemanz immer
noch heftig genug stürzen ließ – oder gar der Wunsch, sich zu be-
schädigen. Daß Parzivâl nicht von Herzen hatte nach dem Ziehvater
stechen können – ach, dieser konnte nur hoffen, daß es etwas Gutes
zu bedeuten habe. Nie hatte er diesen Sohn mehr geliebt als jetzt, da
er für ihn stürzte. – Er wollte den eigenen Sturz so gut sein lassen wie
möglich. Es durfte nicht wahr sein, was er in diesem halbherzigen
Stoß gespürt hatte: daß der Andere sich damit zugleich selbst abstieß
von ihm, und von der Zukunft in Grâharz, das seinem Namen bald
wieder traurige Ehre machen sollte.

Herr Gurnemanz stand auf und zwang sich ein Lachen ab. – Weiter so! schrie er, und tat es nicht anders: der Rote Ritter mußte noch
gegen die Knappen antreten. Auch wenn nicht anzunehmen war,
einer würde es wagen, das Stürzen zu versäumen, nachdem der Herr
es ihnen vorgemacht hatte, hoffte dieser doch, aus der Lanzenarbeit
des Siegers für seine Solidität tröstliche Schlüsse zu ziehen. Außerdem: wer kämpft, kann noch nicht scheiden. Und Parzivâl warf sie
auch, einen nach dem andern, aber, wie der Wirt wohl bemerkte,
nicht ganz mühelos, eine Spur zu nachdrücklich. Und nachdem er
die »Kinder« nach Hause geschickt hatte, damit sie feierten und
»sich lustig machten« ... versuchte er vergebens, der Sorgen im Falkenhaus Herr zu werden. Auch Falken, die er längst handzahm
glaubte, sprangen auf seinem Arm, und ihre schlechte Arbeit war ein
getreuer Spiegel ihres Herrn.

Es wurde Abend, der Graf hatte angekündigt, daß er im engsten
Kreis der Familie zu speisen wünsche, und für Drei decken lassen im
zwar geschmückten, doch allzu gähnenden Rittersaal. Er trank Parzivâl und Lîâze zu, er trank sich munter, aber das trunkene Auge
schärfte sich nur, statt in Wohlgefallen zu schwimmen. Es wollte
nicht gelingen, den Roten Ritter und die blasse Jungfrau als fröhliches Paar zu sehen. Parzivâl hatte kaum den Becher geleert. Als der
Abend zur Neige gehen wollte und Gurnemanz verfügte, morgen sei
auch noch ein Tag, man möchte zur Reiherbeize früh auf sein und
hoffe herzlich auf Parzivâls Begleitung – da hob dieser die Augen auf
und sagte mit leiser Stimme, das werde leider nicht angehn. Morgen
müsse er fahren.

Wohin? wollte der Graf fragen, aber die traurige Gewißheit verschloß ihm den Mund. So rang er die Frage nieder wie ein Ritter, der
eher der Hoffnung den Abschied gibt als seinem Zartgefühl für die
Wahrheit. Parzivâl flog *in andrü Lant*, er würde nicht wiederkommen. Herr Gurnemanz streifte seine Tochter mit einem Blick; jetzt
sah er, daß sie ihre Tränen schon geweint hatte. Parzivâl sah es auch,
trotz seiner niedergeschlagenen Augen; und sah mit einem ganz
neuen Schmerz, daß ihm das Fräulein nie teurer gewesen war als in
dem Augenblick.

Küßt Euch noch einmal, sagte der Vater, Ihr werdet früh reiten
wollen, und ich gäbe Euch gern das Geleit.

Herr, sagte Parzivâl, die Vögel bedürfen Eurer mehr als ich.

Überlaßt meine Falken mir, lieber Herr, sagte Herr Gurnemanz,
indem er sich erhob, nicht mühelos, doch immer noch gerade, und
trotz der Weinröte grauer als sein Haar.

So erhoben sich auch die Kinder von der kaum berührten Tafel;
Fräulein Lîâze neigte den Kopf, während Herr Parzivâl sie küßte, auf
die eine Wange, und auf die andere auch noch, mit einer Scham, zu
tief, um zu erröten. Und der Vater sah: sein Sohn hatte vieles gelernt,
das Abschiednehmen noch nicht. Und es gab kein gewisseres Zeichen dafür, daß er ihn verloren hatte; keiner kommt wieder, wenn er
erst lernen muß, wie man geht.

Sie fanden nicht viel Schlaf, und das Fräulein zeigte sich nicht
mehr, als Vater und Sohn im noch nebligen Hofe standen. Der Tau
hatte ihre Rüstungen beschlagen. Herr Gurnemanz trug keinen Falken auf der Faust. Im Schritt ritten sie durch das offene Tor und über
den Graben, durch die Senke und an der Linde vorüber, in deren

Geäst schon eine Ahnung von Sonnenlicht schwebte. Und die Ahnung verstärkte sich zur Gewißheit eines blauen Himmels, als sie
weiterritten, immer fort durch das sich klärende Land. Der Graf ließ
seinen Gast vorreiten. Die Sonne erhob sich zur linken Hand, also
wollte Parzivâl gegen Mittag ziehen, dem Lauf des Stroms entlang,
den sie nach einer Stunde des Schweigens erreichten. Als sie bei der
Fährhütte angelangt waren, hielt Parzivâl inne.

Lieber Herr, sagte er. – Ihr habt mir nur Gutes getan und werdet
nicht glauben, es sei nicht gut genug gewesen, da ich nun weiterfahren muß. Es war gut bei Euch und schön, wie nichts Anderes in
meinem Leben. Nur ich bin noch nicht gut genug. Und ich muß
Euch von Herzen danken, daß Ihr mir's gezeigt habt und mir zugetraut, daß ich's bemerke. Ich bin noch ganz unerfahren, das ist die
Wahrheit. Ihr habt sie mich gelehrt, ohne mich zu kränken. Das war
mein Glück, auch wenn es jetzt Schmerz bereitet. Ich reite weiter im
Dienst der Ritterschaft, und das heißt in Eurem. Ich will weit genug
reiten, um Euer und Eurer Tochter würdiger zu werden, denn ich
trage sie im Herzen. Und wenn ich Euch genug getan habe, laßt mich
hoffen, daß ich wiederkomme, um bei Euch um das Fräulein zu
werben, in der Stunde, da ich es darf.

Ja, sagte Gurnemanz, so sei es, mein lieber Sohn. Es sei denn. Und
nun fahr mit Gott. Lebt wohl.

Nie haben zwei Männer aus Gewissenhaftigkeit tapferer gelogen,
und einander treuer die Hand darauf gegeben, die vom Eisen entblößte Hand, von einem Pferd zum andern. Der eine aber wandte
sich, ohne sich noch einmal umzusehen, dem Norden zu und seiner
Burg mit dem gebrochenen Turm im Wappen. Der andere saß ab und
führte sein Pferd am Zaum zu dem breiten Kahn, in dem der Ferge
auf ihn wartete, um beide überzusetzen ans südliche Ufer, das in
starkem Sonnenlicht lag.

Lîâze fand am Ende des Lindenganges, durch den sie wandelte,
auf dem Stein im Moos, der ihr Lieblingsplatz war, ein merkwürdiges Gesteck vor. Es bestand aus zwei Schwanenflügeln und einem
Strauß gelb- und braunen Frauenschuhs; daneben lag die Pelikan-
fahne, mit der Parzivâl seine Lanzen geschmückt hatte. So hatte er
ihr die Schwingen seines Helms zurückgelassen, das Sinnbild des
inbrünstigen Selbstopfers, und die abgeschüttelten Schuhe der Gekreuzigten.

Mehr als alle Zeichen aber bewegte sie, daß er den stillen Platz gekannt hatte, ohne jemals davon zu sprechen. Denn hierher war sie bisher vor ihm geflohen; jetzt aber, da er nicht wiederkam, konnte sie hierher fliehen zu seinem Gedächtnis.

DIE HUNGERBURG
WORIN PARZIVÂL ERLEBT, WAS ES HEISST,
SICH AUS NICHTS ETWAS ZU MACHEN

Der Fuchs spürte den lockeren Zügel am Hals und begann sich für seinen Reiter zu rühren. Er hatte ja einige Wochen stehen müssen, während Parzivâl lag und die Rätsel der Schöpfung kennenlernte, bis er sich selbst zum Rätsel wurde. Und eigentlich war die Welt besonders hell an diesem Morgen, nur nicht für einen, der die Augen vor ihr verschloß.

Die Weite, in die er geritten wurde, kam ihm eng vor, das saftige Wiesengrün ohne Farbe. Sogar das Rot seiner Rüstung verbleichte im Sonnenschein. Einmal fiel der Fuchs in Galopp, um den Ritter an gute Stunden auf dem Pappelfeld zu mahnen; umsonst.

Ab und zu wollte sich das Gefühl in seinen Schenkeln beleben. Er ritt auf einem übermächtigen Frauenleib, zugleich schwebte ihm die tränenüberströmte Sigûne vor den blinden Augen. Er ritt im Takt des Pferdegalopps, um ihr Jammern zu hören, und die Sünde prangte an seinem Leib. So führte er aus dem Paradies wenigstens die Schlange mit, und sie ruhte nicht, bis sie ihr Gift verspritzt hatte. Er sank wieder in sich zusammen. Nun war er ein Ritter. Wozu?

Der Fuchs nahm Wege durch dichtes Gebüsch, wo es keine gab; immer erst im letzten Augenblick trat das Dickicht auseinander. Keine Spur von Mensch und Tier, keine Einfriedung meldete die Nähe einer Wohnstatt, kein Wegkreuz erinnerte an Gott auch in der Wildnis.

Parzivâl wußte nicht, wie weit er geritten war, und wie lange. Es war ihm gleichgültig, ob er einem Räuber begegnete, einem Köhler oder Klausner. Er spürte weder Hunger noch Durst; manchmal setzte der Fuchs über ein Wasser, das Parzivâls Stiefel näßte; damit war sein Durst gelöscht. Bewußtlos glitt er durch ein Gitter von Stämmen wie ein Weberschiffchen durch die Kette; mochte die Fabel wissen, was sie für ein Muster wob. Vogelstimmen warfen ein tönendes Netz über ihn, aber er hatte immer nur eine Stimme im Ohr: Umsonst, Umsonst. Als der Wald einnachtete, stand das Pferd unter einer Fichte still und begann die jungen Triebe abzuraufen. Parzivâl im Sattel lehnte am Stamm, dämmerte, erwachte an der erneuten

Bewegung unter seinem Sitz. Das Pferd schien seiner Richtung gewiß zu sein. Lichtbalken zerteilten den Wald; war es die Morgen-,
war es die Abendsonne?

Hoher Mittag mußte es sein, als sie eine Lichtung erreichten; da
lagen Stämme frisch gefällt durcheinander, und in einem steckte
noch die Axt, als habe sie ein Riese für ein Floß geschlagen und sei,
bei seinem Werk gestört, auf und davon. Die erste Menschenspur seit
vielen Tagen; oder war es doch nur ein einziger nicht endender Tag
gewesen? Harz troff aus den Holzwunden, ein feiner Duft von
Rauch lag in der Luft; das Gefühl, auf einer Höhe zu sein, täuschte
nicht. Denn nach ein paar Schritten gelangte das Paar an einen Absturz, und der Blick fiel ins Leere. Hier stand der Fuchs still.

Parzivâl starrte vor sich nieder: Unter seinem Blick senkten sich
die Wälder so schnell, als stürzten sie zusammen, und weiße Wildwasser schossen in die Tiefe, ein stiller Lärm. Indem sich Parzivâls
Blick belebte, sah er weit unten, wie eine Augentäuschung, eine Stadt
sich bäumen auf gelbrotem Fels, der geradewegs in Türme überzugehen schien, der natürliche Fels in den geformten. Wie eine Insel
schwebte die Festung über den zarten Schatten einer Ebene, in denen
das Auge, je mehr es sich schärfte, immer mehr Figur erriet: stein-
gesäumte Gärten, einzelne Güter, schnurgerade Kanäle; und noch
immer kam der Blick an kein Ende. Denn dahinter stieß das weite
Land an einen Streifen entschiedenen Blaus, in dem es von Millionen
Funken wimmelte und zuckte. War der Himmel schwarz geworden
und auf die Erde gestürzt? Denn wo Parzivâl Himmel zu sehen
gewohnt war, strahlte ihm nun eine vollkommene Leere entgegen, in
die ein einziges Loch hineingebrannt war, die Sonne, ein zorniger
Fleck.

Parzivâl hatte kein Wort für das Meer.

Lange sah er auf das Ende der Welt; davon wurde sein Auge wieder fest. Und ein weißer Vogel flog so plötzlich auf, daß sein Gefieder zischte; mit einem Schrei warf er sich in die Ferne hinaus, ließ
sich mit abgewinkelten Flügeln darauf nieder und wurde mühelos
fortgetragen. Bis der helle Punkt in heller Luft verglomm, folgte ihm
Parzivâl mit den Augen; es hob ihm die Brust. Jetzt blickte er nach
einem Weg aus, dem Boten auf der Erde zu folgen. Und sah eine
gelbe Wegspur unter sich, die führte durch lichtes Gehölz sich windend in die Tiefe. Es galt nur, ihren Anfang zu finden. Und zum
ersten Mal nahm der Reiter den Zügel wieder in die Hand.

Lîâze! flüsterte er.

Wie lange mochte das her sein?

Der Fuchs scheute nicht vor dem Abstieg; sie fanden die Spur, welche geschleifte Stämme in den ausgedörrten, weißgeglühten Boden gezogen hatten, und folgten ihr Fuß vor Fuß; der Reiter war abgesessen. Je tiefer sie kamen, desto mehr legte sich der Wind, der sie auf der Höhe erfrischt hatte, und die Glut der Erde stieg ihnen entgegen, von Kräuterduft geschwängert. Der Weg führte durch ummauerte Ölbaum- und Weingärten; doch waren sie verfallen und verlassen. Sie begegneten keinem Menschen, nur Smaragdeidechsen huschten im Gestein, einmal wand sich eine Schlange vor dem scheuenden Fuchs, und in der Luft lag ein überlautes Sirren und Schwirren, das von überall und nirgendher zu kommen schien. Darunter murmelte kaum hörbar ein kleines Wasser, doch war es zu andern Zeiten kraftvoll genug gewesen, eine tiefe Schlucht zu graben; ihrem Rand folgten sie, bis sie ihnen den Weg verlegte, denn sie war zum Teil einer Befestigung, zum natürlichen Stadtgraben geworden. Totenstill brütete die Stadt auf ihrem Hochsitz, und so nahe sie war, hätte sie doch außer Reichweite gelegen, hätten nicht ein paar brüchige Bohlen, über Seile gelegt und hüben und drüben an schiefen Stangen befestigt, eine Art Hängebrücke gebildet.

Recht mitten durch! sagte Parzivâl und zog das Pferd, das schnaubend und zitternd folgte, an der Kandare auf den haarsträubenden Übergang.

Arrestez-vous! Tournez! Retour! pfiff es vom andern Ende des Steges; und wo Parzivâl erst nur Gestrüpp gesehen hatte, wurde es lebendig und versteifte sich zur Palisade, einem schütteren Bollwerk aus wohl vierzig zusammengerückten Schilden, auf welche vierzig Mal ein weißer Engel gemalt war; vierzig Helme blinkten darüber, und ebenso viele Lanzen zitterten in der Luft. Dünn war der Schrei, aber scharf wie das zornige Pfeifen einer Ratte. Doch für Parzivâl gab es kein Zurück. Schritt für Schritt zog er den Fuchs hinter sich her und achtete darauf, die blödesten Stellen der Unterlage zu meiden.

Aus der Schildhecke flogen ein paar Lanzen und taumelten vorbei ins Bodenlose. Parzivâl zog Ithêrs rotes Schwert; er zog es zum ersten Mal. Oder war es nicht eher so, als spränge es ihm in die Hand? Jetzt gab ihr der Knauf festen Halt; und der Rote Ritter tastete sich dem Hindernis mit solcher Bestimmtheit entgegen, als wüßte er gewiß, es würde ihm weichen.

Und es wich. Mit Geschepper fiel es auseinander, lange bevor das
Schwert es berührt hatte; und Parzivâl sah wohl vierzig Reisige sich
umkehren und Fersengeld geben, so schnell sie konnten. Sie stolperten dem offenen Tor zu und hielten dabei ihre Rüstungen zusammen,
während ihnen die Schwerter um die Knie baumelten und die Schilde
entsanken. Parzivâl sah sie durch das aufgesperrte Tor mehr fallen als
rennen; einige, die gestürzt waren, wurden eilends nachgeschleift.

Parzivâl hatte die Flüchtlinge nur mit den Augen verfolgt; aufatmend fühlte er den sicheren Fels unter seinem Fuß. Da stand die
wieder eilig verschlossene Burg; hier aber war der Rote Ritter, sicher, sie zu gewinnen. Er schwang sich in den Sattel und ritt auf das
zyklopische Mauerwerk zu, auf dem sich kein Mensch zeigte. Am
Tor hob er den Eisenring und ließ ihn fallen, drei Mal.

Es hallte wie in einer Gruft.

Hollâ! rief Parzivâl, zeigt euch!

Die Burgstadt schien noch tiefer in sich zusammenzuschrecken.
Nach geraumer Zeit lugte ein schmales Gesicht über die Zinne und
beugte sich mit Haar und Häubchen herunter.

Ach! rief es mit brüchiger Stimme, was sucht Ihr hier! Haben wir
nicht schon Feinde genug?

Ich bin nicht euer Feind! rief Parzivâl zurück, seht mich an! Ich
bin gekommen, euch zu Diensten zu sein, drum öffnet das Tor!

Da konnte er lange warten. Das Häubchen war verschwunden, die
Stadt stand wieder mit angehaltenem Atem. Manchmal wurde die
Stille von einem herzzerreißenden Gestöhn zerrissen, das Parzivâl
zusammenfahren ließ, denn einen Esel hatte er noch nicht schreien
gehört. In den Ritzen des Gemäuers gediehen Büsche von Oleander,
Myrten und Lorbeer, die der Wind schüttelte; dann dufteten sie
plötzlich ungeahnt. Der Wind blies kalt und warm zugleich; es war
seiner Hitze etwas Frisches zugesetzt, das Parzivâls Atem leicht
machte.

Da begann das Tor vor ihm zu seufzen und drehte sich in den
Angeln. Es öffnete sich gerade so weit wie ein Mund zu einem Fluch.

Nun stand er innerhalb der Mauern, wenn man eine Aufschüttung
von Trümmern so nennen konnte; Menschen sah er keine.

Würdet Ihr das Tor wieder schließen, *presto, presto!* zischte es aus
der Höhe.

Auf diesen Kopfsteingäßchen war an Reiten nicht zu denken.
Also saß er ab und zog das Tor zu, das ihm merkwürdig leicht vor-

kam. Dann aber schoß ein Gespenst in gelber Kappe an ihm vorbei, legte ein ganzes Werk von Riegeln vor und blieb keuchend stehen.

Auf einmal waren es viele. Aus Ritzen, Nischen und Höhlen des Gemäuers krochen sie hervor, stiegen auf Leitern herab oder aus Erdlöchern herauf und stellten sich in ängstlichem Abstand zu einem Ring um Parzivâl zusammen. Die meisten trugen eine gelbe Kappe mit hängenden Ohrklappen, andere einen Helm, zum Teil von kostbarer Arbeit. Auch die Mäntel, die ihnen am Leibe schwankten, sahen wohlhabend aus und bildeten zu den dürren Gliedern und lehmgelben Gesichtern einen schroffen Kontrast. Manche trugen zu weite Brünnen auf eingesunkener Brust oder stützten sich auf Lanzen, als wären es Krankenstöcke. An andern hingen Schilde, aber eher hingen sie selbst an diesen und mußten sich dazu noch gegen eine Mauer lehnen. Auf dem Vorwerk lagen Schwerter herum, als hätte ein Kind sein Spielzeug auf einen Haufen geworfen. Das Pech in den Kübeln war hart; in einer Ecke des Zwingers lag ein Pferdekadaver, an dem eine Meute dünner Hunde riß. Die Luft schwirrte von Fliegen. Sie setzten sich Parzivâl auf Brauen und Stirn, von welcher der Schweiß troff. Das Surren war jetzt der einzige Lärm in der brütenden Hitze; selten genug verirrte sich ein Windstoß ins brüchige Vorwerk und hob eine Staubhose auf, in der die zerbrechlichen Leute verschwanden.

Da wäre ich! sagte Parzivâl; er kam sich übertrieben leibhaftig vor. – Wie heißt es hier?

Sie starrten ihn an. Er sah spitze Schultern zucken, knochige Hüften rücken. Einige hatten keine Bäuche, andern traten sie übermäßig hervor unter den Rippenkörben, über die Schauer liefen, wie bei Pferden, die Ungeziefer verscheuchen.

Schließlich begann eins der Wesen zu sprechen; es trug ein Häubchen, und doch wagte Parzivâl nicht über sein Geschlecht zu entscheiden. Denn an seinem ausgedorrten Leib war kein Merkmal zu entdecken, und auch die Stimme zitterte in unbestimmter Höhe.

Ihr seid zu Pelrapeire, Herr.

So, sagte Parzivâl. – Es scheint euch ja nicht besonders zu gehen. Aber nun bin ich da. Wer sind denn eure Feinde?

Das Wesen machte eine unbestimmte Gebärde. – Alle, flüsterte es. Und wo?

Überall.

Parzivâl blickte sich um. Irgendwoher schrie es wieder, diesmal wie ein Pfau.

Ich glaube, sagte Parzivâl, ihr seid zu schwach. Ihr müßtet wieder einmal etwas Richtiges essen, dann sieht die Welt gleich anders aus. Mich hungert auch ganz tüchtig. Ich bin eine gute Weile geritten. Führt mich erst einmal zu eurem Herrn.

Da war Einer, der trug ein Sammetbarett auf dem Schädel, einen Seidenmantel am Leib, und ließ noch etwas wie Haltung und Anstand erkennen.

Ich führe euch, Herr, sagte der Mann mit schwacher Stimme, das Pferd müßt Ihr selber halten.

Das wurde mit trockenen Lippen gesprochen, hinter denen sich die Zähne hervorschälten.

Parzivâl hatte alle Mühe, den Fadenscheinigen vorgehen zu lassen. Der Mann kroch eher, als er ging, und lehnte sich immer wieder an eine der Wände. Das Hufeklappern tönte überlaut durch die schweigende Stadt. Der Weg wand sich wie ein Bachbett zwischen den Bauwerken empor, die mit zunehmender Höhe ein besseres Aussehen gewannen. Manches Untergeschoß war ordentlich behauen, die Fensterbögen verrieten Kunst, und die Säulen waren von Figurenwerk gebildet. Immer mehr glaubte Parzivâl, zwischen Palästen zu gehen. Doch waren sie verstaubt, und trauriges Gerümpel grüßte durch zerbrochene Türen. Die Gasse hinter Parzivâl hatte sich gefüllt. Doch waren es Menschen oder Schatten? Sie warfen selbst kaum noch einen Schatten und starrten ihm bewegungslos nach. Manchmal mußte Parzivâl den Mann, der ihn führte, anstoßen, damit er weiterging; zum Reden hatte er keine Luft mehr.

Allmählich gewannen sie an Höhe. In einer Lücke zwischen den Giebeln strahlte wieder die von Lichtern hüpfende starke Bläue herüber, inmitten lag ein Schwarm von Segelschiffen. Konnte es sein, daß diese lichte Wüste Wasser war, nichts als Wasser?

Wenigstens Durst zu leiden braucht ihr nicht! sagte Parzivâl, als sie stehen blieben. Der Pfad war steil wie eine Treppe.

Der Mann schien ihn gar nicht zu sehen, als er flüsterte: Herr, warum spottet Ihr? Salzwasser kann man nicht trinken.

Sind die Schiffe dort eure?

Feinde, sagte der Mann, alles Feinde, auch auf dem Meer.

Schade, sagte Parzivâl, aber wir kriegen sie schon!

Von oben näherte sich ein Zug von Menschen, die Säcke schleiften. Aus einem sah eine Menschenhand hervor, steif wie die Klaue eines Vogels. Auf das Gesicht, das aus dem gerissenen Sacktuch starrte, war Parzivâl nicht gefaßt. Die Totenschlepper gingen ohne Blick. Als einem der Sack, an dem er zerrte, gegen die Beine schlug, fiel er darüber und stand nicht mehr auf. Parzivâl suchte ihm aufzuhelfen, aber der Mann glitt ihm wieder aus der Hand, spuckte und rührte sich nicht mehr.

Was habt Ihr denn? rief Parzivâl. –

Er verstummte, denn über ihm hatte eine Glocke Laut gegeben; in einem offenen Turm sah er sie schwingen, sah auch das Seil zappeln. An dem hing ein Mensch mit einem Strick um den Arm gewunden; mit dem andern Arm stützte er sich gegen die Fliesen, während sein haarloser Kopf immer tiefer sank.

Ernsthaft! rief Parzivâl, so geht das nicht!

Da! flüsterte sein Führer. Er hob mit Mühe einen Finger gegen die Treppe vor ihnen, die geradewegs in den Himmel stieg. Auf der untersten Stufe hockten zwei Hunde aufeinander. Die Hündin spreizte ihre zitternden Beine, um das Gewicht des dürren Hundes zu halten, der auf ihrem Rücken die Vorderläufe hängen ließ; Parzivâl sah mit Entrüstung, wie sie einsackte und sich am Boden weiterschleppte. Der tote Hund blieb an ihrem Hinterteil hängen; jetzt zuckte die Hündin, und ihre Augen brachen.

Da oben, sagte sein Führer. – Jetzt könnt Ihr allein weiter.

Als er sich abwandte, taumelte er zuerst, fiel auf alle Viere, kam mühsam wieder hoch und tastete sich an den Wänden entlang wieder in die Gasse abwärts.

Auch Parzivâl schwindelte es; er mußte sich an seinem Fuchs festhalten und fühlte den gespannten Muskel unter dem nassen Fell. Er zog das Tier unter einen Baum, dessen graues Laub etwas Schatten spendete; dort band er es fest. Der Stamm war knorrig und von zerklüfteter Rinde überzogen.

Als er sich nach dem Begleiter umwandte, war dieser verschwunden.

Die breite Treppe ließ die Nähe der Burg vermuten, die er vom Berg aus gesehen hatte. Tief atmete er die heiter bewegte Luft. Und als ihn die Sonne nicht mehr blendete, sah er ganz oben am Ende der Treppe ein Gnadenbild stehen, gesäumt von den Statuen zweier bärtiger Greise.

Maria und die Propheten, dachte er, hier oben erwartet mich Gott! Er schlug einen Bogen um die Hunde und stieg im Gefühl wiederkehrender Kraft Stufe um Stufe. Da hielt er inne. Das Gnadenbild hatte gesprochen.

Gegrüßt, sagte es mit leiser Stimme.

Er hob die Augen und glaubte nicht, was er sah. Die Figur lebte! Ihr Gesicht lag im Schatten, er konnte den Schleier um den Kopf sich rühren sehen; an ihrem langen Kleid, das an den Rändern glühte, zerrte der Wind. Auch die zwei Propheten bewegten sich, und ihre Bärte wehten.

Niemand hatte ihn gelehrt, der Muttergottes zu antworten. Da ließ er sich auf ein Knie nieder.

Wir haben einen Gast, hörte er sagen. – Wir können ihn nur ehren, nicht bewirten.

Parzivâl stieg die letzten Tritte empor; da fühlte er sich unter den Arm gefaßt wie einer, dem man aus der Fähre ans Ufer hilft. Ein feiner Hauch kam ihm entgegen; und als er sein Gesicht hob, trafen seine Lippen ein anderes Lippenpaar, das war fein und trocken, und er fühlte ein Rißchen darin. Er sah das Gesicht, das ihn so berührt hatte, und erschrak noch mehr. Da stand Lîâze, nur schmaler geworden, durchsichtiger, ihrer Strenge entkleidet, dürftiger und herrlicher, eine Bettlerkönigin. Sie sah ihn an, fest und vertrauensvoll.

Wie seid ihr so schnell hierher gekommen? fragte er. – Hat Euch der Wind getragen?

Verzeiht, sagte sie, mein Haar ist nicht mehr das gepflegteste. Es fehlt uns an allem. Ich hätte mich gern schöner gemacht, als ich bin.

Das kann nicht sein, sagte er.

Kommt, sagte Lîâze, laßt Euch ins Haus geleiten. Kühlung immerhin haben wir noch zu bieten.

Man hatte ihn in eine Kemenate geführt, da fehlte es an nichts, außer am Nötigsten. Das Alabasterbecken, in dem er sich den Rost von den Augen wischen wollte, war leer. Er hatte sich von zwei Jungfrauen abrüsten lassen, die sich vor Schwäche kaum auf den Beinen hielten. Die nötigen Griffe mußte er selbst besorgen und nur so tun, als ob er sich helfen ließe; dazu lächelten die Mädchen hohl zum Erbarmen. Sie hatten es sich trotzdem nicht nehmen lassen, ihm beim Anziehen des Festgewands zur Hand zu gehen. Nie hatte er sich von weiblicher Güte so beschämt gefühlt. Auch die Bewunderung unterließen sie nicht, als sie seiner breiten Brust ansichtig wurden. Ein Bad gab es nicht, er hatte sich bloß gebadet zu *fühlen*, und wunderbarerweise gelang es ihm auch. Es war, als erfrische ihn der Blick auf das unendliche Wasser, das sich hinter seinem Fenster ausbreitete, bis zur Grenze des Himmels. Man hatte sein Bett, an dessen

Pracht nicht zu rütteln war, mit Kerzen umsteckt, die Bißspuren zeigten von Ratten oder Menschen. Der Festmantel auf seinen Schultern verwirrte ihn. Es war so gut wie derselbe, den man ihm schon in Grâharz umgelegt hatte.

Als Parzivâl den Rittersaal betrat, kam er ihm schön wie eine Erfindung vor, und doch fühlte er die Not, die alles so erfinderisch machte. Es fehlte nicht an erlesenster Einrichtung, nicht an Teppichen an der Wand und nicht an Kissen aus grüner Seide; das Pfeilerwerk war bedeckt mit Figuren, das Tischgerät kostbar und geschmackvoll. Zu schmecken allerdings gab es darin nichts; die herrliche Tafel, an der sie saßen, war leer. In den Schüsseln, welche die wohlgekleideten, doch ausgemergelten Diener auftrugen, war nichts; und wieder nichts war es, was die Dame auf seinen silbernen Teller legte, um es ihm mit silbernem Messer und zarten Bewegungen vorzuschneiden. Die beiden alten Männer, die in halb klösterlicher, halb ritterlicher Tracht bei Tische saßen, baten die Dame, doch ebenfalls zuzugreifen, worauf sie anmutig lächelnd erklärte, sie habe schon gespeist.

Er schwieg noch tiefer, als ihm die Burgherrin, da sie ihn betreten sah, mit einem Griff das Pelzfutter an seinem Hals nach außen kehrte. Er lauschte den anmutigen Worten, mit denen sie sich mit den alten Männern unterhielt, und ergriff den Becher, um den Wirten Bescheid zu tun. Im Becher schwamm außer gutem Willen nichts; doch schien es Parzivâl, sein Blut werde wärmer davon.

Während das Fräulein redete, ließ er kein Auge von ihr. Sie war so sehr Lîâze, wie Lîâze selbst nicht gewesen war. Ihr Gesicht war so hell wie ihre Stimme und ihr Humor vom leichtesten. Mit der Zeit begann Parzivâl weniger verschämt nach Becher und Schüsseln zu greifen, in denen nichts war. Er sprach dieser Spezialität zu und fand sie nahrhaft.

Da klatschte der kürzere der Oheime, der mit dem weniger wilden Bart, in die Hände. Ein Page humpelte herbei, im Ausdruck Iwânet ähnlich, nur nicht von so blühender Kraft. – Da muß doch noch etwas sein, Herr Kyôt, sagte der alte Mann zum noch älteren. – Ich meine, unser Festmahl wäre unvollständig ohne Nachtisch. – Und während er sich mit einem Ästchen die gelben Zähne putzte, fuhr er fort: bei mir draußen müssen noch liegen, wenn ich nicht irre:

Zwölf Brote, drei Schulterstücke, drei Schinken, acht Laib Käse und zwei Fäßchen Wein. Und wie steht es denn mit Eurer Klause,

Herr Kyôt? Ihr pflegt doch auch Euren Vorrat zu hegen, in unserer
Einsiedelei, wo der Feind nicht hinlangt, unserem geistlichen Betragen zu Ehren. Habt Ihr nicht wenigstens noch drei Eier?

Die führe ich im Wappen, sagte der höher gewachsene Alte mit
hohlem Baß, und bestimme sie keineswegs zum Verzehr. Was war es
doch, was Ihr an Vorräten noch zu besitzen glaubtet?

Zwölf Brote, drei Schulterstücke, drei Schinken, acht Laib Käse
und zwei Fäßchen Wein, wiederholte der Hagere. – Da Ihr es sagt,
Herr Manpfilyôt, müßte sich das Gleiche wohl auch bei mir finden,
denn Ihr kennt meinen Vorrat besser als ich.

Gut, sagte Manpfilyôt, dann macht das überschlagsweise vierund-
zwanzig Brote, sechs Schulterstücke, sechs Schinken, sechzehn Laib
Käse und vier Fäßchen Wein. Vortrefflich. Dann gebe ich noch ein
Fäßchen dazu.

Parzivâl war das Wasser in den Mund geschossen und das Blut aus
dem Kopf gewichen. Er konnte nicht mehr zweifeln, daß es sich bei
den aufgezählten Genüssen um reine Erfindungen handle, und fand,
hier treibe man die Kultur der Entbehrung denn doch etwas weit.

Das ist hold von Euch, sagte die junge Dame. – Doch dürfte es
daran scheitern, daß wir zu schwach geworden sind, die schönen
Sachen herbeizuschaffen; Eure Eremitagen mögen zwar außerhalb
der Reichweite des Feindes liegen, aber erst recht jenseits unserer
Kraft.

Das wäre gelacht! sagte der kürzere Greis, wenn wir keine Wunder mehr tun könnten, so gut wie unser lieber Gast, von dem wir uns
schließlich welche versprechen. Oder sollte es in den Sternen anders
stehen, Herr Kyôt?

Die Sterne äußern sich nicht zu Schulterstücken und Käselaiben,
sagte der lange Greis, weder zu dreien noch zu sechsen.

Mit astronomischen Größen können wir ohnehin nicht aufwar-
ten, sagte der Verwilderte, aber wenn unser Gast die Wunder ver-
richten soll, nach denen er aussieht, so muß er essen. Ein hohler
Bauch kämpft noch minder gerne, als er studiert, wie wir leider jeden
Tag erfahren müssen. Odilô! wandte sich der Alte mit starker
Stimme an den knochenmüden Pagen. – Odilô! wenn ich sage:

vierundzwanzig Brote
sechs Schulterstücke
sechs Schinken
sechzehn Laib Käse

fünf Fäßchen Wein,

was fällt dir dazu ein?

Himmelreich! flüsterte der Knappe.

Du weißt, wo die Sachen liegen, sagte der Alte, du hast dir insgeheim schon einiges abgeschnitten, sonst wärst du nicht mehr auf den Beinen. Also sammle fünfzig Leute und bring alles her, im Schutz der Dunkelheit, die ja gelegentlich hereinbrechen muß. Sieh nur zu, daß ihr unterwegs nicht gefressen werdet.

Odilô verneigte sich und ging, so schnell ihn die mürben Beine trugen.

Da bleibt uns noch Zeit für gepflegte Konversation, sagte der Alte, vorausgesetzt, Herr Roter Ritter, Ihr seid willens, das Gelübde zu brechen, das Euch offensichtlich zum Schweigen verpflichtet. Denn wer hören will, muß auch hören lassen. Oder wißt Ihr schon alles?

Ich weiß gar nichts, sagte Parzivâl, außer, daß hier nicht alles zum Besten steht.

Das seht Ihr schon ganz richtig, sagte Manpfilyôt, und drückt Euch milde aus. Ihr seid ein höfischer Mann und außerdem von beneidenswerter Jugend und Gesundheit. Wir dagegen müssen uns wohl eine Hungerburg nennen, wo nicht gar einen verwunschenen Ort, auch wenn das alles, wie mein Bruder Kyôt sagen würde, in den Sternen steht. Leider verbietet mir meine Ritterlichkeit, die Nichte hier gleich mitzuverwünschen; sie hat uns diese Hungersuppe eingebrockt, und zwar mit ihrer Standfestigkeit. Denn sie weigert sich, einen durchaus gattlichen Herrn zum Gemahl zu nehmen, der seinerseits Nein als Antwort nicht gelten läßt. Und so belagert er die Nichte, was das Zeug hält, und leider die Stadt gleich dazu, die an der Tugend unserer lieben Nichte zu nagen hat. Das nenne ich ein Paradox, denn gerade zu nagen gibt es bei uns seit Wochen nichts mehr. Bisher haben sich Herr Clâmidê und sein nicht minder furchtbarer Hofmarschall Kingrûn zwar die Zähne ausgebissen. Aber da uns immer noch mehr ausfallen, als er sich an uns ausbeißt, bleibt der Handel ungleich und bedarf einer Wendung zu unseren Gunsten. Es wäre also nicht übel, diese Wendung in Eurer Person begrüßen zu dürfen. Wir sind das Hungerleiden inzwischen doch ein wenig satt. Und seit die Pferde gefressen sind, wandert sogar das Gras, das auf unsern Zinnen wächst, in die Schüssel. Dieser und jener hat sich wohl auch schon an Menschenfleisch vergriffen. Ich möchte wissen, Nichte, wieviel du noch auf deine schöne Seele laden willst, nur um einen gewissen Ritter ja nicht über deinen schönen Leib kommen zu lassen.

Ihr scherzt, Oheim, sagte die junge Dame, und beliebt grausam zu scherzen. Denn von meinem Leib braucht schon darum nicht gesprochen zu werden, weil er bei diesem Hunger nicht schön bleiben kann. Was auf dem Spiel steht, ist vielmehr meine Ehre, um Euch Männern zulieb etwas Selbstverständliches so geschwollen zu bezeichnen. Es ist selbstverständlich, daß ich gegen mein Gefühl nicht gezwungen werden kann, einem Herrn anzugehören, der nichts Besseres für sich sprechen läßt als seine Waffen.

Nun, liebe Nichte, sagte der kürzere Oheim, er hat den Zweikampf angeboten, solange er uns noch selbst die Ehre der Belagerung gab; seither tut es sein Scheneschlant. Die Herren aber können Gegner nicht akzeptieren, wie sie Pelrapeire zu bieten hat. Die sind Bürger, Händler, Apotheker, brave und wohl auch einmal mutige Leute, jedoch beim besten Willen nicht satisfaktionsfähig in Ritters Augen.

Oheim Manpfilyôt, sagte die Dame, Ihr sprecht nur die halbe, also gar nicht die Wahrheit. Immerhin hat sich ein junger Held meinetwegen in die Schanze geschlagen, und seine Schuld ist es nicht, daß er liegen blieb.

Seine nicht, sagte der Oheim unerbittlich, aber Eure. Begeistert, wie er Euch zuflog, wart Ihr weit entfernt, Euch auch von ihm ein wenig begeistern zu lassen. Über diesen kleinen Unterschied ist er gestürzt, weit eher, als durch die Waffen des Herrn Clâmidê, die an einem Glücklichen eher zuschanden geworden wären.

Gegen Clâmidê hätte er wohl auch im Unglück noch ausgereicht, sagte das Fräulein mit leiser Stimme, aber der hat seinen Kingrûn vorgeschickt, an dem Gefühle so oder so verschwendet sind. Er kennt nur seine Pflicht.

Ja, aber auf die versteht er sich aus dem Grund, antwortete der Alte, was man von der Neigung des zarten Schenteflûrs leider nicht behaupten kann. Er glaubte eines Seneschalls spotten zu dürfen, der sich selber »Scheneschlant« nennt. Aber daß die Zunge eines Mannes ungelenk ist, beweist leider nichts gegen die Stärke seines Arms, und Schenteflûrs hat sie zu spüren bekommen.

Oheim Kyôt, rief die junge Dame mit zitternder Stimme, sagt selbst! War mir jener gute Jüngling bestimmt? oder ich ihm?

Nein, sagte der hagere Oheim. Es war nach langer Zeit sein erstes Wort.

Die Dame schwieg, und Parzivâl sah aus den gesenkten Wimpern eine Träne in den leeren Teller fallen.

Nun ja, sagte der kurze Oheim ingrimmig, die Sterne. Es fällt nicht immer leicht, ihre Strenge zu loben. – Lieber Herr, sagte er, wieder zu Parzivâl gewandt, Ihr seht, wo wir stehen. Wir haben es mit Feinden zu tun, die Herren sind. Sie kämpfen nicht mit Crethi und Plethi. Die Belagerung ist unfein, aber sie entspricht der ritterlichen Raison. Leute, mit denen man nicht anständig kämpfen kann, muß man aushungern. Daß unserm Herrn Feind die Methode heimlich widersteht, erkennt Ihr daran, daß er seine Hand von unserem Elend zurückgezogen hat. Er sitzt in seinem Winterlager und wartet auf den Frühling.

Oheim, erwiderte die junge Dame mit traurigem Lächeln, es ist wahr, daß meine Bürger nicht mithalten können; und leider ist es auch wahr, daß sie es fast nicht mehr aushalten. Aber sie sehen nicht ein, warum sie an einem Spiel teilnehmen sollen, an dem sie nicht teilhaben. Wo immer sie auf Euch Herren stoßen, sind sie die Geprellten.

Ihr sprecht ritterlich, sagte Manpfilyôt, aber könnt Ihr es reinen Herzens tun? Mit Eurer Ehrensache habt Ihr sie um Gut und Brot gebracht, und viele auch ums Leben. Ich fürchte, sie werden nicht mehr lange für Euren Seelenadel zahlen. Und der Tag dürfte nahe sein, wo sie dem Feind Eure Tore freiwillig öffnen, die Ihr ihm mit Gewalt nicht öffnen wollt. Sie werden Eure schöne Willensfreiheit entblößen, um ihre nackte Existenz zu retten.

Oheim! sagte die junge Dame, eins müßt Ihr wissen: mein Leben ist mir gleichgültig ohne die Freiheit, meine Liebe selbst zu wählen. Feil ist sie mir um keinen Preis der Welt, dies ist mein letztes Wort! Und wenn es mein Sterbenswörtchen wäre!

Sie hatte gesprochen, ohne Parzivâl anzusehen.

Ihr seht, Roter Ritter, wie ernst es um uns steht, sagte der gedrungene Alte. – Und bis der Käse, die Schulterstücke und so weiter eintreffen, unterhaltet Ihr uns vielleicht mit einem kurzen Bericht, woher Ihr kommt und wes Landes Ihr seid.

Ich bin keines Landes, sagte Parzivâl rauh, und berichtete in trockenen Worten, daß er der Gast eines Fürsten gewesen sei mit Namen Gurnemanz. Und er habe ihm schlecht gelohnt, fügte er hinzu.

Von Grâharz kommt Ihr? fragte die junge Dame lebhaft, und auf *einen* Ritt? Wie geht das zu, da meine schnellen Boten drei Tage brauchen, oder mehr?

ıs war mein Pferd, sagte Parzivâl.

ᴅann müßt Ihr wissen, daß Herr Gurnemanz mein Oheim ist, sagte sie, von Mutters Seite; diese hier sind es von Seiten meines Vaters. Herr Kyôt war einmal König in diesem Lande, doch die Krone galt ihm nichts gegen die Sterne. Da hat ihn mein anderer Oheim hier eine Weile vertreten, aber auch dem wurde das Regieren zu dumm. So kam's an meinen Vater Tampenteire, der starb darüber weg, und da hing's an mir. Die beiden Herren gehen mir manchmal noch zur Hand, aber sie finden hartnäckig, daß ich einen Mann brauche, womöglich den ersten Besten. Der aber täte es mir nicht. – Nun hausen die Oheime draußen im Walde und haben der Welt entsagt, in der es nicht mehr ritterlich zugehen will. So können sie ohne Widersprüche leben, ich dafür um so weniger. Sagt mir, wie steht es um Lîâze? Wir haben Tage und Nächte zusammen verlebt, und viele in Tränen. Denn ihre Brüder starben einer nach dem andern, und nun hat sie auch noch den jüngsten verloren um meinet-willen. Der war kein anderer als Schenteflûrs, den sie am meisten liebte. Er wollte mich Clâmidê entreißen, dabei hat ihn Kingrûn erschlagen. Ja, ich bin ihm schuldig auszuharren, und wär's bis zum bösen Ende.

Er war Euch nicht bestimmt, sagte der hagere Oheim.

Die Sterne sind mein Trost nicht, Oheim Kyôt, sagte die junge Dame, ich müßte ihn in mir selber suchen und finde ihn kaum. Er war mein Ritter, das war ihm nicht zu viel; mir reichte es zum Leben mit ihm nicht aus, wohl aber ihm zum Sterben ohne mich.

Parzivâl studierte diesem Satz nach, aber der kurze Oheim ließ ihn nicht zu Ende kommen.

Ihr habt Ritterschaft geübt bei Gurnemanz, sagte er, einen besse-ren Meister gibt es nicht. Wie lange habt Ihr sie geübt?

So gut wie gar nicht, sagte Parzivâl. – Ich wurde allzu bald ver-letzt, am Knie.

Und nun bietet Ihr unserer Frau Eure Dienste an, sagte der Ge-drungene. – Das ist brav. Aber wißt Ihr, worauf Ihr Euch einlaßt?

Nein, sagte Parzivâl.

Ein Opfer könnten wir auf keinen Fall annehmen, sagte die junge Dame.

Ich bringe keine Opfer, sagte Parzivâl, das täte ich Euch nicht an.

Die Dunkelheit kam wie ein Überfall, nachthell leuchtete draußen das Meer und dröhnte von fern. Sonst war es still, nur die Zikaden sägten. Manchmal taumelte durch die geöffneten Fenster eine Motte herein und war von den Kerzen nicht wegzuscheuchen. Immer gelang es ihr, Feuer zu fangen mit dem Staub ihrer Flügel, und sie mußte, wenn sie versengt herumzuckte, mit einem Fingerdruck abgetan werden.

Die Königin befahl, die Kerzen zu löschen. Lautlos war die hungerkranke Stadt, und erschöpft von der Anstrengung zu leben, hielten sich Menschen und Tiere in ihren Mauerlöchern still.

KINGRÛN SCHENESCHLANT
WIE EINE STADT WUNDERBAR ERNÄHRT UND
IHRE BELAGERUNG AUFGEHOBEN WIRD

Unbemerkt gelangten die Vorräte in die Burg. Vierundzwanzig Brote, sechs Schulterstücke, sechs Schinken, sechzehn Laib Käse und fünf Fäßchen Wein – jetzt sanken die Boten an die Wände. Den Hunger hatten sie ertragen, auch noch den Marsch. Die nahegerückte Erfüllung aber war zu viel.

Reicht die Becher, Gesinde, sagte der gedrungene Oheim. – Wer wird uns vorschneiden?

Parzivâl erhob sich.

Niemand, sagte er, so wahr Gott uns helfe. Diese Speise ist nicht für mich. Verteilt sie. Warum wurde sie nicht schon längst verteilt?

Auch die Dame war aufgestanden.

Wohl, mein Ritter, sagte sie. – Wir wollen diese Burg für die Stadt öffnen, und Ihr sollt die Verteilung ausrichten.

So geschah es. Die Speisung nahm die ersten Stunden der Nacht in Anspruch. Denn auch wenn sie ein Wunder war, bedurfte sie doch vieler Maßregeln. Nachdem die Bringer des Guts getränkt und verköstigt waren, mußte man die frohe Botschaft behutsam in die bewußtlose Stadt dringen lassen, damit sie keinen Auflauf bewirke. Die Hungerleider, die noch beweglich waren, durften einander nicht tottrampeln; diejenigen, die es nicht mehr waren, mußten vordringlich zu ihrem Anteil kommen. Und erst recht verdienten diejenigen Berücksichtigung, welche die Mauern besetzten. Für Sicherheit mußte gerade in Zeiten der Überraschung gesorgt bleiben, darum schickte man Ablösungen, um in der Burg ihren Hunger zu stillen.

Da die Nacht nicht kalt war, konnte die Verteilung, von Pechfakkeln beleuchtet, im Burghof vonstatten gehen. Auf silbernen Tellern warteten die Portionen säuberlich abgeteilt auf Notleidende. Es waren ihrer zweitausend, und vor einem Monat hatten noch doppelt so viele gelebt. Auf jedem Teller fand sich ein Stücklein Brot, ein Käsespan und etwas verschnittenes Fleisch, und bei jedem stand ein silberner Becher, halb mit Wein, halb mit Wasser gefüllt. Die Hungernden nahten sich in unabsehbarer Reihe und wurden unter dem Burgtor von den Oheimen gemustert, so daß Alte, Kinder und Frauen nach vorn kamen und sich setzen durften.

Die Herrin ließ freundlich das Murren gelten, ohne ihm Gehör zu schenken. Sie war neben Parzivâl unermüdlich mit dem Verteilen beschäftigt und mahnte, die Gaben haushälterisch und mit Verstand zu genießen. Es war ein Wunder, daß die vierundzwanzig Brote, sechs Schulterstücke, sechs Schinken, sechzehn Laib Käse und fünf Fäßchen Wein ausreichten, wohl zweitausend Menschen satt zu machen und ihr Herz wieder zu festigen. Vielleicht tat die Ordnung, mit der die Speisen gerichtet waren, und die Sorgfalt, mit der sie gereicht wurden, das Beste zum Gefühl von Hülle und Fülle. Als der Mond aufging, konnte man mit Augen sehen, wie die Leute wieder ausschreiten konnten, statt zu schleichen. Selbst die Löcher der Häuser wirkten nicht mehr so düster, und die Mauern hatten ihr sicheres Aussehen zurückgewonnen, als sei ein Ruck durch Pelrapeire gegangen und ließe es aufatmen unter dem weißen Gestirn.

Vor Mitternacht kehrten die Oheime vom Tor zurück und erklärten, nichts essen zu müssen, da sie vom Zusehen übersatt geworden seien. Bis auf ein einziges Stück trocken Brot war nicht das Geringste übriggeblieben. Die Burgherrin, die plötzlich müde aussah, nahm es Er aß, seinen Blick ruhig in dem ihren, und die Oheime reichten den beiden noch einen Becher frischen Wassers. Erst trank sie, dann er, und er meinte am Rand des Bechers ihre Lippen zu fühlen.

Es war ein langer Tag, sagte die Burgherrin, Ihr habt viel Arbeit gehabt und müßt auch noch fasten.

Gern geschehen, sagte der Junker. – Die Arbeit morgen wird noch schöner werden.

Sie wird gar nicht schön werden, sagte die junge Frau, und ich wünsche um Euretwillen, Ihr hättet mich nie gesehen. – Geleitet ihn in seine Kammer, sagte sie, und gönnt ihm gute Ruh. –

Er hatte sie eine Weile, die gute Ruh, auch wenn sie ihm zu feierlich vorkam. Denn um sein breites Spannbett herum waren brennende Kerzen in doppelter Reihe angezündet und erleuchteten es fast unnatürlich. Als Parzivâl sie, bis auf eine, zu löschen gebot, neigte sich der Knappe, der ihn ausgekleidet hatte. – Es tut mir leid, Herr, sagte er, die Herrin wünscht es hell. Der Feind soll sehen, daß bei uns die Lichter brennen.

Parzivâl trat in den Söller und blickte in die Tiefe. Aus dem Hellen ins Dunkle konnte er vorerst nur Finsternis sehen; um so vernehmlicher rauschte es aus ihr. Das war nun das Meer. Da war der weiße Vogel hingeflogen. Er hörte das immerzu wiederkehrende Brausen, es war gedehnter, unregelmäßiger als der Herzschlag in seiner Brust. Als er nicht mehr geblendet war, sah er auch den Saum des Wassers, den die Brandung weißte, und die Bahn des Mondes auf der zitternden Flut. Und wieder fühlte Parzivâl sich fest werden ohne Grund. Er versuchte, sich mit dem Meer zusammen atmen zu lassen, und wurde immer stiller davon. Andächtig legte er sich in das kerzenhelle Bett und versank in immer tieferes Dunkel.

Er wurde wach, ganz plötzlich, ohne Schreck. Sein Gesicht war naß, und er hatte doch nichts Trauriges geträumt. Als er die Augen hob, war da etwas über ihn geneigt, so nahe, daß er die weiße Stirn zuerst nicht erkannte, und in dem, was seine Wange streifte, nicht das sanfte Haar.

Frau, sagte er leise. – Wie kniet Ihr so? Das sollt Ihr nicht. – Und indem er sich auf einem Ellbogen aufrichtete, hob er mit der freien Hand ihr Kinn.

Jetzt sah er ihr Gesicht, im Kerzenschatten zwar, doch immer noch zu nahe, als daß er darin hätte lesen können. Eine Träne nach der anderen sah er aus geschlossenen Lidern quellen, und sah die Kerbe zwischen den Brauen. Ihr Mund war geöffnet, sie hielt ihr Gesicht hin, nur die Augen blieben zu.

Frau, sagte er noch einmal, Ihr tut zu viel. Setzt Euch. Oder lieber, legt Euch hin, Ihr seid erschöpft. Ich will mir ein anderes Lager suchen.

Sie öffnete die Augen noch nicht, als sie sagte:

Ich möchte mich zu Euch legen, wenn Ihr erlaubt.

Mit Freuden, sagte er zögernd.

Zuvor sollt Ihr mir schwören, sagte sie. – Schwört, daß Ihr nicht enttäuscht sein wollt.

Parzivâl hatte von Lîâze gelernt, man schwöre nicht, es sei denn vor Gott. Aber wenn man gar nicht begriff, was man schwor?

Ich schwöre, sagte Parzivâl.

Er legte ihr drei Finger auf die Stirn. Sie glühte.

Da zog das Fräulein die Decke hoch, schlüpfte darunter und legte ihren Kopf an seine Schulter. Sie schien seine Erregung nicht zu bemerken und schmiegte sich an ihn, ohne Heftigkeit. Er legte den Arm um ihre Schulter. Sie zitterte und war zerbrechlich. Er spürte die Haut unter ihrem dünnen gefältelten Hemd.

Wie heißt Ihr? fragte sie.

Parzivâl, sagte er. – Und Ihr?

Condwîr âmûrs, sagte sie.

Heißt Ihr so? fragte er.

Ja, sagte sie. Mein Vater wollte eine liebenswürdige Tochter. Er mußte nicht mehr erleben, daß er sich geirrt hat.

Wieso? fragte Parzivâl. – Er hat sich nicht geirrt.

Und wie hieß Euer Vater?

Gahmuret, sagte er. – Ich habe ihn nie gekannt.

Gahmuret, wiederholte sie. Das klingt wie ein Seufzer. Hat Eure Mutter ihn geliebt?

Ich weiß nicht, sagte Parzivâl. – Gesprochen hat sie nie von ihm.

Dann hat sie ihn geliebt, entschied Condwîr âmûrs. – Wie hieß sie?

Sie heißt immer noch, sagte er, Frau Herzeloyde.

Gott, sagte sie leise. – Der Name ist ja noch trauriger als meiner. – Warum wollt Ihr sterben? fragte sie nach einer Weile.

Er rückte von ihr ab.

Das will ich nicht! sagte er. – Ich denke gar nicht daran!

Ihr solltet aber, sagte Condwîr âmûrs. – Der Feind ist stark, Kingrûn besonders. Er hat Erfahrung, und Ihr habt kaum angefangen. Ihr seid noch so jung.

Schwerlich so jung wie Ihr, sagte er gekränkt.

Owê! sagte sie. Eure Mutter könnte ich zwar nicht sein, aber wohl Eure Tante. Stellt Euch vor, daß Ihr bei Eurer jungen Tante liegt. Wie wäre das?

Unvernünftig, sagte Parzivâl.

Sie lachte; dann wurde sie ernst. – Eigentlich bin ich nur gekommen, Euch mein Leid zu klagen. Dafür habe ich niemanden sonst. Aber jetzt bin ich auch da, um Euch zu sagen, daß Ihr reiten sollt, noch in dieser Nacht. Euer Pferd reitet schnell, und morgen seid Ihr schon weit.

Und was wird aus Euch? fragte er. – Ihr habt gesagt, Ihr wollt eher vom Turm springen, als diesen Herrn zu nehmen – wie war sein Name?

Clâmidê, sagte sie und schüttelte sich. – Er duftet nach Moschus, und sein Pferd auch.

Seht Ihr, sagte er. – Und was würde aus Eurer Stadt?

Ja, sagte sie. – Wir machen es nicht mehr lange. Aber was wird aus Euch? Ihr habt etwas Schöneres verdient.

Frau, sagte er, ich zöge es vor, wenn Ihr mir *Euer* Leid klagtet statt meines. Für mich sehe ich selbst. Der Feind wird sich wundern, und Ihr Euch ebenfalls.

s sagt Onkel Kyôt auch, antwortete die Jungfrau. – Ihr seid der Bestimmte, sagt er. Ihr wurdet hergeführt.

Pardon? sagte Parzivâl. – Ich dachte, ich sei auf meinem Pferd gekommen.

Aber wer hat das Pferd geführt? fragte Condwîr âmûrs. – Herr Kyôt hat es kommen sehen. Er sieht immer alles kommen, in den Sternen. Und er sagt, mit Euch komme das Ende aller Not.

Ihr habt kuriose Onkel, sagte Parzivâl. – Ich habe mich gewundert, wo sie auf einmal Schulterstücke herbekamen. Und wie die in die Burg gelangten, ohne daß der Feind dazwischentrat! Wie geht das zu? Und als *ich* kam: wo blieb er da, Euer Feind? Die einzigen, die ich sah, waren Eure Leute, und die liefen gleich davon.

Ihr seid geführt, sagte Condwîr âmûrs. – Er ist voller Wunder, mein Onkel Kyôt.

Dann kostet es ihn nur ein Wunder, die Stadt zu entsetzen, sagte Parzivâl.

Das steht nicht in den Sternen, sagte sie.

Aber ich soll in den Sternen stehen? fragte Parzivâl. – Glaubt Ihr das?

Bisher ist alles eingetroffen, sagte sie. – Die Belagerung, der Hunger, sogar der Tod des armen Schenteflûrs. – Das darf nicht sein! sagte sie plötzlich, richtete sich auf. – Es soll nicht alles in den Sternen stehen! Wir sind doch kein Spielzeug! Ich habe gebetet, daß es das nächste Mal *nicht* eintrifft, was Kyôt kommen sieht ... Und nun ... fürchte ich mich für Euch.

Glaubt Ihr an die Sterne? fragte sie.

Nein, sagte er, da glaube ich noch lieber an Gott. – Ihr dürft morgen nicht hinaus, sagte sie heftig. – Ihr müßt weg, weg, weg –

Und sie schob ihn von sich fort, klammerte sich an den Rand des Bettes und weinte zum Erbarmen.

Parzivâl war der Fall nicht geheuer. Er prüfte das Gefühl in seiner Brust. Und plötzlich tauchte Lîâzes blasses Gesicht vor ihm auf, mit dem Ausdruck von Leid, das es trug, um ihn; das schwesterliche Gesicht. Und auf einmal war es da, das Gefühl ruhiger Wärme in seiner Brust. Es überraschte ihn selbst, und er hörte wieder das Kommen und Gehen des Meeres.

Er drehte sich zu Condwîr âmûrs hinüber, nahm ihren Kopf in beide Hände und bettete den seinen an ihren Hals. So blieben sie lange. Sie spürten den Unterschied mit Lust; und sie beharrten auf Unterscheidung.

Seine Erregung war gekommen; nun ging sie wieder. Condwîr âmûrs war sein Pferd, und er führte sie gewaltlos am Zügel ihres Haars.

Wir stehen in Gottes Hand, sagte er, und die Sterne auch, nicht minder und nicht mehr als Ihr und ich. Über Euer Gebet wird er lachen, wenn es ihm so gefällt; und wenn es ihm anders gefällt, so müßten wir es uns gefallen lassen. Daran würden auch die Sterne nichts ändern. Worüber sorgen wir uns also, Condwîr âmûrs?

Könnt Ihr denn reiten? fragte sie. – Kämpfen? Schlagen?

Ziemlich gut, sagte Parzivâl. – Ich glaube, daran hat es mir Gott nicht fehlen lassen.

Er spürte, wie sich ihr Körper unter dem Gewicht des seinen zu recken begann, wie in einem warmen Nest. Dann war sie eingeschlafen; er hütete ihren Schlaf. Er machte sich leicht, als er sie seufzen spürte, um ihrem Atem mehr Raum zu lassen. Da seufzte sie nicht mehr, sie lächelte im Schlaf und zog ihn näher zu sich, umschlang seinen Rücken, heftig, als Liebende; er fühlte ihre Schenkel nachgeben, ihren Schoß. Da entzog sie sich ihm und sprang aus dem Bett.

Ihr habt geschworen, nicht enttäuscht zu sein! sagte sie mit lachenden Augen. – Bis morgen, Herr Parzivâl ... bis heute! Ich will Euch schon wecken!

Das war die erste von Parzivâls schlaflosen Nächten.

Gebt es ihm! hatte Condwîr âmûrs nach der Messe gesagt, die der Kaplan ihr und ihrem Ritter allein hatte singen müssen. – Zeigt es ihm! aber zeigt ihm nichts von Euch. Er darf Eure Augen nicht sehen, denn die will ich hüten als meine. – Und damit hatte sie ihm das Visier heruntergezogen.

Als der Wärter meldete: das Feld sei rein, drehte sich das Tor in den Angeln. Fuchs und Reiter stürmten ins Freie wie auf einen Festplatz und schienen, hin und hersetzend in reiterlichem Übermut, nach dem Feind zu wittern und zu stöbern.

Und da stand der Feind, wie gerufen. Er war Legion. Aus dem Wald, der sich gegen das Meer hinzog, war ein anderer Wald getreten, aus flatternden Panieren, mutig schwankenden Lanzen, blitzenden Helmen und Schilden. Schritt für Schritt rückte das Heer den Plan herauf, der von vergangenen Schlachten zertreten war, und gegen die Burgstadt vor. Diese stieg auf ihrem Fels gelb und grau aus den Nebeln, die vom nahen Gebirge geschlichen kamen, und saß auf dessen letztem Ausläufer, uneinnehmbar in der Höhe, und doch aus der Nähe geschunden und zerbrechlich.

Der Rote Ritter sah, wie das Tor hinter ihm schwankte, ob es sich schließen dürfe, denn die Königin hatte befohlen, ein Schlupfloch offen zu halten. Aber: »Alles zurück!« dröhnte der Rote Ritter. Da schloß sich der Spalt, und die Zugbrücke hob sich. Beim Schrei des Ritters hielt der anrückende Feind inne, verzaubert von der Verrücktheit des einzelnen Mannes. Burg und Stadt hatten sich wundersam belebt. Kein Fenster, keine Scharte, die nicht besetzt gewesen wäre, die Mauern mit Reisigen, die höheren Lagen mit Schaulustigen, auch wenn in ihrer Erstarrung nichts Lustiges zu erkennen war.

Der Rote Ritter stand allein gegen ein Heer. Er tummelte sich, er hatte die Lanze gesenkt und attackierte die reine Luft. Er riß, mitten aus der Karriere, das Roß herum, daß die rote Schabracke flog wie im Tanz. Der Einzelne veranstaltete für sich selbst ein Kampfgetümmel; er spielte, wie eine junge Katze mit ihrem Schwanz, vor den Augen der Bürger Pelrapeires, aber auch im Angesicht des Feindes. Er warf sich herum und rannte die Leere an, als könne er der Feinde nicht genug finden. Dazu stieß er dumpfe Schreie aus, die kein Mensch verstand.

Der Feind schien ebenfalls nicht zu wissen, wie er sich vor dem närrischen Spektakel zu benehmen habe. Schließlich löste sich ein einzelner Ritter aus der Heeresmasse. Er war steingrau gerüstet und trug einen grauen Wimpel an der Lanze, mit welcher er grüßte, um zu prüfen, ob der Rote Ritter auf diese Art anzusprechen sei; das war er nicht. So mußte der Graue wohl noch etwas weiterrücken. Dabei bewegte er seine Lanze auf und nieder, wie ein Fischer die Angel.

Dann nahm er sie schleunigst herunter und legte sie unter den Arm. Der Rote Ritter hatte, mitten aus einer Kapriole heraus, sein Pferd losgeschnellt und sprengte gestreckten Laufes auf den Grauen zu. Der hatte seinen Belgier Front machen lassen; ihn zu spornen, um seinerseits Anlauf zu nehmen, blieb ihm keine Zeit. Der Rote, mit stäubenden Hufen, war schon heran und schwenkte, als wolle er sich in die Lanze des Gegners stürzen, seine eigene durch die Luft. Erst im letzten Moment ließ er sie gegen den hochgezogenen Schild des Gegners fallen und setzte ihrem Fall die ganze Wucht seines Anlaufs zu, so daß sie den Gaul auf die Hinterhand hob und den Reiter in ungedämpftem Sturz auf die Erde schmetterte. Er hatte seine Lanze springen lassen müssen, auch diejenige des Roten war zersplittert. Der hatte seinen Fuchs mit einem Sprung verlassen. Er zog König Ithêrs Schwert und ging den gestürzten Gegner an, der sich so weit erhoben hatte, um den fürchterlichen Schlag mit dem Schild zu parieren, ohne daß die durchdringende Schärfe seinen Arm ganz vermied. Und als ob der Rote Ritter beim Anblick des Blutes rasend geworden sei, ließ er nun einen Schwerthieb nach dem andern auf Schild und Helm niederprasseln.

Der Gestürzte kam nicht dazu, sich aufzurichten. Er drehte sich im Kreis wie ein belagerter Krebs und blutete aus vielen Wunden. Es sprach für seine Kampfübung, daß er den tödlichen Schlag immer noch einmal abzuwenden verstand. Aber als ihm der Schild zerhauen war, gab es keine Rettung mehr. Ein Hieb streckte ihn nieder, der Rote Ritter kniete auf seiner Brust und setzte ihm das Schwert an die Kehle. Aus dem Helm des Geschlagenen war ein dumpfes Gedröhn zu vernehmen. Der Sieger riß ihm das Visier hoch.

Was sagt Ihr? fragte der Rote Ritter.

Bitte! sagte der liegende Mann. Er hatte ein bäurisches Gesicht, jetzt verzerrt von Unglauben, Schmerz und Bitterkeit. Schwere Tropfen rannen ihm über die fahle Stirn.

Ihr wollt Sicherheit bieten? fragte der Rote Ritter.

Bitte! stöhnte der andere. – Ich bin Kingrûn, der Scheneschlant!

Seneschall, wollt Ihr sagen, antwortete der Rote Ritter.

Scheneschlant, will ich sagen, entgegnete der Graue, und weiß Gott, ich bin ein tapferer Mann.

Das müßte ich gesagt haben, meint Ihr nicht?

Ich kenne Euch nicht einmal!

Ihr braucht mich nicht zu kennen. Ich habe Euch nicht meinethalben unterworfen, sondern im Namen meines Meisters, Gurnemanz von Grâharz. Dem bietet Eure Sicherheit!

Owê! rief Kingrûn, tut mir das nicht an! Tötet mich lieber auf der Stelle. Ich habe dem Mann einen Sohn erschlagen. Es geniert mich, ihm unter die Augen zu treten. Nehmt meine Sicherheit lieber für Euch, Ihr könnt Euch keines geringen Sieges rühmen! Mich hat noch keiner schlagen dürfen. Gebt Euch zu erkennen, wenn es beliebt!

Ruhm gilt mir nichts, sagte der Rote Ritter. – Gut, dann geht zu meiner Frau Condwîr âmûrs und empfangt Euer Leben àus Ihrer Hand.

Das liefe ganz auf eins hinaus! seufzte der schwere Mann, ich käme auch dort nicht lebend davon! Was glaubt Ihr, wieviel gute

Leute ich ihr totgeschlagen habe! Man würde mich in Stücke schneiden, bevor ich noch den zweiten Fuß in die Stadt gesetzt hätte. – Es sind Bürger, Herr! flüsterte er verzweifelt, die wissen nichts von *Comment*! Und wie soll ich meinem lieben Herrn unter die Augen treten? fragte er. – Plötzlich stürzten die Tränen hervor. – Ich habe ihm das Fräulein doch versprochen, hoch und heilig, und daraus wird jetzt wohl nichts mehr!

Das seht Ihr ganz recht, sagte der Rote Ritter.

Kommt, Ritter, sagte der Scheneschlant, stoßt doch lieber zu, macht kurzen Prozeß. Ich will die traurigen Augen meines Herrn nicht sehen.

Tränen begegnet man nicht dem Schwert. Der besiegte Mann kannte etwas, das war ihm teurer als er selbst.

Weil Ihr's seid, mache ich einen dritten Vorschlag, sagte der Rote, es ist der letzte. Geht in die Bretagne und leistet Eure Unterwerfung einer Dame, die meinetwegen gekränkt wurde, schwer und unverdient. Sie ist am Hofe des Königs Artûs, den ich grüßen lasse, ebenso wie seine Frau Ginovêr.

Jennifêr heißt sie, sagte Kingrûn.

Die Aussprache tut nichts zur Sache, sagte der Rote. – Es kommt mir auf die Dame an, die mich angelacht hat.

Ausgelacht? fragte Kingrûn. – Das kann ich mir denken, Ihr habt eine närrische Art. Aber Eure Schläge sind vernünftig.

Sie hat gelacht, sagte Parzivâl, das hat sie nie zuvor getan. Richtet ihr Eure Unterwerfung aus, aber so, daß alle es hören, insbesondere Herr Keie, der Seneschall.

Ihr wollt Schande über ihn bringen, sagte Kingrûn, wie Ihr Schande über mich gebracht habt. Ihr habt etwas gegen treue Diener ihres Herrn.

Daß wir Euch trauen, seht Ihr daran, daß die Bürger die Tore öffnen. Das heißt, wir haben Frieden gestiftet mit unserem Zweikampf, und nobel, wie Ihr seid, werdet Ihr Euer Heer jetzt nach Hause schicken.

Was werden sie von mir sagen! stöhnte der Gestürzte. – Aber ich muß ja wohl. Unser Zweikampf war närrisch, aber ehrlich. Er war ehrlich, aber närrisch! schrie er und wollte sich nochmals aufraffen. Da aber saß ihm der Rote Ritter wieder auf der Brust und setzte ihm das Schwert an die Gurgel.

Schon gut, sagte der Scheneschlant, ich denke, Ihr versteht Spaß. Nur ich habe leider nichts mehr zu lachen.

Morgen seid Ihr schon weit, sagte der Rote Ritter tröstend und lüftete sein Visier.

Mein Gott, seid Ihr grün! sagte der Graue. – Darf doch nicht wahr sein. Das will Kingrûn geschlagen haben! Aber, setzte er mit einem Anflug von Stolz hinzu, jetzt bleibt Ihr nicht mehr unbekannt. Ihr habt Kingrûn geschlagen, das hat noch keiner.

Geht, sagte der Rote, doch versorgt Eure Wunden, bevor Ihr Euch auf Reisen macht. Ich habe Euch übel zugerichtet.

Gott lohn es Euch, sagte Kingrûn mit dunklem Respekt und wandte sich, den Helm in der Hand, mit schwerem Fuß und gesenktem Kopf. Sein Grauer erwartete ihn in gleicher Haltung. Er nahm ihn, ohne ihn anzusehen, am Zügel, und führte ihn über offenes Feld, allein; denn das Heer hatte sich in den Wald zurückgezogen, aus dem es stöhnte.

HOCHZEIT

WIE PARZIVÂL DER MANN SEINER FRAU WIRD,
CONDWÎR ÂMÛRS

Nun aber die Bürger von Pelrapeire! Sie waren ausgeschwärmt, zunächst nur, um den Fuchs zu halten, zu hätscheln und zu tätscheln. Sie trugen ihm, in Ermangelung des Hafers, duftende Kräuter zu, von denen er freilich die wenigsten fraß. Er war das Grün des Nordens gewöhnt und hatte es lieber saftig als rezent.

Je weiter sie sich aus der Stadt hervortrauten, desto lauter nannten sie, was sie taten, einen siegreichen Ausfall. Sie schworen, die Mordbrenner auszurotten mit Stumpf und Stiel und machten einstweilen einen Höllenlärm, so daß der ritterliche Dialog Parzivâls und Kingrûns ebenfalls fast schreiend hatte stattfinden müssen.

Doch nun hoben sie den Roten Ritter auf und trugen ihn auf dünnen Schultern stadtwärts, ihrer Königin entgegen. Sie waren kaum daran zu hindern, ihn schon in der Luft zu entwaffnen, um sich womöglich ein Andenken zu sichern, und nur die Menge selbst rettete ihren Helden vor der Menge. Dennoch bekam er mehr Püffe und Kniffe ab als bisher in seinem ganzen Leben. Denn ungemischt ist die Verehrung einer Menge nie, und immer möchte sie, was sie in den Himmel hebt, auch ein wenig in Stücke reißen.

Und Condwîr âmûrs? Es war viel, daß sie ihrem Ritter nicht einfach über Stock und Stein entgegenlief. Und als man ihn endlich abgesetzt hatte, zwischen Tor und Tor, da tat sie es ja doch. Er stand nur noch im Kettenhemd da, mit bloßen Füßen und ohne Helm, und sein Haar wehte im heiteren Wind. Er stand da, breitete die Arme aus, und Condwîr âmûrs lief ihm unter Tränen hinein. Sie ließ alles höfische Wesen fahren, um nur noch zu umfangen und umfangen zu sein. Parzivâl! rief sie; Condwîr âmûrs! rief er zurück und verschloß ihren Mund mit dem seinen. Die Sterne behielten recht, und auch sie hatte sich nicht getäuscht. Dieser Mann war ihr Mann.

Das Heidî und Hurrâ der Bürger war unmißverständlich. Hier würde es gleich eine Hochzeit zu feiern geben, und im Hochzeiter den neuen Burg- und Landesherrn.

Die Bürger hielten ihn für hinreichend verständig, ihrem Handel und Wandel nichts in den Weg zu legen; und für hinreichend jung

und närrisch, daß man notfalls mit ihm Schlitten fahren konnte, auch
im Sommer. Aber wenn die Geschäfte stockten, konnte man mit ihm
wohl auch Pferde stehlen, und so kam ihr Jubel von Herzen. Im
übrigen mochten ihn sogar die Griesgrämigsten der Herrin gönnen.
Denn auch in Herzen, die Hunger und Gier verstockt hatten, er-
weckte seine Erscheinung wieder etwas von der Freude des Lebens.

Es kam noch besser. Denn als sie das Paar in den Burghof geleitet
hatten, wo ihnen der Fuchs über seinen Hafersack entgegenwie-
herte: da zeigten sich zwei braune Segel auf dem Wasser. Und bevor
die Leute erschrecken konnten, verkündete ihnen der alte Kyôt laut,
das müsse der Nachschub sein, den er aus dem Morgenland bestellt
habe; spät kam er, doch zum Feiern zur rechten Zeit.

Da entdeckten sie plötzlich ihren Hunger wieder, den das Ritter-
schauspiel eine Weile gedämpft hatte, und fast ohne Übergang
konnte man ihre Augen wieder hohl werden und ihre Rippen her-
austreten sehen. Aber bevor sie zum Hafen stürzen konnten, schallte
ihnen ein Halt! in die Ohren.

Der Transport muß seine Ordnung haben, rief der Rote Ritter,
sonst verspielt ihr wieder, was ich euch im Zweikampf erworben
habe. Man läuft jetzt nicht zum Hafen, plündert die Schiffe und
riskiert, daß einem der Vorrat unterwegs wieder abgenommen wird!
Also ordnet euch zu einem Zug, an dessen Seiten wohlbewaffnete
Männer schreiten und den ich persönlich anführen will!

Und so geschah, was der Rote Ritter, kein anderer, bewirken
konnte. Als aber der kriegerisch bedeckte Zug bei den Galeeren
ankam, war kein Halten mehr – sie wurden von den Hungerleidern
gestürmt, und die Löschung der Ware sah einer Plünderung mehr als
ähnlich, so daß die braven Kaufleute die Hände über ihrem Turban
zusammenschlugen. Der Rote Ritter nahm sie beiseite, fragte sie
nach dem Preis und erbot sich, den doppelten zu zahlen.

Diesmal übernahmen die Bürger die Verteilung, und bald zog ein
wundersamer Küchendunst durch die engen Gassen der Stadt, und
Bratenfett tropfte vom Rost in die glühenden Kohlen. Das Bier blieb
stehen, denn lieber hielt man sich an den kyprischen Wein und
brauchte ihn nicht zu schonen, es sei denn, man war zur Wache auf
die Zinnen bestellt. Daß diese im Festrausch nicht versäumt werde,
war des Roten Ritters Sorge und Weisheit. Er sah auch zu, daß ein
Vorrat für viele Tage beiseite geschafft wurde und zuverlässig bewacht.

So waren es ganz neue Menschen, die am Abend im Burghof
zusammenströmten. Sie waren satt, und die Zeichen von Rang und
Würde waren ihnen wie von selbst wieder zugewachsen. Die Herrschaft hatte sie geladen, den Sieg weiterzufeiern, doch mit Maßen.
Über den Berg sei man ja noch keineswegs. Der Abzug des Scheneschlants bedeute nicht, daß auch der König von Patrigalt sich mit
diesem Ausgang der Dinge zufriedengebe.

Die Häupter der Bürgerschaft hielten mit ihrem Spott über Herrn
Clâmidê nicht zurück. Der falsche Jüngling werde nach dem Ausfallen des Scheneschlants am Ende seiner Witze sein. Wenn es ernst
gelte, pflege er nämlich durch Abwesenheit zu glänzen. Sie sei das
einzig Glänzende an ihm. Es fielen höhnische Vermutungen über
seine Männlichkeit, die kaum durch die Gegenwart der Königin in
Schranken gehalten wurden. Sie schien ja beschäftigt genug, sich an
ihrem Helden sattzusehen, mit dem sie das Ende der Tafel teilte. Man
glaubte daher nicht, viel zu riskieren, wenn man sich über Herrn
Clâmidê gröblich lustig machte. Es werde ihm eklig sein, konnte
man hören, seinen Urlaub zu unterbrechen, denn im Winter belagere
er fast so ungern wie im Sommer. Eigentlich sei es ihm zum Kämpfen immer zu heiß oder zu kalt, und seine ritterliche Mäßigkeit sei
auf ein hohes Maß von königlichem Komfort angewiesen. Auch im
Minnedienst habe er's lieber etwas komfortabler, um in Ruhe seine
Sonette von ungestilltem Liebesweh dichten zu können. Aber auch
da *lasse* er lieber dichten, als es selbst zu tun. Wenn er nicht Geld und
Gut genug besäße, Schmeichler für ihren Beifall zu bezahlen, wäre er
wirklich ein armer Mann. Auch was ihm bei den Weibern zu seinem
Glück fehle, mache er durch Silberlinge wett. Denn die Jugend, die
er *à la mode* trage, sei fadenscheinig geworden und müsse auch in
Samt und Seide seine Falten durchblicken lassen; wenn nicht überhaupt sein ganzes Minnewesen affektiert sei. Seine wahre Neigung
gehe wohl dahin, einem Stallburschen als Frau zu dienen.

Condwîr âmûrs erhob sich in der Röte des Unmuts. Sie erinnerte
die Herren Bürger daran, daß Gefühle unter allen Umständen Respekt verdienten. Wer Clâmidês spotte, verspotte auch seine Opfer
gleich mit, zum Beispiel Herrn Schenteflûrs, der sich in ihrem Dienst
verblutet habe. Es sei taktlos, den Gegner als Narren und also auch
den Krieg als Posse abzutun.

Der Bürgermeister erhob sich zu einem Trinkspruch. Er pries die
Freude der Untertanen, in der die Herrschaft ihre eigene spiegeln

möge als in einem zinnenen Becher. Am Ende fragte er unumwunden, ob die Königin bereit sei, mit dem Roten Ritter Beilager zu halten.

Ja, sagte Condwîr âmûrs.

Ob sie der Zeugen bedürfe.

Nein, sagte Condwîr âmûrs.

Dann erhob sie sich, nahm Parzivâl bei der Hand und führte ihn hinweg. Die Oheime hatten sich bisher nicht bemerkbar gemacht. Jetzt aber blickte Manpfilyôt zum Turm der Königin, in dem ein Kerzenlicht zu zittern begann, dann noch eins und immer mehr, bis das Fenster von Licht erfüllt in die Nacht leuchtete. Auch Kyôt hatte seine Augen erhoben, doch zur Milchstraße hin, die in endloser Klarheit rieselte; bis sich ein einzelner Stern löste und in lautlosem Bogen fiel, zum Zeichen einer wohlgeratenen Aussaat am Himmel wie auf Erden.

Aber die Sterne sagen nicht nur wahr.

Wir sind wieder da, in der kerzenhellen Kemenate; die Fabel ist wieder dort, wo sie schon war. Aber Parzivâl weiß nichts von der Hochzeit Gahmurets und Herzeloydes. Damals hatte die Frau den Mann heimgeführt, aber nicht nach Hause gebracht. Ihre Liebe war zum Spott geworden an der Unbesiegbarkeit des Fleisches, die Lust zum Hohn auf sie selbst.

Parzivâl wußte nicht, daß alles schon dagewesen war. Auch er hatte eine Burg entsetzt, durch Taten, die fast ein Wunder waren. Auch er hatte, die Erste noch im Herzen, schon die Andere gewonnen, und wie leicht hätte sie allein darum nicht die Rechte sein können. Auch er fand sich an die Hand genommen und geführt, in ein Bett, das im Kerzenlicht schwamm. Er sah es und konnte nicht wissen, was er sah. Und doch verhielt er sich so, als wüßte er, welche Schwelle er überschritt.

Er machte es *anders*. Er tat es dem Vater gleich in starrender Männlichkeit – und tat es ihm so ungleich wie möglich. Er war unerfahren – und verhielt sich wie ein Mann, der Erfahrung hat mit Frauen, und zwar die empfindlichste. Er umarmte Condwîr âmûrs; er schlief bei ihr, aber *mit* ihr schlief er nicht. Nicht in dieser Nacht, und auch nicht in der nächsten. Er hielt seine Erstarrung aus. Und was ihn befähigt hätte, Condwîr âmûrs zu erkennen – dies eben schützte ihn davor, und sie.

Was soll das heißen? Es will heißen, daß sie sich am nächsten Morgen in der Gewißheit erhob, seine Frau geworden zu sein und sich die Frauenhaube überband. So unerfahren war sie, daß sie sich täuschen konnte? So unerfahren war sie nicht. Sie wußte, daß sie seine Frau geworden war. Obwohl er nicht in sie gedrungen war? Deshalb.

Hier waltet ein Geheimnis, und mag es nur immer fort walten; das Geheimnis dieser Ehe. Condwîr âmûrs erfuhr die Zartheit ihres Mannes in seiner Stärke, die er brüderlich gebrauchte. So wurde er *ihr* Mann, bevor er es in der dritten Nacht auch anders wurde. Das erst war eine Hochzeitsnacht, wie die Leute das Wort verstehen – in der Sprache, die sie am besten zu verstehen glauben. Drei Tropfen Blut fielen auf ein weißes Linnen; sichtbar werden müssen sie nicht, noch nicht.

Parzivâl hatte als Rohling begonnen im Zelt am Fluß. Er hatte Frauengunst vom Zaun gebrochen wie das Kind den grünen Apfel vom Baum. Er stahl der Frau den Ring vom Finger und steckte ihn in seinen Sack, nicht anders, als er zuvor den Fisel in die Spalte gesteckt hatte. Er war von heilloser Unschuld gewesen. Das dämmerte ihm im Haus des Grauen Herzens, als er anfing, die fremden Früchte anzusehen, ohne sie zu pflücken. Durch Belehrung hatte die Roheit ihre Unschuld verloren und entschleierte ihm ihr Gesicht; da verhüllte er das seine im Gefühl der Schuld. Es gebe nichts so Abscheuliches wie Dummheit, hatte er den Lehrmann sagen hören. Da er für Lîâze etwas zu fühlen begann, sah er es ein. Mit dem Anfang der Liebe ging ihm die Tiefe seines Mangels auf.

So war er der Frau, die ihn heute in ihre Kammer führte, mehr schuldig als eine ungelernte Liebe. Es war ihm teuer geworden, das Lachen einer Frau; und jetzt wollte er es verdienen, eben weil es eine Gnade ist. Er hatte den Scheneschlant zu diesem Lachen zurückgeschickt, nach Nantes zu Frau Cunnewâre. Jetzt nahm er ihn selbst, diesen Weg, zu derjenigen, die seine Frau werden wollte. Die Schuld des Frauenlachens wog schwerer in seiner Seele als der Totschlag am Roten Ritter, in den er sich verwandelt hatte, um zu büßen. Nun zahlte er die Schuld an Jeschûte in der ersten Nacht, an Lîâze in der zweiten, er zahlte sie der dritten Frau. Und so war sie die Seine, bevor sie es auch dem Fleische nach wurde, in der dritten Nacht.

Er durchdrang das Rätsel, das ihm in einem verwandten Frauenbild begegnet war, dem: Sigûnes mit ihrem Toten auf dem Schoß. Er selbst mußte es werden, dieses Paar, in der ersten Nacht, und abermals in der zweiten; auch das Versäumnis wollte geschmeckt sein bis an sein bitteres Ende; davon wurde es endlich süß. In diesen zwei Nächten, in denen Parzivâl Condwîr âmûrs umfing, ohne in sie zu dringen, zahlte er zum ersten Mal für Schulden und Schuld. Und nahm auch, ihm selbst nicht bewußt, das Geheimnis seiner Eltern mit. Er machte die Liebe erfüllbar, deren Frucht er war. Er wurde mit sich selbst verwandt in diesen drei Nächten; und so wurde er es mit seiner Frau. Sie durfte ihm Schwester und Mutter geworden sein, bevor sie die Einzige wurde: seine Frau. Bevor er sie dazu machte, war sie in seinen Armen ein Mensch. Sie war eins mit ihm, bevor sie es wurde. Das Glück wurde möglich, weil so viel Unglück wirklich gewesen war.

Er lag mit ihr »wie tot«, doch als Lebendiger, in der Freiheit guten Willens. Am Fleisch gebrach es ihm nicht. Aber das Fleisch lernte die Vorsicht, die dem Menschen so nötig ist wie die Leidenschaft. So wurde es gut mit ihnen, Frau und Mann. Sie hielten einander wie ein Versprechen.

NOCH EIN SIEG
WORIN EIN ABGEWIESENER BEWERBER
NOCH EINMAL SEIN GLÜCK VERSUCHT

Der unglückselige Herr Clâmidê! Wohl drei Jahre hatte er diese
Jungfrau, und mit ihr die Hauptstadt belagert. Packen konnte er sie
zwar nicht, doch als er sie von der Zufuhr abgeschnitten hatte, nahm
ihre Entkräftung zu und erreichte einen Grad, den Herr Clâmidê
kaum noch mitansehen konnte; denn er war, schimpflichen Nachreden zum Trotz, ein Mann von Zartgefühl. So wandte er sich ab und
ließ seinen Scheneschlant auf dem Platz, einen zuverlässigen Mann
und außerdem robust genug, das elende Werk sich vollenden zu
lassen. Er hatte ihm das Versprechen abgenommen, Pelrapeire so
weit zu schonen, als der Starrsinn seiner Herrin irgend erlaubte,
dieser selbst nicht nahezutreten und den Bräutigam eilends zu rufen,
wenn die Tore sich geöffnet hätten, um ihm den Vortritt zu lassen.
Herr Clâmidê erlaubte sich die Hoffnung, sein Anblick werde die
Dame nicht nur mit erlittener Drangsal versöhnen, sondern auch mit
seiner Person. So wartete er auf den reitenden Boten seines Scheneschlants, erwartete ihn tagtäglich in dem Lager, das er unweit in
einer Meeresbucht aufgeschlagen hatte.

Der Bote kam und hatte ganz anderes zu melden. Der Scheneschlant lasse sich entschuldigen. Er habe nach der Bretagne verreiten
müssen.

König Clâmidê glaubte nicht recht zu hören. – Was will er in der
Bretagne? fragte er.

Sicherheit bieten, sagte der Bote, er keuchte heftig, obwohl sein
Pferd für ihn gelaufen war.

Sicherheit? fragte Herr Clâmidê. – Wofür? und wem?

Einer Dame, die über den Roten Ritter gelacht hat.

Der Rote Ritter? Wer soll das wieder sein?

Das ist der, der den Scheneschlant besiegt hat, sagte der Reitende
Bote.

Das Erbleichen des Herrn zeigte, er begann zu begreifen.

Besiegt? fragte er. – In ritterlichem Kampf?

Leider, Herr. Mit einem Streich.

Nein! rief Herr Clâmidê. – Er hat mir das Fräulein versprochen!

Ja, sagte der Bote, aber dann kam der Rote Ritter dazwischen. Und der hat sie jetzt.

Die Stadt? fragte Herr Clâmidê.

Die Dame auch, sagte der Bote.

Und was tut die Belagerung? fragte der König nach einer Weile mit blassen Lippen.

Ritterlich aufgehoben, sagte der Unglücksbote. – Euer Heer ist auf halbem Weg stehen geblieben. Es traut sich nicht, Euch unter die Augen zu treten. Ich bin der einzige, der es wagen mußte. Straft mich nicht dafür!

Daran hatte Herr Clâmidê auch nicht gedacht. Seine Erschütterung hatte ihn nicht jähzornig gemacht, sondern zartfühlend, fast andächtig. Er war einer der reichsten Fürsten der Kristenheit und hatte vor ein paar Tagen Zuzug erhalten, ein ganzes Heer aus der Uckermark, Söldner auf massigen Pferden; bezahlt waren sie auch schon. Er hatte sie in der Meeresbucht zurückgehalten, denn er wollte sich nicht nachsagen lassen, seine Übermacht sei erdrückend gewesen. Und nun dies! Und das Schönste war: etwas in ihm hatte es immer gewußt. Er war ein Ritter, also nicht für sein Glück bestimmt.

Ich brauche Rat, flüsterte er.

Sie waren ja schon zur Stelle, seine Vasallen, und verstummten vor seinem Schmerz. Und diesem Luft zu machen, war er ihnen nun doch schuldig.

Nein und aber nein! sagte der König mit gepreßter Stimme. – Condwîr âmûrs will mich haben und keinen andern! Sie will auch belagert sein, das versteht sich; und keiner wird sagen können, ich hätte ihren Dienst nicht auf die Spitze getrieben. Nun war sie schon so gut wie gewonnen! Kingrûn, mein Scheneschlant, hat mir dafür sein Wort verpfändet. Und nun verpfändet er's einem andern und reitet in die Bretagne! Er heißt mein Heer zurücktreten, was zwar ritterlich ist, doch schauderhaft. Condwîr âmûrs war drauf und dran, mir ihre Liebe zu schenken! Alles deutete darauf, daß sie ausreichend belagert war. Die Stunde ihrer Übergabe war nahe herangekommen. Und jetzt so etwas, und mir!

Herr König, sagte der ältere Mann, der sich erhoben hatte, und jetzt auch seine Stimme – ich muß Euch raten, daß Ihr die Dinge solider betrachtet. Euer Scheneschlant ist eine Seele von Mann, doch ein Ritter der alten Schule. Über einen Zweikampf geht ihm nichts. Er meint, den Finger Gottes darin zu erkennen. Diese Ansicht ist

edel, aber überholt. Sie schickt sich nicht mehr für eine moderne
Belagerung. Daher muß ich raten, daß wir fachmännischer zu Werke
gehen und Eure Dame mit stärkeren Mitteln rühren.

Wo mit Ehrenwörtern kein Durchkommen ist, da müssen Maschinen her. Wir bauen einen Turm, den wir auf Räder setzen, und fahren ihn gegen die Mauern; er muß ebenso hoch sein oder gar höher,
dann sind wir mit einem Sprung hinüber. Wir wollen es auch an einer
Mange nicht fehlen lassen, das ist ein Löffel, so groß wie ein Bade-
zuber aus Eisen. Der muß mit einer Riesenarmbrust nur richtig gespannt sein, dann schnellt er Euch die gröbsten Steine in die Stadt.
Sturmböcke sind erprobt gegen die festesten Tore, und Onager, will
sagen: mechanische Widder, holen Euch die ganze Zinne herunter!
Mit Bliden, Biffen und Triböcken haben wir das Heilige Land gewonnen, mitsamt Joppe und Jaffe; da müßte es mit dem Teufel zugehen, wenn es uns bei Eurer Jungfrau nicht auch gelingen sollte.
Denn Maschinen sind eine Sprache, die heute jeder versteht. Wir
haben auch griechisches Feuer, das gegen Wehrgänge Wunder wirkt –

Herr Clâmidê musterte den Ratgeber halb erschrocken, halb bewundernd.

Sie mag wohl gut gemeint sein, die Sprache Eurer Maschinen,
sagte er, und auch wirksam. Aber ist es die Sprache der Minne? Ich
habe durch die Art meiner Kriegsführung immer etwa durchblicken
lassen, *wofür* ich kämpfe. Es sollte eine Art haben. Haben diese
Maschinen eine Art? Ich frage Euch, Graf Galogandres, Herzog von
Gippones!

Ja, sagte der, eine unverblümte. Ihr habt gesehen, wo die ver-
blümte Art hinführt. Euer Scheneschlant braucht nur einen schlechten Tag zu haben, und schon kommt der erste Beste und schnappt
Euch die Frau weg.

Dem König verzog es den Mund. Dann sagte er leise: Kennt einer
diesen Roten Ritter?

Ja, sagte ein anderer, Der von Nârant: das ist ein Herr Ithêr aus
Kukûmerland. Er hat sich bekannt gemacht durch seinen Putz, er
trägt nur Rotes. Als Ritter ist er keine große Nummer, wenn Ihr
mich fragt, außer in Frauenbetten.

Außer in Frauenbetten? fragte der König erblassend. – Ich habe
Euch nicht gefragt, aber da Ihr schon redet: das soll Der sein, der sie
jetzt hat?

Sie will ihn auch, sagte der Bote, nach allem, was man hört.

Der soll es nicht sein! rief Herr Clâmidê. – Wie kommt es nur, daß er den Scheneschlant geschlagen hat? Und mit Einem Streich?

Mit Einem Streich, sagte Der von Nârant, das kann nur ein verfluchter Zufall gewesen sein. Gegen Kingrûns zweite und dritte Streiche ist noch nie ein Kraut gewachsen gewesen. Der von Kukûmerland ist ein Blender, dafür dient ihm der rote Putz. Nach dem ersten Schrecken hat man leichtes Spiel.

Ihr sprecht aus Erfahrung? fragte König Clâmidê.

Damiette! sagte Der von Nârant in militärischer Kürze. – Wir verstachen ein paar Lanzen, hatten eben nichts Ernsthafteres zu tun. Er ist mir jedesmal geflogen. War Knappe eines Herrn aus hohem Haus mit Namen Trevrizent, der ein Heiliger geworden ist. Damals war er noch fidel.

Sie haben also nur diesen Roten Ritter, sagte Clâmidê nach einer Weile, und der hatte auch noch Glück. Was würde die Kristenheit sagen, wenn wir gegen Einen Mann so viel Teufelswerk auffahren lassen? Es ist nicht *fair!*

Wenn Kristenheit und *fairnesse* Eure ganze Sorge sind, antwortete der Herzog Galogandres, dann rate ich, schickt Eure Heere heim und fahrt fort, Euch in Sehnsucht zu verzehren.

Herr Clâmidê, empfindlich in jeder Hinsicht, war es auch für Hohn. Er schürzte die Lippen und verfügte, daß das Eine zu tun sei, das Andere nicht ganz zu lassen. Zuerst werde man eine Belagerung veranstalten, eine solide diesmal, und die Mauern maschinenmäßig berennen und brechen. Dann werde er, Clâmidê, den Roten Ritter zum Zweikampf fordern, das heißt, wenn der noch am Leben sei.

Dagegen können wir allerhand tun! sagte der Herr von Gippones.

Und so brachen sie auf, mitsamt den Söldnern aus der Uckermark, die noch frisch und auch schon bezahlt waren, um Pelrapeire gründlicher einzuschließen, mit einem dreifachen Ring, so daß für Schinken und Schulterstücke diesmal kein Durchkommen mehr war. Die Belagerer schlugen den Wald, der ihnen früher zum Versteck gedient, Stamm für Stamm, und ließen nur Herrn Clâmidê zuliebe ein paar Schattenspender stehen. Denn da gab es Wunder zu sehen. Der Wald verwandelte sich unter der Hand in Kunstwerke und Maschinen, vornehmlich einen Turm aus Holz, auf Räder gestellt und bereit, an das hochgebaute Pelrapeire herangezogen zu werden, und zwar von allen Pferden aus der Uckermark; die mußte man durch Parapets decken, tragbare Wände, gewunden aus Weide. Die Herren hatten

Muße genug, vor Wällen und Vorwerken spazierenzureiten und der
Bürger zu spotten, die sie besetzt hielten. Denn nach Rittern sahen
sie nicht aus, und der Eine, den es angeblich gab,

    ließ sich nicht blicken. Der verlag sich wohl. Man würde ihn bald
wecken!

Was Kingrûn betrifft, sähe es der Fabel ähnlich, wenn sie den schweren Huftritt des Scheneschlants sang- und klanglos verhallen ließe,
ohne nachzufragen, nachzusorgen.

    Dabei kann man ihn fluchen und, bei der Länge des Wegs, schließ-
lich nur noch stöhnen hören. Man kann ihn auch traben sehen,
Schritt für Schritt, bis in die Bretagne, um dort beim König Artûs
vorzusprechen. Melden Wir respektvoll, daß er es tat, getreu seinem
altmodischen Ehrbegriff. Den Roten Ritter hatte eine traurige Minne
auf dem selben Weg bis zur Bewußtlosigkeit beflügelt; der Scheneschlant aber ging ihn umgekehrt und mit der Last seiner Trübsal.
Ihn beflügelte nichts weiter als seine Dienstauffassung. Aber auch sie
trug ihn auf dem schweren Belgier bis ins fliegende Lager des Maienkönigs, die Pfalz aus Zelten, die hinweht, wo sie will. Vorübergehend
gefiel es ihr, sich zu Brizljân im Jagdschloß Karminâl niederzulassen,
das keineswegs am Wege liegt.

    Der graue Mann kniete öffentlich vor einer Dame, die er noch nie
gesehen hatte und auf deren Lachen er gefaßt sein mußte; ohne dieses Lachen hätte er sie ja nicht einmal erkannt. Er mußte ihr seinen
Dienst anbieten, damit sie ihn davon ledig spreche, nicht aber, bevor
sie, und die ganze leichte Welt des Königs Artûs, den Grund vernommen hatte: der Rote Ritter sende ihn, Kingrûn, nachdem er ihn
leider gründlich gelegt habe. Der Rote Ritter sei es, der ihn, den
Grauen, Frau Cunnewâre anliefere dafür, daß sie seinetwegen, nämlich des Roten Ritters wegen, unrechtmäßig gezüchtigt worden sei.

    Sie spitzten die Ohren, während die des Hofmarschalls Keie rot
wurden. Der Dienstmann mußte die Nebenwirkung seiner Dienst-
fahrt erleben, die er hatte kommen sehen: daß sie nichts Besseres
bezwecke als die Demütigung eines Kumpans. Der hieß hier Seneschall; der Scheneschlant erkannte in ihm das verwandte Los des
unbedankten Dieners. Daß er das Bittere noch weiter verbittern
mußte, tat ihm in der Seele weh und machte seine Ohren rot.

    Herr Keie zeigte, daß er seinen Humor nicht verloren hatte.
Nachdem die Dame dem Dienstfreund das Leben geschenkt hatte –
natürlich lachte sie wieder –, nahm er ihn beiseite und sagte:

Was soll's, du und ich haben die Herrschaften ja doch in der Hand! Wo kämen sie ohne Küche hin? Ich weiß für Frau Cunnewâre etwas Besseres als Ehre: wir backen ihr ein paar Krapfen, die ißt sie fürs Leben gern und wird auch schön dick davon! Und sollten sie versalzen sein, wird sie daran auch nicht sterben!

Der Rote Ritter aber gab am Hofe viel zu reden und einiges zu denken, vor allem Frau Ginovêr.

Damit aber sei der Treue des Scheneschlants auch genug getan, denn im südlichen Pelrapeire fängt es an, ernst zu gelten.

Ein Ruck war durch die Stadt gegangen, eine unerhörte Straffung. Den Hungerleidern war ja nicht nur der Bauch gefüllt, sondern auch ein Rückgrat eingezogen worden. Jetzt fühlten sie sich steif genug, es den überflüssigen Brautwerbern einzutränken. Man wollte sie auf die Köpfe schlagen und ihrem Übermut heimzünden.

Für das Eintränken konnte man sich auf das bewährte Pech verlassen, das man in großen Mengen vorkochte. Was das Heimzünden betraf, so hatten die Kaufsegler aus Aleppo – sie ankerten immer noch draußen, in Zuschauerdistanz – auch Griechisches Feuer geladen, diesen Zünd- und Brennstoff ganz neuer Güte, einen gräßlichen Phosphorus, der sich gar nicht mehr löschen läßt, bis er den Feind verzehrt hat. Und auch für die blutigen Köpfe war vorgesorgt. Man hatte den Rückzug des Feindes schon früher zum Holzschlagen genützt und die kräftigsten Stämme mit eisernen Dornen gespickt. Wurden sie an Hebekränen über die Mauer gelassen und geschwenkt, so fand sich der Feind reihenweise vom Pferd geschoren und zur Hölle gefegt.

Manpfilyôt war es, der kürzere Oheim, in Kreuzzügen erprobt, der sie anleitete beim Bau der Maschinen und unterwies in ihrem Gebrauch. Der Burggraf, Einer von Marcks, ein gedrungener Mensch mit gelbem Gesicht, vergaß seine Gallenkrämpfe und besann sich ebenfalls auf lange Kriegserfahrung, die ihm in der Hungerzeit abhanden gekommen war. Doch jetzt ermächtigte sie ihn, die Bürger zu mustern, zu schleifen und zu tummeln. Jeder freie Platz, auch der Vorhof zur Burg, war zum Exerzierplatz geworden, auf dem die Kommandi erschallten. Die Sattler, Barbiere und Goldschmiede lernten ihre Waffen zu halten, zu führen und wohl zu gebrauchen. Sie übten den scheinbaren Angriff und den versteckten, und wie man den Feind in eine Falle lockt, einschließt und nieder-

macht. Sie zogen sich zurück, um mit unverhoffter Stärke vorzuprel-
len. Sie schwenkten aus und brachen nach links oder rechts, immer
in guter Ordnung.

Um die Begeisterung anzufachen, ging in der Stadt ein wandern-
der Scholar herum und half ihr mit zündenden Worten auf die
Sprünge. Er hieß Scotus Lucera, nach seinem schottischen Vater und
einer sarazenischen Mutter, und ließ die Ärmel seiner Kutte fliegen,
wenn er die Leute aufputschte, bis ihnen das Blut kochte. »Total«
war sein zweites Wort; man hatte es noch nie gehört, aber in seinem
schäumenden Mund verstand es sich plötzlich von selbst. Die Herren waren nicht nur zu kitzeln, sondern total abzutun wie tolle
Hunde, denn etwas Besseres waren sie nicht. Nicht nur die Frechheit
müsse man ihnen austreiben, auch das Eingeweide ausleeren, und
zwar total! Man würde ihnen das Wiederkommen verderben, und
Leib und Seele damit. Und den Aasgeiern, die dem Schlachtfest ent-
kämen, werde man bis in die Nester nachsteigen, um sie auszuräu-
chern, total!

Seit Hunger und Entbehrung von ihnen abgefallen waren, hatten
sie wieder Gesichter, die Leute von Pelrapeire. Wenn der Rote Ritter
durch die Gassen ging, erschrak er fast über die Hitze, die ihm entgegenschlug. Diesmal müsse man sie nur machen lassen, drohte
selbst der Bürgermeister. Der Mann hieß Petri Kettenfeier, wurde
aber Peppo Podestà genannt; und der Rote Ritter erkannte den
Schatten kaum wieder, der ihn vor wenigen Tagen, von Wand zu
Wand tastend, zur Burg emporgeleitet hatte. Ein paar Mahlzeiten
hatten seinen dünnen Hals zur satten Kriegsgurgel schwellen lassen.
Sie hatten viel gelitten. Jetzt wollten sie auch leiden lassen und Blut
sehen.

Am Tag zuvor hatte Parzivâl Einen von Marcks, den Burggrafen,
mit dreißig Mann im Mauergraben gesehen; die wies er an, mit der
Armbrust auf die Scheibe zu schießen. Der Rote Ritter ließ sich die
Waffe erläutern, setzte sie an die Wange, und es war zum Staunen,
wie sicher er traf. Die Bolzen, einer nach dem andern, schossen ins
Ziel, als ob sie dorthin gezogen würden. Dann holten sie eine Puppe,
die sie, um den Ernstfall zu üben, in einen Harnisch gesteckt hatten.
Und auf das Menschenbild schossen sie mit noch größerer Lust.
Parzivâl aber traf nicht mehr.

Die Armbrüste gefielen ihm gar nicht, äußerte der Rote Ritter im
Kronrat. Sie seien ja das Ende der Ritterschaft! Mit ihnen beginne

das Zeitalter der Strauchdiebe und Heckenschützen. Der schlechte Mann töte den Besten aus dem Hinterhalt!

Der Podestà erwiderte trocken, die Waffe sei einmal da, also müsse man sie haben und beherrschen.

Nach dem Ende des Kriegsrats nahm der gedrungene Oheim den Roten Ritter beiseite.

Wer zu hoch denkt von den Menschen, sagte der Alte, den schätzen sie gering und haben recht. Sie sind Wölfe, das ist ihre Natur. Sie ist bestialisch und wird es noch mehr, wenn man ihnen gefällig ist. Wonach heulen sie? Nach der Gnade der starken Hand. Wer den Tiger nicht reiten kann, den reißt er in Stücke.

Eure Bilder sind grausam, Oheim, sagte Parzivâl. – Man sollte nicht denken, daß Ihr von Menschen redet.

Ich rede von Menschen, sagte Herr Manpfilyôt, darum sind die Bilder grausam, denn die Wahrheit ist es auch. Und keiner kann sie beugen, der sie nicht erträgt. Du willst ein artiger Herr der Wölfe sein, dafür werden sie dich zerreißen. Du mußt beim Reißen der Erste sein.

Kundry, sagte Parzivâl, er hatte nun einen kurzen Namen für sie gefunden –: Kundry, deine Oheime machen mir Angst.

Sie lächelte. – Manpfilyôt ist ein empfindlicher Mann, sagt sie, darum tut es ihm wohl, rauh zu sprechen. Daran mußt du dich gewöhnen, Friedel; ich habe sonderbare Ratgeber, das ist gut. Alle Seiten der Wahrheit kann man nur sehen, wenn sie scharf beleuchtet sind. Onkel Kyôt möchte am liebsten alle Bäcker und Kesselschmiede in Luft auflösen und nur die Sterne regieren lassen. Dafür redet Scotus so, als wolle er alle Adligen fressen, am liebsten noch vor dem Frühstück.

Du siehst die Stärke der Leute an, sagte Parzivâl. – Ich aber fürchte mich vor ihren Schwächen. Und die Worte, die sie reden, kommen mir manchmal leibhaftiger vor als sie selbst.

Sie haben ja auch nicht viel Leib, Kyôt und der Scholar, sagte Condwîr âmûrs, das ist bei dir ganz anders und schöner. Dir gerät alles zur schönen Gestalt, darum scheust du vor der häßlichen, wie das Pferd vor der Schlange. So viel habe ich gelernt, daß man Wörter nie abseits der Menschen wägen soll, die sie in den Mund nehmen. Und dann sind sie nur noch halb so schwer und meinen fast immer etwas Anderes. Außerdem verstehen sie sich ganz gut, die entgegengesetzten Scharfredner.

Ja, Kundry, sagte er, auch das tut mir weh. Denn was will es bedeuten, daß es auf eins hinauskommt, ob einer heiß bläst oder kalt? Es ist doch das Ende der Welt.

Ach, Roter Ritter, sagte sie, es ist nicht eingetreten, sondern du, und du siehst wie ein schöner Anfang aus.

Kundry, sagte er, ich bin ein Mörder, und meine Rüstung habe ich gestohlen. Ich habe einer Frau Gewalt getan und wußte es nicht einmal.

Das sieht dir gleich, sagte sie heiter. – Du weißt nicht, daß du unwiderstehlich bist. Du weißt es nicht einmal in diesem Augenblick. Wie wäre es, Ungeheuer, wenn du mich dafür liebtest, daß ich dich liebe?

Wer ist »der Fürst«, Kundry? fragte er und sah sie forschend an. Wer soll das sein? fragte sie. – *Du* bist der Fürst!

Nein, sagte er, sie reden in meiner Anwesenheit von ihm, als müßte ihn jeder kennen, und als wäre er der wahre Fürst der Welt. Auch dein Oheim Kyôt redet von ihm als dem Engel des Abgrunds.

Dann ist es Lähelîn, sagte sie, mein Lehensmann.

Lähelîn? fragte er. – Kundry, das ist mir nicht geheuer. Mein Lehensmann ist er auch, und mein Land liegt weit weg.

Ich glaube, er hat viel zu Lehen, und in manchem Land, sagte sie leichthin. – Ich bin auch recht froh, daß er das meine versieht, während wir hier Krieg führen müssen, denn er ist kundig und hält das Seine zusammen.

In der Tat, sagte Parzivâl, das fürchte ich auch, daß er das Seine zusammenhält. Wenn er aber dein Lehensmann ist, wie kommt es, daß wir von seinem Zuzug nichts bemerken?

Er wird andere Sorgen haben als Krieg, sagte sie, dafür wollen wir ihn nicht tadeln, und ich wundere mich über deine. Komm lieber ein wenig zu mir.

Und sie faßte in sein langes Haar.

Verzeiht, sagte Parzivâl, ich denke.

Condwîr âmûrs sagte: Denken *und* küssen ist nicht zu viel verlangt.

Ich bin dumm, Frau, erwiderte er, Lähelîn liegt mir schwer auf der Seele. – Meine Mutter hat ihn einen Teufel genannt. Er hat ihr zwei Reiche gestohlen, Wâleis und Norgâls, und Anschouwe hat er auch zu Lehen. Er denkt nicht daran, mir etwas zurückzuerstatten, geschweige denn, daß er sich aufgemacht hätte, mir zu huldigen.

Condwîr âmûrs hatte Mühe, ihren Ernst zu wahren, als sie ihn von »huldigen« reden hörte; so drollig war er ihr lange nicht erschienen.

Wenn du uns von Herrn Clâmidê befreit hast, werden wir uns vereint um den Fürsten und seine Huldigung kümmern, sagte sie.

Und nackt, wie sie war, drehte sie sich von ihm weg auf den Bauch und drückte ihren Kopf in die verschränkten Arme. Er sah das Haar auf ihrem lang gedehnten Nacken, wie es sich zur Spur verdünnte, und zwischen ihren Schenkeln das Ende einer dunklen Locke.

Doch als Parzivâl die Frau umfing, tauchte ein Bild vor seinen Augen auf, der tote Hund hing auf der Hündin und ließ die Vorderläufe baumeln und den Kopf hängen mit verglasten Augen. –

Verzeiht! murmelte er. Aber sie antwortete nicht, und ihr Atem ging so ruhig, als schliefe sie schon.

Wenn König Clâmidê und seine frischen Söldner aus der Uckermark geglaubt hatten, die Stadt mit ihren Maschinen im Handumdrehen zu nehmen, so wurden sie eines Anderen belehrt.

Als die Kunstburg, die Ebenhöhe auf Rädern, ihrem Namen getreu auf die Höhe der Mauerzinne anrollte, mit sturmbereiten Reisigen besetzt: da wurde sie mit so viel Griechischem Feuer empfangen, daß sie verbrannte mit Mann und Maus. Der Sturm der Soldritter, die mit Blide und Onager von der Bergseite her anrannten, endete in einem nicht geringeren Fiasko. Die Bürger ließen ihren Stachelbalken niederschweben und Roß und Reiter um die Köpfe tanzen, daß der Tod mit Fiedeln kaum nachkam. Die Arkebusiere und Armbruster schossen aus allen Ritzen und bewiesen, daß sie nicht umsonst geübt hatten. Kurzum, die Bürger lieferten ihren Belagerern einen herzlosen Krieg. Sie brachen aus den Toren, wo und wann es ihnen paßte, preschten durch die feindlichen Linien, wollten von »Sicherheit« nichts hören, und stachen durch die Schlitze der Panzerhemden zu, daß Gott erbarm. Man konnte sich für diese Leute nur schämen, vorausgesetzt, man war ihnen noch einmal entkommen.

Wo blieb der Rote Ritter? In seiner Nähe wagte das ganz Abscheuliche nicht zu geschehen. Er verbot es mit heller Stimme. Überall aber konnte er nicht sein, auch wenn die Beweglichkeit des Fuchses seine Gegenwart vervielfachte. Immerhin, als er Lipps, den tobsüchtigen Bader, scharf ansah, nahm der die nächsten 20 Ritter gefangen, statt sie abzustechen.

Herr Clâmidê warf immer neue Kräfte zwischen sich und den

Roten Ritter, damit er zuerst an jenen sein Schwert verwetze. Plötzlich aber fühlte er ihn im Rücken und entkam ihm nur mit genauester
Not, unter Preisgabe der Fahne, auf der eine Eule Schwert und Gänsekiel hielt, zum Zeichen wehrhafter Feinheit. Als ihm seine Ratgeber und alle Trompetenbläser bis auf einen gesunken waren, ließ er
diesen Retraite blasen. Das ehemals stolze Heer mußte den letzten
Mann zusammenraffen, um den Rückzug zu decken. Die Maschinen
brannten lichterloh. Nur der Einbruch der Nacht ersparte Herrn
Clâmidê das gänzliche Verderben.

Nach drei Tagen sandte Pelrapeire die 30 gefangenen Ritter, auch
Den von Nârant, Herrn Clâmidê zurück. Die Herren wußten vom
üppigen Zustand der Belagerten Wunder zu berichten. Die Freige-
lassenen verschmähten gar den Wein, den ihnen Herr Clâmidê zur
Begrüßung bot. In der Gefangenschaft hätten sie besseren getrunken. Sie berichteten, der Feind habe wohl für ein Jahr gut zu leben
und wäre imstande, die Belagerer mitzuverkösten. Die Belagerung
wurde in ihrem dünnen Wald zum Spott.

König Clâmidê seufzte. Jetzt blieb nur noch ein Mittel, die Ehre
zu retten. So forderte er durch einen Boten den Roter Ritter, die
Verzweiflung den Hohen Mut, zum persönlichen Zweikampf heraus.

Nach alter Rittersitte bedeutet ein Zweikampf der Feldherren
Waffenstillstand für die Heere. Herrn Clâmidê fiel es leicht, seine
Männer zum Zuschauen zu bewegen. Die Pelrapeirer aber hatten
Geschmack gefunden am fröhlichen Ritterlegen. Es widerstrebte ihnen von Herzen, das Los ihrer Stadt, das sie in ihren tüchtigen Händen schon sicher glaubten, wieder in diejenigen eines einzelnen Mannes zu legen. Es bedurfte Herrn Manpfilyôts ganzer Überredungs-
kunst, ihnen den Zweikampf wenigstens als Spektakel schmackhaft
zu machen.

Aufsehenerregend trat Herr Clâmidê schon an, das war er seiner
verlorenen Sache schuldig. Der weiße Kastilier Guverjorz war über
dem Panzerschutz ganz mit blauem Samt belegt. Das Pferd war ein
Geschenk und so edel, daß ein ganzes Heer von Söldnern es über den
Uckersee hergeleitet hatte; diese freilich mußten bezahlt werden und
hatten doch nicht geholfen.

Die Königin selbst hatte ihren Ritter rot geputzt und sogar ein
Rotkehlchen auf seinen Lanzenwimpel gestickt; den schwenkte er
nun gegen Herrn Clâmidê. Der König von Patrigalt trug sich blau
und weiß, und auf seinem Helm nickte ein Büschel Reiherfedern. Sie

hüpften auch auf dem Kopf von Guverjorz, als er den Fuchs an-
rannte, der vor Wappen- und Deckenrot kaum noch zu sehen war.
Die Lanzen splitterten zugleich, obwohl der Rote den Blauweißen
fast stehend erwartet hatte. Nun mußten sie wenden und die Schwerter reden lassen. Die Verzweiflung Clâmidês führte das ihre so hartnäckig, daß der hohe Mut Parzivâls immer wieder wie Übermut
erscheinen konnte, der sich Blößen gab und sie fast zu spät bedeckte.
Man konnte Herrn Clâmidê »Condwîr âmûrs!« schreien hören,
während der Rote Ritter schwieg. Sein Fuchs war der Erste, der
unter den Schlägen einknickte; der Blauweiße aber fand sich mit
bloßer Faust aus dem Sattel gehoben. So setzten sie das Walken auf
eigenen Beinen fort. Jeder hatte den Schild gerettet, so daß zunächst
dieser in Stücke gehauen werden mußten, bevor die Helme anfangen
konnten zu dröhnen.

Und hier gewann nun doch der Leichtsinn Oberhand über die
Verzweiflung. Herr Clâmidê schrie, die Steinschleuderer möchten
gefälligst aus dem Spiel bleiben, so sei es nicht abgemacht! Da hielt
ihm der Rote die eiserne Faust unter die Nase: Hier ist deine Stein-
schleuder! lachte er, ohne die hättest du deinen Frieden!

Sie duzten sich in der Hitze des Gefechtes und erkannten darin
gewissermaßen ihre Verwandtschaft an. Allmählich wurde der
Kampf für die Verzweiflung zuviel, und man konnte zusehen, wie sie
sich erschöpfte. Noch ein Donnerschlag auf den blauweißen Helm,
dessen Reiherschmuck längst zerstoben war: und es war getan. Herr
Clâmidê lag hingestreckt und blutete aus Ohren und Nase ins zer-
tretene Gras.

Der Todesstreich folgte nicht. Herr Clâmidê begann zu reden,
und es geht nicht an, einem Menschen sein letztes Wort abzuschnei-
den, vor allem wenn es klingt wie »Condwîr âmûrs«.

Condwîr âmûrs, sagte Clâmidê leise. – Warum mußte ich so verrückt sein, dich zu lieben? Warum konntest du nicht ebenso verrückt
sein? Ich bin nicht der Größte. Aber hätte nicht ein Wunder geschehen können? Ich hätte dir den Himmel auf Erden bereitet. Denn ich
weiß, was die Hölle ist!

Der Rote Ritter sah in ein Gesicht, das grau geworden war wie
Lehm, von dem Adam, der Mensch, genommen ist. Er sah die Furchen um Mund und Nase; das Fleisch am Hals war nicht mehr straff,
schwer lagen die Augen in ihren Beuteln. Das fiel von selbst dahin; es
war nicht allzu dringend, daß man ihm nachhalf mit dem Schwert.

Willst du leben? fragte der Rote Ritter.

Der Mann zu seinen Füßen war zum Armen Ritter geworden; der Rote Ritter stand in seiner Stärke vor einem Schwachen und durfte sich nicht bitten lassen. Aber Herr Clâmidê bat auch nicht, nicht um sein Leben. Er sagte:

Töte mich.

Leben kannst du wohl gar nicht? fragte der Rote Ritter.

Nicht ohne Condwîr âmûrs.

Das verstehe ich, sagte Parzivâl.

Dein Verständnis hast du geschenkt, sagte Clâmidê, du hast die Frau, das muß dir reichen.

Ja, sagte der Rote Ritter, mir reicht's. Und du stehst jetzt auf.

Wozu? fragte Herr Clâmidê.

Das will ich dir sagen, antwortete der Rote Ritter. – Ihr wolltet Euer Leben einer Frau schenken, nun bestimme ich, welcher. Zu der geht Ihr und bittet es von ihr zurück. Dann ist es Euch wieder etwas wert. Sie heißt Lîâze und ist die Tochter des Grafen Gurnemanz von Grâharz.

Nein, sagte der Blutende zu seinen Füßen. – Erspart mir diesen Gang, und ihr auch. Ich traf ihren Bruder Schenteflûrs.

Euer Scheneschlant hat das Gleiche gesagt, antwortete der Rote Ritter unmutig. – Schenteflûrs muß etwas Besonderes gewesen sein, daß ihr ihn alle erschlagen haben wollt.

Jetzt seid Ihr mit Schlagen dran, sagte der arme Ritter.

Das könnte Euch so passen, sagte der Rote. – Gut, dann sende ich Euch auf den gleichen Weg wie den andern. Reitet zum König Artûs und entbietet ihm meinen Gruß. Unterwerft Euch der Jungfrau, die ich Euch hiermit bezeichne: sie hat mich angelacht und ist dafür gezüchtigt worden. Vertretet mich bei ihr, und erfüllt ihr jeden Wunsch.

Die Schwertspitze des Roten Ritters deutete noch immer auf den Hals des Blauweißen. Diesmal schwiegen die Zuschauer auf beiden Seiten so tief, daß die Gegner ihre Stimme dämpften.

In Gottes Namen, sagte Herr Clâmidê. – Hattet Ihr etwas mit ihr?

Ja, sagte der Rote Ritter, ein Lachen. Ich kenne nicht einmal ihren Namen.

Romantisch, sagte Clâmidê mit verdrossenem Respekt. – Sagt mir nur noch eins. Wie habe ich gekämpft?

Passabel, sagte der Rote Ritter. – Wie sich's gehört für Condwîr âmûrs.

Das muß mir wohl genügen, sagte Clâmidê. – Mir gelingt alles nur *beinahe*.

Steht auf, sagte der Rote Ritter. – Geht, und zieht Euer Heer zurück, aber nicht nur beinahe.

Muß es beschworen sein, daß Herr Clâmidê, auf sein Ehrenwort, den Weg zu König Artûs unter die Hufe nahm? Die Fabel meldet's mit wohlwollender Vorfreude. Sie hält für ihn eine Überraschung bereit.

MÄSSIGUNG EINES LANDES
WAS PARZIVÂL AUS SEINER HERRSCHAFT MACHT,
UND SIE AUS IHM

Nun hätte der neue Herr von Pelrapeire anfangen können zu herrschen, doch gab es zuvor noch einiges zu regeln. Es zeigte sich nämlich, daß der Sieg zwar errungen war, aber bezahlt noch nicht.

Denn da kamen auf einmal die levantinischen Kaufleute zurück-
gesegelt. Man begrüßte sie herzlich, wunderte sich nur, daß ihnen die
Geschäfte erlaubt hatten, so lange zu verweilen. Nach vielen Verbeugungen und Glückwünschen gaben sie zu verstehen, es sei da
noch eine Rechnung offen oder erst halb beglichen. Es sei ihnen das
größte Vergnügen gewesen, den Roten Ritter zu kreditieren, und
eine Frage des Taktes, nicht ungelegen zu mahnen – wie hätten sie
seine Hochzeit stören dürfen! Nun aber müßten sie doch heim nach
Smyrna und Alepp, die Stunde des Abschieds nahe unerbittlich, und
seinen Schmerz zu dämpfen seien 1000 Zechinen gewiß nur ein
schwaches Mittel, doch eine Linderung immerhin.

Wie hatte Parzivâl seine Zusage, die Levantiner doppelt schadlos
zu halten, vergessen können! Von »Zechinen« freilich hörte er zum
ersten Mal.

Kundry, sagte er, würdest du das Ding holen lassen?

Tausend? fragte Condwîr âmûrs. – Selim Hassan! Mein Oheim hat
Euch schon bezahlt!

Der Fürst von Katelangen hat uns eingeladen zu kommen, Perle
des Abends, sagte der Angeredete, wie hätten wir seine Einladung
ausschlagen können! Wir sind Verehrer seiner Weisheit, obwohl uns
Herr Clâmidê nicht minder dringlich geladen hatte. Doch wir glaubten, Euch mindestens ebenso dienen zu können wie Euren Feinden.
Nun hat es Euren Leuten gefallen, unsere Güter allzu hitzig zu löschen; dabei ist manches zu Bruch gegangen. Da Euer Herr sich
ritterlich erbot, uns schadlos zu halten, verging uns das Befremden
wie Schnee auf den Zedern des Libanon.

Das will ich glauben, sagte Condwîr âmûrs. – 1000 Zechinen!
Wucher!

Kundry, Liebe, sagte Parzivâl, ich habe das Ding zugesagt, also laß
es holen, wenn es dir gefällt.

So viel habe ich nicht, sagte Condwîr âmûrs.

Und hier stand Parzivâl die nächste Entdeckung seines Ritterlebens bevor. Condwîr âmûrs war Königin von Brôbarz und Pelrapeire, aber sie hatte kein Geld. – Das war kein Thema für fremde Ohren. Und so holte Parzivâl, was er am Leib getragen hatte, aus dem Versteck, den Heckpfennig seiner Mutter. Jetzt mußte er erleben, daß man sich damit nicht einmal kaufen konnte, was schon verzehrt war. Denn Selim Hassan prüfte die Goldtaler zwischen gelben Zähnen und wollte sie erst gar nicht als Zahlungsmittel gelten lassen. Schließlich stellte er sich, als habe er in seinen Ruin gewilligt und Parzivâl den größten Gefallen erwiesen, indem er das unnütze Gold annahm, nicht als Zahlung, denn dafür tauge es nicht, nur als Schmerzensgeld für eine verdorbene Freundschaft. Und empfahl sich mit einer Miene, als müsse er nun zeitlebens am Hungertuch nagen.

Das hatte ich von meiner Mutter, sagte Parzivâl, und jetzt habe ich von ihr nichts mehr.

Der Beutelschneider! flüsterte sie. – So viel hat er noch nie bekommen!

Du meinst, er hat mich übers Ohr gehauen? fragte er.

Ich habe deine Großzügigkeit bewundert, sagte sie in keineswegs bewunderndem Ton.

Und warum hast du nichts? fragte er.

Ich dachte, du wüßtest, daß du eine arme Frau bekommen hast.

Er sagte erstaunt: Bei dir ist alles nur vom Feinsten. Du bist reich!

Ja, sagte sie, nur gehört mir mein Reichtum nicht mehr. Ich mußte ihn verpfänden, sonst hätte ich nicht ausgehalten, bis du kamst.

Verpfänden? fragte Parzivâl.

Sie erklärte ihm den Fall mit beherrschter Geduld. Es bedeutete, daß die Königin vielen kleinen und großen Herren von Brôbarz ihre Lehen förmlich hatte überschreiben müssen, um vom Erlös die Kosten der Belagerung zu bestreiten. Sie hatte ihnen fernerhin Rechte und Privilegien teils abtreten, teils erstmals verleihen müssen, und ebenso den Klöstern.

Willst du sagen, fragte Parzivâl, daß du deine Herren dafür belohnt hast, daß sie dich im Stich gelassen haben?

Das darfst du nicht so eng sehen, Friedel, sagte sie, es war ja kein geringer Dienst, daß sie mir dafür mein Land bei der Stange hielten, während es hier drunter und drüber ging, bis du kamst.

Parzivâl schüttelte den Kopf. – Nicht genug damit, daß sie liegen
blieben, statt dir zuzuziehen, wie es ihr Eid geboten hätte! Viele von
ihnen standen auch noch bei Herrn Clâmidê und schämten sich
nicht, dich belagern zu helfen. Das ist Tatsache, ich habe sie vom
Burggrafen, der sich darüber nicht übel aufgeregt hat.

Ja, sagte sie unbefangen, es haben nicht viele an meine Rettung
geglaubt, und statt Clâmidê verspätet zu huldigen, taten sie es lieber
vorsorglich. Ich kann es ihnen nicht verdenken, mein Eigensinn ging
ja doch ziemlich weit.

Verkauft haben sie dich, rief Parzivâl, und gleich zweimal, das ist ja
schlimmer als Judas!

Weißt du, sagte sie, es wäre besser, wenn wir den Groll im Zaume
hielten. Wir werden mit ihnen zu kutschieren haben, damit Friede sei.

Ich gestehe, Kundry, sagte er, daß ich die Wut der Bürger nun
begreife und nahe daran bin, sie zu teilen. Es reut mich fast, daß ich
sie zurückgebunden habe.

Doch die Augen mußten ihm noch weiter geöffnet werden. Denn
nun kam es ans Licht, daß die Krone nicht nur bei den Baronen in
der Kreide stand, sondern auch bei den Bürgern von Pelrapeire. Sie
hatten keineswegs nur um der Gerechtigkeit willen und um Gottes
Lohn gehungert und gedürstet, und schon gar nicht den schönen
Augen ihrer Königin zu Gefallen. Sie hatten sich bezahlen lassen, mit
bisher ungehörten Freiheiten, Gerechtsamen und Privilegien; ja, sie
hatten sich fast steuerfrei gehungert, und es war nicht mehr zu sehen,
wovon die Königin künftig sollte leben können. Sie hatte den Pfef-
fersäcken, die sich »Schildner zum Schneggen« nannten, ihren Kron-
schatz verpfändet; selbst das teure Geschirr, das Parzivâl am ersten
Tag mit seiner köstlichen Leere gelabt hatte, war der Besitzerin nur
noch zum Nießbrauch überlassen. Sie hatte die Gildenmeister reihenweise zu Rittern schlagen müssen, damit sie ihr gegen Clâmidê
noch einmal die Stange hielten. Parzivâl mußte erfahren, daß diese
Herren, ihres Handwerksstolzes unbeschadet, sich zu einer Art
Adelszunft aufgetan hatten, die sie »Gesellschaft zur Konstaffel«
nannten und der die Königin einen so weitreichenden Anteil an der
Herrschaft hatte zugestehen müssen, daß ihr Schweigen im sogenannten Kronrat in ganz neuem Licht erschien.

Warum hast du all das zugestanden? fragte Parzivâl.

Wie hätte ich sonst auf ein Wunder warten können? fragte sie. –
Ich habe es für dich getan!

So! sagte Parzivâl. – Du hast die Herrschaft verpfändet und verkauft, bevor du sie mir in die Hände legen konntest, und jetzt ist sie
so leer wie die Schüsseln und Teller am ersten Abend! Und nicht
einmal die sind noch unser Eigentum! Einen schönen Herrn hast du
aus mir gemacht!

Hätte ich vom Turm springen sollen? fragte sie. – Denn das hätte
ich getan, bevor ich den König von Patrigalt genommen hätte!

Es gab ja vielleicht noch etwas dazwischen, erwiderte Parzivâl mit
vernehmlichem Grimm. – Du hättest von deinen Bürgern einen
Dienst verlangen können, den sie dir schulden als deine Leute, statt
dich mit Haut und Haar zu verschreiben und meine Morgengabe
gleich damit! Denn das hast du getan!

Ja, sagte sie, das habe ich getan. Und ich hätte es sogar ohne Not
getan, Parzivâl, weil es recht ist. Denn es sind nicht *meine* Leute,
sondern ihre eigenen. Die Freiheiten, die ich ihnen gelassen habe,
stehen ihnen zu. Denn *wir* sind es, die sie ihnen genommen haben,
oder unsere Vorfahren. Und was die Morgengabe betrifft: *ich* bin
deine Morgengabe, und wenn sie dir nicht genügt, ist es immer noch
Zeit, vom Turm zu springen. Denn als Herrn über *meine* Freiheit
dulde ich dich so wenig wie einen andern!

Das wurde ja immer schöner.

Und wie stellst du dir vor, daß wir regieren sollen?

Wir werden es lernen, Friedel, sagte sie. Die Zeit ist vorbei, da
unsereinem die Krone in den Schoß oder schon in die Wiege gelegt
wird. Sogar ich will verdient sein, und ich glaube, du auch! Und du
wirst mich noch teuer zu stehen kommen.

Da lächelte er wider Willen, sie aber tat es nicht.

Der Kronrat verlangte einberufen zu werden – das tat er durch den
keineswegs verschämten Mund Peppos. Noch sei man warm vom
wohlbestandenen Krieg; das sei die rechte Zeit, dem Reiche Brôbarz
eine Verfassung zu geben, die fernerem Unheil vorbeugen und der
Zukunft den vernünftigsten Weg weisen soll. Von einer Huldigung
war nicht die Rede.

Die Ziehväter der Königin, der kurze und der lange Oheim, hatten
sich in ihre Einsiedeleien zurückgezogen; jetzt holte man sie in die
Stadt und zum Rat. Einer von Marcks gehörte dazu, der Burggraf,
von niederem, doch gediegenem Adel. Petri (Peppo) Kettenfeier, der
Podestà, erschien mit der goldenen Amtskette um den Hals und

einem Zierschwert an der Seite. Mit vollem Namen hieß er jetzt Petri
Kettenfeier von Benevent und Zuckenriet, denn letzterer war der
Name seiner Frau. In Benevent hatte sie einen Vetter, der war nach
dem Kreuzzug dort hängen geblieben und führte eine Kaschemme;
die war berühmt für das Farcieren von Wachtelbrüsten. Auch
Brehm, der Oberste der Bäcker, und Lipps, sein Kollege von der
Baderzunft, hießen wenigstens Zum Baum und Von Siebenthal. Scotus Lucera, obwohl als Kleriker nicht stimmberechtigt, meinte nicht
fehlen zu dürfen; seine Stimme war die schärfste und insofern hörenswert.

Das Wetter war gelinde, und so beschloß man, unter dem Ölbaum
im Hinteren Burggarten zu tagen. Hier konnte der Blick über die
wie Orgelpfeifen sich senkenden Türme und Giebel ins Ungemessene fortschweifen. Die Königin ließ zu dieser Frühstücksstunde
noch keinen Wein auftragen, um die Nüchternheit der Beratung zu
gewährleisten. Es war auch durchaus nicht sicher, ob sie noch welchen im Keller hatte.

Dies war die zweite Tafelrunde in Parzivâls Leben, derjenigen in
Nantes bei König Artûs freilich ganz unähnlich; und diesmal hatte er
ihr auch noch vorzusitzen. Sie waren nicht viele, doch wollte jeder
begrüßt sein, mit allen Titulaturen, den neuesten insbesondere. Parzivâl tat es gewissenhaft, ohne sich zu versprechen. Manchmal reckte
er sich verstohlen und wirkte doch in seiner Unschuld bereits übergroß. Und die neben ihm saß, betrachtete ihn mit Zärtlichkeit und
einer Spur von Scheu.

Was die Scheu betrifft, muß man die Geschichte der voraufgegan-
genen Nacht kennen; Kadipê hat sie gehört, Dipekâ hat sie gesehen,
aber Pekadî, der sie auch erzählen könnte, findet nicht, daß man
mehr als das Nötigste davon wissen muß, etwa so viel:

Schläfst du schon, Roter Ritter?

    Jâ.

    ...

    Ach Kundry, sagte er, als ihm die Zunge wieder gehorchte, ich
sehe, daß hier alles anders werden muß. – Wir werden es anders
machen, flüsterte sie, das ist meine Hoffnung, für die ich dich liebe.
Aber schlaf jetzt gut, denn in ein paar Stunden versammelst du den
Rat und mußt frisch sein zum Regieren.

    Kundry, sagte er nach einer Weile mit kaum noch hörbarer

Stimme, was ist der Grâl? – Schlaf, sagte sie, für den Grâl ist morgen noch Zeit. –

Ich weiß, sie suchen ihn, aber ich weiß nicht, was er ist. Ich möchte ihn finden. – Wenn du willst, so finden wir ihn zusammen. – Der Grâl ist nichts für Frauen. So viel weiß ich. – Dann weißt du schon wieder mehr als ich. – Hast du sie gekannt? – Wen? – Die Frau deines Oheims Kyôt mit den Sternen, deine Tante. Die war vom Grâl. – Sie ist im Kindbett gestorben. Aber du schläfst ja schon. – Und das Kind, kennst du das Kind?

Er war in ihr, das Mannsglied in ihrem Schoß gedieh ihm zu voller Stärke. Es bäumte sich auf, als hätte es einen Weckruf gehört; Parzivâl aber schlief. Sie sah es mit einer starken Verwirrung der Gefühle, denn er war nicht bei sich, und war doch bei ihr. – Sigûne hieß sie, sagte sie mit schwacher Stimme, und heißt noch so, wenn sie noch lebt. – Sie lebt, flüsterte Parzivâl, aber es ist tot. – Wer? fragte Condwîr âmûrs, erregt wider Willen, von wem redest du denn? – Vom Kind, sagte er, sie trägt es auf ihrem Schoß. Sigûne, flüsterte er, das Kind bin ich, und meine Mutter ist vom Grâl. – Parzivâl, Parzivâl! seufzte sie und schlang die Arme um seinen Nacken, denn es hielt sie nicht länger, und sie mußte sich an ihm halten, während ihr Schoß ihn floh, um ihn wieder einzufangen, immer wieder. – Wie tust du so? flüsterte sie. Aber er rührte sich gar nicht, bewegte nur die Lippen. – Das Kind! sagte er fast lautlos, sie aber konnte nicht mehr lautlos sein und wollte ihn doch nicht wecken. Und als die Lust ihre Arbeit überströmte, fühlte sie, wie ihr ein anderer Strom entgegenkam, und daß sie empfing; empfangen hatte von einem schlafenden Mann, das Kind. Er hatte ihr etwas anvertraut, von dem er selbst nichts wußte; und sie fühlte, daß sie es bewahren müsse, auch vor ihm.

Nun konnte ihr Gesicht das leuchtende Geheimnis kaum halten, als sie mit Parzivâl im Kronrat saß. Parzivâls duldsame Stimmung ließ ihn überhören, wie die Herren redeten; nämlich so, als sei der Krieg teils an ihrer Hartnäckigkeit, teils an seiner Dauer ermüdet. Zum Lob ritterlicher Taten schienen sie nicht mehr gestimmt. Es galt, die Quellen des Raubritterwesens zu verstopfen, Pelrapeire zu »normalisieren« und »der Prosperität zuzuführen«. Das waren ganz neue Wörter.

Übrigens sprachen sie nicht grundsätzlich gegen das Rittertum. Es gibt eben Solche und Solche; Solche, die plündern ihr Lehen, und die

Umgebung dazu; denn da sie für das Land nicht Sorge tragen, greifen sie wie ägyptische Heuschrecken immer weiter um sich. Sie haben nichts Gescheites zu tun, irren herum und stören ehrliche Leute
bei der Arbeit, deren Früchte sie mit Gewalt einsacken. Obwohl sie
eine Hausfrau haben, verzehren sie sich nach einer Dame, zupfen ihr
etwas vor und werden erst wieder grob, wenn sie kein Gehör finden.
Gelernt haben sie nichts, darum müssen sie immer gleich die Waffen
sprechen lassen. Jetzt sind sie ganz auf den Hund gekommen, und
man soll sie beim Namen nennen: Raubritter, Strauchdiebe, Land-
störzer, Jungfernschänder, Witwenfresser, Müßiggänger, Schmarot-
zer und Tunichtgute. Das sind die Solchen; es gibt aber auch Solche,
die den Namen Ritter eher verdienen. Die bleiben im Lande, nähren
sich und das Land zugleich. Das müßige Ritterwesen betreiben sie
nur da, wo es hingehört, nämlich an Sonn- und Feiertagen.

Das wird die Meinung des Bürgermeisters Petri Kettenfeier von
Benevent-Zuckenriet gewesen sein; die nächste eher die des Bäcker-
meisters Brehm Zum Baum. Die Solchen Ritter müssen verschwinden, das ist klar. Aber auch unter ihnen gibt es wieder Solche und
Solche. So lange sie die Straßen schützen, die Märkte schirmen, Wit-
wen und Waisen aufhelfen, verdienen auch sie einen gewissen
Schutz. Herr Manpfilyôt ist ja auch herumgeirrt, bis nach Jaffa und
Joppe, und hat doch etwas Brauchbares gelernt. »Der Fürst« fährt
ganz gut mit seinen Adligen, seit die gemerkt haben, daß sie sich auf
seinen Karren setzen müssen, um nicht unter die Räder zu kommen.
Wer eine neue Ordnung einführt, tut immer klug daran, von der
alten etwas stehen zu lassen, denn das Volk traut dem Ding eher,
wenn es aussieht wie alt.

Da sich Einer von Marcks, der zitronengesichtige Burggraf, als
Adelsmann angesprochen fühlt, will er auch reden und meinen, das
Dringlichste sei, die Barone durch Boten nach Pelrapeire zu zitieren,
damit sie dem Herrscherpaar huldigten. Dafür habe man schließlich
ein Symbol, daß ihm gehuldigt werde. Zugleich aber müßten sie auch
Urfehde schwören, daß es ihnen nicht mehr einfalle zu überborden.
Sie müßten sich vielmehr als treue Pfleger und Vormünder des Landes aufführen, wie zu Kaiser Widuwitts Zeiten, als alle Dinge noch
am rechten Platz standen. Auch der Adel habe den seinen, er müsse
ihn nur wieder kennenlernen.

Nicht wohl, fand der Bürgermeister. Dieser Platz sei verwirkt und
müsse eingezogen werden. Dabei dürfe man allerdings nicht zugun-

sten des Lehens das Eigentum verpönen. Das wäre reaktionär und
würde Besitzrechte tangieren, die redlich erworben seien. Man wolle
das Eigentum keineswegs abschaffen, sondern verbreiten und fördern. Darum halte Peppo Podestà dafür, daß man nur noch Rechtstitel und Privilegien anerkennen sollte, die in den letzten zwanzig
Jahren erworben worden seien.

Das war nun Herrn Manpfilyôts Meinung ganz und gar nicht.
Dann kämen ja die Raubritter auf ihre Rechnung und könnten das
Geraubte behalten. Einfordern und kassieren müsse man vielmehr
alles, was sie sich in den letzten Jahren an Briefen und Rechten
zusammengeplündert hätten. Ebenso habe es »der Fürst« Lähelîn
auch gehalten; er habe die frisch erpreßten »Lehen« wieder an sich
gezogen und ihre Räuber mit einem kleinen Kapital entschädigt. Das
hätten die meisten zwar verspielt und versoffen; einige aber hätten
einen kleinen Handel angefangen und damit wuchern gelernt. In die
geräumten Burgen habe er Landvögte hineingesetzt, die würden als
Beamte bezahlt, nicht üppig, aber gut genug, um Schmiergelder entbehren zu können. Von da an seien sie *seine* Männer, säßen dort,
wohin er sie setze, und nur so lange, als sie etwas taugten; das sei die
Hauptsache.

Auch der hochadlige Oheim von Katelangen war also dem Verdienst eher zugeneigt als der Geburt; die bürgerlichen Herren ver-
merkten es mit Wohlgefallen. Anders der nordsüdliche Scholar, Scotus Lucera.

Verdienst! rief er. – Es sei überall kein Verdienst beim Adel, er
möge kommen, von wo er wolle. Und ob die Hand verdienstlich sei
oder gnädig, die die andere schmiere, gelte ihm gleich. Nicht daß die
Macht gebraucht werde, sei der Skandal, sondern daß es sie gebe.
Und solange es sie gebe, werde sie geübt, und so lange sie geübt
werde, lerne der Mensch niemals weiden wie das Lamm auf grüner
Aue, friedfertig und ohne Arg. Der einzige Weg, den Mächtigen den
Kopf zurechtzusetzen, sei darum, ihn abzuschlagen, total!

Aber wo soll denn noch Besserung herkommen, Bruder Lucera,
fragte Condwîr âmûrs, wenn das Gefäß zerschlagen wird, in dem sie
gedeihen soll? Und wo wird die Macht hingehen, wenn Ihr sie meinem Herrn abgenommen habt?

Besserung, Frau? fragte der Scholar, und sein herber Mund zog
sich in die Breite, das könnt ihr vergessen! Die bessern sich unter
dem Boden, sonst nirgends, dort werden sie verdaulich und nähren

die Würmer, statt sich von unsereinem zu nähren, die Menschenfresser!

Und wo die Macht hingehen soll? Zum Volk will sie gehn, um klein und häßlich zu werden, wie die Ärmsten der Armen, von denen geschrieben steht: sie sollen die Ersten sein und das Land besitzen!

Pfäfflein! sagte Manpfilyôt, im Himmel mögen die Letzten ja die Ersten sein, aber in Brôbarz wollen wir Ordnung! Häßlicher wird die Macht am Ende ja sein in der Hand Eures Pöbels, kleiner aber wahrlich nicht. Eure Sanftmut, die nichts weiter will als das Land besitzen, wählt die Mittel dafür etwas blutrünstig. Wer Euch nicht kennt, möchte ja denken, Ihr seid selbst ein Menschenfresser. Zu Eurem Glück seid Ihr ein Lamm, das den Teufel tut, seine Sanftmut und Ängstlichkeit auszuspucken und zu knurren wie ein Wolf. Aber Ihr seid doch am ehesten ein Fröschlein, das sich aufbläst.

Und Ihr seid höchst ritterlich, sagte der Mönch.

Seid froh, wenn ich's nur einigermaßen bin, sagte der kurze Oheim, und Euch nicht von dieser Zinne puste! Ich bin ein Ritter, die Nachrede schreckt mich nicht. Dazu müßtet Ihr Brüder vom Gewöhnlichen Leben schon andere Portionen sein, und selbst eine Macht von der Sorte, die Ihr zu verachten vorgebt; und habt doch nichts Eifrigeres zu tun, als nach ihr zu schielen Tag und Nacht. Euer Mütchen muß noch ein Mut werden, bis Ihr es an einem rechten Ritter kühlen könnt –

Und so weiter. Jeder redete das Seine, und geläufig, also gewiß nicht zum ersten Mal. Nicht für die Ohren der Herrschaft redeten sie, die saß nur noch symbolisch dabei, und im Praktischen war sie so gut wie abgeschafft. Manchmal flüsterte Parzivâl Condwîr âmûrs seine Ratlosigkeit ins Ohr; aber sie schien das Schauspiel gewohnt und nahm es nicht schwer.

Wo soll denn Rat herkommen aus diesem Rat? flüsterte er.

Wir müssen ihn am Ende selber wissen, sagte sie ihm ins Ohr. – Liebst du mich noch?

Schon, flüsterte er, aber warum brauchen wir sie denn überhaupt? Mit denen geht es ja nicht.

Ohne sie noch weniger, flüsterte sie.

Parzivâl seufzte; er hatte sich das Regieren leichter vorgestellt.

Ich habe alle gehört, sagte er, nur Euch noch nicht, Oheim Kyôt.

Der hagere Oheim lächelte starr, seine Augen hatten sich geweitet und waren von einem kindlichen Blau. Er redete, ohne die Lippen zu bewegen, doch Parzivâl hörte ihn genau. Und Herrn Kyôts Sprache ging über in Singsang, den meinte Parzivâl schon gehört zu haben, auf demselben Ton, in einer andern Stimme. Und plötzlich sah er, blaß wie den Tagmond und durchsichtig in der hellen Luft, den Roten Ritter schweben, ein Mittagsgespenst. Der Ton aber, den er vernahm, klang wie:

> *Da kommst du Königin herein*
> *von deinem Antlitz fällt ein Schein*
> *des hellen Tages auf uns beide*
> *du trägst ein Kleid aus grüner Seide*
> *aus Morgenland und auf der Hand*
> *den Wunsch erfüllt auf Seidengrün*
> *des Gartens Eden Wurzel zart*
> *seh ich in deinen Händen blühn*
> *und ist ein Ding von Gottes Art*
> *und überströmt von Morgenschein*
> *drum hüte dich und hüte sein*
> *es hat die Wahl du hast die Qual*
> *es ist ein Ding das heißt der Grâl –*

Da schrie ein Pfau, und es wurde noch stiller.

Wo bist du, Friedel? fragte Condwîr âmûrs, wie siehst du mich an?

Dein Kleid ist grün! sagte Parzivâl.

Sie errötete. – Ich glaube, der Oheim erwartet Eure Antwort.

Antwort? fragte Parzivâl.

Die Räte sahen sich an; offenbar war der junge Herr zerstreut. Das war wohl seinen hochzeitlichen Umständen zugute zu halten.

Condwîr âmûrs streifte mit der Hand über seine Stirn. – Sei hier, Friedel, sagte sie leise. – Sei bei uns.

Was ist mit dem Grâl, Oheim Kyôt? fragte Parzivâl. – Sprecht weiter.

Wovon redest du, Friedel, sagte die Königin halb unmutig. – Komm zu dir.

Er ist das Regieren noch ungewohnt, sagte Brehm Zum Baum mit gutmütigem Spott. – Aber wir werden ihn schon lehren, bis er's packt.

Oheim! sagte Parzivâl, er hatte sich erhoben und blickte in die meerblauen Augen, die mit keiner Wimper zuckten, was war das für ein Ding? Warum ist es die Wurzel des Gartens Eden?

Die Verlegenheit am Tisch wurde noch tiefer, aber Parzivâl ließ die Augen des Oheims nicht los.

Wenn Ihr mich fragt, Roter Ritter, sagte der Alte fast bescheiden, dann tätet Ihr gut daran, das Reich zu befestigen. In Pülle habe ich eine Reihe von Burgen gesehen; die hatten acht Ecken und waren an jeder mit einem Turm verstärkt, der war ebenfalls achteckig und nicht höher als die Mauer. Sie haben die Form von Kronen, und ihr Anblick ist von wunderbarer Stärke.

Herr Kyôt, mit Verlaub! sagte Peppo Podestà. – Mit starken Anblicken ist uns nicht gedient, und mit hohen Mauern auch nicht. Unser Markt ist es, der so stark werden muß, daß er sich von selber schützt, kraft der Interessen unserer Kundschaft. Gegen die aber, die doch lieber mit Gewalt zu ihrer Sache kommen, sind uns Burgen nichts mehr nütze. Da brauchen wir eine bewegliche Verteidigung, und eine, die uns von den Geschäften nicht ablenkt. Krieg wird immer weniger ein guter Handel, und wir werden ihn besser von Söldnern besorgen lassen, Berufsleuten, die nichts Klügeres zu tun haben, aber auch nichts Dümmeres tun. Im übrigen –

Vom Übrigen, was der Magistrat vorzuschlagen hatte, hörte Parzivâl nichts mehr, denn wieder war sein Sinn weggetreten. Er starrte in die Luft, da hing noch immer ein Hauch vor seinen Augen, war durchsichtig auf einen Ritter ohne Gestalt. Der schwebte über den Veilchenplan von Nantes, und er sah die Miene seines Vaters darin, und den Tod in der blauen Tiefe. Parzivâls Blick war in einen andern Raum geraten, da fiel ihm ein gestürzter Becher entgegen und wandte ihm die leere Öffnung zu, einen blassen Mund. Der war von selbst aufgegangen, als er an Ithêrs blutigem Haupt gezerrt hatte, um den Helm abzuschütteln, heulend vor Wut und Enttäuschung. Jetzt lag nur noch der Becher im grünen Gras. Niemand hatte ihn König Artûs zurückgebracht; nun hatte ihn der Singsang des Alten aufgehoben, mitsamt der Wurzel, es war die Wurzel des Paradieses. Aufgehoben hatte ihn die Stimme Kyôts mit den Händen einer Frau, auf grüner Seide aufgehoben als erfüllten Wunsch. Die Worte, die keiner gehört hatte, waren nur für ihn bestimmt, gesprochen in die Mittagsstille, besiegelt vom Schrei des Pfaus. Er hatte das Ding von Gottes Art gesehen und seinen Namen gehört, das war der Grâl und reimte sich auf ihn selbst. Das war die Wurzel seines Namens, und noch keine von allen hatte sie berührt, die ihm seinen Namen entdeckt hatten; nicht Herzeloyde, nicht Sigûne, auch nicht Condwîr âmûrs.

Wo bin ich? fragte er.

Es war auf einmal halbhell; nur, wenn ein Windstoß den schweren Vorhang lüftete, stürzte heller Mittag herein; dann konnte er sehen, daß Condwîr âmûrs neben seinem Lager kauerte und ihn mit sorgenvollen Augen betrachtete.

Wie kniet Ihr so? fragte er und richtete sich halb auf; da packte ihn ein Schwindel: hatte es diesen Augenblick nicht schon einmal gegeben? Standen die Augenblicke fest, wie Häuser der Sterne, und man betrat sie immer wieder unverhofft von verschiedenen Seiten?

Was habe ich getan, Condwîr âmûrs? fragte er.

Ihr seid ohnmächtig geworden, sagte sie. – Da schien es uns besser, daß Ihr noch einmal schlaft.

Ich muß doch dem Kronrat vorsitzen! sagte er und wollte sich erheben. Sie legte die leichte Hand auf seine Schulter; die wurde ihm so schwer, daß er sich fallen ließ.

Kundry, sagte er, ich kann gar nichts.

Darf ich mich zu Euch legen? fragte sie.

Als sie ihn umfing, fest und doch wie etwas Zerbrechliches, traten sie wieder in den Augenblick ein, da die Frau zum ersten Mal bei ihm gelegen hatte, in der Nacht des Hungers. Ihr dünnes Faltenkleid war es wieder, und doch war nichts dasselbe, denn ihr Haar roch vertraut, das damals fremd gewesen war. Und diesmal war sie es, die ihn weinen ließ.

Das Weinen schüttelte ihm den Kopf an ihrer Schulter, sie entblößte die Brust, er faßte sie mit den Lippen, mit dem ganzen Mund. Da wurde er ruhig, sein Herz füllte sich mit Süße in der Bitterkeit. Und spürte in diesem Augenblick, daß die Frau ihn so nur halten konnte, weil sie ihn ließ.

Es war nicht dasselbe, das Finden und das Abschiednehmen, und doch lagen sie im selben Haus; die Frau, die ihn ließ, blieb die Frau des Hauses, so lang er lebte.

Er ging nicht heute fort, auch nicht morgen. Er blieb drei Jahre in Pelrapeire, als ein König, der nicht zu herrschen brauchte; denn Handel und Wandel machten sich sehr gut ohne ihn. Er galt als verträumt und war oftmals abwesend, ohne fortgeritten zu sein; meist aber sah er gewissenhaft zu, und man liebte ihn für das eine wie das andere. Er begleitete den Bau der Flotte, mit der Pelrapeire sich wehrhaft und wichtig machte und weiteren Belagerungen zuvorkam. Auch die gerechte Verteilung der Güter genoß immer noch, wie in der Hungernacht, sein Augenmerk, aber sie hätte sich auch ohne ihn gemacht; eben darin ehrte man sein Verdienst.

Das Verhältnis zum Landadel hatte sich gemäßigt, denn die Herren erkannten ihren Vorteil und spielten lieber selbst die getreuen Vögte, statt sich durch solche ersetzen zu lassen. Sie lernten ihre Privilegien maßvoll nützen und behielten sie darum. Das stehende Heer kam ganz freiwillig zusammen, denn der Adel war froh, die zweiten und dritten Söhne, die man früher ins Kloster oder auf Abenteuer geschickt hatte, das Soldaten-Handwerk lernen zu lassen und sich damit ein Bürgerrecht am Gemeinwohl zu erkaufen. Aber auch die Böttcher- und Kaufmannssöhne taten sich etwas darauf zugute, neben dem Edelmann auf gleichem Fuß zu dienen und ihn gegebenenfalls im Rang zu übertreffen. So nannte man die Truppe geradezu eine Schule des Landes. Sie wußte sich so viel Respekt zu verschaffen, daß sie sich immer seltener zu schlagen brauchte, und wurde ein Modell sachdienlichen Zusammenwirkens auch im zivilen Bereich. Der nordsüdliche Scholar fand sich zum Verwalter eines großen Klosters bestellt, so daß er, von weltlichen Sorgen entlastet, den geistlichen desto ungeteilter nachgehen konnte; sein Scharfsinn bewährte sich dabei so gut, daß er die überflüssige Schärfe fahren lassen durfte. Je mehr ihm an solider Achtung begegnete, desto mehr gewann er auch an innerer Statur, die sich mit mörderlichen Redensarten nicht mehr vertrug. Ein Wort wie »total« hat man von ihm nie wieder gehört.

Seine persönliche Entwicklung durfte als exemplarisch gelten für das Neue Brôbarz. Im ganzen Land fand ein Ausgleich der Stände und ein Zusammenschluß der Lebensarten statt. In dem Maße, wie die Hoffart dem Adel unvorteilhaft wurde, lernte der Kleinbürger seinen Trutz und der Arme seine Gottergebenheit ablegen. Seit das Gesetz einem Jeden die Aussicht eröffnete, ein Herr zu werden, spätestens in seinen Kindern und Kindeskindern, benahm er sich schon vorsorglich als solcher und wählte lieber einen gemachten Mann zu seinem Vertreter als einen unsicheren Kumpan. Mäßiger wurde auch das Gehaben der Geistlichkeit; seit das Land blühte, schien es nicht mehr schicklich, Hölle und Teufel in krassen Farben an die Wand zu malen. Die Pfaffen erlebten am eigenen Leib, daß irdisches Wohlleben nicht ganz zu verachten sei; und wenn sie die Untugend der andern läßlicher geißelten, durften sie auch die eigene Tugend etwas mäßigen.

Die gehobene Mäßigkeit wurde so etwas wie eine Landestugend zu Pelrapeire und in Brôbarz. Wer die Übertreibung in allen Dingen dämpfte, glaubte, Gottes Willen am nächsten zu kommen, denn seine Gnade ruhte ja auch sichtbar auf den Geschäften. Die Ritter hielten *Das Maß* ohnehin für ihre eigene Errungenschaft, und wenn sie es praktizierten – anderes blieb ihnen gar nicht übrig –, mochten sie stolz darauf bleiben. Da unter so gemäßigten Umständen der Wohlstand der Bürger vielleicht über das rechte Maß hinaus zu gedeihen drohte, hielt man auf Reserve in seiner Entfaltung; auf diese Weise kam auch der gute Geschmack auf seine Kosten.

EIN JUBILÄUM UND SEIN ENDE
WIE PARZIVÂL EINE WIEDERHOLUNG ABSAGT
UND SICH SCHEIDET VON PELRAPEIRE

So muß man das große Fest, das die Pelrapeirer zum dritten Jahrestag
ihrer Befreiung veranstalteten, maß- und geschmackvoll nennen, obwohl am Nötigsten nicht gespart wurde; auch eine gewisse Pracht-
entfaltung hielt man diesmal für notwendig. War man in der Einschätzung des Roten Ritters zurückhaltend gewesen, bis man wußte,
wie hinderlich er sich als König aufführen würde, so war diese Sorge
inzwischen einer milden Sympathie gewichen. Er hatte zwar mit
dem Regieren nicht viel im Sinn, doch er störte diejenigen, die sich
darauf verstanden, auch nicht bei ihrem Geschäft.

Nachdem die Ritterschaft Allgemeingut geworden und der Zweikampf als Gottesgericht außer Gebrauch geraten war, hatte sich der
König gewissermaßen überflüssig gemacht; das eben rechnete man
ihm als Verdienst an und sparte nicht an seiner Apanage. Er irrte und
abenteuerte nicht; er schien sogar die Lust am spielmäßigen Tjosten
und Turneyen, das bei den Bürgern stark in Mode kam, verloren zu
haben. Und seit seine Frau Zwillingen das Leben geschenkt hatte,
bot er so recht das Bild eines noch jugendlichen, doch schon gesetzten Landesvaters, dem um die Fortsetzung seiner kleinen Dynastie
nicht bange zu sein brauchte. Was man sich von ihm erzählte, nährte
eher die Sympathie als die Schadenfreude. Er sei leicht zu rühren für
einen jungen Mann, hieß es, schäme sich seiner Tränen nicht, neige
wohl auch der Träumerei zu, vielleicht gar zur Melancholie. Diese
Krankheit galt zwar als überflüssig, nicht aber als ehrenrührig, und
wenn er früh sterben sollte, war ja für Nachfolge gesorgt.

Daß das Familienglück in der Burg blühte, konnte man mit Augen
sehen. Seit Condwîr âmûrs in der Gattenwahl ihren Willen durchgesetzt hatte, hielt sich ihr Eigensinn in verfassungsmäßigen Grenzen;
ja, der Einfluß ihres harmonischen Wesens war bis in die einfachen
Stuben hinab zu spüren. Sie war die Seele hinter den Staatsakten des
Ausgleichs und der Billigkeit, denen der König bei passender Gelegenheit seinen Mund lieh. Dabei pflegte er seine rote Rüstung zu
tragen, während er sonst wie ein gewöhnlicher Bürger durch die
Gassen ging. Daß er den Mädchen und Frauen dabei immer noch wie
ein Gott erschien, sah man im Licht romantischer Nachsicht.

Dies alles brachte der Bürgermeister Peppo beim Festakt zur Sprache in gesetzten und bewegten Worten. Man feierte den Jahrestag der Befreiung zugleich als Tag der Verfassung. Man hatte einen Großen Reichstag bestellt, in dem alle Stände vertreten waren; natürlich wußten doch nur die wenigsten, worum es ging und wie man zu verfahren hatte, damit es auch geschah. Die *Königliche Familie* spielte in dem neuen Staatswesen eine erhabene Rolle, die sich mit den Niederungen des Tagesgeschäfts nicht vertrug; davon hatte man sie freigestellt und gedachte sie dafür mit einer Bürgerkrone zu ehren. Peppo nannte diese Krone die glänzendste, die Brôbarz einem nicht mehr gefürchteten, nur noch geliebten Herrscherhaus verleihen könne, und Condwîr âmûrs nahm sie freundlich entgegen, auch die artigen Krönchen für die Säuglinge. Daß der Rote Ritter schwieg, befremdete nicht übermäßig, um so herzlicher bedankte sich ja seine Frau. Sie trug ein ärmelloses grünes Kleid. Man wollte wissen, daß sie es selbst geschneidert habe, ihre Zwillinge hingebungsvoll pflege und immer noch selber stille; kein Wunder, daß sie mitgenommen wirkte.

Es war ein prächtiger Festakt. Eine Gesandtschaft des »Fürsten« Lähelîn entbot seinen Glückwunsch, selbst Herr Clâmidê ließ grüßen, in Gestalt eines echten Artûsboten, woraus man schließen durfte (und wohl auch sollte), der Bedränger von gestern habe es im Zentrum der Ritterschaft weit gebracht. Nur die beiden Oheime fehlten; und als man, um sie her zu geleiten, ihre Einsiedeleien aufsuchte, war von diesen keine Spur mehr zu entdecken.

Wer fragte diesen Alt-Herren viel nach? Daß der eine von ihnen einmal König von Brôbarz und Katelangen gewesen war – nun, er hatte diese Erinnerung durch seinen Rückzug von der Welt zur Sage gedämpft. Hatte ihm der Papst – oder war es der Grâl? – nicht eine Zuchtrute geschickt, in Gestalt der blauäugigen Schoysîâne; war sie nicht verdorrt oder im Kindbett gestorben? Zu diesen Vorgeschichten gehörten auch schon die märchenhaften Hunger- und Hochzeiten vor drei Jahren. Die wahre Geschichte von Pelrapeire hatte damit begonnen, daß die Bürgerschaft sie in die eigenen Hände nahm. Wunder waren kein Ersatz für gute Ordnung. Dieser zuliebe wurde Herr Kyôt, der Sterngucker, nicht als Staats-Ahn verehrt, sondern als Erfinder des Fernrohrs, des Theodoliten und der Azimuthe, zur Vermessung von Himmel, Wasser oder Land. Herr Manpfilyôt aber mußte sich in der Schöpfung von Exerzier-Reglementen und Bela-

gerungs-Dispositiven hervorgetan haben. Selbst für eine Tochter der
frühvollendeten Grâlsgesandten, eine gewisse Sigûne, war in dieser
Überlieferung noch Platz: sie war die Patronin der Geburtenrege-
lung und des Einbalsamierens.

So bekam auch die Vergangenheit ihre Ordnung, indem sie zur
Legende brôbarzischer Tüchtigkeit veredelt oder vielmehr verbür-
gerlicht wurde. Und da die verehrten Gestalten sich nicht mehr blikken ließen, standen sie dem heilsamen Prozeß der Umschrift ihrer
Taten und Unterlassungen auch nicht im Wege. Es war Scotus Lucera, der weiland Kopfverkürzer, der diese Überarbeitung von Staa-
tes wegen auf sich nahm und ein ziemlich lückenloses Bild der brô-
barzischen Richtigkeit entwarf, mit dem er sich für das neu zu schaf-
fende Amt eines Reichs-Metropoliten und geistigen Platzanweisers
empfahl, nicht ohne die eine oder andere polizeiliche Befugnis. Bis
zur Inquisition ließen die guten Bürger sein Wesen aber nicht mehr
gedeihen. Je freier Handel und Wandel wurden, desto eher leistete
man sich in Brôbarz auch eine freie Behandlung der eigenen Tradition. Da sie jung war, mußte sie von sich schon etwas hermachen;
aber da man sich als junges Gemeinwesen fühlte, durfte es dabei auch
jugendlich zugehn – in Grenzen, mit Maßen, und gute Ordnung
vorausgesetzt.

Für die nächsten drei Tage war ein Ritterspiel angesagt. Man hatte
nichts Geringeres im Sinn, als die Belagerung, jedenfalls den letzten
Akt, noch einmal vorzustellen. Man hatte die Ebenhöhen, Bliden
und Onager mit Sorgfalt nachgebaut, die Bomben freilich mit Süßigkeiten laden lassen, die dann, zur Freude des Volks, auf den Straßen
zerspringen sollten. Bengalisches Licht, aus Indien hergeschafft,
mußte das gefährliche griechische Feuer vertreten; diesen Teil des
Festspiels wollte man, der Wirkung zuliebe, in die Nachtstunden
legen. Das Berufsheer hatte sowohl die Belagerten wie die Belagerer
darzustellen; am frühen Morgen des dritten Tags sollte der Zweikampf auf dem Blachfeld nachgespielt werden. Der Burggraf, Einer
von Marcks, hatte sich auf die Rolle des Clâmidê vorbereitet und seit
Wochen dafür geübt. Waffen, Schmuck, Redensarten und Gebärden,
vor allem der Kampfverlauf selbst, alles sollte so originalgetreu wie
möglich werden, und Guverjorz, den Belagerten als Beute zugefallen, mußte sich wieder schirren und blauweiß verkleiden lassen. Für
die Darstellung des Roten Ritters hatte man diesen selbst gewonnen.
Er hatte sich bereden lassen, den Waffengang von einst zu wieder-

holen, und Einer von Marcks hatte geschworen, so leicht würde er diesmal nicht davonkommen; für ein Scheingefecht wäre *er* die falsche Besetzung.

An den ersten beiden Tagen sollten, wie der Bürgermeister in seiner Festrede ausführte, die Maschinen im Mittelpunkt des Geschehens stehen, am dritten Tag aber der ritterliche und jetzt auch bürgerlich gekrönte Mensch. Im stillen mochte man sich fragen, ob der glückliche, manchmal trauriggestimmte Familienvater noch der Mann war, das Wunder des Roten Ritters zu erneuern.

Zwei Tage vergingen in gelungenem Spektakel. Die Bomben warfen Zuckerzeug aus, die Darsteller der Belagerer sprangen rechtzeitig von ihren Maschinen, die malerisch verbrannten, und die bengalischen Lichter ließen Pelrapeire im Feenglanz erstrahlen. Die Nächte vergingen in schlafloser Festlichkeit; und doch waren bei Sonnenaufgang des dritten Tages alle Zinnen zum Brechen besetzt: mit bewaffneten Zuschauern die tiefer gelegenen, die höheren mit sonntäglich geputzten. Ganz Brôbarz wollte die Spielfeinde anmarschieren sehen; an ihrer Spitze ritt Herr Clâmidê, alias Marcks, in vollkommener Ähnlichkeit und bereit, sich zum Zweikampf von den Seinen zu lösen. Nichts fehlte, als das Tor sich öffnete, die Brücke sich senkte, um den Befreier von einst, den Roten Ritter, ausreiten zu lassen. Der dreifache Trompetenstoß erscholl, genau wie damals.

Aber niemand erschien unter dem Tor, niemand überritt die Brücke. Die Bühne für den Helden war bereitet, der Auftritt des Helden folgte nicht.

Man sah über die Schulter nach dem Nachbarn, hinüber zum Feind; und immer wieder blickte man auf die hartnäckig leer bleibende Stelle. Man begann zu raunen, zu fragen, immer vernehmlicher. Man wußte, daß sich Parzivâl in der Stille des Schlosses auf seinen Auftritt vorbereitete, vielleicht gar im Gebet; man hatte angenommen, daß er im Stillen übe, um den kampfstarken Burggrafen zu bestehen; einige Tage hatte man ihn nicht mehr zu Gesicht bekommen. War er unpäßlich, ernsthaft krank? Und wo war die Königin?

Da trat sie auf die Zinne über dem Tor. Sie sprach nicht laut, so daß nur die Nächststehenden sie hörten. Die sagten es weiter, ungläubig, und immer lauter, das unglaubwürdige Wort:

Er ist fort

Fort? Wohin?

Verritten, sagte Condwîr âmûrs, in dieser Nacht.

WOHIN?

Das weiß ich nicht.

Für wie lange? Wann kommt er wieder?

Er hat nichts gesagt.

Warum nicht?

Er wollte euer Fest nicht stören.

So? schrie einer. – Ist das etwa keine Störung, wenn er fehlt?

Condwîr âmûrs antwortete nicht mehr.

Eine Weile blieb der Feind draußen noch stehen, unbeweglich, dann ließen sie ihre bewimpelten Lanzen sinken, eine nach der andern, auch der blauweiße Herausforderer, der seinen Helm abnahm. Nun war er wieder der Burggraf, kein anderer. Bei einem Zwischenfall, einem drohenden Auflauf war er nötig, das wußte er wohl. Und so befahl er seinen Männern mit gepreßter Stimme, in die Stadt zurückzureiten und sich und die anderen zu mäßigen, ihre Enttäuschung, ihren Zorn.

Ja, sie hat es gewußt. Sie hat es kommen sehen, seit jenem Mittag, und der Mittagsruhe danach, als er mit nassem Gesicht einschlief an ihrer Brust. Sie hatte ihn festgehalten in ihren Armen; das war ihre Art gewesen, ihn gehen zu lassen. – WOHIN? WARUM? Darüber hatten sie nie geredet.

Am Anfang hatte sie die Zeichen zu lesen versucht, und aufzuheben, was ihm entschlüpfte. Im Schlaf hatte er von einer Wurzel zart gesprochen, von grüner Seide, und immer wieder von einem leeren Becher. Das ist ein Ding, hatte er geflüstert. Nicht einmal im Traum hatte er verraten, was für ein Ding das war. – Eine Schwangere ist beschäftigt, eine Wöchnerin noch mehr. Jeder Tag war gefüllt bis zum Rand, und die Nächte um zwei Säuglinge sind ruhelos. Immer noch stand Parzivâl da, saß neben ihr, schlief bei ihr. Mit jeder Umarmung hatte sie den Abschied kommen sehen. Eingetreten war er nicht, nicht heute, nicht morgen. Parzivâl war da; zugleich stand er daneben und schaute zu. Wenn er abwesend schien, weckte sie ihn nicht, denn sie wollte nicht, daß er abstürze. Aber sie sah, wie vorsichtig er über dem Boden ihrer gemeinsamen Tage ging, als werde der immer dünner. Um sich vor dem letzten Tag nicht fürchten zu müssen, entschied sich Condwîr âmûrs, die Tage nicht zu zählen, sie nur zu nehmen, dankbar für jeden, der kam und ging, während Parzivâl immer noch blieb.

Er hatte zugesehen, wie sie ihm die Kinder entgegenhob; er hatte sie in den Arm genommen und geküßt, und immer noch zugesehen. Zugesehen, wie sie ihm die Bürgerkrone aufsetzte, das war ihres Amtes; ein Wort gesprochen hatte er nicht. Zusehen, wie er mit dem Burggrafen kämpfte, als wäre dieser Herr Clâmidê und er selbst der Rote Ritter von einst – das konnte er wohl nicht mehr.

Er hatte sich allein gerüstet; in der Nacht war er in die Kammer getreten, wo sie saß, Loherangrîn an der einen Brust, Kardeiz an der anderen. Loherangrîn weigerte sich zu trinken; sie legte ihn in die Wiege und reichte Kardeiz, dem Unersättlichen, auch die andere Brust. Parzivâl, in Waffen, sah zu. Sie hatte gedacht, die Säfte im Leib müßten ihr stocken. Als Kardeiz auch die andere Brust leergetrunken hatte, wiegte sie ihn, damit er aufstoße, und deckte mit der anderen Hand ihre Brüste zu.

Jâ, Kundry, sagte er. – Ich habe meine Mutter lange nicht gesehen.

Ihr reitet zu Eurer Mutter? fragte sie.

Jâ, sagte er.

Er beugte sich zu ihr; sie spürte, mehr wollte er nicht sagen, und keine Lüge.

Behüt Euch Gott, sagte Condwîr âmûrs.

Ich danke Euch, sagte Parzivâl.

Er drehte sich nicht mehr um. Sie hörte seinen eisernen Tritt auf den Fliesen und, zum ersten Mal seit langer Zeit, den Atem des Meeres, der so viel ruhiger war als ihr eigener, und fern aller Ungeduld; von viel weiter her als das Juchzen des Festes, das Trippeln der Musik da unten in der Stadt.

Das Pferd des Geschiedenen wiehern hörte sie nicht mehr. Denn in diesem Augenblick begann Loherangrîn zu weinen, und sie nahm ihn auf den Arm.

BUCH III
ENGFÜHRUNG

DAS KALTE HAUS

WORIN PARZIVÂL INS ZENTRUM
SEINER GESCHICHTE GELANGT

Nachdem es ihnen eine kurze Weile die Sprache verschlagen hatte, beschlossen sie, ohne den Roten weiter zu feiern. Und je länger das Fest dauerte, desto lachender ließ man die Deutung des Burggrafen gelten: der Herr werde wohl gewußt haben, warum er dem Gang mit ihm ausgewichen sei. Wunder wiederholten sich nicht! Und in zunehmender Ausgelassenheit dachte niemand daran, die Königin zu trösten. Und daran taten sie wohl ganz recht.

Parzivâl saß wieder auf dem Fuchs und ritt seines Wegs. Seines Wegs? Er ließ den Fuchs für sich gehen, hatte ihm die Zügel gelassen, über Stock und Stein; das Tier hatte es eilig. Wohin? Wer nicht mehr weiß, wo er her kommt; wer nicht weiß, wo es mit ihm hinaus will: der reitet schnell. Aber diese Schnelligkeit ist nur ein überhastetes Zaudern, ein unfreier Fall.

Dabei stürzten ihm Büsche und Bäume entgegen und verloren ihr Laub; es wurde Winter, und er ritt nach Mitternacht. So viel wußte er noch von der Richtung zur Mutter: es war die, auf der ihm die Sonne niemals in die Augen schien. Die Fabel will wissen, daß er sich nach Pelrapeire vom Meer abgewandt habe, vielleicht für immer – vielleicht sieht er, jung wie er ist, schon etwas zum letzten Mal.

Den Rottenstrom soll er hinaufgeritten sein, der ihm zuerst aus fahlen, dann immer grüneren Bergen entgegenkam. Der erste Schnee darauf grüßte ihn durchaus nicht. Er strahlte mit vollkommener Gleichgültigkeit über den Reiter hinweg.

Wo Strom und Berge auseinandertraten, soll er der Kalksteinkette gefolgt sein, die sich in unmerklichem Bogen nach Nordosten schwingt. Dann sei er durch eine Klus in das Kettengebirge hineingeritten, recht mitten durch vorerst, dann in ein mooriges, verlorenes Längstal, bis es endete in einem See. Da war es fast schon dunkel und hohe Zeit, eine Unterkunft zu suchen.

Die Wasserfläche starrte in kaltem Licht, tief neigten sich die Äste der Tannen ihren Spiegelbildern entgegen. Weit draußen schwebte eine Barke auf der Höhe des Wassers, mit Schweigenden besetzt, von

denen nur noch Umrisse zu sehen waren. Es mußten Fischer sein,
doch saßen sie müßig, in gebeugten Stellungen, bis auf Einen; der lag
eher im Boot, als er saß. Sein Kleid schimmerte wie faules Holz, und
über dem Hut stand ein Gepränge schwarzer Pfauenfedern; sie zitterten ohne Wind, als bebe ihr Träger am ganzen Leib. Sonst rührte
sich kein Zweig, kein Vogel sang aus dem Wald. Die Landschaft war
so verschwiegen, daß Parzivâl beim Klang der eigenen Stimme zu-
sammenfuhr.

Wißt Ihr eine Herberge in der Gegend?

Lange blieb es still. Dann flüsterte es über das Wasser:

Kein Mensch, kein Haus. Nur eine Burg steht in der Einöde, zu
finden von Keinem. Wendet Euch am Fuß der drei Felsen nach rechts
und reitet immer zu, bis Ihr zu einem Burggraben kommt. Bittet,
daß das Tor sich öffne. Der Fischer habe Euch geschickt.

Vielen Dank, sagte Parzivâl.

Euren Dank, redete es weiter, bemeßt danach, wie Ihr empfangen
werdet. Wenn Ihr richtig hinkommt, werde ich Euch selbst aufwarten. Doch die Wege sind dunkel, und an der Felswand könnt Ihr
leicht irrereiten. Das würde uns leid tun.

Aber der Fuchs ging so wenig in die Irre, als hätte er jedes Wort
mitgehört. Zwar schien der Weg an der Felswand entlang ins Nichts
zu führen; doch das Pferd sprang plötzlich über zwei Stufen geradewegs in den Berg hinein. Bald verbreitete sich der Durchschlupf
zum Pfad, der auch in der Dämmerung leicht zu finden war, folgte
man seiner Spur himmelwärts in der Teilung der Wipfel. Manchmal
blühte eine bleiche Blume am Rand, oder eine Nebelbank trieb vorüber.

Und auf einmal stand alles still, der Fuchs zuerst, dann der Blick,
und beinahe der Verstand. Zum Greifen nahe erhob sich – nicht allzu
hoch, denn die Wipfel überragten es noch, die scharf wie Zähne in
den gläsernen Himmel stachen –: ein Bauwerk, unglaubwürdig in
seiner Form. Es waren drei glatte, hintereinander versetzte Kuppeln,
von mattem Weiß, wie das Gelege eines riesigen Vogels. Das Nest, in
dem es ruhte, sah von weitem wie dichtes Moos aus; als Parzivâl
darauf zuritt, wurde es zu einem undurchdringlichen Geflecht. Beim
Versuch, einzelne Äste wegzubiegen, begegnete er einem Widerstand, der nicht weniger eisern war als seine gerüstete Hand.

So ritt er außen entlang, auf dem Erdwall, der das Dickicht
säumte, und mußte auf einmal erkennen, daß er schon mitten hin-

eingeraten war. Die peitschenartigen Triebe wuchsen ihm über den Kopf, doch tasteten sie ihn nicht an; der Fuchs schritt weiter, ohne sich zu besinnen. Zurückschauend stellte Parzivâl fest, daß sich das eiserne Geflecht auch hinter ihm geschlossen hatte. In der Luft sirrte es wie Flügel; es konnte auch die Todesangst in seinem Kopfe sein. Doch unversehens, wie er ihn gefangen hatte, entließ ihn der Verhau, und die Peitschen schnellten zurück.

Hatte er die Nacht durchritten? Die Gebäude lagen in geisterhafter Dämmerung vor ihm. Sie hatten mit denen, die er zuvor gesehen hatte, nur noch die entfernteste Ähnlichkeit. Rund waren sie wohl, doch aus frisch geschlagenem Holz; Harzgeruch wehte herüber. Parzivâl blickte auf eine Gruppe unregelmäßig gewölbter Dächer mit schief eingesetzten Fenstern, die scheinbar ohne Plan über die Fassade verteilt waren. Dunkelheit starrte heraus, und die Burg war von einem Graben umzogen, in dem die gleiche Art von Dunkelheit floß. Dahinter stand ein spindelförmiges Bauwerk, an dem eine Zugbrücke hing; als Roß und Reiter sich zu rühren begannen, schrie es von Drüben: *Halt!*

Der Fischer schickt mich, rief er, laßt mich ein!

Auf diesen Ruf, den die Luft verschluckte, sank die Zugbrücke Parzivâl entgegen und streckte sich so weit, daß sie vor den Füßen des Pferdes landete.

Parzivâl ritt langsam darüber; es schien ihm, die Brücke ziehe und recke sich immer weiter, und er reite gegen einen unsichtbaren Widerstand. War er durch ein Tor geritten, hatte es sich geöffnet, war nie ein Tor gewesen? Roß und Reiter hielten in einem umschlossenen Zwinger. Der Mond schien herein, und Parzivâl sah einen Bucklinen vor sich stehen, von dem ein überlanger Schatten fiel.

Hoch zu Roß? fragte der Mann mit scharfer Stimme. – Ihr sucht eine Herberge? Und der Fischer sendet Euch?

Ja, sagte Parzivâl.

Seid Ihr Lâhelîn?

Ich? – Nein.

Seid irgendwer! keifte der Mann. – Wollt Euch ausruhen! Seid genug geritten.

Ja, sagte Parzivâl.

Ihr seid der Schönste! Aber wißt Ihr, was *noch* schöner wäre?

Nein, sagte Parzivâl.

Wenn Ihr glaubt, man habe auf Euch gewartet!

Das glaube ich nicht.

Das glaubt Ihr nicht! Hilfe, ein Ungläubiger! Hier glauben wir, mein Herr! Wir lieben nicht mehr, wir hoffen nicht mehr, aber den Glauben lassen wir uns nicht nehmen!

Ich zweifle nicht daran, sagte Parzivâl.

Er zweifelt nicht! Endlich einer, den kein Zweifel mehr plagt! Ihr seid glücklich, mein Herr. Wenn Ihr so glücklich wie schön seid ... dann könnt Ihr es ja mit Euch selbst nicht mehr aushalten. Mich überläuft's, wenn ich Euch sehe! Ihr seid blödsinnig schön! Seid Ihr auch schön blödsinnig?

Das müßt Ihr andere fragen, sagte Parzivâl.

Das muß ich andere fragen! Wie wunderbar bescheiden! Ich werde andere fragen, mein Herr. Fragen ist immer gut. In der Not hilft nichts wie Fragen. Versteht Ihr?

Ich denke schon, sagte Parzivâl.

Denkt! Aber nicht zuviel! Das würde Eurer Schönheit nicht bekommen. Wenn Ihr mich fragt: Euer Blödsinn steht Euch charmant. Ach, wenn ich einmal so schön sein könnte wie Ihr! Dann wäre ich gern so abscheulich, wie ich bin. Sitzt jetzt von Eurem Füchslein ab, laßt's in der guten Hut dieser Herren. Es ist die beste Truppe der Kristenheit!

Vor Parzivâl stand, Schild an Schild, ein Spalier dunkler Männer, die ihre Schwerter gereckt hielten, so daß sie sich zu einer Passage zusammenfügten. Die Schneiden zuckten im Mondlicht; das Visier der Ritter war gesenkt, die Falten ihrer Waffenröcke standen wie gemeißelt.

Hier durch, wenn's beliebt, sagte der Mann mit dem buckligen Schatten, nachdem Parzivâl sich nicht rührte. – Der Fischer ist schon da. Wir machen ein Festchen, nur für Euch. Dafür werdet Ihr noch etwas Netteres anziehen wollen! Seht, an diesen Herren führt kein Weg vorbei. Aber da drüben ist gleich die Tür zu Eurem Lustgemach.

Parzivâl zögerte, den ersten Schritt unter die Schwerter zu tun, als begäbe er sich in Gefangenschaft. Aber der andere hüpfte ihm voraus, er mußte folgen, und beim Vorübergehen wurde er unsicher, ob die Ritter verkappte Gesichter hatten oder gar keine; und die Rüstungen klirrten wie hohl.

Ihr werdet vom Grâl ja schon dies und jenes gehört haben, sagte der Schalk, ohne sich umzuwenden. – Er ist schon ein Ding, und Ihr seht, wir hüten es gut. Die Herren hier kämpfen auf Leben und Tod. Gefangene? Machen wir nicht!

Am Ende des Spaliers stieß er eine Pforte auf; im Gitterwerk der Beschläge hing eine eiserne Taube, einer lebenden so ähnlich, daß Parzivâl meinte, ihre Stille sei Täuschung, eben noch habe sie den Kopf gedreht.

Wir verehren den Heiligen Geist in der Turteltaube, flüsterte der Gebuckelte, aber auch sie ist gestählt. Wir dürfen auf Munsalvaesche nichts kommen lassen. Manchmal ist uns ein falsches Wort schon zu viel. Die Strafe folgt auf Taubenfüßen. – Hier wohnt Ihr, sagte der Mann, nachdem er die Pforte zu einem fensterlosen Gemach aufgestoßen hatte. – Fühlt Euch wie zuhause. Ich darf Euch ein wenig entkleiden.

Er machte sich ohne Umstände daran, Parzivâl Helm und Waffenrock abzunehmen, Hals-, Nacken- und Schamberge abzuknöpfen, den Eisenpanzer vom Leib zu ziehen; er stand im Hemd, ehe er sich's versah.

Nun seid Ihr so gut wie nackt, raunte der Schalk, dessen Gesicht noch immer im Schatten lag. – Eine Frau würde gewiß sagen, daß Ihr so bleiben könnt. Aber die Frauen von Munsalvaesche haben andere Sorgen, mein Herr! Frau Repanse, meine Herrin, hatte keine größere, als Euch diesen Mantel da zu senden, damit Ihr Eure Schönheit verdecken könnt. Es ist ein echter Königsmantel und liegt Euch gern zu Füßen. Und gleich das passende Feströcklein dazu – ach, Ihr werdet darin noch grüner aussehn! Aber da Ihr schon groß seid, könnt Ihr Euch gewiß alleine anziehen. Augenblicklich geleite ich Euch in unseren Festsaal. Alle reden davon! Keiner hat ihn gesehen. Hoffentlich könnt Ihr noch Euren Kindeskindern davon erzählen. Das Eisenzeug lege ich auf einen Haufen, damit Ihr am Morgen alles wiederfindet, *gegebenenfalls*. – Ja, der Fischer erwartet Euch dringend, Ihr seid ihm teurer als sein Augapfel. Er ist der Herr dieses Hauses. Wenig hat gefehlt, und er könnte auch noch Herr seines Lebens sein. Oh, so wenig: ein Gran Pflichtbewußtsein. Eine Spur Verzicht. Ein Hauch von Respekt für die Stimme des Grâls, damit sie ihm die rechte Braut zeige, die er hätte lieben dürfen in Züchten, sogar in Unzüchten. Er hätte dürfen, schöner Herr. Der König darf mit der Königin alles, was wir nicht dürfen, wir Jungfrauen und Junggesellen. Dafür ist er der Herr. Wir hätten sein Hochzeitsbett umstanden und Hosiannah gesungen! Geweidet hätten wir uns an seiner Lust, denn uns ist keine vergönnt – es sei denn, auch wir würden einmal berufen vom Grâl, seinen Samen in die Welt zu

streuen. Die Jungfrauen werden öffentlich ausgesandt, wir Junggesellen heimlich. Keiner darf wissen, wer wir sind. Werden wir danach
gefragt, so verdirbt das Heilmittel, und wir müssen zurück – wir
verfallen, wie ein gebrochenes Wort, verschwinden wieder in diesen
Mauern. Wir leben streng, schöner Herr, wir sind strikt. Wir gehören ja nicht uns, sondern der Ordnung. Wir haben Not, und wir
haben Zucht. Wir sind da, als gehörten wir zum Gemäuer. Wie Felsen stehen wir, wenn man uns zu nahe tritt. Und alles, was schön ist
wie Ihr, tritt uns reichlich nahe. Erst wenn es Dem Ding so paßt,
werden wir verpackt und ausgeschickt. Dann kommen wir nach
draußen. Dann zeigen wir es den Leuten! Man braucht die Welt nicht
zu lieben, um es ihr zu zeigen. Aber es riecht doch wieder einmal
nach Menschenfleisch, wenn Not und Zucht Hochzeit machen. Versteht Ihr mich?

Nein, sagte Parzivâl.

Wie solltet Ihr auch, sagte der Schalk, Ihr Schöner, von innen und
außen! Ihr Glückspilz von Haus aus! Seid ja vom blauen Himmel in
unsern Keller gefallen! Hoffentlich ist er ein Nährboden für Glücks-
pilze. Haben wohl auch schon eine eigene Königin?

Ja, sagte Parzivâl, Condwîr âmûrs.

Condwîr âmûrs! sagte der andere mit verdrehten Augen. – Wie
das nach Menschenfleisch riecht! Glaubt wohl, Ihr könnt sie nach
Munsalvaesche bringen, mir nichts, dir nichts?

Daran habe ich nicht gedacht, sagte Parzivâl.

Denkt nicht daran! flüsterte der Narr. – Denkt besser nicht daran.
Lust geht hier den Weg allen Fleisches, werdet's schon riechen! Soll
ich Euch ein Märchen erzählen, oder kein Märchen? Es war einmal
ein König, hieß Anfortas, der ging selbst auf Weiberjagd. Konnt's
nicht abwarten, daß ihm der Grâl die Rechte zeige. Wollte seinen
Hafer wild säen, die Erste zur Besten machen. Die hatte rotes Haar,
wie Euer Fuchs, und war auch eine Füchsin: die hat's ihm eingetränkt. Hat ihm's Hörnchen geknickt, das er an ihr abstoßen wollte.
Hat ihm dafür ein Loch in den Leib gerannt, sein Gemächte ausge-
brannt mit giftigem Speer. Da liegt er nun, und was schreien wir?
Miserere statt Hosiannah! Liegt in ganz und gar aussichtsloser Lage,
und wir pflegen ihn nach Art des Hauses, bis ein Wunder geschieht,
sonst eben bis zum Jüngsten Gericht. Umkommen darf man seinen
König nicht lassen, und Sterben leidet der Grâl fast so wenig wie
Leben – aber was schwatze ich noch! Da steht Ihr ja endlich und seht

wie das blühende Leben aus. Habt Ihr eine kleine Frage für mich, zufällig?

Nein, sagte Parzivâl.

Nein? fragte der Schalk mit schiefem Lächeln. – Schon bedient? Oh, wie mich gelüstet, Euch im grünen Mäntelchen wiederzusehen! Über ein Kleines, da bin ich wieder bei Euch und um Euch herum!

Und fort war er, wie von den Steinen verschluckt.

Der Mantel wog leicht und richtete Parzivâls Schultern auf, als zöge er sie zu sich empor. Der Schalk kam wieder und blickte den Gast kaum noch an. Er huschte ihm voraus durch tropfende Gänge, durch eine stählerne Tür. Parzivâl fand sich auf einer Galerie – oder war es die Empore einer Kathedrale? – und hielt inne, bestürzt von der schneidenden Kälte, von der Grube zu seinen Füßen.

Es friert ihn, da er in die Grube starrt. Und bevor die Frage, die zu stellen wäre, sich auftun kann, ist zu fragen, was er hier sieht, an dem Ort, an den keiner gelangt, wenn er ihn sucht. Aber dieser Ort findet den, der zu ihm gelangen soll, unfehlbar.

Der Fischer erwartet Euch! flüstert der Schalk.

Der Raum, auf dessen Grund er starrt, ist achteckig; die Hälfte des Bodens ist leer, die andere von Rittern belegt, die auf Feldbetten lagern wie Schwerverletzte. Ihre kalkweißen Mäntel sind um sie ausgebreitet, lassen in den Falten das geknickte Zeichen des Kreuzes sehen; dazwischen glänzen, wie Teer, die Ringe der Panzerung. Ein Baldachin hängt von der Decke; der Gast vermag kein Ende der Höhe auszumachen, die Stricke ziehen den zeltförmigen Schirm langsam hinauf, bis er im Dunkel vergeht.

Unten aber ist eine Bühne sichtbar geworden, ein freistehendes Podest, auf dem zwei Lagerstätten nebeneinanderliegen wie vertäute Boote, leer die eine, die andere bedeckt von zerwühltem Zeug. An drei Seiten des Achtecks springen riesige Kaminhüte vor, und der Raum zuckt im Licht einer gefangenen Feuersbrunst; er scheint auf allen Seiten zugemauert, bis auf eine kleine Stahltür. Fackeln brennen an den Wänden, Kerzen in den Nischen. Auf dem Grund der Kälte wittert der Gast Aloë, Balsam, Hyazinthen und Narzissen; darunter verbirgt sich noch etwas und macht den Wohlgeruch abscheulich.

Kommt! winkt der Bucklige.

Der Gast betritt die Strickleiter. Sein Fuß sucht Halt von einer Sprosse zur nächsten, während seine Hände die Taue umklammern.

Endlos scheint der Abstieg, indes der Schalk seinen Kahlkopf über die Brüstung beugt. Endlich tritt der Fuß auf Stein, und kaum hat Parzivâl das Seil losgelassen, fährt schon der Andere herunter, schnell wie ein Affe. Er buckelt auf die Bühne zu, an den Männerpaaren vorbei, die ihnen ihre Gesichter zuwenden, unscharf, wie von Reif beschlagen. Der Schalk bedeutet ihm, er möge die Bühne betreten, sich niederlassen auf dem leeren Lager; der Gast gehorcht. Er fühlt die Lagerstatt nachgeben unter seinem Gewicht, während ihm kalte Süße von Blüten und Spezereien entgegenschlägt. Und wieder schwärt das Unerträgliche auf ihrem Grund.

Der Schalk ist verschwunden. Der Gast zieht den grünen Mantel um den Leib; er könnte nackt hier liegen, am Rand einer Klippe, im Durchzug der Einöde. In den Essen fauchen die Feuer. Sie wärmen kaum, ziehen nur Kälte aus dem Gemäuer, auf das die Kienbrände gelbe Flecken werfen. Die Kerzenflammen zerfasern in der Luft, als wäre sie gesprungenes Glas. Streifen von Schimmel, Salz- und Salpeterbahnen laufen die Wände herab. In die Ritzen klammern sich Waldreben mit dürren Bärten.

Wo ist der Fischer?

Das Warten nimmt kein Ende. Der Gast blickt sich nach einer Decke um; auf dem Lager neben ihm liegt ein Haufen Fell. Er zieht daran, er zuckt zurück. Da hat sich etwas gerührt. Das ungemachte Bett verbirgt eine menschliche Form. Hier lauert der süße Übelgeruch. Von hier her weht die schneidende Kälte.

Der Gast rückt ab und deckt die Nase mit dem Mantel. Der Balg, ein Wolfsfell, gewinnt Gestalt; durch einen Riß blickt ihn etwas an. Wer stöhnt? Es stöhnt von allen Seiten. Die kalte Burg stöhnt.

Ein Klang von Metall, das Klirren von Riegeln. Gegenüber ist die Stahltür aufgesprungen, grauer Schein fällt herein: jenseits, weit hinten, liegt ein alter Mann in weißem Haar. Nun schiebt sich ein Schatten davor; der Bucklige springt in den Raum und zieht die Tür hinter sich zu. Das Ächzen will nicht verstummen. Der Schalksnarr tanzt um eine Lanzenspitze, die er in die Höhe hält. Blut tropft ihm über die Hände auf die Ärmel. Die Fetzen fliegen ihm um die Beine, während er die Waffe über die liegenden Ritter schwenkt. Sie ächzen lauter. Dann ist er mit einem Satz vor der Esse, hält die Eisenspitze ins Feuer, bis sie glüht, läßt die Zunge im Mundwinkel spielen, streckt sie heraus, hüpft auf die Bühne, bekreuzigt sich vor dem Gast. Er neigt sich vor dem Wolfsbalg, kniet, tastet ihn ab mit einer

Hand und schlägt ihn auseinander. Als würde der Deckel von einem Grab gelüftet, weht dem Gast Verwesung ins Gesicht. Er starrt in die schwarze Wunde eines offenen Leibes, einen Schlund mit geschwollenen Lippen. Der Schalk hat den Schaft erhoben, an dessen Ende das Eisen glüht. Er stößt es in die Öffnung, die das Eisen zischend verschlingt. Es stinkt nach verbranntem Horn. Der Bucklige hält den Schaft mit beiden Händen fest, als verrichte er ein Gebet. Er bewegt die Lippen, schielt herüber, dem Gast auf den Schoß, und zwinkert ihm zu.

In der Kehle des Gastes würgt es, es stöhnt und ächzt in seinen Ohren. Endlich zieht der Schalk die Spitze aus dem Fleisch, hält sie in die Höhe und dem Gast, der zurückzuckt, vor die Augen. Das Eisen ist mit einer Eisschicht überzogen. So kalt war die Hölle der Wunde, das Fieber des Fleisches. Der Schalk deckt die Wunde wieder zu, lacht ohne Laut, springt von der Bühne und über die Ritter hinweg, schwenkt den Eiszapfen vor ihren Gesichtern. Unter der Tür dreht er sich um.

Der Raum ist verstummt. Der Gast schweigt. Die Stahltür fliegt auf, und der Kerl verschwindet. Weit hinten im Grauen ist wieder der alte Mann zu sehen, mit Haar wie Nebel im Mondlicht. Die Tür bleibt offen.

Mutter, flüstert Parzivâl lautlos, komm!

Der Duft von Hyazinthen und Narzissen wird stärker, und da treten sie aus dem Mondschein ins Haus, Frau um Frau. Sie kommen mit einem Lächeln auf den Lippen. Schön sieht er sie kommen, im frischen Grün ungeschnittener Seide, die vor Bewegung knistert. In gelbem Damast sieht er sie, der beim nächsten Schritt ins Blaue spielt. Geschnürt und gerafft, Kränze im offenen Haar, nähern sie sich der Bühne, bilden Reihen und Spaliere, durch die immer noch schönere Frauen treten. Wenn er sie betrachtet, öffnen sie die Lippen, drehen, wenden sich, treten näher heran und neigen die Stirn vor dem Luder im Wolfspelz. Der Gast fühlt ihre Haut unter der Seide. Sie bringen Stützen aus Elfenbein, Balsamduft weht herüber, wenn sie die Tafel darauf absetzen, einen dünngeschliffenen Amethyst. Sie beißen sich die Lippen vor Behutsamkeit. Das nächste Paar legt zwei silberne Messer dazu und tritt wieder in die Reihe zurück, um sich tief zu verneigen.

Denn nun kommt *sie*. In reinstem Grün kommt sie herein und im braunen Licht der Balsamkerzen. Von Rauch umwölkt, trägt sie den

Leib und etwas noch darüber, mit beiden Armen; das schwebt ihr auf grünem Seidenkissen über dem goldenen Haupt. Sie bringt's, Das Ding, den Wunsch der Wünsche; es zittert dem Gast vor den Augen. Sie setzt es ab auf dem Tisch, zu seinen Füßen. Da steht es jetzt, und steht noch kaum, da fließt es schon.

Es fließt immerfort und steht zugleich: es hat keine Form und spielt mit jeder. Es ist das schwarze Feuer, das dem Kind hinter den Lidern tanzt, wenn es in die Sonne geblickt hat. Es ist das Buch der Schöpfung in Lîâzens Händen, die Locke im Schloß Condwîr âmûrs. Es ist der Vogel auf seinem lautlosen Flug in das reine Verschwinden.

Es fließt und überfließt. Es tropft als Wasser und Wein herab, als Sinôpel, Granatsaft und Maulbeerwein. Es fällt als Wachtelbrust und Räucheraal auf den Tisch, als Rehrücken und Froschschenkel, Kälberbries und Entenklein. Es gießt Brühsauce nach und gibt Obsttunke dazu.

Der Saal hat zu schnalzen begonnen, das Achteck girrt. Pagen fallen aus den Wänden, rennen mit Pokalen und goldenen Schüsseln, tauchen sie in den fließenden Quell. Körbe heben den Überfluß auf, Linnen schlagen sich darum, Wagen führen ihn fort, Hände verteilen ihn auf die Tische. Das Ding spendet unerschöpflich, während das Ächzen in Schmatzen übergegangen ist, in Schlürfen und Mahlen.

Mutter, und ich?

In seinem Leib knurrt es, die Leere gähnt ihm aus dem Maul. Da hockt schon der Schalk vor ihm, einen Teller im Schoß, einen Löffel in der Hand, und neckt seine Lippen damit; dann stößt er gewaltsam hindurch. Der Brei schmeckt süß auf der Zunge, gallenbitter im Hals. Der Gast will spucken, da kommt schon der nächste Löffel und schiebt seine Lippen weg, die sich nicht mehr öffnen wollen. Er schmiert es mir in die Nase, Mutter! Es tropft mir von den Backen! Er quält mich, Mutter! Ich will nicht essen, Mutter, ich will zu dir!

Aber sie hat zu tun und will nicht kommen. Sie kniet vor dem Kadaver. Sie hält den Kopfteil in ihrem weißen Arm. Mit der andern Hand sucht sie den Riß, der sich zusammengekrampft hat. Aber sie sperrt ihn auf, schält Nase und Augen aus dem Balg, eine scharfe Nase, gelbe, gebrochene Augen. Die wandern weg, die wollen das Ding auf dem Tisch nicht sehen, die starren Augen das fließende Ding. Der Schädel hat sich aus dem Pelz gewunden, so sträubt er sich gegen den Arm der Frau, ein Vogelkopf, kahl und abgezehrt; mit dem Schnabel hackt er nach ihrer Hand, die ihm immer wieder das Lid hochzieht. Und auf einmal wandern die Augen zum Gast hinüber und füllen sich mit einem Blick gebieterischer Verzweiflung.

Nein! sagt Parzivâl.

Erwählt, auserkoren, zum Höchsten bestimmt. Wer hat das gesagt? Woher der Wahn? Mutter, was war das für ein Glaube, der dir gebot, mir so etwas anzutun? Wo bist du nun, um mitanzusehen, was du angerichtet hast? Wer hilft mir's tragen?

Damit ich das ewige Leben habe. Etwas weniger durfte es nicht sein. Du hast mir den Leib abgesprochen, den du zur Welt gebracht hast, ausgestoßen aus deinem Leib, der sich nicht öffnen wollte. Nein, du wolltest mich nicht zur Welt bringen, vor der du dich gefürchtet hast, mehr als vor dem Tod. Wie muß sie dich verletzt haben, diese Welt. Sie war eine einzige Kränkung deiner Heiligkeit. Du hast sie heilig halten müssen, deine arme Seele, nicht wahr? So wenig hast du dir zugetraut. So schmutzig und schwach empfandest du deinen Leib. Und als sie ihn schön fanden und um ihn warben, wurde er noch ekelhafter in deinen Augen. Du warst eine Schönheit mit deinen rehbraunen Augen, nicht wahr? Sie schämten sich nicht, dich zu jagen. Und deine Flanken schämten sich nicht, dabei zu zittern. Dafür schämte sich deine Seele, für Mann und Frau, für die Frau noch mehr. Denn der Mann ist ein Tier, die Frau aber nicht.

Du hättest sterben können bei meiner Geburt, habe ich gehört, zwei Tage und drei Nächte hast du an mir geboren. So sah das Ende deiner Guten Hoffnung aus: mich nicht hergeben zu müssen. Aber sterben durfte ich dir auch nicht. Was hätte man von einer Königin gesagt, die keinem Prinzen das Leben zu schenken weiß!

So traten sie auf deinem hohen Leib herum, um dich von mir zu entbinden. Aber *mein* Leib, Mutter, war es auch. Und ich schrie in deiner Enge, bis mich die Sinne verließen. Aber wer hätte mich hören sollen? Der Muttermund erstickte jeden meiner Laute. Du konntest mich nicht leben lassen und nicht sterben, Mutter, schon vor der Stunde meiner Geburt. Daß es nicht unsere letzte war, daß wir ineinander verschlungen uns nicht ganz erwürgten: der Grâl soll das Wunder gewirkt haben. Damit wir nicht schon zu Ende wären miteinander, trugen sie ihn vor deinen Leib, der mich mit den Eingeweiden an sich preßte. Sie hielten dir Das Ding vor den Mund, aus dem alle Farbe gewichen war. In dem das Schreien sich zum Stöhnen verdumpft hatte, zum Röcheln der Bewußtlosen.

Aber es half dir alles nichts: ich mußte geboren sein. Mein Vater hatte dein Wochenbett geflohen, wie zuvor sein Ehebett. Du hattest keine Wehmutter unter den Jungfrauen, die ihren eigenen Leib nicht kannten, wieviel weniger deinen blutigen, der sich nicht öffnen wollte. Nur Junggesellen standen um das Nest herum, finster und ratlos über der mörderischen Hochzeit, die wir feierten, du und deine Erstgeburt. Bis ihnen einfiel, statt unsern Leib mit Füßen zu treten, den Alten hinaufzuheben, Tyturel, den Stifter des Grâls, der immer noch nicht sterben kann. Diesen Leichnam hoben sie uns auf den geschwollenen Doppelleib, hoben ihn der heiligen Jungfrau in den Schoß. Ihr Gesicht war spitz vor Strenge, rot vor Schadenfreude über die Qual unseres Fleisches und seiner unvollendeten Geburt.

Da rissest du Augen und Mund auf zum letzten Schrei. Aber der blieb stecken. Denn was lasest du auf Dem Ding, das vom Himmel gefallen war? Meinen Namen willst du gelesen haben, Anfortas, den Namen des Höchsten, mit dem du schwanger gegangen warst. Da willst du wieder zu pressen begonnen haben. Du nahmst deine letzte Kraft zusammen, um mir das Gewicht deiner Welt abzutreten, ledig zu werden, nur noch ein Mal. In drei Wehen triebst du mich heraus aus deinem Paradies, das du schon zur Hölle vermauert hattest, preßtest meinen Kopf ans Licht, den die Männer zu fassen kriegten, um daran zu zerren. Sie zogen mich an meinem Kopf in die Welt, die für mich schon so gut wie erloschen war.

Sollten sie mir nicht eine Krone auf den Schädel setzen, der noch bedeckt war von Blut und Schleim, den erpreßten Tränen deines Eingeweides? Sie schlugen mich, Mutter. Neun Monate war ich dein gewesen, drei Tage hattest du an mir geboren, hattest mich schon so gut wie totgeboren, da aber schlugen sie mich. An den Füßen hielten sie mich an die stickige Luft dieser Gewölbe, bis ich anfangen mußte, sie zu atmen. Und hörten nicht auf zu schlagen, bis ich wimmerte ... dann lachten sie, Mutter. Denn jetzt war ich in der Welt. Da es nicht unser Tod sein durfte, wurde es meine Geburt.

Dein Werk war vollbracht; danach bist du verschwunden. Du sollst noch eine Weile gelebt und viermal geboren haben, jedesmal leichter; an der jüngsten Schwester bist du gestorben. Sollte sie darum »Freude« heißen? Dein Mann war tot, deine Pflicht getan; es war der Tag meiner Krönung, an dem ich dich noch einmal gesehen habe, und zum ersten Mal. Du hast mich nicht erkannt; ich sollte dich nie kennenlernen. Du bist mit einem Grinsen auf den schmalen

Lippen gestorben. Endlich fiel es zusammen, das Fleisch, das dich so
lange hatte zittern lassen vor dir selbst.

Niemand hat gewußt, ob er lachen oder weinen sollte, als wir
unsere Zeit erfüllt hatten: du als Mutter des Höchsten, ich als Erfüllung der Wünsche, von denen du dir keinen gegönnt hattest. Ich
wurde gekrönt im Schatten deiner Heiligkeit. Die Mauern von Munsalvaesche wurden dein unsterblicher Leib, aus dem du mich nie
mehr entlassen wolltest. Ich hatte deinen Segen dazu, ich erbte deinen Fluch.

Ich sprengte Munsalvaesche. Ich tat alles, um Fleisch zu werden
ohne dich. Ich lernte reiten, Schwert und Lanze führen. Den Grâl
brauchte ich nicht mehr zu suchen: der hatte mich schon. Ich suchte
Abenteuer. Ich war König, ich suchte die Welt, und in der Welt alle
Frauen, und in allen nur die Eine. Ich glaubte sie gefunden zu haben,
sie hatte rotes Haar. Und als sie mich nicht begehrte, folgte ich ihr
bis ans Ende der Welt und einen Schritt darüber hinaus. Bei diesem
Schritt fiel mir ein Speer in den Leib, wo er männlich war, und
vergiftete mein Fleisch ohne Rettung.

Und als ich lag, als ich zu stinken begann, als das Lotterbett zur
Bahre wurde ... da war ich wieder bei dir. Da erkannte ich dich. Daß
ich in der Einen immer nur dich gesucht hatte, den Tod. Und erkannte dich daran, daß ich dich auch jetzt nicht finden konnte. Denn
ich durfte den Tod nicht finden. Dein Fluch hatte mich eingeholt.
Dein Segen verbreitete Leichengift in meinem Schoß, den die Speerwunde zu deinem gemacht hatte. Ich kam nieder, doch aufkommen
sollte ich nicht mehr. – Dein Gebet hat sich erfüllt, Mutter. Du warst
mächtiger als der Grâl. Denn als sein König bin ich das elendeste
Ding geworden, das die Erde trägt, zur ewigen Strafe, daß ich die
Erde nicht lieben durfte. Dafür hast du mich nicht geschaffen. Dafür
nicht.

Der Steiß, aber sie nennen es meinen Rücken. Das Mannsglied,
aber sie nennen es meine Scham. Dein Schoß, aber sie nennen es
meine Speerwunde. Deine Gebärmutter, aber sie nennen es mein
Eingeweide. Denn auf Munsalvaesche wird nichts beim Namen genannt. Auch ich bin verstummt. Es gibt keinen Namen dafür.
Schmerz ist keiner, Klage, Pein, Brennen, Drücken, Glühen, Knei-
fen. Wahnsinn ist kein Name.

Ich aber habe den Namen, auf den du mich getauft hast:
Anfortas, König des Grâls. Was bin ich noch? Aber ich bin's.

Dafür, Mutter, sollst du namenlos bleiben für immer.

Wer Munsalvaesche von weitem erblickt, sieht ein Gelege von Eiern im dichten Moos, die Brut der Schlange.

Wer Munsalvaesche näher gekommen ist, sieht ein Haus aus frisch geschlagenem Holz.

Wer aber hineingeraten ist in Munsalvaesche, für den hört alles auf. Den friert nur noch. Der fragt nichts mehr.

Wer über Munsalvaesche stolpert, unter dem weichen die Wege ins Leere. Er fühlt nicht mehr, daß seine Füße ihn halten. Kopfüber hängt er. Er versucht, sich hochzuwinden gegen die Schwerkraft, den Fußknoten zu lösen. Aber die ungestellte Frage läßt ihn nicht fallen. Ihm scheint, die Erde wachse ihm über den Kopf, sein Haar treibe Wurzeln in die Leiber der Toten. So lange wird er hängen bleiben, bis er vergißt, was unten und oben ist. Dann erst wird er alles lassen, auch die Frage gut sein lassen. Wo seine Füße hinreichen, werden sie keinen Weg mehr suchen, sondern gehen; so lange gehen, bis alles aufhört, auch das Aufhören selbst.

Wenn die Frage ausgelitten hat in seinem Kopf, wird er sie fallen lassen und mitfallen. Dann aber wird sich die gelassene Erde um den Punkt gedreht haben, der ihn nicht mehr fesselt. Denn die Erde bewegt sich leicht, viel leichter als sein Haar.

Ist das noch lange hin? Kein Weg.

Es ist schon da, er weiß es nur nicht.

Nein! hat er gesagt.

Wie lange mag das her sein? Das Grauen weiß nichts von Weile, die Zeit ermißt es nicht. Saß er schon eine Ewigkeit in der Kälte, war er eben erst eingetreten? Er sah nur: das Gastmahl löste sich auf. Geschirr und Besteck, Mund- und Tischtücher flogen von den Tafeln. Die Tische selbst verschwanden, als habe keine Hand sie berührt, als würden Pagen und Damen, die sie abtrugen, von ihnen fortgezogen. Die Speisewagen hatten sich von selbst beladen und entrollten ohne Laut. Die grüne Königin hatte Das Ding gehoben, von Wolken begleitet, schwebte es über ihrem Kopf davon, zuckte noch einmal vor der Mauer, wie ein Stern, der erlischt. Die Trägerin, rückwärts gehend, schien von der offenen Pforte angezogen zu werden. Und kaum war sie verschwunden, folgte ihr eine Gruppe Damen nach der anderen. Die Tischmesser waren ihnen in die Hand gesprungen, die Kerzen, die Tafeln und die Elfenbeinstützen; alles hob sich hinweg. Und wie der Saal sich leerte, schien er sich zu verdunkeln, während das Mondlicht erstarkte hinter der offenen Tür. Da lag er zum dritten Mal wie gemalt, der Alte, aufgebahrt, in Jugendfrische unterm Nebelhaar.

Die Mauer schloß sich. Ein Luftzug regte die Ritter wie Vogelscheuchen auf, ihre weißen Mäntel flatterten, entfalteten die schwarzen Kreuze. Sie schlichen heran, drängten sich um die Bühne, hoben die Hände; die Bewegung war hilflos und bedrohlich ... was flüsterten sie denn?

Nacht, sagten sie in vielen Stimmen. – Nacht ... Nacht.

Das Bündel neben Parzivâl hatte sich gestrafft. –

Ja, sagte es deutlich aus dem Fell. – Ihr seid müde, Herr. Geht und schlaft. Hier, nehmt mein Schwert und tötet, was Euch begegnet. Tut es zu meinem Gedächtnis.

HOHLWEGE

WORIN PARZIVÂL SIGÛNE
AUF DER LINDE BEGEGNET
UND DAMIT ANFÄNGT,
SEIN ZERRISSENES LEBEN ZU FLICKEN

Er wußte nicht, wie er in sein Zimmer gekommen war. Er saß auf einem Bänklein und hielt die Füße hin, damit ihm die Schuhe ausgezogen würden. Dann hob er beide Arme, damit man ihm das Hemd über den Kopf streife. Es geschah schonend, wie bei einem Verletzten. Jemand stützte ihn im Kreuz und hob es an, damit ihm die Hose vom Hintern gezerrt werden konnte; vor seinen schläfrigen Augen lag das weiß bezogene Bett. Noch immer zupfte man ihm dies und das vom Leib, rupfte mit spitzen Fingern, tastete mit weicher Hand. Es schauderte ihn. Eine Person im Nonnenhabit beugte sich über seinen Bauch und schien dort etwas zu mustern. Als sie das Gesicht hob, war es das Gesicht seiner Mutter, verjüngt, doch gelb wie Wachs. Sie flüsterte ihm in unbekannter Sprache etwas zu und lächelte häßlich.

Er riß sich aus vielen Armen los und stürzte aufs Bett, kroch unter die Decke, zog sie bis zum Kinn. Die Klosterfrauen banden sich die gestärkten Lätze ab, daß die Brüste herausfielen, während sie ihm auf Lacktabletts bunte Säfte anboten; dazu wisperten sie durcheinander. Die Säfte rochen nach Erbrochenem, die Mütter lächelten einander zu, als er noch tiefer unter die Decke kroch. Bleibt doch noch ein klein wenig wach, lockte eine mit girrender Stimme, ja, lockte eine andere, dürfen wir bei Euch bleiben? Aber verwirrt uns nicht, sonst können wir Euch nicht bedienen –

Er drückte die Augen zu und hörte sie kichern, aber nicht lange. Das Nächste mußte ein Traum sein. Nackt saß er auf einem fliegenden Teppich, an dessen Rändern mit Schwertern gesäbelt wurde. Er sah Fäuste, die sie führten, bis zum Unterarm, aber der verschwand in einer zappelnden Wolke. Auf dem Teppichrand waren dieselben Schwerter kreuzweise eingewoben, abwechselnd mit Keulen, Dukaten und Pokalen. Die Mitte des Teppichs war von gerahmten Bildern besetzt, Szenen aus dem ritterlichen Leben, mit Damen, Buben und Rittern, die wiederum Schwerter, Keulen, Pokale trugen. Sie rührten sich wie lebendig in ihren Rahmen; diesmal kam es dem Träumer vor, als trügen sie alle *sein* Gesicht, in verschiedenen Stadien der Jugend, der Fülle und des Zerfalls. Auch ein reitender Knochenmann starrte aus tiefen Augenlöchern zu ihm hinauf.

Und nun mußte er zusehen, wie die sausenden Schwerter den Teppichrand zu Fetzen schnitten. Die Hiebe schwirrten wie eiserne Schwingen, immer mehr der Figuren fielen aus ihren Kästchen, mit kleinen Menschenschreien, und stürzten in eine Tiefe, blauer als das Meer. Der Träumer sah, wie sie beim Fallen gefroren, dann zersplitterten sie. Die Schwerter schlugen immer näher nach seinen Füßen, die er an den Leib zog, krampfhaft, während er zugleich seine Scham bedeckte. Er fühlte den Teppich zittern, wie ein Baum zittert, wenn die Axt ihm ans Mark greift. Er tat einen Menschenschrei und erwachte.

Vor ihm stand ein roher Stuhl auf zerbrochenen Steinfliesen, über die seine Ritterrüstung verstreut lag. Er hockte im schmutzigen Hemd auf einem Strohsack. Durch das hochgelegene Fenster kroch spärliches Licht; in der Nähe war ein Rauschen zu hören, wie von einem Wehr. Parzivâl rief, aber es blieb still. Er schnürte sich in seinen Panzer, so gut es ging. An der Wand lehnte das Schwert in der Scheide mit dem Taubenmotiv; das band er um. Er fand die Tür unverschlossen und trat ins Freie. Hier lag dichter Nebel. Er tappte weiter, ihm war, als sehe er einen Mann, der ihm den Rücken zuwandte, mit dem Rotfuchs beschäftigt. Das Pferd schien seinen Herrn nicht zu erkennen, aber Lanze, Schild und Schwert, die an der zerbrochenen Mauer lehnten, waren diejenigen des Roten Ritters.

Was tut Ihr? fragte Parzivâl. Der Mann drehte sich um, es war der Schalk von gestern, um Jahre gealtert.

Ich mache Euer Pferd bereit, sagte er. Der Fuchs war gesattelt; Parzivâl klopfte ihm den Hals, aber er drehte nicht einmal den Kopf.

Woher wußtet Ihr, daß ich komme? fragte Parzivâl.

Das sieht man, daß Ihr geht, sagte der Schalk. –

Parzivâl saß auf und ließ sich die Waffen reichen.

Wenn ich Eurem Herrn dienen kann, sagte Parzivâl. – Wo ist er? Der Knappe deutete auf die Hufspuren im Lehm.

Ausgeritten? fragte Parzivâl. – Ich muß verschlafen haben. Aber ich hole sie ein. Die Spur ist noch frisch, und ich habe mich zu bedanken.

So, habt Ihr das, sagte der Mann. – Also geht schon, Ihr Gans.

Der Mann mußte von Sinnen sein. Er bewegte sich so, als schliefe er noch halb.

Sie werden Gründe haben zu reiten, sagte Parzivâl. – Wenn es einen Kampf absetzen sollte, um so besser. – Ich empfehle mich.

Nein, sagte der Mensch, das habt Ihr nicht. Geht. Da, die Brücke. Vor Eurer Nase.

Parzivâl erkannte das Gelände nicht wieder. In Gottes Namen! sagte er und gab dem Fuchs die Sporen. Das Tier fremdete unter ihm. Auf beiden Seiten war nichts zu sehen, die Brücke hörte nicht auf. Parzivâl trieb das Tier mit Beinen und Füßen an, aber es war, als drücke er etwas Totes. Das hohle Tripptrapp ging immer weiter, er mußte schon eine Meile geritten sein; eine solche Brücke gab es nicht. Sie war auch breiter geworden und mit Sand bedeckt, hie und da von Wurzeln durchwachsen.

Parzivâl saß ab. Er stand auf einem Waldweg, denn als er stampfte, klang es stumpf und fest. Als er sich nach den Spuren bückte, war nichts mehr zu sehen. Er hörte nur den Klagelaut einer Frau.

Mutter! rief er; sie mußte so nahe sein, daß er den teilnahmslosen Fuchs gleich am Zaume nahm. Zu Pferd wollte er sie nicht begrüßen. Der Nebel hatte sich gelichtet, ohne daß es hell geworden wäre. Dies und jenes kam ihm vertraut vor. War er nicht auf dem Weg nach Soltâne? In dieser Schonung hatte er die Ricke mit dem Blatt gelockt. Stand er nicht eben an der Stelle, wo er den Teufel hatte kommen hören und wo Gott danach leibhaftig herausgetreten war, um ihm »Allez!« zuzuschreien von seiner Ritterhöhe? Der trübe Tag ließ alles verschwommen erscheinen, aber er war fast am Ziel. Der Klagelaut führte ihn heim. Gleich würde er der Mutter zur Hand sein und in ihrem Arm, um sie zu trösten. Unter der Linde dort mußte er sie finden, denn über ihr stand der Laut, die Klage, still.

Er watete, das Pferd an der Hand, durch tauschweres Gras auf den einzelnen Baum zu. Am Stamm hielt er inne. Da war niemand mehr, und der Klagelaut schwieg. Er hörte es rascheln im Geäst und seufzen, er blickte empor, sah und traute seinen Augen nicht.

Ihm war, als müsse er die Frau im Baum kennen, als gleiche sie der Mutter; doch sie war es nicht. Ihr Haar war dünn, ihre Augen weit wie die einer Blinden. In der starken Gabel, wo die Linde ihre Äste teilte, lehnte sie wie in einem Nest. Sie hielt ein Bild im Arm. Es war die nicht ganz lebensgroße Figur eines Ritters in steifem blauem Kleid; dunkler blau war das ihre. Sein Gesicht war wie Wachs, ihres aber rot und weiß; rot die Augen, und leichenblaß der Mund.

War das Eure Klage? fragte Parzivâl. – Kann ich Euch herunter-
helfen?

Wie kommt ein Ritter in die Einöde, fragte der Klageton zurück,
wo es nicht geheuer ist? und keine Seele wohnt?

Ich komme aus der Burg, sagte er, nicht weit von hier.

Wie soll sie denn aussehen, die Burg? fragte die Frau im Baum.

Nicht immer gleich, antwortete Parzivâl.

Er war zurückgetreten, das Genick tat ihm weh; aber da die Frau
nun in den Blättern verschwand, mußte er wieder näher heran. –

Nicht immer gleich. Zunächst sah sie aus wie drei riesige Eier,
dann immer noch rund, doch aus Holz. Inwendig aber ist sie kalt
und aus Stein.

Achteckig? fragte sie.

Ja, sagte er.

Munsalvaesche, klang die Antwort. – Und da wollt Ihr gewesen
sein? Wenn Ihr doch die Wahrheit sagtet!

Pardon, sagte er, so wahr ich hier vor Euch stehe! Ich habe auch
den Burgherrn gesehen, so viel von ihm noch zu sehen war. Denn er
wirkte stark mitgenommen.

Anfortas! sagte sie. – Und was noch?

Ritter und Damen, sagte er, ganze Züge von Damen. Und die
Schönste trug etwas herein, das war ein Ding –

Du bist's! rief die Frau mit zitternder Stimme. – Parzivâl! *Du* bist
hier, also hast du gefragt. Du hast *gefragt*, sonst wärst du nicht hier!

Gefragt? fragte Parzivâl.

Wie habe ich dich so verkennen können, geliebter Cousin! Ich bin
doch Sigûne, die du schon früher getröstet hast! Ach, damals war
mein Toter so frisch, und ich auch. Weißt du noch? Ich habe dich
beim Namen genannt. – Parzivâl! sagte sie mit innigem Laut. – Du
warst im Achteck! Du hast sie gesehen, die blutige Lanze, und die
Messer, härter als das Eis, das sie von ihr schaben! Du hast seine
Wunde gesehen, und sein Gesicht, schön wie deines! Oh, der Frühlingsduft dieses Mannes! Und nun trägst du sein Schwert an der
Seite. Du hast gefragt, er ist gesund, es ist vollbracht! Und nun bist
du's, du bist es geworden! Oh, du mein Herr der Welt!

Parzivâl wurde es immer saurer, den Kopf ins Genick zu drücken.
Auch hatte der Fuchs mehrfach geschnaubt, so daß er nicht sicher
war, ihre Worte recht gehört zu haben. Herr der Welt, das war er nun
grade nicht. Also betete sie, die Arme, und Traurigkeit hatte ihren
Sinn verrückt.

Sigûne, sagte er leise, und band das Pferd an einen Weißdorn. –
Wie seid Ihr da hinaufgekommen? und wie bleibt Ihr oben, mit
einem Toten im Arm? Übertreibt Ihr nicht etwas Euer Leid?

An dem gibt es gar nichts zu übertreiben, sagte sie mit singender
Stimme. – So wie es für dich nichts anderes gab, da du den König
leiden sahst, als zu *fragen*: so gibt es für mich nichts anderes, als hier
zu sitzen immerfort, überwältigt von meiner Treue zu diesem Mann,
der jung bleibt im Tode, während ich hinfällig werde über ihm. Es
war unheilig, daß ich im Leben nicht fragte: schläfst du bei mir?
Dafür muß ich nun im Tode bei ihm wachen und darf seinen süßen
Leib nicht lassen aus meinem Schoß, bis uns der Engel des Herrn in
den seinen nimmt, und wir vereint getragen werden, wohin wir vereint gehören, in den Himmel oder die Hölle!

In den Himmel, hoffentlich, sagte Parzivâl. – Wer ausharrt wie
Ihr, muß wohl selig werden.

Ein süßer Geruch stach ihm in die Nase, der war kein Linden-
blust; das waren die Spezereien, mit denen der Leichnam geladen
sein mußte, damit er sich hielt auf ihrem Schoß und ihr leichter
wurde im Arm. Aber ihn deswegen einen »süßen« Jüngling zu nennen, war Parzivâl zu stark, und der Respekt in seinem Herzen wurde
zum Würgen in seiner Kehle. Er hob seinen Kopf nicht mehr, um
den Ekel nicht zu reizen. Davon wurde die Unterhaltung doppelt
seltsam, denn jetzt sprach er wie zu sich selbst.

Parzivâl, von Gott Geliebter! flüsterte die Jungfrau. – So wahr ich
diesen Mann für lebend im Arm halte, so wahr bist du der Erwählte
des Grâls. Du hast es weit gebracht! Mit dem Schwert an deiner Seite
hat es eine besondere Bewandtnis. Wenn es dir brechen sollte, gibt es
ein Mittel, es zu heilen, und einen Segensspruch dazu. Du wirst ihn
schon gehört haben, als du fragtest, die alles wendende Frage, die
keiner vorauswissen darf; denn sonst wirkt sie das Wunder nicht.
Von ganzem Herzen will sie gefragt sein, wie bei dir.

Ja, Bäschen, sagte Parzivâl vor sich hin, und wer ernährt Euch,
wenn Ihr da oben sitzt? Die Raben?

Du bist gut! sang die Jungfrau, aber seht, ich bedarf nicht viel. Die
Klage nährt mich fast überreichlich, und ich trinke das Salz meiner
Tränen! – Kundry, sagte sie, sie ist's, die mich verpflegt, die wunderbarste der Frauen am Grâl. Tagtäglich kommt sie auf ihrem Maultier geritten, damit wir unser Leid teilen. Sie trägt's um den Grâl,
und ich um dieses Kind. Wir können der Klage nicht satt werden,
und doch fristet sie unser Leben, so lange Gott es will.

Kundry? fragte Parzivâl. – Er hob den Blick, der auf einmal d͜
vollen Sonne begegnete, so daß er die Augen niederschlug. – Habt
Ihr Kundry gesagt? Das ist meine Frau.

Nicht wohl, kicherte die Trauernde, das hätte sie mir gesagt! Das
wäre nicht unbesprochen geblieben. Sie ist eine seltene Frau, doch
schwerlich dein Typ, herrlicher Cousin. Da muß es wohl mehr als
nur *eine* Kundry geben. Aber die meine wird dich gesehen haben, als
du gefragt hast, Gott sei gelobt! und viel davon zu sagen wissen,
wenn sie heute Abend vorbeikommt.

Wer hat ihn Euch erschlagen? fragte Parzivâl mit gesenktem Blick.

Erschlagen? fragte sie gedehnt. – Du wirst nicht zweifeln, daß er
im ritterlichsten Kampf gefallen ist. Sein Feind war Orilus, der Dra-
chenritter, und mein Liebster hat ihn *doch* besiegt. Er hätte ihn besiegt, wenn ich seine Hand nicht gelähmt und sein Herz nicht beschwert hätte mit unerfüllter Minne. Mein kindischer Sinn hat ihn in
den Tod geschickt; dafür sitze ich hier oben und büße bis ans Ende.
Bald ist auch das vollbracht; und inzwischen reitet der Süße in meinem Schoß von Sieg zu Sieg. – Und Orilus ist des seinen nicht froh
geworden, lieber Cousin; denn als er meinen Liebsten schlug, wurde
ihm auch seine Ehre erschlagen. Denke, er ließ seine Frau im Zelt
zurück, und weißt du, was sie tat? Sie hat dem ersten besten Lümmel
die Brust gereicht, der des Weges kam, und ihm sogar das heilige
Pfand der Ehe überlassen, den Ring an ihrer Hand. Auch den Fürspann hat sie ihm nachgeworfen, zu allem Überfluß, das lockere
Ding. Aber wer will sie schelten, bei diesem Mann?

Du urteilst streng, Cousine, sagte Parzivâl.

Über gebrochene Treue urteilt man nie streng genug, sagte sie,
und es gibt keine schwerere Sünde, es sei denn die meine. Ja, diese ist
die größte, darum büße ich dafür bis ans Ende der Welt. Denn lose
gewährte Minne wiegt nicht so schwer wie vorenthaltene, und veruntreutes Gefühl leichter als unterlassenes. Immerhin muß auch
Frau Jeschûte Buße leisten, und nicht zu knapp.

Frau Jeschûte? fragte er, wer ist das?

Die sich einließ mit dem Knecht, sagte sie, und aller Ehre mit ihm
vergaß.

Das tat sie nicht! rief Parzivâl, noch weniger als du! Pardon, ich
meine: fast ebenso wenig. Mir scheint, die Sünde, die dich beschwert, werde im Himmel leichter zu tragen sein als auf Erden.

So darfst du reden, weil *du* es bist, Gesegneter; denn du hast dich

des höchsten Leides erbarmt und bist selbst ein Gnadenkönig geworden. Aber wie kommt es, daß du hier bist, statt zu thronen in
deiner Pracht?

Ich habe nicht gefragt, sagte Parzivâl.

Über diesen Augenblick tiefen Schweigens brach mit Gewalt die
Sonne herein; mit einem Schlage waren die Nebel weggeweht, Parzivâl blickte um sich, erkannte alles wieder, und nichts. Dies war das
Tal der Kindheit; aber wo er gewohnt gewesen war, bestellte Äcker
zu sehen, zog sich Brachland hin, und wo der Gutshof gestanden
hatte, stockte mooriges Wasser. Und im halbhohen Buschwerk, das
die öden Hänge überzog, rührte sich von Leben nicht die Spur.

Nicht gefragt? klang es aus der Linde, als würden Steine aneinan-
dergerieben. – *Ihr – habt – nicht – gefragt?* Euer Herz hatte keine
Augen, Eure Augen keinen Mund? Was steht Ihr denn noch da?
Ehrlos, wie Ihr seid, und verflucht? Ihr tut mir in den Augen weh!
Den ich im Arm halte, der ist tot, und lebt doch tausendmal mehr als
Ihr, denn er lebt in meinem Herzen! Das Eure ist tot, und daß Ihr
noch die Erde beschwert mit Eurem Schritt und Tritt, ist reiner Hohn!

Ja, sagte Parzivâl.

Ja kann er sagen, zischte es aus der Linde, doch Nein hat er getan.
Verzieht Euch, elender Wicht, die Erde möge Euch sauer werden!
Setzt Euch schnell aufs Pferd, sauberer Ritter, fahrt hin, so weit wie
es Euch noch tragen mag. Hebt es weg von mir, Euer falsches Ge-
sicht! Denn was ist meine Unterlassung gegen die Eure! Erklärt
Euch nicht, Unbekannter, das schenk ich Euch, wie jedes weitere
Wort

Ja, sagte Parzivâl.

Er knüpfte den Fuchs vom Weißdorn los, saß auf und ritt durch
die verwachsene Lichtung, die einmal Soltâne gewesen war. Ein
Strauch glich dem andern. Die Sonne stach, und der Schweiß lief
Parzivâl von der Stirn. Er spürte es nicht. Unter seinen leeren Augen
sammelte das Eisen den Rost. Er band sich den Helm ab wie im
Schlaf, aber der Wind erreichte nur sein nasses Gesicht, nicht sein
Gefühl.

Da weckte ihn sein Pferd, es wieherte zum ersten Mal. Der Fuchs
war stehen geblieben und schnoberte im Staub. Hier gab es eine
Spur, – ein unbeschlagenes Pferd war hinter einem beschlagenen
hergeritten, und die zweite Fährte hatte die erste verwischt. Aber
beide waren noch frisch. Parzivâl erhob die Augen; er ritt in einem

engen Tal, das linkerhand gegen ein Wildwasser abfiel. Kaum hielt sich der Weg schlängelnd am Hang und verschwand häufig hinter einer Baumgruppe. Aber weiter vorn, auf einem offenen Wegstück, schleppte sich eine Schimmelmähre im Paßgang dahin. Darauf saß ein menschliches Wesen in unbestimmter Kleidung.

Der Fuchs wieherte und drängte voran; bald hatte er das seltsame Paar eingeholt. Auf dem abgetrabten Zelter saß ein Bettelweib. Sie hatte sich die Fetzen eines Seidenkleids um den bloßen Leib geknotet, und wo es nicht hinreichte, war ihr die Haut versengt. Rot war auch ihr langes Haar. Ihr Sattelbogen, mit einem Strickende um den Pferdebauch befestigt, war zerbrochen und mit Bast geflickt. Aus Bast war auch der Zügel, an dem das Weib sich hielt. Die Glöckchen waren abgerissen, bis auf zwei, die dünnen Laut gaben. Parzivâl konnte die Frau atmen hören, als werde sie gehetzt oder liege in den Wehen. Sie drehte sich nicht nach ihm um, auch nicht, als er an ihre Seite ritt.

Kann ich Euch dienen? fragte er.

Ja, sagte sie, macht Euch davon. Habt Ihr nicht Unheil genug angerichtet?

Sie bedeckte ihre Brüste nicht; es wäre verlorene Mühe gewesen. An diesen Brüsten hatte er gesaugt, wie an denen der Mutter.

Parzivâl legte seinen Waffenrock um die Schultern der Frau. Sie schüttelte ihn ab.

Was *noch*? fragte sie. – Seht, daß Ihr weiterkommt! Da vorne reitet mein Mann. Euer Leben wird Euch immer noch lieb sein!

Es geht, sagte Parzivâl.

Was tut Ihr? fragte die Frau, als er den Helm aufband und das Visier herunterzog. – Seid Ihr verrückt?

Ja, sagte Parzivâl.

Mein Gott, flüsterte die Frau. – Jetzt hat er uns gesehen. Das ist das Ende.

Vorn, wo der Hang zurückwich, um einem weiteren Blick Raum zu geben, stand ein Berittener in voller Rüstung. Er hatte das Pferd nach dem Paar umgedreht und stand ganz still vor der Sonne; farblos, nur der Umriß war scharf, Ring für Ring, bis zur Zeichnung des Drachens auf dem Helm. Da stand sie, die Kampfmaschine.

Parzivâl fühlte sich wie ein Vogel, leer und leicht. Er wußte kaum, daß er zu fliegen begonnen hatte. Mit aufgerichteter Lanze flog er dem Umriß am Horizont entgegen und schrie: Kundry! durch das klirrende Eisen.

Mit *einer* Bewegung hatte der Andere das Visier gesenkt, den Schild davorgezogen und die Lanze in die Halterung am Sattel eingerastet; das war das Zeichen für seinen Kastilier, sich in Gang zu setzen, in Trab, Galopp, Karriere.

Das Gefälle wirkte zugunsten der Kampfmaschine. Sie konnte ihre Waffen auf den Gegner stürzen lassen, während dieser bergauf sprengen mußte.

Die Lanzen splitterten, der Zusammenprall brachte die Gegner ineinander zum Stehen. Geworfen war keiner, und die nächsten Schläge fielen mit den gleichzeitig gezogenen Schwertern. Nun mußten Helme und Schild zeigen, was sie wert waren. Es dröhnte wie in einer Kesselschmiede. Die Pferde drängten sich zusammen, als suchte eins beim andern Schutz. So zwangen sie die Reiter zu einem Nahkampf fast ohne Raum, bei dem jedes Ausholen die reine Verschwendung war. Frau Jeschûte hatte ihre Stute beiseite treten lassen. Sie bedeckte das Gesicht mit den Händen und spähte durch die Finger.

Die Kämpfer waren verrückt genug, ihren schwitzenden und dampfenden Tieren die Sporen zu geben. Orilus hämmerte von oben, unten und seitwärts auf den Roten Ritter ein, der sich aufs Parieren beschränkte und die Blöße zu erwarten schien, die sich das Ungestüm zu geben pflegt. Dieses aber hatte so viel Methode, daß der Rote nicht zu Schlag oder Stich kam, auch wenn er den des Gegners immer wieder ins Leere fahren ließ. Es konnte noch lange so gehen, und doch nicht lange gut; Frau Jeschûte sah es mit Entsetzen. Vom Eisengedröhn abgesehen, hörte sie keinen Laut. Keiner schrie den andern mit einer Devise nieder oder mit dem Namen einer Frau. Allmählich sanken der Zuschauerin die Hände. Sie atmete wieder, der Kampf drehte sich im Gleichgewicht.

Parzivâl hatte die Kampfführung an eine Kraft abgegeben, die an seiner Stelle schlug und parierte. Sie machte ihn frei, das Fällige zu tun; noch weniger als sonst war überflüssiger Aufwand an seiner Energie, der sie behindert hätte. Frau Jeschûte sah Einen von beiden langsamer werden, weil er sich erschöpfte, während die gleichziehende Langsamkeit des andern von Ruhe getragen war. Jeder Streich, den Orilus führte, wollte der letzte sein, und so kam auch der stärkste nicht ans Ziel.

Auf einmal tat Orilus einen Schrei, warf das Schwert weg und packte Parzivâl mit gepanzerten Fäusten. Das war der Kurzschluß, auf den dieser gewartet hatte. Denn an derselben Kraft, die Orilus aufwendete, zog Parzivâl ihn fast mühelos aus dem Sattel und ließ sich auf den Abstürzenden fallen. Er hatte die Geistesgegenwart, den mit beiden Armen Rudernden im Fallen zu drehen und so auf einen Wurzelstock prallen zu lassen, daß es ihm den Atem verschlug. Parzivâl machte eine Hand frei, riß dem Andern den Helm vom Kopf, dann den eigenen.

So! sagte er. – Was tust du mit deiner Frau? Wirst du ihr wohl die rechte Ehre antun? Ja oder nein?

Orilus rang nach Luft, die Augen traten ihm aus den Höhlen; dann verdrehte er den Blick zu Frau Jeschûte hin, die beide Hände auf die Lippen preßte.

Der Frau? fragte er. – Jener?

Der, und jener! zischte der Rote Ritter, ja oder nein?

Niemals! stöhnte Orilus. – Du hast mich noch nicht! Bring mich doch um, wenn du darfst!

Allerdings! schrie Parzivâl und umschlang den Ritter wieder mit beiden Armen, so daß der Panzer knackte und darunter wohl auch ein paar Rippen. Denn jetzt drang dem Gefallenen Blut aus Mund und Nase.

Hör auf! ächzte er, was willst du noch?

Liebst du sie, oder liebst du sie nicht? fragte Parzivâl

Im Gesicht des Gefallenen kämpfte Unglaube mit Verwirrung. Die Kampfmaschine war noch nie besiegt worden. Was Ehrensache sei, pflegte sie selbst zu bestimmen. Das Schlimmste aber war: es war nicht das Schlimmste, daß sie ihren Meister gefunden hatte. Nicht die Kampfmaschine, wohl aber Herr Orilus empfand etwas Neues. Es fing an mit reiner Todesangst.

Laß mich leben! stöhnte er. – Dann erklär ich dir, was ist.

Was soll sein? Aber bitte! sagte Parzivâl und erlaubte dem andern, sich aufzusetzen. Auf einmal wirkte sein Kopf entfleischt, das Haar dünn, das Kinn spitz und zerbrechlich, und die wasserblauen Augen starrten verstört. Die Lippen zitterten beim Reden.

Ihr habt mich geschafft, sagte er mit schwachem Stolz. – Ihr könnt alles von mir haben, nur das Eine nicht.

Und das eben will ich, sagte Parzivâl.

Sie hat mich zu tief beleidigt! stieß Herr Orilus hervor, hört nur, wie! Ich liebte sie über alle Maßen, wir hatten Hochzeit gefeiert. Fürst Lähelîn hatte sie ausgerichtet, mein Bruder. Ihr müßt davon gehört haben.

Tut mir leid, sagte Parzivâl.

Jeder hat davon gehört, stöhnte Orilus. – Ich hatte die Frau gewonnen, ich allein gegen ihrer achte, am Hof des Königs Artûs und ihm in die Zähne. Dreißig Tage dauerte die Hochzeit und dreißig Nächte. Ich wußte gar nicht, wie sehr ich für die Liebe geschaffen bin! Frau Jeschûte galt mir mehr als mein Leben. Dann ritten wir in den Wald, um uns zu erfrischen, ich und sie. Als ich ihr ein Frühstück jagen wollte, wartete sie im Zelt –

Allein? fragte Parzivâl.

Es war früh, und sie schlief sich aus, sagte Orilus. – Ich war ihrer Liebe sicher! Ich wollte ihr ein Häschen jagen, ein paar Perlhühner oder eine Wachtel, denn Wachteln ißt sie am liebsten.

Ich weiß, sagte Parzivâl.

Das wißt Ihr? fragte Orilus.

Ich kann's mir denken, sagte Parzivâl. – Wachteln mag jeder, ich auch.

Wachteln in Bärlauchtunke, sagte Orilus mit einer Blutblase auf den Lippen. – Ich hatte gar nicht gewußt, daß es so etwas gibt! Ich war nur zum Kämpfen erzogen.

Das ist bekannt, sagte Parzivâl. – Und wie ging Eure Jagd?

Unerquicklich, sagte Orilus, ich mußte erst ein Ritterchen totmachen, er tat es nicht anders.

Schiônatulander? fragte Parzivâl.

Das wißt Ihr auch? fragte Orilus zurück.

Ich höre dies und das, sagte Parzivâl. – Und warum tat er es nicht anders?

Er war wie besessen, sagte Orilus. – Hätte nicht ich dagestanden, er hätte auch einen hohlen Baum angenommen. Dabei war er gar nicht der Mann dafür. Himmelblaue Rüstung, ich bitte Euch! Er hatte mich kaum gesehen und wollte schon gesiegt haben, mir nichts, dir nichts. Dabei stolperte er mir in die Lanze, ich brauchte sie nur noch hinzuhalten.

Schlimm, sagte Parzivâl. – Ich höre nur gar kein Bedauern in Eurer Stimme.

Ein Versehen, Mann! sagte Orilus. – Dabei bedeckt sich niemand mit Ruhm! Bald hatte ich andere Sorgen. Denn kaum hatte ich meiner Frau Jeschûte den Rücken gedreht, wißt Ihr, was da kam? Ein Niemand kam durchs Gebüsch, ein Fant, ein Knecht in Saustiefeln. Und wißt Ihr, was diese Frau tat? Sie räkelte sich und bot ihm ihre süßen Lippen. Und dann machte sie die Beine breit.

So war es kaum! sagte Parzivâl.

Der Gepeinigte hörte ihn nicht. Zu tief war er verloren in seine Kränkung, er weinte sogar vor Zorn und Scham.

Sie hat mich so geliebt! sagte er. – Ich konnte es beweisen! Meine Brust war bedeckt mit Bissen ihrer Weiberlust, die Schultern auch, und noch vieles mehr. Und sie? Sie kann's nicht erwarten, daß ich den Rücken kehre, und treibt es mit dem ersten Besten – mit einem Kalb!

Das Kalb war ich, sagte Parzivâl.

Herr Orilus hatte wohl nicht recht gehört. Sein Maul ging auf, er spürte den Blutstropfen nicht einmal, der ihm das Kinn herunterlief. Seine Augen waren erstarrt wie Glas.

Du warst das? sagte er tonlos. – *Du*?

Ich, sagte Parzivâl.

Und – wie war es? fragte Orilus.

Anders, sagte Parzivâl, ganz anders.

Das will ich glauben, keuchte Orilus. – Es war jedesmal anders, sogar für mich. Und mit jedem andern muß es ganz anders sein als mit mir. Mit jedem! Das will ich glauben.

Mann! sagte Parzivâl. – Ihr hattet recht, mich ein Kalb zu nennen, einen Fant, und meinetwegen auch den ersten Besten. Ich wußte gar nichts von der Welt, in die ich hineinsprang als ein Narr. Meine Mutter hatte mich geheißen, eine Dame fest in den Arm zu schließen, ihren Kuß zu nehmen, dann auch noch ihren Ring. Das habe ich zwar getan, doch gegen den herzhaftesten Widerstand Eurer Dame. Ich habe noch mehr getan, das ist wahr. Ich habe ihren Fürspann mitlaufen lassen. Davon hatte meine Mutter nichts gesagt.

Ihr grinst? sagte Orilus. – Ich verstehe schon, warum Euch die Erinnerung grinsen läßt. Frau Jeschûte ist das Stärkste unter der Sonne.

Ich grinse über uns beide und Euren Ernst, sagte Parzivâl. – Wie Ihr Euch nur könnt träumen lassen, daß Frau Jeschûte dem Fant, der ich war, ihre Liebe nachgeworfen hätte! Über ihren Reiz wollen wir nicht streiten, obwohl ich da heute eher mitreden kann. Ohne die Hilfe meiner Frau hätte ich Euch nicht erwischt, denn Ihr kämpft wahrlich furchtbar.

Frau Jeschûte fand Euch schön, sagte er. – Das war das Erste, was sie sagte. Bei schönen Männern wird sie schwach.

Bei schönen *Männern* vielleicht, sagte Parzivâl. – Davon gebt Ihr ja den sichersten Beweis. Ein Kalb, wie ich es war, ist ein anderer Fall. Aber daß sie Euch von Saustiefeln erzählt haben will, ist nicht zutreffend. Sie waren so kälbern wie ich selbst.

Sie hat wohl auch Kalb gesagt, antwortete Orilus. – Die Sau kommt von mir.

Dann hat sie Euch alles gesagt, was zu sagen war, entschied Parzivâl. – Und wenn Ihr in Sachen Ring und Fürspann Nachsicht walten ließet, wären wir quitt. Hier ist der Ring zurück.

Ihr habt ihn auf dem Herzen getragen, sagte Orilus mit trübem Blick. – Ich verstehe.

Viel scheint Ihr noch nicht zu verstehen, sagte Parzivâl, aber ich verstehe Euch, zur Not. Denn Minne macht blind, das weiß ich von mir selbst.

Er zog auch den andern Handschuh aus. –

Hier ist der wahre Ring, sagte er. – Die ihn gab und empfing, heißt Condwîr âmûrs. Ihr müßt von ihr gehört haben.

Tut mir leid, sagte Orilus. – Dann seufzte er tief auf.

Jetzt schulde ich Euch mein Leben. Was wollt Ihr, daß ich damit tue?

Zwei Dinge, sagte Parzivâl. – Erst versöhnt Ihr Euch mit Eurer Frau und setzt sie wieder ein in alle Rechte, die sie geltend machen darf.

Unter einer Bedingung, sagte Orilus mit blinzelnden Augen.

Ihr wißt, erwiderte Parzivâl, daß *Ihr* keine Bedingungen zu stellen habt.

Ihr schwört! sagte Orilus. – Ihr leistet den Eid des Ritters auf die Unschuld jener Person.

Was soll denn das? fragte Parzivâl.

Vor einem Altar, rief Orilus, und vor Gott!

Anspruchsvoll, sagte Parzivâl. – Aber gut. Dann hört meine zweite Bedingung –

Es war immer die gleiche. Herr Orilus sollte zu König Artûs reiten, um Frau Cunnewâre »Sicherheit« zu Füßen zu legen und sie für die Unbill zu entschädigen, die sie vom Hofmarschall Keie erlitten hatte, ihres Lachens wegen.

Sie hat mich ausgelacht, sagte Parzivâl. – Nicht anders als Eure Hausfrau.

Und dafür fühlt Ihr Euch den Weibern verpflichtet? fragte Orilus. – Das verstehe, wer will.

Lachen ist lachen, sagte Parzivâl.

Mann, sagte Orilus. – Ihr seid seltsam. Ihr seid doch der Rote Ritter?

Ich bin's, antwortete Parzivâl.

Ich hätte erwartet, daß Ihr ein paar Reiche von mir zurückbittet. Denn Lähelîn hat sie im Sack. Und auf meine Fürsprache hin würde er sie wohl wieder herausrücken, Wâleis oder wenigstens Norgâls –

Anschouwe auch, sagte Parzivâl. – Darüber rede ich mit Eurem Herrn Bruder selbst.

Von mir nehmt Ihr wohl nichts geschenkt.

Erhebt Euch nun. Wir reden immerzu, während jene Dame sich langweilt oder gar Sorgen macht.

Um mich? fragte Orilus, oder um Euch?

Laßt die Spitzfindigkeiten. Sorgen sind Sorgen. Erleichtert ihr Herz, gönnt ihr den Kuß der Versöhnung.

Wenn's sein muß, sagte Orilus. – Ächzend stand er auf und wischte sich das Blut von Lippen und Nase. Dann hob er Frau Je-schûte, die ihm verschreckt entgegensah, vom Zelter, zog sie gegen seinen Panzer und küßte sie mit Vorbehalt.

Jetzt seid Ihr dran! sagte er. – Kommt!

Wohin? fragte Parzivâl unschuldig. – Ich habe Eile.

Ihr schwört! sagte Orilus. – Ihr wißt schon, was.

Ach, das! antwortete der Rote Ritter. – In Teufels Namen, und nur, weil Ihr der Größte seid!

Sie gingen zu ihren Pferden, die schon bei der Zelterstute standen und einträchtig das Gras rauften, wo es noch nicht völlig zerstampft war. Dann ritten sie im Gänsemarsch ihres Weges weiter, Parzivâl voraus, Frau Jeschûte in der Mitte und Orilus hintendrein.

Die Talhänge waren zusammengerückt, gingen in Kalkwände über, dem Weg wurde es eng, und noch immer hatte Orilus mit Frau Jeschûte kein Wort gesprochen. Die Felsbänder links und rechts bildeten Stufen, ließen Wasserfälle darüber stürzen und waren von Nasen durchzogen und Narben, die sich häufig zu Höhlen weiteten. Eine, höher am Berg, schien von einem Einsiedler bewohnt.

Dort hinauf! rief Herr Orilus; er hatte den Schwur nicht vergessen.

So begannen die Pferde zu steigen, die Reiter mußten absitzen. Orilus half Frau Jeschûte vom Zelter. Als sie den Ort erreichten, war er leer und schien doch bewohnt zu sein. Unter dem Felsdach stand

ein Reliquienschrein, daneben lehnte eine bemalte Lanze. Hinter der
Vorhöhle öffnete sich eine weitere, in der frischer Farn zu einem
Lager aufgeschüttet war. Sie bemerkten ein Paar roh geschnitzte Sandalen und an der Wand ein Lesepult; darauf lag ein Buch aufgeschlagen.

Alles wie bestellt für einen ehrlichen Schwur! sagte Orilus.

Laßt uns erst die Pferde anbinden, erwiderte Parzivâl.

Als auch das getan war, packte ihn Orilus am Arm.

Und nun schwört bei Gott! sagte er düster, und beim Heil Eurer
Seele!

Parzivâl legte die Linke auf das Reliquienkästchen.

Ich schwöre bei meiner ritterlichen Ehre, sagte er, und ob ich eine
habe oder nicht, soll sich an meinen Taten zeigen! Ich habe gegen
diesen Mann gekämpft, für die Unschuld seiner Frau; und auf die
kann er sich verlassen, so wahr ich ihn besiegt habe, durch Gottes
Willen! Ich war kein Ritter, als ich ihr Goldring und Spange nahm;
ich war noch nicht einmal ich selbst. Und obwohl sie nichts tat,
dessen eine Frau sich schämen müßte, kann ich beschwören, daß sie
meinetwegen den größten Jammer litt! Sie hat es, durch die Strenge
ihres Gatten, wohl verdient, vor Gott unschuldig zu heißen. Wer ist
denn Orilus, ihr vor Gott etwas anzuhängen? Und so befiehlt ihm
Gott hiermit durch meine Kraft, ihr den Ring wieder anzustecken
und sie für meine Torheit nicht länger büßen zu lassen! Amen.

Wohl, sagte Orilus mit leiser Stimme. – Ihr wißt von Frau Jeschûtens Unschuld so appetitliche Dinge zu sagen, daß mich auf der
Stelle nach ihr verlangt.

Er hielt sich an der Frau, schlug ihren Mantel zurück und begann
ihr die Fetzen vom Leib zu reißen. Die Tränen liefen ihm übers
Gesicht und vermischten sich mit den Spuren von Blut und Rost. Er
war mit ihr auf den Farnhaufen gestürzt und drückte sie unter seinen
halb entblößten, halb noch eisernen Leib.

Es wird so viel über den Roten Ritter gelacht! hörte ihn Parzivâl
keuchen, und er hört es gern! Lachen ist Lachen, hat er gesagt. Geben wir ihm etwas zu lachen! Wirst du wohl mitlachen, süßes Herz?

Parzivâl hatte sich abgewandt und trat vor die Höhle. Er mußte
nicht sehen, was da geschah. Er konnte es hören, das Jammern des
Fleisches, und hatte keine Eile, seine Ohren davor zu verschließen.
Sie stießen mit immer demselben Laut an ihre Grenzen, und die
waren überall gleich nah. Denn es war derselbe Laut, ob die Men-

schen heillos waren oder hilflos. Sie waren gefangen in ihrem Fleisch, und er hörte das Hämmern an den Wänden des Kerkers.

Wo mochte der Einsiedel geblieben sein? Parzivâl betrachtete das Gebein des Heiligen, das in seiner durchbrochenen Kapsel dorrte. Er nahm die bunte Lanze, die an der Wand lehnte, und wog sie in der Hand. Ohne zu wissen, was er tat, nahm er sie mit, denn er hörte weiter unten die Pferde wiehern und stampfen. Der Fuchs wollte der Zelterstute aufreiten, während ihn das Grâlspferd wegzudrängen suchte; er konnte seinen Ritt nicht vollbringen, da ihm die Fessel den Kopf festhielt und verdrehte, die Hinterschenkel zitterten wie im Tod. Parzivâl lehnte sich kurz an das ebenfalls erregte Pferd seines Gegenspielers, dann band er seinen Hengst los, tätschelte ihm den aufgebrachten Hals, die fröstelnde Flanke, zog ihn am Halfter den Berg hinunter und immer weiter, auf einen Weg im Lehm.

Von da an verliert sich die Spur Parzivâls im nahen Winter. Die Welt wurde durchsichtig auf ihre Leere, und lange war darin kein Held mehr zu sehen, weit und breit; kein Held, kein Pferd.

HOFSTAAT IM GRÜNEN

WIE KÖNIG ARTÛS SICH AUFMACHT,

DEN ROTEN RITTER ZU SUCHEN

Herr Orilus und Frau Jeschûte aber ritten in den Frühling zu König Artûs. Sie hätten den Fluß Plimizöl zwar schwerlich gefunden; das taten die Pferde für sie. Frau Jeschûte hatte geraten, ihnen die Zügel zu lassen, und sie bewiesen ihren eigenen Humor. Sie hatten die wiedervereinigten Eheleute am Werke gesehen, überall, wo sich ein schickliches Plätzchen dafür bot. Für eine Beförderung zum Artûshof mochte das Schauspiel den guten Tieren reichen.

So kamen sie denn hin und trabten an, der Herr mit dem gebeutelten, aber noch immer spektakulären Brustpanzer und dem reparierten Drachen auf dem Helm, und die Dame, frisch geputzt und gerötet von der Vorfreude auf das *Evènement*. Sie trafen es gut, denn der Hof litt empfindlich an Langerweile, und das Paar versprach einige Unterhaltung.

Darum sagte Herr Artûs mit hoher Stimme: Seid uns gegrüßt, Herr Orilus von Lâlant! und seid erst recht willkommen, edle Frau Jeschûte! Unser Hof ist nicht mehr derselbe, seit wir Euch entbehren müssen – auch wenn uns nichts übrig blieb, als uns der Gewalt zu beugen, die Euch zu diesem unvergleichlichen Manne zog. Die Minne wirkt Wunder, es ist nicht anders. Doch erzählt uns noch mehr von Euren Abenteuern. Der Rote Ritter hatte ein Auge auf Euch geworfen, haben wir recht gehört? Und wo blieben Eure Augen bei diesem Ereignis?

Die Angesprochene senkte den Kopf.

Ach! sagte sie.

Das war ja entzückend.

Ich will der Erinnerung nachhelfen! rief Herr Orilus, damit Eure Phantasie nicht ins Kraut schießt! Allzuviel war denn doch nicht an dem Burschen, nicht wahr, meine Taube? Er hat ein wenig an ihr gezupft, das war alles. Sie war seine Erste, er hatte keine Ahnung, wie man sich bei einer Dame benimmt. Das Essen war ihm wohl nicht weniger wichtig! Nein, man kann nicht behaupten, er habe einen bleibenden Eindruck hinterlassen!

Und doch, sagte Frau Jeschûte mit mutigem Erröten, und doch habt Ihr mich gestraft, wie noch keine Frau gestraft worden ist.

Wir wollen nicht übertreiben, sagte Herr Orilus. – Ich habe sie nur ein wenig an die Kandare genommen, zur Probe ihrer Treue.

Er hat mich, sagte Frau Jeschûte, tage- und wochenlang hinter ihm herreiten lassen, in glühender Sonne und strömendem Regen. Ich trug nur Fetzen am Leib und ritt auf einem Sattel, den hatte er mit eigener Hand zerbrochen. Und nicht *ein* Mal hat er sich nach mir umgeschaut!

So wird's gemacht, sagte Herr Orilus etwas geniert. – Das macht man in einem solchen Fall. Das wissen die Herrschaften schon.

So, mit Verlaub, habe *ich* es gemacht, meldete sich ein älterer Herr mit römischer Frisur. – Wie kommt Ihr dazu, mein Abenteuer zu kopieren?

Herr Erec! sagte Orilus grob, von Eurem Abenteuer habe ich gehört, auch wenn nicht, wie Ihr meint, die ganze Welt davon spricht. Von Kopieren kann keine Rede sein. Zwar ritt Frau Enîte ebenfalls in Fetzen mit Euch, aber da gab es vielerlei Unterschied. Bei Euch mußte sie *vorreiten*; ich aber hieß sie folgen. Zweitens: Ihr hattet die Eurige in einem falschen Verdacht, ich die Meinige dagegen in einem zutreffenden. Zum Dritten: Die Eurige durfte den Mund nicht auftun, und ich habe die Meinige reden lassen, so viel sie wollte ...

Ihr habt mich nur nicht angehört! sagte Frau Jeschûte.

Das ist etwas Anderes! sagte Herr Orilus. – Und schließlich habt Ihr die Gefahren nicht kommen sehen und mußtet von Eurer Dame gewarnt werden, so daß sie das Wort, das Ihr ihr aus Unfug verboten hattet,

brechen mußte aus Treue. Ich dagegen bedurfte keiner Warnung, denn

ich habe meine Feinde selber kommen sehen und ohne Beihilfe erledigt!

Wie auch immer, sagte der Ritter scharf, zeihe ich Euch des unritterlichen Plagiats und fordere Genugtuung von Euch.

Frau Cunnewâre lachte.

Könnt Ihr haben, Schwager, sagte Orilus, wenn Ihr durchaus Lust habt, ein weiteres Mal vom Pferd gefegt zu werden. Denn gegen mich habt Ihr kein Brot.

Frau Cunnewâre lachte.

Zut, zut! rief Herr Artûs mit hoher Stimme. – Wir wollen einander doch unsere Abenteuer nicht streitig machen, sondern froh sein,

daß es noch welche gibt! Aber laßt hören, Herr Orilus: wie kam es
denn, daß Ihr Euch mit Eurer Liebsten wieder versöhntet?

Nun ja! sagte Herr Orilus. – Sie besiegte mich durch seine Hand.
Eine reife Frucht fällt auch von selbst; der Rote brauchte mich nur
etwas zu rühren, da lag ich ihr zu Füßen. Als sie mich den Boden
küssen sah, erhob sie mich schon fast wieder, wenn Ihr mich versteht. So verschaffte ich ihr auf der Stelle Genugtuung und bedeckte
ihre Blöße, vor den Augen des Roten Ritters.

Genug! rief Frau Ginovêr. – Meint Ihr nicht, mein Herr und
König, wir sollten unsere Gäste endlich ins Zelt geleiten und zur
Tafel bitten, wenn sie sich erfrischt haben?

Wohl, wohl, meine Herrin und Frau, sagte Herr Artûs sauersüß,
auch wenn ich nicht meine, daß wir schon etwas gehört haben, das
uns zum Tafeln berechtigte. Frau Jeschûte, Ihr seid hier in kostbarer
Erinnerung und keiner Vorstellung bedürftig; doch die Ehre, Euren
starken Eheherrn zu begrüßen, wollen sich meine Nächsten und
Liebsten nicht nehmen lassen. Betrachtet sie als Euresgleichen, Herr
Orilus, auch wenn sie Euch an Kampfkraft nicht alle gleich sind; an
starkem Humor werden sie sich hoffentlich nicht übertreffen lassen.

So erhoben sie sich denn, nicht alle willig, und es begann der
Reigen der gesellschaftlichen Küsse. Die Damen duldeten sie mit der
gebotenen Förmlichkeit, die sich nur in einem Fall heiter belebte.
Denn Herr Orilus kniete vor Frau Cunnewâre und sprach:

Schwester, eigentlich kennt Ihr mich ja kaum und steht mir ziemlich fern. Aber nun zwingt mich der Rote Ritter dazu, daß ich Euch
Unterwerfung gelobe, sonst hätte er mich womöglich zu Brei gemacht.

Steht auf, sagte sie, Tränen lachend, wozu soll mir Eure Unterwerfung gut sein! Ich spreche euch frei von aller Verbindlichkeit,
denn ich bin schon gestraft genug!

Gut, sagte Herr Orilus, dann fehlt nur, daß ich Eure Unbill räche
an dem, der sie Euch zugefügt hat.

Ja, das fehlte noch! lachte Frau Cunnewâre. – Ihr habt des Guten
schon zu viel getan! Steht in Gottes Namen auf und seid Eurer Rache
ledig, denn der Marschall hat bereits angefangen, mir Krapfen zu
backen. Mögt Ihr Krapfen?

Entschieden! sagte Herr Orilus, wieder in aufrechter Stellung. –
Mit Mandelbrei gefüllt oder Konfitüre? Dann wollen wir fünf gerade
sein lassen! Hört, sagte er leise, weiß der Rote Ritter, daß ich Euer
Bruder bin?

Ihr denkt, er hätte Euch dann sanfter niedergeritten? fragte sie.

Wie dem auch sei, Schwesterherz! rief er, Ihr seht extra aus! Jetzt müssen wir nur noch sehen, daß Ihr einen Mann bekommt, denn der Rote Ritter ist schon vergeben! Ich habe den Ring an seiner Hand selbst gesehen. Sie heißt Condwîr âmûrs, aber da er schon wieder auf Abenteuer reitet, ist vielleicht nicht Hopfen und Malz verloren!

Nun war die Angesprochene doch errötet, Herr Orilus aber schon zum Küssen weitergeschritten. Damit dachte er es genau zu nehmen und ersparte den Lippen der Damen nichts. Bei einer, die vom Hals bis zum Knöchel in ein einziges Stück brauner Seide gewunden war, hielt er inne.

Sieh an! rief er. – Eine Schwarze! Seid Ihr die Perle Arabiens oder die Rose von Jericho? Oder sonst einer heidnischen Ecke? Sprecht Ihr auch eine menschliche Sprache?

Die Eure nicht, sagte die Dame in klarem Französisch. – Im übrigen bin ich Ekubâ von Janfûse und in der Tat eine Heidin, das habt Ihr scharf gesehen.

Das tut nichts! gestand Herr Orilus großmütig zu. – Oder habt Ihr's hinter den Ohren?

Die dunkle Dame wandte sich ab, und als ihr Orilus nach dem Ohrläppchen greifen wollte, rief sie:

König Artûs, habt Ihr ein Spielzeug für den Herrn?

Hoppla! sagte Herr Orilus. – Haare auf den Zähnen!

Auch Frau Jeschûte hatte sich mit Anstand küssen lassen und neigte sich leicht, doch nicht allzu tief bei jedem der großen Namen. Hier standen die meistbesungenen Ritter der Kristenheit, jeder gut für seine eigene Heldenfabel. Ihr Bruder Erec zum Beispiel, dessen Zurückhaltung beim Kusse, nach dem Vorgefallenen, nicht unbegreiflich war; Herr Iwein, dem der Zauber erfahrener Minne auf der immer etwas feuchten Stirn geschrieben stand; Herr Lanzelôt, über den die Geschichten gar kein Ende nehmen wollten. Die neueste war die, daß er Frau Ginovêr gar nicht aus Liebesraserei diene, sondern auf Wunsch des Königs Artûs, da dieser dem Fleisch abgeschworen habe, nachdem ihm Herrn Lanzelôts Passion noch einmal hatte Flügel wachsen lassen; freilich nicht solche der Eifersucht, sondern der Aufmerksamkeit für jungen Männerreiz. – Ein Knabe von beträchtlichem Reiz, wenn auch noch ohne eigene Fabel, war der junge Segramors, dem Frau Jeschûte die Lippen arglos reichte und sie dann stürmisch festgehalten fühlte. Sie ging weiter zum Hofmarschall, den *nicht* zu küssen heute Ehrensache war. Aber der Unverschämte wischte sich mit der Hand über den Mund, als wäre er nur zu reichlich bedacht worden. –

Nun, Herzblatt, sagte Herr Orilus, wir machen doch Figur hier, was meinst du?

Ich meine, sagte Frau Jeschûte, daß ich mich noch herrichten möchte, bevor es zur Tafel geht.

Ja, sagte König Artûs, Ihr müßt etwas ruhen, bevor wir dem Abenteuer die Krone aufsetzen! Ihr gönnt uns doch das Vergnügen? Herr Orilus, ich bitte Euch, einstweilen den Platz einzunehmen, den wir für den Roten Ritter freihalten; denn nach allem, was wir von ihm hören, müssen wir doch innig wünschen, ihn wiederzusehen und wüßten keinen, der ihn würdiger vertreten könnte. Ihr seht ja nicht aus, als ob Ihr der Ruhe bedürftig wäret. Aber Frau Jeschûte wird es wohl danach verlangen, nach der unvorstellbaren Strapaze, die sie um ihrer Treue willen zu dulden hatte!

Und so geschah es, daß – nicht lange, nachdem Herr Orilus und seiner Liebsten ein Zelt angewiesen war – die wunderbarsten Laute darin zu hören waren. Herr Orilus ergriff Besitz von diesem Minnehof und holte sich Erfrischung auf seine Art.

Was aber suchte König Artûs am Plimizöl? Er suchte den Roten Ritter.

Daß die Tafelrunde nicht gesucht wird, sondern sich selbst auf die Suche macht, ist eine Sensation. Dem Roten Ritter flog so viel rühmliches Gerücht voraus, daß der Hof nicht länger an ihm vorbeigehen konnte. Aber »nicht vorbeigehen« heißt noch lange nicht: »sich in Bewegung setzen«. »Nicht vorbeigehen« heißt: gelegentlich verlauten lassen, daß die Gesellschaft eines Ritters nicht unerwünscht wäre. Jeder, den diese Botschaft erreicht, hat dann gewöhnlich nur die Sorge: zu verbergen, wie sehr er darauf gewartet hat. Er irrt immer noch genug, bis er den Artûshof findet – aber, anders als bei Munsalvaesche, kommt hin, wer sich Mühe gibt.

Ob er dann auch *an*kommt, ist eine zweite Frage. Dafür muß er sich nochmals alle Mühe geben – nur um zu erfahren, daß es damit durchaus nicht mehr getan ist. An diesem Hof bestimmt Frau Ginovêr, und das heißt: hier walten Gunst und Gnadenwahl. Wer nichts Unvorhergesehenes zu bieten hat, sitzt nicht lange an der Tafelrunde. Der wird alsbald wieder auf Abenteuer geschickt, bis er darin jene *Valeurs* gewinnt, von denen die Tafelrunde nicht genug bekommt.

Der Anwesende pflegt ja meist schon durch Anwesenheit zu enttäuschen. Zuvor kannte man ihn kaum; schon kennt man ihn allzu gut. Nur der Abwesende gewinnt Statur.

Parzivâl, als Kalb, hatte alles getan, was man nicht tut. Er hatte kindische Reden geführt, sein Kleidsack hatte geschlottert wie eine Windel, seine Stiefel gestunken nach Roheit und Verwesung. Sein ganze Aufzug war zum Lachen gewesen. – Und Frau Cunnewâre, die an Ernst tödlich Erkrankte, hatte gelacht, empörend, hemmungslos. Dafür war sie gestraft worden, in Übereinstimmung mit der Hofregel, und doch in Übertretung derselben. Denn auch der Sachwalter der Zuchtrute hatte sich übernommen, als wäre er von der Unbotmäßigen angesteckt. Danach war er vom Roten Ritter beschämt worden, nicht ein, nicht zwei Mal, sondern drei. Ein Ritter nach dem anderen war Frau Cunnewâre zugesandt worden. Als Zeuge ihres höfischen Anstands? Als Fürsprecher ihres unanständigen Lachens; jeder ein *Affront* für den Hofmarschall, also auch für die Art des Hofes. – Man wird ja nicht glauben wollen, Herr Artûs sei nicht persönlich betroffen, wenn sein Hausmeister von einem Kalb lächerlich gemacht wird.

Herr Orilus aber war das Massivste, was man der Feinen Welt zumuten konnte. Die Geräusche aus dem Zelt, Frau Cunnewâres Lachen nicht ganz unähnlich, überforderten den Humor der Hofleute und weckten ihren Ingrimm – der auch noch unterdrückt werden wollte; denn der Form nach stellten die Gesandtschaften ja auch wieder das Maximum an Reverenz dar. Und daß Parzivâl nicht selber kam, sondern grüßen *ließ*, war ein solcher Exzeß von Huldigung, daß man beim besten Willen nicht mehr stillhalten konnte. Darum bewegte man sich, wohl oder übel, auf den Roten Ritter zu. Aber wo stand er nur?

Für Frau Ginovêr hatten die Gesandtschaften noch eine ganz eigene empfindliche Pointe. Parzivâl hatte ihren Liebling totgeschlagen, und nun ging er nicht nur in seiner Rüstung, auch mit seinem Namen herum, als gestärktes Ebenbild. Ithêr war eine Hoffnung gewesen, Parzivâl aber besaß offenbar Vollmacht, Hoffnungen zu erfüllen. Er weckte die Tränen und das Lachen, die in Dingen und Geschöpfen schlafen. Er dachte gar nicht daran, den Häuptern der Feinen Welt zu huldigen; er huldigte dem, was in ihr närrisch oder stumm geblieben war. Er nahm sich heraus, in Frau Ginovêrs Reich ganz eigene Verbindungen zu stiften. Das imponierte ihr wider Wil-

len. Sie hatte nur die Wahl, sich beschämen zu lassen – oder den
Störer an sich zu ziehen.

Eine solche Wahl ist schon entschieden; und so machte sich auch
Herr Artûs, nicht ohne Seufzen, doch mit guter Miene, zu Parzivâl
auf den Weg. Man schützte eine Laune vor, wie immer, einen nötigen
Schritt gegen drohende Langeweile; dahinter aber steckte mehr.
Nennen wir es vorläufig, nach Art des Hauses, ein Abenteuer.

Nicht Parzivâl sucht Artûs, Artûs sucht Parzivâl. Und auf dieser
Suche ist er mit Sack und Pack bis zum Plimizöl gelangt, einem
lebendigen Gewässer im weiten Feld, von dem nur bekannt ist: es
liegt unweit von Munsalvaesche; unweiter als jeder andere ritterliche
Ort.

Der linde Hauch, der König Artûs begleitet, ließ auch am Plimizöl
die Weidenkätzchen erblühen und die Katzen sich balgen. Das Leben, dessen man sich freute, war ein einziges *Pique-nique* im jungen
Grün. Man jagte, vielmehr – denn es gab neuerdings eine teutsche
Mode am Hof des Königs – man jug ein wenig; freilich galt alles
andere als das Jagen mit Beizvögeln als roh. – Wer bei Gurnemanz
gelernt hat, dem möchte bei König Artûs dies und das fehlen – nicht
zur feinen Art, doch zur hohen Kunst. Die bretonischen Falkner
wußten nichts davon, daß die Beize ein *Weg* war, dessen Ausbeute
sich von selbst findet, wenn man nur jedem Geschöpf seinen Lauf zu
lassen versteht. Die Artûsrunde aber ließ die Vögel um die Wette
jagen und wettete um ihren Gewinn; der Gewinner hatte ihn wieder
beim Pfänderspiel zu verteilen, das ganz neu und schon darum eine
der höfischen Hauptlustbarkeiten war.

Frau Ekubâ, die Heidin, wurde der bevorzugte Mittelpunkt dieser
Spiele. Insbesondere Herrn Orilus war jeder Vorwand recht, um
seiner Gewissensfrage nachzugehen, ob es die schöne Heidin hinter
den Ohren habe. Und wenn er die Blinde Kuh war, störte es ihn
keineswegs, wenn er sich dabei in der Höhe vergriff. Das *Zut, zut!*
des Herrn Artûs vermochte sein Forschungsinteresse, das er, über
das schwarze Tuch schielend, nachhaltig verfolgte, nie lange zu
dämpfen. Auch die Ohrfeigen, die er sich einhandelte, schreckten
ihn nicht. Das gehörte, wie er selbst verkündete, zum Spiel. Es war
Frau Jeschûte, die errötete an seiner Statt.

Dafür hatte sie noch zartere Gründe. Der junge Segramors wußte
jedes Pfänderspiel so zu wenden, daß er den fälligen Lohn, die nötige
Strafe von Frau Jeschûte bezog. Es gelang ihm, sie dreimal um die

Runde Tafel herumzutragen, wobei sie ihm die Sporen geben mußte; er aber wieherte wie ein Hengst. Keie, der Seneschall, fand die Pfänderspiele *dégoutant* und wurde eben darum gern zum Opfer erkoren. Er mußte sich mit Ruß ein Bild seiner selbst auf die Brust malen, die ihm zuvor von Frau Lûnete eigenhändig geschoren worden war. Was Gunstbeweis war und was Strafe, verwirrte sich fortwährend im allgemeinen Gelächter. Herr Artûs ertrug Spielverderber nicht und fand es stillos, doch hinreißend, wenn die Spiele über die Stränge schlugen. Daß Herr Clâmidê den Hintern entblößen sollte, um die Weltkugel darzustellen, ging freilich zu weit, und zu seinem Glück war ihm eingefallen, daß die Erde schließlich keine Kugel sei. Man gab sich mit seinem Bauch zufrieden, den er nicht ohne Zieren freilegte, denn außer ihm hatte hier fast kein Mann einen flachen vorzuweisen. Daß Frau Cunnewâre aus seinem Nabel ihre Gesundheit trinken sollte, erklärte König Artûs zwar für zulässig, sie aber weigerte sich trotzdem. Denn das Lachen schien ihr wieder vergangen zu sein, und man raunte sich zu, sie sei womöglich im Ernst verliebt.

Die Lustbarkeit begann erst recht, als sich, frisch von einem Abenteuer im entferntesten Galizien, Herr Gâwân dem Kreis wieder zugesellte. Er war, als Neffe des Königs und bevorzugter Ziehsohn Frau Ginovêrs, in der ganzen Welt wohl gelitten wegen seines heiter männlichen Wesens. Dieses wußte er so gefühlvoll zur Geltung zu bringen, daß den Auswüchsen bald die Luft ausging und der Zartsinn wieder Atem schöpfte, auch wenn mancher Dame manchmal der ihrige stockte. Herr Gâwân war, obwohl mit seinen zwei Dutzend Jahren über das beste Mannesalter hinaus, erfahren in jedem Sinn des Wortes und immer noch unbeweibt. Eine bessere Partie hätte es weit und breit nicht gegeben. Doch hatte er sich bisher Versuchungen zur Ehe immer vom Leibe zu halten und dabei doch derart anmutig als solche zu behandeln gewußt, daß ihm keine Dame gram sein konnte, wenn er sie wieder verließ. Herr Artûs nannte seinen Neffen »einen Ritter aus einer andern Welt«. Und selbst die Kampfmaschine zollte ihm Respekt, indem sie den herzlichen Wunsch äußerte, ihn so bald wie tunlich über den Haufen zu rennen.

Herr Gâwân bedankte sich für die Ehre; dann benützte er eine Pfänderschuld zum Spiel mit der Laute, griff ein lockeres Liedchen darauf und ging zu gesetzteren Tönen über. Die Zuschauer stellten mit Entzücken fest, daß sie selbst in Herrn Gâwâns Balladen auftauchten, und durften sich über ihre Behandlung nicht beklagen.

Herr Gâwân sang die Abenteuer Iweins und Laudînes, Erecs und Enîtes, sogar Lanzelôts und Ginovêrs mit fester Stimme, in der auch Anzügliches einen guten Ton annahm. Nur das allerfeinste Ohr vermochte die federleichte Ironie zu hören, mit der Herr Gâwân außer den Besungenen auch sich selbst traktierte. Spielend erinnerte er an die Verpflichtung, daß vom Hofe die Zivilisation der Welt auszugehen und immer weitere Kreise zu ziehen habe.

Dank Herrn Gâwâns Laute kamen alle Herren und Damen des Kreises nun doppelt vor, einmal im Fleische, einmal ideal, und das Fleisch straffte sich unter der schönen Zumutung und war bemüht, des Ideals nicht ganz unwürdig dazustehen. Das Lied gedachte auch der Abwesenden, unter denen der Rote Ritter eine besondere Statur gewann. Es huldigte sogar den zum höfischen Kristentum Unbekehrten und drehte ihnen keinen Strick daraus. Ja, gerade am Fremden und Unbekannten fand Herr Gâwân so viel zu loben, daß man Frau Ekubâ, die dunkle Heidin, zum ersten Mal erröten sah; ein ganz ungeahntes Farbenspiel.

Da kam die Nachricht, draußen, im frisch verschneiten Feld, stehe ein Ritter mit erhobener Lanze, offensichtlich mit der Absicht, Unser Einen herauszufordern. Er sei nahe genug, daß man sagen könne, er sei Uns schon nahegetreten; er verdiene eine ritterliche Antwort, *sans autre*.

Aber gemach, so schnell ging es nicht, auch wenn es anfangs Hals über Kopf ging. Denn so kam der Knappe Frau Cunnewâres ins Lager zurückgerannt, nachdem er von ihr angetrieben worden war, aufzubrechen ins Land Patrigalt, um sich und ihr davon ein Bild zu machen. Die Mission war so geheim, daß die Anstifterin den Knappen schon im Morgengrauen auf den Weg geschickt hatte. Auf diesem kam er nun aber zurückgerannt mit Gebrüll. Das erste Tageslicht hatte ihm Wunder beschert.

Es war ein Schnee gefallen, das war das erste Wunder, und der Frühaufsteher hatte große Sätze springen müssen, um seine Füße warm zu halten. Im Wald hinter der Zeltstadt war ihm das zweite Wunder begegnet. Er hatte es angestarrt, denn es rührte sich nicht. Dann aber drehte er sich auf dem Fuße um und sprang in doppelt langen Sätzen zu den Zelten zurück.

Da ist Einer! schrie der Junge. – Ein Ritter!

Das war eigentlich nichts Besonderes, doch er schrie, als hätte er das Tier aus der Offenbarung Johannis leibhaftig gesehen. Sein Diskant rüttelte die Zelte wach und trieb die Schläfer auf die Beine. Nun schlugen sie sich die Arme um die Brust und blinzelten, denn allüberall lag Schnee. Mitten im Maienland aus hellem Himmel gefallen! Das mußte etwas zu bedeuten haben. Um nicht Spott und Schande zu ernten, mußte der Knappe weiterschreien, mit dem Mutwillen der Verzweiflung:

Pfui, pfui über euch trübe Tassen! Da rennt euch einer das Lager ein und steigt euch auf den faulen Pelz – und Ihr pennt, Herr Gâwân, mitsamt Eurer blühenden Ritterschaft! Euch wird man noch ernstnehmen, Lahmärsche!

In Frau Cunnewâres Umgebung pflegt man das Sonderbare, und Herr Segramors, obwohl noch im Hemd, war förmlich elektrisiert davon. Jetzt rannte er seinerseits los und mißbrauchte seine Vertraulichkeit mit dem Maienkönig, hüpfte über die Schnüre des Königszeltes, riß es auf und zog Herrn Artûs die Zobeldecke vom Leib. Hier lag er selbdritt, mit Frau Ginovêr und dem Herren Lanzelôt.

Oh! Ih! sang Herr Artûs und richtete sich auf. Dann erfaßte er das Entzückende des *chocs* und begann zu lachen.

Tante Ginovêr! rief der Knabe (denn das war er ja eigentlich noch), laßt mich hinaus! Da macht sich ein Ritter mausig und stört unsern Frieden! Ich will Derjenige sein, welcher ihn aus dem Sattel wirft!

Jetzt sprach Herr Lanzelôt, nicht ohne sich vorher bedeckt zu haben.

Das könnte einer vom Grâl sein, Herr Artûs, sagte er bedenklich. – Wir sind unweit von Munsalvaesche, auch wenn wir nicht genau wissen, wo es liegt. Vielleicht lagern wir gar auf seinem Boden, und der Mann ist ein Kundschafter. Wir müssen sehen, bevor wir schlagen.

Schlagen! schrie Herr Segramors und war gar nicht mehr zu halten. – Ich will mich schlagen, endlich! Ich habe meiner Dame einen Kampf versprochen!

Frau Ginovêr lächelte wider Willen.

Lassen wir ihn doch, Ihr Lieben, sagte sie, er brennt so sehr! Täuschen mich meine alten Augen, oder haben wir Schnee bekommen?

Die Fürsprache hatte Herr Segramors noch gehört, nicht mehr die Koketterie. Er war schon weg, und man hörte ihn nach Rüstung schreien, Waffen, Pferd. Und bald klingelten die Schellen des jungen

Herrn vom hohen Roß, einem Rappen, dessen Satteldecke ebenfalls von Glöckchen eingesäumt war. Er blickte zum Zelt herüber, wo er Frau Jeschûte wußte, die für die Würdigung seiner Tatkraft unentbehrlich war; *sie* sollte es sein, für die er sein junges Leben wagte.

Er riß sich das Visier herunter und sprengte mit dem Schrei »Jeschûte!« ins Gehölz.

Ein Abenteuer! Das machte ihnen Beine, allen, auch in dieser unpassenden Frühe, und sie beeilten sich mit Ankleiden, um nichts zu versäumen. In fabelhaft kurzer Zeit folgte der Artûshof der Spur des Vorreiters ins frisch geweißte Grün hinaus. Und die Ersten kamen gerade recht, ihn fliegen zu sehen, kopfvoran, mit doppeltem Überschlag durch die Luft. Herr Segramors konnte von Glück sagen, daß es geschneit hatte, denn er landete weich in einer Wächte. Sein Rappe war ratlos stehengeblieben. Dann trabte er schellenklingelnd auf den Hofstaat zu, der herzlich und noch verschlafen zu lachen begann.

Herr Segramors aber schlug sich den Schnee von der Rüstung. Erhobenen Hauptes folgte er seinem Pferd auf dem Weg zu den Seinen, nicht ohne sich drohend nach dem Gegner umzublicken, der wieder in tiefe Ruhe versunken war. Daß Frau Jeschûte seinen stolzen Fall nicht hatte mitansehen müssen, empfand er als Glück im Unglück, und es machte ihn keck.

Nun eben! rief er dem Hof entgegen. – Es bleibt ein Würfelspiel! Auch das beste Schiff knirscht einmal auf Grund! Er hätte nur mein Wappen recht ansehen sollen, dann wäre ihm der Mut schon gesunken! – Und er schwenkte seinen Schild, auf dem eine Triëre ihre Segel schwellte.

Aber das allgemeine Interesse galt längst nicht mehr dem jungen Mann.

Im Schnee dort drüben stand ein Ritter, rot gerüstet, der die Lanze wieder erhoben hatte und sich nicht von der Stelle rührte.

Was gab es dort zu sehen?

Und: wer war's?

DREI BLUTSTROPFEN
WIE EIN MANN GEFUNDEN WIRD,
DER SICH VERLOREN HAT

Parzivâl war eine unbestimmte Zeit durch schwarzen Winter geritten. Denn wie verkohlt sind die Trümmer der sichtbaren Welt, die dem Auge aus der Unfarbe des Schnees entgegenstarren, und es verschließt sich davor, wie der Himmel darüber verschlossen ist. Niemand weiß, wo Parzivâl Obdach gefunden hat, in welchen Höhlen er untergekrochen ist, unter welchen Dächern er Schutz gesucht hat. Er war weit weg von allem; das machte die Finsternis in ihm selbst. An ihr zerstäubte der Schnee, der ihm gegen die Rüstung trieb. Er stellte sie fest, die Kälte, die Entbehrung, aber sie ging ihn nichts an. Für sein Gefühl hörte er zu reiten nicht auf. Es war ein schwaches Auf und Ab der Gedanken, ein trübes Hin und Her der Ungedanken im Pferdetakt. Und als der Schnee sich lichtete und der Himmel erblaute; als Parzivâl wieder Grünes ausschlagen sah durch den Schnee: da ritt er noch immer in seiner Finsternis, denn sie begleitete ihn wie ein Schatten. Die Farben blieben stumpf, dumpf wurden die Bilder seiner Herkunft, zu Schemen alle Menschen, die es an ihm vorübergetrieben hatte, früher, später, gerade eben: vorbei, vorbei. Er fror und wußte es nicht. Und doch kam er eines Morgens irgendwo an; und doch war auf einmal etwas, was er hörte, und jemand, den er sah.

Er hielt unter einer Eberesche, und vielleicht stand er schon seit gestern darunter. Da war sie grün gewesen, jetzt war sie weiß, und ihr Geäst durchsichtig auf den Himmel, der dunkelte, wie an einem schönen Tag; der strahlte, wie in einer klaren Nacht. Da stand er und begann wieder zu sehen. Er sah, daß in der Astgabel, zwischen dem Laub, das der Schnee beschwerte, noch einer saß: ein Falke war's, dem kühler Wind die Federn plusterte. Und auf einmal war es kein Bild mehr; auf einmal war es *dieser* Falke und kein anderer. Ellisson war entflogen und jetzt bei ihm; leibhaftig lebte sie am Rande des Todes und fror. Und in diesem Augenblick bedeckte das flüchtigfeste Federkleid die ungeheure Blöße des nackten Himmels über unserem Kopf. Und Parzivâls Augen öffneten sich brüderlich dafür und fingen den Falken, ohne daß der eine oder der andere sich rühren mußte, mit einem Lächeln ein: dem ersten Lächeln.

Sie waren allein, und mit einem Schlage waren sie es nicht mehr. Die Luft begann zu wispern und zu schwirren und füllte sich mit Geflügel und Geschnatter. Wie eine himmlische Heerschar sauste es über den Wipfeln und fiel auseinander in einen Schwarm wilder Gänse. Das nickte und tapste über die Lichtung; das hackte sich gegenseitig und schnäbelte nach grünen Spitzen, die aus dem dünnen Schnee stießen.

Parzivâls Rotfuchs hatte sich bewegt, aus Nervosität oder Neugier; da fuhr ein Riß durch die Luft, sprang der kalte Himmel kaum hörbar entzwei: das war der Flügelschlag des Falken. Fast zugleich hatten sich die Gänse erhoben und ruderten schreiend der rettenden Höhe zu. Parzivâl sah die einzelne Gans, auf die der Greif niederstieß, straffte die Beine gegen die Bügel, wie der Falke die behosten Klauen, und fühlte den Einschlag der Nägel im eigenen Fleisch.

Die Gans war zu sperrig für den Falken; getroffen, doch nicht geschlagen, stürzte und flatterte sie auf einen gefallenen Baum zu und verschloff sich im dichten Geäst. Ob ihr der Falke nachstieß, das sah Parzivâl nicht mehr.

Vor ihm hatte sich der Boden aufgetan, und er sah und las.

Drei Tropfen Blut im Schnee. Condwîr âmûrs!

Parzivâl wurde eins mit seinem Gesicht, und es zog ihn in die Tiefe der Welt. Jetzt war sie nicht mehr schwarz. Jetzt brannte sie an drei Punkten und wärmte sein Herz. Jetzt stand er da, wo er nicht mehr weiter fallen konnte. Er sah nur noch drei Tropfen Blut, vergaß auch sein Herz, das Zeichen weitete sich zur Landschaft, nahm ihn liebereich auf, ließ ihn drinnen sein, inwendig von Zeit und Ort, und Alles war wieder da. –

Einmal war ihm, als habe er eine schrille Knabenstimme gehört; als sei ein Schatten gezappelt über die Schrift im Schnee; als habe jemand einen Besen genommen, um die Störung wegzufegen. Dann hatte die Schneeschrift wieder stillgelegen, seinen Blick erwidert mit drei Augen, in denen er verschwinden durfte, gesammelt, gestillt.

Die Hofgesellschaft, am Rand der Lichtung zusammengedrängt, zu Fuß oder zu Pferd, sah nichts von alledem und doch genug. Sah einen verwahrlosten Ritter unter den Bäumen. In den Scharten seines Schildes saß der Rost. Der Rotfuchs stand reglos wie sein Herr, schüttelte nur manchmal das Haupt.

Der Hofmarschall sah seine Stunde gekommen.

König Artûs! sagte er zu seinem fröstelnden Herrn, der in der

Morgenfrühe gebrechlich wirkte, – das geht nicht an, das da dort. Das ist zu viel. Der steht und dreht sich nicht einmal um. Er stemmt die Lanze, als wären keine Damen zugegen. Laßt mich den Herrn drannehmen. Wenn Ihr mir's verwehrt, entlaßt mich lieber gleich.

Herr Artûs sah, daß sein alter Gefährte zitterte, nicht nur vor Kälte.

Seid Ihr denn gerüstet? fragte er besorgt.

Das muß ein Marschall immer sein, und so war es entschieden. Die Gesellschaft sah Keie, die Lanze eingelegt, auf den fremden Ritter zusprengen. Aber der rührte sich nicht; also trabte Keie vorbei und kehrte im Bogen zu dem stillen Gast zurück. Er riß sich das Visier hoch und brüllte.

Herr, was ist denn los? Ihr beschimpft meinen König Artûs! Bewegt Euch! Zupft Leine, wenn Euch Euer Hals lieb ist! Sonst brech ich ihn glatt ab, und zwar mit *der*!

Er schwenkte die Lanze vor Parzivâls Gesicht.

Dann kehrte er sie um und schlug ihm damit auf den Helm, daß es dröhnte.

Wach auf! schrie er. – Oder mußt du erst ordentlich hingelegt sein? Sieh nur, wie schön weiß dein Bett gerichtet ist! – Und drängte seinen Braunen gegen den Fuchs, so daß dieser plötzlich einen Sprung tat und schnaubte.

Parzivâl, gleichfalls aufgestört, hatte die Lanze heruntergerissen.

Aha! rief Herr Keie. – Guten Morgen! Machen wir Nägel mit Köpfen? Du stehst mir vor der Aussicht, Träumer! Lauf an! Einmal noch reiten, und dann nie wieder!

Keies Brauner konnte, ohne an drohender Haltung zu verlieren, rückwärts traben, während der Marschall seine Lanze auf den andern fixierte, wie man einen Pfeil an der Sehne zurückzieht.

Aber Herr Keie war kein schlanker Pfeil, er war ein Waffenmeister der alten Schule. Alles an ihm und seinem Braunen arbeitete schwer, als sie sich zum Galopp sammelten. Kampfbereitschaft wurde erstellt, dann umgesetzt in Bewegung: in kurzen Trab und starken Galopp, bis zum vollen Schub der Karriere. Frau Ginovêr! schrie er durchs dicke Eisen. Und jedermann war erschüttert und gerührt.

Sein Gegenspieler schrie nichts. Immerhin hatte er die Lanze gesenkt. Immerhin setzte er zur Parade an, kaum sichtbar: wie ein Mann sich zusammennimmt, um eine schwere Tür aufzudrücken. Es war kein Anlauf, es war nur ein Ruck – und damit stemmte er das

Gewicht des Mannes, der ihm entgegenstürzte, am Schildrand hoch, drehte es ab, warf es um. Herrn Keies Lanze, die er in Parzivâls Schild gebohrt hatte, diente als Hebel gegen ihn selbst. Er hob sich aus dem krachenden Sattel, an dem ein Bein hängen blieb; so klemmte er fest, während das Pferd rückwärts über den Fallbaum stürzte, sich auf dem Genick überschlug und den Reiter unter sich begrub.

Der Todesschrei des Pferdes machte den Artûshof stumm.

Parzivâls Lanze war gesplittert, sein Pferd mit den Vorderbeinen eingeknickt; nun richtete es sich auf und wandte sich wieder den drei Punkten im Schnee zu. Roß und Reiter versanken vor aller Augen in die vorherige Starre.

Das Paar hörte also gar nichts von dem Auflauf, der um den grausamen Sturz entstand. Man eilte zum Baum, in dem die verendete Gans hing. Man achtete nicht des Falken, der das Weite suchte mit einem zornigen Schrei. Dutzende von Armen stemmten den zuckenden Pferdeleib; andere zerrten den Seneschall darunter hervor, der zu heulen begann, als man ihn aus der Rüstung schälen wollte. An der Lage seines linken Beins mußte man erkennen, daß es zerschmettert war, wie der rechte Arm auch, an dem der Versehrte keinen stützenden Griff ertrug. Er schrie, man möge dem Braunen den Gnadenstoß geben! Um das Pferd sei es schade, um ihn selber nicht. –

Keie! sagte Herr Gâwân sanft und beugte sich zu ihm nieder. – Gestattet, daß wir Euch tragen. – Nur zu! schrie der andere, habt ihr den Totenbaum dabei? Fort mit Schaden! Begrabt mich auf dem Pferd. Das wußte einmal, was Kämpfen heißt!

Ihr tut mir leid – sagte Herr Gâwân.

Spart Euer Gefühl! gab Keie zurück, verschwendet es an die Damen! Ich dauere Euch? Wenn das wahr wäre, säßet ihr längst zu Pferde und tätet dem Herrn dort drüben, wie er mir! Rührt mich nicht an –

Herr Gâwân hatte sich nicht beirren lassen. Er trug Keie auf dem Rücken durch teilnehmendes Geraune dem Zeltlager zu und legte ihn, Frau Ginovêrs Wink folgend, auf das Königsbett. Nun war der Alte stumm geworden, doch sah er nur noch grimmiger aus.

Herr Gâwân aber rief nach seinem Roß Gringuljete, warf einen gelben Umhang über das leichte Festkleid und ritt in die Lichtung zurück, wo die Zuschauer immer noch starrten.

Oheim, sagte er, zieht die Gesellschaft zu den Zelten zurück. Ich will's mit dem Ritter allein abmachen.

Und man folgte dem Befehl, nicht ohne Bedauern. Denn so sehr man fror, die Fortsetzung ließ man sich ungern entgehen.

Herr Gâwân wartete ab, bis es still geworden war. Da lag nur noch ein totes Pferd und eine geschlagene Gans; in der Höhe war der Falkenruf zu hören. Herr Gâwân ritt langsam zu dem einzelnen Mann hinüber.

Herr! sagte er. – Seid gegrüßt. Gebt Euch zu erkennen.

Der Andere rührte sich nicht. Sein starres Auge haftete an drei Tropfen Blut, auf dem Laken des ersten Schnees.

Da saß Herr Gâwân ab und warf seinen gelben Umhang über die Blutstropfen.

Der Fremde fuhr auf, als hätte ihn ein Schlag getroffen.

Condwîr âmûrs! sagte er tonlos. – Wo bist du hin?

Er hob den verstörten Blick, sah Herrn Gâwân an und riß den Rotfuchs zurück.

Die Lanze? rief er.

Herr, sagte Gâwân, die liegt in tausend Splittern. Ihr habt schon gekämpft.

Mit Euch? fragte der andere.

Mit Euch selbst, denke ich, sagte Gâwân, und dabei habt Ihr zwei andere erwischt. Einen davon ziemlich hart.

Ich? fragte Parzivâl.

Ihr wißt selbst nichts davon, wie es scheint, sagte Herr Gâwân.

Wer seid Ihr? fragte Parzivâl.

Gâwân hätte gekränkt sein können. Statt dessen sagte er ruhig: Ein Bote des Königs Artûs. Er erwartet Euch. Erlaubt, daß ich Euch führe. Ich heiße Gâwân.

Gâwân, sagte der andere, das seid Ihr? Woher kennt Ihr mich?

Ich kenne Euren Blick, antwortete Herr Gâwân. – Ihr liebt.

Ja! sagte Parzivâl, aufatmend wie ein Kind. – Ich liebe! Das weiß ich jetzt! Woher weißt es du?

Ich kann lesen, sagte Gâwân. – Einmal war ich verrückt nach einer Dame, die hieß Inglûse. Ich kämpfte um sie und verlor. Der Sieger heißt Lähelîn. Mein Leben war verwirkt. Da bot die Dame ihr eigenes für mich. Sie gab ihren Kopf zum Pfand.

Lähelîn? fragte Parzivâl, wo ist er?

Das ist lange her, sagte Gâwân, wie die Dame. Die Liebe ist ewig, und sie dauert nicht.

Ich habe sie verloren, sagte Parzivâl, und weiß nicht warum.

Die Liebe wird es wissen, sagte Herr Gâwân. – Komm zu König Artûs, da findest du Damen genug.

Ich will keine andere! fuhr Parzivâl auf, eher erschrocken als erzürnt.

Gewiß, gewiß, sagte Gâwân. – Er saß ab, löste die tote Gans aus dem Dickicht und schüttelte ihr den Schnee aus den Federn. Er besann sich, dann nahm er sie und stieg wieder auf sein Pferd. – Komm jetzt zu Artûs, denn du bist auf seinem Land.

Zu Artûs? sagte der andere. – Da darf ich mich nicht zeigen. Eine Dame hat mich angelacht, und dann –

Wie alt bist du, Parzivâl? unterbrach ihn Gâwân.

Du kennst mich? fragte Parzivâl.

Nur deinen Handel mit der Lachenden, sagte Gâwân. – Du hast ja allerhand Aufhebens davon gemacht! Wie alt magst du sein?

Ich hab nicht gezählt, sagte Parzivâl. – Meine Mutter wüßte es wohl.

Ich bin älter als du, sagte Gâwân. – Du darfst dir also sagen lassen, daß deiner Ehre genug getan ist. – Und jetzt geleite ich dich.

Schick mir erst den Seneschall heraus! sagte Parzivâl. – Er soll sich gut rüsten! Ich habe mit ihm noch ein Huhn zu rupfen.

Das hast du bereits getan, sagte Gâwân. – Du rupfst recht gründlich. Sein rechter Arm ist hin, das linke Bein auch. Dort liegt das Pferd, von dem du ihn geschmettert hast.

Ich? fragte Parzivâl.

Oder wer immer, sagte Herr Gâwân.

Condwîr âmûrs! sagte Parzivâl.

Er wird sich bei ihr bedanken, sagte Herr Gâwân trocken.

Ist das alles wahr? fragte Parzivâl.

Es ist noch nicht alles, sagte Herr Gâwân. – Du hast noch einen umgeworfen, aber dem hat's nicht allzu wehgetan. Ich wäre der Dritte gewesen. Aber mit deiner Dame kämpfe ich lieber nicht.

Lebe wohl! sagte der Rote Ritter.

Parzivâl, erwiderte Gâwân mit leiser Stimme, Frau Cunnewâre! Du hast ihr Ritter genug geschickt. Du bist ihr schuldig, einmal selbst zu kommen.

Ich würde sie enttäuschen, sagte Parzivâl.

Das sollst du auch, erwiderte Gâwân. – Anwesenheit enttäuscht immer. Das ist heilsam. Aus der Entfernung liebt sich's allzu leicht.

Denkst du so? fragte Parzivâl mit großen Augen.

Ich denke nur, erwiderte Gâwân rasch, Cunnewâre redet zu viel von dir. Und Ginovêr schweigt zu viel.

Ja, ich habe ihr wehgetan, sagte Parzivâl.

Ithêr wohl noch mehr, sagte Gâwân. – Dafür mußt du gerade stehen. Also komm.

Wenn das alles wahr ist, sagte Parzivâl, so muß ich dir folgen. Du hast deinen Mantel fallen lassen. –

Rühr ihn nur nicht an! sagte Herr Gâwân. – Der hat seinen Dienst getan. – Und damit griff er nach dem Zügel des Fuchses, begann ihn wegzuführen und seinen Herrn dazu, Schritt für Schritt, immer weiter weg von der Spur im Schnee; und Parzivâl sagte kein Wort.

Unterdessen lag der Hofmarschall im Zelt der Königin und stöhnte. Vor ihm standen sie zu dritt, König Artûs, Frau Ginovêr und Kingrûn, der Scheneschlant und Kollege; da standen noch ein paar mehr und versuchten, Herrn Keies Schmerz zu lindern. Das duldete er nicht.

Lieber, sagte König Artûs, was tun wir jetzt mit dem Herrn da draußen?

Ehrt ihn! stöhnte Herr Keie.

Er hat dich getroffen, und in dir uns alle, sagte der König.

Unsinn! stöhnte der Verwundete. – Ihr habt auf ihn gewartet. Er ist der Rote Ritter. Also empfangt ihn, wie sich's gehört.

Wie gehört sich's denn? fragte König Artûs. – Du bist so unruhig, liebe Frau?

Ich denke an Gâwân, sagte Frau Ginovêr, und was aus ihm werden mag, draußen im Wald, allein mit dem Ungeheuer.

Sie kämpfen nicht, sagt Herr Keie. – Keine Sorge, hohe Frau. Dafür ist Gâwân zu klug.

Er sagte es mit einer Mischung von Schmerz, Wut und Hohn, die ein Herz hätte zerreißen können.

Wir müssen dein Bein schienen, sagte Herr Artûs, ich kann es nicht mitansehen. Es liegt ganz abgedreht, gewiß stockt das Blut darin –

Kümmert Euch nicht um mich, Herr, sagte Herr Keie mit zusammengebissenen Zähnen. – Der Arm tut's noch weniger. – Ihr sammelt die Herrschaften jetzt, Damen und Herren gemischt. Sollen sich erst ordentlich machen. Laßt Trompete blasen. Dann führt den Roten Ritter herein und haltet ihm eine Rede.

Wovon rede ich denn? fragte der König.

Das Übliche, sagte Herr Keie, aber mit Gemüt. Sagt, daß Leid und Freude gemischt seien, aber daß das Leid gerade recht komme, die Freude zu würzen.

Wie kann ich von Versöhnung reden? fragte Herr Artûs. – Nachdem er Ithêr getötet hat, und Frau Cunnewâre von den Strängen gelassen, über die sie seither schlägt jeden Tag? Er hat uns schwer gestört, besonders Frau Ginovêr. Er schickt uns seine Beutestücke auf den Hals, eins unpassender als das andere – pardon, Herr Kingrûn, aus mir spricht die Bitterkeit. Und heute schlägt er mir meinen Keie kurz und klein –

Das wird so haben sein müssen, stöhnte Keie. – Ihr grüßt ihn, Herr Artûs, und Ihr küßt ihn, hohe Frau –

Undenkbar! sagte Frau Ginovêr.

Und dann, knirschte Herr Keie ungerührt, küssen ihn auch alle andern, der Reihe nach.

Und Frau Cunnewâre? fragte Herr Artûs.

Ist jetzt die Hauptperson, sagte Herr Keie, also fragt sie, was ihr beliebt.

Das ist nicht dein Ernst! rief der König entgeistert.

Besorg einen grünen Mantel, Kingrûn, stöhnte Herr Keie. – Grün war die Farbe seines Vaters. Der ist im Morgenland geblieben. Wählt das Grün passend zu Ekubâ, der Heidin.

Ein Gottesdienst? fragte Kingrûn.

In dritter Linie, ächzte Herr Keie. – Erst grüßen, dann küssen, dann beten. Ein Hochamt muß schon sein.

Welchen Altar sollen wir denn nehmen? fragte Kingrûn.

Alle drei, sagte Keie, Georg, Martin und Sebastian. Macht's feierlich, aber nicht allzu kristlich, wegen der Heidin. Muß grade so lange dauern, daß du inzwischen die Tafel decken kannst. Leichte Küche, Fisch und Geflügel. Setz dem Roten die Gans vor, die er gejagt hat. Füll sie mit Kastanien.

Die sind nicht grade leicht, sagte Kingrûn.

Um so besser, grinste Keie.

Keie, sagte Frau Ginovêr mit Tränen in den Augen. – Ihr seid ein Wunder.

Nach Tisch, sagte Keie, könnt Ihr zu Euren Lustbarkeiten übergehen. Keine Pfänderspiele, etwas mit Niveau.

Ja, Keie, sagte Herr Artûs schuldbewußt. – Aber wie soll das alles laufen ohne Euch?

Wir werden Euch zu Tische tragen! sagte Frau Ginovêr.

Den Teufel werdet Ihr, sagte Keie, pardon, teuerste Frau. – Mir ist wohler hier. Beeilung! Der Rote kann jeden Augenblick hier sein.

Keie! rief Herr Artûs, – Ich weiß nicht, wie ich Euch danken soll –

Kingrûn, stöhnte Herr Keie. – Vergiß die Krapfen nicht, für Frau Cunnewâre.

Leicht versalzen, grinste der Scheneschlant.

Manchmal, flüsterte König Artûs beim Hinausgehen, denke ich: Keie ist der letzte Ritter.

Ihr vergeßt Gâwân, sagte Frau Ginovêr spitz.

Der ist kein Ritter, liebe Freundin, sagte Herr Artûs, der ist ein Mann von Herz.

Das sagt *Ihr*? wollte Frau Ginovêr erwidern, doch sie sprach es nicht aus. Sie sah ihn nur an, den Mann, an dem sie sich – anders als die Fabel – meinte, längst sattgesehen zu haben. War er noch ihr Herr, der himmlische Gesandte der Zivilisation? Er war viel weniger geworden. Und etwas mehr?

Gâwân hatte mit dem Mann im Schnee nicht zu kämpfen brauchen. Es genügte, den Grund seiner Abwesenheit zuzudecken, mit schonendem Mantel. Der blieb liegen, zusammen mit dem gefallenen Baum, dem toten Pferd. Die tote Gans hielt Gâwân an einem Bein. Neben der Struppigkeit des Roten Ritters sah er blaß aus. Einmal – dachte er und wog die Gans in der Hand – einmal muß ich doch mit ihm kämpfen, auf Tod und Leben. Dann schwang er die Gans ins Gebüsch. Es war ein kurzer Ritt von der Lichtung zurück ins Lager, vom Schnee ins Grüne; es wurde ein langer Ritt für Herrn Gâwân.

Der Hof war in Windeseile für den Empfang gerüstet. Das unsichtbare Netz des Festes war allezeit ausgelegt. Man brauchte nur zu zupfen, dann entfaltete es sich wie am Schnürchen. Auf einmal steht sie neu und frisch, die erwünschte Umgebung. Alles ist bereit für den Auftritt der Damen und Herren. Ob sie zu speisen, zu tanzen, zu spielen oder zu reisen wünschen: der Wunsch ist erfüllt, bevor er Befehl werden muß. – Daß die Natur mitwirke an diesem Zauber, ist Bedingung, und ein anderer als König Artûs erfüllt sie nicht. Hain und Anger müssen seinem Auftritt geneigt sein, damit er ihnen seine Krone aufsetze. Und es bleibt sein Geheimnis, wie selbst das zitternde Espenlaub sich unter seinem müßigen Blick so beruhigt, als stünde es schon gemalt.

Neuerdings *gibt* es aber auch noch einen Hofmaler, in der kleinen, doch herzhaften Gestalt des Kaplans Polycarp. Vor dem Tor des Zeltlagers hat er seine Staffelei aufgebaut und wird die Szene, die den Hof erwartet, mit Rötel festhalten. Das Papyr dazu hat ihm die Heidin Ekubâ geliefert.

Papyr? – Das ist etwas Neues. Die Mühlen des Morgenlandes haben einen federleichten, doch faserfesten schneeweißen Stoff hervorgebracht, der die Schweinshäute und Wachstafeln alt aussehen läßt. Davon hat Frau Ekubâ eine ganze Maultierlast mitgebracht, ferner Pinsel und Tusche, mit der sich die glatte Fläche wundersam beschriften läßt. Der Gebrauch des Geräts will gelernt sein, doch haben sich die geistlichen Hofmeister der Übung gewissenhaft unterzogen. Die Heidenfaser verspricht das Wort nicht weniger tragbar zu machen als haltbar. Die Frage ist nur, ob sie geeignet ist, erbauliche Gedanken oder gar Gottes Wort selbst anzunehmen. Ohne Spritzer geht es einstweilen nicht ab. Aber da sich der kleine Kaplan eher zum Schildern berufen fühlt als zum Schreiben, läßt man gelten, daß er das Papyr mit dem Rötel versucht. Er hat in diesen Tagen viele Ritter und Damen in immer frischen Posen auf das Blatt geworfen. Sie brauchten nicht einmal stillzuhalten. Schnell, wie die Tafelrunde im Grünen stand, erschien sie auch auf dem leeren Blatt Polykarps. Zur Vollkommenheit freilich fehlt seiner Kunst noch mancherlei. Bisher haben sich seine Modelle noch nie so schön gefunden, wie sie vor Gott und den Menschen zu sein verdienen.

Ritter aber sind weder Schreiber noch Bildner. Wenn sie zeichnen oder Schrift setzen, tun sie es mit Lanze und Schwert. Er allein, Herr Gâwân, hatte an der papierenen Kunst Geschmack gefunden und übte das Schönschreiben trotz einem Klosterbruder. An ihm sei ein Dichter verloren gegangen, neckte ihn Frau Ginovêr. Warum denn *verloren*? fragte er zurück. – Weil Ihr, so viel ich sehe, keine Gedichte schreibt. – Erstens, geliebte Tante, seht Ihr nicht alles; und zweitens hat auch das Dichten eine neue Art. – Jedenfalls verwendete Herr Gâwân seine Muße am Plimizöl übungshalber darauf, seiner Tante von Zelt zu Zelt Briefe zu schreiben, in denen sie nachlesen konnte, was sich tagsüber ereignet hatte – und einiges dazu, was sich, so viel man sehen konnte, *nicht* ereignet hatte. – Ihr seht nicht alles, Tante! hatte Herr Gâwân wiederholt; warum soll ich mir nicht auch ein Fest aus Dingen machen, die sich *nicht* ereignen? – Ihr müßt heiraten, Neffe, sagte Frau Ginovêr besorgt, dann kommt ihr auf

reelle Gedanken! – Dann täte ich etwas *noch* Dümmeres! entgegnete
Herr Gâwân. – Und sie nahm seinen Kopf und küßte ihn hinters Ohr.

Ja, Herr Gâwân hatte schreiben, er hatte mit Raben- und Gänse-
kielen umgehen gelernt, nachdem die Heidin seine Finger eine Weile
hatte führen müssen. Da sie schön war, und ihr Atem süß und nahe,
schien er eher langsam zu lernen und erwarb seine Kunst erst so
recht, nachdem sie ihm die führende Hand entschieden entzogen
hatte – zur Erleichterung Frau Ginovêrs. Der Schüler bezeugte seine
Fortschritte mit zarten Klagegedichten, die er seiner Lehrerin zueig-
nete und die ihr Herz fast doch noch gewonnen hätten – worauf er
eilends Abstand nahm und seiner Tante dafür die besagten langen
Briefe schrieb, die das Leben bei Hofe spaßhaft vervielfältigten, so
daß sie seine Erzählungen bald nicht mehr entbehren konnte und fast
im Ernst an seine Berufung zu glauben begann. Er ließ sich davon zu
keiner Selbsttäuschung hinreißen und betonte das Läßliche seiner
Tätigkeit, wollte allerdings auch das Wort »Zeitvertreib« nicht gelten
lassen. Vielmehr *sammle* er Zeit, ließ er verlauten, und gebrauche das
Papier wie Medizin. Die Krankheit, die dazu gehörte, war nicht zu
erfahren. Liebeskummer konnte es schwerlich sein. Denn das
Schreiben und Tuschen machte ihn interessant und führte ihm mehr
weibliche Aufmerksamkeit zu, als er gebrauchen konnte.

Immer noch besser als Musik! seufzte er leichthin. Denn seinen
Griff zur Laute wollten manche Damen gleich an der zarten Haut
gespürt haben. Mit seiner Schreibkunst zog er eher den besinnlichen
Damentyp an; der aber zeichnete sich auch durch besondere Hartnäckigkeit aus. –

Herr Artûs betrachtete die Kunst seines Neffen mit Vorbehalt. Ihr
seid nicht da, wenn Ihr schreibt, mahnte er, das ist ein Unrecht am
Augenblick. Weiß der Kuckuck, wo Ihr dann seid!

Wenn der Kuckuck es wußte, verriet er es nicht. Er schwieg, wie
jede andere Stimme am Himmel, als Herr Gâwân neben dem nicht
mehr Unbekannten die kurze Strecke von der Lichtung ins Lager
zurückritt. Nun stand der erlauchte Personenkreis zur Begrüßung
geöffnet. Daneben harrte der Kaplan vor seiner Staffelei, und sein
Rötel bereitete sich zum Sprung auf das leere Papyr.

GRÜNES EIS

WIE PARZIVÂL
VOM HOF EMPFANGEN WIRD
UND SEIN GESICHT
EINEM MALER SCHULDIG BLEIBT

Da ist er! – Das soll er sein?

Er ist nicht rot, nicht blaß, nicht groß und nicht klein, weder mächtig noch zart. Es gibt nichts Ausdrucksvolles an ihm. Er tut nur das Allernötigste für seine Anwesenheit. Er ist – *unauffällig*.

Der Rötel des Kaplans stockt.

Er ist's, sagte Herr Gâwân – Parzivâl, der Rote Ritter.

König Artûs wollte reden; da unterbrach ein scharfer Laut sein erstes Wort. Zum ersten Mal war im Abendland das Reißen von Papier zu vernehmen. Der Kaplan hielt die Stücke seiner Zeichnung in der Hand und war tief errötet. Wer lachte da? Frau Cunnewâre? eine Elster im Baum?

Die Welt des Königs Artûs stand im Schock; ein Schauder überlief sie. Parzivâl war gekommen ... und jetzt war er nichts Besonderes. Auf alles war man gefaßt gewesen, auf den Unscheinbaren nicht.

Dann zeigte der schöne Schein seine Geistesgegenwart. Nur einen Augenblick hatte der Atem der Welt gestockt; jetzt floß er wieder und gewann eine Stimme, die hohe Singstimme des Königs Artûs: wer kennt sie nicht?

Parzivâl war vor König Artûs ins Knie gegangen; der hob ihn auf mit weißer Hand, und schimmerten davon nicht auch Parzivâls Rüstung und Gesicht?

Ihr habt uns Leid zugefügt, Herr Roter Ritter, sang König Artûs, und Ihr macht uns großen Spaß. Beides will viel sagen und verwikkelt sich so ineinander, daß wir uns hüten müssen, es gegeneinander zu wägen. Ihr bewegt uns gleich doppelt; das will etwas heißen. Ihr habt uns geehrt, und was wir an Euch goutieren, ist Eure Kraft der Versöhnung. Sie schmeichelt uns nicht nur: wir meinen darin das Herz unserer bescheidenen Majestät schlagen zu hören. Ihr habt, um ein Beispiel zu nennen, Herrn Orilus mit der trefflichen Jeschûte versöhnt; dazu bedurfte es einer starken, auch einer kundigen Hand.

Und wenn Ihr das Gesicht meiner hohen Frau betrachtet: was müßtet Ihr darin lesen? Versöhnung. Sie wird Euch nicht willkommen
heißen, sie tut mehr. – Küßt einander.

Der Rote Ritter tat wie geheißen, Frau Ginovêr aber erwiderte
den Kuß nicht. Sie nahm eine Rose aus der Wasserschale, die ihr ein
Knappe bot, und rührte damit an Parzivâls rostbedeckte Wangen.
Und siehe, da fingen diese an zu blühen, als die Rose entblättert war.
Frau Ginovêr küßte ihn, dann fiel sie in eine kleine Ohnmacht. Herr
Lanzelôt fing sie auf und blickte finster.

Nun schreitet fort in Eurer Kunst, guter Ritter, sagte König Artûs, und geht zu Frau Cunnewâre, die Ihr mit uns versöhnt habt
durch hartnäckige Ritterlichkeit; sie will Euch lohnen.

Der Kaplan hatte nun doch ein Blatt vollendet und legte das nächste auf, denn diese Szene versprach ein Höhepunkt zu werden. Der
Rote Ritter ließ sich vor Frau Cunnewâre nieder; sie hob ihn auf und
küßte ihn auf den Mund. Eigenhändig löste sie ihm den Panzer, den
flinke Knappen forttrugen. Sie fragte, ob sie ihm auch die Schuhe
lösen dürfe; und sie tat es wahrhaftig. Nun stand er in roten Beinlingen da; endlich glaubte der Hof, den Roten Ritter zu sehen und
konnte ein Seufzen nicht unterdrücken. Der Kaplan strichelte furios.
Und fast so eilig, wie es auf der Bühne der Wirklichkeit geschah,
bekleidete er auf Papier die plötzlich sehr jugendliche Gestalt mit
Seide aus Ninivê; festlich leicht fiel der wundersame Stoff, ließ Bein
und Hüfte durchscheinen. So stand der Rote Ritter wie ein Bild
seiner selbst.

Frau Cunnewâre ließ sich einen Mantel aus grünem Atlas reichen
und legte ihn dem Ritter über die Schultern. Sie schlug ihr Kleid auf
und löste ein Seidenband von der Hüfte, um es durch die Ösen seines
Mantels zu ziehen; dann deckte sie den Verschluß mit einem Smaragd. Zur Krönung schlang sie einen Gürtel um Parzivâls Hüften,
nicht ohne das Stück zuvor der allgemeinen Bewunderung darzubie-
ten. Es war aus Tierbildern zusammengewirkt; die Schnalle, bei deren Befestigung seine Hände sich mit ihren vereinigten, bestand aus
einem einzigen Rubin.

Der Schein strahlte übermächtig; man war hingerissen. Außer
dem Rubin war nichts Rotes mehr an ihm; und doch war er nun der
Rote Ritter, den sie erwartet hatten.

Der Kaplan ließ den Rötel sinken, denn auch er hatte vollendet,
bis auf das Gesicht, das er einstweilen leer ließ; er gedachte es in der

Stille auszuführen und hoffte nur, es würde ihm nicht entfallen. Es hatte ihn in seiner Arbeit gelähmt, erinnerte daran, daß das Bedeutende nicht nachgeahmt sein will, solange man in seinem Angesicht steht.

Die nächste Szene war wieder kunstgerecht. Denn nun schritt der König zur Vorstellung seiner Runde; der Rote Ritter hörte die Namen mit Respekt, in einigen Fällen mit Kenntnis; einige Herren erinnerten ihn mit Stolz daran, daß er sie hinter den Sattel gesetzt hatte. Die Damen wollten geküßt werden; und Parzivâl roch die Gärten Salomonis, den Moschus von Pâtelamunt, die Rosen von Isfahân.

Der Weihrauch durfte nicht länger fehlen, und so erklärte König Artûs die Zeit zum Gottesdienst für gekommen, denn der schöne Schein fürchtet das Antlitz des höchsten Wesens nicht. Es durfte im Freien verehrt werden, in der hellen Maienluft, die das Hochamt etwas lockerer und, wenn das Wort erlaubt ist, windiger geraten ließ als in einem gemauerten Gotteshaus. Der Priester zelebrierte, der Kaplan ministrierte dabei. An Kunst brauchte es trotzdem nicht zu fehlen. Denn der portable Altar zeigte, von Baldachinen überschattet, die ritterlichen Heiligen Georg und Martin in ganz neuen, langgliedrigen Posituren, Herrn Sebastian aber nicht als märterlich durchbohrte, sondern als triumphierend erhobene Gestalt, die das Leiden des Jünglings mit der Kraft des römischen Offiziers paarte. Der schöne Schein schwang sich an ihm zur reinen Wahrheit auf. Mutwillig begleiteten die Glöcklein der Pferde dasjenige, das die heilige Wandlung verkündete.

Auch die Heidin nahm an der Frömmigkeit teil, allerdings ohne das Knie zu beugen oder die Responsorien mitzubeten. König Artûs hatte ihre Schönheit zu einem Gnadenbeweis des lebendigen Gottes erklärt, der dem Sakrament der Taufe fast gleichzuachten sei.

Für gute Seelen ist auch Beten und Arbeiten gleichviel; darum hatten die Knappen während des Hochamts die Tafel zu decken. Reicher beladen war sie nie gewesen. Wer aber hatte den ungeheuren und spiegelglatten Stein von Nantes mitgeführt? Niemand; die schöne Natur selber sprang ein und bildete sich im Kreis dieser Herren und Damen zum Rund aus feinsten Gräsern; darauf wurden Bahnen grüner Seide ausgebreitet. In der offenen Mitte des Rings walteten Vorschneider und Vorleger, Zuträger und Aufwärter unermüdlich ihres Amtes. Die Tischordnung wurde dem Zufall überlassen – man wußte ja, wie gerne er Schicksal spielte. Der Rote Ritter kam zwischen die Heidin Ekubâ und Herrn Clâmidê zu sitzen. Bald begannen die Speisen die Rolle von Hauptdarstellern zu übernehmen, Ritter und Damen aber keineswegs diejenige von Zuschauern. Man begann mit unschuldigem Fisch und ging zu gepfeffertem Wild über; wahrhaftig, man tafelte nicht nur zum Schein, auch wenn der Wein, mit dem man einander zutrank, prickelte, als wäre er nicht ganz von dieser Welt. Dabei war er vom grauen Kalk des Champagnerlandes geerntet, und es zeigte sich bald, daß seine Leichtigkeit täuschte. Denn das Gespräch, das Herr Clâmidê alsbald mit dem Roten Ritter anfing, war ein starkes Stück.

Herr, sagte er, Ihr seid im Glück. Ihr habt sie gewonnen, nach der ich mich verzehre. Ihr habt mich zu Boden gestreckt, und dann habt Ihr sie Euch genommen. Sogar schon vorher! Und jetzt habt Ihr sie, nicht nur am Tage, auch bei der Nacht.

König von Patrigalt, sagte Parzivâl, wo habe ich sie denn? Seht Ihr sie etwa an meiner Seite?

Das hätte noch gefehlt, sagte Herr Clâmidê. – Aber warum ist sie nicht da? Weil Ihr sie verlassen habt. Ihr habt kein Recht, Euch zu beklagen.

Ich beklage mich nicht, sagte Parzivâl, noch weniger habe ich sie verlassen. Ich bin auf der Suche, und wenn mir etwas gelingen sollte, gelingt es mir nur um ihretwillen.

Da hat sie viel davon, sagte Herr Clâmidê. – Was sucht Ihr überhaupt? Abenteuer? Ist sie denn keines, und nicht das wahnsinnigste? Ihr habt ihr den Rücken gekehrt, das ist eine Sünde. Das wäre mir nie in den Sinn gekommen.

Hört, Clâmidê, sagte der Rote Ritter, ich bin Euch keine Rechenschaft schuldig, aber wenn Ihr's wissen müßt: ich bin ausgeritten, meine Mutter zu suchen.

Eure Mutter! stöhnte Clâmidê. – *Excusez*, wenn ich lache! Da fällt ihm die herrlichste Frau der Kristenheit in den Schoß, und was tut er? Schreit nach der Mutter! – Habt Ihr den Pfaffen nicht gehört? Der Mann soll Mutter und Vater verlassen und seiner Frau anhangen, und sie sollen sein Ein Fleisch! Ihr könntet sein Ein Fleisch mit Condwîr âmûrs und lauft Eurer Mutter nach! Es ist Sünd und Schande!

Clâmidê, sagte Parzivâl, Ihr macht mich etwas müde. Ihr verstimmt mich, um ganz offen zu sein. Gut, ich bin ausgeritten, weil ich mich fertig fühlte – ich meine: *nicht* fertig. Ich habe noch zu lernen, Herr Clâmidê, und beim Liegenbleiben lernt man nichts.

Im Liegen lernt man nichts? fragte Clâmidê mit schwankender Stimme. – Wollt Ihr behaupten, daß Ihr bei Condwîr âmûrs ausgelernt habt?

Parzivâl schwieg.

Ihr haltet die schönste Frau besetzt und ehrt sie nicht, sagte Herr Clâmidê. – Ja, laßt mich ausreden. Seht mich nur an, wenn Ihr wollt. Oder seht mich eben nicht an, bitte sehr –

Parzivâl lachte wider Willen.

Nehmt Frau Cunnewâre, sagte Herr Clâmidê. – Ich meine, sagte er mit schiefem Lächeln, Ihr nehmt sie nicht. Natürlich nicht. Ihr laßt Euch anstrahlen, als hätten die Weiber vom Strahlen gelebt. Ihr seid der Hund in der Krippe des Ochsen! Selber frißt er kein Heu, aber er hindert den Ochsen daran, Heu zu fressen –

Ihr scheint ja Euren geistlichen Tag zu haben, sagte Parzivâl. – Ihr liebt sie doch nicht gar, Frau Cunnewâre? Nachdem Euer Herz nichts anderes seufzen lernte als: Condwîr âmûrs?

Ja, wer den Schaden hat, braucht für den Spott nicht zu sorgen, sagte König Clâmidê. – Aber Bescheidenheit und Teilnahme würden Euch nicht so viel häßlicher machen, wie Ihr zu fürchten scheint.

Clâmidê, was ist? sagte Parzivâl. – Kann ich Euch behilflich sein?

Immer geradezu, sagte Herr Clâmidê. – Ja, Herr Roter Ritter. Ich brauche eine Frau. Irgendeine? Nein, die *nächstbeste*. So ist das bei gewöhnlichen Menschen.

Daß der Stutzer zum gewöhnlichen Menschen geworden sein wollte, rührte den Roten Ritter eigentümlich.

Es braucht nur ein gutes Wort von Euch, sagte Clâmidê leise, dann nimmt auch sie den Nächstbesten. Ich bin auch ein Mann, und gar kein übler.

Wer wüßte das besser als ich, sagte Parzivâl. – Nur, die Dame dürfte sich kaum in ihre Gefühle reden lassen. Sie scheint mir etwas eigensinnig.

Laßt das meine Sorge sein, sagte Herr Clâmidê fast hochmütig, und widmet Euch nur auch einmal der Frau Heidin an Eurer andern Seite!

Das war rein unverschämt, – und nicht nur, weil die Heidin sich bereits großer Aufmerksamkeit erfreute. Man fragte sie nach dem Behemoth und dem Magnetberg, nach solchen Geschöpfen, denen oben wie unten Beine wachsen, und solchen, die ihre zwei Köpfe nicht auf dem Hals, sondern gleich auf einer Platte tragen, pfannen- fertig für Menschenfresser. Die Heidin leugnete jede Kunde dieser Wesen, mußte immerhin einräumen, daß es in ihrer Gegend schwarz und weiß gescheckte Leute gebe. Man schien sich auf das Naturspiel auch noch etwas einzubilden, seine Träger galten als besonders männlich oder weiblich. Sie hatte selbst einen Vetter, der ein Scheck war, ein Mann über allen Männern. Er beherrschte ein Reich, von dem der große Alexander nur hätte träumen können, und schrieb sich auch von ihm her. Denn seine schöne Mutter, die schwarze Königin Belakâne, war des Großen leibliche Enkelin gewesen und hatte das Heiligtum von Pâtelamunt gehütet, in dem der Große, als Jupiter Ammôn, der Schwarzen Göttin beigewohnt hatte. Leider war Belakâne ihrerseits einem weißen Seeräuber aufgesessen, der sie geschwängert und verlassen hatte. Das Kind aber, jener Scheck mit Namen Feirefîz, sei von den Göttern aufgehoben worden zu einem hervorragenden Zweck: als Herr des Orients werde er zu seiner Zeit die westliche Hälfte der Welt erobern und dem ewigen Frieden zu- führen.

Man sah einander mit erhobenen Brauen an; wer vom wahren Gott noch nichts gehört hatte, schien ja auf eigentümliche Ideen zu kommen. Immerhin interessierte man sich für den gescheckten Sul- tan, verlangte dringend, ihn einmal im Fleische zu erleben. Denn alles, was besonders männlich oder weiblich war, interessierte den Artûshof über die Maßen. Er war unaufhörlich damit beschäftigt, Paare zu bilden oder zu trennen, Mann und Frau auf ihre Treue zu prüfen, oder auch ihre Untreue, deren Beleuchtung schwankte. Sie war keineswegs zu verwerfen, wenn eine frische Paarung mehr Un- terhaltung versprach als eine hergebrachte, und dazu bedarf es be- kanntlich nicht viel.

Das Wenige, was Männer und Frauen trennt, das Viele, was sie mannigfach und widersprüchlich verbindet, war ein unerschöpf- liches Thema am Artûshof. Man kultivierte es, und mit ihm sich selbst, indem man es nach allen Seiten wendete und alle nur denk- baren Kombinationen versuchte. Man erklärte bestimmte Spielarten für höfischer als andere; doch was heute galt, mußte morgen nicht mehr gelten. Genau besehen, gab es nie ein Morgen, so wenig wie ein Gestern; unerschöpflich sprang der Quell des Heute inmitten der Tafelrunde. Da es außerhalb des Hofes kein Leben gab, mußte man bei Hofe sein; um kein Höfling zu werden, mußte man ihn auch wieder fliehen. Das war der Widerspruch, in dem sich die Tafelrunde immer wieder auflöste und ebenso überraschend neu bildete. Und wer dazu gehörte, der war zur Stelle im rechten Augenblick.

Man unterhielt sich über Wunder und Monstren auch auf der hiesigen Seite der Welt. Es gab zauberhafte Quellen, von denen einige für die Leber gut waren, andere für die Liebe, wieder andere für das Schwert, das sich von selbst zusammenfügte, tauchte man es hinein. Man gedachte der Burg der Gefangenen Frauen von Schastelmarveile; sie harrten noch immer des Helden, der das männerfressende Bett bestieg und bestand, um sie für die Welt wiederzugewinnen. Sie schmachteten im Schatten der Wundersäule – oder warf sie gar keinen Schatten? –, die der Zauberer Klinschor aufgerichtet hatte; darin konnten sie ihren hoffnungsvollen Befreier schon von weitem kommen sehen, aus der Ferne schärfer als aus der Nähe, in welcher er sich regelmäßig im Nebel verlor. Von Klinschor, der weder Mann noch Frau war, doch auch nicht beides, hatte man lange nichts mehr gehört. Es hieß, er sei des Zauberns müde geworden und tarne sich in der Kappe eines gemeinen Kaufmanns.

»Der gemeine Kaufmann« – das sprach sich hier in *einem* Atemzug. Man hatte ja wahrlich nicht nötig, Kleider und Lebensmittel zu *kaufen*. Von beidem wurde dem Hofmarschall Keie nur das Köstlichste und Vornehmste gereicht, und zwar aus allen vier Ecken der Welt. Die Gesandten der Ware, die weithin fahrenden Kaufleute, die fliegenden Händler, flehten Herrn Keie geradezu an, dieses und jenes zu versuchen oder an der Tafelrunde tragen zu lassen. Wenn es dort gefiel oder auffiel, war das Glück der Ware schon gemacht. Es gab keine stärkere Empfehlung, als Lieferant der Tafelrunde zu sein; und weit entfernt, die Güter zu bezahlen, ließ sich Herr Keie auch noch dafür entschädigen, daß er sie seinen Herren und Damen beliebt machte. Doch stellte er seine Kommission als Arbeit und tägliche Plackerei dar. Warum sollte es eine geringere Mühe sein, die Welt *darzustellen*, als in ihr zu bestehen?

Heute galt es, grünes Eis zu versuchen, das von Kypros, der Insel der Aphrodite, angeliefert worden war; und diese Lieferung selbst war ein Wunder. Denn über viele hundert Meilen war noch niemals Eis durch die Welt getragen worden, grünes schon gar nicht. Es war aus der Pistaziennuß gewonnen und durch Bittermandeln verfeinert. Auf diesen Nachtisch konnte man gespannt sein. Herrn Artûs' Ausdrucksweise lautete: das müssen wir uns verdienen.

Man verdiente es sich durch Lustbarkeit, durch den Anblick naher und ferner Künstler, Flammenfresser, Jongleure, Taschenspieler und Musikanten. Es war Herrn Gâwâns Hofamt, die Lustbarkeit zu beflügeln, während der Hofmarschall – heute der stellvertretende Kingrûn – für das Wohl des Gaumens sorgte, das man eher noch exklusiver behandelte. In der Küche verstand Herr Artûs keinen Spaß, während er es beim unterhaltenden Teil nicht für Raub achtete, auch einmal unter seinem Niveau zu lachen. Wie wäre er sonst zum Lachen gekommen!

Unter den Wundern und Monstruositäten war auch Munsalvaesche ins Gespräch gekommen. Der ernste Herr Lanzelôt gestand, er gäbe immer noch viel darum, den Grâl zu sehen, seiner hochsinnigen Gemeinschaft näherzutreten und womöglich die rechte Frage zu stellen. Eine Weile vermochte das Rätselraten, wie die Frage wohl lauten möchte, die Tafelnden zu fesseln. Man stritt, ob sie besser dem tiefsten Nachsinnen entspringen oder ob das spontane Gefühl das Beste dazu tun müsse; dieser Lesart neigte die Mehrzahl der Damen zu, während sich die Herren die Sache nicht so leicht zu machen gedachten. Der Rote Ritter äußerte sich nicht zum Grâl, und so wurde der zweifelhafte Gegenstand bald wieder fallen gelassen, um so leichter, als Artûs an dem schwersinnigen Symbol nichts gelegen schien. Von ihm wird ein krasses, doch ahnungsvolles Wort überliefert: der Grâl *stinkt*.

Das grüne Eis mußte noch durch ein Lied verdient sein, das Herr Gâwân auf seiner Laute zum Besten gab. Wie sich zeigte, war es eine besondere Aufmerksamkeit gegen den stillen Gast. Man würdigte die Kühnheit des Sängers, ein Ereignis, das eben erst stattgefunden hatte, bereits im Lied zu würdigen und sich dabei an die Stelle des Andern zu versetzen. Das Lied, ein gefühlvoller Sprechgesang, der sich einer altertümlichen, manchmal auch dunklen Sprache befleißigte, klang wie folgt:

> *Von seinen Treuen das geschah*
> *daß er des Blutes Zähren sah*
> *auf dem Schnee, der war all weiß.*
> *Da dacht er: wer hat seinen Fleiß*
> *gewandt an diese Farbe klar?*
> *Condwîr âmûrs, dir mag fürwahr*
> *diese Farbe sich vergleichen!*

Mir will Gott Gnade reichen
Seit ich hier dir Geleiches fand!
Gesegnet sei die Gottes Hand
und alle Kreatûren sein:
Condwîr âmûrs! hie liegt dein Schein.
Wie Schnee dem Blute Weißes bot
und dies den Schnee nun färbet rot
Condwîr âmûrs!
mein Weib!
dem gleichet sich dein lieber Leib!

Der Rote Ritter hatte zuerst gar nicht zugehört. Als aber der Name fiel:

Condwîr âmûrs! fuhr er auf und saß dann in tiefer Verlegenheit. Herr Gâwân bemerkte sie wohl. In festlicher Vollmacht brachte er das Lied zu Ende, geriet aber seinerseits in Verlegenheit, als Frau Ginovêr vernehmlich sagte:

Ihr seid begnadet, *Neveu!*

Das Eis ist auch nicht ohne! rief König Artûs. – Eßt es mit Verstand, Herr Orilus!

Leutselig beschäftigte sich der Herr der Runde mit der Kampfmaschine an seiner Seite; von diesen Neuen Männern drohte der Tafelrunde keine Gefahr. Denn Lähelîns Wesen schritt zwar unaufhaltsam fort, blieb aber ritterfreundlich dabei und gehörte inzwischen zu den eifrigsten Hoflieferanten, um sich bei Artûs die Weihe des Geschmacks und das Gütesiegel zu holen, das der Wohlgeborene entbehren kann. Der Versuchsritter war, dank dem Prickelwein, ebenso gutgelaunt wie geschmeichelt. In haarsträubender Generosität erklärte er immer wieder, wie versöhnt er sich fühle, sowohl mit der Tafelrunde, die ihm seine Frau nicht habe gönnen wollen, als auch mit dem Roten Ritter, der sie ihm nicht habe nehmen können. Diese Schwüre waren um so amüsanter, als die Besprochene sich in ein Getuschel mit dem jungen Segramors eingelassen hatte und ihren Unmut darüber, gerade jetzt als Göttin der Tugend gefeiert zu werden, schlecht verbarg. Das grüne Eis schmeckte apart, wenn auch etwas wäßrig.

Was ist Euer Geschäft bei uns? fragte der Rote Ritter Ekubâ, die Heidin. – Verzeiht, wenn ich frage.

Ihr fragt so wenig, antwortete die Heidin, daß ich Euer Interesse

gern für so ernsthaft halten möchte, wie Ihr selber seid. Ich bin die
Gesandtin meines Vetters, des Königs Feirefîz, dem soll ich Kundschaft bringen von Eurem Abendland, bevor er sich anschickt, es
selbst zu bereisen, was ein Herzenswunsch von ihm ist. Er ist nur
halb der Unsere, von Mutters wegen, der schwarzen Königin. Halb
ist er der Eure, von Vaters wegen, und den will er suchen. Habt Ihr
noch einen Vater?

Ich habe ihn nie gekannt, sagte Parzivâl, er ist geblieben, im Morgenland.

Das tut mir leid, antwortete die Heidin, denn es bekommt einem
Menschen wohl, wenn er seinen Vater kennt. Ein unbekannter Vater
gedeiht ins Ungebührliche, statt daß man ihm ein vernünftiges Maß
für die eigene Größe abgewinnt. Mein Herr Feirefîz stellt sich seinen
Vater bald als Herrn der Meere, bald als Seeräuber vor, mit Holz-
bein, einer schwarzen Binde vor dem Auge und einem Enterhaken
statt des Arms.

Der Rote Ritter lachte wider Willen. Dann sagte er: Die Stadt
meiner Frau liegt am Meer.

Es ist doch auch Eure Stadt, sagte die Heidin.

Nein, sagte der Rote Ritter, ich habe sie verlassen.

Aber ich habe das Meer in Euren Augen gesehen, sagte die Heidin.

Der Rote Ritter schwieg.

Ich fürchte, sagte die Heidin, es ist mit dem Vater meines Herrn
Vetter gar nicht so weit her. Man kennt die Herren, die das Morgenland nur dazu verwenden, einen Traum zu träumen und auszureißen,
bevor sie daraus erwachen.

Was für einen Traum? fragte Parzivâl.

Ihr Kristen haltet euch für Männer, sagte sie, und das Morgenland
für weiblich. Ihr träumt von einem Schoß, in dem ihr wieder verschwinden könnt. Aber wenn es ernst wird, packt euch die Angst,
und Ihr steigt wieder auf eure hohen Rosse und schwarzen Schiffe.

Wie sind denn die Menschen bei euch? fragte Parzivâl.

Mein Herr Vetter ist jetzt ein Ritter, sagte sie, aber anfangs war er
ein Kind. Er jagte und turnierte ohne Maß. Er heiratete dreihundertfünfundsechzig Frauen, eine für jede Nacht im Jahr. Bei der Hochzeit mußten sie, bei Strafe ihres Halses, ein Gelübde tun: die erste,
bei der seine Manneskraft versagte, müsse ihn bei Jupiter anzeigen;
dann solle er des Todes sterben.

Und lebt er noch? fragte Parzivâl höflich. – Dann muß er das
Wunder eines Mannes sein!

Er war ein Kind, wiederholte die Heidin, aber in einem Schaltjahr begegnete ihm die Dreihundertsechsundsechzigste, die machte ihn zum Manne, sie traf ihn schwach. Doch brach sie den Eid und zeigte ihn nicht an. Jetzt habe ich die Liebe kennengelernt, sagte er, das sterblichste der Gefühle; aber ich habe Glück, denn ich sterbe eher als sie! – Der Schluß schien nicht jedermann zwingend, denn sie waren ein anständiges Paar. Und Jupiter gab ein Zeichen vom Himmel, er wünsche das Opfer nicht. So durften sie leben. Herr Feirefîz entließ die dreihundertfünfundsechzig Frauen und lebte mit der Einen. Das tut er heute noch, und sie heißt Secundille.

Regiert er auch? fragte Parzivâl.

Wenn Ihr fragt, ob er das Seine zusammenhält, sagte sie, das tut er, mit starker Hand. Damit seine Hand auch fein werde, zieht er sich jedes Jahr dreißig Tage in die Wüste zurück und läßt sich unterweisen von heiligen Männern und Frauen. Da lebt er wie ein Bettler und liest die Schriften der Weisheit. Erfrischt kehrt er in die Welt zurück und gewinnt von ihr immer wieder ein Stück dazu.

Im Krieg? fragte Parzivâl.

Die Völker suchen eher seinen Schutz vor dem Krieg, sagte sie, darum fallen sie ihm zu. Sie glauben an sein Glück.

Glaubt er auch an sein Glück? fragte Parzivâl.

Er ist ein glücklicher Mensch, sagte sie, da macht sich das Glauben von selbst.

Aber es zieht ihn in die Ferne, sagte Parzivâl, er sucht seinen Vater.

Ein Glücklicher braucht nicht ahnungslos zu sein, antwortete sie. – Und wenn seine Herkunft dunkel ist, muß sie es nicht bleiben. Auch Ihr sucht Eure Mutter.

Ich habe sie verloren, sagte Parzivâl.

Sie ergriff seine Hand. – Weint nur, sagte sie. – Sie hat Euch zur Welt gebracht. An Euch ist es nun, die Welt zu ertragen.

Aus ihrem Beutel zog sie eine Rolle hervor, von der sie das Band ablöste. Entfaltet zeigte das Blatt drei silberne Zeilen einer unbekannten Schrift auf schwarzblauem Grund.

Das ist die Hand meines Vetters Feirefîz, sagte sie. – Ich schenke sie Euch, denn Ihr gleicht ihm von ferne.

Ich kann nicht lesen, sagte er.

Die Schrift hilft auch ungelesen, sagte sie, gelesen verwirrt sie zunächst, und dann hilft sie um so mehr.

Er starrte auf die Schrift, die ebenso zierlich wie großzügig war,

und ihm schien, er habe sie schon einmal gesehen ... zu Munsalvae-
sche, auf dem Fuß des fließenden Steins. Er rollte das Blatt mit
Behutsamkeit, umwickelte es mit dem Band und steckte es in den
Gürtel.

Ich werde es nicht verlieren, sagte er.

Das tut nichts, sagte sie, wenn die Schrift für Euch bestimmt ist,
wird sie Euch immer wieder erscheinen.

Sie lächelte, und Parzivâl verneigte sich noch einmal. Es war plötzlich still geworden, und das Paar sah aller Augen auf sich gerichtet.

Herr Gâwân stand in der Mitte der Bühne aus Gras, die, trotz der
vielen dienstbaren Füße, blau und weiß zu blühen fortfuhr.

Darf ich nachfragen, edle Königin Ekubâ? Wolltet Ihr uns nicht
mit einem Märchen erfreuen?

Als die Heidin mit leiser Stimme zu reden begann, bewegte sie
sich nicht vom Platz; später stand sie auf einmal in der Mitte, von
allen Seiten sichtbar. Vervielfacht schien sie da zu stehen, mehr als
eine Person, ein Volk, ein ganzes Fest.

Werte Freunde, sagte sie, ich singe Euch eine Geschichte aus meiner Heimat, wenn es Wirt und Wirtin so gefällt. Bei uns werden die
Wunder am höchsten geschätzt, die sich alle Tage ereignen. Wer das
Besondere in seiner gewöhnlichen Gestalt nicht bemerkt, wird sich
freilich eine fabelhafte gefallen lassen müssen.

Sie sprach ein leicht gefärbtes Französisch ohne Stocken, und als
sie mit hoher Stimme weitersprach, nahm die Farbe überhand, das
Französische trat zurück und die Zuhörer merkten es nicht einmal,
verstanden jedes Wort. So tief fanden sie sich selbst in die Farbe
eingetaucht. Sie rührten sich nicht. Nur ihr Herz rührte sich um so
mehr, und hie und da auch ihr Haar, das wie vergessen wehte in
einem fremden Hauch.

Nachzuerzählen ist die Geschichte nicht so gut; denn jeder hörte
sie anders, so daß sie einander befremdet ansahen, wenn sie später
ihre Eindrücke auszutauschen versuchten. Sie ließen die Sache auf
sich beruhen, nachdem sich zeigte, daß der eine einen Elefanten gesehen hatte, der andere keinen Elefanten – dabei ist der schon wegen
seiner Größe kaum zu übersehen. Ein anderer hatte dafür einen
Kiosk aus Porzellan gesehen, der an einem Teich voll Seerosen stand.
Eine Dame hatte auch das Liebespaar dazu gesehen, das auf Tritt-
steinen über das Wasser ging, und in der nächsten Erzählung hatten
sogar die Trittsteine gefehlt. Geflogen waren die Liebenden, hatte

eine Dame gesehen, und zwar zum Berge Ararat, auf einem Wolken-
pfühl, das für ihren Nachbarn eher eine Mondbarke gewesen war.
Andere hatten den vollen Mond gesehen, und das Liebespaar hatte
schlafend darunter gelegen. Aber man konnte es auch im Tode gesehen haben, und zwar so, daß die Frau dem Manne nachstieg auf den
Scheiterhaufen und ins Flammenbett.

Ihren Nachbarn Parzivâl ließ die Heidin ein Reiterspiel sehen, die
halb spielerische, halb mörderische Jagd um eine Beute, die immer
wieder im Knäuel steigender, wiehernder, schäumender Pferde un-
terging. Die Reiter staken in wattierten blauen und roten Kleidern,
trugen Turbane aus Wolfsfell und bissen auf die Peitsche zwischen
den Zähnen, was sie keineswegs hinderte, laut zu schreien; es tönte
bald wie Challallall! bald wie ein irres Vogelzwitschern. Sie ließen die
Zügel schießen, um beide Hände frei zu haben für den Griff nach
dem Beutestück. So grausam war ihre Reitkunst, daß sie die Hengste
nur mit dem Druck der Schenkel lenkten, und sie hingen sogar, einen
Fuß im Sattel festgeklemmt, mit ganzem Körper nach einer Seite
über. Der Kampfpreis, um den sie einander jagten, war ein enthaup-
tetes Kalb, braun gescheckt, größer und schwerer als ein Mensch und
doch einem solchen schauderhaft ähnlich. Die Spieler versuchten es
an seinen gestutzten Beinen zu packen und in vollem Galopp zu sich
herüberzuziehen. Da war einer, dem war es fast gelungen; das tote
Kalb schlenkerte neben seinem Rappen, der Stummel, an dem es der
Gegenspieler noch festhielt, riß endlich ab, der Sieger schwang's vor
sich über den Sattel, mit einem Schrei des Triumphs. Aber die Last
hemmte seinen Lauf, die Verfolger holten ihn ein, drängten ihn ab;
die entfesselten Hufe traten eine Staubfahne aus dem Boden, in denen Roß und Reiter untergingen –: der Kampf nahm kein Ende.

KUNDRYS FLUCH
WORIN EINEM RITTER
DAS LEBEN VERSALZEN WIRD
UND EINEM ZWEITEN
DIE RUHE GESTOHLEN

Parzivâl war rot und blaß, als er wieder zu sich kam. Da sah er, wie Frau Ginovêr versonnen lächelte, Frau Cunnewâre spöttisch lachte, Herr Segramors mit den Zähnen knirschte, während Herr Lanzelôt flüsterte: so ist es! so muß es sein! König Artûs aber wischte sich Tränen aus den Augen, und der Himmel mochte wissen, was *ihm* die Heidin erzählt hatte. Inzwischen saß sie wieder im Kreis unter den andern und fächelte mit dem Pfauenaugenfächer Kühlung in ihr dunkles Gesicht.

Freunde! flüsterte König Artûs, Freunde! seid ihr's noch? Ich muß jetzt ein glückliches Paar sehen ... unbedingt, sogleich!

Es wurde noch stiller.

Eine Hochzeit! rief König Artûs. – Wer verbindet sich vor unseren Augen, damit wir uns wieder freuen? Hochwürden! Ich befehle eine Trauung!

Das war viel verlangt. Immerhin blieb die Ehe ein Sakrament. Der Geistliche senkte den Kopf.

Roter Ritter! rief König Artûs, Ihr habt uns Kummer bereitet; jetzt tut etwas für unsere Freude! Zeigt uns ein Paar, das Euch gattlich scheint. Fügt sie zusammen um Gottes Willen und seid Zeuge vor Ihm!

Frau Cunnewâre, sagte Parzivâl, Ihr seid meine Herrin an diesem Hof, und ich werde immer in Eurer Schuld bleiben. Sagt mir, ob ich sie zahlen kann, indem ich Euch einen Mann wähle.

Ich sage nicht nein, antwortete Frau Cunnewâre ruhig, ich sage auch nicht ja. Ihr habt mich lachen gemacht, als Ihr noch ein ungelecktes Kalb wart. Wäre aus Euch ein geleckter Held geworden, das Lachen wäre mir wieder vergangen. Euch nähme ich am liebsten, ich wüßte nur nicht, wie. Und wenn ein Anderer jetzt noch Lust haben sollte, um mich zu werben, müßte er hinreichend verrückt sein.

Ich! rief Herr Clâmidê, ohne einen Augenblick zu zögern. – Ihr kennt den Roten Ritter nicht, und mich noch weniger. Da liebt sich's leichter, glaubt mir, edle Frau! Ich bin nicht, was ich scheine; denn ich scheine mehr, als ich bin. Ich bin so reich, daß niemand meine Armut sehen kann. Darum entdeckt sie an mir! Seid das Nadelöhr, durch das ich Kamel in die zeitliche Seligkeit eingehe! Ihr werdet mich schon so zu drücken wissen, daß ich mir dabei auch noch die ewige verdiene!

Frau Cunnewâre lachte.

Gut, Herr Clâmidê, sagte sie, so steht doch auf und kommt an meine Seite, damit alle sehen können, ob wir zusammenpassen!

Man war hingerissen; man klatschte Beifall, als das Paar in die Mitte trat, sich bei der Hand nahm und sich langsam im Kreise drehte. Narr und Närrin spielten die Szene so, daß ein Hauch von Ernst durch die Runde wehte. Und dann reichte sie ihm die Lippen zum Kuß, vor aller Augen.

Doch nun genug! sagte Frau Cunnewâre. – Im allgemeinen taugen Männer nichts, Herr Clâmidê; und im besonderen ist es nun an Euch, diesen Spruch in Widersprüche zu verwickeln. Baut mir ein Nest in der Luft, das mich nicht am Fliegen hindert, und jammert nicht, wenn ich Euch zu kurz kommen lasse! Wer mich waschen will, darf mich nicht naß machen, er muß mich gleich das Schwimmen lehren! Versteht Ihr mich?

Nein, sagte Herr Clâmidê.

Das ist schon ein Anfang, sagte sie, denn ich gehöre nicht zu den Frauen, die verstanden sein wollen. Versteht Ihr?

Ja! sagte Herr Clâmidê.

Nun lachten sie beide. Sie nahm ihn bei der Hand und führte ihn an seinen Platz zurück.

Ihr habt Mut, mir so nah zu treten, sagte sie, das habe ich mich selber noch nicht getraut. Lebt wohl, einstweilen! – Sie neigte sich vor Parzivâl und ging mit großen Schritten, die ihr Kleid knistern ließen, auf die andere Seite des Kreises.

Herr Clâmidê aber saß benommen und schüttelte immerfort den Kopf. – Es ist verrückt, rein verrückt, flüsterte er. – Darum muß es gelingen!

Der Kaplan hatte wieder seinen Rötel fliegen lassen; so war das Paar jedenfalls auf Papier für die Ewigkeit verbunden. Wohlgetroffen! rief Artûs aus, ein schönes Paar ist doch das Einzige, was bleibt!

Parzivâl hatte dem Mann, der Schälchen mit glasiertem Pfirsich auftrug, gedankenlos zugesehen; er schien nicht mehr der Allerjüngste. Plötzlich erkannte ihn Parzivâl und nahm seine zitternden Hände.

Iwânet! sagte er.

Herr? antwortete der andere.

Wo, Herr! erwiderte Parzivâl. – Komm, setz dich zu mir!

Das gebührt mir nicht, flüsterte Iwânet mit einem Blick zur Seite, ich gehöre nicht zur Tafelrunde.

Aber wir gehören zusammen! rief Parzivâl. – Herr Clâmidê! rückt ein wenig.

Geniert ließ sich der dienende Mann an den Tisch ziehen; setzen wollte er sich nicht. Da stand Parzivâl auf.

Du siehst mich kommen und läufst mir nicht in die Arme, sagte Parzivâl. – Du grüßt mich nicht einmal. Was ist, Iwânet?

Ich büße, sagte Iwânet, für die voreilige Freude, mit der ich Euch das erste Mal begegnet bin.

Du willst sagen, antwortete Parzivâl leise, sie lassen dich büßen an meiner Stelle? für die Beihilfe zu einem Totschlag?

Es ist mir eine Ehre, sagte Iwânet mit starrem Gesicht, und Ihr wart noch nicht, der Ihr seid.

Wer bin ich, Iwânet?

Der Rote Ritter, sagte Iwânet mit bewegungslosem Gesicht.

Den habe ich getötet.

Wer sonst. Aber nun gebt Ihr Euer Leben für ihn.

Lebe ich, Iwânet? fragte Parzivâl.

Fragt lieber Eure Frau, antwortete der andere. – Ich hätte Euch besser raten müssen.

Mir war nicht zu raten, Iwânet, sagte Parzivâl.

Der König ist gnädig, flüsterte der Diener, er beschäftigt mich in seiner Garderobe. Und jetzt bitte ich um Entschuldigung. Wenn ich später noch etwas für Euch tun kann –. Und fort war er, wieder fast unkenntlich unter dem huschenden Personal.

Schmeckt Euch der Pfirsich nicht? fragte Frau Ekubâ.

Parzivâl schrak auf. – Königin, sagte er, mir tut das Herz weh.

Drückt die Schrift darauf, sagte sie, dann wird es leichter.

Und so war es: kaum hatte er die Rolle in der Hand, hob sich seine Brust in einem tiefen Atemzug.

Parzivâl hörte einen Ruf und hob die Augen; da lag der Falke mit starren Schwingen in der Tiefe des Himmels, und Parzivâls Brust hob sich zum anderen Mal.

Freunde, rief König Artûs und klatschte in die Hände. – Der Rote Ritter, den wir suchten, ist uns erschienen. Rund fügt sich ein Augenblick an den nächsten. Der wackere Gâwân hat gesungen, so gut er konnte. Frau Ekubâ hat uns auf dem Teppich fliegen lassen. Wir haben ein neues Paar ins Auge gefaßt. Gelacht und geweint haben wir, und das grüne Eis war auch nicht zu verachten. Aber was wäre ein Fest ohne die Große Unbekannte? Hier kommt sie: Kundry, Botin des Heiligen Grâls!

Sie hatten zu klatschen begonnen; sie klatschten nicht lange. Der Auftritt war zu befremdend.

In die geräumte Mitte des Kreises ritt ein verwachsenes Wesen ein, eine Kreatur von ungeahnter Häßlichkeit. Klein und gekrümmt saß sie auf einem Maulesel, der stakte im Paßgang, als trüge er eine Dame. Sein Fell war von Brandnarben gezeichnet, die Nüstern überlang geschlitzt, Zaum und Reitzeug zeigten kostbare maurische Arbeit.

Die Person trug einen Seidenmantel mit Kapuze nach flämischer Art, und ihr Unterkleid floß von blauer Seide. Auf dem Buckel schwankte ein Pfauenhut aus bester Londner Werkstatt, gefüttert mit golddurchwirkter Seide. Über die Krempe hing ein schwarzer Borstenzopf bis auf die Kruppe des Reittiers. In der Klaue, deren Nägel schwarz waren, hielt sie eine Peitsche mit Rubinknauf und silbernen Schnüren.

Ihr Gesicht ließ die Zuschauer erstarren. Die Nase, weit vorgestreckt, war die eines Hundes; aus dem halboffenen Maul lugten Reißzähne, die sich auf die unteren Lippen setzten, wenn sie die oberen straffte zu einem schrecklich-traurigen Grinsen. Die Ohren, rund und haarig wie die eines Bären, standen ihr weit vom gelben Schädel ab. Brauen – oder sollten es Wimpern gewesen sein? – ragten, zu wächsernen Zöpfchen geflochten, bis zum Stirnband hinauf. Die Augen blickten nackt und klug.

Sie schritt auf ihrem Klepper den Kreis ab, neigte sich vor der Heidin Ekubâ und hielt vor König Artûs an.

Fils du Roi Utepandragûn! sagte sie, mit schneidender Stimme. – Eine saubere Gesellschaft hast du hier. Eine Dame artiger als die nächste. Ein Herr feiner als der andere. Da sitzt nur einer, der ist zuviel. Er macht deinen Ruhm bleich, hinkend deine Ehre, stinkend deinen Namen. Hier sitzt einer, der nennt sich Roter Ritter, denn er hat den Roten Ritter totgeschlagen. Hier ist *kein* Ritter. Er heißt Parzivâl.

Und jetzt drehte sie ihr Maultier um, ritt geradewegs auf Parziv[ʾ]
Platz zu und stand still, hoch über ihm. Er starrte auf ihre Zähne und
sah die Zunge dahinter arbeiten. Die grüngrauen Augen schnitten
ihm bis ins Mark. Es waren die Augen seiner Frau.

Sag mir, wer du bist, Parzivâl.

Es war keine Spur von Güte in ihrem Blick.

Dann hör mir zu, sagte sie. – Dein Vater hieß Gahmuret, er war
von Anschouwe und hatte ein großes Herz. Er hat auch einen Sohn.
Sein Sohn ist ein Mann. Er hat ein Reich gewonnen und die Hand
einer edlen Frau. Beides hat er verdient und verdient es jeden Tag neu.

Dieser Mann bist du *nicht*, sagte Kundry.

Deine Mutter heißt Herzeloyde, fuhr sie fort. – Sie hat dich empfangen und getragen. Sie hat sich um deinetwillen in die Einöde
zurückgezogen und alles geopfert, auch ihr Leben, damit du ein
Mensch werdest.

Dieser Mensch bist du *nicht*, sagte Kundry.

Eines Tages zog Einer aus, um Einer zu werden. Als erstes ist er
ein Frauenschänder geworden. Als zweites ein Räuber. Als drittes
ein Mörder.

Das bist *du*, sagte Kundry.

Eines Tages bist du an den See Brumbâne geritten und hast den
Fischer gesehen. Er hat dir Obdach gegeben. Du bist empfangen
worden als eine Hoffnung. Du hast die blutige Lanze gesehen und
die schneidenden Messer. Du hast Männer stöhnen gehört und
Frauen seufzen. Du hast den Fischer wiedergesehen, den König der
Burg. Du konntest sehen, daß er litt über jedes Maß. Du hast nichts
gehört. Du hast nichts gesehen.

Das bist *du*, sagte Kundry.

Es gibt ein Wort, das wirkt Wunder, wenn es von Herzen kommt.
Es versetzt Berge und heilt Wunden. Es kostet nichts als Mitgefühl.
Es muß nur gesprochen werden. Du hast es nicht gesprochen.

Das bist *du*, sagte Kundry.

Ja, sagte Kundry, das bist du. Du bist verflucht. Weißt du, was du
unter Menschen zu suchen hast?

Nichts, sagte Kundry.

Parzivâl sah ihr in die Augen, die Augen Kundrys, Condwîr
âmûrs. Und er sah, wie die Klarheit dieser Augen glänzend wurde,
wie sich eine Träne von den Lidern löste.

Ja, sagte Parzivâl. – Das ist wahr.

Die Botin verharrte in seinem Blick, eine sprachlose Zeit; dann ritt sie die Runde zum zweiten Mal ab und drehte sich noch einmal um.

So weit, so gut, sagte sie mit eigentümlich zitternder Stimme.

Und begann in mehreren Sprachen zu sprechen, Latein, Arabisch und Französisch durcheinander, und doch hörte es sich an, als spräche sie es zugleich, und es war ohne weiteres zu verstehen.

Hier sitzen einige Herren und warten auf ein Abenteuer, sagte sie, sie mögen nicht länger warten. Ich kenne vier Königinnen und vierhundert Jungfrauen, die sind in großer Not. Ein Zauber hält sie gefangen in einem Schloß, das heißt Schastelmarveile. Es steht in der Ferne, nicht weit von hier. Ich hoffe, das Abenteuer wird euch nicht ruhen lassen, ihr Herren.

Damit war sie fort, wie vom Erdboden verschlungen; nur einmal hörte man noch ein Maultier von ferne schreien. Es blieb lange still.

Drei Sprachen! sagte Frau Laudîne oder Lûnete, eine von beiden.

Der Vortrag war gekonnt! meinte eine andere. – Und die Sprechtechnik: wenig Atem, und immer ganz vorn! Wer selber singt, hört so etwas.

Es tippte auf Parzivâls Schulter. Hinter ihm stand Kingrûn, der Scheneschlant.

Kann ich Euch helfen, Herr? fragte er.

Parzivâl schüttelte den Kopf. Kingrûn blieb noch etwas stehen; dann schüttelte er auch den seinen.

Es gab ein Nachspiel. Aber es trat wie eine Hauptsache in den Kreis, in Gestalt eines Reiters in schwarzem Eisen. Er hatte sich geweigert, an der Grenze der Zeltstadt einzuhalten; geweigert, sich von seinem Grauschimmel helfen zu lassen; am entschiedendsten geweigert, sein Schwert abzugeben. Immerhin ließ er es in der Scheide und schien nichts weiter als Respekt zu heischen für seinen Schmerz, Gehör für seine Klage. Er trug den Schild verkehrt und führte Trauer darin. Sie nickte auch von seinem Helm als Rabenfeder, wehte von seiner Schulter als schwarzer Waffenrock. In der Mitte angelangt, hob er das Visier und zeigte ein biederes Männerangesicht.

Ist König Artûs zugegen? fragte er mit festem Baß.

Zu Diensten, sagte der König.

Ist auch sein Neffe zugegen, Herr Gâwân?

Und wer seid Ihr? fragte Herr Gâwân.

Kingrimursel, Landgraf von Schanpfanzûn und Fürst zu Ascalûn!

sagte der Angesprochene. – Und Ihr seid der Mörder meines Herrn. Er ist Euch freundlich begegnet, und Ihr habt ihn *heimtückisch* erschlagen.

Herr Gâwân blickte sehr verdutzt.

Das muß ein Irrtum sein, sagte er. – Ihr verwechselt mich gewiß.

Und Ihr verratet euch mit jedem Wort, sagte der Dunkle, und Eure Blässe straft Euch Lügen. Ich habe nicht erwartet, daß Ihr die Tat zugebt, und es paßt zu Euch, daß Ihr sie leugnet.

Hütet Euch! sagte Herr Gâwân, und war jetzt tatsächlich blaß geworden.

Ich respektiere den Frieden Eures Hofes, König Artûs, fuhr der Dunkle fort, doch ich fordere Rechenschaft von Eurem Neffen. Ich erwarte ihn in vierzig Tagen, von diesem an gerechnet, in der Hauptstadt Schanpfanzûn zum Zweikampf auf Leben und Tod.

Wie komme ich dazu? fragte Herr Gâwân.

Das will ich Euch sagen, antwortete der Dunkle. – Ihr kommt dazu, weil es auf Erden immer noch zwei Dinge gibt, die keinen Spott vertragen. Sie heißen Ehre und Treue und sind Euch freilich unbekannt.

Ich war's doch gar nicht! schrie Gâwân nun beschwörend, ich weiß nicht einmal, wo Euer verdammtes Schanpfanzûn liegt!

Nur weiter so, sagte der Dunkle. – Wer mordet, der lügt auch.

Bruder! rief der schöne Bêâcurs, ich habe den Schimpf gehört und nehme ihn entgegen an deiner Statt. Ich werde dem Herrn zeigen, wie man mit den Söhnen König Lôts umgeht!

Wer Ihr auch seid, antwortete Herr Kingrimursel, für mich seid Ihr nichts.

Ich fordere Euch! schrie der Schöne nun maßlos aufgebracht, habt Ihr mich gut gehört? Ich werfe meinen Handschuh, ja?

Und es zeigte sich, daß er fleischfarbene Handschuhe trug, denn er hatte sich einen abgezupft und warf ihn dem Grauschimmel vor die Hufe. Der Dunkle beachtete ihn nicht.

Wenn Ihr denkt, Herr Gâwân, sagte er, für den Kampf mit mir sei jeder Schnösel gut genug, dann sollt Ihr mich erst recht kennenlernen. Der Mann, den Ihr gemeuchelt habt, war ein König, und mein Adel steht dem seinen nur wenig nach.

Herr Kingrimursel! rief Frau Ginovêr, unser Herr Gâwân hat Euch nicht gekränkt, Ihr habt es gehört, und gemeuchelt hat er erst recht keinen! Von allen Rittern der Kristenheit ...

Laßt, Tante, es wird unerquicklich, sagte Herr Gâwân und hatte sich erhoben. – Herr Kingrimursel, oder Landgraf, Eure starke Zunge hat dafür gesorgt, daß Ihr Euren Kampf bekommt. Ich stehe Euch zur Verfügung. In vierzig Tagen vor Schanpfanzûn, wo immer das liegen mag.

Bei Eurer Ehre, verfluchter Mann? fragte der Mann.

Bei allem, was Euch Ehre heißt, erwiderte Herr Gâwân.

Herr Landgraf, sagte König Artûs. – Wir hatten es eben noch gemütlich, und man hat hier Mühe, Euren Zorn zu würdigen. Wenn er sich nun doch nicht als der gerechteste herausstellen sollte, so bedenkt, daß Gâwân mein teurer Neffe ist. Er reitet durch Feindesland. Wer bürgt für seine Sicherheit, wenn Eure Herren ähnlicher Geistesart sein sollten wie Ihr?

Ich! sagte Kingrimursel. – Ich bürge für freies Geleit! Kein Haar soll ihm gekrümmt werden, bis ich das eigenhändig besorge! Sein Leben soll mir heilig sein wie dasjenige der Muttergottes, mit deren Hilfe ich es ihm nehmen will, im gerechten Zweikampf. Und jetzt erlaubt, daß ich wieder gehe. Mein Auftrag verträgt sich mit keinerlei Gemütlichkeit.

Er wartete die Erlaubnis nicht ab, schloß sein Visier, wie eine Tür, die ins Schloß schnappt, wendete sein Pferd und ritt davon.

Seid guten Mutes, Gâwân, sagte König Artûs nach der ersten Betretenheit. – Wir werden Euch wohlversehen auf die Reise schicken. Aber es hat ja noch Zeit –

Nein, sagte Herr Gâwân. – Morgen fahre ich.

Es wurde auf einmal kühl, ein Schauder ging durch die Runde.

Wir wollen doch festhalten, sagte König Artûs, es war ein schönes Fest.

Und kaum war das Wort gesprochen, eilten schon die Pagen hin und her, um die Tafel aufzuheben.

Parzivâl! sagte es leise. Er blickte auf. Vor ihm kniete die Heidin.

Steht auf, sagte er kaum hörbar. – Vor mir kniet man nicht.

Es tut wohl, nach dem langen Sitzen, sagte sie. – Wo ich herkomme, kniet man leicht.

Warum seht Ihr mich an? fragte Parzivâl.

Ich betrachte nur meinen Verwandten, erwiderte sie.

Verwandt? fragte er. – Wieso?

Feirefîz ist Euer Bruder, und ich seine Cousine.

Ich danke Euch, sagte er, doch Ihr sollt mich nicht trösten.
Daran denke ich nicht, erwiderte sie. – Ihr seid der Rote Ritter. –
Nein, sagte er, den gibt es nicht mehr.

Es gibt bestimmte Anzeichen der nahen Auflösung der Tafelrunde.
Etwas beginnt an ihrer Runde zu fehlen. Ihre Empfindlichkeit läßt
nach; als hätte sie sich abgewandt von sich selbst. Der Zauberbaum,
aufgerichtet im schönsten Irgendwo, beginnt seine Blätter abzuwerfen. Ritter und Damen fallen ab von Artûs' Stamm, paarweise womöglich, auch allein. Das künstliche Licht wird blaß. Anderswo
wäre das ein Zeichen des Tagesanbruchs. In Artûs' Welt bedeutet es
den Einfall der Nacht.

Eine Weile plaudert man noch hin. Kundry, die abscheuliche
Grâlsbotin, gibt kaum zu reden. Man hält sich an Schastelmarveile.

Ein griechischer Gast hat sich zu Wort gemeldet, Clîas mit Namen, und auffällig durch einen goldenen Schild; sein Festkleid ist
über und über mit verkleinerten Schildmustern besetzt, so daß der
Grieche einem vergoldeten Tannenzapfen ähnlich sieht. Clîas weiß
von Schastelmarveile aus eigener Anschauung zu berichten. Er ist
dem Bösen Garten entronnen, wenn auch mit Mühe. Doch bleibt
seine Erzählung so dunkel, daß man sich fragen muß, ob er das
Entrinnen mit einer Sinnverwirrung bezahlt habe. Vielleicht kann
von Schastelmarveile zusammenhängend nur reden, wer es nicht erlebt hat; wer es gesehen hat, dem zerreißt es den Faden. Daß Clîas
heftig vom Pferd gestoßen wurde, kann seinem Französisch nicht
bekommen sein. Er schwärmt von einer roten Witwe, die es ihm
angetan habe. Den Stoß habe ihm ihr Leibwächter besorgt, ein gewisser »Turkoyte«. Die Beziehung dieser *Dame sans merci* zu Schastelmarveile bleibt unklar; gehört sie selbst zu den Gefangenen? oder
vielmehr zu ihren Bedrückern? Die Insassinnen des Zauberschlosses
scheinen sich einer eigentümlichen Freiheit zu erfreuen und sowohl
Gefangene zu machen als auch gefangen zu sein. Fest steht nur, daß
bisher noch jeder Mann, der das Hexenknäuel hat auflösen wollen,
zu Schaden gekommen oder gar zuschanden geworden ist. Entweder
ist er, mit Speeren gespickt, von einer Löwin ausgeweidet, auf dem
Zauberbett liegengeblieben. Oder er ist, wenn er, die gräßliche Prüfung scheuend, an Schastelmarveile vorbeizuschleichen versuchte, in
der Zaubersäule entdeckt, von Herrn Klinschor eingezogen und in
das Schloß geführt worden, wo er zwar das Leben behalten hat, aber

eines, das man nicht einmal geschenkt nehmen sollte; von den Frauen für immer getrennt. Man will sogar wissen, daß auch die Ehemänner, Verlobten und Geliebten der Damen in diesem Junggesellen-Kerker schmachten. Es gäbe also auch sie zu erlösen; doch muß das überwiegende Interesse natürlich den Damen gelten.

Daran läßt Artûs keinen Zweifel; doch Zweifel und Unbereitschaft sind es, die ihm antworten. Die Ritter bröckeln ab. Es zieht sie nichts nach Schastelmarveile. Herr Orilus muß sich in seiner Kampfschule zurückmelden. Ritterlicherweise macht er die Ruhe geltend, deren Frau Jeschûte endlich bedürfe. Herr Erec gedenkt mit Frau Enîte eine Zeitlang in wohlverdienter Minne auf seinen Gütern zu leben. Herr Segramors verweist auf die Nachricht von einem Schlage, der seinen königlichen Vater zur Hälfte gelähmt habe; damit die Herrschaft nicht ebenfalls schlagseitig werde, muß der Jüngling eilen, seine starke Schulter darunterzuschieben. Herr Iwein bedarf dringend der Packungen aus heißer Moor-Erde. –

Ansehnlicher sind die Gründe, die Herr Clâmidê ins Feld führt; er will Frau Cunnewâre sein Reich und dessen Reize vorstellen in der Hoffnung, auch den ihren näherzukommen. Da sie sich dieser Reise geneigt zeigt, kann man das Beste hoffen. Damit kennt auch Kingrûn der Scheneschlant wieder seinen Platz. Der ist an der Seite seines Herrn, damit er die Belagerung einer schönen Frau nicht abermals verpatze durch demütige Reserve oder fehlerhafte Überstürzung. – Herr Bêâcurs hätte zwar den Landgrafen Kingrimursel angenommen, aber an einem Zauberbett mit einer reißenden Löwin ist er gar nicht interessiert. Herr Lanzelôt wird bei Hofe doppelt und dreifach benötigt, nachdem der zweite Hofmarschall geht und der erste immer noch liegt. Herr Gâwân hört nicht zu; er brütet über seinem ebenso gefährlichen wie unsinnigen Zweikampf. Das verdammte Schanpfanzûn liegt, wie die Erfahrenen wissen, weit gegen Mittag und ist nur über alle Berge zu erreichen. Vierzig Tage nach Ascalûn – das ist nicht zuviel.

Man hat von diesem Reich im tiefen Süden gehört, aber nicht viel Gutes. Es ist eine Gegend für Gecken, Wegelagerer und Fallensteller, und ihr König, ein Herr Vergulaht, hat sich in allen drei Stücken unangenehm bemerkbar gemacht. Seine auffällige Körperschönheit bietet dagegen nur einen schwachen Trost. Ein Vernünftiger, meint Herr Lanzelôt, muß mit Heeresmacht dorthin ziehen. Auch wenn es Herrn Kingrimursel mit seinem freien Geleit ernst sein sollte, wird er damit schwerlich gegen die Eigenart der Gegend ankommen. Der Eindruck, den er macht, ist seriös, aber etwas beschränkt.

Frau Ginovêr aber ist in größter Unruhe. Soll sie nach Ithêr auch noch ihren Gâwân verlieren?

Wenn man erst bei der Diskussion von Packeseln und Reiseproviant angelangt ist, hat der schöne Schein ausgedient.

Der Artûshof rüstet sich zu seiner einstweilen letzten Kunst: der Auflösung; und für den Geschmack des Königs ist sie die traurigste und die feinste. Verblühen ist zarter als Blühen. Es gibt keinen Augenblick wie den der Neige. Die letzte Mühe, ihn festzuhalten, beweist wahre Ritterschaft, aber gerade Mühe darf ihr nicht anzumerken sein. Wir lassen uns los, bis zum nächsten Mal. Es wird sich finden, solange es einen König Artûs gibt; darum gibt es ihn nicht immer und überall, nur jetzt und hier.

Und schon nicht mehr.

ÜBER ALLE BERGE
WIE DER ROTE RITTER UNTERGEHT
UND UNBEKANNT
IN FREMDES LAND FÄHRT

Parzivâl hockte auf einem Ast des gestürzten Baums; er lehnte sich gegen die Flanke des toten Pferds. Der Kadaver war noch nicht ganz erkaltet, und die Mähne, über die er strich, war lebendig geblieben.

Es dämmerte, es dunkelte; der Mantel lag als heller Fleck vor seinem Blick. Er wagte nicht, ihn zu lüften.

Von weitem hörte er rufen, hämmern und das Klirren von Ketten. Manchmal zuckte ein Fackelschein durch die Stämme. Lange blieb Parzivâl so; dann hörte er kommen, mit immer wieder zögerndem Schritt. Herrn Gâwâns Schatten fiel aus dem Unterholz.

Ihr sucht Euren Mantel, sagte Parzivâl.

Ich suche Euch, sagte Herr Gâwân. – Parzivâl! Wer auf jede Närrin hören wollte –

Ich höre auf mich, sagte Parzivâl.

Was habt Ihr schon getan? rief Herr Gâwân.

Nichts, sagte Parzivâl.

Ihr habt nicht gefragt, in Gottes Namen! Dann fragt Ihr eben das nächste Mal –

Das gibt es nicht. –

Herr Gâwân schwieg. – In Gottes Namen! sagte er, dann gibt es eben etwas Neues!

In Gottes Namen? sagte Parzivâl dumpf. – Was ist Gott? Er hat Glück, daß es ihn nicht gibt. Sonst müßte man ihm mit seiner Welt das Maul stopfen, bis er daran erstickt.

Gâwân zuckte zusammen. – Er rette Eure Seele, flüsterte er.

Er wird sich hüten, sagte Parzivâl. – Daran ist nichts zu retten.

Freund! sagte Herr Gâwân mit einem Anlauf zur Munterkeit, du bist der Jüngere, aber jetzt kommst du mir noch jünger vor. Die schwarze Galle kenne ich auch. Morgen muß ich reisen. Wohin? In das verfluchte Schanpfanzûn. Wozu? Um einen Totschlag zu verantworten, mit dem ich nichts zu schaffen habe. Da soll einem die Galle nicht kommen! Und doch fahre ich, weißt du warum? Weil man im Leben nie weiß, wozu etwas gut ist!

Hebt Euren Mantel auf, sagte Parzivâl.

Herr Gâwân tat es. Die Erde war schwarz und unauffällig.

Hier liegt's, sagte Parzivâl. – Hier lag das Einzige, was der Mühe wert war. – Traut nicht auf Euren Gott. Traut den Frauen, wenn Ihr schon trauen müßt.

Herr Gâwân hatte den Mantel umgelegt.

Und Ihr? fragte er. – Wo bleibt Ihr?

Ich weiß nicht, sagte Parzivâl.

Warum kehrt Ihr Euch nicht zu Eurer Frau? fragte Herr Gâwân.

Parzivâl antwortete nicht, und Herr Gâwân zog sich zurück, den Schritt gehemmt von hilflosem Mitgefühl. Parzivâl aber, nachdem er lange gesessen hatte, ging dorthin, wo der Mantel gelegen hatte, griff mit beiden Händen in die schwarze Erde und rieb sie sich ins Gesicht.

Die Bitte um einen »Dienst« kann ein Junker wie Iwânet nicht abschlagen, am wenigsten bei einem Freund. –

Es ist bekannt, daß er büßen mußte in Frau Ginovêrs Augen, die den Verlust ihres Roten Ritters nicht verschmerzten. Da zog Artûs Iwânet in sein Zelt und beschäftigte ihn als Kammerherrn.

Die Stelle war unsichtbar und doch von beträchtlicher Wirkung auf die Feine Welt. Denn die Stoffe und Schnitte, die sich veränderten von einer Saison zur andern, gingen durch Iwânets Hände. Er musterte und wählte, was ehrgeizige Lieferanten an Modellen schöner Lebensart vorlegten – freilich nur für die Mode der Männner, aber die begann unter Artûs' Regiment der weiblichen nicht mehr nachzustehen, weder an Witz, Farbe noch Kühnheit. Im sogenannten Kulturzelt, Iwânets Domäne, wurde es zur beschlossenen Sache, daß die Bärte zu gehen, die Freiheit der Stirn zu kommen habe. Von hier ging das Kräuseln der Locken aus, die Kunst der Brennschere, die das verlängerte Haar zum Ereignis macht und Nacken und Schultern desto üppiger gönnt, was sie dem Kinn entzieht. Hier wurde der Kleiderschnitt kreiert, der als solcher schon neu, als dieser aber sensationell war, indem er auch den Männern die Modellierung ihrer Gottesgestalt erlaubte und keck zur Geltung brachte, was die Schneider in aller Welt den »Schritt« nennen. Den Ärmeln ließ man dafür doppelte Weite und puffte sie mit geschlitztem Unterfutter oder ließ sie flügelhaft auswachsen, so lang wie die der Klosterbrüder, ohne daß die Motive darauf gerade fromm zu sein brauchten. – Vor allem aber hat Iwânet den Schnabelschuh lanciert, der seinem

Herrn einen kleinen Fußschaden zu überspielen erlaubte. Bald wurde die langgezogene Spitze an allen Ritterfüßen Mode, da sie zudem ganz neue Spiele erlaubte, wie das verstohlene Fußschnäbeln unter dem Tisch. Iwânet besaß, nach Keie, die einflußreichste Stelle am Hof; doch bei Tische wurde er nur als namenloser Helfer geduldet.

Du bist phantastisch! Komm wieder, aber nicht gleich! hatte er dem närrischen Knaben einst nachgerufen. Nun war dieser wiedergekommen; nun stand er vor Mitternacht im Kulturzelt – zerrauft das Prachtkleid, das Gesicht starrend vor Schmutz. – Iwânet war beschäftigt gewesen, Truhen und Kästen mit Samt und Seide zu füllen, um sie reisefertig zu machen. Er schloß die Modelle ein, die morgen der letzte Schrei sein würden und die geheimzuhalten sein Amt war. Er war sehr vertieft und erschrak desto mehr beim unverhofften Anblick des Freundes.

Du? fragte er.

Iwânet, sagte Parzivâl mit unheimlicher Ruhe. – Nimm meinen Rotfuchs, und meine Rüstung auch. Ich brauche sie nicht mehr.

Iwânet erschrak noch heftiger.

Noch etwas, sagte Parzivâl. – Nähst du mir ein Kleid? Noch diese Nacht, aus einem Sack?

Aus einem Sack? fragte Iwânet. – Das haben wir nicht! Willst du Einsiedel werden?

Hafersäcke muß es doch geben, sagte Parzivâl.

Iwânet richtete sich auf. – Mach doch selbst! sagte er mutig.

Wenn ich nähen könnte, sagte Parzivâl. – Ich will es lernen. Hilf mir noch einmal aus.

Iwânets Augen füllten sich mit Tränen. – Parzivâl was ist mit dir los?

Zu viel und nicht genug, sagte Parzivâl. –

Wann holst du es ab? fragte Iwânet.

Keiner darf mich sehen, antwortete Parzivâl, und du, sprich zu keinem Menschen. Komm beim Morgengrauen in den Wald zum toten Pferd. Bring auch eine Perücke mit, und einen falschen Bart.

Iwânet meinte, nicht recht gehört zu haben.

Sag nicht, ihr habt das nicht, sagte Parzivâl, und zum ersten Mal zeigte sein verschmiertes Gesicht die Spur eines Lächelns.

Ich muß dir Maß nehmen, sagte Iwânet.

Als Parzivâl die Arme ausbreitete, umfing er Iwânet zuerst, bevor dieser sein Werk, Parzivâl zu verwandeln, ein zweites Mal begann.

Das Artûslager am Plimizöl feierte nächtliche Auflösung. Dem entfernten Betrachter, der sich draußen in der Lichtung an das tote Pferd lehnte, kam das Hin und Her der Fackeln, das Spiel der Schatten und irrenden Lichter wie ein Spuk vor, ein Kehraus, ein Feuerwerk, das allmählich in der Morgendämmerung verglomm.

Von innen gesehen war es der Aufbruch einer Expedition, eine einzige Bemühung, Herrn Gâwân für seine vierzigtägige Reise auszustatten mit allem, was er nötig haben mochte, und mehr, als ihm lieb war.

Er wurde nicht mit *einem* Schild ausgerüstet, sondern mit dreien. Sein Leibpferd, Gringuljete Rotohr, genügte nicht; auch Inglîart Kurzohr, die Grâlsbeute und ein Geschenk Herrn Lähelîns, mußte gesattelt werden, und acht kostbare Kastilier dazu, beritten von acht Kindlein – unter denen man sich die mutigsten Pagen vorstellen muß, zum Beispiel das Gräflein Laîz von Cornwall oder den kleinen Herzog Gandilûz, einen Enkel des Grafen von Gurnemanz und Bruder Schiônatulanders. Alle waren Herrn Gâwân blutsverwandt, insofern verläßlich.

Drei Knechte auf ein Pferd sind nicht zuviel, und die wollen ja ihrerseits beritten sein, wenn auch nicht so vornehm. Daß Reitpferde Lasten tragen, fällt außer Betracht. Also müssen Maultiere und Packesel her, eine stattliche Zahl, wenn die mitgeführten Schilde, Lanzen, Zelte, Garderoben und Geschenke transportiert werden sollen. Da Frau Ginovêr an alles gedacht haben will, muß Keie seinen Groll auf Herrn Gâwân vergessen und durch Kingrûn, solange er noch zur Verfügung steht, das Nötige und Überflüssige ausrichten. Auch Herr Orilus, die Kampfmaschine, tut ein übriges und gibt von seinen selbstgezogenen Lanzenschäften die splitternden ab, für Schauzwecke, für den Ernstfall aber auch splitterfeste, wie sie nur das Sumpfland Oraste Gentesîe hervorbringt. Harnischmacher, Schwertfeger, Schildträger, Maultiertreiber sind unentbehrlich auf einer vierzigtägigen Reise über alle Berge. Man weiß auch nie, wann man einen Sauspieß benötigt, und nimmt besser noch Sonnenschirme mit, Sumpfstiefel und Fliegenklappen.

So kommt allmählich ein kleines Heer mit seiner Fourrage zusammen. – König Artûs läßt zwar verlauten, es heiße Gott mißtrauen, wenn man einen Ritter, der seinen Weg gehe, in Watte packe, doch Frau Ginovêr erwidert: wenn der Mensch nicht das Seine dazu beitrage, daß ihm nichts Menschliches zustoße, versuche er Gott. Und sie behält auch diesmal das letzte Wort.

So verblühte und vertagte sich der Artûshof in Sorge und Verstimmung. Herr Gâwân, von vielen Tränen begleitet, brach auf im Morgengrauen, in dem der Plimizöl zusehends sein altes Aussehen der einsamen Flußlandschaft wiedergewann. Zurück blieb nichts als ein totes Pferd, dem bald Wölfe und Raben auf den kalten Leib rückten. Es blieb wohl auch eine verlorene Gans.

Herr Gâwân ritt an der Spitze seines Zugs, um wenigstens den Schein zu wahren, er reite allein. Es fiel keinem auf, daß ein schon ältlicher, aber noch kräftiger Mann aus dem Gebüsch und dem kleinen Heere beitrat. Er ging zu Fuß, erwies sich aber als so kundig im Umgang mit Pferden, daß man ihn behielt und bald nicht mehr entbehren mochte. Insbesondere schickte er sich für Inglîart Kurzohr, das Pferd von Munsalvaesche, das, nervös und heikel, sich nicht von jedem führen ließ. Auf den Neuen aber hörte es, und so wurde er bald sein Knecht auf dem langen Weg ins Ungewisse. Herr Gâwân aber sollte den Ältlichen, den der Troß seines blaustichigen Sacktuchs wegen das »Blaue Wunder« nannte, schätzen lernen, als sie in gefährliches Land kamen.

Er ging auf der Höhe der Pferdehintern, und wenn sie koteten, sah er das Gebänder unter dem geflochtenen Schweif schmutzig werden; am Abend würde er es zu reinigen haben mit der Gänsekielbürste, deren Platz er sich gut hatte merken müssen: in der linken Satteltasche des Maultiers mit dem Stirnfleck. Denn gestern war er geschlagen worden, als sie statt beim Putzzeug beim Wichszeug stak, von Hiltbart, dem Älterknecht, der ihn zuerst als unerwünscht Zugelaufenen behandelt und schon so gut wie weggeschickt hatte. Aber dann gab es größere Sorgen: das eine Zeltmaultier lahmte, und die Untersuchung der Hinterhand ergab, daß das Sprunggelenk geschwollen war. Auf ein krankes Tier konnte der Zug nicht warten, Hiltbart fluchte, man müsse es abtun, aber warum immer er; solle der Zugelaufene jetzt zeigen, daß er zu etwas nütze sei. So verdiente er sich die Nachsicht des Älterknechts mit der ersten Schlachtung, einem raschen Schnitt durch die Halsader, der das Tier in Verwunderung erstarren ließ, bevor es zusammenbrach, wie vom Blitz gerührt und ohne einen Laut. Herr Gâwân bekam keinerlei Verzug zu spüren; und es traf sich gut, daß er, der dem Zug sonst ungeduldig voranritt, ein wenig zu ruhen und die Laute zu spielen begehrte. Er fand sie mißgestimmt und hatte viel Arbeit, bis sie halbwegs zu seiner Zufriedenheit erklang.

Der Aufenthalt gab den Knechten Gelegenheit, das Maultier aus-
zuschlachten. Es fiel dem Neuen zu, das frische Fleisch nachzutra-
gen. Auch zwei Zelte mußten umgepackt werden, und eins mochte ja
ebenfalls der Neue buckeln, der noch rüstig genug schien und, da er
überhaupt nicht sprach, auch keinen Widerspruch erhob. Nachdem
Herr G. einiges von Blümlein rot und geel, altem Schnee und frischer
Liebe gesungen hatte, wollte das Maultier wieder gepackt werden,
das die kostbare Picknickdecke trug, ebenfalls das Proviantmaul mit
den Resten von Wein, Brot und den silbernen Bechern. Das Packen
hatte an Zauberei zu grenzen, und so war jede Rast Schwerarbeit für
die Knechte.

Sie atmeten auf, wenn man wieder im schwerfälligen Takt der
Tierhäupter ging, der die Mühsal der Schritte über Stock und Stein
etwas vergessen ließ. Fast konnte man im Gehen dösen auf den langen Strecken, sich führen lassen von der Hand, die hängen geblieben
war im Zaum, den sie halten sollte, gezogen wurde vom Riemen, den
sie geprüft hatte. Es roch schläfrig nach schwitzendem Leder, Urin,
und auf einmal nach Lindenduft, wie aus einer andern Welt.

Ja, der Stumpfsinn war eine Wohltat, verglichen mit der Aufregung, die das getrillerte Haltsignal auslöste. Sie schraken auf, Mann
und Tier, und begannen sich abzuzappeln mit allem, was für eine
Ruhepause benötigt wurde. Neuer, führ die Mäuler zum Bach! hieß
es, nachdem sie fliegend abgepackt waren und alles Nötige bereitlag
zur Auswahl für das höhere Bedürfnis. Nicht jedes Sitzpolster oder
Ruhelager schickte sich zu jedem Boden, Hintergrund oder Wetter.
Die Pagen aber mußten sich schicken, das Passende zu wählen, und
die Knechte, es anzuschleppen und wieder zu verschwinden, es sei
denn, sie würden benötigt; dann pfiff man sie aus dem Busch. So war
keine Rede davon, daß das Gesinde sich ebenfalls zum Essen niederließ. Es verpflegte sich aus der Satteltasche, im Stehen oder Laufen,
denn man mußte eilig schlucken, um nicht mit vollem Mund vor der
Herrschaft zu erscheinen.

Du hast ja noch Zähne! sagte Frido zum Neuen, als der vom
Gerstenfladen abbiß, ohne ihn erst in den Bach tauchen zu müssen,
zwei Schritt oberhalb der saufenden Tiere. – Du kannst nicht so viel
jünger sein als ich, wo kommst du her? – Aber der Neue sprach ja
nichts. – Hast auch einmal ein Ritter werden wollen, armer Teufel,
lachte Frido mit zahnlosem Mund, in dem er an einem Stück Holz
suckelte, du mußt Holder nehmen, das schlägt den Hunger nieder,

ist auch gut für die Pilgeren. – Das war das Zahnfleisch, das den meisten blutete vom harten Brot, und doch so hart geworden war, daß sie darauf hätten gehen können. Der Neue war wieder geschlagen worden, als er einen Schild hatte fallen lassen, dabei war ein Ziersteinchen verlorengegangen. – Paß auf, du Usöd! sagte ihm der Älterknecht, der ist zehnmal mehr wert als du!

Der Herr saß mit seinen Junkerlein an bevorzugter Stelle und liebte es, ins weite Land zu blicken, ohne zu reden. Wenn es heißer wurde, hieß er die Zelte aufschlagen. Das Lustzelt war leichter aufgestellt als das Ruhezelt, es hatte keine doppelte Wand. Der Neue lernte es mit den Stangen stützen, anzurren, wieder abbrechen, in die rechten Falten legen, einrollen und aufbasten. Oder er rannte zum Fluß, um das Geschirr auszuwaschen und mit Seide aus Arabien trockenzureiben; das war einer der Augenblicke, wo er etwas Feines in die Hand bekam. Dann führte er wieder das Maultier am Riemen, stundenlang Schritt für Schritt, bis er vergaß, ob er zog oder gezogen wurde. Er befestigte eine Last, die sich gelockert hatte, oder strich dem Tier die Rute übers Fell, wenn es zurückblieb.

Sie waren ein langer Zug. Der Älterknecht hatte nichts anderes zu tun, als ihn zusammenzuhalten, und das hieß: die Mäuler schlagen, denn sie wollten nicht im Schritt der Pferde gehen. Der Herr und seine Kindlein, die Junker, liebten es, unbeschwert ins Offene zu reiten, aber sie klagten laut, wenn der Troß nicht gleich zur Hand war. Das Fluchen überließen sie dem Altknappen, der hieß Lauppô und war ein Griesgram von mächtiger Postur, der sich schuldig war, nach Art der Herren im vollen Waffenschmuck zu reiten, obwohl er über Gliederreißen klagte und an einer schwachen Blase litt. Wohl zwanzig Mal am Tag mußte er die Schamberge abschnallen und ein paar Tropfen abschlagen, um dann wieder an die Spitze zu drängen. In seiner Not hatte er kein gutes Wort für niemanden, nur dem Herrn G. wendete er ein ritterliches Gesicht zu und entschuldigte sein Zurückbleiben mit der Säumigkeit der Knechte. Die Herrenknappen ritten kaum weniger müßig als die Herrn selbst. Und auch der Älterknecht war den ganzen Tag damit beschäftigt, nach dem Rechten zu sehen, ohne selbst etwas anzufassen.

Das Beschwerlichste aber war, wenn der Herr G. eine Lustbarkeit befahl, etwa ein Ritterspiel auf ebenem Anger, um in der Übung zu bleiben. Nie war der Anfall an Reinigungs- und Flickarbeit größer, die heute noch auszuführen war, denn morgen mußte alles wieder frisch und neu sein für die Herren. Und bei alledem durfte man auch nicht versäumen, ihren Stößen vom Rand des Spielfeldes aus zuzu-jauchzen. Kaum waren die heißen Pferde gewaschen und gestriegelt, mußten schon die Reste des Umtrunks, bei dem sich die Kämpfer im Schatten erholt hatten, aufgeräumt sein, die Lanzenspitzen von zer-brochenen Schäften gelöst und auf neue gesteckt werden. Und wenn sich die Herren zur Weiterfahrt rüsteten, wurde erst recht jede Hand benötigt, ihnen in die Harnische zu helfen und sie aufs Pferd zu hieven, auf dem sie, ohne sich umzusehen, weitertrabten.

Solange es trocken blieb, war die Reise zu ertragen. Aber im Vor-gebirge begann es zu regnen, und je höher man stieg, desto schwerer wurde der Weg für die Tiere, verwandelte sich bald in einen Wild-bach, bald in eine Schlipfhalde oder füllte sich mit feindlichem Ge-röll. Die Knechte mußten sich oft an den Lasten festhalten, die sie sicherten, um nicht abzustürzen, und die Herren haderten, wenn ihre Zelte das Wasser nicht hielten, und verlangten, daß Dienstzelte darüber zu spannen seien, um den Schutz zu verbessern. Wehe, wenn die Tuchwände aneinander rührten bei einer ungeschickten Bewe-gung, dann waren die Herren ihrer trockenen Haut, die Knechte aber ihres Lebens nicht sicher. Hiltbart stäupte jeden, den er für müßig hielt, hätte ihn am liebsten totgeschlagen, wenn er nicht wie-derum alle Hände gebraucht hätte.

Der Neue interessierte bei diesem Wetter bald keinen mehr, wenn er nur zur Hand war. Einen Namen bekam er nicht, dagegen hatten die Pferde schöne Namen. Gringuljete Rotohr hieß der erste, Inglî-art Kurzohr der zweite Araber des Herrn G., die für die Wüstenei viel zu kostbar waren. Auch für sie gab es eigene Zelte, während die Mäuler, wenn die Nacht kam, unter eine Wettertanne oder Balm getrieben wurden zum Abpacken, und die Knechte sich zwischen ihre Leiber lagerten, um nicht zu frieren und um für das Aufpacken oder einen andern Dienst auch im Schlaf gerüstet zu bleiben. So lag auch der Neue im frisch gerauften Farn, den Frido für das gesünde-ste Lager erklärte, denn es treibe mit dem Schweiß auch die Gesüchte heraus. In der Steinwüste fror es erst in der Nacht, dann auch am Tage, aber die Knechte schwitzten dennoch. Die meisten waren krank von der Reise, hatten die Eingeweide verdorben, eine schwere Verkühlung geholt oder sich schwärende Löcher in die Sohlen getre-ten. Manche konnten sich kaum mehr auf den Beinen halten oder wieder hinauf kommen, wenn sie sich gelegt hatten. Für den Schlaf brauchte der Neue nicht zu sorgen, konnte sogar im Stehen schlafen, wie die Maultiere, von denen ihm bereits ihrer vier zur Aufsicht anvertraut waren. Bis über die Berge müßten sie vorhalten, dann könne man sie abtun und frische anschaffen.

Als der Neue eines frühen Morgens, bei der Tagwache, die ein Kindlein des Herrn G. gefühlvoll blies, den Frido, der in diesen Tagen fiebrig und rastlos gewesen war, wachschütteln wollte, rührte sich dieser nicht mehr im Farnnest und war mit den Gesüchten auch sein Leben losgeworden. Es blieb nichts, als dem Herrn G., der sich die Nacht mit Lesen vertrieben hatte, die Störung zu melden, worauf er befahl, den Knecht einzuscharren. In Ermangelung eines Pfaffen sprach er selbst einen Segen über die Grube, die wegen der Ungunst des Bodens sehr flach geraten war. Der Neue hatte sie allein gegraben, und der Herr hatte ihn zum ersten Mal wahrgenommen und sogar Brav! zu ihm gesagt.

Doch im allgemeinen glitten die Augen der Herren, wie auch die der Knappen, über die Knechte hinweg, musterten nur die Last der Tiere und prüften, ob Decken, Zeuge und Waffen gegen die Witterung geschützt seien. Sie klagten, wobei sie sehr auf die Wortwahl achteten, über die Beschwernisse des reisenden Lebens und lobten die Rasse oder Zähigkeit ihrer Reittiere; Packpferde und Lastmäuler verstanden sich ebenso von selbst wie ihre Bedienung. Aber auch seinesgleichen hörte der Neue selten von der Herrschaft reden. Sie wurde hingenommen wie das Wetter, gelegentlich mit Flüchen, aber ohne nachhaltige Betrachtung. Auch mit seinen Herren war man eben bedient, so oder so. Der Herr G. galt als erträglich und fast leutselig.

Der Herr G., der inmitten feindlicher Felswände sein Tuschwerkzeug gebrauchte, verwendete es weder zur Wiedergabe abscheulicher Landschaften noch besonderer Vorkommnisse. Er schrieb auch noch keine Briefe an Tante Ginovêr, es hätte einstweilen nichts zu berichten gegeben. Das Gefelse, Gestrüpp und Geschlipf war wohl da, aber es hatte nicht das Geringste zu bedeuten. Es bestand aus jenem Schutt der Natur, den auch ein wärmender Sonnenstrahl nicht daran hindert, im Dunkel zu liegen. Mit einem Weg, auf dem Lasten geschleift, Mäuler gezerrt, überfällige Dienstboten verscharrt werden, hat die Fabel nicht das Geringste zu tun, und nichts Erhebliches wüßte ein Herr G. davon zu berichten. Er tuscht lieber Männlein und Weiblein in herrlichem Putz; er rührt die Laute, um sich die langweiligen Härten des Wegs zu erleichtern durch Musik.

Der Stumme, der Neue, geht zum ersten Mal in diesem dunklen Diesseits der Fabel. Und es könnte ja sein, daß er darin doch dies und jenes gesehen hat, wohl oder übel: das Regenlicht im Tannenwald, das Eislicht der Firnhöhe, den Tautropfen auf einem Silbermantelblatt. Der Augenblick der Anstrengung könnte solchen Lappalien für Augenblicke zur Ansehnlichkeit verholfen haben, einem bisher unerhörten Gewicht. Den Augen im schweißüberströmten Gesicht könnte das Gleichgültige aufgefallen, das Beiläufige zugefallen sein, wie etwa eine Felsgruppe, ein Stück Bergweide in halber Höhe; wahr nur durch das Ungefähr, mit dem es wahrgenommen wurde wie eine stumme Einsicht in noch nie Bezeichnetes, und dennoch einleuchtender als ein Liebeslied. Es wäre möglich, daß der Neue, diese ungezählten und unwiederbringlichen Augenblicke lang, kein Held mehr gewesen ist, nicht Herzeloydes und Gahmurets Sohn, kein Roter Ritter und kein Blaues Wunder: ausgeliefert einem Augenschein, in dem das Auge den Schein verzehrt und irgendein Gegenstand sich erhebt, rein und ungekannt.

Und es könnte gar sein, daß der Neue in diesen Augenblicken den Boden seiner Mutter berührt hat, mit unsicherem Fuß, und doch Schritt vor Schritt immer weitergehend; auf keiner Höhe der Fabel, nur derjenigen des Pferdehinterns, der ihm seine Wahrheit zuwandte, schmutzig oder nicht. Während der Herr G. seinem Abenteuer nachzog, oder diesem – auf schrofferen Wegen – nachgeschleppt werden mußte, könnte es sein: daß einer der Schlepper und Träger den guten Stand, mit dem er seinem Herrn weiterhalf, nur noch dem Boden verdankte, dem stößigen, langsamen, langweiligen Boden der Tatsachen, und der Gerechtigkeit, die sie verdienen.

Damit käme man freilich an kein Ende. Denn es ist kein Ende der Einzelheiten, denen die Geschichte, wenn sie endgültig aufhörte, Fabel zu sein, gerecht werden müßte. Man käme nirgends mehr hin. Man bliebe, weiß Pekadî, gefangen im drückenden Wahrnehmungsüberfluß und Tatsachenzustrom da unten in der Tiefe des Diesseits, die der Neue wortlos, nur manchmal fluchend, mit den andern armen Teufeln begeht, die jetzt wohl oder übel seine Brüder sind. Es ist nicht daran zu denken, daß man je über den Berg käme, wenn man aufhörte zu fabeln – geschweige denn in vierzig Tagen nach Schanpfanzûn. Der Zweikampf, dort angesagt, würde gänzlich aufhören zu interessieren, so wenig, wie er diese Bühnenarbeiter interessiert, für die jedes Holz wie Dickicht, Fallholz oder Brennholz aussieht.

.... ohin käme man, wenn die Räder der Handlung wie das Rad eines Pferdelastwagens aussähen, das schon beim nächsten Stein zerbrechen kann? Die Junker da vorn möchten ihren Zug das Fliegen lehren und brauchen doch für jeden ihrer gepanzerten Schritte die Hand eines Knechtes. Aber unaufhörlich greifen sie vor nach dem Bedeutsamen, das sie jenseits der Berge wittern, und wollen die Niedrigen nicht sehen, die es ihnen zuführen. Wer nachkommen will nach Schanpfanzûn, wer dem Herrn G. das Wasser und die Lanze reichen will, darf nicht der Knecht bleiben, der sich unterwegs in unerzählbaren Einzelheiten verliert. Um weiterzukommen als Schanpfanzûn, muß auch der Neue Schanpfanzûn erreichen.

Aber sein Fabelschritt wird nicht mehr ganz vergessen, daß er sich auf dem Weg dahin Blasen geholt hat. Es muß ihm etwas einfallen, das Unerzählbare, Stock und Stein, mitzunehmen auf diesen Weg. Denn wenn man die Dinge nicht mitnimmt, mit denen man an kein Ende kommt, wird man niemals dort ankommen, wo die Dinge uns verwandt sind. Der Neue wird wieder auftauchen müssen aus der Niederung der Tatsachen, um sich sehen zu lassen auf der Höhe der Fabel. Aber nicht mehr bloß, um *sich* sehen zu lassen, sondern um Gerechtigkeit zu üben gegen den Boden, von dem er genommen ist, zu dem er wieder werden soll und auf dem er sich noch eine ganze Weile fortschleppt in Knechtsgestalt. Da ist von Gestalt nicht mehr viel an ihm, wie könnte er sonst so leicht übersehen werden. Brav! ist ja das einzige, was Herrn G. zu ihm eingefallen ist, als er ihn graben sah in dieser Erde, um einen Verwandten darin einzuscharren. Stock und Stein wird er nicht mitnehmen, wenn er Herrn G. zu seinem nächsten Abenteuer begleitet. Aber vielleicht wird er ein Blatt der Eberesche im Mund behalten, oder einen Kiesel einstecken zum Zeichen, daß es auf der Bühne, die er wieder betritt, nur *ein* Rittertum geben kann: Gerechtigkeit für ein Blatt, Mitleid mit einem Stein – jenem Stein, dessen Schrei wir nicht hören, wenn wir uns an ihm stoßen; jenem Stein, den keine Fabel der Erde zu Samt erweicht, wenn sie am Ende auf *unserer* Erde spielen soll.

BURG MIT PUPPE

WIE GÂWÂN SEINER TANTE GINOVÊR

VON EINEM HANDEL BERICHTET,

IN DEN ER WIDER ERWARTEN

VERWICKELT WURDE

Hohe Tante, liebe Frau Jennifêr:

Ich bins, Gâwân.

Ich schreibe Euch zunächst, weil ich schreiben kann, obwohl ich ein Ritter bin, und hoffentlich unbeschadet meiner Ritterschaft. Ich schreibe Euch ferner, weil ich Muße habe; vom Weg nach Schanpfanzûn ist der größte Teil zurückgelegt, von der Frist bis zum Zweikampf aber erst die Halbzeit verstrichen. Ich wüßte diesen Gewinn nicht besser anzulegen, als indem ich Euch mit meinem jüngsten Abenteuer bekanntmache. Denn etwas Reizenderes ist mir noch nicht untergekommen. Freilich auch noch nichts so Strapaziöses.

Diese Neuigkeit, die Ihr mitkosten müßt, ist also der dritte Grund, Euch zu schreiben. Der vierte hat mit der Nachdenklichkeit zu tun, in die sie mich gestürzt hat und die Ihr von mir nicht gewöhnt sein mögt. Aber ob Ihr's glaubt oder nicht: jedes Abenteuer macht mich nachdenklich, und dieses geradezu tiefsinnig. Wohl sagt man, ein Ritter müsse sich zu trösten wissen. Doch davon abgesehen, daß einem Mann in meinen Jahren – ich gehe ja bald ins dreißigste – der Trost der Kirche besser zu Gesicht stünde, begehre ich lieber gar keinen. Denn in der Trostlosigkeit schwimmt noch immer ein Rest jener Süße, die ich, als verlorengegangene, wenigstens schmerzlich nachfühlen kann.

Der nächste Grund – der fünfte, wenn ich recht zähle –, ist natürlich die Verehrung, die ich Euch über Hunderte von Meilen hinweg zu Füßen lege, sowie der Dank, den ich Eurem und meinem Herrn Artûs für die glänzende Ausstattung weiß. Sie hat beim Weg durchs Gebirge so gut wie gar nicht gelitten. Ja, sie ist mittlerweile noch glänzender geworden, als in meiner Absicht lag. Ihr wißt hoffentlich, daß ich als einzelner Mann in dem verdammten Schanpfanzûn antreten wollte und mir das üppige Geleite nur gefallen ließ, um Eure Fürsorge nicht zu erkälten. Ich darf nicht verschweigen, daß sie für mich etwas Kränkendes hatte, auch wenn ich Euren guten Willen hoch zu schätzen weiß. Mein Vorsatz, ein Irrender Ritter nicht nur zu heißen, auch zu sein, verträgt eigentlich eine Erleichterung dieser Güte nicht.

Nun habe ich aber ein Mittel gefunden, meine Equipage zu verringern: indem ich nämlich mit jedem Brief ein Grüppchen Knechte absende und nur hoffen kann, er finde um so sicherer den Weg zu Euch. Dies der vorläufig letzte Grund meines Schreibens, der das halbe Dutzend vollmacht. – Da ich nach meinem Triumph vor Bêârosche leider einen Zuwachs an Gefolge registrieren muß – der Burggraf tat es nicht anders –, würdet Ihr allerhand Post zu erwarten haben. Doch schicke ich die Boten im Dutzend, damit sie einander in den höllischen Alpen besser beispringen können. Und wenn einer – wie auf der Herfahrt leider geschehen – mit Tod abgeht, sind es ihrer noch immer genug, Euch meine Wunder zu melden. Hoffentlich treffen sie der Reihe nach ein, sonst verwirrt sich der Faden meiner Reise in Euren Augen, und Ihr erfahrt womöglich das Letzte zuerst und das Beste gar nicht. Das wäre schade. Denn auch Abenteuer wollen ihre Ordnung haben und womöglich das Gesetz der Steigerung befolgen. Ob sie sich daran halten, muß ich fast bezweifeln; denn etwas Süßeres, als ich in Bêârosche erlebt habe, kann mir wohl nicht mehr begegnen.

So habe ich mir denn eine Liebste gefunden? Ja, und nein. Viel weniger und viel mehr. Teuerste Tante, wenn Euer Gâwân, wie es ja wohl Euer Herzenswunsch ist, mit seidenem Bändchen eingefangen worden wäre, würde er einstweilen nicht weiter fahren, sondern sich verliegen, daß es eine Art hätte. Er wäre durchaus der Mann, selbst das Rendez-vous vor dem verdammten Schanpfanzûn zu vergessen. Aber nun bin ich nicht eingefangen worden. Ich bin wohl eingefangen worden, mußte mich aber wieder losreißen. Das Kind war zu grün. Das wollte es durchaus nicht glauben noch fassen. Ich mußte ihm das Herz brechen, um nicht ehrlos zu werden! Und sitze nun selbst mit so gut wie gebrochenem Herzen und tauche meine Rabenfeder in dessen Blut, um Euch zu beichten.

Aber alles der Reihe nach, liebste Tante. Die Berge überschritten wir ohne Kalamität, den Todesfall abgerechnet. Nach Schnee und Eis wußten wir die warme Sonne zu schätzen, und auch von der Anmut hiesigen Landes macht man sich bei uns hinten nicht leicht einen Begriff. Das Gelände senkt sich mit Kestenenwäldern und Weingärten vom zartesten Frühling in einen schweren Sommer hinab; da begann uns das Eisen zu drücken. Den Städten wichen wir aus, obschon sie auf ihren Höhen fabelhaft genug wirken und der Gegend ein heroisches Gepräge geben. Die Burgen sind den Felsen dermaßen kühn aufgesetzt, daß man kaum zu raten wagt, wo der gewachsene Stein aufhört und der gemauerte beginnt. Auch die Berge selbst scheinen ja von Titanen aufgetürmt und von Zyklopen gemeißelt. Es leuchtet ein, daß solche Plätze leicht zu verteidigen sind, und kaum zu nehmen.

Einer solchen Akropole gegenüber lagerten wir eines Morgens, als uns ein berittener Schwarm passierte, und gleich dahinter ein noch größerer. Sie schienen dermaßen in Eile, daß sie unser Trüppchen bald überritten hätten. Die meisten der gerüsteten Herren wirkten reichlich stutzerhaft. Die Damen, die ihnen folgten, trugen noch leichtere Rüstung und ließen am Ernst der Unternehmung einige Zweifel aufkommen. Doch belehrte uns ein aufgeweckter Knappe, der seinem Herrn ein Bündel Lanzen vorantrug, daß hier ein verzwickter Ehrenhandel im Gange sei.

Der Burgherr da drüben – er deutete auf das Bergnest – habe nämlich, als zuverlässiger Dienstmann, nach dem Tod seines Landesherrn dessen Erben zur Erziehung übernommen. Der Junge, mit Namen Meljanz, sei dabei nach Maß gediehen und wäre wohl nicht derart ins Kraut geschossen, hätte nur sein Erzieher, der Fürst Lyppaut, nicht zwei schöne Töchter gehabt. In die ältere, Obîe mit Namen, habe sich der Thronfolger bis über die Ohren vergafft und bei ihr auch eine Art Gegenliebe gefunden, aber durchaus kein Gehör. Von dieser süß-sauren Behandlung aufgebracht, habe er seinem Erzieher und Lehensmann ungesäumt die Hand Obîens abgefordert. Der Alte wäre nicht abgeneigt gewesen. Denn konnte ihm etwas Besseres blühen als diese Schwägerschaft? Das Dämchen aber habe den königlichen Junker aufgefordert, erst seine Sporen zu verdienen, bevor er sich einfallen lasse, seine Werbung im Ernst vorzutragen. Dies vorausgeschickt, liebe sie ihn nach Noten und begehre keinen andern.

Da sei der Jungherr hochgefahren und habe geschworen: er werde ihr, daß er ein Mann sei, vorführen und zwar in einer Tonart, die sie so leicht nicht vergesse! Mit Pauken und Trompeten habe er ein Heer gesammelt – eben sei es vorbeigezogen, und das zweite folge ihm auf dem Fuße –, um Bêârosche zu berennen und im Sturm zu nehmen, und damit die widerspenstige Braut. Ihr Vater, Herr Lyppaut, sei damit in die peinlichste Lage versetzt. Denn nun müsse er entweder sein Hausrecht fahren lassen und der Gewalt seine Tochter preisgeben – oder aber gegen seinen Schutzbefohlenen und Landesherrn die Hand erheben. Da dies Letztere etwas weniger schimpflich sei, habe er sich in Gottes Namen auf eine Belagerung gerüstet, sei aber übel daran, innen wie außen. Der Eigensinn Obîes, der ihm diese Suppe eingebrockt, sei ganz offenbar unbezwinglicher als dieser Fels. Der Vater müsse fürchten zu zerbrechen, entweder an seiner Ehre oder an seiner Treue.

Und selbst wenn Bêârosche wider Erwarten den furchtbaren Sturm abwehren sollte, müsse die Burg ja wohl ihrem inneren Zwiespalt erliegen. Denn es tue nie gut, dem Lehensherrn in Waffen zu begegnen, auch wenn man moralisch dazu gezwungen sei und mildernde Umstände habe. Rührend, wie diese seien, wäre doch ein reiferes weibliches Betragen weit rührender und auch schicklicher gewesen. –

Ich bemerkte, auf die reitenden Damen weisend, deren Gürtel schwerlich solche der Keuschheit waren –: daß auf seiten der Belagerer wohl auch nicht eitel Schicklichkeit walte. Aber der Junge sah mich mit unschuldiger Verwunderung an und schien gar nicht zu verstehen, was ich meine.

Der Fall mußte mich interessieren, hohe Tante; wunderbare Exempel weiblichen Betragens interessieren mich immer, und so rückte ich dem Felsennest näher, ohne gerade vorwitzig zu sein. Ich hatte, auch in Anbetracht meines Termins, nicht die mindeste Lust, in Händel verwickelt zu werden, die mir müßig genug vorkamen. Euer Herr Artûs hätte gewiß im lehensrechtlichen Zwiespalt des Herrn Lyppaut allerhand Kopf und Herz Ergreifendes entdeckt. Mir lag die Betrachtung näher, daß in diesen südlichen Breiten eine Belagerung *noch* lockerer gehandhabt werde als dort hinten bei uns. Denn unangefochten verweilte ich mit meinem Troß in Reichweite der Burg, ja geradezu in ihrem Schatten, und also den Belagerern im Wege, wenn sie denn ihr Ziel im Ernst hätten angreifen wollen. Statt dessen veranstalteten sie Schaugefechte und Zierkämpfe, ohne einander dabei besonders wehe zu tun. Die Goldhähnchen bedeckten sich mit mehr Staub als Ehre und verfehlten durchaus ihren Zweck, der Burg gehörigen Eindruck zu machen.

Ich konnte die Bêâroscher Spottverse singen hören. Dabei taten sich besonders zwei Damen hervor, die ganz in meiner Nähe standen, wenn auch turmhoch über meinem Kopf; sie hätten mir buchstäblich darauf spucken können. Als die Kampfgimpel draußen eine Pause einlegten, wandte sich der Spott der Damen uns Neutralen und hauptsächlich meiner Person zu. Eigentlich spottete nur die Eine, während die Ältere an ihrer Seite zur Höflichkeit mahnte; aus den Anreden mußte ich schließen, daß es keine Geringeren waren als die Herzogin und ihre belagerte Tochter Obîe selbst, die mir die Ehre gaben.

Sieh an, Obilôt! sprach diese zu ihrer Puppe: ein Krämer, ein Schacherer! Da macht sich unter unseren Nasen ein fliegender Händler breit und geniert sich nicht, an meinem Krieg sein Schnittchen zu machen! Nach den ungebrauchten Schildern und Speeren zu schließen, kann er nur ein Waffenschieber sein!

Ich begriff vollkommen, warum der junge Meljanz dieser spitzen Zunge nicht gewachsen war, auch wenn sie mir Vergnügen bereitete und ich mir diese Obîe näher ansehen mußte. Sie war ja noch ein Kind, blondrot gelöckelt und recht *propre*, von ihrer Frechheit abgesehen. Ich sah um so leichter davon ab, als ich an der Art, wie sie ihre Puppe hielt, etwas Liebes bemerkte, wenn auch mehr Liebeswunsch als Liebesverstand. Ach, die verfrühte Minne! Noch eine Puppe im Arm, und schon einen Krieg an der Hand! Mich dauerte der arme, offenbar schwache Vater; auch die gräfliche Mutter hatte dem Kind nur nothafte Blicke entgegenzusetzen, bald zum Himmel gerichtet, dann wieder in das Lager der Feinde hinaus. Denn die Halbstarken des ganzen Landes schienen nur auf einen Vorwand gewartet zu haben, sich auf Pferden und Wägelchen vor Bêârosche ein Stelldichein zu geben, um ihr Mütchen zu kühlen.

Unter meinen Knechten gibt es schon den oder jenen, dem die Galle kommt, wenn er mich »Schacherer«, »Schieber« oder »fliegenden Händler« geschimpft werden hört. Sie zeigten gute Lust, ihre Schwerter zu ziehen – symbolisch, versteht sich, denn der Spott war ja außer Reichweite. Ich konnte meinen Kindlein die Lust anfühlen, die Kränkung für unverzeihlich zu halten und sich der Goldenen Jugend da draußen anzuschließen. Ich hatte sie eben gebeten, ihre Siebensachen wieder einzustecken, als ich überrascht innehielt.

Die Puppe im Arm der kleinen Obîe hatte sich von dieser gelöst und begann zu sprechen. Edle Tante! Ihr könnt Euch nicht ausdenken, was sie sagte. – Du hängst ihm da etwas an, was überhaupt nicht stimmt! sagte die Puppe, und ihre tiefe Stimme war gleich die nächste

Überraschung. – Das ist kein Krämer, schäm dich, Schwesterherz! Er sieht vielmehr so phantastisch aus, daß ich ihn zu meinem Ritter machen werde. Wirbt er bei mir um Liebeslohn, so laß ich ihn nicht lange zappeln. Der Mann sagt mir zu!

Gut, daß ich auf der festen Erde stand, sonst wäre ich vom Ast gefallen. Gemeint war ich, wer sonst! und fand mich nicht nur von einem Püppchen angesprochen, sondern erhielt auch gleich einen Antrag – oder wie soll ich's nennen? Daß er mir gleich den Verstand raubte, werdet Ihr nicht fürchten; daß mir deswegen der Kamm schwoll, hätte *ich* nicht gedacht. Ich staunte über mich selbst, aber es blieb Tatsache, Tante: beim bloßen Klang ihrer Stimme schwoll mir der Kamm. Nicht gerade verschämt, aber wahrlich auch nicht unverschämt begann ich diese Obilôt zu inspizieren. Denn eine sprechende Puppe sieht man nicht jeden Tag.

Ich gerate in Verlegenheit, großgütige Tante, wenn ich sie schildern soll. Sie war überaus klein, viel geringer und schmächtiger als der rote Lockenkopf neben ihr, die Spottdrossel; und sie war *anders*. Als sie noch eine Puppe war, hatte ich sie für ein heidnisches Mitbringsel gehalten, für das Souvenir eines Moguls oder Bârucs. Dunkel, wie sie in jener verdammten Gegend herumlaufen, war sie zwar nicht, ihre Haut schien sogar ungewohnt licht. Fremd aber wirkte sie schon und war nicht ganz von dieser unserer Welt. Sie trug ein schwarzes Haarkleid – ja, so muß ich mich ausdrücken. Denn es türmte sich zwar auf ihrem Köpfchen, hörte dann aber nicht zu fallen auf, Gott weiß wie weit – die Zinne stand meinem Blick im Weg, und mein Winkel war der schroffste. Die Augen standen etwas schräg und verkleinerten sich gegen die Sonne – Ihr könnt Euch die südliche Szenerie nicht blendend genug denken! Die Nase, obschon ein Näschen, war charaktervoll geschwungen. Und der Mund! heilige Tante! dieser Kindermund war von einer blassen Üppigkeit, die mich erbleichen ließ.

Hohe Tante, ich bin nicht von gestern. Doch solch ein Meerwunder ist mir noch nirgends begegnet, und eine so kindische Offenbarung noch nie. Da sah mich ein Fräulein zum ersten Mal und verkündete schon der ganzen Welt, es wolle mich haben! Mein Rittersinn fand sich auf die merkwürdigste Probe gestellt. Denn wenn Fräulein Obîe noch ein Kind war mit kaum gewölbter Büste, so war Obilôt ohne Zweifel noch viel grüner. Und von Büste konnte schon gar nicht die Rede sein. Der Mund aber, der da tief gesprochen hatte, schlug jede Rede nieder. Er war auf eine alterslose Art reif und überreif. Gott weiß, warum es Ihm gefallen haben mag, solche Lippen in ein solches Gesichtchen zu setzen. Der Teufel muß ihm dabei zur Hand gegangen sein.

Mich begann es zu jucken, nachdem ich mich leidlich gefaßt hatte. Ein Schacherer war ich, ein Krämer? Nun wohl, so kramte ich meine Ware aus. Ich hieß die Knechte abpacken und Steppdecken und Polsterbetten unter dem nächsten Ölbaum ausbreiten; so daß wir zugleich im Schatten lagerten und von der Zinne herab eingesehen werden konnten. Jetzt kam mir die Üppigkeit zupaß, mit der Ihr mich auszustatten beliebet. Wir machten etwas her, als wir im Angesicht der Burg und der inzwischen wieder sportiven Belagerer unser *Pique-nique* veranstalteten.

Zu meinem Entzücken blieb der Erfolg nicht aus. Ich höre die ältere Dame sagen: Obîe, wie könnte ein Kaufmann so herrlich auftreten? Du solltest dein Nachreden bleiben lassen! – Und dann kam er wieder, mein tiefer Kindermund, und faßte nach: Ja, Obîe benimmt sich häßlich, die ganze Zeit! Sonst wäre sie dem armen Meljanz nicht so gemein gekommen, als er sie um nichts weiter bat als ihre Liebe. Pfui, Obîe, du hättest auch ein wenig an Papâ denken dürfen. Denn alles, was wir haben, haben wir vom König zu Lehen!

Ich war entzückt, Tante, ich war hingerissen. Ihr habt es selbst bemerkt: wenn ich eine Zierde vorzuweisen habe, besteht sie aus kluger Zurückhaltung. Wer bin ich, die Gunst zu bestreiten, mit der Gott mich gesegnet hat? Und die mir die Gunst der Damen oft leichter erwirbt, als mir lieb sein kann? – Ich habe ungestüm genug angefangen – wer kennt die saubere Geschichte nicht, wie ich mir vor Frau Herzeloydes Augen einen Dolch in die Hand trieb, um ihr meine Ergebenheit schriftlich zu geben – mit meinem Blut! Damals war ich ein Kind von acht oder neun Lenzen, wenn man recht gezählt hat. Es war lächerlich und tat auch noch weh. Immerhin habe ich damals schon meinen Charakter bewiesen. Kommt's hart auf hart, so treffe ich lieber mich selbst als andere. So bin ich in Gottes Namen ein Ritter geworden und konnte nicht immer vermeiden, auch einer Dame Schmerz zu bereiten, wenn sie sich von meiner Verbindlichkeit durchaus wollte irremachen lassen. Auch dann noch habe ich versucht, ihr eher wohl als weh zu tun. Ihr werdet unter den paar Dutzend schwerlich eine finden, die mir allzuviel nachträgt. Ich habe mein redlich Teil von Gegnern hinters Pferd gesetzt, denn auch das will ja wohl getan sein in unserem Stand. Mit Lust und Liebe, wie so mancher, hab ich's aber nie getan, sondern mit Zurückhaltung. Der Himmel hat es so gefügt, daß ich für die beleidigten Holzköpfe immer noch durchschlagend genug war.

Ja, mit Zurückhaltung bin ich gut und trotzdem weit gefahren. Ich sitze nicht bloß als *Neveu* zur Linken unseres Herrn an der *Table-ronde*! Seit ich mich nicht mehr jung nennen darf, steht mir die Zurückhaltung eher noch besser zu Gesicht und hat schon manche Dame dazu hingerissen, die ihre fallen zu lassen – ich überhebe mich darum nicht. Der Mann hat gelernt, daß Leidenschaft nicht einmal der Anfang der Liebeskunst ist, Zurückhaltung aber schon fast die ganze. Die Tafelrunde ist mein Zeuge, daß ich den Fehdehandschuh, den mir der treuherzige Kingrimursel im gräßlichsten Rechtsirrtum zugeworfen hat, nur sehr zurückhaltend aufgenommen habe. Und nur, weil auch einer, dem grobes Unrecht widerfährt, unter Rittern ein Gesicht zu verlieren hat. Ich reise so lustlos wie möglich nach dem verdammten Schanpfanzûn. Ich brächte die Frist von vierzig Tagen lieber in der Wüste zu, wenn ich mich da nicht von Heuschrecken und wildem Honig ernähren müßte. Ich habe in einem Krieg nichts verloren, am wenigsten meine Ehre. Aber wenn's drauf ankommt, tue ich lieber mir selbst Gewalt oder Unrecht als einem andern. Das ist meine Schwäche, die Ihr die Freundlichkeit habt, als guten Stil zu feiern. Schön! Ich fühle mich in der Tat Manns genug, dem verbohrten Landgrafen in der einzigen Sprache zu antworten, die er versteht. Wenn ein Lanzenstoß genügt, seine Ehre wiederherzustellen: er soll ihn fühlen.

Daß ich vor Bêârosche erst rechts nichts im Sinn hatte als Reserve und Neutralität, versteht sich. Ein Krieg um die Laune eines Backfischs hätte mir grade noch gefehlt! Aber nun hatte diese Puppe tief gesprochen und meinen Dienst in Anspruch genommen. Ich befand mich in der wunderbarsten Verwirrung.

Natürlich seht Ihr voraus, wie ich sie gelöst habe. Ich entschloß mich, für die Herzenskühnheit aus dem Puppenmund zu kämpfen. Gescheit war es nicht, aber charmant und also unwiderstehlich. Es warf nichts ab als ein Abenteuer des Herzens. Doch wenn man *dafür* seine Zurückhaltung nicht mehr wegzuwerfen bereit ist – liebe Tante, dann hat man ausgedient. Ich hatte keine Wahl, als dem Kind gefällig zu sein.

Die Gelegenheit ließ nicht auf sich warten. Obîe, der Rotschopf, war mit ihrer Naseweisheit noch längst nicht zu Ende. Sie schickte mir einen Kämmerling unter den Ölbaum, mit folgender Botschaft: meine junge Herrin läßt Euch fragen, ob die Pferde feil seien. Besondern an den beiden Kastilianern nimmt sie ein gewisses Interesse. Auch wünscht sie mehr zu sehen von den Saumlasten, die Ihr Euren Eseln da abgepackt habt. Wenn Ihr gutes Seidenzeug im Sortiment führt, könnte für Euch ein Handel abfallen.

Ich vergewisserte mich, ob die jungen Damen der Sache auch das rechte Augenmerk schenkten, und daran ließen sie's wahrlich nicht fehlen. – Habt Ihr ausgeredet? fragte ich den Boten, der sein Grinsen nicht unterdrückte. – Fürs erste! erwiderte er. – Seht Ihr meine Hand? fragte ich. – Sie ist leer, erwiderte er. – Ihr irrt, sagte ich, sie enthält Euren Botenlohn. – Und damit gab ich ihm, mit aller Zurückhaltung, eine so brave Ohrfeige, daß er sich überschlug und das Feuer in Holland sah. Er war so verdonnert, daß er lange das Mauerloch nicht fand, durch das er geschlüpft war und in das er jetzt schleunigst wieder zurückkroch.

Ich lächelte meiner kleinen Dame zu; sie klatschte in die Hände. Was hatte sie für winzige Hände! Ich fühlte sie schon auf meiner Brust! Aber so weit waren wir noch nicht.

Obîe aber, hochrot nun auch im Gesicht, war von der Zinne weggerauscht, und ich durfte mich auf ihren nächsten Schachzug gefaßt machen. Einstweilen setzte ich mich wieder in den Schatten, der länger geworden war, und sprach mit den Kindlein dem Becher zu, nicht ohne ihn auch einmal gegen die Zinne zu heben und der Puppe Bescheid zu tun. Sie stand jetzt ganz allein, rührte sich nicht und blieb überaus ernsthaft. Ich ließ die Zinne aus den Augen. Doch ich fühlte mich angesehen und dabei immer ansehnlicher werden. Wie mir der Kamm geschwollen war, hob sich jetzt auch mein Sinn. Ich kostete meine Zurückhaltung im deutlichen Vorgefühl, daß ich sie wohl bald würde fallen lassen müssen.

Genug für heute! Die Pferde scharren, die Knechte haben aufgepackt und lärmen nur noch aus Mutwillen, dem ich steuern muß. Ein schreibender Ritter muß wieder zum reitenden werden. – Inzwischen ist mein Mutwille an einem kleinen Ort, und mein hoher Sinn auch. Denn wir reiten fort! mit jedem Schritt entfernen wir uns von dem entzückendsten Abenteuer, das in diesem Brief kaum erst begonnen hat. Auf dem dünnen sinischen Stoff trag ich mir's nach, und Euch, in Wehmut und Dank.

Und das ist der siebte Grund, warum ich Euch schreibe, und der heimlichste. Wenigstens mein Schreibzeug, und Euer Auge, haben noch etwas vor, während Euer Herr Gâwân es schon hinter sich gebracht hat. Ich sage nicht: bestanden, denn da gab es nichts zu bestehen. Nur: hinter mir, bestimmt zur traurigen, traulichen Nachblüte auf diesen Blättern. Ihr hattet recht, sie mir aufzudrängen. Das Papyr ist fein, es hat eine Lust, bedeckt zu werden und mit exakten Zeichen das Einmalige zu verdoppeln. Leider müssen sie ihm allen Duft schuldig bleiben, außer dem bitteren des Gallapfels –

Also fort, immer weiter nach dem verdammten Schanpfanzûn! Aber ehe wir dort anlangen, sollt Ihr das Nächste von mir hören: das Nächstvergangene im Ganzvergangenen, von dem ich mich habe trennen müssen, einem aparten Stück Leben. Ich sende die Briefboten damit ab, vermindere mein Gefolge weiter, und werde, so Gott will, am Ende so allein stehen wie eben noch meine Obilôt auf der Zinne; ohne Rabenfeder in der Hand und dafür die Lanze unter den Arm geklemmt, vor dem verdammten Schanpfanzûn. Gegebenenfalls würdet Ihr dann meinen letzten Gedanken teilen müssen, hochliebe Tante, mit einem Püppchen auf der Zinne von Bêârosche. –

DER GOLDÄRMEL
WORIN GÂWÂN
EINE KLEINE FRAU ÜBER DEN KOPF WÄCHST

Ich bin's wieder Gâwân.

Wer hätte gedacht, daß blauer Himmel sich in einen Wasserfall verwandeln kann, einen unerschöpflichen Sturzbach? Daß es hier Moorländer gibt, trostlos wie unsere, und wegen der Giftmücken noch weit gefährlicher? Viele meiner Knechte liegen, einige sehen aus, als wollten sie nicht mehr aufkommen. Wenn ich diesen Brief an Euch absende, wird es wieder ein Trüppchen weniger sein. Die Brief-Boten verlassen mich gerne. Sie gehen als Leibgarde eines Stück Papyrs einen besseren Weg als ich, in der Gegenrichtung, nach dem verdammten Schanpfanzûn.

Wir reiten an Burgen und Städten vorbei, ohne einzukehren; wir schlagen unser Gezelt unter freiem Himmel auf und pflegen dergestalt das Bild irrender Ritterschaft. Wir verköstigen uns aus den Feldern, gegen Entgelt; wir irren zwar, aber Landverderber sind wir nicht. So werden wir unsere Schätze los, Stück um Stück. Doch die Nahrung, die wir dafür eintauschen, beglückt uns immer von neuem in ihrer saftigen Frische und reizt die Kunst der Köche ebenso wie den Zartsinn des Gaumens. Das Beste sehen wir den Bauern ab, denen hier alles nach Wunsch zu gedeihen scheint und mühelos nachwächst. Ein seliges Land! sagten wir, bis wir an diese Fiebersümpfe gerieten; so ist kein Paradies ohne Schlange. Die ledigen Mäuler verkaufen oder schlachten wir und führen unseren eigenen Fleischvorrat mit; die lastbaren Tiere gehen geduldig einen noch trüberen Weg als wir, denn an seinem Ende erwartet sie nichts als das Messer. Gründlicher als unsere Ritterschaft irrt meine Seele: sie strebt nach Bêârosche zurück, während uns die Pferdehufe unerbittlich gegen Mittag tragen, zum Treffen vor Schanpfanzûn.

Zehn Tage Frist – bringt ihr Ende auch das meine? Laufe ich ins Messer, wie die armen Mäuler? Der biedere Kingrimursel glaubt sehr heftig an seine falsche Sache; ich sehr wenig an meine gerechte. Ich habe den Glanz des Lebens in Bêârosche zurückgelassen. Oh süßer Wahn! denn sie war noch ein Kind. Ein nackter Wahn wurde nicht daraus, und meine arme Seele flüstert mir ein: nicht einmal das.

– Nun weint also auch der Himmel. Wir hocken am Rand des Moors, pflegen unser Fieber und sehen nicht weiter. Ein guter und böser Ort, Euch zu schreiben, verehrte Tante; wenigstens die Rabenfeder zurückschweifen zu lassen an den Ort und die Stelle, wo ich weiter sah und weiter ging, ungewiß noch, wie weit, aber voll lieblicher Morgenfreude. Es roch nach Anfang in Bêârosche, liebste Tante; was war's denn, was da anfing? Wenig, nur mein Leben; viel, eine kleine große Liebe. Und jetzt schreibe und fühle ich beidem nach, als wär's schon zu Ende; die Liebe, und das Leben auch.

Im Kampf, dies vorweg, ist mir nichts zugestoßen, obwohl ich durchaus nicht kämpfen wollte – was immer ein schlechter Ausgangspunkt ist; denn was man muß, sollte man besser auch wollen. Mußte ich denn? Die Minne hat mich dazu gezwungen. Ihr lächelt? Nun wohl, nicht die ernsthafte Minne, sondern ihr unverhofftes, hinreißendes und sinnloses Gegenstück. Aber hat die Minne ein Gegenstück? Sie bleibt Minne, unbekümmert um Mitspieler und Gegenstände, um hohe oder niedrige Wünsche – und doch ist mir das Immergleiche nie so *anders* begegnet. Ach Obilôt, du winzigste der Frauen mit den schief gesetzten Augen und dem Weibermund! Könnt Ihr Euch vorstellen, daß ich mit ihrem Namen auf den Lippen in den Krieg gezogen bin? Und mit ihrem Ärmel auf dem Schild, den ich den Schlägern so hinhielt, daß ich meiner Liebsten den Talisman zerhauen genug zurückbringen konnte, zum Zeugnis seiner Wirksamkeit? Damit sie den Fetzen an ihr unversehrtes Festkleidchen hefte, das sie für mich hatte machen lassen? Seht Ihr das nackte Ärmchen vor Euch, über das ich meinen Kriegshudel streife – entzückt über jeden Dreiangel, weil er ihre kleine Haut durchscheinen läßt?

Es war Galanterie *und* Leidenschaft – beides werdet Ihr mir noch eher glauben, als daß ich mörderlich gekämpft habe! Und doch: ich dürfte von Heldenstücken reden, wenn es mir die Lümmel schwerer gemacht hätten, sie aus dem Sattel zu heben. Da sie nach dem Büchlein kämpften, forderten sie von meiner Kunst nicht zuviel. Kurzum, ich habe die Schlacht um Bêârosche zu Gunsten meiner Partei gewendet. Das ist fast keine Übertreibung – und wäre gar keine, wenn ich nicht einem der Knechte einen Teil der Ehre lassen müßte. Da er stumm ist, hat er auch keinen Namen; er hat mir auf der Reise meinen zweiten Araberhengst Inglîart Kurzohr versorgt und erst an ihm, dann auch auf ihm so viele Wunder gewirkt, daß ich ihn seither,

seines blauen Drillichs wegen, das Blaue Wunder nenne. Er führt
sich höchst ritterlich und ist ein Beispiel dafür, daß man einen Mann
nicht nach seiner Erscheinung schätzen soll. Wo es nottat, war er an
meiner Seite; nur leider, sprechen kann er nicht.

Erinnert Euch, wenn's beliebt. Fräulein Obîe hatte mir, nachdem ihr
Spott mit dem »Kaufmann« mich nicht hatte erschüttern können,
einen Kunden vorbeigeschickt, dem ich heimzünden mußte. Als
nächster kam, finster blickend, der Burggraf Scherules in mein kleines Lager, um mich als Falschmünzer gefänglich einzuziehen. Der
rote Trotzkopf hatte es ihm eingeblasen. Der Himmel weiß, was sie
sich dabei dachte; sollte ich mir einfach einen ehrlosen Beruf nach
dem andern anziehen? Der Augenschein genügte dem eingeschränk-
ten, aber braven Ritter alsbald, sich für den Mißgriff zu entschuldigen. Ja, er bat mich in aller Form, sein Burggast zu sein und es mir
samt Gefolge in Bêârosche behaglich zu machen.

Doch Fräulein Obîe, in ihrem Verfolgungswahn offenbar rasend
geworden, stürzte zu Papâ und beschwor ihn, dem vorgeblichen
Kipper und Wipper eigenhändig das Handwerk zu legen. Herr Lyppaut bemühte sich auch wirklich zu mir, aber nach Aufklärung des
Mißverständnisses, die auch diesmal nicht auf sich warten ließ, ging
er einen Schritt weiter und versuchte mich für seine zweischneidige
Sache zu gewinnen. Ich berief mich auf die Terminverpflichtung in
dem verdammten Schanpfanzûn und erfand ein Ehrenwort, wonach
mir vierzig Tage jegliches Engagement verboten sei. Er wiederholte
sein Ansinnen dringlicher, ja schon flehend; ich blieb ungerührt, er
resignierte ritterlich, bestand nur noch auf seiner Gastfreundschaft.

Wir hatten nicht mit Obilôt gerechnet. Ich war noch in Hörweite
und sollte es wohl auch sein, da lief die Kleine zu ihrem Vater und
rief: Er wird mir um Liebeslohn dienen, macht Euch keine Sorge! –
Der Alte mußte bei aller Verzweiflung lächeln. – Dann sieh zu, Kind,
daß du ihn bewegen kannst, sagte er, *meine* Kunst ist an ihm verloren. – Noch hatte ich meine fünf Sinne beisammen und war in die
Kemenate gelaufen – um nicht zu sagen: entlaufen –, die mir Scherules als Quartier angewiesen hatte; meine Knechte kampierten in
einem Magazin. Aber da stand Obilôt schon vor mir.

Ich habe Euch gesucht! rief sie atemlos strahlend, denn ich suche
Euch immer und überall! – Das ist ein wenig übertrieben, dachte ich
und sagte laut: Das ehrt mich, Fräulein, wie heißt Ihr denn? – Gâ-

wân! rief sie, der Himmel wußte, wo sie meinen Namen gehört hatte. Sie mußte die Ohren gespitzt haben, als ich meinem Gefolge unter dem Ölbaum zutrank. – Gâwân? fragte ich, so heiße ich doch selbst. – Ihr irrt! lachte sie, Ihr heißt Obilôt! – Das ist mir neu, sagte ich stumpfsinnig, sollte dieser schöne Name wohl gar Euer eigener sein? – Was mein ist, ist Euer! sagte sie mit aller Bestimmtheit. – Das geht mir zu schnell, sagte ich, ich habe ja noch kaum die Ehre, Euch zu kennen. – Was tut's? sagte sie, Ihr könnt auch unbekannt um meine Minne dienen. – Hier blieb mir denn doch mein Gönnerton im Halse stecken. – Muß ich das? fragte ich fast betreten. – Ihr dürft! erwiderte sie, verlocke ich Euch denn gar nicht? – Ja doch, sagte ich gedehnt, aber wie alt seid Ihr denn, mit Verlaub? – So alt wie Ihr! gab sie zurück, wir sind im selben Augenblick geboren. – So, sagte ich, und wann wäre das? – Jetzt! sagte sie, da wir uns sehen und erkennen! – Obilôt, sagte ich, macht Ihr das immer so? – Ihr seid mein erster Mann! verkündete das Kind strahlend, das wißt Ihr genau und fühlt es auch! Ich seh's Euren Augen an. – Und wahrhaftigen Gottes, so etwas muß darin zu sehen gewesen sein. – Fräulein, sagte ich, wie soll ich Euch denn dienen? – Ihr werdet um mich kämpfen, sagte sie, auch wenn Ihr mich schon gewonnen habt. Das ist männlich. – Männlich, sage ich, nun ja, das hat eine Nase. Ich habe nämlich einen Eid abgelegt, vierzig Tage *nicht* zu kämpfen. – Ich löse diesen Eid, sagte sie heiter. – Ach, sagte ich, seid Ihr denn der liebe Gott? – Nein, erwiderte sie, aber sein liebes Kind. Und jetzt redet er durch mich zu Euch, wie Ihr durch mich mit ihm. – Über diesen Satz mußte ich ordentlich nachdenken, aber sie setzte noch einen drauf. – Das ist so! verkündete sie, Ihr habt meinen Namen, und ich Euren. Wir sind eins. Ich bitte nur mich selbst, wenn ich Euch um etwas bitte. Darum könnt Ihr mir's nicht abschlagen, denn ich schlage mir auch keine Bitte ab. – Das leuchtet ein, sagte ich.

Liebe Tante: an unserm Hof traf ich Einen – Ihr kennt ihn wohl, er ist seither verschollen –, der sagte mir zum Abschied: Trau den Frauen mehr als Gott. Und wahrlich, das tat ich in diesem Augenblick, ich konnte nicht anders. – Doch mußte ich das Kind noch versuchen und sagte: Wenn ich für dich kämpfe, stößt mir leicht etwas zu, willst du das? – Nein, sagte sie, uns kann nichts geschehen, denn mir geschieht auch nie etwas. Und ich bin in Euch. – Dagegen ließ sich beim besten Willen nichts mehr sagen –

Gut, sagte ich, ich halte das Schwert und die Lanze, und Ihr kämpft für mich. –

Wir kämpfen vereint, sagte sie. – Als Obilôt siegt Ihr im Felde, und als Gâwân hüte ich die Burg und winke Euch von der Zinne. Versprochen?

Versprochen, sagte ich.

Wir brauchen noch ein Liebespfand, sagte sie. – Ihr müßt es tragen, das macht uns fest, bis Ihr Obilôt mich Gâwân bitten dürft um unsern Lohn.

Ich bin belohnt genug, mein Fräulein, sagte ich rasch, denn das Zweideutige der Szene wuchs mir allgemach über Kopf und Kragen.

Ich Gâwân eile schon, sagte sie, aber vorher müßt Ihr Obilôt mir noch einen Kuß geben. Sonst ist es nicht richtig.

Gott hüte meine Seele! Es wurde ein Kuß, einen richtigeren habe ich nie geschmeckt. Ihr Mund ergriff den meinen und ließ ihn schuldig werden einen angehaltenen Atemzug lang, und wieder zauberhaft unschuldig. Es war besiegelt, Gott allein wußte, was – und seine Obilôt.

Nun mußte ich dran, da half nichts mehr. Die Nacht war unruhig. Auch dem Burggrafen Lyppaut war eine Heeresmacht zugezogen, von der Wasserseite her, die König Meljanz unbelagert gelassen hatte, aus Ungeschick oder Bequemlichkeit. Plötzlich dröhnte die Stadt von Soldaten, ihren Liedern und Flüchen. Sie waren ihrer Schlagkraft so sicher, daß sie die zugemauerten Stadttore wieder aufbrachen – nicht ganz geräuschlos, wie Ihr Euch denken könnt. Sie hatten auch noch überschüssige Kraft genug, im Vorfelde zwölf Schanzen aufzuwerfen, mit Gräben zu sichern und mit Bollwerken zu bestücken für mögliche Ausfälle. Der Mondschein begünstigte diesen Fleißausbruch, und ich sah ihn von meinem Söller nicht ungern. Denn die Last der Verteidigung schien immerhin besser verteilt, nachdem der flehende Lyppaut sie ganz auf meine einzigen Schultern hatte binden wollen.

Aber es war eine andere Last, die mich nicht ruhen ließ, und mein Herz lärmte noch stärker als das Schanzwerkzeug.

Das Püppchen ging mir näher mit jedem Augenblick, und die Personeinheit, die sie mir angemutet hatte, begann alles Spaßhafte zu verlieren. Ich spürte ihren Reiz bald auf, bald unter der Haut, und meine Gebrechlichkeit wünschte sich nichts Besseres und Ärgeres, als diese Einheit herbeizuführen, gehauen oder gestochen. Wie tief mein hoher Mut in dieser Nacht sinken konnte, bleibe Euch unberichtet.

Sie ließ für einen Tag ritterhafter Anspannung nichts Gutes erwarten. Da muß das Gewissen klar sein, die Richtung der Gedanken reinlich. Untermalt und grell verhöhnt wurde mein Sehnen in der Nacht auch noch durch fleischliche Betätigung, die Wand an Wand mit meiner Kemenate im Schwange war. Denn der liebenswürdige Burggraf hatte mich neben einem Bordell einquartiert. Ich will die Ohren Eurer Phantasie nicht mit dem Grunzen und spitzen Gekreisch belästigen, dem mein ohnehin schwankendes Gefühl ausgesetzt war. Zarter wurde es davon eben nicht, und das Treiben herrschte bis zum frühen Morgen. Ich weiß nicht, ob die Herren für den heißen Tag ihre Stößigkeit probten oder mit ihrem nahen Ableben rechneten. Die Erfahrung ist mir nicht ganz fremd, daß der Ernstfall die Lebensgeister peitscht.

Ich fand dann doch ein Auge voll Schlaf, und hatte kaum recht von meinem Fräulein zu träumen angefangen – ich war klein wie sie, und wir gingen Hand in Hand –, da weckte sie mich selbst aus diesem Traum. Da standen sie selbander vor meinem Bett, sie und ihre Gespielin – nicht die rot-saure Obîe –, und dahinter erhob sich der Vater Lyppaut. Gleich drei Paar Hände griffen zu, um mich in den Tag hineinzuziehn. Doch ich spürte nur diejenigen Obilôts, da sie nicht unterlassen konnte, meine Handpalme zu bekrabbeln mit ihren Nägelchen; die waren rot gelackt. Ich hätte mir aber auch ohne Schlafschwere die Augen gerieben. Denn die Fee stand vor mir in einem Stück golderstarrter Seide, die ihre Füße bedeckte; stand mit nackten Armen, nein: mit *einem* nackten Arm, während sie mir den Ärmel dazu entgegenhielt und in mein erstauntes Gesicht lächelte wie eine blasse Sonne. Herr Lyppaut, schon ernsthaft gepanzert, strahlte seinerseits vor Vaterstolz und Ungeduld. Denn ungesäumt müsse man aufbrechen, wenn man den Feind überraschen wolle. Ich rief nach meinem Valet, doch Obilôt bat um die Gunst, mich im Verein mit ihrer Freundin rüsten zu dürfen.

So mußte ich mich zwischen Scham und Entzücken von den zwei Kindern ankleiden und in Eisen packen lassen, wobei Obilôt auf jeden Knoten, den sie schnürte, einen Kuß hauchte. Ich wußte gar nicht, was ich, unter den Augen des Vaters, dazu für ein Gesicht machen sollte. Endlich war ich fertig, bis zur Hauptsache. Mit silbernen Zwecken heftete Obilôt ihren Goldärmel auf meinen Schild, den ich ihr würdevoll hinhielt. Ich küßte den Ärmel, küßte ihre Hand und wurde zugleich von Herrn Lyppaut mit einer Schüssel

Haferbrei bedrängt, den ich mir einverleiben müsse, um etwas Tüchtiges zu wirken. Während ich aß, erzählte Obilôt, wie inbrünstig sie gestern mit Clauditte – das war die Gespielin – ein passendes Liebespfand ausgesonnen habe. Am Anfang war ihre Lieblingspuppe im Gespräch, nur war die schon ziemlich verwaschen, und die Freundin bot ihre eigene an; aber die wäre ja nicht von der Rechten gewesen. Da sei sie zu Papâ gelaufen, der habe Rat gewußt. Und Mamâ habe das Kleid schneidern lassen vom besten Zeug, das die Truhen hergegeben hätten, Damast aus dem goldschweren Kaukasus. – Und während ich nicht ohne Widerwillen den Kraftbrei löffelte, wurde mir die entzückendste Kindergeschichte beschert, dieweil mir das wahre Geschenk vor Augen stand, leibhaftig und unberührbar.

Ich war besiegt, Tante, als ich endlich auf Gringuljete saß; ich war hinreichend wütend auf mich, um stärker als üblich dreinzuschlagen, und doch zu verwirrt, um gut zu treffen. Ihr wißt: es ist nicht mein Geschmack, Leute totzuschlagen – und ich gestehe zu meiner Schande, daß es mir an diesem Tag mehr als einmal unterlaufen ist. Will sagen, ich kämpfte schlecht, und wäre das Blaue Wunder nicht gewesen, es hätte übel ausgehen können. Diesen Knecht werde ich Euch erst mit dem letzten Postgang senden, denn er ist unentbehrlich und der Einzige, der mit Inglîart Kurzohr umgehen kann. Das feurige, aber heikle Tier wurde uns mit seinen Mucken und Nücken auf der Reise so beschwerlich, daß ich es seiner hohen Herkunft zum Trotz hätte abschaffen müssen, hätte der zugelaufene Knecht nicht den rechten Ton mit ihm gefunden – es ist der einzige, über den er verfügt. Aber sein Brummen und Möhnen ist wiederum die einzige Sprache, die Inglîart zu verstehen scheint. Und da mir ein Pferd, das von einer Traglast natürlich nichts wissen will, ohne Reiter gar nichts nütze wäre, habe ich den Stummen wohl oder übel beritten gemacht, ohne daß er deshalb die einfacheren Dienste verschmäht hätte. – Die Eifersucht meiner Kindlein ist dennoch sehr rege um ihn, und er verdient sie rechtschaffen, denn er ist in allen Stücken handlicher als sie. Sein Bart ist schon grau gemischt, und doch muß er in einem guten Stall gedient haben. Er hat mit aller Kreatur eine Art, die auffällt – wäre er weniger demütig, er hätte wohl das Zeug, einen Ritter zu beschämen. So aber kann ich nur von Glück reden, wenn er uns gelegentlich über den Kopf wächst.

Denn Herr Meljanz, der königliche Trotzkopf, der mir natürlich für den Einzelkampf zugedacht war, erwies sich als harte Nuß. Ich war nicht in der stärksten Form und mußte froh sein, daß unser Zusammentreffen nicht zu meinen Ungunsten ausging. Er hatte besser getroffen, außerdem blieb seine Lanze ganz. Gringuljete, Unrat witternd, entsprang dem Gedränge, in welchem der nachsetzende Kronprinz wie von ungefähr auf das Blaue Wunder stieß. In der Meinung, es glatt beiseitewischen zu können, holte er sich einen lähmenden Lanzenstoß in die rechte Schulter und, wie sich zeigte, eine böse Wunde. Wäre er erfahrener gewesen, er hätte nicht auf einem nächsten Gang bestanden. So aber bekam ich verhältnismäßig leichtes Spiel. Ich hob ihn aus dem Sattel, sprang selbst ab, sah wohl, daß das Schwert seinem blessierten Arm nicht mehr gehorchte, und nahm ihn glimpflich gefangen.

Damit hätte die Sache entschieden sein können, wenn nicht so viele grüne Herren auf beiden Seiten sie zu derjenigen ihrer Ehre gemacht hätten und durchaus weiterprügeln mußten, bis die Dunkelheit einfiel; wo denn beide Parteien sich zurückzogen und so viele Gefangene eingebracht hatten, daß der Krieg in die üblichen Lösegeld-Verhandlungen übergehen konnte. Die Bürger von Bêârosche, die sich leider besonders blutrünstig gezeigt hatten, hätten gern noch weiter Ernte gehalten, aber wir beiderseitigen Ritter wußten ihnen das Handwerk zu legen. Der Rest war Ehren-Diplomatie, die ich auf unserer Seite Herrn Lyppaut und seinem Scherules getrost überlassen durfte. Ich war nur Gast, hatte das Meinige getan und das zwingende Friedenspfand in Gestalt eines finster blickenden Jünglings sichergestellt. Das Liebespfand auf meinem Schild hatte gebührend gelitten. Ich durfte es nicht schonen, und die Ritterlinge taten meiner Obilôt den Gefallen, es malerisch zu zerhacken.

Ihr könnt Euch das Entzücken denken, mit dem das Kind die Reliquie wieder an ihre Goldrobe heftete. Ich mußte ihr dabei zur Hand gehen; die zarteste Berührung wurde nicht vermieden und schien willkommen genug. Mein Heldenstück an Meljanz war wohl bemerkt worden, nicht aber der Umstand, der es mir erleichtert hatte. Und der Prinz hütete sich wohl vor dem Geständnis, daß ihn ein bloßer Knecht lahmgelegt habe. Seine Schulterwunde bot der spröden Roten Gelegenheit zu stürmischer Reue, so daß auch nach dieser Seite der Krieg die glücklichste Wendung versprach. Ich verfehlte natürlich nicht, den Gefangenen, den ich »unsern« nannte, meiner Obilôt zu schenken. Das heißt: ich, Herr Obilôt, ließ ihn Fräulein Gâwân Sicherheit schwören, eine charmante Veranstaltung,

der er sich denn auch mit halbwegs guter Miene unterzog. Mein
Geschenk hatte ich mit der Auflage versehen, es an die rechte
Adresse weiterzureichen, was Obilôt nicht ohne die kleine Spitze
tat: nun könne die Schwester sehen, was ein wohlbestallter Krämer
über einen schmollenden König vermöge! Obîe ließ sich's gefallen,
denn offenbar gefiel ihr der Ziehbruder noch besser. Sie hatte nur
sein Blut sehen wollen: da es nun floß, gestattete sie ihrem Zorn,
dahinzuschmelzen.

Viel Aufwand für ein glückliches Pärchen, wenn man an die paar
Dutzend Erschlagenen denkt – es wäre taktlos gewesen, daran zu
denken. Ich hatte ja auch alle Hände voll damit zu tun, mir die
überselige Obilôt vom Leibe zu halten – wozu ein Mann wohl oder
übel seine Hände brauchen muß. Sie machten mich beinahe zum
Verräter an meinem männlichen Entschluß: Burg und Stadt Bêârosche ungesäumt den Rücken zu kehren. Ich hatte genug getan, und
Gott weiß, daß ich versucht war, noch etwas mehr und zuviel des
Guten zu tun – ich hätte es ja nur geschehen zu lassen brauchen.
Meine Liebste machte ganz die Miene dazu, mich in ihr Puppenbett
zu ziehen, und Papâ und Mamâ sahen gar nicht so aus, als wollten sie
dem Ansinnen viele Steine in den Weg legen. – Ach, erhabene Tante:
mein Kopf wußte grade noch, was meine Sinne nicht wissen wollten:
daß der nächste und reizendste Schritt der falscheste gewesen wäre.
Ich durfte die Sonne nicht sein, diese Knospe aufbrechen zu lassen,
auch wenn ich mir selbst nichts anderes wünschte, als in ihrem zarten Schatten zu blühen. Ich mußte sie vor Sturm schützen, damit aus
dem Mißverständnis kein leibhaftes Unglück werde. Ich verstand
mich ungern dazu, verstand mich dabei selbst nicht ganz und haderte
mit meiner Zurückhaltung.

Die kleine Schwester holte die Hand der größeren aus dem Mantel
und legte sie auf den Arm des schmollenen Meljanz, der hiermit ledig
gesprochen war, um sich erst recht anzubinden. Herr Lyppaut und
seine reife Hausfrau blühten wie der Weizen, den sie bei dieser schönen Verbindung aufgehen sahen. Es war vollbracht, der Vormund des
Landesherrchens hatte sich dieses zum Eidam nachgezogen, und die
paar Ritter, die zu diesem erhabenen Zweck ins Gras gebissen
hatten, würden dafür eine schöne Messe gelesen bekommen.

Ich aber – ich hing an einer Puppe, die an meinem Hals hing und
weinte. – So nehmt mich doch mit! so führt mich doch hin! – Ach, da
gab es nichts zu führen; sie hatte zu begreifen, daß wir unsern Weg

wieder als verschiedene Leute weitergehen mußten. Aber, ihr Haar an meiner Wange, schwor ich, daß ich sie im Herzen mittragen würde, wohin immer, überallhin; denn mein Herz sei ein Elefant an Erinnerung und ebenso lastbar wie empfindlich. Sie lächelte fast wider Willen, um sich dann um so schmerzlicher an mich zu pressen. Was mein Ohr nicht hören durfte, sagte ihr nasses Gesicht meiner Brust, die nicht gepanzert war, auf gradem Wege ein. Diese hat sich über Obilôts ungehörten Worten geschlossen und läßt nur durch meine Träume eins aufsteigen hie und da. Meine Augen erwachen naß davon und geben mir zu fühlen, daß ich nicht falsch geschworen habe.

Ich durfte die Hochzeit nicht abwarten. Ich habe Gringuljete satteln lassen und bin, schwer beschenkt und um ein Ehrengeleit angeschwollen, an der Spitze meines kleinen Heeres abgezogen, im durchdringenden Gefühl der Narretei. Nur daß ich, zu Bêârosche verweilend, der noch größere Narr geworden wäre, bewegte mich vom Fleck, einen Schritt um den andern; bis jeder stockte am Rand dieses Moors, und zugleich der Himmel anfing, jene Tränenströme zu vergießen, die mir nicht erspart bleiben sollten.

Hier liegen wir nun, fiebern, nässen, schmutzen ein; wer hier liegen mag oder muß, bleibe zurück. Ich will meinen Weg mit den Kräftigsten alleine suchen. Das sind nicht mehr viele. Sie blättert ab, die Zierde meiner Ritterschaft, und es ist nicht schade drum. Der Schäfer, den ich gedungen habe, wird mich auch nicht weiter in die Irre führen können, als ich schon gegangen bin. Zuvor aber will ich diesen Brief abfertigen und die noch gehfähigen Boten dazu, die froh sind, daß ihnen der Weg zum Rückweg geraten soll.

Ach, sie tragen diesen Brief an Obilôt vorbei, über Bêârosche hinaus, durch die Wüste des Gebirges, um ihn Euch ans Herz zu legen als Pfand meines Heimwehs: wüßte ich, wonach, so dürfte ich Euch bitten, es gut aufzuheben an meiner Stelle. Aber da Ihr diejenige einer Mutter auch ohne Worte an mir vertretet, fällt es wieder einmal Euch zu, Euren Gâwân besser zu kennen als er sich selbst. Und auch wenn dazu eben jetzt nicht viel zu gehören scheint, vergesse ich, versumpft und zerstochen, wie ich bin, keinen Augenblick, daß mir Gott in diesem Leben keine größere Gnade erwiesen hat als Eure Liebe und feine Hut.

SCHACH UND FAST MATT
WIE GÂWÂN
IN TEUFELS KÜCHE KOMMT

Ich bins Gâwân, arretiert in Schanpfanzûn.

Ja, es ist verdammter zugegangen als gedacht, aber auch gänzlich anders als gedacht. Manchmal taste ich nach Kopf und Kragen, um mich zu vergewissern, daß sie noch an ihrem Ort sitzen. Aus der Schlinge sind sie noch keinesfalls. Man berät über mein Los; der Mann, gegen den ich hätte kämpfen sollen, ist der einzige, der mich retten kann. Und eine Dame.

Ja, schon wieder eine Dame.

Ich gestehe ungern, daß mir, nach unserem letzten Stück Weges durch die Moore der Melancholie, *jede* recht gewesen wäre. Erstens schändet eine so beliebige Appetitbekundung das Andenken meiner zarten Obilôt. Und zweitens ist Frau Antikonîe durchaus nicht »jede«. Und doch: alles in mir wollte wieder einmal weiblich umfangen sein. Wer darf mich schelten, wenn ich mich mit meiner Retterin vergnüge? Ach, das ist zweimal nicht das rechte Wort. Wir lieben uns auf Messers Schneide. Da ruht sich's nicht allzu bequem, und die Schärfe des Fleisches spürt diejenige des Todes und der Leere.

Der Reihe nach, liebe Tante. Wir fanden endlich einen Weg durch den Sumpf, mit heiler Haut, auf der freilich kein Faden mehr trocken war. Dann zogen wir uns zum Meere hin, in der Hoffnung wegsamer Strände, aber sie bestanden nur aus unüberwindlichen Klippen. So kam uns der Wald, dem wir auf dem Rückzug begegneten, fast wie eine Reitbahn vor. Er war licht, wie die Wälder hierzulande sind, und hatte manchen schönen Sonnenfleck zu bieten, in dem wir uns wärmten. In der Nähe eines Brunnens, der den Trümmern eines Heidentempels entsprang, schlugen wir unsere Zelte auf, retablierten und widmeten uns der Jagd – nicht ohne Not, denn wir hatten lange kein frisches Fleisch mehr gesehen. Die Perlhühner, Fasane und Hasen, die wir brieten, richteten unseren Geist wieder her. Wir spielten, nicht nur Tarock, auch die Laute, und ich suchte meine Obilôt mit manchem Liedchen zu ihren Ehren zu verschmerzen. Wir entbehrten von Herzen die Gesellschaft des anderen Geschlechts; um so mehr ließen wir uns von ihm begeistern und fanden uns, auch mit

Hilfe eines trockenen Weißweins, am Ende ganz guter Dinge, bis auf den Stummen, der seine Schwermut nicht will fahren lassen und keine andere Kumpanei verträgt als die Inglîart Kurzohrs, dafür aber mit dem Araber wahrhaftig so umzugehen weiß, als wäre das Pferd edler als ein Mensch. Dazu gehört am Ende nicht viel.

Wir hätten uns gern noch im lichten Grün verweilt, wenn das verdammte Schanpfanzûn nicht gerufen hätte. Köhler hatten uns berichtet – sogar die Köhler, hohe Tante, erscheinen nicht so schwarz in diesem seligen Land! –, daß der Wald schon zum Reiche Ascalûn gehöre, von welchem Schanpfanzûn die Hauptstadt ist, und sie liege nur noch dreißig Meilen entfernt am Gestade des Meeres. Wir packten also in Gottes Namen auf und grüßten den lustigen Heidenplatz zum Abschied – ich weiß nicht, warum mir auch sonst nach Abschied zumute war. Meine Stimmung schwankte von einem Augenblick zum andern.

Und bald sahen wir es richtig vor dem Horizont des Meeres aufsteigen, Schanpfanzûn, eine Anhäufung gestochen scharfer Türme auf einem vulkanischen Kegel, dem die Burg gleichsam nur noch den letzten Schliff gab. Aber so nah es schien, so weite Umwege mußten wir gehen, da das Gelände unter unsern Füßen abermals versumpfte. Allerdings nahmen sich die weiten Felder von Röhricht und schwarzblauen Tümpeln in der Sonne schon bedeutend lieblicher aus.

Da wurde es laut um uns. Wir hörten wiehern und kläffen, bevor uns eine Jagdgesellschaft entgegentrat. Sie hob sich von unserer verschmutzten geradezu erdrückend vornehm ab, und ihr Fürst auf hohem Roß – einem Kastilier – war so schön, wie ein Mann nur sein kann, wenn er keine Frau ist. Er zog jedoch einen schnöden Mund und begrüßte uns mit einem Hochmut, der mich stutzig machte, so daß ich mich vorerst lieber nicht zu erkennen gab.

Daran tat ich sehr gut. Denn es war jener König Vergulaht in Person, dessen Vater ich umgebracht haben soll. Zwar kenne ich weder den einen noch den andern, kam aber sogleich in den Fall, diesen Herrn in einer großen Verlegenheit zu erleben, und gelangte zu der Ehre, ihm herauszuhelfen. Sein Leibfalke hatte einen Reiher ins Röhricht des nahen Teichs verfolgt, die Beute aber so schlecht getroffen, daß der Reiher hatte zurückschlagen und den Verfolger fluguntüchtig machen können. Die Gesellschaft meinte diesen von ferne klagen zu hören, und der König, ganz aus dem Häuschen, hetzte, ohne abzusitzen, sein edles Tier platschend ins Unwegsame hinein. Den Falken brachte er wieder auf – den Reiher nicht –, wäre aber fast selbst ersoffen, wenn ich, mit Hilfe meines Blauen Wunders, das Paar nicht aufs Trockene gezogen hätte. Die Hilfeleistung war dringend, doch durchaus nicht willkommen. Denn nun sollten das gerettete Pferd ebenso wie die nassen Kleider des Herrn uns gehören – das muß hier Landesbrauch sein. Und als wir erklärten, weder für das eine noch das andere Verwendung zu haben, schienen wir den Herrn noch mehr zu beleidigen, als wir ihn durch die Annahme des Geschenks verstimmt hätten.

Dankbarkeit ist überall ein schwieriger Fall; in Ascalûn war sie offensichtlich ein unlösbarer. Der König ließ sich umkleiden und erschien alsbald wieder *à la mode* vor unsern Augen. Er hatte auch das Pferd ausgetauscht und erklärte, das gerettete sofort schlachten zu müssen, da wir es verschmähten. Unter diesen Umständen nahmen wir das Geschenk denn doch dankend an und die nassen Kleider dazu. Auf dem Gesicht des Herrn waren Leutseligkeit und Ungeduld seltsam gemischt, als er uns, mehr befehlend als höflich, seine Gastfreundschaft in Schanpfanzûn aufdrängte und im gleichen Atemzug erklärte, uns zuliebe die Jagd keineswegs abzubrechen. Wir möchten voranreiten und einstweilen mit der Gesellschaft seiner Schwester vorlieb nehmen, bei der er uns gebührend ansagen werde. Ohne ersichtlichen Grund begann er uns diese unbekannte Dame überschwenglich und in Tönen zu empfehlen, als wäre sie eine Metze. Dazu ließ er sich Wein reichen und sprühte dem geretteten Falken einen Mundvoll nach dem andern aufs Gefieder, ohne ihn damit sonderlich zu beruhigen. Er schwor, ich würde mich mit seiner Schwester nicht einen Augenblick langweilen, und der schnöde Zug um seinen Mund wurde immer ausgeprägter.

Einigermaßen verwirrt bedankten wir uns und folgten den Spuren des Vorboten nach Schanpfanzûn. Je näher wir der Stadt kamen, desto erstaunlicher wuchs sie vor uns in die Höhe. Unten bestand sie aus ungeheuren Quadern, oben aber war sie in Filigran gearbeitet, ein vielfach durchbrochenes Spitzenwerk, durch das Meer und Himmel schienen. Der märchenhafte Eindruck verstärkte sich, als wir lautlos und doch wie im Sturm empfangen wurden. Die Tore flogen nur so auf. Der erste Wärter geleitete uns mit abgewendetem Gesicht zum zweiten, der uns die Pferde abnahm mit leerer Miene, denn er war blind; am dritten Tor empfing uns der Seneschall und hieß mein Gefolge in einem Lustgarten zwischen Springbrunnen lagern. Mutterseelenallein durchschritt ich das letzte Tor und gelangte in einen

Hof mit hohen Mauern, eigentlich ein Verlies; plötzlich beschlich mich ein Gefühl, als laufe ich in eine Falle. Aber aus der Turmpforte weit hinten trat mir eine Frau entgegen, das einzig Farbige in dem gefangenen Raum, über dem ein blauer Himmel ohne Mitleid herrschte; warum lief ich auf sie zu wie auf meine Rettung?

Ja, hohe Tante: ohne daß ich meinen Schritt beschleunigt hätte, floh ich zu ihr hin und prallte zugleich zurück. Denn ihre Positur war ganz wunderlich; sie stand zurückgebogen in ihrer überschlanken Taille, hielt die Beine gespreizt im engen Kleid und die Arme geöffnet, als bereite sie sich, einen Ball zu fangen. Sie redete mich mit klarer, kühler Stimme an; ich hörte die Laute und verstand kein Wort. Ihre Lippen schwollen förmlich an, wenn sie sprach, und sie ließ ihre Zunge darüber hüpfen, als kühle sie eine Wunde. Ich faßte diese Lippen mit den meinen und versuchte, mit meiner Zunge die ihre einzufangen.

Das Wahnsinnigste an diesem Willkomm war seine Natürlichkeit. Wir hatten uns nie gesehen und schienen in einem Augenblick zu verschmelzen; doch schon im nächsten stieß sie sich von mir ab und stemmte ihre braunen Arme gegen meine Brust. Zugleich preßte sie ihre Hüfte noch heftiger gegen die meine, so daß ich nicht wußte, wie mir geschah, zumal sie in dieser eigenartigen Stellung Konversation zu machen begann. –

Ich sei ihr bereits empfohlen, sagte sie in leidlichem Französisch, ob ich etwas zu meiner Unterhaltung bedürfe? Sie wolle mir gern gefällig sein, ich brauche nur näherzutreten, und den Gruß habe sie mir ja schon gewährt. – Wie hätte ich ihr noch nähertreten sollen! Ich bemühte mich, ihr ebenso gelassen, wie sie gesprochen hatte, ins Gesicht zu sehen. Aber ich stotterte und seufzte unwillkürlich, und meine Stimme wurde rauh. Sie war blond, von olivbraunem Teint, wie eine Berberin, die Farbe ihrer Augen blieb unbestimmt. Ihre starke spitze Nase fiel mir auf und hätte mich wohl erkältet, wäre ich bei Sinnen und Verstand gewesen, doch ihr Unterleib hielt mich so gut wie gefangen. –

Kommt! sagte sie, obwohl ich mich nicht rühren konnte, laßt Euch erfrischen! Und nahm meine Hand, um mich eine enge Wendeltreppe hochzuziehen. In einer Duftwolke, die mir widerwärtig war, raschelte ihre Seide dicht vor meinem Gesicht; das Treppengewinde war so eng, daß wir uns hatten fahren lassen müssen. Geradeheraus gesagt, stieg ich mit meiner Nase dicht an ihrem Hinterteil, und mir stand ein Esel, daß Gott erbarm. Wir drehten uns umeinander ungezählte Stufen lang in der steinernen Spindel und wurden wie durch eine fremde Gewalt zum Steigen gezwungen. Ich folgte mechanisch und hatte überhaupt nichts mehr im Schädel als den gröbsten Männerwunsch.

Endlich gelangten wir in ein Turmgemach, dessen Wände und Boden mit dunkelrotem Teppich ausgeschlagen waren. Es gab nur ein einziges Fenster mit einer Sitznische davor, beiderseits mit schwellenden Kissen belegt; dahin zog sie mich, saß mir gegenüber und lehnte sich an, Knie an Knie.

Es widerstrebt mir, die folgende Szene anzüglich zu schildern – sie war von der merkwürdigsten Absurdität. – Stellt Euch vor, gnädige Tante, wie ich mit der Dame halb ungeschickt zu ringen begann – ihr oberer Leib blieb starr, während der untere sich wand. Und das in einer Nische, die uns umgab wie eine zu enge Kiste mit vergitterter Öffnung, durch die das weite Meer hereinzündete. Und bei alldem fuhr die Dame ungerührt fort, Konversation zu machen! Sie stellte sich als Frau Antikonîe vor, ebenso förmlich, wie sie mich über meine Herkunft verhörte. Ich blieb ihr, mit einem Rest von Vorsicht, meinen Namen schuldig, nannte mich den Ritter von den Drei Blutstropfen und rettete mich in ziemlich blöde Witzworte; ich sei der Sohn des Bruders meiner Tante – verzeiht, wenn ich Euch ins Spiel brachte –, und verrenkte mich und ihren mir folgenden, mich abweisenden Leib dabei zum Lachen und Erbarmen. Endlich bekam ich eine Hand unter ihr Kleid, dessen steife Falten ganz undurchdringlich geschienen hatten. Ich konnte es ihr ja nicht über den Kopf zerren! Weiß Gott, ihre Hüfte wogte meinem Griff entgegen, ihren Mund aber entzog sie mir ebenso beharrlich, wie sie ihn zur Fortsetzung des verrückten Geschwätzes verwendete. Meine Überlegungen, oder die Gier, die ihre Stelle eingenommen hatte, waren so tief gesunken, daß ich mich schon anschickte, sie aus der vertrackten Nische auf den Teppichboden zu schleifen und mit Gewalt aus ihrem Zeug zu schälen: als mein Blick von ungefähr auf einen Ritter fiel, der uns vom oberen Treppenende bohrend anstarrte. Der Himmel wußte, wie lange er da schon unbeweglich gestanden hatte.

So! sagte er jetzt. – Vortrefflich! Erst den Vater totschlagen, dann die Tochter notzüchtigen. Ihr seid mir ein famoser Gast.

Dann drehte er sich um und schrie: Waffen!

Tante! nach dem ersten Choc war es eine Erlösung, ihn die Treppe hinunterzuwerfen. Und steif, wie er gestanden hatte, stürzte er und schepperte über die Steine, als wäre er hohl. Aber dahinter drängte es die Spindel empor! Der Bann der Stille über die Burg war gebrochen, so plötzlich, als hätten verborgene Nester von Bewaffneten nur auf ihr Stichwort gewartet. Sie drängten übereinander hoch und stachen nach mir; ich riß einen Riegel von der Tür und schlug mächtig zurück. Die Getroffenen konnten nicht einmal fallen, sondern wurden von unten wieder nach- und mir zugeschoben. Seltsam stimmlos blieb es dabei, das verschalte Geziefer; ich konnte nur meinen lauten Atem hören und das Klappern der Rüstungen wie dasjenige von Töpfen in einer Küche.

Frau Antikonîe drückte mir etwas wie einen Schild in die Hand, aber er war ein ungefüges Schachbrett; ich faßte es am Ring und schwang es als Fliegenklappe oder warf mein Gewicht darüber wie auf den Deckel einer überquellenden Truhe. Zu meinem Entsetzen und Erstaunen begann meine Schöne jetzt König, Turm, Bauer und Dame gegen die nachwachsenden Belagerer zu schleudern. Sie traf vorzüglich, und das Gewicht der Toten und Verwundeten lastete bald so schwer auf den Nachdrängenden, daß ihr Sturm in sich zusammensank wie Mus, unter dem man das Feuer gelöscht hat. Immer weiter walkend mit Riegel und Schachbrett gewann ich Luft und Raum, während meine Kampfgenossin den letzten Bauern verschoß; fast schienen wir das Gröbste überstanden zu haben.

Plötzlich aber erscholl von unten eine hohe keifende Stimme, in der ich die meines königlichen Gastgebers erkannte. Feuer! schrillte er. – Räuchert ihn aus! – Das Treppenhaus leerte sich von Lebenden und Toten; wir sahen uns an, meine Amazone und ich, und fürchteten ahnungsvoll, was kommen mußte. Ein Räuchlein stieg schon herauf, begann sich auszubreiten und schwoll als immer dichterer Schwaden ins Turmgemach. Wir husteten, Frau Antikonîe fiel mir mit tränenden Augen in die Arme, und wir machten uns auf einen Liebestod als Rauchfleisch gefaßt – da dröhnte ein mächtiger Baß von unten, und prustend und schnaubend stürmte einer herauf und herein, in dem ich keinen anderen als Herrn Kingrimursel erkannte, der mich zum Zweikampf in das verdammte Schanpfanzûn gefordert hatte. Er musterte uns in aufgebrachter Verwirrung, und in seiner Stirnader sah ich schon mein letztes Stündlein schlagen.

Aber nein! Er war erschienen, uns zu retten oder mit uns zu sterben. So nicht! brüllte er durch den Rauch. – Bei meiner Treue,

tretet das Feuer aus! – Und tatsächlich, das Feuer schien diese merkwürdige Beschwörung verstanden zu haben. Der Rauch ließ zusehends nach und verflatterte schließlich ganz, durch das zum Kamin
gewordene Fensterloch, im tiefen Azur. Wir heulten wie Schloß-
hunde, und Frau Antikonîe hielt mich immer noch umfangen, diesmal aber oben wie unten, und endlich befreit von Konversation. –
Kommt! schrie Herr Kingrimursel, hinaus! Und faßte mich unter
seinen ehernen Arm, während ich den meinen um die Gefährtin
geschlungen hielt. So schoben wir uns halb, halb stürzten wir die
Wendeltreppe hinab ins Ungewisse.

Da unten standen sie haufenweise und füllten den Gefängnishof,
denn dazu war das Gemäuer nun wahrhaftig geworden. Herrn Vergulaht hatte ich ja zu sehen erwartet, nicht aber meinen stummen
Knecht, das Blaue Wunder. Der saß an die Mauer gelehnt, weder
behelligt noch beteiligt, und hielt einen Toten im Schoß. Hé, du! rief
ich unwillkürlich, aber er schien mich nicht zu hören und gar von
Sinnen. Das war freilich der Augenblick nicht, mich mit ihm aufzuhalten.

Der Landgraf Kingrimursel aber, mein unverhoffter Erretter, hielt
den Versammelten eine Rede, die ich Euch möchte im Wortlaut wiedergeben können, denn sie war eine zornige Zusammenfassung alt-
modischer Ritterschaft. Von Ehrenwort und Freiem Geleit war die
Rede, die man, wenn sie versprochen seien, auch einem Menschen-
feind und Notzüchtiger schulde. Ich sei zwar zum Gottesgericht
geladen, aber dieses müsse seine Richtigkeit haben, und dafür stehe
er, als mein ehrlicher Todfeind, mit seinem Leben gut. – Meine Frau
Antikonîe aber begann in scharfen Tönen vom Schutz ihrer Ehrbar-
keit zu singen, unter den ich mich begeben habe und der heilig bleiben müsse, wenn man sich nicht selbst schänden wolle. Sie ging so
weit, ihren Bruder Vergulaht einen Verräter zu nennen und eine Un-
zierde der Ritterschaft. Und mein treuherziger Feind ließ sich noch
heftiger hinreißen: ein König, der seinen Fürsten die Achtung schuldig bleibe, habe bald am längsten geherrscht! Kingrimursels Ruf
wäre für immer dahin, wenn in der Welt ruchbar würde, er habe
König Artûs' Neffen nicht zu einem männlichen Zweikampf geladen, sondern auf eine Schlachtbank gelockt!

Wenn das nur gut geht! dachte ich. Aber mein liebenswürdiger
Gastgeber Vergulaht gehört zu den hohlen Charakteren, die unter
dem Gewicht eines vollwertigen zusammenknicken. Die verdutzte

Belagerung ging in eine Art Gerichtsverhandlung über, und die Herren, so beim Portepee gefaßt, konstituierten sich zum Ehrenhof in Rittersachen. Ein in rosa Krepp gekleideter Kavalier namens Liddamus nahm das Wort und gab es nicht mehr frei. Er zitierte allerhand klassische Stellen von entgegengesetzter Bedeutung aus Vergilius und Veldeke, Tibull und Boëthius, beschwor die edlen Stammbäume der Anwesenden und stellte sich schließlich selbst als einen Hasenfuß und Schwertverweigerer dar, so daß am Ende kein Mensch mehr wußte, worauf der Geck eigentlich hinauswollte. Doch König Vergulaht war schlau genug, sich zum Schiedsrichter in dieser vorgeblichen Streitsache aufzuwerfen und, bis sie entschieden sei, eine Waffenruhe zu erklären. Bis dahin habe ich freilich das Zimmer zu hüten, überantwortet dem Gewahrsam meiner bereits bewährten Hüterin, seiner zarten Schwester Antikonîe. Außerdem müsse der Landgraf, nachdem er für mich gebürgt habe, nun auch gutstehen für richtigen Vollzug meines Arrests. Im übrigen würde ich, nachdem ich mich als Totschläger auch fortsetzungsweise betätigt habe, morgen daran glauben müssen.

Ich war aus meiner Situation noch nicht klug geworden, da nahm mich Frau Antikonîe bei der Hand und zog mich, als wäre nichts geschehen, die Turmspindel wieder hinauf, die inzwischen von Toten und Verwundeten geräumt war. Mein Herr Kingrimursel klapperte hintendrein. Baff und *stupéfait*, wie ich war, versäumte ich sogar, mich nach meinem Mann mit dem Toten im Schoß umzublicken, dem ausgefallenen Blauen Wunder. Von meinen übrigen Kindlein und Knechten fehlte jede Spur, doch versicherte Kingrimursel, sie seien in guten Händen, denn das Freie Geleit erstrecke sich auch auf sie. – Des weiteren standen wir einander sprachlos im Turmgemach gegenüber, mein ungleiches Wärterpaar und ich; nach einer Weile kamen verschleierte Odalisken mit Maulbeerwein und Ölbaumfrüchten auf Schafskäse.

Es war totenstill im Gemäuer, und die Sonne senkte sich immer tiefer über das Meer. Antikonîe und ich hatten uns im Söller gesetzt, wobei sich unsere Knie vermieden. Der Landgraf wachte auf einem faltbaren Stuhl bei der Tür. Nach einer Weile teilte er mir in seiner gutmütigen Art mit, daß ich diese Nacht als meine letzte zu betrachten habe. Denn bis zum Zweikampf habe er sich zwar für meine Sicherheit verbürgt, und bei diesem werde Gott walten. Aber selbst wenn ihn der Teufel zu meinen Gunsten wenden sollte, komme das hohe Halsgericht auf mich zu, denn schuldig müsse ich einmal sein. Wer dem König den Vater erschlage, und zwar hinterrücks beim Gutenachtsagen, der werde über die Klinge springen. So sei mein Todesurteil beschlossene Sache. Den schönen Zweikampf brauchten wir uns darum nicht nehmen zu lassen; nach dem dürste Herr Kingrimursel schon lange, und heute sei sein Durst eher noch größer geworden. Ich würde zuvor Gelegenheit zur Beichte bekommen sowie zur letzten Ölung. Ob ich außerdem noch einen Wunsch habe?

Ja, erwiderte ich höflich, ich wünsche noch einen Brief zu schreiben.

Ihr befehlt einen Schreiber? fragte er überrascht.

Ich bitte lediglich darum, erwiderte ich, daß Ihr aus der Satteltasche des Maultiers – des kleinsten mit dem angerissenen Ohr – Feder, Tusche und Papyr (das ist stark verfeinertes Pergament) holen laßt, sowie ein würdiges Tischlein und die nötigen Lichter. Denn ich liebe selbst zu schreiben.

Ihr könnt schreiben? fragte Kingrimursel baß erstaunt. – Und wollt ein Ritter sein?

Prüft mich in beidem! sagte ich großartig.

Ich lese nicht! versetzte er nicht minder stolz, doch Eure Schwerthand soll nicht ungeprüft bleiben! – Kopfschüttelnd klatschte er in die Hände, um einen Garçon nach den Utensilien zu senden. Sie kamen richtig und ich schrieb –

Ich schreibe, heilige Tante; ich müßte angesichts des letzten Stündleins, das mir angesonnen ist, ganz anders schreiben – und fasse es nicht, daß diesem Brief möglicherweise nichts mehr nachkommen soll. Will sagen: sie faßt mich nicht, die rechte Todesangst – da lauert nur ein leichter eisiger Kitzel in meinem Eingeweide. Stellt Euch meine Lage vor: es ist dunkel geworden, ich schreibe diesen Brief bei Kerzenlicht unter meinen angestrengten Augen für die Euren und jetzt wohl gewaltig besorgten – und zugleich gebe ich an mit meiner Kunst, denn sie wird ja auch unter den Augen meiner Dame geübt. Erst sind sie ihr beinahe aus dem Kopf gefallen, als sie mich wie einen Klosterbruder ans herbeigeschaffte Pültchen treten und die Rabenfeder rüsten sah. Meine Zeichen sind ihr so rätselhaft wie der dünne Stoff, auf den ich sie fliegend setze. Doch inzwischen treibe ich die Übung so ausdauernd, daß ihr die Augen beim Zusehen schwerer werden und einen unfröhlichen Zweifel erkennen lassen, ob ich aus diesem flüssigen Ruß je noch einmal auftauche. Und doch muß ich fortschreiben und durchhalten zu dieser späten Stunde, nicht um sie, wohl aber um den tapferen Wärter in unserem Rücken einzuschläfern, nachdem sich auch seine Verwunderung über meine Schwarz-Kunst allmählich erschöpft und der gähnenden Langeweile Raum gegeben hat.

Das Schreiben hat demnach, wie Ihr seht und in Eurer Menschenkenntnis verzeiht, noch einen anderen Zweck, als Euch zu unterrichten und womöglich zu unterhalten – einen *höheren* Zweck gibt es gewiß nicht, aber darum will ich mich des niedrigen dennoch nicht schämen. Frau Antikonîe lagert mir in ihrer Nische gegenüber, in gelockerter Stellung, den kunstblonden Kopf an das Fensterkreuz gelehnt, hinter welchem der Mond über dem Meer aufgegangen ist. Sie muß mein Testament – was sollte ich denn sonst zu schreiben haben? – inzwischen für länglich halten und denken, ich habe unendliche Güter zu vergeben. Ach nein, es darf nur nicht kürzer sein, so lange Herr Kingrimursel Herr seiner Sinne bleibt. Gewiß wartet er nur auf unser Geplauder und Geschäker, das ihn munter gehalten hätte; aber der Mönch an seinem Pult und die knisternde Nonne in ihrem Söller warten auf etwas ganz anderes, wofür wir seine Munterkeit gern entbehren.

Ich hoffe, das schöne Vorurteil, daß ein so beflissener Schreiber das Schwert nicht ebenso führen kann, wiege ihn in einen ruhigen Schlaf, und in einen tiefen. Denn Frau Antikonîes Schreie, die sie hoffentlich nicht unterdrückt, sollen ihn nicht wecken. Meine Feder, Ihr seht es ihrem Zug leider an, zittert im Vorgefühl unseres Sinnenglücks – aber kaum minder zittert in ihr die Lust, Euch die Person, die mir vorschwebt, auf diesem Papier vorzuführen, ohne daß sie es ahnt, und sie Euch gewissermaßen jungfräulich zu präsentieren, bevor ich sie in die Arme schließe.

Ach, heilige Tante, was Frauen doch für eine Freude sind! Sie sieht mir halb enttäuscht, halb schläfrig zu, wie ich an meinem Pult nicht müde werde. Sie ahnt nicht, was ich schreibe und doch mit keiner Schrift erreichen kann, auch wenn sie »bleiben« sollte, während ich untergegangen bin, unglücklich geköpft oder glücklich abgemeldet aus dem verdammten Schanpfanzûn – so Gott will, und Herrn Kingrimursels heiliger Zorn mich läßt. Etwas kitzelt mein Zwerchfell, während ich seine Augenlider prüfe. Bald scheinen sie mir fest genug geschlossen, sein Atem geht vernehmlich, Schnarchen wechselt mit tiefem Seufzen. Auch dieser Mann hat seine Last. Ich hoffe, die meinige in einem Augenblick, und für einen Augenblick, abzuwerfen.

Lebt wohl einstweilen, liebe Tante! und gönnt Eurer Phantasie nicht allzu üppigen Raum. Möge uns die Verdammnis von Schanpfanzûn noch einmal süß werden und der Himmel trotzdem gnädig bleiben. Wo mag ein Mann sanftere Gnade finden als im Arm einer Frau?

Hoffentlich bleibt mir noch ein guter Geist, Euch dies zu senden, denn es scheint ja, daß ich von allen verlassen bin. Kein Knecht weit und breit, außer demjenigen an meinem Leibe, der jetzt sein Blaues Wunder wirken will – lebt wohl.

DER TOTE

WIE EINER SEIN ENDE FINDET
UND EIN ANDERER
AUF GRUND STÖSST

Ich bins Gâwân.

Ja, hohe Tante, ich bin's noch. Es ist überstanden. Und wenn Ihr nicht wissen solltet, was, so wäre der Bote schuld, den ich Euch aus dem nicht mehr so ganz verdammten Schanpfanzûn gesandt habe – das Blaue Wunder, keinen andern, den Stummen, den ich mitsamt Inglîart Kurzohr zurücksenden mußte, denn er war mir nicht mehr nütze. Ich meine: er *wollte* mir nicht mehr nützen, war für niemand und nichts mehr zu gebrauchen. Etwas muß ihm zu Schanpfanzûn über die Leber gekrochen sein. Stumm war er schon zuvor gewesen, jetzt wurde er auch noch taub, jedenfalls für meine Wünsche, Fragen, Befehle. Er starrte nur noch vor sich hin, als habe er den Tod gesehen. –

Nun, den hat er wohl gesehen zu Schanpfanzûn. Es gab da viel gräßliches Gedränge und Gemetzel, und alles aus purem Mißverständnis. Wer es mit dem Tode büßt, für den klärt es sich natürlich nicht mehr auf. Ich mußte leider einige totmachen, bis die andern anfingen zu hören – mit Hilfe der Donnerstimme des treuen Kingrimursel, der mich nach der Regel wollte umkommen lassen und nicht eher. In unserem Geschäft muß man Tote sehen können – mein guter Knecht konnte es nicht mehr und ging mir selber ab, nicht tot, doch betrübt auf den Tod.

Wie sollte ich einen Stummen, der auch nicht hört, aufheitern, wie ihn halten? So sandte ich ihn mit dem Grâlspferd auf den Weg, und wenn er Euch findet mit meinem Brief, müßt Ihr ihn ja belohnen, den seltsamen Mann, der mir zweimal das Leben gerettet hat, beiläufig und nur aus Gespür. Gringuljete ist jetzt das einzige, was mir bleibt. Ich will auch meinerseits allein weiterfahren, denn ohne das Blaue Wunder fehlt meinem Gefolge doch das Beste.

Ich habe meine Leute mit allem, was sie bisher zu führen, zu hüten und zu packen hatten, beschenkt. Ja, wie rührend sie mich begrüßt haben, meine Kindlein und Junkerchen, nachdem ich aus dem Schneider war! Sie hingen mir am Hals, und plötzlich fühlte ich nur noch ihre Last, den herzhaften Wunsch, sie abzuschütteln und ein Mann allein zu sein, nicht anders als mein stummer Knecht. Mein Ehrengeleit soll hingehn, wo es hergekommen ist und wo man mich der Ehren für bedürftig hielt. Ich bin reich genug, denn ich habe mein Leben behalten. Darüber hinaus brauche ich nur mein Pferd und ein wenig Papyr. Und wenn es noch etwas zu senden gibt, wird sich wohl auch ein Bote dafür finden.

Ja, ich habe mein Leben behalten, sogar, ohne es einzusetzen. Das Abenteuer im Turm, dem ich im letzten Brief entgegenschrieb, blieb mein erstes und letztes in Schanpfanzûn. Ich will mich bei seiner Schilderung kurz halten – der schlechteste Spaß war es nicht, sich als Ehrenhäftling mit der falschen Wärterin zu vergnügen, während der echte Wärter schlief. Jedenfalls gebot ihm seine Ehrenhaftigkeit, beide Augen zuzudrücken – sie muß ihn allerhand Seelenkraft gekostet haben, bei unserem Liebestoben. Und damit es Euch nicht zu unschicklich ins Ohr klinge: ich war mir nicht mehr ganz sicher, daß ich noch eine andere Nacht erleben würde. So machte ich diese wirklich zu meiner letzten und gab dabei die Zurückhaltung auf, die Ihr mir so gerne nachrühmt. Vielmehr: ich trieb sie weit genug, nämlich bis zur Raserei, die auf diesem zarten Feld bekanntlich der Zurückhaltung nicht widerspricht, sondern an das Vermögen dazu gebunden ist. Frau Antikonîe klagte, aber sie beklagte sich nicht, und der Landgraf besaß den Takt oder Stumpfsinn, mir diese Henkersmahlzeit zu gönnen. Ich zweifelte aber nicht, daß er mich anderntags dafür würde büßen lassen, auch dafür. – Und noch etwas, was ich Euch zuflüstern muß, auch wenn es mir Unehre machen sollte: ich suchte in dieser Frau nicht *diese* Frau. Ich suchte die andere, kindliche, die mir schicklicherweise entgangen war. Ich war nicht nur in dem verdammten Schanpfanzûn, ich war in Bêârosche zugleich. Und der doppelte Betrug erst machte diese Nacht so gut wie zu meiner letzten.

Dafür blieb das Abenteuer am andern Tage aus – unterblieb auf so umständliche, dabei läppische Art, daß ich mich eher zu Hornberg wähnte als in Schanpfanzûn. Herr Kingrimursel kam nicht zum Stich im Namen seines Herrn. Denn dieser Windbeutel hatte beschlossen, mein Leben praktischer zu verwenden. Nicht etwa, daß meine Unschuld an seines Vaters Tod festgestellt worden wäre – dieser Vater schien über Nacht an Dringlichkeit verloren zu haben, und Sühne war plötzlich nicht mehr das Gebot der Stunde. Die

Anklage ging unter, in einem ganz neuen und verzwickten Ehren-Puzzle, das Herr Vergulaht mit seinen Ratgebern ausgeheckt hatte. Er war nämlich vor geraumer Zeit von einem stärkeren Herrn aus dem Sattel gehoben worden und hatte sein liebes Leben nur durch ein Ehrenwort salviert: er verpflichte sich, den heiligen Grâl zu suchen; wofern ihm dies aber nicht binnen Jahresfrist gelinge, müsse er hin nach Pelrapeire, um der dortigen Königin sein geschenktes Leben zu verpfänden, mit einem Gruß – von wem denn wohl, liebste Tante?

Es war das Erste, was ich seit langer Zeit von Parzivâl hörte, den Gottes Zorn am selben Tag geschlagen hat wie mich – und noch grimmiger, wenn ich an seinen form- und fassungslosen Abschied am Plimizöl denke. Der Grâl und Condwîr âmûrs: wer erkennt an dieser Mischung nicht das *Flair* des Roten Ritters? Ich war platt, als mir Herr Vergulaht den Spruch seiner unendlichen Weisheit eröffnete: mein Leben solle mir geschenkt sein, wenn ich mich an seiner Statt auf Grâlssuche begebe und ihn aus einer Verpflichtung löse, die sein Ernst nie gewesen sein kann. Nun bin ich freilich fast ebensowenig der Grâlstyp wie er; ich bin nicht humorlos genug, mich in so beschwerliche Gesellschaft zu begeben. Im Grunde wäre mir ein blöder, aber ehrlicher Gang mit Herrn Kingrimursel lieber gewesen als eine falsche Prätention.

Aber dieser hörte die faule Grâls-Auskunft mit einem Respekt, der an Andacht grenzte. Er mochte mit einem halben Sakrament um so weniger konkurrieren, als die Rache am Ende ja nie die seine gewesen war, sondern die seines Herrn. Er war sogar pietätvoll genug, mir seine Begleitung nach Munsalvaesche anzubieten. – Was die Sinnesänderung Herrn Vergulahts ausgelöst hat und was sie bezweckte – ich weiß es nicht, und tiefer danach zu forschen, wäre bei seinem Typ wohl verlorene Mühe. Vielleicht habe ich meine Entlassung sogar dem lächerlichen Liddamus zu verdanken – dem Herrn im rosa Krepp-Jöppchen, der den ritterlichen Zweikampf das Subalternste nannte, was er kenne. Man müsse wahrhaftig an Gott verzweifelt sein, um ihm zu unterstellen, er spreche durch die geharnischte Idiotie zweier Prügelknaben. – Das war mir beinahe aus dem Herzen gesprochen. Aber es gibt Leute, denen man nicht recht geben kann, weil sie in Gottes Namen zum Rechtbehalten nicht die Richtigen sind.

Wie auch immer: der Kampfdruck schien über Nacht verflogen.

Man hatte dem Theater eine neue Fortsetzung zugedacht. Und da auch die Aussicht, in dem verdammten Schanpfanzûn eine Turnierblessur auszukurieren, nicht verlockend schien, erklärte ich mich willig, den Grâl zu suchen, wenn ich dafür mein liebes Leben haben dürfe.

Ich hatte meine Gründe, mich ein wenig verächtlich darzustellen. Die letzte Nacht hatte sie mir gewissermaßen ausschweifend geliefert. Denn wenn es nun gar nicht die letzte, sondern womöglich die erste von vielen werden sollte, mußte ich den Finkenstrich nehmen, heute lieber als morgen.

So war Frau Antikonîe nicht liebenswürdig? und nichts hielt mich mit zarten Banden in dem gewissen Turm fest? Ach, edle Tante: von *zarten* Banden konnte keine Rede mehr sein. Ich hörte fast schon Schiffstaue an meinen Gliedern knarren. Und wenn mich nicht alles täuschte – und ich glaube nicht, daß ich hierin leicht zu täuschen bin –, hatte die Wespendame unter Kingrimursels zugedrückten Augen nicht einen Mann wie einen andern, sondern eine Offenbarung umarmt und dabei auch ihre eigene Liebenswürdigkeit so recht fassen gelernt. Der schmiegsame Unterleib hatte nicht weniger getäuscht als das verzweifelt Konversation machende Oberteil; ich konnte beides in meinen Armen zusammenwachsen fühlen. Ich hatte es keineswegs mit einer Verführerin zu tun, sondern mit einer an ihrer Weiblichkeit insgeheim Verzweifelten. Wer die Scheinverführerin zur Wahrheit verführte, mußte spüren, daß er sich auf einen ernsten Handel einließ; mußte fragen, ob er sich damit noch in seiner eigenen Geschichte befand oder in eine ganz andere verirrte. Das zweite Gefühl, edle Tante, war das mich durchdringende. Ich war nicht als Erlöser Frau Antikonîes nach Schanpfanzûn gekommen. Das wäre das *noch* größere Mißverständnis gewesen als ein Gang mit dem guten Kingrimursel.

So erklärte ich mich fromm bereit, den Grâl zu suchen, anstelle des schönen Windbeutels, und stimmte ein Preislied auf die Makellosigkeit Frau Antikonîes an, der ich meine wunderbare Errettung denn doch am liebsten verdankte. Ich speiste die Rettungsbedürftige als Rettungsengel ab und wußte wohl, daß sie dazu gute Miene machen mußte – es war sehr traurig. Und traurig war mein Benehmen. Aber – wenn das zur Entschuldigung dient – ich war es auch. Ich war traurig genug, um meinem Frauenlob einen Schatten Wahrheit zu geben. Ach, der Doppelsinn meiner Worte war nur für sie bestimmt, die ich zugleich erhob und betrog. Ich rechnete mit Nachlaß als ihr Schuldner, ein fahrender Kaufmann nun doch.

Ich verabschiedete mich von ihr mit einem Kuß. Viele mögen ihn für zweideutig gehalten haben. Doch er war so eindeutig wie möglich. Er wollte sagen: tausend Dank. Und für immer: lebt wohl.

Ja, gelobt sei sie, die edle Frau, die mich verstand aufs ungesprochene Wort. Ich brauchte kein weiteres zu machen. Das war unsere letzte gegenseitige Liebestat. Gelobt sei Frau Antikonîe, die mich nicht entgelten ließ, daß ich sie nicht liebte – nein, daß ich nicht *sie* liebte.

Ach, sie hat es gefühlt. Im schönsten Zuge fragte sie mich: Mann, wo bist du? – Und ich schwieg. – Nein, ich habe sie nicht getäuscht. Es war eine erwachsene Schäferstunde, liebste Tante, trotz der kindisch-diebischen Umstände mit dem Wächter an der Tür. Wir ließen am Ende gelten und wußten es schon im höchsten Augenblick: wieviel wir *nicht* gemeinsam hatten. Wir vereinigten uns auch darin. Ich brauchte sie nicht festzuhalten, diese makellose Frau. Dafür liebe ich sie hinterher, als Flüchtling, erst recht. Ihr letzter Kuß war herzlich ohne Nachgeschmack und sauren Rest. Ich will ihr das erste Schachbrett senden, das ich erbeute.

Liebste Tante, diesen Brief schreibe ich allein in der Turmnische, dem leergewordenen Liebesnest; mein Knecht wartet nur, bis ich gesiegelt habe, um ihn fortzutragen, hoffentlich zu Euch. Was meine Junkerlein betrifft, so haben sie einsehen müssen, daß ich sie nicht mehr brauche. Wo waren sie, als der Kampf auf der Wendelspindel tobte? Als ich mit nichts als Türriegel und Schachbrett einer ganzen mörderischen Meute entgegentrat, gottverlassen bis auf eine liebende Frau? Da höckelten sie in einem entlegenen Garten, sahen den Kugeln zu, die im Strahl der Springbrunnen hüpften, und schälten Apfelsinen und Pampelmusen, die ihnen durchsichtig verschleierte Mädchen reichten.

Oh, sie waren beschäftigt, nur nicht grade mit der Rettung ihres Herrn. Sie saßen in einem Märchenland, und ich kämpfte um mein Leben; sie hörten das Waffengeschrei, sahen sogar das Räuchlein steigen, das mich bei lebendigem Leibe braten sollte – aber sie zogen es vor, einen weit entfernten Feuerzauber darin zu sehen. Nur das Blaue Wunder suchte den Weg zu meiner Turmspindel und blieb rätselhaft davor liegen, einen Toten im Schoß, den die Schach-Dame am Kopf getroffen hatte. –

Nun waren sie also überglücklich, mich wiederzuhaben und hingen an meinem Hals. Ich schüttelte sie freundlich ab. Liebste, sagte ich ihnen, ihr habt's gehört, ich suche den Grâl. Und diesen Weg gehe ich notwendig ohne Euch. Ihr dürft zu unserer lieben Frau Ginovêr zurück, ihr einen Gruß bestellen, und in ihrem gnädigen Schatten weiterfeiern; geht nur, um alles in der Welt, geht!

Liebste Tante, ihr könnt es fühlen: Grâl oder nicht, dies ist ein ernster Augenblick. Mir dämmert, daß ich den kleinen Schwindel meines Überlebens doch ehrlicher machen muß, als er aussieht. Ich werde ihn vielleicht doch suchen, den Grâl, – auf die Gefahr, daß er dem von Munsalvaesche nicht gleichsieht; auf *jede* Gefahr. Er wird mir anders begegnen als dem Roten Ritter, und vielleicht so ungleich doch nicht. Denn auch ihm ist er zuerst begegnet in seiner Frau. Das scheint er gar nicht zu wissen, doch ich habe es gesehen, als er auf die Blutstropfen starrte. Ich soll den Frauen mehr trauen als Gott, hat er mir hinterlassen; jetzt höre ich in seiner Stimme die *meines* Grâls. Ich muß nicht auf seinem, aber meinem Weg dahin fahren ins Ungewisse. Denn ganz begegnet ist mir noch nicht, was ich suche, *die* ich suche. Aber die Zeichen sind deutlich. Ich suche weiter und weiß, daß ich nicht suchen soll. Nur dann wird sich finden, was gesucht zu haben mir bestimmt gewesen sein wird.

Wem der Abgang des Blauen Wunders von Herrn Gâwâns Heerfahrt rätselhaft geblieben sein sollte, für den halten die 3 Eier eine Erklärung bereit:

Ein stiller Mann hat Parzivâl besiegt. Er hat ihn vor den Kopf geschlagen und dabei doch kein Glied gerührt. Er blieb einfach liegen für immer. Eben so wurde er übermächtig und beendete das Blaue Wunder mit einem Schlag. Er blieb zurück; und er hatte es überholt.

Das ist nicht bildlich zu nehmen. Der tote Mann, über den der blaue Knecht stolperte, als er sich in den Turm zu seinem Herrn schwingen wollte – dieser Totgemachte war kein Bild. Parzivâl kannte ihn nicht. Merkwürdig an ihm war nur die Wunde auf seiner Stirn und der wohlgeschnittene Serpentin, der sie ihm beigebracht hatte: die schwarze Schach-Dame, die, ebenfalls mit blutverschmiertem Kopf, dem Getroffenen zwischen die Beine gerollt war. Sonst war dieser nur noch ein Sperrgut und Hindernis. Es hätte Einen nicht aufhalten dürfen, der seinem Herrn zu Hilfe eilen will. Aber Parzivâl stolperte darüber, fiel und kam nicht mehr auf.

Hörte er es noch, das Klingen aus dem Turm, wie da Holz gegen Eisen splitterte, Holz gegen Köpfe? Und daß es nicht gut stehen konnte um Herrn Gâwân, da ihrer immer mehr nachdrängten, als die Treppe herunterflogen? Er hätte klettern müssen, diese pressenden und gepreßten Kampfleiber überfliegen, um am andern Ende der Spindel zur Hand zu sein, wie damals im Gedränge von Bêârosche, als er Stöße für Herrn Gâwân auffing und sie für ihn erwiderte. Er tat es nicht. Er blieb neben dem Toten. Er sah und hörte nichts anderes mehr. Was hielt ihn fest? Es rührte ihn nicht, das Gesicht mit der Wunde. Es machte ihn nicht weich. Es traf ihn nur. Nicht durch Jugend oder Schönheit, durch keinen besonderen Zug, sondern durch den Schrecken seiner Beliebigkeit.

Hier war einer verendet, erloschen, und in den aufgesperrten Augen fand sich keine Spur Sinn für sein Ende. Da schwebte kein Adel um den geöffneten Mund. Die Nase war breit, weiter nichts. Der war zum Kampf gepreßt worden und immer weitergeschoben über die Kante, in den Tod. Er hatte keinen Schimmer, wie ihm geschehen war. Darum kümmerte sich auch sonst keiner. Aber Parzivâl traf es wie ein Schlag.

Was sah er in den starr gewordenen Augen? Spiegelten sich Herr Schiônatulander darin, der tote Ithêr, der tote Vater? Nichts von alledem. In diesen gedunsenen Lippen, auf die sich eine Fliege setzte, hatten alle Namen ihr Recht verloren, alle Erinnerungen, sogar die Liebe. Hier hörte alles auf. Und doch war hier noch immer ein Menschengesicht. Das war schauderhaft. Der Tod? Nein. Es war nur so; so war es.

Parzivâl hörte es nicht, das Handgemenge aus dem Turm, die Schreie und Zurufe. Er sah sie nicht Feuer legen unter der Treppe. Er war durchgefallen durch eine Klappe im Boden der Welt; und da unten war alles gleich. Es war vollständig gleich, ob Herr Gâwân da oben ein ritterliches Opfer wurde, ein notwendiges, ein sinnloses, oder gar keins. In diesem Gesicht wurde es eins, alles.

Da nahm Parzivâl den Kopf des Toten in seinen Schoß und wehrte ihm die Fliegen von Auge und Mund. Er saß die Nacht und einen Tag, und in seine Nase stieg der erste Hauch von Verwesung.

Er wußte nicht einmal, daß er die schwarze Dame aufgehoben und eingesteckt hatte in seinen blauen Ärmel. Daß alles vorbei sei, hörte er von Herrn Gâwân, der sich vor ihm erhob, hoch atmend wie im Zorn. – Ja, sagte der Stumme, was? – Du kannst also reden! schrie

Herr Gâwân. – Könntest du mir noch den Gefallen tun und verschwinden? – Ja, sagte der Knecht. – Ja, ja, ja, schrie Herr Gâwân,
aber so leicht kommst du nicht davon! Hier ist mein Brief, wirst du
den bestellen, du ganz allein? – Der Knecht glotzte. Bestellen? fragte
er, als höre er das Wort zum ersten Mal. – Höre, sagte Herr Gâwân
kaum gefaßt, ich sende dich zu Frau Ginovêr, meiner edlen Tante,
mit diesem Papier, an den Artûshof; du reitest mit Inglîart und läßt
beides bei ihr, das Pferd und den Brief. Und dann kannst du gehen,
so weit dich die Füße tragen –

Ja, sagte der Knecht. – Ja, ja.

Aber verirre dich nicht! sagte Herr Gâwân.

Ja, sagte der Knecht.

Und höre, sagte Herr Gâwân, ich danke dir.

Ja. – Ich will dich nur noch begraben. Du beginnst zu stinken.

Herr Gâwân starrte ihn an.

Ja, sagte Parzivâl, und die Dame nehme ich mit. – Zog die blutige
Schachfigur aus dem Ärmel und hielt sie dem Herrn vor die Nase,
die erst der Zorn hatte erbleichen lassen, jetzt die maßlose Verwunderung.

Und von da an hatte er zweierlei im Schnappsack, der Rote Ritter
von einst: eine Schachkönigin und eine Schriftrolle, blau mit silbernen Kringeln. Beides war kostbar, also kam es ihm unterwegs abhanden, wie auch das Schwert des Anfortas, von dem in der Fabel
nicht mehr die Rede ist. Dabei war es gewiß dazu bestimmt, sehr viel
zu bedeuten. Eine bunte Lanze führte er noch unter den gewöhnlichen mit. Die war irgendwo abzugeben und zurückzuerstatten, er
wußte nur nicht, wem.

Richtig, und wenn er an den Toten von Schanpfanzûn dachte, ging
ihm ein Wort im Kopf herum: »wird auch ein Gelübde getan haben.«
Woher er das hatte, war ihm dunkel, und er hütete es doch, oder es
ihn; fast so dunkel wie seine Herkunft, oder wie der unbeschriebene
Rückweg, der vor ihm lag. Ihm und Inglîart Kurzohr; der aber
würde ihn finden.

ZU NETT

WIE GÂWÂN AN DIE RECHTE GERÄT,

DIE IHM NICHT

DAS MINDESTE SCHENKT

Liebe Tante,

bin ichs noch Gâwân?

In Schanpfanzûn geht das Gerücht, es sei von hier nicht mehr weit nach Schastelmarveile – nur noch eine Haaresbreite. Wenn ich sie verfehle? Wäre es meine Art, vierhundert Frauen (und vier Königinnen) zu verfehlen, um der Einen willen, die es nicht gibt? Ich bin bei meiner Liebsten nicht mehr; ich bin bei ihr noch nicht. Dazwischen liegt die Haaresbreite, die mir als Boden für meine Ritterschaft dienen muß. Ein weites Feld. Ich muß froh sein, daß die Gegend das Lachen gewöhnt ist; ein etwas lautes Lachen, einen zu prallen Strahl des Gestirns. Die Dämmerungen sind zart, doch kurz. Und bei Tag und Nacht schrillt die Luft vom an- und abschwellenden Säge-Werk der Zikaden. Hier am Rand des Hains, wo ich sitze und schreibe, allein mit dem grasenden Gringuljete, ist es ein Laut unaufhörlicher Einsamkeit, eine tobende Stille des Mittags.

Geht es hier durch zum Grâl?

Mein Gefühl sagt mir, man könne Munsalvaesche nirgends ferner sein als hier. Die Art der Grâlsritter (wenn ich sie recht verstehe), sich der Schwerkraft der Dinge zu widersetzen, ist nicht die Art dieses Landes. Auch ich möchte mich lieber ihrem Hang und Fall überlassen – und wenn ich dabei niemals tiefer dringen sollte als bis unter den Rock einer Frau. Und wenn? Was weiter her ist, kommt selten zu mir und hält mich nie lange. Muß ich's mir übelnehmen? Sind wir denn geschaffen, immer zu halten, ewig gehalten zu werden? Die Sehnsucht gibt eine andere Antwort darauf als unser Herz. Aber wir sollten unserem Herz nicht verargen, daß es uns nicht täuscht. Muß es davon schwer werden, liebe Tante? Die Dinge sind doch leicht; und die Erde wird bereit sein, uns zu tragen, wenn wir so leicht werden wie sie. Das freilich ist wohl schwer. – Aber hieran hängt meine Ritterschaft, wenn ich mich nicht täusche: das rechte Gewicht anzunehmen; die Dinge so treiben zu lassen, wie es ihnen eingeboren ist, mit immer größerem Staunen über die Höhe ihrer Geburt, den Adel in jedem Stück Holz.

Hat man erst aufgehört, viel zu zappeln, kann man den Gang der Dinge selbst unter dem Hintern fühlen. Wer sich dem Takt des Pferderückens überläßt, spürt eine wundersame Erleichterung. Er kann sich's an den Rückenwirbeln abzählen, wie viele Winkel- und Querzüge, Ängste und Hoffnungen er sich ganz gut sparen könnte. Es geht ja doch seinen Gang. Und der Wille tut sehr wenig dazu, so oder so; denn der Gang der Dinge steckt in uns so gut wie in Fels und Wasser, Blume und Baum.

So will ich mit Gottes Hilfe oberflächlich bleiben. Wenn ich's nur lassen könnte, Euch auch damit imponieren zu wollen! Ich unterhalte mich mit Euch, ich muß um Eure Gnade werben. Denn es tut nicht gut, ganz allein zu sitzen in dieser dröhnenden Stille. Ich versuche das Herz zu diesen Bäumen zu erheben, mit ihrem Blätterspiel von Silber und Weiß. Und schreibe Euch immer noch, obwohl ich weiß: das wird kein Brief. Ich habe gar keinen Boten mehr dafür. Das Schwere bleibt also doch zwischen mir und mir. Ich will es auswachsen, bis es so dünn wird wie dieses Papyr. Nur Euren Namen brauche ich dafür, den Segen Eures fernen Namens.

Es ist nicht so schwer, was ich verlasse; es ist nicht so schwer, wo ich hinreite: ich will die Dinge auf mich zukommen lassen. Ich male Zeichen; ich blicke auf die Bäume, welche die Natur gemalt hat; ich sehe wie zum ersten Mal, was das ist: ein Hain, zwielichtig im Ölbaumschatten, der über meine Schrift huscht. *Lucus a non lucendo,* hat mein zeichnender Freund, der Kaplan, festgestellt. Und es ist wahr: im Dämmerspiel leuchtet das Licht am heimlichsten; gedämpft erst macht es das Halbdunkel strahlend. Hier wird die lichte Welt zum Rätsel, das in tausend Zweigen an seiner Lösung blättert. Die Trümmer, auf denen ich sitze, sind natürlicher Fels, so viel ich sehe – aber sicher wissen kann man das nicht in diesem Land voll verwitterter Kultur und abgelagerter Menschengeschichte. Wo meine Hand diesen Stein befühlt, ahnt sie die verwischte Spur des Meißels in einer andern, längst verdorrten Hand. In diesem Reich des Mittags baut sich die Natur ebenso gelassen zum Kunstwerk auf, wie die Kunst wieder zu Natur zerfällt. Der Gang der Dinge ist heiterer als bei uns. Ich tauche die Rabenfeder in den Tuschkasten, wiege ihr leichtes Gewicht zwischen zwei Fingern. Was macht sie aus ihnen, und was machen sie mit ihr? Wenn ich den schwarzen Tropfen verdunsten lasse, statt ihn zum Zeichen auszuziehen: was ist verloren?

Ein Wimmern aus dem Hain, schon eine ganze Weile; unter dem Zikadengeschwirr rühren sich Stimmen von Menschen. Es klingt nach doppelter Klage; eine Frau jammert, ein Mann stöhnt. Ich höre die Stimme des Fleisches; gibt es sich ein Fest, beklagt es seine Gebrechlichkeit?

Das stöhnt mir zu lange, Tante, so lang dauert die Liebe nicht. Rabenfeder, Tuschkasten: wartet auf mich. Ich muß es wissen. So, und jetzt bleiben mir *nur* noch Tusche und Papier. Gringuljete ist weg, und das Beste meiner Ritterschaft mit ihm. Wie konnte das zugehn?

Ich erzähl's der Rabenfeder, damit ich mir meine Dummheit glaube. Wie mein Onkel Artûs sagt: wer helfen will, dem ist nicht mehr zu helfen.

Der Reihe nach: ich schwinge mich auf Gringuljete, folge dem Gestöhn und Geklage und komme auf einen lichten Fleck im Wald. Das Erste, was ich sehe: ein Pferd mit hohem Damensattel. Die Dame dazu sitzt an eine Linde gelehnt im duftenden Gras und wiegt in ihrem Schoß den Kopf eines Ritters. Der scheint nicht bei Sinnen und windet sich doch ganz nothaft und erbärmlich. Ein Pferd hat er nicht mehr, dafür hängt ein zerhauener Schild im Strauch. Hier hat ein Kampf stattgefunden, und der Besiegte deckt die Walstatt. Durch seinen Harnisch quillt Blut.

Bös! sage ich und sitze ab. – Wo fehlt's? – Überall! weint die Dame, er tut's nicht mehr lange! – Haltet ihn fest, sage ich. Ich knie zu dem reisigen Herrn, prüfe seinen Puls – der fliegt – und schnalle ihm den blutigen Panzer ab. Ich hätte erst sein Gesicht ansehen sollen, leider aber sah ich nur die Wunde, einen tiefen, doch sauberen Stich in der Brust. – Beruhigt Euch, sage ich, das Herz ist ungetroffen, aber das Blut drückt ihm drauf. – Ich breche einen starken Zweig von der Linde, steche mit einem Hufnagel das Mark heraus und löse die Rinde ab. Dann schiebe ich das Rohr in die Wunde. – Das aber will der ohnmächtige Mann nicht leiden, er wirft sich herum, daß ich ihn mit beiden Händen festhalten muß. – Saugt *Ihr*! Nicht jammern, saugen! herrsche ich das Fräulein an. Sie überwindet sich und nimmt den Stiel in den Mund. – Stärker! befehle ich. Und wirklich, da saugt sie, wenn auch erbleichend, einen Mund voll Blut nach dem andern aus der Wunde und speit es ins grüne Moos. Der Herr faßt sich zum Erstaunen. Er nimmt etwas Farbe an, sogar die Sprache kommt ihm wieder. Verflucht! sagt er, da hat's mich aber erwischt! Ich bin einen weiten Weg gegangen, um die Dame hier zu verdienen. Aber diesmal war's des Guten zuviel!

Und beschreibt, wie er von einem Ritter, der sich als »Lischoys Gwelljus« zu erkennen gegeben habe, vom Pferd gestochen worden sei, mir nichts dir nichts. – Irgendeinen Grund wird er ja doch genannt haben, sage ich. – Er verteidigt seine Dame bis aufs Blut, sie mag angegriffen sein oder nicht, gibt der Wunde zurück, und ich wollte doch nur ihre Bekanntschaft machen! Denn von ihr hört man viel. Ihre Liebschaften sind nur von den feinsten, aber sie ist *sans merci* und hat noch Jedem das Herz gebrochen. – Das klingt verlockend! sage ich. – Um Gotteswillen! stöhnt der Wunde, hütet Euch! bei der geht es um Leben und Tod! – Das geht es immer, bemerke ich lässig, während ich die Dame um ihr Kopftuch bitte, um die Wunde zu verbinden; ich murmle sogar einen Wundsegen dazu. – Und wo finden wir das reißende Frauenzimmer? frage ich; und nach seinem Fingerzeig nehme ich Urlaub und galoppiere in die angedeutete Richtung.

Ich habe nicht sobald den Hain verlassen, da bäumt sich eine Burg vor mir auf, die ist ein rechtes Spektakel. Denn sie liegt auf einem Kegelberg, der aus eitel Pflanzungen besteht: Feigen, Granatbäume, Weingärten. Ein Bild mittäglicher Kultur. Die Veste selbst aber muß aus der Vorwelt sein. Sie ist ein ungeheures Achteck, an jeder Ecke verstärkt durch einen achteckigen Turm. Das Ganze, aus einem einzigen gelben Stein geschnitten, leuchtet wie eine düstere Krone.

Ich bin ganz in den Anblick versunken, da weckt mich eine Frauenstimme.

Alles mein, nichts für Euch. Haltet nur Eure Glotzaugen im Kopf fest.

An der Quelle vor meinen Augen sitzt eine Weibsperson im Halbschatten, eingefaßt von Tuff-Felsen wie ein Bildstock. Sie hat die Haubenbänder über dem Kopf zusammengebunden, ohne das Rothaar damit zu bändigen, läßt ein fremd-schönes Gesicht sehen, und zugleich ist es so wohlbekannt, daß ich erschrecke. – Obilôt? frage ich, zum Glück ohne Laut, denn auf den zweiten Blick ist sie ganz anders. Sie macht eine große Figur, unter ihrem fließend grünen Gewand zeichnen sich kräftige Formen ab. Ihr Mund, ihre Lippen allein, Gott straf mich, sind Obilôts. Da sitzt sie wie ein ungemaltes Bild im Rahmen der Quellgrotte und beachtet mich schon nicht mehr. Ich nehme den direkten Weg.

Ihr gefallt mir, sage ich.

Ich mir auch, sagt sie. – Das ist keine Kunst.

Die höchste, sage ich, aber Euch müßte sie leicht fallen, denn Ihr seid schön.

Das sieht ein Esel, erwidert sie. – Glaubt nur nicht, daß Ihr mir ein Kompliment gemacht habt.

Es war voreilig, sage ich, denn wenn Ihr den Mund auftut, springt eine Ratte heraus.

Strengt Euren Witz nicht an und packt Euch, sagt sie. – Ich bin kein Thema.

Ich suche aber eins, sage ich und wundere mich selbst über meinen Ernst. – Ich möchte Euch dienen.

Sie sieht mich an, dann weg.

Daraus wird nichts. Ihr betrügt Euch, das ist alles.

Etwas in ihrem Stimmlaut – ein Sprung wie in einer Glocke nach dem Kirchenbrand – hält mich fest, kann's nicht gut sein lassen.

Versucht mich, sage ich.

Könnt Ihr töten? fragt sie.

Für Euch: ja, antworte ich und erschrecke selbst.

Könnt Ihr auch andere quälen, oder bloß Euch selbst?

Ich quäle mich ungern, sage ich, dann doch lieber andere. Aber einen guten Grund dafür brauche ich schon.

Ich wäre der Grund, sagt sie. – Ihr schafft es nicht. Ihr seid zu *nett*.

Ihre Mundwinkel entgleisen. Ich habe das Wort nie mit ähnlicher Verachtung ausgesprochen gehört. Was für ein Anstellungsgespräch! Aber mich reitet der Teufel.

Ich kann eine große Sau sein, sage ich.

Dann holt mein Pferd.

Wo steht's?

Dort hinten, im Bungert. Sitzt ab. Da kommt Ihr nur zu Fuß hin. Und faßt es ja nicht an!

Die Zwiesprache beschränkt sich jetzt auf Kürzel. Sie gewinnt eine rohe Heftigkeit, als hätten wir miteinander gewettet: wer hat den längeren Atem, der Befehl oder der Dienst? Wir sparen die Luft zwischen uns, schnappen sie einander gewissermaßen vom Mund weg. Die Dame behandelt mich als Lumpen, um zu sehen, ob ich mich lumpen lasse. Ihre Augen blicken mit unterdrückter Spannung. Meine sagen dagegen: spart Euch die Mühe. Ich rege Euch auf, und ich weiß es.

Nicht mit mir! sagen die Augen.

Mit uns vielleicht? antworten meine.

Das wollen wir ja sehen!

Mit Vergnügen.

Haltet inzwischen mein Pferd, sage ich wie eine Selbstverständlichkeit.

Sie streckt wahrhaftig die Hand aus. Doch als ich ihr den Zügel geben will:

Seid Ihr verrückt? Glaubt Ihr, ich fasse das Leder an, das Eure schmierigen Finger gehalten haben?

Ihr werdet es dort fassen, wo es praktisch ist, sage ich.

Wir kämpfen um jeden Zoll.

Ihr könntet längst fort sein! zischt sie.

Ich streichle Gringuljetes Stirnmähne, tätschle seine Flanke, als wolle ich sagen: Pferdchen, laß dich nicht verrückt machen! Dann erst gehe ich. Ich gerate an den Rand des ummauerten Obstgartens und höre dahinter gedämpften Lärm. Eine kleine Gesellschaft sitzt eher verlegen als vergnügt im Grünen. Als man mich kommen sieht, ruft eine schrille Frauenstimme: Nein!

Ich hole das Pferd Eurer Dame, sage ich.

Ein älterer Mann tritt mit gesenktem Blick an mich heran. Tut es nicht! sagt er. – Sie wird Euch verderben. Sie hat noch jeden zur Verzweiflung getrieben.

In den Wahnsinn, sagte eine zweite Stimme.

In den Tod! eine dritte.

Das Pferd ist ein Apfelschimmel, eine Stute; ich halte ihr die Hand hin. Sie schnobert daran, dann an meinem Haar. Ich drehe mich um; sie geht mir nach. Ich weiß, daß ich mich nicht umsehen darf. So kommen wir den Bergsteig hinunter, über den schwankenden Steg und schließlich an die Quelle zurück. Die Dame sitzt unverändert.

Ihr hättet sie führen müssen! sagt sie. – Wenigstens über den Steg. Ihr seid unverantwortlich! ein Tierquäler!

Ich nehme ihr den Zügel Gringuljetes aus der Hand. Mit einem Sprung ist sie im Sattel – keinem Damensattel – und sagt:

Ihr seid der größte Idiot, der mir je begegnet ist. Reitet voraus, sonst könntet Ihr mir verloren gehen. So einen finde ich nicht wieder.

Das könnte wahr sein, sage ich und sitze auf.

Sie sagt nicht, wohin wir reiten sollen, also bestimme ich den Weg. Ich will wissen, wie es meinem Patienten geht.

Gott möge Euch zu Fall bringen, höre ich es hinter mir sagen, nicht laut, als rede sie nur mit sich selbst. Mir ist plötzlich sehr ernst zumute. Ich sehe eine Bärlauchpflanze am Hang, selten in diesen Breiten, sitze ab und grabe sie aus, mitsamt der Wurzel.

Ein Kräutermännchen! höhnt sie vom hohen Roß. – Das kommt also noch dazu! Ein Wurzelpeter! Von Heilmitteln wird man reich. Ihr empfehlt Euch immer mehr.

Ja, sage ich. – Wir machen einen Krankenbesuch.

Toll! gibt sie zurück, dann lerne ich ja endlich was Rechtes. – Plötzlich höre ich sie kichern, hoch, sehr künstlich. – Malcrêatüre! zwitschert sie. – Du kommst zur rechten Zeit!

Aus dem Gebüsch – oder gleich aus dem Boden? – ist ein kleines berittenes Ungetüm geschossen. Ehrlich gesagt: ich bin erschrocken, Griguljete scheut. Habe ich die Reißzahnvisage nicht schon irgendwo gesehen? Die Gauklerin am Artûshof kommt mir in den Sinn, die Grâlsperson. – Aber sie ist es nicht. Denn das Wesen auf dem Klepper hat ein Bubengesicht, und was für eins! Die Haare sträuben sich wie Igelstacheln rund um den Kopf, spitz ist die Nase, und die rotzfrechen Äuglein stechen. Der wandelnde Kadaver, den der Kerl reitet, scheint kaum noch kräftig, den Schindanger zu erreichen, mit Mühe hält die Haut, von der das Fell in Fetzen blättert, die Rippen zusammen. Aber die Augen des Tiers! Sie sind verzweifelt und sanft.

Was soll das! schreit Malcrêatüre mit hoher Stimme. – Ihr entführt wohl meine Frau Orgelûse? Habt Gewalt in Eurem schmutzigen Sinn? Ich will Euch lehren!

Geht aus dem Weg, sage ich höflich.

Nun aber stellt er sein Pony erst recht quer vor Gringuljete, der schnaubt und wiehert.

Wißt Ihr, was Ihr seid? tutet das Kerlchen.

Ja, sage ich und wische ihn mit einer Hand vom Pferd. Und hätte fast hell aufgeschrien, denn die Hand ist blutig gerissen, als hätte ich in einen Dornbusch gelangt.

Frau Orgelûse lacht auf und sucht das Lachen zu verlängern. Ohh! flüstert sie, welch erhabener Zorn! Wie schön Ihr wütend werden könnt! Was für ein Mütchen, wenn man zusehen darf, wie Ihr's kühlt!

Ich reite den Hang hinab, ungewiß, ob man mir folge. Hinter mir kichert's und flüstert's – arabisch, und laut genug, damit ich hören, meine Überflüssigkeit fühlen soll.

Da lagern sie noch an gleicher Stelle, mein Patient und seine Vertraute. Der Ritter hat sich aufgesetzt und wirkt wieder ganz quick. Ich löse den Verband, ziehe das Lindenrohr aus der Wunde, deren Ränder sich beruhigt haben, lege die Bärlauchknollen drauf, nachdem ich sie in der Quelle gesäubert habe, und breite das Blättergrün der Pflanze darüber. Dann verbinde ich die Wunde wie zuvor.

Merci! sagt der Pflegling; er kommt mir immer bekannter vor, hat immer weniger Gewinnendes. Aber einem Menschen, dem man Dienste erweist, hält man etwas zugute; daß umgekehrt kein Schuh draus wird, sollte ich gleich erleben. Hinter uns bricht der Gnom in falsche Entzückensschreie aus und begleitet meine Kunst mit Sprüchen wie: Alles für andere, für sich nichts! oder: Und wer heilt jetzt den Arzt? – Die Dame lacht und ist offenbar bereit, auch über das Dümmste zu lachen, wenn es auf meine Kappe geht. Aber gefolgt ist sie mir, wie zuvor ihr Pferd.

Schick sie zum Satan! zischt mein Patient, sie ist es, Orgelûse, keine andere! Das Untier, das diesen Lischoys auf mich gehetzt hat. So treibt sie es mit jedem!

Nicht mit mir, sage ich laut.

Ich habe Euch gewarnt! erwidert der Mann und schielt dabei verstört nach dem seltsamen Paar.

Das tut jedermann, erwidere ich.

Wollt Ihr mir einen Gefallen tun? fragt der Wunde. – Der Spittel der Grünen Brüder steht unweit von dieser Stelle. Die könnten mich ordentlich pflegen. Leider haben wir zusammen nur noch *ein* Pferd. Aber wenn Ihr meiner Liebsten in den Sattel helfen könntet, und mir auf die Kruppe dahinter? Ihr habt breite Schultern, müßt wunderbar stark sein.

Ich begegne der Schmeichelei kühl genug, aber sie erreicht ihren Zweck. Ich binde das Damenpferd von seinem Ast los und führe es dem Verwundeten zu. – Nicht so nahe! schreit er, seht Ihr denn nicht, daß es mich tritt? – Ich sehe nichts dergleichen, führe das Pferd aber gehorsam ein Stück weiter und hebe die Frauensperson – wenn sie leicht ist, läßt sie sich's nicht anmerken – in den Sattel, helfe ihr gar noch beim Glätten des verrutschten Kleids. – Und wie ich mich aufatmend umdrehe, was sehe ich? Der Schwerversehrte steht bei Gringuljete und hantiert an seinem Zaum.

Was tut Ihr? frage ich.

Ich reite! sagt der Kerl und gibt dem guten Tier die Sporen – als ich mich nach seiner Holden umblicke, ist auch diese schon einen Sprung weiter. Zum Galopp bereit, steht das saubere Paar außer Reichweite.

Ein braves Tier! sagt der Kerl, Gringuljete heißt's?

Und wie heißt Ihr? frage ich, denn so lang wir reden, habe ich noch eine Chance, ihn zu überraschen.

Urjâns! lacht er, Ihr müßtet mich kennen! Man hilft mir nicht ungestraft!

In diesem Augenblick schieße ich los, aber darauf hat er nur gewartet. Mit einem Spornstreich jagt er mein gutes, argloses, mein unvernünftiges Tier von mir weg, und auch die Dame ist nicht mehr zu halten; wenn sie bisher nur jammern konnte, reiten kann sie immerhin. Zehn Schritte spurte ich, dann laß ich's bleiben. Kein Gedanke, daß ein Fußgänger die Lumpen einholen kann. Gringuljete, Gringuljete!

Das tut weh. Frau Orgelûse sitzt locker auf ihrem Apfelschimmel und lacht.

Muß schön sein, Gutes zu tun! sagt sie.

Nicht halb so schön wie Euer Lachen, erwidere ich ingrimmig.

Malcrêatüre, sagt sie zu ihrem feixenden Zwerg, leih dem Herrn da dein gutes Pony und geh einstweilen zu Fuß voraus nach Lôgroys. Ich komme nach, sobald ich diesen Ritter befriedigt habe. – Das Folgende spricht sie auf Arabisch; der Knappe verzieht sein Haifischmaul zu einem bissigen Grinsen. Mir gibt er keinen Blick, fährt nur den Hügel hinauf, zugleich hoppelnd und behende, wie ein Ding auf schiefen Rädern.

Ein artiger Junge, sage ich.

Ihr seid etwas blaß, antwortet Orgelûse, ein scharfer Ritt möchte Euch bekommen. Tut Euch keinen Zwang an, schwingt Euch nur hinauf. Das Tierchen hat seine Qualitäten, Ihr müßtet ganz der Mann sein, sie zu entdecken. Habt ja eine Schwäche für alles Schwache!

Ich halte das Pony beim Zaum, den mir der Wicht in die Hand gedrückt hat. Kein Gedanke, daß es einen Mann in Rüstung getragen hätte. Zum Glück habe ich Gringuljete Knappsack und Satteltasche abgenommen, Schreibens wegen. Ich hole die Sachen aus dem Gebüsch, lege sie dem Klepper auf und binde Schild und Lanze darüber. So viel ist das Äußerste, was er tragen kann. Dann fasse ich den Zügel.

Ihr macht Euch fast so gut wie ein Reitknecht, sagt die Dame von hoch oben.

Wie heißt es? frage ich.

Braucht es einen Namen?

Dann gehen wir.

Wohin?

Wohin Ihr befehlt, sage ich.

Sie musterte mich überrascht, fast zweifelnd. – Gut, sagt sie, lustwandeln wir noch ein wenig, wenn Ihr das auch auf Schusters Rappen könnt. Ihr werdet nicht erwarten, daß ich absitze. Oder mich etwa vor Euch auf mein Pferd setze!

Gar nichts erwarte ich von Euch, sage ich.

Sie schlägt den Zügel auf den Hals ihres Schimmels, zugleich hält sie ihn daran zurück. Wir gehen nebeneinander, der Weg ist breit genug, aber es fällt ihr nicht leicht, meinen Schritt zu halten. Immer wieder reitet sie vor und hat Gelegenheit, über die Schulter zu mir zu sprechen, die zuckt, wie unter einem Kuß oder einem Peitschenhieb. Ihr Rücken ist eine neue Welt und weiß es.

Vom Ritter zum Samariter, vom Roßknecht zum Fußmann, und alles binnen einer Stunde. Ihr seid vielseitig. Oder wollen wir das Ganze ein Abenteuer nennen?

Braucht es einen Namen? sage ich echauffiert, denn der Weg beginnt zu steigen, und ich muß zugleich das schleppende und stolpernde Pony ziehen.

Ihr könntet auch ein Krämer sein, sagt sie, ein Kleinkrämer, mit Eurem Wärchen auf dem Packesel. Ein wenig abgetrabt, nicht wenig heruntergekommen.

Das habe ich auch schon gehört, sage ich.

Wie tut Ihr so? fragt sie, und ihre Schulter zuckt heftig dabei.

Weil ich Euch liebe, sage ich.

Sie lacht kurz auf, es ist wie ein Schrei. – Was wißt Ihr *davon!* – Was war das für ein Pferdedieb?

Urjâns. Ich nahm ihn einmal gefangen, als er sich vergangen hatte, und brachte ihn an den Hof meines Onkels. Dort wollte man ihn hängen. Da jammerte er und berief sich auf meinen Schutz. Ich war so nett, für ihn einzutreten, daß er glimpflicher davon kam.

Was nennt Ihr glimpflich? fragt sie.

Er mußte mit den Hunden aus einem Trog fressen, für die Dauer eines Monats. Dann ließen wir ihn laufen.

Hängen wäre sauberer gewesen.

Das sah er nicht ganz so.

Und was hat er verbrochen?

Eine Jungfer geschändet, sage ich.

Ach! ruft sie, und Ihr habt ihn laufen lassen? Was fiel Euch ein, für ihn zu bitten? Kennt wohl alle mildernden Umstände? Geschieht Euch recht, daß er sie Euch gelohnt hat, Eure männliche Nachsicht! Könnt wohl gar nicht anders als *nett* sein?

Da war es wieder, ihr Schimpfwort *par excellence.*

Doch, sage ich. – Eurem Knappen will ich was flüstern. Eine Schande, wie er sein Tier behandelt.

Könnt's ja pflegen! sagt sie, das Ärmste, und verwöhnen! Und Malcrêatüre ist ein hohes Wesen, von dem Ihr gar keinen Begriff habt!

Sagt mir mehr von ihm, sage ich.

Ich habe ihn von einem Mann, dem Ihr nicht das Wasser reichen könnt.

Ein Liebespfand? frage ich. – Darum ist er so artig.

Er ist nicht artig! rief sie, dafür dient er mir mit Leidenschaft, denn er ist aus Morgenland, und sie ist ihm heilig! An dem ist Eure Güte verloren!

Eure offenbar nicht, sage ich, das ehrt Euch.

Ich weiß, was ich ihm schuldig bin und was ich brauche, sagt sie, Offenheit, Gradheit, kein Kavalierstheater, um den Leuten ein X für ein U vorzumachen. – »Weil ich Euch liebe!« Hat keine Ahnung von Feuer und redet von Liebe!

Hier ist das Pferd Eures Burschen, sage ich. – Bitte!

Nein! sagt sie mit ihrem gequälten Lachschrei, es sei Euch geschenkt! Könnt jetzt Eure Wunder an ihm versuchen!

Gut, sage ich, ich danke Euch.

Hier trennen sich unsere Wege, sagt sie. – Der Eure geht dorthin.

Wohin? frage ich.

Das müßt Ihr wissen.

Wann sehen wir uns wieder?

Wir – uns? schrie sie. Habe ich gut gehört? Ihr werft uns in Einen Topf? Sagt das noch einmal! – Sie atmet heftig.

Wann sehen wir uns wieder? frage ich ruhig.

Ach Gott! schluchzt sie, und gibt ihrem Tier die Sporen; es springt den Berg hinauf. Aber da ist gar kein Weg, es rutscht zurück, noch einmal, die Hufe zappeln im weichenden Erdreich, stampfen junge Rebstöcke nieder, fassen endlich Tritt.

Ich halte das Pony und seh der Reiterin nach, bis sie hinter einem Felsen verschwindet. Ich werde sie nicht suchen, und ich finde sie wieder. Ich halte ihr Pferd an der Hand, das ausgemergelte; langsam mache ich mich mit ihm auf den Weg. Wohin?

Wo schreibe ich? Irgendwo, auf einem Stein, der flach genug ist, die Feder nicht irrezuführen. Wozu schreibe ich? Um zu glauben, was mir geschehen ist. – Wem schreibe ich? dem geduldigen Papyr; sonst hat mein Leben keinen Adressaten mehr, bis auf ein schwaches Pferd mit Augen, sanft, wie es die Augen Orgelûses nicht sind. Ich lese darin; ich schreibe, was ich gelesen habe. Und was ich geschrieben habe, lese ich wieder. Und eines Tages wird *sie* es mit mir lesen, und ihre Augen werden besser sehen als meine.

Dafür schreibe ich.

Dafür setzen wir unsere Füße, ich meine gerüsteten, das Pony seine schlecht beschlagenen. Einmal gehe ich voraus, und wenn der Weg breiter wird, gehn wir nebeneinander. Wir wissen nicht wohin, und doch verlangt jeder Schritt auf dem abschüssigen Weg alle Geistesgegenwart. Ich muß sie für zwei aufbringen. Denn das Tier ist schwach, und ich glaube, seine Augen sind nur darum so sanft, weil sie erblinden.

Nun habe ich meine Prüfung. Immer wieder packt mich das Heimweh nach Gringuljete; hoffentlich weiß der Gewalttäter wenigstens einem edlen Pferd Sorge zu tragen. Was gäbe ich um Inglîart Kurzohr! Aber der ist abgegangen, mit dem Blauen Wunder und dem letzten Brief an Tante Ginovêr. Nun ist jeder, der überhaupt reitet, besser beritten als ich. Was gäbe ich um –? Nichts mehr; ich bin kein Händler, zum ersten Mal. Das Namenlose ist mir nicht mehr feil, es gehört zu mir.

Es hat seltsame Eigenschaften; wie es anhält, um zu grasen, so bleibt es stehen, um zu misten. Ich zerre nicht am Strick. Ich sehe ihm in die trüben Augen und fühle eine große Ruhe über mich kommen. Es ist nicht mehr Gringuljete; ich bin noch nicht Gâwân. Wir sind verwandt.

Es geht wieder; so geht's. – Ohne Namen geht es hinter mir her, ohne Namen führe ich es am Strick. Wir leben, das muß genug sein.

KARFREITAG
WIE PARZIVÂL EINEN STURZ
IN DIE SCHLUCHT NUR UNTER DAHINGABE
SEINES PFERDES VERMEIDET

Wer nach dem Grâl sucht, findet ihn nicht; wer das Lager des Königs Artûs sucht, muß nur fragen.

Der Brief-Bote hat sich durchgefragt über Plimizöl nach Barbigöl nach Nantes; da war er nicht zum ersten Mal. Er redete wieder, hatte die Perücke abgetan, den falschen Bart, längst war ihm ein richtiger gewachsen. Seit aus dem glatten Jüngling ein behaarter Mann geworden war, konnte man sein Alter nicht mehr erraten, so wenig wie seinen Stand. Zwar ritt er ein Pferd, das ihn auffällig machte, aber er trug weder Harnisch noch Lanze. Er wurde nicht als Ritter eingeschätzt, sondern als Landfahrer und dunkler Gast, der noch ein anderes Gesicht haben muß. Vielleicht war er gebannt oder geächtet, vogelfrei oder ein Spion, hatte gestohlen oder würde es bald tun, Galgenfleisch, ein Toter auf Urlaub oder der Bastard eines hohen Herrn. Vielleicht ging er auch auf einem Bußweg, einer persönlichen Kreuzfahrt, ein von der Ritterwelt abgesprengter Reiter, zum Boten geworden, ungewiß welcher Nachricht.

Er mied Burgen und Städte, Marktplätze und Schenken. Er hatte erfahren, wie leicht man den Augen der Menschen entgehen und ihren Geschichten entfallen kann, wenn man sich als Knecht bewegt. Manchmal konnte er vom Mund der Leute seine eigene Geschichte an sich vorbeilaufen hören, die Legende vom Roten Ritter.

Artûs hatte wieder festes Quartier bezogen: Er lag zu Nantes, und nach Nantes fragt sich jeder durch, auch wenn er von weit her kommt. Parzivâl näherte sich von Morgen, wie einst, und ritt durch die lange Lichtung, in der er zum Totschläger geworden war. Jetzt gedieh hohes Gras darauf, als wäre sie seither nie mehr betreten worden. In der Mitte erhob sich ein Kreuz, an ihrem Ende die Stadt des Königs Artûs wie ein Schiff am Horizont, mit einem Wald von Masten, darüber Rauch aus Kaminen, der die gefransten Mauern und gezackten Türme bewölkte. Der erste Reif glänzte auf den Zinnen, auf dem Kopfsteinpflaster der Stadt; Parzivâl bezog Quartier in der

»Grauen Ilge« oder dem »Staubigen Schatten«, und hatte noch kaum
sein Pferd angebunden, als ihm schon der erste Kauflustige näher trat.

Es war ein Abt, der sich besser beritten machen wollte; er suchte
ein Turnierpferd, und Inglîart stach ihm ins Auge. Parzivâl wollte
wissen, seit wann Kleriker denn tjostierten, und erhielt zur Antwort:
seit einer langen Weile. Das Rittertum beginne allgemein zu werden,
nicht nur zu Nantes. Es sei längst kein Privilegium eines Standes
mehr. – Da stand es vor ihm, und er erkannte es an seinem hungrigen
Kennerblick, das Lähelînsche Wesen, diesmal in Gestalt eines mittel-
alterlichen Mannes, der seine mäßige Andacht mit ein wenig Ritter-
sport, »zum Ausgleich«, wie er sagte, wohl zu verbinden schien. So
würde es bald überall zugehen: Kleriker turneyten, Ritter schrieben
Buchstaben, Juden empfingen den Ritterschlag, Bürger nahmen Zins
und sangen von hoher Minne, und Bauern warfen nicht mehr mit
Steinen auf Krähen, sie jagten mit Falken. –

Woher Parzivâl das Wunderpferd habe, fragte der Pfaffe, dessen
Kutte stutzerhaft geschlitzt war, beim Wein, zu dem er den Boten
einlud. Ach, aus dem Italiänischen sei er damit hergefahren, aus Ascalûn. Das wollte der Abt auch besuchen, denn gab es nicht ein
Sprichwort: Ascalûn sehen und sterben? Es müsse exquisit gelegen
sein; aber den geistlichen Herrn zog es noch weiter. Er wollte ins
Heilige Land. Der »Fürst« veranstaltete neuerdings Pilgerfahrten zu
günstigen Konditionen, ohne Waffenpflicht – die sich für einen
Geistlichen ja auch kaum geschickt hätte, – dafür mit Aufenthalten
in der wäßrigen, aber köstlichen Venezia, in Ragusa, Konstantinopo-
lis und Antiochien. Das Heilige Grab selber werde von einem Ge-
schäftsfreund des Fürsten verwaltet, der, obschon ungläubig, der
kristlichen Andacht kräftig Vorschub leiste. Seit das Land Gottes
verloren sei, habe es sich dem Handel, auch dem mit unschätzbaren
Reliquien, erst recht geöffnet. Der Abt bekannte, an einer Denk-
schrift zu arbeiten, die den friedlichen Austausch von Gütern als
Überwindung der Sprachverwirrung feiere, die beim Turmbau von
Babel eingerissen sei. Nur die Erlaubnis seiner Oberen stehe noch
aus, das Handelsgeschäft mit dem Walten des Heiligen Geistes zu
erklären und in die Nähe des Pfingstwunders zu rücken.

Ob der Abt schreiben könne? fragte Parzivâl; sein Trinkgesell
beantwortete die Frage fast mit Empörung. Hatte sein Kloster nicht
eine Schnellschrift entwickelt, in der die Corpora und Codices dreifach beschleunigt abgeschrieben und in Umlauf gesetzt werden

konnten? Diese Galoppschrift schien die Industrie des Klosters zu sein; sie erfreue sich der Förderung des Fürsten. Da wünschte Parzivâl auch von der neuen Kunst zu profitieren. Der Abt, immer einen Handel mit Inglîart im Sinn, erbot sich gerne, jeden von Parzivâl gewünschten Text in der neuen Schrift aufzusetzen. Während der Abt sein Schreibzeug vorbereitete, fragte Parzivâl, ob denn inzwischen auch der Artûs-Hof zu Lähelîns Farben schwöre.

Wo denkt Ihr hin! rief der Abt und hätte beinahe einen Tintentropfen auf das dünne Schweinsfell fallen lassen. – Der Witz der Tafelrunde liege doch in ihrer gänzlichen Unabhängigkeit! Der Fürst fördere sie, denn wenigstens an *einer* Stelle müsse das Rittertum noch in Reinkultur anzutreffen sein! – Parzivâl unterdrückte die Frage, ob Besucher bei Herrn Artûs inzwischen auch Eintritt bezahlten und ob Führungen von einem Helden zum andern veranstaltet würden; er hatte genug gehört, um zu wissen, welches Wesen gedieh und welches vorbei war. Denn was man gedeihen *läßt*, auf geschützten Inseln kultivieren muß, das ist vorbei. – Auch die Sparte Abenteuer, erklärte der Abt, erfreue sich Lähelîns Begünstigung. Er habe seinen Städten ans Herz gelegt, irrende Ritter wohl zu empfangen, ihnen allen nur möglichen Komfort zu bieten und sogar die Zeche zu erlassen, wenn sie ihre Fabeln dem Publikum zum Besten gäben. – Da der Trinkgesell offensichtlich kein Ritter, höchstens ein reisiger Bote war, ließ sich von ihm keine echte Weltkenntnis erwarten; um des Pferdes willen war der Abt aber endlich so gnädig, den gewünschten Brief aufzusetzen.

Er lautete an einen Herrn Iwânet und kurz gefaßt dahin: Ein alter Freund und Schlagetot – hier stutzte der Abt – erwarte den Kammerherrn in der »Staubigen Ilge«, mit der Bitte, die aufgehobenen Sachen im Schutz der Dunkelheit abzuliefern und mit dem Mann, den er geschoren habe, einen Becher zu leeren. – Schlagetot? fragte der Abt, sicherheitshalber. – Oder Strauchdieb, wenn's besser paßt, sagte Parzivâl. – Ihr scherzt kühn! erwiderte der Abt, hofft wohl, damit Euer Glück zu machen! Denn der Styl, den Artûs pflegt, wird immer unkonventioneller: offenbar habt Ihr euch umgehört und wißt, wie man sich verkauft!

Er setzte dem »Schlagetot« die letzte Zierschleife auf und überreichte das Pergament, nachdem er es trockengeblasen hatte, mit der Großartigkeit des Mannes, der eher gewohnt ist, schreiben zu lassen als selbst zu schreiben. Parzivâl dankte und bat den Abt, für seine

Mühe ein Goldstück anzunehmen. Der Abt vertiefte sich in den imperatorischen Kopf auf der Münze und geriet ins Singen des Kenners. – *Federico Due!* sagte er, das Wunder der Welt! Ein wenig *démodé*, was meint Ihr? Die Zukunft gehört den Städten, an denen er sich seine Löwenzähne ausgebissen hat! Aber auf transparente Verwaltung verstand er sich wie keiner, jedenfalls in beiden Sizilien, die er durchleuchtete wie eine Sonne! Und wie haben wir's nun mit Eurem Pferd? – Es ist mir nicht feil, heiliger Mann, sagte Parzivâl und rollte das Pergament, Ihr seid bezahlt. – Dann möge Euch die Pest schlagen! sagte der Mann mit der geschlitzten Kutte, Bedienung! und ging ohne ein weiteres Wort.

Parzivâl sandte einen Hausknecht mit der Rolle, die er nicht gesiegelt hatte, und zur Stunde der Dämmerung kam Iwânet in den »Grauen Schatten«. Er war auch selbst grauer geworden, an Haaren noch nicht, aber im Gesicht, Parzivâl sah ihn gebeugt durch die Gasse kommen und erkannte mit einem Blick, daß der Ruhm des Kammerherrn große Sprünge nicht mehr gemacht haben konnte. Als dieser in der niederen Schenke stand, erkannte er, sich umblickend, auch den Freund nicht mehr, bis der ihn ansprach und sie einander, nach kurzem Zögern, in die Arme schlossen.

Du bist so anders! sagte der Kammerherr, aber stattlich bist du geblieben! – Er zupfte ihn am Bart. – Inzwischen ist er mein! lächelte Parzivâl und erzählte mit wenig Worten, wie er bei einem Herrn angemietet habe – den Namen nannte er nicht –, um über alle Berge ins Wälsche zu ziehen. Jetzt irre der Herr auf eigene Faust weiter und habe Parzivâl heimgeschickt, um Frau Ginovêr einen Brief zu bestellen. Hier sei er, zu treuen Händen, denn Parzivâl wolle sich bei Hofe einstweilen nicht sehen lassen. – Ach, es ist doch alles vergessen und vergeben! seufzte der Freund beim Wein, und ich wüßte keinen, der uns so gut täte wie du! Ich habe auch alles aufgehoben, wie du es gelassen hast; dein Fuchs steht schon im Hof und wird vor Freude sterben, wenn er dich wiedersieht! – Dazu wollen wir es lieber nicht kommen lassen, lächelte Parzivâl, ich bin sicher, er ist inzwischen dein Pferd geworden, hoffe nur, er lahme noch nicht. – Er ist im besten Alter und ein Wunder! strahlte Iwânet, ich habe ihn jeden Tag bewegt, aber niemals in einen Kampf reiten lassen, ich wußte, was ich dir schuldig bin! – Ich denke, ihr habt euch lieb gewonnen, sagte Parzivâl, und es wird das Beste sein, wenn du ihn behältst. Ich habe ein eigenes Pferd, das hat mir mein Herr zum Abschied geschenkt, da es sich von einem andern nicht führen ließ. – Das kann ich mir denken! sagte Iwânet, rot vor Überraschung und Glück, das kann ja nur der Araber sein, den ich im Hof habe stehen sehen. So ein Pferd gibt es nur einmal unter der Sonne! Aber die Rüstung mußt du wieder nehmen, die kann kein anderer tragen. Mein Gott! was habe ich auf den Roten Ritter gewartet! Du wärst empfangen worden wie ein Heiliger! Wir sind ein wenig matt geworden, weißt du, und es ist selten, daß wir uns mit gutem Gewissen an die Tafel setzen. Die Abenteuer, die uns berechtigen, sind auch nicht mehr die alten. Aber mit dir wäre alles anders geworden; du weißt ja gar nicht, was man sich von dir für Geschichten erzählt! Daß du den Grâl gewonnen und wieder gelassen hast, weil dein Auftrag noch höher lautet; einige meinen gar, du seist in die Dienste des Baruch getreten, um West und Ost zusammenzuführen im Zeichen des Heiligen Geistes, und habest Knechtsgestalt angenommen, die Herzen zu prüfen!

Du gehörst also jetzt zur Tafelrunde! sagte Parzivâl nach einer Weile, das freut mich für dich. – Ach, sagte Iwânet, da ich Oberkämmerer wurde, mußte mich Herr Artûs wohl heranziehn. Und doch gehöre ich nicht dorthin, es ist nur, um die Runde zu füllen; du weißt wohl, daß der dreizehnte Sitz immer noch ledig ist. Das ist der Sitz des Verräters Judas, den nur Der einnehmen kann, der das reinste Herz hat ...

Iwânet schwieg. Parzivâl lächelte mit schiefem Mund, Iwânet sah ihn heftig an. – *Du* mußt das sein! sagte er mit weiten Augen, ich habe nie einen Augenblick bezweifelt, daß du es bist. – Lieber, erwiderte Parzivâl, ich habe dich zu kommen gebeten, weil ich am Hof einstweilen nichts verloren habe; ich muß zurück zum Grâl. – Ach, sagte Iwânet, zu deiner Frau, das hätte ich verstanden; aber zum Grâl? Von dem hat man lange nichts mehr gehört, als wäre er nie etwas Anderes als eine Sage gewesen. – Was sagt sie? fragte Parzivâl. – Daß der Grâl das einzige ist, was man nicht kaufen kann, sagte Iwânet. – Dafür stehe ich, sagte Parzivâl, und ich muß an die Stellen zurück, wo mein Leben offen geblieben ist. Und beim Grâl ist es eine Wunde geworden, die muß ich verschließen.

Iwânet musterte ihn voller Mitleid. – Ich war dabei, als dich die Gauklerin verflucht hat, sagte er, du hast es dir sehr zu Herzen genommen, aber damals warst du jünger und leicht zu erschüttern. Jetzt weiß doch jeder, daß es den Grâl nicht gibt. Er ist nur ein Bild für unsere Seele, beziehungsweise das Fünklein darin. – Hinter dem bin ich her, Iwânet, sagte Parzivâl. – Und darum verkleidest du dich wieder in deine alte Rüstung? fragte der Freund erstaunt. – Aus der Welt ist das Beste verschwunden, man kann es nur noch im Innern suchen, und wird immer älter dabei. – Ich suche es inmitten der Welt, sagte Parzivâl. – Du bist doch kein Kind mehr, sagte Iwânet teilnahmsvoll. – Dann muß ich es wohl wieder werden, sagte Parzivâl, ich werde zum Grâl gehen und die rechte Frage stellen. – Weißt du sie jetzt? wollte Iwânet wissen. – Immer weniger, antwortete Parzivâl, ich suche auch nicht mehr nach ihr. Ich hoffe nur, die Frage sucht jetzt mich und fällt mir in den Schoß, wie die reife Frucht vom Baum. Begleitest du mich auf meine Stube?

Oben setzte sich Parzivâl auf eine Stabelle, während ihm der Freund den Bart abnahm, mit der Schere zuerst, dann mit dem Messer. – Du bist es ja noch, sagte Iwânet, auf den ersten Blick bist du elend geworden, aber auf den zweiten schöner denn je. Nur, der Bart wird dir nachwachsen: wer ihn einmal abkratzt, dem sprießt er zeitlebens.

Iwânet schabte ihm die hingehaltene Kehle. Danach holte er die Rüstung des Roten Ritters und kleidete den Freund ein, zum dritten Mal. – Es gehen nicht mehr viele so, sagte er, auch die Lanze trägt man jetzt kürzer. Deine habe ich unten gelassen, die bemalte, mit dem Salamandermuster. Sie ist eine Antiquität und zum Kämpfen zu schade.

Ja, die muß ich zurückbringen, sagte Parzivâl, ich habe sie mitlaufen lassen bei einem Klausner. Hoffentlich weiß das Pferd die Höhle noch.

Das Pferd? staunte Iwânet, das war der Fuchs! Dann mußt du ihn doch behalten. Sie stehen unten, nebeneinander.

Das eine wird dem andern meinen Weg schon weitergesagt haben, lächelte Parzivâl.

Jetzt nehme ich dir die Rüstung wieder ab, sagte Iwânet, du mußt schlafen. Deine Augen sind müde.

Nein, Freund, sagte Parzivâl, ich reite. Hier ist der Brief, sei so gut und gib ihn deiner Frau Ginovêr. Und berichte keiner Seele, wen du gesehen hast.

Geh voraus und nimm den Fuchs gleich mit, er soll mich nicht wittern.

Und sie umarmten einander lange, Eisen gegen gutes Brabanter Tuch in der Kämmerertönung; die war zur Zeit eierfruchtfarben.

Parzivâl war aus Nantes geritten als letzter, bevor die Tore geschlossen wurden. Aus den Kirchen hörte er vorösterlich singen; der Klang verwehte beim Ritt über offenes Feld. Parzivâl ließ Inglîart die Zügel. Auf Helmdach und Schabracke schlug der Regen, dann wurde es stiller, und die Dämmerung vor den Augen belebte sich geisterhaft: es schneite. Das Pferd ging schwer im tiefen Boden und dampfte; dann wurde sein Tritt fester, aus dem Weißen kamen den beiden Stämme entgegen und die tiefere Nacht eines Waldes; manchmal schlug dem Reiter ein junger Trieb ins Gesicht. Hier war der Boden überfroren und ohne Weg. Dickichte meidend, gingen sie eine verschlungene Bahn, dennoch schien das Pferd keinen Augenblick zu zögern, schritt nur bedächtiger, als schone es sich für eine lange Strecke.

So ritten sie die ganze Nacht und blieben immer im selben Wald. Die Wegzeichen glichen einander zum Verwechseln. Zweimal kam Parzivâl an einem Wegkreuz vorbei – war es dasselbe? war die Spur, die er traf, von ihm? – Ganz allmählich klarte es auf über dem Weißen; es hatte zu schneien aufgehört. Die Zweige ergrünten im ersten Licht, bald röteten sich die Stämme im stärkeren der aufgehenden Sonne; blutend kämpfte sie sich in den offenen Himmel hinauf. Der Morgen wurde kalt, aber heiter, und das Tier setzte einen Huf nach dem andern dem großen Gestirn entgegen. Plötzlich hielt es an, und Parzivâl, der im Sattel döste, schrak auf, geblendet.

Unter den Bäumen stand ein kleines, festes Haus, eine Kapelle ohne Turm, frisch errichtet offenbar, mit einer Steinbank davor. Das einzige Fenster gähnte offen, eine Tür gab es nicht.

Parzivâl war seit Grâharz in keinem Gottes Haus mehr gewesen. Er saß ab und mußte sich halten, seine Beine waren steif. Er schwankte vor Müdigkeit und zitterte vor Kälte. Er nahm das Pferd beim Zaum und führte es an das Fenster, wie man einen Freund bei der Hand führt.

Was soll ich hier? fragte er das Pferd.

Im aschgrauen Raum war nichts zu erkennen als zwei Steinmale, der liegende Sarkophag eines betenden Ritters und das sitzende Bild einer trauernden Greisin. In einer Ecke war Stroh zu einem Lager ausgebreitet, daneben ein Stuhl, roh gezimmert, mit einem Sitz aus geflochtenem Rohr. Auf dem Steintisch ein Wasserkrug und ein Teller mit einer Forelle, die artig zerlegt war, sonst aber unberührt.

Jemand da? rief Parzivâl halblaut.

Ecce homo, hörte er es mit leiser Stimme sagen, *et ecce femina.*

Inglîart zuckte zusammen, begann zu schnauben und zu scheuen, als habe er ein Gespenst gesehen. Parzivâl tätschelte ihm den Hals; dann band er ihn an einen Baum, hängte den Schild dazu, legte die Waffen nieder und kehrte ans Fensterloch zurück.

Jetzt *stand* sie da drinnen, die weibliche Figur. Das Gesicht konnte er nicht erkennen, das sie ihm zuwandte, nur seine zerbrechliche Anmut, gerahmt auf beiden Seiten von langem Haar, das ihr bis zu den Füßen fiel.

Seid gegrüßt! sagte er. – Wie lebt Ihr so allein in dieser Kälte?

Wir sind selbander, sagte sie und deutete mit leichter Handbewegung auf den Sarkophag.

Friert Ihr nicht sehr? fragte er.

Wir spüren es kaum, sagte sie. – Aber setzt Euch doch, seid so gut. Draußen ist eine Bank.

Nur wenn Ihr Euch dazu setzen wollt, sagte er höflich.

Ich habe seit einer Ewigkeit nicht mehr neben einem Manne gesessen, sagte sie, ich bin eingemauert. – Aber ich setze mich zu Euch ans Fenster, wenn es Euch so beliebt.

Ich bitte darum, sagte der Rote Ritter.

Sie schleifte den Stuhl zum Fenster, wie ein Kind, ohne ihn anzuheben, und setzte sich darauf; jetzt sah er sie im noch dürftigen Tageslicht. Sie zwinkerte und lächelte blind mit ihrem Totengesichtchen; und zugleich war es aufgelöst wie das einer übernächtigten Liebenden.

Sigûne, sagte er, wie geht es dir?

Parzivâl! lächelte sie und errötete. – Wie steht es um dich?

Ich weiß es nicht, sagte er, ich suche den Grâl.

Setz dich, Kind, sagte sie.

Er gehorchte; da die Bank an der Kapellenwand stand, saß er jetzt mit dem Rücken zu ihr, wie im Beichtstuhl und zugleich wie vor der Kammer der Geliebten.

Er blickte über die Schulter. – Was für einen schönen Ring trägst du, sagte er.

Ja, sagte sie, nur etwas aus der Mode. Ich habe ihn von meinem Mann. Leider bin ich Jungfrau geblieben, das ist meine Schuld. Vor Gott aber sind wir Mann und Frau. Es ist ein Karfunkel.

Du bist treu, sagte er.

Gern geschehen, sagte sie.

Da war er wieder, der höfische Ton, welcher der Besucherin auf Soltâne wider Willen entschlüpft war, und er hörte ihn wie den fernen Ruf eines Hähers. Er hob ihm die eiserne Brust, zugleich rührte ihn die erste Sonnenwärme an.

Hast du gegessen? fragte sie, oder darf ich dir etwas hinausreichen?

Nein, sagte er, der Fisch ist für dich.

Er war für Schiônatulander, sagte sie. – Ein kleines Fastenmahl, er hat's vor dem Sterben noch selbst gefangen. Ich nehme nur, was er übrigläßt. Und jetzt habe ich schon gegessen. Bedient Euch nur.

Parzivâl spürte Tränen in den Augen aufsteigen, und der Magen knurrte zum Erbarmen.

Du hast Hunger, sagte Sigûne.

Nein, sagte er rauh, ich warte darauf, daß mich der Grâl ernährt.

Das ist lustig, antwortete sie, dann muß dir das Fischlein munden. Es wurde im See Brumbâne gefangen. Kundry bringt mir jeden Freitag etwas zu essen, und diesmal ist sie zwei Tage früher gekommen, wegen der Festtage.

Parzivâl hatte sich umgedreht. – Kundry vom Grâl? fragte er.

Ja, sagte sie unbefangen, um Mitternacht ist sie mit ihrem Muli dagewesen und dann wieder nach Munsalvaesche geritten. Du brauchst nur ihrer Spur zu folgen. – Ach nein, sagte sie, inzwischen hat es ja geschneit!

Base, sagte er, dann ist es wohl nicht mehr weit nach Munsalvaesche?

Das weiß man nie, antwortete sie, wenn du willst, kannst du in meiner Nähe bleiben, bis sie wiederkommt, und ihr dann folgen, unbemerkt.

Nein! sagte er und faßte sich mühsam. – Ich folge niemandem nach Munsalvaesche. Ich finde es selbst!

Jedenfalls mußt du essen! sagte sie. – Komm und nimm, die Forelle ist ganz frisch, sie wird dir bekommen.

Base, sagte er, ich rühre nichts mehr an, bis der Grâl mir befiehlt zu essen.

Orilus hat ihn getötet, sagte sie, hoffentlich hat er ihm nicht zu wehgetan. Ich bitte Tag und Nacht um Linderung seiner Schmerzen. Er hat so viel um mich gelitten, und ich habe es nicht gespürt. Doch kann er wieder etwas Leichtes essen.

Schwester, sagte er, ich sehne mich nach meiner Frau.

Dann versäume nichts, sagte Sigûne, ich habe zu lange gewartet, und jetzt muß ich noch ein wenig weiter warten. Er ist zur Minne noch viel zu schwach und kann gar nicht recht sprechen. Aber ich höre ihn gut.

Liebste, sagte er, leb wohl.

Leb wohl, Liebster, antwortete sie. – Danke, daß du noch einmal gekommen bist. Laß dir nie mehr wehtun, auch nicht von mir. Denn hier liegt die Mutter, sie würde mich schelten.

Meine Mutter? flüsterte er.

Ich habe sie geliebt und weiß es erst jetzt, sagte sie.

Wo? fragte er.

Ein Stein? lächelte sie. – Du kennst sie ja, sie wollte keinen Stein. Nur etwas Bescheidenes, wie mich.

Parzivâl weinte; und als er aufstand, packte ihn ein unsinniger Zorn. Jetzt *verlangte* er nach dem Grâl, um ihn zu züchtigen. Er riß Inglîarts Riemen herunter mitsamt dem Ast, schwang sich auf den Rücken des Pferdes und gab ihm die Sporen.

Der Weg wurde zum Hohlweg, und stand da ganz hinten nicht einer zu Pferd und im schwarzweißen Mantel? *Arrestez!* hörte er schreien. Undeutlich sah er den Mann am Ende des Wegs den Helm aufsetzen und die Lanze aus der Halterung reißen, schnell und doch zu spät. Da sprangen schon Lanze und Helm in die Luft, das Hindernis schien zu bersten. Der Mann flog rückwärts mit ausgebreiteten Armen, und Parzivâl jagte ihm nach wie einem Kohlweißling. Wo war der Boden unter ihm? Kein Boden – Parzivâl flog, Roß und Reiter – wie weit?

Wie im Traum sah Parzivâl tief unter sich ein Wildwasser toben und stürzte auf dem stummen Pferd darauf zu. Da ließ er den Lanzenstumpf fahren und warf die Hände hoch. Er bekam den Ast einer Kiefer zu fassen, es riß ihn aus dem Sattel, die Schenkel ließen den Leib des Pferdes los. Inglîart stürzte – warum ließ Gott ihm nicht Flügel wachsen! Parzivâl klammerte sich an den Kienast, der ächzte. Der Gehängte sah sein Pferd tief unten auf den Felsen aufschlagen, die gebrochenen Glieder verwerfen, lautlos sich wenden, leblos gewendet werden von der weißen Strömung, als drehe sich das edle Haupt noch einmal nach dem Gefährten um. Da hing er, lebte, hoffte zu träumen, während das Pferd von einem Stein zum nächsten trieb, stockte, bis die stärkere Strömung den kurzen Halt besiegte. Zögernd, dann willig ließ sich der weiße Leichnam weiterziehen durch beschneite Trümmer und fuhr, als habe er sich besonnen, in einem Zug außer Sicht.

Jetzt sah Parzivâl den Mann, den er fortgeschleudert hatte, den gegenüberliegenden Hang hinaufkriechen. Er konnte sein Keuchen hören, während er von Strunk zu Strauch griff und seinen Mantel nachschleppte wie ein Insekt den gebrochenen Flügel –

Mörder! schrie Parzivâl über die Schlucht, Mörder, *Mörder!*

Der Mann blickte sich nicht um und war bald nicht mehr zu sehen.

In der Tiefe lärmte das Wasser. Parzivâl zog sich wie verstohlen in die Höhe, suchte Halt mit den Eisenfüßen, zappelte, bis er mit der freien Hand einen Dornstrauch gefaßt hatte; der hielt, als der Kienast brach. Dorn um Dorn preßte sich in seine Finger, er fühlte weder Schmerz noch Angst, nur eine tosende Leere. Endlich fiel er hin, als ihm die Erde sagte, sie werde ihn nicht mehr fallen lassen.

Eine unbestimmte Zeit lag er so, keuchend, sein Herzschlag vertrieb die Ohmacht. Er mußte sich aushalten, lebend, nichts weiter.

Er drehte sich auf den Rücken und blickte in ein fremdes Pferdegesicht, das sich über seinen Helm beugte.

Da bist du ja, sagte er.

Das Pferd gab keine Antwort.

Es sah Inglîart ähnlich und zeigte die gleichen grauen Schatten auf dem glasklaren Leib.

Du bist es nicht! wimmerte Parzivâl.

Er brauchte alle vier Glieder, um aufzustehen; dann sank er gegen den Hals des Pferdes. Es hielt still.

Warte, sagte er.

Da lag die Lanze mit der Salamanderbemalung im Gebüsch; daneben, im schmutzigen Schnee, der Schild, in dem noch die Lanzenspitze des Gegners stak. Parzivâl zog sie heraus und sammelte sein Zeug wie einer, der nicht weiß, ob er aus Unsinn Ordnung macht oder aus Ordnung Unsinn. Als er wieder vor dem fremden Pferd stand, hielt es den Kopf gesenkt. Die Bewegung rührte ihm ans Herz. Er betrachtete die Turteltaube auf der Schabracke, spürte ein Ziehen in der Brust; heben wollte sie sich nicht. Parzivâl nahm das Pferd beim Zaum und führte es behutsam, bis er aufsteigen konnte, und siehe, das Tier trug ihn willig und gelinde. Er spürte seine Höflichkeit.

Er zupfte am Zügel.

Geh du für mich.

Das Pferd setzte sich in Bewegung, trabte den Hohlweg fast fröhlich zurück und schlug sich in die Büsche, wo kein Weg mehr war.

Kleine Dampfwolken stiegen aus den Nüstern in die klare Luft; die Hufe wichen den Windanemonen aus, die aus dem stumpfen Schnee blühten, zarter weiß. Die Höhe haltend, gelangten sie auf eine Trift, die einen Blick ins weiße Land erlaubte. Auf der Bergseite war sie von Kalkfelsen gesäumt; da traten wie in einem Felsengarten Aurikel und Veilchen aus den Nischen schwarzen Erdreichs hervor und zitterten im frischen Wind. Von den Bäumen tropfte es, die Sonne wanderte der Mittagshöhe zu und wärmte merklich. Parzivâl kam es vor, als müsse er hier schon einmal gewesen sein; da sah er durch den Felsengarten eine Menschengruppe näherkommen. Voran schritt ein älterer Mann in einem Kuttenkleid, hinter ihm drei Frauen in eleganter Pilgertracht. Links und rechts hüpften ihnen Schoßhunde um die nackten Füße. Weiter hinten folgten Knechte und Knappen und führten die Reittiere.

Parzivâl ließ das Pferd zur Seite treten, den Pilgern aus dem Weg. Der ältere Mann, kahl, wohlgebaut und von ritterlicher Statur, stand still, während die Hündchen bellten angesichts des vereinzelten Reiters.

Wißt Ihr nicht, was die Stunde geschlagen hat? fragte der Mann mit großem Ton in seinem würdigen Baß. – Wie kommt es, daß ihr in Waffen geht, an *diesem* Tag?

Ich weiß weder Tag noch Woche, sagte Parzivâl.

Heute ist Gott für uns gestorben! dröhnte der Mann, während sein Gefolge Abstand hielt. – Und Ihr sitzt auf hohem Roß!

Parzivâl band sich den Helm ab. Der Pilger stutzte. Die Damen in ihren härenen Gewändern ließen kein Auge von ihm und begannen zu flüstern.

Habe ich Euch schon gesehen? fragte der ältere Mann. – Ihr seht gut aus und doch nicht allzugut. Mir scheint, Euch sitzt ein Stachel im Herzen. Seid Ihr verliebt?

Nein, sagte Parzivâl.

Das wäre auch nicht der Tag dafür! rief der Herr zu Fuß. – Da hinten wohnt ein heiliger Mann im Walde. Ihr braucht seinen Rat! Um ihn zu finden, müßt Ihr nur unsere Spur zurückverfolgen!

Herr Kahenîs, sagte die älteste der drei Damen. – Lieber Herr und Wirt, das war nicht wohlgesprochen. Wer dieser Herr auch sein mag, er friert. Da vorn stehen unsere Pilgerzelte. Barmherzigkeit ist auch am Karfreitag erlaubt. Dann kann er immer noch zu Eurem Klausner –

Ja, sagte eine der Töchter, begleitet uns ein wenig. – Und wenn Ihr auf Abenteuer aus seid, beliebt uns zu erzählen, setzte die andere dazu.

Die Lippen der jungen Damen waren festlich gerötet, sie blickten nicht allzu zerknirscht in die Welt. Ihr Vater maß sie mit einem schwermütigen Blick, der gleich wieder förmlich wurde.

Gut, sagte der Vater, gebt uns die Ehre.

Ich danke, sagte Parzivâl, die Ehre wäre auf meiner Seite. Aber leider ist mir nicht zu helfen.

Gott tut es! rief der ältere Mann, denkt daran! Er ist für Euch gestorben!

Das glaube ich auch, sagte Parzivâl, lebt wohl! –

Er gab seinem Pferd die Sporen und setzte, zum entsetzten Mißvergnügen der Hündlein, zu einem scharfen Ritt an, vorüber an den Kutten und warmen Lippen, als einer, der flieht. Erst als die Gruppe außer Sichtweite war, überließ er dem Pferd wieder die Zügel und schloß die Augen. Das Pferd aber galoppierte weiter, und er mußte sich am Sattel festhalten.

IN DER HÖHLE
WIE PARZIVÂL
DEM LEEREN BLICK
IN DEN AUGEN
DES EINSIEDLERS BEGEGNET

Guten Tag! sagte eine tiefe Stimme.

Parzivâl hörte ein starkes Rauschen, und Kühle wehte ihn an. Er fühlte sein Pferd stillstehen, als halte es jemand am Zügel fest. Da öffnete er die Augen.

Vor ihm erhob sich eine Felswand; von der stürzte ein Wasserfall in die Tiefe und füllte ein Becken, das wie gemauert im Fels lag. Hier hatte Herr Orilus seine Frau Jeschûte zu dringlicher Versöhnung in die Höhle gezogen: damals war sie leer, bis auf einen Altar. Der fehlte nun, doch an seiner Stelle stand ein kleiner, fester Mann, scheinbar ohne Alter und mit unauffälligem Gesicht. Er hatte die Arme in seinen grauen Umhang gewickelt und betrachtete Parzivâl mit merkwürdig offenen Augen. – Sie waren auf den Angekommenen gerichtet, aber sie strahlten so wenig, wie sie starrten. Sie schienen dafür aufgetan, unbewegt hereinzulassen, was sie sahen, ohne es durch die Zugabe eines Urteils zu färben. Sie waren nur Öffnungen in einem sonst verschlossenen Gesicht. Darin lag etwas, was Parzivâl weckte.

Ihr seid der heilige Mann.

Wer sonst? erwiderte der Unscheinbare. – Und Ihr wollt noch weit. Also sitzt ab und kehrt ein.

Parzivâl gehorchte und nahm das Pferd beim Zaum.

Ein Grâlspferd, sagte der Mann. – Wo habt Ihr's gestohlen?

Erkämpft, sagte Parzivâl. – Dafür habe ich mein eigenes verloren.

Erkämpft, sagte der Mann. – Das heißt, Ihr habt den Ritter zu diesem Pferd totgeschlagen.

Nein, sagte Parzivâl, er lebt.

Lebt? fragte der Mann. – Ein Grâlsritter nimmt keine Sicherheit. Er kämpft auf Leben und Tod.

Parzivâl erzählte die Geschichte seines Zorns, der ihn hingerissen hatte, erst zum Kampf, dann in die Schlucht.

Tretet ein, sagte der Mann.

Ich will Euch nicht stören, sagte Parzivâl.

Wer gestört ist, muß stören, sagte der Mann. – Außerdem werdet Ihr Mühe haben, mich zu stören. Ich rede zu gern. Sonst rede ich mit mir selbst, jetzt rede ich mit Euch. Es stört mich nicht, wenn Ihr Euch dazu wärmt.

Ich friere nicht, sagte Parzivâl.

Eben, Ihr seid gestört, sonst dürftet Ihr frieren. Heute will ich von Euren Sünden reden, das macht Euch warm.

Parzivâl versuchte zu lächeln. – Von meinen Sünden? fragte er. – Woher wollt Ihr die kennen?

Die erste Sünde ist, daß Ihr gerüstet und gespornt des Weges kommt, sagte der Mann. – Und das in Gottes Todesstunde. Eine läßliche Sünde. Gott stirbt jeden Augenblick, und jeden Augenblick steht er wieder auf. Also setzt Euch.

Erst muß das Pferd versorgt sein, sagte Parzivâl.

Schon besser, sagte der Andere. – Das Pferd stehen zu lassen, wenn man schon sitzt, das wäre eine Sünde, die nicht vergeben wird. Auch Geklaut will Gepflegt sein. Also laßt mir Euer Pferd.

Er reckte die Hand nach dem Tier aus, das Tier seinen Kopf nach ihm; dann führte er es zum Wasserbecken. Das Pferd begann zu saufen, während der Mann bewegungslos daneben stand. Als es den Durst gelöscht hatte, führte er es in einen geschützten Winkel unter dem Fels und band es an einen hier eingelassenen Ring. Man schien berittene Besucher gewöhnt.

Wenn Euch warm geworden ist, sagte er, machen wir uns auf die Futtersuche. Grâlspferde schätzen Farntriebe über alles. Farn hilft gegen Fieber und Frost, heizt das Eingeweide und zieht das Gift aus dem Blut. Was macht Ihr für ein Gesicht?

Den Tod treibt's nicht aus, sagte Parzivâl.

Gegen den ist kein Kraut gewachsen, sagte der Mann. – Die Kräuter wissen das, nur die Menschen glauben es nicht.

Die Höhle war mit Stroh belegt und dürrem Reisig, sie schien geräumiger als das letzte Mal. Unter einer natürlichen Öffnung in der Felsendecke stand ein Herd, in dem Holzkohlen glühten; zwei Holzblöcke waren daran gerückt. Auf einem ließ sich der Gastgeber nieder. Als keine Einladung erfolgte, setzte sich der Gast schließlich von selbst.

Die Glut wehte ihn an; eine Weile saßen sie ohne Worte. Der Andere hatte die Hände im Schoß zusammengelegt; sie waren kurz, doch fein gebildet und hatten gepflegte Nägel. Auch die bloßen Füße waren nicht die eines Bauern. Sein festes graues Kleid war aus einem Stück geschnitten; er trug es wie ein Festkleid, und seine Haltung war aufrecht, aber nicht steif. Er sah zu, ohne auf etwas Besonderes zu warten. Das gab Parzivâl das Gefühl, als säße er schon lange da.

Nach einer Weile erhob sich der Graue und zündete eine Kerze an, indem er den Docht gegen die Glut neigte; dann hielt er sie in der Hand und sah auf die Flamme nieder mit seinen offenen Augen, in denen ihr Widerschein nicht zu erkennen war.

Hier stand Euer Altar, bemerkte der Gast und deutete zum Eingang hinüber.

Jetzt steht er bei meinen Büchern, sagte der Mann und wies mit dem Kopf in die hintere Höhle. – Es ist Euer Altar so gut wie meiner.

Ich habe einen Eid darauf geleistet, sagte Parzivâl.

Der andere antwortete nicht.

Und dann habe ich die Lanze genommen, die daneben lehnte, fuhr der Gast fort.

Das wären schon drei Sünden, erklärte der Mann. – Ihr kommt gerüstet am heiligen Tag, das ist Hoffart, Gedankenlosigkeit oder beides. Ihr habt gestohlen, und falsch geschworen habt Ihr auch.

Falsch geschworen! fuhr Parzivâl auf.

Jeder Eid ist falsch, sagte der Mann. – Wir sind nicht für Schwüre geschaffen. Wütend werdet Ihr auch schon zum zweiten Mal. Ihr habt den Grâlsritter im Zorn vom Pferd gerannt. Damit habt Ihr ihm das Leben gerettet. Hättet Ihr schwächer gestoßen, wäre er kürzer geflogen und hätte sich den Hals gebrochen, wie Euer Pferd. Gestohlen habt Ihr auch schon wieder, damals die Lanze, jetzt dieses Pferd.

Parzivâl hatte aufbrausen wollen, aber der Zorn kam ihm nicht mehr von Herzen. Stille war in ihm, Erschöpfung und eine sanfte Wärme, als hätte er lange darauf gewartet, gescholten zu werden.

Ich bin ein Mann, der Sünde hat, sagte er leise.

Nun ja, erwiderte der Graue. – Überschätzt Euch nicht. Nicht jeder kann Sünder sein, dazu gehört dies und das. Doch lasse ich mit mir reden, das heißt, ich rede, und Ihr hört mir zu. Damit büßt Ihr schon allerhand. Wenn Ihr Sünde haben wollt, braucht Ihr ein Sünderhemd. Wollen sehen, ob wir Eure Größe führen.

Er winkte den Gast mit der Kerze in die Nebenhöhle; aus einer Spalte fiel Tageslicht auf ein Stehpult und auf das aufgeschlagene

Buch. Daneben standen auf rohem Brett weitere ledergebundene Corpora und Codices; zuhinterst leuchtete eine weiße Nelke in einem einzelnen Lichtstrahl. Der Mann öffnete die Flügel des Reliquientisches; das Schränklein dahinter war mit gefalteten grauen Leibröcken gefüllt. Der Mann zog einen hervor, schüttelte daran und hielt ihn Parzivâl vor den Leib.

Warum nicht? sagte er.

Habt Ihr denn alle Größen? fragte Parzivâl erstaunt.

Nur das passende Auge, sagte der Andere, ich habe schon manches Kindlein eingekleidet.

Parzivâl schluckte, denn »Kindlein« hatte ihn viele Jahre niemand mehr genannt.

Rüstet Euch vorn an der Wärme ab, sagte der Mann, ich mache hier so lange einen Eintrag in diesen Psalter.

Schließlich bekomme ich Euren Besuch nicht jeden Tag. Aber er war schon fällig, denn Ihr seid ja doch ein rechter Sündenpfuhl. Nehmt die Pantoffeln hier nur auch gleich mit, Ihr seid nackte Füße nicht gewöhnt.

Parzivâl schnallte sich das Eisen vom Leib und legte es, Harnisch und Schienen, sorgsam zu Speer und Schild. Was da beisammenlag, kam dem Mann im Hemd nicht mehr prächtig vor. Aber je weiter er sich entkleidete, desto weniger schlotterte er; sanft strahlte ihm die Holzkohlenglut auf die Haut. Er hängte sein Hemd über das hölzerne Gitter beim Herd. Nackt, wie er war, begann er sich in der Kälte zu Hause zu fühlen. Er trat vor die Höhle in den Schnee und kniete am Becken des Wasserfalls nieder. Er hörte Läuten darin, Stimmen, Lachen und Vogelgezwitscher, als wäre in den fließenden Strom eine andere Schöpfung eingeschlossen. Mit einem Schritt stand er unter dem stürzenden Wasser und ließ es auf den Leib prasseln. Und während es ihm Rost, Schweiß und Blut vom Leib fegte, drehte er sich wie im Tanz. Erst hatte ihm die Kälte den Atem verschlagen; jetzt wurde er von selbst zum Prusten, Girren und Jauchzen. Wohltätig bestürmt und innerlich brennend lief er in die Höhle zurück und setzte sich triefend auf das Trumm, wo ihn die Glut anwehte; aus der Höhle vernahm er das Kratzen eines Kiels.

Nach einer Weile rief es: Wollt Ihr wissen, wann Ihr zum letzten Mal hier gewesen seid?

Ja! sagte Parzivâl.

Vor viereinhalb Jahren und drei Tagen, hörte er von hinten. –

Heute ist der 1. April. An einem 28. August kam die Lanze abhanden, die mein Freund Taurian am 25. August vergessen hatte. Der 28. war ein schwüler Tag mit einem kurzen Gewitter um die neunte Stunde.

Das stimmt, sagte Parzivâl. – Damals kämpfte ich mit Orilus um die Ehre Frau Jeschûtens.

Um die Ehre? auf die Ihr Euren schönen Eid geleistet habt? Ihr habt es mit der Frau ziemlich bunt getrieben, und auch noch auf meinem Bett!

Das war Orilus! sagte Parzivâl, nicht ich.

Ja, ja, kratzte es von hinten, diesmal war's Orilus, ein anderes Mal seid Ihr's. Es ist immer der Andere, und am Ende will's gar keiner gewesen sein. Der Mensch hat eine wilde Art.

Ich habe die Lanze zurückgebracht, sagte Parzivâl.

Hoffentlich, murrte der Schreiber, nun, Taurian wird sie nichts mehr nützen. Der hat sich inzwischen totgeschlagen.

Er – sich? fragte Parzivâl.

Mit Hilfe eines andern gepanzerten Herrn, sagte der Einsiedler, wie es so unsere Art ist.

Unsere? fuhr Parzivâl fort, seid Ihr auch ein Ritter?

Ja, Kind, sagte der Mann, früher war ich *auch* ein Ritter. Heute bin ich ein Ritter, das ist der Unterschied.

Ich verstehe Euch nicht.

Ihr seid ja auch ein Dümmling, oder wieder auf dem besten Weg dazu. Jetzt müssen wir nur noch wissen, was für ein Sünder Ihr seid, dann haben wir das Gröbste hinter uns. Dann fängt die feinere Arbeit an.

Ihr wart nicht da, sagte Parzivâl, in jenem August, und damals sah es hier noch anders aus.

Darf ich nicht einmal ausgeritten sein? fragte es. – Es sah hier gar nicht viel anders aus. Nur Ihr seid ein anderer.

Warum lebt Ihr hier? fragte Parzivâl.

Fragt nur immerzu, hörte er sagen, Ihr werdet Antwort kriegen, wenn Ihr so weit seid, daß Ihr sie versteht, und dann werdet Ihr sie nicht mehr brauchen. Steckt Ihr schon im Bußgewand?

Nein, sagte Parzivâl, ich wärme mich noch.

Dann laßt Euch doch einmal sehen, sagte der Mann und trat hervor, das offene Buch in der Hand. Er blickte hinein und wieder auf Parzivâl, als vergleiche er ihn mit einer Schriftstelle. Dann legte er das Buch ab.

Steht auf! sagte der Mann.

Parzivâl erhob sich; er stand mit dem Rücken zu dem Mann, aber er fühlte ihn näher kommen. Dann wurde er angefaßt und umgedreht. Der Mann betrachtete ihn mit langsam von oben nach unten wandernden Augen; und wieder sah Parzivâl, daß sie nicht blickten, nur offen waren. Der Mann hob seine Hand und legte sie auf Parzivâls Schulter; dann begann er diese fast unmerklich nach der Seite zu ziehen und stützte zugleich mit der andern Hand den Brustkorb ab. Die Berührung war leicht und bestimmt; er zog da an einem Muskel und gestattete dort einem andern sich zu heben, mit leichtem Nachdruck.

Ihr tragt zu schwer, sagte der Mann.

Parzivâl wollte lächeln; da schossen ihm helle Tränen in die Augen, und er bedeckte sie mit beiden Händen. Ein übermächtiges Weinen stieg aus der Tiefe seiner Eingeweide und zerriß ihm den Mund. Er fiel auf die Knie, umschlang das Holz und schrie, daß es ihn schüttelte. Es ließ nicht los, bis jede Faser an ihm durchgeschüttelt war; dann lag er still genug, um zu hören, wie still es neben ihm geworden war.

Das habe ich auch einmal gekonnt! keuchte er. – Jemanden so anfassen, daß ihm leicht wurde. Das habe ich ja auch gekonnt. Und nun ist es weg! Ich habe sogar vergessen, daß ich es konnte. Ich habe vergessen, daß ich es war –

Zieht Euch die Kutte über, sagte der Mann, wir wollen das Pferd versorgen.

Parzivâl gehorchte; das Kleid war schwer und doch gefügig, begleitete die Haut bei jeder Bewegung mit seiner Wärme. Parzivâl blieb darunter nackt, ohne ein Gefühl von Blöße. Er ließ das Schuhwerk stehen, seine Füße verlangte es nach dem Widerstand von Erde, Schnee und Stein. Der Mann hatte zwei kleine Fischnetze in der Hand und reichte das eine dem Gast; damit gingen sie hinaus auf den abschüssigen Hang. Sie brachen die Triebe der Fichten und rauften die Knäufe des jungen Farns. Die vollen Netze trugen sie auf den Vorplatz und schütteten sie dem Pferd vor, das ungesäumt zu fressen begann. Parzivâls Füße und Hände waren ohne Gefühl und begannen erst zu schmerzen, als er sie gegen die Glut des Herdes hielt, in welchen der Mann Holzkohle nachschob; Parzivâl hätte schreien können und genoß, wie in der Kindheit, das Nachlassen des klammen Elends und die prickelnde Wiederkehr vollen Gefühls. Er meinte im Gesicht des Einsiedlers einen vertrauten Zug zu sehen; doch da er heiter war, erkannte er ihn nicht.

Was uns Menschen betrifft, sagte der Mann, so haben wir leider fast nichts zu beißen. Wenn der Boden auftaut wie Eure Hände, wollen wir frische Wurzeln graben; heute müßt Ihr mit gestrigen vorlieb nehmen.

Mit diesen Worten hielt er Parzivâl einen Korb voller Knollen unter die Augen, wie ein Küchenmeister, der ein Lob erwartet. Im Wasserbecken scheuerten sie die unansehnlichen Stücke, bis sie glänzten, weiß, gelb und rötlich; dann ging der Mann hinaus und hielt einen Krug unter den fallenden Strahl.

So saßen sie nun, jeder einen Becher Wassers vor sich und einen Zinnteller voll Rohkost, an der Feuerstelle, in die der Mann dürres Kraut warf, so daß die Glut nach Würze duftete; und wieder meinte Parzivâl, diesen Duft schon einmal gerochen zu haben vor undenklicher Zeit. Das Tageslicht war am Schwinden. Sie sprachen kein Wort. Die Zähne mahlten das bittere oder süßliche Faserwerk, bis die Zunge Geschmack darin fand. Da wurde es Nahrung, und beim Schlucken war sie so gut wie gekocht und mit Liebe zubereitet.

SÜNDENPREDIGT

WIE TREVRIZENT
SEINEM BESUCHER PARZIVÂL
EINHEIZT

»Wenn man geweint hat, will man sich aussprechen, früher oder später, und lieber früher, solange das Innere noch flüssig und warm ist. Daraus wird nichts. Jetzt redet nur einer, das bin ich. Und Ihr müßt lernen, Eure Sünden kalt zu genießen, wie das Wasser draußen oder unser Wurzelgericht. Ich rede selten genug, aber dann für mein Leben gern. Das ist eine harte Prüfung, die ich Euch für eure Sünden auferlege. Denn ich will von Eurer Sünde reden, von gar nichts anderem.

Zuerst müßt Ihr wissen, daß Euch mit Reden nicht geholfen ist, im Geringsten nicht. Wenn Ihr pissen müßt oder sonst ein Bedürfnis habt, etwa Luft zu holen, bevor Ihr einschlaft, so geht nach draußen. Gegen den Wind sollt Ihr nicht pissen. Das ist auch eine Sünde, aber sie straft sich selbst. Für Eure übrigen Sünden strafe ich Euch einstweilen durch Reden. Das wird nicht lustig für Euch. Tragt's in ritterlicher Demut.

Womit wir schon bei deren Gegenstück angelangt wären, dem Hochmut, auch Hoffart genannt. Von Haus aus heißt sie SUPERBIA. Unsere Todsünden sind als fromme Kinder der Kirche lateinisch getauft.

Könnt Ihr folgen? Folgt mir nur nicht zu schnell. Todsünden muß man schwerfällig und fast begriffsstutzig folgen, damit sie sich gebührend einprägen und man sie beim nächsten Mal wiedererkennt. Denn sie sind erfinderisch wie der böse Wille und zeigen sich in tausendfältiger Gestalt. Die meisten sind süß, beim ersten Genießen, und werden bitter erst hinterher. Das unterscheidet sie von den tugendhaften Wurzeln, die wir uns grade haben schmecken lassen. Erst nichts als Widerstand, hinterher einigermaßen süß: das ist der Geschmack der Tugend. Die Todsünden aber schmecken wohl auf der Zunge und werden giftig erst im Eingeweide, so daß man sie ausspeien muß, wenn man noch kann. Hat man zu üppig davon genossen, kann man es nicht mehr, kommt nieder mit ihnen und stirbt eines Tages. Davon heißen sie Todsünden.

Mit der SUPERBIA sollten wir beginnen, weil, sie ist die ehrwürdigste der Todsünden. Aber wir beginnen lieber mit der kleinsten und häßlichsten, denn sie ist populär und weiß sich so trefflich zu verkleiden, daß sie bei den klügsten Leuten nachgerade als Tugend gilt, und bei den Dümmsten unter den Klugen sogar als die einzige Tugend. Ja, sie nennen sie wohl gar gottgefällig; und doch bleibt sie häßlich bis ins Mark, und ihre Leute sehen auch danach aus. Ich spreche von der AVARITIAE, ehedem Geiz genannt, später Habsucht; neuerdings heißt sie Gerechter Vorteil, Wohlverdiente Errungenschaft, Billiger Gewinst und dergleichen.

Was kann billiger sein, als daß ich Euch übers Ohr haue? was gerechter, als daß Ihr mir ein Gleiches tut bei nächster bester Gelegenheit? Und wenn wir das Hin und Her nur ein wenig geregelt haben und ihm das Ziel gegenseitiger Bequemlichkeit setzen, können wir uns wohl gar einbilden, einander gute Dienste zu leisten. Denn der Eine begünstigt die Gier des Andern und dient seinem Nutz und Frommen zu; fehlt nur noch, daß wir den Handel unter Brüdern gar fromm nennen, und, um unser Gewissen zu besänftigen, auch den Pfaffen dazu bitten; der läßt sich's ja wohl gefallen. Eine Hand wäscht die andere, eine Krähe hackt der andern kein Auge aus, und die Gauner bemänteln sich so zierlich, daß sie sich am Ende selbst für Ehrenmänner halten.

Es ist alles recht fein gesponnen, und das meiste davon kommt nie an die Sonnen, sondern bleibt heimlich-feist im Dunkel. Da munkelt's von Handel und Wandel; da messen sie einander die Zeit nicht anders, als sie ihre Batzen zählen, und rechnen ihren Lohn danach aus. Sie handeln grade, als hätten sie ihre Zeit nicht bloß geliehen, sondern könnten sie kaufen wie ihr elendes Leben, das sie am liebsten in Gold verpacken und beiseite legen möchten für eine kleine Ewigkeit. Und wie sie von Gott nichts geschenkt nehmen können, schenken sie auch einander nichts. Sogar die liebe Luft drehen sie einander an, und dann auch wieder ab, wenn sie können. Gott und die Welt, Teufel und Seele, Frau und Mann, Licht und Land: alles hat seinen Preis für sie. Doch sie zahlen ihn nie, ohne dabei etwas Kleines für sich abzubrechen.

Das macht, ihre Seele ist kärglich, und ihr Herz versteht allein die Sprache des Habens. Sie haben es dem Teufel verkauft, aber auch diesen meinen sie zwischen den Hörnern kraulen zu können, etwa durch ein wenig Gottesdienst nebenher. Nur die Angst ihres Herzens ist manchmal so groß wie ihr Geiz. Allen wollen sie's recht machen, um nur das Rechte nicht tun zu müssen; denn da hörte die Bequemlichkeit auf, dazu würde ein ganzes ritterliches Sein gehören. Das aber haben sie verschachert, und ginge eher ein Kamel durch ein Nadelöhr als ein Pfeffersack in das Reich Gottes. Dies wäre eine Gnade, und an die kann so einer auch dann nicht glauben, wenn er sie fühlt.

Das alles ist AVARITIA, die allgemeinste Todsünde, und die gemeinste. Denn sie macht alles, was sie anfaßt, niedrig wie sie selbst; sie hat keine Art. Eine Unart aber wird nicht ansehnlicher durch ihre Verbreitung, und das Ansehen, das sie sich gibt, ist zum Lachen. Lachen aber ist eben, was der Geiz am meisten fürchtet. Denn mit dem Lachen flögen die Schätze in den Wind, die er sammelt, wie Spreu von der Tenne, und im Gelächter verlöre sich der Gewinn als Schall und Rauch. Ein Ritter aber ist, der kein geiziges Leben führt! Er verschwendet seine Lanzen und muß auch sein Herz verschwenden. Denn wahrlich, die ihr Leben nicht können verlieren, die werden's nicht gewinnen und nichts Lebendiges auf die Welt setzen. Der Geiz tötet ihre Seele, die sie schon zu Lebzeiten auf sicher haben wollen und im Fäustchen; ist's ihnen aber gelungen, haben sie kein Leben mehr übrig, zu genießen, was sie raffen und haben. Denn was man hat, das genießt man nicht; darin liegt nicht nur die Sünde der AVARITIAE, sondern auch ihre Torheit. Ihre Rechnung geht niemals auf, und wovon sie die Fülle zu haben glaubt, das gerät ihr zum traurigen Rest, auf dem sie sitzen bleibt als betrogene Betrügerin. Habt Ihr das wohl beieinander?

Dann kämen wir zur nächsten Todsünde, das ist GULA, die Völlerei. Aber die ist unerheblich und nur eine Tochter und Abart der vorigen Habsucht. Wer am Haben kein Genüge findet – und das findet keiner, denn wer hat, der hat nie genug –: der wird auch saufen und fressen ohne Maß. Er wird mit der Zunge büßen wollen für das Mißraten seiner Wünsche, und sich mit dem Gaumen schadlos halten für den faden Geschmack seines Lebens. Was einer so genießt, wird kein Genuß sein, es wird ihn nur mastig und lastig machen.

Wer nichts hat und Hunger leidet, der darf wohl einmal fressen, daß die Schwarten krachen und die Säume bersten. Das ist keine Sünde, nur ein mittlerer Schwachsinn. Nein, wir wollen von der Völlerei nicht mehr hermachen, als sie verdient. Sie hat kurzen chnauf und straft sich selbst fast ebenso schnell, wie Ihr gestraft seid, wenn Ihr gegen den Wind pißt. Wer sich, wie wir, von Knollen und Wurzeln nährt, tut nicht so, weil er ein Stück Wildpret nicht zu schätzen wüßte, einen Rollbraten, ein Schulterstück oder eine Wachtelbrust, eine Reiherzunge oder einen gesottenen Krebs, eine Schale süßen Rahms oder einen Rosinenkuchen aus dem Morgenland. Sondern wir lassen uns Knollen und Wurzeln gefallen, weil wir, wenn wir überhaupt genießen sollen, *alles* müssen genießen lernen; es ist eine Übung dahinter, und richtet sich durchaus nicht gegen den Hasenbraten als solchen.

Haben, als hätte man nicht, das ist die eine Seite ritterlicher Lebensart; die andere aber ist: nicht haben, als hätte man. Solche Übung habe ich Euch heute zugemutet in brüderlicher Armut, die wir als freiwillig Arme besser müssen tragen können denn die notwendig Armen. Die mögen sich immerhin vollschlagen, wenn sie es einmal können, denn daraus wird am Ende nichts anderes als ein Haufen Scheiße. Aber doch nicht, wie bei der AVARITIAE, eine Welt, in der es stinkt.

Ihr döst mir davon, junger Mann, aber die nächste Sünde wird Euch hoffentlich hellwach machen, das ist INVIDIA, oder der Neid und die Mißgunst. Ihr mögt finden, daß sie ebenfalls aus der Verwandtschaft der vorgedachten Todsünden stamme, ist sie doch dem Haben aus dem sauren Gesicht geschnitten und folgt zwangsläufig daraus; denn INVIDIA ist die Todsünde des rechnenden Vergleichs. Da wirft einer, der weniger glaubt zu haben, ein scheeles Auge auf einen, der mehr hat, augenscheinlich.

Und doch kann man in diesem Auge, wenn man das eigene schärft, auch einen edleren Zug entdecken, und INVIDIAM, das verlorene Ding, als läßliches Hürchen betrachten. Denn wir neiden ja nicht nur Dem sein Los, so mehr hat, sondern auch Dem, so mehr *ist* – es findet sich allerhand sauer gewordenes Streben, viel verzweifelter Mut zum Bessern und Feineren in diesem Vergleich zu unsern Ungunsten. Und wenn einer sich aufrafft, ihn zu seinen Gunsten zu wenden, wollen wir ihn nicht durchaus schelten. Denn er muß dabei kein Schubjak, Pfeffersack und Pfennigfuchser bleiben, auch wenn er's zum Ritter noch weit hat.

Ja, der Neid kann geradezu der Vater der Liebe werden, wenn er sich überwunden hat, und am Ende damit leben kann, daß er den Bessern womöglich gar nicht zu überwinden braucht. Im Neid ist noch Aussicht, nur in der Habsucht ist keine. Wer die Energie, die in einem wohlbegründeten Neid steckt – und wir werden immer solche finden, die wir beneiden –, freizulassen und in Tüchtigkeit zu verkehren versteht, aus dem kann noch etwas werden. Er hat eine Chance zu bemerken, daß er nicht wie der andere werden muß, sondern wie er selbst. Dann aber kann er den Neid entbehren. Über diese Todsünde wollen wir also mit uns reden lassen, wir Ritter.

Die nächste Todsünde sollte Euch noch munterer machen, junger Mann, denn es ist LUXURIA, zu Deutsch: die Wollust.

Du lieber Gott! Mit dieser Todsünde begeben wir uns auf ein weites Feld, der Ehre wie der Unehre, und die eine gebiert die andere unaufhörlich. Daß wir um die Gunst einer Dame dienen, mit allem, was dazu gehört, ist hoffentlich das Mindeste. Doch wenn wir Ritter sind, machen wir umgekehrt keinen Schuh draus, und erwarten nicht, es sei auch das Mindeste, daß uns die Dame dafür belohnt. Damit stäken wir ja schon mitten im Sumpf der AVARITIAE, das ist: der erkauften Gunst und der geschäftsmäßigen Erwartung. Eine Frau ist wie der Himmel, der kann regnen lassen oder strahlen, aber mit ihm rechnen dürft Ihr nicht.

Sollten wir die Dame aber gewinnen, verdient oder unverdient aus Gnade, dann wären wir keine Ritter, wenn wir aus der Gelegenheit nicht das Beste machten, für beide Teile, und unsere Verschwendung nicht leuchten ließen wie ein Stück Himmel auf Erden. Wenn einer dann meint das Ding LUXURIAM nennen und sich oder uns dafür prügeln oder kasteien zu müssen – wohl bekomm's der INVIDIAE; es ist so menschlich wie das muntere Betttreiben zuvor. Aber so recht fromm kann ich's nicht finden. Gott hat Mann und Frau ja wohl nicht dafür geschaffen, daß sie den Unterschied, wenn sie ihn gehörig gewürdigt haben, nicht auch genießen, ohne dem Genuß Schimpf und Schande anzuhängen. Es muß eine Art haben, gewiß, aber ohne ein gutes Teil Unart ist auch keine Freude bei der Art. Man muß verstehen, es zu lassen, das wird gesagt sein müssen, aber das lernt man nur, wenn man auch verstanden hat, es zu tun, und manchmal um jeden Preis, dessen man nicht achten soll, der AVARITIAE in die Zähne.

Nirgends in der Welt sitzen das rechte Maß und das freudige Übermaß inniger verschlungen. Und wir werden es wohl besser Gott überlassen, die Guten ins Töpfchen zu stecken und die Schlechten ins Kröpfchen. Wir können den Köder der Minne einmal nicht schlucken ohne den Haken daran. Treue soll sein – aber das Maß der

Treue ist nicht dasjenige der Beckmesser, denn Untreue will nicht minder gelernt und gekonnt sein, bevor einer auch nur anfangen kann, von Treue zu reden. Und dann redet er nicht mehr davon, wie ich zu Euch, sondern er übt sie.

Davon ist noch keiner ein Ritter geworden, daß er sich eine Erfahrung verkniffen hat; man wird aber auch davon noch keiner, daß man sie sich erwirbt. Es hängt alles davon ab, *wie* man sie macht, und *wer* man dabei wird. Wer mit der Erfahrung, die man auf diesem Felde machen muß, an ein Ende kommt, der hat sie nicht gemacht; wer damit aber an kein Ende kommt, der auch nicht. Kurzum, Ihr könnt in der Minne alles nur falsch machen; *wie* wir es falsch machen, davon hängt das bißchen Richtigkeit ab, das wir uns in Sachen Luxuriae erwerben können.

Für eine rechte Todsünde will mir der Fall nicht eindeutig genug erscheinen, aber ich kann mich irren; des Irrtums schäme ich mich diesfalls immer noch lieber als einer vorgeschützten Gewißheit. Wenn Ihr sündigt, sündigt doch von ganzem Herzen und fürchtet nicht zu viel dabei, vor allem nicht, die Gnade mit Eurer Sünde zu erschöpfen! Da Euch dies nicht einmal bei einer guten Frau gelingt, dürft Ihr Gott wohl noch etwas mehr zutrauen.

Womit ich nicht gesagt haben will, man könne auch in der Minne nicht ganz abscheulich sündigen – aber doch wohl eher *an* der Minne als in ihr. Liebe und tu, was du willst – das ist ein merkwürdiges Sätzlein des Jüngers, den unser Herr am liebsten gesehen hat. Denn es will ja wohl auch besagen, daß man nicht *alles* tun kann, wenn man liebt. Aber immer noch mehr, als Ihr Euch könnt träumen lassen. Genug davon.

Ja, nun seid Ihr wach und zieht ein bedenkliches Gesicht. Das paßt zu der Todsünde Superbia, denn sie ist ohne Zweifel der schwerste Fall. Wenn wir uns überheben, wo kommen wir da hin? In die Gesellschaft der Herrschaften Brutus und Luzifer, die zu Satanen geworden sind, weil sie sich ihrer Stellung überhoben haben. Fragt sich nur: gegen welchen Herrn! Und wenn wir aus lauter Angst vor Überhebung nicht einmal den Kopf recht zu heben wagen – wo kommen wir denn *da* hin?

Von Duckmäuserei, mein lieber Gast, ist noch keiner ein Engel geworden. Wir kommen nicht einmal in die *Nähe* der hohen Stellung, die uns von Gott ist zugemutet worden – und sollten wir dabei den Schädel wirklich zu hoch getragen haben, bekommen wir schon

....s drübergezogen, daß wir geduckt werden. Aber ich weiß doch nicht, ob wir daraus die rechte Lehre ziehen und Gottes Sinn gut erraten haben, wenn wir gleich vorsorglich als geduckte Leute unsere Straße ziehen. Da Er uns nach Seinem Bild geschaffen hat, ist ein Jammerbild ja wohl nicht eben das, was wir Ihm bieten sollen.

Was wäre das denn für ein Himmel, in dem eitel Jubel herrschte über unsere Zerknirschung und Staubförmigkeit! Oder ich müßte die frohe Botschaft, die uns Gott in Seinem lieben Sohn hat zukommen lassen, doch recht falsch verstanden haben. Warum soll Er das Geschöpf nicht einigermaßen herrlich leben lassen, an das Er doch allerhand Mühe gewendet hat, einschließlich der Dahingabe Seines einzigen Kindes? Sollen wir Ihm zeitlich und ewig nachsterben müssen, nachdem Er das Verderben an unserer Stelle auf sich genommen hat, nicht um es zu vergrößern, sondern um es zu besiegen?

Müßt Ihr Euch am Karfreitag Eurer Rüstung entledigen und vom hohen Rosse steigen? Ja, wenn es Euch einfällt, und wenn's Euer Zartgefühl gebietet. Nein, wenn Ihr's nur tut, weil es die andern auch tun. Der römische Hauptmann, der unserm Herrn in Seiner Not den Essigschwamm reichte, brauchte dafür nicht vom Roß zu steigen; zu Fuß hätte sein mitleidiger Arm wohl gar nicht bis zum Galgen hingelangt. Und dem eigenen Kreuz reitet sowieso keiner davon, auch nicht auf dem höchsten Roß.

An Roß und Rüstung hängt nichts, sie machen keinen Ritter, sondern er macht sie; wenn Ihr das wißt, könnt Ihr ebensowohl reiten und Rüstung tragen. Ihr werdet sie ganz von selbst ablegen, wenn Ihr findet, daß Ihr es ohne sie wärmer habt oder schöner seid. Ihr tut Gottes Werk, wenn Ihr Euren Verstand braucht und Euer Gefühl befragt; dazu hat Er Euch geschaffen, nicht dazu, daß Ihr herumschleicht, als wäret Ihr lieber gar nicht geschaffen worden, und also den Stolz verletzt, mit dem Er Euch am sechsten Tag ja hoffentlich angesehen hat. Damit würdet Ihr Eurem Herrn viel eher nahetreten, will ich meinen, als durch ein rechtes Maß an Stolz Eurerseits, das Euch außerdem die Herzen gewinnt. Wenn Ihr darinnen auch noch wohnhaft werden wollt, werdet Ihr schon noch Euer Maß an Demut dazulernen müssen, andernfalls wird sie Euch beigebracht werden, daß Euch die Ohren sausen.

Ja, man darf Gottes Wegen schon etwas zutrauen und soll sie nicht durch unschönen Kleinmut verkürzen. Er muß wohl ein Meister sein; darum verkümmert Ihm seinen Stoff nicht durch Zittrigkeit und brüchigen Mut, sondern seht tapfer zu, wie weit Ihr reicht, unter Seiner Gnade zu wandeln. Tragt Euch mit hohem Sinn, aber tragt auch mit gleichem Anstand, wenn es Ihm gefällt, Euch zu beuteln und zu hämmern, um das Beste aus Euch zu machen. Da wir Seine Wege nicht kennen, tun wir gut daran, die unseren aufrecht zu gehen, und mit offenen fünf Sinnen, den gebührlichen Eigensinn nicht zu vergessen. Denn wir sind zur Vorhut der Kreatur bestimmt, was freilich nicht heißen soll, daß wir ihr die Krone aufsetzen, sondern daß wir bestellt sind zu ihrem Schutz. Wer die Schwachen will schützen, der darf weder ein Schwächling noch ein Schwachkopf sein, sondern kraftvoll in seinem Beruf. Die Kraft dazu aber gewinnt Ihr nicht, wenn Ihr Eure Schwäche prügelt oder hätschelt, sondern ehrenhaft anerkennt. Das ist die wahre Demut, und von denen, die sie mit Eitelkeit und Hoffart verwechseln, sollt Ihr Euch nicht vergelstern lassen.

Ja, da weint Ihr nun. Weint nur, weint über die Schöpfung, denn sie verdient es wohl. Aber löst Euch nicht in Tränen auf ihrethalben, das braucht sie weder, noch hat sie das mindeste davon. Lernt lieber schwimmen in demselbigen Salzmeer, das Euch freilich allzeit verschlingen kann. Aber wenn Ihr Euch rührt und bewegt, dann wird es Euch ebensowohl und noch viel besser tragen. Denn zwar seid Ihr geschaffen zu sterben, und doch nicht zum Sterben geschaffen; weil Ihr zum Tode bestimmt seid, seid Ihr's auch zum Leben. Also erhebt Euch doch in Eurem eigenen Namen und verlaßt Euch ruhig darauf, daß Ihr es auch in Gottes Namen tut, und daß es noch gute Weile haben wird, ehe Ihr Euch damit überheben könnt!

SUPERBIA – nein, von Todsünde mag ich da gar nicht mehr viel hören. Der ist kein Gottes Blick, der den Schatten des Bösen will werfen auf gesunden Eigensinn. Gott will Sein Spiel mit Euch haben, sonst hätte Er Euch zum Tierlein werden lassen, das nur seine vorgebahnte Straße gehen kann. Und doch hat Er Euch frei genug geschaffen für Euren eigenen Weg. Und ich will meinen, damit habe Er einen lustigen Zweck verfolgt und wolle Seine Unterhaltung an Euch haben als Seinem Probierstein, damit Er erlebe, welchen Gebrauch sich von Seiner Gottesfreiheit machen läßt, da Ihm in Seiner Allmacht sonst ja wohl nicht mehr allzu viel des Überraschenden begegnet.

Nehmt ruhig an, und getröstet Euch daran, daß Ihr Gottes Angel seid, die Er weit ausgeworfen haben will in den See der Ungewißheit, damit Ihr Ihm darin etwas Apartes fischt, und wenn es ein Meerwunder wäre, oder auch ein verlorener Stiefel. Möge der Gottes Wind Eure Tränen trocknen, wenn Ihr weit und breit am Irren seid; Er wird Sein Werk für um so viel gelungener halten, als Euch Euer schwieriges Leben gelingt.

Denn es mag Euch wahrlich schwer werden, damit Ihr im Schwersten die Leichtigkeit kennenlernt, mit der Gottes Finger alles wenden kann, auch das Gewicht der ganzen Welt! Er hat Euch schön und stark gemacht zum Zeichen Seiner Leichtigkeit; also müßt Ihr Euch das Schwere auch schmecken lassen und von dem Vielen, das Ihr empfangen habt, viel abgeben können; denn glaubt doch nicht, daß Ihr damit Gottes Vorrat in Euch erschöpft! Rechnet nicht mit Eurem Glück, wie ein Krämer, sondern macht es! Und nennt es dann auch so, wenn es anders aussieht als ein Glück, ja wie sein Gegenteil!

Denn das ist ritterlich gehandelt gegen Euren Schöpfer, daß Ihr ja nicht zu markten beginnt, wenn Er Euch auf die Zehen tritt mit Seiner ungeheuren Nähe; sondern laßt Euch dann seine Liebe nach der Façon bieten, die Er gewählt hat und die Ihm gefällt! Schöpft Mut zu Eurer Würde, und wenn ein Esel Euren Mut Hochmut nennen und ihn zur Sünde schlagen will: gebt Eurer Angst und Sorge den Abschied und laßt Euren Atem das Lachen Gottes einfangen, auf daß Euch darin das Lüftchen des Heiligen Geistes entgegenwehe, und das weht ja aus allen Ecken und Enden, auch den geringsten. Laßt dieses Lachen Eure Wege begleiten, wo sie auch hin führen: gehen aber dürft Ihr sie selbst!

Ich lache, und denkt nur nicht, daß ich Eurer Schmerzen spotte. Gott selbst ist es, der meiner Rede lacht. Ich rede gern, ich hab's Euch angedroht. Ich will hoffen, daß Ihr gern dazu schweigt, sonst hätte ich Euch in meiner Höhle gar keine Unterhaltung zu bieten. Ihr hört mich an und werdet dann erst recht tun, was Ihr müßt; das ist der Sinn meiner Rede, dann habt Ihr sie gut verstanden.

Nun also wieder zu den lieben Todsünden: Sieben müssen es sein. Avaritia, Gula, Invidia, Luxuria, Superbia ... zwo haben wir vergessen. Wird schon kein Zufall sein. Ira, der Zorn! eine Nebensünde, wenn Ihr mich fragt, auch wenn sie Euch Euer liebes Kurzohr gekostet hat; sie hätte Euch noch teurer können zu stehen kommen. Aber zornig werden wir bei so mancher Gelegenheit, und schon am nächsten Tag ist sie keiner Rede mehr wert. Wir zürnen mit Haut und Haar und wissen schon nicht mehr, worüber, wenn das Wetter gewechselt hat, oder die Composition der Säfte im Leib. Was vom Zorn zu sagen ist, könnt Ihr in einer müßigen Stunde alles aus dem Hochmut ableiten, und werdet nicht mehr fürchten, daß Ihr mit Eurem Zörnlein den Zorn Gottes über Gebühr reizen könnt.

Was nicht sagen soll, daß Ihr Euch Eures Anfalls nicht schämen solltet, und zwar tüchtig, denn er war außerordentlich humorlos. Ein zorniger Mitspieler spielt schlecht, Gott erwartet einen besseren, und wenn Ihr Ihn nicht anöden wollt, müßt Ihr Euren Zorn wieder fahren lassen können wie einen Furz. Denn er ist auch nichts mehr als schlechte Luft in Eurem Leib und kommt davon, daß Ihr Euch aufgeblasen habt. –

Bleibt als Letztes ACCIDIA, das ist der Müßiggang oder die Faulheit. – Das ist ganz entschieden keine rechte Todsünde, junger Mann. Das ist ein eher förderlicher Zustand, wenn Ihr Euch einmal, wie es Eure Art ist, solltet übernommen haben. Und von den Pfaffen, die sich auf den Müßiggang so wundersam verstehen, sollt Ihr ihn am allerwenigsten anschwärzen lassen.

Sie wissen's auch besser. Denn was wäre Martha, die Umtriebige, ohne Maria, die Nachsinnende? Gewiß ist sie von ihren lieben Brüdern und Schwestern nicht so, sondern faul genannt worden. Das macht die INVIDIA, die SUPERBIA, die AVARITIA und die IRA. Wer mit der vorgeblichen Todsünde ACCIDIA nach seinesgleichen wirft, der macht sich alsbald einiger ernsthafterer schuldig, und darum wollen wir die Muße gut sein lassen. Sie eine Todsünde zu nennen, ist ein durchsichtiges Stück Krämerpropaganda wider unsere Ritterschaft und will uns in die Kreide setzen dafür, daß wir feiern und festen, statt unser Schäfchen zu scheren und Pfennige zu fuchsen. Laßt uns diesen Neidhammeln erwidern, daß wir noch lange nicht genug festen und feiern, und daß unsere liebe Schöpfung des festlichen Wesens noch viel mehr vertragen könnte! Während sie hökern und hekken, soll es unser adeliges Hauptgeschäft sein, Muße zu schaffen für das Wunder der Welt. Denn nur in der Muße wird es bemerkt und gewürdigt, und nur als Müßige sind wir still genug, mitzuwirken am Webstuhl des Größeren Meisters.

Jetzt fallen Euch endgültig die Augen zu; Ihr wollt von Muße nichts mehr hören, sondern sie genießen. Das nenne ich tätige Reue für Eure Sünden! Gott wird Euch das Weitere also im Schlafe geben, denn Schlaf ist eine absonderliche Gnade. Ihr, der sie nicht sucht, habt sie gefunden; ich, der ich sie suche, finde sie nicht.

Also werde ich noch ein wenig über Euch wachen und mir einbilden, daß ich es aus freiem Willen tue; und damit der freie Wille ehrlicher werde, will ich ihn aus einem heidnischen Büchlein auffrischen. Es handelt von den Wegen der Gestirne und vom Ursprung des Grâls. – Was ist mit Euch? Was ficht Euch an, daß Ihr hochfahrt aus dem Schlummer der Gerechten und Ungerechten? Der *Grâl* macht Euch so wach?

Suchen wollt Ihr ihn, und finden auch noch? Das nenne ich schneidige Hoffart! Aber wer sucht, der findet nicht – das gilt nicht nur vom Schlummer. Was seid Ihr für ein dankloser Gesell! Ich wiege Euch mit meinem Sündenliedchen ein, der Schlaf, den Ihr nicht sucht, hat Euch schon so gut wie gefunden – und nun schüttelt Ihr ihn ab wie ein junger Hund das Wasser und blickt mich an wie ein gestochen Kalb! Wieder einer, der sich an seinen Sünden nicht kann genügen lassen – es ist ihm auch noch wind und weh um den Grâl!

Junger Herr: der Grâl läßt sich weder suchen noch finden. Man ist zum Grâl schon berufen, oder man wird es nie. Ich habe Euch nicht gefragt, wer Ihr seid; nun aber fürchte ich, Ihr seid ein Narr, oder was noch schlimmer wäre, ein halber Narr – und mein schönes Selbstgespräch war an Euch ganz verschwendet. Ich will Euch morgen ein Büchlein zum Lesen geben, damit Ihr lernt, was man wissen kann vom Grâl; und vom Grâl lesen ist allemal bekömmlicher als den Grâl suchen, glaubt mir nur.

Ihr könnt nicht lesen? Jetzt scherzt Ihr aber doch, junger Mann. Da hört der Spaß auf, da vergeht er sogar dem lieben Gott. Wozu glaubt Ihr, daß Er uns sein Werk in doppelter Gestalt hat überantwortet, einmal als Kreatur, und einmal als Buch? Glaubt Ihr, wer das Eine lesen könne, dem sei das Studieren des Andern erlassen?

Dann will ich Euch etwas gut sagen. Wer nur das Buch der Natur lesen kann, der kann auch dieses nicht lesen. Denn ohne das Buch der Bücher ergibt auch die Schrift der Blätter, Vögel, und Gesichter keinen Sinn. Geschriebenes lesen sei nicht die Art der Ritter, habt Ihr gehört? Ja, das sind mir die rechten Pfaffensprüche; fehlte nur, daß ein tüchtiger Ritter sie nachbetet! Die geistlichen Brüder möchten es wohl so einrichten, daß das Lesen ihrer Sorte vorbehalten bleibe, damit sie auch Gewalt haben über die einzige Lesart der Welt. Wer nicht lesen kann, junger Herr, dem schreiben die Pfaffen ihre Todsünden vor! und die Krämer ihre Rechnungen! und er kann beiden nicht auf die Finger sehen, und verpfändet dabei Burgen, Länder und Rechte, und am Ende sogar seine arme Seele!

Ihr könnt nicht lesen? Schon wahr, dann bleibt Euch so mancher Zwiespalt erspart; denn im Buch der Bücher steht's oft anders als im Buch der Natur, und umgekehrt schon gar. Was wir wahrnehmen mit fünferlei Sinnen, das verschleiert sich in den Büchern bis zur Verfinsterung unseres Kopfes. Das macht: die meisten Bücher sind nicht mit den fünf Sinnen geschrieben, die uns Gott verliehen hat, sondern mit allerlei Hintersinn, Nebensinn, Prätention und klüglichem Aberwitz. Man zweifelt an sich selber, wenn man in den Büchern liest, oder man zweifelt an ihnen.

Aber wenn Ihr kein Dümmling bleiben wollt, kann Euch der Zweifel nicht erspart bleiben, denn er ist hundertmal gottgefälliger als blöde Gewißheit. Und aus dem Augenschein, dem Ihr trauen möchtet, entsteht der Zweifel ebenso sicher wie aus den Buchstaben, denen Ihr glauben sollt. Ihr sollt aber weder das eine noch das andere, sondern müßt dem Augenschein ebenso mißtrauen lernen, wie den Unglauben pflegen an den Buchstaben, warum? damit Euer Geist wachse an dem Zwiespalt, und am Ende erwachsen werde; erwachsen genug, um verlernen zu dürfen, was Ihr an beiden Seiten gelernt habt. Denn beide Schritte sind nötig, und ein doppelter Zweifel, um das Wichtigste zu behalten.

Ihr könnt nicht lesen? Ja, glaubt Ihr denn, Irren sei nur dem Leibe nach ritterlich und ein Abenteuer? Es ist würdig und unentbehrlich auch dem Geiste nach, damit wir seine wahren Feinde kennenlernen. Und die warten nicht hinter einem Wäldchen mit erhobener Lanze, sondern in den Lücken Eures Urteils und in den Nücken Eures Gewissens! Stark werden müßt Ihr allerdings, wenn Ihr nicht bloß schön bleiben wollt, und dazu gehört die kräftige Nahrung des Zweifels. Für die aber gibt es keinen besseren und auch keinen schlechteren Trog als die Schrift.

Ihr könnt nicht lesen, und wollt den Grâl suchen! Dann wißt: wer nicht lesen kann, der weiß nicht einmal, daß er zum Grâl berufen ist! Der Grâl ruft durch die Schrift, die auf ihm erscheint. Er ist selbst nichts anderes als ein Stück Schrift, das wie ein Stein vom Himmel gefallen ist. Und wer es hüten will, der muß sich selber hüten, sonst fällt ihm der Stein auf den Kopf, und die Schrift, die er nicht kennt, auf die Seele und macht sie platt.

Kann nicht lesen! Wer hätte gedacht, daß ich Euch doch noch bei

einer ernsthaften Todsünde erwische! Wie wollt Ihr denn nachprü-
fen, ob es wahr ist, was ich Euch über die Sünden erzähle? Mit dem
Herzen? Das Herz ist töricht, mein Freund, es muß viel geirrt haben,
bis es auch nur beginnen kann, der Wahrheit zu begegnen, und zwar
mit allem Respekt profunden Unglaubens. Wehe Euch, und wehe
mir, wenn Ihr mir geglaubt habt, was ich so daherrede, wenn der Tag
lang ist und der Himmel blau! Und wehe Euch, wenn Ihr mir *jetzt*
glaubt! Erschrecken sollt Ihr, weiter nichts, daß Euer blaues Auge
nicht weiß, was an der Welt vorne und hinten ist. Eben dazu müßt
Ihr lesen können: damit Ihr es am Ende erst recht nicht mehr wißt,
aber wissen könnt, wann Ihr es nicht mehr zu wissen braucht.

Kann nicht lesen! Dann wissen wir jetzt, was wir zu tun haben.
Ich will Euch lehren, nicht lesen zu können! Dazu muß ich Euch
lehren, wie es im Buche steht, und zwar einen Buchstaben nach dem
andern. Und zu jedem will ich Euch etwas vorschreiben, was Ihr
wissen müßt, über mich und über Euch, über das Leben und über
den Grâl. Und will Euch nicht nur lesen lehren, sondern auch recht
fragen. Und um Euch fragen zu lehren, will ich Euch alles fragen,
was zu Eurer Geschichte gehört.

Aber heute nicht mehr, Dümmling. Jetzt haben wir's erreicht: daß
ich Euch auch noch das Alphabet beibringen soll, macht mich müde,
schon der Gedanke erschöpft mich total, denn was hat nicht alles
Platz in einem Alphabet! Es geht nicht anders, wir müssen die Schrift
geradezu an Stelle unseres Höhlenlebens pflegen und wissen noch im
Geringsten nicht, was dabei herauskommt! Während mich aber diese
Aussicht erschöpft, hat sie Euch hellwach gemacht, und fast mit
Geisteraugen bohrt ihr in meinen über unser trauliches Herdfeuer
hinweg, das Ihr immerhin werdet nähren müssen, während ich Euch
die Buchstaben vorschreibe, einen nach dem andern!

Überhaupt werdet Ihr nun meinen Kämmerer, Truchsess, Mundschenk und Marschalk abgeben, so lange meine Schreibarbeit für
Euch währt, denn diese erfordert einen ganzen Mann und manchmal
etwas mehr. Wir werden beide der holden Todsünde ACCIDIAE
gründlich abschwören müssen und uns ganz unritterlich anstrengen!

Aber heute nicht mehr; heute wollen wir uns hinlegen, Ihr mit
leerem Kopf, um den ich Euch herzlich beneide, denn Feuer und
Flamme für das Buchstabenlernen gedeihen nur in einem leeren
Kopf, das ist Bedingung! Der meine aber ist schwer und voll beim
Gedanken, daß ich Euch A und O beibringen soll zu keinem besse-
ren Zweck, als Euch für den ritterlichen Zweifel zu qualifizieren.

Es gibt keinen höheren Zweck, junger Mann, leider auch keinen so undankbaren. Tun wir jetzt, was wir nicht lassen können. Ich will meinen wachen Schädel erschöpfen für Euch, und Euer müder Leib ist hellwach geworden: das nenne ich ein Parádoxon, damit Ihr heute noch ein gescheutes Wort lernt. Und ist doch nichts als ein niederes Beispiel des Zweifels, den ich Euch lehren muß, und ein gutes Beispiel dafür, daß man schon am Anfang verzweifeln kann. – Gute Nacht, junger Mann! Wie Ihr heißt, und wer ich bin, werden wir einander nun schriftlich geben.«

DIE FIBEL

2. APRIL

ller Anfang, ach
rtete aus in Adam.
pfel, ausgesprochen: APFEL!
bgerissen vom Ast
bsichtsloser Anwesenheit
lterte im Atem des Ahns,
Abgeredet zum Abbild, abgetakelt zum Abfall.
Ackere also, anderer Adam,
Arbeite auf das Alphabet von A-Z,
Ausspucke den Apfel, aber- und abermals!
Am ärmsten amtet Anfortas. Abtrünnig Abenteuer aufgesucht, Abwege zum Abgrund. Anders war die Anweisung. Abscheulich die Ahndung. Angetan hat ihm's die Amîe, angeschossen hat ihn Amor. Aufgespießt, angefressen ächzt der Arme, absterbend an After und Arm. Abwegig alle Arznei, angeliefert aus Africa, Asia, Arabia. Anis, Agetstein und Alanth ändern nichts am angerichteten Aberwitz. Absurd alle Arbeit. Abgeschafft alle Aussicht auf Auferstehung. Aloëholz, Ahnung von Asche. Aus Akazienholz atmet Aasgeruch.

3. APRIL

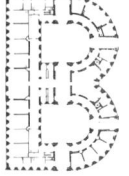

rumbâne, bleiches Bad, befahren vom Boot des
eschwerten!
laute ein Blick wie Befreiung in beißender
ise, aus bebender Birke?
ummelte ein Besucher bei, war nicht böse, nur
löde.
Brach den Bann? besserte das blutende Bild der
Brunst?
Beherbergt, bewirtet, beschenkt, blieb er im
Busch, am Boden. Brütete, bangte, barst in Bedauern.
Blieb beiläufig, der Bub. Behielt in bequemer
Brust die Botschaft billigen Beileids. Begab sich
seiner Berufung. Begab sich zu Bett, basta.

4. APRIL

hronisch *cool, comme-il-faut?*
amouflage, chevalereskes Cliché!
ommons sense ist der Charme und die Chance des Chefs!
heckt's der Clown?

5. APRIL

ämmert's
em
ümmling?

6. APRIL

lende Einfalt ekelt die Engel, erschöpft die Erde.
chte Einfalt ehrt das Elend, erweicht das Einhorn,
delt Erfahrung, erntet Erleuchtung.

7. APRIL

ragt! Fragt Euch frei! Faßt es fein, faßt Euch fest.
ischers Fluch floß von fern, aus feierlicher
insternis, fremdester Frühe:
legetânîs fand eine Figur, ein flüchtiges Feuer,
liegen am feuchten Firmament. Fiel als fühlender Fels in
eine Finger. Freund, das war der

8. APRIL

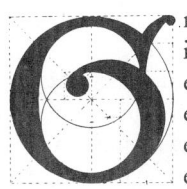
râl, Gottes gewaltig Geheimnis.
ier nach gewöhnlichem Glück goß Gift in das
ebenedeite Gefäß. Greisenhaft gefror Grâlskönigs
ebein. Zur Gülle gerann der gefällige Guß seiner
estalt. Gern gestorben wär der gramvoll Gekrönte.
ehindert hat's die grausame Gnade des Grâls. Hätte
gefragt die Gans, der Gauger, der Glotz! Gebrochen hätt er das

Gefängnis der Grâlsburg, geholt den Grâl, gut und gern! Gast, seid Gahmurets Kind?

9. APRIL

erzeloydens auch? Herr des Himmels!
üpf, mein Herz! Heile, härene Brust! Hei, wie
ellt sich die Höhle!
erzeloyde, heiliges Haupt! Dir die Mutter,
                              Schwester mir.
eb dich auf, hier meine Hand! Halt mich, hals mich,
andlicher Neffe! Heimgesuchter, Heimgekehrter!
Heil dem Hause des Harms! Hast du –? Hehle mir nichts!

10. APRIL

thêr hast du insultiert? immobilisiert? totgeschlagen?
mmer in medias res?
mpulsiv? aus Ingrimm?
rreparabel. Irrsinn. Infantil.
rgendeiner war das nicht, Idiot.
mitierst Ithêrs Identität, immerfort. Immerhin.

11. APRIL

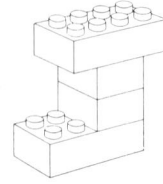

â, Jeck, jener war Gahmurets Junggesell.
ung wie jeder. Jung wie du.
agtest den Junker ins Jenseits –
ugendsünde? Kains Justiz, jawohl!
uckt's dich jäh? Jammert's dich jetzt?
êsus, welches Joch jahraus jahrein!
Je doch. Je nun. Wer wird Jemand ohne Jähzorn?
ohne Judas im Jux? Jeremias im Jubel?
Jeminê – Jeschûte auch?

12. APRIL

itzelte die Kletterrose das Kalb? Klebte ihm
apitale Knospen in die Klappe? kirschrot, knallrot?
onkupiszenz, Kohabitation, Kongressus? ein
atzensprung in die klaffende Klemme, ein Knuff an die
ratzbürste, ein Küchenlied auf der Kniegeige?
omm, Kerl. Kein Kommentar. Ein Klotz in der Kerbe

macht keinen Kavalier. Kurzweilig weilt kurz. Kostenlos wird kaum
kostbar. Kühl deine Klage. Klopf dir den Klecks aus dem Kostüm.
Kriech nicht mit der Komplizin, kümmere dich um die Kameradin.
Kehr dich zur Königin.

13. APRIL

üpf den Lümmel von Leib. Lästre ihn nicht, laß ihn nicht
asten. Lehr ihn leuchten, Lehrbub, und lachen.
eib und Leben leiden sich locker.
aster laden lediglich Langeweile.

14. APRIL

utter ist tot.
Sie ist gestorben in der Stunde, da
du sie verlassen hast. Sie hat dich verlassen,
damit du in ihr sterben durftest. Wie hättest
du sonst angefangen zu leben. Du bist nicht
schuld an ihrem Tod. Denn sie hat dich geliebt.
Aber du bist dem Leben das Ganze schuldig,
das du ihr bedeutet hast.
Mach dir Mut aus meinem Mund. Weine mannhaft.

15. APRIL

ie wieder, nein.
icht mehr.
och einmal bei Null.
        Nicht nichts.

16. APRIL

Ô –

17. APRIL

arzivâl!

atron, der's packt, zu Pferd und per pedes!

artisan der Passage, partout auf dem Posten!

flanzer der Palme, Pflüger zum Paradies,

fleger der Geplagten!

ardon?

Parzivâl – pflichtvergessen? Platztest nach Munsalvaesche, pralltest zurück? Pfiffst auf die Pein im Purpur, den Paten im Pelz? den Polarfuchs, mit dem Pfeil im Pfriem? Penntest in Polster und Pfühl? Prächtig, Pfuscher! Perplex statt passioniert, du Popel im Panzer! Putz dich, Pfingstochse, pack dich, Pinsel!

> Nur eine Frage: warum fragtest du nicht: WAS FEHLT EUCH?
> Was fehlte dir, daß du gefehlt hast im Kalten Haus? Warst
> zur Stelle, sahst den Mann, die Not. Mit blinden Augen?
> unverwandt den Verwandten? prüde den Toten an Liebe?
> Sünd und schad. Kommt später im Text. Kommt immer zu
> spät, R wie Reue. Lassen wir die Sünde stahn. Legen wir's
> zum Übrigen. Und den Schaden trag ritterlich.

18. APRIL

uelle pitié.

19. APRIL

esedengrün der Rock, den Repanse dir reichte, oter Ritter. Ratlos rafftest ihn um Rippen und ücken. Reinlich rastest nun in Rauhreif und Reisig. ettet die Rüstung dich nicht, rettet dich rasch die ohe Haut. Laß reißen den Riemen, umoren die Reue,

dann aber rühr dich! Raus aus Rolle und Regel, Reihe und Rahmen! Das reicht.

Der Rest ist Ritterschaft –

20. APRIL

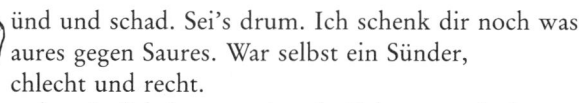

ünd und schad. Sei's drum. Ich schenk dir noch was.
aures gegen Saures. War selbst ein Sünder,
chlecht und recht.
trebte ein Seladon zu sein wie Gahmuret, ein Stern wie
iegfried.
plitterte Speere von Spanien bis Samarkand.

Anfortas, der Schöne, ließ mich schweifen und schwärmen. Da schoß ihm der Spieß in den Schwengel, schwängerte ihn zum Sterben. Schlug mich der Schlag? Steuerte ich mein Schiff zum Sitz der Schmerzen? Schwenkte spornstreichs zum siechen Schloß? Schwang mich auf zur Schuldigkeit des Stellvertreters? Stieg in die Sielen des Grâls? Keine Spur, Sohn.

Sprang ab. Salvierte mich. Siedelte störungsfrei. Sühnte unsere Sünden schön subtil. Sympathisierte, statt Schwere zu schultern. Stürzte nicht sonderlich, Sohn. Strecke meinen Stolz mit Sauerklee. Schlag mich durch als Strauchritter.

Habe den Siechen so schlimm sitzen lassen wie du, Süßer. Schwätze und schweige als Scharlatan. Schwindle ständig. Die Sterne suchten mich schwerlich. Säumten, mich zu schmücken mit sauberem Strahl. Der Stein schwieg, steckte mir kein Signal, salbte mich mit keiner Schrift. Ich spiele ihn schwach, den strafbar Schwankenden, den Seelsorger, den skrupulösen Solisten. Sei's. Schwäche sei mein stärkstes Stück. Ich habe verspielt, seither spiele ich.

Spiele sogar zur Sache. Mein Spiel ist schneidend seinerseits, ein Schwert für schlafende Seelen. Spielschwäche strafe ich so streng wie Schreibschwäche.

Schreib:

> *Darum soll ich den Grâl nicht wieder sehen,*
> *so wenig wie meine Mutter.*
> *Du hast nicht gefragt. Ich wurde nicht gefragt.*
> *Wir sind von der selben Sippschaft, Sohn.*
> Ich schwindle. Dir schwindelt.

Schreib:

21. APRIL

revrizent. *Tel quel* tauf und titulier mich.
yturel war der erste Treuhänder des teuren Tiegels.
onlos treibt er im Totenbaum. täglich trieft sein
otenmund von dem trickreichen Trank. Täglich
auchen die Testikel des Anfortas in die trübe
unke, die den Trost des Transitorischen tilgt.
Teufelswerk die Turteltaube, die Tisch und Trage des Taumelnden
teilt. Totgeboren Tyturel, Anfortas totgeschossen, totgelacht Trevrizent. Triste Trinität!
Nimmst teil? trauerst tief?
Tatest das Triftige nicht, tapsiger Tor, trockne die Tränen! Trenn dich
vom Traum, den du zu tätigen träge warst. Niemals taust du den
Turm des Todes. Trafst den Ton nicht, triff den Text. Treu bleib
Tusche und Tinte.

22. APRIL

nheil der Ursprung. Unbarmherzig der Übervater.
nwirksam der Überfluß des Undings.
nkindlich die Unmündigen, die es unterwirft.
ngenießbar die Unfrauen.
nmenschlich die Unmänner. Unholde sollen die
nordnung des Universums umkehren? Unbefriedigte
unterbinden den Unfug des Unbedingten?
Unfrohe uns überraschen mit unbefangenem Übermut?
Unberührte umsichtig umspringen mit einer Unze Utopie?
Umsonst, umsonst!
Unbezahlbar das Urteil, das uns überging! Überglücklich jeder, der
die Unterschrift unterließ! Ungeborgenheit ist kein Überpreis! Unvergleichlich unerträglicher wär's, überzulaufen zum Unfug, umzufallen in den Unflat von Unerbittlichkeit, der die Umwelt unterwandert, der Unterwelt übereignet, zur Unwelt unterkühlt!

23. APRIL

ermiß dich nicht, Trevrizent.
erzweifle nicht, Parzivâl. Wär
erwirkt alle Verheißung, verbärge sie sich in der
erwandtschaft der
erdammten. Vollkommener verwirke sie, vollende die
erstrickung zum Netz!
Vereinigt verweilen wir im Vollbesitz der Vergänglichkeit. Sollst dich
nicht vergeblich vergangen haben! Väter gehen verloren. Was nicht
vergeht, ist die Vaterschaft an unserem Verlust. Verwalte ihn vernünftig, verantworte ihn verbindlich in den Verwahrlosten. Die verloren
sind mit dir, verlorener wären sie ohne dein Vorbild. Vergiß dich,
vergiß nicht sie. Zu vollenden ist nichts, zu verbilligen wenig, zu
verbessern viel.

24. APRIL

eit waltet das Wilde. Weiter weht der Wind der Werke.
eit ist noch immer die Weide des wagenden Wunsches.
andere weiter im Widerspruch. Weißt du den Weg nicht,
âleise, wähle den wirklichsten.
eise wandle ihn, so wandelt er dich.
irke im Wandel den Wert.
Halte dem Wechsel Wort. Wende zum Wunder die Wunden.
Immer weniger werde. Werde dein Weg.
(Und wirb wieder um dein Weib.)

25. APRIL

anthen liegt immer noch näher als
anadu.

26. APRIL

sop ist das eynzige Y in Reychweyte.
ppokrates schreibt man nicht so.
ves wäre *franzoys*.

27. APRIL

weifel zähmt die Verzweiflung, wie das zarte Gift das
erstörende. Zweifel zeigt sich dem Herzen zugeboren.
uversicht zelte zusammen mit dem zwickenden Zwilling.
uflucht suche niemals bei den Zweifellosen!
weifel sind das Zeug, das Zugwurzeln zeitigt, und
weiglein.

Zucke nicht, jetzt zieh ich meine Zitze zurück. Wir zwei sind ziemlich am Ziel. Zieh mit Gott, Zauberlehrling. Zimmere dir selbst Zentrum und Zelle. Zuträgliche Zwiefalt wünsch ich deiner Einfalt.
Zucht gibt's nur zu zweit, wie zufriedene Unzucht.
Zeit, die Zunge zu zügeln. Der Zirkel der Zeichen zieht sich zu. *Zut,
zut!* Zivilisier deine Zähren! Zukunft ist zumutbar. Alles hat seine
Zeit, und unsere ist gezählt. Doch zusammen waren wir zünftig.
Ich habe einen Sohn, und er kann lesen und schreiben. Zwinkern wir
nicht zuviel. Zieh mit Gott!

Ach, Parzivâl. Laß dich noch ein wenig halten. Drei Tage noch, oder
vier, außer dem Alphabet. Laß uns noch ein paar Wurzeln suchen,
am Feuer kochen und über alles schweigen. Bis zum ersten Mai,
dann zieh hinaus, das ist der Tag! Dann lebe, Parzivâl, und lebe wohl!

Gip mir dîn sünde her. Ich trag nicht schwer daran, und etwas warm
gibt sie mir am Ende doch.

DER RITT ZUM GEIER
WORIN PARZIVÂL DER LESER,
ANWENDET, WAS ER IN DER HÖHLE
GELERNT HAT

Der erste Ritt des Verabschiedeten führte von A über B und C bis R.

Das ist erheblich weiter als etwa von Soltâne nach Grâharz oder von Pelrapeire nach Munsalvaesche. Und doch war der Ritt so leicht, daß er einem einzigen Freudensprung glich, denn er hatte das Sündengewicht der Dinge hinter sich gelassen. Die Natur, welche Roß und Reiter durchflogen, glich ihrerseits der Schönheit des Buchstabens N, der für sie steht und ihre Fülle so findig wie raumschonend zusammenfaßt. Da ist für Roß und Reiter (die Wir nicht zu nennen brauchen) ein flottes Fortkommen. Dabei verweilten sie immer wieder, um das Zeichenhafte der Dinge abzuweiden, einer mit den Augen, der andere mit dem Maul. Und man kann Uns glauben, daß grünes Kraut nie frischer schmeckt, als wenn man ihm nur den Namen zupft.

Dabei kann man wohl sagen, daß sie eigentlich durch Wüste ritten, eine grüne zuerst, die hinter R in Gelb und Rot übergehen sollte; einmal hatte sogar die blaue Wüste von weitem gegrüßt; ein Augenaufschlag aus dem fernen Pelrapeire, der das Herz wieder schwerer machen wollte. Eigentlich ritten sie durch Wüste; aber auch von ihr ließ sich das Eigentliche ja fast schon fliegend abziehn, so daß nur ein W von ihr hängenblieb wie ein feiner, sparsamer Duft.

Ein ferner Schrei von jenem ersten Auszug in die Welt, als das Kind nicht einmal gewagt hatte, einen dunklen Fluß zu überschreiten! Die Sonne der Mutter mußte ihn hell machen, ihm den Weg zu jenem Ding zeigen, dessen dünne Haut im Winde schauerte, namenlos. Parzivâl konnte ja nicht einmal Z-E-L-T dazu sagen, fiel darum, lang wie er geworden war, auf das Gröbste herein und richtete bekanntlich bei der Person, die da schlummerte, viel Unheil an. Das war ein Ding! Und so behandelte er sie auch, stahl ihr Ring und Fürspann und dann die Ehre, für die er noch viel weniger einen Namen besaß. Nur den Spalt hatte er bemerkt, erst am Zelt, und dann an diesem fremden Frauenleib; am eigenen namenlosen Leib bemerkte er, wie solche Spälte locken, und dachte nicht anders, als daß er hineinkriechen müsse, wenigstens mit einem Teil, der dafür geschaffen schien.

Vom Spalt in die Klemme – da hindurch mußte er wohl, und wäre es nur der Erfahrung zuliebe, daß dort seines Bleibens nicht war. Der Rohstoff muß eines Tages noch roher werden, wie er dem Roßknecht bei seinem Gang über alle Berge geworden ist, dicht am Hintern des Maultiers, das er zu besorgen hatte. Er muß es dahin bringen, wo die Sachen so faustdick kommen und so hageldicht stehen, daß kein Name mehr daran haftet, am wenigsten die gebräuchlichen; wo »Silbermantelblatt«, »Stein« oder »Kratzbürste« gar nichts mehr sagen wollen; teils, weil es zu viel von diesen Dingen gibt, teils, weil sie einen schon jedes in seiner Einzelheit erschlagen. Dann muß einem diese Einzelheit einmal aufgehen als ein Wunder, nicht zu fassen, mit keinem Gewaltsritt zu überholen.

Ja, da muß Einer hindurch; denn auch da kann er nicht verweilen. Wer im Berg der Dinge gefangen bliebe, dem würde jedes Ding zum Letzten. Er käme, wie der Menschenbräutigam bei der Wasserfrau, vor lauter Leben nicht mehr ins Leben zurück, ginge allen Fabeln verloren für immer. Um weiterzuleben, muß er lesen lernen. Er muß alt genug geworden sein, um den Widerspruch darin zu bemerken; er muß zu klug geworden sein, um hineinzukriechen. Dieser Riß zwischen Lesen und Leben geht durch die ganze Welt. An ihr wird der beste Kitt zum faulen Zauber, denn der Spalt geht immer wieder auf. Wer ihn verdecken möchte, dessen spottet er nur; wer ihn decken möchte mit Leib und Seele, den verschlingt er mit Haut und Haar. Da tut es auch der stärkste Deckhengst nicht; viel weniger noch ein Heldentod. Denn was da verschlingt, weiß von Helden nichts.

Zu einem Helden gehört immer ein Name; den aber muß er sich selber machen. Dafür muß er lesen lernen; anders lernt er nicht, was ein Name kann, und was nicht. Er ist nicht dazu da, jenen Riß zu decken, den Spalt zu kitten. Da hätte Einer für die Ewigkeit zu tun; die aber steht bei Gott. Wer nicht so lange bleibt, muß mit dem Bleiben sparsamer umgehn, und kunstvoller. Nur wer schreibt, der bleibt. Aber dafür muß er erst lesen gelernt haben.

Als erstes muß er den Riß recht lesen, der ihn vom Rohstoff der Sachen trennt. Sie sind schön und stumm; aber sie sind etwas für sich. Nicht durch sie selbst geht ein Riß, denn sie sind kompakt. Der Riß läuft zwischen uns und ihnen. Der ist nicht zum Überhüpfen da; das muß man gut wissen. Er ist dazu da, beachtet zu werden. Man kann mit ihm nicht spielen, so wenig wie mit der Wasserfrau, sonst wird man verschlungen. Spielen kann man nur mit den Namen, die man sich zu den Dingen macht. Denn diese Namen sind frei und keine Eigenschaft der Dinge. Aber das Namenspiel ist auch ein Ausdruck von Respekt vor dem Rohstoff, ja eine Art von Gottesdienst. Man kann die Dinge in ihrem Ernst auf sich beruhen lassen. Man pfuscht nicht in ihr tiefes Schweigen hinein.

Die Sprache der Namen ist eine Fremdsprache, und die Leichtigkeit, die man damit zu haben glaubt, kann sehr täuschen. Man hat nicht immer so leichtes Spiel damit wie Parzivâl an diesem Maienmorgen. Wir gönnen es ihm. Denn was man kann, das darf man auch einmal.

Zur frischen Gangart von A, B, C bis R paßt sie wieder, die Verkleidung des Roten Ritters, für die er so lange keinen Gebrauch mehr hatte. Wir sehen wieder einen Helden unterwegs zum nächsten Abenteuer. Er wird alle Kunst dafür nötig haben. Und der Wink von der blauen Wüste her, die Erinnerung an einen viersilbigen Namen, von dem sich das Gewicht nicht lösen will ... er wird wahrhaftig nicht überflüssig gewesen sein, sondern des Roten Ritters Rettung.

Denn fast wäre es nicht bei seinem sanften Ritt durch N wie Natur geblieben, sondern ein O, das gleich danachkommt, hätte die Namensrüstung gesprengt und den Ewigen Riß dahinter wieder drängend und lockend hervortreten lassen. Die Versuchung, sich mit A und O hineinzustürzen, war schon nicht mehr damenhaft verkleidet, sie war nackter Rohstoff – man mußte ein Ritter neuer Güte sein, um ihr zu entgehen. Es hätte diesem O nur zu wohl gefallen, das letzte Wort in Parzivâls Alphabet zu behalten und daraus wieder jenes Kleinholz zu machen, welches die Buchstaben, wie ihr Name verrät, an ihrem heidnischen Anfang gewesen sind. Denn auch die Buchstaben haben ihre Geschichte. Sie hatten's weit bis zu jener Initiale, die sich an der Welt nicht mehr stößt und ihre Dinge nicht mehr erzwingen will, sondern sich damit begnügt, sie zu bedeuten.

Es war immer noch Vormittag, als der reitende Leser bei R ankam; das bedeutete in diesem Fall: Rosche Rabbîns. Diese Stadt war mit ihren Zinnen und Türmen wie ein Drama gebaut, und sie machte von sich entsprechend viel her. Auch wer darin keine Feder führen konnte, steckte sich eine an den Hut; vom Pfau mußte sie wenigstens sein, noch lieber vom Paradiesvogel.

Der Rote Ritter stellte, als er durch Rosche Rabbîns watete wie

durch eine zu stark gewürzte Buchstabensuppe, einen humoristischen Gleichklang der Stadt mit seinem eigenen Kunstnamen fest.
Doch schwamm er, wie ein Fettauge, an der Oberfläche, auf die sich
auch der Kontakt der Bürger untereinander zu beschränken schien.
Sie gingen nach der Mode, die gebot, daß keiner dem andern ähnlich
sei, und eben darin glichen sie einander aufs Haar. Auf dessen
Schnitt verwendeten sie so sichtbare Mühe, daß der Leser unter lauter Ausrufezeichen herumging. Er stellte auch fest, daß sie gerade das
R, ihren Nationalbuchstaben, so unsicher aussprachen, daß es von
einem L nicht zu unterscheiden war. Was er für einen Sprachfehler
hielt, erwies sich aber als Zeichen höherer Kultur. Er war dem Volk
von seinem König, einem gewissen G wie Gramovlanz, verordnet
worden. Die Bürger wichen seinem Diktat dergestalt aus, daß sie,
wenn sie unter sich waren, beides, L und R, eher wie ein verwasche-
nes W aussprachen; so daß der Satz, mit dem man einander zu grüßen hatte – »Gwamovwanz ist der Gwößte« so kindisch herauskam,
wie er dem Woten Witter auch ohnedies in die Ohren klang.

Im übrigen schien dieser Herr doch einigen Respekt zu gebieten.
Er drehte nicht nur seinem Volk die Wörter im Maul um, er schien
seine Machtbefugnis auch über die Natur zu erstrecken. Es war sein
Ehrgeiz, Gold nicht nur, wie jeder andere Herr der Welt, zu schef-
feln, sondern aus dem Boden wachsen zu lassen. Dafür war nicht
jeder Boden geeignet. Weit draußen aber in der Wüste, wohin sich
kein Mensch verirrte, sei das Wunder Ein Mal gelungen: da treibe ein
Bäumchen Blätter aus purem Gold. Der Platz sei leider fast unzu-
gänglich. Dennoch besuche ihn Herr G jeden dritten Tag, zähle seine
Blätter und lasse auf dem Hauptplatz ausschreien, wie viele es nun
geworden seien.

Inzwischen wären es genug, um sich einen Kranz davon zu flech-
ten. Aber wehe einem jeden, der sich einfallen ließe, ihn zu brechen!
Und doch warte er nur darauf, der Tywann, um sein Mütchen an
dem Frevler zu kühlen. Zum Kühlen seines Mütchens müsse er die
Gelegenheit schon fast verzweifelt suchen. Denn zum Beweis, daß es
sich um einen rechten Mut handle, brauche er der Gegner immer
Zwei; mit einem allein halte er sich gar nicht erst auf. Auf diese Weise
seien zwar die Reisenden durch Rosche Rabbîns sicher vor ihm; sie
brauchten sich nur in Einzelgänger aufzuteilen, um in der Stadt
friedlich ihren Geschäften nachgehen zu können. Der Mut des Königs aber komme dabei so wenig auf seine Kosten, daß er inzwischen

zum beständigen Unmut geworden sei. Er mangle die Herausforderung, wie eine Katze das frische Gras.

Daß Herr G zwar eitel sei, seine Drohung aber nicht, habe er
schon bewiesen; denn von Zweien, die sich auf ihn eingelassen hätten, sei auch nicht Einer ganz geblieben. Wenn der Herr nicht gerade
sein Goldpflänzchen besuche, übe er sich Tag und Nacht mit den
Waffen und habe immer künstlichere erfinden müssen, damit ihm
überhaupt noch etwas zu üben bleibe. Der Ernstfall, nach dem er
sich sehne, gehe ihm so ausdauernd aus dem Weg, daß er ihn immer
mehr durch eigene Kunst ersetzt habe. Kein Wunder, daß er an Eleganz und Allüre unübertrefflich geworden sei. Einiges davon färbe
auch auf sein Volk ab, und man müsse weit suchen, um eine ähnlich
raffinierte Stadt wie Rosche Rabbîns zu finden.

Parzivâl dankte und bemerkte, so werde er eben weiter suchen.
Die Kultur mit dem Sprachfehler und dem Goldbäumchen verlockte
ihn nicht zu weiterer Lektüre. Sie war eine schellenlaute Unterbrechung derjenigen, in die er vertieft gewesen war. Er verließ das doppelte R in einer Richtung, vor der man ihn gewarnt hatte; sie führe in
die gelbe Wüste und womöglich am Goldbäumchen vorbei. Davon
versprach er sich eine stärkere Fortsetzung und sollte sich nicht irren.

Ein R der Stadt begleitete ihn, als sie längst hinter ihm in der
Mittagshitze verschwunden war. Er folgte dem Flußlauf der Rabbîne, und wenn ihr Bett zunächst ein scharfes V war, so vertiefte es sich
draußen in der Wüste immer mehr zu einer Schlucht. W wie Wasser
hatte die Ränder so tief eingegraben, daß die Eingeweide der Erde
aufs Gründlichste bloßgelegt waren. Was boten diese Wände für ein
gewaltiges Bild! Endlose Bänder waren mit Regelmäßigkeit hinge-
zeichnet, ein Streifen über dem andern, jeder ein Spektakel von Krei-
deweiß über Ocker und Schwefelgelb bis zum Flammenrot; doch
mit welchen bekannten Namen wäre dieser Farb- und Felsmusik
beizukommen? Und so suchte der Leser immer neue dafür, wie:
Lias, Keuper, Jura oder Perm, die nichts mehr zu bedeuten, nur die
Freiheit des Betrachters vor der abgeteuften Schautafel zu behaupten
hatten.

Ungezählte Stunden reiner Mittagsglut ging er an ihr entlang und
genoß die Anziehungskraft des Schauspiels ebenso, wie er ihr mit
immer neuen Namen widerstand. Zum Glück besorgte das Pferd,
dem der Anblick nicht so viel bedeutete, das Werk der Füße gewissenhaft weiter. Es hielt immer gleichen Abstand von der Tiefe und

nahm ihn zur Richtschnur des Weges, den es, obwohl es keinen gab, auf der ebenen Sandbühne mühelos fand. Manchmal schrieb es eine Wellenspur um die sparsamen Hindernisse: einen Felsbrocken, ein Baumskelett, einen toten Wüstenhund, ein lebendiges Schlänglein.

Und je weiter Parzivâl las, desto besser konnte er sehen. Er sah, daß die Erde im Innern ja auch nichts anderes war als ein Buch. An dieser bedeutenden Stelle kehrte ihm das Buch den Buchschnitt entgegen. Der Fluß, der ihn eröffnet hatte, mußte auch diese stumme Seite gelesen haben, die quer lag zu allem, was Menschen lesen und beschreiben. Dieser Lektüre widmete sich die Rabbîne nun schon seit Jahrtausenden und hatte sich immer weiter hinein vertieft. Ihre Arbeit gab zwar einen Begriff von der Mächtigkeit des Buches, aber nicht den leisesten von seinem Inhalt: der blieb verschlossen. Die gewaltigen Bänder und Streifen, die Parzivâl zu entziffern suchte, waren selbst das Ergebnis einer elementaren Lektüre, und der Fluß in der Tiefe setzte sie flüsternd fort bis ans Ende der Welt.

Parzivâl wurden die Augen geöffnet. Er sah, N wie Natur war nicht nur ein Buch, sie war auch ihr eigener Leser, von Ewigkeit zu Ewigkeit; und der Text, zu dem sie dabei wurde, war für keinen andern Leser bestimmt. Ihm, dem Wanderer an der Oberfläche, lag nur die oberste Seite dieses Buches offen. Das war das Deck- und Schaublatt der Erde, ihre Titelseite. Darauf war dies und jenes zu entziffern; ihren vollständigen Wortlaut aber behielt die Erde für sich. Die übrigen Elemente, Feuer, Wasser, Luft, versuchten sich durch diese Oberfläche tiefer zu arbeiten und gruben ihr dabei ihre eigenen Lesarten ein; sie zerrten und bohrten wohl an dem Buch, aber umzublättern vermochten sie auch nicht eine Seite davon. Und doch: welche Schönschrift wurde allein aus dem unendlichen Versuch!

Eigentlich war die Hochebene nichts als ein weites verdorrtes Feld, über das man in alle Richtungen hätte gehen können. Der tiefe Schnitt allein, der schon ein paar Schritte zur Seite nicht mehr sichtbar war, machten sie zur geführten Landschaft. Nur: wohin führte sie den Leser, dem sie den Kopf verdrehte und so unverrückt vor Augen stand, als trüge er ein Lesebuch in beiden Händen?

Er sah nur diesen Text; sah nicht, daß es vor den Pferdehufen golden schimmerte – sie beschrieben einen Bogen um das Goldbäumchen wie um jedes andere Hindernis auch. Einmal huschte ein Schatten über Parzivâls nasse Stirn. Da sah er doch auf. Sah in der finster blauen Höhe etwas Schwarzes über sich kreisen und ruhig in den ausgebreiteten Schwingen liegen. Und als seine geblendeten Augen besser sehen konnten, zeichnete der Federschatten ein G wie Geier hinein.

Habt ihr ein P für mich? klang es halblaut an sein Ohr. – Dann habe ich für Euch ein O.

Wo spricht das her? fragte er ohne Überraschung, denn wer auf Zeichen gefaßt ist, ist es auch auf Wunder.

Das? fragte es zurück. – *Die*, möchte ich doch meinen! Und man könnte sie zarter lesen.

Habt Ihr auch zu lesen? fragte er. – Was?

K und R, sagte die Stimme. – Kriemhilds Rache. Kommt zu mir, ich diktiere sie Euch Wort für Wort. Ihr schreibt sie ins Reine – B wie Blut.

Wo seid Ihr? fragte der Leser.

Drüben, gab's zurück. – Entdeckt mich. Noch deckt mich ein kleines W.

Weh? fragte er.

Wäldchen, gab es schnurrend zurück. – Deckt mich doch auf.

Was seid Ihr für eine Karte? fragte er.

D wie Dame, hörte er. – Macht Ihr den Stich? Dafür müßt Ihr aber ein König sein oder ein As.

Und wenn ich ein Bube bin? fragte er.

Dann spielen wir von Unten nach Oben.

Wenn Ihr drüben seid, sagte er, dann ist kein Hinkommen. Dazwischen ist ein Riß.

Wo ein R wie Riß ist, braucht Ihr nur zwei Beine zu verbinden, dann ist ein B wie Brücke schnell gemacht.

Und wirklich: an einer einzigen Stelle, kaum zwei Fuß breit, hielten Hüben und Drüben zusammen. Zwei zyklopische Platten bildeten miteinander einen haarsträubenden Übergang. Sie mußten sich im selben Augenblick geneigt haben und hinderten sich nun gegenseitig am Weiterstürzen.

Auf der andern Seite stand eine Gruppe von Tamarisken allein auf weiter Flur und mußte mit Fleiß dahingepflanzt worden sein. Die Stämmchen bildeten die Form eines W.

Einst vor Pelrapeire war er abgesessen und hatte den Fuchs am Zügel hinübergeführt. Dies aber war ein Grâlspferd, und Parzivâl blieb im Sattel. Das hohe Tier setzte Huf um Huf auf die empfindliche Stelle wie ein Seiltänzer, oder besser, wie ein Schreiber, der zwischen zwei Zeilen mit spitzer Feder eine Korrektur anbringt; praktisch ist gar kein Raum dafür, und wahrscheinlich war sie nicht einmal am Platze. Der Reiter fühlte sich um so viel Sündengewicht erleichtert, daß die Brücke ihn trug. Da leuchtete es nackt aus dem Hain.

Auf den ersten Blick war sie leicht zu lesen, die da im Halbschatten Zeichen und Wunder geredet hatte. Sie schielte über die Schulter von der Lektüre auf. Ihr Leib hatte ein X hingelegt, und sie war das *Bild* einer Initiale. Sie lag im ausgebreiteten Quadrat eines Löwenfells auf ihrem B, dessen Wölbungen denen des Bauches entsprachen, alles zeigte die artigste Rundschrift. Gerade noch artig waren die Schenkel des X geöffnet, nur ihre Symmetrie war gestört, da sie das eine Knie etwas angezogen hatte. Die Arme hielt das X über dem Kopf ausgebreitet. Der mußte so kräftig hingeworfen sein, daß rote Strähnen herunterliefen wie von einem frischen Blutfleck.

Ihr könnt lesen? fragte er. – Was lest Ihr?

Hier steht geschrieben, antwortete sie mit falscher Kinderstimme, Kriemhildens Rache, und wie sie an den Brüdern heimgesucht hat den Tod ihres Mannes. In Euren Augen aber will ich lesen, daß Ihr tun wollt, was da geschrieben steht, für mich und um meinen Lohn.

Der Text ist mir neu, sagte Parzivâl, und klingt wie ein Rätsel.

Ich will's lösen, sagte sie. – Seht, ich und mein Mann, wir waren eins, wie ein Zeichen und sein Sinn. Der Sinn war so herrlich, daß er kaum einen Namen brauchte; darum schrieb ich den Namen meines Mannes um so größer. Er aber half mir, mich immer neu zu buchstabieren, und machte sich die schönsten Geschichten aus mir. Immer wieder wußte er meinen Text zu ergänzen, der mochte verderbt sein wie er wollte. So wäre bald eine heilige Schrift aus mir geworden. Da aber wurde mein Sinn durchgetan mit einem Federstrich, genau da, wo ich Euer P wie Pferd sehe. Da ist nun alles balkenschwarz, und kein Gedanke dran, daß sich der Text wieder herstellen ließe. Ich habe nur noch einen Gedanken: wie ich's dem Streicher besorge. Und von allen Namen, auf die mich der Liebste vor seinem Tode getauft hat, ist nur noch O geblieben und aber O.

Das klang mir zu geläufig, Frau, sagte er, ich lese Euch anders.

Ihre Figur begann zu vibrieren.

Wie denn? fragte sie.

Ihr macht mir ein X für ein U vor, erwiderte er, zunächst aber

Euch selbst. Denn ich denke, auch ein U ist noch nicht das, was Ihr schreiben wollt. Eure Hand zittert, und ich rate Euch, das Schreiben ganz zu lassen, bis Ihr besser lesen könnt.

Wenn meine Hand zittert, erwiderte sie und zitterte jetzt am ganzen Leib, so nur, weil die Hand des Mörders nicht gezittert hat, als er mir das Meinige auslöschte.

Das Eurige also, sagte Parzivâl, und damit meint Ihr den Mann, den Ihr groß geschrieben haben wollt. Ich sehe noch viel Kleingeschriebenes dahinter, das den wahren Sinn enthält, und der handelt von Euch allein. Schreibt mir ihn doch einmal ins Ohr, den Namen Eures Mannes.

Wozu? antwortete sie. – Der Name des Mörders muß Euch reichen! Er nennt sich Gramovlanz!

Er reicht mir nicht, antwortete Parzivâl, denn mir scheint, Ihr habt noch andere Namen für ihn und wollt sie nur nicht lesen. Den Namen Eures Mannes aber sagt Ihr mir nicht. Wißt Ihr ihn überhaupt?

Nun kringelte sich die nackte Figur und schien sich nacheinander in alle Buchstaben des Alphabets zu verwandeln, und Parzivâl las: jeder war die Initiale eines Männernamens.

Da! zischte sie. – Alle wollten sie mich in ihre Geschichten stricken. Jedem soll ich den Text verschönern. Jeder will mir ein O von den Lippen reißen. A wie Anfortas ist mir sogar in die Saufeder gelaufen. Der Herr des Grâls! Und Ihr wagt mir zu sagen, ich hätte gar keinen Mann gehabt!

Ihr gebt Euch Mühe, den Text zu verwischen, erwiderte Parzivâl, aber ich lese, was ich lese. Ihr habt viele Männer gehabt und keinen. Von allen Männern habt Ihr nur die Namen gesammelt, und jetzt sind sie Schall und Rauch in Eurem Mund. Ihr wolltet betrogen sein. Ihr habt keine Geschichte, darum macht Ihr Euch so viele. Den Sinn der Treue habt Ihr ihnen aufgesetzt wie eine falsche Unterlänge.

So setzt mir eine bessere auf! hauchte die Kinderstimme. Zugleich warf sich das X herum und bildete dieselbe Figur, doch nicht mehr auf dem Bauch, sondern auf dem Rücken, und gab die verborgenen Lesarten preis.

Setz mir zu, flüsterte sie, tu mir's an! Zeig mir, wie man die falsche Jungfrau zur rechten Frau stempelt. Nimm dein P heraus und tunk's in mein O, schreib mich um, wie du glaubst, daß ich lauten soll, und ich will O und A dazu sagen!

Frau, sagte Parzivâl, das steht nicht in meinem Text.

Aber er steht dir ja doch! lachte sie, ich lese was ich lese! Klapp dein Buch zu, tanz mit mir!

Frau, sagte er, ich bin zur Zeit ins Lesen vernarrt. Aber ich brauche meine eigene Brille, und durch die, die Ihr mir aufsetzen wollt, kann ich nichts sehen.

Soll ich dir's beschreiben? girrte sie. – Ist deine Feder noch stumpf? Soll ich dir etwas flüstern, was sie scharf macht?

Nicht nötig, Frau, sagte er. – Ich war eben schon scharf genug und habe selbst die Saufeder gebraucht. Die Wahrheit ist, von Eurem Leben gibt es für mich gar nichts zu wissen. Bedenkt, daß ich immer noch ein ABC-Schütze bin. Einem Klippschüler passiert es leicht, daß er wie ein Schulmeister redet. Das war ungehörig. Ihr seid nichts dergleichen. Ich wollte nur sagen, daß Ihr besser daran tätet, Euch selbst zu gehören, und nicht nötig habt, Euer X oder U an ein Mannsbild zu hängen. Wie ich Euch sehe, seid Ihr verdammt schön.

Schön verdammt, sagte sie, denn Ihr seht mich ja gar nicht! Du magst ein Anfänger sein, aber ich schwöre dir, du bleibst keiner, wenn ich dich in diesen Arm nehme. Oder hast du Angst?

Ja, sagte Parzivâl.

Ein Mann! sagte sie, setzte sich in ihrem Löwenfell auf und raffte es um ihre Blößen, endlich ein Mann! Und ausgerechnet der will nichts von mir wissen!

Das ist ganz einfach, sagte Parzivâl, denn ich weiß nichts von Euch.

Du Ungeheuer! sagte sie, du reine Vernunft! Wie hat mir so etwas immer gefehlt, ich könnte ihr zujubeln! Leider bin ich elend. Ich bin es so wahr, wie Ihr Angst vor mir habt. Und Ihr tut gut daran, denn ich habe sie auch, und noch mehr.

Gramovlanz, sagte Parzivâl, hat Euren Mann erschlagen. Ich komme eben aus seiner Stadt und höre, er kämpft nur gegen ihrer Zwei?

Er hat gegen ihrer Zwei gekämpft, sagte sie, und ich war der Zweite. Ich hatte mich als Ritter verkleidet. Ich wollte nicht nur die Frau eines Mannes sein. Darum trieb ich ihn auf Abenteuer, obwohl er fast so verständig war wie Ihr. Anders als Ihr liebte er mich auch noch, und so ließ er sich zum Unverstand treiben. Ich aber konnte ihn nicht alleine gehen lassen. Ich rüstete mich wie ein Mann und schwor, er werde erst wieder eine Frau an mir finden, wenn wir selbander den Goldzweig gebrochen hätten.

Den Goldbaum des Gramovlanz, fuhr sie fort, den er hütet wie seinen Augapfel. Dort drüben muß er stehen – irgendwo, zwei Augen können ihn nicht sehen, nur vier. Es sei denn, ein Mensch sei reinen Herzens, dann sieht er ihn, der Baum windet ihm den Kranz von selbst, und er trägt ihn ungeschoren von dannen. Gramovlanz darf ihm nichts tun.

Ich habe ihn nicht gesehen, sagte Parzivâl heiter. – Das wundert mich nicht.

Ich habe ihn auch nicht gesehen, sagte die Frau, aber Cidegast: mit einem Blick.

Das war Euer Mann, sagte Parzivâl.

Und ich habe ihn getötet, sagte die Frau.

Da Parzivâl sich nicht wunderte, fuhr sie fort:

Gramovlanz war's, er sah uns zu Zweien stehen. Wäre Cidegast allein gewesen, er wäre davongekommen. Aber das ließ ich nicht zu. Ich griff ihn an, mit der Saufeder.

Cidegast?

Gramovlanz, sagte sie, aber als er die Lanze anlegte, warf sich Cidegast dazwischen, um mich zu schützen. Ich kämpfte mit ihm gegen diesen Schutz. Ich hatte seine Hände gebunden, und darüber drang ihm die Lanze ins Herz.

Und Ihr? fragte er. – Ihr lebt!

Sie schlug das Löwenfell wieder auseinander und legte sich langsam zurück, wie eine Verwundete.

Lebe ich denn? fragte sie. – Zeigt es mir! Straft mich, laßt mich die Lanze fühlen! Worauf wartet Ihr noch? Wir sind mutterseelenallein!

Das bin ich nicht, Frau, sagte er und schlug das Löwenfell von beiden Seiten über ihren nackten Leib, wie man ein kostbares Buch in Seide kleidet.

Habt Ihr denn keine Lust? fragte sie, und ihre Zähne schlugen zusammen.

Ein Mann kann große Lust auch auf das Dümmste haben, sagte er, wenn ihm das Liebste fehlt. Das sind bei mir schon bald vier Jahre.

Das Dümmste, sagt Ihr? flüsterte sie.

Ja, sagte er, wenn es nicht das Liebste ist, ist es das Dümmste. Und wenn die Frau zu den gattlichen gehört, muß man sie auch einmal besser verstehen können als sie sich selbst.

Wißt Ihr, warum ich noch lebe? fragte sie.

Ich kann es mir denken, sagte er.

Könnt Ihr auch das Schlimmste denken? fragte sie. – Und wenn mir leichter würde, wenn ich's erzählte: würdet Ihr mich hören?

Nein, sagte er, denn Euch wird nur besser, wenn Ihr's Euch selbst sagt. Dafür braucht Ihr mein Ohr so wenig wie etwas anderes.

Roter Ritter! sagte sie. – Wir brechen auf, augenblicklich, und knicken uns den Goldzweig miteinander. Und Ihr tötet mir den Gramovlanz. Ich werde Euch nicht in den Arm fallen.

Gewiß nicht, antwortete er, denn wir tun nichts dergleichen.

Habt Ihr Angst? fragte sie.

Diesmal nicht, antwortete er, aber Gramovlanz liegt nicht an meinem Weg.

Und für mich tätet Ihr's nicht?

Was ich für mich selbst nicht täte, sagte er ruhig, kann ich auch nicht für einen andern tun.

Sie schloß die Augen.

Seht, fuhr er fort, ich liebe nur Eine, und dafür mußte sie erst meine Schwester werden.

Du suchst den Grâl, sagte sie leise. – Weißt du was? Von mir hättest du ihn geschenkt bekommen. Der Grâlskönig Anfortas wollte ihn mir nachwerfen, wenn ich ihn einmal auf mir reiten lasse. Ich habe ihn ausgelacht. Aber nun weißt du, daß du um einen Hurenlohn dienst, auch wenn du die Hure dazu verschmähst.

Und wenn Ihr den Grâl genommen hättet, fragte er, was hättet Ihr damit getan?

Ich hätte ihn da hinuntergeworfen, wo Cidegast liegt, sagte sie, und deutete mit dem Kinn in die Schlucht hinunter. – Du sitzt an einem Grab, Grâlsspießer.

Dem Liebsten das Beste, sagte Parzivâl, jedes nach seiner Art.

Dem Liebsten? sagte die Frau. – Und wer deckt ihn zu? Soll sein Grab für immer offen bleiben?

Er sagte nichts. Er blieb auf der Stelle sitzen und stützte den Kopf in die Hände.

Herr, sagte sie nach langer Stille, geruht Euch abzuwenden. Ich kleide mich an.

Er gehorchte und hörte es hinter sich von Seide knistern.

Gut, sagte sie. – Teilt Ihr noch einen Becher mit mir? Ihr müßt durstig sein.

Mit Vergnügen, antwortete Parzivâl. –

Er sah ihr nach, wie sie durch die Bäume zu den Pferden hinüberging, die einander friedlich Gesellschaft leisteten; der Schatten spielte auf ihrem braunen Kleid, und das weiße Tuch, mit dem sie ihr rotes Haar bedeckt hielt, verstärkte den Eindruck einer Pilgerin. Sie machte sich in der Tasche des Sattels zu schaffen; dann kam sie mit einem Tablett zurück, auf dem ein Krug und zwei Becher standen. Es war mit Perlmutt eingelegt.

Das ist alles, was ich von Anfortas behalten habe, sagte sie, alles andere habe ich Klinschor überlassen. Aus diesem Becher hat Cidegast getrunken, nach ihm keiner mehr. Ich gieße den Becher über seinem Grab aus und trinke den andern zu seinem Gedächtnis, wenn ich allein bin.

Kommt Ihr jeden Tag an die Schlucht? fragte er, und immer allein?

Jeden Tag ja, aber nicht allein. Mein Affe bringt mich her und holt mich wieder ab.

Affe? fragte er.

Ja, sagte sie, er ist ein Geschenk Klinschors und ein Bruder der Frau Kundry, die Euch verflucht hat. Ich habe auch meine Beziehung zum Grâl. Malcrêatüre ist mein Leibdiener. Er zieht mich an und aus und ist der einzige, der mich nackt erblickt. Er unterhält mich mit maurischer Weisheit, die mir nicht anschlagen will. Hat er Heimweh, leckt er mich.

Das Getränk ist kühl, sagte Parzivâl, wie macht Ihr das?

Wohin käme man, wenn man nicht hexen könnte, erwiderte sie. – Es ist Saft von der Pistazie, leicht vergoren.

Eigen, sagte er, aber erfrischend.

Ihr habt Glück, sagte sie, ich hatte nicht übel Lust, Euch zu vergiften! – Kennt Ihr Herrn Gâwân?

Wer nicht? fragte er erstaunt.

Wie kommt er Euch vor? fragte sie.

Er ist ein Verwandter, sagte er.

Das ist alles? fragte sie.

Was wäre mehr? fragte er erstaunt zurück.

Sie schwiegen. Er trank den Becher aus.

Ich will nun reiten, Frau, sagte er höflich, und danke Euch für die Gastlichkeit. Kann ich für Euch etwas tun?

Nichts als ein Wunder, entgegnete sie kühl.

Ich will's versuchen, sagte er.

Sie lachte. Parzivâl aber war aufgestanden und hatte eine Hand erhoben; sie war schmucklos bis auf den kleinen Ring, von dem ein winziger Diamant blitzte. Er hielt ihn so, daß sein Reflex die Naturbrücke traf, genau da, wo die beiden Felsplatten sich verkeilt hatten.

B –, sagte Parzivâl leise. – Br. Brük – ke.

Mit dem letzten Laut hatte eine Platte unmerklich zu rücken begonnen und ihren Zugriff auf die andere gelockert. Da, wie unter einem Hammerschlag, gaben sie einander frei, schienen einen Augenblick zu schweben, bevor sie fielen, lautlos erst dann polterte es aus der Tiefe wie ein gefangenes Gewitter. Einen Augenblick schien das Rauschen des Wassers heftiger geworden zu sein. Dann wurde es wieder das stille Grundgeräusch, das man auch überhören konnte.

Sie sah ihn an.

Jetzt führt kein Weg mehr hinüber, sagte sie.

Nur ein Lesezeichen, sagte er. – Damit wir diese Stelle nicht vergessen.

Brr! sagte er zum zweiten Mal.

Das Pferd sprang durch die Tamarisken und wieherte einmal, als Parzivâl aufsprang, ein zweites Mal, als es mit ihm davonsprengte; das dritte Mal, als er weit weg schon, die Arme in die Luft schleuderte, als ließe er nicht nur ein großes G fliegen, sondern den Geier dazu. Frau Orgelûse aber sanken die Hände, die sie vor den Mund geschlagen hatte, und sie starrte ihm nach.

IM FLIMMERLICHT

WOMIT DASJENIGE
DES VERWUNSCHENEN SCHLOSSES GEMEINT IST,
DAS GÂWÂN ZU NEUEM LEBEN ERWECKT

Ich bin's Gâwân.

Ihr habt lange nichts mehr von mir gehört, liebste Tante; fast hätte ich dazugesetzt: ich auch nicht.

Fragt, was ich erlebt habe? Viel und wenig, nichts, was am Hof Eures Herrn Artûs gemeldet werden müßte. Ich war ein Fußgänger, denn ich führte ein Pferd am Zaum, das ich nicht ohne Gefahr für sein oder mein Leben reiten durfte. Fast mußte ich's ziehen, denn seine Beine waren schwach, und zum Glück war es auch sein Wille; ein halsstarrig Tier hätte ich nicht einmal ins nächste Dorf gebracht. Ich ging kurze Wege und doch mühseligere als zu meinen Glanzzeiten; auf solchen Wegen begegnen einem keine Abenteuer. Meine sahen aus wie Kakerlaken in der Streu und saurer Wein in der Kaschemme. Allmählich bildete ich mich im Vagieren so weit aus, daß ich bei Zechgenossen als lustiger Kerl gelten konnte. Und doch wußten sie sich auf den Mann, der seine Rüstung von einem Pony tragen ließ, um sie in der Herberge noch eher zu hüten als sich selbst, keinen Reim zu machen. Immerhin konnten sie sehen, daß das Eisenzeug vom feinsten war; wem hatte ich's entfremdet, welchen Ritter dafür totgeschlagen? Es war keine Grille, wenn ich sie auf den Strohsack mitnahm, und Spott war noch das Gnädigste, was ich erntete: Ich müsse wahrlich ritterliche Träume haben! Vielleicht schlafe ich mich gar zu einem großen Mann wie Erec, Iwein oder dem berühmten Gâwân empor? –

Oftmals führten sie mir, zu solchen Scherzen passend, ihre Dirnen zu – die sich dann ausschütten wollten vor Lachen über meine geharnischte Nachtruhe. Daß ich sonst nichts von ihnen begehre, hatte sich herumgesprochen, und vielleicht hat's mancher leid getan. Aber sie mußten glauben, was mir nachgesagt wurde: ich hätte meiner Herzdame geschworen, ein Jahr lang mein Pferd zu tragen, statt mich von ihm tragen zu lassen. Oder gar: das Pferd sei diese Dame selbst, so gründlich verzaubert, daß wir lange Wege miteinander gehen müßten, um sie zu erlösen. – Und ganz weit von der Wahrheit war das ja nicht entfernt. Meine Pracht als zu Fuß irrender Ritter verblaßte in dem Grade, als mein Pferdchen ansehnlicher wurde. Und als ich es wieder besteigen konnte, sah es unter mir besser aus als ich auf ihm.

Ja, Tante: das Niveau unserer Abenteuer sinkt bedenklich, wenn man zu Fuß geht auf der Welt. Man muß froh sein, hat man seine Siebensachen an Nachträubern, Strauchdieben und Plünderern vorbeigerettet, – die Dukatenkatze nicht zu vergessen, die Ihr in mein Wams habt nähen lassen, von der ich aber keinen Gebrauch machen will. An der Aufgabe, die mir meine Dame gestellt hat, ist mit Geld nichts zu lösen. Und der Geruch von Schwachsinn, in dem ich unter den Leuten umherging, war ein geringer Preis für die Genugtuung, daß wir, das Namenlose und ich, aus eigener Kraft wieder flott wurden.

Ich habe dem Tierchen lange keinen Namen gegeben. Es schien mir recht passend, es als Namenloses lieb zu haben. Womit man sich placken muß, das wächst einem ans Herz. Es war ein feierlicher Augenblick, als ich dem Tier wieder mein Gewicht zumuten durfte, erst auf kurzen Strecken, dann auf immer längeren. Und als Belcrêatüre (wie ich es nun doch nennen darf) zum ersten Mal *fröhlich* wieherte, nahm ich's als gutes Omen: daß ich auch der unlustigen Geberin damit ein Stücklein nähergerückt sei.

Das bin ich wahrhaftig, edle Tante. Ich befinde mich wieder auf dem Gebiet meiner Dame, wenn auch an dessen äußerster Grenze, wo es sich mit dem von Schastelmarveile berührt; dazwischen liegt nur noch ein breiter Fluß. – Schastelmarveile? – Ihr habt recht gelesen. Ich habe das verzauberte Weiberschloß gefunden, die Creatûr hat mich richtig hingetragen, wie zum Lohn für geduldige Pflege. Denn auch ich habe das Rezept meines Vetters Parzivâl versucht, dem Pferd die Zügel zu lassen; und so stand eines schönen Morgens Schastelmarveile vor uns, oder wir vor ihm.

Ihr wollt wissen, wie es aussieht. Doch muß ich Euch noch auf die Folter spannen und vorweg berichten, wo ich dies schreibe. *Daß* ich schreibe, beweist Euch am bündigsten, ich sei wieder unter bessere Leute gefallen. Denn auf meiner Fahrt über die Dörfer war, wie Ihr Euch denken könnt, an Schreiben kaum zu denken. In einer Bauernschenke gedeiht kein Verständnis dafür, daß ein Vagant, mag er auch extravagant daherkommen, einen Tuschkasten aus dem Knappsack zieht und mithilfe einer Rabenfeder fremde Zeichen auf einen unbekannten Stoff setzt – an dem man ohnehin das Wunderbarste findet, daß er Bierlachen noch besser aufsaugt als einer ihrer Hanfhudel. Man hätte es für Hexenwerk gehalten, dem Schreiber das Handwerk gelegt oder wenigstens den Pfaffen geholt. Ohnehin war mir Frau Ekubâs wunderbarer Schreibsaft ausgegangen. So hätte ich mir meine Rabenkiele ebensowohl an den Hut stecken können, und der schöne Papiervorrat, den mein Namenloses in seiner Satteltasche hütete, nützte mir gar nichts. Zwar waren meine Klauen allmählich lang – und schwarz – genug, daß ich auch mit ihnen hätte kratzen können. Doch daß Ihr meine Abenteuer lesen könnt, gehört ja zu den besseren Gründen, warum ich sie immer noch suche. Anders könnte einem der Geschmack daran beim Stapfen durch die Grundsuppe leicht vergehen. – Aber auch meine Dame wird's ohne Abenteuer nicht tun; sie sind ja wohl die einzige Sprache, in der sie für meine Liebe ein Ohr hat – vom Hören bis zum *Er*hören wird noch ein weiter Weg sein. Und so bin ich bei Schastelmarveile vor die rechte Schmiede gekommen. Gelingt es mir, 400 Frauen zu erlösen, sollte dies auf die Eine hoffentlich nicht ganz ohne Effekt bleiben, ein starker Grund für förderliche Eifersucht.

Mein Gastgeber glaubt nicht an ein Gelingen; er zittert für mich. Dabei habe ich ihm eine Probe meiner Abenteuerkunst bereits geliefert, und er ist nicht schlecht dabei gefahren. So einen Gast hat er sich lange gewünscht und möchte ihn warmhalten. Er drängt mich durchaus nicht nach Schastelmarveile, und seine Tochter tut es noch viel weniger. – Herr Plippalinôt ist ein abgetakelter Ritter, der hier sein Brot als Fährmann verdient, ein Mann im Schatten großer Ereignisse, der von ihnen gar nicht übel zu leben weiß. Denn ihm fällt es zu, die abenteuerlustigen Herren überzusetzen nach dem verwunschenen Schloß. Die Fahrt sei immer »einfach«, bemerkt er in dürrem Humor, denn zurückgeleiten habe er noch keinen müssen, pardon: dürfen. Schastelmarveile habe bisher auch den Stärksten verschlungen, und zwar mit Haut und Haar.

Diese Abgänge schildert Herr Plippalinôt detailliert und mit herzzerreißender Befriedigung. Denn was die Erlöser auf *dieser* Flußseite zurücklassen – das Meiste, ein Zauberbett besteigt man weder zu Pferd noch mit Sack und Pack –: das wird sein Fährlohn und gehört ihm.

Dabei ist Schastelmarveile nur die *eine* Quelle seines Wohlstands, den er so klug verleugnet. Die andere gründet sich auf ein altes

Privilegium, das dem Fergen verbrieft sein soll (auch wenn ich den Brief nicht gesehen habe): wer hier, auf dem freien Platz vor seiner Tür, zur Tjost antritt, wird ihm pflichtig; der Sieger mit einem Trinkgeld, der Verlierer mit seinem Pferd. Da sein Plätzchen in diesem abschüssigen Gebiet weit und breit das einzige fürs Ritterspiel geeignete und dafür auch noch mit Markierungen und anderen Bequemlichkeiten ausgestattet ist, könnt Ihr Euch denken, daß auf diese Weise ein hübscher Marstall bei ihm zusammenkommt. Die braven Ritter finden hier die letzte Gelegenheit, ihr Mütchen zu üben, bevor es das Zauberschloß ihnen kühlt.

Neben Herrn Plippalinôts Beutepferden nimmt sich mein Namenloses auch in herausgefüttertem Zustand mehr als dürftig aus. Und doch war es bereits gut genug, dem Fergen einen Fang zuzutreiben. Ja, Tante: ich habe wieder ein Abenteuer bestanden, das sich sehen lassen kann. Das Untertauchen in der Grundsuppe hat mir nicht geschadet, im Gegenteil. Ich habe so passabel gekämpft, daß ich mich – anders als mein Wirt, der inzwischen aus durchsichtigen Gründen an meinem Leben hängt – für Schastelmarveile den rechten Mann finde.

Euch dies schriftlich zu geben, hat sich im Fährhaus unerwartet Gelegenheit gefunden. Unter den Hinterlassenschaften der ritterlichen Abgänger habe ich, neben Wasserpfeifen, kostbaren Teppichen und Elfenbeinfiguren, zwei Tuschkästchen entdeckt, zum Zeichen, daß der Ruf des Zauberschlosses in alle Welt gedrungen ist und sich auch mancher Muselman, Perser, Inder und – nach den Fundsachen zu schließen – selbst sinische Fürsten berufen fühlten, das Frauenhaus zu erlösen.

Ach, erwählt können sie nicht gewesen sein. Sie könnten mich wohl erschrecken, diese Spuren – daß sie es nicht tun, schreibe ich dem wunderbaren Umstand zu, daß ich den siegreichen Lanzengang für meine Dame unternommen habe. Zwar gegen ihren Dienstmann, den sie mir kriegerisch entgegengesandt hat – aber dank der Demütigung dieses Mannes ja doch wieder *für* sie und in ihrem Namen. So vertrackt ist es um ihren Dienst bestellt, daß ich zwar gepreßt sein soll bis auf mein Blut, das sie offenbar sehen will – und doch! Fordert sie mich nicht zugleich zur Widerlegung des mörderischen Mißtrauens heraus, das sie dem männlichen Teil der Welt entgegenbringt?

Beim Waten durch die Grundsuppe hatte ich alle Muße, mir über die Sinnesart meiner Dame Gedanken zu machen. Es fehlt wahrlich noch viel, fast alles dazu, daß ich sie *meine* Dame nenne – alles bis auf ihren Zorn; der aber ist das gewisseste Zeichen, daß auch bei *ihr* etwas fehlt. Alles Mögliche und wohl ebenfalls fast alles fehlt dazu, daß sie ihren Gefühlen trauen darf. Hier ist die Lücke, in die ich springen soll mit meinem Abenteuer! Und wenn es gelingt, sie zu stopfen, habe ich Frau Orgelûse nicht nur gedient – ich habe ihr womöglich einen wahren Dienst geleistet. Für den ist mir mein Leben nicht zu schade.

Mein Gastgeber, der Ferge, findet ganz entschieden, es müßte mir teurer sein. Und nicht nur ich hätte bei diesem Handel alles zu verlieren, auch er dies und das. Nein, arm ist er wahrlich nicht – was er seine Kate nennt, erscheint als solche nur im Schatten Schastelmarveiles. Er führt ja ein veritables Wasserschloß. Aber er ist ein Knapphahn und Geizkragen, wie er im Buche steht, und Worte sind der einzige Überfluß, den er sich und andern gönnt. Er pflegt den Tick, seine Ratschläge paarweise gereimt abzuliefern, etwa so:

> Es ist Euch leichtlich unbekannt:
> Gar Abenteuer heißt all dies Land,
> So geht es Nacht und auch den Tag etc. etc.

»Unbekannt« kann einem das Abenteuer nicht gut bleiben, wenn man am Fuß Schastelmarveiles nächtigt und seine leeren Zinnen im Mondlicht schimmern sieht; aber das »Leichtliche« ist es, was er mir bei Tag und Nacht aus der übermütigen Seele reden will. Mit treuherzig verdrehten Augen versichert er, an *mir* wolle er seinen Fergenlohn nicht verdienen. Nun hat der Respekt, den er mir seit meinem erfolgreichen Zweikampf zollt, seine Verzweiflung über meinen Leichtsinn zum Dauerzustand werden lassen. Er ist eine im Grund biedere Seele; daß er mich jetzt schreibend weiß in der Kemenate, die er mir gastfreundlich geöffnet hat, macht ihn froh bis über die Ohren. Denn: wer *schreibt*, der *bleibt* ja wohl noch ein wenig und tut einstweilen nichts Dümmeres. Anderseits argwöhnt er, daß ich mein Testament schreibe, was ihn wieder ganz zittrig macht; dabei würde allerhand für ihn abfallen, notgedrungen und in Gottes Namen – ach, der Gute weiß gar nicht mehr, wie er mich ansehen soll.

Als er mich einreiten sah auf meinem Namenlosen, sagte ihm sein Kennerblick gewiß, daß hier nicht viel zu holen sei. Trotzdem hat er mir ein Nachtmahl ausgerichtet, das man für seine Verhältnisse üppig nennen muß. Es gab Salat, eine ganze Schüssel voll, und zwo frisch gebeizte Haubenlerchen, die wir einander über die Tafel hin und her zuschoben; denn für drei war es eine zu wenig.

Für drei? Ja, Fräulein Bêne saß auch dabei; sie ist seine Tochter und allerdings das Liebenswürdigste, was mir in meinem Leben untergekommen ist – meine Dame gar nicht ausgeschlossen, denn artig und liebenswürdig würde sie nicht einmal der vernarrte Gâwân nennen. – Bêne dient einer gefangenen Prinzessin auf Schastelmarveile als Gespielin und Vertraute. So verwirrend sind hier die Verhältnisse, und lebensgefährlich offenbar nur für uns Männer. Den Namen ihrer Herrin darf sie nicht verraten, alles aber deutet daraufhin, daß die Dame jung sein muß, denn Bêne geht auch als Liebesbotin hin und her, sagt nur nicht, wohin. –

Sonst aber ist der Vertraulichkeit fast kein Ende, liebe Tante. Bêne ist ein arglos hilfreiches Mädchen, und wenn ich sage, daß sie dem Gast, aus lauterer Herzlichkeit, auch ihren unschuldigen Leib dahingegeben hätte, dürft Ihr sie weder für locker noch mich für ruhmredig halten. Daß ihr im Leben noch kein Ritter begegnet sein soll wie ich, hatte ich anfangs ihrer Unerfahrenheit zugeschrieben und mich gehütet, diese zu mißbrauchen. Seither aber habe ich erlebt, daß mir das Fräulein eben diesen Zartsinn zugute hält und mich gar doppelt liebgewonnen hat.

Ein schwerer Fall, liebe Tante! Seit ich dem Vater Plippalinôt mit meiner Kunst dies und das zugehalten habe, findet er gegen eine Verbindung mit seiner Tochter immer weniger einzuwenden und hat alles Mögliche getan – oder vielmehr: unterlassen –, sie mir ganz unbildlich nahezulegen. Er hat eine Art, mir aufzuwarten, die man kupplerisch nennen muß und die auch einen geprüften Liebhaber verlegen macht. Aber Euer Gâwân weiß für einmal, was er zu tun hat, und ich hoffe, liebe Tante, Ihr habt den Ausdruck meiner Ratlosigkeit nicht allzu ernst genommen. Ich habe alles zu tun, um mich Frau Orgelûsens Haß würdig zu erweisen – was vollkommen ausschließt, daß ich Bêne anders als mit reiner Zärtlichkeit begegne. Ich habe gar keinen Arm frei für sie. Aber daß ich aus unserem Umgang ein kleines Kunstwerk der erlaubten Nähe und gebotenen Ferne, der zarten und zärtlichen Entsagung mache, werdet Ihr nicht verübeln. Weil es mir mit meiner Dame so ernst ist, kann ich mir die Gefühle eines lieben Kindes in Demut gefallen lassen – *ganz* spurlos, wie Ihr bemerkt, der Gang durch die Grundsuppe an mir doch nicht vorbeigegangen.

So darf ich Euch, ohne rot zu werden, Zeichen und Wunder von meiner neuen Ritterschaft berichten. Könnt Ihr Euch zum Beispiel

vorstellen, liebe Tante, wie ich auf meinem Pony – das zwar heraus-
gefüttert, darum aber noch lange kein schnaubendes Streitroß ist –
Einen, der mir auf einem ebensolchen in den Weg trat, mit einem
Stich ins Gras gesetzt habe? Mit *einem* Stich – darauf kam es an.
Denn zu einem zweiten durfte es keinesfalls kommen, nachdem
mein Namenloses kaum den *einen* verkraften konnte. Ich mußte
einfach durchschlagend getroffen haben, bevor es, wie erwartet, ins
Knie ging, und ich natürlich absprang. Es mußte gelingen, daß ich
meinem Gegner alsbald auf dem nackten Boden begegnete, wo er
keinen Vorteil mehr über mich besaß.

Es gelang, liebe Tante, und wie es gelang! Das hätte der Zuschauer
mehr verdient. Freilich hat, wenn mich nicht alles täuscht, die eine
oder andere verzauberte Dame über Schastelmarveiles Zinnen ge-
lugt. Bêne aber hatte die Hände vors Gesicht geschlagen, die gute,
treue Bêne, bevor sie den Klingklang der Schwerter hörte, mit denen
wir aufeinander eindroschen, der fremde Herr und ich. Lischoys
Gwelljus hieß er, wie ich hinterher erfuhr, und was er, im Galopp
anreitend, schrie, war: Orgelûse! Ihr könnt Euch denken, wie wir
die Ohren spitzten, meine Creatur und ich.

Die arme Creatur! ich mußte ihr etwas zumuten. Ich mußte den
Renner des Herrn Lischoys über das Pony stolpern lassen, sonst
wäre er zu einem leichten Sieg geflogen statt ins grüne Gras. Ich
mußte förmlich den Fall Belcrêatüres vorbereiten, um einen allgemeinen Sturz zu bewirken, und außerdem durch einen geeigneten
Zwick dafür sorgen, daß Herrn Lischoys' Lanze an mir zerbrach
und ihm nicht als Krücke dienen konnte. Es gelang, wie gesagt, und
wir stürzten ganz prächtig zu viert (die Creatur glimpflich, zu Eurer
Beruhigung). Und nachdem wir erst den Boden geküßt hatten, half
dem Gwelljus sein Orgelûse-Geschrei nicht mehr. Denn wahrlich,
ich überschrie ihn mit seiner eigenen Devise nicht nur, ich wußte ihr
auch Nachachtung zu verschaffen.

Zu seiner Ehre sei's gesagt: er war eine harte Nuß, und mit dem
Schwert allein hätte ich sie nicht geknackt. Ich mußte seinen Schlag
unterlaufen, ihn förmlich umarmen, um ihn abermals den Boden
küssen zu lassen, diesmal mit endgültigem Nachdruck. Doch er
wollte mir sein Leben durchaus nicht verdanken. Der Gute hatte
offenbar noch nie eine Niederlage eingesteckt und verband sie mit
ungeheuerlichen Zumutungen. Ich solle ihn nur gleich töten! Das ist
nun gar nicht meine Art. Da aber auf keine andere mit ihm zu reden

war, ließ ich ihn aufstehen – was sonst? – und erlaubte mir den Spaß, mich zur Probe auf sein Pferd zu schwingen. Warum sollte ich ihm, da es mir ohnehin zustand, nicht tun, wie Urjâns mir? Ich gedachte es ihm gleich wieder zu überlassen – und irrte mich sehr. Was für ein Pferd! *Mein* Pferd war es, auf den ersten Sitz –

Stellt Euch meine Überraschung, mein Entzücken vor, als ich im Renner des Herrn Lischoys *meinen* Gringuljete erkannte; verkleidet unter einer fremden Wappendecke – sie war über und über mit plumpen Greifen gevögelt. Ich hatte nicht einmal Zeit, mich des unverhofften Wiedersehens zu freuen. Denn der, welcher sich offenbar für Gringuljetens rechtmäßigen Besitzer hielt, war aufgesprungen und begann mit seinem Schwert nach mir zu walken – worauf mir denn nichts übrig blieb, als abzuspringen und den Herrn noch einmal Mores zu lehren. Ach, der Gute hatte wohl nichts anderes als Orgelûse im Kopf.

Ich zeigte ihm also handgreiflich, wem der Himmel seine Dame bestimmt habe, und der Himmel gab mir, ihm abermals heimzuleuchten. Meine zweite Umarmung fiel sehr viel zudringlicher aus als die erste. Ich allein wußte, für wen sie bestimmt war, *er* aber bekam sie zu fühlen. Leider kam ihm danach wieder nichts Besseres in den Sinn, als um den Gnadenstoß zu bitten. Ja, man erkennt meine Dame an ihren Freiern! Sie geben auch sich selbst keinen Pardon. Noch einmal mußte ich der Klügere sein. Ich hatte ja nichts gegen den Mann, der dem sauberen Urjâns immerhin mein Pferd wieder hatte abjagen müssen, um es sich anzueignen. Zum Glück fiel mir der einzige Satz ein, der nicht nur sein Gesicht zu retten versprach, sondern auch ihn selbst. – Um deiner Herrin willen lasse ich dich leben! schrie ich.

Er war bedrückt. In dieser Form mußte er die Gnade akzeptieren, und doch war sie in dieser besonders unannehmbar. Denn welche Ehre hatte er für seine Herrin eingelegt! Er setzte sich aufs Wiesenbord und vergrub den Kopf in den Armen. Fast hätte ich mich neben ihn gesetzt und mitgeheult, aber es gab denn doch Dringenderes zu tun. Gringuljete! rief ich. Und das Tierlein, aus seiner Verwirrung erlöst, kam auf mich zugetrabt wie eine selige Braut.

Nein, holde Tante – meine Creatur hatte ich nicht vergessen. Ich beugte mich aus dem Sattel tief zu ihr herab, um ihren Zügel zu fassen; es war eine Verbeugung vor dem kleinen Tier. Du hast Gringuljete besiegt! flüsterte ich ihm zu. Ich wollte mit den beiden abreiten und Herrn Lischoys Gwelljus seinem Seelenjammer überlassen, doch ich hatte die Rechnung ohne meinen Wirt gemacht. Herr Plippalinôt, einen dürren Sperber auf der Faust, ritt mich an und verlegte mir den Weg.

> Herr, so manche Fraue sah
> daß der Preis Euch zugefallen
> tut mir also den Gefallen
> denn es ist auch noch mein Recht
> und dies Pferd ist gar nicht schlecht
> und es ist die Kampfgebühr
> daß ich's in mein Ställchen führ!

Darauf konnte ich Herrn Plippalinôt nur ungereimt, aber klipp und klar antworten: sein Ställchen, wie er seinen wohlversehenen Marstall zu nennen beliebe, werde diesmal leer ausgehn. Das Pferd sei mein, darum könne es keinen Handel geben. – Hingegen, sagte ich, einem plötzlichen Einfall folgend, sei ich bereit, mein Pony dem Fräulein Bêne zum Geschenk zu machen, denn es gebe, von Gringuljete abgesehen, kein verdienteres Geschöpf unter der Sonne. – Natürlich machte meine Tierliebe das Namenlose in den Augen des erprobten Roßkamms nicht zum guten Geschäft, darum stach mich der Hafer, noch eins draufzusetzen. – Außerdem, rief ich, schenke ich Euch den edlen Herrn, der dort auf der Böschung sitzt, mit Haut und Haar. – Ist das ein Wort? fragte Herr Plippalinôt mit so leuchtenden Augen, daß ich den meinen nicht traute. Aber ihm war es bitter ernst. Und zu meiner noch größeren Überraschung folgte Herr Lischoys Gwelljus dem Vormund, den ich ihm bestellt hatte, ohne Aufbegehren, ja wie ein Hündchen, und ließ sich widerstandslos ins Fährhaus abführen. Sein Ausdruck schien zu besagen: verkauft bin ich so oder so – jetzt kann mir gleich sein, wohin.

Die Creatur wußte ich bei Bêne in so zarten Händen, als wär ich's selbst gewesen – es würde mich leider nicht wundern, wenn sie's künftig »Gâwân« nennte. Ich aber hatte mein Rotohr wieder. Und auch, wenn es mir auf dem Zauberbett vermutlich nicht viel nützen wird – wir sind und bleiben ein Paar, das Gott zusammengefügt hat, liebe Tante. Es ist doch ein ganz anderes Gefühl, auf dem angestammten Pferd zu sitzen als auf einem nachgezogenen, dieses mag so rührend sein, wie es will.

Nun senkten sich Abend und Nacht, in der ich meinen Wirt in bester, beinahe spendabler Laune fand. Der junge Mann, den ich ihm zugeführt hatte, fand zwar noch immer keine Worte, kam aber immerhin zu einer ganzen Haubenlerche. Weiß der Himmel, was der Fährmann für diesen Menschenfang zu lösen hofft! Ich bin nie einer originelleren Mischung von Geschäftsmann und Ritter begegnet. Ich hielt es nicht für meine Pflicht, ihn auf einen Widerspruch aufmerksam zu machen: wer gibt ihm etwas für einen Ritter in Zeiten, da ein Ritter immer weniger gilt?

Jedenfalls war ich jetzt zum Gönner des Hauses aufgestiegen und wurde als solcher behandelt. Nicht nur schöpfte er mir immer weiter von seinem Salat nach, Lattich und Portulak, er spendierte mir auch ein zweites Glas seines Sauerweins, der mit dem Salatessig alles gemeinsam hatte außer dem Namen. Dennoch war er ihm ordentlich zu Kopf gestiegen. Hier geschah es, daß er mir seine Tochter abermals empfohlen sein ließ. Es fehlte nicht viel, und er hätte sie mir eigenhändig ans Herz gelegt. Ich rechne ihr hoch an, daß sie sich ihre Neigung von dieser väterlichen Zumutung nicht verdrießen ließ.

Sie brachte mich zu Bett; dann trennten wir uns mit Zartheit. Ich hatte eine unruhige Nacht. War es die Nachtigall, die mich geweckt hatte, war es ein frecher Traum? Er schien fortzudauern, als ich die Augen offen hatte. Ein Schein nicht von dieser Welt lag in meiner Kammer und rührte doch nicht von der Blässe des Vollmonds her. So stand ich auf, um die Quelle zu entdecken.

Ihr glaubt es nicht, Tante: gegenüber, jenseits des Stroms, stand Schastermarveile in blaues Geflimmer getaucht; das fiel nicht vom Himmel und drang auch nicht aus den zahllosen Fenstern. Das Schloß war aus Flimmer *gebaut*, aus festgewordenem Sternenglanz; seine Türme, Quadren und Zinnen waren lichtgeschaffen. Und siehe, auf der Mauerkrone gingen, mit klaren Linien gezeichnet, Frauen hin und wider, auf und ab, beugten sich in die Tiefe oder hoben die Arme nach oben. Ich stand und konnte nur immer denken: ist das wahr? das geschieht *dir*? Da lag Schastelmarveile, nur von sich selbst erleuchtet, am Ufer eines grenzenlosen Horizonts wie Glas vor Glas. Und in meinen Augen vereinigte sich das Bild des Trugschlosses durchsichtig mit dem wahren Bild von Frau Orgelûses Seele, schneidend, zerbrechlich. Ich sah ein Bild ihres Körpers, und ihren Körper als Bild, in Gestalt eines gläsernen Schiffes am Rande des Himmels. Und mein Beruf ist es nun, es loszumachen für eine Ausfahrt zu den Inseln der Seligen.

Ich legte mich wieder hin, um das Schloß noch eine Weile hinter

geschlossenen Lidern festzuhalten. Als ich zum andern Mal erwachte, war es hellichter Tag. Zu meiner bedenklichen Rührung lag
Bêne am Fußende meines Bettes im schönsten Schlaf. Sie mußte
gekommen sein, mich zu wecken und hatte, im Angesicht meiner
Ruhe, die ihre gefunden. Jetzt war ich es, der sie ermunterte und an
meine Brust zog. Da lag sie eine kurze Weile; dann lösten wir uns
nicht anders als am vergangenen Abend, und doch war es beiden ein
wenig, als hätten wir die Nacht zusammen verbracht. Aber es war
nicht so, es durfte nicht sein. Dazwischen stand, wie ein nacktes
Schwert, das flimmernde Schloß bis zur Höhe des Himmels, in dessen Namen ich Orgelûse verschworen bin, einmal für immer.

Wir stiegen nach unten; Vater Plippalinôt sah Bêne grämlich verschmitzt an, als er fragte, wie wir geruht hätten. Wohl! sagten wir aus
einem Mund. Er nickte als Mitwisser; er wußte gar nichts.

Immerhin weiß er mir einen Boten für diesen Brief. Denn hier
kommen ja Ritter genug vorbei, die Schastelmarveile nur erblicken,
um einen Bogen darum zu machen. Zu Artûs, mit einer Empfehlung
seines Neffen Gâwân! Jetzt haben sie auch noch einen vorzüglichen
Grund für ihre Flucht.

Holde Tante,
  ich bin's Gâwân – bin ich's noch?
  Morgen zieh ich dahin, nach Schastelmarveile. Morgen werde ich
dort sein, oder nicht mehr da.
  Nicht mehr da –, sagen Bênes verstörte Augen, wenn sie meinen
begegnen, und sie suchen mich den ganzen Tag. Nicht mehr da!
antworten meine Augen, schuldbewußt; denn wir meinen nicht das
gleiche.
  Ich werde da sein, Tante, wo immer. Ich will leben. Aber wo ich
jetzt bin, darf ich nicht verweilen, so viel ist wahr. Es fällt mir nicht
ein, meine kleine Liebe darüber zu täuschen. Denn nichts fehlt, als
meine Liebe, daß sie die größte wäre. Und auch das fehlt ihr nicht
dazu, denn Bênes Liebe ist größer als ich.
  Der Liebende sei göttlicher als der Geliebte, pflegt Ihr zu sagen.
Hoffentlich sagt Ihr das einmal meiner Frau Orgelûse ins Ohr und
reizt ihren Ehrgeiz. Sie wird ja nichts Göttliches an mir stehenlassen
wollen. Wo ich ihr schon bei weitem zu menschlich bin. Zu *nett*,
Tante.
  Das Zauberbett wird's mir schon austreiben. Man kann über eine

Baumwurzel zu Tode stolpern. Warum soll man ein Zauberbett nicht überleben?

Bêne glaubt nicht daran. Sie hat mich unter Tränen gefragt, ob sie bei ihrer Herrschaft für mich bitten darf. Sie weiß, daß die Gunst nicht annehmbar ist. Schastelmarveile wird nicht von einem Günstling erlöst.

Seit es Vater Plippalinôt dämmert, daß mich sein Widerspruch nicht halten kann, kennt sein Wortreichtum kaum noch Grenzen. Er reimt mir vor, was ich über Schastelmarveile wissen muß. Etwa dies: Das Schloß in seinem Sternenschauer hat einen Zaubrer zum Erbauer, hört, wenn er hört, auf Klinschors Namen. Doch bannt sein Zauber nur die Damen, die Herren läßt er glatt verschwinden, schwindsüchtig dämmern sie in ihren Sünden! Und die sich nicht zu Tode schinden, verkümmern in der Dunkelhaft gespenstischer Gefangenschaft. Was männlich ist, hat er verschnitten, was weiblich, könnt Ihr lange bitten Euch aufzutun die Tore weit zu Klinschors Schatz und Herrlichkeit. Den hat er ihnen anvertraut, jedoch dem Finder vorgebaut durch hundertfache Weibertücke, die er entwöhnt von allem Glücke. Und wer's doch will mit ihnen machen, den stekken sie in Löwenrachen, und wenn ihm dann die Glieder krachen, so finden sie das nur zum Lachen. Den Schatz, so diese Damen hüten, tat einst der Kaukasus ausbrüten, und wenn er Euch ins Auge sticht, vernehmt erst dessen Vorgeschicht, und laßt Euch sein gelüsten nicht. Anfortas hat ihn angeschafft zum Zeichen seiner Liebeskraft, und tät ihn legen an den Busen wohl seiner Liebsten Orgelûsen. Die höhnte: gebt den Plunder her! und ließ ihn rennen in den Speer, den Klinschor ihr mit Gift vergiftet – dazu hat *sie* ihn angestiftet, die rechte Paradieses Schlange! Dem Anfortas ward sterbensbange, denn Klinschors Stachel gar nicht schlechte traf Anfortas in sein Gemächte, womit sie seine Minne rächte, und ihren Dünkel auch zugleich. Er war so reich als wohl ein Scheich und jetzt so gut wie eine Leich. Doch konnt er leider sterben nicht. Sie trugen ihn ins Angesicht des Grâls, der keinen läßt verkommen, es mag ihm fehlen oder frommen. Anfortas war des Grâles König. So viel er war, nun ist er wenig. Er tät sich an dem Weib versehen und quält sich nun in Mannes Wehen von Ewigkeit zu Ewigkeit. Drum merkt gut auf und seid gescheit! Wer sich verfehlt in Lenden Brunft – dem blüht die schwerste Niederkunft, der Orgelûsen tut vergotten. Das macht, der Grâl läßt sein nicht spotten! Der ist vom Baum des Lebens fein herabge-

fallen als ein Stein. Sein Hüter muß ein Engel sein! Darf selber nicht
in Sünde stürzen, sonst muß er Teufels Küche würzen und sitzt als
rechter Sündentropf in Orgelûsens Suppentopf, der es beliebt ihm
einzuheizen! Tut wahrlich nicht mit Feuer geizen, bis er verschmort
an ihren Reizen –

Herr Plippalinôt! beliebte es mir, den Mann zu unterbrechen, der
von Teufels Küche ganz überwältigt schien – kein Wunder, denn in
der seinen ist Schmalhans Meister – Herr! genug von Anfortas und
dem Grâl. Das gehört wohl nicht mehr hierher und hat sich erledigt.
Aber was ist denn aus dem Schatz geworden? Wie kommt er nach
Schastelmarveile, da er offenbar der Dame, vor der Ihr zu schlottern
gar nicht aufhören könnt, als Morgengabe zugedacht war?

Er leckte sich das Wasser, das ihm im Mund zusammengelaufen
war, von den schmalen Lippen und fuhr fort:

Der Schatz tut Euch interessieren? Da will ich Euch nicht irrefüh-
ren! Die Schlange hat ihn fallen lassen, grad wie den Mann, den sie
tut hassen! Sie hat's dem Zaubrer zugewendet, das Gold ins Frauen-
schloß gesendet, und wer's erlöst, der soll es haben! und aller Frauen
Gottes Gaben. Doch ist es so weit nicht ganz richtig! Schastelmarveil
wird ihm zwar pflichtig mitsammet allen seinen Frauen; doch sollte
er sich nicht getrauen auch *sie* noch mit dazu zu nehmen – das sagt
sie, ohne sich zu schämen! –, will Orgelûsen er nicht haben nebst
allen ihren Sündengaben, so fällt der Schatz an sie zurücke – ich
mein, das wär zu seinem Glücke! Doch wird's ihm nie dazu gerei-
chen! Sie macht ihn doch zu einer Leichen, schon auf dem Bett,
wenn er's betritt. Drum nehmt die reine Wahrheit mit! Laßt *Lîtmar-
veile* unbestiegen! Tut's nicht, auf Brechen oder Biegen! Kein
Frauenhaus könnt Ihr besiegen! könnt weder Haus noch Frauen
kriegen! Wie weh tut Anfortas das Liegen! Selbst Parzivâl ist ausge-
stiegen! Tut Euch doch im Besitze wiegen bei mir, und nur nicht
höher fliegen!

Ja, darauf wollte er hinaus. Das wäre das Ende von Gâwâns Lied,
wie er sich's vorstellt, und der schwiegerväterliche Hintergrund seiner Greuelmärchen. Und da es natürlich von Fürsorge zeugt, mir
kein schreckliches Ende zu wünschen, sondern ein gelindes in den
Armen seiner Tochter und als Zuhälter seines Marstalls, nahm ich
ihm die Verteufelung meiner Liebsten nicht übel, bestand nur darauf,
daß er mir die Vertragsklausel zwischen Orgelûse und Klinschor
nochmals unverblümt erläutere. Und da zeigte sich, daß auch für ihn
kein Reim darauf zu machen war.

Also: gelingt es einem Ritter, das Schloß zu erlösen, ist es sein mit allem, was dazu gehört – nicht aber mit dem Schatz. Den muß er mit ihrer Hand zusammen erwerben. Will er sie aber nicht, so fällt der Schatz wieder an sie. – Orgelûsens Interesse an dieser Abmachung ist ganz rätselhaft – oder ganz herzzerreißend. Will sie sagen, sie würde ihm seine Werbung zu vergällen wissen? Oder sagt sie vielmehr: der Fall, daß Einer sie im Ernst begehre, sei unvorstellbar, und zum Trost müsse sie wenigstens im Golde schwimmen? Und läuft nicht beides auf ein und dasselbe hinaus – in den Gründen einer Seele, die sich selbst noch tiefer mißtraut als den Männern? Sie hat die Erlösung von Schastelmarveile zur Vorbedingung gemacht, daß einer ihr überhaupt nähertreten soll. Doch offenbar fürchtet sie – hofft sie es? –, noch stärker bewehrt zu sein als das Zauberschloß. Das unbewaffnete Auge könnte die Formel »will er sie aber nicht ...« auch für unnötig demütigend halten. Aber ich erkenne meine Liebste. Sie ist sicherer, nicht gewünscht zu werden, als sie jemals sicher sein kann, zu wünschen. Ihr Stolz ist es, der nach der äußersten Demut, ja Demütigung verlangt. Daher ihr Zorn; darum meine Treue.

Um meine Erschütterung zu bemänteln, wundere ich mich laut über Klinschor. Will er die Damen nun verhexen? oder ist er im Bund mit ihrem Befreier? Wie kommt es, daß er ihnen – so scheint es ja – das Tor zu seinem Gefängnis Tag und Nacht offenhält? Er kann der einfachste Charakter auch nicht sein. Kein Wunder, bei seiner »Vorgeschicht«, um mich der Fergensprache zu bedienen. Einem Verschnittenen bleiben zwei Wege, seinen Schaden zu verallgemeinern und an der gesunden Welt zu rächen: Verkürzung der Männer, oder Gefangenschaft für Frauen. Klinschor scheint einen dritten Weg gefunden zu haben, der ihm erlaubt, mit beiden Möglichkeiten zu spielen und seine Mitspieler zu prüfen, statt sie zu erledigen: das Zaubern. Und auch wenn mir seine Machenschaften dunkel sind: ich wittere darin einen Hauch von Humanität. Der Mann sei lange nicht mehr in seinem Werk gesehen worden, höre ich vom Fergen; doch er verkleide sich gut. Werde ich ihn erkennen, wenn ich ihm begegne? Vielleicht wäre von ihm zu lernen –

Aber auch Herr Plippalinôt weiß Rat; freilich ist guter Rat teuer für einen, der sich nicht halten läßt, dem auch nicht zu helfen ist. Den Schwiegersohn hat er aufgegeben; den Kunden will er noch nicht fahren lassen. Jedenfalls nicht, ohne ihm einen Schild anzudienen – reines Eichenholz, mächtig wie der Deckel eines Sarkophags.

Keine Garantie! wenn aber etwas mein Leben retten könne, dann so
etwas. Ich müsse den Schild über mich ziehen, wenn das Ungeheure
auf mich niederprassle – näher weiß es auch Plippalinôt nicht zu
bezeichnen. Es ist absolut tödlich. Dagegen hilft, wenn etwas, nur
sein Schild. Auch von den Damen, die es zu erlösen gilt, weiß er nur
die Zahl: 400, dazu vier Königinnen. Von den gefangenen Männern
ist nicht mehr die Rede. Sie scheinen entweder beiläufig erlöst zu
werden oder schlechterdings nicht erlösbar. Jedenfalls beschäftigen
sie ihn nicht.

Nur Gringuljete geht ihm nicht aus dem Sinn. Was wird aus dem
herrlichen Pferd, wenn –? Darüber gesprochen haben will er immerhin. Denn man muß auch an Dinge denken, die man nicht ausdenken
darf.

Euer Ställchen ist etwas eng geworden für Gringuljete, sage ich.

Oh, er würde anbauen, das täte er für mich.

Ich bedanke mich. – Ich schenke ihn Bêne, gegebenenfalls! sage
ich, als Mitgift für ihre Hochzeit. – Plippalinôt unterdrückt kaum
sein Entzücken und darf sich doch nicht recht freuen. – Zum Glück
tritt der Fall nicht ein! sage ich munter. – Zum Glück nicht! sagt er,
seine Erleichterung aber bleibt zwiespältig.

Ihr werdet meine Zuversicht für frivol halten, Tante, und gar für
lästerlich, wenn ich hinzufüge: in einem Bett kann mir ganz Schlim-
mes nicht widerfahren. Auch für Teufelsbetten bin ich bisher der
rechte Mann gewesen, und ich habe mehr als eines sanfter geritten.
Die Welt der Wunder scheint mich nicht zu kennen. Kenne ich mich
denn selbst? Gewiß nicht – darin könnte ein schwaches Herz mehr
Grund zur Sorge finden als zur Zuversicht. Aber mein Herz ist nicht
mehr schwach, denn ich habe sein Ziel höher gehängt; an ein anderes
Herz, dessen Not ich zu ergründen hoffe. Ich bin längst *weiter* als
das Bett, als jedes Bett, liebe Tante – Bêne weiß es und brauchte nicht
um mich zu fürchten. Wenn die Welt einen Sinn hat – das ist freilich
eine kühne Voraussetzung, aber seit ich liebe, mache ich sie kurzerhand –: dann werde ich hoffentlich *in* einem Bett sterben (ein
Schlachtfeld wäre kein ehrlicher Ersatz), aber nicht *an* einem Bett.
Ich habe Liebe geübt, auch mit Bêne; ich habe ein ritterliches Leben
versucht, auch ohne Rittertum. Dabei glaube ich in aller Stille über
die Lektion hinausgediehen zu sein, die mir das Bett der Frauen
erteilen soll.

Ich bin zuversichtlich: und doch kann ich morgen schon nicht mehr da sein, mit oder ohne Zauberbett. Darum will ich Euch heute noch etwas Kleines sagen.

Ich weiß eine Frau, die hat mich den Anfang des Liebens gelehrt, als es noch kein Wort dafür gab und ich nicht einmal zu wissen brauchte, daß ich lernte. Das ist der wahre Anfang, über den bin ich nie hinausgekommen. Dieser Anfang seid Ihr. In ihm will ich bleiben, bis zur letzten Stunde meines Erdentags. Wenn es mir gegeben war, diesen Anfang zu vertiefen und darin doch kein Anfänger zu bleiben: Ihr habt mir's gegeben. Ich werde mit diesem Anfang an kein Ende kommen. Und so lang ich lebe, bleibt Ihr der wahre Grund meiner Zuversicht. Kein Wort weiter, nur eins noch:

Sollte es mir bestimmt sein, in Schastelmarveile zu *bleiben*: so behandelt den Boten, der Euch dies bringt, wie mich selbst. Ihr kennt ihn wohl; gestern ist er hier eingekehrt, auf dem Weg zu Euch, und zum Hof Eures Herrn, meines Oheims. Wir waren zu überrascht vom Wiedersehen, um uns in die Arme zu schließen; dann taten wir es wie Brüder, ohne Frage. Denn wir erzählten uns nichts. Ich weiß von ihm nur dies: daß er Schastelmarveile, das vor aller Augen liegt, nicht gesehen hat. An seinem Weg liegt es nicht. Er brauchte es kaum zu vermeiden. Ich traue ihm zu, durch den Ort, der so oder so mein Schicksal sein wird, mitten durch zu reiten, ohne ihn zu bemerken. Die Fabeln und Reime unseres Wirtes sind verloren für sein Gehör. Sein Herz ist anderswo, und wo es ist, dahin wird er reiten. Mein Brief aber wird ihn nicht beschweren, und Euch auch nicht, wenn ich bitten darf.

Ich, liebe Tante Jennifêr, habe Schastelmarveile gesehen im Flimmerlicht meiner Nacht. Für mich führt kein Weg daran vorbei, und um zu meiner Frau zu kommen, muß ich hinein und hinab. Es geht nun alles seinen Gang; und ich schwöre bei meinem Leben: ich komme durch, und dieser Postgang ist mein letzter nicht. Habe ich recht geschworen, werdet Ihr mir den Mutwillen verzeihen; schwöre ich falsch, so werde ich Gott dafür zur Rechenschaft ziehen. Denn bei der Sorgfalt, die er durch Euch an mich gewendet hat, wär's doch Sünd und schade, käme ich um; bliebe dem Herrn, der mich ausgestattet hat, nur die Feststellung, daß ich für mein eigenes Leben nicht ganz der Richtige war.

Lebt wohl, liebste Tante, auf ewig, und für jetzt.

DAS ZAUBERBETT

WORIN GÂWÂN ZWAR ANS ENDE
SEINES BEWUSSTSEINS GELANGT,
ABER NOCH AN KEIN ENDE
SEINER PRÜFUNGEN

Hier muß ihn die Fabel übernehmen, meinen Herrn Gâwân, denn sich selbst darzustellen wird er eine ganze Weile, und vielleicht nicht nur zu seinem Nachteil, gehindert sein. Die 3 Eier wissen es schon: das Bett wird keine Pappenstiele auf ihn regnen lassen. Und die Löwin, die angreift, was noch von ihm übrig ist, ist nicht von Plüsch. So wenig wird von ihm übrig bleiben, daß er sich eine Weile selbst nicht wiedererkennt. – Zum Glück wird er Pflegerinnen finden, die das für ihn übernehmen, und nicht nur aus Pflichtgefühl. Doch auch mit der Neigung, diesen Mann wieder herzustellen, wird es eine eigene Bewandtnis haben. Vorerst hüllen sich die Alleswisser darüber in Schweigen. Sonst müßten sie jetzt schon von der Bewandtnis reden, die es mit Schastelmarveile hat, vom Geheimnis seiner Einrichtung und der Zweideutigkeit der Frauengefangenschaft.

Als er auf Schastelmarveile zurit, zögernd über den Fluß gesetzt von einem furchtsam zurückbleibenden Fergen – der seine Begehrlichkeit auf das schöne Pferd auch jetzt nicht ganz unterdrückte, warum hatte es Herr Gâwân nicht im Fährhaus lassen können? – da ahnte Herr Gâwân nur, *was*, aber gar nicht, *wer* ihn zu Schastelmarveile erwartete. Erwarteten sie ihn überhaupt?

Erwarteten sie denn *ihn*? Sie sahen nur einen Ritter landen und ankommen unter sehr vielen, mit denen sie bisher spielend aufgeräumt hatten. Von ihm würde es abhängen, ob sie ihn erkannten. Er wußte nicht, daß er auf Verwandte zurit; hätte er es aber gewußt, sie wären ihm nie verwandt geworden. Und hätte er gar darauf gepocht, so hätten sie keine Witterung von Zugehörigkeit aufgenommen. Sie hätten ihn zerrissen und gefressen, kalt.

Doch eins nach dem andern, Schritt für Schritt, wie er selbst dahingeht, wiedervereinigt mit Gringuljete, von dem er nicht lassen konnte, jetzt doch lassen muß. Am Fuß der Burg habe ein Krämer seine Zelte aufgeschlagen, hatte Herr Gâwân von Plippalinôt gehört; der halte Ware feil für Niemanden, denn Niemand könne sie bezahlen.

Das war nur ein schwacher Schimmer der Wahrheit. Vor dem offenen Tor der Burg war ein Schatz ausgebreitet und deckte die nackten Felsen mit Gold und Seide; und da stand ein viereckiges Zelt aus schwarzem Sammet, das barg der Schätze noch viel mehr, die kleinsten Kleinodien, kein Auge der Kristenheit hatte jemals größere gesehen. Sie mußten im Morgenland gefertigt sein, denn so viel Liebe zu Schmuck leidet der Gott der Kristen nicht. Der Hüter des Bazars trat aus dem Schatten und ließ sich sehen vor Gâwân. Es war ein kleiner blasser Mann mit einem schwarzen florentinischen Barett, scharfen Leidenszügen, in denen auch böser Schalk spukte, und einem herausfordernd gereckten Kinn. Der Mann redete nicht, schien aber von einer Wolke ungehörter Musik umgeben, in der Herr Gâwân hie und da einen e-Moll-Akkord zu erkennen glaubte; sein Ohr, vom Lautenspiel erzogen, war nicht ahnungslos. Unmöglich konnte er an diesem Angebot vorbeigehen, ohne etwas zu kaufen; ebenso unmöglich würde es sein, den Preis dafür zu zahlen.

Meister, sagte Herr Gâwân nach einer Weile, gebt mir diesen Gürtel und diese Spange.

Er deutete auf zwei Kleinigkeiten, die halbwegs erschwinglich aussahen; schön waren sie noch genug, und unscheinbar nur im Vergleich. – Ihr habt's geschenkt, sagte der kleine Mann, und das Übrige auch, wenn Ihr heil herauskommt. Ihr seid der erste, der mir die Ehre gibt, ohne nach dem Preis zu fragen; die fragten, sind nicht wiedergekommen.

Ich habe einen Grund, Euch etwas abzukaufen, sagte Herr Gâwân, sonst wagte ich nicht, Euch zu bitten, mein Pferd zu hüten, bis ich allenfalls wiederkomme. Wo nicht, gehört es Fräulein Bêne, der Tochter des Fergen.

Grâne? fragte der kleine Mann.

Gringuljete, sagte Herr Gâwân.

Auch recht, sagte der Kleine. – Ihr seid zu gütig. Ich werde sein Groom sein.

Von einem solchen hätte ich nie zu träumen gewagt, sagte Herr Gâwân.

Von Euch war nicht die Rede, sagte der Zwerg, ich tue es dem Pferd zuliebe. Doch danke ich Euch, daß Ihr Euch aufgehalten habt um meinetwillen. Seid ruhig, was Grâne betrifft.

Gringuljete, sagte Gâwân.

Ich kenne seinen Namen, sagte der Händler, er hat ihn mir eingesagt, mit Eurer Gunst.

Dann lebt wohl, mit meinem Dank, sagte Herr Gâwân.

Gott behüte Euch, antwortete der Händler und verbeugte sich wie ein Schauspieler.

Herr Gâwân ging zu Fuß auf das offene Tor zu. Er trug leichte Rüstung, einen Helm, ein gutes Schwert und vor allem den mannshohen Schild, den er im Stillen verfluchte; doch Bêne hatte unter Tränen gebeten, ihn mitzunehmen. Aber als Herr Gâwân die Toranlage durchschritt, schien alles Gewicht von ihm abzufallen; betrat er eine Zone, in der die Körper anderen Gesetzen gehorchen? Er meinte noch nie ein so intensives Schweigen gehört zu haben. Es sprang buchstäblich sein Gehör an und sang darin wie eine gefangene Mücke. Er schüttelte heftig den Kopf, doch in dem Maße, als dieser selbst ein Teil des durchdringenden Schweigens wurde, drückte es ihn nicht mehr.

Ganz leer hatte der Ferge das Innere der Burg geschildert; es war noch leerer. Es war weniger als kein Mensch zu sehen. Und ebenso war die Abwesenheit der Frauen in der schweren Mittagshitze grauenhaft spürbar.

In der Mitte weitete sich die Leere zu einem Platz. Er war so endlos, daß er schon draußen keinen Raum gefunden hätte; wie denn erst drinnen! Der Laut keines Vogels drang hierher, und wieder wunderte sich Herr Gâwân, wie gut er ihn hörte. Das grüne Gras, das auf dem Platz zu erschreckender Höhe gedieh, war verdorrt und steif. Kein Wind rückte an den Fruchtkolben, Rispen und Schoten, und so bewegten sich nur ihre Schatten. Von Türmen und Mauern *fiel* der Schatten nicht, er tropfte als Pechsträhne aus den Fenstern. Diese waren offen, ohne durchsichtig zu sein, als wäre das Innere dahinter schwarz zugemalt. In der Mitte stand ein Ziehbrunnen, mit eisernen Blumen besteckt. In einem aufgeschnittenen Turm sah Herr Gâwân ein Seil zappeln. Aber die Glocke, die in der Luke träge hin und her schwang, hatte keinen Schwengel. Klang sie nicht dennoch? Dröhnte sie von Stille?

Herr Gâwân trat unter die Arkaden am Fuß des Palas. Die farblosen Fliesen unter seinem Fuß gaben so plötzlich nach, als zuckten sie zurück. Er setzte seine Füße behutsam, um den Boden nicht zu reizen.

Plötzlich wich er doch, und Herr Gâwân rettete sich mit einem Sprung in eine der ungezählten offenen Türen. Doch der Raum, in den er geriet, zog sich zusammen und wurde so knapp, daß nur ein schmaler Sims blieb, sich den hohen Wänden entlang weiterzutasten, womöglich ohne etwas zu berühren. Denn war die Wand nicht zugleich eine gedeckte Tafel, besetzt mit Geschirr, Schlachtplatten, Früchtekörben, Konfekt? Auch leere Stühle gesellten sich dazu. Doch zeigte sich jeder Gegenstand in einer andern Perspektive und schien einer eigenen Schwerkraft zu gehorchen. Herr Gâwân wußte bald nicht mehr, ob er einer Wand entlang hangelte, über einen Tisch gezogen wurde, auf einem Estrich kroch oder an einer Decke hing. Stieß er etwas an, barst es auseinander und begann nach allen Seiten wegzuhüpfen wie der Samen der Springfrucht Rührmichnichtan.

Auch die Richtungswechsel, die Herr Gâwân kletternd und kriechend ausprobierte, bewirkten keine Klärung seiner Lage. Er hatte sich eben entschlossen, die Raumverwicklung als Spektakel zu betrachten und seine Effekte wie diejenigen eines Kaleidoskops: da ging ihm plötzlich der letzte Halt verloren. Nur noch mit den Fingerspitzen hing er an einer dünnen Leiste. Zuerst kam sie ihm als Türsturz vor, dann wurde sie zum Schnitt eines übergroßen Buches, das sich unter den hastig nachgreifenden Fingern aufblätterte. Indem das Corpus kippte wie das Segel eines Schiffes, glitt er die Seiten hinab und geriet, während sie zurückschlugen und ihn zudeckten, in die Gesellschaft reizender weiblicher Figuren, an deren gemaltem Zustand kein Zweifel erlaubt schien.

Er bewegte sich wieder halbwegs standfest durch das Innere des Buches. Die letzte Dame einer langen knicksenden Reihe, fast noch ein Kind, zog ihn an der Hand auf einen gespannten Draht hinaus, um ihn hoch oben loszulassen und kichernd davonzuschweben. Da in dieser Luft offenbar kein Absturz drohte, wagte er seinerseits einen Schritt ins Freie; da beschlich ihn das Gefühl eines bodenlosen Sinkens, und er entschloß sich, die Augen zu schließen, geschehe, was wolle. Die Widerwärtigkeit unter seinen Füßen wurde stärker, festigte sich zu einer schleimig-höckrigen Oberfläche, und auf einmal wurde ihm mit äußerstem Ekel klar, daß er seine eigene Zunge hinunterrutsche. Und er getraute sich nicht mehr, den Mund zu schließen –

Ein Knall! Er fand sich auf einer verdunkelten Bühne wieder und kroch auf allen Vieren einem Gewächs entgegen, das aus dem Holzboden geschossen war; weder Pflanze noch Tier, ließ es seine gestachelten Greifarme pendeln, geschüttelt von einem unaufhörlichen Achselzucken. Er streckte eine Hand aus, um die Bewegung anzuhalten; da schlug das Wesen mit grauen Stummeln nach ihm und schnalzte abscheulich –

Übergangslos tastete er unter einer Balkendecke, niedrig wie ein Wehrgang, eine Wand aus Eis entlang. Ein ungeheurer Lärm tobte dahinter, ein Johlen, von gellenden Pfiffen zerrissen. Die Eiswand hatte zu laufen begonnen, fuhr immer schneller rückwärts, trieb ihn wie ein Geschoß auf ein Reiterdenkmal zu, von dem ein Schwarm wilder Gänse aufflog. Das Standbild lüftete das Visier, packte seinen Arm und zeigte ihm ein Totengesicht, das Herr Gâwân schon gesehen haben mußte; war es nicht sein eigenes? Lauf! zischte es und halt dich fest! Da er sich heftig weitergeschoben fühlte, hielt er sich an einem frei fliegenden Heiligenschein fest, der unter seinem krampfhaften Griff ganz ledern wurde. Da waren es die Armriemen seines schweren Eichenschilds, der ihn wiedergefunden hatte.

Herr Gâwân erhob ihn gegen den Sturm; die Eiswand hatte sich in ein dichtes Schneetreiben aufgelöst. Das schwere Gewicht war kaum mehr zu halten, drückte ihn immer mehr zurück, schließlich lag er auf dem Rücken. Vergebens versuchte er, den Deckel hochzustemmen. Die Unterlage gab nach und ließ Herrn Gâwân immer tiefer, immer schneller sinken. Allmählich bremste eine Gegenkraft den freien Fall. Herr Gâwân fand sich von unten wie von oben mit einem Nachdruck festgepreßt, der zu sagen schien: Hier, Insekt, wollen wir dich haben.

Da wußte er: das spukhafte Entrée war vorbei, nun kam das Hauptgericht. Er war angekommen und sollte verzehrt werden.

Das wollen wir doch sehen! sagte Herr Gâwân.

Kaum war's gesagt, fühlte er sich ausgespien. Er flog in einen taghellen Raum hinein, der nur aus Spiegeln bestand, stürzte auf einen Ritter zu; klirrend prallte er Schild gegen Schild mit ihm zusammen. Er überprüfte das Ebenbild mit einem Blick: ja, er war's selbst, exakt, wie ihn Fräulein Bêne gerüstet hatte, von der Helmzimier übers Wehrgehenk bis zum Schnabelschuh. Bênes Liebesmüh war solider als Klinschors Spuk!

Ich bin's Gâwân!

Und wo ist das Zauberbett?

Er braucht sich nur noch umzudrehen.

Und von jetzt an geht es nicht mehr bloß phantastisch zu, sondern im Stil soliden alten Zauberhandwerks. Darin ist die Fabel eine Meisterin. Das sieht man mit einem Blick auf dieses Möbelstück.

Sie hat ein Kasten-Modell aus 1001 Nacht gewählt, die vier Füße mit Rädchen aus Rubin ausgestattet und läßt es auf dem spiegelglat-

ten Estrich so gräßlich herumschießen, daß Herr Gâwân schon mit
dem Zusteigen seine Not haben soll. Immerhin: es ist ein Bett, sonst
nichts. Und wenn er es zu fassen bekommt, muß er auch sehen, daß
er vor dem Schicksal, das es ihm bereiten will, nirgends besser aufgehoben ist als in ihm selbst. Wie die arabische Weisheit sagt: ›Die
Fliege, die nicht geklappt sein will, setzt sich auf die Fliegenklappe.‹
Außerdem behält ein Bett unter allen Umständen noch einen Rest
von Vertrauenswürdigkeit – für diesen Mann. In Betten – das sagt er
selbst – hat er sich immer zu benehmen gewußt.

Er scheut keine Mühe, das Möbelstück aufzuhalten. Er geniert
sich nicht, dabei dumm auszusehen. Denn wer zugleich einen Schild
von Sargdeckelgröße festhalten, sein gutes Schwert nicht verlieren
und ein wildes Bett zähmen will, braucht einen sichern Stand. Und
gerade an diesem fehlt es auf dem polierten Jaspis, dem geschliffenen
Chrysolith zum Erbarmen. Zum Lachen ist es durchaus nicht. Da
schwimmt einer mit seinen Schnabelschuhen herum wie ein Betrun-
kener unter dem Mond, kann schon mit den Füßen den Widerstand
nicht finden, den er allen Gefahren, die da kommen mögen, zu leisten entschlossen ist. Könnte es nicht gerade der feste Wille sein, der
ihm im Wege steht? Er schlurft in verzweifeltem Leerlauf, er fühlt,
wie seine Füße durchdrehen. Manchen Versuch braucht er, bis er
merkt, daß er Kraft zurücknehmen muß, um Kraft zur Wirkung zu
bringen. Nennen wir es einen Sprung, mit dem er dem verfluchten,
dem rettenden Bett doch endlich aufsitzt. Fast wäre es dem Objekt
in seiner Tücke noch einmal gelungen, ihn abzuschütteln. Es schleift
ihn ordentlich herum, bis er sein Gewicht mitsamt Schild und
Schwert über die Bettkante gehievt hat. Von Besteigen wollen wir
nicht reden. Aber bekrochen hat er es nun allemal, das erbarmungs-
lose Bett, das sich weiter tummelt, während er den Rest seiner Kraft
darauf verwendet, sich anzuklammern.

Und wahrlich, die Bettstatt spielt nicht nur verrückt, sie ist es
auch. Sie prallt gegen die Spiegelwände, daß ihm Hören und Sehen
vergehn. Er weiß nicht, was da dröhnt: Mauer oder Schädel, um den
der Zentnerschild fliegt, während die Fliehkräfte ihn abheben, fliegen lassen wollen. Sein Gebein knistert und knackt unter der Energie
des Möbels, die er von einem Prall zum nächsten vernichten soll.

> *Da gab der Held elende*
> *Ihr einen Faustenschlag*
> *Mit seiner freien Hände,*
> *Bis daß sie stille lag.*

Da steht das Bett wirklich bockstill. Und fast im gleichen Augenblick beginnt es auf Herrn Gâwân Schläge zu hageln. Sie treffen auch auf Helm und Arm, bevor er sich mit seinem Schildhaus bedecken kann.

Bald kommt es nicht mehr knüppel-, sondern keulendick. Kiesel, mit genügender Anfangsgeschwindigkeit losgeschossen, wirken wie Eisenhämmer. Zum Glück tut auch Plippalinôts Schild seinen Dienst. Er dröhnt und ächzt zwar unter dem Gewalke, hält aber dicht, während das Teufelsbett aufhüpft unter den Schlägen, und sicherlich auch aus Schadenfreude.

Schluß! Das war's? Erst der Anfang war's. – Herr Gâwân spürt bis ins Mark, wie sich das Bett unter ihm zurechtrückt für das nächste Satanswerk. Und schon schlägt Blitz um Blitz auf den Schild, daß sich der verkrochene Held nach dem Donner von vorhin zu sehnen beginnt. Die meisten Bolzen bleiben zwar stecken, die ersten Spitzen aber schlagen schon durch und bohren sich durchs Panzerhemd ins lebendige Fleisch. Gespickt wie ein Hasenbraten windet sich der Prüfling unter seinem gelöcherten Schutz.

Soll das höllische Gewitter ewig dauern?

Ein paar Hämmer nur noch, dann ist es erschöpft. In diesem Augenblick springt eine Tür auf. Der Späher unter dem Schild sieht einen Kerl eintreten mit Waden und Armen wie Melkkübel und einer Keule in der Hand, stärker als ein Fäßchen. Er nähert sich dem Bett in der deutlichen Absicht, dem Opfer den Rest zu geben, wenn es sich wider Erwarten noch rühren sollte.

Herr Gâwân stößt den Schild weg und reißt das Schwert aus der Scheide. Zum Glück klemmt es nicht.

So? sagt der Gewaltige. – Ach! Ach, so?

Herr Gâwân hebt die Waffe.

Ja dann! sagt der Kerl und stapft rückwärts durch die Tür.

Herr Gâwân hat gerade noch Zeit, mit dem Schwert die Pfeilschäfte vom Schild zu schlagen, die darin stecken geblieben sind – da brüllt es schon wieder. Herr Gâwân springt aus dem Bett. In der offenen Tür steht ein Löwe. Groß wie ein Pferd will die Fabel ihn gesehen haben, doch ihre Phantasie mag schon etwas erhitzt sein. Groß wie ein Löwe ist groß genug, auch wenn's eine Löwin ist. Jeder weiß, daß Löwen brüllen, doch nur angreifen, wenn es anders gar nicht mehr geht. Löwinnen tun das Gegenteil. Diese springt die Beute an, ohne Federlesen.

Die Fabel meldet die Beute kampfbereit und weiß Wunder zu sagen von Herrn Gâwâns Standfestigkeit. Sie hat vergessen, wie gut sie zuvor den Steinboden des Estrichs geglättet hat. Wir wollen ihn spiegelglatt bleiben lassen und wählen dafür die Löwin etwas zarter.

Herr Gâwân rutscht aus; das ist sein Glück. Anders wäre der Winkel gar nicht möglich gewesen, aus dem er die Löwinnenpranke trifft. Sie hat sich in seinen Schild geschlagen. Da muß sie stecken bleiben, denn Herr Gâwân trennt sie ab mit einem Streich. Ein Tier, das so verletzt wird, brüllt noch lauter, doch es weicht zurück. Das ist Herrn Gâwâns zweites Glück, denn in dieser Zeit hat er sich aufgerichtet. Das Untier verliert Blut, das ist Herrn Gâwâns drittes Glück: es gibt nichts so Klebriges wie Blut, nichts, was in Notfällen die Haftung so merklich verbessert. Extremkletterer machen sich das zunutze.

Geistesgegenwärtig stellt sich Herr Gâwân in die Blutlache und harrt, an das Bett gelehnt, des nächsten Ansprungs der Löwin. Und daß sich das Bett diesmal ruhig hält, ist Herrn Gâwâns Glück noch einmal. Es gibt den Ausschlag.

Mit einer Pranke ist schlecht kämpfen, wenn die andere im Schild des Gegners steckt. Wir wollen den Kampf nicht ein Kinderspiel nennen, aus Respekt vor dem Leiden des Fabeltiers. Aus dem gleichen Respekt übertreiben wir seine Furchtbarkeit nicht mehr.

Herrn Gâwâns Stand wird sicherer mit jedem Schlag. Gelitten haben sie beide über Gebühr. Die Löwin aber ist es, die dran glauben muß. Es gelingt Herrn Gâwân, den letzten Stich am Schulterblatt vorbei ins Herz zu plazieren. Die Löwin streckt sich, ihre Augen brechen.

Auch Herr Gâwân ist am Ende. Der Blutverlust läßt ihn schwindeln. Er stürzt, und wie weich er fällt, spürt er schon nicht mehr. Sie liegen nun, die tote Löwin und ihr Bezwinger, der Männerkopf an der blutigen Tierflanke, in versöhnlicher Ohnmacht. So werden sie endlich zum Bild der Besänftigung, dessen wir sehr bedürfen, mit jenem auf der Spielkarte verwandt, die *Force* überschrieben ist, was sagen will: Selbstbeherrschung. Was wäre Herr Gâwân auch Stärkeres übriggeblieben? Er lebt noch; er hat, mit Glück, recht geschworen, auch wenn er an Briefeschreiben vorerst nicht mehr denken darf.

OHNMACHT
WIE GÂWÂN
ZUM OHRENZEUGEN DER EIGENEN
FAMILIENGESCHICHTE WIRD

Schon wieder naß!

Das war das Erste, was Herr Gâwân hörte.

Ganz wie früher! sagte eine zweite, tiefere Frauenstimme; daß der Ton nicht derjenige reinen Entzückens war, drang bis in die Tiefe seiner Ohnmacht – die langsam einem Gefühl ungeheurer Zerschlagenheit wich, als wäre die Anstrengung, wieder zu sich zu kommen, schon zu viel. Er biß die Zähne zusammen, öffnete die Augen einen Spalt. Es blendete ihn, ein Ding wedelte über ihm, als schwanke eine Fahne über seinem Gesicht. Zugleich spürte er, wie an seiner Schulter gezerrt, an seiner Brust gezupft, sein Fuß hin- und hergedreht wurde, als läge er nicht schon schmerzhaft genug. – Zwischen Brust und Beinen wehte ihn Kälte an: wer läßt ihn so nackend liegen, wer kann ihn nicht ruhig liegen lassen?

Der Schmerz preßte Wasser unter seinen Lidern hervor, bevor er sie wieder schloß. Er hatte Röcke herumfackeln sehen, das herbe Gesicht einer älteren Dame, die Schulter einer jüngeren, die ihm den Rücken zuwandte, während sie etwas zu verrichten schien, dem er nicht traute. So viel fühlte er: es hatte mit seinem wunden Körper zu tun. Langsam fielen ihm die Bilder wieder zu, als hätte er sie nur geträumt: die erbärmliche Lage unter dem Schild, das Wummen der Steine, das Frieren bis ins Mark, wenn die Spitzen durch das Holz fuhren, das immer schwerer zu heben war ... das war vorbei. Das Zerren und Zupfen war nur noch eine Plage, doch tödlich nicht mehr. Das Bett unter ihm lag still, verstummt war auch sein Leib in einem Fegefeuer von Schmerz.

Er atmet ja gar nicht mehr! rief eine höhere Frauenstimme. Da spürte er die Wärme einer Hand unter seiner Nase.

I wô, sagte die tiefere Frauenstimme. – Der ist über dem Berg.

Gâwân beschloß, sich stille zu halten, um mehr über seine Lage zu erfahren. Dann und wann seufzte er immerhin – konnte man ihn nicht endlich zudecken!

Den Taft, vom blauen. Reiß ihn etwas breiter. Oder willst *du* ihn windeln?

Lieber nicht. Wozu hatte man die Amme? Er war kaum am Licht, da brunzte er schon wie ein Brunnenmännchen –

Herr Gâwân hörte kichern.

Sollen die Männer ihre Buben doch selber wickeln!

Lôt und wickeln! Der riß ja schon aus, wenn er ein Kind von weitem schreien hörte!

Aber gemacht hat er sie gern.

Genagelt hat er gern, wie er's nannte. Aber daß er begriffen hätte, es gebe zwischen Nageln und Kinderkriegen einen Zusammenhang, war ferne von ihm.

Gern haben sie's gemacht, aber gut? Einen guten Liebhaber konntest du schon damals weit suchen.

An der Ausstattung fehlt es dem Bürschlein nicht, das mußt du zugeben.

Als käme es darauf an! Die mit dem größten Werkzeug können meist am wenigsten damit anfangen.

Herr Gâwân schluckte. Er konnte nur hoffen, daß man seinen Ausdruck tiefer Bewußtlosigkeit gelten ließ.

Ja, nun haben wir's und sind erlöst!

Ach, Sangîve, einmal mußte es ja so kommen. Reich mir die Schere.

Willst du ihm den Zipfel stutzen? Untersteh dich! Er ist mein Sohn!

Ja, ja! Sie sind immer irgendjemandes Sohn oder Neffe, oder zukünftiger Schwiegersohn, oder einfach nette Kerle. Und wenn so einem etwas fehlt, machen wir uns gleich wieder seine Sorgen statt unsere eigenen. Wir sind einfach nicht zum Durchgreifen geschaffen.

Wo kämen sie hin, wenn wir durchgriffen!

Die andern haben wir drangenommen, und den lassen wir laufen.

So schnell läuft der nicht wieder. Eine Weile muß er sich schon genießen lassen, der Bettnässer.

Als wir ihn auf der Kätzin fanden, dachte ich: jetzt hat's ihn doch noch erwischt. Alles voll Blut! Aber nicht seins. Bloß naß hat er sich gemacht, unser Held.

Sie lachten, dann seufzte die eine.

Er kam vielleicht zur rechten Zeit, sagte die tiefere Stimme. – Wie lange hätten wir die Frauen noch bei der Stange gehalten? Sie waren zickig, daß Gott erbarm. Wenn ein Mann in der Nähe ist, *tun* sie wenigstens so, als hielten sie auf sich. Schastelmarveile wurde fällig, leider. Wo haben wir denn das Diptân?

Sind seine Wunden sauber? Sonst schadet die Wurzel mehr, als sie nützt.

Ja, da reden wir, als hätten wir nichts Besseres zu tun, als ein Mannsbild aufzurichten. – Weißt du, wobei ich Itonjê erwischt habe? *Billets doux* schreibt sie. Und das einem Kerl, den sie noch nie gesehen hat! Dieser Gramovlanz ist ja der ödeste Prahlhans unter der Sonne! Soll immer nur mit *zwei* Männern kämpfen, für einen einzigen sei er sich zu gut. Der Laffe! Dem Fräulein aber ging das durch und durch. Da glaubt man ihnen eingebleut zu haben, wie entbehrlich diese Mannsvölker sind – man geht ja auch mit gutem Beispiel voran. Und was bekommt man zu hören? Daß sie den Typ zum Küssen findet. Man entdeckt, daß sie ihm himmelblaue Briefchen schickt. Und Liebespfänder! Sie bettelt dem Hausmeier ein Sperberchen ab und sendet's mit einem Zettel am Fuß, auf dem geschrieben steht: Ich zog mir einen Falken / Mehr denn ein Jahr! – Kann einen Sperber nicht von einem Falken unterscheiden, und von »gezogen« keine Rede – reichst du mir noch ein Stück Taft? Sie hat sich im Leben für keinen Beizvogel interessiert. Aber jetzt entdeckt sie die Poesie daran! Sie hat den Tropf nie gesehen. Wie sollte sie auch! Und dafür haben wir uns nun mit diesem Frauenhaus geplagt ... Jetzt kannst du zu Ende windeln.

Herr Gâwân fühlte sich leicht angehoben, und ein Stück Tuch wurde ihm straff zwischen den Beinen durchgezogen.

O lalâ, sagte die dunkle breite Damenstimme, ich kann schon sehen, wie sie ihn wieder auspacken! – Aber erst einmal hat er gute Ruh. – Nun ja, von schlechten Eltern ist er nicht. Wenn's schon einer sein mußte, ist mir Gâwân immer noch der liebste. Hat's immerhin weit gebracht. – Hast du ihn wiedergesehen?

Wozu? Er war bei Ginovêr ja in besten Händen. – In *zu* guten, wenn du mich fragst. Ich hätte ihn kürzer gehalten.

Ach, Sangîve, geben wir die Kinder nicht zu früh her?

Sollen sie *noch* weichlicher werden, Mütterchen?

Allzu hart waren sie uns doch auch nicht recht.

Wie sie sind, sind sie nicht recht. Und leider ebensowenig zu entbehren. Diese Nadeln könnten praktischer sein.

Ach, was sind ein paar Nadelstiche, nach *Lîtmarveile*! Er müßte längst wach sein. Es ist unnatürlich, wie er atmet. Ich glaube, er spielt Theater.

Nein, die Ohnmacht hat ihn wieder. Wenn er uns reden hörte –!

Es ist eine Weile her, daß ein Mann vor mir in Ohnmacht gefallen ist. Ich wundere mich, daß du die Zeichen noch kennst.

Nett ist zwar nicht, was du sagst, aber leider wahr. Das reibt mir die Kleine auch jeden Tag unter die Nase. ›Du hast leicht Männer verschwören‹, sagt der Fratz, ›du hast schon welche gehabt!‹ –

Die Mädchen sind desperat, Sangîve. Wenn sich Itonjê an einen Gecken hängt, von dem man nur das Schlimmste hört . . . dann müssen wir etwas falsch gemacht haben.

Reich mir die Salbe her, die wirkt Wunder! In fünf Tagen hüpft er wie ein Böcklein. Was wird Orgelûse sagen, daß wir nichts Besseres zu tun wußten, als einem Kerl wieder auf die Beine zu helfen!

Jedenfalls hat er Klasse. Ginovêr weiß Männer zu verfeinern. Ich finde, er präsentiert noch besser als Lanzelôt.

Er schlägt mir nach, Mütterchen! Aber alles was wahr ist, einiges hat er auch selbst dazu getan. Das Zauberbett verlangt einem Kerl mehr Zurückhaltung ab, als sie gewöhnlich aufbringen.

Ich verspreche mir für Itonjê viel. Von einem Bruder läßt sie sich wohl etwas sagen.

Kennt er sie denn?

Woher! Ich weiß gar nicht, wie ich's in die Hand nehmen soll. Einerseits wünschte ich fast, er machte ihr den Hof und schlüge ihr diesen Gramovlanz aus dem Sinn. Bruder und Schwester, das wäre doch etwas Neues! Damit könnten wir uns sogar bei Artûs sehen lassen.

Vielen Dank! Lassen wir den Herrn Sohn einen guten Mann sein! Er weiß ja kaum noch, daß es mich gibt. Und was soll *uns* die Tafelrunde? Da wird doch jene Mischung gezüchtet, die uns Frauen zu Idiotinnen gemacht hat –!

Nun wären wir bald wieder so weit. Da liegt unser Erlöserchen, und wenn er's sogar Mutter und Großmutter antut . . . – Gib mir noch mehr von der Wurzel.

Das sagst du so, und doch macht es dir Spaß, ihn wieder einmal zu wickeln, und auch seine Männlichkeit hast du nicht eben angewidert betrachtet.

Das hätte noch gefehlt, Mütterchen, schließlich bin ich immer noch eine Frau. Und wenn du's wissen willst, ich möchte auch wieder einen Mann. Es sollte nur einer sein!

Ach, Sangîve – ich habe ja auch noch keinen Buckel mit meinen sechzig Jährchen. Jetzt, wo der gute Utepandragûn seinen Frieden hat . . . Er ist tapfer herumgeirrt, aber ich glaube kaum, daß er mich finden wollte. Das beruhte zwar auf Gegenseitigkeit, und doch, etwas weniger einig hätten wir uns diesmal schon sein dürfen.

Herr Gâwân lauschte mit immer wieder angehaltenem Atem. Je länger er die Damen reden hörte, von denen denn also die eine keine andere als seine Mutter, die andere seine Großmutter war ... desto mehr verstärkte sich sein Verdacht: die wußten längst, daß er zuhörte. Sie nützten die Gelegenheit, laut zu sagen, was er wissen mußte, ohne daß sie es ihm gerade ins Gesicht sagten. Sie wickelten ihn wie ein Kind und unterrichteten ihn als Mann. Er sollte keine Stimme in ihrem Rat haben. Wenn er aber alles gehört hatte, sollte er Rat wissen und mithelfen, den Knoten des Frauenhauses zu lösen. Seine Wunden waren unter der pfleglichen Behandlung erst recht wach geworden; er verkniff sich das Stöhnen und erblaßte erst, als er die Großmutter sagen hörte:

Gramovlanz heißt er? Ist das nicht der, dem Orgelûse unaufhörlich zusetzt?

Sie hat wohl Grund dazu, erwiderte Sangîve, er hat den Mann umgebracht, den sie liebte. Wie hieß er schon? Sein Name entfällt mir immerzu, aber ich sehe ihn noch vor mir, wie er leibte und lebte.

War so viel Besonderes an ihm? fragte Arnîve.

Im Gegenteil, wenn du mich fragst, antwortete die Jüngere, er war mit Unauffälligkeit geschlagen. Doch wenn du Orgelûse reden hörst, war er der erste ritterliche Mann auf der Welt. Mir scheint, er gleiche etwas meinem guten Sohn da, wenn auch eher im Charakter als in der Erscheinung. Denn die Gâwâns ist leuchtend.

Das hat noch gute Weile, bis er wieder leuchten kann, antwortete Arnîve, reichst du mir noch zweimal Pfefferwurz? Die Schulter sieht nicht gut aus. – Der Größte mag er nicht sein, aber viel schöner darf er nicht werden.

Er läßt sich sehen, sagte die Stimme der Mutter, aber ich habe Schönere gekannt. Ithêr, zum Beispiel, oder Vergulaht, der ein Ekel ist, aber bildhübsch, und vor allem Parzivâl, den seine Dummheit verschönt. Auch mein anderer Sohn, Bêâcurs, ist ein gutes Stück schöner als der da, vor allem um die Beine. Leider ist er etwas durchsichtig, und Frauen sagen ihm nichts.

Gâwân ist ritterlich auf die erträgliche Art, sagte Arnîve, das sind die Ritter sonst nie. Und was Parzivâl angeht ... ist er nicht etwas fad? Treue mag einen Mann ja veredeln, aber sie bekommt ihm nicht.

Ja, sie kann stumpfsinnig machen. Von uns verlangen die Männer ja unaufhörlich Treue, denken nur nicht dran, sie selbst zu üben. Dafür sollen wir dann etwas Höheres sein ...

Man müßte treu und untreu sein auf die rechte Art, sagte die ältere Dame, aber wo steht sie geschrieben? Treue zu sich selbst . . . das hört sich wunderbar an. Nur gelebt hat man nicht davon. Ein wenig Überraschung schickt sich doch auch, obschon sie meist mühsam wird und niemals hält, was sie verspricht. Man muß jung sein, um Treueschwüre zu leisten . . . aber man muß auch jung genug sein, um in den Fall zu kommen, sie zu brechen.

Ja, man muß eine Närrin sein, um an den Männern den Narren zu fressen. Aber sag das meiner kleinen Itonjê! Um diesem Gramovlanz Treue zu schwören, braucht sie ihn nicht einmal zu kennen . . . so liebt sich's am bequemsten! Leider gibt der Bursche nicht nur an. Er kann reiten und schlagen und hat sogar eine Art Anstand dabei. Und weiß jeden Kampf zu vermeiden, bei dem er nicht gut aussehen würde . . . er wußte, warum er Schastelmarveile ignorierte. Auch Orgelûse läßt er nicht zu ihrer Revanche kommen, und das will was heißen.

Vielleicht fasziniert er sie ja insgeheim? fragte Arnîve.

Das würde ihren Zorn noch vermehren, versetzte die Jüngere, Lieben oder Hassen, das ist ihr doch alles eins, nur, mit ihrem Haß würde ich fast noch lieber zu tun haben . . . sie soll ihren Mann – wie hieß er? – mit ihrer Liebe in den Tod gehetzt haben. Dem Gramovlanz ist sie gleichgültig, und das läßt ihr keine Ruhe.

Das ist milde ausgedrückt, ließ Arnîve sich vernehmen, denn sie kauft sich jeden Mann, den sie finden kann. Sie verspricht ihm das Blaue vom Himmel herunter, und wenn er's für Gold nicht tun will . . . lockt sie ihn auch mit Zärtlichkeit. Alles nur, um Gramovlanz die Hölle heiß zu machen. Sie hätte nach Schastelmarveile ziehen sollen, statt in ihrem Burgnest zu versauern.

Du siehst nun, wie weit wir's gebracht haben . . . sie wird uns dafür kein Kränzlein winden! Da stehen wir und hätscheln unser Meerwunder. Ich hoffe, seine Ohnmacht hält noch etwas vor. Es wäre peinlich, wenn er uns hören könnte. Noch ein Würzelchen?

Danke, Tochter, sagte Arnîve, es reicht. Jetzt ist er verbunden, ein Arzt aus Salern könnte es nicht schöner. Wir brauchen ihn nur noch zuzudecken, dann schläft er sich gesund.

Und Herr Gâwân spürte, wie endlich eine leichte, wohlige Wärme über seinen gesalbten und gewurzelten Leib gezogen wurde. Und so wohl wurde ihm mitten in seinem Wehsein, daß er fast Lust bekam, die Augen zu öffnen. Aber er drückte sie fest zu, als er die ältere Dame sagen hörte:

Wir müssen doch etwas für Orgelûse tun, denn auch wenn wir ihr zu zahm sind, bleibt sie ja doch eine von Uns. Wäre nur Parzivâl noch frei! Der würde den doppelten Gramovlanz rasch zu Paaren treiben, wie er es verdient, und Orgelûse bekäme ihren Frieden. Um aufrichtig zu sein, ich habe immer auf den Roten Ritter gewartet. Dann hätte die Erlösung den rechten Stil gehabt. Nichts gegen Gâwân, Liebste, aber vielleicht hätten wir die Prüfung anders anlegen sollen. Nicht jeder legt sich unseretwegen ins Bett, ein ganzer Kerl findet's doch nicht recht passend –

So! rief Sangîve, jetzt gefällst du mir aber, Artûs-Mütterchen! Wollten wir uns etwa unsere Helden danach aussuchen, ob sie ihresgleichen in Grund und Boden stampfen vom hohen Roß herab? Das hätten wir auch ohne Schastelmarveile haben können!

Echauffier dich nur nicht, Kind, beschwichtigte Frau Arnîve. – Man ist das Schlagen und Stechen der Herren so lange gewohnt gewesen, man wird's nicht los über Nacht. Und leider hat es auch nicht aufgehört, den jungen Frauen Eindruck zu machen. Sieh dir ihre Augen an, wenn sie die gefangenen Herren stechen sehen! Und die lassen wir ja nichts anderes tun, damit sie ihre Lächerlichkeit fühlen sollen. Statt dessen gucken sich die dummen Kinder die Äuglein aus. Es wird Zeit, daß sie einmal ein Turnier mit großer Besetzung sehen!

Was meinen Gâwân betrifft, sagte Sangîve empfindlich, gehört er immerhin zu den großen Besetzungen. Du hast es selbst ein Meisterstück genannt, wie er den braven Lischoys zu Fall brachte. Lischoys mag etwas beschränkt sein, aber von Pappe ist er nicht.

Ach ja, seufzte die Ältere, wieder Einer, der im Solde Orgelûsens gefallen ist, und nicht einmal gegen Gramovlanz, sondern gegen den ersten Besten – pardon, Liebste. Ich wollte nur sagen, daß Gâwân unter diesen Umständen der Bessere war. Nur hat Orgelûse leider gar nichts davon. Wer wird es ihr jemals zu Dank machen?

Wir haben andere Sorgen, Mutter Arnîve, sagte die Jüngere, nämlich wie unser Patient zu seiner verdienten Ruhe kommt! Ich steck ihm jetzt einen Beutel ins Mäulchen, mit einem Schlafkraut darin. Das ist probat und wird ihm helfen, aus seiner unruhigen Ohnmacht in tiefen Schlaf zu sinken. Dann wollen wir ihn sich selbst überlassen und eine kleine Schwester in den Vorraum setzen, nur nicht die hübscheste. Morgen ist auch noch ein Tag, dann können wir uns in Ruhe aussprechen.

Ja, die Lage ist neu, sagte die Ältere, und alles ist mir recht, wenn du nur aufhörst, mich Mutter Arnîve zu nennen. Oder bin ich wirklich schon jenseits von Gut und Böse?

Erst jenseits von Gut, liebe Arnîve, sagte die Jüngere, und das Böse solltest du wieder einmal ausprobieren.

Das Kichern der beiden war das Letzte, was Herr Gâwân hörte. Ihm war der Mund gestopft worden, und fast wider Willen schmatzend sog er sie endlich ein, die Labsal ehrlichen Schlafs.

FAMILIENTREFFEN
WIE GÂWÂN
SICH FÜR ORGELÛSE
WAPPNET

Herr Gâwân hustete und ächzte. Das machte die Nieswurz auf seinen Wunden. Lange wußte er von seiner Unruhe nichts. Das Schlafkraut auf der Zunge hielt ihm das Bewußtsein nieder, doch es hüpfte, wollte immer wieder aufsteigen und begegnete dabei, hart unter der Oberfläche, fleischigem Wassergewächs, das sich um Herrn Gâwâns Traumbeine schlang und ihm süße Gesichter schnitt. Es war immer wieder das gleiche Gesicht und doch nicht dasselbe, das sich mit saugenden Frauenlippen an ihn schmiegte. Es waren die Lippen Obilôts, doch nahmen sie beim Kuß einen herben Zug an; der gehörte der Einen, die er nie geküßt hatte. Noch immer bewachte der Traum seinen Schlaf, aber die Helle rang mit ihm, wollte greller werden und lautere Wirklichkeit.

Herr Gâwân schwitzte vor Minnedurst. Die heilende Bewußtlosigkeit begütigte ihn nicht mehr, so wenig wie die Hand von Großmutter oder Mutter, die ihm in Abständen über die nasse, glühende Stirn fuhr. Es half alles nichts, er wurde wach und ließ den Beutel aus dem Mund gleiten, während sich seine Männlichkeit gegen die Windel stemmte. Er blinzelte und sah niemanden; da sammelte er Kraft, setzte sich auf die Bettkante und fühlte sich, aufgerichtet, zum Erbarmen. Vorsichtig senkte er sein Gewicht auf die Füße und begann sich den Tuchstreifen, der trocken geblieben war, von der Lende zu wickeln. Das kam ihm wie schwere Arbeit vor.

Dann tappte er durch den halbhellen Raum – wo war er, in welcher Zeit? Ihn dürstete nach Luft und Frische, aber niemand hatte daran gedacht, ihm ein Kleid hinzulegen. Er begann sich die Rüstung, die noch in der Ecke lag, über den verbundenen Leib zu schnallen. Und obwohl ihn die Anstrengung entnervte, fühlte er doch wieder etwas wie Zusammenhalt um seinen Leib, auch wenn das Eisen drückte und schmerzte.

Gewissenhaft, wenn auch langsam rüstete er sich und öffnete die Tür. Dahinter schliefen mit offenem Mund zwei unbekannte Jungfern, die er so geräuschlos wie möglich überstieg. Im nächsten Zimmer schliefen sie wieder zuhauf, in allen möglichen Stellungen. Herr Gâwân stakte vorsichtig auf ein entferntes Türlein zu. Dieses öffnete sich auf eine Wendeltreppe, die spindeleng war und ihn an das verdammte Schanpfanzûn erinnerte. Er tappte die Treppe empor, atemlos schon nach drei Stufen. Endlich stolperte er ins Freie, auf eine kalte, freie Terrasse, die wundersam hell war. Noch mehr überrascht als erschöpft blieb er stehen.

Die Zaubersäule! Da stand sie, wohl fünf Mann hoch, ein dreikantiger Obelisk mit gelb-golden spiegelnden Flächen, und ließ die Umgebung in einem Tageslicht von vollkommener Künstlichkeit erstrahlen. Ja, das hatte er schon gesehen, aus dem Fenster von Plippalinôts Schloßhütte, ohne die Lichtquelle zu ergründen. Hier stand sie nun, und er stand davor.

Was spiegelte sich denn darin? Erst sah Herr Gâwân nur Himmel über die Säule ziehen, dasselbe Morgengewölk, das auch im wirklichen Himmel ostwärts trieb. Doch das Spiegelbild zeigte es gleichsam ins doppelt Sichtbare verklärt; es erlaubte auch die vom Mauerkranz ausgesperrten Bodengestalten gestochen scharf zu sehen. Da zog ja der Fluß durch die Säule, und jenseits erhob sich der Burgstall des Fergen, worin ein einsames Licht dem frühen Tag entgegenbrannte. Er dachte gepeinigt und geschmeichelt an die Sorgen, die Bêne im Söller um ihn leiden mußte. Gewiß hatte sie kein Auge zugetan, und es war seine Pflicht, so bald wie möglich eine Botin auszusenden, um sie über sein Schicksal zu beruhigen. Als er ein wenig um die Säule herumging, sah er auch den wunderbaren Basar vor dem Tor, der sich nun in Bewegung befand: der Händler schien seine Schätze noch vor Tage aufzuräumen. Es gab Herrn Gâwân einen Freudenstich, als er unter einem palmartigen Baum Gringuljete stehen sah.

Allmählich begriff er das System des Zauberspiegels. Er zeigte vergrößert und unbestimmt, was in der Ferne lag, verkleinert und unbestimmt das Nähere; dazwischen gab es den Punkt größter Bildschärfe. Da waren die Dinge so beschaffen, wie das unbewaffnete Auge sie sieht. Herr Gâwân war mit der Besichtigung der dritten Säulenseite beschäftigt, als er darin vier weibliche Figuren gewahrte, die immer kleiner wurden, das heißt: auf der endlosen Terrasse immer näher kommen mußten. Schließlich verschwammen sie und verschwanden ganz, und er hörte hinter sich eine wohlbekannte Frauenstimme sagen:

Was machen wir denn da, Herr Gâwân? Warum ruhen wir uns nicht aus? Und warum haben wir die Rüstung angezogen?

Herr Gâwân drehte sich um. Hinter ihm stand die Arnîve genannte Pflegerin, offenbar die Herrin des Zauberschlosses; einen Schritt dahinter die zweite, die keine andere als seine Mutter Sangîve sein konnte. Und wirklich hatte sie exakt seine Augen, oder vielmehr er die ihren, die Eulenaugen der Norwäger mit der fortwährenden, aber irreführenden Bereitschaft zum humoristischen Ausdruck. Noch einen Schritt weiter hinten standen zwei entzückende Mädchen, die, obwohl ihre Gesichter im Schatten lagen – das Säulenlicht schien nicht hinzureichen –, seine Augen sofort gefangen nahmen. Sie begegneten auch hier ihresgleichen, nur waren sie bei den Kindern zarter ausgebildet und zeigten einen Einschlag ins Kätzische.

Weil wir kein minder drückendes Kleid gefunden haben, Großmütterchen, erwiderte Herr Gâwân keck, doch matt; – und weil wir finden, daß uns die Morgenfrische bekommt. Und drittens, weil wir uns an dem Spektakel hier nicht sattsehen können.

Aber wir gehören ins Bett! rief Frau Argîve mit Strenge, und wie kommt Ihr zu der befremdlichen Meinung, daß ich Großmutter bin?

Ihr seht so aus, mit Verlaub, antwortete Herr Gâwân, und zwar wie *meine* Großmutter, was Ihr als mildernden Umstand betrachten könnt; denn ich bin ja noch ein Kind. Wenigstens habt Ihr mich so behandelt und könnt demnach selbst noch nicht zur Würde des Alters gereift sein.

Frau Arnîve konnte sich eines Lächelns nicht erwehren.

Wir gehören ins Bett, sagte Herr Gâwân, wenn uns sehr wehe ist, oder aber sehr wohl. Da es Eurer hingebenden Pflege gelungen ist, einen Zustand herbeizuführen, in dem ich weder krank noch gesund bin, wollen wir uns bei dem Thema nicht aufhalten.

Wir haben unserem Erlöser nichts zu verbieten! sagte Frau Sangîve nicht ohne Befriedigung angesichts seiner ritterlichen Figur. – Aber da er sich unserer Hut schon entzogen hat, möge es ihm gefallen, sich zu schonen und auf das Bänklein niederzulassen; denn plaudern können wir auch im Sitzen.

Wo war ein Bänklein? Die Wunder Schastelmarveiles nahmen kein Ende. Plötzlich sah er hinter jeder der Damen einen runden Lederhocker stehen, und hoffentlich auch hinter ihm; er setzte sich auf gut Glück und wurde nicht enttäuscht. Über den Köpfen erschien ein orangeroter Baldachin auf vier Stützen, um den Morgentau aufzufangen, schwankte zart in der Brise und ließ die Gesichter der Damen noch blühender erscheinen. Ein Tischchen stellte sich dazu, belegt mit perlmutternen Intarsien und außerdem mit kleinen Leckerbissen und Gläsern, die sich von selbst füllten. Der Saft war golden und trieb zarte Bläschen.

Einen Augenblick schwindelte es Herrn Gâwân wieder. Zwar saß er bequem, soweit das Panzerhemd Bequemlichkeit zuließ, über das sich ein pelzgefütterter Seidenmantel gesenkt hatte; doch der Hokker schien eine hinterlistige Beweglichkeit nur mühsam zu unterdrücken. Hier waren offenbar alle Möbel das Fahren gewohnt. Doch drehte sich der Sitz nur sachte der goldbeschichteten Säule zu, und Herr Gâwân sah sich darin, winzig klein, verschwommen und doch unverkennbar, mit vier fast ebenso winzigen Damen; zu seinem Erstaunen waren sie alle splitternackt. Der Spiegel zeigte die Brüste und Hüften zum Entzücken fein gedrechselt, auch diejenigen, welche die Jahre etwas müde gemacht hatten.

Sohn, sagte Frau Sangîve heiter, du siehst, wir haben die Wahl, ob wir uns in Klinschors Säule betrachten wollen, wie Gott uns geschaffen hat, oder als Geschöpfe unserer täglichen Kunst.

Ich sehe! sagte Herr Gâwân und drehte sich, bis er die Damen wieder bekleidet sehen konnte. Das Wunder der Schöpfung schien ihm auch so nicht geringer und bei weitem weniger unpassend; denn im Grunde handelte es sich doch um eine Familienzusammenkunft.

Ja, da hast du uns nun, sagte Frau Arnîve, und kannst sehen, wie sehnlich du erwartet wurdest. Du hast das Zauberbett überwunden und wirst zugeben, es war eine aparte Maschine.

Und eine hundsföttische, wenn ich mich so ausdrücken darf, sagte Herr Gâwân.

Du darfst, antwortete Frau Sangîve, aber allzu leicht konnten wir es unserem Erlöser nicht machen, das mußt du einsehen. Die Erlösung wäre sonst nichts wert gewesen.

Euer Wert, entgegnete Herr Gâwân, hätte mir auch ohne solche Umstände eingeleuchtet.

Das sagen die Männer leichthin, entgegnete Frau Arnîve, und doch gilt Euch nur etwas, was Euch etwas kostet.

Ich hätte verbluten können! sagte Herr Gâwân.

Das hättest du, sagte seine Mutter Sangîve, und das hätte uns leid getan. Dann wäre es dein Schicksal gewesen, wie dasjenige des Heiligen Sebastian. Von dem hat sich unser Meister inspirieren lassen. Die Löwin war unsere Idee.

Sie hat eure Idee mit dem Leben bezahlt, sagte Herr Gâwân, und wer ist euer Meister?

Ein wundersamer Mann, sagte Frau Arnîve, nur eben kein Mann. Das hat uns die Zusammenarbeit zwar erleichtert, doch auch bestimmter Reize beraubt. Einen Mann haben wir uns wohl gewünscht, nur nicht den ersten Besten. So haben wir mit Klinschor eine Wette abgeschlossen. Er will ein Zauberer sein, er mußte uns zeigen, was er kann. Wir aber warteten auf Einen der dem Meister den Meister zeige.

Jetzt bist du dieser Mann, sagte Sangîve, ich habe dich also nicht umsonst in die Welt gesetzt. Wenn schon ein Mann, dann sollte es der Beste sein.

Der bin ich nicht, sagte Herr Gâwân, das wißt ihr so gut wie ich.

Aber du genügst, sagte Frau Arnîve, das hast du bewiesen.

Ihr seid seltsame Wesen, erwiderte Herr Gâwân, und treibt den Mutwillen schon etwas weit, besonders, wenn man unsere Verwandtschaft bedenkt.

Verwandtschaft, sagte Frau Arnîve, will erprobt sein, die versteht sich nicht von selbst. Von Haus aus ist eine Frau mit keinem Mann verwandt. Daran muß man die Männer gelegentlich erinnern. Wenn sie ihre Verwandtschaft dann beweisen können: um so besser.

Um so schlimmer, erwiderte Herr Gâwân trotzig. – Ihr müßt eures Wertes sehr wenig sicher sein, daß ihr solche Mittel wählt. Das ist ziemlich krank, wenn ich offen reden soll.

Die Meinung der Männer ist uns bekannt, antwortete Frau Sangîve gelassen, und ihre Deutungen nicht minder. Wir sind sie leid, lieber Sohn. Nicht die Meinung zählt, sondern der Tatbeweis.

Als ob wir etwas anderes täten! rief Herr Gâwân, als euch diesen Beweis zu liefern, Tag und Nacht!

Und womit, bitte? fragte seine Mutter.

Mit unsern Kämpfen und Abenteuern! sagte Herr Gâwân, wie anders?

Du sagst es, erwiderte Frau Sangîve, mit *euren* Kämpfen und Abenteuern. Was haben wir damit zu schaffen? Wir wollen endlich unsere eigenen. Unseren Spaß, um es geradeheraus zu sagen. Derjenige, den uns die Männer zu bereiten glauben, hält sich in Grenzen.

Hier in der Säule können wir euch kommen sehen, sagte Frau Arnîve, und du kannst es selber feststellen: je näher ihr uns kommt, desto mickriger seht ihr aus.

Und desto nackter! kicherte Frau Sangîve.

Liebe Mutter, sagte Herr Gâwân, das beruht ja wohl auf Gegenseitigkeit, wenn ich recht gesehen habe. Klein macht euch der Spiegel auch, um von allem Weiteren zu schweigen.

Wie gefallen wir dir denn? fragte Frau Sangîve.

Nun ja, sagte Herr Gâwân, diese Frage erwartet man von seiner leiblichen Mutter nicht.

So! rief Frau Sangîve. – Siehst du: das ist es eben!

Ihr Herren Söhne glaubt, daß wir als Frauen zu existieren aufhören, wenn wir Euch erst bekommen haben, Euch kleine häßliche Wundertäter! Wir sind aber weit entfernt, durch Euereinen lebenslang beschäftigt zu sein! *Sehr* weit entfernt!

Aha, sagte Herr Gâwân, und dann nichts weiter.

Jetzt wollen wir doch ein wenig feiern! sagte Frau Arnîve. – Sie nahm die mit prickelndem Gold gefüllten Gläser und reichte sie eins nach dem andern; zuerst den drei Damen, dann Herrn Gâwân.

Auf dein Wohl, süßer Enkel! Und vor allem: auf deine Gesundheit!

Herr Gâwân stieß – er fühlte sich plötzlich wieder schwach – im Sitzen an, mit Großmutter und Mutter, dann auch mit den zwei Schwestern. Dazwischen konnte er sich eines kurzen Blicks in den Spiegel nicht enthalten. Ja, sie waren makellos schön, oder vielmehr: die kleinen Makel ihrer Schönheit – die eine hatte etwas fade Knie, die andere sehr kleine Brüste – machte ihre Schönheit erst recht geschwisterlich.

Wie heißt ihr beiden? fragte Herr Gâwân.

Itonjê! sagte die mit den Knien, die andere: Cundrîê.

Sehr erfreut, sagte Herr Gâwân.

Wir auch, antwortete es wie aus einem Mund. – Wir haben uns schon lange einen Bruder gewünscht.

Kennt ihr denn andere Männer? fragte Herr Gâwân.

Während Itonjê blaß wurde, errötete Cundrîê; und umgekehrt.

Itonjê hat einen Schwarm, sagte Sangîve, auch wenn sie ihn noch nicht gesehen hat. Dennoch schickt sie ihm Briefchen, eins toller als das andere, neuerdings sogar einen Sperber.

Er ist der Größte! flüsterte Itonjê entschlossen. – Er nimmt immer zwei auf einmal an, weil ein Einzelner doch keine Chance gegen ihn hätte. Und für einen Unfug wie das Zauberbett hätte er sich nie hergegeben.

Zut, zut! schalt Arnîve, – Du siehst, lieber Gâwân, mit welchen Widersprüchen Schastelmarveile zu kämpfen hatte.

Das junge Blut! lächelte Sangîve säuerlich. – Der Größte! als ob es damit getan wäre. In zwanzig Jahren wirst du es besser wissen, liebe Tochter.

Solang warte ich nicht! erklärte das Mädchen. – Und so alt will ich gar nie werden! Danke, Gâwân, es war Zeit, daß du kamst, und ich will gar nichts gegen dich gesagt haben! Du bist der Zweitgrößte!

Danke, Schwester, sagte Herr Gâwân, an diesen Titel habe ich mich gewöhnt.

Das Getränk machte den geplagten Leib leicht und ließ auch den Geist schweben. Herr Gâwân meinte noch nie etwas so Begeisterndes genossen zu haben. Auch der Himmel über ihm war heiter geworden und verhieß einen schönen Tag. Das Licht der Säule verband sich mit dem der aufsteigenden Sonne und machte es beweglicher, wie Licht über einem Meer.

Was ist das, was wir trinken? fragte Herr Gâwân.

Aus Klinschors Küche, lächelte Arnîve, das Rezept ist sein Geheimnis. – Ja, der braucht nicht mehr zu zaubern, um uns bei Laune zu halten, erlöst, wie du uns hast. Es wird ihm recht sein.

Und Königin Arnîve erzählte dem Gast die hoch bedenkliche Geschichte des Zauberers, der, in Pülle von einer Fei geboren, sich alle Frauen der Welt hatte gefügig machen können, auch diejenige des Königs Ibert, sich jedoch im Frauenzelt von ihm hatte erwischen lassen. Sein Zauber mußte unter dem stärkeren der Minne so gelitten haben, daß der Hahnrei ihn behändigen und an der Männlichkeit so grausam verkürzen konnte, daß es mit dem natürlichen Zauber danach gar nichts mehr war. Um so erfinderischer wurde Klinschor im Gebrauch jedes künstlichen und wußte künftig Mann oder Frau in seinen Bann zu schlagen, zur Strafe und nach seinem Belieben. Er beherrschte Alles, nur das Eine konnte er leider nicht mehr; darum wurde ihm Alles so viel wie Nichts. Doch blieb sein Haß auf die Männer noch nachhaltiger als derjenige auf Frauen, so daß er bereit war, diesen in allem dienstbar zu sein, was Männer zum Spott machen kann. Er hatte dieses Schloß erbaut und diese Säule errichtet, damit die Männer an ihrem stümperhaften Frauendienst zuschanden würden.

Das war den Frauen recht, wenn auch nicht ganz und gar. Selbst wenn Rache süß ist, so gibt es doch ein paar Dinge, die noch süßer sind; und darum wußte niemand besser als Klinschor, daß sein Zauber eines Tages wieder scheitern mußte, damit die Frauen ihren eigenen bewährten. Dafür mußten auch sie erst ihrer Rache genuggetan haben, zu der sie auf ihre Art nicht minder Grund hatten als der Verschnittene. Denn auch sie waren Opfer der Einfalt und Grobheit, auch der männlichen Eifersucht, doch nicht viel weniger ihrer eigenen. – So hatten sie mit dem Hexer ein Bündnis auf Zeit geschlossen, auf ungewisse Zeit. Er verwöhnte sie mit den Künsten seiner Phantasie, während sie sich seiner Rache – und ihrer eigenen – gefangen gaben, bis einer käme, der sie aus dieser doppelten Gefangenschaft erlöste. –

Mit der Herzogin von Lôgroys, Frau Orgelûse, hatte der Zauberer einen zweiten Vertrag geschlossen. Sie war ein Fall für sich, der ihm viel zu schaffen machte. Sie überließ ihm all ihre Schätze freiwillig – als junge Witwe besaß sie deren beträchtliche von ihren Bewerbern, die sie auszunehmen verstand –, wenn er ihr bei ihrer Rache an den Männern behilflich wäre, welche die Frechheit hatten, sie zu begehren. Das teuerste Mannsbild in ihrer Sammlung war der leibhaftige Grâlskönig, der sich in ihrem Dienst eine giftige Wunde ins Gemächte gerannt hatte und seither darniederlag, und mit ihm der Sinn der ganzen Welt. Dieser Fall hatte die Frau gleich schauderhaft erschüttert und befriedigt. Anfortas hatte ihr alle Schätze des Morgenlandes in den hartnäckig verschlossenen Schoß geschüttet; seither aber war derjenige des stolzen Werbers offen und konnte zu bluten nicht aufhören. Seine verschwenderische Mitgift hatte sie dem Eunuchen zufallen lassen. Sie warf ihm nach, was sie erwarb, als könnte sie damit ihren ersten Mann vom Tode freikaufen. Das waren also die Schätze, die Herr Gâwân vor den Toren Schastelmarveiles hatte bewundern können. Der Vertrag mit Orgelûse laute so, daß der Mann, der das Zauberbett bestünde, um sie werben müsse; wenn sie ihn aber nicht wolle – und das war ja gewiß, bei der Unerschöpflichkeit ihres Rachewunsches –, dann mochte ihm zwar Schastelmarveile gehören, mitsamt allen gefangenen Frauen, sie aber wollte ihren Schatz zurück –

Das hatte Herr Gâwân im Fergenhaus anders gehört: wenn der Erlöser von Schastelmarveile *sie*, Orgelûse, nicht wolle, dann sei der Schatz an sie zurückzugeben; war das nicht etwas ganz Anderes? Lag es am Zaubersaft, daß Herr Gâwân sich heute außerstande fühlte, den Widerspruch schwer wiegen zu lassen? Doch er dachte nicht länger darüber nach. In der Zaubersäule zeigte sich etwas Atemberaubendes.

Frau Orgelûse kam, sie selbst, aber nicht allein.

Ja, sie war es in magisch gesteigerter Größe, noch jenseits des Flusses. Vor ihr ritt ein Gewappneter mit aufgestellter Lanze. Groß und von Leid oder Stolz geschürzt war der bleiche volle Mund, tief die Falte über der Nasenwurzel, und die Augen größer, als er sie je gesehen hatte. Herr Gâwân aber sah keine einzelne Eigenschaft mehr an ihr; er sah sie ganz, Frau Orgelûse, und nichts als sie.

Sie wurde kleiner beim Nahen, und deutlicher: schöner konnte sie in seinen Augen nicht mehr werden. Nun stand sie still, blickte in seine Richtung, als suchte sie ihn, den sie doch hinter dem Mauerkranz unmöglich sehen konnte. Der reisige Begleiter ritt weiter und stemmte seine Lanze noch eindeutiger gegen Schastelmarveile.

Ich komme, sagte Herr Gâwân wie zu sich selbst und erhob sich. – Ich gehe.

Die vier Frauen redeten durcheinander. Sohn! sagten sie mehrstimmig, Enkel! Bruder! Nicht doch! Kämpfen, in deinem Zustand? Tu dir's nicht an, und uns auch nicht! Wenn du uns liebst, tu's auf keinen Fall!

Aber Herr Gâwân stand. Jetzt wußte er, warum er sich hatte rüsten müssen. Hier war er jetzt Mann und Herr; er hatte sich zu zeigen.

Die Beobachter der Zaubersäule sahen noch mehr. In der Fährburg war Fräulein Bêne auf den Söller getreten und hatte die Arme erhoben; gleichzeitig kam Herr Plippalinôt aus dem abgesackten Tor seines Anwesens und ging zu den Schiffen. In der Hand trug er eine Lanze, die warf er in den Nachen, stieg ein, legte ab und begann heranzurudern, wurde scharf, dann immer kleiner und verschwand. Er mußte schon fast hier sein.

Die Damen hielten Herrn Gâwân fest. Sie klammerten sich an ihn, die frisch Erlösten, sie weinten. Was wird aus uns, wenn du tot bleibst, nach allem, was du für uns getan hast! Dort ist Flôrant der Turkoyte! Der tut es immer mit einem einzigen Stich! Was soll aus Schastelmarveile werden!

Er schüttelte sie nicht ab; er entzog sich, und konnte schon bei dieser leichten Wendung spüren, wie gebrechlich er war. Aber wie hätte er sich halten lassen dürfen! Drüben, am ferneren Ufer, wartete Frau Orgelûse am Ende einer langen Trennung. Sie wollte ihren Kampf; sie mußte ihn bekommen.

Schwester, sagte er zu Itonjê, wenn Ihr mich liebhabt: laßt meinen Schild holen.

Den zerlöcherten, durchsiebten, mit einer Löwenpranke beschwerten Schild? Den Sargdeckel gegen den beweglichen Turkoyten? – Turkoyte ist nur ein Titel, der so viel bedeutet wie: Leibwächter; bei Orgelûse aber hatte er wahrlich viel zu bedeuten. Der Mann, dem sie ihren Leib anvertraute, mußte ein besonderer Mann sein. Ein aussichtsloser vielleicht – aber weiß man nicht, wie die Verzweiflung kämpfen kann? In Einem Stich wollte er alles abgetan haben – so sein Gelübde; und unter andern Umständen wäre es ein gewisser Trost gewesen, nicht aber unter Herrn Gâwâns Umständen. Der Mann wußte schon beim ersten Mal zu treffen, unfehlbar: das war erprobt. Noch jeder Mann, der sich vermessen hatte, um Frau Orgelûse zu werben, war unter diesem Einen Stich gefallen – der Grieche Clîas zum Beispiel, der noch zu den Glücklichen gehörte, denn er hatte es überlebt. Der Turkoyte war eine *Garde sans pareil,* noch kein Gesunder hatte ihn bestanden, wieviel minder ein schwer Angeschlagener, der Schiffbrüchige des Zauberbetts.

Werde ich meinen Schild noch selbst holen müssen? fragte Herr Gâwân leise.

Das denn doch nicht. Das hätte sich wahrlich nicht gehört. Der neue Herr von Schastelmarveile durfte erwarten, daß seine Jungfern ihn rüsteten. Beide Schwestern, Itonjê und Cundrîê, brachten den Schild, mit Hilfe drei weiterer Jungfrauen, die ihn kaum gemeinsam heben konnten; sie taten es weinend und mit Stoßgebeten. Ja, die Löwenpranke steckte noch darin, niemand hatte die Kraft, sie herauszureißen. Herr Gâwân, von Mutter und Großmutter mehr gestützt als flehend umringt, schwankte unter dem Gewicht des Schildes wie ein angesägter Baum. Aber er ließ ihn nicht fahren.

Ich danke! flüsterte er, höfisch mit Anstrengung. Sie sahen, wie er ging, schlecht oder recht. Über die Zinne geneigt, sahen sie ihn unten aus dem Tor wanken, sahen, wie ihm der Mann im Barett den Araber zuführte, ihm hinaufhalf. Sie sahen, wie ihm der Ferge die Lanze reichte, um dann Pferd und Reiter behutsam auf den Nachen zu leiten. All dies sahen sie im vollen Zaubersonnenlicht, während ihre Augen tränten. Das Pferd betrat das unsichere Gefährt ohne Zaudern; so beladen stieß der Ferge ab und ruderte die teure Fracht hinüber auf seinen Privatkampfplatz, während Fräulein Bêne auf dem Söller nicht minder die Hände rang als die verzweifelte Sipp-

schaft auf Schastelmarveile. – Frau Orgelûse saß seitlich des Kampf-
platzes auf ihrem Zelter, den sie tänzeln ließ, und hielt ein Taschentuch in der ungeduldigen Hand – keineswegs dazu bestimmt, ihre
Tränen aufzufangen, sondern den Rittern das Zeichen zu geben, sie
möchten einander ansprengen.

Himmel, sie machten Miene dazu. Mein Gott, Herr Gâwân, der
kaum sich selbst auf dem Pferd hielt, geschweige denn seinen Gra-
besschild, ergriff die Lanze mit zitternder Rechten. Er hob sie gegen
den Turkoyten und der, gespannt wie eine Feder, tat ein Gleiches.
Ein Stich! und alles würde vorüber sein. Das Schlimmste war schon
so gut wie geschehen.

Aber nun, Gringuljete! du mein Himmelspferd! Sein Reiter
mochte vor Schwäche kaum bei Sinnen sein; doch der Hengst war
munter für zwei. Der Händler mußte ihn mit einen Krafthafer gefüttert haben, der seinen ohnehin hohen Mut noch höher schießen
ließ. Wie von der Sehne geschnellt stürmte das herrliche Tier los. *Ein*
Stich! Mit dieser Gottes Kraft zwischen den Schenkeln brauchte
Herr Gâwân nur die Lanze festzuhalten – das Pferd stieß für ihn.
Der Turkoyte hatte nicht übel gezielt, auf Herrn Gâwâns Helm-
schnur, deren Knoten riß, so daß der Helm flog – der Turkoyte aber
flog selbst, als Ganzer. Herr Gâwân hätte zu hoch gehalten, doch die
Schwäche hatte den Speer so weit sinken lassen, daß er – als wär's
eine Finte – auf das Visier des andern sank. Sank? einschlug, mit dem
ganzen Nachdruck Gringuljetes. Die Welt hat bisher erst *einen* solchen Stich gesehen – denjenigen, mit dem der Rote Ritter es einst
dem braven Scheneschlant besorgt hatte. Vor Schastelmarveile aber
sah man dergleichen zum ersten Mal.

Es gab kein Halten für den Turkoyten. Gringuljete aber wendete
noch auf der Hinterhand und stürmte den Gestürzten an, um ihn in
Grund und Boden zu stampfen. Herr Gâwân hatte noch so viel
Kraft, das Tier beiseite zu reißen, Kraft genug, das Leben des Mannes zu sparen. Er setzte ihm die unversehrte Lanze an den Hals.
Jeder konnte sehen, daß der Leibwächter geschlagen war; der *eine*
Stich hatte gefehlt, also mußte er sich ergeben. Plippalinôt war schon
herbeigestürzt, um das Pferd des Besiegten abzuführen. Er hatte
seinen Lohn dahin. Und Herr Gâwân?

Er lenkte sein schnaubendes und vom Kampf noch keineswegs
gesättigtes Pferd auf Frau Orgelûse zu. Er senkte sowohl die Lanze
vor ihr als auch den entblößten und bleichen Kopf. Es war so still,

daß jedermann hören konnte, was sie sagte – nur glauben wollte es niemand.

So! sagte sie. – Das wäre geschafft, denkt Ihr. Ihr macht es Euch einfach, Gans! Denkt, Ihr hättet etwas geleistet, nur weil ihr ein paar Scharten im Schilde führt, und eine verfaulte Katzenpfote? Oder weil Euch so viele Damen zusehn? Geht doch zurück und laßt Euch von ihnen trösten, Hätschelhans! Wenn *ich* Euch einen Kampf verschriebe, zu dem wirklich ein ganzer Mann gehörte – was würde dann von Euch übrigbleiben?

Und jetzt rang sie doch endlich das Taschentuch in ihren Händen.

Versucht mich, edle Frau, sagte Herr Gâwân leise.

Er tut es nicht anders! rief sie, er will es wahrhaftig wissen! – Ihre Stimme überschlug sich. – Wohlan, sagte sie, auf Schastelmarveile eben noch hörbar. – Dann kommt mit. Ihr sollt mir den Kranz brechen!

Den Kranz! Jetzt war das Jammern auf allen Zinnen überlaut geworden. Denn da wußte man, welcher Kranz gemeint war. Kein anderer als der Kranz des Königs Gramovlanz, desjenigen, der keinen Griff danach ungestraft ließ und der stark genug war für zwei. Zu keinem andern und menschlicheren Zweck hatte Frau Orgelûse ihre ungezählten Ritter geworben, als zur Herausforderung dieses Gramovlanz, die ihr bisher nicht hatte gelingen wollen, die aber auch ein Ding der Unmöglichkeit war. Denn Gramovlanz war, leider nicht nur nach eigener Einschätzung, nicht zu schlagen. Er sah aus wie der Tod, und der Tod war er bisher für jeden gewesen, der sich auch nur in die Nähe seines Baumes gewagt hatte, an dem der Goldene Zweig gedieh. Wenn ihn nicht schon der Abgrund, über dem der Zauberbaum unerreichbar golden grünte, verschlang, zerschmetterte ihn desto zuverlässiger Gramovlanz. Der Zauberzweig war noch bei weitem fataler als das Zauberbett.

Sie klagten laut, als sie Orgelûse ihren Zelter wenden und Herrn Gâwân hinter ihr herreiten sahen. – Was den Turkoyten betraf, ließ sie ihn einfach liegen – der hatte seinen Dienst *nicht* getan. Mochte ihn also der Ferge zu seinem Lohn dazuschlagen.

So sah der Dank der Dame aus. Da ritt sie hin *sans merci,* und Herr Gâwân hinter ihr her und immer ferner dahin, bis er in der Zaubersäule so riesenhaft wurde, daß seine Figur mit dem uferlosen Gesicht des Himmels verschwamm.

HÄNGEPARTIE

WIE GÂWÂN,

EINER HERAUSFORDERUNG KAUM GEWACHSEN,

SCHON DIE NÄCHSTE EINFÄNGT

Frau Orgelûse gab ihrem Zelter – daß sie ein Damenpferd gewählt hatte, war sonderbar – die Sporen, ihren Samtschühlein war eine Eisenhacke angeschustert. Der Ritt durch Dick und Dünn mußte eine Qual sein; Herr Gâwân spürte sie nicht. Die geliebte Gestalt drehte sich nicht ein einziges Mal nach ihm um; desto nachhaltiger genoß er den Anblick ihres Rückens. Gringuljete war frisch genug, ihren Galopp mitzuhalten, und geriet, anders als Herr Gâwân, nicht außer Atem dabei. Der hatte nur Augen für das rote Saffianleder, in dem ihre nackte Haut stak und das ihre zuckenden Schultern und Hüften zur Geltung brachte. Ihren Kopf trug sie geneigt, als drücke ihn die Last des aufgesteckten Rothaars. Es ließ den Hals grausam rührend erscheinen, als würde er bald auf den Block gelegt. Daß es ein Hexenhals war, sah er nicht: es war ja *ihr* Hals.

Er fragte nicht, was ihn dieser Person nachtrieb, spürte nur: es war heilig, denn es war ja auch verflucht. Die Dame vor ihm war noch heilloser verzaubert als Schastelmarveile. Warum sonst hätte sie alles getan, was der Güte und Milde spottete, die er unbelehrbar in ihrer lebendigen Haut suchte? Ihr Leib selbst machte den Spott, den sie verbreitete, die Schande, die sie ausrief, so wunderbar zweifelhaft. Herr Gâwân witterte in ihrem Unglück eine Glücksverheißung über alle Vernunft, wie die kostbarste Frucht sich mit der stachligsten Schale umgibt. Die Kraft aber, die es braucht, eine solche Frucht zu brechen, heißt Beharrlichkeit und Geduld. Es war nicht damit getan, diese Frau zu entwaffnen. Er wollte sie aufheben. Darum durfte er sie nicht beschämen.

Herr Gâwân war ein Händler gewesen in den Augen der Frauen, die seiner zu spotten begehrten; ein Quacksalber, ein Falschmünzer, ein Kräutermann. Als ein Niemand ritt er jetzt hinter ihr drein: am Ende seiner Kraft, und doch, von Gringuljete getragen, immer einen Schritt, und noch einen. Es gab der Geduld keine Grenze, sonst wäre sie ja ein Geschäft gewesen. Er aber hatte etwas ganz anderes mit dieser Frau.

Die Sonne brannte ihm auf die Rüstung; was zuvor Wald gewesen war, hatte sich zu Busch- und Krüppelweide verdünnt. Es war ein von duftendem Gesträuch bestandenes, steiniges Ödland. Das Eisen wurde so heiß, daß die Wunden nach Kühlung schrien. Vor ihm ritt Frau Orgelûse wie eine Führerin durch das Fegefeuer, das ihr eigenes Element war. Davon wurde es nicht zum Paradies, er war ja kein Narr. Es war, wie es war, und darum zu ertragen.

Von weither war das Schäumen eines Bergbachs zu hören; er hörte es nicht, denn noch war es nicht lauter als das Tosen der Hitze in seinem Kopf, der unerwartet in Schatten tauchte, in den dünnen Schatten hoher Tamarisken und Brasilsträucher mit vielen bereits gelb und roten Blättern. Sie kamen auf eine kleine windlose Lichtung. Orgelûse hielt an. Zum ersten Mal drehte sie sich um.

Warum habt Ihr das Pferd nicht zurückgegeben? fragte sie. – Das Ihr Malcrêatüre gestohlen habt?

Es steht bei Bêne, sagte er, und Euch zu Diensten, sobald Ihr wollt.

Sie stieg ab. Sie streifte ihn mit einem merkwürdigen Blick. Ihr Zelter schüttelte heftig den Kopf; Herr Gâwân ritt hin und faßte ihn am Zügel.

Frau Orgelûse setzte sich ins dürre Gras. Plötzlich legte sie sich auf den Rücken, schlug ihr ledernes Kleid auseinander und öffnete die Beine.

Da, sagte sie. – Tut mir Gewalt.

Er betrachtete sie mit verklärten, doch ruhigen Augen.

Ihr könnt wohl gar nicht mehr, sagte sie heiser. – Dabei kann Euereiner sonst nichts anderes.

Wo wäre der Baum? sagte er.

Dort, sagte sie. – Feigling. Verschnittener Hammel. Stinkender Bock.

Sie lag jetzt mit entblößtem Unterleib in der Sonne. Er sah in die Richtung, die ihre Hand gewiesen hatte. Da stand der Baum auf der andern Seite der Schlucht, vereinzelt, nicht groß und rein goldfarben. Seine Blätter rührten sich nicht.

Danke, sagte er, habt Dank. Dann auf bald, liebste Frau.

Auf Nimmerwiedersehen! sagte sie schreckensbleich und bedeckte ihren Leib.

Herr Gâwân antwortete nicht. Seine Augen maßen den Abstand von einer Seite der Schlucht zur andern. Entfernt, überaus entfernt. Der Anlauf, zu dem er Gringuljete treiben mußte, führte auch noch aufwärts, denn die andere Seite lag höher und bot keinen geeigneten Aufsprung, wenn er den Goldbaum nicht überrennen wollte. Herr Gâwân besann sich nicht. Er ließ nur den schweren Schild fallen, nicht die Lanze.

Er beugte sich über das Ohr des Pferdes.

Komm, hauchte er, *wir* schaffen es miteinander, du und ich.

Gringuljete hatte die Ohren gespitzt; nun legte er sie flach. Die Sporen waren nicht nötig. Mit gewaltigem Scharren sprengte der Araber los und galoppierte auf den Abgrund zu; er schnellte ab und streckte sich aufs Äußerste. Herr Gâwân hatte sein Gewicht nach vorn geworfen, als müsse er das Pferd an der Mähne hinüberziehn; dabei spürte er bis ins Mark: es reichte nicht. Gringuljetes Vorderläufe faßten den jenseitigen Grund und kratzten verzweifelt daran; die Hinterhände scharrten im Leeren, wo es kein Halten gab.

Sie stürzten, wie kämpfend, dann schneller und mörderisch. Herr Gâwân griff nach einem Tamariskenast, der an ihm vorüberfliegen wollte; der Ast bog sich und knackte, doch er hielt, und es gelang, ihn auch mit der andern Hand zu greifen. Das Pferd stürzte unter ihm ins peitschende Wasser. Welch ein Glück, daß es an eben dieser Stelle ein Becken ausgewaschen hatte; dennoch war die Strömung reißend, und der hangende Mann sah sein Pferd weitergezogen werden, um eine Felsgruppe herum, dann noch eine. Die Lanze hatte Herr Gâwân fallen lassen, sie steckte in freigelegtem Wurzelwerk; mit letzter Kraft schwang er sich so gegen den Hang, daß er dem Brechen des Astes zuvorkam, die Lanze fassen konnte und, Arme und Beine spreizend, über den Schlipf zum Wasser abrutschte. Er kroch über die Uferblöcke, dem Pferd nach, das keinen Laut gegeben hatte, und immer bemüht, die schärfste Strömung zu vermeiden, wenn er durchs Wasser waten mußte. Halb springend, halb fallend gewann er über eine Felsstufe die nächsttiefere und sah den Hengst prustend, doch unverletzt gegen den Zug des Wassers kämpfen. Wieder kam ein flaches Becken der Hilfeleistung entgegen. Sich aufs äußerste vorbeugend, gelang es Herrn Gâwân, mit der Lanzenspitze das Zaumzeug des Schimmels zu angeln, und, indem er sich gegen die Felsen verstrebte, den Gefährten in ruhigeres Wasser zu leiten und schließlich ans Ufer.

Da standen sie nebeneinander, der Mann und sein Tier. Es schüttelte sich ohne Übertreibung, wieherte und legte ihm das große Haupt auf die Schulter, als bitte es um Nachsicht für den verfehlten

Sprung. Da Herr Gâwân einknickte, zog es ihn mit den Zähnen am Panzergenick wieder hoch.

Du, keuchte Herr Gâwân, das tut nichts. Jetzt erst recht! Sieh nur, hier fällt ein Seitentälchen herab wie gerufen; wir brauchen ihm nur zu folgen, dann kommen wir wieder auf die Höhe, und auch noch auf der richtigen Seite!

Und so machten sie sich daran, der Reiter zu Fuß voraus, das Pferd ihn halb schiebend, halb selber Halt suchend, die Runse zu ersteigen. Sie gönnten einander Rast, wo sich ein Fußbreit Raum dafür bot.

Wir haben's ja gleich, flüsterte Herr Gâwân mit zitternden Gliedern.

Und wirklich, oben war es nur noch einen Spazierritt weit bis zu dem erhabenen Fleck, wo das Bäumchen stand. Der Blick über die Schlucht war ebenso herrlich wie furchtbar. Mit Schauder betrachtete Herr Gâwân die Scharrspuren seines Pferdes am Rand des Abgrundes. Die Frau auf der Gegenseite erwartete er nicht zu sehen und sah sie auch nicht.

Gut so, Gringuljete, sagte er, das war's schon! Und saß ab.

Der Rest war fast ein Vergnügen, auch wenn sich das Holz des Goldbäumchens als wunderbar zäh erwies. Herr Gâwân mußte den Zweig schließlich mit den Zähnen abtrennen. Er entschuldigte sich bei dem Bäumchen. Der Zweig hatte sieben Blätter und war lang genug, um ihn sich um die nasse Stirn zu knüpfen. Er war so fest wie biegsam, man hätte ihn immergrün nennen müssen, wenn er nicht golden gewesen wäre. Sein Duft war erquicklich herb.

So? sagte es hinter ihm. – So, so!

Er hatte nicht kommen hören. Nun aber war da ein Reiter. Er saß auf einem kleinen, doch ausgesuchten Pferd, trug einen schneeweißen Mantel und einen Hut, auf dem ein Schock Pfauenfedern nickte. Sein Gesicht war blaß und von einschüchternder Vornehmheit. Er hatte eine lange dünne Nase und hielt die Augen unter großflächigen Lidern halb geschlossen. Auf der gelederten Faust trug er einen Sperber, die andere steckte in einem durchbrochenen Handschuh.

Seid Ihr allein? fragte der Herr.

Es scheint so, antwortete Herr Gâwân.

Dann wird es vorläufig nichts, sagte der andere. – Ich kämpfe nur mit zweien. Aber ich könnte Euch in den Fluß reiten. Das könnte ich, sagte der Herr und zog nachdenklich die Zunge über die Lippen.

Besser nicht, antwortete Herr Gâwân, von da unten komme ich grade.

Der Fluß heißt Rabbîne, sagte der Herr.

Interessant, antwortete Herr Gâwân.

Und er gehört mir, wie dieser Baum, sagte der Mann, an dem Ihr Euch vergriffen habt. Ihr werdet es büßen.

Der Mann war nah genug, daß er seine Drohung, Gâwân nieder-zureiten, hätte wahrmachen können; für einen Sprung auf Gringul-jete wäre es zu spät gewesen. Es war sehr wenig Raum um ihn herum, und sehr viel entsetzlich abschüssiger unter ihm.

Ihr seid verdreckt, blutig und am Ende, sagte der andere, ich aber bin König Gramovlanz.

Herr Gâwân war ehrlich genug, nicht »erfreut« zu sagen.

Dort drüben seh ich einen Schild liegen, sagte Herr Gramovlanz, und eine Löwentatze darin. Sollte es etwa der Eure sein? – Auch darauf erhielt er keine Antwort.

Es sieht so aus, als hätte sein Träger das Abenteuer von *Lîtmar-veile* bestanden. Sagt mir nur nicht, daß Ihr das gewesen seid. Das Abenteuer gebührte nämlich mir.

Tut mir leid, sagte Herr Gâwân.

Wo kriegen wir nur einen zweiten Eurer Sorte her! seufzte der Berittene. – Ihr braucht dringend einen andern Mann, damit ich Euch gebührend drannehmen kann.

Laßt es einstweilen, sagte Herr Gâwân. – Ihr seid ohnehin nicht sonderlich gerüstet.

Ich brauche wenig zum Kämpfen, sagte der Vornehme, und es wird mir leicht, Leute zu töten, die mir nicht passen. Ich wäre furchtbar, mein Freund. Aber ich liebe.

So, sagte Herr Gâwân. – Darf man fragen, wer die Glückliche ist?

Gleichviel, erwiderte der andere. – Wir sind uns noch nie begegnet und genießen dieserart alle Wonnen der *absence*. Doch sind ihre Gefühle so unerschütterlich wie die meinen. Hätte sie mir sonst dieses Sperberchen gesandt? Und ihre Briefe kann ich nicht lesen, ohne hold zu erröten.

Hold, sagt Ihr, bemerkte Herr Gâwân. – Merkwürdig, Ihr seid eher der blasse Typ. Die Dame muß Euch einheizen.

Wenn Ihr tatsächlich an meiner Stelle das Abenteuer von *Lîtmar-veile* bestanden habt, sagte Herr Gramovlanz, was ich fast nicht glauben kann, so wärt Ihr ja auch Herr von Schastelmarveile geworden. Das träfe sich vorzüglich. Meine Dame sitzt dort gefangen, und Ihr könnt ihr von mir etwas bestellen. Ach, sagte er, nehmt nur gleich das Ringlein mit. – Er setzte den Vogel auf den Sattelbug, zupfte seinen gelöcherten Handschuh ab und klaubte sich einen Saphir vom Finger, der mehrere Provinzen wert sein mußte.

Herr Gâwân kämpfte mit Erheiterung, Scham und Empörung, am Ende behielt die Geduld die Oberhand. Sie brauchte darum nicht ohne Spott zu sein.

Herzlich gern! sagte er, wenn Ihr mir noch den Namen der Dame zu verraten geruhtet, welche die Ehre hat, Euch bestimmt zu sein. Es bestellt sich dann leichter.

Itonjê! rief der Pfauenkönig auf dem weißen Pferd und richtete sich in den Bügeln auf. – Sie ist die herrlichste Person, nur leider die Tochter eines Saubeutels. Er heißt Lôt und hat meinen Vater erschlagen, hinterrücks, als er sich über eine Quelle beugte.

Herr Gramovlanz, sagte Herr Gâwân plötzlich ohne Humor, hütet Eure Zunge. Es trifft sich, daß ich der Bruder der ausgezeichneten Dame bin, nach der Euer hoher Sinn steht, und hiermit ebenfalls ein Kind desselbigen Saubeutels. Ich habe bisher nicht recht eingesehen, warum ich mit Euch kämpfen soll. Doch allmählich finde ich immer stärkere Gründe. Ich bewundere Eure Diplomatie, mich zum Liebesboten bei meiner Schwester zu bestellen und zugleich unseren Vater zu verleumden. Er mag hie und da einen umgebracht haben, nie aber ohne Not, und ganz gewiß nicht hinterrücks. Mir scheint, wenn wir von Saubeuteln reden müssen, so habt Ihr Euch den Titel redlich verdient.

Süperb! schrie der andere. – Ihr seid Gâwân! Wir werden kämpfen, und weil Ihr's seid – aber nur, weil Ihr der Bruder meiner Itonjê seid! – kämpfe ich ausnahmsweise sogar mit Euch allein!

Ich mache Euch einen Vorschlag. Wenn Ihr Gâwân seid, müßt Ihr auch der Neffe des König Artûs sein! Bisher habe ich dem Herrn, die Wahrheit zu sagen, kein Augenmerk geschenkt. Er ist *démodé* und weiß es nur nicht. Aber wir wollen ihm ein Schauspiel bieten! Ich habe nämlich eine ganz neue Kampfart. Euer Onkel lagert zur Zeit zu Bems an der Korcâ, so viel weiß ich, denn ich habe meine Kundschafter. Will sagen, er kann in zwei Wochen hier sein, aber gefälligst mit seinem ganzen Staat und Gepränge, das ist Bedingung! Ach, ich will entgegenkommend sein. Treffen wir uns auf dem Feld Jôflanze, das liegt so grade in der Mitte. Ich werde ein paar tausend Damen und Herren mustern, da sollen Euch die Augen übergehn. Wenn Ihr wirklich Schastelmarveile besitzt, erwarte ich von Euch ein Gleiches oder wenigstens halb so viel. Ihr könnt mit Euren Damen anrücken, die müssen jetzt ja erlöst sein. Führt mir also Fräulein Itonjê zu. Ich habe nichts dagegen, wenn auch Frau Orgelûse meine ganz neue Kampfart erlebt. Nur müßt ihr sehen, wie Ihr's ihr beibringt, denn unsere Beziehung liegt ein wenig im Argen. – Ist das ein Handel, Herr Gâwân? Ich strafe Euch für den Zweig und räche meinen Vater an Euch. Zwei Fliegen auf einen Streich!

Und wie soll ich das finden? fragte Herr Gâwân halb belustigt.

Ihr müßt sehen, wo Ihr bleibt! sagte König Gramovlanz. – So ist es bisher jedem ergangen.

Das ist ein Handel! sagte Herr Gâwân. – In zwei Wochen auf dem Feld von Jôflanze! Ihr gegen mich allein.

Das wird bös für Euch, stellte der Pfauenherr fest, vergeßt nur nicht, Itonjê meinen Ring zu bestellen – hier ist er – und meine Liebe, das versteht sich.

Gâwân empfing das Stück mit einer angedeuteten Verbeugung.

Ich geleite Euch zur Brücke, sagte Herr Gramovlanz, das heißt, Ihr müßt mich nach Roche Rabbîns begleiten, denn dort ist der einzige Steg über meine grausame Schlucht.

Nicht nötig, sagte Herr Gâwân. – Ich gehe, wie ich gekommen bin. Er schwang sich auf Gringuljete und beugte sich über sein Ohr. Noch einmal. Es wird gehen!

Und der Hengst drehte sich um und flog aus dem Stand auf die andere Seite der Schlucht, während Herr Gâwân das Kränzchen festhielt, die Lanze und auch den Ring. Roß und Reiter landeten heil, und Herr Gâwân drehte sich nicht mehr um.

Er ritt in die Tamarisken, und fand Orgelûse da, wo er sie vor geraumer Zeit verlassen hatte; sie schlief tief und verlockend. Als der Schatten Gringuljetes über ihr Gesicht huschte, seufzte sie tief und schlug die Augen auf.

Liebster! sagte sie. – Ihr habt den Kranz. Das habt Ihr für mich getan?

Aber bitte, sagte Herr Gâwân.

Ich bin Euer nicht würdig, sagte sie.

Ihr träumt noch ein wenig, entgegnete er mit kurzem Atem.

Ich hab's dick mit Euch getrieben, sagte sie, gebt mir's zu.

Eigentlich ja, sagte er. – Es ging schon ein wenig ans Lebendige.

Gar nicht wenig, sagte sie, und jetzt kommt's noch dicker.

Wohl, sagte Herr Gâwân.

Sitzt ab, sagte die Frau. – Versucht gar nicht erst, mich zu verstehen. Ihr könnt mir nicht vergeben, niemals. Ihr müßt mich strafen für alles, was ich Euch angetan habe.

Wenn Ihr darauf besteht, sagte Herr Gâwân und saß ab. – *Nett* war es nicht immer.

Du wirst ihn töten, ja? flüsterte sie.

Gegebenenfalls, sagte er, aber entschuldigt, edle Frau, wenn mir Näherliegendes durch den Kopf geht ... *ich* möchte Euch näher liegen. Ihr hattet damals die Güte ... aber da hatte ich den Kranz noch nicht.

Ja, gib mir den Kranz, Dummkopf, sagte sie und nahm ihn mit einem kurzen Schwung von seiner Stirn. – Auf daß er nicht verloren gehe, nachdem du ihn mit einem Sprung erobert hast, oder auch zweien. – Willst du jetzt *mich* bespringen? Willst du sagen, daß du mir jetzt am liebsten Gewalt tätest? Und tust du's endlich?

Frau, sagte er, ich dachte nicht an Gewalt. Ich halte Euch viel zu hoch, und –

Nein! schrie sie. – Ich bin deine Sklavin, darüber darfst du's jetzt nicht mehr tun! Nach all den Beleidigungen, die ich dir zugefügt habe!

Ihr werdet Gründe gehabt haben, sagte er.

Habe ich dich beleidigt oder nicht? stöhnte sie.

Ja, sagte er nach kurzem Schweigen. – Ihr habt mich beleidigt.

Ununterbrochen? fragte sie.

Nun – sagte er.

Ununterbrochen? jauchzte sie.

Immerfort und ewig, antwortete er.

Oh, ächzte sie, und jetzt wirst du sagen, daß du mich dafür in Grund und Boden stampfen willst. Daß du vom Pferd nur abgesessen bist, um mir erst recht aufzusitzen. Daß dein Stachel wider mich löken muß. Daß du dîn gelüstelîn wilt küelen in mîme sündenloch, daß du dînen riutelstap wilt schwenken über mir und dîn groben finger sticken lassen in mîn haerîn vingerlîn! Daß du mîner kiusche einheizen wilt bis sie geschwillt und uberlauft? Eiâ, daz du mîn süezen lîp wilt knistern lassen? Daz du mîn birn wilt braten unter mîm hemede und dîn lîp an mir schniuzen? Von hinten wie von vorne sol ichz leiden daz du einesteils dîn stümpflîn in mîn hell tauchest und anderteils auch noch ein krachen lâzest in mîn arss? Kutzeln wilt du mich daz ich verzwâzle unde genötzert muoz ih sîn bis daz ich eiâ eiâ schreie? wiltu daz sagen unt ouch tuon?

Diese Rede, die sie übrigens in keineswegs lockerer Stellung ächzte, machte den merkwürdigsten und doch leicht vorhersehbaren Effekt auf Herrn Gâwân. Sein Gewissen weigerte sich mitanzuhören, was sein Fleisch mehr als willig, ja schon nothaft machte. Und damit nicht genug, daß Frau Orgelûse hatte müssen kommen sehen, was sie mit ihrem zungenspielenden Geächz anrichtete: so wollte sie es auch noch mit Händen greifen und griff nicht übel und keineswegs zart. Aufrichtig: sie klob und kluppte den Mann, der sich auf die streng Verschlossene geschoben hatte, daß es ihm wehtat. Denn sie vermied seine Wunden nicht.

Kommt! flüsterte er heftig.

Geht! sagte sie mit plötzlicher Kälte. Sie riß ihre Hände los und rückte von ihm ab. – Ritter, was bildet Er sich ein? Da könnte jeder kommen!

Herr Gâwân richtete sich auf und seufzte tief auf.

Pardon, Herr Gâwân, sagte Frau Orgelûse, so weit sind wir noch lange nicht. In einem Arm aus Eisen bin ich noch nie warm geworden.

Da saß er nun im fahlen Gras und fühlte seine Scham starren, nicht nur dem Leibe nach. – Und zum ersten Mal blickte er verzweifelt.

Ich *habe* geliebt, Herr Gâwân, sagte sie, und erwarte dafür den nötigen Respekt. Ich habe einen Mann geliebt, dem keiner das Wasser reichen konnte. Ich könnte mich selbst nicht mehr achten, wenn ich mich jetzt an Euch wegwürfe. Begreift Ihr das?

Herr Gâwân schwieg. Langsam kühlte auch sein Leib ab.

Mein Cidegast war der Herrlichste, sagte sie, das versteht Ihr nie. Denn er machte nichts von sich her.

Herr Gâwân erinnerte sich, daß er, als Knabe, Herrn Cidegast hatte kämpfen sehen, und sein Kampf war, in der Tat, unauffällig gewesen. Zugleich begriff er, um wieviel jünger er, Gâwân, demnach sein mußte als die Dame. Der Teufel mochte wissen, warum diese Betrachtung sein Fleisch wieder weckte.

Ich habe ihn verloren, sagte sie, er ist mir ermordet worden, geschlachtet von dem Ungeheuer, dem Ihr diesen Kranz gestohlen habt. Mir aber hat er allen Grund genommen, gern zu leben. Entsetzlich! entsetzlich!

Ich will ihn treffen, so Gott will, sagte Herr Gâwân.

Frau Orgelûse hatte gar nicht zugehört. Sie saß auf ihren Arm gestützt mit aufgelöstem Gesicht, in dem ihr Trotz in Tränen schmolz, während darunter die Züge eines Kindes zum Vorschein kamen, eines elenden, beraubten und schmollenden Kindes. – Herr Gâwân rührte sie nicht an, es fehlte noch, daß er ihr tröstend über das Haar gestrichen hätte.

Ich habe nur dafür gelebt, ihn zu rächen, sagte sie. – Ich habe Mann um Mann in meinen Dienst genommen. Ich habe sie angelockt und verachtet aus tiefstem Herzen, denn ich wußte ja schon: keiner war Manns genug. Ich habe mich mit Klinschor eingelassen. Sein Zauber reichte weit, doch nicht so weit: mir meinen Mann wieder zu schaffen, Rache zu üben an Gramovlanz. Statt dessen rächte ich mich an den Schwächlingen, die es versuchten. Sie waren alle *schwach*, alle! Und Ihr seid es auch, das weiß ich. Ihr auch! Ihr auch, Ihr auch –

Herr Gâwân schwieg.

Hohe Dame, sagte Herr Gâwân, überschätzt Euer Unglück nicht zu sehr. Man kann auch in sein Unglück vernarrt sein und schafft sich damit immer neues an den Hals, denn man will das Glück vor den eigenen Augen nicht sehen.

Ich habe es gesehen, das Glück, sagte Frau Orgelûse. – Es will mich nicht.

Erklärt Euch, sagte Herr Gâwân.

Ich würde Euch zu nahe treten, sagte Frau Orgelûse.

Das wäre nicht das erste Mal, sagte er, fürchtet nicht zu viel.

Ihr wollt es hören, sagte sie, dann müßt Ihr's hören. Unlängst stand einer hier an dieser Stelle, der hätte es gekonnt.

Wer mag das gewesen sein, sagte Herr Gâwân ohne Frageton und fühlte den Stich von Eiseskälte.

Der Rote Ritter, sagte sie. – Ich wollte ihn nicht nur zum Rächer. Ich wollte *ihn*.

Ja, sagte Herr Gâwân. – Das verstehe ich wohl.

Das versteht Ihr? fragte sie. – Ist das alles?

Das ist alles, sagte Herr Gâwân.

Ich habe mich ihm angeboten, sagte sie. – Ich vergaß Gramovlanz.

Cidegast auch, sagte Herr Gâwân.

Ja, sagte sie, Cidegast auch.

Ihr werdet wieder lieben, sagte Herr Gâwân.

Er wollte mich nicht! rief sie.

Ja, antwortete er ruhig. – Es kommt vor, daß der Mensch, den wir lieben möchten, uns nicht will.

Ich nähme ihn auch jetzt noch, wenn er mich haben wollte, sagte sie.

Die Wahrheit, erwiderte er, ist ein Ding, das man ertragen lernt.

Frau Orgelûse hatte sich erhoben. Sie klopfte sich Tamariskennadeln und Rindenbrösel von ihrem Lederkleid.

Kommt, sagte sie, reiten wir.

Wohin? fragte er.

Nach Schastelmarveile, sagte sie. – Es gehört Euch, das werdet Ihr feiern wollen. Die Frauen dort haben ein Fest verdient.

ZIELSTRECKE

WAS GÂWÂN SEINER TANTE GINOVÊR
ZU MELDEN HAT,
UND WIE SIE MITTEL SUCHT,
IHN ZU RETTEN

Wohledle Tante!

ich bin, nicht gerade *en passant,* doch ohne wesentliches Verdienst, Herr eines größeren Anwesens geworden, das man als »Schastelmarveile« kennt. Ihr braucht mir seine Erlösung nicht gutzuschreiben, denn sie war fällig und ergab sich aus der inneren Logik seiner Zweckbestimmung. Der Sinn, 400 Damen gefangen zu halten – und wie sich zeigte, fast ebenso viele Männer –, hatte sich in den Bewohnerinnen selbst erschöpft. Zu dieser Erschöpfung mag ich mein Scherflein beigetragen haben. Was nur sagen will, daß ich Haare lassen mußte. Ich bin auch nicht mehr so verliebt, wie es sich zu einer Abenteuerreise schicken würde. Ich liebe geradezu. Doch das steht auf einem andern Blatt, von dem Ihr es lieber mit eigenen Augen lesen werdet.

Kommt und seht, wie ich davongekommen bin. Bringt Euren Herren Artûs mit, samt Rittern, Knechten und Knappen und allen Damen. Bewegt jede edle neugierige Seele in Eurer Reichweite dazu, sich ungesäumt und mit gebührlichem Staat nach dem Feld Jôflanze zu verfügen, wo sie als Zeuge eines größeren Spektakels benötigt wird. Mein Beruf hat es nämlich mit sich gebracht, daß ich noch einmal kämpfen muß, buchstäblich für zwei und, wenn nicht alles täuscht, auf Biegen oder Brechen. Mein Gegner wird als ein wahrer Satan im Waffenhandwerk geschildert. Er heißt Gramovlanz und verfügt über das Neueste an Rüstung und Technik. Er ist bekannt für die Unbedenklichkeit, mit der er beides einsetzt. Ein Gleiches wird mir nicht nachgesagt. Dennoch hoffe ich in einigen Ehren zu bestehen.

Damit mir mein stiller Unglaube an den Sinn dieses Kampfes kein Bein stelle, bitte ich, Eurem Herzen und auch Eurem Herrn zu melden, daß ich ein besseres Motiv nur ungern entbehren würde. Ein solches läge im Genuß und Bewußtsein Eurer leiblichen und herzlichen Anwesenheit. Ich bitte also um deren Ehre bei einem Kampf, der so oder so mein letzter sein dürfte. Ich habe auch noch eine artige Überraschung für unseren Herrn.

Genug davon! sonst wird es ja keine Überraschung. Mir scheint, Euer günstiges Herz habe längst Gründe genug, nach Jôflanze aufbrechen zu lassen. Wie könnte Euch ein Ding unmöglich sein! Bei der Prächtigkeit seines Trosses, die nie angezeigter gewesen ist, wird Herr Artûs würdig, und das heißt langsam, seines wunderbaren Weges ziehen – allzuviel Zeit dürft Ihr ihm diesmal nicht lassen. In vierzehn Tagen, vom heutigen an gerechnet, bin ich nach Jôflanze aufgeboten. Da hoffe ich hinreichend hergestellt zu sein, um den Gang wagen zu können.

Um Boten bin ich, als Hausbesitzer, diesmal nicht verlegen, und ich habe Euch einen gefälligen ausgesucht. Der Mann ist Schauspieler und hat Charakter – was Ihr zu spüren bekommt, wenn er Euch den meinen vor Augen demonstrieren sollte, ähnlich bis zur Grausamkeit, und doch mit einer Reserve, die ich ihm noch mehr verdenken könnte.

Ja, es kommt mir zupaß, daß es in Schastelmarveile außer 400 verwunschenen Damen auch ein paar Männer gibt. Ich hätte es mir denken können: für bestimmte Dienste bleiben sie unentbehrlich, auch wenn ihnen die minniglichen verboten sind. Fast schamhaft erinnerten die Damen daran, daß hiermit wohl auch die verwünschten Ritter als befreit zu betrachten seien – obgleich die Damen selbst nicht ganz daran glauben und eine völlige Befreiung der Männer wohl auch nicht wollen können. Aber darüber wißt Ihr, wie immer, mehr und werdet mich gütig erleuchten, so lange ich das Licht noch sehen kann.

In Treuen der Eurige
Gâwân

Wurden sie denn brav gefeiert, Herrn Gâwâns noch übrige Tage auf Schastelmarveile? Das kann man wohl sagen; gefeiert wurden sie, und »brav« trifft's ungefähr. Es lief auch einiges Unbrave mit, wie unvermeidlich bei einem Fest, an dem so viele befreite Frauen und Männer teilnehmen. Die Maßstäbe für das Zulässige waren nicht mehr überstreng, wie in den Jahren der Gefangenschaft, wo die Damen, kein Beiwerk mehr, den Anspruch auf eine ureigene Fabel behauptet hatten – und wäre es die ihrer Gefangenschaft, unter welchem Titel es sich nicht mehr schickte, der mitgefangenen Männer zu gedenken oder sie auch nur eigens zu nennen. Herr Gâwân war der neue Held um den Preis, daß er keiner blieb; diesen Preis hatte er bezahlt und konnte ihn zahlen. Die Rolle stand ihm zu Gesichte. Er war brav gewesen, im Sinn gewöhnlichen Anstands und Gehorsams, aber auch in der außergewöhnlichen Tapferkeit im Zauberbett. Den Ort der Bewährung kann man sich nicht immer aussuchen. Und brav war er auch während des Festes, das er jetzt ausrichtete – mehr als brav.

Diesen Zusatz melancholisch zu nennen, verbietet die angesagte Festivität; verbot die Frau, die er dieser zuführte und die gewonnen zu haben ein zweites Heldenstück der unheldischen Art war. Alles sprach gegen ein melancholisches Fest, Herr Gâwân eingeschlossen; er war brav. Er bemühte sich, eine gute Miene als glückliches Gesicht erscheinen zu lassen. Und doch gab es daran etwas, was »faul« zu nennen taktlos wäre, aber leider nicht unwahr.

Frau Orgelûse sang es nach Noten, das Lob ihres Ritters. Wie kam es nur, daß es Herrn Gâwân kaum ein Lächeln abnötigte? Die Wunden, die er am Abend seines großen Tags nicht einmal mehr gespürt hatte: sie begannen neu zu bluten. Und daß sie von den Frauen nicht nur gepflegt, sondern geradezu verehrt wurden, vermochte ihren Fluß nicht zu stillen, so viel Wurzeln und Kunst Frau Arnîve auch auf sie verwendete. Die Großmutter sah mit Kummer: der Herr des Festes verzehrte sich. Sie sah es mit Bestürzung, wenn sie an den nahen Zweikampf dachte. Es mußte etwas geschehen.

Bei aller Teilnahme für Herrn Gâwân – die übrigen Festteilnehmer wollen nicht vergessen sein. Daß sie sprängen und tanzten, schien seine einzige Sorge – diejenige für seine Person wies er weit von sich, still und leider blaß. Der Turkoyte dagegen, zum Beispiel, war unerwartet aufgeblüht. Herr Gâwân hatte ihn um den Preis einer englischen Schwalbenharfe von Plippalinôt losgekauft, der sich auch noch als Liebhaber alter Musik entpuppte. Er hatte gut singen und reimen, denn sein Fährgeschäft schoß ins Kraut wie noch nie. Täglich beanspruchten ganze Partien erlöster Herren und befreiter Damen seine Dienste, um übers Wasser gefahren zu werden und auf ihre Befreiung zu trinken. Andere ließen sich mit Pferd und Waffen übersetzen, um sich nach langer Entbehrung ritterlich zu tummeln, nie ohne Zuschauerinnen. Und von diesen wie jenen zog Herr Plippalinôt seinen Zoll ein, denn auch die Spielwiese gehörte ja ihm. Herr Lischoys, der unwillige Verlierer, durfte sich wieder als Sieger feiern lassen. Und es zeigte sich bald, daß die junge Cundrîê, so lange im Schatten ihrer minnegleichen Schwester, für seine Siege besonders empfänglich war.

Zugleich beobachtete man mit Befremden, am Ende mit Rührung, wie der Turkoyte, seiner Dienste an Frau Orgelûse enthoben, einer reiferen Dame den Hof machte; keiner andern als der Herrenmutter Sangîve. Sie nahm die Aufmerksamkeit des so viel jüngeren Mannes halb verlegen, halb erheitert zur Kenntnis – zumal die Duldung Herrn Gâwâns geradezu unerschöpflich schien. Er konnte offensichtlich leben lassen, Herr Gâwân, und hätte insbesondere der kleinen Bêne, deren Schwermut er nicht übersah, so viel Zerstreuung wie möglich gegönnt, wußte aber nur zu gut, warum er sich nicht selbst darum bemühen durfte; dafür war er nicht der rechte Mann, und war es nur allzusehr. Nein, die hoffnungslos Liebende sollte nicht durch Zuwendung weiter gequält werden – das wußte auch Frau Orgelûse zu verhindern. Denn natürlich erriet sie die Zusammenhänge mit einem Blick.

Wer die Verhältnisse nicht kannte – und wer kannte sie wirklich? – mußte den Eindruck gewinnen, daß Frau Orgelûse inzwischen die Werbende, Herr Gâwân aber der Umworbene, heftig Belagerte sei. Die Frau, die an keinem Mann ein gutes Haar hatte lassen können, strich nun vor aller Augen über Herrn Gâwâns erste graue Strähne und beschenkte ihn mit allen Zeichen inniger Vertrautheit, die man sich, nach allgemeinem Verständnis, nur an *einem* Ort erwirbt.

Nun, wenn es so war, war es nur recht so; die Feiernden fanden nichts Anstößiges daran und waren ja selbst aufs Anmutigste beschäftigt. Spielte Herr Gâwân den Zurückhaltenden, so empfahl er sich desto eher für gutgemeinte Scherze hinter seinem Rücken. Niemanden wunderte es, daß ihm Frau Orgelûse in der Liebe nicht minder zusetzte als zuvor im Examen seiner Ritterlichkeit. Für das unbewaffnete Auge war ohnehin eins so gut wie das andere und im Grunde dasselbe. Daß er seine Lust auf Frau Orgelûse herzhaft zu büßen habe, war selbst ein lustiges Thema; und an die Frage, wie der Mitgenommene, Mitgerissene in diesem Zustande gegen den ausgeruhten Gramovlanz bestehen sollte, verschwendete niemand viele Gedanken. Das würde sich finden in dieser zauberhaften Welt.

Fast niemand, außer der stillen Bêne; außer Mutter und Großmutter. Frau Sangîve, von eigener Begehrtheit erwärmt, sah mehr; Frau Arnîve sah weiter. Sie tauschten sich vorsichtig über ihre traurige

Vermutung aus, daß von jenen Liebesfreuden, die jedermann dem glücklichen Gâwân gegönnt hätte, keine Rede war. Er hatte Frau Orgelûse nicht beigelegen – wer die Kemenaten besorgt, wer Mienen und Gesten lesen kann, läßt sich nicht täuschen. Frau Orgelûses Bekundungen guten Liebes-Willens waren überraschend und fast pikant – aber sie waren eine Schau. Und was Herr Gâwân betraf: der Himmel wußte, was ihn hinderte, sein Glück in beide Arme zu schließen.

Er denkt ans Sterben, sagte Frau Arnîve, als sie neben ihrer Tochter vor der Zaubersäule saß. – Ich seh's ihm an. Er glaubt nicht, daß er den Zweikampf überlebt. – Der Turkoyte ist auch mit dem Schwert nicht übel, gab Frau Sangîve zur Antwort, wenn man nur die Säule richtig einstellen könnte! Immer, wenn er wegreitet, ist er nicht mehr scharf. – Pardon, Mutter, fuhr sie fort, über die Frivolität ihrer Zerstreutheit nicht merklich bestürzt: Das glaube ich nicht! Hätte Gâwân wirklich den Tod vor Augen, so ergriffe er doch das Leben um so fester und käme gar nicht mehr aus den Federn heraus!

Frau Arnîve unterdrückte die Bemerkung, ihre Tochter möge doch nicht aus der eigenen Lebenslust zu leichtfertig auf andere Wesen schließen. Wer den Turkoyten durchaus scharf sehen wollte, sah vielleicht den eigenen Sohn nicht mehr ganz deutlich –. Nun hatten die Blutbande in diesem Fall ja auch nicht viel Gelegenheit gehabt, sich zu befestigen. – Ich weiß schon, daß etwas klemmt, sagte Frau Sangîve; ob aus einem Liebenden ein Liebhaber geworden ist, schnuppere ich so gut wie du! Also müssen wir jetzt ein wenig kuppeln, damit er seine Grillen vergißt!

Sie ließ kein Auge von der Bildsäule, aber Frau Arnîve war nicht gesonnen, locker zu lassen.

Zunächst dachte ich: es ist Rücksicht auf Bêne, aber sie wünscht gar nichts anderes als sein Glück und würde es ihm gönnen –

Bêne? fragte Sangîve, die ist zu diesem Gramovlanz unterwegs. Itonjê hat sie hingeschickt, mit dem Ring, den sie von ihm empfangen hat. Sie gibt ihn nicht etwa zurück, sondern hat ein neues Spiel im Sinn. Eine Woche soll *sie* den Ring tragen, in der nächsten Gramovlanz, und jedesmal legen sie einen Brief dazu mit einer neuen Allegorie der Liebe. Bêne reitet hin und her, sie ist beschäftigt, wie du bemerkst. – Sieh einer an! Jetzt hat der Turkoyte schon wieder einen *zweiten* Stich getan! – Sie kannte inzwischen seinen Namen: Flôrant.

Ich fürchte, fuhr Frau Arnîve bekümmert fort, er findet, daß er für
sein Glück nicht geschaffen ist.

Redest du noch immer von Gâwân? antwortete die Jüngere. – Wie
kannst du das sagen, nachdem du ihn gewickelt hast! Wenn Einer für
sein Glück geschaffen ist, dann *der*! Er hat es noch bei jeder gemacht,
und wenn ich nicht seine leibliche Mutter wäre –

Sangîve! rief die Ältere schockiert, wo denkst du hin! Gâwân hat
sich verändert, und wenn du mich fragst, zum Erschrecken! Hast du
den Blick bemerkt, mit dem er durch Orgelûse hindurch sieht? Als
sähe er etwas kommen, was nicht mehr schön ist –

Du siehst schwarz, sagte Sangîve heiter abgelenkt. – Sie soll ihn
heilen, statt ihn schmachten zu lassen. Ich kann ja mit ihr reden –

Liebe, das überlaß doch besser mir. Dein Rat könnte sie erkälten.

Wie du meinst, sagte Sangîve schnippisch, wenn *du* denkst, daß *du*
ihr die Minne eher schmackhaft machen kannst?!

Wir haben ja nicht nur an Minne zu denken, sagte Arnîve. – Aber
du bist Auge und Ohr nur für die Kinderspiele dort draußen.

Mein Ohr ist frei, sagte Sangîve, leider hat uns Klinschor ja nur
das Bild beschert, nicht den Ton. Und du wirst zugeben, daß es sich
nicht recht schicken würde, wenn ich am Rand des Spielfelds stände
und Beifall klatschte.

Ein wenig *Contenance* dürfte schon sein, antwortete die Ältere,
und am Ende wirst du ja doch tun, was dein Herz begehrt.

Wozu wären wir sonst frei geworden? fragte Sangîve, und findest
du nicht, daß ich mich ganz passabel gehalten habe?

Dafür, antwortete die Ältere, hast du wohl bessere Zeugen als eine
Großmutter.

Flôrant ist noch ein Kind! sagte Sangîve mit glänzenden Augen. –
Zum Glück ist er die rote Närrin los. Sie hat einen verheerenden
Einfluß auf unschuldige Männer. Doch Gâwân wird sie schon Mores
lehren.

Du redest nicht sehr befreit, entgegnete Frau Arnîve, Orgelûse
bleibt unsere Schwester, das wollen wir nicht vergessen. Im übrigen
macht mir auch deine Itonjê Sorgen. Sie schreibt Liebesbriefe an
unseren Todfeind, von dem sie schwärmt, und mit dem sie schon
Ringlein wechselt ... dieser Mann ist eben derjenige, der Herrn Gâwân, deinen Sohn, vom Leben zum Tod befördern will und es auch
kann, wenn kein Wunder geschieht.

So geschieht eben ein Wunder! sagte Frau Sangîve ungerührt, es ist doch einfach genug! Entweder Orgelûse richtet Gâwân auf, daß er wieder Lanze und Schwert halten kann; dann kämpft er und siegt wie sonst. Oder er maudert weiter und kommt nicht auf die Beine: dann schreiben wir Gramovlanz einen Brief und lassen ihm sagen, aus der Verbindung mit Itonjê werde nur etwas, wenn er auf seinen Zweikampf verzichte.

Ich bin erleichtert, sagte Frau Arnîve langsam, daß Liebe doch nicht nur blind macht.

Liebe! rief Sangîve, ich verbitte mir diesen Ton! Wenn ich einen jungen Mann gern sehe, einmal oder auch zweimal, kannst du deine mütterliche Mißgunst ruhig im Kästchen lassen! Wozu sind wir frei, wenn wir uns schon wieder unter die blöde Frauenzucht ducken sollen? Warum willst du uns das Leben wieder sauer machen, nachdem es endlich einen Augenblick lustig geworden ist?

Das will ich nicht, sagte Arnîve, ich wünsche nur, daß du dich daran erinnerst, *wer* es sich hat sauer werden lassen, damit uns etwas leichter wird. Gâwân schwebt in Lebensgefahr innen und außen. Lôt soll Gramovlanz den Vater erschlagen haben – könnte da etwas dran sein –?

Warum nicht? sagte Sangîve, mein seliger Lôt war jähzornig und hat manchen totgeschlagen, der ihm hinterher leid tat. Ich müßte lügen, daß ich untröstlich gewesen wäre, als es ihn erwischte.

Gramovlanz hat ihm das Schlimmste nachgesagt, mahnte Frau Arnîve, das kann ein Sohn nicht auf sich sitzen lassen.

Ach, sagte Sangîve, diese Vatersohndramen! Und wenn Lôt gar nicht der Vater wäre? Gâwân ist ein Feenkind, und außerdem schlägt er *mir* nach, wenn du mich fragst, und ist so gut wie mein Werk, Ginovêr zum Trotz!

Ich frage keineswegs, erwiderte Arnîve, erlaube mir nur die Bemerkung, daß du mit deinem Werk etwas pfleglicher verfahren könntest. Denn dieser Gramovlanz droht es zu zerschlagen.

Ach du lieber Gott, seufzte Frau Sangîve, da stecken wir ja wieder mitten in diesen schwachsinnigen Ehrenhändeln, und du redest, als hätte es Schastelmarveile nie gegeben!

Der Ehre der Männer wäre wohl noch beizukommen, sagte Frau Arnîve, aber da ist noch eine Frau im Spiel, und die wird nicht mit sich reden lassen. Gramovlanz hat Orgelûses ersten Mann erschlagen – die Umstände mögen gewesen sein wie sie wollen, aber für sie bleibt's unerbittlich ein Kriegsgrund.

Wunderbar! rief Sangîve, sollen die Sperenzien und Schikanen denn niemals enden? Diese Orgelûse! Wäre sie doch auf ihrem Bergnest hocken geblieben und unter ihm begraben worden!

Sie bleibt eine von uns! mahnte Frau Arnîve, also dämpfe deinen Zorn.

Sie bleibt eine Hexe! rief Sangîve, und Gâwân ist dumm genug, wenn er sich vor ihren Karren spannen läßt. Sollte er dabei ins Gras beißen, will ich ihm so wenig eine Träne nachweinen wie seinem haarigen Alten, Gott hab ihn selig!

Frau Arnîve neigte den Kopf. – Ja, es ist schon ein Elend mit uns Menschen, sagte sie leise, und es wäre wohl geringer, wenn es ihrer nicht zwei Sorten gäbe.

Nein, Mutter, zwischen Mann und Frau sitzt er nicht, der Wurm! Er sitzt in Männern und Frauen, die kein Glück ertragen, wenn sie ihm begegnen, sondern nicht ruhen können, bis sie wieder ihr geliebtes Unglück daraus geschustert haben! Da sie selbst nicht zum Leben geschaffen sind, soll es auch der Nachbar nicht genießen! Ich weigere mich, einem Mitgeschöpf mein bißchen Freude vor die Füße zu legen, damit es darauf herumtrample, und wenn's mein eigener Sohn wäre! Aber wir Weiber sind noch verfluchter, wenn wir das Unglück durchaus nicht lassen können. Darum wäre uns allen am besten gedient, wenn du dieser Person ein Tränklein mischtest, von dem sie liegen bleibt, und zwar für immer. Dann könnten wir am Ende wenigstens *eine* Hochzeit feiern ... und daß sich Gâwân zu trösten wüßte, darauf kannst du selbst Gift nehmen!

Diesmal nicht, antwortete Frau Arnîve, es ist Orgelûse, oder keine.

Da hast du seine Krankheit! erwiderte Sangîve.

Frau Arnîve schwieg. – Dann sagte sie: Klinschor meint, daß auf Erden zweierlei Völker lebten, das Romanvolk und das Dramenvolk. Das Romanvolk spinne alle Fäden, das Dramenvolk zerreiße sie wieder; das Romanvolk wolle ein gutes Ende, das Dramenvolk ein starkes, und das stärkste sei immer der Tod. Die beiden Völker lebten gemischt durcheinander und zerfielen keineswegs nach Geschlechtern, da hast du wohl recht, auch wenn die Mehrzahl der Frauen eher dem Romanvolk angehöre. Durch viele Menschen gehe die Grenze gar mittendurch. Und den wenigsten wäre klar, welchem sie sich zuschreiben müßten, bis das Leben es ihnen zeige; dann sei es meist schon zu spät. Leider zögen sich die Gegensätze an, und schon mancher, der sich zu einem Roman bestimmt glaubte, habe im schrecklichsten Drama geendet. Gâwân ist der Romantyp, Orgelûse neigt zum Drama – sie *ist* eins, wenn du mich fragst. Ganz bös komme es, sagte Klinschor, wenn entgegengesetzte Typen einander erlösen wollen. Das könne nur in die Hölle führen.

Was bist du für ein Typ, Mutter? fragte Sangîve.

Ich liebe Romane, sagte Arnîve, aber ich kann dem Drama die Achtung nicht versagen.

Ich *will* aber kein Drama! rief Sangîve. – Was sollen wir nun tun! Nachdenken und arbeiten, sagte Frau Arnîve.

Sieh, Mutter! rief Sangîve, ohne recht zuzuhören, jetzt versucht er den zweiten Stich schon zum dritten Mal!

Ja, Sangîve, sagte Arnîve wider Willen lächelnd, wir werden allerhand Stiche lernen müssen und die feinste Nadel brauchen, sonst wird kein Muster daraus.

Beten ist einfacher, sagte Sangîve, im Notfall hat Gott noch immer geholfen! Er liebt Romane, da bin ich sicher, Dramen mag er nicht.

Ich bin so sicher nicht, sagte Frau Arnîve, durchaus nicht. – Aber geh hinaus oder komm herein, Tochter; wenn man sich nicht bewegt, ist es zu kühl. Oder willst du dem Turkoyten mit verschnupfter Nase Glück wünschen?

Mamâ, sagte sie, begleitest du mich zum Turnierplatz? Sie kämpfen besser, wenn wir klatschen.

Frau Arnîve seufzte belustigt, und die Damen, die jüngere und die ältere, gingen Arm in Arm hinüber ins freie Feld, wo sich das Turnier tummelte; hier war der Ton laut und echt und das Bild darum nicht schlechter.

Es war wieder ein herrlicher Spieltag für die befreiten Herren, das sogenannte Heer Klinschors. Sie hatten Parteien gebildet und tjostierten den befreiten Damen etwas vor, auf dem Reitplatz des Fergen, unter Verwendung seines Marstalls, und er hatte auch noch um guten Lohn das Kampfgericht übernommen –: für ihn also war es ein dreifach glücklicher Tag. Und setzte sich die Sonne, so würde die Zaubersäule ihr künstliches Mondlicht spenden, in dem besonders romantisch zu kämpfen war, auch wenn man darin keinen Schatten warf.

An diesem Tag war Herr Gâwân, der Gastgeber, nicht bei den Gästen. Er saß auf der Terrasse vor der Spiegelsäule, aber nicht um die Lanzen wenigstens von ferne splittern, die Frauen im Bilde jubeln zu sehen. Er saß, in Kamelhaardecken gewickelt, vor der dritten

Spiegelkante, die, allem Figürlichen abgewandt, nur den Fluß zeigte, dermaßen vergrößert, daß er hätte ein Meer sein können. Hier saß Herr Gâwân und starrte in das Trugbild einer unerschöpflichen Flut. Er saß allein; nur Bêne erschien hie und da, um nach ihm zu sehen, doch ohne sich sehen zu lassen. Öfter schlief er vor seinem Spiegel ein, dem unaufhörlich durchziehenden Wasser; hoffentlich war das ein gutes Zeichen. Bêne glaubte es nicht. Fast war sie froh um die Botengänge nach Rosche Rabbîns, auch wenn sie die Stadt und ihr geziertes Wesen nicht mochte. Herrn Gramovlanzens Entzückens-schreie, wenn sie gemeldet wurde fand sie ebenso outriert, wie die Andacht, mit der er sich Fräulein Itonjês Verslein vorlesen ließ; manchmal mußte sie der Hofkapellmeister in Noten setzen und ein-üben mit seinem Jubel-Chor.

Frau Orgelûse war nicht bei Herrn Gâwân? Frau Arnîve hatte sie eingeladen, ihrer Tochter Sangîve »zuschauen zu helfen«, da sie sich, alleingelassen, damit vielleicht etwas übernehme. Was nur heißen konnte, daß Frau Sangîves Begeisterung für den Turkoyten, aus der sie immer weniger ein Hehl machte, vielleicht durch kritische Beglei-tung etwas gedämpft werden konnte.

Die alte Dame hatte Frau Orgelûses Hand genommen; aber sie kamen an diesem hellen Frühlings- oder Herbstnachmittag nicht weiter als bis zum Bazar. Ein laues Lüftchen wehte von weit her; es zupfte den Krämer am Bart, den er heute trug. Verwandelte er sich denn immerfort? Jedenfalls erschien er nicht mehr mit dem florenti-nischen Barett, sondern unter einem runden Mützchen aus Glasper-len, und hielt den Mund im zottigen Bart versteckt, der die Farbe ungewaschener Wolle hatte und ihm bis zum Gürtel reichte. Nach-dem er sich vor den Damen verbeugt hatte, sprach er kein Wort mehr, sah nur zu, wie Frau Arnîve ein kostbares Stück nach dem andern umdrehte und manches gegen den Himmel hielt, um die sinkende Sonne darin spielen zu lassen.

Ihr braucht nichts zu kaufen, sagte Frau Orgelûse. – Nehmt Euch, was Euch gefällt. Es ist alles mein.

Herzogin, sagte Frau Arnîve, Ihr wollt sagen, daß es Euch beiden gehört, Gâwân und Euch; denn Ihr habt's verpfändet, und er hat's ausgelöst.

Ja, sagte Frau Orgelûse, und mich hat er noch dazu. Kein guter Handel für ihn.

Gewiß, Herzogin, sagte Frau Arnîve, wolltet Ihr Euch anders ausdrücken; denn Ihr seid nicht käuflich, keine weniger als Ihr.

Keine mehr als ich, sagte Frau Orgelûse. – Nur bin ich zu teuer. Es reut ihn schon.

Ach, sagte Frau Arnîve, ist das Kästchen nicht hinreißend? Wo ist der Schlüssel dazu, Kaufmann?

Verloren, sagte der Mann mit dem strähnigen Bart und den Froschaugen.

Entzückend, sagte Frau Orgelûse, aber man soll nichts anschaffen, ohne den Schlüssel dazu.

Was würde das kosten, wenn man's kaufen müßte! sagte Frau Arnîve.

Unschätzbar, sagte Frau Orgelûse, es ist Euer. Was soll ich mit dem Plunder! Mein Schloß ächzt unter den Liebesgaben. Ich habe nie etwas geschenkt genommen. Ich bekomme auch nichts geschenkt.

Außer der Liebe, sagte Frau Arnîve.

Ja, sagte Frau Orgelûse bitter, die war wohlfeil.

Liebt Ihr Herrn Gâwân? fragte Frau Arnîve.

Wie keinen andern, sagte Frau Orgelûse. – Reicht Euch das?

Nein, sagte Frau Arnîve.

Gut, sagte die andere mit traurigem Spott. – Ich liebe Gâwân fast so sehr, wie ich Gramovlanz hasse. Ist das gut genug?

So etwas trägt man doch nicht mehr? fragte Frau Arnîve. – Und Euch, ist es Euch gut genug?

Ach, sagte Frau Orgelûse. – Ich habe nie an die Schwüre der Männer geglaubt. – Dafür müßte ich liebenswürdig sein.

Frau Orgelûse! rief Frau Arnîve.

Ich kenne mich besser, sagte die andere gelassen.

Und wenn Euch Herr Gâwân *noch* besser kennt?

Ja, sagte Frau Orgelûse. – Er hat sich seine Kenntnis nicht verdrießen lassen. Nun ist sie ihm zu schwer.

Das Diadem wäre etwas für Sangîve! lachte die ältere Dame. – Aber sie dürfte es nicht mehr tragen. Ihr tragt alles gut, mit Eurer hohen Figur.

Ich trage keinen Schmuck und würde niemandem raten, sich mit mir zu schmücken. Das Geschrei da drüben, dieser blöde Ritter-Lärm! Aber die lauten Töne sind mir noch lieber als die süßen. Ich bin nicht süß.

Ihr seid nicht süß, das ist wahr. Ihr seid Ihr, das ist mehr.

»Ich«? Und wer ist das?

Auf diese Frage, sagte Frau Arnîve, gibt es so lange keine Antwort, als man sie in der Ich-Form stellt. In der Du-Form ist die Antwort leichter.

Orgelûse: Doch unerheblich.

Arnîve: Aber nötig zum Leben. – Indische Silberlöffelchen! – Ich wünschte, daß Ihr Gâwân herzlicher liebtet, als Ihr Gramovlanz haßt.

Orgelûse: Warum?

Arnîve: Weil er sonst keine Chance hat gegen Gramovlanz.

Frau Orgelûse sah sie an. – Was wollt Ihr sagen? fragte sie.

Ich rechne nur, sagte Frau Arnîve. – Wenn Euer Haß auf Gramovlanz so klein würde, wie Eure Liebe zu Gâwân groß ist, so brauchte es keinen Kampf zu geben.

Orgelûse: Darauf wollt Ihr hinaus? Er soll aber kämpfen! Er soll ihn töten! Er soll ihn in kleine Stücke schneiden und jedes einzelne rösten, bis zur Weißglut!

Arnîve: Das alles soll er. Und dann?

Orgelûse: Dann kann er mit mir machen, was er will. Eher nicht. Das ist mein Kaufpreis.

Arnîve: Wie kann er sich von Herzen wünschen, was Ihr Euch nur gefallen laßt?

Orgelûse: Woher wißt Ihr das? Die Schmach könnt mir sehr gefallen.

Arnîve: Überall begegnet er nur Eurem Haß auf Gramovlanz. Wenn es Euch gefiele, ihn in den Arm zu nehmen ... Doch ich fürchte, Ihr tätet's nicht ihm zuliebe, nur dem Andern zuleid. Was erfährt Gâwân von Euch: als immerzu die Übermacht des Gramovlanz? Ich fürchte, die erfährt er nur allzubald.

Orgelûse: Und Cidegast?

Arnîve: Wenn Ihr so weiterfahrt, stirbt er Euch noch einmal in Gâwân. – Könnt Ihr ihn nicht sterben fühlen? Ist nur ein toter Mann Eurer Liebe wert?

Frau Orgelûse starrte sie an.

Ich bin tot! sagte sie leise, und das soll er nie erfahren!

Ein Gelächter begann sie zu schütteln; als Frau Arnîve sie festhielt, ging es in Schluchzen über, dann in ein Heulen, langgezogen wie das Singen einer Wölfin. Plötzlich knickten ihr die Knie, und sie rutschte wimmernd aus Frau Arnîves Armen auf den Boden.

Von jenseits des Flusses hörte man das Knallen der Schilde, das Splittern von Lanzen und dumpf unter Eisen gebrüllte Devisen. – Der Händler trat an Orgelûse heran.

Madame, sagte er.

Sie drehte das Gesicht herum, das jetzt entspannt war, und blickte mit zwinkernden Augen den kleinen Mann an, der ihr einen Smaragdring hinhielt.

Ich wünsche Euch viel Glück zu Eurem Tode, Madame, sagte der Kleine und verbeugte sich wieder.

Frau Orgelûse nahm ihm den Ring aus der Hand und steckte ihn an ihren Finger.

Er paßt! sagte sie mit Kinderstimme.

Er ist Euer, sagte der Kleine, ich kann Euch nur schenken, was Euch schon gehört.

Er verneigte sich noch einmal und war verschwunden.

Ich liebe ihn, Arnîve, sagte sie. – Ich liebe ihn so sehr. Glaubt Ihr, er liebt mich auch?

Geht, Herzogin, sagte Arnîve, zeigt ihm Euren Tod. In ihm steckt ein Meister des Lebens, der darf nicht verloren gehen. Hebt ihn auf, dafür braucht Ihr Euch nicht zu beugen.

NACH JÔFLANZE
WIE EIN JAHRHUNDERTKAMPF
VON DREI SEITEN
VORBEREITET WIRD

Von den nächsten Tagen ist ein beträchtlicher Figurenzusammenzug zu melden. Was die besorgte Arnîve (wie zuvor schon der hoffnungsvolle Ferge Plippalinôt) für Herrn Gâwâns Testament gehalten hatte, war am Hof des Königs Artûs angekommen und in Frau Ginovêrs Hände gelangt – die beim Lesen zitterten, denn sie spürten hinter der Förmlichkeit die Not. Sie tat, was sie tun konnte, und das war viel. Sie bewegte das Herz ihres Eheherrn, nicht minder sein Ehrgefühl und seine Eitelkeit. Er setzte seinerseits alles in Bewegung, was zu Bems an der Korcâ Hof hielt, Staat machte und sich immer neue elegante Unterhaltungen einfallen ließ. Das Fest hatte aufzubrechen nach Jôflanze, auf der Stelle und in diesem Augenblick. Das war man dem Jahrhundertkampf schuldig, und Herrn Gâwân.

Was König Gramovlanz an Begleitung musterte, wird den Sängern Roche Rabbîns noch viel zu singen und zu sagen geben. Aber auch Frau Orgelûse, kraft Gâwâns Liebe Herrin von Schastelmarveile, zuvor schon des achteckigen Lôgroys, durfte sich nicht lumpen lassen. Auch ihre Mannen und Magen mußten gerüstet und Zeugen sein, wenn Gramovlanz kurz und klein gehauen würde. Denn ein größeres Fest ließ sich nicht ausdenken.

Daß König Artûs, wenn er denn wirklich kommt, *sans pareil* dasteht, verlangen Gesetz und Anstand der höfischen Welt. Darum hatte er seine Tafelrunde aufgeboten, von Erec bis hinunter zu Orilus, der Kampfmaschine; diesen erreichte jedoch die Einladung nicht innerhalb nützlicher Frist. Aber wer nicht da ist, wenn man ihn braucht, gehört nicht mehr dazu. Auch Schastelmarveile brach auf nach Jôflanze, daß es eine Art hatte. Und die befreiten Herren, Klinschors Heer genannt, schworen, ihre Gefangenschaft durch neue Taten vergessen zu machen.

Nun lag Jôflanze von Schastelmarveile nicht allzu weit entfernt; um so ausschweifender konnte man den Auftritt vorbereiten. Eine gewisse Geheimniskrämerei Herrn Gâwâns gab dem Zusammentreffen einen eigenen Reiz. Denn außer daß ein Jahrhundertkampf stattfinden sollte, wußten die meisten nichts Genaues. Die Begriffe von Feind und Freund waren so verwirrt, daß verschiedene Cortèges in Kriegszüge ausarteten. Die Wächter von Frau Orgelûses Achteck, zum Beispiel, fühlten sich berechtigt, den Marsch des Artûs-Heeres durch ihr Territorium aufzuhalten. Von der Berühmtheit des Gegners eher begeistert als eingeschüchtert, machten sie Ausfälle und eine ganze Reihe Gefangener, mußten aber auch dem Gegner solche überlassen. Der Weg für komplizierte Geiselverhandlungen war damit vorgezeichnet, und man erschien gewissermaßen schon mit einem Vorrat an Ruhm bedeckt auf dem Spielfeld.

Herr Gâwân hatte wohl bedacht, daß das Heer seines Oheims auf dem Weg nach Jôflanze notwendig an der Zauberburg vorbeikommen müsse. Er erwartete ihn nicht ohne Sorge. Denn Verspätung oder gar Ausbleiben des Maienkönigs wäre eine unerhörte Blamage gewesen und hätte nicht nur Herrn Gâwâns Regie um die Pointe, sondern auch an den Tag gebracht, daß er seinen Einfluß auf das Herz der ritterlichen Welt überschätzt habe.

Herr Artûs kam, obschon mitgenommen von der Fehde mit der Stallwache von Lôgroys, und konnte sich immer noch sehen lassen; doch nicht nur zu diesem Zweck schlug er ein Lager auf, sondern auch gezwungenermaßen. Denn Herr Gâwân hatte dem Fergen geboten, seine Flotille versteckt zu halten, damit an ein Weiterfahren für Artûs einstweilen nicht zu denken sei. So durfte das gegenseitige Staunen im Licht der Zaubersäule, die nie mondheller gestrahlt hatte, eine Nacht lang dauern. Selbst für den Artûs-Kreis war das Zauberschloß, von dessen Erlösung erst Frau Ginovêr läuten gehört hatte (aber sie hatte, auf Gâwâns Wunsch, Stillschweigen bewahrt), etwas Ungeahntes. Ein Glück, daß niemand aus der Tafelrunde Lust hatte, das Zauberbett zu besteigen!

Herr Gâwân aber, hinter der Zinne versteckt, hatte alle Muße, seiner Dame Zelt um Zelt zu zeigen und den Bewohnern das Nötigste nachzusagen. Die Zaubersäule leistete gute Dienste, wenn es galt, ein berühmtes Gesicht näher heranzuholen, wenn auch bei solchem Abstand an weitergehende Enthüllung nicht zu denken war. Am meisten interessierte Frau Orgelûse das Gesicht der Königin Ginovêr, an dem nichts verwelkt war außer der Jugend. – Sie hat mich erschaffen, sagte Herr Gâwân nicht ohne Feierlichkeit. Frau Orgelûse mußte verstehen, warum man sich an diesem Ausdruck nicht sattsehen könne. Das konnte Herr Lanzelôt, wie man von weitem

bemerkte, bis heute nicht. Frau Orgelûse fand ihn einen ansehnlichen Mann, trotz seiner hohen Jahre; er mußte die vierzig längst
überschritten haben. Herr Artûs dagegen erschien ihr überraschend
jung, was man nur ein Wunder nennen kann; selbst die unbestech-
liche Optik der Zaubersäule beugte sich seiner Kunst.

So waren Herr Gâwân und Frau Orgelûse doch endlich ein Liebespaar geworden? Gemach. Die gemeinsame Betrachtung eines
Spektakels stellt allzuleicht einen Schein von Einverständnis her.
Frau Orgelûse ließ sich den Anblick der Männer und Frauen, die
man gesehen haben muß, gern gefallen, denn sie brauchte dabei ihre
spitze Zunge nicht zu schonen. Herr Gâwân aber rührte das Interesse, das sie den Figuren seiner Herkunft entgegenbrachte. Er
mochte es um so lieber für Teilnahme halten, als sie, nachdem ihre
Augen gesättigt waren, seiner Lust, mit ihr allein zu sein, keineswegs
widerstand. Sie wachte sogar darüber, daß die Terrasse mit der Zaubersäule von andern nur noch ausnahmsweise betreten werde.

Darin konnte, wer ihr wohlwollte, Anzeichen einer vielsagenden
Eifersucht bemerken. Dagegen hat die Lebensklugheit einzuwenden: wenn eine Frau einen Mann ganz für sich beanspruche, so brauche dies weiter nichts zu bedeuten, als daß sie ihn keiner andern
gönne. – Aber daß sie sich mit Herrn Gâwân zu schmücken, den
Damen am Artûshof ihren Triumph vorzuführen entschlossen war,
durfte man als Fortschritt betrachten. Die Kratz- und Bißspuren, die
neugierige Augen an Herrn Gâwân bemerkten, brauchten die Heilung seiner Wunden nicht zu hindern – wenn man Frau Sangîve
hörte, waren sie vielmehr das Mittel der Wahl, sie zu befördern.
Doch war auf ihre mütterliche Vernunft im Augenblick nicht allzuviel Verlaß. Sie war ihrerseits sehr beschäftigt, den Turkoyten von
den Leiden wieder herzustellen, die ihm, nach ihrer Überzeugung,
Frau Orgelûse zugefügt hatte, und daher nicht den aufmerksamen
Schutzgeistern von Herrn Gâwâns Leidenschaft zuzurechnen.

Wenn Herr Gâwân litt, zeigte er es nicht. Er rechtete nicht damit,
daß Herz und Seele in der Umarmung, dem Vorgeschmack des
Todes, den Weg allen Fleisches gehen. Da Herr Gâwân lebte, war er
auch bereit zu sterben.

Darum versäumte er ja doch nichts an dem großen Theater, das er
für seine Dame inszenierte. Nach der dritten Nacht hieß er den
Fergen sein Geschäft wieder aufnehmen. Der mochte nun das Artûs-
Heer über den Fluß setzen, eine Partie nach der andern, jede sehens-

wert genug. Da fuhr sie noch einmal hin, des Rittertums feinste Blüte. Am diesseitigen Ufer – scheinbar, ohne Schastelmarveile zu bemerken – formierte sie sich wieder zum festlichen Zug. Mit Musikbegleitung – die Schwalbenharfen klangen hell heraus – ergoß sich Artûs' zartbuntes Heer in die Ferne, dem Feld Jôflanze entgegen. Unsicher, wen oder was sie im Rücken habe, drehte sich die Nachhut immer wieder nach dem Zauberschloß um. Doch dieses verriet sich durch keine Bewegung. Nichts durfte darauf deuten, daß Herr Artûs an seinem Neffen vorbeigezogen war. Das hätte der Überraschung zu viel vorweggenommen. Kaum hatte sich der Staub hinter den Abziehenden gelegt, begann auch der Hausherr seinen Nachzug vorzubereiten.

Dem Aufbruch ging zu Frau Arnîves heimlicher Sorge eine Geschenkausschüttung solchen Umfangs voraus, daß man sie Verschwendung nennen mußte –, wenn sie nichts Bedenklicheres war, nämlich eine Erbverteilung zu Lebzeiten. Wer sich so verausgabte, rechnete offenbar mit keiner Wiederkehr. Von Anfortas', Orgelûses und Klinschors Schätzen blieb sozusagen keine Spur übrig. Und der Bazar, dessen Hüter verschwunden war, löste sich in einen Schauer des Wohlgefallens auf, denn alle wurden sie üppig bedacht. Nur Bêne erklärte sich durch das Pony für beschenkt genug.

Nun ordnete Herr Gâwân seinen Zug, nicht ohne zuvor Kämmerer, Mundschenk, Marschalk und Truchseß nur für einen, den einzigen großen Tag zu bestimmen – Frau Arnîve sah es mit erneutem Bedenken. Er leerte die Ställe von Streitrossen, Damenpferden und Saumtieren und ließ sie schirren, wappnen und schmücken, als wäre jedes ein Stück seiner Liebe. Dann besetzte er die herrlichsten Tiere mit ebensolchen Damen und Rittern. Auf einem Wagen von zauberhafter Größe ließ er das kaum kleinere Zelt aufschlagen, das eine gewisse Dame Klinschor geschenkt hatte, bevor ihr Gatte die beiden darin ertappte und den Galan kürzer machte. An dem Zelt selbst war nichts zu kurz geraten – außer, hoffen wir, der Zeit, die das neue Liebespaar darin zubrachte.

Als schützende Vorhut trugen die Maultiere an der Spitze Feldaltäre und geschnitzte, vergoldete Gottesbilder, durchaus nicht alle kristlicher Herkunft. Die schönsten hingen nicht am Kreuz. Sie kreuzten nur die Beine und sahen mit tiefsinnigem Lächeln in sich hinein. Es folgte eine Parade weltlicher Gewänder, die auf Packtieren so menschenförmig wirkten, daß sie den Reichtum in Person vorstellen konnten; sie reckten ihre gestickten Seidenärmel und wippten im Takt der Hufe als himmlische Vogelscheuchen. Weitere Pferdekolonnen waren nur mit Schilden behängt, denen zimierte Helme in allen Formen des Tier- und Pflanzenreichs aufgebunden waren. Und zum Überfluß trabten glasweiße Kastilier neben ihren lastbaren Gefährten her, zum Zeichen zweckloser, beweglicher Schönheit.

Dann kamen sie paarweise geritten, die befreiten Damen und Herren, die weniger beträchtlichen zuerst, danach die immer namhafteren. Wer hätte Königin Sangîve begleiten sollen, wenn nicht der Turkoyte, der die Verlegenheit des jüngeren Mannes abgestreift hatte? Herr Lischoys, der hartnäckige Verlierer, durfte neben Fräulein Cundrîê reiten, deren Schönheit man nun erst recht bemerkte; manchmal tat er sogar den Mund auf. Dann kam, bescheiden, Herr Gâwân selbst geritten, in Gesellschaft seiner Schwester Itonjê, als einstweiliger Platzhalter ihres Geliebten, den er noch besiegen mußte. Den Schluß machten zwei Frauen, die würdige Arnîve und Orgelûse, die Zauberhafte.

So ritten sie eine Tagereise, und vielleicht noch eine zweite – wahrlich kein Trauerzug, wie er sich hie und da in Frau Arnîves unruhigen Augen malen wollte. Und als die Kundschafter die Nähe des Feldes Jôflanze meldeten; als man von fern der Zeltbuckel des Artûsheeres ansichtig wurde; als man schließlich in Hörweite kam: da begann die Musik zu blasen, zu fiedeln und zu trommeln, daß die Hügel um das weitläufige Geviert aus dem Klingen nicht herauskamen.

Nun war auch die Zeit für Herrn Gâwâns großen Aufmarschplan gekommen. Der ganze herrliche Troß spaltete sich nach links und rechts, um einen Halbkreis zu bilden, und ließ, wie aus einer offenen Blüte, die Paare, eins nach dem andern, durch die Mitte reiten, und zwar so, daß die vordersten wieder seitlich auswichen und die Blüte so zur gefüllten Rose gedieh: bis am Ende die Hauptpersonen alleine vorritten, geradewegs auf das ringförmig gestellte Artûslager zu, um paarweise sein Herz zu gewinnen, das Zelt des Maienkönigs selbst.

Schnell, fast spielerisch hatten sich auch die Reihen des Königs Artûs geöffnet, so daß der Zug Herrn Gâwâns zum festlichen Einzug werden konnte; und zu guter Letzt schloß sich das Herz des einen Lagers um das Herz des andern und verwuchs mit ihm in Einer vielfältigen Umarmung. Dazu mußten die Hauptpersonen absitzen.

Neffe! sang Herr Artûs.

Oheim! erwiderte Herr Gâwân.

Liebster! lächelte Frau Ginovêr.

Einzige Tante! flüsterte Herr Gâwân.

Was man sich alles von einem Schauer der herzlichsten Küsse besiegelt denken muß.

Herr Gâwân warb bei Frau Ginovêr auch um einen Kuß für seine Männer, den Turkoyten Flôrant und den Herrn Lischoys; dann war es an Artûs, sich die Damen vorstellen zu lassen.

Mit wem habe ich das Vergnügen? fragte er.

Und nun kam Herrn Gâwâns großer Augenblick, die Sensation.

Lieber Oheim, sagte er, Ihr habt Utepandragûn gekannt, das war Euer Vater, und er ist tot. Dies hier ist seine Gemahlin Arnîve. Ihr selbst seid beider Sohn.

Herr Artûs lächelte verbindlich, ohne die Frau mehr als flüchtig anzusehen.

Herr Gâwân fuhr fort:

Das hier ist Königin Sangîve von Norwäge, die Witwe König Lôts, meine eigene Mutter. Diese beiden lieben Kinder sind meine Schwestern, heißen Itonjê und Cundrîê.

Herr Artûs breitete die Arme ein wenig aus, wie um sie alle in Empfang zu nehmen. Dann küßte er sie auch, doch nicht ausgiebig: Mutter, Schwester und die beiden Nichten.

Ravissant, sagte er. – *Nous sommes très touchés.* – Aber Neffe, ein Juwel hast du mir noch vorenthalten. Es ist enorm. Wer mag jene Dame sein?

Es ist die Herzogin von Lôgroys, sagte Herr Gâwân, und die Gebieterin meines Herzens.

Oh! sagte König Artûs, da gebietet sie über eine Welt! – Und machte sich abermals zum Küssen fertig.

Ihr seid grob mit ihr verfahren, sagte Herr Gâwân.

Grob, ich? fragte König Artûs, zum ersten Mal außer Fassung.

Ich höre, daß Ihr Lôgroys mit Krieg überzogen habt, sagte Herr Gâwân. – Obwohl die Herzogin Witwe ist und Euren Beistand weit eher verdient hätte.

Incroyable! sang Herr Artûs. – Wir sollen bei der Dame Eures Herzens eingebrochen sein? Nun, dann laßt Uns versichern – und verzeiht das Unpassende des Bildes! – daß auch Wir einige Haare gelassen haben! *A la guerre comme à la guerre!*

Er tippte sich auf die Glatze und rief gerührte Heiterkeit hervor.

Herr, sagte Frau Orgelûse, Ihr habt Euch zu entschuldigen, ich

ebenfalls. So sind wir quitt. Mein Herr Gâwân hat leider nicht die
Gefälligkeit gehabt, uns diese vergnügte Begegnung rechtzeitig an-
zuzeigen. Er hat mich ja selbst mit Kampf überzogen. Unfehlbar hat
er meine entblößte Flanke zu finden gewußt und berennt sie ohne
Erbarmen. Ich werde lernen müssen, mich seiner zu erwehren.

Herr Artûs sah sie bestürzt an, als höre er nicht recht. Dann brach
er in hohes Kichern aus.

Wem solche Engelszungen zu Gebote stehen, sagte er, um dessen
Verteidigung ist Uns nicht bange.

Wir werden, sagte Frau Orgelûse, ohne auf seinen Ton einzuge-
hen, viel zu verhandeln haben, bevor an Versöhnung auch nur zu
denken ist.

Verhandeln? sagte Herr Artûs verblüfft, nun, allerdings! Wir werden unsere Ritter auslösen, gegenseitig, wenn es Euch so gefällt.

Nicht ganz, sagte Frau Orgelûse. – Ihr werdet zuzahlen, denn ich
habe der Euren mehr gefangen.

Neffe! sagte Herr Artûs in komischer Verzweiflung, legt ein gutes
Wort für Uns ein! Sonst werden Wir an Eurer Dame zuschanden.
Sagt ihr, Wir ergäben Uns ohne Schwertstreich. *Exquisite!*

Wißt Ihr, warum Ihr hier seid? fragte Frau Orgelûse.

Hm – es soll einen Kampf gelten, sagte Herr Artûs, aus dem Euer
Herr Gâwân freilich ein so großes Geheimnis macht, daß es sich
nicht um einen gemeinen Kampf handeln kann. Aber auch eine
glückliche Hochzeit wird man zur Not als Kampf beschreiben dürfen, nämlich der weiblichen und männlichen Elemente dieser Erde,
wenn sie sich zu himmlischer Versöhnung rüsten – hm.

Ihr irrt, König Artûs, sagte Frau Orgelûse ruhig, es wird einen
ganz gemeinen Kampf setzen, und ohne ihn wird dieser Herr nicht
der meinige.

Interessant! sagte Herr Artûs einigermaßen hilflos. – War das nun
Euer Geheimnis, Neffe?

Da sie es sagt, ist es mein ganzes Geheimnis, antwortete Herr
Gâwân.

Der König räusperte sich und begann entschlossen, die Konversation einzuleiten. Sie war fein gestrickt, fast frei von Spitzen; wenn
man von Herrn Keie absieht, der aus dem Hintergrund sehr hörbar
äußerte:

An manchen Leuten tut Gott Zeichen und Wunder. Wo hat Herr
Gâwân diesen Frauenhaufen her?

Sein Arm- und Beinbruch war längst geheilt, doch er hatte ihn Herrn Gâwân nicht vergessen. Gehört wurde Herr Keie nicht, aber das hatte er nicht anders erwartet. Einen Hofmarschall sieht und hört man nicht. Man spürt ihn erst, wenn er fehlt.

Unterdessen hatten die Eintags-Marschälle, -Truchsesse und -Kämmerer Herrn Gâwâns ihr Amt wahrgenommen. Ein witziges Auge hatte bemerkt, König Artûs' Lager sei in Form einer Kaulquappe aufgeschlagen; denn an den ovalen Zeltring schloß sich linkerseits der lange Schweif des Trosses an. Also schien es eine sinnige Idee, Herrn Gâwâns Lager gegengleich-symmetrisch aufzuschlagen. Indem sich die Kaulquappen ineinander verschränkten, war der Symbolik gleich mehrfach Genüge getan. Zum einen stellten sich die Lager zwar gegenläufig, aber gleichrangig dar. Ferner schlossen sie sich nun erst zu einem Ganzen zusammen, das nicht einmal der Ironie entbehrte: indem nämlich nicht die beiden Könige einander gegenüber lagerten, sondern jedem Hauptzelt waren die Ställe des andern entgegengesetzt. – In jedem Fall aber schloß die Figur aus, daß sich eine dritte ebenso passend dazu legte.

Man braucht nicht zu fürchten, daß König Gramovlanz deswegen in Verlegenheit geriet. Er war es schließlich, der das Urheberrecht für Jôflanze beanspruchen durfte – und nur zu bald sollte sich zeigen, daß ihm auch für die Ausführung nichts gut und teuer genug war.

Er hatte nach der Begegnung am Goldenen Bäumchen seine Stadt Rosche Rabbîns nicht mehr zur Ruhe kommen lassen. Schuster, Schneider, Panzer- und Hufschmiede, Sattler und Seiler schnitten, hämmerten, nähten, flochten unter seinem Geheiß nicht nur eine ganz neue Ausstattung, sondern geradezu eine andere ritterliche Welt zusammen. Auch Herr Gramovlanz hatte einen gewichtigen Oheim aufzubieten – keinen andern als Herrn Brandelidelîn, den weiland Sauritter, der aber als solcher nicht wiederzuerkennen war. Er hatte die Jahre seit dem Turnier von Kanvoleis zur Veredelung verwendet und sich nicht nur vornehm, sondern auch weltweise gemacht – dem Fürsten Lähelîn nicht ganz unähnlich, mit dem er vorzüglich im Geschäft war. Die sechshundert Damen, die er seinem Neffen zur Ausstattung des Jahrhundertkampfes zuführte, konnten sich ebenso vor Artûs sehen lassen wie ihre sechshundert Begleiter, die nach Kampfesruhm dürsteten.

König Artûs, der fürchten mußte, daß ihn König Gramovlanz in den Schatten stelle, hatte die Vorsicht gehabt, Kundschafter nach

Rosche Rabbîns zu senden, die sich als Ehrenboten ausgaben. Sie
hielten ihre diplomatischen Mienen nur mühsam fest, als ihnen Herr
Gramovlanz seinen Aufwand vorführte. Er empfing sie ruhend auf
einem Wasserbett mit Goldüberzug, das nicht viel kleiner war als ein
Tanzsaal. Zwölf Pagen waren mit nichts anderem beschäftigt, als an
zwölf Stangen einen Seidenbaldachin über ihm festzuhalten, schwer
genug, um von der Anstrengung zu zittern, was einen ganz eigenen
Effekt machte. Diese Überspannung hatte den Herrn überallhin zu
begleiten, auch zu Pferd, denn er trug Sorge zu seiner furchtbaren
Blässe, die durch keinen Sonnenstrahl gemildert werden durfte.
Einstweilen aber ließ er erst das eine, dann das andere Bein lässig von
seiner Bettlandschaft baumeln, damit ihm knieende Damen die unschätzbaren Beinschienen anschnallten; deren besaß er so viele, daß
ihm die Wahl für den Jahrhundertkampf nicht leicht fiel, und seufzend beteiligte er die Kundschafter an der Entscheidung.

An den Problemen, die ein Mann hat, mißt man seine Sorgen.
Herr Gramovlanz schien keine größeren zu kennen als die passende
Beinschiene für den Kampf mit Herrn Gâwân; eigentlich, ließ er
durchblicken, mußte sie nicht vom Besten sein. Überhaupt gab
Herrn Gramovlanz die Unterforderung, der sich der notorische
Zwei-Kämpfer ausgesetzt fühlte, Grund zu häufiger Klage. Wenn
der Sohn eines Saubeutels nicht besondere Beziehungen geltend machen könnte, hätte er, Gramovlanz, sich auf eine so ungleiche Partie
niemals eingelassen. Es mache einfach keinen Spaß, *dermaßen* überlegen zu sein. Man werde sich viel einfallen lassen, damit auch Herr
Gâwân bei der Sache halbwegs gut aussehe. Aber fair sei es nicht,
wenn man immerzu die Schonung des Gegners im Auge behalten
müsse.

Was die »besonderen Beziehungen« betraf: ja, der Amethyst, der
mehrere Provinzen wert war, ging jeden Tag mit einem zarten Brieflein zwischen Rosche Rabbîns und Schastelmarveile hin und her und
bediente sich dabei Fräulein Bênes geduldiger Füße. Sie hatte den
Auftrag, bald ihre Herrin, bald Herrn Gramovlanz der unerschüt-
terlichen Liebe und Treue des Andern, Niegeschauten zu versichern.
Sie mußte dem Liebhaber melden, daß die Geliebte Schastelmarveile
verlassen habe, um Jôflanze zu gewinnen, zwar in Herrn Gâwâns
Gefolge, aber Herrn Gramovlanz im Herzen. Herr Gramovlanz,
von keiner Delikatesse angefochten, zog die Botin vor aller Augen
auf sein Wasserbett, legte den Arm um ihre Hüfte und versicherte, sie

brauche sich keine Sorge zu machen. Er werde sich ihrer Herrin würdig erweisen und Herrn Gâwân, mit allem Respekt, zu Brei schlagen.

So sah der Trost aus, den Bêne aus einem Lager ins andere trug. Daß Herr Gâwân traurig dazu lächelte, machte ihr Herz nicht leichter; Fräulein Itonjê aber seufzte aus Herzensgrund. Sie gefiel sich nicht übel in der Rolle einer Gefangenen des unerbittlichen Schicksals, das ihr zwischen Bruder und Geliebten zu wählen gebot, verzichtete einstweilen gern auf eine Wahl und trug sich stolz und leidend.

Daß noch »alles gut« werden sollte, wie ihre Mutter ihr zusprach – wahrhaftig, es war nicht abzusehen. Entweder man verlor den Bruder oder den Geliebten; so war das Leben. Zwar kannte sie den einen gar nicht, und den andern erst seit kürzester Zeit. Um so schöner konnte sie sich beide überlebensgroß träumen, und sich dazwischen als die Schlüsselfigur einer ausgewachsenen Tragödie. Schwester Cundrîê, die Kleine, mochte ihrem Lischoys Gwelljus schöntun und sich seine immer noch etwas abrupte Werbung gefallen lassen. Doch was waren das für Kindersachen, verglichen mit dem Los, das Itonjê in den Schoß gefallen war! Sie hatte nur gewonnen, um desto tiefer zu verlieren. Und Prinzessin Itonjê wiegte sich in der süß-schmerzhaften Gewißheit, daß sie – und nicht etwa die hochfahrende Orgelûse – die Hauptperson des Jahrhundertkampfes sei.

Daß sie es war, selbst in geprüfteren Augen als ihren blauen – sie hatte keine Ahnung davon wie von so vielem. Ja, sie spielte eine Schlüsselrolle, aber ganz anderer Art, in Frau Arnîves besorgten Gedanken und Plänen. Denn Herrn Gâwâns Liebesmunterkeit täuschte die Großmutter keinen Augenblick über seinen wahren Zustand. Seine Melancholie war nur besser verborgen, aber keineswegs entkräftet. Und noch jemand hatte seine Schwäche mit einem Blick gesehen; das war Frau Ginovêr, Herrn Gâwâns wahre Mutter, Kennerin seines Herzens von weit her.

Nachdem die förmliche Begrüßung vorüber war, hatte es die beiden Matronen wie von selbst zueinander hingezogen, und sie waren im Gespräch rasch genug auf reelle Dinge gekommen. – Wie sieht Gâwân denn aus?! hatte Frau Ginovêr gefragt, und auf Frau Arnîves versucherische Rückfrage: Wie meint Ihr? – schlankerhand die Antwort gegeben: Zum Erbarmen! Ist das noch Gâwân?

Wenn unsere Söhne lieben, Schwester Königin, sagte Frau Arnîve,

müssen wir wohl darauf gefaßt sein, daß sie uns nicht mehr das selbe
Gesicht zeigen. – Lieben? fragte Frau Ginovêr. – Von Liebe habe ich
auch etwas verstanden zu meiner Zeit; aber so, Teuerste, sieht sie
nicht aus, wenn sie glücklich ist. Gâwân liebt? Er verzehrt sich, denn
er ist an die Falsche geraten. Wie sie schon redet! Ich habe selten
etwas Geschmackloseres gehört als das Witzlein von der »entblößten
Flanke«. – Die Herzogin ist salopp, sagte Frau Arnîve, will sagen, sie
ist unsicher; und Ihr müßt ihr Gerechtigkeit widerfahren lassen. Sie
hat früh den Mann verloren, der sie vergötterte; seither hat sie die
Männer als Feinde behandelt. Dennoch gibt sie sich heimlich die
Schuld an dem Elend, in das sie so manchen gestürzt hat, besonders
den armen Anfortas, der sich gar nicht mehr erholen will. Sie miß-
handelt die Männer und verübelt sich die Mißhandlung; denn sie ist
im Kern eine empfindliche Natur. Es ist ihr nur das Maß dafür
abhanden gekommen, was Menschen zuzumuten ist. Gâwân hat sie
behutsam auf einen neuen Weg geführt, sie ist dankbar, ja glücklich
auf ihre Art; sie weiß nur noch nicht, wie sie sich damit benehmen
soll. –

Frau Ginovêr hatte ihr halb respektvoll, halb ungeduldig zugehört. – Würdige Mutter, sagte sie, alles gut und recht. Aber wenn
einer Frau etwas ganz Besonderes blüht, weiß keine, wie sie sich
damit benehmen soll. Wie bald und freudig sie es lernt, ist das Maß
dafür, ob sie selbst etwas Besonderes ist. Auf mich wirkt sie in ihrer
Unsicherheit ordinär. Warum soll sich Gâwân mit ihr placken?

Ich verstehe Euch aufs Wort, hohe Schwester, sagte Arnîve, aber
er tut es nun einmal. Er läßt sich's nicht nehmen, sie zu adeln mit der
Ausdauer seiner Liebe, die nach guten Gründen nicht fragen mag.
Wir, die wir ihn anders lieben, müssen diese Liebe wohl auch gelten
lassen. – Ich lasse gern alles Mögliche gelten, erwiderte Frau Ginovêr, Ihr könnt Euch nicht vorstellen, wieviel ich in Gâwâns Jugend
schon habe gelten lassen müssen. In Gottes Namen, er ist ein Feenkind. Doch wußte er auch immer, wann es genug war und er zu
gehen hatte. Vor allem, es stand ihm zu Gesicht und bekam ihm
wohl. Von beidem kann ich gar nichts mehr an ihm bemerken, das
bekümmert mich einigermaßen. Die Verbohrtheit, mit der er diesem
Geschöpf anhängt, ist unnatürlich und drückt auf seinen hohen Mut.
Und da dürfen wir keinen Spaß verstehen, denn mit Gramovlanz ist
auch nicht zu spaßen. Wie ich Gâwân sehe, ist er eine leichte Beute;
ich fürchte um sein Leben und spreche ganz entschieden aus, daß die

Person ihm großes Unglück gebracht hat und vielleicht noch das äußerste bringt. –

Ja, liebe Schwester, stimmte Arnîve zu, ich sehe diesen Punkt wie Ihr, und nur zu deutlich. Ich fühle mich mitschuldig daran; denn ohne unser Löwenbett hätte er nicht angefangen zu maudern und wäre noch im Strumpf für diesen Kampf. Wir schulden ihm unsere Befreiung, und darum müssen wir weitersehen –

Nun entdeckte sie Frau Ginovêr die romantische Verwicklung, in welche ihre Enkelin mit Gramovlanz geraten war, und darin einen möglicherweise glücklichen Umstand. Warum nicht mit *einer* Komplikation die *andere* lösen? Wenn es Herrn Gramovlanz mit der Verbindung ernst sein sollte, so empfahl er sich ja sehr wenig, wenn er der Angebeteten ihren Bruder erschlagen zu Füßen legte. Sollte ihm dies begreiflich zu machen sein, so ließ sich der Kampf womöglich hintertreiben, freilich nur mit der feinsten Diplomatie. Denn Herr Gâwân befand sich ja in schwerem Zugzwang. Nicht nur behauptete Gramovlanz, einen Vater an ihm rächen zu müssen; auch die Herzogin verlangte eine Racheleistung sondergleichen von ihm, und zwar mit aller Unbeugsamkeit, die ihr eigen war. Um in ihrem Herzen den Platz des heiliggesprochenen Cidegast einzunehmen, mußte er den Mörder aus der Welt schaffen, koste es, was es wolle. –

Frau Ginovêr seufzte. – Und da findet Ihr noch, daß ihm die Person kein Unglück bringe! Er soll für ihre Unreife mit dem Leben zahlen; und selbst wenn er wider Erwarten siegte: würde sie denn ein Jota reifer davon? Sie bleibt eine schreckliche Partie. Und Eurer Itonjê mag man den aufgeblasenen Gramovlanz fast ebensowenig wünschen. –

Frau Arnîve schwieg. – Vielleicht, sagte sie dann bedächtig, läßt es die Herzogin genug sein an Gâwâns *Bereitschaft* zu diesem Kampf, an der wir freilich nicht rütteln dürfen. Den Kampf selbst aber müssen wir abwenden um jeden Preis!

Selbander dachten sie sich manch klugen Zug aus, um ihn gleich wieder zu verwerfen. Sollte Itonjê Herrn Gramovlanz bitten, um ihrer Liebe willen den Kampf zu vergessen? Aber Herr Gâwân würde es erfahren und nie verzeihen – denn Gramovlanz konnte seiner Großmut schwerlich das Maul verbinden und müßte sie in die Welt posaunen. Von Frau Orgelûse zu schweigen, die Herrn Gâwân seine angebliche Feigheit so eintränken würde, daß er wohl lieber an seinem Todesmut gestorben wäre.

Noch sahen die Damen nur preisgebende, also unmögliche Schachzüge zur Rettung von Gâwâns Leben. Immerhin war es ein Trost für beide, daß sie aneinander eine Bundesgenossin gefunden hatten in der Lebensklugheit.

DER KUNSTKAMPF
WIE MAN VON GLÜCK REDEN MUSS,
DASS DER UNBEKANNTE,
DEM GÂWÂN INS SCHWERT LÄUFT,
ES DARAUF ANLEGT,
IHN NICHT ZU TÖTEN

Herr Gâwân, um den sie sich sorgten, ging einen gänzlich unerwarteten Weg – hätten ihn seine Schutzgeister darauf reiten sehen, ihre Sorge wäre zur Bestürzung geworden. Es begegnete ihm etwas Übermächtiges – doch Herr Gramovlanz war es nicht.

Der bricht ja erst so richtig auf. Er *schmückt* sich eher zum Kampf, als daß er sich wappnet. Dann schwingt er sich in den Sattel – das tut er selbst, die Knappen stehen nur zur Zierde da –, reckt sich in seinem Panzerhemd und probiert die Gelenkigkeit des Visiers, die Festigkeit der Armschienen, der eisernen Finger. Dafür hebt er die Handschuhe, wie es ein Arzt von Salerno vor einer großen Operation täte. Er rüttelt an seinem Schwert. Er setzt die Lanze an, die man ihm reicht, einmal in der Sattelraste, einmal unterm Ellenbogen. Schon im Stillstand sehen seine Bewegungen überaus bedrohlich, dabei vollkommen lässig aus. *Kein Kampf mit Krampf,* lautet die Devise zu Rosche Rabbîns; *im Spiel zum Ziel.* Dann reicht er die Waffe wieder dem Knappen, der das Extrapferd damit besteckt. Es trägt einen Kranz aufgerichteter Lanzen in Form einer Gloriole und sieht wie ein Pegasus aus, der gleich auffliegen wird; dazu scharrt es passend mit einem Huf. Hundert andere Pferde, glashell, gehen ledig und nackt in ihrer Schönheit. Es ist König Gramovlanzens Maxime, des Zwecklosen viel mitzuführen, aber nichts Überflüssiges.

Während die Herolde den Zug ordnen – in Form eines Keils, dem Flug wilder Gänse nachempfunden –, winkt Herr Gramovlanz den zwölf Jungfrauen, die, jede auf einem Zelter, den Kriegsbaldachin bereithalten. Jetzt mögen sie in die Sonne treten und den beweglichen Schatten spenden, dessen sein Teint bedarf. Bisher hielt er die Arme verschränkt; jetzt breitet er sie aus. Und von links und rechts reitet eine gewappnete Jungfrau herzu, um diese Arme mit ihren Schultern zu stützen. Da schwebt der König eher, als er sitzt, und sieht vollkommen wie das Bild eines verzärtelten Kriegsgottes aus.

Er unterläßt auch nicht, sein rechtes Bein vor sich über das Pferd zu legen, denn Herrn Gahmurets Mode hat in der großen Welt Schule gemacht.

So ruhend, so getragen setzt sich der Herr in Bewegung. Vor ihm her eilen drei Herolde zu Fuß, in versilberte Seide gekleidet, die über der Brust geteilt ist; die eine Hälfte schimmert weißlich, schwärzlich die andere, und ebenso die Beine, nur gegengleich. Der vorderste Herold trägt eine Harfe, nach dem Muster des Königs David, und hat sie beim Laufen zu schlagen, ohne daß er einen Ton wiederholen darf, bevor alle andern laut geworden sind. Den zwei Läufern hinter ihm ist aufgegeben, atemlos zu wirken, trotz der im Ganzen würdigen Art der Fortbewegung, und unaufhörlich mit melodisch abgestimmtem Ruf zu melden: Er naht! er kommt! er ist da! er selbst! Kein A-a-anderer, als Er, Gwamovlanz! – Das ledige Streitroß, auf dem der Herr den Jahrhundertkampf bestreiten wird, galoppiert ganz ungebunden nebenher, ist aber mit Sorgfalt darauf dressiert, die Ordnung des Zugs mit einem hüpfenden Schein von Freiheit zu krönen.

Der König lehnt über die Schulter seiner Amazonen, bald der rechten, bald der linken; er bittet sie, ihm den Handschuh auszuziehen, damit er den Ring an seinem Finger betrachten kann. Seine Augen schließen sich vor dem Glanz des Steins und im Genuß seines eigenen Werts. Die junge Frau, die der Herr seiner Herzseite gewürdigt hat, ist keine andere als Bêne, Bêne auf ihrem – soll sie es hoffen oder fürchten? – letzten Botengang.

Herr Gramovlanz hatte den Weg nach Jôflanze auskundschaften lassen und bemaß die Form seines Keils danach. Die letzten Paare sollten Rosche Rabbîns noch kaum verlassen haben, wenn die Spitze bereits auf Herrn Gâwâns oder König Artûs' Lager stieß. Man wollte spät genug erscheinen, um auf sich warten zu lassen und recht gesehen zu werden. So schritt und ritt man gemächlich, *ohne Rast und Hast,* und verwendete auf den kurzen Weg nach Jôflanze jede nur mögliche Zeit.

Im übrigen sollte niemand König Gramovlanz das Vermessen seines Weges nachtun, denn dabei käme nichts Reelles heraus. Das Feld Jôflanze liegt in der Mitte, von Rosche Rabbîns, Schastelmarveile und Bems an der Korcâ her betrachtet, wo Artûs gelagert hatte; vieles deutet auf erhebliche Distanzen, etwa die Eile, die Herr Gâwân Tante und Onkel ans Herz legte. Muß man nicht sogar annehmen, daß Herr Artûs das Hochgebirge überschritt, wie Herr Gâwân vor ihm, um dem offenbar abgelegenen

und südlichen Gelände von Gâwâns jüngstem Abenteuer näherzurücken? –

Davon ist natürlich keine Rede. Denn: für die Fabel sind Raum und Zeit keiner Rede wert, es sei denn, sie hätte gerade eine besondere Verwendung dafür. Im Allgemeinen aber ist dies das Maß ihrer Dinge: die Länge eines Turnierfeldes, die Kürze einer Lanze und, wenn's hoch kommt, der Abstand zwischen einer Frau und einem Mann.

Daß das Feld Jôflanze in der Mitte liege, ist durch Topographie nicht zu beweisen, durch Geometrie nicht zu widerlegen. Es ist so wahr, wie es König Gramovlanzens Wille war, daß alle Parteien es dorthin gleich weit hätten; diesen Willen haben sie ihm getan. Sie haben nicht erlaubt, daß etwas dazwischenkomme. Und wenn Herr Gâwân seiner Tante geschrieben haben sollte, daß die Zeit dränge – so ist am Artûshof niemand so dumm zu glauben, es gebe eine Zeit, die von diesem Drängen unabhängig wäre. Es ist Herr Gâwân, der drängt, und das wiederum ist es, was zählt. – Und was etwa die Botengänge Fräulein Bênes betrifft: sie wollen nur bedeuten, daß die Liebenden getrennt sind, leider. Der Weg dazwischen wird ihnen zu lang, von seiner möglichen Kürze abgesehen. Ihnen eilt Bêne nie schnell genug hin und her, während beispielsweise Frau Arnîve dasselbe Hin und Her entschieden überstürzt und voreilig findet.

Und so weiter. Will hier etwa Einer die Fabel über die Topographie der Ritterschaft belehren?! Dann wird er seine Wunder erleben, wie vor der Zaubersäule, die nur das mittelmäßig Entfernte in natürlicher Größe zeigt, in die Weite aber ihre Schärfe ebenso abnehmen läßt, wie in der Nähe, wo ihr die Dinge bald verzwergen, bald verschwimmen! – Jôflanze liegt nicht *zwischen* drei Orten, die man auf einer Karte suchen könnte, um nachzuprüfen, ob Herr Gramovlanz recht gerechnet hat. Aber man kann sich darauf verlassen, daß es *in der Mitte* dieser Orte liegt. Darauf hatte er peinlich genau geachtet – und mußte es dann seinen Kontrahenten überlassen, ob sie es dahin lang oder kurz machten, ob sie mit Umständen und Komplikationen reisten oder nicht. – Was ihn betraf, so ermöglichte ihm die Reise nach Jôflanze gerade die volle Entfaltung seines Gänsekeils – und erlaubte ihm trotzdem, den Weg um das Doppelte zu verlängern, um, wie große Herren tun, als Letzter den Treffpunkt zu erreichen.

Im übrigen täuschte Herrn Gramovlanzens lässige Pose enorm. Der Kriegsgott ruhte nicht, er sammelte sich. Seine Seele konzentrierte sich auf seine Lanzenspitze. Dafür brauchte er die Lanze nicht in der Hand zu halten. Am Ende der Fahrt würde er Eins sein mit dieser Spitze. Und er würde im Geist alle Bewegungen vorausgenommen und pariert haben, die einem Gegner einfallen konnten. – König Gramovlanz war das Gegenstück einer Kampfmaschine. Man konnte ihn für zerbrechlich halten. Dennoch hatte er noch keinen einzigen Kampf verloren, so wenig, daß er die Bedingungen hatte verschärfen müssen. Inzwischen konnte er die menschenmöglichen Bewegungen *zweier* Gegner im voraus bewältigen, und es war sein Geheimnis, wie er das mit *einem* Stoß schaffte. Aber das Resultat sprach für sich. Es war durchaus schlagend, denn beide Gegenspieler lagen im Gras, eh sie sich's versahen. –

Es war keineswegs nur Angeberei gewesen, als er den Kampf mit nur *einem* Ritter als persönliches Opfer darstellte. Denn wer das Schachspiel gemeistert hat, darf die Regeln von Mühle oder Fangden-Hut durchaus vergessen haben. – Die beiden Stützdamen dienten Herrn Gramovlanz zur äußeren Entspannung, ohne die eine freie Einstimmung aller Geisteskräfte, die mühelose Vergegenwärtigung des entscheidenden Schlages nicht möglich ist. Außerdem war das Bild des Weichlings, das er kultivierte, ein Teil seiner Strategie.

Diesmal wollte sich der König nicht der rechten Entspannung erfreuen. Er brauchte nicht lange zu fragen, woran die Störung liege. Sie lag auf seiner linken, der Herzseite; sie zuckte und ruckte im Arm, den er über Fräulein Bênes Schulter gelegt hatte. Er öffnete die Augen. – Was ist, Kind? fragte er keineswegs liebenswürdig. – Oh, nichts! antwortete sie erschrocken. – Nichts, das wäre in Ordnung, versetzte er, aber da ist etwas, und das ist zuviel. In Friedenszeiten amüsiert mich ein Konflikt, im Krieg kann ich ihn nicht brauchen. Sei doch so gut und tritt beiseite, damit eine ruhige Seele deine Stelle einnehme. – Bêne brach in Tränen aus und gehorchte; ihren Platz nahm ungesäumt eine Odaliske aus dem Morgenland ein, mit schläfrigem Gesicht, auf deren Gemütsruhe wahrscheinlich Verlaß war.

Sie waren schon den längsten Teil ihres Weges geritten, näherten sich einer kleinen Lindengruppe und rechneten jeden Augenblick damit, die Zelte Herrn Gâwâns über den Horizont lugen zu sehen. Da geschah die bedenklichste Störung.

Vor ihnen, auf offener Heerstraße, taumelten zwei Kriegsmänner und schlugen mit den Schwertern nacheinander. Sie schienen aufs Äußerste ermattet, doch Der im weißen, zu Fetzen geschlitzten Waffenrock, der kaum noch die Waffe heben konnte, war es deutlich mehr als der rot Gemantelte. Die Pferde – kostbare Araber beide – standen zwar hoch erregt, aber ratlos im Schatten der Bäume, in traurigem Abstand zu ihren kämpfenden Herren.

Diese wirkten wie berauscht vor Erschöpfung. Sie prallten zusammen und hielten sich sogar aneinander fest, bis der Eine den Andern weit genug weggestoßen hatte, um die Waffe wieder hochziehen zu können; der Andere aber sank ihm gleich wieder entgegen und in den Arm, bevor er getroffen werden konnte. So schoben sie, schlugen, fehlten und stürzten auf alle Viere, denn ihre eigene Bewegung zog sie nieder. Der Weiße war's, der stürzte, der Rote stolperte nur – aber der Hieb, den er mehr fallen ließ als führte, fehlte abermals. Denn der Weiße war mit letzter Kraft weggerollt, in den Straßengraben.

Der Zug des Gramovlanz hatte innegehalten. Das atemlose Geschrei der Herolde – Er kommt! er ist nah! war verstummt. Alle verstummten sie vor dem Schauspiel, das so bemühend war wie schauerlich. Herr Gramovlanz hatte die Augen geöffnet, jetzt hob er die Brauen, denn:

Halt! hatte es geschrien. – Um Gottes Willen, halt!

Bêne hatte sich vom Pferd und in den Staub geworfen, deckte den Gefallenen mit ihrem Leib, wandte sich dem Roten zu, der keuchte, und hob ihm die offene Hand entgegen. – Nein! schrie sie. – Es ist doch Gâwân!

Der Angesprochene ließ das Schwert fallen, riß das Visier hoch und dann den Helm vom Kopf. Nun war er zu erkennen. – Der?! – Kein Anderer. – Und öffnete jetzt den Mund in seinem rostverschmierten Gesicht.

Danke, Frau, sagte er. – Danke. Wir konnten nicht aufhören.

Und hob einen Zweig auf, klopfte den Staub von den Blättern; da wurden sie golden.

Zum Verständnis dieser Szene muß die Fabel zurückblättern im Corpus der Zeit, zwei Stunden oder auch drei; denn so lange hatte der Kampf schon gedauert. Der Kampf? Wie war Herr Gâwân in einen Kampf geraten? Ach Gott: aufgrund eines Mißverständnisses.

Aber um es zu verstehen – und erst recht nicht zu glauben –, muß man Herrn Gâwân erst sein eben aufgeschlagenes Zeltlager verlassen sehen, das kaulquappen- oder fischblasenförmige. Er reitet voll gerüstet im weißen Waffenrock, den er vor Schastelmarveile getragen hat. Wohin? Nur fort!

Nun versteht man wohl überhaupt nichts mehr, bis man sich an zwei lebenskluge Damen erinnert. Sie hatten gut gesehen. Ihre Sorge war berechtigt. Herr Gâwân war verzweifelt. Am Vormittag seines Zweikampfs, des Jahrhundertganges, verschwand er, bei laufenden Festivitäten unbemerkt – oder hatte man sich an seine Einzelgänge schon gewöhnt? – aus seinem eigenen Lager. Er floh? Er ging nur. Wohin? Das wußte er nicht. Warum? Das wollte er nicht wissen. Das glaubte er ja selber nicht. Und doch hatte es seine traurige Richtigkeit.

Er fühlte es längst im Eingeweide: er würde nicht gewinnen. Nicht, weil Gramovlanz so stark gewesen wäre, aber er, Gâwân, war schwach. Hatte ihn die Minne denn nicht gestärkt? Was man so nennt, hatte seinen Dienst getan; der ganze Dienst war das nicht, kaum der halbe. Die bessere Hälfte fehlte, aber mit Rechnen war hier nichts getan. Nichts fehlte, und etwas Unaussprechliches. Frau Orgelûse war die Seine, wie man so sagt, und er liebte sie wahrhaftig. Er war außer sich, wenn man will. Aber zu sich selbst kam er nicht mehr. Er war in der Liebe gewesen, als sie größer gewesen war als er. Als er sie in den Armen hielt, war ihr etwas entfallen, und ihm schien, es sei ihr Gewicht. Und so leicht, wie sie geworden war, konnte er sie nicht mehr tragen.

Luft schöpfen, sagte er sich. Gehen wir doch hinaus! – Er sprach wahrhaftig in der pfleglichen Wir-Form mit sich selbst, wie Mutter und Großmutter, als sie ihn vor der Zaubersäule ertappt hatten, gerüstet über der wunden Haut. Er redete diesem Gâwân zu. Wie natürlich war es doch, das blaue Gefühl, nachdem ein Ziel erreicht war! Hatte er's nicht tausendmal erlebt, oder, um nicht zu übertreiben: dutzendfach? Daß ein gemachtes Glück am öden Morgen nicht mehr das ersehnte ist? Das gefundene Glück ist nicht mehr das gesuchte – gibt es eine banalere Ritterweisheit? Warum sollte sie nicht auch für Frauen gelten? Denn auch Frau Orgelûse sah ihn immer seltener so an, wie man ein Glück betrachtet. –

Und damit seine Redlichkeit nicht allzuviel Schaden anrichte, ging er mit ihr, in der Wir-Form, ins Freie. Da ritten wir ja wieder aus und sagten: auf Abenteuer. Wir hatten sie durchschauen gelernt und uns darin geübt, sie mit Anstand abzuwickeln, ohne unnötige Verletzung. Ein Abschied von Antikonîe, von Obilôt – er war möglich, geboten, ja voll trauriger Schönheit gewesen. Denn wir waren damit einer gewissen Enttäuschung zuvorgekommen. Wir gingen weg, um das kurze Verständnis einer großen Liebe nicht mit einem langen Mißverständnis zu belasten, einer kleinen Welt des Auf und Ab, Hin und Her.

Herr Gâwân hatte sich von keinem Artûsritter übertreffen lassen im Abschiednehmen zur rechten Zeit. Eine Aufgabe war gelöst; jetzt galt es, auch das Menschliche so zu lösen, daß etwas Verbindendes erhalten blieb, als Duft, Nachklang und treue Erinnerung. Dafür hatte er verbindlich zu sein gelernt, nicht nur an der Oberfläche: aus verbesserter Einsicht, und im Bewußtsein menschlicher Grenzen. Er hatte seine Abschiede zu kleinen Kunstwerken ausgeformt, traurig, heiter und klug. Er hatte dafür gesorgt, daß die Verlassene sie heute noch mit Schmerz, morgen schon mit Rührung betrachte, und übermorgen mit Stolz. Sie hatte sich geschenkt; das Geschenk war gewürdigt worden. Es brauchte nichts Wegwerfendes an der Erinnerung zu sein, daß auch das schönste Geschenk nur geliehen ist, wie unser Leben und wie alles Glück. Wenn Herr Gâwân ging, ging er nicht als eingebildeter Eroberer, sondern als dankbarer Kostgänger der Vergänglichkeit. Er verwandelte sich in einen Teil von ihr, durch mehr als gute Worte. Er nahm der Trennung nicht das Gewicht, aber die Schärfe; nicht das Endgültige, aber das Tödliche.

So weit hatte er's gebracht. Er hatte die Treue zur Wahrheit einfließen lassen in die Treue zu einer Frau, bis die Frau mit ihm einig war, daß die Wahrheit tragbar ist und daß es in einer vergänglichen Welt keine Treue geben kann als die zu ihrer Vergänglichkeit, also keine *ganze* Treue zu einem Menschen. So hatte er den Damen, die er »erobert« hatte, die Zügel über ihre Bestimmung zurückgegeben, damit sie ihm, dem Verführer zur Menschenwahrheit, ein herzliches Andenken bewahrten. Man brauchte ihr nicht übelzuwollen. Es gehört zur Liebe, daß man Liebe verschmerzt und die Fähigkeit dazu bewahrt und vertieft. Ich liebe dich, *und* ich gehe; das war bisher das Zauberwort gewesen. Nicht »aber«, sondern »und«. Im Grunde waren es nicht zweierlei Dinge, das Lieben und das Verlassen. Es wurde kein Nachtragen daraus. Das war bisher Herrn Gâwâns letzte Verführung gewesen: die zum rechten Abschied.

Nun war nichts mehr übrig von dieser Kunst, ihrer Weisheit und Tapferkeit; fast nichts mehr übrig von Herrn Gâwân selbst, nur noch

eine falsche Wir-Form, und der vorgeschützte Wunsch nach frischer
Luft. Er ging, er ritt einfach weg.

Der Himmel weiß, warum er seine Rüstung anzog. Damit sie ihn
zusammenhielt? Und wozu trug er den Goldzweig am Helm?

Da plötzlich kam ihm einer entgegen, aus einer Gruppe Linden
hervor, zu Pferd; der hob die Lanze, als er ihn sah. Auch der trug
einen goldenen Kranz um den Helm geflochten, dessen Visier gesenkt war. Gramovlanz, wer sonst? Welche Fügung! Machen wir's
kurz, machen wir ein Ende, formlos. Drauf und dran.

So prallten sie zusammen, und Schaumflocken sprühten gegen
ihre Eisengesichter. Die Pferde bäumten sich, von den Stichen ihrer
Reiter gehoben, und glichen einander zum Verwechseln; als hätten
beide Reiter den gleichen Stich getan. Herr Gâwân aber fühlte den
Sattel unter seinem Sitz weichen und staunte, daß der Gegenspieler
noch vor ihm fiel, denn er meinte ihn nicht sonderlich getroffen zu
haben. Nun war der Andere mit dem Schwert zur Stelle, doch zögerte er so lange mit dem ersten Schlag, bis auch Herr Gâwân gezogen hatte; er schlug, und der Andere wich geschmeidig zurück.

Herr Gâwân wußte mit dem Schwert tüchtiger umzugehen als mit
der Lanze. Er gedachte den Vorteil zu nützen. Er fand, daß der
Andere die Hiebe, die er nach ihm führte, nicht mühelos pariere; ja,
er kam einstweilen nicht einmal in die Lage, selbst einen anzubrin-
gen, und wich Schritt für Schritt gegen die Linden zurück. Er stand
schon mit dem Rücken gegen einen Stamm, als er endlich einen
Treffer setzte, auf Herrn Gâwâns gepanzerte Schulter. Doch die
Wirkung war verblüffend gering. Etwas in Herrn Gâwân begann
sich aufzurichten, als er den Gegner um den Lindenstamm trieb, und
erhob ihn aus der Verzweiflung. Es hatte etwas Befreiendes, das
Schwert reden zu lassen, statt die dunklen und hemmenden Gefühle
der vergangenen Tage zum Schweigen zu bringen.

Ja, die Kunst kehrte zurück. Denn es war Herrn Gâwân gelungen,
das Goldkränzchen mit der Schwertspitze von Gramovlanzens
Helm zu schnippen, so daß es in die Linde flog und sich unter die
Blätter gesellte, als wäre es dort angewachsen. Gramovlanz war in
der Rüstung größer, als ihn Gâwân erinnerte, breiter in den Schultern und von längeren Beinen; auch er schien, obwohl bedrängt,
unter Gâwâns Streichen endlich aufzuleben. Fast etwas Heiteres war
in der Art, wie er sie auffing, und das Drehen und Wenden um den
Lindenstamm begann einem Tanz zu gleichen. Offenbar wollte er

Gâwân an- und sich totrennen lassen, bevor er selbst zum Sturm überging. Aber dazu sollte er nicht kommen!

Denn auch Herr Gâwân fühlte sich immer sicherer, und fast wurde es ein Kampf nach Herzenslust. Die Hauptarbeit, die er leisten mußte – denn der Andere ließ ihn immer nur kommen –, beflügelte ihn. Auf drei Schläge Gâwâns kam nur einer, und ein eher mäßiger, des Gramovlanz. Offenbar verließ der sich darauf, daß Gâwâns Schwert, zu kräftig geschwungen, im Stammholz der Linde stecken bleibe. Aber Herr Gâwân wußte die Schwünge genau zu bemessen, und seltsamerweise unterstützte ihn der Andere beim Schonen der Linde. Denn er fing die Schläge, die sie hätten verletzen können, regelmäßig mit seinem kurzen, unbezeichneten Schild auf. Herr Gâwân kam in Versuchung, den seinen wegzuwerfen, um gegen einen so defensiven Kämpfer freiere Hand zu bekommen. Doch dieser wußte ihn immer wieder durch einen Treffer zu rechten Zeit vor Mutwillen zu bewahren.

So trieb Herr Gâwân seinen Gegner rund um die Linde, gewann zwar keinen Boden dabei, fühlte aber immer festeren Stand und Grund unter den Eisenfüßen. Was ihn stutzig machte, war der geringe Raum, den Gramovlanz für seine Gegenschläge benötigte, die Unsichtbarkeit ihres Ansatzes. Doch fühlte Gâwân auch, wie er seinen Reflexen wieder trauen durfte. Er parierte schulmäßig und fühlte sich eher in einem Fechtgang als in einem Kampf um Leben und Tod.

Allzulange durfte es aber doch nicht dauern; denn Herrn Gâwâns kaum vernarbte Wunden meldeten sich eine nach der andern. Besonders in der Schulter des Schildarms machte sich der lange Mangel an Übung bemerkbar, erst als Blockade, dann als Schmerz. Herrn Gâwâns Körper begann zu schreien, während sein Mund stumm blieb. Er schrie keine Devise, so wenig wie der Andere, der das Spiel noch weitertreiben zu können schien. Zunehmend verbissen suchte Herr Gâwân die Entscheidung und fand sie nirgends. Denn wo er hinschlug, war der Andere schon abgetaucht, und beim Nachsetzen wurden den Armen Schild und Schwert immer schwerer, und den Füßen die Sporen.

Herr Gâwân stand und keuchte; mochte jetzt der Andere kommen! Er tat es, und tat es doch nicht recht; unternahm Scheinangriffe, übte Finten und sparte doch immer den starken Treffer, zu dem Herr Gâwân, nach seinem bestimmten und verwirrten Gefühl, ausreichend Gelegenheit geboten hatte.

Jetzt war es der Andere, der ihn tanzen ließ, wie die Peitsche den hölzernen Kreisel. Herrn Gâwâns Pulse jagten. In seinen Eingeweiden kam ein hohles Gefühl auf; das war das Gähnen der Verzweiflung. Leider nährte er sie mit jedem zunehmend ungefügen Schwertstreich. In jeden legte er sein ganzes Gewicht. Einmal mußte er doch durchkommen! Doch heftige Schwäche und rasende Ohnmacht sind keine tüchtigen Kampfgesellen. Herrgott! schrie sich Herr Gâwân ins Gewissen, das ist Gramovlanz! Dieser Mann hat das Leben meiner Frau geschändet! Die Mahnung bewirkte das nötige Wunder nicht. Das ist der Mann, der meinen Vater totgeschlagen hat, an der Quelle! das war schon besser, leider nur nicht wahr. Die Schläge, die dazu gehörten, trafen nicht voll. Dafür lief er, nachsetzend, in einen Schlag des Gegners hinein, den dieser so grob vielleicht gar nicht hatte führen wollen, und zog sich eine Erschütterung zu, daß er taumelte.

War dies das Ende? Herr Gâwân sah, wie vergrößert, das schön gewimperte, zart und lang gebaute Gesicht Gringuljetes; es blickte entgeistert, als sähe es schon den Tod seines Herrn. Oder war es das Pferd des Andern, hatte er es nicht schon einmal gesehen? War das noch ein Kampf, oder zappelte er nur noch vor Hilflosigkeit? Warum vermied Gramovlanz, sie auszunützen? Fast schutzlos taumelte Gâwân zwischen den seltener gewordenen Schlagwechseln, in denen der Andere nur das Nötigste verrichtete; dabei wäre es mit dem ersten rechten Schlag getan gewesen. Komm an, tu's, Gramovlanz, hol deinen Kranz und mach ein Ende!

Wäre hier Gramovlanz gewesen, das Ende hätte Herrn Gâwân längst geläutet, in den Ohren, in der wunden Seele, die es schon herbeisehnte. Wäre hier Gramovlanz gewesen, Gâwân hätte ausgelitten, wo nicht für ewig, so doch für seine Menschenzeit. Doch hier war nicht Gramovlanz. Hier war ein Anderer. Wer hatte ihn gerufen? Wer hatte ihm geflüstert, daß es *so* geschehen mußte, wenn es für Herrn Gâwân ohne Kampf nicht abzutun war? Wer stand an Gramovlanzens Platz, ebenfalls den Goldzweig am Helm, um ein Ende zu machen, ohne Herrn Gâwân zu töten?

Nach drei Stunden war dieser Andere nicht mehr sicher, ob es ihm gelingen würde, Herrn Gâwân, der ihn verbissen, verwirrt und verzweifelt anfiel, anstürzte, anstolperte: ob es gelingen würde, diesen Mann doch nicht ins Schwert rennen zu lassen, ins andere oder gar sein eigenes. Denn auch der Rote quälte sich inzwischen. Auch ihm war das Blut in Augen und Hirn geschossen und seine Zurückhaltung nahezu erschöpft. Auch er vergaß im Lauf dreier Stunden, daß dieser Kampf einen Sinn hatte, den einzigen Sinn, Herrn Gâwân einen ärgeren Kampf zu ersparen. Auch dieser drohte, wie jeder Kampf mit dummem, aber scharfem Eisen, tödlich auszugehen. Er wußte nur nicht, wie er aufhören sollte, da Gâwân es immer weniger konnte, im Rausch der Erschöpfung ihm die entblößte Brust anbot. Vielleicht wäre die Klinge, mit der er ihn zurückschlug, das nächste Mal nicht mehr flach genug gefallen.

In diesem Augenblick – keiner von beiden hatte kommen gehört – schrie es, schrie überlaut: Nein! Es ist doch Gâwân! und weckte Parzivâl aus der mörderischen Hilflosigkeit, die jetzt nicht mehr geringer war als die lebensgefährliche Gâwâns. Der Schrei lähmte den Arm des Roten Ritters und zwang ihn, sich den Helm von der verschmierten Stirn zu reißen. Herr Gâwân aber, den Fräulein Bêne im Graben mit ihrem Leib bedeckte, schien unter ihrem leichten, doch heftigen Gewicht in eine gnädige Ohnmacht zu fallen. Und hörte noch, was der sichtbar Gewordene, endlich mit seinem Gesicht Hervorgetretene schrie.

Gâwân! schrie er, du? Mit *dir* habe ich gekämpft? Das gleicht mir, denn ich bin von allen guten Geistern verlassen! Du hättest mich töten können, und ich hätte es reichlich verdient!

Und Bêne, mit geistesgegenwärtiger Seele, spielte auf der Stelle mit.

Ihr blutet heftig, Roter Ritter, rief sie, er aber auch! Was fällt Euch ein, er hätte verbluten können! Wer seid Ihr überhaupt? Verflucht müßt Ihr sein!

Das bin ich, sagte der Rote Ritter, und wäre es noch mehr, wenn ich meinen Freund getroffen hätte, oder, was viel wahrscheinlicher war, er mich.

Bêne beeilte sich, Herrn Gâwâns Helm abzuknöpfen, dann auch Harnisch und Beinschienen. Und es war nicht zu früh und nicht gelogen, sein Hemd klebte von Blut.

Gut, gut, Parzivâl, stöhnte Herr Gâwân und richtete sich mühsam auf, drehte sich auf alle Viere, um auf die Beine zu kommen, Bêne stützte ihn. Er sah erbarmungswürdig aus, fahl wie der Tod.

König Gramovlanz, der wirkliche und richtige aber, hatte seine zwei Stützdamen losgelassen. Er nahm die Zügel seines Pferdes selbst in die Hand und ritt im Schritt auf die dramatische Gruppe zu.

Herr Gâwân! sagte er. – Ihr seid in gar keinem Zustand mehr! Das bedaure ich aufrichtig, denn mein Werk ist es leider nicht. Ihr hättet Euch schonen sollen, statt vom ersten Besten Ritterschaft zu begehren, außerhalb jeder Abmachung. Wie Ihr dran seid, wäre im Kampf mit Euch keinerlei Ehre mehr zu holen. Ich dringe darauf, daß wir ihn auf morgen vertagen, und daß Ihr Euch bis dahin pflegt, wie es sich gehört.

Herr, sagte Parzivâl, wer Ihr auch seid – und nach Eurer grandiosen Erscheinung könnt Ihr nur König Gramovlanz sein –: Herr Gâwân ist mein Vetter, mit dem ich mich, zu meinem Unglück, fast im Streit versehen hätte. Ich habe ihn angefangen, er hat ihn nur nicht vermieden. Wie konnte er meinen ersten Streich auf sich sitzen lassen! Nun will ich an seiner Stelle mit Euch kämpfen, da Ihr schon zum Kämpfen gekommen seid. Zwar hat er mich ordentlich abgekämpft, und ich werde gegen Euch nichts zu lachen haben; doch das ist meine Schuld. Ich habe ihn um die Ehre gebracht, Euch Genugtuung zu leisten, wofür auch immer; das soll mir leid tun. Nehmt mit mir vorlieb, Herr, denn ich bin ihm verwandt, und in einer guten Stunde wohl fast so stark wie er.

Sehr artig von Euch, gab Herr Gramovlanz zurück, und ohne Zweifel gut gemeint. Aber wer immer Ihr sein mögt (er gab vor, Parzivâl nicht zu erkennen): mit Euch habe ich nichts. Ihr müßtet mich schon schwer beleidigen. Hätt ich's früher gewußt, hätte ich mit Euch beiden gekämpft, dann hätte es endlich meine Art gehabt. Aber zur Zeit wüßte ich nicht, wie ich Euren Vorschlag annehmen könnte ohne Schaden für Herrn Gâwâns Ehre, an der mir allerhand gelegen ist. Einen Mann ohne Ehre hätte ich gar keine Lust zu treffen. Den müßte ich abtun wie einen tollen Hund. Also sprecht Ihr gut gemeint, doch kurzsichtig und, was Herrn Gâwân betrifft, nicht rücksichtsvoll.

Selber Hund, gefühlloser! schrie Bêne, wollt Ihr auch noch blind sein wie ein Maulwurf! Wenn Ihr nur halb so schlau wäret wie grausam, so müßtet Ihr einsehen, daß Ihr ohne Gâwân bei seiner Schwester nicht das Geringste zu bestellen habt! Wollt Ihr meinem Fräulein das Blut ihres Bruders verehren, als Morgengabe? Und da soll ich an Eure Liebe glauben, an die tausend Schwüre in Euren Brieflein! Eitel Lug und Trug!

Herr Gramovlanz war erstarrt. Zwar hatten die Trompeter sofort zu blasen begonnen. Aber »selber Hund!« stand für alle hörbar im Raum. Bêne hatte ausreichend laut geschrien, daß das empfindliche

Ohr des Königs auch den Rest hatte hören müssen. Der Angriff auf seine Liebe war ungeheuerlich, bei Licht besehen. Doch im Licht seiner eigenen Glaubwürdigkeit durfte Gramovlanz nicht Verzweiflung mit Rohheit erwidern. Die Frau sprach besinnungslos, aber sie war eine Frau.

Ich kämpfe! sagte Herr Gâwân zähneklappernd.

Da weinte Bêne auf. – Nein! schrie sie, den Teufel tut Ihr!

Parzivâl senkte den Kopf. Es war also noch immer nicht ausgestanden.

Auf morgen denn, Herr Gâwân, sagte König Gramovlanz und breitete wieder die Arme aus, damit sich seine tragenden Damen darunter schmiegten. – Und Euch, wer immer Ihr seid, danke ich einstweilen für das Angebot. Wie war der Name? Ihr müßt ein besonderer Vogel sein.

Nein, sagte Parzivâl, ich bin nichts Besonderes. Aber auch Ihr habt mir ein Angebot gemacht. Ich nehme es an.

Ein Angebot? fragte Herr Gramovlanz, ich wüßte nicht, welches.

Parzivâl ging zu seinem Pferd, saß auf, ritt auf den König zu und hob die Lanze.

Ihr seid der Widerling, der immer nur mit zweien kämpft, sagte er. – Mit so edlen Bräuchen soll man nicht mutwillig brechen. Ihr sollt mit zweien kämpfen, eitler Tropf, elender Fant. Darf's auch nacheinander sein? Denn zuerst sollt Ihr doch mir den Mund stopfen, wenn Ihr könnt, Ihr Leichtgewicht, Ihr schmaler Wurf.

Drei Beleidigungen genügen mir, antwortete Herr Gramovlanz, um Euch jeden Wunsch zu erfüllen. – Ich erwarte Euch morgen früh zum ersten Gang auf dem Platz, Narr, verbauerter. Und macht lieber kein Aufhebens davon. Ich möchte Euch vor dem Frühstück abservieren.

Und wenn bessere Leute aufstehen, seid Ihr schon so gut wie nie gewesen.

Für so ein Kämpflein brauchen wir keine Zuschauer, in der Tat, sagte Parzivâl. – Zum ersten Mal höre ich von Euch ein vernünftiges Wort. Im übrigen geht es ja um Euer Prinzip, und das verletzt Ihr besser ohne Zeugen. Könnt Ihr danach noch ein Glied rühren, sollt Ihr am Nachmittag Euren Hauptkampf mit diesem Herrn haben.

Es sei Euch gewährt, Großmaul, sagte Herr Gramovlanz liebenswürdig. – Frechheit straft sich selbst, aber es soll mir ein Spaß sein, der Kultur in diesem Fall meinen Arm zu leihen. Herr –?

Ich bin kein Herr, erwiderte Parzivâl, aber Euer Diener, der Euch Eure Herrlichkeit austreiben wird.

Inzwischen hatte sich auch Herr Gâwân wieder aufgerichtet.

Vetter, sagte er, ich benötige deinen Dienst nicht. Ich kämpfe als Erster. Danach wirst du dich nicht mehr zu bemühen brauchen.

Fräulein Bêne stand da, streng und blaß.

Gut, Ihr Herren, sagte sie, dann mache ich jetzt *meine* Bedingung. König Artûs *verbietet* jeden Kampf, bevor er die Messe gehört hat. Er pflegt spät aufzustehen, nicht vor der Mittagsstunde. Und danach brauchen die Damen noch einen halben Tag für ihre Toilette. Wenn Ihr denn kämpfen müßt, Männer, die Ihr seid, so tut es in der Abendfrische. Wartet ab, bis der Kampfplatz gerüstet und schicklich besetzt ist.

Sie sprach mit ungewohnter Autorität.

Herr Artûs will außerdem zuvor Euer Lager sehen, König Gramovlanz, ob sich das seine damit messen kann. Er will Zeit haben für Besuch und Gegenbesuch, in Muße und Würde.

Sie sah König Gramovlanz an, dann Gâwân. Parzivâl hatte seinem Pferd die Sporen gegeben und war hinter der Linde verschwunden, deren Stamm glatt und schön geblieben war, unberührt von Schwertes Schneide. Den Goldzweig hatte er Gâwân zurückgegeben; sein eigener aber blieb in der Linde hängen. Da grünt er bis heute.

Die nächste Nacht findet in unserer Fabel nicht statt, und außerhalb derselben hat sie sich nicht ereignet. Das ist schade. Denn wie gern wüßte so mancher, wie die Herzogin Orgelûse ihren Mann empfing! Seine übermenschliche Stärke in der Schwäche – noch nie hat jemand drei Stunden gegen Parzivâl gekämpft – hatte sie nicht mitangesehen; wer hätte ihr davon berichten sollen? Bêne, die so edle Gründe hatte, die glücklichere – glücklichere? – Frau zu meiden? Zu befürchten ist: Frau Orgelûse sah nur die Schwäche ihres Liebhabers. Er war ja ärger zugerichtet als nach dem Zauberbett – schonend, wie Parzivâl zu Werke ging, mußte er ihm doch einige Wunden wieder geöffnet haben. Schon gestern hätte er gegen ihren Todfeind kaum bestanden – wie sollte er es denn heute tun? Und doch war er ja zu dem Treffen entschlossen. Das mußte heißen: zum Sterben, wenn es mit rechten Dingen zuging. – Wie pflegte diese Frau ihren Mann in der Nacht vor seinem Tode? Was ging ihr durch den Kopf, und schnitt ihr denn gar nichts in die Seele?

Wir wissen ebensowenig, wie Parzivâl die nächste Nacht zugebracht hat. Beide Lager standen ihm offen; schwerlich ist er in einem
gewesen. Die Nähe des Vetters, den er getäuscht hatte, um ihn zu
schonen, ohne ihm am Ende den Todeskampf ersparen zu können;
die Nähe der Frau dieses Mannes, deren Avancen er zurückgewiesen
hatte – das kann für ihn die gastlichste Aussicht nicht gewesen sein.

Aber auch bei Herrn Artûs dürfte er kaum gestanden haben. Hier
war noch eine Rechnung offen, und mit dem fabelhaften Interesse,
das man ihm entgegenbrachte, nicht zu bezahlen. Es haftete etwas
Skandalöses an seiner Erscheinung. Er hatte den Artûshof zuerst
provoziert, dann durch Lachen beschämt, schließlich durch Ithêrs
Tod erschüttert und verwundet in Keie. Skandalös aber war auch der
Fluch, der ihn selbst getroffen hatte, und undiplomatisch – milde
ausgedrückt – sein Erscheinen in Nantes ohne Besuch bei Hofe;
ganz kann es ja nicht verborgen geblieben sein. – Nein, es war Parzivâl nicht möglich, diesen Hof zu betreten und ihm für eine Nacht
die Ehre zu geben.

Was aber war Parzivâls Geschäft an dieser Stelle?

Er kommt immer noch von Trevrizent, und das heißt: wir wissen
nicht, woher. Er hat die Buchstaben in vielen Büchern lesen gelernt;
er ist an Orgelûse vorbeigeritten und an Schastelmarveile. Daß er am
Goldbaum *nicht* vorbeigeritten ist, ohne einen Zweig zu brechen,
bleibt eine Merkwürdigkeit, die man sich aufgeklärt wünscht. So
kam er nach Jôflanze und ritt auch da nicht vorbei; da stieß er mit
dem fliehenden Gâwân zusammen – von ungefähr?

Woher wußte er von dem Jahrhundertkampf? Das ist am schnellsten beantwortet. Für Sensationen ist die Welt der Fabel noch tausendmal durchlässiger als unsere. Sensationen sind ihr Mutterstoff,
den man an jeder Ecke einsaugt. Einmal in einem Fährhaus genäch-
tigt; einmal mit einem Pilger Worte gewechselt, einmal einer Gruppe
frommer Schwestern Geleit durch den finsteren Wald gegeben: und
schon ist es heraus, daß Herr Gâwân mit Herrn Gramovlanz die
Klinge kreuzen wird, wo, wann und warum. Aber warum ist Parzivâl an dem Spektakel nicht vorbeigeritten wie an so viel anderem?
Wie kam er auf die Idee, daß Herr Gâwân Hilfe brauche, und zwar in
ritterlich verkleideter Form; was bewog ihn, diese Hilfe auf sich zu
nehmen? Kurzum: was hat Parzivâl mit Gâwân zu schaffen? – Sie
sind Vettern.

Schön und gut – aber vervettert ist so mancher mit manchem in der lieben Ritterheit, die man näher besehen, als Vetternschaft betrachten muß; eine Vetternwirtschaft muß daraus noch nicht folgen.

Sie wurden beide ausgestoßen vom Artûshof.

Ausgestoßen – nun ja. Ob und in welchem Grad Parzivâl ausgestoßen war, nicht nur aus diesem Kreis, wußte nur er allein, und nicht einmal

er mit allen Gründen. Die übrige Welt hatte eine Gauklerin fluchen, verfluchen gehört, und nach der nächsten Novität hätte man diese Episode auch wieder gut sein lassen. In Munalvaesche, das weit, zu weit her war, nicht *gefragt* zu haben: das war am Artûshof kein Staatsverbrechen, vor allem dann nicht, wenn der Säumige damit kein Interesse stärker verletzt als sein eigenes. Man hatte dem Roten Ritter Dinge nachzusehen gehabt, die ganz anders ans Lebendige gingen; den Totschlag von Ithêr, zum Beispiel, und der war ja ein Vetter auch. – Und was Herrn Gâwâns Ausstoßung betraf: so war sie ja viel eher ein regelrechter, wenn auch extravaganter Auszug zu einem obligaten Abenteuer. Das Zusammentreffen dieser Auszüge brauchte zwischen Gâwân und Parzivâl keine Bruderschaft zu stiften.

Sie waren einander nahe von Haus aus.

Nähe ist: wenn Einer mit einem Blick sieht, was der Andere in einem Häufchen Schnee sehen kann: nicht bloß drei Blutstropfen, sondern ein Gesicht der Liebe – und es dann mit seinem Mantel bedeckt, damit der Verzauberte nicht von Sinnen gerate, sondern sich wehren könne gegen ritterliche Dummheit, die nichts gesehen hat; nichts als einen Ritter an einer Stelle, wohin er nicht gehört.

Nähe ist, wenn der Andere dem Einen sagen kann: du sollst den Frauen eher trauen als dem lieben Gott.

Der Satz ist absurd, weil Gott nicht lieb ist und man ihm ohnehin nicht trauen kann.

Der Satz ist wahr, weil man Frauen trotzdem trauen darf, denn sie sind zwar ebenso leicht verführbar wie ein Mann, doch weniger leicht zu täuschen.

Die Liebe ist auch absurd.

Nähe ist, wenn der Eine sie mit Treue behandelt, der Andere mit Untreue, und beide ahnen, daß das Gegenteil ebenso seine Richtigkeit hat und daß jeder sein Teil beim Ganzen vertritt. Sie wissen voneinander ohne viel Worte: daß Parzivâl der Einen Frau nicht treuer ist, als Gâwân den Vielen, ja nicht einmal treuer als Orgelûse.

Nähe ist, wenn beide, nur noch an einem Ast hängend, mit genauer Not das Leben behalten; der Unterschied zwischen einer Föhre und einer Tamariske ist nur von botanischem Interesse. Freilich hat der Eine sein Pferd dabei verloren, und der Andere hat's gerettet: doch in jeder Rettung ist ein Verlust, wie auch umgekehrt. Das tut der Nähe keinen Abbruch, auch wenn die Bäume falbelhaft weit auseinander liegen.

Nähe ist: im Andern sich selber treu sein, ohne wissen zu müssen, womit der Andere grade beschäftigt ist und wo er steckt.

Nähe ist: zur Stelle sein, wenn der Andere einen braucht, der die Stelle vertritt.

Parzivâl, mit einem Wort, ist in dieser Fabel nie weiter entfernt gewesen von Gâwân, als von Parzivâl. Und daß sie sich treffen, ohne zu wissen, daß der Eine den Andern braucht, ist kein Wunder.

Nähe muß nicht dumm sein, darum gebrauchte Parzivâl eine List, um Gâwân, als er ihn brauchte, näher zu sein, als es Gâwân sich selber war.

Für die Augen des Königs Gramovlanz sah diese Nähe wie ein Zweikampf aus. Ohne Bênes Aufschrei hätte er sich vielleicht nicht anhalten lassen und wäre in Selbstmord ausgeartet.

Auch die Nähe braucht Hilfe: einen oder eine, der sie teilt, aus Schreck und Instinkt, und mit einem lauten Schrei trennt, was einander zu nahe getreten ist.

Denn wer sich nahe ist, soll einander nicht zu nahetreten.

Parzivâl war sich nahegekommen in Gâwân, aber in ihm war er sich noch nicht der Nächste. Er wird sich noch besser kennenlernen müssen in einem Dritten.

(Damit Wir's nicht vergessen: sie waren beide von Herrn Gurnemanz erzogen; aber das gilt für andere auch. Nur bei den Vögeln in die Schule gegangen, wie diese beiden, bei Falk und Elster: das sind die wenigsten; und die haben, bevor sie fliegen können, nicht ausgelernt.)

BUCH IV
DIE KRONE

SCHLICHTUNG
WORIN DER FRIEDE
KEINE CHANCE HÄTTE,
BRÄCHTE NICHT EIN LIEBESBRIEF
DIE WENDUNG

Wo hat Parzivâl die Nacht zugebracht? Vermutlich in demselben Walde, in dem er nun steht, unweit des Lagers derer von Rosche Rabbîns. Da steht er gewappnet wie gestern, in der Morgendämmerung: er braucht wenig Licht, um den vorbereiteten, noch unbewachten Kampfplatz von Jôflanze zu finden.

Woher weiß er, daß König Gramovlanz, der sonst nichts ohne Bequemlichkeit tut, *allein* zur Stelle sein wird, in gottloser Frühe?

Er weiß es eben, oder sein Pferd weiß es für ihn; denn es nimmt seinen Platz am fernen Ende des morgengrauen Feldes ein und wiehert; und vom nähern Ende, schneeweiß im Grauen, wiehert das Pferd des Königs Gramovlanz zurück.

Auch ihm ist gestern, beim Anblick des Zweikampfs, etwas zugestoßen, was er nicht auf sich sitzen lassen darf. So hat er sich gerüstet und auf sein Pferd gesetzt, ohne alle Hilfe. Er kommt nur mit dem Nötigsten an Gepränge. Wie es scheint, ist auch König Gramovlanz auf einem neuen Weg.

Er hebt die Lanze.

Sie haben niemand, der das Zeichen gibt; und doch sprengen sie gegeneinander im selben Augenblick.

Sie krachen laut zusammen, und doch hat sie kein Wächter der drei Lager gehört. Sie lassen die Lanzen splittern und die Pferde steigen; sie stürzen vom Pferd und ziehen die Schwerter – die Fabel kennt das Muster und wird seine Wiederholung doch nie satt. Sie will Funken von den Helmen stieben sehen, Tau sprühen von den gestampften Gräsern. Sie kann auch Blut sehen. Gott befohlen. Die Zweikämpfer werden es noch lange treiben.

Es ist nicht das Klingklang der Schwertschläge, was die Lager munter macht. Bei Artûs will man (entgegen Bênes Schutz-Behauptung) frühe auf sein, um dem großen Tag die rechte Weihe zu geben. Da werden sie schon aufgebaut, die drei Altäre, ohne die es die Bretonen nicht tun: Georg, Martin und Sebastian. Frau Ginovêr hat

sie zeitig bestellt, für die Stoßgebete, ohne die, wie sie fürchtet, ihrem liebsten Neffen nicht mehr zu helfen ist. Da kniet sie in Inbrunst
und Verzweiflung. Sie hat Gâwân zurückwanken sehen, im Zustand
äußerster Erschöpfung. Eine Nacht heilt nicht einmal die blauen
Flecken, die ihm die flache Klinge geschlagen hat. Auch der *scho-
nende* Streich muß mit Nachdruck geführt werden. Um sich einen
Verzweifelten vom Leib zu halten, ist allerhand Kraft nötig, zu viel
für einen bereits vom Zauberbett Geschwächten.

Bei Licht besehen, hat der Freundschaftsdienst alles noch schlimmer gemacht. Frau Orgelûse mag eine Zauberin sein: auf *einen*
Streich heilen kann sie nicht, selbst wenn sie dem Schwachen sanfter
begegnet sein sollte, als man fürchten muß. Fleisch, Herz und Seele
tun Herrn Gâwân an diesem Morgen weh. Man erläßt ihm die Rüstung zum Besuch der Messe, zu der sich die Lager vereinigen. Man
muß gesehen haben, wie mühselig er sogar im Festgewand nieder-
kniet und sich wieder erhebt. Ihn danach in Eisen zu packen, ist ein
Werk beinahe der Grausamkeit.

Noch eine Messe! befiehlt Frau Ginovêr; der Kaplan Polykarp,
dessen zitternde Hand keinen Rötel mehr führen kann, liest sie langsam, zögert das »Ite!« hinaus und muß es doch einmal sprechen. Sie
heben Herrn Gâwân auf Gringuljete und flüstern ihm, der schon so
manches Wunder gewirkt hat, ihre Stoßgebete in die gespitzten Ohren. Nun sitzt Herr Gâwân und sieht fast aus, als ob er reiten und
kämpfen könne. Sie geleiten ihn links und rechts, Herren und Damen aller Lager, zu dem furchtbaren Platz um die vereinbarte
Stunde. –

Aber siehe: als sie ankommen, ist der Kampf, für den sie gerüstet
haben, schon im Gange, ja, so gut wie vorüber. Zwei Pferde, ein
glashelles und ein grâlsfarbenes, stehen scheinbar allein auf weiter
Flur. Am Rain aber, fast schon außerhalb der Gemarkung, kniet ein
Paar. Das heißt, der eine kniet auf der Brust des andern mit erhobenem Schwert und könnte ihn mit dem nächsten Streich totschlagen.
Wer, wen? Der rote Ritter den nicht mehr ganz schneeweißen; Parzivâl den Gramovlanz.

Da schreit jemand; unter den Zuschauern erhebt sich abermals ein
Frauenschrei. Bêne muß es sein, die zum Himmel schreit, und wie-
der im letzten Augenblick. Der Rote Ritter läßt sein Schwert in der
Luft stehen, gibt die Brust des Gegners frei, erhebt sich, tritt zurück.
– Die Zeugen sind da, sie haben genug gesehen. Auch das Gefolge

von Rosche Rabbîns ist zur Stelle und muß gesehen haben, was es sieht. An seiner Spitze steht Herr Brandelidelîn, jetzt ein würdiger Greis, und bedeckt sich die Augen.

Herr Gâwân ist erstarrt auf Gringuljete, seinem Pferd.

Hört auf! schreit König Brandelidelîn, der Oheim. – Unentschieden! dröhnt sein schwankender Baß. – Schlichtung! Wir müssen zur Schlichtung schreiten!

Und da entblößen sie ihr Haupt, Brandelidelîn sowie seine Herren Bermont von Rivière und Affimus von Clitîns, und alle nähern sich; von der andern Seite Herr Artûs und, zögernd, Herr Gâwân, ebenfalls den Helm in der Hand. Noch bevor sie die Kämpfenden erreicht haben, steht Herr Gramovlanz wieder auf den Beinen. Und als die Seinen nahe genug sind, ihn festzuhalten, macht er Miene, sich wieder auf den Roten zu stürzen, der sich abwehrend den Arm vors Visier hält. Aber auch so kann er sehen, daß der Weiße festgehalten wird, für alle Fälle.

In dieser Stellung verharren beide Seiten – sie ist sehr stark. Leider hat Polykarp Staffelei und Rötel nicht bei sich. Herr Gramovlanz sieht für einen Augenblick wie der kaum noch zu bändigende Angreifer aus. Wahrlich ein Zeichen unbeugsamer Stärke! Denn auch dieser Kampf hat Stunden gedauert, und mit flacher Klinge ist er nicht geführt worden. Die starke Stellung läßt die Zuschauer fast vergessen, daß sie eben ein Königsmatt gesehen haben. Aber sie fürchten nichts mehr und klatschen höflich in die Hände.

Herr Gâwân fährt damit fort, als er auf den zweiten Sieger zureitet. Er hält ehrerbietigen Abstand und sagt mit einer Verbeugung:

Ich sehe, daß Eure Großmut meinem Vetter Parzivâl die Stellvertretung doch noch gewährt hat, die Ihr ihm gestern abschlugt, zu Recht; denn unser Kampf muß unser Kampf bleiben!

Ihr sagt es, flüstert König Gramovlanz kaum vernehmlich. Er hat sich den Helm abnehmen müssen, um gehört zu werden, aber Parzivâl hat es schon einen Augenblick zuvor getan; ein abgenommener Helm ist das Zeichen für das Ende des Kampfes. Herr Gramovlanz ringt nach Luft. Seine fahlen Wangen zeigen eine widerwillige Röte, und die Anstrengung hat seine immer halb geschlossenen Augen weit geöffnet. Er ist tatsächlich ein schöner Mann. – Ihr sagt es! wiederholt er mit Nachdruck.

Ihr müßt meinem Vettet zürnen, erwidert Herr Gâwân. – Ihr wolltet Eurem Grundsatz nicht untreu werden, niemals mit nur Einem Gegner zu kämpfen. Doch wart Ihr bereit, ihn zu brechen um meinetwillen. Das rechne ich Euch hoch an.

Ich danke Euch, Herr Gâwân, sagt der König von Rosche Rabbîns. – Herrn Parzivâl kann man ja auch eine doppelte Portion nennen. Ich wurde bedient.

Wahrlich! singt Herr Artûs jetzt mit hoher Stimme. – Es ist dem Roten Ritter gelungen, was noch keinem gelang: Euch ein Unentschieden abzuringen, wenn auch mit genauer Not. Denn wenn Euch Euer hochwürdiger Oheim, dem ich meinen ritterlichen Gruß entbiete, nicht festgehalten hätte: wer weiß, wie es Eurem Gegner ergangen wäre –

Ihr hattet die Großmut, mich gestern zu schonen, als ich in eine ähnliche Lage geriet, sagt Herr Gâwân, nämlich mit diesem Vetter kämpfen zu müssen, bis in die Nähe der Erschöpfung, wenn auch noch weit davon entfernt.

Auch Ihr seid unbesiegt geblieben! sagt Herr Gramovlanz.

So gut wie Ihr heute, antworter Herr Gâwân. – Nun müßt Ihr gestatten, daß ich Eure Gefälligkeit erwidere.

Wenn ich Euch recht verstanden habe, versetzt Herr Gramovlanz, bietet Ihr an, unseren Kampf, nachdem uns auch heute wieder Einer dazwischenkam, auf morgen zu verschieben.

Wenn ich Euch recht verstehe, antwortete Herr Gâwân und stieg dabei von Gringuljetes Rücken, wollt Ihr andeuten, daß des Kämpfens genug sein soll. Jedenfalls für diesen Tag.

Für heute jedenfalls! sagt Herr Gramovlanz. – Und was morgen betrifft –

Darüber sollten wir neu verhandeln, wie es Euer würdiger Oheim vorgeschlagen hat, fällt König Artûs ein. – Was meint Ihr, Herr Brandelidelîn? Wir ziehen uns zur Beratung zurück und erproben unsere Weisheit. Die Eure ist legendär.

Unser Kampf, sagt Herr Gramovlanz zu Herrn Gâwân, muß jedenfalls *unser* Kampf bleiben!

Allerdings! unterstützt ihn der Angesprochene. – Ihr sprecht mir aus dem Herzen. Es mag ja gut gemeint sein, wenn diese Herren immerfort dazwischentreten, jedoch –

Wir beide müssen den Fall strenger betrachten, sagt Herr Gramovlanz, dessen gesunde Röte noch nicht gewichen ist. – Wir hätten uns allerhand zu sagen, wie es scheint, Herr Gâwân –

Ich möchte noch weiter gehen, wirft König Artûs ein. – Ich stelle fest, daß ihr euch gleicht, und zwar gerade im Punkte Eurer Unvergleichlichkeit.

Fein gesponnen, lacht Herr Brandelidelîn, ja, ihr Hofleute! Viel zu bedeuten habt ihr zwar nicht mehr, aber auszudrücken versteht Ihr euch immer noch, das muß euch der Neid lassen.

Der Neid, lieber König von Punturtoys, ist ganz auf unserer Seite, lächelt König Artûs. – Wir blühen bestenfalls, ihr aber grünt und gedeiht. Außerdem wart Ihr es, der zur rechten Zeit das rechte Wort gefunden hat. »Schreiten wir zur Schlichtung.« Niemand hätte es passender sagen können. Schreiten wir also, und ich erlaube mir, Euch dafür zur Tafelrunde zu laden. –

Nur nicht auf den dreizehnten Sitz! dröhnt Herr Brandelidelîn errötend. – Warum nicht! Das Ding hätte ich längst gern einmal von Nahem beaugapfelt –

Ihr werdet schwer enttäuscht sein, erwiderte König Artûs. – Wenn wir ambulieren, führen wir das Original nicht mit. Wir stellen es nur dar. Die Bräuche aber, die wir dabei beobachten, sind die klassischen.

Ja, im Darstellen seid Ihr stark! lacht Herr Brandelidelîn. – Wann soll's denn sein?

Zum Sonnenuntergang, sagt Herr Artûs, damit ich Euch meinen Lichtzauber vorführen kann. Griechisches Feuer aus Trapezunt, gezähmt natürlich, doch der Effekt ist grandios und allerliebst. Dazu wollen wir Champagnerwein trinken und der besseren Zeiten gedenken, die wir gesehen haben. Ferner reden wir unseren jungen Herren noch etwas gut zu und erfahren Näheres über die unumstößlichen Gründe Ihres Zweikampfs. Wozu haben unsere berühmten Neffen ihre alten Onkel! Doch wohl, um der Berühmtheit auch etwas Vernunft zufließen zu lassen –

NEIN, sagt jemand ruhig und vollkommen bestimmt. Es ist Frau Orgelûse.

Die Zuschauer, die näher getreten sind, um auch Zuhörer zu werden, erstarren bei diesem Wort; dann beginnen sie zu flüstern und immer lauter zu reden, gegeneinander, auch miteinander, ihres Lagers ungeachtet. Es ist schon fast ein Tumult, durch den die Vorkämpfer und Hauptkönige sich nun ihren Weg bahnen müssen, jeder zu seinem Zelt. Herr Gâwân hat Gringuljete einem Knappen anvertraut und dafür behutsam den Arm Frau Orgelûsens gefaßt.

Nein! sagt sie noch einmal, ohne den Druck des Arms im geringsten zu erwidern. – Man kämpft!

Als man daran denkt, auch den Roten Ritter zur Tafelrunde zu bitten, ist er nicht mehr zu finden.

So begaben sie sich in die Lager zurück, jeder in das seine, in erneuter Verwirrung und Unschlüssigkeit. König Artûs nahm Herrn Gâwân bei der Hand; ein Gleiches versuchte Frau Ginovêr, dann Frau Arnîve mit Orgelûse. Doch die Herzogin schritt immer fort, als wäre kein Mensch in Reichweite.

Liebes Kind, begann Frau Arnîve mit Vorsicht, Ihr habt eben ein Wort gesagt, das klang wie Nein? Doch glaube ich, nicht recht gehört zu haben.

Ihr habt recht gehört, sagte Frau Orgelûse, und ein liebes Kind bin ich nicht.

Euer Herr Gâwân – wollte Frau Arnîve fortfahren, aber Orgelûse fiel ihr ins Wort.

Liebes Mütterchen, sagte sie schneidend, verzeiht meinen Ton, doch ich habe gerade einen Anfall von Häßlichkeit. Mein Herr Gâwân hat dies und das gelitten, ich aber auch. Und von mir war bisher nicht die Rede. Der Bluthund dort drüben hat meinen Mann getötet. Jetzt reitet er frohgemut ab, und gebüßt hat er nicht.

Frohgemut? rief Frau Arnîve und hätte fast die Hände über dem Kopf zusammengeschlagen. – Herr Gramovlanz hat Prügel bezogen, daß es auf keine Kuhhaut geht! Ihr habt das Beste nicht gesehen, denn Ihr seid spät erschienen; sonst hättet Ihr erlebt, wie der Herr zu Füßen des Roten Ritters kroch!

Zu *Parzivâls* Füßen, ja. – Doch hat ihm der ein Haar gekrümmt?

Ein Haar? rief Frau Ginovêr, gerupft hat er ihn über und über!

Es hat ihm Spaß gemacht, nicht wahr? fragte Frau Orgelûse ohne Frageton. – Für mich ist die Sache kein Spaß. Was habe ich mit Parzivâl zu tun? Was Parzivâl mit mir?

Die beiden älteren Damen sahen sich mit erhobenen Brauen an.

Nun, sagte Frau Ginovêr, er ist immerhin ein Vetter, und fast so gut wie Gâwân –

Nein, sagte Frau Orgelûse. – Sehr viel besser.

Was wollt Ihr denn *noch*? fragte Frau Ginovêr. – Wollt Ihr Gâwân noch einmal in den sinnlosen Kampf hetzen?

Er ist wund, fügte Frau Arnîve hinzu, und wem zu Ehren hat er seine Wunden geholt?

Was, versetzte Orgelûse, sollen *mir* seine Wunden?

Ihr wollt kein Kind sein, erwiderte Frau Arnîve verzweifelt, wohlgesprochen! Also redet nicht so!

Frau Orgelûse schwieg. Dann sagte sie: Es tut mir leid, ich werde
keine Artûsfrau. Dafür bin ich zu gründlich verdorben.

Herzogin, sagte Frau Ginovêr, laßt uns ein wenig in mein Frauenzelt gehen. Aus den beiden Indien ist uns ein Getränk zugekommen,
das uns munden wird, denn es schmeckt nach Rauch –

Wo kein Feuer ist, brauche ich keinen Rauch, erwiderte Frau Orgelûse, vielen Dank. Dort steht *mein* Zelt.

Noch eine andere Dame blieb dem Ereignis auf dem Kampfplatz
fern. Sie schrieb einen Brief, wohl zum dritten Mal, denn er war ihr
noch nicht zart genug. Dabei war ihr gänzlich entgangen, daß der
Empfänger fast in Reichweite gewesen war, freilich nur, um »Prügel
zu beziehen«, wie sich die aufgeregt zurückgelaufene Cundrîe ausdrückte. Die Schadenfreude in dem schwesterlichen Gesicht war
nicht zu übersehen. Cundrîe hatte einen vorbeisprengenden Ritter
ihren Namen schreien hören; es war der trotzige Held Lyppaut, und
was hatte sie Schöneres zu tun, als dem Ruf zu folgen. So war sie
gerade recht gekommen, um Herrn Gramovlanz den Boden küssen
zu sehen. Das war ein großer Augenblick, und sie verfehlte nicht, mit
hoch atmender Brust der Schwester das Nötige zu berichten.

Fräulein Itonjê warf den Gänsekiel zu Boden und lief laut weinend aus dem Zelt ins Freie, lief an Klinschors oder Gâwâns Lager
vorbei ins Wilde, wo der Wald begann; sie achtete nicht darauf, daß
das Dickicht ihr Kleid rupfte und ihre Haut ritzte. Wer weiß, wie
weit sie gelaufen wäre, wenn eine besorgte Wurzel sie nicht hätte
stolpern lassen. Da lag sie nun auf einem Bett von Tannennadeln,
bedeckte ihren Kinderkopf und weinte zum Steinerweichen.

Was tut Euch so weh? hörte sie eine Männerstimme fragen.

Sie erhob die überströmten Augen; da stand ein Ritter vor ihr,
hoch wie ein Baum im Herbst, denn seine Rüstung schimmerte rötlich, und sein Gesicht blickte kahl. Am Zaum führte er ein Pferd, das
war schöner als alles auf der Welt; und der Anblick trocknete Fräulein Itonjês Tränen wie eine andere Sonne.

Der Ritter beugte sich und hob sie auf, dann setzte er sie auf den
Rücken des Pferdes.

Das ist Inglîart Kurzohr, sagte er, das heißt, er müßte es sein, doch
ich habe ihn verloren. Da habe ich geweint wie Ihr. Aber auch dieses
Pferd ist wie kein anderes. Und wer seid Ihr?

Itonjê, sagte sie, ich bin die Braut von König Gramovlanz.

Du liebe Güte, sagte der Ritter. – Eben noch habe ich mit ihm die Klinge gekreuzt.

Dann seid Ihr's? fragte Itonjê und atmete hochauf. – Dann seid Ihr Parzivâl, der Rote Ritter?

Er neigte den Kopf wie zu Ja oder Nein.

Ich danke Euch, sagte sie, und umfing seinen Kopf, daß Ihr ihn geschont habt.

Wenn Ihr Fräulein Itonjê seid, antwortete er, ist es ein Wunder, Euch im Wald zu treffen. Ja, Euer Bräutigam kämpft so gut wie Euer Bruder Gâwân oder noch besser.

Es hätte Euch gewiß keine Mühe gekostet, ihm wehzutun, er ist so zart.

Zart? fragte Parzivâl. – Wenn Ihr Euren Bräutigam meint: da war von Zartheit keine Rede! Er schlägt sich für zwei.

Er *ist* zart und delikat, sagte das Fräulein entschieden, das weiß niemand besser als ich. Wenn er sich gut geschlagen hat, so tat er's nur aus Begeisterung für mich.

Das leuchtet ein! sagte der Rote Ritter.

Aber, sagte sie, mein Bruder Gâwân wird so schonend nicht sein wie Ihr.

Er betrachtete sie mit Rührung und Erstaunen.

Prinzessin, sagte er, macht Euch der Sorgen nicht zu viele. Wenn mich nicht alles täuscht, hat König Gramovlanz vom Kämpfen ebenso genug wie Euer Bruder Gâwân.

Ja, Roter Ritter, sagte sie, Ihr habt Wunder gewirkt. Aber *ein* Wunder könnt Ihr nicht wirken. Frau Orgelûse ist grausam ohne Maß. Sie wird meinen Bruder Gâwân wieder zum Kampf treiben, koste es, was es wolle. Dann ist Gramovlanz nicht mehr zu helfen. Denn sie ist eine Hexe.

Wie kommt es, daß Euch Gramovlanz so lieb geworden ist?

Sie errötete und strich dem Pferd über die Mähne. – Er schreibt mir die längsten Briefe, sagte sie, und die schönsten! Ich zeige sie keiner Seele, außer Bêne; die bringt sie mir und bringt ihm wieder meine Antwort. Wir sind einander verlobt und haben schon den Ring gewechselt. Wir haben vorläufig erst einen. Darum geht er hin und her, und so tragen wir ihn beide, und keins von beiden.

Woher kennt Ihr ihn denn? fragte Parzivâl.

Wir kennen uns mit dem Herzen, antwortete sie, das genügt!

Wollt Ihr sagen, daß Ihr ihn noch nie gesehen habt?

Das war nicht gut möglich, denn ich saß ja mein Lebtag gefangen. Er wollte mich erlösen und hätte es auch getan. Aber Frau Orgelûse verfolgte ihn mit ihrem Haß und sandte ihm ihre Mörder. Er hatte alle Hände voll zu tun, ihren Zauber zu vereiteln, und konnte mir seine Liebe nur geschrieben senden. Nun aber hat sie meinen Bruder verhext, und der muß ihn töten, ich weiß es.

Die Welt ist kurios, dachte Parzivâl. – Was hat die Unschuld auf meinem Schimmel mit dem Geck von Rosche Rabbîns zu schaffen!

Ich lasse nicht von ihm, sagte sie und fingerte an der Mähne des Grâlspferdes, viel lieber sterbe ich mit ihm!

Ja, so hatte jeder und jede ein Herzensabenteuer, der Tatsachen ungeachtet. Aber diese verjüngen sich immer wieder aus den Wünschen, wenn sie aufsteigen aus keinem vernünftigen Grund.

Fräulein Itonjê schwieg, nun doch beschämt von ihrer Todesbereitschaft, und fragte leise: Wie ist er denn? – Ich meine, Ihr habt mit ihm gekämpft –

Parzivâl nahm sich Zeit für die Antwort. – Kämpfen ist nicht die beste Art, einen Mann kennenzulernen, sagte er. – Man ist zu sehr mit sich selbst beschäftigt. Aber jetzt, wo Ihr's sagt, kann ich mich tatsächlich an etwas Zartes erinnern. Sein Schlag war darum nicht minder männlich.

Wie sieht er aus? fragte sie.

Prächtig, so weit man das in der Rüstung feststellen kann, antwortete der Rote Ritter. – Seine Bewegungen kamen mir elegant vor, lässig und doch geradezu. Er atmet regelmäßig und duftet nach Gewürz, Weihrauch oder Myrrhe.

Ich habe eine Bitte, Herr Parzivâl, sagte sie. – Ich möchte einmal vor Euch auf diesem Pferd reiten.

Da sie die Augen niedergeschlagen hatte, sah sie nicht, daß er lächelte. – Komm, Pferd, sagte er, halt dich still. – Er faßte im Bügel Tritt, schwang sich hinauf, und seine Arme reichten unter denen des Mädchens hindurch nach dem Zügel. Er spürte den leichten Druck ihrer Schulter gegen seine Brust, seiner Arme gegen ihren Busen.

Als sich das Pferd in Bewegung setzte, fragte sie: Hat es keinen Namen?

Gebt ihm einen, sagte der Ritter, tauft ihn.

Liliencrôn, sagte sie ohne Zögern.

Ist das nicht ein Frauenname? fragte er. – Er wäre ein Hengst.

Gleichviel, sagte die Reiterin.

Dann sagt ihm den Namen ins Ohr, antwortete Parzivâl.

Sie tat's und lehnte sich an seine Schulter zurück; und während Liliencrôn weiterschritt, den Lagern zu, fühlte Parzivâl, wie es ihm die Brust hob, seit langem zum ersten Mal.

Im Zelt des Königs Artûs saßen die Männer beieinander, und als die Gläser mit Falernerwein gefüllt und der dienstbare Betrieb verklungen war, herrschte die Stille der Ratlosigkeit. Der König hatte den Neffen in seiner Stimmung nicht ziehen lassen wollen; aber nun saß dieser da wie ein Gespenst und vertiefte die Sorgen und das Schweigen. Herr Bêâcurs streichelte seine violetten Strumpfbeine. Herr Lanzelôt drückte die Finger einer Hand gegen den Hinterkopf, so daß die Gelenke hörbar knackten.

Ja, sagte König Artûs. – Zum Wohl, ja –

Wir hatten der Abenteuer so viele, fuhr er fast zaghaft fort, daß es für einen Winter reichen müßte. Sie sind ohnehin nicht mehr, was sie waren. Auf Mißverständnissen beruhten sie schon öfter, und die Auflösung geschah nur zum Schein ... den respektierte man immerhin, und so war auch einiger Spaß dabei. – Jetzt geht etwas Neues durch die Welt, ich will ihm keinen Namen geben. Es ordnet sich nicht mehr ein in das Schöne Wesen und verdirbt am Ende jedes Spiel. Das Maß geht verloren –

In diesem Augenblick blies das Hörnchen draußen das Besucher-Motiv.

Nur herein, sagte König Artûs, es kann nicht schlimmer kommen.

Es kam durchaus schlimmer, auch wenn die eintretenden Knaben artig genug aussahen. Es waren die zwei schräg versilberten Herolde, die dem König Gramovlanz atemlos vorausgeschrien hatten. Aus der Nähe betrachtet, trugen sie wohlgeschnittene Pagenköpfe auf ihrem heraldischen Kostüm und etwas ganz Neues auf der Nase: nämlich zwei Gläser, die von einem silbernen Joch zusammengehalten waren; diese ließen ihre grauen Augen zu groß erscheinen und für ihre Jugend zu klug.

Unser König Gramovlanz entbietet König Artûs seinen Gruß, sagten sie gleichzeitig mit geübten Stimmen.

Ebenfalls zum Gruß, sagte Herr Artûs ohne allen Singsang. – Was bringt Ihr Neues?

Unser Herr bittet Euch, dafür zu sorgen, daß morgen der Richtige antritt, sagten sie. – Er könne nicht mit jedem Ritter kämpfen. Sein Gegner sei Herr Gâwân, kein anderer.

Da hatte man die Bescherung, und sie war auch noch eine ausgemachte Provokation. Parzivâl war nicht »jeder« Ritter, und von Gramovlanzens Niederlage war erst recht die Rede nicht mehr.

Incroyable! rief Herr Bêâcurs.

Das ist Frau Orgelûsens Werk, sagte Herr Lanzelôt. – Wir waren schon so gut wie versöhnt, da konnte sie fünf nicht grade sein lassen.

Fünf *sind* nicht gerade, Herr Lanzelôt, sagte Gâwân. – Meldet Eurem Herrn, ich stehe ihm zur Verfügung.

Soll der Unfug denn gar nie enden! rief Herr Artûs. – Ist das alles, was Ihr für uns habt?

Für Euch: alles, sagte der eine Brillenträger.

Und zum ersten Mal sah man König Artûs dasitzen als ganz alten Mann.

Für *Euch* ist das alles, meldete sich der andere Knabe. – Aber alles ist es nicht.

Was noch? fragte der König tonlos.

Wir sind Boten, sagten die beiden, aber es gibt auch eine Botin. Das ist Fräulein Bêne. Sie bringt das übliche Brieflein.

Die Formulierung war so unverschämt, daß Herr Artûs Zeit brauchte, das Erstaunliche daran zu bemerken.

Liebespost? fragte er, auch an diesem Tag? für Fräulein Itonjê?

Wir sagten es eben, erwiderten die Boten; und angesichts dieser gesteigerten Frechheit begann es um Herrn Artûs' Mund zu zucken und in seinem Kopf zu arbeiten.

Liebespost! an diesem Tag? rief es zur gleichen Zeit im Damenzelt, diesmal aus dem Mund Frau Arnîves. – Wo kommst du denn her, Enkelkind? Echauffiert, und mit Tannenkehricht im Haar?

Das bleibt mein Geheimnis für immer! flüsterte Fräulein Itonjê entschlossen. Sie stand im Zelteingang und zog Bêne das rosenfarbene Röllchen aus der Hand; umwunden war es mit einem Zweiglein aus Silberdraht.

Sie wickelte den Brief auf und begann, der strengen Aufmerksamkeit ganz ungeachtet, zu lesen; ihre Augen wanderten Zeile um Zeile ab und füllten sich mit Tränen. Am Ende sank sie auf ein Polster und schlug sich die Hände vors Gesicht, nicht ohne das Röllchen dabei an den Busen zu drücken, der gar nicht so klein war wie etwa der Cundrîês.

Es ist zu schön! flüsterte Itonjê unter Tränen.

Du weidest dich an Liebesgrüßen, Mädchen, sagte die Großmutter Arnîve aufgebracht. – Dein Herr und Bruder Gâwân wird in sein Verderben getrieben, und du techtelst und turtelst mit seinem Todfeind?

Fräulein Itonjê sah sie an mit tränenempörten Augen. Was soll ich denn tun? fragte sie. – Ich will doch auch keinen Kampf!

Dann verhindere ihn, in Gottes Namen! Wenn du den Laffen liebst – ich meine, den edlen König Gramovlanz –: so bestell ihm, er möge deine schwesterliche Liebe respektieren, bevor er auch nur daran denken darf, nach deiner Minne zu seufzen! – Oder liebst du Gâwân denn gar nicht?

Ja! sagte Itonjê herzzerreißend, – aber Gâwân *will* ja doch kämpfen!

Den Teufel will er! rief Frau Arnîve, er blutet noch immer aus allen Wunden, die ihm Schastelmarveile geschlagen hat –

Das ist nicht meine Schuld! entgegnete Itonjê mit erhobenem Kopf. – Ihr habt ihn bluten lassen, Ihr und die Frau Mutter – und wenn Ihr schon von Techteln und Turteln redet –

Genug! rief Frau Sangîve scharf. – Untersteh dich, zusammenzuwerfen, was nicht zusammengehört!

Wie dem auch sei, fuhr Frau Arnîve gedämpfter fort, jedenfalls kennst du den Zorn Frau Orgelûsens, und –

Sie ist es, die ihm zu schaffen macht, nicht Gramovlanz! rief Itonjê. – Wenn er blutet, dann ihretwegen! Sie ist –

Sie ist, die sie ist, sagte Frau Arnîve, fest steht nur, unser Herr Gâwân darf nicht mehr kämpfen –

Wo hast du deine Augen! schrie Frau Sangîve immer noch aufgebracht. – Oder hast du nur welche für dein Hirngespinst?

Hier zieht es! sagte Frau Ginovêr und schloß den Zeltvorhang. – Liebes Kind, fuhr sie fort, zu Itonjê gewandt, du willst deinen Bruder retten und deiner Liebe die Treue halten. Habe ich dich gut verstanden? Ich denke, wir reden mit Artûs. In solchen Sachen ist er unübertrefflich. Wenn einer die Herzogin begütigen kann, dann er – sein Sachverstand ist ohne Beispiel. Aber dazu ist nötig, daß wir Frau Orgelûse lieben und verstehen –. Werte Bêne, hol uns doch unsern Herrn.

Und Herr Artûs kam, und er kam noch so gerne. Denn im Zelt der Herren war gerade der gegengleiche Schluß erreicht worden:

wenn hier Eine noch zu raten wisse, so sei es Königin Ginovêr. Das Königspaar hatte sich das Harmonieren zur Pflicht gemacht. Je weiter der Lebensfrühling mit seinen Stürmen zurücklag, desto freundschaftlicher war ihr Einverständnis geworden. Zwar bezog es sich nur auf Dinge der Welt; doch für ein Paar, das eine Welt zu vertreten hat, will das nicht wenig sagen. In das, was sie Privatgefühle nannten, redeten sie einander nicht mehr hinein; und auch diese hatten sich ja im Lauf der Jahre beschwichtigt zu Nuancen höfischer Kultur. Auch auf Herrn Lanzelôt hatte sich inzwischen etwas von jenem Schnee gesenkt, der die Leidenschaften stiller macht.

Edler Herr und Wirt! sagte Frau Ginovêr, nachdem sie Itonjê um das Pergamentlein gebeten hatte, die es ihr überraschend willig überließ –: Eure liebste Nichte hat wieder ein hinreißendes Brieflein bekommen. Habt Ihr Lust, den Absender zu raten?

Herrn Artûs' Miene heiterte sich sofort auf – für ein Spiel war er immer zu haben, besonders wenn er es durchschaute. So nannte er eine Reihe jugendlicher Herren, die in Mode waren und in Betracht kamen. Doch Itonjê, erst wider Willen belustigt, lachte immer herzhafter dazu, und am meisten, als Herr Artûs den Namen des Turkoyten nannte. Frau Sangîve errötete und durfte sich doch des Mitlachens nicht erwehren.

Ihr ratet es nicht! entschied Frau Ginovêr, so hört und staunt! Nein – Ihr müßt es von ihr selber hören – sprecht, liebe Nichte, geniert Euch nicht!

Gramovlanz! verkündete Itonjê, und es klang wie die Fanfare der doppelten Herolde, nur heller und silbern, aber auch mit einer kleinen Beimischung von Stahl. Sie ließ jeden Titel weg, um an der Vertraulichkeit keinen Zweifel zu lassen.

Was? wie? polterte Herr Artûs, nachdem er sich zwei Atemzüge lang fassungslos gestellt hatte. Das Schauspiel seiner Entgeisterung war vollkommen.

Gramovlanz? fragte er ungläubig. – *König* Gramovlanz?! Unser aller bester Feind? Und der ist Euer *Amî*?

Ja! bekannte Itonjê wie vor dem Altar.

Briefe? flüsterte Herr Artûs. – *Billets*? Wie lange schon?

Und einen Ring! sagte Itonjê.

Einen Ring? rief Artûs mit jener überschnappenden Stimme, die in der ganzen Welt berühmt ist und die auch Ritter, denen der Diskant gar nicht bekommt, nachzuahmen suchen. – Wie geht das zu?

Ihr seid so gut wie verlobt? und habt doch in Banden gelegen zu
Schastelmarveile, wenn ich recht höre? Ich habe Euch zeither dieses
Lager nicht verlassen sehen, so viel ich weiß! Wer hat Euch Boten-
dienste geleistet?

Bêne! sagte das Fräulein.

Bêne! schrie Herr Artûs, herbei mit ihr! Das ist ja eine charmante
Geschichte!

Aber sie stand ja längst da. Und Herr Artûs war bei allem Theater
ganz außerstande, das Wort »charmant« rein abfällig auszusprechen.
Bêne fühlte längst, daß sie in ein wohlinszeniertes Drama geraten
war. Sie verneigte sich mit dem Ausdruck tiefer Zerknirschung.

Hausfrau! sagte König Artûs zu Frau Ginovêr, meint Ihr nicht, es
werde hohe Zeit, die Herzogin in Person beizuziehen? Denn der Fall
ist schwer! Holt sie nur selbst, Bêne, das sei der Anfang Eurer Sühne!
Meldet Ihr, wir bedürften aufs Dringendste ihres Rats, denn sonst –
er besann sich einen Augenblick – sonst wüßten wir nicht mehr, wie
wir König Gramovlanz der verdienten Strafe zuführen sollten!

Nein! rief Itonjê. – Sie nicht! Bitte nicht *sie*! – Die Jungfrau zitterte.

Sei ruhig, Kind, sagte Frau Ginovêr, wir werden ihren Zorn gemeinsam tragen.

Und Frau Orgelûse kam. Schweigend stand sie im Eingang des
Zeltes. Sie sah Itonjê in Tränen, die Hände vor dem Gesicht; und
auch die begleitende Bêne blickte beschämt. Die beiden älteren Damen standen mit tragischen Mienen.

Ihr habt befohlen, sagte Frau Orgelûse. – Bitte.

Wir haben Euch nichts zu befehlen! erwiderte König Artûs mit
leiser Stimme. – Wir *bedürfen* Eurer und Eures deutlichen Urteils.
Es liegt ein Fehltritt vor, eine ganz frische Entdeckung. Die junge
Dame hier empfängt Briefschaften dieses Herrn von Rosche Rabbîns
– Liebespost!

Frau Orgelûse reckte sich unmerklich. Sie war blaß geworden und
streifte das Mädchen mit einem Blick, der mochte schneidend gemeint sein. Doch viel eher war er bestürzt und verletzt.

Interessant, sagte sie. – Ich weiß nur nicht, was es mich angeht.

Uns geht es an, erwiderte Herr Artûs, da es natürlich gar nicht
angeht. Es betrifft uns, wir sind betroffen. Wir ahnen Eure Gefühle
für diesen Herrn, und diese Ahnung genügt, daß wir sie teilen. Euch
zu verletzen, verletzt zu sehen, wäre das Ende unserer Welt. Wir
denken an Bestrafung, aber um ihre Höhe sind wir verlegen. Was uns

einfällt, ist dem Gewicht der Sache noch keineswegs angemessen. Darum möchten wir sie in Eure Hand legen.

Ich soll ein Kind bestrafen? fragte Orgelûse.

Sie gibt vor, ihn zu lieben! sagte König Artûs.

Ich gebe nichts vor! rief Itonjê, ich liebe ihn! Mehr als mein Leben! fügte sie entschlossen hinzu.

Sie kennt ihn nicht einmal, sagte König Artûs leise, Ihr aber, Herzogin, kennt diesen Mann *à fond*. Ich bitte Euch, das Kind aufzuklären.

Frau Orgelûse zwang sich zu einem schiefen Lächeln, dann lachte sie wirklich, doch es klang wie ein Schmerzlaut.

Aufklären? sagte sie. – Er hat meinen Mann erschlagen, das genügt mir, sonst mag er sein und tun, was er will.

Er soll seiner Strafe nicht entgehen, sagte König Artûs, dafür steht uns Gâwân gut. Er ist zwar noch etwas mitgenommen. Aber warum soll Gott nicht noch einmal ein Wunder an ihm tun? Er hat es getan, gestern, als er ihm, statt des mörderlichen Gegners, Herrn Parzivâl schickte, der ein ritterlicher war. Das viel größere Wunder aber hat Gott schon gewirkt, als er ihm Euch schickte, die generöseste der Frauen. Er kann ein drittes Wunder tun und Herrn Gramovlanz morgen vom Pferd schlagen, durch die Hand unseres kranken Neffen Gâwân, Eures Liebsten.

Aber den liebe ich auch! rief Itonjê, er ist doch mein Bruder! Ich liebe sie beide, nur verschieden! So etwas könnte der Herzogin auch einmal widerfahren –

Still! rief Herr Artûs. – Sprich, wenn du gefragt wirst. Vorläufig fragen wir! Die Herzogin ist es, die dich zu fragen hat.

Sie schweigt, sagte Herr Artûs. – Die Herzogin verurteilt dich schweigend, und sie weiß, was sie tut.

Was steht denn in diesem Brief? fragte Frau Orgelûse, und ihre Stimme war nicht ganz fest.

Was soll drin stehen! erwiderte König Artûs. – Schnickschnack. Die üblichen Albernheiten.

Ich will es wissen! sagte Frau Orgelûse.

Es ist *mein* Brief! sagte Itonjê und riß den Kopf hoch. – Ich schäme mich seiner nicht!

Wenn du dich nicht schämst, sagte Frau Ginovêr sehr ruhig, dann liest du ihn der Herzogin vor.

Du kannst lesen? fragte Frau Orgelûse und sah sie zum ersten Mal an.

Nur langsam, sagte Itonjê, nicht schön. Aber ich kann. Ich habe
lesen und schreiben gelernt vom alten Klinschor.

Gut, sagte die Herzogin leise, dann möchte ich dich lesen hören.

Das Kind nahm den Brief Frau Ginovêr aus der Hand, rollte ihn
liebevoll aus und strich über die Buchstaben, denen sie dann, während sie las, mit dem rechten Zeigefinger nachfuhr. Und sie las:

> *Ich grüße die ich grüßen will*
> *Damit sie meine Sehnsucht still*
> *Frauelein ich meine dich*
> *weil du mit Trösten tröstest mich*
> *So gegenseits ist unsere Liebe*
> *sie weckt mir meines Glückes Triebe*
> *Dein Trost läßt andern Trost verblassen*
> *seit du mich läßt dich lieben lassen*
> *Du bist das Schloß vor meiner Treue*
> *entkräftest alle Herzens Reue*
> *Die Liebe dein schenkt Hilf und Rat*
> *und tut den Schatten von Untat*
> *aus meinem ganzen Herzen scheuchen*
> *so daß nach deiner Güete Bräuchen*
> *ich sittlich wandle unter Sternen*
> *sogar dem Polarstern dem fernen*
> *Und so wie Süd- und Nordpol stetig*
> *gepaart sich gegenüberstehen*
> *so bleib ich deiner Lieb erbötig*
> *laß nie sie in die Brüche gehen*
> *Wie Gott so dir vertraute Magd*
> *sei meine Sehnsucht dir geklagt*
> *Laß deine Hilfe Wunder tun*
> *Und gibt es wen, der nicht kann ruhn*
> *bis er dich hat mir abgetrieben*
> *er scheidt mich nicht von meiner Lieben*
> *Du und der Himmel werden's lohnen*
> *wenn ich mein Herz jetzt nicht darf schonen*
> *Laß immer mich dein Dienstmann sein*
> *Und bleibe mein, mein mein, mein mein.*

Itonjê hatte diese Verschen ebenso andächtig wie mühselig gelesen, mit den Betonungen des Ungeschicks, die denen des Texts ahnungslos widerstrebten. Es wurde fast eine Litanei daraus, in der die Unschuld des Herzens sich selber feierte. Wenn Artûs Mühe hatte, das Lachen zu verbeißen, so ließ diese Mühe seine Miene nur noch grimmiger erscheinen.

Frau Orgelûse hatte zuerst mit höhnisch gequältem, dann mit leicht geöffnetem Mund zugehört, wie verwundert, daß es dergleichen in der Welt noch gebe. Dann wandte sie sich heftig ab, und es war wohl kein Hohnlachen, was ihre Schultern hob und senkte.

Itonjê, ebenso beglückt wie betreten, sah es nicht; denn ihr Kopf hatte sich so tief gesenkt, daß sie das Pergament mit den Lippen berührte. Es gab keine Stimme, das Schweigen zu stören.

Frau Orgelûse hatte sich umgewandt; sie fragte ruhig:

Und daß er dein ist, willst du das ebenso?

Ja, Herzogin, sagte Itonjê. – Bitte schön.

Dann müssen wir sehen, daß es morgen nicht zum Kampf kommt, sagte Frau Orgelûse.

Sie waren – bis auf Fräulein Itonjê – zu klug, um laut aufzuatmen; die Inszenierung war aus dem Ruder gelaufen, und eben so gelungen, über jedes Erwarten. Herr Artûs genoß die Schönheit der Wendung, mußte sich aber auch sagen, daß man dafür nur Darsteller verwenden kann, die nicht wissen, daß sie solche sind.

Meint Ihr? fragte er mit der Miene tiefen Zweifels, dann plötzlich erheitert. – In der Tat, das wäre die Lösung – daß sie uns nicht eingefallen ist! Ich wußte, daß wir uns nicht vergeblich an Euch wandten. – Die Frage ist jetzt nur, wie wir die beiden Männer dahin leiten, die Sache in Eurem Licht zu sehen.

Mit Gâwân hat es ja wohl keine Not, sagte Frau Orgelûse.

König Artûs verneigte sich. – Bleibt der Andere, sagte er, in seinem abscheulichen Unverstand. Waren nicht eben seine Boten da?

Sie sind es noch, mein Herr und Wirt, sagte Frau Ginovêr. – Sie dürfen nicht weichen, ehe sie die Antwort der jungen Dame in der Hand haben.

Was soll ich ihm denn nun schreiben? fragte Fräulein Itonjê mit kleiner Mädchenstimme; und sie fragte es Frau Orgelûse. – So schön wie er kann ich's nicht, und jetzt auch noch schnell!

Da müßt Ihr schon selbst Rat wissen, sagte die Herzogin, doch allzu scharf klang es nicht.

Oh! sang Herr Artûs, dann werde ich die Boten erst ein wenig herumführen und ihnen das Lager zeigen. Sie haben einen merkwürdig bewaffneten Blick, aber ich denke, wir können auch davor bestehen. An Rosche Rabbîns reichen wir natürlich nicht heran –

Sie sind verständig, Herr, sagte Bêne, und außerdem verschwiegen.

Daß sie verschwiegen sind, glaube ich Euch aufs Wort, auch wenn Ihr immer noch Grund hättet, nicht vorlaut zu sein, sagte Herr Artûs mit verdecktem Lächeln. – Ich möchte Euch einstweilen nicht aus den Augen lassen, darum wäre es mir recht, wenn Ihr mich begleitetet. Darf ich Euch erst in Euer Zelt führen, Herzogin? – Und er reichte Frau Orgelûse den Arm. Aber da sie ihn nahm, verwirrt von der merkwürdigen Stunde, belebt vom ärgerlichen Gefühl überlistet worden zu sein, und dem heiteren über so viel Aufwand, getrieben und erspart –: da erhob sich Frau Arnîve. – König Artûs, sagte sie, Ihr werdet uns doch die Herzogin nicht schon entziehen? Wir haben seit Schastelmarveile keine ruhige Stunde mehr gehabt, uns auszusprechen.

Ja, stimmte ihre Tochter Sangîve bei, nachdem sie uns unsern Retter entrissen hat, kaum hatten wir begonnen, uns seiner zu freuen!

Außerdem, rief Frau Ginovêr, müßt Ihr Klinschors *Tea* kosten, aus dem blutigen doch mutigen Pegü!

Frau Orgelûsens Lippen kräuselten sich, doch sie ließ sich halten und blieb; während Herr Artûs, mit gespieltem Trotz, ganz unwillens schien, ihren Arm wieder loszulassen.

Doch gab er sich schließlich mit Fräulein Bêne zufrieden und nahm Urlaub. Und während die Damen im vorderen Teil des Zelts das Gebräu versuchten, setzte sich Itonjê im hinteren an ihre kleine Schreibwerkstatt und begann den Gänsekiel, nachdem sie ihn lange an die Lippe gesetzt hatte, in die Tintengrube zu tauchen. Sonst pflegte sie nicht zu dulden, daß Schwester Cundrîe ihr über die Schulter blickte; doch heute schien es nicht unwillkommen. Sie war vom Schmollen nicht weit entfernt gewesen; der Zwiespalt, nun auf dem Wege der Lösung, hatte ihr das Leben zwar schwer gemacht, aber auch großartig.

Ich habe mit Parzivâl gesprochen, sagte sie, er hätte die Sache auch *so* gerichtet.

Parzivâl? fragte Cundrîe, wer soll das sein?

Der Rote Ritter, sagte sie. – Der Größte.

Der Rote Ritter? fragte Cundrîe. – Der gestern Herrn Gâwân schlug, und heute Gramovlanz?

Gâwân hat er geschlagen, Gramovlanz nicht, sagte Itonjê.

Oh, sagte Cundrîê, nicht ohne stilles Vergnügen. – Ich war dabei und hab's selbst gesehen. Er lag am Boden, Gramovlanz.

Weil sie ihn festhielten, sagte Itonjê, sonst hätte er Ernst gemacht.

Bitte! sagte Cundrîê. – Wenn du es besser weißt als alle andern, die dabei waren?!

Ich weiß, was ich weiß, sagte Itonjê, und ich weiß es von Parzivâl selbst. Er war schon so gut wie am Ende. Und ich habe auf Parzivâls Pferd gesessen, erst ganz allein, und dann mit ihm. – In seinem Arm! fügte sie hinzu.

So? sagte Cundrîê. – Ich dachte, du bist treu?

Er auch, sagte Itonjê. – Parzivâl ist anders als jeder andere Mann. Er ist der größte Mensch.

Cundrîê verbiß sich, was ihr über die Lippen schlüpfen wollte. Dann sagte sie: Und was schreibst du ihm jetzt, deinem König Gramovlanz?

Nicht viel, sagte Itonjê. – Nur: du sollst nicht kämpfen, um meinetwillen. Dann tut er es auch. Das heißt, er tut es nicht. Es kostet mich nur ein Wort.

Und sie machte sich daran, dieses Wort hinzuschreiben, bedächtig und mit großen Zügen ihrer wohlgeübten, langsamen Hand, die nur ein wenig zitterte, vor Aufregung, Wichtigkeit und Stolz.

ABGESANG
WORIN DIE RITTERLICHE BÜHNE
SO WEIT AUFGERÄUMT WIRD,
DASS SIE SICH VOR DEM NÄCHSTEN BESUCHER
SEHEN LASSEN KANN

Herrn Artûs, der inzwischen mit Bêne und den Brillenträgern sein Lager abschritt, kümmerte es nicht, ob er seine Zeit verlor. Denn er genoß sie und liebte es, den beiden Jungherren, die in der Tat ganz helle wirkten, die Machart seiner Zelte, das leichte, doch gewählte Mobiliar, die ambulanten Kunstwerke und tragbaren Schätze, die Rüstkammern und Marställe vorzuführen, um womöglich ihre Zurückhaltung zu besiegen. Er war pikiert, daß es ihm nicht so recht gelingen wollte, und konnte sich nicht enthalten zu fragen:

Pardon, Messieurs: wie kann der Haushalt Eures Herrn vor Euren kritischen Augen bestehen? Er scheint mir noch überflüssiger als der meine, und dabei nicht immer vom sichersten Geschmack.

Herr Artûs, wir dienen König Gramovlanz als freie Mitarbeiter, erwiderte der eine Zwilling, und das bedeutet, daß wir mit ihm keineswegs über seinen Geschmack streiten müssen. – Und so streiten wir auch nicht darüber, setzte der andere hinzu.

Ihr scheint mir frühreif, erwiderte König Artûs bedächtig, da müßt Ihr mir das Rätsel lösen, wie es kommt, daß Ihr Euch für Kuriositäten hergebt, als da sind das atemlose Vorweglaufen vor seinem Karren, oder das Ausrufen von Sprüchen, die ich monoton nennen muß, um ihnen keine schärferen Namen zu geben. –

Der eine Zwilling lächelte. – Herr Gramovlanz mag uns atemlos wünschen, und wir erscheinen ihm auch gerne so. In Wirklichkeit üben wir unseren Atem. Das ist auch für andere Zwecke nützlich. – Der Andere fügte hinzu: Jedenfalls wird es unserem Herrn gefallen, daß Ihr uns bemerkt habt. Das ist in seinen Augen unser Zweck. In unsern Augen haben wir einen eigenen.

Was sagt Ihr, Fräulein Bêne? fragte König Artûs. – Das hat doch eine Art, wie die jungen Herren reden! Es erinnert mich ein wenig an Eure Art.

Wenn ich Euch zustimmte, würde ich Euch widersprechen, lächelte Bêne.

Wie das? wollte Herr Artûs wissen. Sie standen vor dem eigentlichen Schatzzelt, doch er winkte dem Wächter, es *nicht* zu öffnen.

Es hätte wenig Art, auf eine Schmeichelei hereinzufallen, sagte Bêne, und Ihr müßtet nicht eben hoch von mir denken, um sie für nötig zu halten. Da Ihr sie aber ausgesprochen habt, bleibt mir nur die Wahl, Euch für unritterlich zu halten; oder aber mich so dumm zu stellen, wie ich wäre, wenn sie mir Eindruck machte.

So etwas hat man früher Galanterie genannt! rief Herr Artûs verblüfft.

Wir täten gut daran, Höflichkeit und Nachsicht deutlicher zu trennen, erwiderte Bêne.

Parbleu! antwortete Herr Artûs, wo ist Euch so viel dialektische Kunst zugewachsen? Lernt man sie im Dienste des Herrn Gramovlanz?

Mit dieser Frage beantwortet Ihr diejenige, die Ihr anfangs gestellt habt, sagte der erste Zwilling, nämlich, wie wir den Dienst an unserem Herrn verstehen. Er soll darum nicht schlechter bedient sein, wenn wir uns unser Teil dabei denken. –

Ihr seid ja nachsichtige Teufel! lachte König Artûs. – In diesem Zelt bewahren wir übrigens die Tafelrunde auf – will sagen, was wir unterwegs für die Symbolik des Runden benötigen. Ich hüte mich, sie Euren Zungen auszusetzen, aber ich hätte nicht übel Lust, Euch dazu zu bitten. Gott weiß, mit wieviel Nachsicht ich *dann* von Euch zu rechnen hätte!

Seine Begleitung lächelte verbindlich.

Ach ja, sagte König Artûs, unser Witz, wie unsere Abenteuer, sind etwas in die Jahre gekommen. Auch denen, die an der Tafelrunde sitzen, kommt sie inzwischen wie ein Zitat vor. Und es geht mir damit wie mit Eurem Sophismus, Bêne: wer diese Ehre immer noch sucht, beweist nur, daß er für sie nicht in Betracht kommt. – Euresgleichen erwarte ich an keiner Tafelrunde mehr, sagte er mehr sachlich als bitter. – Doch bin ich aufrichtig gespannt, was aus Euch wird, und aus dem Rittertum, dem ihr noch immer Eure Stimmen leiht. Und wenn's nur wäre, um Euren Atem zu schulen.

Die Junker lächelten, ob höflich oder nachsichtig, war nicht zu entscheiden.

Ich werde Euch nicht weiter durch meinen Garten führen, sagte Herr Artûs, sondern geradezu mit Euch reden; denn Ihr werdet mein Geradezu schon in jene Sprache übersetzen, die Euer Herr ıovlanz versteht. – Es gibt hier eine junge Dame, die ihn liebt.

ı wenn Euer Herr ein Herzensbrecher sein sollte: dieses Herz wird er nicht brechen wollen. Das aber würde er unfehlbar, wenn er Herrn Gâwân träfe und gar erschlüge; denn dieser ist der Bruder jenes Fräuleins. Also sollten wir, sollten auch die beiden Kämpfer den Zweikampf tunlichst vergessen. Um Eurem Herrn das Vergessen zu erleichtern, legt ihm doch nahe, daß ich ihn auf den Abend zu meiner Runde lade. Vielleicht bedeutet ihm dergleichen noch etwas, anders als Euch. Bei dem ehrwürdigen Herrn Brandelidelîn glaube ich jedenfalls eine freudige Bestürzung wahrgenommen zu haben.

Die Zwillinge neigten den Kopf; der Eine nahm seinen Kneifer ab, als er sprach, und ungeschützt sah sein Gesicht plötzlich so jung aus wie alt.

Das wird nicht ganz leicht halten, sagten die beiden wie aus einem Mund; dann lächelten sie einander an und machten gleichzeitig eine verbindliche Geste, mit der einer dem andern den Vortritt ließ. Damit war man gleich weit wie zuvor.

Schließlich fuhr aber der Brillenlose allein weiter, bis sie wieder abwechselnd redeten.

Der Streit war auf dem Feld ja schon so gut wie geschlichtet, sagte der Eine, das ist wahr. Ich will aber nicht leugnen, daß das schroffe Nein! einer gewissen Dame meinen Herrn wieder stark erkältet hat. Man müßte wissen, ob es noch in Kraft ist. – Es wäre unserm Herrn nicht zumutbar, sagte der Andere, sollte er sich entschließen, Eure schmeichelhafte Einladung anzunehmen, bei Tisch eine Szene zu riskieren. – Ja, damit würde entschieden noch weiteres Geschirr zerbrochen.

Dieses Risikos, sagte Herr Artûs, habe ich mich inzwischen angenommen und verbürge mich jedenfalls für dessen Verringerung. Es ist uns sogar gelungen, der Herzogin Orgelûse eine Träne der Rührung über den Brief Eures Herrn an meine Nichte zu entlocken. Ich halte es für unwahrscheinlich, daß Herr Gâwân von sich aus auf dem Zweikampf besteht.

Diesen Gedanken haben wir uns auch schon gemacht, in der Tat, sagte der Eine oder Andere Zwilling, denn beide trugen inzwischen wieder ihre Gläser und waren kaum mehr zu unterscheiden. – Leider dürfen wir Euch nicht verhehlen, daß die Unlust Herrn Gâwâns zu diesem Kampf den Appetit unseres Herrn wieder gewetzt hat. Nicht nur, weil er einen Vater an ihm rächen will – seine Pietät zu diesem

Vater, den er selbst eine Triefnase genannt hat, hält sich in Grenzen. – Doch es gefiele ihm, einen leichten Sieg an seine Fahne zu heften, schon seiner jungen Dame zulieb.

Dann steckt Eurem Herrn, sagte Artûs nun ohne Federlesens, und zwar so klar, wie es Eure dialektische Schule erlaubt: daß er ihr mit diesem Kampf durchaus keinen Dienst erwiese, sondern ihr Glück zerstörte, statt das Seine zu machen.

Wir verstehen, sagten die Beiden aus einem Mund. – Wir werden uns bemühen. Die Mühe fiele uns leichter, wenn Ihr unserem Herrn halben Wegs entgegenkämt; denn begreiflich wallfahrtet er nicht gern ins Lager seiner Gegner.

Der Bräutigam wird die Braut doch besuchen und sich ihren Vormündern präsentieren wollen? entgegnete Herr Artûs. – Wenn ich nicht sehr irre, ist das Präsentieren seine Stärke, und er braucht sein Gefolge durchaus nicht knapp zu bemessen. Er wird ganz undiplomatisch herzlich empfangen werden, und hoffentlich unter Einschluß und Mitwirkung der Herzogin von Lôgroys. Was aber das Entgegenkommen halben Weges betrifft, an dem Euch oder ihm so viel gelegen ist ... dazu fällt mir etwas Artigeres ein. Ich will Eurem Herrn den Bruder Fräulein Itonjês entgegenschicken; nicht Gâwân, sondern Bêâcurs, der ihr nach allgemeiner Meinung wie aus dem Gesicht geschnitten ist und dementsprechend als der schönste Mann an meinem Hofe gilt. Wenigstens seine Beine sind ohne Fehl, oder waren es noch vor ein paar Jahren. Meines Wissens geruht Euer Herr seine Braut noch nicht zu kennen. Auf diese Weise begegnet er ihr eine oder zwei Stunden eher und gewissermaßen von Angesicht zu Angesicht, ohne das seine verlieren zu müssen durch allzu weitgehendes Entgegenkommen.

Das ist ein Meisterstück, Herr Artûs, sagten die Zwillinge unisono.

Herr Artûs bedankte sich für die »Nachsicht« der jungen Herren, und sie lachten zum ersten Mal herzlich.

Es bleibt uns nicht allzuviel Zeit, merkte der andere Zwilling an, zwar können wir dank unserer Atemübung fliegen, das Briefchen Fräulein Itonjês aber wird wohl noch auf sich warten lassen – ohne daß wir der Schreibkunst des Fräuleins nahetreten wollen. – Aber sie wird ihm ja nicht weniger geblümelt erwidern. Und Herr Gramovlanz pflegt seine Vorbereitung für einen Ausflug ausschweifend zu gestalten. – Wenn er Euch heute abend besuchen soll, dürft Ihr ihn nicht vor Sonnenuntergang erwarten, vorausgesetzt, unsere Mission sei von Erfolg gekrönt.

Wenn er Herrn Bêâcurs auf diese Weise im Zwielicht kennenlernt, antwortete König Artûs, wird das seiner Schönheit nur zustatten kommen, und auch mein armes Lager wird sich im Fackelschein großartiger ausnehmen als nüchtern betrachtet. Wir haben bengalisches Feuer, das die Reize der Braut verdoppeln wird, und auch sie wird sich für ihre Rüstung Zeit nehmen wollen; noch ahnt sie ja nichts von ihrem Glück.

Die Gruppe war am Rand des Lagers angekommen; hier, zwischen Waldrand und offenem Feld, stand ein einzelner Mann und blickte ins Weite. Fräulein Bêne erkannte ihn als erste.

Parzivâl! rief sie.

Er wandte sich um, sein Blick war trübe. Einen Augenblick herrschte Verlegenheit.

Haltet Ihr Wache für uns? sagte Herr Artûs. – Ich denke und hoffe, der Krieg ist vorbei.

Ich weiß nichts mehr zu tun, sagte Parzivâl.

Die Zwillinge hatten ihre Kneifer abgesetzt und sich auf ein Knie niedergelassen.

Wer seid Ihr? steht doch auf! sagte Parzivâl unwirsch.

Verzeiht, sagten die Zwillinge mit Einer Stimme der Ehrfurcht. – Wir hatten keinen größeren Wunsch, als eines Tages dem Roten Ritter zu begegnen.

Was wollt Ihr denn mit dem? fragte Parzivâl.

Wir erwarten Euren Befehl, sagte der Eine Zwilling. – Wir hoffen Euch zu dienen.

Womit? wozu? fragte Parzivâl.

Zur Veränderung, sagte der Andere Zwilling, und dann beide in Einem Atem: zur Veränderung der Welt. Wenn Ihr es nicht tut, tut es Keiner. Ihr seid berufen und erwählt.

Unsinn, sagte Parzivâl. – Aufstehen sollt Ihr. Wenn Ihr einen Befehl braucht, das war einer.

Wir brauchen noch mehr, sagte der Eine.

Wir können warten, der Andere. –

Ihr werdet uns finden, wenn Ihr uns braucht, denn wir sind brauchbar, sagten sie wieder vereint.

Parzivâl sah den König Artûs mit hochgezogenen Brauen an, der aber rührte sich nicht. Die Zwillinge erhoben und verneigten sich; das tat auch Bêne. Dann nahm sie den König Artûs bei der Hand und führte ihn ins Lager zurück. Die Zwillinge begaben sich zum Zelt der Frauen hinüber, um zu sehen, ob die Botschaft der Liebenden an den Geliebten schon reif geworden sei, um mit ihr fliegen zu können, mit geregeltem Atem, dem verabredeten Plan folgend.

Nicht sattsehen und -hören möchte sich die Fabel an den Versöhnungen und Zusammenführungen, Fest- und Hoch-Zeiten, die sie selbst angezettelt hat. Ein Wunder nach dem andern möchte sie, nachdem es eingefädelt ist, in ihren Strumpf wirken. Sie hat inzwischen so viel Personal zusammengerafft, daß sie Gefahr läuft, den kostbarsten Stoff zu verschwenden, mit dem sie es ausstaffieren kann, das ist: den guten Willen ihres Publikums. Mögen geneigte Ohren nun also an der allgemeinen Versöhnung dergestalt teilnehmen, daß wir diese kürzer abtun, als sie sich ereignet hat. Ohnehin liefert das Gewoge und schöne Durcheinander bloß den bewegten Hintergrund für Einen, der, diesseits der bengalischen Beleuchtung, im Halbdunkel des Waldrands stehen geblieben ist, wie ihn Herr Artûs mit seinem dialektischen Gefolge verlassen hat, und der nicht weiß, wie er der Held dieser Geschichte bleiben soll. Zum Glück weiß es die Fabel für ihn und mag jetzt auch den guten Willen zeigen, sich auf seine Kosten nicht weiter überflüssig zu bereichern mit Figuren, Schauplätzen und Hochzeiten.

Nun gibt es allerdings in der Welt, in der wir leben, und nach den Grundsätzen ihres Rittertums, keine überflüssige Bereicherung. Überfluß ist vielmehr die Grundnahrung der Fabel; er hat keinerlei Realität, und das wird von ihm auch nicht verlangt. Er soll ja vielmehr für sie entschädigen, und das heißt: für Armut, Hunger, frühen Tod, kurzes Leben und unendliche Langsamkeit. Einem Helden von diesem Stoff zu kosten geben, heißt natürlich: ihn für das ungetrübte Spiel verderben. Er ist gewissermaßen ein Unrecht gegen die Fabel, für das sie sich gelegentlich schadlos halten muß. – Denn sie läßt ja ihre Boten nicht fliegen, ihre Liebenden einander in die Arme stürzen, ihre Reiche unbesorgt und ledig liegen, während sie ihre Fabelhochzeiten ausrichtet ... weil sie es nicht besser wüßte. Sie weiß es nur zu gut, einmal aber möchte sie es anders hören, »total« anders, um im neuesten Jargon junger Ritter (die Quelle ist bekannt) zu reden. Daß der Mensch nicht fliegen kann, ist kein Grund gegen die Sehnsucht nach dem Fliegen (oder die Angst davor). Am Ende konnte der Mensch bekanntlich fliegen, überzeugte die Sehnsucht ein Naturgesetz von ihrer Notwendigkeit. Natürlich kann jetzt ein

Miesepeter kommen und sagen: fliegen, aber wie!? In einer Blech-
büchse eingeschlossen! In einen Apparat gespannt, der das Fliegen
zur Karikatur macht! Wir wollen Segel- oder Ballonflieger gar nicht
erst zu Worte kommen lassen, sondern der Kritik einfach recht geben: fliegen wie eine Elster, wie ein Falke, nein, das lernen wir nie.
Wenn es hoch kommt, heben sie uns die Brust, wenn wir sie im
Luftozean ziehen sehen; so hoch reichen wir nicht. *Darum* gibt es sie
ja, die Flüge der Fabel; darum kann Parzivâl nicht aufhören, den
Vögeln hinter die Horizonte zu folgen, wenn auch mit schwerer
gewordenem Fuß.

Doch ganz ohne Gewicht nimmt auch die Fabel nicht ihren Flug.
Das Fest darf sein, aber auch das Gewicht muß sein. Parzivâl mag
sich nicht mischen mit der Großen Festivität; aber er verdirbt sie
auch nicht und will keineswegs dagegen ausgespielt sein. So ritterlich
ist er immer noch geblieben – und als Leser der Welt erst recht
geworden.

König Gramovlanz aber, von den klugen Herolden und der buß-
fertigen Bêne (sie hat den »Hund« zurückgenommen) wohl beraten,
bricht auf in seiner Pracht, als ginge es zur Beize mit dem Bâruc. Er
trägt das Sperberweibchen, das ihm die unbekannte Geliebte geschickt hat, auf dem gelöcherten Handschuh, um es gewissermaßen
in den gemeinsamen Haushalt einzubringen. Im Hin und Her der
Brieflein und des Ringes hat bisher die fliegende Einheit der beiden
bestanden, an der alles lächerlich ist außer der Hauptsache; und ein
Sperber bleibt würdig und ansehnlich in jeder Rolle. Entzückt, wie
in der Handschrift des leibhaftigen Gottes, liest Herr Gramovlanz
vom Gesicht Herrn Bêâcurs, der ihm entgegengesandt wurde (mit 50
Knappen, *fast* ebenso reizend wie er) die Schönheit der Frau ab, die
ihn nicht zu kennen brauchte, um ihn jetzt desto sehnlicher zu erwarten. Es ist eine delikate Rolle, die der Höfling da spielen muß,
doch er ist sich der Schönheit seiner Beine zu sicher, um das Heikle
daran zu empfinden. Sehr viel heikler möchte man sich das Gespräch
denken, das Frau Orgelûse mit ihrem Herrn Gâwân führen muß –
und doch findet er es, zu seiner fast bestürzten Erleichterung, ohne
Spitzen und Sperren. Was muß mit Frau Orgelûse geschehen sein,
daß sie ihn, so weich geworden, in ihre Arme zieht? Als Ritter fragt
er nicht, er zeigt sich kräftig genug, die Gelegenheit bei ihrem roten
Schopf zu packen.

Die Fabel will auch nichts weiter wissen. Schlafende Hunde weckt

sie, anders als die indiskrete Wahrheitsliebe, nicht sehr gerne, besonders wenn sie die Hunde in aller Stille abgeführt hat hinter die Ku-
lissen, wo sie lärmen mögen, so laut sie wollen, da hört sie keiner. –
Herr Gâwân ist nicht der Forschertypus dieser Fabel; er hat es verdient, wieder einmal ihr Genießer zu werden, des Widerspruchs enthoben zwischen seiner abenteuerlich erworbenen Gewissenhaftigkeit und der nicht minder fabelhaften Lösung aller Fabelknoten –
zumal diese Lösung ja nur dazu dient, die Fäden, statt schief, besser
und musterhaft zu knüpfen. Herr Gâwân bleibt bloß seiner Erfahrung treu, wenn er die Dinge jetzt gut sein lassen kann: daß er ein für
allemal zu Frau Orgelûse gehört, und diese zu ihm; zumal ja sie
selbst es ist, die ihm die Versöhnung unverhofft süß macht.

Daß Frau Arnîve nach allem, was sie gelitten und vor allem: was
sie bewirkt hat, wohl aufgehoben zu werden verdient für ihre älteren
Tage – für deren Beschwerlichkeit von der Fabel nicht allzuviel zu
befürchten ist –, versteht sich unter edlen Herzen von selbst. Dafür
bedarf die würdige Dame jetzt einer gewissen Ansässigkeit. Und
Herr Gâwân, der ihr sein Leben verdankt (nachdem sie es ihm fast
verbittert hätte), findet in seiner Großmutter einen starken Grund
mehr, sich besser zu befestigen: sei es zu Schastelmarveile, das ja
auch ohne Hexerei ein Zauberschloß bleibt, oder in Norwäge, das
die Fabel nicht zu frostig wird sein lassen, oder wo immer: jedenfalls
im paradiesischen Jenseits unserer Aufmerksamkeit, das er redlich
verdient hat. Über den Rand der Fabel braucht ein Ritter, der ihre
Tücken so deutlich kennengelernt hat und sie eben darum respektiert, nicht mehr hinauszudringen.

Frau Sangîves Verbindung mit dem Leibwächter Flôrant wird
schon eher zu reden geben. Aber da sie die Fabel gestiftet hat, steht
auch der Zuschauerschaft jene Ritterlichkeit wohl an, die der Artûshof – Herr Gâwân voran – gegen das ungleiche Paar walten läßt. Ein
wenig *médisance* geht in den Kauf; wer liebt, beschämt diese viel
eher, als daß er durch sie beschämt wird. – Herr Lischoys Gwelljus
und Cundrîê sind, eine gewisse Entwicklungsfähigkeit des hartnäk-
kigen Verlierers vorausgesetzt, ohnehin ein schönes Pärchen, dessen
Zufriedenheit auch ein Diminutiv nichts anhaben kann. –

Für Fräulein Bêne, die bisher eine unbedankt Liebende geblieben
ist, sucht die Fabel gewiß eine würdigere Verwendung, als Ledigsein
und Einsamkeit sie zu bieten haben. Denn eine Leidenschaft, die so
viel tätige Vernunft gebiert, verdient ernster genommen zu werden

als eine, die sich's schon an ihrer Unschuld genügen läßt. Nachdem
Gramovlanz und Itonjê einer Botin nicht mehr bedürfen, wird die
Versorgung ihres Vaters, des Fergen, ein Frauenleben schwerlich aus-
füllen – zumal Herr Plippalinôt inzwischen ein gemachter Mann sein
dürfte. Nach dem Gewinn, der ihm aus dem Übersetzen ganzer
Heereszüge und der Verteilung von Klinschors Schatz zugewachsen
ist, wird er nicht mehr auf die immer etwas peinliche, ja erpresseri-
sche Vermietung seines Turnierplätzchens angewiesen sein. – Das
war er auch vorher nicht, um die Wahrheit zu sagen. Denn was er
seinen Gästen am Mund abgespart hat, das ist in seinen Scheunen,
Marställen und Schatzkammern wohl aufgehoben. Sein Sinn fürs
Geschäft wird ihn so bald nicht zu ruhigen Tagen kommen lassen,
und auch der Sinn für Verse und Schwalbenharfen wird sich gewinn-
bringend entfalten. Alles soll ihm gehören, was er packen kann – das
letzte Wort über seine Tochter denn doch nicht. Dafür ist Bêne zu
schade – und vielleicht war sie sogar zu schade für Herrn Gâwân,
dessen Versorgung sie auf Kosten ihres Herzens so großmütig betrieben hat.

Ob Frau Orgelûse auch wirklich für das Glück geschaffen ist, das
lernen mußte, ihr über so viel Sperren hinweg zu blühen? Begründet
mag die Frage sein, spielverderberisch bleibt sie trotzdem. Fürs erste
bleibt es dabei, daß die Fabel die Dame für dieses Glück *bestimmt*
hat, es sei ihr lieb oder leid.

Auch die weiteren Schicksale des Königs Artûs, seiner Königin
Ginovêr und ihrer zugewandten Damen und Ritter behandelt die
Fabel mit Gelassenheit. Sie weiß, dieser Hof wird dauern – so lange
wie sie. Wenn Herrn Artûs' feiner Mund so klug war, an dieser
Dauer seinen Zweifel anzumelden, so läßt ihn die Fabel einstweilen
ungerührt in ihrem eigenen Glücksverlangen untergehen und verläßt
sich darauf, daß die Umsicht Frau Ginovêrs ausreichen wird, das
Schlimmste zu verhüten. Das Ende des Königs Artûs soll *hier* kein
Thema sein, auch wenn es einer andern Fabel durchaus würdig wäre;
aber nun haben wir es mit dieser zu tun.

Natürlich darf sie sich bei ihrer Großen Zusammenführung nicht
alle Umständlichkeit schenken, auf die empfindende Figurenseelen
Anspruch haben. Sie läßt König Gramovlanz nicht einfach in sein
Glück reiten. Sie verstrebt es dienstbar nach allen Seiten, mit Rück-
sichten auf die Gefühle aller Beteiligten und der Einen Betroffenen.
Der Versöhnungskuß mit Frau Orgelûse, dem alle mit Spannung

entgegensehen, muß aus eben diesem Grund noch gute Weile haben.
Erst wird das Rosche Rabbînische Geleit mit Bêne und Brandelidelîn
beim Anreiten der Lager an dasjenige des Königs Artûs geraten, der
weiß, wie er die Fäden recht führen muß, damit sie sich nicht abermals verwickeln. Zunächst führt er dem Bräutigam die Braut zu –
alles andere wäre zu grausam. Gramovlanz und Itonjê müssen sich
endlich wirklich begegnen, und die Liebe, die sie dem Wesen nach
empfinden, womöglich auch in der Erscheinung kosten.

Dann aber führt der eine Oheim, Artûs, den andern, Brandelidelîn, zur Seite in ein Beratungszelt, gewiß, daß er das Liebespaar
getrost in der Hut einer passenden älteren Dame lassen kann. Dort
mag der gefühlsmäßige Boden für das allgemeine Glück verstärkt
werden, während die beiden Herren hier den politisch-diploma-
tischen dafür bereiten. Denn Herrn Gramovlanz und Frau Orgelûse
darf auch nicht die Spur ihres Gesichts verloren gehen, wenn sie
einander endlich küssen – nicht aus Güte und Freundschaft, das ist
gar nicht nötig. Nur aus Verantwortungsgefühl für das Glück der
Fabel.

Auf Herrn Brandelidelîns Solidität scheint inzwischen Verlaß zu
sein. Er hat seinen guten Willen schon bewiesen, als er Frau Ginovêr
grüßte – es war schon fast des guten Willens zuviel. Denn er wußte
ihr so durchdringend zu hofieren, daß einen Augenblick lang doch
der alte Sauritter wieder durchblickte und Herr Artûs bemerken
mußte: Ihr habt meiner Gattin der Artigkeiten genug gesagt! – So
ziehen sie den Faden weiter, jeder mit dem ihm eigenen Gelächter,
denn beiden ist klar – wenn auch auf unterschiedlichem Niveau –,
daß der nächste Zug Männersache sei, und zwar die Sache reifer
Männer. – Sie behandeln es keineswegs als Formalität, daß nach
gehabter Beratung, jeder in seiner Partei, der eine bei Gramovlanz,
der andere bei Frau Orgelûse, noch einmal für die starken Gründe
werbe, die für einen Schlichtungskuß sprechen. Es gilt die Wichtigkeit dieser Männer und Frauen zu respektieren, und dafür tut man
nie zuviel. Solche Weisheit erarbeiten reifere Männer im Gespräch,
den Frauen wird sie durch ihren Instinkt geschenkt.

Der nächste Schritt ist folglich dieser, daß König Artûs Herrn
Gramovlanz bei der Hand nimmt und sein Nahen – ohne Herolds-
geschrei – dem Quartier Herrn Gâwâns melden läßt; davon weiß
dieser natürlich auch so, aber die Kenntnisnahme verlangt die gehörige Formalität. Danach begibt sich Herr Gâwân ins Zelt seiner Frau

Orgelûse, die ihm ihre Bedingungen für eine Versöhnung nennt. Sie
sind sehr strikt. Herr Gâwân empfängt in aller Form den Befehl, auf
jeden Kampf mit Gramovlanz zu verzichten, auch wenn er danach
dürsten sollte. Gramovlanz aber soll gehalten sein, jegliche unartige
Nachrede gegen Herrn Gâwâns Vater zu unterlassen, namentlich die
des Mords. – Zum Meldegänger dieses Ultimatums bietet sich wiederum kein Geringerer als König Artûs selber an. Und nach schwer-
stem Bedenken erklärt König Gramovlanz, nachdem er sich ord-
nungshalber mit Itonjê unterhalten hat und von ihr kniefällig gebeten worden ist, Annahme der Bedingung.

Nun erst ist der Augenblick gekommen, wo die Männerfeinde
einander ganz neu begegnen und wo es Herr Gâwân wagen darf,
seine Dame, die Herzogin, dem Übeltäter zur Begegnung zuzuführen. – Es ist fast dunkel geworden, und im Zelt des Königs Artûs,
dem neutralen Treffpunkt, brennt nur eine Funzel, deren Licht die
Mienen der Beteiligten kaum hervortreten läßt. Dafür sind auf allen
Seiten die Zeltwände hochgeschlagen zum Zeichen völliger Offenle-
gung und freier Einsicht; nur das Runddach überwölbt als Baldachin
die wohlgeordneten Gruppen der Zeugen.

Frau Ginovêr hat nicht versäumt, die Königinnen von Schastelmarveile, Arnîve, Sangîve und Cundrîe, die letztere in gehöriger Begleitung, zuerst in ihr Lager zurückzugeleiten, dann aber festlich
wieder herzubitten. Nun gruppieren sie sich in der Nähe ihres Be-
freiers, Herrn Gâwân, der die Delikatesse hat, seine Liebste, um jede
Provokation zu vermeiden, von einem seiner Gefährten, Jofreit mit
Namen, führen zu lassen. Frau Orgelûse läßt den Damen Arnîve,
Sangîve und Cundrîe den Vortritt sowohl beim Absitzen wie bei der
Annäherung an das offene Versöhnungszelt. Herr Artûs empfängt
die Blutsverwandtschaft mit einem Kuß, läßt sie Frau Ginovêr förmlich umarmen und führt sie dann dem im Halbdunkel wartenden
Herrn Brandelidelîn zu, der das Küssen nicht unterläßt, und sie, eine
nach der andern, seinem Neffen Gramovlanz vorstellt, damit auch er
den gehörigen Kuß empfange.

Frau Orgelûse, jetzt wieder von Herrn Gâwân geführt, wird
gleichsam beiläufig auf diese Kuß-Spur mitgezogen, bis sie vor
Herrn Gramovlanz steht, der in noch tieferem Halbdunkel geblieben ist, der Funzel am meisten abgekehrt. Wer aber geglaubt hat, daß
Frau Orgelûse diesen Schutz benützen würde, um den letzten und
schwersten Kuß hinter sich zu bringen, als entspringe er einer Ver-

wechslung: der findet sich angenehm oder erschreckend getäuscht. Frau Orgelûse ergreift das Wachslicht mit der einen Hand und hebt es hoch, daß Gramovlanzens Blässe gestochen scharf hervortritt, nicht wie die eines Hochzeiters, sondern wie die eines Toten. Und indem sie ihren freien Arm um seinen erstarrten Nacken schlingt, küßt sie ihn auf den offenen Mund, und keineswegs flüchtig; Herrn Gâwân, der sie losgelassen hat, geht ein Stich durch die Seele. Ringsum sieht er teils Befremden in den Augen, teils Tränen.

Nun ist es auch noch an den Herren Gâwân und Gramovlanz, einander zu küssen; und der Liebste atmet den Duft seiner Braut im Gesicht des Feindes.

Ist noch eine Steigerung möglich? Ja, jedenfalls für den Geschmack der Mehrzahl. Denn nun wird, auf ein Zeichen König Artûs', das gezähmte griechische Feuer gezündet, und in die gelbe Helle, die es verbreitet, mischt sich das Grün und Rot bengalischer Lichter. Das Feuerwerk breitet sich über das ganze Artûs-Lager aus und läßt die Landschaft, die es umgibt, in um so tieferer Schwärze verschwinden. Das ist das rechte Hochzeitslicht. Und jetzt kommt die Stunde des eilig zum Bischof erhobenen Artûs-Kaplans Polykarp, der den Rötel mit dem Krummstab vertauschen mußte. Nacheinander kopuliert er – mit einer Würde, die dem Artûs-Kreis eigentlich nicht zusagt – Gramovlanz und Itonjê; Lischoys Gwelljus und Cundrîê, Flôrant und Sangîve, eigentlich: Sangîve und Flôrant. Selbstverständlich ist für die Hochzeit seiner Mutter und Schwestern Herrn Gâwâns weltmännischer Segen eingeholt worden. Wohl eine Stunde lang – niemand mißt die Zeit – gibt ein Ja-Wort das andere. Um die Kette der Fabel vollständiger zu schmieden, traut die Eminenz auch noch ein Dutzend weiterer Paare; und je länger das Schauspiel des Glücks dauert, desto selbstverständlicher spenden ihm die Zeugen Beifall, und zwar mit den Händen. Das ist wohl nicht die fromme Art, kann Gott aber auch nicht ganz ungefällig sein.

Ein Glied der Kette bleibt freilich offen: eine förmliche Trauung Herrn Gâwâns mit Frau Orgelûse gibt es nicht. Einige wundern sich; andere wollen wissen: sie habe schon stattgefunden, in aller Stille. Es ist genug, daß auch diese Frau ihrem Mann folgt; und daran wagt fast niemand mehr zu zweifeln.

Was bleibt noch zu tun? Selbstverständlich ist es das Dringendste, daß König Gramovlanz seinen Heer- oder Festzug nachkommen läßt, der sein provisorisches Lager in einiger Entfernung aufgeschlagen hat. Er hat also sein Gepränge nicht einmal dabei, als seine Hochzeit gefeiert wird, unverhofft vielleicht, aber wahrlich nicht überstürzt. Nun aber muß er doch noch zeigen, wie weit her es mit ihm ist. Die Zwillinge laufen hin, und an der Spitze des Volks von Rosche Rabbîns wieder her, doch ohne Geschrei und mit gemessenem Atem. Und es muß ihr Einfall gewesen sein, die Herren und Damen ihres Königs nicht nur in Keilform aufmarschieren, sondern in dieser Form auch ihr Lager aufschlagen zu lassen – und zwar so, daß seine Spitze, das Hochzeitszelt des Herrn Gramovlanz, den aus zwei Fischblasen oder Kaulquappen zusammengefügten Lagerkreis berührt, und zwar auf seiner beleuchteten Seite, dem Lager des Königs Artûs. Diejenige Herrn Gâwâns aber, das Heer Klinschors, ist nur sparsam hell, als verglühe dort, wie ausgetretene Glut, der letzte Glanz Schastelmarveiles.

Insgesamt ist, dank der Zwillinge Klugheit, aus dem Schlußpunkt, den die Fabel diesem versöhnlichsten ihrer Kapitel setzen wollte, ein Ausrufezeichen geworden. Um die Figur in ihrer ganzen Ausdehnung zu würdigen, hätte es der Vogelperspektive bedurft; auch an der sollte es nicht lange fehlen. Denn wer am dunkeln Rande dieses Glücks steht, wer von seinem Licht nicht geblendet ist, der kann ein Paar Eulen mit lautlosen Schwingen darüber hinstreichen sehen, aus dem Dunkeln wieder ins Dunkel, einem Horizont zu, den Feiernde nicht sehen: ihm aber, der allein dort steht, hebt es die Brust wie kein Glück.

DER AUS OSTEN

WORIN FEIREFÎZ ZUERST NUR ALS VORGESTELLTER,

DANN ABER ALS LEIBHAFT EINZIEHENDER

KÖNIG AUS DEM MORGENLAND

DEN TIEFSTEN EINDRUCK MACHT

Die Sonne stand schon hoch am Firmament, aber die Wiesen schimmerten feucht. Die hochzeitlichen Lager schliefen noch und bewach-
ten sich nicht.

Darum hielt niemand den Jungen auf. Er kam aus dem Wald gerannt in gestrecktem Lauf, aber auf eigenen Beinen; denn er hatte
kein Pferd. Er war klein, doch kein Kind mehr, und das Haar klebte
ihm in Zotteln auf der schweißnassen Stirn. Er hätte atemlos sein
müssen, seine Stimme aber blieb klar wie eine helle Glocke.

Ein Kampf! rief er. – Ein Kampf!

Auch wenn er nicht durchdringend gewesen wäre: in einem Lager
voll Ritter verklingt ein solcher Ruf nicht ungehört. Sie mögen tun
und lassen, was es auch sei: sie müssen sich aufrappeln und wappnen.
Sie können nicht anders. Kein Wort ist so unwiderstehlich wie dieses
eine. Der fragende Blick einer Dame? Die Frage muß sich gedulden.
Friedel, wie ist dir so? – Hast du nicht gehört: Kampf! – Nein, sie hat
es nicht gehört. So etwas hören Frauen nicht gern und immer zu
spät. Sie glauben nie, daß es etwas Gutes zu bedeuten hat. Was aber
ein Mann sein will, wird wach bei der ersten Silbe. Das Wort hat ja
auch nur eine. Die Ritterschaft hat den Ruf gehört, der ihr ältester
und eigenster ist. Da hilft kein Seufzen und Schmollen: aus den
Federn! aus Decken, Pfühlen, Pfelleln, Liebes- oder Lotterlagern!
Sie kriechen in ihre Rüstungen – wohl dem, der sie zu Hand hat, und
eine Frau neben sich, die ihm die ihre leiht, zum Schließen der Pan-
zerspangen, zum Nesteln der Helmschnüre. Schluß mit Verliegen,
hinaus ins Abenteuer! Aber in welches denn, und wo?

Sie strömten nicht gerade, aber sie tröpfelten aus ihren Zelten,
sammelten sich um die Quelle des Geschreis. Laut geworden war es
auf dem Platz zwischen Artûs' und Gâwâns Lager; denn ganz naht-
los fügten sich die Fischblasen oder Kaulquappen denn doch nicht
zusammen. Auf diesem Platz also stand und schrie er, der Knabe, der
den Minnefrieden störte, und konnte mit Schreien nicht aufhören,

bis sie alle da waren – die Hauptritter jedenfalls. Allmählich fanden sich auch die Damen ein, langsamer, denn auch die flüchtigste Bedeckung – gerade sie – bedarf eigener Sorgfalt. Aber Neugier ist kein geringerer Anreiz als Mannespflicht. Hier standen sie im Ring, bald zahllos, und starrten auf das verrückte Kind, das schrie.

Was für ein Kampf? fragte Herr Artûs endlich.

Ja, was für ein Kampf! antwortete der Schreier. – Ein Kampf wie noch keiner!

Wo? fragte Herr Gâwân.

Jâ, wo! rief der Junge. – Wenn ich das wüßte!

Man sah einander an, kopfschüttelnd, wenig amüsiert. Was sollte das!

Den müßte ich doch kennen! sagte Frau Sangîve.

Ja! fügte Frau Arnîve dazu, er trägt Klinschors Tracht.

Er bewachte die Bildsäule! wußte Frau Itonjê beizutragen. – Da bin ich ganz sicher.

Er ist mein Fliegender Bote, sagte Herr Gâwân. – Wer hieß dich kommen und stören?

Jâ! schrie der Junge, wer mich kommen hieß? Meine Augen! Ihr seht nicht, was sie gesehen haben. Ich störe? Ihr müßtet ja gestört sein, wenn ich euch stören sollte!

Das ging denn doch zu weit. Bevor der Unmut allgemein werden konnte, tat der Knabe einen ungeheuren Satz. Er sprang auf die Seite des Artûs-Lagers, daß die Damen aufschrien. Er richtete sich hoch auf, klemmte ein Ding von offenbar gewaltigem Gewicht unter den Arm – man sah keine Lanze und sah sie doch – und hob an zu galoppieren. Wie denn? in gestrecktem Lauf, und kam doch kaum vom Fleck. Es war, als drehe sich die Erde wie rasend unter ihm. Was für ein Bild, den Jungen dahinsprengen zu sehen, Roß und Reiter in einem –

Parzivâl! schrie Bêne.

Plötzlich stand der Junge ganz still.

Ahh! klang das Echo überraschten Erkennens aus vielen Mündern. Es war jetzt vollkommen klar, wen man gesehen hatte: den Roten Ritter, keinen andern. – Jetzt tat der Junge den zweiten Sprung, diesmal zur Seite des Herrn Gâwân. Dort schrie niemand auf, niemand konnte ahnen, was jetzt kam, oder wer. Und doch konnte man ihn kommen sehen.

Denn wieder hatte sich der Zottlige aufgerichtet, doch diesmal ganz anders. Er war mächtiger, das sah man mit einem Blick, sein Pferd höher gebaut, kühner und schlanker. Man sah es im Trab, im Galopp, in der Karriere – so hatte man noch keinen Menschen reiten sehen: als ritte der Sturm auf einer Wolke durch die Wüste. Schwer war der Reiter, leicht sein Ritt, die entfesselte Leichtigkeit – konnte ein Gott unwiderstehlicher sein?

Und wieder hielt der Fremde brüsk inne – und war nur noch der Knabe mit Zotteln.

Das war der Andere! sagte er laut.

Wer? rief Herr Gramovlanz bebend vor Ungeduld. – Wer reitet so?

Das wüßtet Ihr gern? antwortete der Knabe, ruhig ihm zugewandt. – Ich auch! Er blitzte von Kopf bis Fuß. Er war mit Edelsteinen besetzt über und über. Und auf seinem Helm saß ein Tier –

Behende verwandelte er sich in ein Geschöpf, das die Augen verwirrte mit seinem Gewiesel, seinem Wittern nach allen Seiten, seinem Sprung auf die Schlange – man sah sie nicht, und doch wand sie sich so giftig wie möglich.

Echidemon! rief der schöne Bêâcurs, der sich auf einen Knappen stützte.

Touché! erwiderte der Junge und verneigte sich.

Und dann? riefen sie alle. – Wie weiter?

Es fängt erst an! sagte der Knabe.

Und hatte sich mit einem Ruck verwandelt – in einen Ritter, der denselben Ruck als Stoß empfing, gegen den Hals, die Halsberge; sah man nicht die Lanze splittern? Der Ritter bäumte sich auf, doch er stürzte nicht.

Parzivâl! schrie es begeistert und klatschte in die Hände – und Applaus brach los, als hätte er auf dieses Zeichen gewartet.

Aber fliegend hatte sich der Knabe umgedreht – da war er schon der Andere. Und wieder der ungeheure Ruck und Schlag; wieder schien ein Kopf vom Hals zu fliegen, doch auch dieser Mann stürzte nicht.

Ahh! rief es aus vielen Mündern, bewundernd, bedauernd.

Aber der Erste – schon wieder Parzivâl? – hatte bereits gewendet; man sah ihn das Schwert aus der Scheide reißen – ja, es war Parzivâl, die Schlagführung war unverkennbar. Aber auch der Andere hatte sein Schwert gezogen, das, nach der Bewegung zu schließen, breiter und länger sein mußte – und jetzt fing es erst an, in der Tat.

Sie schlugen aufeinander ein, lautlos, und doch konnte man die

Helme dröhnen, das Schildholz krachen hören. Es gab kaum einen Augenblick der Unsicherheit, wer am Zuge war. Denn wenn ein Ahh! für Parzivâl fällig wurde, konnte man schon das Ohh! derer hören, die denselben Streich auf seinen Helm hatten fallen sehen; einen Streich, der die Erde hätte spalten müssen. Doch der Getroffene hatte schon alle Kraft zum nächsten Schlag zusammengerafft. Sie waren im Gemenge so gut wie Einer, die beiden Kämpfer. Man mußte auf die Füße des Jungen sehen, um wenigstens die Pferde unterscheiden zu können; denn der Unterschied zwischen Parzivâls Grâlspferd und dem Araber des Andern war unübersehbar. Oben jedoch, wo sie aufeinander einwalkten, schienen sie eins. *Ein Kampf!* allerdings.

Sie sahen den Knaben kaum mehr, so gut war sein Spiel. Sie vergaßen beim Zuschauen alle Schlafschwere, denn auch die Kämpfer waren unermüdlich. Ein Schrei zerriß die Luft, als Parzivâl vom Pferd sprang; der Andere schien sich zu besinnen, die Hufe tänzelten; dann sprang er nach. – Nun wurde der Wirbel heftiger. Der Eine schlug, der Andere parierte und hatte schon zurückgeschlagen, ehe noch der Eine dagegenhielt mit genauer Not. Doch je länger der Kampf dauerte, desto deutlicher sah man die Not sich nach der einen Seite neigen, und das Glück auf die andere – und es war *nicht* die Seite Parzivâls.

Noch niemals hatte man ihn im Schwertkampf ernsthaft wanken sehen – jetzt aber wankte er. Die Sprünge, mit denen er den Schlägen auswich, wurden schwerfälliger; das Ohh! begann allgemein zu werden, während das Ahh! sparsamer klang und der Beifall ganz verstummte. Noch einmal raffte sich der Rote Ritter auf, und Ahh! erscholl die Ermunterung, als er den Andern mit Kreuz- und Querschlägen zur Seite trieb; doch man konnte der Wucht die Schwäche, ja die Verzweiflung anfühlen. Der Gegner aber wich fast spielerisch aus – und dann war es wieder an ihm, Parzivâl zurückzutreiben, scheinbar ohne Halten –

Der Kampf hatte sich von der Mitte des Platzes zu Herrn Gâwâns Seite verlagert, der schreckensstarr zusah. Seine Fäuste ballten sich, sein Leib zuckte vor Begierde, dem bedrängten Vetter beizuspringen, der da vor seinen Füßen kurz und klein gehämmert wurde. Mit einem Sprung rettete er sich noch einmal, einen zweiten setzte er auf den Andern an – und ein Stöhnen lief durch die Zuschauer. Denn Parzivâls Schwert war zersprungen, indes der Andere wankte –

wankte, aber nicht fiel. Schon wieder stand er fest, in gesammelter Ruhe. Auch Parzivâl stand, doch auf zitternden Beinen. Noch ein Schlag des Andern, dessen Schwert unversehrt geblieben war, und um den Roten Ritter war's geschehen.

Die Runde war still geworden.

Der Andere stakte zur Mitte und hob die Waffe. Gleich mußte sie fallen, und Parzivâl unter ihr.

Statt dessen senkte der Andere den Arm. Und nun sah man, wie sie zu reden begannen, hörte aber kein Wort.

Was sagt er? schrie Frau Sangîve.

Der Darsteller drehte sich nach ihr um. Ich weiß es nicht, sagte er, die Bildsäule gab keinen Ton.

Der Knabe verwandelte sich in Parzivâl, mit gesenktem Kopf.

Und war schon wieder der Andere, der neigte sich ebenfalls.

Der Knabe richtete sich auf, als er selbst, und schüttelte die Zotteln. Das war's, sagte er, der Kampf.

Sie kämpfen nicht weiter? fragte Herr Gramovlanz.

Sie kämpften nicht weiter, erwiderte der Knabe. – Der Fremde warf sein Schwert weg. Dann setzten sie sich nebeneinander auf den Rain. – Natürlich dauerte der Kampf *sehr* viel länger.

Wer war es? fragte König Artûs, wer war der Andere?

Wer *ist* der Andere, verbesserte ihn der Knabe ohne Scheu. – Das könnt Ihr ihn selber fragen. Dort kommen sie. Ich habe laufen müssen, um ihnen zuvorzukommen. Verzeiht die Störung! – Und er verschwand im Publikum.

Und da kamen sie, in der Tat. Es waren zwei, unverkennbar eben die, die man gesehen hatte; der eine war Parzivâl. Sie hatten den Wald verlassen und näherten sich der Zeltstadt, langsam und im Gespräch. Mehrmals hielt Parzivâl inne und schien dem Begleiter etwas zu zeigen.

Der Ring der Zuschauer öffnete sich zur Seite hin, von der sie kamen. Bequemer ruhten die Augen auf Parzivâl, länger auf dem Andern, obwohl er sie blendete. Zum Glück war die Sonne hoch genug gestiegen, um die unvollständig gerüsteten Damen und Herren zu wärmen. Aber sie hätten auch im Frost ausgeharrt und ihn wohl kaum gespürt. Inzwischen waren sie vollzählig, denn die Zelte hatten sich geleert. Man drängte sich aneinander und durcheinander, des Ranges ungeachtet.

Nun waren sie da, mit ihren zerhauenen Schilden. Parzivâl trug das zerbrochene Schwert. Allmählich hatten sich die Augen an die blendende Erscheinung seines Begleiters gewöhnt. Sein Gesicht war gescheckt, hell- und dunkelbraun, doch selbst das Helle war dunkler als das Braun unserer Bauern und Knechte. Es gab Ältere, die sahen mit einem Blick, wem das Gesicht gehörte.

Gahmuret! sagte Frau Ginovêr leise zu ihrem Gemahl. – Er lebt!

Und ich habe mit ihm gekämpft! flüsterte Herr Brandelidelîn, erschüttert von Ehrfurcht.

Der Fremde hielt sein hochbeiniges Pferd an, dessen weißes Haupt die graue Mähne schüttelte; Parzivâl ritt voraus. Auch er hatte den Helm abgenommen, und sein Gesicht, von Rost gezeichnet, leuchtete. Er war nie schöner gewesen! Zum Stutzen aber war es zu spät. Er schwang sich aus dem Sattel; erst neigte er den Kopf vor König Artûs, dann beugte er vor Königin Ginovêr das Knie. In dieser Stellung überreichte er ihr mit beiden Händen sein zerbrochenes Schwert. Sie nahm es ohne ein Wort, und die Tränen brachen ihr aus den Augen. Sie hob Parzivâl auf. Lange umfingen sie einander wie Mutter und Sohn. Herr Gâwân hielt das Pferd des Roten Ritters, und seine Augen wurden weit. In diesem Augenblick erkannte er den Mann in den Armen seiner Ziehmutter; es war das Blaue Wunder, sein Knecht, und niemandes Knecht mehr. Herrn Gâwân brannte das Herz.

Doch nur zu bald wandten sich aller Augen wieder dem Andern zu. Er trug sich wie ein Fürst. Den zerhauenen Helm hielt er unter dem Arm, der den Zügel gelassen hatte. Der Araber stand wie gemalt. Das Tierlein Echidemon auf der Zimier hatte gelitten, zu erkennen aber war es noch. Der Waffenrock war so geschlitzt, daß kein Mensch hätte sagen können, ob hier Kunst gewirkt habe oder Parzivâls Schwert. Auch die Klüfte glänzten von Edelsteinen; ja, der Panzer schien überhaupt nur aus Juwelen gewoben. Der Schild am Sattel zeigte statt des Buckels einen Rubin, groß wie ein Kindskopf, und bestand aus grauem, dramatisch gemasertem Hartholz, desgleichen man noch nie gesehen hatte. Auch er war mit Steinen gespickt. Alles an dem Mann war zuckendes, zitterndes Geschmeide. Fein wie chinesische Seide wehte das lange Haar über die Schulter, leichter als der Wind, der nicht aufhörte, es zu kämmen, und es war hell, von der Farbe der Schilfblüte. Es war Gahmurets Haar.

Er ließ sich betrachten und blickte seinerseits auf Parzivâl.

Er lächelt! flüsterte man sich zu.

Nachdem Frau Ginovêr und Parzivâl einander losgelassen hatten, saß der Fremde ab und reichte die Zügel dem ersten Besten – es war Herr Lischoys Gwelljus, und der stand bis zur Verblödung geehrt. Er wagte kaum, Hals und Flanke des wunderbaren Tiers anzurühren oder ihm über den Stirnfleck zu streichen. Gab es ein solches Pferd? Aber da stand es, ohne sich in Gewölk aufzulösen. Und nun gab es der Wunder noch mehr.

Der Andere war neben Parzivâl getreten und hatte ihn bei der Hand gefaßt. Er war größer, feiner war nur seine Hand, schlank wie der Bau seiner Glieder. Wäre der Bischof noch Kaplan gewesen, er hätte den Rötel fliegen lassen; das ging nun nicht mehr an. Aber er bewegte den Krummstab selbstvergessen über die Erde, als würde sie davon zu Papyr – was für ein Bild! Man mußte es im Kopf behalten, denn es war unvergeßlich.

König Artûs, Frau Ginovêr, sagte Parzivâl laut, Ihr lieben Damen und Herren alle, hört, wen ich uns bringe! Dies ist Feirefîz Anschewîn.

Anschewîn? fragte König Artûs, der seid Ihr doch selbst!

Er war zuerst, sagte der Rote Ritter. – Er ist mein großer Bruder, Gahmurets Kind, und Frau Belakânes.

Das Ahh war so tief verstummt wie das Ohh. Sie hörten nur noch und schauten. Feirefîz und Parzivâl, Gahmurets Kind; Gahmurets Kind, Feirefîz und Parzivâl; ein Bruder, und noch einer; zwei und Einer; einer und zwei. Frau Herzeloyde und Frau Belakâne; eine Mutter, und noch eine. Ein Vater, zwei Frauen, zwei Söhne; rot und weiß, weiß und schwarz.

DIE ERSTEN MENSCHEN
WORIN FEIREFÎZ DER WUNDER IMMER MEHR TUT

Keine noch so blendende Erscheinung verweilt auf der Höhe des ersten Auftritts, nicht einmal König Feirefîz. Es sei der Fabel lieb oder leid, seiner Menschlichkeit kommt es zugute, wenn man ihn anrühren, an ihm zupfen kann; und sein Rang wird sich auch im Alltag zu bewähren wissen – so weit bei dieser Gesellschaft von Alltag die Rede sein kann.

Zunächst blieb man am Reiz der Neuheit hängen, denn der war so unerschöpflich wie unwiderstehlich. Wenn der Heide den vollippigen und leicht aufwärts geschwungenen Mund öffnete – das Lächeln war ihm gleichsam angebildet –, sprach er ein keineswegs akzentfreies, doch reiches Französisch. Wenn er beim Reden über Frauen und Liebe geläufiger wirkte, das Lächeln sich beseelte, so sprach dies für seine Kultur. Sein Ton war von jenen halb gehauchten, halb rauhen Rachenlauten begleitet, welche die Älteren wie Brandelidelîn noch im Ohr hatten. Herrn Gahmurets doch leicht affektierter morgenländischer Ton war bei seinem Erstgeborenen ins Echte gewendet; auch wo ein Franzose durch die Nase gesprochen hätte, blieb Herr Feirefîz guttural, das fand man höchst aufregend. Denn ob eine Seltsamkeit ankommt, hängt immer von dem ab, der sie produziert. Ja, der sanfte Rachenlaut fand bald seine Nachahmer unter unselbständigen Rittern und Junkern, vielleicht, weil sie erlebten, was bei den Damen für ein Glück damit zu machen war.

Sein Glück war atemberaubend und hob den Glanz jeder Frau, die glauben durfte, von ihm bemerkt worden zu sein; dann verdunkelte sich das schönste Gesicht fast so tief wie seines. So unermeßlich reich der Herr aber sein mußte, so sparsam war er mit Komplimenten; und auch dies kleidete ihn enorm. Dennoch galt Herr Feirefîz als besonders aufmerksam. Das hing damit zusammen, daß sich die Damen bei ihm aus sehr wenig sehr viel zu machen wußten.

Wer auf Rang und Würde hielt, fragte nach Woher und Wohin, wollte die Einzelheiten des Kampfes noch näher kennen, den man im Bilde gesehen hat – der Heide ließ sich das Ereignis erklären und begehrte den Darsteller zu sehen, doch der blieb unauffindbar. – Man nahm teilnehmend zur Kenntnis, daß Herr Feirefîz auf der

Suche nach dem Vater die weite Reise getan hatte, um dann den Bruder zu finden – und von diesem erfahren zu müssen, der Vater sei gefallen, und zwar im Morgenland, von dessen Unermeßlichkeit man sich einen Begriff zu machen begann, nachdem die Todesnachricht, im Abendland verbreitet, sogar schon besungen, dort unten noch nicht einmal die Runde gemacht hatte. Auch die Mutter hatte der Sohn leider kaum kennengelernt. Sie war bald nach seiner Geburt gestorben, aus Herzeleid über den Verlust des Geliebten, den sie für ihren Mann hatte halten dürfen – nicht weniger, diplomatisch ausgedrückt, als Frau Herzeloyde.

Es gab an dieser schwersinnigen Verwandtschaftsgeschichte viele Schönheiten zu bemerken, und von den Nachdenklicheren wurde jede einzelne gewürdigt. Auch Parzivâls Mutter war ja früh gestorben, wenn auch erst am Auszug des Sohnes, nicht schon des Gatten. Im übrigen aber war Herr Feirefiz nicht zu bedauern. Sein Erbe und Besitz waren so weitläufig und reichhaltig, daß er mit einem einzigen Stück seiner Rüstung ganze Provinzen wie England oder Italien spielend aufgewogen hätte. – Dies waren seine eigenen Worte, über die man doch etwas erstaunte, und bei einem andern hätte man sie geprahlt gefunden. Doch mußte man glauben, daß er selbst keinen Begriff habe von der Größe seines Reiches, und daß er sein mitgeführtes Heer – dreimal so groß wie die drei vereinigten Lager, und hundertmal so prächtig (Herr Gramovlanz hörte es mit erzwungener Nachsicht), einfach dort stehen und liegen lassen konnte, wo er mit ihm gelandet war. Das war ein Katzensprung von hier, doch lief er auf fünf Tagereisen hinaus; so weit also sprangen die Katzen im Morgenland. – Wenn man den Heiden recht verstand, hatte er seiner Heeresmacht einfach so etwas wie: Sitz! oder Kusch! befohlen und war allein ins Landesinnere geritten, auf Vatersuche oder, wenn es sich ergab, ein anderes Abenteuer. Nach Abenteuern war er nach fünf Tagen allerdings so ausgehungert gewesen, daß er den ersten Besten annahm, der ihm im Walde begegnete. Er nannte es ein Wunder, wie ausdauernd ihm der Unbekannte Widerstand geleistet habe; so etwas war ihm noch gar nie vorgekommen. Welche Fügung, daß dieser Erste auch gleich der Beste war, und außerdem sein leiblicher Bruder!

Dies war der Leckerbissen an der Geschichte, die man dem Heiden Stück für Stück entlockte. Anderes, wovon man sich sozusagen als Augenzeuge unterrichtet glaubte, stellte er in schöner Blumigkeit

dar. Man erfuhr, daß Herr Feirefîz sehr oft Thasmê! oder auch Thabronît! hatte schreien müssen, bevor er gegen seinen schweigenden
Gegner einen Anfang von Oberhand gewonnen hatte – um dann, als
dieser seinerseits Pelrapeire! zu schreien anfing, doch wieder Boden
preisgeben zu müssen, gegen alle Gewohnheit. Es blieb nicht aus,
daß man auf die begeisternden Damen zu sprechen kam, die zu den
geschrienen Ortschaften gehörten. Wer hatte nicht gehört von Frau
Condwîr âmûrs! Aber die man nicht kannte – sie hieß Secundille –
beschäftigte die Phantasie noch erheblicher. Sie sei schwarz wie die
Nacht! versicherte der Heide und schien dies für einen besonderen
Vorzug zu halten.

Herr Feirefîz wurde auf Frau Ekubâ angesprochen, die schöne
Botin, deren Erzählungen den Artûshof verzaubert hatten; der hohe
Herr schien sich nur dunkel an sie zu erinnern. Er habe so viele
Botinnen in alle Welt geschickt, daß ihm nicht jede Einzelne im
Gedächtnis geblieben sei, aber geliebt müsse er sie ja wohl haben,
sonst hätte sie sein Lob nicht gesungen. – Da erinnerte man sich
wieder daran, daß der morgenländische Fürst jeden Tag mit einer
andern Frau hatte versorgt werden müssen, bevor er sich die Einzige
gefallen ließ. Das Letztere konnte man sich fast noch weniger vorstellen als die asketische Zurückhaltung, die er sich in der Wüste
auferlegt haben sollte. Da er der Jüngste nicht mehr sein konnte, war
die Makellosigkeit seines Körperbaus um so bemerkenswerter. Man
hatte nie einen schöner proportionierten Mann gesehen, mit seinem
heroischen Leib auf langen Beinen und entzückend kleinen Füßen,
einem schmal, doch nicht hager geschnittenen Gesicht mit flachen
Wangen und fließendem Blick. Er hätte als Darsteller jener heidnischen Marmorgötter dienen können, die unser Herr Kristus glücklich überwunden hat; des zum Zeichen war seine Haut vielleicht
auch gut und böse gefleckt. Aber die Eigenart hob nur ihre Schönheit, wie diejenige eines Pardels. Seine Bewegungen waren geradezu
weiblich sanft, jedenfalls in Gesellschaft. Daß sie im Kampf durchschlagend männlich sein konnten, hatte man ja erlebt, und man
würde noch lange davon reden.

Wie hoch er seinen Blutsbruder achtete, war daran zu erkennen,
daß er gegen ihn das Reden in Blumen gänzlich unterließ (aber womöglich war, was hier wie Prahlen klang, im Morgenland eine eigene
Art von Bescheidenheit). Gegen Parzivâl unterbot sich Herr Feirefîz
gewissermaßen selbst. So gut wie nichts habe gefehlt, dann hätte ihn

der Rote Ritter erschlagen; daß diesem das Schwert zerbrochen sei, müsse er als Gunst der Götter betrachten. Danach war der Kampf natürlich nicht fortsetzbar. Die Ritterlichkeit, von der man unter Heiden die strengsten Begriffe zu haben schien, verbot es unbedingt. Eigentlich habe er schon in den Schlägen, die er einstecken mußte, die Verwandtschaft empfunden, denn so sei ihm noch keiner gekommen! Er habe wahrhaftig geglaubt, sich selbst zu begegnen. –

Wo Kristen von Fügung sprachen, zog Herr Feirefîz vor, seine Götter zu zitieren, die er Junô und Jupiter nannte – die Frauen nannte er auch im Himmel an erster Stelle. Als Mohr wäre er verpflichtet gewesen, Allah und seinen Propheten zu nennen. Aber entweder war er noch weiter her, oder er latinisierte aus Höflichkeit und klassischer Erziehung. Ja, oft wurde einem angesichts dieses gescheckten Edelmannes die eigene Unbildung schmerzhaft bewußt. Denn wer wußte wirklich, welche Götter dort hinten verehrt wurden? Kreuzfahrend war schon der eine und andere in die Gegend gelangt, aber außer Schlägen hatte er nicht viel mitbekommen. Daß man im Orient zu kämpfen wußte, und zwar mit Glanz und Stil, hatte man freilich schon *vor* Herrn Feirefîz gewußt.

So bekam die Festgesellschaft einen neuen Mittelpunkt und einen unerwarteten Inhalt. Die Sorgen so mancher angestammter Figuren traten in den Hintergrund: man war hochzeitlich beschäftigt, in jedem Sinn des Wortes.

Daß Herr Feirefîz beweibt war, wußte man nun, und er ließ keinen Zweifel daran, daß ihn Frau Secundille, die ihm die Reiche Thasmê und Thabronît in die Ehe gebracht hatte, zu großen Taten begeisterte. Indessen schien sie ihm keine besonderen Fesseln aufzuerlegen, obwohl sich, selbst im Gottesgericht, nicht eine einzige Dame zu Jôflanze hätte rühmen können, daß er ihr ernsthafter nahegetreten sei. Doch am Bellen erkennt man den Biß, und die gutturale Kultur, die der Heide in drei Lagern verbreitete, zitterte von Verheißungen, die man als Dame genoß, ohne daß man an ihre Einlösung denken durfte. Denn wie hätte der Lohn beschaffen sein müssen, um den ein solcher Mann gedient hätte?

Nun, auch Herr Gahmuret war ein Frauenheld gewesen und dennoch treu auf seine Art. Wer ihn gekannt hatte, fand sein Wesen nach beiden Seiten – Abenteuer und Treue – in Herrn Feirefîz wundersam entspannt, frei von der launischen Schwermut, die den Vater umschattet hatte. Es blieb törichten oder neidischen Mäulern vorbehal-

ten, den Sohn darum etwas »banal« zu finden – offenbar hatten
einige alternde Artûsherren solche Nachreden nötig. Klügere
schöpften lieber aus dem Born seiner vielleicht ausgefallenen, aber
unbezweifelbaren Lebensart. Herr Artûs bemerkte selbst an seiner
Hausfrau eine zarte Schwäche für den Mann, die er aber mit abge-
klärtem Wohlgefallen behandelte. Denn zum einen war ihr jetzt der
Liebling Gâwân gewissermaßen entfremdet; zum andern mochte er
dem alternden Lanzelôt ein wenig Wettbewerb von Herzen gönnen.
Herr Artûs fand, daß Feirefîz sich wohl darum zu Gott Jupiter be-
kenne, weil er ihm zu gleichen glaube, in seiner verschwenderischen
Art. Und maliziös fügte er hinzu, jedenfalls bekämen manche Ritter
den Sinn des römischen Sprichworts zu fühlen: *Quod licet Jovi non
licet bovi.* Das ist, gnädig verdolmetscht: Eines schickt sich nicht für
alle.

Die feineren Geister sprachen jetzt von der Verbrüderung zwischen Ost und West und gegenseitigen Befruchtung. Herr Gâwân
mußte die Schätze aufzählen, die über Anfortas, Orgelûse und Klinschor in seinen Besitz gelangt waren. Er machte gute Miene dazu, als
Herr Feirefîz urteilte, in seiner Heimat betrachte man dergleichen
höchstens als eine *mittlere* Aussteuer. Heikler wurde die Unterhaltung, als man auf interessante Verbildungen – Monstren wagte man
sie nicht zu nennen – zu reden kam, die im Orient geläufiger sein
mußten als bei uns, wovon man Beispiele besaß. Denn in Gestalt der
Hexe Kundry und ihres Bruders Malcrêâtüre hatten hier schon zwei
Ritter schmerzhafte Bekanntheit mit ihnen gemacht.

Der Heide, nachsichtig nickend, wußte noch von ganz anderen
Wundern zu berichten. Er ließ Frau Secundille und ihre Damen von
einem ganzen Stamm Verschnittener bewacht sein, die er »gläserne
Kehlen« nannte, weil sie mit ihren übernatürlichen Stimmen die
Harmonie des Weltalls nachzuahmen wußten. Unter seinen Heeres-
korps war das gefürchtetste das der Schneemenschen, die zum
Kampf keiner Waffen, nur ihrer furchtbaren Pranken bedurften, und
an deren dichtem Fell, das sie weder Heiß noch Kalt empfinden ließ,
die schärfsten Lanzen abprallten; sonst waren sie gutartig und handzahm. Für die Wunder des Abendlandes zeigte er nur höfliches Interesse. Einzig vom Grâl hatte er Gewaltiges läuten hören; wenn
man ihn recht verstand – hoffentlich tat man's nicht –, schien er mit
dem Gefäß die Vorstellung unerschöpflicher Manneskraft und gren-
zenloser Lüste zu verbinden, was denn doch stark danebengegriffen

war. Den Grâlskönig, von dessen Siechtum er gehört hatte, hielt er für einen üppigen Sultan und verwechselte die Grâlsjungfrauen mit einem Harem. Da Parzivâl, der es am besten wissen mußte, den Irrtum auf sich beruhen ließ, verbot die Höflichkeit auch den Andern, ihn richtigzustellen.

Wo nur blieb der Rote Ritter? Selten oder nie begegnete man ihm in der Festgesellschaft, die sich um das gescheckte Geheimnis scharte und sich daran zu gewöhnen anfing. Erst wurde er »der morgenländische Prinz«, dann einfach »Prinz« genannt, obwohl er zweifellos ein König war, sogar ein Großkönig. Aber »Prinz« schien nicht nur der rechte Name für seine gestraffte Jugendlichkeit, er bezeichnete auch etwas Absolutes, die Anwartschaft auf ein Wunder, ein Nachfolgerecht zu Höherem und Höchstem. Könige gab es ja zuhauf, das war man einmal geworden und blieb es eben; der »Prinz« aber schien noch immer im Werden. Ihn gab es nur einmal, so wie es nur Einen »Fürsten« gab, Lâhelîn, oder vielmehr: den verkörperten Inbegriff von Handel und Wandel. Der »Prinz« aber war nicht nur höfisch, er gab ein lebendiges Maß dafür ab, was Hof halten – oder: den Hof machen – immer noch heißen konnte. Und der etwas matt gewordene Kreis um König Artûs wußte diese Kräftigung zu schätzen, auch wenn er insgeheim médisierte. Denn etwas *rustique* war der Prinz ja auch, eine gewaltige Unschuld, und bezeugte eben so die wenigstens in weiter Ferne noch ungebrochene Kraft ritterlichen Lebens.

Der Prinz ließ sich auch auf dem Turnierfeld sehen, zunächst als wohlwollender Zuschauer, dann, auf vielfaches Bitten, auch als Mitwirkender – wobei sich bald ergab, daß er zum Vor-Kämpfer und Lehrmeister wurde; Nachhilfe und Dienlichkeit waren die einzige gute Art, seine turmhohe Überlegenheit erträglich zu machen. Herr Gramovlanz zum Beispiel wußte, warum er wieder auf seiner Doppelkampfklausel bestand – anders wäre ihm kaum gelungen, ein Zusammentreffen zu meiden, in dem er nicht zum Besten ausgesehen hätte. Dennoch glaubte ihm wenigstens Frau Itonjê, wenn er schwor, morgen sei der Heide dran, doch nur zusammen mit Parzivâl!

Mit dieser Bedingung war der Herausforderer sicher; denn Parzivâl war auf dem Turnierplatz noch weniger zu sehen als anderswo. Selten genug tauchte er bei den Ställen auf, in sehr gemischter Gesellschaft: mit den Zwillingsherolden, dem zottligen Kampfdarsteller, Fräulein Bêne und Iwânet; dem treuen Iwânet, welchen die Fabel schon so gut wie entlassen hatte. Für den Roten Ritter aber war es fast das Erste, ihn wieder ans Licht und an seine Seite zu ziehen. Was die Gruppe bei den Pferden zu reden fand, ein Geheimnis zu nennen, wäre übertrieben. Denn niemand interessierte sich sonderlich dafür.

Der Kampfplatz aber, auf dem es keinen Jahrhundertkampf gegeben hatte, wurde jeden Morgen zur Turnierschule des Prinzen. Knappen und Junker wetteiferten, sich die Volten und Finten zeigen zu lassen, die einen unerfahrenen Mann einem gestandenen ebenbürtig machen, und die Älteren sahen aufmerksam und nicht unbesorgt zu. Wenn sie nicht früher, als ihnen lieb war, ausgespielt haben wollten, empfahl es sich auch für sie, etwas Neues zu lernen. Manchmal beriefen sie sich auf das Turnierreglement, das gewisse Reiterstücklein, die der Prinz einfließen ließ, verpöne. Aber es half nichts; das Neue wurde, wie es seine Art ist, Mode; und Moden waren im Umkreis des Königs Artûs immer unwiderstehlich gewesen.

Nachmittags aber, nach der Siesta, die sich die meisten Herren und Damen gönnten, um sich nicht nur die Zeit, auch die Nacht zu verkürzen – nachmittags also begann der gesellschaftliche Teil der Festfreude. Und seit die Damen die Zügel führten, stand auch hier der Prinz im Mittelpunkt. Die Pfänderspiele kamen wieder zu Ehren, und bei der Stimmung, die der Prinz verbreitete, ließ man sich bald zu gewagteren hinreißen. Man fing an, die Pfänder durch Verkleidung auszulösen; der Prinz mußte sich als Kaiser von China, Gâwân als Malcrêâtûre verkleiden, Frau Orgelûse als Amazone – sie bedurfte kaum der Verkleidung –, König Gramovlanz als Fledermaus, König Artûs als Kaiser Nerô. Selbst die Frauen Ginovêr und Arnîve blieben nicht verschont; sie mußten eine Norne und eine Parze darstellen.

So lange sich der Mummenschanz im Rahmen der physiognomischen Wahrscheinlichkeit hielt, war er erheiternd; als man aber beliebte, die Geschlechter zu vertauschen, wurde die Lustbarkeit anzüglicher. Frau Itonjê sah als Page jünger aus denn je, während Herr Lanzelôt als Matrone nur zu glaubwürdig wirkte. Herr Gramovlanz wußte als Odaliske zu überzeugen, während König Artûs nur zur Maske des Sehers Teiresias zu bewegen war; dieser, behauptete er, sei immerhin zur besseren Hälfte weiblich gewesen.

Man ging noch einen Schritt weiter und verpflichtete die Paare dazu, als der oder die jeweils andere aufzutreten. Hier wurde das

Lachen oft zur Verlegenheit, denn wenn der Turkoyte als Frau San-gîve – und umgekehrt – noch lustige Figur machte, so Gâwân als Orgelûse eine bedenkliche. Und nachdem diese das Spiel zuerst ver-weigert hatte und erst auf fröhliches Drängen ihres Gatten annahm, hatte ihre Darstellung desselben etwas Preisgebendes, was nicht je-dermann, doch Frau Ginovêr bemerkte und darum vorschlug, von der Maskerade zu lebenden Bildern überzugehen. Lehrreich und lu-stig wurde es, als der Prinz aus dem gegenwärtigen Personal eine orientalische Gruppe komponieren sollte, wobei sein *penchant* zu Serail oder Harem doch noch zum Zuge kam. Das Bild war leicht zu stellen, denn die Damen drängten sich danach und durften ihr Ki-chern hinter Schleiern verstecken. Die Männer aber wurden ver-dammt, Tiger, Pardel, Elefanten und Nashörner vorzustellen. Herr Gâwân mit dem Rüssel mußte sich Witze gefallen lassen, ebenso wie Herr Lischoys mit seinem Horn, aber beide schienen sich dabei im-mer noch wohler zu fühlen als in der angenommenen Haut ihrer Liebsten. – Freilich entwickelten auch die lebenden Bilder, je tiefer die Sonne sank, und je dramatischer die Fackeln leuchteten, einen Zug ins zweifelhaft Kühne. Wieder blieb der Vorschlag nicht aus, jetzt müsse man die Schöpfungsgeschichte nachspielen! Gottvater stand ohne weiteres fest, obwohl König Artûs sich zierte, weniger aus Pietät denn aus besorgter Voraussicht; nicht minder deutlich war ja, wem die Rolle des Ersten Menschen zugemutet werden sollte. Ja, das Spiel lief nur darauf hinaus, den Prinzen in Adams, also ohne Kostüm zu zeigen. Herr Artûs warnte, dem Prinzen könne die krist-liche Schöpfungsgeschichte nicht geläufig sein. Wir erzählen sie ihm! lachte es von allen Seiten, und obwohl der Prinz zu erkennen gab, daß er mit der Erschaffung der Welt nach dem Ersten Buche Mosis durchaus vertraut sei, wollte sie doch jede Dame noch einmal nach ihrer Façon schildern und hatte sich dabei wohl bereits als Eva in Anschlag gebracht.

Das konnte ja ein starkes Stück für den Gast werden; doch er entledigte sich seiner Kleider ohne Federlesens und bat Gottvater um seine Erschaffung, die dieser nun nicht mehr verweigern konnte, denn sein Geschöpf stand bereits nur zu vollendet da. Die Mitspieler waren verstummt, zum Teil, weil ihnen die Mannesschönheit des Prinzen den Atem verschlug – das gescheckte Muster tat ihr keinen Abbruch, die Flecken wirkten so kunstvoll-frei gesetzt, als habe die Natur ihr Meisterstück gewoben –, zum Teil aus Scheu, wie sie das

Vollkommene erzeugt. Die Damen schwiegen auch aus Verlegenheit; denn welche Eva hätte sich neben diesem Adam zeigen dürfen? Die sich vorgedrängt hatten, wichen jetzt besorgt zurück, bis auf die eine, die nicht zögerte, nackt hervorzutreten; sie war es, Frau Orgelûse, und die Hoheit ihrer Bewegungen war ebenso bezwingend wie ihre Unschuld.

Nach kurzem Stillschweigen mußte das Spiel seinen Lauf nehmen; Herrn Gramovlanz fiel die Rolle der Schlange zu, die er überraschend ähnlich spielte, auch wenn er, sich vor Eva windend, eher selbst der Verführte als zur Verführung geeignet schien. Der Apfel war, in Anbetracht der mutmaßlichen Lage des Paradieses, ein Pfirsich, und das Weib biß mit ihren kräftigen Zähnen ohne Umstände hinein, gab dem Mann, daß er auch esse, und er tat es mit ruhigem Appetit. Biblischer hätte die Szene kaum sein können, obwohl die Erstgeborenen von Scham gar nichts zu wissen schienen und der Prinz nicht wußte, was denn die Lindenblätter – Feigenlaub war nicht zur Hand – sollten, die man ihm reichte. Als eine zitternde Hand sie dennoch befestigt hatte, machten sie die Nacktheit der Erstgeborenen noch auffälliger und ließen sie erst recht als Gottesschmuck erscheinen. Als danach der Engel des Herrn – wozu Herr Bêâcurs abgestellt worden war – gar nicht eingreifen wollte, machte sich unerwartet Herr Brandelidelîn zum Vertreiber aus dem Paradies und scheuchte das Paar zur Arbeit, zur Mühe des Ackerns und Gebärens. Er hatte zu diesem Zweck ein langes Chorhemd über Kopf und Wanst gezogen; nun endlich brach die Heiterkeit aus, die sich zuvor nicht recht hervorgewagt hatte. Aber der Erzengel hatte sich übereilt, denn zuvor hätte sich das Paar verstecken und Gottvater hätte fragen müssen: Wo bist du, Adam? Aber da sich Adam und Eva ohnehin versteckt hatten und, wenn nicht alles täuschte, sogar umschlungen hielten, entschied König Artûs, die Schöpfungsgeschichte habe lange genug gedauert. Ohnehin hätte die Aufforderung, im Schweiße des Angesichts sein Brot zu essen, angesichts der bereits gedeckten Abendtafel wenig Glaubwürdiges gehabt. Und so endete König Artûs das Spiel mit der Bitte, man möge sich doch zum Festmahl fertigmachen, als derjenige, der man in Gottes Namen sei, und mit demjenigen, zu dem man gehöre.

So war der Prinz allen sichtbar geworden und behielt eben so sein Geheimnis. Herr Gâwân aber trug das offenbare, daß Frau Orgelûse nicht zu zähmen war, mit dem Anstand des Ritters als eine nicht mehr abenteuerliche, sondern alltägliche Prüfung seiner Würde.

DER MEIER
WORIN SICH PARZIVÂL
IM SCHATTEN SEINES BRUDERS
GANZ ANDERER DINGE KUNDIG MACHT

Auch für die 3 Eier säße sich's bequemer am immergleichen Ort, am obern Rand der festen Bühne zum Beispiel, zu der das Feld Jôflanze geworden ist, etwa in der Gabel eines Lindenbaums. Statt dessen müssen sie nun wandern, ihrem Helden, der ganz unscheinbar geworden ist, auf dem Fuß bleiben. Wie sie das können, bleibt ihr Geheimnis. Denn Herr Parzivâl ist überall und nirgends, nur niemals dort, wo Theater gespielt wird, wo die Ritterschaft sich selber feiert. Da fehlt er, und keineswegs aus Spielverderberei und auch nicht aus Traurigkeit, sondern weil er sich beschäftigt.

Womit?

Er geht in den Lagern herum, spricht mit den Leuten und macht sich Notizen.

Notizen?

Zwar kann er ebenso fließend schreiben wie lesen, tatsächlich aber schreibt an seiner Seite Iwânet, für den das Papier noch nicht erfunden ist, mit dem Griffel auf eine Wachstafel; was der Rote Ritter festgehalten haben will, sagt ihm der nach gemeinsamer Beratung. Zu seinem Rat gehört Bêne, deren Fehlen bei den Festivitäten nur Herr Gâwân bemerkt, mit einer Art Heimweh, das er aber nicht laut werden läßt. Er hat sich an ihre Liebe gewöhnt, doch dazu ist eine Liebe nicht da. Jetzt arbeitet sie für Den, der damals ihren Notruf: Gâwân! nicht töten! gehört hat.

Da sind auch die beiden Herolde, die dialektischen Zwillinge – sollte König Gramovlanz sie vermissen? Er muß zur Zeit nicht ausgeschrien sein. Sie dürfen ihren Atem für anderes sparen und reden und raten keineswegs mehr wie aus einem Mund, sondern im Wettbewerb um das Bessere; und Parzivâl hört auf sie, bevor er Iwânet zu schreiben bittet. Der zottelige Kampfschauspieler aber mit seiner himmelwärts gestupsten Nase – zum ersten Mal sieht man sein Gesicht ohne Faxen – Diomêd, so heißt er, scheint eher mit Hand und Fuß zu raten als mit dem Mund; und auch darauf hört Parzivâl. Und Iwânet notiert.

Es geht darum, daß Parzivâl fragt. Er fragt Hufschmiede, Stall-
mägde und Köche, Vorschneider und Aufträger, Roßknechte und
Kammerjungfern – er fragt jeden Mann und jede Frau, die bisher für
die Fabel nur eine einzige Eigenschaft hatten: schweigend benötigt
und dafür glatt übersehen zu werden. Sie haben keine Namen, Parzivâl aber merkt sich doch einen jeden und läßt ihn aufschreiben, für
allfällige Rückfragen. Er fragt, und sie antworten.

Was will er denn wissen; und was können die wissen, die Kuoni
und Chueri, Bremi und Pitsch, Bertschi und Aeschi, Üseh und
Mätzli, Bäbe und Döde? Es ist wahr: diese Leute haben weiter nichts
zu tun, als Pferde zu zäumen, zu striegeln und zu beschlagen, Zelte
zu bauen, zu kochen, auf- und abzutragen. Sie schleppen sich mit
schweren Tafeln ab, die sie zuvor gedeckt haben. Sie sammeln die
bunten Stöcke ein, welche die Marken des Turnierplatzes bezeichnen. Sie fegen die Rüstungen, in die sie ihrem Herrn hineinhelfen.
Und die seidene der Dame will nicht minder aufwendig gezupft und
geglättet und von links nach rechts geknöpft sein, denn so etwas tut
eine Dame nicht selbst, und den Dienerinnen geht's in dieser Richtung leichter von der Hand. Wassertragen, Wäsche bürsten, verwöhnte Schultern kneten, das geht dann wieder schwer genug. Mit
einem Wort, dieses Volk tut nichts – nichts, was man sehen sollte
oder gesehen haben müßte. Es will nur getan sein von Irgendwem,
und zwar ohne Fehl und Verzug.

Sucht Parzivâl die Kumpanei der Dienerschaft? Er biedert sich
nicht im geringsten an. Er arbeitet wie sie, ihnen gleichsam hinterher.
Er sucht die Leute, welche die Gefährten des Blauen Wunders waren,
als er noch nicht einmal diesen Namen hatte. Er bleibt jetzt als Roter
Ritter bei ihrer Sache. Er befiehlt nicht, er unterrichtet sich, und
braucht Rat dabei – Bêne weiß, wie es scheint, einiges beizutragen,
denn sie hat einen Haushalt nicht nur kommandieren, sondern auch
besorgen gelernt. – Wer will wissen, wie eine Stadt verpflegt, ein
Marsch organisiert, ein Lager aufgebaut und unterhalten wird? –
Dafür hat man Hofmarschälle? – Ja, die hat und braucht man – aber
sie befeligen andere Hände, ohne die eigenen rühren zu müssen,
daran erkennt man ihre Tüchtigkeit. Der Rote Ritter aber wollte erst
die Hände selbst befragen, bevor er sich demjenigen zuwendete, der
sie kommandierte – vielleicht war da ja noch etwas dazwischen, etwas wie Placken und Schinden, und zwar um so mehr, je näher ihr
Resultat an Zauberei grenzte.

So wurden der Rote Ritter und seine Gruppe zuerst bei den Arbeitenden gesehen, die gar nicht wußten, wie ihnen geschah und wie sie den Mund aufmachen sollten. Sie waren es nicht gewöhnt, gefragt zu werden oder gar etwas zu wissen. Dann ging Parzivâl auch zu den Seneschällen – er ging zu Keie, der zuerst blanken Hohn, Unrat oder eine Kriegslist witterte, als der Gegenspieler auf ihn zukam, der ihn dem Lachen ausgeliefert und ihm Arm und Bein gebrochen hatte. Hier vollbrachte Parzivâl das bisher größte Wunder am Artûshof: er wurde gut Freund mit Keie, durch den gewöhnlichen Zauber von Frage und Antwort; präzisen Fragen, auf die sich erst mißtrauisch, allmählich vertrauensvoller Auskunft geben ließ.

Parzivâl unterrichtete sich über den Nachschub der Lager, über Requisition und Fourrage; denn Milch und Honig, die da flossen, waren selten vom Himmel gefallen. Jede Krume Brot mußte herangeschafft werden aus Dörfern und Flecken, Städtchen und Städten. Es mußte ihnen leider abgepreßt werden, wenn sie es nicht günstig verkauften. Es mußte Saatkorn, Getreide, Mahlgut und Backgut gewesen sein, bevor es auf den Artûstisch kommen und unter denselben fallen oder von müßigen Fingern zu Kügelchen gedreht werden konnte. Selbst wenn der Hof nicht bezahlte: jemand bezahlte gewiß. Wieviel des Überflusses, den man festlich verzehrte, war aus der nackten Not geschöpft, die man sich geweigert hätte mitanzusehen? Der Rote Ritter und seine Gruppe begleiteten die Fourragekolonnen in die Dörfer. Er redete mit den Bauern, die noch kein Mensch gefragt hatte, was sie sollten – sie taten es ja ohnedies –, und sein Begleiter Iwânet schrieb die Antwort mit, die bisher noch nicht einmal eine Frage gewesen war: als wäre sie auf einmal ein Ding von Gewicht.

Jetzt wißt Ihr genug, daß Ihr mich vertreten könntet, sagte Keie.

Und Parzivâl tat es auch. Er ließ den Mann ruhen, den er einst mit Gewalt bettreif zugerichtet hatte, und versah den Dienst an seiner Statt – das merkten die wohl, die unter ihm dienten. Denn obwohl alles geschwinder und flüssiger ablief, hatten sie viel mehr Ruhe, selbst inmitten der Arbeit; Bêne zeigte ihnen, wie man auch eine anstrengende Beschäftigung mit Ruhe versieht. – Parzivâl stellte jeden Tag fest, daß er wieder an einem Anfang sei. Für die Höhe der Gesellschaft aber war er in dieser Zeit zwar wirksam, doch nicht sichtbar.

Einer allerdings sorgte dafür, daß Parzivâl nicht ganz vergessen

ging; das war der Prinz und Bruder. Wenn er Parzivâl nicht begegnete, suchte er ihn. Er traf ihn, wo ihn niemand gesucht hätte, und
erwies ihm seine Reverenz, was die Dienstboten wenig beeindruckte,
oder er legte ihm den Arm um die Schulter, was sie sehr menschlich
fanden; denn ihnen geschah so etwas nie. Ohne diese brüderliche
Aufmerksamkeit hätte es geschehen können, daß Parzivâl der Hofgesellschaft entfallen wäre, wie man einen Schlüssel verliert und
nicht vermißt, so lange man keine Tür öffnen muß. Parzivâl hatte die
rote Rüstung abgelegt und ging nicht anders gekleidet unter den
minderen Leuten herum als diese selbst, in einem wollenen Umhang
mit Kopfloch, den er nachts mit einem zweiten aus Schaffell bedeckte oder Lindenbast, in einer ledernen Hose, die ihm bis zu den
Knöcheln reichte, und Schuhen aus Kienholz.

Iwânet aber wurde von Artûs in seine Zelte zurückgerufen. Er
mochte den Kostümkundigen, zumal bei der Vorbereitung Lebender
Bilder, nicht länger entbehren. – Es wurde ein trauriger Abschied der
beiden Freunde, die über dem toten Ithêr Spießgesellen geworden
waren und verbunden in böser Torheit. Einen Augenblick schwankte
Iwânet, ob er nicht an die Seite des Roten Ritters gehöre. Aber die
wahre Traurigkeit pflegt ja der tieferen Einsicht zu entspringen, daß
die Wahl, mit der man sich zu quälen glaubt, im Grunde schon
getroffen ist. Parzivâl bedurfte Iwanêts zu keiner Verkleidung mehr,
und im Freundschaftsdienst des Schreibens war er ersetzbar. Er hatte
den toten Ithêr begraben, aber auch der Ritter, der Parzivâl dafür
hatte werden müssen, war durchgekämpft, abgebüßt. Er hatte Frau
Ginovêr das Pfand seiner Schuld zurückerstattet. Das zerbrochene
Schwert war abgelegt, und was an Parzivâl ganz geblieben, oder nun
erst ganz geworden war, gehörte einem andern Dienst. Dieser hatte
einstweilen keinen Namen. Doch Iwânet sah den Schatten, den er
vorauswarf, auf Parzivâls unscheinbar gewordenem Gesicht.

So trennten sich ihre Wege? Vielleicht wäre es wahrer zu sagen,
daß sie, als sie einander noch ein Mal umarmten, den Weg ihrer
Trennung gemeinsam gingen. Iwânet reichte Wachstafel und Griffel
Fräulein Bêne, damit sie an seiner Statt die Antworten aufschreibe,
die Parzivâl bei Köchen, Küchenmägden und Pferdeknechten ab-
holte. Doch wußte er schon, daß die Jungfrau kein Schreibzeug benötigte; sie bewahrte Frage und Antwort in ihrem Herzen. Sie
würde Parzivâl, ihm folgend, keine anderen Dienste zu leisten brauchen als diejenigen, die sie sich selbst erwies.

Doch der Prinz, der ungekrönte Herr des Festes, ließ den Bruder so leicht nicht entkommen. Vielleicht deutete Frau Ginovêr die Verbindung der Brüder am besten: der Prinz verehre in dem jüngeren Bruder den toten Vater, den er nicht ganz umsonst gesucht haben wolle. Herr Gâwân aber machte sich seinen eigenen Reim auf das Verhältnis der Brüder. Parzivâl hatte mit Gâwân gekämpft, weil er ihn, sagte er, nicht erkannt hatte; als sie aber, auf Bênes Ruf, beide den Helm abgenommen hatten, sagte Parzivâl: Vetter, ich habe nicht mit dir, ich habe mit mir selbst gekämpft. – Herrn Gâwâns erschöpfte Brust hatte sich gehoben, als hätte er eine Stimme vom Himmel gehört. Und doch wußte er inzwischen, daß Parzivâls Bekenntnis zwar ehrlich und doch nur vorläufig gewesen war. – Denn endgültig geworden war es erst zum andern Mal, als Parzivâl mit Feirefîz gekämpft hatte; darin hatte er sich vergessen müssen ohne Hintergedanken, ohne Schonung für einen oder den andern. Der Rote Ritter hatte seinen letzten Kampf gekämpft. In diesem Kampf war er sein eigener Bruder geworden. Darum fand Feirefîz, er allein, Parzivâl überall in den Lagern, auch unter Knechten und Mägden, denn er brauchte ihn nicht zu suchen.

So viel wußte Gâwân; wer hatte ihn so weise gemacht? Seine Frau Orgelûse, die an den Lippen des Heiden hing und ihm auch Wörter davon ablas, die er nicht gesprochen hatte? Ja, von ihr mochte es Gâwân wissen, wenn auch nicht aus ihrem Mund; den gönnte sie ihm zwar zum Kuß, aber zur Vertraulichkeit nicht. Was er wußte, wußte er durch seinen Schmerz um sie. Denn vertrauter als jetzt würde seine Frau ihm nicht mehr werden, dessen war er nun ebenso gewiß wie seiner Liebe. Und seine Treue war in dieser Festzeit ihrer größten Prüfung unterworfen, denn er würde ohne die ganze Liebe der Frau zu leben haben, die er liebte; 400 Frauen hatte er erlöst, nicht aber die Eine. – Oder wußte er es von Fräulein Bêne, die sein Leben gerettet und auch seinen Leib getröstet hatte, damals im Haus ihres Vaters?

Sie liebte ihn wahrhaftig, er las es in ihren Augen, wenn sie einander begegneten. Aber sie war nicht mehr mit ihm. Sie war in einem andern Dienst; es war ihr bestimmt, bei Parzivâl zu sein. Sie ging nicht über ihre Liebe hinaus, wenn sie weiter ging. Sie ging nur auf ihrem Weg, der nicht mehr zurück zu Gâwân führte, so wenig wie zu Parzivâl, sondern zu ihr selbst. – Bêne war nicht die Frau, ein Geheimnis auszuplaudern. Aber sie war die Frau, es dem Geliebten mitzuteilen ohne Worte. Sie sagte ihm, was er schon wußte, kraft eigener geprüfter Ritterlichkeit. Herr Gâwân empfing Frau Orgelûse aufmerksam, wenn sie, des heidnischen Gottes voll, in sein Zelt zurückkehrte, um in seinen Armen zu seufzen; er wußte, und in der lauten Lust am klarsten: sie seufzte nicht um seinetwillen. Und doch war ihm ihr Seufzen heilig, denn es war dasjenige aller Kreatur nach dem Höchsten, was einer jeglichen widerfahren kann. Und er verzieh sich selbst, daß er dieses Höchste nicht war; denn das ist kein Mensch. Und doch ist es das, was uns zu Menschen macht, Mann und Frau. Und noch im Schlaf, wenn ihn Frau Orgelûse nur zu bereitwillig losgelassen hatte, lächelte Herr Gâwân vor Genugtuung, wie unklug er hatte werden dürfen.

Übrigens: die Zwillinge erreichte ebenfalls ein Rückruf ihres Herrn, des Königs Gramovlanz. Zwar benötigte er sie gegenwärtig nicht zum Ausschreien seiner Person. Aber es schmeichelte ihm, sie um sich zu haben, und da sie – in seinen Augen – vollkommen gleichartig aussahen, unterhielten sie ihn auch als Naturspiel. – Sie wurden gerufen, also kamen sie, denn sie waren noch in seinem Dienst; sie kamen aber nur, um ihm denselben freundlich aufzusagen. –

Herrn Gramovlanz, der sich auf seinem Wasserbett von den Festfreuden erholte, hielt Itonjê im rechten Arm und erhob auf der linken Faust ihren Sperber; er bot das Bild eines Herrn, der im Glück schwimmt. Als die Zwillinge respektvoll mitteilten, sie hätten einen anderen Herrn, erstarb er vor Fassungslosigkeit und machte den Eindruck eines Zierfischs, der unvermittelt aufs Trockene geraten ist. Er kam nicht einmal dazu, sich aufzurichten und zu empören. Denn seine Frau hielt ihn nieder mit einem Wort: Laßt sie, Herr! sagte sie einfach, Parzivâl braucht sie mehr als Ihr. – Sie sagte es so entschieden, daß Herr Gramovlanz zum zweiten Mal erstarb. Denn offenbar war auch der Frau, die er gewonnen hatte, eine Bestimmtheit zugewachsen, die ihr Mädchengesicht zugleich straffte und verschönte. Er fühlte mit offenem Mund, daß ihm das Befehlen, das er gewohnt war, gegen die beiden jungen Männer nicht geholfen hätte, deren Unterscheidungen ihn faszinierten, ohne daß er sie selbst hätte unterscheiden können. Er hatte sich ausgeschrien, der Ruf: Er naht, Er kommt, kein anderer als König Gramovlanz! Auch der König von Rosche Rabbîns hatte mit dem Roten Ritter nicht folgenlos die Klingen gekreuzt. Fast erstaunter als auf die beiden Junker starrte er ins

Gesicht Derjenigen, die ihm einen neuen Dienst auferlegte; und die er sich so vertraut gemacht zu haben glaubte, war es mit einem Mal nicht mehr.

Lebt wohl! war alles, was er zu sagen wußte, als er den Mund zum zweiten Mal aufbrachte; und doch waren diese zwei Worte das Stärkste, was er bisher in seinem Leben gesagt hatte.

Noch blieb es ein Geheimnis, was dem Roten Ritter die Kunst der Unterscheidung nützen sollte, die ihm die Zwillinge zubrachten. Er nannte sie Castôr und Pollux und beriet sich täglich mit ihnen in dem Zelt, das ihm Herr Gâwân zugewiesen hatte, noch lieber aber, und bei jedem Wetter, im Freien. Außer, daß es um die Veränderung der Welt ging, was ja nicht viel sagen wollte, verlautete über diese Gespräche nichts. Man verstand immerhin, daß in diesem Zelt, unter Mitwirkung Keies und der andern Seneschälle, für den Lebensunterhalt der drei Lager gesorgt wurde, damit man sich um ihn nicht zu kümmern brauche. Das war wie immer, kurios nur, daß Parzivâl sich damit befaßte. Die Zuteilung der Güter und den Verkehr mit der Dienerschaft besorgte übrigens Diomêd, der den Kampf der Brüder vorgeführt hatte. Nicht minder plastisch, und doch sparsam in seiner Gestikulation, dirigierte und regelte er nun den Zufluß der Lebensmittel aus den Dörfern ins dreifache Lager und maß jedem das Nötige zu. Dabei schien nur das Überflüssige knapper zu werden und immer weniger nötig zu sein.

Ja, die Festlichkeit wurde frugal. Statt der persischen Äpfel mußte man auf gewöhnliche zurückgreifen und sich etwas einfallen lassen, aus dem Wenigen, das ankam, mehr zu machen. Sogar das Brot, das die Herren und Damen hatten unter den Tisch fallen lassen, stand, zur Milchsuppe verwandelt, wieder auf demselben, und einige Nasen rümpften sich; da aber nichts nachkam, mußte sie aufgegessen werden, wenn man nicht geradezu hungern wollte. Eigentlich war es unmöglich, mit dem Landwein, der jetzt auf den Tisch kam, Gesundheit zu trinken. Dafür stellte sich die Gesundheit selbst ein, sogar bei Damen und Herren, die den Überfluß für unentbehrlich gehalten hatten. Ein eigentümliches Vergnügen begann sich unter der neuen Hausmeierschaft auszubreiten, eine Mischung von Galgenhumor, Sportlichkeit und Schadenfreude über sich selbst, aber noch mehr über unerfüllte Gelüste des Nachbarn. Keiner konnte sagen, wie: auf einmal wurde es *chic*, mit dem Geringeren zufrieden zu sein. Je reicher einer war – und der Prinz war ja der Reichste von allen und

ging mit gutem Beispiel voran –, desto weniger schien er bei dieser
Verteilung des Mangels zu entbehren. Selber ganz nüchtern, ließ er
seine Spielpartner auf dem Turnierplatz bei Brot und Wasser antreten
und behauptete, daß sie nun erst lernten, wie man sich richtig
tummle. Allmählich wurde das sogenannte Turniermenu – um Lin-
sen, Hafergrütze und Apfelmost bereichert – auch die Regel bei der
nachfolgenden Festlichkeit. Besonders die Damen wußten die Neue
Kärglichkeit zu schätzen. Denn sie bekam ihrer Figur und sogar der
Körperfrische, auch bei der Liebeslust.

Herr Artûs machte gute Miene zu diesem neuen Spiel, das er nicht
böse nennen durfte; etwas säuerlich war sie schon dabei. Unter der
Hand ließ er verlauten, Heuschrecken und wilder Honig seien alles,
was ihm jetzt noch zur Heiligkeit fehle, und eigentlich wäre man
einem Gast aus dem Morgenland ein anderes Tractament schuldig.
Er müsse das Abendland ja für ein Armenhaus halten. War das überhaupt noch ein Fest oder schon ein Exercitium?

Kurzum, die Blüte der Ritterschaft war etwas am Welken. Artûs
bat, ohne seinen Verdruß ganz zu verbergen, die Herren der andern
Lager in sein Zelt, um mit ihnen den Abbruch zu beschließen, und
trug Herrn Keie nicht ohne Strenge auf, die letzte Tafelrunde müsse
eine Art haben, und zwar die alte und wohlbekannte. Ohne schönen
Überfluß denke man es nicht zu tun. Er befahl, daß die Abfeier den
weitesten Kreis zu ziehen habe. *Alle* wolle er an der Tafel sehen, die
sich in diesen Tagen Ruhm erworben und Minnelohn verdient hätten, und sei es durch Fasten und Beten, fügte er maliziös hinzu – in
Gottes Namen auch die Dienerschaft. Alle, alle sollten sie in Kreisen
gesetzt werden. Die Mitte aber sei frei zu lassen für den Fall, daß sich
darin doch noch etwas Überraschendes ereigne; das müsse dann von
allen Seiten einsehbar sein. Kurzum: er befahl, ein Theater unter
freiem Himmel aufzurichten, und die Zelte, bevor sie abgebrochen
würden, bis an den Horizont aufzuschlagen, damit sie gleichsam den
Abschluß der bewohnten Welt bildeten, so daß man über die Grenze
des Festes nicht hinauszusehen brauchte.

Herr Keie versprach, seinem Stellvertreter – den Namen brauchte
er nicht zu nennen – den Wunsch des Herrn zu übermitteln.

Ich *bitte* darum! sang Herr Artûs im höchsten Ton, den man von
ihm bisher gehört hatte.

Und so – geschah es? Nein, es mußte veranstaltet, organisiert,
erarbeitet werden. Und auch kein sprachliches Passivum soll verber-

gen, wie viele Hände sich regen mußten, nachdem die Köpfe gebührend instruiert waren. Es wurde in einer einzigen Nacht getan, die auch für die von der Handarbeit Ausgenommenen nicht eben ruhig war. Diener und Knechte brachen die Zelte noch im Tageslicht ab, um sie im Fackellicht wieder aufzustellen zum zweiten Erdkreis; daß wenigstens die räumliche Gelegenheit dem Amphitheater günstig war, erleichterte zwar die Disposition, die Arbeit aber nicht. Denn alles, was an Tafeln vorrätig war, mußte sich in wachsenden Ringen um die sumpfige Talsenke aufbauen lassen, die noch dazu mit Brettern belegt wurde, um gangbar zu sein und die Küche aufzunehmen.

Die Küche? Allerdings. Der vorwaltende Kopf bestand darauf, daß sich der Spielplatz im Mittelpunkt mit dem Arbeitsplatz der Köche zu teilen habe, damit die Wege die Ränge hinauf und hinab für die Dienerschaft erträglich blieben. Eine Küche inmitten der Tafelrunde! Das hatte es noch nie gegeben; immerhin wurde dafür gesorgt, daß weder die mächtigen Feuerstellen noch die Roste, über denen sich die Spieße drehten, oder die Galgen, an denen die riesigen Töpfe, Bottiche und Pfannen hingen – daß, kurzum, die irdische Quelle der Festlichkeit den Blick auf diese selbst nicht gänzlich verstelle. Ob sich auch die Schwaden und Dünste, die zu erwarten waren, derselben Rücksicht befleißigten, konnte der Organisator nicht garantieren. Man würde also auch riechen müssen, was man aß, und der Herkunft der Genüsse mit Auge, Ohr und Nase eingedenk bleiben. Denn eine *versteckte* Küche war bei der Masse derjenigen, die sie zu versorgen hatte, beim besten Willen nicht einzurichten.

Die Talsenke wurde, wenn auch unvollständig, von zwei Bächlein entwässert, die als Wasserstellen für die Köche nicht zu verachten waren; um ihnen auch noch einen tieferen Sinn zu geben, nannten die Zwillinge sie Euphrat und Tigris und gaben damit zu verstehen, daß das Paradies nicht mehr weit sein könne. – Tatsächlich waren schon um Mitternacht die Tafeln aufgeschlagen, die Zelte umgesiedelt, mit ihnen Pferde und Maultiere, Damen und Herren, die demnach vor dem großen Abschiedsfest noch ihre verdiente Ruhe erwarten durften. Denn sie hatten den gewaltigen Umbau entnervt, ja mit Schweißausbrüchen betrachtet – was konnte dabei nicht alles in Unordnung geraten oder gar verloren gehen! Freilich brüllten die Rinder, quietschten die Schweine und gackerte das Geflügel noch eine gute Weile, bevor sie sich in das nötige Fleisch verwandelten, was die geschickten Schlachter immerhin hinter der Kulisse der zivilisierten

Welt besorgten. Erst beim Rüsten, Kochen und Braten war ein Aufsehen nicht zu vermeiden, zumal die Köche viel lachten, und fröhlich blieben sie die ganze Nacht. – Wenigstens das Wetter war keine Sorge, denn auch wenn Herr Artûs verdrießlich war, begleitete ihn doch immer sein Maienlüftchen und wischte den Himmel rein. Wer dabei ins Frösteln geriet, konnte immer noch Schutz suchen bei seiner Dame, die ja ihrerseits der Wärme bedürftig war.

So lärmte es bis in den schönen Morgen hinein. Wer aber angenommen hatte, damit könne die Festivität endlich beginnen, sah sich von ihren Veranstaltern abermals überrascht. Denn diese erklärten, erst müßten diejenigen, welche die Nacht durchgearbeitet hätten, ihre Ruhe haben, damit sie ausgeschlafen seien für die Feier der ganzen Welt.

So blieb den Damen und Herren nichts anderes übrig, als sich den Tag zu vertreiben, ohne ihre Dienerschaft zu stören. Aber auch dafür hatte man sich bei der Festleitung etwas ausgedacht. – Der zottelige Diomêd verkündete den Herrschaften ein eigenes Programm und wußte es ihnen durch humoristische Vorspiegelung so schmackhaft zu machen, daß sie sich nicht lange bitten ließen. Den Königen und Rittern wurde zugemutet, sich das Wildpret, wenn sie Lust auf solches hätten, selbst zu jagen, damit bei dem gemeinsamen Mahl am Abend nicht nur Genuß, auch Verdienst sei und man wisse, was man esse. Und der Zottelige erklärte dies für eben jenes Abenteuer, das sich der Artûshof schuldig sei, um sich guten Gewissens zur Tafel setzen zu können.

Die Damen wurden eingeladen, ein nicht allzu weit entferntes Benediktinerinnenkloster aufzusuchen, das sich durch ausgesuchte Heiligenbilder, einen lustigen Kreuzgang und auch wegen des Kräuterlikörs und der Krapfen empfahl. Daß diese *pets de nonne* genannt würden, brauche man den begnadeten Bäckerinnen ja nicht unter die Nase zu reiben. – In einigen schönen Gesichtern sah man den *dégoût* über diese Bemerkung eine Weile mit dem Appetit auf das Gebäck kämpfen. Doch blieb der Ausgang des Kampfes nicht lange zweifelhaft, so daß die Damen für den Klosterbesuch passend – also nicht allzu weltlich – Toilette zu machen begannen. Die Zwillinge boten sich als kulturkundige Begleiter an. Nur Frau Orgelûse erklärte, sie fahre lieber zur Jagd, bei der hoffentlich niemand eines Cicerones bedurfte. Jagen konnten die Könige immer noch selbst, auch wenn sie für Zutreiber nicht undankbar gewesen wären. Aber da diese nicht gestört werden durften, mußte man eben auch die dienenden Rollen selbst versehen und sich – für den Fall, daß man auf Wildsäue traf, die jedermann gerne aß – sogar mit Gabilôts oder Saufedern bewaffnen. – Herr Bêâcurs wandte ein, man habe Wildpret nie anders als abgehangen und eingelegt gegessen; doch der Schauspieler erklärte den frischen Wildgeschmack, auch wenn ihm etwas Rohes anhafte, zur Spezialität des Tages, und so mußte auch hier jedes Widerwort ersterben und das fröhliche Jagen beginnen.

Parzivâl und seine Leute ruhten mit denen, die gearbeitet hatten, um das Ausrufezeichen umzubauen zu einem mäßigen, aber doch für ein großes Fest hinreichend umfassendes Weltenrund.

DAS FEST
WIE PARZIVÂL ZUM GRÂL BERUFEN WIRD
UND SICH DABEI
EINER BESTIMMTEN BEGLEITUNG VERSICHERT

Am frühen Abend war es soweit, daß die Welt bei der Welt einkehrte. Die Jagdpartie legte ihre Ausbeute vor, während die Klosterbesucherinnen ihr stilleres Abenteuer zu rühmen wußten, bevor sie sich umkleiden ließen für das Theater festlicher Gegenwart. Die Kreise und Ränge belebten sich. Aus der Vogelperspektive mochte sich das große Rund, der vielen Quer- und Dienstgänge wegen, eher wie ein Irrgarten ausnehmen, doch das Gartenhafte überwog.

Der Grüne Zirkus, die natürlich bewässerte Bühne begann ihr eigenes Stück zu entwickeln. Denn wer sich zeitig niedergelassen hatte, betrachtete den Einzug der Anderen, würdigte den Schnitt der Festgewänder und besprach die Höhe oder Länge der Frisuren, die Steife der Hauben, die Durchsichtigkeit der Schleier; der Orient hatte bei den Damen Schule gemacht.

Langsam füllte sich auch der innerste Kreis der Tafelrunde, bei dessen Besetzung Keie, um heiklen Protokollfragen zu entgehen, das Los hatte werfen lassen. Doch selbst der Zufall entwickelte diesmal Sinn für dramatische Notwendigkeit und plausible Überraschung. Da es an der Tafel weder Kopf noch Fuß geben durfte, setzte man die Herrschaften nach Himmelsrichtungen, zur besseren Orientierung; doch war, wie das Wort besagt, der Osten, mit Blick auf den Sonnenuntergang, die bevorzugte Seite. Das Los fügte es glücklich, daß der Prinz dorthin zu sitzen kam, nicht aber als Erster. Die Tradition verlangte immerhin, daß Herr Artûs mit seiner Frau Ginovêr den Einzug anführten. Das Los setzte sie in den vollen Westen, wo man nicht geblendet war, sondern selbst blenden konnte; und warum sollte der Niedergang nicht ebenso fein sein wie der Aufgang? Im Süden fanden König Gramovlanz und seine Frau Itonjê ihren Platz. Ihr Einzug war, was seine Prächtigkeit betraf, ein vielleicht etwas vorschneller Höhepunkt.

Männer und Magen der jeweiligen Hauptpaare besetzten den Abschnitt in deren Nähe, so daß sich allmählich auch ein Farbkreis vervollständigte. Während auf der Seite des Prinzen Grün vorherr-

schend war, rötete sich die gegenüberliegende um Herrn Artûs. Im
Süden trug man Weiß in allen Schattierungen, welche diese Un- oder
Überfarbe erlaubt, zu Ehren der bräutlichen Unschuld Frau Itonjês.
Herr Gâwân und Frau Orgelûse, denen das Los den Norden zugeteilt hatte, trugen das gedeckte Violett Frau Orgelûses zum Nächtlichen hin verdunkelt. Es war, wie Herr Artûs anmerkte, die Farbe
des Klerus, aber ins Lästerliche gewendet: »Der Teufel zeigt noch
einmal sein Unterfutter.«

Damit waren die Hauptrichtungen bezogen. Da es aber in der
Windrose keine nebensächliche gibt, durfte sich auch Frau Sangîve
mit ihrem Turkoyten in der Mitte der Dinge fühlen. Dort im Süd-
westen trug man ein Lindengrün, das sich zur Stimmung der nicht
mehr ganz jungen Liebe vorzüglich schickte, und ihre vierzig Lenze
sah man ihr so wenig an, daß Herr Artûs bemerkte: »Je länger je
lieber.« Frau Arnîve, die einzige, trug Gold. Blasser vergoldet schimmerte in ihrem Rücken das Gefolge von Schastelmarveile, und
selbstverständlich hatte man auch ihr, der würdig Ledigen, einen
passenden Ritter zugeteilt. Die Überlieferung schwankt nur, wie sie
ihn nennen soll: einmal ist von Herrn Lanzelôt die Rede, der auch
Altgold männlich zu tragen wüßte.

Nordwestlich erblickte man Herrn Jofreit, Gâwâns zweiten Bruder, von dem bisher kaum die Rede war, entgegen seinen Verdien-
sten. Dafür durfte er heute Silber tragen, wie auch seine nur den
Teilnehmern namentlich bekannte Dame. In den Nordosten, zur
Rechten Herrn Gâwâns, hatte das Los Bêâcurs gesetzt, den männlichen Vorgeschmack der schönen Itonjê. Er hatte einen träumeri-
schen Knaben in den inneren Kreis mitgebracht: warum sollten
Treue und Liebenswürdigkeit zwischen Männern gering geschätzt
werden? Die beiden kamen ganz in Hellblau, ebenso ihr zahlreiches
Gefolge an Junkern und Knappen. –

Lischoys und die reizende Cundrîe ließen sich im Südosten nieder, nicht ohne – wie jede einziehende Gruppe – erst den Kreis in
voller Runde abgeschritten zu haben. Da durften sie, als die Jüngsten, Grau tragen, ein »schmutzig« genanntes Perlhuhngrau, das von
Paris her die gesittete Welt eroberte, und der Schnitt war verwegen
genug; so durfte man den Einzug dieses Paars durchaus als Steigerung betrachten. –

Da Herr Feirefîz sich auf seine Ehrenrunde machte, war er, als zur
Zeit lediger Mann, nicht von *einer* Dame begleitet, sondern von

zahllosen – jemand muß sie dennoch gezählt haben, es waren ihrer
einunddreißig. Sie waren nicht ganz so grün wie er, obwohl es am
guten Willen nicht gefehlt hatte, aber leider schickt sich Grün nicht
zu jedem Teint. Sie setzten sich teils vor, teils hinter den Prinzen,
darauf kam es ihm nicht an. Erst als einige sich auch zu seinen Füßen
gruppieren wollten, mußte Herr Keie einschreiten. Denn die Mitte,
wo man sich idealerweise die Tafel zu denken hatte, mußte leer bleiben.

Und wo saß Parzivâl? Es war keine Himmelsrichtung mehr für
ihn übrig; zur Linken Frau Ginovêrs ließ sich dennoch ein Plätzchen
schaffen, um so leichter, als er ja nur zu fünft gekommen war. Zu
bestaunen gab es an ihm nicht viel. Immerhin spielte sein Leibrock
ins Rötliche, zur Erinnerung, daß er ja doch der Rote Ritter gewesen
war.

So hatten sie Platz genommen, und es blieb nichts weiter übrig als
das Fest selbst. Musikanten, Gaukler, Zauberkünstler eröffneten es
und benützten die mit Brettern bedeckte Mitte als Bühne; alles war
artig und nicht allzu neu. Es muß gesagt sein, daß die Küche, in der
gesotten und gebraten wurde, die Tischgenossen doch etwas ab-
lenkte. Wegen der Gardünste war der Blick nicht immer frei, und, bei
der hörbaren Mitsprache des Magens, auch die Aufmerksamkeit
nicht ungeteilt. –

Dafür ging die Dienerschaft, die dem Übelstand abhalf, kürzere
Wege, und das Auf- und Abtragen gewann einen ganz eigenen Un-
terhaltungswert, besonders da man immer übersehen konnte, was
auf einen zukam, und ob der Nachbar womöglich das bessere Stück
erhielt. – Herrn Keies Mannschaft flog, die Schenken waren nicht
fauler, und so wurde, da offenbar weiter kein Programm vorgesehen
war, das Essen und Trinken selbst als Feierlichkeit behandelt und der
Abend, die von Fackeln erhellte Nacht mit Feinschmecken und Zutrinken verbracht. Das Wild schmeckte zwar in der Tat etwas roh,
dafür war es selbstgejagt.

König Artûs hielt eine Rede, von der man Witz und Geistesgegenwart erwartet hatte, die aber immer neue Wendungen fand, sich
selbst zu übertreffen. Sie gipfelte in einer Ehrung des Gastes ganz
eigener Art. Da Herr Feirefîz noch gehindert sei, sein Gefolge mitzuführen – eigentlich müsse man ja von Völkern reden –, das noch im
nächsten Hafen läge, nur einen Katzensprung, immerhin aber fünf
Tagereisen entfernt: bitte er den Mann, der sich schon so unentbehr-

lich gemacht, um die Gunst, wenigstens die Könige, die ihm dienten, namentlich aufzuführen, damit man sich von seiner Reichweite einen Begriff machen könne. Denn gewiß habe er sie erst unterwerfen müssen, bevor sie ihm dienen konnten.

Herr Feirefîz erhob sich im Gefunkel seiner Smaragde und dankte in leicht schiefen, doch wohl feststehenden Wendungen auf seine schöne gutturale Art. Aber als er anfing, seine Dienstleute aufzurufen, stockte der Atem der Welt. Denn die unterworfenen Herren waren:

– der König Papiris von Trogodjente mit der vergoldeten Zahnlücke; der Graf Behantîns von Kalomidente, wo man sein Auge an einem Stiel trägt, und zwar auf dem Bauchschnabel; der Herzog Farjelastis von Afrikâ, wo die Berge so hoch wachsen, daß unsere damit verglichen Täler sind; der König Liddamus von Agrippe, wo man einander statt guten Tag Hals- und Beinbruch wünscht; der König Tridanz von Tinodonte, wo es gar nie Tag wird und die Menschen in Laternen wohnen; der König Amaspartîns von Schipeljonte, wo man nur ein einziges Wort kennt, das lautet wie *Pescheräh* und wird als Klage ausgestoßen; der König Lippidîns von Agremontîn, wo man Mann und Frau nicht unterscheiden kann und es einfach auf gut Glück miteinander versucht; der König Milôn von Nomadjentesîn, wo Männer und Frauen noch gar nicht erfunden sind und man sich durch Knollen fortpflanzt; der Graf Gabarîns von Assigarzîonte, wo die Knollen Augen haben und die Wände Ohren; der König Translapîns von Rivigitas, wo man das Stillstehen nicht gelernt hat und sogar im Schlafe hüpft; der Graf Filones von Hiberborticôn, wo den Menschen Eiszapfen aus dem Hirn wachsen und zu Zöpfen geflochten werden; der König Killicrates von Centriûm, wo man mehr könnte als Brot essen, nur gibt es dort kein Brot; der Graf Lysander von Ipopotiticôn, wo die Leute, um ihr Stottern zu verbergen, jeden Satz zweimal sagen; der König Tiridê von Elicodjôn, wo man essen muß, was auf den Tisch kommt; der König Thôarîs von Oraste Gentesîn, wo die frischen Lanzenschäfte so schnell aus dem Boden schießen, daß man mit einem Schild bewaffnet spazierengehen muß; der Graf Alamîs von Satarchjonte, über den durchaus nichts zu sagen ist und der seit zehn Jahren einem verlorenen Wort nachtrauert; der König Amincas von Sotofeititôn, wo entweder alle gleichzeitig sprechen, und keiner zuhört, oder umgekehrt; der Herzog von Duscontemedôn, der für alles, was man ihm abkauft, hoch bezahlt; der König Zarôastêr von Arâbien, der das Pulver nicht erfunden hat, dafür Feuer und Lunte; der Graf Possizonjus von Thilêr, der seine fünfhundert Frauen in Gestalt einer Kellerassel besucht und dabei schon oft verlorengegangen ist; der Herzog Sennes von Narjoclîn, wo sie einander die Ohren stehen lassen; der Graf Edissôn von Lanzesardîn, der immer das Gegenteil von dem sagt, was er meint, dafür aber niemals tut, was er sagt; der Graf Fristines von Janfûse, der nur noch selten auftritt, dann aber in ganzen Schwärmen und vornehmlich als Fliegenpilz; der Herzog Meiones von Atropfagente, wo ein Pfund Fleisch mehr gilt als zwei; der Herzog Archeinor von Nopurjente, der geträumt hat, ihn trete ein Pferd, und seither gelähmt ist; der Graf Astor von Panfatis, der aus der Wurzel einer fleischfressenden Pflanze gewachsen ist und seither mit ihr um sein Leben kämpft, überwiegend ohne Glück; die Könige von Azagouc und Zazamanc, von denen jeder den andern bei sich selbst vertreten kann; der König Jettacranc von Gampfassâsche, der jedermanns Gesundheit trinkt, nur seine eigene hat er vergessen; der Graf Jûrâns von Blemunzîn, der beschwören kann, daß es ihn gibt, und den Herzog Affinamus von Amantasîn, dem man es auch noch glauben würde. – Das sind, roh geschätzt, zweiunddreißig gekrönte Häupter, die namenlosen nicht gezählt; und wer weiß, ob sich nicht unter diesen die bleibenden Größen verstecken.

Vollständigkeitshalber lieferte Herr Feirefîz, den man – wenn es jetzt noch ein Wort für seinen Rang gab – wohl einen Erzkaiser nennen mußte, noch die Namen der Damen dazu, die er nicht hatte unterwerfen müssen, da sie ihm freiwillig in treuer Liebe dienten. Ihre Reiche aber wurden naturgemäß auch die seinen. Die Aufzählung nahm beträchtliche Zeit in Anspruch, doch merken mußte man sich wohl nur die drei letzten; denn bei denen hob er seine Stimme zur Fanfare. Sie hießen Olimpia, Clauditte und vor allem, zuerst und zuletzt, Königin Secundille.

»Allerhand für einen Waisenknaben!« flüsterte König Artûs seiner Frau Ginovêr zu, was sie durchaus nicht gehört haben wollte, denn ihr Lächeln blieb höfisch.

Es war gewissermaßen nur ein Hör-Spiel; dennoch lieh ihm der Prinz seine bewegliche Gestalt, und man konnte nicht sehen, wie es noch übertroffen werden sollte. Doch da bat Herr Gâwân den Prinzen um die Gunst, dessen Rüstung und Waffen vorführen zu dürfen; sie waren ein Liebesgeschenk der Königin Secundille. So brachten die Damen, die dem Prinzen als Ehrengeleit zugeteilt waren, die Schmuckstücke noch einmal herein und trugen schwer daran, was viel respektvolle Heiterkeit erregte: an dem Helm nach Maß, auf dem das Tierlein Echidemon wieder hergestellt war; an dem Schild aus gräulichem Holz, das Ásbestos hieß und dem Feuer widerstand, wie die Steine erst recht, die darauf eingelassen waren, vor allem der zentrale Rubin, der im Fackellicht noch ganz anders glühte als am hellen Tage. Die furchtbaren Scharten, die das Stück aufwies, waren aber doch sein wahrer Schmuck, denn sie bezeugten den Mut des Prinzen ebenso wie die Kraft seiner Gegner. – Auch der edelstein-gewobene Waffenrock, das aus Platin geschmiedete Kettenhemd zündeten und spielten, daß die Augen der Betrachter zu tränen begannen.

Wunder verschlagen zwar den Atem, den Appetit aber nicht lange. Die geweckte Begierde nach so viel Schönheit hielt sich an Hasen und Forelle schadlos, die man nach dem täglichen Turniergericht erst recht zu würdigen wußte. Und was die Schaulust betraf: so viel man auch gesehen und gehört hatte, es hätte ruhig etwas mehr sein dürfen. – Als man schon resigniert hatte, da geschah noch etwas. Das war weder vorgesehen noch veranstaltet. Es war der Gipfel und die Höhe.

Woher war sie gekommen? wie eingeritten?

Plötzlich war sie da, die abenteuerliche Gestalt auf ihrem Zelter, der in schwerem Paßgang den inneren Kreis abschritt. Hatte man dergleichen je erlebt? Allerdings; einige mußten die Gestalt wiedererkennen. Doch trauten sie ihren Augen nicht. Die schaurig-seltsame Person war sehr verwandelt und ins Feierliche verkehrt. Auf dem Kopf trug sie keinen Turban mehr über den gesträubten Brauen, sondern eine spitze weiße Haube; von dieser fiel ein Schleier über ihr Angesicht, dessen Ungeheuerlichkeit nur noch zu ahnen war. Sie saß im Damensitz, und ihre Kleidung war noch kühner modisch als diejenige des Königs Gramovlanz, mit künstlich erhöhten Schultern, die den Buckel dämpften. Von denen fiel ein Samtmantel in den Farben der hellen Nacht. Bestickt war er über und über – wie auch die Schabracke des Paßgängers – mit dem Wappen der Turteltaube. Dieses Wappen aber gab es nur einmal auf der Welt. Es war das Wappen des Heiligen Grâls.

Sie waren verstummt, Ost und West, Süd und Nord. Atemlos sah die Welt den Umritt der Zauberin. Sie hielt inne. Sie stand vor König Artûs still.

Straft mich, Herr, sagte sie in ihrer schrecklichen, jetzt eigenartig verkleinerten Stimme – war sie nicht guttural wie die des Prinzen? – Straft mich hart, aber hört mich an. Ich habe eine Nachricht für einen Menschen.

König Artûs hörte es leicht erstaunt (denn es klang, als gebe es hier der Menschen nur Einen), doch machte er eine verbindliche Handbewegung. Da stieg die Person aus dem Sattel, tat zwei Schritte nach Nordwesten, senkte den Kopf vor Parzivâl und fiel vor ihm auf die Erde. Sie warf sich auf die Stirn und hörte nicht auf, diese gegen den Boden zu schlagen. Und obwohl, was sie sprach, wie aus einer Gruft klang, verstand man in der Stille jedes Wort.

Pardonnez. Vergib. Erbarme dich unser, und unseres armen Herrn.

Steht auf, sagte Parzivâl.

Sie gehorchte. Dann sah sie sich um, nach dem Prinzen.

Gahmurets Kind! sagte sie. – Das seid ihr beide. – Sie sprach ein Grußwort auf Arabisch, dann verneigte sie sich gen Osten, sank noch einmal ins Knie und wandte sich wieder Parzivâl zu.

Ich meine dich, Sohn Herzeloydes.

Sie schien in seinen Anblick versunken, ihre Augen glühten unter dem Schleier.

Nimm dein Herz in beide Hände! rief sie. – Freue dich! Auf dem Stein ist ein Name erschienen: deiner. Parzivâl! Der Grâl beruft dich zu seinem Herrn!

Parzivâl stand ohne Bewegung.

Er beruft zu seiner Königin Condwîr âmûrs, deine Frau. Euch sind Zwillinge geboren, Kardeiz und Loherangrîn, das ist der kleine; auch ihn beruft der Grâl. Anfortas grüßt dich, der Leidende. Es bleibt nichts übrig, als daß du kommst und die rechte Frage stellst. Sprich nur ein Wort, so wird seine Seele gesund, und sein Leib beginnt wieder zu blühen. Richte ihn auf, denn er hat viel geliebt.

Vom Rand der Welt her wieherte ein Pferd, und noch eines; sie wollten nicht aufhören.

Du bist's! schrie einer noch lauter, es war der Prinz; er war aufgesprungen und breitete die Arme aus. – Wie du leibst und lebst, bist du König des Grâls! Ich hab's gewußt! Du bist der Verkündete, Väterchen! Deinetwegen bin ich aufgebrochen und angekommen!

»Väterchen«, das war eine unerhörte Anrede. Das Weltenrund begann zu raunen. Die Botin schlug ihren Schleier zurück. Ihr Gesicht war häßlicher denn je und von einer haarsträubenden Reinheit; es war das verklärte Gesicht eines Tiers. Die Zähne hatten die Lefzen losgelassen, in denen ein blutiger Nachdruck zu sehen war. Die Augen, fest wie Bernstein, standen ohne einen Schatten des Zweifels auf Parzivâl gerichtet. Dann wanderten sie hinauf zu den Gestirnen.

Ich sehe Zvâl, sagte Kundry. – Er hat den höchsten Lauf. Ich sehe Almastrî, Almarêt und den lichten Samsî, sie stehen zu deinem Glück. Ich sehe Alligafîr, das ist der fünfte. Ich sehe Alkitêr, denn er darf nicht fehlen. Ich sehe Alkamêr. Ich sehe die Zügel des Firmaments, und wenn das Siebengestirn sie nicht hielte, die Räder der Welt zerschellten am Nichts. Fasse dich, und fasse die Zügel. Parzivâl! sei Zvâl, sei Almastrî und Almarêt. Sei Samsî. Sei Alligafîr und Alkîter, sei Alkamêr. Sei, der du bist, und werde, der da kommen soll. Du bist erwartet. Folge mir ungesäumt. Schreib ins Reine alles, was da leibt, lebt und leidet.

Parzivâl hob den Kopf und sagte mit klarer Stimme:

Ich komme, doch nicht allein.

Ein Begleiter steht dir frei, sagte Kundry.

Einer, sagte Parzivâl, und vier.

Du befiehlst, Herr, sagte sie.

Die Zuhörer waren verstummt. Parzivâl blickte sich um nach Feirefîz.

Bruder, sagte er, kommst du mit?

Bruder, sagte der Prinz, ja.

Bêne, sagte Parzivâl.

Wo war Bêne? *Wer* war Bêne? Viele wußten es nicht. Aber da kam sie von weit hinten, eine junge Frau ohne merkliche Befangenheit, und stellte sich zu Parzivâl.

Castôr und Pollux, sagte Parzivâl.

Da waren sie.

Diomêd, sagte Parzivâl.

Er stand schon neben Parzivâl.

Sie waren ihrer sechs, unscheinbar alle, bis auf den Prinzen.

Gehen wir zusammen? fragte Parzivâl.

Jâ, sagten sie aus einem Mund.

Herr König, lieber Oheim! sagte Parzivâl, heute gehen wir nicht mehr. Frau Kundry hatte einen weiten Weg, und er wird morgen noch siebenmal weiter sein. Denn jeder geht ihn auch für sich allein. Ich bitte Euch um Quartier für Kundry, meine Botin.

Unsere Lager stehen Euch offen, Frau Kundry, sagte Herr Artûs. – Wem gebt Ihr die Ehre Eurer Gesellschaft?

Das Tier muß es wissen, sagte Frau Kundry. – Helft mir hinauf.

Dio. mêd stand schon da und hob sie in den Sattel. Sie schlug mit dem Zügel auf den Nacken des Zelters. Der setzte sich in Bewegung und ging eine Runde, bevor er vor Frau Arnîve stehen blieb.

Oh! sagte diese errötend. – Seid mir willkommen, edle Frau!

Ihr seid mir die Rechte, Frau Königin! sagte die Botin.

Dann nehmt doch Platz, sagte Frau Arnîve und wandte sich an den unbekannten Herrn an ihrer Seite. – Und Ihr habt wohl die Güte, ihr Pferd zu versorgen.

Parzivâl war vor König Artûs getreten.

Bleibt bei Eurem Fest, sagte er, doch gebt uns Urlaub. Wir haben noch zu tun.

Bruder! rief der Prinz, Väterchen! Majestät! Nicht so rasch! Wie kann ich scheiden, ohne die Gesellschaft beschenkt zu haben? Gestattet, daß ich mein Heer abhole! es kann sich sehen lassen, und ein Fest hat es verdient! Nur sechs Tage, Bruder, dann ist es getan –

Sechs Tage Leiden für Anfortas? sagte eine Frauenstimme. – Nein!

Man sah sich um. Wer hatte da mitzureden? Frau Orgelûse?

Sie hatte sich erhoben und zeigte ihr Gesicht.

Fünf! rief der Prinz. Schon in vier Tagen ist es zu schaffen, wenn ich fliege! Drei Tage, hoher Bruder, edle Frau!

Parzivâl und Orgelûse blickten sich in die Augen.

Dann muß ich auf dich verzichten, sagte Parzivâl.

Der Prinz senkte den Kopf. – Gut, sagte er. – Morgen fahren wir.

Herr König, sagte die Grâlsbotin zu Parzivâl. – Es ist nicht recht, daß jemand auf seine Freude verzichte. Söhne Gahmurets, sendet einen Boten, daß er das Heer aus der Ferne kommen lasse und seine Reichtümer verteile.

Meine Völker weiß kein Mensch zu finden, Frau Botin, sagte der Prinz, und keiner kann sie führen, es sei denn, er spräche die Sprache meiner Mutter.

Gut, sagte Frau Orgelûse. – Malcrêâtüre, dies ist deine Stunde. Ich wußte, sie würde kommen.

Was war das? Wer schlüpfte da zwischen allen Beinen hindurch, richtete sich halb auf, sprang der Dame auf den Arm, erkletterte ihre Schulter und blickte von dort in die Welt, als sehe er sie zum ersten Mal und sie gehöre ihm schon? Man hörte kreischen, und die Damen rafften ihre Röcke. Doch wer den Schauder bezwang, konnte ein Wesen, halb Meerkatze, halb Igel, sich festhalten sehen an Frau Or-

gelûses roten Locken; das war der Grâlsbotin nachgeschaffen zum
Lachen und Staunen, nur viel kleiner. Und seht, da begann es aus
seinem Maul, das Zähne zeigte, zu pfeifen und zu gurgeln, während
die Katzenaugen rastlos in die Runde gingen und die Brauen auf und
nieder hüpften.

Und hört, das Geschöpf erhielt Antwort auf seine Laute. Denn
ihrer zweie hatten im gleichen Ton zu reden begonnen, Frau Kundry
und Herr Feirefîz. Und als die Kreatur von Frau Orgelûsens Schulter an die Brust der Grâlsbotin flog, mit einem einzigen Satz, sah
man die Ungeheuer lachen und weinen und einander die Arme um
den haarigen Hals schlingen. Der Prinz aber verschränkte die seinen
auf der Brust und verneigte sich tief.

So hatte es in diesem Kreis noch kein Schauspiel gegeben. Die
Heiden parlierten, was das Zeug hielt, ihre Laute hüpften und überstürzten einander. Dabei verwandelten sich ihre Gesichter. Die beiden Ungeschöpfe wurden immer menschlicher beim Reden, der
Prinz immer kindlicher. So affenjung hatte man ihn nie gesehen, und
den Zuschauern, die kein Wort verstanden, schmolz das Herz in der
Brust, den Damen zuerst.

Schließlich wandte sich Herr Feirefîz wieder der Runde zu, und
die ersten Laute in einer kristlichen Sprache schienen ihm Mühe zu
bereiten.

Väterchen, sagte er, meine Götter sind groß, und überall sind sie
auch! Wer hätte gedacht, daß ich am Ende der Welt Hanumân begegne, dem Göttlein meiner Mutter und Großmutter! Nun wundert
mich gar nicht mehr, daß alles sich zum Besten gefügt hat! Er hat sich
zu erkennen gegeben, mitsamt seiner heiligen Schwester, der Botin
deines Grâls, und meine Sorgen sind geschmolzen wie Butter im Tee!
Der Gott wird mein Heer gnädig zur Stelle führen, wie er es schon
über die Meere geführt hat. Er wird meine Schätze verteilen; er wird
sie noch vermehren, wie ich ihn kenne! Mich aber, lieber Bruder,
wird das Tier vom Himmel ebenso sicher zur Grâlsburg geleiten, wie
Dich die feine Art! Jetzt hat es keine Not mehr, wir können reisen,
auch stehenden Fußes!

Ein starkes Stück unkristlicher Fügung, das die drei Lager miter-
leben mußten! Und wer immer gedacht hatte, daß Frau Orgelûse des
Teufels sein müsse, sah sich in seinem Vorurteil bestärkt; es konnte
sich nun, beim Anblick ihres Leibaffen, beim besten Willen nicht
gleich zur Andacht wenden. Auch mit dem Grâl hatte es wohl kaum

...e reinlichste Bewandtnis. Durfte man sich noch wundern, daß er sich von einem braven Ritter nicht wollte finden lassen?

Eine gab es, die während dieser unglaubwürdigen Szene nur auf Herrn Gâwân blickte: Bêne. Ohne *ihre* Aufmerksamkeit wäre er wohl auch derjenige der Fabel entgangen, denn diese blieb, wie jedermann, gebannt von der Grâlsbotin und ihrem Affenbruder. Fräulein Bêne, sie allein, sah zu ihrem Ritter hinüber und bemerkte das Zucken um seine Lippen. Er mußte blaß und rot werden, bevor das Zucken zum Lächeln wurde, einem mannhaften Lächeln. Und während er seine Augen sorgsam auf das rote Haar heftete, wo eben noch der Igel gesessen hatte, wandte Bêne die ihren ab, mit der leichten Mühe schweigender Überwindung und kraftvoller Dankbarkeit.

Gott ist groß, Bruder, sagte Parzivâl, und in seinem Namen wollen wir fahren. Auf morgen, König und Königin! Damen und Herren: lebt wohl!

König Artûs hatte sich erhoben, und auch seine Frau Ginovêr. So erhoben sie sich alle, zum Lob des Wunders, das denn also, erwartet oder nicht, immer noch möglich war. Noch einmal standen sie voreinander, König Artûs und Parzivâl, dem die Majestät nicht am Kleid abzulesen war. Denn noch immer war es die Tracht der Arbeit, und auch seine Gefährten trugen sie.

Herr Artûs lächelte schmal. – Ich hätte Euch zum Ritter schlagen sollen, sagte er, damit komme ich nun wohl etwas spät.

Das hat *er* getan, sagte Parzivâl, auf den Bruder deutend. Dann trat er vor Frau Ginovêr und beugte das Knie zum dritten Mal.

Es ist mir nichts so leid, sagte er, wie König Ithêrs Tod. Er war mein Bruder, und Euer Sohn.

Frau Ginovêr starrte auf ihn nieder, und Tränen stürzten ihr aus den Augen. Es dauerte eine Weile, bis sie Parzivâl aufhob, zum dritten Mal.

Es ist gut, Kind, sagte sie leise. – Roter Ritter, Ihr lebt für viele. Lebt in das Leben wohl.

Parzivâl blieb in ihren Armen, so lange sie ihn hielt, und seine Tränen trockneten an ihrer Schulter.

Dann richtete er sich auf.

Nun denn! sagte er.

Und Herr Feirefîz trat an seine Seite, mit ihm Bêne, der er die Hand gereicht hatte, ferner die Zwillinge und der Schauspieler Diomêd.

Sie verließen den Kreis, und doch war es noch nicht das Ende. Denn als Parzivâl an Frau Orgelûse vorbeiging, ergriff sie seinen Arm mit beiden Händen.

Ich danke Euch, sagte sie.

Dankt Gâwân, Schwester, sagte er, er ist ein Ritter, und in keinem liebt Euch Gott wie in ihm. Darum seid ihm gnädig.

Iwânet war der Allerletzte, von dem er Abschied nahm, mit dem Kuß des Bruders auf beide Wangen.

ÜBERGANG

WIE ANFORTAS NOCH EINMAL
AN SEINER WUNDE LEIDET,
DASS ES NICHT MEHR SCHÖN IST

Die 3 Eier sind schon zur Stelle. Muß man fragen, an welcher? Sie
sind da, wo es die Handlung dringend hinverlangt und wo die Fabel
nie nötiger gewesen ist als jetzt.

Sie kommt mit Parzivâl und seinen Gefährten. Sie hat nicht länger
gesäumt, als bis sich die Grâlsbotin für ausgeruht erklärte, während
ihr Affenbruder längst unterwegs war zu den Schiffen aus Morgenland, zu dem liegengebliebenen Heer, das nun endlich abgeholt
wird, um entweder bei König Artûs zu lernen, was feiern heißt, oder
aber: um es ihn zu lehren. Das ist noch nicht ausgemacht, doch für
Unterhaltung wird gesorgt sein, bis sein Prinz und Großkönig wiederkommt – *wenn* er denn wiederkommt.

Einstweilen hat Herr Feirefîz nur den Grâl im Kopf, auf seine Art.
Er hat das männliche der seltsamen Göttergeschwister nach der
Meerseite hüpfen lassen, während er dem weiblichen nach der Bergseite folgt – der Botin, mit der das Suchen und Finden Munsalvaesches keine Not mehr hat; diesmal braucht keiner zu wissen, wo es
liegt. Es findet sich von selbst. Die Eier aber, die sich von keinem
Affengott lumpen lassen, sind, Raum und Zeit zum Spott, längst da
angekommen, wo die Fabel hingehört und wohin ihr Held, nur wenig langsamer, nachkommt mit seinem kleinen Troß, nicht auf Flügeln des Windes, doch wohlberitten; Parzivâl auf dem Grâlspferd,
von dem ihn nun nichts mehr trennen soll, auch wenn es nicht mehr
Inglîart Kurzohr heißt, sondern Liliencrôn.

Noch einmal sehen die Dreieinigen auf ihrem Kaminsims König
Anfortas in seiner Pein. Und leider ist sie nie größer gewesen, denn
die Sterne stehen zu seinem Unglück. Mars und Jupiter haben eine
Konstellation erreicht, in der es Schmerzen förmlich hagelt für den
Kranken. Ganze Eiskörner zieht die von Gift glühende Lanze aus
der Wunde seines Geschlechts. So kalt ist der Leichnam schon, und
nur die Qual ist es noch, die in ihm brennt. Sie stößt ihm den verdorrten Mund auf, hinter dem erbarmungslos aufgerissenen Spalt im
Pelz. Seine Stimmbänder zucken noch, es rasselt in seinem Kehlkopf

und klingt immerzu: genug, genug, genug. – Weiß er noch, was er sagt? hat es noch etwas zu bedeuten? Dazu würde Geist gehören, irgendein Bewußtsein von sich selbst. Doch der da lehnt, hat den Geist aufgegeben, und seine Stelle hat die Qual eingenommen, die rasselnde Qual ohne Ende: sogar der Geist, der »Linderung« denken kann, muß längst erstorben sein. Das ist die Hölle, wörtlich, tatsächlich. Was nie aufhört, ohne Aussicht auf Veränderung, das ist die Hölle. – Aber es ist nicht wahr, daß die Hölle nicht mehr wartet. Sie wartet auf den Tod. Nur vorstellen kann sie ihn sich nicht mehr, dazu gehörte ja ein Begriff des Endes, und den, wie jeden Begriff, hat die Qual verschlungen.

Daß die 3 Eier einander manchmal angesehen hätten, betroffen, bestürzt, kann man nicht sagen; sie hatten ja nur zwei (oder drei) Augen insgesamt. Auch ohne Gefühl nahmen sie doch die stumme Erschütterung des Achtecks auf, das Pochen und Hämmern der Kälte, das Schlottern der Angst, das Beben des Gerichts. Das Bett war der reine Hohn auf das Leiden in ihm, denn es hätte bequemer nicht sein können. Es wurde zusammengehalten von Saiten aus Salamanderhaut, die gleichzeitig als Traggurte dienten. Salamander brennt niemals, auch nicht in der kältesten Hölle. Die Bettstatt war mit kostbaren Steinen besetzt: Korund und Almandîn, Chrysopras, Hyacinth und Spinell, Sardonyx, Peridot, Heliotrop und Rosenquarz – ihre Heilkraft war spezifisch und wohlbekannt. Sie halfen nur nicht. Sie halfen wohl, aber nur dazu, den Leib am Gefrieren zu halten, und die Qual am Kochen. Sie waren Stellvertreter des Hauptsteins, der alle Morgende wieder vor Anfortas getragen wurde, damit er ihn sehe: von allen heilsamen Steinen den grausamsten. Denn er hilft ja nicht weiter als bis zur Verewigung der Qual.

Und doch rücken sie ihm das Ding vor die Augen, von denen sie erst das Wolfsfell und dann die Lider reißen müssen. Er preßt sie zusammen mit der Neige seiner Kraft – es nützt ihm nichts. Er muß es sehen, das Bild des Wunsches, der einmal die Gestalt einer Frau gehabt haben mag, dieser und jener. Jetzt hat er keine Gestalt mehr und keinen Namen: auch »Qual« ist kein Name mehr dafür. Doch immer noch soll er es sehen, das Ding, mit gebrochenen Augen darauf gestoßen werden, die Wärter tun es nicht anders. Wer sind sie? Sind es noch Menschen? – Am Anfang der Ewigkeit hatten sie noch mit ihm gestöhnt; das haben sie längst vergessen. Sie sind erstarrt im Dienst. Gefühllos sind ihre Leiber unter den schwarzen Mänteln mit

den gezähnten Kreuzen. Sie verrichten ihren heillosen Helferdienst
wie eine Notdurft. Kein Wunder, daß sie auch draußen nur noch
töten können oder sterben. Beides erscheint ihnen wie Befreiung.

Alles Menschengefühl ist erstorben auf Munsalvaesche. Sie wollen
nur noch dämmern, die Rittergespenster. Früher haben sie ihrem
Herrn den Grâl, das Folterwerkzeug, am Abend vorgetragen; dann
ist sein Ächzen und Gurgeln den Wächtern durch Mark und Bein
gedrungen und hat ihnen den Schlaf geraubt. Jetzt hören sie es kaum
mehr. Er quält sich gelinder, sagen sie. Das sagen sie nur so. Denn
längst sind Morgen und Abend eins in den Mauern der Grâlsburg.
Und es gilt ihnen gleich, was sie tun, da es hoffnungslos bleibt in
jedem Fall. Wir tun unsern Dienst, sagen sie und hören sich selbst
nicht mehr zu.

Doch, sie tun ihren Dienst. Sie schieben Aloëholz nach in die
ungeheuren Essen, wo die Hölle lodert, ohne zu wärmen. Sie tragen
Handschuhe, wenn sie sich mit dem Herrenluder beschäftigen, gegen das Leichengift, gegen das fressende Gift der Lanze, mit der sie
nach Vorschrift operieren, die erbarmungslosen Spender von Erbarmen. Sie hören das gleiche trostlose Gurgeln, wenn sie zustechen
und wenn sie einholen. Sie bewegen sich pflichtschuldig bis zur Unsichtbarkeit. So kann es scheinen, als sei der Leichnam das einzige
Lebendige in ihrer Mitte; nicht mehr Anfortas, nur noch seine Qual.
Sogar die Sorge ist erstorben auf ihren Mienen und eingefroren –
Dikapê sieht es genau – zu einer Maske aus Neid. Ist es möglich, daß
sie Anfortas um seine Qual beneiden?

Sogar das ist möglich auf Munsalvaesche. Wo alles unmöglich geworden ist, ist auch alles möglich: sogar, daß die kaum noch Lebenden den so gut wie Toten beneiden. Immerhin, seine Qual macht ihn
sorglos. Denn es ist, neben der Qual, auch für Sorge kein Raum
mehr übrig, so wenig wie für Hoffnung. Sie aber haben immer noch
die Sorge, ihre Pflicht zu tun, ihre grausige, unbedankte Pflicht. Und
Anfortas darf sie noch immer beherrschen; nicht er, sondern was
stärker ist als er: seine Qual.

Weiden sie sich etwa auch daran? Oh, wenn der Grâl sie weidet in
seinem Überfluß, dann wachen sie auf. Dann trieft ihnen Saft von
den schmalen Lippen, Fett, Blutsuppe und Maulbeerwein. Ihre Gesichter verschließen sich vor Ekel und Wonne zugleich. Sie genießen
es, mit ihrem Herrn um die Wette zu stöhnen. Der Fraß schmatzt aus
ihrem halboffenen Mund, ihre letzte Lust. Ist es nicht auch die höch-

ste an der grausigen Unlust ihres Herrn? Sie lassen ihn büßen, unter dem Mantel des Kreuzes. Daß er eine Lust wenigstens büßen durfte, die ihnen abgesprochen wurde für immer... dafür fressen sie stöhnend, wie Tiere. Und stöhnend soll er dafür leiden wie kein Tier.

Und die Damen? Es gab doch Damen auf Munsalvaesche – einen ganzen Haufen, mit Herrn Keie zu reden? Sie lebten ihn ihren Kemenaten wie in Gräbern. Sie lebten nur für den Glockenschlag, der die Wände durchdrang zur Zeit eines Morgens, den sie nicht einmal *grauen* sehen durften. Und doch zog es sie aus ihren Zellen. Sie schminkten ihre Wangen, die im kalten Licht der Essen immer noch fahl genug aussehen würden; um so stärker glühten ihre Lippen, die sie gerötet hatten, damit sie dem Blut glichen, das von der Lanze troff. In wohlgeordnetem Zug, um die Jungfrau geschart, die Das Ding trug, schwebten sie in das Achteck und führten vor, daß es sie noch gab; daß alles noch seine Ordnung hatte, die Rauchfässer, die Tafel aus Amethyst, die Elfenbeinböcke, auf die sie niedergelassen wurde, die Silbermesser zum Abschaben des vereisten Blutes. Einmal alle Tage, die sie nicht zählten, wechselten sie aus ihren kleinen Gräbern in das turmhohe Grab und setzten Das Ding in die Mitte der Qual, um sie zu erfrischen. Einmal, in eisigem Schweigen, setzten sie sich dazu, um sich selbst zu verköstigen am Leichenmahl, das ihnen der Grâl einbrockte.

Manchmal war es Fleisch, rohes Fleisch, mit dem er der Unlust der Wärterinnen spottete. Das Ding brach auf wie ein geschlachteter Ochse und überschwemmte sie mit Eingeweide, gewürztem Blut, fettem Mark. Es graute ihnen vor ihrem eigenen Appetit, der ihnen aufstieß, so daß sie fast wider Willen zu fressen begannen und am Ende in einen Unflat von Gier gerieten, den Überfluß, als könne er ihnen gestohlen werden, in Beutel steckten, um heimlich weiterzufressen. Zuvor aber verabschiedeten sie sich artig von den fressenden Junggesellen, verbogen Heulen und Zähneklappern zu einem Lächeln auf den blutigen Lippen und gingen mit erhobenen Köpfen, wie sie gekommen waren, nur in umgekehrter Ordnung... ihr Pflichtgefühl war das letzte, was man an ihnen hätte totschlagen müssen. Und doch war es nur noch stark, nicht mehr lebendig in ihren gesteiften Hälsen und Schultern. Und manchmal blieb ihnen sogar das Lächeln im Gesicht stehen, wenn sie wieder allein saßen in ihren Gruben, und wich nicht einmal im Totenschlaf von ihren Gesichtern, bis sie die Glocke wieder schlagen hörten...

Ja, es gab sie noch, die Damen, und sie brauchten das Licht nicht zu scheuen, denn sie kannten es nicht mehr. Sie waren nur noch zur Qual geschaffen, der Junggesellen und ihrer eigenen, und maßen sie an der ihres Königs, schuldbewußt nach der Weisung, und schadenfroh wider Willen.

Die 3 Eier sind zur Stelle, eingebrochen in das kalte Haus, wohl wissend, was es nicht weiß: daß die Ewigkeit ein Ende nimmt, bald, fast schon jetzt. Die Frage kommt, sie ist unterwegs. Und bevor der Grâlskönig der Qual, die ihn nicht leben und auch nicht sterben läßt, auch nur einen Namen geben kann, wird die rechte Frage ihn überflüssig gemacht und die Qual selbst so restlos verdaut haben, daß er nicht einmal mehr wissen wird, daß er gelitten hat, und was Leiden bedeutet. Schauerlich wird sie sein, seine plötzliche sprachlose Gesundheit, das übergangslose Prangen seiner Manneskraft. Nichts vergiß einer, den sie nicht mehr ausfüllt, leichter und schneller als die Hölle. Nirgends hat die Fabel weniger zu bestellen, und Pekadî weiß, warum er den Mund hält: die Hölle kann man erfahren, aber erfahren *haben* kann man sie nicht. Und wenn man davon zu reden beginnt, spottet die Rede ihrer selbst.

Sie wissen ja alles vorher, die 3 Eier. Sie haben das Glück von Jôflanze kommen sehen und nicht allzuviel dabei gefunden, an Feirefîz, Frau Kundry, dem Affengott in Frau Orgelûses Haar, den rührenden Abschiedsszenen. Immerhin, es waren zivile Bewegungen, verglichen mit der Roheit, die auf Munsalvaesche waltet. Sie wissen, wie sie alles wissen, daß sie da nicht am rechten Ort sind, mitsamt ihrem Vorwissen: daß die ganze Qual mit einer einzigen Frage in Minne aufgelöst sein wird, zum Heil gewendet. Erst von diesem Augenblick an haben sie wieder etwas zu sagen; einstweilen sind sie Zeugen des Sprachlosen und rücken, trotz ihres Mangels an Gefühl (vom ritterlichen abgesehen), näher zusammen. Sie wollen, bis es so weit ist, weder von der Esse gekocht noch vom Eiseshauch tiefgefroren sein. Das sind zwar nur Bilder für sie, und doch haben sie in Munsalvaesche einen Hauch von Wirklichkeit.

Sie wissen: gleich kommt es, und es kommt gut. Das Wunder dürfte nichts Wunderbares für sie haben, aber sehen wollen sie es doch; das wollen sie doch sehen! Es ist einmalig in der Welt, und Munsalvaesche ist immerhin die Welt, wie sie ist; nicht das fraglos gewordene sondern das sprachlose Munsalvaesche, an dessen Rand sie gelegt sind als Zeugen. Sie weiden sich nicht daran. Sie genießen sie nicht gerade, die abgründige Fremde der Wirklichkeit. Aber sг lange, bis Parzivâl sie entzaubert, wollen sie diese doch aushalten; nicht erleiden, wie Anfortas, nur aushalten. Und ganz wenig ist das nicht, nicht einmal für die 3 Eier.

Ja, sie hockten lieber in der Gabel des großen Lindenastes über Gâwân und Orgelûse. Die Köpfe Liebender müßten dichter zusammenstecken, finden die Eier, aber auch: die Sorgen Jôflanzes möchten sie haben! Und um nicht zu verkochen oder zu erfrieren, stellen sie sich die lachhaften Qualen der Festgemeinde recht leibhaft vor:

Zum Beispiel diejenige, daß ihr der schöne Prinz abhanden gekommen ist; von Parzivâl nicht zu reden, denn der fiel lange nicht mehr auf, und jetzt steht er also auf einem andern Blatt. Aber der Prinz! Der ist so lange das Beste gewesen und das Nächste zu einem unerschöpflichen Zeitvertreib. Zwar wird der Abschied am Artûshof als hohe Kunst gepflegt – ja, er besteht aus Abschied in seinem Kern, wie Munsalvaesche aus Qual. Die Runde Tafel verweilt ja nirgends; sie fährt – wenn auch, bei ihrem Gewicht, nur symbolisch – von Nantes an den Plimizöl, von Bems an der Korcâ nach Jôflanze. Und was so ambulant ist, tut es nicht ohne Abschied, an jedem schönen Ort und von jedem. Doch bleibt der Abschied mit Gegenwart gesättigt. Sie mit Abschied zu verbinden, Gegenwart *als* Abschied zu feiern und Abschied dennoch als Gegenwart: das ist die höhere, ja die höchste Kunst, zu der man sich in Artûs' Nähe erhebt. Und etwas davon werden auch die andern zwei Lager angenommen haben: Herr Gâwân ohnehin, und auch an König Gramovlanzens Glück kann, als er es voll machte, der Gedanke an Abschied nicht ganz vorübergegangen sein. – Aber Abschied vom Prinzen, der noch kaum recht gekommen war und immer noch Wunder versprach? Das war zu stark.

Sie mußten also ihr Bestes und fast noch mehr tun, als sie auch vom Prinzen Abschied nahmen. Man wird ihnen die *médisance*, mit der sie sich ihn versüßten, diesmal noch weniger übelnehmen. Was der Heide beim Grâl zu suchen habe? konnte man hören; was er dort zu finden glaube? Wenn man recht berichtet war, konnte ein Ungetaufter Das Ding ja gar nicht sehen. Und es wäre ja wohl gelacht, wenn dieser Jupiter sich taufen ließe, nur um den Stein zu sehen, nachdem er wahrlich schon steinreich genug, gewissermaßen mit Juwelen gepflastert war!

Nun wohl – man respektierte das Grâlswesen, wie man Kaffer und

Elefanten respektiert. Da sie auszudenken waren, mochte es sie in
Gottes Namen auch irgendwo geben. Auch die Grâlsbotin und ihr
äffischer Bruder waren ja Gottesgeschöpfe in ihrer Art; die rechte
Art war es darum doch nicht. Wer eine Kundry für sich sprechen
ließ, der konnte die feinere Kultur nicht mit Löffeln gefressen haben.
Und das Turteltäubchen auf dem Grâlswappen bleibt, unter uns gesagt, eine geschmacklose Repräsentation des Heiligen Geistes. Nun
hat Herr Anfortas für seine Vermischung von Turteln und Gottesdienst ja auch die Quittung erhalten – das sagte man so, daß Frau
Orgelûse es nicht geradezu hören mußte. Aber das Unmaß unfläti-
gen Leidens, dem man sich seither dort oben oder dort hinten überließ, war denn doch kein Zeichen von Lebensart.

Freilich besaß man von dieser selbst ausreichend, um sich über
einen Mangel nicht allzulange lustig zu machen. Er war ehrwürdig,
aber barbarisch; wer *nur* noch leiden konnte an der Welt, der mochte
es eben tun. Man war ja freisinnig und tolerant, aber auch heilfroh,
daß Übertreibungen dort blieben, wo sie hingehörten: hinter allen
Wäldern. Eine Zeitlang war es wohl Mode gewesen, nach dem Grâl
zu suchen. Als ruchbar wurde, daß sich der Grâl nicht suchen, nur
finden lasse, hatte dies den Reiz des Abenteuers sogar noch erhöht.
Aber als der Grâl offenbar der Sucher spottete, entschied man sich,
die Suche danach einem Mangel an *bon sens* zuzuschreiben. Man
nannte sie pubertär, der Grâl wurde zum peinlichen Gegenstand für
die reifere Konversation. Man entdeckte das Maß in allen Dingen.
Davon wußte der Grâl offenbar nichts und mußte sich gefallen lassen, überholt zu sein, ein Traumziel für Dümmlinge.

Parzivâl hatte es nun erreicht. Zu ihm mochte es ja passen. Aber
wer war Parzivâl? In welche Gesellschaft hatte er sich begeben, in
welchen Kreisen – vom Prinzen selbstverständlich abgesehen – verkehrte er? Einem Morgenländer mochte man das neugierige Interesse an der Grâlsburg eben noch nachsehen. Für Menschen von Welt
war es inzwischen deplaciert. Es verbot sich auch aus Gründen ritterlichen Anstands. Zum Beispiel: die dort hinten machten gar keine
Gefangenen! Sie beraubten sich und andere des Vergnügens auszulösen, und der Ehre, ausgelöst zu werden. Und die subtilen Abwä-
gungen, die dazu gehörten, die Kotierung des Mannes, die sich daraus ergab, waren doch das Beste an einem bellikosen Abenteuer und
am Ende das Einzige, was es rechtfertigte. Dort hinten aber kannte
man nichts als: töten oder sterben.

Das war »schlimm«. So setzten sich Menschen nicht mehr miteinander-auseinander! Nach Grâls-Brauch wäre zum Beispiel das ganze Fest von Jôflanze, die kunstgerechte Auflösung eines vielfachen Knotens mitsamt seinen Versöhnungen und Hochzeiten, niemals zustandegekommen. Ach, der schöne arme Heide! Er würde sein Wunder erleben, wenn er wirklich nach Munsalvaesche kam. War man recht berichtet, gab es für ihn dort nicht viel Lustiges zu holen. Statt dem Bruder etwas von seiner *souplesse* abzugeben, folgte er ihm in das Kalte Haus. Er würde sich darin nicht übel erkälten, denn Parzivâl sah gar nicht mehr so aus, als wolle er mit den strengen Bräuchen brechen, die dort hinten herrschten –

So versüßten sie sich die Bitterkeit des Abschieds vom Prinzen mit kleinen Nachreden, die sie freilich nicht zu weit trieben. Denn die große Bescherung und Vergabung stand ihnen ja noch bevor. Die erwarteten sie gerne und benötigten dringend der Kurzweil, damit die Stunde des Wunders schneller herankomme, herbeigeführt vom Affengöttlein, das ihre Zungen nicht wenig beschäftigte. Ein so recht kristliches Wunder war demnach nicht zu erwarten. Aber ihr Gewissen tröstete sich beim Gedanken, daß die heidnischen nicht minder von Gott sein müßten und in ihrer Pracht seine Unerforschlichkeit bezeugten.

Der Bischof und weiland Zeichner Polykarp bekräftigte sie darin und versprach, dafür zu sorgen, daß der Segen aus Morgenland des göttlichen nicht entbehre. Denn war etwa die Königin von Sâbâ eine Kristin gewesen, als sie dem weisen Salomon alle Schätze Arabiens zubrachte, damit er aus ihnen dem rechten Gott den glänzendsten Tempel erbaue? Und mußte man die Drei Könige dafür schelten, daß sie die Ankunft des Gotteskindes in den Sternen gesehen statt in der heiligen Schrift gelesen hatten? Durfte man Gold, Weihrauch und Myrrhe, die sie an der armen Krippe niedergelegt hatten, gering achten? Gottes Wege waren wunderbar. Es kostete ihn gar nichts, auch durch den Mund eines gescheckten Ritters oder eines Affengöttleins zu sprechen. Man durfte sich gefallen lassen, was sie anschafften, und wohl Seinen heiligen Namen dazu setzen.

Und so gefiel es ihnen ja auch, und sie verkürzten sich mit ihren spitzen Zungen nur die Zeit bis zur Großen Bescherung.

ERLÖST!
WIE DAS WUNDER EINTRITT
UND WAS DAMIT GETAN IST

Was ist das für ein Lärm? Warum sind die Füße laut, die Stimmen nicht gedämpft? Was bricht da herein, wer erkühnt sich zu stören?

Das Tor springt auf, inmitten der Mauer ein Tor. Zwei Schatten huschen nach links und rechts, stehen schwarz aufgerichtet wie Torpfeiler. Dazwischen birst es von Licht, ein grüner Schein so blendend, daß man ihn nach Ewigkeiten der Finsternis nur als künstliches Licht sehen kann – oder als göttliches.

Die Gruppe aber, deren Umriß darin erscheint, bewegt sich menschlich. Ihr Haar leuchtet wie Gras im Gegenlicht. Fast weiß leuchten sie, doch ihr Auftritt ist jugendlich unverschämt. Sechs Köpfe sind es, wenn Dipekâ recht gezählt hat. Und wie sollte er sich verzählen, wo er doch weiß: hier ist Parzivâl! Hier ist er mit vier Brüdern und einer Schwester; denn die Kleine, die das meiste Haar leuchten läßt, ist Bêne. Daß es eigentlich braun wäre und schlicht, sieht man dem Strahlenkranz zuerst nicht an. Die Blendung ist zu stark.

Und Parzivâl spricht. Er grüßt weder laut noch leise, sondern un-verschämt. Wen grüßt er denn? Da ist ja keiner. Da sind viele! Die Wände stehen gedrängt voller Schatten, die das Licht zurückgescheucht hat. Aber keiner ist da, der antwortet.

Das Tor geht zu; das Tor ächzt. Es ist lange nicht geöffnet worden oder gar noch nie. Die Mauer stand zuvor nicht minder dicht an dieser Stelle. Es ist das Tor für diese Eine Gelegenheit. Die verstörten Augen gehen wieder auf. Das Licht der Essen, der Kerzen, das im Tageslicht so gut wie erloschen war, gewinnt etwas von seiner Kraft zurück. Jetzt ist es nur noch die Bewegung, die die Eintretenden von den Anwesenden unterscheidet.

Sie halten in der Mitte; Parzivâl aber tritt vor das Totenbett und setzt sich an seinen Rand. – Hier hat noch keiner gesessen, dieses Bett aus Salamanderhaut hat keiner gewagt, mit lebendem Gewicht zu beschweren. Aber es trägt die Last des neuen Mannes, als hätte es darauf gewartet.

Parzivâl neigt den Kopf vor dem Luder, das in seinem Wolfsfell gurgelt. Er schiebt die Pelzkapuze vom Gesicht der Leiche, deren Augen geöffnet sind und sich langsam zu dem Menschen hindrehen, der sich nicht schämt, ihn anzusehen, ihn zu riechen. Denn schon im Zusehen, und im Schutz des ruhigen Zugriffs, ist die Leiche ein Mann geworden, kein toter, nicht einmal ein alter Mann.

Und jetzt schiebt Parzivâl die Fellkappe ganz nach hinten. Haar kommt zum Vorschein, seidenweiches Totenhaar, das sich regt im Atem dessen, der sich zu ihm niederbeugt. Da ist ein Haupt, das hat noch keiner gesehen. Denn es ist der entfleischte Vogel nicht mehr, den der Abscheu gesehen hat. Die Nähe sieht etwas Neues. Und immer besser sehen es auch die ferner Stehenden, die sich von den Wänden gelöst haben. Das Gesicht ist entfleischt, und die Marter hat es verzogen. Aber im Zusehen glättet es sich, die Muskeln darin beginnen zu schwellen. Langsam schmilzt die Maske der Qual über der leichten Wärme, der sichtbaren Röte, die sich darauf niedergelassen hat wie der Schatten eines Vogels mit stillstehenden Schwingen.

Parzivâl streicht über dieses Haar mit der Hand, nimmt dieses Gesicht in beide Hände. Und siehe, da beginnt es zu leuchten. Der Lehmkloß klärt sich zum Rosenquarz. Das Fleisch entspannt sich, der Mund hat sich geöffnet, während die Augen zugegangen sind. Und nun sehen sie es alle: da liegt Parzivâls eigenes Gesicht in seinen Händen. Es wird jünger, da er es betrachtet, jünger als sein eigenes, das die Liebe verdunkelt hat.

Parzivâl! flüstert das Gesicht mit zuckenden Lippen und geschlossenen Augen. – Parzivâl, Ihr seid gekommen, dann seid Ihr wieder gegangen, und jetzt seid Ihr da. Befehlt, daß der Stein weggenommen werde, eine Woche nur. Dann kann ich sterben.

Parzivâl weinte, seine Stimme aber blieb stark.

So holt ihn her, den Stein! sagte er.

Nein! stöhnte Anfortas.

Jâ! sagte Parzivâl.

Die Schatten fingen an, sich zu rühren. Sie wimmelten durch die kleine Stahltür, sie huschten in die Tiefe des Gemäuers. Und es dauerte nicht lange, da tauchte da, wo sie verschwunden waren, eine Frau auf. Parzivâl sah sie an, über den Erwachten, kurz Atmenden hinweg. Und siehe, auch sie hatte sein Gesicht. Und sie trug Das Ding.

Es war ein Stein, nichts weiter. Er floß und flimmerte nicht, er gab sich zu erkennen. Sie trug ihn nicht hoch über dem Kopf, sondern mit beiden Händen vor der Brust, wie man einen Krug hält oder eine Katze. Er schien nicht schwer zu wiegen. Parzivâl nickte, da trug sie den Stein zum Salamanderbett und setzte sich an dessen andere Seite, so daß es zu wiegen begann, wie unter Eltern und Kind. Parzivâl stützte das leichte Haupt des Anfortas mit der einen Hand. Die andere schob er unter die Hand der Frau, die den Grâl trug. Zu zweit hoben sie Das Ding, als wäre es nichts. Und Parzivâl fühlte die kalten Hände der Grâlsjungfrau warm werden in der Stütze seiner größeren Hand.

Und Parzivâl fragte laut:

Oheim, was tut dir weh?

Der Hals des Toten begann zu zittern. Er öffnete die Augen und sah den Stein vor den Augen, wie träumend erst, dann immer fester, und sein Gesicht wurde wach. Und nun begann sich auch sein Leib unter der Wolfsdecke zu rühren und zu dehnen. Der Lebende stöhnte laut, hob den Bauch, öffnete die Beine, die Knie. Stärker stöhnte er, sein Leib begann zu pressen, sein Gesicht zu schwellen und zu schwitzen; noch höher hob er die Knie. Er schrie. Ungewohnter Atem schoß in seine Stimme und ließ sie sich überschlagen. Und indem seine Augen brachen, brach auch sein Leib, brach etwas in der Luft. Die Luft selbst hatte zu atmen begonnen. Der durchdringende Leichengeruch verflog, der Duft frisch gemähten Grases breitete sich aus, der warme, reinliche Geruch von Stroh, der Dampf des Ochsen, das Furzen des Esels, der Schweiß der Hirten. Und langsam nur, wie zögernde Gäste, schlichen auch die morgenländischen *odeurs* wieder herbei, der Hautgoût gemahlener Edelsteine und gestampfter Perlen, der fast geruchlose Hauch von Gold.

König Anfortas atmete. Er lag, ein junger ansehnlicher Mann, der seine Augen geschlossen hielt, im Bewußtsein, daß sich die Zuschauer an seinen langen Wimpern nicht satt sehen konnten.

Alles war still; viele knieten. Auf einmal war die Wärme der Essen zu spüren. Die Flamme jagte nicht mehr vor der Todeskälte durch den Kamin davon. Sie begann sich auszubreiten, züngelte ruhig dahin und dorthin. Parzivâl blickte auf das Gesicht unter ihm in seiner tiefen Ruhe. Nun war es sein Gesicht nicht mehr, doch verwandt. Er achtete nicht auf die Ehrfurcht, die ihn umgab. Inzwischen waren sie alle näher getreten. In ihren Gesichtern hatte sich alles Versteinerte gelöst.

Am nächsten waren Parzivâls Brüder und seine Schwester Bêne.

Nur Frau Repanse de Schoye war mit ihrem Stein zurückgewichen, als scheue sie vor dem erneuerten Leib, als habe der Stein den Neugeborenen zu fürchten. Sie stand so dicht neben Feirefîz, daß er sie hätte berühren können. Er hatte sein Gesicht über ihr Haar gesenkt und schien es einzuatmen und den Grâl nicht zu scheuen, den sie zur Seite hielt. Bêne sah den dunklen Mann blaß werden über dem Frauenhaar. Sie fürchtete, der Grâl habe ihm etwas zustoßen lassen. Dann vergaß sie ihre Sorge und wandte sich wieder dem Erweckten zu und dem, der an seiner Seite geblieben war, er allein, der Neffe beim Oheim. Und je länger sie blickte, desto weniger hätte sie sagen können, welcher der Jüngere war.

Parzivâl strich Anfortas den Schweiß von der Stirn. Er zog ihm das Wolfsfell vom Leib weg und hielt nicht inne, als seine Nacktheit zum Vorschein kam. Zoll um Zoll war sein Körper heil. Niemand wandte die Augen ab, als Parzivâl die Hüften des Ruhenden aufdeckte. Da war er wieder ein Mann wie einer und jeder. Keine Spur war zu sehen von einer Wunde, es sei denn, man wolle das Anzeichen der Manneskraft für eine solche halten.

Frau Repanse war abgerückt und dem Prinzen in die Arme geraten; er stützte sie. Rasch stand sie wieder aufrecht. Seine Hände blieben in der Luft, als könne er nicht aufhören, den Leib zu halten, der sich ihm entzogen hatte. Sie hatte es heftig getan, und dem Zufall, daß sie den Stein umdrehte, verdankte Parzivâl einen Blick auf die Schrift, die darauf erschienen war. Und er las sie, denn lesen konnte er, nur leider, verstehen nicht:

WELL DONE

Alle hatten sie die Hände gefaltet, mit Ausnahme seines Bruders Feirefîz: die standen noch in der Luft. Er starrte der Grâlsjungfrau nach und sah nur: auch sie säumte zu beten. Denn daß sie den Grâl trug, der stärker ist als ein Gebet, sah der Heide nicht.

Friert dich, Bêne? fragte Parzivâl.

Nein, Herr, sagte sie.

Dann reiche mir doch deinen Mantel.

Bêne trug den grünen Mantel, das einzige Stück, das sie sich aus Klinschors Schatz herausgenommen hatte. Er konnte Anfortas selbst gehört haben, ein Geschenk an Frau Orgelûse. Sie zog ihn von der Schulter, unschlüssig. Und Parzivâl sprach: Decke ihn zu.

Sie errötete, denn einen so nackten Mann hatte sie noch nie gesehen, und also auch einen schöneren nicht. Sie deckte ihn mit Sorgfalt zu, und ihre Hand zitterte dabei.

Frau Repanse, liebe Tante, sagte Parzivâl, tragt den Stein wieder an seinen Platz.

Sie verschwand, fast floh sie mit ihrem unvergleichlichen Gegenstand durch die Tür. Zuvor aber konnte Parzivâl noch lesen:

THAT'S IT

Jâ, sagte Parzivâl, obwohl er noch immer kein Wort verstand. Anfortas öffnete die Augen.

Ach! sagte er leichthin und schien gar nicht überrascht, sich in dieser Gesellschaft zu finden. – Von Euch habe ich eben geträumt! Und jetzt seid ihr da?

Was redete der Mensch?

Parzivâl! sagte er. – In meinem Traum warst du noch ein Kind. Aber stark verändert hast du dich nicht.

Du kennst mich? fragte Parzivâl.

Im Traum! lächelte der schöne König, wer kennt dich nicht! Und dort steht dein Bruder Feirefîz? Der Schwerenöter! Seid mir gegrüßt, Neffe aus Mohrenland!

Sie standen und hörten, aufs äußerste befremdet. Anfortas sah von einem zum andern.

Euch kenne ich alle, sagte er, wo aber ist Kundry?

In der Tat – wo war sie? Erst jetzt fiel ihnen ein, sich umzuschauen nach der wunderbaren Person, die sie hergeführt, ihnen das Tor in der Mauer gezeigt und geöffnet hatte; eingetreten war sie nicht.

Wo ist Kundry? fragte auch Parzivâl, und zum ersten Mal wandte er sich an die Grâlsritter. Da waren sie, die er kannte. Da stand der Schalk, und auch der, den er vom Pferd gestochen hatte, unter Dahingabe Inglîarts.

Wo ist Kundry? fragte Parzivâl noch einmal.

Wer ist Kundry? fragte der Schalk. Diese Stimme vergißt man nicht, und sie hatte durch das Wunder nicht gelitten.

Wer? fragte Anfortas zurück. – Ich bitte Euch! Gerade hatte ich mit ihr das allerliebste Abenteuer!

Abenteuer? fragte Parzivâl.

Ach, sagte Anfortas, sie war belagert, und ich eilte ihr zu Hilfe. Ich kam zur rechten Zeit... denn sie und ihre Burg hungerten ganz erbärmlich. Aber sie ließen mich ein. Wie konnten sie sich leisten, meinen Arm zu verschmähen! Kundry empfing mich zuoberst an einer Treppe, die geradewegs in den Himmel reichte. Das tat sie auch! Denn die junge Dame hatte mich kaum in meine Kemenate geführt, da legte sie sich zu mir. Sie hatte alle Kerzen brennen lassen und kniete zu meinen Füßen. Das ging nicht an, und so hob ich sie auf und bat sie, bei mir zu liegen –

Oheim, sagt Parzivâl mit schwankender Stimme, wo seid Ihr? Wißt Ihr, wer Ihr seid?

Er sah dem Mann in die Augen, der durchaus nicht den Eindruck machte, irre geredet zu haben. War es zu fassen, daß er die Ewigkeit seiner Qual spurlos überschlafen hatte, als wäre sie das Mißverständnis einer Liebesnacht? Parzivâl hatte einen Kavalier von den Toten erweckt. Er lebte, das hieß, er hatte den Tod vergessen wie die Geburt. Da lag er in seiner frischen Haut. Aber war sie seine eigene oder hatte er sie geliehen, abgezogen von seinem Fragesteller, beschrieben mit dessen Erinnerungen? Wie lange schon hatte dieser Tote in Parzivâl gelebt?

Er musterte den Menschen, der sich herausnahm, sein Leben geträumt zu haben, während er für aller Augen in Verwesung lag. Und unheimlicher war Parzivâl auch der Tote nicht gewesen, als dieser ins Männerleben Zurückgekehrte, dessen erster wacher Gedanke ein Spott war auf die Einzigkeit der Erlösung. Jetzt blühte die Krankheit des Lebens wieder aus ihm und stank nach Eitelkeit.

Wo ich bin, lieber Neffe? fragte Anfortas erstaunt. – Auf Munsalvaesche, will ich meinen, von dem ich genug habe und übergenug. Nimm es hin, pack es auf, Parzivâl, denn nun ist es dein! Aber sieh dich vor, es ist ein verfluchter Ort, der das Atmen nicht erträgt, geschweige denn das Lachen und jede fröhliche Ritterschaft! Fast hätte es mich erwischt. Der Grâl hat's gefügt, daß ich verwundet wurde. Aber Gott hat's gefügt, daß ich heilte. Er hat's mir im Traum gegeben und meine Augen kräftig gemacht, so daß ich euch kommen sah, dich und die Deinen. Du wirst mich ablösen müssen, Neffe, und die Trauerburg zum Freudenhaus machen, denn sie war überfällig. Ich war zum Grâl berufen; dazu erwählt war ich nicht. So mußte er mich verwunden nach seiner Art; er ist heilig, und ich bin es nicht. Du aber wirst ihn entschärfen und seine Galle in Wollust kehren. Denn du hast den Blick der Gnade und ihren Griff ... was ist das für ein süßes Ding? fragte er unvermittelt. – Dazu winkte er mit schlanker Hand Bêne zu. – Wie kommt es, daß du in meinem Traum nicht vorgekommen bist?

Oheim, sagte Parzivâl, das ist Fräulein Bêne, und nicht die Rechte für deine Träume. Wir wollen dich ruhen lassen, du hast eine lange Reise getan und bist noch nicht ganz bei dir.

Ich will jagen, sagte der Liegende, denn ich bin ein Ritter und will
nie wieder König sein. Doch zuvor rüstet mir ein Bad, ich habe
gefiebert, und alles klebt mir am Leib.

Geh selbst, Anfortas! sagte Parzivâl. – Steh auf und geh!

Und so geschah es, daß der Mann, der nicht mehr liegen, sitzen
und stehen konnte, sich aufhob von seinem Bett. Hoch gewachsen
richtete er sich auf, raffte den grünen Umhang um den Leib und
blickte in die Höhe und Tiefe des Raums. Einen Augenblick
schwankte er, wurde blaß; der Bucklige sprang ihm bei und geleitete
ihn zu der kleinen Stahltür; sie verschwanden im Innern des Gemäuers.

Parzivâl wandte sich den Rittern zu, die ihn in weitem Kreis umstanden. Er sah Verlegenheit in ihren Mienen, in mancher einen Zug
von gekränkter Empörung. Der Dienst, an den sie sich gewöhnt
hatten, war vorüber, mitsamt der Finsternis, von der sie ein Teil
geworden waren und die sie gekleidet hatte in ihren dunklen Röcken.

Was ist Eure Sprache? fragte Parzivâl. – Ich habe Euch stöhnen
hören, aber sprechen noch nicht.

Da trat einer vor. Es war der Mann, den er vom Pferd gestochen
hatte.

Verzeiht, daß ich lebe, Herr, sagte er.

Vermißt Ihr Euer Pferd nicht? fragte Parzivâl. – Es hat mir gute
Dienste geleistet.

Verzeiht, daß ich lebe! wiederholte der Mann mit scharfer Stimme
und aschgrauem Gesicht.

Wovon redet Ihr? fragte Parzivâl.

Ich hätte Euch fast getötet, sagte der Mann.

Fast! sagte Parzivâl, aber wir hatten Glück, beide.

Der Mann ließ es nicht gut sein.

Ich hätte Euch töten sollen, oder Ihr mich, sagte er, ich habe
meine Pflicht vergessen und mich gerettet.

Auf diese Weise habe ich die Ehre, mit Euch zu sprechen, sagte
Parzivâl.

Ich erwarte Eure Strafe, Herr, sagte der Ritter mahnend und sah
ihn grimmig an. – Ich darf nicht leben.

Das ist vorbei, daß Ihr nicht leben dürft, sagte Parzivâl. – Es hat
Munsalvaesche kein Glück gebracht.

Wenn wir Munsalvaesches würdig wären, Herr König, erwiderte
der Mann, müßtet Ihr tot sein.

Parzivâl seufzte; und Bêne schrie auf. Der Templer hatte sich auf die Knie gestürzt und sich ein kurzes Schwert in die Seite gestoßen. Er brach zusammen, lautlos, während sein zerrissener Mantel sich noch tiefer schwärzte von Blut.

Unfug! schrie Parzivâl, Unfug, verfluchter!

Diomêd war schon bei dem Gestürzten und bog mit festem Griff die Faust vom Leib weg, welcher die Waffe entfiel. Erst jetzt ächzte der Mann und begann zu schreien.

Nein! schrie er mit sich überschlagender Stimme und wand sich in den Armen des Schauspieler, laß mich, Satan! Ich will – ich will nicht! – Nein!

Die Verletzung ist leicht, sagte der eine Zwilling.

Lächerlich, der andere.

Sie ist weder leicht noch lächerlich, sagte Parzivâl, denn sie ist die letzte Verletzung, die in diesem Haus geschieht.

Zum ersten Mal sprach er als König von Munsalvaesche.

Wo ist Frau Kundry? fragte er.

Diomêd antwortete, der Schauspieler.

Sie ist draußen geblieben, Herr, sagte er, nachdem das Tor offen war. – Sie sei des Grâls nicht würdig.

Öffnet das Tor! befahl Parzivâl.

Zum zweiten Mal stürzte das Tageslicht in den grauen Raum und ließ seine Lichter erblinden und das krümelnde Gestein lebendig werden. Waren die hängenden Gewächse darin nicht eben grün geworden?

Frau Kundry war weder draußen noch drinnen. Sie blieb verschwunden, und Parzivâl schauderte im Sonnenlicht.

Zornig sagte er:

Wer des Grâls würdig ist, bestimmt der Grâl! – Dann lachte er plötzlich. – Ritter, sagte er, ich mute Euch etwas zu. Euer Dienst ist leicht geworden, und ich weiß, das tut Euch weh. Nun werdet Ihr weiter nichts zu bewachen haben als den Schlaf eines gesunden Mannes, der vergessen hat, was er Euch schuldig ist. Und statt Euch ins Schwert zu stürzen, werdet ihr ihn in ein Bett legen und gebührend versorgen. Übertreibt seine Pflege nicht! Und jetzt seid so gut und öffnet Fenster und Türen! Wo sie fehlen, schlagt welche in die Mauern! Dabei werden Euch meine Freunde Castôr und Pollux zur Hand gehn. Sie haben gelernt, eine Burg freundlich zu machen. Mein Bruder Feirefîz ist einigen Komfort gewöhnt. Er kommt aus dem

Morgenland, und da dient Gemäuer nicht dem Schutz der Finsternis,
sondern dem des Menschen vor der Sonne. Hier soll die Sonne wieder Macht gewinnen! Löscht Eure Feuer aus bis auf eines, das Ihr
benötigt, wenn Euch nicht mehr zu warm ist von der Arbeit!

Ihr kennt Munsalvaesche nicht, Herr, sagte ein Ritter im Ordenskleid, es ist für solche Arbeit nicht geschaffen, nicht geeignet, aufgebrochen zu werden.

Nach seiner Eignung habe ich nicht gefragt, erwiderte Parzivâl,
sondern nach der euren. Ich will es nicht kennenlernen, wie es war.
Ich will euch erleben, wie ihr seid.

Wir dienen, Herr, sagte der Mann, und der Dienst muß größer
sein als unser Wunsch.

Und was wünscht ihr? fragte Parzivâl.

Danach wurden wir nicht gefragt, sagte der Mann.

Ich aber frage euch, sagte Parzivâl, denn wie kann ein Dienst
größer sein als euer Wunsch, wenn Ihr euren Wunsch nicht einmal zu
kennen wagt?

Wir haben mehr zu besorgen, als Ihr wissen könnt, sagte ein anderer Ritter. – Die Wunde des Königs war unsere größte Sorge, doch
unsere einzige nicht. Noch lebt uns König Tyturel, sein Ahne und
der Eure. Denn er kann nicht sterben, da sei der Grâl davor. Noch
sind uns seine Hüterinnen anbefohlen, die schönen Kinder des Hauses, die ihn pflegen müssen. Denn er erhebt Anspruch darauf und
läßt sich berühren und tragen nur von der Einen, die Ihr gesehen
habt, der Königsschwester Repanse de Schoye. Sie dienen streng und
bedürfen unseres Dienstes.

Ja! sagte Parzivâl laut, wahrlich ich höre euch! ich höre von Hüten
und Verhüten, höre nichts anderes als Dienst und Anspruch, und
höre in jedem Wort nur eure Angst. Ich habe meine Tante gesehen,
und *Repanse de Peur* heißt sie nicht, sondern *de Schoye*. Sie ist wahrlich nicht dazu geschaffen, daß ihr sie zu Tode hütet! Schämt ihr euch
denn eurer Todesangst gar nicht? Hat sie nicht genug in deinem
Gesicht gewütet, Mann, daß du mich anstarren mußt wie ein Stier?
Sag deinen Namen!

Ich habe keinen, sagte der Mann.

Parzivâl, unterbrach Bêne ruhig.

Er blickte sie an; sie sah auf seinen Bruder, er folgte ihren Augen.

Da stand Feirefîz, der war nicht mehr gefleckt, hell und dunkel,
sondern bald eins allein, und bald das andere ganz: dunkel bis zu den

Wurzeln des Haars, dem hellen Haar Gahmurets, dann wieder fahl, wie der Vater am Tag der Hochzeit gewesen war.

Wo bist du, Feirefîz? fragte Parzivâl bestürzt.

Der Bruder antwortete lange nicht. Dann fragte er mit leiser Stimme:

Wo kommt sie her? Wo ist sie hin? Wann kommt sie wieder?

Parzivâl stutzte, denn daß der Grâl einem Menschenauge weiblich erschien, kam unerwartet. Doch warum sollte Das Ding eines eher sein als das andere?

Bruder, sagte Parzivâl, der Stein soll Luzifêr aus der Krone gefallen sein, da er wider Gott stritt und stürzte. Der Stein sollte nicht ebenso stürzen, darum fingen ihn Engel auf, und zwar solche, die sich weder zu Gott noch zum Widersacher geschlagen hatten. Die lieferten den Stein dem Ahnen aus, Tyturel, damit er ihn hüte in der Verschwiegenen Höhe, und nach ihm seine Sippe, bis die Zeit erfüllt sei: daß nicht nur dieser eine Stein rede, sondern jeder, und die Menschen auch lesen, was sie sehen. So lehrte mich mein Oheim Trevrizent –

Aber Feirefîz hörte nicht zu, und Parzivâl wollten sich die Augen nicht öffnen, die ihm gesagt hätten, daß dem Bruder ganz anderes zugestoßen sei als eine Grâlslegende. Der Erwählte blieb mit Blindheit geschlagen und meinte dem Bruder immer noch mehr sagen zu müssen von den Wundern des Steins.

Andere meinen – sagte Trevrizent –, der Stein müsse aus dem Kelch geschnitten sein, in dem Joseph von Arimathia das Blut des Herrn –

Herr, sagte Bênes klare Stimme, macht Euren Mund zu, öffnet Euer Herz.

Parzivâl verstummte.

Feirefîz erwachte, die Farben stiegen ihm wieder ins Gesicht, jede an die Stelle, wo sie hingehörte. Er lächelte mit ruhigem Anstand.

Väterchen, sagte er, warum feiern wir nicht? Ich möchte dich unter der Krone sehen.

Welcher Krone? fragte Parzivâl mit zuckendem Gesicht.

In den Balken von Licht, die durch die offene Tür fielen, schwärmte der Staub, stob wie von einem Sturm ergriffen aufwärts ins tiefe Dunkel.

Bruder, sagte Parzivâl, ich habe keine Krone als meine Frau.

Dann bring sie her! rief Feirefîz. – Glück muß in dieses Gemäuer, immer mehr Glück! Du hast eine Frau! Wie lange wartet sie schon?

Vier Jahre und ein halbes, sagte Parzivâl.

Vier Jahre und ein halbes! rief Feirefîz. – Und da glaubst du, du hast sie noch?

Ich weiß es nicht, sagte Parzivâl.

Feirefîz hatte sich gestrafft, begann aufzuleben mit jedem Wort.

Nicht einmal ihren Namen hast du geschrien, als wir kämpften! Wie heißt sie denn?

Parzivâl antwortete nicht. Da sagte jemand laut aus dem halben Dunkel:

Kundry.

Einen Augenblick schien Munsalvaesche erneut zu gefrieren.

Oh, Kundry? schrie Diomêd und sprang in die Mitte. – Was für ein geläufiger Name! Ich habe gewiß ihrer zehn gekannt! Die eine war so – die andere eher so – die dritte ganz anders – es gab aber auch solche –

Und Diomêd begann fliegend Frauenfiguren darzustellen: eine üppige mit ausladenden Hüften und eine mit geschnürter Wespentaille; eine, die lächelte wie die Kirche, und eine wie die Synagoge. Eine spreitete die Arme aus, als hinge sie am Kreuz, und eine senkte den Kopf auf langem gedrechseltem Hals; eine ließ die Mähne wehen und eine zeigte ein unergründliches Tiergesicht –

Und solche –: endete Diomêd; kaum rührte er sich noch. Und doch stand sie da in kurzer Haarkappe, mit leicht angezogener Schulter, sie, die Parzivâl sogleich erkannte.

Die Grâlsritter standen atemlos, die Gäste gebannt: ein solches Schauspiel hatte Munsalvaesche noch nie erlebt. Als ob der Verwandlungszauber die schwere Luft entlastet hätte, seufzten sie auf wie glückliche Träumer und lächelten. Wie viele Gesichter waren hier das Lächeln nicht mehr gewohnt: wie mühsam brachen sie auf.

Feirefîz stand hingerissen. – Ja! sagte er. Ja, ja! Wir wollen feiern! Väterchen Bruder, bring sie, bring alle Kundrîen her, lieber heut als morgen!

Parzivâl rührte sich nicht.

Plötzlich ging in dem Heiden eine Verwandlung vor. Seine Augen weiteten sich. Sie richteten sich auf den Buckligen.

Du hast gesprochen, sagte er leise. – Bist du gefragt worden?

Der Bucklige musterte ihn. Feirefîz trat an ihn heran. Seine Augen waren dicht vor denen des Schalks.

Mit wem hast du gesprochen? fragte Feirefîz kaum hörbar.

Der Schalk riß seinen Blick aus der Umklammerung und ließ ihn zu Parzivâl hinüberwandern.

Du hast mit deinem König gesprochen, fauchte der Heide. – Weißt du, wie du mit deinem *König* gesprochen hast?

Der Bucklige ließ seine Augen hin und her gehen, das Lächeln war auf seinen Lippen erstorben zur Grimasse.

Ja-ha! brüllte der Heide. – Und wie gefällt stürzte der Bucklige in die Knie. Feirefîz hob den Fuß und drückte ihm den Buckel nieder, immer tiefer.

Ja! brüllte er noch lauter, daß die Mauern dröhnten. – Dort steht dein König! Und du *stehst* immer noch?

Sie schienen nur gewartet zu haben auf den Befehl, das Brüllen des Löwen. Sie sanken, als würde ihnen der Boden unter den Füßen weggezogen. Erleichtert, der Schwere gehorchend, fielen sie ins Knie. Man hörte ihr Schnaufen, während der Heide fortfuhr, seinen Fuß auf den Liegenden zu drücken, seinen Buckel zu pressen. Inmitten der Huldigung stand die Gruppe von Parzivâls Helfern in tiefer Verlegenheit.

Steht auf, sagte Parzivâl.

Und wieder gehorchten sie; Feirefîz gab dem Körper des Schalks einen Stoß, daß er wegrollte.

Bruder, sagte Parzivâl, als wären sie zu zweit, ja, ich hole meine Frau, wenn sie mich denn noch will. Inzwischen befehle ich dir Munsalvaesche zu treuen Händen. Mach es gelinde. Laß sie ihre Bräuche üben. Sieh zu, daß die Damen ungestört bleiben, und pflege Anfortas, daß er sich nicht verwirrt. Er scheint mir neu auf der Welt. Laß dir raten von Bêne und meinen drei Männern, denn sie kennen meinen Willen meist besser als ich.

Feirefîz beugte das Knie.

Ja, Herr, sagte er mit Nachdruck.

Parzivâl blickte sich um, dann winkte er einem jungen Templer.

Kennt Ihr Weg und Steg um Munsalvaesche? fragte er ihn. – Dann führt mich zu Trevrizent, dem Einsiedler.

Wie lange bleibt Ihr aus, Herr? fragte Bêne.

So lange es sein muß, sagte Parzivâl.

Je länger desto lieber! rief Feirefîz, wieder verwandelt. – Wir wollen Ritterschaft üben, Ihr Herren! Ihr macht mir einen eingerosteten Eindruck!

War es nicht zum Erstaunen, wie sie jetzt lächelten?

Findet Ihr zurück, Herr Parzivâl? fragte Bêne besorgt. – Die Botin ist verschwunden.

Ich habe diesen, sagte Parzivâl mit einer Bewegung zu dem jungen Templer, ich habe mich, und ich werde meine Frau fragen, so Gott will.

Gott will es, murmelten zahllose Stimmen.

PRIMUS

WIE PARZIVÂL ANFÄNGT,
SEINE GRÂLSRITTER KENNENZULERNEN

Es regnete, die Höhle war leer. Parzivâl und der junge Templer hatten die Pferde an den Ringen in der Felswand festgebunden, die sich vermehrt hatten. Offenbar empfing Trevrizent häufiger Besuch. Die beiden hatten sich auf eine trockene Stelle gesetzt, vom Wassersturz entfernt. Sonst hätten sie einander gar nicht verstanden. Am Tageslicht hatte der junge Mann ein fahles, starkes Gesicht mit hellem Blick und ausgeprägter Falkennase.

Setzt Euch bequemer, sagte Parzivâl. – Wie heißt Ihr?

Septingentesimus Primus, sagte der Ritter.

Ein langer Name, antwortete Parzivâl, ich will Euch Primus nennen. Oder ist Euch Septimus lieber?

So heißen andere, antwortete der junge Mann, weit über mir. – Es sind Nummern, Herr, sagte er mit nachsichtigem Lächeln.

Lesen habe ich gelernt, sagte Parzivâl, aber zählen nur bis hundert, und auf Lateinisch nicht. Namen habt Ihr keine?

Einen Namen hat nur der König, Herr. Wir verlieren unsern, wenn wir berufen werden. Erst wenn es dem Grâl gefallen sollte, uns zur Welt zu senden, nennt er uns namentlich. Und dann machen auch wir uns einen Namen, wenn es Gott gefällt.

Ihr drückt Euch fein aus, sagte Parzivâl. – Was war Euer Beruf, bevor Ihr berufen wurdet?

Mönch, antwortete der Ritter. – Ich war Scriptor bei den Jacobitern von Bellenatüre.

Ihr wart schon in einem Dienst, sagte Parzivâl, wie kam's, daß Ihr ihn verlassen habt?

Ich brauchte einen stärkeren Text, Herr, antwortete der Mönch. – Das Kloster macht Leib und Blut zum Geheimnis, der Grâl aber macht das Geheimnis zu Leib und Blut. Auch zu Seezunge und Wachtelfleisch.

Und wenn er Euch zur Welt sendet: wie dient Ihr dem Grâl?

Ihr prüft mich, Herr, sagte der Ritter. – Es steht mir nicht zu, Euch zu antworten. Es könnte meiner Antwort etwas fehlen. Sie könnte nicht erschöpfend sein.

Sie muß nicht erschöpfend sein, sagte Parzivâl, wenn es nur *Eure* Antwort ist, mag daran fehlen, was will.

Nach allem, was ich weiß, werden wir als ledige Männer ausgesandt, um ein ledig gewordenes Land nicht umkommen zu lassen.

Wie tut Ihr das? fragte Parzivâl.

Mit Feuer und Schwert, antwortete der Ritter.

Feuer und Schwert mögen für manches gut sein, antwortete Parzivâl. – Wer Ordnung halten will, muß auch anderes Werkzeug kennen.

Ja, antwortete der Ritter, die Frauen.

Ich verstehe Euch nicht ganz, antwortete Parzivâl.

Zum ledigen Land gehört die ledige Frau, sagte der Ritter. – Witwe, Jungfrau, Kind. Sie fällt unserem Schutz und Schirm anheim. Nach unserer Herkunft fragen darf sie nicht, sonst erlischt unsere Gewalt. Nur ohne Wissen vom Grâl empfängt die Welt seine Wirkung.

Wenn Ihr als ledige Männer dient, fragte Parzivâl, woher fällt Euch das Wissen zu, wie Ihr als ehelich gewordene Männer dienen sollt?

Vom König, sagte der Ritter. – Der König, er allein, beherrscht auch den Frauendienst. Dafür haben wir eine Königin. Er ist's, dem wir das Nötige ablernen.

Lernt Ihr denn auch ab, fragte Parzivâl, daß es in dieser Sache mit Beherrschen nicht getan ist?

Mit Beherrschen wäre es wohl getan, Herr, antwortete der Ritter, nur von Frauen darf man sich nicht beherrschen lassen. Sonst geht die Welt unter, das haben wir erfahren. König Anfortas hat's verscherzt, darum kann er nicht mehr König sein. Er hat nicht verstanden, bei Frauen das Notwendige zu tun. Darum wurde seine Not übergroß, und unsere damit.

Das Notwendige? fragte Parzivâl, und was ist mit dem Überflüssigen?

Ihr versucht mich abermals, Herr, sagte der Ritter. – Das Überflüssige muß man abschneiden. Nur mit dem Nötigsten ist der Welt gedient.

Mir scheint, auch an Überflüssigem herrsche auf Munsalvaesche kein Mangel, antwortete Parzivâl. – Wenn man den Grâl spenden sieht bis die Tische brechen, könnte man ihn ja für den reinsten Überfluß halten. Dieser scheint auch sein Nötiges zu haben.

Wenn es Form annimmt und Zucht lernt, kann man darüber reden, sagte der Ritter.

Ihr denkt etwas ganz anderes, sagte Parzivâl.

Der Ritter errötete, aber dann sagte er: Wer nicht lieben darf, muß fressen.

Der Grâl erfüllt jeden Wunsch, sagte Parzivâl, was wünscht Ihr Euch?

Ich möchte an Frauen Arm warm werden, sagte der Ritter, und wurde rot und blaß dabei. – Nun könnt Ihr mich töten, Herr, doch Ihr habt gefragt.

Ich frage Euch noch mehr, sagte Parzivâl.

Ihr dürft, sagte der Ritter mit zuckendem Mund, denn Ihr seid in der Gnade. Ich habe sie nicht verdient. Meine Gedanken sind zu fleischlich dafür und werden es immer mehr.

Gnade wird nicht verdient, Septingentesimus Primus, antwortete Parzivâl, man findet sie, oder eben nicht.

Manche sind geboren, sie zu finden, andere eben nicht, antwortete der Ritter.

Auch Lümmel finden Gnade, sagte Parzivâl, seht mich an.

Der Ritter starrte ihn an. – Ihr seid Gahmurets Sohn und Herzeloydes, sagte er, und der Neffe unseres Königs Anfortas. Eure Berufung war wohl keine Kunst.

Wenn ich Munsalvaesche verwandt bin, sagte Parzivâl, so wußte ich nichts davon. Meine Dummheit ging über jeden Begriff. Ich habe als Muttermörder angefangen, als Frauenschänder und Totschläger. Da habt Ihr meine Herkunft. Die Gnade hatte zu tun, bis sie mich fand.

Ihr scherzt, sagte der Ritter.

Ich war ein Witz, antwortete der König, und wurde immer weniger lustig dabei. Aber das Lachen ließ sich nicht erschöpfen. Als ich untreu wurde, auch mir selbst, da blieb es mir doch treu. Es hat mich immer wieder eingeholt. Nun schulde ich ihm wohl etwas.

Ihr habt Wunder gewirkt, sagte der Ritter.

Ich? Das Lachen! sagte Parzivâl. – Als es mir vergangen war, fand es mich immer wieder, und in jeder Gestalt. Die letzte war die des Bruders. Jetzt suche ich es bei meiner Frau. Vielleicht lacht sie nicht mehr und ich dürfte mich nicht wundern. – Wir sind unter uns, Ritter. So sagt mir, wie hat Euch die Mutter genannt?

Schönerguterlieber, sagte der Mann und errötete.

Wir sind verwandt, sagte Parzivâl, so hieß ich auch. Wir wurden geliebt, das war unsere erste Berufung. Wir müssen lieben lernen, das ist die zweite. Lernen heißt: wissen, daß wir aus der Liebe fallen können. Es ist reine Gnade, wenn sie uns aufhebt.

Der Ritter war aufgestanden, und sein Gesicht war erstarrt.

Hier kommt er, den Ihr sucht, sagte er.

Der Mann im grauen geschürzten Kleid stieg durchs triefende Unterholz und pfiff vor sich hin. Dazwischen griff er aus dem Netz, das er um Hals und Schulter gehängt hatte, eine Wurzel, biß hinein und warf sie wieder weg. Parzivâls Pferd wieherte. Trevrizent hielt inne und sah in die Höhe.

Gewaschen schmeckt sie besser! rief Parzivâl.

Trevrizent ließ die Arme fallen und tat einen Schrei. Dann begann er zu steigen, hinkend und doch behende, ohne zu gleiten oder zu stolpern. Schob endlich das Netz von der Brust beiseite und nahm Parzivâl in die Arme.

Kind, Kind! brummte er an seiner Schulter, dann sah er zu ihm auf. War der Oheim kleiner geworden? Sein Gesicht war nicht gealtert, nur tiefer zerarbeitet. Seine Augen aber waren offen, nichts weiter.

Wen bringst du da? fragte der Oheim, oder bringt er dich? Bist du verhaftet? Bist du Munsalvaesche zu nah gekommen?

Nah genug, sagte Parzivâl, ja, sie haben mich. Ich soll König sein von Munsalvaesche.

Trevrizent war einen Schritt zurückgetreten. Seine offenen Augen begannen einen Blick anzunehmen, schwarz von Unglauben und wieder hell von Verständnis. – Und Trevrizent beugte das Knie.

Herr, sagte er.

Freund! antwortete Parzivâl. – Steh auf. Oder fehlt dir etwas?

Könnt Ihr fragen? rief der kniende Mann. – Ihr habt den Grâl gefunden?

Nein, sagte Parzivâl, er mich. Früher hätte ich die Schrift darauf übersehen. Jetzt kann ich lesen.

Hebt mich auf, sagte Trevrizent. – Ihr seid mir in die Beine gefahren.

Parzivâl zog ihn zu sich empor.

Du bist schwerer, Oheim, sagte er, das ist die Last der Sünde, die du mir abgenommen hast. Gib sie mir wieder her.

Du kannst sie wohl tragen! lachte Trevrizent.

Kann ich's, erwiderte Parzivâl, so nur, weil ich Eure leichteste Sünde am schwersten nahm, und Eure schwerste um so leichter.

Der Oheim hob die Brauen.

Faulheit fand ich lebensgefährlich, sagte Parzivâl, denn mir kam sie aus der Dummheit des Herzens. Und die hat mir schon ein anderer Meister verdorben, der Herr von Grâharz.

Damit Ihr Euren ersten hellen Moment gegen ihn verwendet, sagte Trevrizent, ja, so geht es uns Lehrern. Wo habt Ihr Euch sonst noch über mich lustig gemacht?

Lustig war's nicht gerade, sagte Parzivâl, aber ich wäre wohl nie nach Munsalvaesche gekommen, wenn ich's nicht mit der *Avaritia* gehalten hätte. Ich mußte den Grâl haben, um jeden Preis.

Schön, sagte der Oheim, dann habt Ihr's jetzt. – Aber tretet doch herein, wärmt Euch, setzt Euch an mein Feuer –

Erst müssen die Pferde versorgt sein.

Trevrizent lachte und schüttete den Pferden den Inhalt eines Sakkes vor. Sie traten aus der Höhle, die wohnlich geworden war. Der offene Herd war zum Kamin aufgemauert, und statt Streu breitete sich auf dem Boden ein morgenländischer Teppich aus. Die Klötze waren einer Gruppe lederner Hocker gewichen. Vor der Wand ein Tischlein, an dem noch vor kurzem ein Gastmahl stattgefunden haben mußte, denn da standen Zinnteller mit Bratenresten; ein Rehrücken, wenig angezehrt, lag auf sicherer Höhe in einer Wandnische. – Die hintere Höhle aber zeigte ein Lager mit sorglos durcheinandergeworfenen Decken. Eine Wand stand voller Konvolute und Codices in fahlem Pergament.

Setzt Euch in Gottes Namen! sagte Trevrizent, ich will nur erst dem Feuer nachhelfen, dann sollt Ihr bewirtet sein, auch wenn ich nicht viel zu bieten habe.

Du hast dich verbessert, Oheim, sagte Parzivâl.

Nun ja! brummte Trevrizent, du bist lange nicht da gewesen. Da mag dies und das hinzugekommen sein.

Oheim, sagte Parzivâl mit starrem Blick, wo ist der Becher her?

Der Becher? Wo soll er her sein? fragte Trevrizent und kniete vor dem Feuer, das er aus vollen Backen pustend, hell aufflackern ließ. – Welcher Becher?

Mein Becher, sagte er, das Geschenk meiner Frau. – Wie kommt er hierher?

Ach, der! sagte Trevrizent immer noch kniend, muß wohl mit ihr zusammen gekommen sein. Sie wird ihn dagelassen haben, die Leute vergessen dies und das, wie der arme Taurian seinen Speer.

Oheim! sagte Parzivâl. – Meine Frau! Wo ist sie?

Ja, sagte Trevrizent, eben war sie noch da. Du triffst es gut, wenn du sie etwa gesucht haben solltest. Weit kann sie noch nicht sein. Sie ist erschienen, mir nichts dir nichts, mit ihrem Oheim Kyôt, ja. Das war eine Überraschung.

Wo ist sie, Oheim? fragte Parzivâl rot und blaß.

Nicht so rasch, Kind! sagte Trevrizent. – Setz dich wieder. Gebiete deiner Ungeduld.

Hat sie mich gesucht? fragte Parzivâl leise.

Gesucht? fragte Trevrizent langsam, ja und nein. Nach so langer Zeit *sucht* sie nicht mehr, Neffe. Hättest du dich denn finden lassen? Sagen wir: nein. Sie war auf Wallfahrt, wenn du's wissen willst.

Wallfahrt? fragte Parzivâl. – Wohin?

Hierher, sagte Trevrizent, leicht errötend. – Wo guter Rat teuer ist, gilt der meine als erschwinglich.

Was wollte sie von dir? fragte Parzivâl.

Du fragst? sagte Trevrizent. – Wenn es eine Antwort gibt, wirst du sie von ihr selbst bekommen.

Ich bin ihr Mann! sagte Parzivâl.

Du bist so manches, antwortete der andere, die Frage ist: bist du wenig genug, daß sie dich noch erkennt, König des Grâls?

Sie ist die Königin! rief Parzivâl, der Grâl hat sie nicht weniger berufen als mich!

Dazu, Kind, sagte Trevrizent, wirst du erst ihre Meinung hören müssen.

Er hatte begonnen, die Becher aus dem Krug zu füllen und reichte Parzivâl den Becher Condwîr âmûrs.

Gesundheit! sagte Trevrizent. – Tut auch Bescheid, Ritter, wandte er sich an den Begleiter. – Öffnet den Mund wenigstens zum Trinken. Willkommen! Wie heißt Ihr?

Zollô, sagte der Ritter.

Oheim, sagte Parzivâl, nachdem er getrunken hatte, ich habe eine Ahnung von deiner Heiligkeit, aber daß Condwîr âmûrs zu dir gewallfahrtet sein soll... das ist nicht ihre Art.

Nun, sagte Trevrizent, es war ja noch ihr Oheim dabei. Herr Kyôt hatte ein Geschäft mit mir, und das machte einige Umstände. Denn nicht nur die Gestirne läßt er mitsprechen, von denen er zahllose kennt mit Namen und Eigenschaft, auch das Irdische behandelt er mit grandioser Ausführlichkeit... zumal er kaum noch sich selber reden hört, taub, wie er ist.

Wo sind sie, Oheim? fragte Parzivâl.

Außerdem, antwortete Trevrizent nach einem kräftigen Schluck, reist die Frau von Pelrapeire in Begleitung eines zweiten Herrn, den ich allerdings nicht die Ehre hatte zu bewirten. Er scheint ein ganz eigenes Geschäft mit ihr zu haben, von dem ich weiter nichts weiß, als daß es Herrn Kyôt alarmiert... in seinem Sternenlicht mögen sich die unverfänglichsten Dinge bedeutungsvoll ausnehmen.

Parzivâl erblaßte. – Was wollt Ihr sagen, Oheim? fragte er leise.

An mir, erwiderte Trevrizent mürrisch, ist es nicht im geringsten, Euch etwas zu sagen. Das steht bei Eurer Frau allein.

Zollô sagte plötzlich: Verzeiht die Einmischung, Herr. Die Satzung des Grâls erlaubt demjenigen, der zum Königsamt berufen wird, die heilige Ehe.

Parzivâl wandte sich nach ihm um. – Ich weiß, sagte er.

Ja, fuhr der Ordensmann fort, vielleicht wurde Euch aber nicht mitgeteilt, daß dem zum Grâl berufenen Paar die Zusammenkunft verboten ist, bevor die Krönung förmlich stattgefunden hat.

Ich verstehe nicht, sagt Parzivâl.

Die fleischliche Beiwohnung, sagte der Ordensmann finster. – Ihr dürft sie natürlich in reiner Herzensliebe begrüßen –

Einen Augenblick lang fürchtete Trevrizent, Parzivâl werde aufspringen, sich an dem Templer vergreifen. Statt dessen hielt er den Atem an und schwieg.

Für heute könnt Ihr unbesorgt sein, sagte er kalt. – Ich werde bei meinem Oheim übernachten, wenn er es erlaubt. Ihr aber verschwindet und kommt vor Tagesanbruch mit fünfzig Bewaffneten zurück, damit sie meinen Befehl erwarten. Sie sollen zu allem gerüstet sein.

Zum ersten Mal begannen die Augen des ehemaligen Scriptors zu leuchten.

Zu Befehl! sagte er.

Was Parzivâl, der Herr des Grâls, in dieser Nacht mit seinem Oheim Trevrizent zu bereden hatte, scheut das Licht der Fabelsonne. Sie schliefen beide nicht viel. In der Frühe stand Parzivâl blaß, doch ruhig am Eingang der Höhle.

Er hörte sie von weitem kommen. Das Trappen der Hufe war das

einzige Geräusch weit und breit. Bald sah er auch ihre Fackeln
zucken durch das satt gewordene Buchenlaub. Von der Bergseite
kamen sie; sie kamen von Munsalvaesche. Und nun standen sie da,
auf ihren weißen Rossen. Die schwarzen Mäntel kamen auf den Pan-
zern zur Ruhe und breiteten ihre Kreuze aus, an denen kaum der
Wind zu zupfen wagte. Sie standen im Licht ihrer Fackeln wie eine
Mauer und doch schauderhaft beweglich, bereit, sich auf jeden Feind
zu stürzen. Sie schwiegen. Kaum klirrte ein Schwert, schwankte eine
Lanze.

Wer ist Euer Führer? fragte Parzivâl.

Hier, sagte einer mit dumpfer Stimme und ließ sein Pferd vor die
Reihe treten.

Öffnet das Visier, sagte Parzivâl.

Er tat es, doch war hinter dem Eisen noch immer nichts zu sehen
als ein Strich Dunkelheit.

Ich denke bald mit meiner Königin einzuziehen, sagte Parzivâl,
Ihr werdet das Nötige zum Empfang bereiten. Ferner befehle ich
Euch, eine Elster zu fangen.

Der Oberste erstarrte, wenn das bei der Strenge seiner Haltung
noch möglich war.

Eine Elster? fragte der Mann mit hohler Stimme. – Sie ist der
Vogel des Satans!

Sie ist der Vogel, erwiderte Parzivâl, den Munsalvaesche im Wappen führen wird, statt der Taube.

Herr, sagte es unter dem Helm hervor, wir sind keine Vogelsteller.
Das ist etwas für Fahrendes Volk.

Ihr werdet noch ganz anders fahren lernen, erwiderte Parzivâl. –
Ihr bringt mir die Elster *lebend*. Es darf ihr nicht eine Feder gekrümmt werden. *Nicht eine!*

Sie schwankten unmerklich. Der Befehl mußte sie erschüttert haben. Er betrachtete die ausdruckslosen Helme mit den Sehschlitzen,
einen nach dem andern.

Da trat der Einsiedler aus dem Gebüsch und schleuderte die Arme
empor.

Allez marche! schrie er.

Der Oberste scheute auf seinem Pferd zurück. Und im selben
Augenblick machte der Trupp kehrt, wie vom Sturmwind umgedreht, und sprengte davon, wie er gekommen war.

So! sagte Trevrizent zu Parzivâl. – Und jetzt laß uns gehen, zu

Fuß, denn es ist nicht weit. Brüllen kann ich für dich. Deine Königin grüßen mußt du selbst.

Kennst du den Weg? fragte Parzivâl.

Ausnahmsweise, erwiderte sein Oheim.

WIEDERSEHEN UND SEHEN
WIE PARZIVÂL UND CONDWÎR ÂMÛRS
EINANDER WIEDERFINDEN
UND NICHT ZU BALD ERKENNEN

Sie gingen schweigend, der Tau der Nacht näßte ihre Füße, die bloßen Füße Trevrizents und Parzivâls ritterlich gestiefelte, während
sich der Tag über den Wipfeln erhob. Sie fanden sich in einer offenen
Gegend, die Parzivâl wiederzuerkennen glaubte. Er sah den Gehölz-
streifen kommen, Erlen und Silberweiden, die dem Bachlauf folgten.
Auf einmal wurde das kleine Wasser hell und schwamm in den ersten
Sonnenstrahlen, so daß sie in lebendigem Licht hinübergingen. Hier
oben hatte der Falke gestanden; dort war die Schonung, wo der
gestürzte Stamm verwitterte; das tote Pferd war verschwunden wie
auch die tote Gans. In der Mitte erhoben sich drei Zelte, als wären sie
aus den drei Blutstropfen gewachsen. Nicht mehr hoch zu Roß,
doch nicht weniger still, hielt Parzivâl inne und sah.

Er vergaß den Gefährten, stand im nassen Gras und fühlte einen
wunderbaren Hunger in der Seele, den Hunger vom ersten Frauenzelt, das er betreten hatte, und den Hunger von Pelrapeire; in scharfem Licht sah er die Hunde vor sich, den toten auf der noch lebenden
Hündin, die ihn fortschleifte, bevor sie zusammensank; und sein
Hunger löste sich in etwas Unbekanntes und begann ihm lautlos aus
den Augen zu fließen. Die Pferde, die er unter den Bäumen stehen
sah, standen wie gemalt, kein Blatt rückte am Baum, jeder Vogel war
verstummt. Das Innehalten füllte die ganze Welt und löste sich mit
einem Stöhnen in Parzivâls Brust. Ein Gewicht fiel ab mit jedem
Atemzug, und Stille trat ein, auch in ihm.

Die drei Zelte waren unbewacht.

Sie schläft noch, sagte Parzivâl. – Ich möchte sie sehen.

Trevrizent sah ihn die letzten Schritte tun, langsam zuerst, dann
schnell, und den letzten vor dem mittleren Zelt wieder zögernd.
Dann hob er den Vorhang.

War sie das?

Sie war es so unzweifelhaft, daß er erschrak; doch wie weit lag sie
von seiner Erinnerung entfernt. Wie nahe lag sie vor seinen Augen.

Sie schlief auf der Seite, den Kopf in die rechte Ellbeuge gebettet.

Ihre Züge waren geöffnet, voller als in der Erinnerung, und kindlicher. Doch sah er keine junge Frau mehr, sondern eine, die das
Vergehen lebendiger gemacht hatte. Er sah ihren geschürzten Mund,
der keineswegs geräuschlos atmete; den kleinen Zug von Bitterkeit
in seinem Winkel. Er sah ihre vom Arm gepreßte Wange mit dem
flaumigen Fleisch. Zwischen ihren Brauen, wo sie ausgezupft waren,
hatte sich eine Falte gebildet und warf eine Spur von Trotz und
Kummer über ihr gerötetes Gesicht. Auch die Stirn war nicht mehr
glatt. Der Schatten darauf bewegte ihn mehr als jede bekannte
Schönheit. Ihre Nase war geschwollen wie vom Weinen. Er sah die
Haarsträußchen darin, die ihr unregelmäßiger Atem rührte. Einmal
seufzte sie, fuhr sich mit der Hand über die Stirn, als verscheuche sie
einen lästigen Traum. Dann kratzte sie sich im Haar, die weißen
Fäden gingen von dem kleinen Kratzen, das er so gut kannte, nicht
weg.

Ja, sie war es, Kundry, und sie war es nicht, Condwîr âmûrs. Um
so viel, wie ein Mensch abweicht von einem Bild, war sie unbeträcht-
licher geworden und unvergleichlich schöner; er sah sie mit Ehrfurcht. – Nun sah er auch die Kinder, die unter einer Decke mit ihr
steckten, den braunen Haarwisch des einen, der sich an ihrem Rük-
ken barg, als suche er Schutz vor seinem Blick; den hellen Kopf an
ihrer Brust, den kleinen Arm, der auf ihrer Schulter lag mit schlaf-
lockeren Fingern. Er kannte diese Kinder nicht, keine Phantasie
hatte sie ihm gezeigt, sie hatten keine Ähnlichkeit mit seiner Erinnerung.

Hier lag eine Mutter mit zwei neuen Menschen, die er nicht mit
Erwartung beschweren durfte. Sie kamen aus einem andern Leben.
Er mußte abwarten, ob sie zu ihm gehören wollten. Sie war es,
Condwîr âmûrs; er versagte sich die Deutung der Spuren, die eine
andere Zeit auf ihrem Gesicht hinterlassen hatte. Der Gedanke
machte ihn fast heiter, *sein* Gesicht möchte für sie ebenso fremd
geworden sein.

Geräuschlos ließ er sich am Rand des Lagers nieder und machte
sich leicht. So hatte er bei Anfortas gesessen. Doch das Wort, das hier
zu sprechen war, gab es nicht. Er fühlte dreifachen Lebensatem her-
überwehen, den leisen der Kinder, den würzigen der Frau. Vorsichtig nahm er ihn auf, den Hauch des Verfalls in jedem Leben.

Erwachte sie jetzt? Sie bettete den freien Arm über das Kind, das
sich auf den Rücken gekehrt, sein Gesicht bloßgelegt hatte, ein Ge-

sicht ohne Spuren. Auch das andere Kind drehte sich von ihr weg, öffnete die Augen. Und richtete sie auf ihn, als säße keiner da oder wäre immer schon einer dagewesen; dann wandte es sich ruhig wieder ab.

Parzivâl war erschrocken, er hatte in diesem Kindergesicht ein bekanntes gesehen, das ihm lange entfallen war. Nun sah er es wieder, kindlich gerundet, das Traumgesicht Gahmurets, des Toten.

Condwîr âmûrs, sagte er.

Sie öffnete die Augen, zwinkerte; dann stieg in ihren grauen Augen der Ausdruck tiefen Staunens auf, nüchtern und wunderbar, und er las die klare, doch wachsame Freude darin, die sie allmählich lächeln ließ wie über einen Scherz, den man zu verstehen beginnt.

Sie betrachteten einander, ohne die Stellung zu verändern; sie sahen sich gut. Und sie ließen den Abstand gelten von Gesicht zu Gesicht. Dann hob sie das ihre aus dem Kissen und legte die Arme auf seine Schultern. Er spürte die Wärme aus ihrem Hemd steigen, den leichten Druck der Brüste gegen seine Brust. Sie hielt ihn mit Gefühl für ihre Entfernung, nahm sein Vertrauen entgegen und gab ihm das ihre zu halten. Sie war gewachsen, wie ihm schien. Die Nähe war noch nicht wirklich, aber möglich war sie schon.

Erst als sie sich von ihm löste, bekam die Verlegenheit Raum.

Das ist Kardeiz, sagte sie von dem hellhaarigen Kind, das nachgerückt war in die Nestgrube, aus der sie sich aufgerichtet hatte, den Arm vor das Gesicht gelegt. – Und das, sagte sie, indem sie sich auf die andere Seite wandte, das ist Loherangrîn. Das Kind lag mit offenen Augen und sah ihn nicht an.

Der Neue sagte nichts.

Parzivâl? fragte sie.

Ja, sagte er. – Condwîr âmûrs.

Du bist wieder da.

Ja, sagte er. – Du auch.

Herr Gott! sagte es vom Eingang mit dünner, zitternder Stimme, Frau Königin!

Tretet ein, Oheim, sagte Condwîr âmurs.

Zwei Knechte hielten den Greis, der sich auch auf einen Stab stützte, beiderseits; er schien sie immerfort wegstoßen zu wollen mit greisenhafter Ungeduld. Herr Kyôt war gebrechlich geworden. Seine Schultern zuckten unter dem dunklen Umhang, der schäbig sein konnte oder kostbar; die Flecken darauf fügten sich zu bekann-

ten Sternbildern zusammen. Den Kopf trug er gereckt auf entfleisch-
tem Hals, die Augen lagen in Höhlen unter dem Brauengewirr; suchend gingen sie in dem halbdunklen Zelt herum, geisterhaft blickten sie dann auf das Paar, wie in eine ungeheure Entfernung. Er zog
das schwarze Samtbarett, ließ den Stab fahren und fiel auf Knie und
Hände; zitternd hob er den Schädel.

Da! flüsterte er, welcher Glanz! Du bist erschienen, Glück der
Welt! Heil dir Königin, Herrin des Grâls!

Parzivâl faßte den Greis unter die Arme, wollte ihn aufrichten.
Der aber beugte sich nur noch tiefer und suchte mit dem Gesicht die
Hände, die ihn hielten, küßte sie, drückte die Stirn hinein, die Augen.

Wo ist Euer Bruder, Oheim Kyôt? fragte Parzivâl.

Der Alte schien ihn nicht zu hören. Er hob die entfleischten
Hände, um sie Parzivâl aufs Gesicht zu legen, aufs Haar.

Gesegnet! flüsterte er. – Die Welt wird Licht, denn du bist ihr
verkündigt worden, und jetzt bist du erschienen!

Ja, Oheim, sagte Parzivâl beschämt, wir sind wieder zusammen.

Er ist dahingefahren, Manpfilyôt, sagte Kyôt, auf einem wilden
Eber, ehe er sich's versah, ward aufgehoben zur Gesellschaft des
Jägers Orion. Nun zieht er am Firmament seine Bahn und blinzelt
mir zu, Nacht für Nacht. Die Stunde ist hie! da die Kindlein hinausgehen und sie allein sein müssen, Bräutigam und Braut. Reicht mir
die Kindlein!

Laß nur, Oheim, sagte Condwîr âmûrs, sie stören uns nicht.

Die Knaben waren munter geworden. Der mit langen hellen Haaren an Condwîr âmûrs Brust gelegen hatte, war aufgesprungen und
stand neben dem Bett, im Hemd, um das er sich ein Holzschwert
schnallte. Er hatte Kind und Mund Parzivâls, den er herausfordernd
musterte, mit Condwîr âmûrs grauen Augen; der Kleinere hatte sich
neben seiner Mutter aufgerichtet. Er legte ihr eine Hand auf die
Schulter und fragte den Neuen: Wer bist du eigentlich?

Parzivâl.

Parzivâl ist unser Vater, sagte der Kleine mit erhobenen Brauen,
den kindlichen Brauen des toten Gahmuret.

Und du bist Loherangrîn, sagte Parzivâl.

Das kannst du nicht wissen, erwiderte das Kind.

Ich kann es sehen.

Kardeiz, sagte das Kind, er lügt. Schlag ihn tot.

Der größere Junge hatte sein Holzschwert gezogen. – Zieh, rief er, wenn du ein Ritter bist! Ich will deine Rüstung! Wo ist dein Pferd?

Ich bin zu Fuß gekommen, Kardeiz, sagte Parzivâl, aber nachher gehen wir zu meiner Burg. Dort wollen wir um meine Rüstung kämpfen und um mein Pferd.

Dann stürme ich die Burg! sagte Kardeiz. – Und du mußt Urfehde schwören!

Was ist das? fragte Parzivâl.

Ich schenke dir dein Leben, sagte Kardeiz, dafür mußt du schwören, daß du nie wiederkommst!

Loherangrîn aber sagte: Der hat gar kein Pferd. Der ist zu arm.

Kardeiz und Loherangrîn, sagte Condwîr âmûrs, dieser Mann ist unser Gast. Ich möchte ihn bewirten und habe keine Rebhühner dazu. Gestern habt ihr Netze ausgelegt, seht doch nach, ob sich etwas gefangen hat.

Vögel tötet kein Ritter! sagte Loherangrîn.

Geht er dann wieder, Mutter? fragte Kardeiz.

Der Greis hatte sich erhoben und fuchtelte mit dem Stab nach den Kindern.

Komm! schrie Kardeiz, hier ist es zu blöd! Wir üben Ritterschaft!

Ritterschaft ist noch blöder, sagte das Kind mit Gahmurets Gesicht. – Heute suche ich den Grâl. Ich finde ihn.

Weißt du denn, was der Grâl ist? fragte Parzivâl.

Danach fragt man nicht, sagte Loherangrîn.

Draußen ertönten drei Pfiffe, zwei kurze und ein langer. Die Kinder merkten auf.

Loherangrîn! rief Kardeiz. – Der Einsiedler ist da! Wir kämpfen!

Er steht auf dem Kopf und geht auf den Händen, sagte Loherangrîn zu Parzivâl, das kannst du nie! Aber ich!

Schon waren sie an dem alten Kyôt vorbei, beide mit bloßen Füßen und im Hemd, Kardeiz noch immer mit umgebundenem Schwert.

Es ist vollbracht! flüsterte Kyôt, helft mir auf die Füße, in Gottes Namen! Mein Stab wird grün! Ich sehe Bräutigam und Braut sitzen in ihrer Herrlichkeit!

Der eine Pfleger hob den Stab auf, ein spanisches Rohr mit einem Elfenbeinknauf, der, sehr abgegriffen, die liegende Mondsichel darstellte. Der Alte reckte sie gegen Parzivâl und Condwîr âmûrs und schloß die Augen; dann ließ er sich abführen.

Sie waren allein. Sie sahen einander an.

Er ist hinfällig geworden, sagte Condwîr âmûrs. – Aber seine

Hoffnung wurde jede Nacht jünger. Er sah dich immer näher kommen wie einen Stern auf sicherer Bahn.

Er war sicherer als du, sagte Parzivâl.

Ja, sagte sie, manchmal hatte seine Zuversicht etwas Anstrengendes.

Du hast zu hoffen aufgehört, sagte er.

Weißt du, sagte sie, mit Hoffen allein wäre ich diesem Tag nicht nähergekommen.

Du warst beschäftigt, sagte er.

Zum Glück, sagte sie, hatte ich noch andere Ratgeber als Oheim Kyôt.

Parzivâl fühlte sich erblassen und sagte: Wie steht's um sie, den Bürgermeister Peppo, die Staatsmänner von Pelrapeire?

Sie machen's allein, antwortete sie, und hätten dazu am liebsten nichts weiter als meinen Segen gehabt. So leicht konnt ich's ihnen nicht machen, mir auch nicht. Sie waren mir zu tüchtig, da hab ich ihnen hineinregiert, so gut ich's verstand. Dafür singen sie mein Lob und wären mich gerne los. Ich habe die Kinder allein aufgezogen –

Das hättest du ja wohl nicht nötig gehabt, sagte Parzivâl, an Hofstaat hat es dir hoffentlich nicht gefehlt.

Nein, sagte sie, es fehlte mir schon etwas anderes.

Verzeih, sagte Parzivâl.

Ich habe nicht gesagt, daß du mir gefehlt hast, sagte sie.

Was denn? hätte er fast gesagt, doch er schwieg, und darauf antwortete sie.

Ein Mensch, der nicht nur meine Sorgen geteilt hätte, auch meine Freuden.

Der war ich nicht, sagte er.

Nein, sagte sie, darum konnte ich nicht sagen, daß du mir gefehlt hast. Du warst in deinem Geschäft unterwegs, und ich mußte Oheim Kyôt glauben, daß es das Größte sei. Sehen konnte ich es ja nicht gut, dafür warst du zu weit weg.

Du kannst nicht nur mit unseren Söhnen beschäftigt gewesen sein, sagte er.

Nein, lächelte sie und strich sich über die Stirn. – Ich habe nicht vergessen, daß ich die Frau eines Herrn bin über Wâleis, Anschouwe und Norgâls, und schuldig, ihn zu vertreten.

Frau, sagte Parzivâl mit leiser Stimme, wie hast du es angefangen?

Ich habe getan, was ich nicht unterlassen durfte, sagte sie, wenn du

denn einmal wiederkommen solltest von deinem großen Geschäft.
Ich habe versucht, mich um das Nähere zu kümmern, und ganz
allein wäre mir nicht einmal so viel gelungen.

Du reist mit Lähelîn, sagte er. – Sein Zelt steht nebenan, das
schwefelgelbe, unmögliche.

Über seinen Geschmack müssen wir nicht streiten, sagte Condwîr
âmûrs, und noch weniger darüber, daß ich doch im Schutz deines
alten Lehensmanns sollte reisen dürfen. Im übrigen reise ich nicht
mit Lähelîn, Friedel, sondern er begleitet mich zum Grâl, und das
heißt ja wohl, zu dir.

Kundry, sagte er, ohne zu bemerken, daß auch er in die familiäre
Form gefallen war, ich bin doch etwas erstaunt. Ist Lähelîn mein
Lehensmann? Oh ja, das ist er, das müßte er sein. Habe ich davon
etwas gespürt? Oh nein. Oh doch, ich habe zu fühlen bekommen,
daß er mir meine Länder entfremdet, entwendet, und das seit meiner
Mutter Zeiten.

Das kannst du nicht allzu sehr gefühlt haben, Lieber, antwortete
die Frau, sonst hättest du dich gewehrt und etwas unternommen.
Vergib, daß ich es versucht habe an deiner Statt. Es wird dich etwas
versöhnen, wenn du erfährst, daß es mir nicht überall gelungen ist,
am wenigsten in Wâleis, dem Land deiner Mutter, die du besuchen
wolltest, als du mir aus dem Hause gingst. Offenbar hast du es dann
doch nicht getan, sondern größere Dinge verfolgt. Dabei sind uns
leider deine Länder etwas aus der Hand geglitten, und der Fürst
findet, er könne dir nicht wohl etwas wiedergeben, was er dir gar nie
abgenommen habe. Es sei in Wâleis alles seinen natürlichen Weg
gegangen. Die Bürger hätten sich, wie anderswo, die Ordnung selbst
gegeben, die ihnen in den Kram passe, und ihm nur den Segen übriggelassen. In Wâleis sei die Ordnung immer noch lustiger als anderswo, aber zum Glück wisse er ja, mit wieviel Wohlwollen du jede
freie Regung deiner Völker betrachtest, so weit du einen deiner schönen Blicke für sie übrig hättest.

Und das hörst du dir an! fuhr Parzivâl auf, wenn es nicht gar
überhaupt schon deine eigenen Worte sind! Der Fürst und sein Segen! Haben wir nicht schon hinlänglich abgedankt, Condwîr âmûrs?
Bin ich darum Grâlskönig geworden – denn geworden bin ich's immerhin! – daß meine Frau mit der Zunge des Feindes über meine
Sendung spricht? Denn ich bin erwählt, und jetzt bist du's auch!
Oder muß ich annehmen, daß du deine Wahl gar nicht mehr in

Betracht zu ziehen geruhst? Wer hat dir überhaupt schon vom Grâl gesprochen? Aber muß ich fragen! Ich brauche deinen Wahrsager ja nur im nächsten Zelt zu suchen, dem schwefelgelben! Muß mir der Satan denn überall zuvorkommen, selbst beim Grâl und bei meiner Frau?

Wenn du so schreist, sagte Condwîr âmûrs, kann er dir die Antwort ja gleich zurückschreien. Er wäre ohne Zweifel überrascht zu hören, daß er dir bei mir zuvorgekommen sein soll und daß er in deinen königlichen Augen »mit mir reist« – als ob ich nicht schon lange einen Begleiter hätte, den einzigen, nämlich die Sorge um deine Lehen! – Die kann ich von ihm leider nicht ganz trennen, das ist wahr. Wärst du im Hause geblieben, so hättest du mir diese Not erspart. Und keineswegs habe ich die Kunde, daß du berufen wurdest, von Lähelîn empfangen. Herr Kyôt war's, der mir dein Glück seit Jahr und Tag verkündigt, und er bekräftigt es in jeder Sternennacht aufs neue –

Der Narr! sagte Parzivâl, es stand nirgends geschrieben, nicht einmal in den Sternen, daß ich doch noch zum Zuge käme! Und wenn's meinetwegen eine Gnade war – ohne Arbeit ist sie wahrlich nicht abgegangen, so daß ich mir wohl das Recht erworben haben müßte, meiner Königin als Erster zu verkündigen, daß sie es sei! Aber nach allem spüre ich nur zu wohl, daß du es im Ernst gar nicht werden willst, sondern nur die Geschäfte im Kopf und dir inzwischen gänzlich abgewöhnt hast, ihn zu einer höheren Sicht der Welt zu erheben!

Du hast gleich zweimal recht, sagte sie, daß ich nämlich meine Nase in deinen Haushalt stecken mußte, nachdem es dir gefiel, die deine bis zum Grâl zu erheben. Und du hast nochmals recht, daß ich so wenig daran denken mag wie du, den Grâl nur gnadenhalber zu empfangen. Ich werde ihn nicht anrühren, bevor ich nicht wissen kann, was für ein Ding er sei!

Ach ja! erwiderte er, dann ist Herr Lähelîn ja ganz der Rechte, dir die Wahrheit zu flüstern, und der passende Begleiter zum einzigen Ding der Kristenheit, das über Handel und Wandel erhaben ist! Ganz der rechte Mann, dich bei Trevrizent zu empfehlen, und mitzuhören, wie das Ding recht zu verstehen sei, und dir zu raten, wozu man's mit Gewinn verwendet! – Ach! stöhnte er laut, habe ich mein ganzes Leben auf den Grâl gesetzt, damit es mir dieser Krämer am Ende zum Spott mache!

Dein ganzes Leben! antwortete Condwîr âmûrs, sieh, da habe ich

gemeint, ich gehörte auch dazu. Du hast mich aber nicht mit gesetzt
– du hast mich sitzen lassen, ich sag's ohne Empfindlichkeit. Denn
ich hatte Dringenderes zu tun als sitzen zu bleiben oder mich im
Jammer zu verlieren. Es sind nämlich, da du weggingst, auch andere
Sachen liegen geblieben, um die es noch weniger gut stand als um
mich, und vieles ist gar zerbrochen. Da meinte ich, deiner Arbeit
nicht besser zudienen zu können, als indem ich die Stücke auflas und
zusammensetzte, damit du nicht nur ein Herr in jener Welt würdest,
sondern auch ein Mann bleibest in dieser! Und ist keine Rede davon,
daß ich Lähelîn zu deinem heiligen Oheim »mitgenommen« hätte.
Ganz im Gegenteil, ich habe ihn in seinem Zelt sitzen lassen, dem
schwefelgelben, und den Weg zur Höhle ganz alleine unter die Füße
genommen, die nackten Füße, der Dornen ungeachtet. Du bist ja,
wie ich vernahm, in noch nackterem Zustand dort angekommen, ich
hab's dir nur nachgetan auf meine Art, ohne daß ich's wußte! Es
trieb mich zu deinem Oheim um deinetwillen, keines andern! Und
wenn er dir schon verriet, daß ich unterwegs sei, so hätte er dir gleich
alles sagen können! Ich war so allein unterwegs, wie es einer Frau
nur möglich ist, zum Schatz meiner Seele und zu dir. Kyôt habe ich
mitgenommen, weil er mich in der Hoffnung hatte bleiben lassen,
der Einzige, halbblind und verwirrt, wie er war. Er hat mir den
Glauben genährt an die Liebe, gegen jede Vernunft. Das hätte dir
Trevrizent wahrlich sagen können! Und daß ich nicht einmal daran
dachte, Lähelîn zum Zeugen zu machen meiner Not um dich! Denn
welche Wege ich immer gegangen sein mag, ich habe nur gesucht, wie
ich mich finde, um das Unsrige zu besorgen!

Parzivâl sah die Tränen in ihren Augen, und der Streit hatte auch
seine Starre gelöst. Plötzlich schoß die Freude hervor aus ihrem Versteck der Scham und Entfremdung, verschloß ihm den Mund und
öffnete dafür seine Arme, in die sie sich nun fallen ließ, Condwîr
âmûrs; aber nicht, um weiter zu fallen, sondern um festzuhalten, ihn
und sich. Und auch die Röte auf ihren Wangen hatte einen kurzen
Weg vom Zorn zur Freude: in freudigem Zorn, und seine Stärke
nützend zur Lust aneinander, hielten sie sich im Arm und versiegel-
ten einander die Lippen.

Hier war's, sagte Parzivâl. – Hier habe ich dich gesehen, hier find
ich dich wieder. – Und erzählte ihr die Geschichte vom Falken, der
Gans und den Blutstropfen. Doch vom Wunder ihres Namens sagte
er nichts.

Muß es eine Gans gewesen sein? fragte Condwîr âmûrs unter Tränen, eine Taube wäre viel schöner!

Ich war die Gans, sagte Parzivâl. – Und Tauben – Tauben bringen kein Glück –

Und erzählte ihr, daß man sich vor der Taube, die der Grâl im Schild führe, zu hüten habe. Denn sie sei ebensowohl der Bote des Heiligen Geistes als auch der Lockvogel der Frau Venus, die den Oheim Anfortas niedergestreckt habe. Darum gedenke er das verräterische Tier abzulösen durch die Elster, weil sie aus ihrer Zweideutigkeit kein Hehl mache, und außerdem zu Ehren seines Bruders Feirefîz, der ihn zur Zeit beim Grâl vertrete, obwohl er diesen, als Heide, nicht einmal sehen könne. Und erzählte ihr von dem gescheckten Bruder aus Morgenland mit soviel Ehrfurcht und kindlicher Begeisterung, daß sie den Liebenden immer deutlicher erkannte und es ihr noch leichter wurde, ihn zu umfangen.

Kundry, sagte er seufzend zwischen herzlichen Küssen, mit denen sie ihn niedergezogen hatte –: Kundry, der Grâl scheint zu wünschen, daß ich deine Gesellschaft nicht genieße, bevor er uns beiden die Krone aufgesetzt hat. Wenn wir aber so fortfahren, weiß ich nicht, wie ich die Klausel halten soll.

So halte ich sie einstweilen für beide, sagte sie aufatmend, denn wir fahren durchaus nicht so weiter! Wer mir vier Jahre gefehlt hat, könnte ja fast wieder der erste Beste sein! Und wenn ich ihn lieben soll, kommt er mir zu früh, wenn er zu plötzlich kommt. Außerdem hörst du den Lärm vor den Zelten; es könnte den Kindern jederzeit einfallen, hier einzubrechen!

Etwas erkältet setzte er sich zurück und murrte: Ja, Kundry, es scheint nicht gerade, daß du sie in der Furcht ihres Vaters erzogen hast.

Was du wohl sagen willst, antwortete sie ruhig, ist, daß sie gar nicht erzogen sind. Das sagt auch so mancher in Pelrapeire, der die Kindeszucht zu meistern glaubt. Das macht, er erwartet Gehorsam, nichts Besseres, und nur ja keine Störung seiner Wege. Kardeiz und Loherangrîn habe ich das Stören nicht verboten, Friedel. Denn ich nenne es nicht so, sondern ihr Recht auf eigenen Sinn. Und wenn meine Staatsmänner sie dafür meisterlos nennen, solltest du's nicht nachsprechen. – Es ist wahr, ich habe sie nicht im Andenken ihres Vaters erzogen, denn ein Andenken bewahrt man einem Toten. Ich habe gehofft, daß du lebst. Da ich ihnen aber den Vater nicht zeigen konnte, wissen sie nicht, wie er ist. Wohl aber habe ich ihnen von

Parzivâl, dem Roten Ritter, erzählt, und daß sie den im Kopf und Herzen haben, kannst du daran sehen, daß sie ganz närrisch sind nach Ritterschaft und allem, was sie dafür halten. Aber sie sind noch klein, und was du, großer Mann, dafür hältst, wirst du ihnen beibringen durch dein Beispiel und deine Gegenwart.

Draußen erklang Kampfgetöse; Parzivâl! hörte man einen Knaben schreien, Gâwân! den andern. Es schien, daß sie Pferde spornten mit Hüst und Hott, man hörte, wie sie zusammenstießen, und das Klappern hölzerner Schwerter. Du bist getroffen! Das gilt nicht! – Du mußt tot sein! – Im Gegenteil, schrie es zurück, ich will dich lehren, wer tot ist!

Parzivâl schlug die Zeltöffnung zurück; Condwîr âmûrs trat an seine Seite, hielt seinen Arm, und er spürte die warme Haut unter ihrem Hemd. Vor den drei Zelten bot sich ihnen ein merkwürdiges Schauspiel. –

Kardeiz und Loherangrîn saßen rittlings auf zwei älteren Männern, die auf Knien durchs nasse Gras rutschten, und schwangen ihre Holzschwerter gegeneinander. Sie trugen Lederharnische über den langen Hemden, Spielhelme auf dem Kopf und rohlederne Stiefel an den Beinen, mit denen sie ihre menschlichen Reittiere bearbeiteten, während sie gegeneinander fochten mit dem einen Arm und mit dem andern ihre Holzschilde schwangen, um die Schläge abzufangen. Loherangrîns Schild war rot, weiß derjenige des Kardeiz, und sie verwendeten sie zu Püffen, wenn die Schläge nicht helfen wollten. Kardeiz, der »Gâwân!« schrie, war augenscheinlich der Stärkere, aber Loherangrîn wehrte sich verbissen. Mit bedenklicher Rührung hörte Parzivâl seinen Namen aus dem Mund des Kindes, als es doch endlich, vom Bruder mit beiden Armen gestoßen, den Rücken verlassen mußte, an den sich seine Beine klammerten. Das kleine Gefolge, das dabei stand, bemühte sich, das Kind aufzufangen, bevor es sich wehtat. Loherangrîn wehrte fallend auch seine Helfer ab mit Schild und Schwert und war gleich wieder auf den Beinen, um sich dem Gegener zuzuwenden. Dann sah er Mann und Mutter im Zelteingang stehen. – Kardeiz! schrie Loherangrîn, *dort* steht der Feind! Er stiehlt unsere Frau! Er darf nicht leben! Ergib dich, Memme!

Bevor der Knabe Parzivâl anrennen konnte mit Schild und Schwert, war der greise Kyôt dazwischengetreten und fing ihn ab mit vorgehaltenem Stab. – Mit dir habe ich nichts! schrie Loherangrîn und suchte sich dem Griff des Alten zu entwinden, der aber war eisern.

Kind, sagt Herr Kyôt, töte ihn nicht. Schone sein Leben. Er weiß, daß du der Stärkere bist, und bietet dir Sicherheit.

Dann laß mich los! befahl Loherangrîn. – Der Alte gehorchte, und das Kind stellte sich mit erhobenem Schwert vor Parzivâl auf und setzte es ihm an den Hals.

Sicherheit? fragte Loherangrîn.

Ja, sagte der Mann.

Bist du Parzivâl?

Ja.

Bist du der König des Grâls?

Parzivâl lachte.

Dann mußt du mich hinführen, ungefragt! sagte das Kind. – Ich bin dein Nachfolger, hat Onkel Kyôt gesagt, denn es steht in den Sternen. Führst du mich endlich zum Grâl? Da gibt es Wachteln und gebratene Tauben!

Wir gehen alle zusammen, wenn Gott will, sagte Parzivâl.

Aber gleich! bestimmte das Kind.

Nein, sagte Parzivâl, heute nicht mehr. – Ich möchte mich erst mit Eurer Mutter besprechen, und mit Euren Pferden. Bitte führt sie mir her.

Aber sie hatten sich schon erhoben, die Männer, die die Kinder zu ihrem Kampf getragen hatten. Kardeiz, der immer noch zweifelnd stand, war auf Trevrizent geritten und ergriff jetzt dessen Hand in plötzlicher Schüchternheit. Loherangrîn aber wandte sich um.

Herr Lähelîn, sagte er, kommt her. – Hier steht mein Vater Parzivâl, der Rote Ritter, der Herr des Grâls. Er ist der Größte, und Ihr müßt ihm huldigen.

Darauf habe ich gewartet, sagte der Unbekannte, ohne zu lächeln.

Parzivâl hatte ihn noch nie gesehen und längst erkannt. Der Mann, der sich nicht mühelos, aber würdig erhoben hatte, mußte bejahrt sein, und doch war sein Alter kaum zu schätzen; sein Haar, am Scheitel gelichtet, zeigte keine Spur von Grau. Vom Mund, der sich bequem und ausdrucksvoll bewegte, liefen an beiden Winkeln Klüfte in das matt gewordene Wangenfleisch. Um so kräftiger stiegen die Jochbeine daraus hervor und ließen Raum für eine breite Augenpartie. Die geäderten, ungewöhnlich mächtigen Lider legten sich wie flache Schalen über den Blick, der, zum Spalt verengt, darum weder müde noch lauernd wirkte, sondern von wacher Zurückhaltung sprach und gesammelter Klugheit.

Dies also war der Feind; hier stand er, in den Schultern, die ein schlechter Pelz bedeckte, gebeugt, ansehnlich groß und breit im Gras, und sein fußlanger Wollrock war an den Knien von der Nässe gedunkelt. Ruhig ordnete er ihn und ergriff die Hand des Knaben, der ihn führen wollte.

Parzivâl sah einen Mann auf sich zukommen, der vieles sein konnte: ein wohlhabender Bauer im Feierkleid, ein würdiger Kaufmann am Stehpult, ein Pilger, der sein weltliches Kleid mit einem wetterfesten Überhang deckt. Nun hatte es ihm gefallen, das Pferd des Kindes zu sein, und auch dabei war ihm von seiner Würde nichts verloren gegangen. – Parzivâl hatte von seiner unnatürlichen Blässe reden hören, aber die Gesichtsfarbe dieses Mannes war die einer wohlbehaltenen Schwere, eines gemäßigten Wohllebens. Dies also war der Teufel, vor dem ihn seine Mutter gewarnt hatte; dies der Ritter, mit dem er selbst verwechselt worden war.

Der Mann hatte die Hand des Kindes nicht losgelassen, als er sich auf ein Knie niederließ.

Majestät! sagte er.

Parzivâl neigte den Kopf, überrascht, dann erheitert von der Anrede.

Ihr seid's Lähelîn, sagte er.

Der Mann hatte sich wieder erhoben.

Ihr habt in meinem Namen gesiegt, sagte Parzivâl.

Das fragt sich, sagte Lähelîn, Euer ältester Sohn würde die Partie anders beurteilen.

Sie sind gleich alt, Fürst, sagte Condwîr âmûrs, warum glaubt Ihr's nicht?

Weil sie verschieden sind, sagte Lähelîn, wie Ihr und Euer Herr.

Kardeiz zieht mit den Plejaden, und Loherangrîn steht im Perseus, sprach Herr Kyôt.

Ich sage lieber, der Große kommt ins Geschäft, und der Kleine schlägt ins Ideelle, sagte Lähelîn. – Man sieht's an ihren Händen. Aber einstweilen spielen sie Ritter, wie sich's gehört. –

Es ehrt mich, daß ich Euch begegne, sagte Parzivâl.

Ja, Majestät, antwortete Lähelîn, es wurde fällig. –

Und sogar Kadipês Ohr wäre es kaum gelungen, aus der Anrede etwas wie Ironie herauszuhören.

Parzivâl, sagte Loherangrîn, paß auf! Onkel Lähelîn redet besser als du.

Der Fürst antwortete in großem Ernst: Kann sein, Kind, aber dein Vater hat mehr zu sagen. Wenn ich Euch in mein Zelt bitten darf, Majestät?

Nein, rief Kardeiz. – Wir brauchen Pferde! Das Turnier hat erst angefangen!

Kinder, sagte Condwîr âmûrs, kommt zu mir.

Loherangrîn war es diesmal, der auf der Stelle gehorchte, Kardeiz fuchtelte mit dem Schwert und entrüstete sich.

Der Narr soll bleiben! schrie er, nicht wahr, Narr? Du bleibst bei uns? – Und hängte sich an Trevrizents Arm.

Parzivâl erstarrte. – Lümmel! sagte er langsam, *wen* nennst du so?

Ach, Neffe, sagte Trevrizent, Kinder durchschauen mich leichter als du, dafür sollst du sie nicht schelten!

Einen Augenblick stand Parzivâl ratlos. Dann sagte er mit schwankender Stimme: Ich brauche dich, Oheim.

Deine Kinder brauchen mich auch, sagte Trevrizent, und daß sie vorgehn, siehst du ein. Bei ihnen darf ich spielen, was ich bin. In meinen Jahren ist das eine Erleichterung.

Kardeiz, sagte Loherangrîn, wir suchen den Grâl! Dazu brauchen wir keine Pferde. Komm.

Parzivâl sah Condwîr âmûrs an und sie ihn.

Gut, sagte Parzivâl, dann wollen wir uns sprechen, Fürst.

Dieser verneigte sich, und als sie auf das schwefelgelbe Zelt zugingen, hörten sie Loherangrîn sagen:

Geh nur wieder hinein, Mutter, und nimm den Narren mit. Onkel Kyôt bleibt bei uns, er versteckt den Grâl, und wir müssen ihn finden.

DER GEGENSPIELER

WIE PARZIVÂL AUF EINEN MANN TRIFFT,
AN DEM KEIN WEG VORBEIFÜHRT

Parzivâl hatte erwartet, daß ihn das Schwefelgelb von Lähelîns Zelt
in den Augen schmerze, aber im Innern war es zu einer Bernstein-
farbe gedämpft, in der sie sich erholten. Er erfuhr, daß auf diese
Faser einige Mühe verwendet worden sei. Von einer Genter Manufaktur entwickelt, sei sie im Begriff, über Pisa den levantinischen
Markt zu erobern. Dort sei das doppelte Gelb, eingeführt durch eine
Glaubensgemeinschaft von ebenfalls zwielichtiger Geistigkeit, neuerdings Mode geworden. Es scheine die Einkehr der Leiber zu befördern und den Funken in den Seelen zu heimlicher Glut anzufachen. Der Effekt fördere aber auch die Konzentration.

Die Einrichtung des Zeltes war einfach. Außer einem Feldbett gab
es nur einen niedrigen Tisch aus federleichtem Material, auf dem ein
Schachbrett stand und um welchen sich weiße Mehlsäcke gruppier-
ten. An der hinteren Zeltwand lehnten zwei Gestelle schief gegeneinander, oben zusammengehalten durch einen Tragbügel von der
Spannweite des Maultierrückens. Das eine enthielt, neben Trinkge-
fäßen und Geschirr, eine Reihe von Büchern, die in Seidenstoff gebunden waren. Das andere war behängt mit Kleidersäcken und enthielt Fächer für Gegenstände des täglichen Gebrauchs wie Pferde-
striegel und Hufkratzer, Stiefelknecht und Brennschere.

Omnia mea mecum porto, sagte Herr Lähelîn, meine Sachen sind
im Handumdrehen auf drei Tiere gepackt, durch den Diener, der
hoffentlich gleich erscheinen wird, damit ihr von meinem Hollersaft
kostet. Der enthält einen Bärlauchextrakt, der schmeidigt die Blut-
gefäße. Leider schmeckt er abscheulich und würde Euch ohne süßen
Zugeschmack stinkend machen vor Gott und den Menschen. Das
durfte ich Eurer Hausfrau nicht zumuten! Hoffentlich kommt Ihr
beide auf den Geschmack, denn die Vernunft des Saftes ist unabweislich. – Noch brauche ich einen Diener, doch ich hoffe, mir auch den
bald entbehrlich zu machen. – Meine Satteltaschen sind Zeltmöbel,
oder umgekehrt. Jedenfalls müssen sie nicht mehr aus- und ein-, nur
noch auf- und abgepackt werden. Welche Entlastung! Je weniger ich
brauche, desto bälder wird mir auch der Gehilfe entbehrlich sein. Es

ist eine Wissenschaft, und ein wahrer Genuß, mit immer weniger gut zu fahren. – Leider behalten die Büchlein, in denen Ihr blättert, ihr Gewicht, wenn es auch gelungen ist, es zu vermindern. Das Papyr, das man mir aus Sina liefert, ist eine große Hilfe. Auch die Schrift ist sparsamer geworden, eine Kurz- und Schnellschrift. Da mußten sich meine Klöster etwas einfallen lassen – man sollte die Bücher noch einfacher herstellen und flotter verbreiten. Die menschliche Hand macht zu viele Umstände, und für die Schreiber wüßte ich Gescheiteres zu tun. –

Ihr könnt lesen? Das hier könnt Ihr nicht lesen, es ist Arabisch. Das eigne ich mir eben an, es öffnet das Tor zu alten und wahren Neuigkeiten, welche uns die Pfaffen verschwiegen haben. Bevor ich ausgelernt habe, kann ich die Scharteken nicht entbehren. – Setz nur ab, Suleiman, auf den Tisch. –

Ja, ich halte mir einen mohrischen Diener, zur Übung des Angeeigneten. Und wenn Ihr Euch über sein hohes Alter wundert: er ist ein Meister der heiligen Schriften in Aleppo gewesen und kommt mich teuer zu stehen. Für tägliche Verrichtungen ist er zu schade. Ich gehe ihm zur Hand, um sein Ehrgefühl zu schonen, und eines Tages will ich's ja auch allein können. –

Schmeckt Euch das Gebräu? Ihr wärt der erste, aber nicht der erste, der es nicht mehr missen möchte, denn Gesundheit geht vor Wohlgeschmack. Ich will Euch gern ein Fäßchen nach Munsalvaesche liefern.

Aber laßt Euch doch nieder! Ihr dürft den Sitzen trauen. Sie sehen ungefüg aus, aber sie bleiben bequem in jeder Stellung, ohne nachzugeben und Euch absacken zu lassen. Die Idee habe ich von den Hirten des Kurdistan, es ist eine Spielart der gemeinen Kamelhocker, die Euch auch noch das Anlehnen erlaubt. Nur fand ich die Ziegenwolle, mit der die Bergvölker die Bälge stopfen, zu wenig elastisch. Ich bin auf Korkrinde verfallen. Sie ist leicht und begegnet Eurem Hintern mit Gefühl, doch nicht zu weichlich, und vermag ihn auch noch zu pflegen. Sie schluckt Eure Temperatur nicht, sondern erwidert sie mit Entgegenkommen. Da braucht Ihr nicht, wie der alte König David, eine junge Dirne, die Lebensgeister zu wärmen. Und wenn Ihr's – was Gott noch lange verhüte – eines Tages mit der Männerdrüse bekommt, ist Euch die Hinternwärme besonders anständig.

Das Schachzabel? ist eine Gabe des Moguls von Bessarabien und dient mir dazu, den Kopf flink zu halten. Denn wenn Suleiman seine Studien treibt – er betrachtet die Gestirne mit Fleiß, nicht wie euer Oheim Kyôt als Feuerwerk der Phantasie –, spiele ich gegen mich selber. Was schwerer ist, als man denken möchte! Da ich beiderseits keinen Fehler mache, muß ich den Sieg von Weiß oder Schwarz übers Knie brechen und meinen Verstand hinters Licht führen, damit ich an ein Ende komme. Eines Tages hoffe ich in einer logischen Maschine meinen Meister zu finden. Aber sie müßte in diesem Ärmel Platz haben. Ich will immer weniger Raum brauchen, je weniger Zeit ich habe. Das möchte der einzige Weg sein, meine Frist gleichgültig zu machen. Langeweile ist ein schwer erträglicher Luxus im Alter, Majestät, und die am wenigsten feine Art, den Tod zu erwarten.

Parzivâl hatte sich in dem knisternden Sack so gut wie möglich installiert, der seine Festigkeit freilich nur so lange bewahrte, als sein Benützer brüske Bewegungen vermied. Solche bestrafte das Sitz-Nest augenblicklich durch entnervendes Nachgeben. Der Hollersaft blieb süß nur auf der Zunge; beim Aufstoßen gähnte der Bärlauch unverkennbar hervor und verschloß Parzivâl die Lippen. Seine Ohren aber blieben offen, in nicht ganz freiwilligem Respekt vor der Lebensart des Gegenspielers.

Ich habe zu danken, Fürst, sagte er, daß Ihr dem Ruf meiner Frau gefolgt seid und auf diese Weise ermöglicht habt, daß wir uns begegnen.

Dankt Eurer Frau, sagte Herr Lähelîn, denn sie hat angefangen, das Geschäft zu verstehen. Eine klügere Regentin hättet Ihr nicht finden können.

Nun, Klugheit war wohl nicht der einzige Grund dafür, daß wir uns fanden, erwiderte Parzivâl, auch wenn meine Frau sie leider nötig hatte, um meiner Abwesenheit das Beste abzugewinnen. Sie war gut beraten, als sie sich Eurer Dienste versicherte.

Beraten war sie nicht, sagte Lähelîn, sie mußte selbst darauf kommen. Aus Herrn Kyôts gestirnter Welt führt leider kein Weg in die Niederungen der meinen. Mit meinen Diensten brauchte es auch nicht weit her zu sein. Es genügte, daß sie ihre Interessen erkannte, und damit die Euren. Das war schon etwas und erforderte diesen und jenen Sachverstand. Es wäre nicht damit getan gewesen, daß sie jemandem Eure verstaubten Rechtstitel unter die Nase gehalten hätte. Noch weniger hätte ich ihr raten dürfen, sie etwa mit Gewalt einzufordern. Das wäre aller Schaden gewesen, zuerst aber ihr eigener und der Eure.

Herr Lähelîn, sagte Parzivâl, etwas zurückblicken müssen wir wohl doch. Nachdem mein Vater umgekommen war, hat Euch meine Mutter mit unsern Ländern belehnt, zu treuen Händen –

Längst zuvor, verzeiht die Unterbrechung, Majestät. Aber wenn schon zurückgeblickt werden soll, dann korrekt. Euer Herr Vater Gahmuret war großzügig in allem, wie im Austeilen von Schlägen so in dem von Gütern. Ich erhielt die Länder nachgeworfen, Majestät – der Held gedachte sich nicht allzusehr um sein Eigen zu kümmern. Er ritt seinem großen Tod entgegen. Eure Frau Mutter kümmerte wohl, doch ihr Kummer galt Euch statt ihren Reichen. Die ließ sie souverän dahingestellt sein, hoffte, daß sie stehen blieben, und begnügte sich damit, mich zu zitieren, um sich huldigen zu lassen – oder vielmehr Euch, als Ihr noch in ihrem Leibe wart. Ein starkes Stück von Gottvertrauen. Ich strafte sie nicht dafür. Sie besaß die Länder, ohne ihrer zu achten. Ich, der sie nicht besaß, achtete darauf, daß sie sich selber helfen konnten. Majestät: ich glaube nicht, daß ihnen anders zu helfen gewesen wäre. Pelrapeire hat ja eine ähnliche Entwicklung genommen und sich dabei Eurer klugen Förderung erfreut –

Es machte sich mit der Förderung, und die Freude war nicht ungeteilt, sagte Parzivâl. – Ja, ich sah Euer Wesen am Werk auch in Pelrapeire –

Und habt hoffentlich gelernt, das, was Ihr schmeichelhafterweise mein Wesen nennt, als den Gang der Dinge zu betrachten und von meiner geringen Person zu trennen, sagte Lähelîn.

Daß ich ausgelernt hätte, darf ich nicht behaupten, lächelte Parzivâl nicht mühelos und setzte sich nach Möglichkeit bequemer. – Wenn die Unterscheidung tunlich wäre, hätte meine Frau kaum daran gedacht, sich des Beistands Eurer Person zu versichern, um unsere Sachen zu ordnen –

Ich hoffe in meinem Alter nicht mißverstanden zu werden, erwiderte Lähelîn, wenn ich mir schmeichle, mich Eurer Hausfrau nicht allein durch das empfohlen zu haben, was Ihr meinen Sachverstand nennt.

Es gefällt Euch, meine Empfindlichkeit zu prüfen, sagte Parzivâl. – Ich habe wahrlich keine Ursache, von Euren rein unterhaltenden Eigenschaften gering zu denken. Denn Ihr wißt sie eben jetzt in scharfem Licht zu zeigen –

Also doch empfindlich, Herr Parzivâl, sagte Lähelîn mit Behagen.

– Dann laßt Euch versichern, daß unsere wahre Empfindung, diejenige Eurer liebreizenden Hausfrau wie meine, dem Schicksal von Wâleis und Norgâls galt. Also den Gütern Eurer Frau Mutter, die Ihr, wenn ich recht berichtet wurde, aufzusuchen vorhattet, unwissend, daß sie bereits das Zeitliche gesegnet hatte. Ihr aber ließet uns unsererseits unwissend über Euren Aufenthalt. Nur so viel wußten wir allerdings: zu Wâleis war er selten.

Man konnte mehr darüber wissen, erwiderte Parzivâl, wenn man Herrn Kyôt zuhörte. Ich darf auch hoffen, daß der eine oder andere Ritter, den ich besiegte, seinen Bestimmungsort zu ihren Füßen erreicht hat, um die Sicherheit abzulösen, die er mir bot, wenn ihm sein Leben lieb war. Meine Frau konnte nicht zweifeln, welche Wege ich ging. Doch es ist wahr, nach Kanvoleis führten sie mich nicht.

Ja, sie wußte dies und das, sagte Lähelîn – darf ich nachschenken? –, denn ich hatte kraft meiner Verbindungen das Glück, es zu erfahren, und die Ehre, es ihr mitzuteilen. Sie ist ja nicht die Frau, den Gruß jedes hergelaufenen Ritters als den Euren gelten zu lassen oder den Prophetien ihres Oheims aufs Wort zu glauben. Ihr konntet verschollen sein, oder etwas noch Ärgeres, wie Euer Herr Vater. Es war nicht ganz überflüssig, sie über Eure Aufenthalte zu beruhigen, auch wenn sie nicht immer mit Kreuz und Faden zu bezeichnen waren. Immerhin weiltet Ihr ja noch beinahe auf dieser Erde.

Da Ihr so viel zu wissen scheint, wißt Ihr auch, daß ich mich diese Aufenthalte etwas habe kosten lassen, sagte Parzivâl.

Ja, Ihr seid an manchem Schlänglein vorübergegangen, ohne Euch stechen zu lassen, sagte Lähelîn, daran mag ja einiges Verdienst zu entdecken sein. Dann seid Ihr namenlos geworden, wie Euer wackerer Vetter Gâwân auch – der Zug scheint unter bessern Rittern verbreitet, ohne daß ich mich deswegen vermäße, ihn unoriginell zu nennen. Vielmehr habe ich mit Interesse beobachtet, wie sich Eure und Eures Vetters Läufe gleichen, bei aller persönlichen Verschiedenheit. Denn Frauenheldentum habe ich Euch in der Tat nirgends vorwerfen – oder nachrühmen – gehört. Eure Kinder verraten eine feine Witterung, wenn sie Eure reinliche Schwertführung nachahmen. Und mir war es eine Ehre, gewissermaßen unter Euch als Pferd zu dienen.

Weiter dürftet Ihr Eure Selbstverleugnung noch nie getrieben haben, Herr Lähelîn, sagte Parzivâl, als heute meinen Kindern zulieb.

Ich höre aus jedem Wort, wie wenig Ihr mich kennt, erwiderte

Lähelîn, denn Kinder haben mir noch nie die mindeste Selbstverleugnung abverlangt. Ich wünschte, ich hätte selbst Kinder. Aber
von denen, die man mir zuschreibt, weiß ich leider am besten, daß sie
mir unterschoben wurden.

Parzivâl schwieg nicht ohne Betretenheit.

Ja, sagte Lähelîn, unsereinem werden keine Fragen gestellt; bei
unsereinem werden sie ohne Gewissensbisse versäumt. Wer die halbe
Welt mit seinem Wesen erfüllt und die andere Hälfte damit anzustek-
ken droht: wie sollte der auch noch den Namen eines Menschen
verdienen und gar etwas wie Aufmerksamkeit gebrauchen können! –
Kommen wir zur Sache, Majestät, an der Euch gelegen ist. Ich besitze nichts, und Ihr könnt hier in diesem Zelt mit Euren Augen
sehen, daß ich immer weniger habe. Am allerwenigsten habe ich
Eure Länder. Sie gehen ihren Gang, im allgemeinen ist es ein guter
und geregelter, dem Ihr durchaus nicht mein fragwürdiges Gesicht
zu leihen braucht. Es mag Euch dann um so viel leichter fallen, ihn
gelten zu lassen. Um Wâleis, das ist wahr, steht es mittelprächtig, und
nicht erst, seit Euer Kyberg dahingefahren ist – das wißt Ihr nicht?

Kyberg! sagte Parzivâl. – Er war ein guter Mann.

Euer Schmerz ehrt Euch, wie ihn das Vertrauen Eurer Frau Mutter
geehrt hat, sagte Lähelîn. – Er hätte es gewiß nicht enttäuscht, wären
ihm die Dinge nicht über den Kopf gewachsen – es war einfach der
Ehre für ihn zuviel. Er zerriß sich bis zum letzten Augenblick, Majestät. Aber ein Land, das noch zerrissener war, vermochte er auch
damit nicht zusammenzuhalten. Die Mißwirtschaft des grünen Pär-
leins – Sigûne und Schiônatulander –, das anstelle Eurer traurig abwesenden Mutter waltete, ist mit Worten nicht zu beschreiben –, es
sei denn solchen höfischer Dichtung. Dafür ließ sie sich mit Händen
greifen. Und es war nur eine Frage der Zeit, bis die Roheit selbst die
Dinge in ihre Hand nahm –

Parzivâl hatte sich aufgerichtet, trotz dem Geknister in seinem
Mehlsack.

Die Roheit hat einen Namen, sagte er, und eine Visage. Es sind
diejenigen Eures Bruders Orilus. Er hat Schiônatulander, den Zarten, hingemordet. Er hat –

Parzivâl rang mit zorniger Trauer. Der Fürst wartete, bis er sich
gefaßt hatte.

Ja, sagte er dann, die Roheit hat einen Namen und eine Visage. Im
Zelt am Fluß hatte sie einen andern Namen und eine andere Visage.

Orilus ist ein Narr geblieben, wie Ihr einer gewesen seid. Wir täten
gut daran, uns bei Namen und Visagen nicht lange aufzuhalten. Wer
nicht regieren kann, mag subtil sein, wie er will – er weckt die Roheit
in Menschen und Sachen. Denn ihre Tugend und ihren guten Willen
versteht er nicht zu wecken. Wâleis hat nicht das Zeug gehabt, sich
selbst zu regieren. So ist es verlumpt, Euer schönes Mutterland. Es
bedurfte einer festen Hand, um nicht der Gewalt zur Beute zu fallen,
erst seiner eigenen, dann einer fremden.

Ich habe Euch gehört, sagte Parzivâl.

Danke, Majestät, sagte Lähelîn. – Da Ihr mich nicht kennt, mögt
Ihr befürchten, daß ich die Wege, die Ihr gegangen seid, nicht zu
würdigen weiß. Nichts könnte von der Wahrheit weiter entfernt sein.
Und kein Mißverständnis könnte mich melancholischer stimmen.

Parzivâl schwieg.

Majestät, sagte Lähelîn, glaubt Ihr, ich wolle Eurer spotten mit
solcher Anrede? Ich weiß nicht, was der Grâl ist. Aber ich weiß, er
ist das Wichtigste auf der Welt, und dasjenige, um das es sich lohnt,
in ihr zu sein. Das Unglück, geboren zu sein, wird zwar nicht aufgewogen durch den Grâl – dafür müßte er ja Gott selber sein –. Aber
es kann, einen ungemessenen Augenblick lang, darin aufscheinen
wie ein Glück. Mehr bedarf es nicht, außer der Kunst, diesen Augenblick festzuhalten, und das ist wohl die größte. – Die arabischen
Schriften hier – er wies auf seine Packsattel-Bibliothek – sprechen
nicht ein Wort vom Grâl und handeln doch von nichts anderem.
Übrigens sind es Liebesgedichte, vorwiegend, vorläufig –

Er schwieg, dann sagte er: Ihr wißt, daß ich Euer Vater sein könnte?

Den Jahren nach wohl, sagte Parzivâl, doch Ihr tragt sie leicht.

Vor Kanvoleis trug ich *nicht* leicht daran, daß mich Eure Frau
Mutter nicht nahm, sagte Lähelîn. – Aber Herr Gahmuret stach mich
vom Pferd, und sie wollte *ihn* – ich hoffe, nicht nur deswegen oder
um ihres lieben Unglücks willen. Abgeneigter hat mich noch keine
Frau angesehen, und das will etwas heißen. Ich aber habe sie geliebt.

Parzivâl schwieg.

Verzeiht mir die Nachträgerei, sagte der Fürst, sie geht ja auf
meine Kosten. Ich hätte durchaus nicht Euer Vater werden können,
es sei denn, durch Gewalt. Ich hatte sie so gut wie gewonnen, bis der
Tausendsassa erschien, der *ze Anschouwe*. Er hat sie gewonnen, denn
sie wollte keinen andern, und so ist er Euer Vater geworden. Geliebt
aber hat er sie nicht. Er ging bei der ersten Gelegenheit, es mußte
durchaus nicht die beste sein –

Parzivâl starrte den Mann auf dem Rande des Feldbetts an, auf dem er sich niedergelassen hatte mit übereinandergelegten, leicht wippenden Beinen. Der mied den Blick des Gastes und sah in die Höhe des Zeltes, wobei er, zwischen den Sätzen, den Mund spitzte, als wolle er auf das Gesagte pfeifen. Aber Parzivâl wußte es anders, besser und schlimmer. Dabei fühlte er die gleiche Röte auf seinem eigenen Gesicht noch tiefer als auf demjenigen des Fürsten, und dunkel vor Zorn, Verlegenheit und Scham.

Ihr wißt nahezutreten, flüsterte Parzivâl.

Nicht nötig, entgegnete der Andere. – Wir sind einander die Nächsten gewesen von Anfang an.

Nun hob Parzivâl doch wieder den Kopf, zu erstaunt, um aufzubrausen.

Ihr habt mir gedient wie noch keiner, sagte Lähelîn.

Wie verstehe ich das? fragte Parzivâl.

Cunnewâre, sagte der Fürst. – Ihr habt sie geehrt wie keine, und keine hat Euch erhoben wie sie. Sie war meines Hauses, bevor Ihr sie in die Ehe gegeben habt. – Sie bleibt meine Schwester, und Ihr habt an ihr als Bruder gehandelt. Wenn das nicht Verwandtschaft heißt –

Cunnewâre! sagte Parzivâl leise. – Sie war Euch fern, wer konnte Euch ferner sein? Ihr Lachen... hatte mit Eurem Wesen nicht das Geringste gemein. Es war zwecklos –

Leider! lächelte Lähelîn, denn Ihr habt sie nicht genommen. Doch woher wollt Ihr wissen, ob sie Euch genommen hätte? Gefördert hat sie Euch immerhin... soll ich Euch zeigen, wie?

Herr Lähelîn hatte sich erhoben, öffnete eine Tasche an seinem Packsattel und entnahm ihm ein vielfach gefaltetes Stück Papier. Als er es auf dem Zeltboden ausgebreitet und, die feinen Rötelstriche mit behutsamen Fingern vermeidend, glattgestrichen hatte, wollte der Gast nicht gleich erkennen, was er sah. Die Skizze einer umfangreichen Verwirrung? die Karte einer andern Welt?

Aber es gab einen ganz leeren Fleck darin; der hatte die Form eines Gesichts. Die Gestalt war ein Männerakt, mit leichtem Strich verkleidet. Da gab es Beinlinge, deren Umriß der Muskulatur wie angegossen saß. Zart, ja zärtlich schmiegte sich der Schatten eines Festkleids um die durchscheinende Figur; über dieses fiel wieder, großzügig hingeworfen, der Geist eines Mantels, der, obwohl immer derselbe Rötel am Werk gewesen war, ins Grünliche zu spielen schien. Von unzweifelhaft starkem Rot war der Stein, der den weit fallenden Mantel an der Taille zusammenschloß wie mit einem Siegel; davon zog sich ein Gürtelband nach beiden Seiten. Und obgleich es nur in Spuren ausgeführt war, meinte man darauf doch ein Tierzeichen nach dem andern zu erkennen, so daß sich der Gürtel zum Sternkreis weitete.

Was ist das? fragte Parzivâl blinzelnd.

Die Frage ist weit her, erwiderte Lähelîn, am Rand des Bildes kniend, weiter her als Munsalvaesche. *Wer* ist das? wäre treffender gefragt gewesen. Ihr fragt wie ein Schalk, denn Ihr wißt es ja längst. – Ihr seid das, bei Eurer Krönung.

Ich bin nicht gekrönt, sagte der Andere.

Schön! sagte Lähelîn und begann die Skizze wieder zusammenzufalten, bis sie auf dem Teller seiner Hand Platz hatte. – Schön und wahr. Nennt's wie Ihr wollt. Man kann's auch Euren Ritterschlag nennen, denn es ist meines Wissens der einzige, den Ihr je empfangen habt. Artûs bekam seine Chance ja nicht. Habt Euch an den Bräuchen Eurer Kaste tapfer vorbeigemogelt. Ich aber sage: meine liebe Schwester hat Euch mehr gegeben als Schwert und Krone. Sie gab Euch ihr Lachen, und davon seid Ihr geworden, der Ihr seid.

Dieses Lachen gehörte Euch nicht!

Es war von mir ebenso weit entfernt wie von Euch. Ihr seid ihm immerhin ein Stück nachgegangen. Noch nicht den ganzen Weg, wenn Ihr mich fragt.

Woher habt Ihr das Blatt, warum hebt Ihr's auf?

Lähelîn hatte sich erhoben und stand jetzt wieder vor seinem Sattelschränklein.

Frage Eins, erwiderte er, ich beschäftigte einen Zeichner bei Artûs, der Euch festhalten sollte – so fest seine Kunst ihm erlaubte, und in tragbarer Form ... Leider mußte der Mann auch noch Bischof werden. Schade! Jetzt ist er ein Diener des Herrn unter Tausenden, zuvor war er einzig. Er kannte sich selbst nicht, wie Ihr. So kommt einer an die Kunst, und so verscherzt er sie wieder. – Dies war sein letztes Bild.

Lähelîn schwieg, während er es an seinen Ort zurücklegte und die Tasche verschloß.

War das schon die Antwort auf die zweite Frage? fragte Parzivâl.

Für einen, der sein Gesicht nicht sehen mag, seid Ihr reichlich kokett, erhielt er zur Antwort. – Dafür habt Ihr ein Kompliment verdient. Das war auch mein letztes Bild von Euch, und ich behielt es für mich in der Tasche. Warte immer noch auf Euer Gesicht. Dann kann ich mich von Euch trennen.

Nein! sagte Parzivâl.

Wozu sagt Ihr Nein? fragte Lähelîn nach einer Pause. – Nein oder Ja – macht es einen Unterschied? Ich hätte gedacht, Einer vom Grâl sei darüber hinweg.

So lang er redet, ist er's nicht, erwiderte Parzivâl.

Fein, fein, sagte Lähelîn. – Hoffentlich habt Ihr Euch selbst zugehört. – Ihr wollt nur das Zweitbeste für unsereinen übrig haben. Für Euch Jeschûte, für uns den Spott. Für Euch Condwîr âmûrs, für uns Clâmidê. Für Euch den Grâl, für uns den Rest der Welt. So knüpft Ihr die Dinge zusammen und stellt jedes an seinen Platz. Wir machen das Beste draus. Davon seid Ihr noch ein gutes Stück entfernt.

Ja, sagte Parzivâl, ja. Das ist wahr.

Der Fürst sah ihn dunkel an; dann nahm er wieder Platz auf seinem Sack.

Hat Euch einmal von Eurer Mutter geträumt? fragte der Fürst wie beiläufig.

Nicht daß ich wüßte! entgegnete Parzivâl überrascht. – Warum sollte ich? Warum fragt Ihr so?

Sehr gut, antwortete der andere leise. – Denn *lebt* sie ja wohl endlich, in Euch. So viel wäre getan. – Ihr könnt Euch denken, was in mir vorging, als mich Eure Mutter zur Huldigung kommandierte, fuhr Lähelîn leichthin fort. – Ihre Schwangerschaft sah gar nicht prächtig aus, dafür habe ich ein Auge. Wenn ich sie betrachtete, konntet Ihr nur ein Unglückskind werden. – Kurzum, von Huldigungen halte ich nichts, sagte er, plötzlich lachend, und Parzivâl brannte die Frage auf dem Herzen, was es denn zu bedeuten habe, daß ihm Lähelîn heute gehuldigt hatte. – Wir waren damals noch Ritter, Majestät, und Ritter sind keine Arbeiter im Weinberg des Herrn. Sie vergraben ihre Talente. Ich habe die Gnade Gottes daran messen lernen, ob man selbst einigermaßen gut fährt bei dem, was man tut. Ob uns die Früchte dieses Tuns über den Kopf wachsen, und zwar im Guten und Nutzhaften. Ich darf mich nicht beklagen und bin erfreut, dem Sohn Herzeloydes zu begegnen, der seinen Schatz auch nicht vergraben hat.

Ich bin ein Ritter geblieben, sagte Parzivâl, und jetzt bin ich Herr einer Burg von Rittern geworden.

Falsch, sagte Lähelîn. – Ihr seid ein Ritter nicht geblieben, sondern erst geworden, das ist neu. Und Munsalvaesche ist ein Ort, dessen Insassen – verzeiht mir den Ausdruck – nicht Ritter geworden, nur Ritter geblieben sind.

Das ist mir zu fein, sagte Parzivâl.

Im Gegenteil, sagte Lähelîn, es ist ein recht grobschlächtiger Sachverhalt und wird Euch noch zu schaffen machen. Wie Munsalvaesche heute dasteht, ist es überflüssig. Das aber heißt den Grâl schwer mißverstehen, ja ihn beleidigen. Der Grâl ist zwar eine Quelle des Überflusses, aber überflüssig ist er nicht. Er ist notwendig.

So wißt Ihr doch etwas vom Grâl, Lähelîn, sagte Parzivâl.

Nicht genug, um ihn je zu sehen, antwortete der Mann auf dem Feldbett, und viel zu viel, um zu ihm berufen zu werden wie Ihr.

Und wenn Ihr berufen würdet, sagte Parzivâl, was würdet Ihr damit anfangen?

Ihr wollt mich versuchen, Majestät, grinste Lähelîn, das müßte eigentlich meine Spezialität bleiben. Ich bin der Teufel, Eure liebe Mutter hat es selbst gesagt. Aber sogar der Teufel weiß, daß mit dem Grâl absolut nichts anzufangen ist. Darauf beruht seine Stärke. Ich hoffe, Ihr werdet sie spielen lassen. Auch wenn die Welt nicht zu retten ist – natürlich ist sie nicht zu retten! – muß es doch Einen und Etwas geben, in dem sie herrlich erscheint ohne Maß und Grund, ein grandioser Zweck für sich allein. Etwas wie die Fräuleins in den arabischen Liebesgedichten dort drüben, diese Lailen und Suleiken, und wie sie heißen –

Majestät! sagte Lähelîn brüsk, Ihr habt Eure Frau lang nicht mehr gesehen, und sie Euch auch nicht. Ihr müßt zu Condwîr âmûrs.

Herr, erwiderte Parzivâl, wenn es Eure Zeit erlaubt, begleitet mich zum Grâl.

Meine Zeit erlaubt mir alles außer dem ewigen Leben, sagte Lähelîn, und ich danke Euch aufrichtig für Euren Wunsch. Er heilt mich von einem Schmerz, der ist so lange her, ich wußte gar nicht mehr, daß ich ihn hatte, oder er mich. Sollte Euch noch ein Steinchen zur Krone des Grâls gefehlt haben, mit dieser Frage hättet Ihr's Euch erworben.

Keine Frage! sagte Parzivâl, nehmt's als Befehl.

Um so besser und schöner, sagte Lähelîn, aber ich nehme keine Befehle entgegen, nicht einmal von Gott. Ich habe mir angewöhnt, Seinen wahren Willen in meinem eigenen zu erraten. – Ich denke, da habe Er mehr Unterhaltung davon. Hier nehmt das Bekenntnis meines satanischen Glaubens. – Ihr könntet nicht mein Sohn sein, Parzivâl, sonst wärt Ihr es geworden. Wir sind nicht verwandt. Ich folge Euch nicht zum Grâl.

Und ich sehe Euren Stolz, sagte Parzivâl.

Oder das Gegenteil, antwortete Lähelîn, doch vor dem Grâl gilt das wohl gleich. Da komme ich nicht hin und habe Euch nicht zu raten. Immerhin habe ich nach Euch, der es nicht wurde, kein Kind mehr gehabt. Dafür will ich Euch, bevor Ihr zu Eurer Frau geht, eine Gutenachtgeschichte erzählen.

Ich wollte mir den Grâl kaufen – ich war noch jünger damals, doch alt genug, um zu bemerken: die Freiheit, die sich unter meiner Duldung auszubreiten begann, von Anschouwe bis Norgâls, von Pelrapeire bis Schanpfanzûn – diese Freiheit stieß an gewisse Grenzen. Es war ja nicht die ganze Freiheit, Majestät. Es war Freiheit in der Mehrzahl – Gewerbefreiheit, Gedankenfreiheit, Meinungsfreiheit, was weiß ich – ein rechter Sauhaufen von Freiheiten, die sich untereinander ins Gehege kamen und ihren Hang zum Chaos nicht verleugneten. Stadt und Land wurden reich wie nie, und doch nie reich genug. Ich mußte zusehen, wie sie sogar den Boden auffraßen, auf dem sie gediehen. Eine betrübliche Offenbarung für eine Natur wie mich, daß die Freiheiten, die ich hatte durstig werden lassen, am Ende nach gar nichts heftiger dürsteten als ihrer Aufhebung. Sie wimmerten nach dem Starken Mann, der Eisernen Faust, der Bindenden Größe, die sie freisprach vom *Horror vacui*. Einer sollte kommen, der sie in der Leere ihrer Wünsche und Bedürfnisse wieder an den Strick nahm und in den Pferch prügelte. Sie sehnten sich nach der Kiste, Majestät. Munsalvaesche, dachte ich, müßte diese Kiste sein, und der Grâl das Ding, zu dem sie andächtig genug aufblicken konnten, befreit von der Last ihrer Freiheiten durch ein zündendes Bild von Macht und Übermacht. Unsere heilige Kirche war längst zu unfromm dafür geworden. Handel und Wandel hatten sie zu gründlich ausgehöhlt.

Ja, ich wollte mir Munsalvaesche kaufen. Euer ehrenwerter Oheim Anfortas schien mir bankrott genug dafür. Als er nur noch lag und stöhnte, schien mir auch der Grâl hinreichend abgewirtschaftet für eine Übernahme. – Ich fand keinen Gesprächspartner. Munsalvaesche wußte sich mir zu entziehen. Lange schrieb ich's der Unfähigkeit seiner Insassen zu. Etwas Dümmeres, fand ich, hat die Welt wirklich noch nicht gesehen. Töten oder Sterben! Aber dahinter

steckte doch eine Art Methode. Und der Mann, den Eure Kinder den
Narren nennen, hat mir's verdeutscht. Dahinter steckt der Grâl
höchstpersönlich. Der will mit sich nicht reden lassen. Mit dem gibt
es kein Geschäft. Er besteht aus Vorsintflutlichkeit; auf ihr besteht
er. Das ist seine einzige Stärke, aber die gibt den Ausschlag. So lernte
ich in einem langen Leben spät genug, daß ich mir den Grâl nicht
kaufen kann. Denn könnt ich's, er wär für meinen Zweck verdorben.
Das macht, er nimmt einen Zweck nicht an. Darin ist er unüber-
windlich – gerade wie Ihr.

Ich bin überwindlich, sagte Parzivâl. – Je näher ich dem Grâl
gekommen bin, ohne es zu wissen, desto mehr Überwinder habe ich
kennengelernt. Der letzte war mein Bruder Feirefîz. Und mir
scheint, jetzt sitze ich wieder einem gegenüber.

Ja, wenn ich zwanzig Jahre jünger wäre! grinste Lähelîn, da hätten
wir's noch mit der Lanze abgetan, und Ihr hättet mich gründlich
geschlagen, wie sich's Eure Mutter von Herzen gewünscht hat. Sie
hatte, außer Euch, keinen größeren Wunsch. Das ist nun nicht mehr
nötig – so wenig, daß Ihr sogar die Gefälligkeit habt, Euch für überwunden zu erklären. Ihr täuscht Euch, aber darauf kommt es auch
nicht mehr an. Es tut gut, in Euch immer noch so viel heilige Unschuld am Werk zu sehen. Darin sitzt sie ja doch, Eure Berufung zu
Dem Ding. – Und wenn Ihr schon mit Euren Überwindern prahlt,
Majestät, so habt Ihr den wichtigsten gar nicht genannt. *Die* wichtigste. Das ist natürlich eine spezielle Feinheit von Euch. Aber ich
wette, sie erwartet Euch draußen, drüben in ihrem Zelt.

Erwartet mich? fragte Parzivâl. – So einfach macht sie es mir wohl
kaum. Dafür habt Ihr gesorgt.

Dafür habt *Ihr* gesorgt, Roter Ritter, sagte Lähelîn, und meine
Sorge war nur, die ihre zu dämpfen. Doch, Majestät, genau so einfach ist es. Sie wartet auf Euch. Sie hat vier Jahre auf Euch gewartet
und dabei nur den Teufel getan, sich dieser Wartezeit nicht schämen
zu müssen. Manchmal sah dieser Teufel aus wie ich. Aber sie war
Euch treu, wenn das Wort einen Sinn hat. Sie war es im höchsten
Sinn, denn sie lernte treu sein zu sich selbst. Das war verbunden mit
allerhand Arbeit für andere, sogar für mich. So viel Zucker soll sie
am Ende haben, Eure geschätzte Eifersucht. Aber nun ist Condwîr
âmûrs die Königin geworden, die Euch in die Augen blicken darf,
wie eine Unschuld der andern. – Ich folge Euch nicht zum Grâl,
Parzivâl. Denn jetzt habt Ihr alles, was Ihr braucht. Und was Ihr
noch wissen müßt, dürft Ihr erfahren, und auch noch zu zweit.

Der Fürst hatte sich erhoben.

Lebt wohl, Majestät, sagte er.

Parzivâl war entlassen. In der Haltung des Fürsten war etwas, das verbot, ihm die Hand zu reichen. So neigte Parzivâl den Kopf und fühlte, wie schwer sie ihm wurden, die drei Schritte zum Ausgang, und der eine ins Freie.

Einmal blickte er sich um. Da stand es wieder schwefelgelb, das Zelt.

WACHE / NACHT
WORIN SIGÛNE
ZU IHREM TOTEN MANN VERSAMMELT WIRD,
UND KYÔT ZU DEN STERNEN

Es kam der Abend, und die Nacht, die einen klar gestirnten Himmel
brachte. Parzivâl war nicht bei den Zelten, nicht bei Condwîr âmûrs.
Er ließ sie und ihre Gefährten in der Hut des Einsiedlers zurück.
Auch Herrn Lähelîns Zelt war ab- und sein Bewohner mit dem
Diener aufgebrochen, zwischen zwei Blicken unbemerkt, keiner
wußte, wohin.

Ich habe noch ein Geschäft, liebe Frau, sagte Parzivâl, bevor wir
nach Munsalvaesche ziehen, unsere Oheime und wir.

Besuchst du deine Mutter? fragte Condwîr âmûrs mit blassem
Lächeln, und sehe ich dich wieder?

Ja und ja, Kundry, sagte Parzivâl.

Nein, nein! rief Loherangrîn, geh nur dahin, wo du hergekommen
bist!

Und bevor ihm seine Mutter den Mund verschließen konnte, sagte
Parzivâl: Warum nicht, Loherangrîn?

Nicht auf Pferdefüßen war Parzivâl hergekommen. Seine eigenen
hatten ihn ebensowohl hergetragen, da er an keinen Weg mehr
dachte, und vielleicht nicht viel langsamer. Wer nicht weiß, wohin er
seinen Fuß setzt, hat auch den Begriff von Eile verloren, und die
Dauer, kurz oder lang, ficht ihn nicht an.

So stand er vor der Kapelle, als es dämmerte. Das weiße Blust der
Pflaumenbäume schimmerte wie matter Kerzenschein um das Gemäuer. Das Laden des einzigen Fensters stand offen; er rief nicht,
zögerte, hineinzusehen. Die Gestalt, die er mehr ahnte als sah, saß an
ihrem Steintisch im Gebet, und der Scheitel lag auf den Händen. Sie
mochte sich still geweint haben und jetzt den Trost der Entkräftung
spüren. Dabei wollte er sie nicht stören und setzte sich auf die steinerne Bank.

Er hörte sie wohl, die Stille des Waldes, die in den Büschen atmete
und die Wipfel vor dem gläsernen Firmament hob und senkte. Sie
flutete mit dem leichten Wind heran, der das Weiß der Blütenbäume

anzufachen schien. An Parzivâl aber endete die Bewegung, und floß
nicht über in seine Seele. Er saß mit verschlossenem Herzen. Der
Zweifel hatte seine Brust hart gemacht, sein Atem ging ohne Einverständnis mit der Bewegung von Baum und Gras.

Lange saß er so, sah mit fremdem Blick die Sterne hervortreten aus
dem dunklen Kristall, der die dunklere Erde umschloß. Ab und zu
rührte sich der bange Laut eines Vogels, das kurze Zetern einer
Maus. Auch jetzt hörte die Kreatur nicht zu bluten auf. Parzivâl war
es, als habe sich in seinem Leben noch gar nichts von Gewicht ereignet; als säße er noch einmal am Anfang seines Wegs, diesmal in der
Gewißheit, daß er ihn nicht mehr würde gehen können; daß die Welt
zu unübersichtlich geworden war für eine hilfreiche Tat. – Nein!
sagte er, die Wange an der kalten Mauer, als lausche er nach drinnen.
Er hatte sich ein Wunder versprochen von Condwîr âmûrs. Er hatte
ihr seine Grâlwürde gebracht, als könne sie auf nichts anderes gewartet haben. Dafür hatte er sich von ihr das Ende des Zweifels
versprochen, jedes Zweifels an seiner Berufung. Sie erst hätte sie
richtig machen sollen, und ihn zum König. Dafür wollte er seine
langen Wege gegangen sein.

Statt dessen war sie mit Lähelîn gekommen, bei dem sie in allen
Dingen den Rat gesucht hatte, den ihr Mann schuldig geblieben war.
Er hatte seine Länder fallen lassen, ohne sich darum zu kümmern,
wer sie aufhebe. Das hatte die Frau an seiner Stelle getan. Und er
hatte vor ihr gestanden wie einer, der nicht die Krone des Lebens
errungen, nur seine Pflicht vergessen hat. Lähelîn war der Mann
gewesen, sie zu führen und sicher zu geleiten bis zu ihm, dem Un-
verantwortlichen; Lähelîn war der Mann gewesen, Parzivâl nicht zu
begegnen wie ein Feind, sondern wie ein Meister der Tatsachen. Und
Parzivâl spürte, wie sich seine Fäuste ballten im Trotz. War er dafür
bis hierher gekommen, um wieder Anfänger zu sein?

Unkenntlich sich selbst, gesunken wie ein Stein, lag er auf dem
Grunde der Nacht, und auch die Pflaumenblüte war erloschen.

Nur im Mauerloch huschte ein leichter, fahler Schein. Die Klausnerin mußte eine Kerze entzündet haben. Mühsam erhob er sich von
seinem Sitz und blickte hinein.

Da saß sie noch wie zuvor, vornüber auf Tisch und Hände gesunken. Und er sah, sie war tot. – Wer hatte die Kerze angezündet? Sie
flackerte zwischen den reglos gefalteten Händen eines jungen Ritters
und erhellte seine Züge, über die, mit jedem Windhauch, ein Hauch

von Leben huschte. Und doch war er nur noch ein Bild aus Stein und
seit Jahren nichts anderes gewesen. Nur das Seelenlicht der Frau, die
nun erloschen an ihrem Tisch saß, geisterte noch um ihn.

Sigûne! sagte er laut.

Regungslos blieb die Frau, nur die Kerzenflamme bebte.

Er sah die Dunkle im Dunkeln, sah sie immer besser, bevor sich
seine Augen beschlugen. Und nun brach er zusammen, sein Gesicht
fiel in seine Arme, die zu schütteln begonnen hatten. Er weinte nicht,
er schrie: Mutter! und immer wieder: Mutter! Endlich war er angekommen, doch zu Hause war niemand mehr. Plötzlich hatte ihn die
Wahrheit gepackt, gegen die er sich verschlossen hatte. Er war allein
gewesen im Dunkeln; er war nie etwas anderes gewesen als allein.
Und sein Trotz und alle Festigkeit brachen zusammen in einem Beben von Selbstmitleid. Doch die Schläge, die ihn schüttelten, trafen
kein Selbst mehr. Sie fielen ins Bodenlose, und er damit. Da war
immer weniger Selbst, was sich hätte wehren können gegen den Untergang. Immer dünner wurde das Leidige und immer wahrer, immer klarer das Leid.

Als es tiefer geworden war als alles, was Parzivâl je gekannt hatte,
und als auch niemand mehr übrig war, es zu fühlen und zu bezeichnen – da hatte alles aufgehört, auch das Leid. Als er aufsah, waren die
Augen klar, und sahen die Klarheit tiefen Dunkels.

Der Sturm, der ihn geschüttelt hatte, hatte auch das letzte Licht da
drinnen gelöscht. Parzivâl blickte ins Grab seiner Mutter, in jedes
Menschen Grab ohne Angst, ohne Trotz. Das Gefühl, das an ihre
Stelle getreten war, war groß, und doch nicht größer als er. Und er
wunderte sich, wie wenig allein er zu sein brauchte mit den beiden
Toten in diesem Wald, und er fühlte in seinem Inneren, das wieder
offen war für die Dunkelheit der Welt, eine Bewegung wie Dank, die
ihn erhob.

Parzivâl verbrachte die Nacht auf der Steinbank vor dem Grabmal
und hielt Totenwache für Mutter und Kind, Sigûne und Schiônatulander, bis zum andern Ende der Nacht, dem Anfang des Morgens.

So still hatte Parzivâl, als er wiederkam, den Ort nicht erwartet. Das
gelbe Zelt war verschwunden, die andern zwei standen wie verlassen.
Dabei war es schon hoch am Tage, und Parzivâls Herz stockte, als er
die rote Zeltwand hob. Das Innere war leer. Mit zitternden Händen
deckte er den Eingang des blauen Zeltes auf und begann wieder zu

atmen. Hier waren sie, der alte Kyôt in seinem Sessel, und zu seinen Füßen, mit übereinandergeschlagenen Beinen, Trevrizent. Condwîr âmûrs war auf der andern Seite hingesunken, als habe sie den Halt verloren, den ihr die Stuhllehne zuvor geboten hatte. Im Hintergrund schliefen die Kinder. Trevrizent legte den Finger auf die Lippen.

Hier waren sie alle, die Seinen, und doch stand Parzivâl befremdet. An der Gruppe war etwas nicht richtig, als fehle doch einer oder wäre jemand zuviel. Und er stand eine ganze Weile unbeweglich, bis er verstanden hatte: der alte Mann, dem der Kopf auf die Brust gefallen war, lebte nicht mehr. Die Wache galt einem Toten.

Parzivâl setzte sich neben seinen Oheim und fühlte auch hier die Stille immer tiefer werden hinter dem leichten, doch hörbaren Atem von Frau und Kindern.

Condwîr âmûrs wurde munter, wachte auf und gab Parzivâl die Hand. Dann rückte sie zu ihm und legte den Kopf an seine Schulter.

Du warst kaum mehr als eine Stunde gegangen, sagte Trevrizent, da rief er und verlangte unter die Sterne gesetzt zu werden, wie jede Nacht. Er las in ihnen wie in einem Buch. Laut las er, was er sah, mit der Stimme der Verkündigung. Wir hörten nicht immer zu, denn sein Geist wandert. Er hat sich in den letzten Nächten ins Düstere gewendet. Wir schrieben es Lähelîns Einfluß zu, den er fürchtete. Er nannte ihn den Drachen, dem wir den Kopf zertreten müßten, bevor er die Feste des Himmels untergrabe. Auch rief er Condwîr âmûrs, nannte sie seine Tochter und zeigte mit dem Finger auf ihren Tod.

Auf ihren Tod? fragte Parzivâl.

Er sah mich vor sich sitzen, sagte Condwîr âmûrs leise, und zeigte mir zugleich am klaren Himmel, wie ich erlosch. Hinunter mußt du! sagte er, damit das Glück der Welt aufgehe in seiner Herrlichkeit. Sterben muß das Ewige Paar, damit das zeitliche Paar gesegnet sei und an seine Stelle trete. Der Stern des Bräutigams ist schon erloschen, und da! vor meinen Augen verglüht die Braut. – Die Kinder ängstigten sich nicht wenig. Mutter, du wirst nicht sterben! sagte Kardeiz, und Loherangrîn: Ich töte den Tod!

Auf einmal war er verwandelt, fuhr Trevrizent fort, und sah den Himmel voller Herrlichkeit. – Es ist vollbracht! sagte er immer wieder, die Zeit ist erfüllt, der Stein triumphiert, der König herrscht, die Stunde ist hie! Sie hungern nicht mehr! Die Milchstraße fließt von Honig, und sie hüpfen im Tanz, die Throne und die Gewalten! – Die

Seligkeit schien ihm den Mund zu verschließen, und wir ließen es gut sein, als er einnickte. Als wir ihn ins Zelt tragen wollten, um ihn vor dem Tau zu schützen, fiel er uns in den Arm. Und wir mußten sehen, daß er erloschen war, zu seinen Sternen versammelt.

Die Kinder waren noch wach, sagte Condwîr âmûrs, und konnten den Toten sehen. Sie wollten bei ihm wachen, wie wir, dann wurden sie zu müde, und ich auch.

Für ihn ist die Geschichte zu Ende, sagte Trevrizent, und sie durfte enden in Eurer Herrlichkeit.

Das Paar schwieg.

Wo warst du, Parzivâl? fragte Condwîr âmûrs.

Er erzählte, wie er der Klausnerin begegnet sei und bei ihr gewacht habe, auch er.

Sigûne, sagte Trevrizent, sie war seine Tochter. Nun hat er doch wahr gesprochen, als er sie verglühen sah.

So wenig hätte gefehlt, und er hätte sie noch gesehen, sagte Condwîr âmûrs.

Frau Königin, sagte Trevrizent, er hatte immer eine eigene Art, Menschen zu sehen, und darum glaube ich nicht, daß er ihr auf Erden nochmals begegnen mußte. Sie hat nie einen irdischen Vater gekannt. Aber sie hatte eine Mutter, Herzeloyde, und die war auch die deine, Parzivâl – du hast bei deiner Schwester gewacht.

Sie war meine Patin auch, sagte Parzivâl, denn sie hat mir meinen Namen gegeben. Durch sie war ich der Liebeguteschöne nicht mehr.

Sie hat lesen gelernt, und jetzt ist sie lesbar geworden.

Sie schwiegen, und kein Laut war in der Stille als das Atemholen der Kinder.

Kind, sagte Trevrizent, du hast die Verwandten zusammengeführt, das war dein Weg zum Grâl. –

Kyôt und Sigûne nicht, sagte Parzivâl, nicht Vater und Tochter.

Ja doch, sagte Trevrizent, denn wer im Tod vereint ist, hat seine Verwandtschaft besiegelt. Oder kennst du eine tiefere Verwandtschaft? Sie steht in den Sternen, die Sterne aber fallen in uns.

Parzivâl erschrak, ein Schauder erfaßte ihn, er sah das unbekannte Gesicht vor sich, das er vor Schanpfanzûn im Schoß gehalten hatte, den gleichgültigen jungen Mann, der ihm durch seinen Tod zum Nächsten geworden war. Und der Schauder wendete sich zu einem vollkommenen Glück.

Der Tote hier hat alles im Reinen gesehen, sagte Trevrizent. Da wollen wir es auch belassen, und das Zeitliche, das er gesegnet hat, desto treuer besorgen. Denn es hat niemand als uns, die wir ein Teil davon sind.

Ja, fuhr er nach einer Weile fort, es fehlt nun fast nichts mehr, als daß auch ihr euch verwandt werdet, Mann und Frau. Ruht euch aus, im andern Zelt, denn ihr habt viel gewacht, und ich schlafe noch genug. Ich hüte inzwischen die Schläfer in diesem Zelt.

Und so geschah es, daß Parzivâl und Condwîr âmûrs Mann und Frau wurden, Frau und Mann, und im Schatten des Todes nicht nur verwandt in der Freude ihres Lebens, sondern wie Eins zuerst, und einig danach.

MÄNNERSPIEL
WIE FEIREFÎZ ALS STATTHALTER
AUF MUNSALVAESCHE SEINE HERREN TUMMELT

Auch Munsalvaesche erfuhr den Schauder der Lebendigkeit.

Auf alles war die Burg gerüstet, aber darauf nicht: daß sein Herr, vom Tode auferstanden, als erstes nach einer Laute verlangte, um sie zu schlagen, wozu er sich von dem Heiden mit gutturaler Stimme begleiten ließ. Der Himmel mochte wissen, was das arabische Liedchen zu bedeuten hatte. Nichts Strenges jedenfalls, und schon gar nichts Erbauliches. Daß die Laute verstimmt war, konnte auch das entwöhnteste Ohr hören. Herr Anfortas spielte darauf, daß die mürben Saiten kreischten, ehe sie barsten; das schien die Lustbarkeit der Herren nur zu erhöhen.

War das noch der Tote von gestern? Er war nicht mehr wiederzuerkennen. Die langjährigen Templer freilich erinnerte er nur allzusehr an die Tage, da er, statt die Weisung des Grâls abzuwarten, Gott und der Menschen spottend die ungeliebte Würde zum Teufel gesungen hatte – um dann auszuziehen nach dem Höllenweib, das es ihm endlich antun würde.

Wer seid Ihr, schöne Jungfrau?

Die Frage, Herr, ist weitläufig. Ich heiße Bêne.

Da heißt Ihr wohl! Ihr seid gut, und ich bin's Euch auch.

Das ehrt mich, Herr, mehr als Euren Geschmack.

Da an Euch nichts auszusetzen ist, was wollt Ihr auf meinen Geschmack kommen lassen?

Wenn an mir nichts auszusetzen wäre, Herr, dann würdet Ihr lästern; denn dann wäre ich nicht nach Gottes Willen geschaffen.

Ich bin kein Pfaffe, wahrhaftig! Aber wie sollte es Gott nicht gut gemacht haben, wenn er Euch so artig hat werden lassen, wie Ihr seid?

Weil es Ihm gefiel, uns Menschen schwach und sündig zu schaffen, antwortete sie ernsthaft.

Oh, versetzte der Verjüngte, das gefällt mir auch! Die Sünde hat er ganz trefflich eingerichtet! Und was die Schwäche der Weiber betrifft, hat er ja die Männer berufen, ihre Stärke darauf zu setzen!

Ihr seid bedient, sagte Bêne, und gestattet, daß ich mich zurückziehe. – Anfortas sah ihr verblüfft nach. Bêne! ich brauche Euch! – Doch sie hörte ihn nicht mehr.

Anfortas, Väterchen, sagte der Prinz zu dem frischen Alt-König, wenn ich recht verstanden habe, was Ihr dem Mädchen angemutet habt, so schickt es sich nicht zum besten.

Was soll sich nicht schicken, antwortete Anfortas mit schmollendem Mund, wenn Frau und Mann es tun, sich zusammen schicken, meine ich?

Dies eben scheint mir hier nicht ganz der Fall zu sein, denn kaum recht aufgewacht, habt Ihr nur das Eine im Kopf und vergeßt ganz, wo Ihr herkommt und wer Ihr seid.

Das sind doch eben die sichersten Liebeszeichen, antwortete Anfortas, und auch daß sie plötzlich kommen, stimmt zu ihrer himmlischen Eigenart! Prinz, Ihr seid ein Mann! und solltet nicht wissen, was ich im Kopf habe, und kein Verständnis für das Eine, und die hinreißende Vielfalt, zu der es sich aufblättert, kaum hat man's recht angefaßt?

Ich weiß nicht, schüttelte Feirefîz den Kopf, mit dem Anfassen solltet Ihr doch ganz eigene Erfahrungen gemacht haben, die Euch besser zur Vorsicht mahnen. Ich mag ja ein Heide sein und in Frauensachen allerhand gewöhnt. Aber so viel Üppigkeit ist mir bei einem Rekonvaleszenten noch nicht vorgekommen, und bei einem König des Grâls –

Der ist abgedankt! rief Anfortas, wozu habe ich auf diesem elenden Lager dahingesiecht, wenn ich jetzt nicht leben soll?

Das wißt Ihr also doch, sagte der Prinz gedankenvoll, daß Ihr ein rechter Leichnam gewesen seid. Als ich Euch kennenlernte, war von Euch so gut wie nichts mehr übrig.

Und ob ich das weiß! antwortete der Rosige, und zum ersten Mal trat so etwas wie Feuer in seine Augen. – Aber was *Ihr* nicht wissen könnt, Ihr elend Gesunden, das sind die Träume, die mich auf diesem Jammerlager heimsuchten! Glaubt Ihr denn, ich habe grundlos gestöhnt und geächzt? Es waren Lotterträume samt und sonders! Ich habe geschmort in Brunst und phantastischer Unzucht, und bin hingeschwunden in ihrer Nichterfüllung! Wahrhaftig, wenn ich in diesen Jahren im Grab etwas kennengelernt habe, so war es die Not, die aus einem Weibe fließt, das keiner erkennen will. Ja, Prinz, mein Männliches ist ertrunken im gnadenlos Weiblichen, das sich aufgetan hatte an meinem Leib, aufgerissen von der Giftlanze und niemals mehr gestillt. Geschmachtet habe ich als Spottgeburt von Mann und Weib, die in mir zusammenkommen wollten und nicht konnten!

Sitzen, Gehen und Stehen sind mir vergangen, und meine Not war
nichts als der schwarze Schatten, den eine ungeheure Lust über mich
warf! Ich war liebeskrank auf die gemeinste Weise, wenn Ihr's wissen
wollt. Und nun, da ich gesund und ein Mann bin, will ich's genießen,
denn endlich weiß ich, wovon ich rede!

Der Prinz war wieder etwas bleich geworden auch an seinen dun-
kelsten Stellen.

Anfortas, sagte er, ich bin nur zu Besuch hier und glaube nicht,
daß ich lange verweile. Immerhin hat mich mein Bruder, der Herr
dieses Gemäuers, zu seinem Hüter bestellt. Da werde ich für Ordnung sorgen müssen, so gut ich's verstehe. So ganz verstehe ich Euch
nicht und weiß nicht einmal, wie ich Euch anreden soll. Denn Ihr
seid vor meinen Augen allzu frisch geworden und fast das, was man
in meinen Ländern einen Halbstarken nennt. Anderseits kann ich
nicht vergessen, daß Ihr ein Herr dieses Hauses und außerdem so
etwas wie mein kristlicher Oheim seid –

Anfortas richtete sich auf von seinem Frühstückstisch und rief mit
hoher Stimme:

Vergeßt es! Vergeßt den ganzen Schrott, der sich in diesem Trüm-
merhaufen angesammelt hat, den giftigen Abfall, auf dem seine kalte
Unlust gedeiht! Vergeßt alles bis auf das Blut, nach dem wir *ja* verwandt sind; denn Eures ist männlich und fließt feurig wie meines!
Glaubt Ihr, ich habe den Blick nicht gesehen, mit dem Ihr die Jungfrau verschlungen habt? Errötet nur, wenn Ihr könnt – ja, ich meine
die keusche Trägerin des Höllensteins, der mir das bißchen Leben
nicht hat fristen können, ohne mir die schmutzigsten Phantasien
einzuflößen! Ich bin sehend geworden, Prinz, mit meinen gebrochenen Augen. Ich habe in den Euren gesehen, daß Euch meine holde
Schwester keinen andern Gedanken eingab, als: wie umgehend Ihr
die jungfräuliche Sperrigkeit brechen und schmelzen könntet mit
Eurer männlichen! Wohlgetan, und je eher desto besser! Auch wenn
sie tausendmal Eure Tante ist! Dann soll sie eben tausendundeinmal
Euer Geschöpf werden, dem Ihr ächzend und stöhnend Euren Stempel aufdrückt. Ich schaffe Euch die Dirne, wenn Ihr mir die andere
schafft, Bêne, mit der Ihr angekommen seid und die Ihr gewiß schon
nach Noten genossen habt. Ich will ihr aufgeigen und ein neues
Stück spielen! Tausend Jahre werden vor meiner wiedergeborenen
Lust sein wie ein Tag!

Anfortas, sagte der Prinz, der bleich geworden war, so geht das nicht! Ihr habt recht gesehen, daß ich mir vom Grâl allerhand Lustiges versprochen habe. Aber was Euch da zum Mund herausging, das roch nicht lustig, sondern nach einer Sorte Verdammnis, für die ich kein Organ haben will. Ich bin lang genug ein Mann gewesen, um zu wissen, daß eine Frau, die man begehrt, dazu geschaffen sein mag, unsere Lust zu stillen, nicht aber, unsere Unlust zu büßen. Außerdem ist sie ja wohl noch für anderes geschaffen. Ihr habt recht gesehen, daß mir Eure Jungfrau Schwester sehr wohl gefällt; aber ihr nachzustellen in den Formen, die Euch vorschweben, ist sie mir denn doch zu gut. Ich habe Euch keine Dirne zu schaffen, aber ich will Euch gern den Gefallen tun, Eure Werbung zu begünstigen, wenn es Euch gefallen sollte, sie gewissenhaft vorzutragen. Und anders sollte es weder Euch noch mir gefallen, denn wir haben keine Gewalt über Menschen, die wir lieben, und wenn wir klug sind, beanspruchen wir keine.

Ich bin nicht klug und hoffe es nie mehr zu sein, flüsterte Anfortas, ich bin abgedankt und gedenke etwas davon zu haben! Aber Ihr redet schon wie ein Grâlsritter, und ich sehe wohl, daß mein keuscher Neffe, der Euch hier walten hieß, an den Rechten geraten ist! Ihr wollt nur das Regiment des Mangels fortsetzen und habt kein Herz für den Durst der Menschen!

Ich bin in der Wüste groß geworden, entgegnete der Heide ruhig, und meine von Durst jedenfalls so viel zu verstehen, daß man ihn nicht löscht, wenn man besinnungslos trinkt und des Salzes im Wasser nicht achtet. Davon vermehrt man ihn nur bis zum Wahnsinn. Meine Götter sind keine Unmenschen. Ich werde Euch menschlich halten, bis mein Bruder wieder erscheint. Aber halten muß ich Euch, sonst werdet Ihr über Nacht wieder verludern. Und von dem Lager, das Ihr sucht, möchte Euch diesmal kein schonender Spruch wieder erheben. So habe ich mit meinem Bruder Parzivâl nicht gewettet, lieber Vetter. Ich werde wohl ein Mittel finden, Eure Männlichkeit, die Euch keine Ruhe läßt, ritterlicher zu beschäftigen, und nützlicher; das Lustige braucht dabei nicht zu kurz zu kommen!

Anfortas war aufgesprungen und hatte zu stampfen begonnen.

Er nahm die Laute und schlug sie gegen die immer noch halbvolle Tafel, daß sie zersplitterten, die Laute zuerst, die Tafel danach, und Maulbeerwein und Sinopel ergossen sich auf den steinernen Estrich.

In diesem Augenblick wurde es draußen laut, man hörte Eisen klirren, Waffen und Füße, die näherkamen; das Tor der Kemenate sprang auf, und ein Ritter erschien darin in voller Rüstung. Der trug einen geflochtenen Käfig vor sich her, in dem es hüpfte und sprang, weiß und schwarz. Und während sein Gefolge hinter der Tür stehen blieb, beugte der Mann das Knie vor Feirefîz und hob ihm den Käfig entgegen.

Den Vogel! sagte der Mann, mußten wir jagen.

Wer gebot Euch das? fragte der Prinz.

Herr Parzivâl, sagte der Mann.

Feirefîz nahm ihm den Käfig ab und öffnete die Käfigtür. Auf der Stange saß eine Elster mit weißen Flügeldecken und langem gescheektem Schwanz, der zwischen den Stangen des engen Behälters hindurchstieß. Das Tier sprang ängstlich und hielt den Kopf schräg.

Feirefîz betrachtete es wohlgefällig. – Sie ist wie ich! sagte er.

Der Ordensmann hatte sich erhoben. – Der König wünscht, sagte er, daß wir die Taube abnehmen von unseren Schilden und diesen Vogel darin führen.

Feirefîz lächelte. – Nun wohl, sagte er. – Dann muß die Elster ordentlich gerissen werden.

Gerissen? fragte der Ordensmann mit starrem Gesicht. – Keinesfalls. Es soll ihr keine Feder gekrümmt werden. Die Bedingung war schwer genug für ihren Fang und ganz außerhalb unserer Gewohnheit.

Laßt die Zwillinge kommen, sagte Feirefîz immer noch andächtig, und den Schauspieler, denn die wissen meine Worte zu deuten.

Und als sie kamen, verstanden sie in der Tat, daß »Reißen« in heidnischer Sprache nichts Ärgeres zu bedeuten hat als »Zeichnen«. Und Diomêd schickte sich sofort an, den weiß-schwarzen Vogel auf ein Pergament zu reißen und ihm dabei ein so heraldisches Aussehen zu geben, daß es keine Mühe kosten würde, danach eine Schablone zu fertigen und das Bild auf die Schilde des Ordens zu übertragen.

Keine Mühe? Eine geradezu verzweifelte Mühe sollte es werden, denn die Ritter hatten auch dergleichen noch nie getan. Am Abend war es so weit, daß auf Munsalvaesche nur noch lebende Tauben zu sehen waren, keine gerissenen mehr. Einigermaßen ähnlich abgebildet saß dafür die Elster auf allen Schilden von Munsalvaesche, und der leibhafte Vogel hatte, so lange Diomêd ihn riß, selbst wie gemalt im Käfig gesessen und dem Künstler sein Geschäft damit sehr erleichtert. Noch bevor die Ritter beginnen konnten, sich ganz neu zu beschildern, hatte Herr Feirefîz dem Vogel seinen kleinen Finger gereicht. Ohne Arg hüpfte der Gescheckte auf die scheckige Hand und ließ sich heben, ohne zu flattern.

Was tut Ihr, Prinz? fragte ein Ordensmann, Ihr sollt ihm keine Feder krümmen!

Feirefîz trug das vertrauensvolle Tier, das nur hie und da mit einem Flügelschlag sein Gleichgewicht wahrte, von Bêne begleitet, auf die Zinne von Munsalvaesche hinauf. Da stand er lange, und die Elster machte keine Miene, ihren Pfleger zu verlassen. So standen sie, Vogel, Frau und Mann, hoch über der grünen Wüste, deren Ende nicht abzusehen war, im Wind, der ihr Haar rührte, und die Federn der Elster. Sie saß ruhig, wie man auf Menschenhand noch keine Elster hatte sitzen sehen. Da hob sie Feirefîz mit einem leichten Schwung, von dem der Vogel ebenso leicht abhob. Die Flügel lüftend, gab er zum ersten Mal Laut und ließ sich, fern und immer ferner, forttragen von der fahrenden Luft, um endlich unter die Wipfel zu sinken. Und bald war auf der Höhe des Turms, wo Bêne und Feirefîz standen, nichts mehr zu hören als das Rucken und Tucken der Holztauben in der Tiefe.

Fräulein, fragte Herr Feirefîz nach einer Weile der Stille, darf ich fragen, ob Ihr liebt?

Ja, Herr, sagte das Mädchen.

Ist er nah oder fern? fragte Feirefîz.

Fern, Herr, sagte sie, und näher wird er mir im Leben nicht kommen.

Ihr wollt es so? fragte Feirefîz nach einer Weile, und Ihr bleibt dabei?

Ich habe nichts zu wollen, Herr, antwortete Bêne. – Wo er ist, ist er an seinem Ort.

Diese Burg, sagte Feirefîz, hat den Ruf, auch kühne Wünsche zu erfüllen.

Ich brauche diesen Ruf nicht, antwortete Bêne.

Der Heide wandte sich der jungen Frau zu und küßte ihre Hand.

Schweigend gingen sie die Wendeltreppe zurück und hinab. Im Schloß war das Hämmern der Schildmacher zu hören, im Hof das Wiehern eines Pferds.

So! sagte Herr Feirefîz, reckte sich und lachte; was damit aber gemeint war, sollte die Ordensgemeinschaft bald erfahren, schon am nächsten Tag; denn auch an diesem kam Parzivâl nicht zurück.

Können die 3 Eier lachen? Eigentlich hätten sie nichts zu lachen.
Denn da sie alles wissen, müssen sie auch wissen, was ihnen blüht,
wenn sich die Geschichte ihrem Ende nähert. Und doch huscht,
während sie auf ihrem Kaminsims Parzivâl erwarten, ein lachender
Hauch über ihre glatten Schalen – wie Schadenfreude, und doch
etwas mehr. – Denn die überraschendste Wendung ist diejenige, die
sich noch stattzufinden erlaubt, wenn die Geschichte schon an ihr
Ende gekommen sein müßte. Parzivâl brauchte nur in aller Form,
Einzug zu halten und sich krönen zu lassen – was bliebe da noch zu
wünschen übrig? Statt dessen verweilt er sich, wenn auch nicht aus
den Gründen, die die Templer argwöhnen. Er verliegt sich nicht, wie
sie's von seinem Vorgänger gewohnt sind. Er ist bei den Zelten geblieben, nur noch zwei Zelte sind's, denn das schwefelgelbe hat sich
entfernt. Da sitzt er mit Frau und Kindern bei Trevrizent, den sie den
Einsiedler nennen und mit dem sie den Narren spielen, und bei dem
erloschenen Kyôt. Da sitzt Parzivâl, statt seine Herrschaft anzutreten, redet wenig, hört viel zu.

Er könnte es gut sein lassen. Er hat die fällige Frage gestellt. Von
ferne betrachtet, war sie nur noch eine Formalität. Aus der Nähe hat
der Satz »Oheim, was tut dir weh?« aber doch einen andern Klang
als der Satz: »Was fehlt Euch, Herr?« Die 3 Eier sind durchaus die
Leute, den erlösenden Unterschied zu bemerken. Er läuft auf eine
Sinnesänderung hinaus – weniger der Frage als des Fragers.

Daß aber Parzivâl, statt seinen Dienst anzutreten, nicht nur zu
fragen fortfährt, sondern auch sitzen bleibt vor den zwei Zelten, dem
roten und dem blauen, in Frage gestellt von jedem Kind, ja gerade
von *seinen* Kindern; daß er warten muß: fragen sie ihn, Kardeiz und
Loherangrîn, ob er als Ersatzpferd herhalten wolle für den vermiß-
ten Lähelîn, nur um zu hören: sein Galopp lasse zu wünschen übrig;
daß seine Frau keineswegs Eile hat, sich eine gewisse Krone aufsetzen zu lassen, vielmehr im Ernst überlegt, ob sie tragbar sei: das,
wahrlich, ist nicht vorgemerkt. Über eine solche Wendung der Dinge
würden die Hühner lachen, dafür sind es Hühner. Statt ihrer lachen
die 3 Eier auf dem Kaminsims. Doch sie lachen nicht nur. Sie erheitern sich, ihre dünnen Schalen überläuft das helle Vergnügen. Das ist,
angesichts ihres nahenden Schicksals, ritterlich.

Ritterlich beginnt es auch in Munsalvaesche zuzugehen – dafür
sorgt der Verweser, der als Heide den Grâl nicht einmal sehen kann.
Aber mit untrüglichem Blick sieht Herr Feirefîz, daß die Templer

Beschäftigung nötig haben und Bewegung, und beides weiß er ihnen zu schaffen.

Er hat zu befehlen, da hilft kein Zähneknirschen. Also befiehlt er die Templer mitsamt ihren Pferden in den Burghof, der am längsten öd und leer gewesen ist. Da befiehlt er, daß sie Ritterschaft üben, als beherrschten sie diese nicht längst, die gefürchtetste Truppe der Kristenheit. Er tummelt sie, die schwarz-weiße Schar mit dem Kreuz auf dem Rücken. Er führt ihr vor, daß es bei Schwert und Schild mit Beherrschen nicht getan ist. Sie, ans Töten gewohnt, immer aufs Sterben gefaßt, soll das Undenkbare üben: mit ihren Waffen zu *spielen*.

Er führt den Herren vor, wie *möglich* das sei. Sie müssen ihren tödlichen Lanzen harmlose Krönchen aufsetzen und erleben, daß sie gut daran tun. Sonst wäre ihnen der Heidenspeer, an dem sie sich messen, durch und durch gegangen. Sie müssen fassen, daß das Sterben gegen diesen Gegner zum Lachen wäre, denn seine Überlegenheit ist es schon. In diesem Spiel beweist man gar keine Stärke, wenn man daran stirbt. Was ihnen, statt einer Lanze, durch und durch geht, ist mit Zähneknirschen nicht abzutun. Die höchste Anspannung hat schon verloren, wenn es kein »richtiger« Kampf mehr ist. Und so lockern sie ihre Kiefer wohl oder übel und müssen ihrerseits lachen lernen über eine Niederlage, an der nichts hängt.

Sie lernen schwer, weiter als bis zum Grinsen will das Lachen einstweilen nicht gedeihen. Nur ein Spiel! Lachhaft. Aber wenn man darin so regelmäßig den Kürzeren zieht, wie man es noch nie erleben mußte, hilft gegen die Scham (die ja ihrerseits nichts hilft) nur eins: daß man das Spiel so ernst nimmt, wie man ein Spiel nie glaubte nehmen zu müssen – bevor man dahinter kommt, daß es nur dann zu gewinnen ist, wenn man es leicht nimmt und immer leichter. Man erlebt, daß der Panzer auf der Brust nur dann dicht hält, wenn man das eiserne Herz öffnet. Hat man das oft genug erlebt, fängt man an, in dem ungleichen Kampf ein Gesicht zu gewinnen: genau in dem Maße, als man es, vom Roß stürzend, nicht mehr verliert. Und wieder in diesem Grade fängt man an, seltener zu stürzen und den Kampf, der zum Spiel geworden ist, auszugleichen. Man ist keine Nummer mehr, heißt Hinz und Kunz, Tassilô oder Truchtilô. Man wird, wie sich der Heide ausdrückt, zum »guten Sport«, der's ihm gezeigt hat und beim nächsten Mal noch besser zeigen kann.

Wahrhaftig, Hinz oder Kunz ist es gelungen, Herrn Feirefîz zum

ersten Mal in der Tjost zu werfen, einmal auf zehn, aber immerhin:
man hat es ihm gezeigt! Und Man und Es, die dabei am Werk waren,
lassen einen plötzlich ganz neu aussehen. Man ist es *selbst* gewesen,
der den Stich zwischen Kinnschutz und Halsberge angebracht hat.
Über den Treffer läßt sich reden, und die andern reden hoffentlich
noch lange davon. Dazu öffnen sich ihre verbissenen Kiefer ganz von
selbst. Einige haben sogar zu lachen begonnen, ohne es zu merken.
Der Heide aber ist besiegbar geworden im Spiel, zum Zeichen, daß
er es im Ernst wohl nicht wäre. Doch was soll der Ernst? Wo ist er
hingekommen, wohin hat er einen kommen lassen?

Und so geschieht es, daß die 3 Eier auf ihrem Sims das Unerhörte
hören – jedenfalls Kadipê, der hören kann –: lautes Turniergeschrei
und -gelächter auf dem Hof, dem Stille und Öde einer halben Ewigkeit gründlich ausgetrieben werden. Sie schreien, aber den Namen
einer Dame schreien sie noch nicht. So weit würden sie das Spiel nie
treiben, kein Gedanke daran! Einige freilich wollen doch gehört haben, daß der Prinz »Repanse de Schoye«! geschrien habe. Und Anfortas – denn Anfortas tummelt sich mitten unter ihnen, fröhlich
abgedankt, um Stiche unbesorgt – Anfortas hat »Bêne«! geschrien,
der Unheilbare. – Aber die es gehört haben wollen, behandeln es mit
Nachsicht: denn auch diese gehört zum Spiel.

So tat die Elster, welche die Grâlsritter auf Parzivâls Befehl im
Schilde führten, zum ersten Mal ihren Dienst, und die Eier wackelten dabei auf dem Kaminsims; sie spürten die Erschütterung, die
durch die Fundamente Munsalvaesches lief.

Erschütterndes begab sich auch sonst, diesmal in aller Stille, und
auf der Frauenseite des Kalten Hauses. Denn der Greis mit nebel-
weißem Haar, der geheimnisvolle Stifter, den Parzivâl jenseits der
Stahltür, ein Bild lebendigen Todes, im künstlichen Mondschein
hatte liegen sehen – Tyturel, das Gottes Bild, ist weg.

So ist er tot? – Er ist nur nicht mehr da. Der letzte Rest von
Gestalt, in dem er erschien, ist hinfällig geworden. Er ist in sich
zusammengesunken, spurlos. Es ist von ihm einfach nichts mehr
übrig geblieben als ein Häuflein Staub.

Der Wahrheit die Ehre: der Grâl ist dem Stifter nicht mehr, wie
sonst jeden Abend, vorgetragen worden, um ihm nochmals einen
Tag zu fristen. Die Damen, *die* Dame, der diese Pflicht anvertraut
war, hat sie versäumt. – Das ist nur die halbe Wahrheit. Sie hat es
nicht vergessen. Sie hat es nur nicht getan.

Sie hat, nachdem Parzivâl seinen Oheim hatte aufstehen und wandeln heißen, den Grâl, Das Ding, an ihre Brust gedrückt und in seine Nische zurückgebracht, als hätte sie jetzt nichts mehr zu besorgen. Sie hatte etwas anderes im Sinn; was, wußte sie noch nicht, aber es erfüllte sie bis zur Pflichtvergessenheit. Das eine und einzige Mannsbild, das den Damen zu hüten anvertraut war, der Ahn, das Vatergespenst, hatte in dieser Stunde keine Macht mehr über ihr Gewissen. Tyturel mußte nicht mehr sein.

Als die Jungfrau am frühen Morgen, doch nicht zu früh, in Gesellschaft dreier Zeuginnen, hinschlich in die Krypte des Allerheiligsten, war die Seitennische, in der Tyturel gelehnt hatte, leer. Die drei Frauen erschraken sehr wenig. Fast gelassen sammelten sie die Krümel auf dem Thronsitz in ein kostbares Gefäß – kostbar war es immerhin –, das Repanse bereits mitgebracht hatte. Es reichte gerade zum Füllen eines kleinen Reliquienschreins, den sie mit mäßiger Andacht beisetzten, neben der Grabhöhle Frimutels, des längst zerfallenen Sohns und Vaters. Auf beide Gräber stellten sie je eine weiße Rose aus ihrem verschlossenen Garten; da duftete sie zum ersten Mal.

So war auch Tyturel erlöst, und sein Urenkel Parzivâl von ihm.

Der aber blieb noch drei Tage und drei Nächte draußen im Feld, um mit Condwîr âmûrs Hochzeit zu feiern und Totenwache zu halten. Er allein wußte, wie nahe er in dieser Zeit seiner Mutter gekommen war. Trevrizent aber sorgte dafür, daß es den Kindern bei dieser weitläufigen Familienzusammenkunft nicht zu langweilig wurde; und zum ersten Mal konnte Parzivâl seinen Vater Gahmuret lachen sehen in Kardeiz' vom Ritterspielen erhitzten Gesicht.

Als diese Zeit erfüllt war, brachen sie auf nach Munsalvaesche zum zweiten Mal, am hellichten Tag.

EINFAHRT IN DIE GRUBE
WIE PARZIVÂL SEINE TOTEN BEGRÄBT

Die neue Herrschaft hatte kein Geleit nach Munsalvaesche und keine
Botin, denn Kundry blieb verschwunden; doch sie fanden die Burg
ungesucht in kurzer Frist, Parzivâl und Condwîr âmûrs in Gesellschaft ihrer Kinder und Trevrizents. Sie kamen unerwartet und begegneten darum keinem förmlichen Empfang. Anfortas allein war im
Hause und humpelte ihnen geniert entgegen. Wie sich zeigte, hatte er
sich im Turnier verletzt, das man außerhalb der Mauern lärmen
hörte, gedämpft; aber der Freudenton war unverkennbar und in
Munsalvaesche unerhört.

Parzivâl hinderte den Oheim daran, ein Knie zu beugen, wozu er
Miene machte, doch eben am Knie hatte es ihn erwischt. Dann sah er
Trevrizent, ein Bruder den andern; sie stutzten beide, denn sie waren
sehr verändert, der Jüngere gezeichnet von den Jahren in Wald und
Höhle, der Ältere aber frisch wie ein Jüngling. Dieser war es, der
»Bruder« schrie und den andern in die Arme nahm; Trevrizent hielt
ihn bei den Schultern fest, um ihn zu betrachten.

Das bist *du!* sagte Trevrizent.

Ich wundere mich selbst! antwortete Anfortas und schlug die
Augen nieder.

Du turnierst ja, Bruder! sagte Trevrizent, und weißt dich noch
immer nicht zu hüten? – Oder: schon wieder nicht? Bist wieder ein
Anfänger geworden?

Ebendies! sagte Anfortas heiter, und hätte gleich sein Turnierglück ausgebreitet, wenn Parzivâl ihn nicht unterbrochen hätte.

Oheim, sagte er, dies ist Condwîr âmûrs, meine Frau. Und sie sind
unsere Söhne, Kardeiz und Loherangrîn.

Anfortas neigte den Kopf, und seine Schultern zuckten. Condwîr
âmûrs trat auf ihn zu und küßte ihn.

Hohes Paar, sagte Anfortas leise, ihr müßt besser empfangen sein.
Ich werde Feirefîz holen lassen.

Wenn sie spielen, stört sie nicht, sagte Parzivâl, aber heißt meine
Gesellen kommen, und Ezzelîn; der wird schwerlich reiten.

Ezzelîn? fragte Anfortas. – Er verbirgt sich. Er fürchtet Euren
Zorn.

Was fürchtet er? fragte Parzivâl.

Und so kamen sie, die Zwillinge, Diomêd und Fräulein Bêne, alle in schlichter Haustracht, um sich der neuen Herrin vorstellen zu lassen, den Söhnen, denen ungewohnte Schüchternheit die Sprache verschlagen hatte, und dem Einsiedler. Endlich kam auch Ezzelîn aus dem Dunkel, von dem er sich kaum zu lösen wagte. Der Schalks-narr war alt geworden und blickte unter schweren Lidern hervor auf den Mann, den er als Gans aus Munsalvaesche verjagt hatte. Der Zwang, den er sich antat, verzerrte seine Züge zum Grinsen. Parzivâl reichte ihm die Hand.

Bêne, sagte Parzivâl, ich zweifle nicht, daß Ihr für meine Frau und Kinder Quartier bereitet habt; führt sie dorthin. – Euch aber, Castôr und Pollux, bitte ich zu einem besonderen Geschäft, und brauche Eure Hilfe dazu, Ezzelîn.

An den Fackeln, die Parzivâl befahl, war in Munsalvaesche kein Mangel, wohl aber an Grabwerkzeugen, denn mit Mühsal dieser Art schien hier niemand beschäftigt. Das Arbeitskleid, das der Grâlskö-nig für sich selber wünschte, stieß zuerst auf Hindernisse des Pro-tokolls. Anfortas wollte Ohren und Augen nicht trauen, als Parzivâl aus dem roten Harnisch in das schlichte Zeug wechselte und von den Pferden, mit denen man ihn ausstatten wollte, durchaus keinen Ge-brauch machte. – Condwîr amûrs sah den kleinen Zug, dem sich auch Trevrizent zugesellte, wie einen Trupp Tagelöhner die Burg verlassen. Es graute ihr, in den lichtlosen Gewölben zurückzublei-ben. Das Kampfgeschrei, das sie von ferne hörte, machte ihr Herz nicht leichter. Wäre Bêne nicht gewesen, sie hätte kaum den Mut gefunden, dem Fackelträger zu folgen. Die junge Frau aber schien mit Winkeln und Treppen schon vertraut und von der Burg nichts zu fürchten.

Die Kinder wichen ihr nicht von der Seite bis sie, durch gähnende Stollen und Schächte die königlichen Obergemächer erreichten, wo die Finsternis mit schwerer Pracht verkleidet war. Edelsteine auf Teppichen warfen das Licht zurück, das erst nur die Fackeln, bald aber auch brennende Essen und mächtige Kerzenleuchter verbreite-ten. Immer wieder sah Condwîr amûrs ihr Gesicht zur Unkenntlich-keit verdunkelt in einem Spiegel aufscheinen und mußte sich an den Kindern halten –, die sie ihrerseits festhielten –, um nicht scheu zurückzuweichen. Sie fühlte sich von einem Leviathan verschlungen, und der Atem des Siechtums, das hier geherrscht hatte, wehte sie aus ungelüfteten Winkeln an.

Bêne, sagte sie, ist das ein Ort für Kinder? Wie kann eine Frau hier leben?

Ja, erwiderte Bêne ruhig, das bleibt nicht so. Wir sind auch noch da.

War es ein einziges gutes Wort, das Condwîr âmûrs aufatmen ließ? Das »Wir«, das Bêne ausgesprochen hatte, entlastete das Gewicht dieser gemauerten Eingeweide. Die Angst, die darin festgefroren war, taute vor Condwîr âmûrs Augen, und sie hörte sich Ja sagen, Ja zu dem Licht in ihrer Hand, das anbrannte gegen die Finsternis und zuckte, ohne zu erlöschen.

Draußen war es noch hell, als sie dahingingen, Trevrizent und Parzivâl voraus und Ezzelîn hintendrein, links und rechts von den Zwillingen eingefaßt, die dafür sorgten, daß er nicht zu weit zurückblieb. Denn verflucht ungern trug er sein Werkzeug und ließ seinen Gang noch hinkender werden. Dabei hatten sie die Schippen selbst geschultert und ließen ihn nur Hammer und Meißel tragen. Aber selbst die geringe Dienstleistung war dem heiklen Wesen, das er zur Schau stellte, zu viel. Immerhin war ihm das Spotten vergangen, denn die Zwillinge ignorierten es mit gleichmäßiger Höflichkeit.

Parzivâl und Trevrizent standen schon eine Weile bei den zwei Zelten, zwischen sich den toten Kyôt, den sie auf seinem Stuhl ins Freie getragen hatten. Der Himmel über der Lichtung war klar. Ohne Worte machten sie sich daran, ein Grab auszuheben.

Schweigend gruben sie zu fünft und lernten einander immer besser zuarbeiten, so daß Parzivâl, und mit ihm Trevrizent, tiefer in die Erde versanken, indes die Zwillinge, und wohl oder übel Ezzelîn, droben den Hügel schichteten. Es wurde ihnen warm in der Kühle, so daß sie ihre Oberkleider abwarfen, während sie das Werk fortsetzten in tätiger und doch gelassener Andacht. Das Tosen des Waldes vermischte sich mit demjenigen des Blutes in ihrem Kopf; allmählich verstummte es im Schweigen der Sterne, die über ihnen aufgingen einer nach dem andern, bis das Firmament von ihnen überzogen war. Blickten sie einmal auf von ihrer geregelten Mühe, sahen sie den Toten in dem ungeheuren Kreis sitzen, den die Milchstraße um sein gesunkenes Haupt zog. Parzivâl und Trevrizent arbeiteten sich hinab ins Innere des eigenen Gestirns und meinten die Hitze zu spüren, die ihnen aus seiner noch immer nicht erloschenen Mitte entgegenstieg.

Und es bedurfte keines Befehls mehr, nur des Ruhens der Grabscheite, daß der Stuhl mit dem Toten zu ihnen herabgelassen wurde, sorgsam, Zug für Zug. Noch einmal ahnten sie das klein gewordene Gesicht mit den starken Brauen, die im Tod noch mächtiger gesträubt waren; auf den geschlossenen Lidern haftete ein Schein von Licht. Trevrizent zuerst, Parzivâl danach wurden von Händen, die sich entgegenstreckten, aus der Grube gezogen, und als sie wieder Fuß gefaßt hatten, schien ihnen noch einen Augenblick, als sei das Schweben nicht zu Ende.

So standen sie, entblößt, vom Nachtwind gekühlt; Parzivâl stieß seine Schaufel in den lockeren Hügel, und sie begannen ihn abzutragen, Wurf um Wurf, bis die Grube gefüllt war. Sie traten die Erde nicht fest, und so war die Stelle wieder ein Hügel geworden, ein schwacher nur, der einzusinken nicht lange säumen würde.

Sie standen an seinem Rand und sahen, daß es ein Beet war, das der Bepflanzung harrte. Mit aller Vorsicht, die Wurzeln schonend, gruben sie eine junge Eberesche aus, die sich durch das Astwerk einer vom Alter gestürzten ihr Wachstum gebahnt hatte. Hier hatte sich einst die geschlagene Gans verfangen. Die Zwillinge eilten, ihre Mützen mit Wasser gefüllt, von der nahen Quelle hin und her, um die neue Pflanzstelle zu gießen, und es war so still, daß man die durstige Erde knistern hörte. Sie pflanzten einen Stock neben den jungen Stamm und banden ihn daran fest, daß er Halt finde gegen den Wind.

Dann brachen sie die beiden Zelte ab und machten sich auf den Weg zu ihrer nächsten Arbeit.

Nach wenigen Schritten stolperte der Schalk, schrie und ließ die Fackel fallen, die erlosch. Die Zwillinge leuchteten ihm ins Gesicht.

Da! zischte Ezzô und wies auf seinen Fuß. Der hatte sich in einem Hindernis gefangen, einem Fallstrick, der sich beim Zerren straffte, als hänge ein Gewicht daran; und als der Schalk stärker zog, schälte sich ein fahler Gegenstand aus dem Bodenreisig, ein Tierschädel, dem sich unter dem Zug die Kiefer öffneten, mit einem blanken und makellosen Gebiß –

Der Schalk schlug sich die Hände vor die Augen.

Ein Wolfsluder! sagte der eine Zwilling.

Mit einem Halsband? spottete der andere. – Wer mag mit dem Wölflein spazierengegangen sein? Leuchte doch ein wenig, Castôr. Wir müssen Ezzô aus der Falle helfen.

Er beugte sich zu dem Narren nieder, und nun war das Aufschreien an ihm.

Edelsteine! rief er. – Ein Strick aus Brillanten!

Nimm ihn weg! flehte Ezzelîn.

Schon geschehen, erwiderte der Zwilling. – Da, ich geb ihn in deine Hand. Das ist ein Wunder! Zieh!

Der Schalk tat wie geheißen; da straffte sich die Leine und zog das Halsband am Hundeschädel fest; der hob sich und schleppte seinerseits ein Skelett nach. Aus dürrem Laub und Tannennadeln lüftete sich der Käfig aus Rippenwerk, Schulterblätter und Wirbelsäule erschienen, die beinernen Vorderläufe und, an doppelten Beckenschalen befestigt, auch die hinteren, das Ehrfurcht heischende Gehäuse einer Kreatur.

Ein Bracke, sagte Trevrizent. – Mit solchen hat man früher in Munsalvaesche gejagt. Nach dem Unglück mit Anfortas wurde die Jagd abgeschafft und die Meute auch.

Das Halsband ist beschriftet, sagte der eine Zwilling. – Lies, Castôr, ich habe die Brille nicht dabei.

Geh doch näher! Hast du Angst? Das Tier beißt nicht.

Aber es stinkt!

Dafür hat es Zähne, so schön sind deine nicht mehr! Mach ihm das Halsband los.

Wenn du mir deine Hände dazu leihst, Zierbengel!

Parzivâl hatte sich zu dem Kadaver niedergelassen, und Trevrizent leuchtete ihm.

Gardevîas, las Parzivâl auf dem Halsband. Er versuchte die Leine zu lösen, die durchgerostete Öse brach von selbst. Er hielt das Ende in der Hand und zog daran; da rührte es sich und raschelte schlangenhaft im Gebüsch. Die Gruppe verstummte; denn indem Parzivâl die Leine einholte Zug um Zug, schien ihm ein Bächlein von Juwelen in die Hände zu rinnen und fing sich im Schoß des Knienden, ein glitzerndes Ringel nach dem andern. Der Schatz häufte sich, wuchs ihm zur Brust empor, kaum noch hielten ihn die Ellbogen zusammen. Er hatte sich unter ihrem zunehmenden Gewicht hinsetzen müssen, endlich schwänzelte das Ende herbei; es war ein kreuzförmiger Griff, aus drei Rubinen geschmiedet, und jeder hatte die Form einer Träne.

Parzivâl hielt die Bescherung in den Armen. Die Gruppe schwieg.

Er muß sich daran zu Tode geschleppt haben, bemerkte einer der Zwillinge.

Wem mag er durchgebrannt sein? fragte der andere.

Ja, sagte Trevrizent, solche Bänder haben sie damals gewirkt.

Wer? fragte Parzivâl.

Die Frauen von Munsalvaesche, erwiderte der Oheim. – In Erwartung des Rufes. Für viele kam der Ruf spät oder gar nie, dann konnten die Bänder lang werden. Sie arbeiteten ihre ungelebten Geschichten hinein. Es kam vor, daß sie darüber starben. Alles, was von ihnen blieb, war die Geschichte auf dem Band.

Geschichte? fragte ein Zwilling. – Wir haben nur Steine gesehen.

Man muß sie lesen können, sagte Trevrizent. – Ich habe sie gelesen, als Herr Parzivâl das Seil einholte. Es ist die Geschichte Sigûnes. Ich stehe auch darin. Sie war deine Schwester im Lesen, Parzivâl.

Der Angesprochene sank zur Seite, und das Juwelenband glitt über ihn wie eine lebendige Schlange.

Herr! riefen die Zwillinge erschrocken aus einem Mund.

Es ist der Aasgeruch, sagte Trevrizent. – Faß dich, Neffe.

Die Zwillinge hatten ihm die Last abnehmen wollen, aber ihnen entschlüpfte sie nach allen Seiten. Parzivâl, noch liegend, öffnete die Augen. Dann legte er die Hand auf den Schädel des Hundes. Sie zitterte, aber er zog sie nicht zurück; allmählich wurde sie ruhig.

Was steht in der Geschichte, Herr? fragten die Zwillinge Trevrizent mit ungewohnter Scheu.

Wir müssen nicht wissen, was in unsern Geschichten steht, sagte Trevrizent, aber tragen müssen wir sie. Parzivâl! steh auf und geh!

Der Herr des Grâls gehorchte mit Mühe, raffte sich auf mit seiner Last und trug sie vor sich her wie ein gerettetes Kind. Trevrizent folgte ihm mit einem Teil des Werkzeugs, dem Schalk überließ er den Rest. Die Zwillinge nahmen die Fackeln wieder auf, die sie in den Boden gesteckt hatten, und zündeten auch die erloschene wieder an. So leuchteten sie dem Weg hinterher, den Parzivâl vorangig, langsam, ins Dunkle hinein, blind hinter dem Schriftband auf seinen Armen.

Die Wipfel traten zurück. Das kleine Gebäude erschien auf der andern Seite der Lichtung und stand wie ein Denkstein unter dem hohen Mond.

Der Beschwerte schwankte der Kapelle entgegen, deren einzige Öffnung dunkler strahlte als die tiefste Nacht, und schien darin verschwinden zu wollen. Trevrizent winkte den Zwillingen, sie möchten in die Grube leuchten. Da drinnen saß eine Frau aufrecht am rohen Tisch mit weit geöffneten blauen Augen und reckte ihnen zwei ausgebreitete Arme entgegen.

Parzivâl stieg durch das Fenster, als trüge jetzt seine Last viel eher ihn als er sie; Trevrizent, der stehen geblieben war, sagte mit lauter Stimme:

Frau, dein Bräutigam ist erschienen.

Und von draußen sahen sie mit ungläubigem Erschrecken, wie die Schrift von Parzivâls ausgebreiteten Armen überlief in diejenigen der Frau, die sie einen Augenblick an ihr Herz zu drücken schien, bevor sie darüber zusammensank. Sie hielt den Schatz, aber sich selbst hielt sie nun nicht mehr. Und Parzivâl fing die Tote in seinen leergewordenen Armen auf und ließ sie nieder in seinen Schoß; zugleich sank er mit ihr auf den steinernen Boden. Da kauerte sie, drückte das Bündel fest in ihre Arme, und er hielt ihre schmale Gestalt.

Die Fackeln in den Händen der Zwillinge brannten ohne Bewegung. Endlich hob Parzivâl sein Gesicht, gelassen wie das der Toten, und sagte:

Grâlstochter, die Zeit hat's dir genommen, du aber hast es gegeben der Ewigkeit. Du hast ins Reich deines Vaters gesät; da ist ein Jüngling aufgegangen aus deinem Mann. Ihr seid einander würdig durch deine Liebe für zwei: nun werdet eins und laßt die Umstände der Erde fahren. Ich segne euren Bund mit der Vollmacht, die mir eure Liebe verleiht; segne du dafür das Zeitliche für uns, daß wir seine Probe bestehen.

Sie brauchten die Grabstätte nicht weit zu suchen. Hinten an der Wand, nicht größer als ein Altar, stand ein Sarkophag, dessen Deckel das Bild eines jungen Mannes trug. Aber da sie in das steinerne Gesicht leuchteten, ging eine Wandlung darin vor. Die Züge wurden zart, durchscheinend auf ein Frauengesicht. Das Bild wurde vor ihren Augen beides, Mann und Frau, und das gemeißelte Faltenkleid schloß sich beruhigt um Einerlei Gestalt. Und nun bedurften sie keiner weiteren Verständigung, um den Deckel kraft der Spatenstiele zu stemmen und mit vereinter Vorsicht beiseite zu heben.

Daß der Jüngling auf dem Steinbild im Dunkel der kleinen Tiefe körperfest und wohl erhalten in geisterhafter Blüte lag, erschreckte sie nun nicht mehr, und nicht einmal, daß die tote Frau im Tode fest wurde, da sie sie hinüberhoben, während Parzivâl ihr Haupt stützte. Sie ließen sie hinab ins Brautbett, die gebrechlich Zarte neben den Unversehrten. Das Juwelenband schien noch weiter zu sinken und verlor Glanz und Form in einer Tiefe ohne Grund. Kein Hauch von Verwesung, nur der des nahen, immer noch blühenden Pflaumenbaums, schwebte über der Andacht der Grabhüter.

Das Zurückheben aber und das Festrücken des steinernen Deckels beanspruchte sie wieder bis an die Grenze ihrer Menschenkraft. Dann aber geschah etwas Außerordentliches und ein Wunder. Denn beim Kampf mit dem Sarkophag tat Ezzelîn, der Schalk, einen lauten Schrei, zugleich einen Sprung. Er mußte sich überhoben haben. Aber statt einzuknicken, tat er in der winzigen Kapelle gleich den nächsten Sprung und noch einen. Es geht! schrie er aus Leibeskräften, ich gehe wieder!

Und so war es: der Schalk schleppte sein Bein nicht mehr nach, und es war, da sie die Kapelle verließen, an den andern, seinen übermütigen Schritt zu halten.

Sie gingen ohne Fackeln, der Mond schien hell genug.

Dann könnt Ihr auch etwas tragen, sagte Parzivâl, und übergab ihm zwei der Schaufeln.

Aber ja! rief der Schalk, er hörte nicht auf zu hüpfen, alles was Ihr wollt! Ich trage Euch auf Händen nach Munsalvaesche!

Übertreibt es nicht, antwortete Parzivâl. – Erzählt, wie seid Ihr zum Grâl gekommen?

Eine Fehlberufung, sagte der Schalk. – Mein Name erschien auf dem Stein, und sie holten mich ab. Ich wehrte mich, wie ich konnte, denn ich war ja noch ein Kind. Wie alt? Meine Eltern zählten die Jahre des Elends nicht. Es waren Tagelöhner, der Grâl konnte mich nicht gemeint haben. Nicht mich! Sie wollten mich auch nicht hergeben, denn von ihren Kindern lebte nur noch eins, der Krüppel. Aber die Schwarzen schlugen Vater und Mutter tot und nahmen mich mit.

Parzivâl schwieg.

Sie hätten doch sehen müssen, daß ich nicht zum Soldaten geschaffen bin. Doch sie gaben keinen Pardon: mein Name war erschienen. Als hätte ich einen Namen gehabt! als ob es nicht Ezzelîns gäbe wie Flöhe, tausend auf einen Streich! Da machte ich den Narren, und sie mußten mich machen lassen. Fürs Ekelhafte war ich gut genug, denn Blut können sie nicht sehen, die Totschläger. Also durfte ich die Lanze schwingen und in den faulen Leib stoßen. Gern geschehen! Ich riß meine Witze, und sie mußten es leiden.

Wie lebt man um den Grâl? fragte Parzivâl.

Ich bin kein Denunziant, sagte der Schalk. – Gebraucht Eure Nase.

Ihr seid kein Knecht, sagte Parzivâl.

So wenig wie Ihr der Schönste, sagte der Schalk. – Der Schönste ist jetzt wieder Anfortas. Und schon wieder hinter den Weibern her. Ihr müßt ihn auf sie loslassen, wenn er Ruhe geben soll.

Ezzelîn, sagte Parzivâl, Eure *guten* Witze vertrage ich besser.

Die schlechten liegen mir aber zuoberst, zischte Ezzelîn, der wieder deutlich hinkte. – Muß an der Luft Munsalvaesches liegen. Zwölf Jahre Pestilenz, zwölf Jahre Männer ... *Ritter* –

Ihr habt etwas gegen das zölibatäre Leben, sagte Parzivâl.

Ich? erwiderte Ezzelîn. – Gott muß allerhand dagegen haben! Warum bestimmt er uns denn dafür, der Satan! Warum läßt er zu, daß aus halben Menschen doppelte Ritter werden! – Sie sollen den Menschen das Heil bringen? Aber diese Burg ist heillos von Grund auf, Herr Grâlskönig, und wenn es Euch ernst ist mit Eurem Amt, so laßt Ihr sie schleifen und zündet sie an allen vier Ecken an! Tot genug ist das Gemäuer dafür, und Zündstoff genug hat sich darin gehäuft –. Jetzt, da ich mich rühren kann, muß es heraus! War ich witzig? Ich war am Ersticken! Ich pfiff aus dem letzten Loch – das war mein Witz! Und jetzt soll ich meine gesunden Glieder wieder haben? Woher?

Parzivâl schwieg.

Aber seht Euch vor, zischte der Schalk, schöner Mann mit Eurer schönen Frau! Macht uns nicht zuviel Glück vor, denn wir vertragen es nicht! Wir haben's schon bei Anfortas sehr schlecht vertragen! – Wir liegen in unseren kalten Betten und vögeln Eure Königin in den Arsch, Nacht für Nacht. Und wenn wir uns nicht mehr in die hohlen Augen sehen können, steigen wir Euch eines Morgens auf die Kammer und tun es wirklich. Aber zuerst schneiden wir Euch den Hals ab, und Euren satten Schweif. Wenn wir schon verdammt sind, wollen wir doch wissen, wofür. Verlaßt Euch nicht darauf, daß uns die Kinder schrecken! Sogar Kinder, Herr König, haben auf Munsalvaesche ihren Schrecken verloren!

Ich weiß jetzt, was ich von Euch wissen wollte, sagte Parzivâl ruhig. Sagt mir nur, wenn soviel Gewalt in den Männern des Grâls steckt – warum bleiben seine Töchter ungeschoren?

Ungeschoren? lachte der Knecht. – Soll ich Euch sagen, warum? Weil sie noch stärker dran glauben! Weil's der einzige Trost ist für uns Männer, wenn die Weiber noch vor ihnen verbittern und versauern! Weil sie das Einzige sind, was wir noch gründlicher hassen als uns selbst! – Aber geht nur her, liebreizender Herr, und lockert

unsere Sitten. Dann werdet Ihr staunen, was aus unserer Tugend
wird! Tretet unserer Zucht nahe, und Ihr werdet Euch nicht zu beklagen haben über unsere Unzucht –

Parzivâl konnte den Mann im Dunkel schlottern fühlen, manchmal traf ihn ein Tropfen seines Speichels. Oder war es eine Träne?
Der Tränen gab es zweierlei, hatte Parzivâl von Trevrizent gehört:
aus Freude, und aus Wut. Was wir für Traurigkeit hielten, sei ratlos
gewordene Wut. Wer weine, schlage sein Wasser durch die Augen ab,
weil er daran verzweifelt sei, Blut zu vergießen, des Bruders oder der
Schwester.

Ezzô, sagte Parzivâl, ich danke Euch. Ich habe mehr gehört, als
mir lieb war, und das war nötig.

Ich habe Euch die Wahrheit gesagt, sagte Ezzelîn, und kann nichts
dafür, daß sie scheußlich ist. – Nehmt die Kinder fort aus Munsalvaesche, stammelte er, laßt sie nicht im Kalten Haus!

Statt aller Antwort zog Parzivâl die Schulter des Gebeugten zu
sich und richtete sie auf.

Ezzô, sagte er, vergeßt nicht zu gehen, denn Ihr könnt es.

Und er spürte, wie dem Mann das zweite Wunder geschah. Sein
Hals hatte sich gehoben, nicht aber die Schulter; der Buckel war weg.
Parzivâl spürte, wie nötig er selbst es gehabt hatte, einen Menschen
anzufassen.

Ihr seid's! wimmerte der Mann und wollte hinfallen, aber Parzivâl
hielt ihn fest. – Ihr seid der wahre Gottseibeiuns! Wißt Ihr, daß der
Grâl unserm Herrn Luzifer aus der Krone gefallen ist, als er kämpfte
mit dem Herrn der Heerscharen? Hebt ihn auf, Parzivâl, tut den
Teufel, gebt ihn zurück!

Ja, ich hebe ihn auf, sagte Parzivâl; und über diesen Worten begann es ihnen vor den Augen zu flimmern. Es waren die Mauern von
Munsalvaesche im Licht des Mondes.

Sie hätten, die Gerätschaften auf der Schulter, ein Zug von Bergleu-
ten sein können, als sie durch das Tor der Festung traten wie in einen
geöffneten Stollen. Und spät, wie sie kamen, fanden sie diesmal alles
zu ihrem Empfang gerüstet.

Feirefîz hatte befohlen, die Feierlichkeit nachzuholen, und das
Oktogôn in einen taghellen Saal verwandelt. Tausend Fackeln und
Kerzen erlaubten, auf den Gesichtern der gereihten Templer eine
ungewohnte Röte zu bemerken. Der Prinz hatte sie getummelt wie

lange nicht. Er hatte, als die Ankunft der Totengräber gemeldet wurde, auch Condwîr âmûrs hergebeten. Die Kinder, die es im Bett nicht litt, waren an Bênes Hand mitgekommen. Im Hintergrund war dem Paar ein doppelter Thron eingerichtet, ohne Baldachin, denn gekrönt war es ja noch nicht. – Anfortas stand zu Füßen des Podests, auf dem er als königlicher Leichnam gelagert hatte, im Kleid des Ordensmannes, einer von vielen.

Nicht ohne Verlegenheit standen die Angekommenen in der Mitte des Runds; sie waren gar nicht für ein Fest gekleidet. Feirefîz, von Edelsteinen bedeckt und in königlichem Anstand, trat vor, um sein Knie zu beugen.

Eure Ankunft gestern ist nicht angezeigt worden, Bruder, sagte er, so ließen die Honneurs zu wünschen übrig. Jetzt sind wir bereit. Nur – flüsterte er, mit den Damen wird es noch nichts, die bleiben unter Verschluß, mit Ausnahme der Euren: Oh! rief er und breitete die Arme aus, was habt Ihr für ein Weib!

Grüß Gott, Kundry, sagte Parzivâl. Bevor er ihr nähertreten konnte, hatten sich Kardeiz und Loherangrîn von Bêne gelöst und liefen auf ihn zu.

Vater! sagte Kardeiz, sagte es zum ersten Mal, und Parzivâl öffnete die Arme. Loherangrîn aber war schneller; so nahm er sie beide und hob sie auf.

Loherangrîn wandte sich dem Schalk zu und musterte ihn.

Warum weint der Mann da? fragte er. – Du darfst ihn nicht weinen lassen! Wenn du König bist, mußt du das Weinen verbieten!

Ein Mensch, der weint, zeigt dir sein Herz, sagte Parzivâl, das mußt du aushalten.

Bist du wirklich König, fragte Kardeiz. – Warum regierst du denn nicht?

Niemand regiert gern, sagte Parzivâl.

Das glaube ich nicht, sagte Kardeiz, richtige Könige tun es gern. Du bist kein richtiger.

Die Ordensritter standen wie eingefroren. Die Szene war reichlich familiär. Der König im Arbeitskleid beschäftigte sich statt mit seinem Amt mit den Kindern und wußte nicht einmal diesen zu befehlen. Da herrschte sie wieder, die Kälte im Oktogôn. Parzivâl aber behielt seine Kinder im Arm.

Ritter! sagte er, ich danke für den Empfang. Es ist spät geworden, vir brauchen Ruhe. Ich will Euch kennenlernen, jeden von Euch. So haltet Euch bereit, daß ich Euch befrage. Jetzt aber will ich mit den Meinen sein und mich beraten mit meinem Bruder und den Oheimen, Anfortas und Trevrizent.

Ich bleibe wach! bestimmte Loherangrîn, wenn mein Vater König ist, werde ich es auch!

Die Ritter zögerten, ob noch etwas komme, ob das Kind zurechtgewiesen werde; aber Loherangrîns Wort war das letzte, und so lösten sie sich von den Wänden und verzogen sich, in einer Stille, die hörbarer war als jedes Murren.

Parzivâl ließ sich auf den Sitz fallen, den Diomêd herbeigetragen hatte, und stützte den Kopf in die Hände.

Sie waren eine fast verschwindende Gruppe in dem leeren Achteck. Das Aloëholz knisterte in den Essen und brannte nieder, ohne daß jemand das Feuer genährt hätte. – Condwîr âmûrs hatte die Kinder gerufen, aber sie waren zu Feirefîz gelaufen und bestürmten ihn, sich ebenfalls niederzulassen; nun lagen sie ihm in den Armen, der eine an seiner rechten, der andere an der linken Schulter, und waren alsbald eingeschlafen. Darauf setzte sich Condwîr âmûrs neben Parzivâl, ihren Mann, führte ihren Arm durch den seinen und faßte seine Hand.

Sie fremden dir nicht, sagte Parzivâl nach einer Weile zu seinem Bruder Feirefîz.

Sagen wir, antwortete Feirefîz leise, ich habe etwas von meinem Schrecken verloren. – Herr Diomêd, zeigt unserm Herrn doch einmal, wie es zuging, als sie mich grüßen sollten!

Diomêd zögerte, mit einem Blick auf König und Königin; dann begann er zu spielen. Er spielte Condwîr âmûrs, wie sie auf den Heiden zuging, um ihn zu küssen, und wie sich die Kinder hinter ihr versteckten, von seinem Anblick bestürzt. – Wie heißt du? fragte der Schauspieler mit der gutturalen Stimme des Fürsten, und antwortete mit Loherangrîns Stimme: Ich heiße nicht Kardeiz. – Dann muß ich dich fragen, wie du nicht heißt, wandte sich der Heide an das andere Kind, und jeder konnte es sagen hören: *Ich* bin Kardeiz. – Nun werde ich also deinen Namen nie erfahren, ließ sich der Heide durch Diomêds Mund höchst täuschend vernehmen, oder soll ich raten: heißt du vielleicht Hinz? heißt du wohl Kunz, oder gar Feirefîz? Und Diomêd schüttelte Loherangrîns Kopf, lachte mit seinem Mund; und als nächstes lief er zu dem Heiden hin und setzte sich auf seinen Schoß. – Wo hast du deine Flecken her? fragte der Spieler mit

der Stimme Loherangrîns, und antwortete mit Feirefîz' Stimme: Als
ich so alt war wie du, da war ich so schwarz wie jeder brave Mohr.
Aber dann bat ich die Amme, mich weiß zu waschen. Sie hat gerieben, so stark sie konnte. – Womit? fragte das Kind – Mit einer Es-
sigbürste. – Sie hat nicht alles weggekriegt, sie hätte Sand nehmen
sollen. – Sie wurde weggerufen, weißt du, um meiner Mutter ein Bad
zu bereiten. – Wo ist deine Mutter? – Sie ist tot. – Aber meine Mutter
lebt. – Das kann ich sehen, Kardeiz. – Ich bin Loherangrîn! rief
Diomêd mit der Stimme des Kindes, und einen Vater habe ich auch,
er ist nur nicht da! – Wo ist er denn? – Er sucht den Grâl, und wenn
er ihn gefunden hat –. – Ja, was dann? –

Sie hatten dem Spiel zugesehen und immer mehr vergessen, daß es
ein Spiel war; sie lächelten über die Wahrheit der Vorstellung, nur die
Kinder, an Feirefîz Schulter blieben ernsthaft in ihrem Schlaf. Ernsthaft aber wurde in diesem Augenblick auch der Schauspieler. Da
stand er, Diomêd, strich sich die Zotteln aus der Stirn und sagte in
singendem Ton.

Dann, Welt, wach auf; denn Er ist erschienen, auf den du gewartet
hast seit Anbeginn! Er ist wahrhaftig erschienen!

Parzivâl hatte sich aufgerichtet.

Satan, sagte er mit freundlicher Stimme zu dem Schauspieler, du
versuchst mich nicht. – Ja, Freunde, fuhr er fort und sah von einem
zum andern, wir wollen miteinander prüfen, ob an Munsalvaesche
noch etwas zu retten ist. Wir haben zu tun! Der Herr wird es uns
nicht im Schlaf geben. Schaden aber kann uns eine gute Nacht auch
nicht, und ich wünsche sie euch von Herzen.

Und so geschah es und geschah zum ersten Mal, wie Parzivâl
geboten hatte. Vom Grâl war bisher nicht die Rede gewesen war, mit
keinem Sterbenswort.

DIE FRAUEN
WORIN MAN DIE EINGEWEIDE
DER GRÂLSBURG GROLLEN HÖRT,
DIE SICH AN IRDISCHE SPEISE
GEWÖHNEN SOLLEN

Parzivâl sollte so bald die gute Ruhe nicht finden, die er sich und seiner Begleitung gewünscht hatte; nicht in dieser Nacht, auch nicht in den nächsten. Am Quartier lag es nicht, an dem Herr Feirefîz, vorübergehend vom Gast zum Gastgeber geworden, nichts versäumt hatte. Zimmerschmuck und Lager trugen sein Gepräge, gewissermaßen seine orientalische Handschrift, auch wenn – bis auf 3 gewisse Eier – niemand so recht zu sagen gewußt hätte, wo die Teppiche, Ottomanen und gestirnten Betthimmel plötzlich herkamen, mit denen das Paar seine Kammer ausgestattet fand. Nun darf man wohl unterstellen, daß sich der unsägliche Reichtum, der in Munsalvaesche zu seinen grandiosen Zeiten zusammengekommen war, nicht einfach verloren hatte, und daß die böse Kargheit, mit der das Oktogôn den Dümmling einst eingeschüchtert hatte, gewissermaßen nur angenommen und der Ausdruck der Verfinsterung gewesen war, die das Innerste des Bauwerks befallen hatte. Warum sollte mit der Wiederherstellung Anfortas' nicht auch der Überfluß wieder auftauen, der sich in dem des Elends festgefroren hatte? Denn Überfluß, so oder so, schien ja das Wesen des Grâls und das Zentrum seines Geheimnisses.

So einfach aber war es nicht; und nicht über Nacht wollte sich in Minne lösen, was die Minne Munsalvaesche angetan hatte. Daß sie meisterlos gewesen war in seinem Vorgänger, machte sie nicht von heute auf morgen botmäßig in Parzivâl und Condwîr âmûrs. Sie begegneten der Abwehr des Gemäuers, auch in den vier Wänden der Kemenate. War es nicht, nur verkleidet, derselbe Raum, der damals den Verstoßenen beherbergt hatte? Damals hatte er von seiner schlimmen Unterlassung nichts gewußt, ihre Ahnung erst hatte seine Träume unsicher gemacht. Jetzt, da er König geworden war, erschienen ihm die teppichbehängten Wände nur vorgeschützt, als verbärgen sie nun ihr böses Geheimnis erst recht.

Munsalvaesche war nach seiner Erlösung kein wohnlicher Ort

geworden. Er wußte weniger denn je, woran er mit dem Gemäuer war, und die Gewißheit, die er in den Armen seiner Frau suchte, wollte nicht lange vorhalten. Sie machte rascher satt, die entbehrte Lust, als ihm lieb war. Da blieb etwas übrig, unerreicht und nicht einmal zu besprechen, was sich mit dem Glück zwischen Menschen nicht vertrug. Und wenn er wach lag im Morgengrauen, spürte er den Schauder des Verdachts: daß sich der Mensch von Grund auf nicht vertrage mit seinem Glück und dafür nicht geschaffen sei. Begann ihn nicht schon wieder der eingesessene Fluch anzuschleichen? Zog er sie nicht mit seinem argwöhnischen Atem wieder ein, die Krankheit des Anfortas? Was blickte ihn an aus den Augen Condwîr âmûrs, seiner Frau? Wohin fällt der Mensch zurück, Mann und Frau, wenn er nicht mehr dafür bestimmt ist, sein Glück zu suchen, sondern dazu verurteilt, es zu leben?

Am Tage waren sie nicht untätig, die Frau so wenig wie der Mann. Sie waren mit Umsicht und Verstand bemüht, die Geister des Kalten Hauses zu bannen. Aber traten sie nicht aus den Erzählungen wieder hervor, mit denen sie einander davon berichteten, wenn sie, von einer Umarmung erschöpft, Ruhe suchten im Gespräch, um in der nächsten schon wieder Trost zu suchen gegen die Verzweiflung am Reden? Munsalvaesche war nicht zu besprechen; und auch das Lachen über das Gemäuer nahm wie von selbst den Klang von Verzweiflung an. Condwîr âmûrs hatte die Frauenseite Munsalvaesches kennengelernt.

Sie hausten in Zellen, die Grâlsjungfrauen; Grüfte waren es, gemauerte Verliese, in die nur ein Spalt von Tageslicht fiel. Darin glänzte das Schaustück auf, das sich jede aus der Schatzkammer ausleihen durfte, jeden Monat ein anderes, zur Feier der Blutung, zusammen mit dem Bild eines Heiligen, das sie in einer geweißten Nische verehren durfte. Condwîr âmûrs hatte fünfundsiebzig männliche und sechsundzwanzig weibliche Heilige gezählt, von denen alle die Zeichen des Martyriums an sich trugen. War der eine von Lanzen oder Pfeilen durchbohrt, so lag die andere auf glühendem Rost, badete in siedendem Öl, war in Feuer getaucht oder von höllischen Zangen gezwickt. Einmal am Tag sammelten sich die Frauen, schweigend, in ihrem verschlossenen Garten, um Rosen, Nelken und Levkojen zu pflegen. Nur weiß blühende waren ihnen erlaubt, und sie verloren ihren Duft von selbst.

Neben dem Gebet widmeten sich die Damen der Handarbeit, die

in dieser Abgeschiedenheit zur Kunst gediehen war. Sie verfertigten Puppen in mancherlei Gestalt, die sie mit kostbarem Zeug ausstaffierten. Vorzugsweise waren es Kinderfiguren; die Besucherin war auch auf Bären, Füchse und Hasen gestoßen, sowie Ungeheuer der Phantasie wie Walfische, Elefanten und gescheckte Pardel. Diese Geschöpfe versammelten sie auf den Umrandungen ihrer kargen Bettstätten und sprachen mit ihnen in Wendungen von auffälliger Gewähltheit, für die Condwîr âmûrs keine Erklärung hatte; denn untereinander redeten die Jungfrauen nicht und durften auch Bücher nicht besitzen. Die selbstgefertigten wolligen oder samtenen Geschöpfe bildeten zu den holzgeschnitzten Heiligen einen eigentümlichen Kontrast und schienen den Damen als Hofstaat zu dienen, mit dem sie ebenso ihr Bedürfnis nach Mutterschaft wie dasjenige nach Herrschsucht befriedigten. Denn sie herzten sie ebenso maßlos, wie sie mit ihnen zürnten. Die Namen, die sie ihnen gaben, seien aber nicht die wahren; die müßten ein Geheimnis bleiben.

Im übrigen gelte das Hauptaugenmerk der Damen der Pflege ihrer Körper. Sie seien verpflichtet, dreimal täglich in einer heißen Quelle zu baden, die in einem großen Becken aufgefangen wurde. Daraus machten sie aber durchaus kein gemeinschaftliches Vergnügen. Jede sei streng verpflichtet, die anderen in ihrer Nacktheit nicht zu beachten. Dieses Bad sei auf der Frauenseite, wo es weder Herd noch Heizung gebe, die einzige Form der Erwärmung. Danach sei man stundenlang beschäftigt, den eigenen Körper zu salben und zu pflegen. Man trage über der bloßen Haut nichts als ein rauhes Hemd. Nur für den täglichen Festzug, wenn man zur Begleitung des Grâls in den großen Rittersaal aufbreche, habe man sich zu putzen und zu schmücken, diesmal freilich ohne Maß.

So sei der Tagesablauf streng geregelt. Im Grunde gebe es keine freie Zeit. Denn auch der Verfertigung der Puppen und der Beschäftigung mit ihnen seien feste Stunden zugewiesen. Am erstaunlichsten sei, daß die Jungfrauen von der Seltsamkeit ihres Lebens gar keinen Begriff zu haben schienen und auch die Verbote, denen sie gehorchten, ›Freiheiten‹ nannten. Die zwei wichtigsten Freiheiten seien diejenigen, miteinander nicht zu reden und nichts Menschliches zu berühren. Doch während die zweite unbedingt gelte – jedenfalls, bis der Ruf des Grâls eine Jungfrau in die Welt sende –, müsse die sogenannte Redefreiheit sich dem Befehl der Königin beugen, der man Rede und Antwort schuldig sei. Ohne diese Klausel hätte Condwîr âmûrs von den Jungfrauen nichts erfahren. Da aber der Haushalt so lange herrinnenlos gewesen sei, habe die Unterhaltung den Jungfrauen größte Schwierigkeiten bereitet. Condwîr âmûrs habe ihr Zurückweichen und Erröten – dieses hitzige Erröten in der Gruftblässe – für jungfräuliche Scheu gehalten, obwohl es nur der Berührungsangst entsprungen sei, die sich durch das ungewohnte Gespräch noch verstärkt habe.

Doch *was* die Jungfrauen sagten, sei ganz ohne Scheu gewesen. Condwîr âmûrs und die sie begleitende Bêne seien nicht selten errötet über die erschreckende Sachlichkeit, mit der die Frauen Dinge ansprachen, die andernorts als heikel gälten. Über alles, was mit Geschlecht und Zeugung zu tun habe, seien sie so beredt gewesen, wie es nur jemand sein könne, der damit noch keine Bekanntschaft gemacht habe. Ein Lachen oder Kichern habe sie während ihres Rundgangs nicht ein einziges Mal vernommen.

In einigen Zellen seien männliche und weibliche Puppen, auch selbstgefertigte Tiere, zur Paarung zusammengefügt gewesen, wenn die Stunde dafür gekommen sei, wie die Eigentümerin erklärte. Und während sie von ihrer Angst – etwa derjenigen vor versehentlicher Berührung – als von einer Freiheit gesprochen habe, habe man dafür andernorts verbotene oder verpönte Freiheiten mit dem Namen der Pflicht belegt. Übrigens könnten die Frauen sich selbst nie sehen. Sie schmücken sich blind, denn Spiegel gebe es nicht, und nicht einmal das dampfende Quellwasser werfe ihr Bild zurück. –

Die Königin habe ihre Erschütterung nicht verborgen, während die Begleiterin, in Tränen ausgebrochen sei. Das soll nicht sein! sagte Bêne ein über das anderemal. – Laßt mich zu den Kindern!

Was ist mit dir, Friedel? unterbrach sie ihre Erzählung.

Frau, sagte Parzivâl mit schwankender Stimme, da komme ich her.

Sie verstummte, verstand erst nach einer Weile, daß sie das Haus seiner Mutter besucht hatte. – Sie nahm ihn in den Arm, begann ihn zu wiegen.

Da bist du nicht mehr, sagte sie, das ist vorbei.

Ja, sagte er, das müßte es sein.

Und da spürte sie erst recht, wie wenig es schon getan war, das Erlösungswerk von Munsalvaesche.

Friedel, sagte sie, zum Glück ist das nicht alles –

Und sie erzählte ihm, was Repanse de Schoye, die Herrin des Hauses, an Tyturel getan, oder vielmehr: zu tun versäumt hatte. Denn das Ahnenbild gab es nicht mehr.

Er war das einzige, was männlich war auf ihrer Seite, sagte sie, und sie sollten ihn pflegen; er war das Wichtigste nächst dem Grâl und auf diesen angewiesen, noch mehr als Anfortas; denn er mußte zu Staub zerfallen, wenn sie den Stein nicht mehr vor ihn trugen. An dem Tag, da du kamst, haben sie es unterlassen. Repanse erzählte es lächelnd – es war das erste Lächeln an diesem Tag.

Und sie erzählte, wie Repanse, beim Lächeln, versäumt hatte, die Lippen zu spannen, wie alle es taten. Dabei sei eine Lücke in ihren Zähnen sichtbar geworden, und sie habe beide Hände vor das Gesicht geschlagen:

Ich bin alt! habe sie geflüstert; und in diesem Augenblick sei sie es nicht mehr gewesen und habe sogar vergessen zurückzuweichen, als Condwîr âmûrs sie in die Arme genommen habe.

Du hast sie angefaßt? fragte Parzivâl.

Und sie hat Hände und Arme fallen lassen, fuhr Condwîr âmûrs fort. – Und als ich ihr nasses Gesicht sah, glich es dir sehr.

Sie ist die Schwester meiner Mutter, sagte Parzivâl. Wider Willen kamen ihm die Tränen, und sie hielt ihn fest, den Verwandten, bis er wieder ihr Mann war und sie sich ineinander vergaßen.

Friedel, sagte sie seufzend, sie hat einen Pardel mit schwarzen Flecken unter dem Kissen versteckt und gehofft, ich entdecke ihn nicht. Die schwarzen Flecken sind Lavasplitter, die sie sorgfältig auf das gelbe Fell genäht hat. Und sie hat ihren Namen rufen hören, *Repanse de Schoye*! immer wieder, von draußen, vom Turnierplatz, durch alle Mauern. Sie wollte wissen, wer sie gerufen habe, und wußte es ja doch. Sie wollte es nur noch einmal hören. Und wieder hat sie gelächelt und sogar die Zahnlücke vergessen.

Ja, antwortete Parzivâl, Feirefîz brüllt wie ein Stier. – Hast du den Grâl gesehen, Condwîr âmûrs?

Nein, sagte sie, ich habe auch nicht danach gefragt! So ein Ding käme mir nicht ins Haus!

Leider war es schon da, eher als du, und vielleicht tust du ihm Unrecht, Kundry, sagte er.

Wenn du es sagst, lächelte sie zurück, du bist sein König, Dümmling, also fürchte dich doch nicht. Du bist gesund. Du wirst nicht krank.

Kann ein Haus entschärft werden wie eine Mine? Die Fabel kannte ein solches Objekt nicht einmal aus ihrem Orient. Und doch bewegte sich ihr Herr wie einer, dem keine falsche Bewegung unter-

laufen darf. Er ging eher wie ein Gast als wie ein König durch Munsalvaesche und versuchte das Gastliche aus dem Haus hervorzulok-
ken. Allein wäre es ihm nicht gelungen.

Da aber war Feirefîz, der nichts wußte von der Empfindlichkeit
des Bodens, auf den er seinen Fuß setzte. Für ihn war es eine Bühne
der Ritterschaft, auf welcher er die Grâlsritter tummelte und sie
lehrte zu stechen, ohne zu töten, und zu fallen, ohne zu sterben.
Repanse de Schoye! brüllend, scheuchte er sie zu immer neuen Figuren zusammen und wieder auseinander, daß es ihnen den Atem verschlug. Trevrizent spielte den Schiedsrichter – auch dieses Amt war
ein Spiel, dessen Verständnis sogar bei ihm, dem Narren, immer
noch wachsen konnte, denn der Heide wußte auch seinen Witz zu
beschämen; wieviel mehr die Kampftüchtigkeit der Ordensmänner!
Sie mußten einfach Gegenspieler werden, um in den eigenen Augen
bestehen zu können.

Wie sollte man einem Reiter begegnen, der die Wut ins Leere
laufen läßt und aufjauchzt, wenn er einmal tüchtig getroffen wird?
Scham und Trotz kamen bei solchem Spiel einfach nicht nach – zu
fröhlich wurden sie überholt. Und der Schiedsrichter, der Sieger und
Besiegte nicht mehr zu unterscheiden hatte, staunte über den Mann,
der nicht einmal wußte, daß er ein Erzieher war. Wahrlich, Feirefîz
übte Ritterschaft. Er übte sie den eisernen Männern so ein, daß sie
lernten, sich zu bewegen. Der Krampf löste sich erst in den Mienen,
dann aus den Gliedern. Und Anfortas, einer unter andern, war der
Mann, an dem Feirefîz sein Meisterstück lieferte. Trevrizent sah es
mit Ehrfurcht.

Denn der Wiedergeborene, das haltlose Glückskind, lernte Zurückhaltung mit jedem Schlag, jedem Stoß. Der ungehemmte nämlich ging fehl bis zur Lächerlichkeit, der sorgfältige traf und saß –
nur, leider, war er nicht wiederholbar; kaum gelernt, geprobt, gekonnt ging er wieder ins Leere. Trevrizent konnte zusehen, wie Feirefîz arbeitete mit Anfortas, ohne daß dieser wußte, wie ihm geschah. Erst hemmte er seinen Kampfesdurst und hielt ihn nieder.
Dann ließ er ihn an seiner Hemmung nicht verzweifeln, nur an den
Rezepten, die er gefunden zu haben glaubte, sie zu überwinden –
damit war dem Heiden nicht beizukommen. Der Vorbedacht wurde
spielend zuschanden an seiner Reitkunst. Erst wenn Anfortas, zehnmal getroffen, beim besten Willen nicht mehr anders konnte, als
seinen besten Willen fahren zu lassen – dann, siehe da, traf auch er

wieder einmal; traf immer wieder und immer besser, je mehr er seine
Hemmung ebenso vergaß wie seinen Zorn.

Am Ende war er so weit, daß er mitspielte – und sogar vergessen
hatte, daß es *nur* ein Spiel war. Das Spiel war die Sache selbst, es gab
keine größere. Und Anfortas, der gestern noch Verworfene, der
Neuling von Heute, gedieh Tag für Tag mehr zur Ritterschaft – fast
eben so schnell wie Parzivâl damals bei Gurnemanz. Er wiederholte
sogar die Geschichte mit dem Knie – beinahe.

Denn Feirefîz zerschlug es ihm nicht. Er zeigte ihm nur, daß er am
Knie getroffen gewesen *wäre* – abscheulich getroffen, wenn der
Heide das seine nicht zurückgezogen hätte. Und umgekehrt ließ der
Heide ihn fühlen: diese Parade wäre die richtige gewesen, wenn ich
so gestoßen hätte. Da ich aber etwas anders gestoßen habe, war sie es
nicht. Daraus aber soll dir diesmal kein Schaden erwachsen, nur der
Nutzen einer Einsicht. – Und immer deutlicher erlebte Anfortas,
daß es möglich gewesen *wäre*, Feirefîz zu erwidern – unbedingt
nötig war es aber nicht. Es war ja ein Spiel – nichts Geringeres.

Trevrizent war Ritter genug, um die Kunst einzuschätzen, die es
erfordert, in der Möglichkeitsform zu kämpfen. Pferde, auch die
behendesten, sind Tiere im Indikativ. Ein gepanzerter Leib hat
wahrlich das Gewicht einer Tatsache, von Lanze, Schild und Schwert
zu schweigen. Was es bedeutet, solche Objekte *spielen* zu lassen, und
was für ein Subjekt dazu gehört – das zu bemerken, ist nicht nur eine
Sache des Kunstverstands. Etwas wie Frömmigkeit mischt sich in
den Blick, der des Schauspiels gewürdigt wird. Sie könnte zur frommen Scheu werden, betriebe der Heide seine Sache mit weniger Spaß.
So aber wird etwas Drittes daraus, für das der erfahrene Trevrizent
keinen Namen sucht. Er dankt nur Gott, daß er über etwas so
Menschliches staunen darf. Und vergißt dann auch den Dank, so wie
Anfortas vergessen hat, wieviel besser der andere ist; das macht, er
ist sich einmal selbst gut genug.

So gefällt es Gott, einen, der nichts von ihm weiß, mitwirken zu
lassen an der Entschärfung Munsalvaesches.

Während das Kampfgeschrei – denn das Schreien und Brüllen läßt
sich Feirefîz nicht nehmen, alle Kraft, die er der Lanze nicht zuzusetzen braucht, fließt seinem Gebrüll zu –: während also der Ruf
Repanse de Schoye! durch die Mauern Munsalvaesches dringt; während Anfortas in seinem Weiberdurst stiller geworden ist und Trevrizent am Spielfeldrand verstummt in der Weisheit des Staunens:

während Condwîr âmûrs sich in Bênes Gesellschaft zum ersten Mal
fragt, ob sie es immer noch nötig habe, die Kinder allein zu erziehen,
denn Loherangrîn und Kardeiz spielen mit Bêne noch lieber als die
Ordensritter mit dem Heiden, den sie ebenfalls den »Prinzen« nennen, als gäbe es keinen andern; während die Grâlsjungfrauen, unruhig geworden, nicht mehr wissen, wozu ihre Regeln gut sind und
was anstelle des Großen Wartens, dem sie inmitten ihrer Puppen
gefrönt haben, auf sie zukommt: ist vom Grâl, Dem Ding, der
Hauptsache, immer noch keine Rede.

Diesen Umstand gut sein zu lassen, fand sich Parzivâl eines
Abends, da er mit Feirefîz beim Schachspiel saß, außerstande; und
gedachte zugleich ein zweites Ärgernis zur Sprache zu bringen.

Bruder, sagte er, ich weiß es zu würdigen, daß du die Ordensritter
bei Laune hältst.

Bei Laune *hältst*, Bruder? sagte Feirefîz. – Bisher waren sie nicht
bei Laune. Sie wußten nicht einmal, was das ist.

Gut, sagte Parzivâl, was immer du tust, ich weiß, du tust das Beste,
du kannst nicht anders. Aber mußt du so brüllen?

Es war zu still hier, Bruder, sagte Feirefîz, darum kommt dir
meine Devise lauter vor, als sie ist.

Laut genug, um Steine zu erweichen, sagte Parzivâl, und man
stößt sich am Inhalt dessen, was du deine Devise nennst.

Ich will nicht Steine erweichen, sondern ein Herz, sagte Feirefîz. –
Und du bist am Zug.

Parzivâl sah ungern, daß sein Damenflügel zweimal bedroht war,
einmal durch einen Springer unmittelbar, dann durch den Läufer aus
dem Hinterhalt.

Man ist es hier nicht gewöhnt, daß der Name einer Dame geschrien wird, sagte Parzivâl und schob einen Bauern zwei Felder
weit, – schon gar nicht der Name Repanse de Schoyes. Sie ist nicht
das erste beste Ritterliebchen. Sie ist die Trägerin des Grâls.

Ich bin auch nicht der erste Beste, antwortete Feirefîz und prüfte,
ob der Bauer vergiftet war. – Und da deine Frau bei den Damen aus
und ein geht, könntest du mir verraten, ob mein Ruf gehört wurde.

Wenn es dir darum ging, Unruhe zu stiften, antwortete Parzivâl,
so hast du deinen Zweck erreicht.

Um so besser! antwortete Feirefîz und schlug den Bauern. – Was
will ich denn, als ihr dienen nach allen Regeln der Kunst? Aber ich
brauche Gelegenheit dazu! Sie soll mich kennenlernen! Wie soll sie
wissen, wer ich bin, wenn sie mich nicht einmal kämpfen sieht?

Bruder, entgegnete Parzivâl, sie ist meine Tante, und nicht dafür bestimmt, kennengelernt zu werden. Sie ist eine geistliche Person und hat ein Gelübde abgelegt. Ihre Jungfräulichkeit ist die Bedingung für den Dienst am Grâl. Sie ist die einzige, die ihn tragen kann. Und er allein bestimmt, ob sie zur Welt berufen wird, und zu welchem Mann.

Zum Teufel mit dem Grâl! rief Feirefîz. – Hast du ihre Lippen gesehen? Ihre Gestalt? Ihre Bewegungen? Wenn sie für das Kloster bestimmt ist, dann bin ich es auch! Und ich sage dir, viel lieber mit ihr ins Kloster, als ohne sie auf der Welt!

Du machst dir von unseren Klöstern einen seltsamen Begriff, sagte Parzivâl. – Dort weiht man sich dem Höchsten mit Leib und Seele, und ohne Hintergedanken.

Du willst nur, daß ich den Turm verliere! sagte Feirefîz. – Schach einstweilen! Bin ich etwa kein Kind Gottes, und nicht nach seinem Bild geschaffen? Bin ich nicht auch das Höchste auf meine Art? Hintergedanken? Ich sage klipp und klar, ich will ihren Leib mitsamt der Seele. Und bei Jupiter, sie wird mich auch wollen, wenn sie mich nur erst kennenlernt!

Schweigend nahm Parzivâl den Springer vom Feld, der seinem König Schach geboten hatte, und setzte den eigenen an die Stelle. – Das war nicht gut, sagte er. – Du hast schon eine Frau, wie ich höre.

Und was für eine! sagte Feirefîz. – Auf Frau Secundille lasse ich nichts kommen, und auf die andern auch nicht! – Es ist nicht fein, Bruder, daß du vom Spiel ablenkst, sagte er und fegte die Figuren kurzerhand vom Brett. – Was wäre ich für ein Ritter, wenn ich des Guten je zuviel bekäme! Ich glaube, wir sollten wieder einmal einen Gang miteinander tun, deine Krone ist dir zu Kopf gestiegen!

Unser letzter Kampf hat mir gereicht, lächelte Parzivâl und begann die Figuren wieder aufzustellen.

Gut! sagte Feirefîz, ich bin ein Heide und weiß nicht, was euch eure Sünden wert sind. Aber soviel weiß ich, daß es eine Sünde ist, wie Ihr die schönsten Frauen hier in Verliese sperrt; und dies im Namen Eures Höchsten! Da war Jupiter doch ein anderer Kerl! War er seiner Frau Junô etwa weniger treu, wenn er sich in einen Goldregen verwandelte, einen Stein oder brünstigen Schwan? Oder auch in einen Ehemann, wenn es anders nicht ging? Das muß sein, wenn man Menschen zeugen will, die Göttern gleichsehen und nicht traurigen Schatten! Und wenn ihr Kristen an die Liebe glaubt – genug redet ihr ja davon –, dann soll sie auch in jeder Gestalt gelten, die ihr anzunehmen beliebt, sie verdient Respekt in jeder! Und wenn sie in Jupiters Namen deine Tante ist, wohl! dann bleibt's eben in der Familie!

Wozu glaubst du, daß die traurige Wirtschaft hier wenigstens *Einem* die Liebe erlaubt? Nun frage ich dich, wieviel Unglück von andern brauchst du zu deinem Glück? Bist du ein Mensch, Bruder? Nein, das bist du nicht. Du bist entweder Mann oder Frau. Das heißt, die bessere Hälfte fehlt dir, und die fehlende ist immer die bessere! Glaubst du, daß irgendein Gott uns die Lust zum Ganzen eingepflanzt hat, damit wir sie sauer werden lassen? Hast du dem armen Anfortas die Kräfte dafür nur zurückgegeben, damit er sie nicht anwenden darf?

Bruder, sagte Parzivâl leise, ist es nicht kurios, daß uns das schlichte Vergnügen, einer Frau wieder in den Bauch zu kriechen, so findig daherreden läßt?

Was sonst? fragte Feirefîz, und was heißt kriechen? Ich springe, sag ich dir, ich tanze, denn da kommen wir her, und also kommt auch unser ganzes bißchen Kultur daher! Und das einzig Schlichte daran ist deine Art, von der Liebe zu reden – deine Frau sollte mir leid tun, wenn du an ihr nichts fändest als immer das gleiche und ihr keine Abwechslung zu bieten hättest!

Abwechslung, großer Bruder, sagte Parzivâl, ist ja wohl eher das, was *du* suchst, wenn du schon eine hast; und brauchst schon die nächste?

Du kannst unmöglich reden, wie du's verstehst, sagte Feirefîz, denn sonst hättest du gar nichts verstanden! Ich habe noch nie die Andere gesucht, immer nur die Eine und Einzige, und jetzt heißt sie Repanse de Schoye! Und wenn du mich nur machen läßt, sorge ich dafür, daß ich ihr mindestens so gut gefalle wie sie mir!

Bruder, sagte Parzivâl, das glaube ich dir, gern oder ungern.

Also warum nicht gleich gern! rief Feirefîz. – Warum gibst du nicht bald ein Fest? Du wirst dich doch krönen wollen, Grâlskönig! Dann holen wir die Damen aus ihren Kellern, und ich nehme die Meine gleich mit! Du hast ja den Stein und wirst ihn hoffentlich alleine tragen können. Oder Condwîr âmûrs wird Rat wissen, denn sie hat mehr Phantasie als du!

Das ist wahr, sagte Parzivâl, aber einstweilen wirst du dich damit begnügen, daß sie unserer Tante deinen Gruß bestellt.

Parzivâl, sagte Feirefîz auf einmal voller Demut, was muß ich tun, daß ich ihrer würdig werde? Ich möchte ihr Herz gewinnen.

Du wirst dich taufen lassen müssen, sagte Parzivâl, damit du auch den Grâl siehst, und nicht nur die Frau, die ihn trägt.

Wenn's weiter nichts ist, sagte Feirefîz.

UNBESTIMMTE RÄUME

WIE PARZIVÂL
IMMER WENIGER SICHER SEIN KANN,
WORÜBER ER EIGENTLICH GEBIETET

›Wenn's weiter nichts ist‹! Parzivâl erzählte Trevrizent das Muster
brüderlichen Taufwillens, als sie mit den Gehilfen ausritten, den
Umfang der Herrschaft Munsalvaesche zu erkunden. Aber Trevrizent lächelte nicht. – Dein Bruder ist klüger als du, sagte er, er reitet
mit soviel Unterscheidung, daß du gut daran tätest, auch auf die
Weisheit seiner Worte zu achten.

Aber es ist doch immer noch zweierlei Ding, wie einer reitet, und
was einer glaubt, sagte Parzivâl erstaunt.

Neffe! sagte Trevrizent, wozu habe ich dich lesen gelehrt?

Sie mußten, je weiter sie ritten, desto deutlicher entdecken, daß
das Territorium jeder Erkundung spottete. Bald stießen sie an Grenzen, deren Natürlichkeit nichts zu wünschen übrig ließ. Wie mit der
Axt geschnitten brach der Weg ab; tief unten lag zum Greifen nahe
eine Stadt, die ihnen bekannt, ja heimatlich vorkam. Klein, aber
deutlich sah man Volk auf den Plätzen und durch die Gassen wimmeln, Fuhrwerke und Reiter über die Landstraße sich den Toren
nähern, wo sie aufgehalten wurden, um sich auszuweisen. Gefärbte
Tuchbahnen waren am Flußufer zum Trocknen ausgebreitet; unweit
davon wurde ein Damm aufgeworfen. Man glaubte die Schippen zu
hören und die Zurufe; etwas entfernt klapperte eine Gerbermühle
hinter den Uferbüschen, und ein Klopfen lag in der klaren Luft, daß
man die gewalkten Felle meinte riechen zu können.

Ja, durch diese Stadt war jeder schon einmal gegangen. Doch jetzt
lag sie im Licht vollkommener Unzugänglichkeit. Auch nicht der
Flug eines Vogels hätte den klaren Abgrund durchmessen.

Nicht auf allen Seiten war Terresalvaesche durch Abstürze und
Klippen begrenzt. Gegen Mitternacht senkte sich das Land über
sanfte Stufen, die man mühelos meinte abschreiten zu können. Nur:
die Wege nahmen jede Unschärfe der Landschaft wahr – die Dek-
kung einer Baumgruppe, die Ablenkung eines Wasserlaufs, einen
Dunstschleier am Hang –, sich der vorgesetzten Richtung zu entwinden und in sich selbst zurückzuschlingen. Wohin man auch seinen

Schritt lenkte, und so viele man tat – unfehlbar kehrte man an die Stelle zurück, von der man ausgegangen war, auch wenn sie sich zunächst nicht zu erkennen gab. Kurz, es fand sich nach keiner Seite ein Ausgang in das scheinbar ganz offen liegende Land. Da konnte man sich denken, wie nahezu unmöglich es sein mußte, von draußen hineinzukommen.

Aber das Irreführende Terresalvaesches zeigte sich auch in ihrem Innern. Trevrizent bekannte, daß es ihm unmöglich wäre, die Gesellschaft zu seiner Höhle zu führen oder auch nur die Richtung dahin anzugeben; vielleicht, weil man dort gerade kein Geschäft habe? Von einem See Brumbâne wollte er nichts mehr wissen, obwohl sich Parzivâl deutlich erinnerte, ihn im Alphabet des Oheims angetroffen zu haben. War das Gewässer nur noch in seinem Gedächtnis vorhanden?

Parzivâl lernte eine Eigenheit seiner Herrschaft kennen, die mit diesem Wort wohl endgültig unzureichend bezeichnet war: daß sie sich den Bräuchen von Raum und Zeit nicht bequemte. Nur solche Ortschaften stellten sich ein, die zu finden man nötig hatte, ohne sich viel dabei zu denken. Für eine Vermessung gab sich das Gelände nicht her. Das Grab Kyôts fand die Gesellschaft mühelos, denn es war ihr nicht eingefallen, danach zu suchen. Sie wunderten sich nur, wie die Eberesche in der kurzen Zeit eine so mächtige Krone hatte treiben können. Doch darf man eine Zeit kurz nennen, in der so viele Ereignisse Raum gefunden haben?

Einmal begegnete ihnen am Ende einer nebligen Lichtung das seltsamste Paar. Ein nackter Mensch begattete ein behaartes Geschöpf, in dem Parzivâl die Grâlsbotin Kundry zu erkennen glaubte, und hielt sich dabei mit der einen Hand an ihrer Mähne fest; in der andern Hand aber trug er ein offenes Buch, in dem er mit gesträubtem Haar las. War es nicht der Schauspieler Diomêd? Der stand ja aber neben ihm; Parzivâl schüttelte den Kopf; da war die Erscheinung verschwunden.

Danach verlangte er nach Munsalvaesche zurück. Daß seine Verwirrung groß genug war, könnte sein Glück gewesen sein; wer weiß, ob er die Burg sonst wiedergefunden hätte. Trevrizent hatte eine eigene Erklärung für die Kürze des Rückwegs. – Du bist erwartet worden, Neffe, von deiner Frau.

So lernte Parzivâl immer mehr über sein Land und verstand immer weniger davon. Denn wer Grenzen suchte, schien sie eben durch die Suche zu verschieben. Oder mußte man sagen, daß sie mit jedem

Ort, den sie erreichten, an eine Grenze stießen? Der Fall ließ den
Zwillingen keine Ruhe. Sie beriefen sich darauf, daß Terresalvaesche
ehedem Befehlen zugänglich gewesen war und keine Rätsel aufgegeben habe. Eine übergroße Wachstafel, die sie aus vielen kleinen zu-
sammengestückt hatten, bedeckten sie mit den Spuren der Wege, die
sie gegangen sein wollten. Doch die teils labyrinthischen, teils strit-
tigen Linien hätten vielleicht einer weiteren Ebene der Darstellung
bedurft, um sich zum Bild einer Karte zu vereinigen. Man mußte
zufrieden sein, wenn sie auch in dieser lückenhaften Form ein nicht
unschönes Muster zeichneten, wobei Trevrizent in der Machart des
Kunstwerks eine gewisse Ähnlichkeit mit der Handschrift des Grâls
bemerkte. Offenbar beruhte Terresalvaesche auf Annahmen, die
sich, *weil* nachgeprüft, nicht bestätigen ließen.

Erst an der Seite seiner Frau, wenn Parzivâl mit leichtem Finger
die Formen ihres Körpers nachzog, schien sich auch die Gestalt seines Landes zu runden. Es gehörte zu ihm, und es gehörte ihm nicht.

Anfortas konnte sich über die Ratlosigkeit des Nachfolgers nur
wundern: für ihn hatte die Landschaft kein Geheimnis mehr. Und
Parzivâl mußte begreifen, daß Anfortas' fest gewordenes Bild der
Herrschaft etwas zu tun hatte mit seiner Entlastung von ihr.

Für Feirefîz aber brauchte Munsalvaesche nicht größer zu sein als
eine Turnierwiese, der das Grünen und Gedeihen auch unter dem
Pferdetritt nicht verging. Seit die Ordensmänner die Elster im
Schilde führten, quälten ihre Pferde den Boden nicht mehr. Selbst die
Stürze gewannen jetzt etwas Fliegendes.

Aber sie brüllten! Nicht nur der Heide sein »Repanse de Schoye!«
– alle brüllten sie nun, und jeden Frauennamen, der ihnen durch den
Sinn fuhr: Emma! Frieda! Kunigunde! Waltraut! Bärbel! Kathrin!
Das Gebrüll wollte Fleisch werden. Kein Wunder, daß die Mauern
zitterten; wann sprengte das Dröhnen der Brunst alle Dämme?

Warum schreien sie so, Vater? frage Loherangrîn.

Damit sie einander nicht wehtun müssen, antwortete Parzivâl.

Das Kind blickte ihn ernsthaft an, mit den Augen Condwîr âmûrs.
Dann öffnete es den Mund und schrie, daß ihm das Wasser in die
Augen schoß.

Was willst du sagen? fragte Parzivâl.

Ich kann's nicht sagen, sonst tu ich dir weh, sagte das Kind.
Sprich.

Ich will kein Ritter werden, sagte das Kind.

Kannst du schweigen? fragte Parzivâl seinen Sohn. – Und flüsterte ihm ins Ohr, was er sich selbst noch nicht laut gesagt hatte.

Ihr müßt an die Sonne, Frau, sagte Bêne zu ihrer Herrin, die sich hatte in den Faltstuhl fallen lassen, erschöpft von den Gesprächen im Innern des Frauenhauses. Jeder Tritt auf den Fliesen dröhnte wie ein Schlag in ihren Ohren; so still war es dort in der Klausur gewesen, hinter der stählernen Tür. Und doch ging ein Schwingen durch die tote Luft, unbekannte Stimmen schwammen darin, als hätten sie sich von den Körpern gelöst und führten eine geisterhafte Klage. Manchmal deckte sie das gesprochene Wort zu, und Condwîr âmûrs mußte um die Wiederholung einer Antwort bitten.

Denn was von den Lippen kam, war klangloser als das Ungesprochene; und an der Schwerfälligkeit, mit der sich Condwîr âmûrs von einer Zelle zur nächsten bewegte, fühlte sie den Widerstand dieses Frauengewölbes, als wären die Räume das eigentlich Körperhafte in der Burg, als trieben die Frauen nur wie Geister und Blüten darin herum, während die Besucher gegen eine starke Strömung zu kämpfen meinten. An die Sonne! Gab es denn die Sonne noch, gab es Tag und Nacht?

Wollt Ihr das Turnier nicht sehen? fragte Bêne.

Eine Drommete erscholl, draußen hörte man den Befehl abzusitzen; die Übung war zu Ende. Bald trat Feirefîz durch die Tür. Nie hatte ihn Condwîr âmûrs so männlich gesehen.

Göttin! rief er und küßte sie.

Sie erschrak.

Wo ist mein Mann?

Das wollte ich Euch fragen, Artemis, sagte er. – Wird noch im Felde sein, oder schon wieder, und die Grenze dessen suchen, was er besitzt. Braucht es doch nur beim Schopf zu packen!

Er faßte sie sanft am Genick.

Dann, Vetter, zeigen sich die Grenzen von selbst, sagte sie mit unfester Stimme. – Ihr verwandelt den Ort! Wo nehmt Ihr so viel Freude her?

Er ließ sie los, nicht ohne ihr mit dem Finger die Stirnfalte zu glätten, so daß sie lachen mußte. – Die Frauen werden der Freude auch nicht entgehen, sagte er ernsthaft. – Sie müssen ihr nur die Tore öffnen. Hört man uns da drinnen?

Nein, sagte Condwîr âmûrs.

Frau! sagte Bêne, man hört die Herren wahrhaftig! Sie schreien laut genug.

Und die Grâlsjungfrau, fragte der Prinz, hört sie mich auch?

Bêne verstummte nach einem Blick auf Condwîr âmûrs.

Bei Jupiters Bart! lachte Feirefîz. – Ich gehe schon, ich reinige und veredle mich! Aber wozu? wenn man vor lauter Schälen nicht zum Essen kommt! Wozu hält Euer Herr diese Mauern so fest? Sollen doch fallen! Verkümmert mir nur nicht zur Mauerblüte, Frau Condwîr âmûrs, handelt nach Eurem Namen! Gönnt dem Morgen etwas von der Röte Eurer Augen! Seht Ihr? Ja, seht Euch nur einmal an, dann wißt Ihr, was Ihr zu tun habt!

Laßt Euch bitten, Frau, sagte Bêne, nachdem der Heide gegangen war, kommt hinaus!

Du liebst ihn, sagte Condwîr âmûrs mit kaum bewegten Lippen.

Den Prinzen? sagte Bêne. – Wer nicht, da er zum Lachen ist!

Parzivâl, sagte Condwîr âmûrs.

Unsern Herrn? Nein! erwiderte Bêne verblüfft, auf Ehre!

Aber du liebst.

Einen ganz andern Mann.

Einen ganz andern?

Er ist nicht für mich, sagte Bêne ruhig. – Vielleicht eigne ich mich doch am besten zur Liebesbotin? Auch der Prinz hat mir ein Briefchen zugesteckt. Ich sollte es zuerst lesen, ob es auch passe. *Très fleuri!* – Doch bestellt hab ich's nicht.

Hast du wirklich schreien gehört – ? fragte Condwîr âmûrs. – Ich höre nur Stimmen, Stimmen, sie lachen und weinen von überall her, immerzu. Bin ich verhext, Bêne?

Kommt ans Licht, Frau! wiederholte die Gefährtin, und ihr Arm war stärker als die Angst Condwîr âmûrs.

Parzivâl aber hatte es an die Klippe zurückgezogen, wo seine Herrschaft nach Süden abriß. Die Zwillinge drehten der Aussicht den Rücken zu, sie hatten ihre Brillen aufgesetzt und zeichneten Figuren in den Lehm. Diomêd aber, einen Halm zwischen den Lippen, blickte in die nahe und doch entrückte Stadt hinunter.

Was nun? fragte Parzivâl.

Wenn Ihr mich fragt, sagte Diomêd, Ihr fragt zu viel.

Ich hab's verscherzt, sagte Parzivâl, da ich *nicht* fragte.

Es gibt Rätsel, die löst man nur, indem man sie nicht als Rät behandelt.

Soll ich nur *spielen*, daß ich der Herr dieses Landes bin?

Terresalvaesche ist weites Feld. Aber steckt's nur ab, dann ist es immer zu groß oder zu klein.

Dagegen, machte sich der erste Zwilling bemerkbar und blickte über seine Brille, dagegen ist zu erinnern: ein Gebiet, das wir nicht von Grund auf sanieren, gebiert immer neue Ungeheuer.

Wenn der Grâlskönig bei Troste bleiben soll, sagte der andere Zwilling, darf Munsalvaesche nicht wieder hergestellt werden. Dieser Ort ist eine Wunde, sie darf nicht mehr aufbrechen. Es geht ein Sog von dieser Lücke aus, den müßt Ihr entkräften.

Seht die Leute da unten. Sie leben im Schatten Munsalvaesches und geben ihm keinen Blick.

Sie schützen sich selbst, denn sie wollen nicht zu Stein werden. Was sie nicht sehen wollen, machen sie unsichtbar.

Der Mensch ist aber nicht zum Wegsehen gedacht, und was er nicht sehen soll, erscheint ihm im Traum. Der Stein des Anstoßes wird zum Magnetberg. An seiner Anziehungskraft scheitert das Beste, und die Besten. Zieht das Verbot von ihm ab, setzt sein Geheimnis an die frische Luft: und Munsalvaesche ist ein Maulwurfshügel.

So lang Ihr in seinem Bann seid, Herr, könnt Ihr's nicht vermessen, denn es ist die Vermessenheit selbst. Durch das Siegel dieses Schweigens dringt lauter Unsinn in die Welt; erbrecht's und lest ihm seinen Text.

Fürchtet nicht, das Gefäß zu zerschlagen! Es wird kein böser Geist ausfliegen. Es wird sich nur zeigen, daß keiner drin war. Das Schrecklichste an der Flasche war die Angst vor ihrer Öffnung.

Und die Lust, daran zu rühren.

Die Menschen suchen nicht nur das Licht, sagte Parzivâl.

Es bleibt der Dunkelheit wahrlich genug, Herr! rief der erste Zwilling und konnte die Brille, die ihm in der Erregung entfallen wollte, eben noch festhalten. – Haben wir's nötig, sie mutwillig zu vermehren? Trägt der Mensch an seiner Unmündigkeit nicht schwer genug? Ist es Euer Beruf, ihrem Sinnbild auch noch den Segen zu geben? Macht Munsalvaesche dem Erdboden gleich!

Was setzt Ihr an seine Stelle? fragte Parzivâl.

Eine Verfassung! riefen die Zwillinge wie aus einem Mund und nahmen ihre Zwicker ab; mit einer Geste ließen sie einander den

Vortritt, aber als ihn der erste benützen wollte, fiel ihm der andere gleich ins Wort, und so redeten sie wieder gleichzeitig und gleichlautend.

Eine Verfassung, in der Euer oder unser Wille nichts zu sagen hat, weil sie ihre Subjekte instandsetzt, ihr Schicksal selbst zu entscheiden.

Und wenn sie nicht wissen, was sie wollen? fragte Parzivâl. – Wenn sie sich wieder für Einen entscheiden, der ihnen seinen Willen aufdrückt?

Dann, sagte der zweite Zwilling feierlich, müßt Ihr dieser Eine sein. Macht ihnen die Freiheit vor, die sie nicht haben. Ihr müßt das Opfer bringen, einstweilen an ihrer Stelle zu wissen, was gut für sie ist.

Dann, sagte Parzivâl, beginnt eure Freiheit an ihrem Ende; denn noch nie, seit die Welt steht, hat sich die Tyrannei anders gerechtfertigt als mit eurer Logik. Mit nichts hat sie ihre Untertanen schlimmer gedrückt als mit Zukunftsverheißungen, und am schlimmsten, wenn sie gut gemeint waren.

Richtig, sagte der erste Zwilling, aber es ist Euer Beruf, *anders* zu sein.

Ihr verlangt zu viel, sagte Parzivâl. – Ich bin ein Dümmling.

Nochmals richtig, sagte der andere Zwilling, eben das ist Eure Qualifikation. Es ist die hartnäckige Unschuld, die Euch zum Herrn der Welt beruft. Berufen sind manche, Ihr aber seid erwählt. Denn Ihr seid der Erste, dem die Lust nicht wachsen will an der Macht.

Wir wissen, warum wir von einem Opfer gesprochen haben! sagte der erste Zwilling.

Auf der Landstraße tief unter ihnen nahte sich der Stadt ein kleiner Zug. In Zweierreihen gingen Männchen in schwarzen Mänteln und gelben Kappen. Die vordersten trugen unlesbare Schilder vor sich her, kündigten offenbar ein Brautgeleite an. Denn in der Mitte des Zuges schleppten sich Träger mit zwei Sänften, wobei die vordere hinter gezogenen Vorhängen eine erlauchte Person verbarg. Die zweite Sänfte, von bewaffneten Reitern bedeckt, beförderte die Mitgift. Vor dem Stadttor kam der Zug zum Stehen, während die Herolde Unverständliches schrien.

Wer steht euch dafür, daß ich an der Macht keine Lust bekomme? fragte Parzivâl, das Kinn auf der Faust –: da die Unlust an ihr ganz gewiß die Wirkung nicht tut, die ihr euch davon versprecht? Die Menschen spüren bald, ob Einer uneins sei mit seinem Amt, und strafen ihn dafür, mit Recht. Um Wirkung und Folge zu haben, muß ich Freude gewinnen am Herrschen. Dann aber ist eure Verfassung schon so gut wie abgedankt.

Das ist schon bedacht, sagte der andere Zwilling, denn Widerspruch ist unsere Stärke. Wir nehmen ihn Euch ab. Ihr müßt Euch nur gefallen lassen, daß wir Euch schon bei Lebzeiten ersetzen, nämlich durch ein Konzept.

Ja, sagte der andere, denn es ist außerhalb Eurer Möglichkeit, daß Ihr die Verantwortung, die Ihr als Grâlskönig übernommen habt, nur spielt. Ihr dürft sie fühlen, Ihr müßt ihr Gewicht spüren. Wir aber werden die Macht abstützen auf eine Idee, deren Darstellung Euch bequem sein wird. Ihr bringt alles Nötige dafür mit und braucht nur Ihr selbst zu sein, um auch unserem Konzept zu genügen.

Wir nennen es »der Rote Ritter«, sagte der erste Zwilling mit gedämpftem Stolz. – Dabei steht »Ritter« für die hergebrachten Bräuche, »Rot« aber für deren Überwindung. »Ritter« will sagen, daß man sich keines Regelbruchs zu versehen hat. »Rot« steht für das Neue, daß Ihr mit Eurem Herzblut bei der Sache seid. Diese lag bisher in gepanzerten Fäusten, die unsichere Hände verkleideten. So wurde sie veruntreut noch und noch. Ihr aber braucht nur Euch selber treu zu sein, dann seid Ihr's der Sache auch.

Ferner soll »Rot« stehen für das Unerhörte, sagte der andere Zwilling, daß Ihr ein Herz habt für die Beladenen und Benachteiligten. Ihr werdet der erste Ritter sein, der sich leistet, weder den Verstand zu unterdrücken noch sein Gefühl. Deshalb werdet Ihr frei sein vom Bedürfnis der Unterdrückung anderer.

Ich? fragte Parzivâl.

Ihr und Eure hohe Frau, sagte der erste Zwilling unbeirrt, braucht nur weiter so hinzuleben, wie ihr geschaffen seid; in aller Unschuld, an der, wenn Ihr das Wort gestattet, das Dümmliche verklärt und zum Glücksfall für andere veredelt ist. Uns aber müßt Ihr überlassen, das, was Ihr seid und lebt, für die Menschen so passend darzustellen, daß sie sich in Euch wiedererkennen, Eure Macht nur noch als Wohltat empfinden und als Ausfluß ihres eigenen freien Willens.

Unser Konzept sieht vor, daß Ihr, von Gnaden Eurer Unschuld, der erste frei gewählte König der menschlichen Geschichte sein könnt, ohne dazu einer formellen Wahl zu bedürfen. Die Liebe wird es tun, die Ihr zu wecken versteht. Und wir werden nicht verfehlen, diese einfältige Liebe zu übersetzen in regierbare und regierungsfähige Vernunft. Die Verwaltung der Widersprüche, in die ihr dabei geratet, nehmen wir Euch gerne ab, mit Hilfe unseres Konzepts.

Und was wird nach meinem Ende? fragte Parzivâl.

Richtig, sagte der eine Zwilling, ich meine, Euer Ende ist zu bedauern, doch vorauszusehen. Dann tritt ohne Bruch unser Konzept an Eure Stelle. »Der Rote Ritter« muß dauerhafter werden als Ihr; er vertritt Euch bei der Zukunft. Eure Lebensarbeit wird nur darin bestehen, den Anfang zu beglaubigen und den Menschen das Stutzen einzufleischen, mit dem Ihr sie für das Abenteuer der Mündigkeit gewinnt.

Ihr müßt der Stifter eines neuen Ordens werden! sagten die Zwillinge aus Einem Mund, eines Ordens von Gnaden der menschlichen Vernunft.

Und was tut der Grâl? fragte Parzivâl.

Die Zwillinge sahen einander an, dann zu Boden.

Der Grâl ... der Grâl ... sagte der erste.

Darüber denken wir noch nach, der andere.

Parzivâl sah auf die Stadt hinunter, deren Tor sich dem Sänftenzug geöffnet hatte. Vor seinen Augen verschluckte es Paar um Paar der weiterschreitenden Figuren, die ihre Last wieder aufgenommen hatten, und ließ sie im Gewirr der Gassen verschwinden.

Wo ist Diomêd? fragte Parzivâl.

Der Gaukler war verschwunden, wie vom Erdboden verschluckt. Fortgetragen von der hellen Luft, zog eine einzelne Elster ihre Kreise und ließ sich plötzlich in die Tiefe fallen. Parzivâl sah ihr nach, seine Brust wollte sich heben; statt dessen preßte sie sich zusammen. Der Seufzer entlastete sie nicht.

Ich glaube, sagte Parzivâl, Munsalvaesche verträgt nicht einmal das Reden, geschweige denn ein Konzept.

BRUMBÂNE
WIE PARZIVÂL
VON ZWEI JÄGERN GETROFFEN WIRD

Eines Tages fand Parzivâl den See Brumbâne wieder.

Er erkannte ihn zuerst gar nicht. Die Luft schien zwischen den geräumten Stämmen stiller zu stehen als anderswo. Daß der Stillstand ein Wasser war, wurde ihm erst bewußt, als er schon hineingetreten war und es ihm mit Eiseskälte um die Füße schlich; als er sie zurückzog, gab es laut, ein unterdrücktes Schnalzen.

Er sah den Boden, in den er versunken war, sich in die Weite dehnen, doch nicht allzuweit; dann verfloß er ins Diesige, ein blinder Spiegel, von Gewölk umfangen. Binsengruppen wanderten hinaus, verdünnten sich, Striche, die am Schnitt der Oberfläche geknickt waren. Parzivâl stand ohne Gegenüber. Die tote Flut konnte ein Weiher sein, der auf den Frost wartete; sie konnte auch die Auflösung aller Dinge bedeuten, den Rand der Erde, wo sie in weiße Finsternis ausufert.

Parzivâl hatte den Gabilôt in der Hand; und plötzlich ballte sie sich zur Faust, zog den Arm nieder, bog seinen Leib zurück, und mit aller Kraft schleuderte er die Waffe in die verschwundene Ferne hinaus.

Kein Laut, kein Zeichen eines Aufschlags; erst als Parzivâl aufhörte zu horchen, stieg draußen ein Schrei auf, gedehnt, immer noch weitergezogen. Ein Ruf wie »hol über«, eine lange Klage? Hing sie über dem Wasser oder in seinem Gehör?

Sie wurde, ohne abzureißen, fast unhörbar, als wäre der unbeweglichen Luft ein Ton zugesetzt, von dem sie immer dichter wurde, zu schwer zum Atmen. Parzivâl ließ sich auf einen liegenden Baumstamm fallen. Er fror nicht mehr, die Kälte wurde ein Teil von ihm, er spürte sie immer weniger. Die Zeit verging, er blieb.

Zu dritt waren sie in der Frühe ausgezogen, denn am Abend zuvor hatte Anfortas Lust erkennen lassen zur Jagd.

Jagd? hatte Parzivâl gefragt.

Warum nicht? Das wird Euch bekommen, hoher Neffe, denn Ihr seid etwas grau geworden, mit Verlaub, und mir scheint, nun sei es an mir, Euch zu erlösen!

Anfortas stand noch in voller Rüstung. Er war frisch vom Tummelplatz zurückgekommen und leerte, zur Erfrischung, einen Becher mit Feirefîz. Nun trank er Parzivâl zu, der aus dem Innern der Burg in die Zeugkammer getreten war, doch der tat ihm keinen Bescheid.

Ich habe zu tun, sagte Parzivâl.

Ja, erwiderte Anfortas, du machst dir zu viel zu schaffen! Wozu hast du diesen Platz? Damit du nicht aufhören kannst, ihn zu suchen? Davon wird er immer verfluchter! Alles findet sich von selbst, Neffe, sobald man etwas damit anfängt, und da gibt es keinen besseren Anfang als die Jagd. An ihr zeigt sich der Herr, denn sie gehört ihm. Du siehst ja vor lauter Bäumen den Wald nicht mehr, ich aber sage dir: dieser Wald strotzt von Fleisch!

Erlaube es, Väterchen, sagte Feirefîz, während er Anfortas aus der Rüstung half – seiner eigenen hatte er sich schon ohne Hilfe entledigt –, dein Oheim kennt die Gegend, sie gehörte ihm lange genug.

Lange genug, du sagst es! rief Anfortas und streichelte die Pfauenfedern auf dem Helm, den er im Arm hielt. – Und noch viel länger haben wir nicht gejagt! Geht mit mir, Neffe, dann zeigt Euch das Revier ein anderes Gesicht, aber laßt Eure Brillenträger zuhause!

Ein Stück Wild könnte nicht schaden, sagte Feirefîz, damit dieser Ort lernt, sich selbst zu versorgen. Auf den Grâl werdet Ihr Euch nicht verlassen wollen.

Parzivâl schwieg, dann sagte er: Gut, Oheim, morgen wollen wir jagen.

Und die Beute vergleichen! rief Anfortas. – Ich will doch sehen, was ich treffe!

Als der Morgen graute, hatten sie die Burg verlassen, leicht gekleidet, der Kälte zum Trotz. Sie gingen zu Fuß. Feirefîz trug einen Köcher mit kurzen Spießen; in seiner Leibbinde staken zwei gekrümmte Schwerter und ein Dolch. Anfortas hatte sich einen Pfeilbogen umgehängt und führte so viele Pfeile mit, daß er wie gefiedert aussah. Parzivâl hielt nur einen Sauspieß in der Hand. Der Wald schwieg, bis auf ein Gerisel in den Ästen. An den Stämmen glänzte es wie von Reif. Der Tag sah nicht aus, als könne er zu grauen aufhören.

Die Jagdgesellen hatten sich bald getrennt.

Nun hatte Parzivâl den Gabilôt verschleudert. Etwas war laut geworden und wieder verstummt. Brumbâne glänzte wie Blei, die Oberfläche war von keinem Hauch bewegt.

Da brachen die Äste hinter ihm, er hörte keuchenden Atem, das Stampfen eines beschwerten Tritts. Er wandte sich um; Feirefîz trat aus dem Holz und trug einen Mann auf den Armen, der war Anfortas und lachte mit blutverschmiertem Gesicht. Unsanft ließ ihn Feirefîz auf den Stamm nieder, dabei fiel ihm ein toter Birkhahn vom Gürtel. Anfortas streckte sein Bein weit von sich. Beide stöhnten und lachten zugleich, zwei Buben, die sich im Mutwillen übernommen haben.

Was fehlt, Anfortas? fragte Parzivâl nach einer Weile.

Nichts! keuchte der Oheim, fast nichts, aber es hätte fehlen können, wäre der Prinz nicht zur rechten Zeit gekommen! Ich hatte drei Stück Wild angeschlichen, die Hindin säugte ein Junges, und der Alte stand daneben, schwarz mit weißem Bart. Ein Sechzehnender! Das Kitz war blond wie das dürre Laub, und ich traf's, daß es die Zitze fahren ließ; da lag's und zuckte nicht mehr. Die Hindin streckte den Hals und rief – so hast du noch nie einen Laut gehört, sie klagte wie kein Mensch! Ich schoß sie durch die Brust, daß ihr die Läufe knickten, und das Blut erstickte ihren Schrei. Der Hirsch richtete sich auf und hob das Geweih. Er sah mich an mit schwarzem Blick und öffnete die Lefzen, als wolle er mich verfluchen. Schritt um Schritt ging er auf mich zu. Ich schoß, schoß noch einmal, sah den Pfeil abspringen an seinem Fell. Nun durfte ich nicht mehr fehlen, ich setzte ihm den dritten Pfeil auf die Stirn, da blieb er stecken, und der Hirsch kam immer noch auf mich zu. Er senkte das Geweih, ich konnte mich nicht rühren, schon war er fast über mir – da fuhr ihm ein Spieß in die Seite. Der Hirsch stürzte mir aufs Bein, schlitzte mir die Haut und hätte mich noch im Todeskampf begraben, aber der Prinz riß mich weg und öffnete dem Tier die Ader. Wir mußten die Strecke liegen lassen, es war des Guten zuviel. Aber warum sitzt du hier und starrst Löcher ins Wasser?

Da Parzivâl schwieg, fuhr Anfortas nach einer Weile leiser fort: Hier habt Ihr mich zum ersten Mal gesehen, erinnert Ihr Euch? Ich lag draußen im Boot, ich war der Fischer.

Hier habt Ihr gevögelt, sagte Feirefîz ehrfürchtig.

Parzivâl starrte ihn an. – Was für ein Wort! sagte er. – Nimm das nicht in den Mund.

So? fuhr Feirefîz auf. – Ist es zu gut für mich? Mein Mund zu wenig fein dafür? Weil ich nicht weiß bin wie du?

Feirefîz' Antlitz war verwundet, scharf zeichnete die Erregung die Flecken darauf. Er biß sich auf die Lippen.

Ich rede deine Sprache so gut wie möglich, Grâlsherr, sagte er, denn du kennst meine Sprache nicht. Sonst würdest du dich schämen, mich zu verspotten.

Spotten? fragte Parzivâl erstaunt.

Du wüßtest, was Vögel bei uns zu sagen haben, fuhr der Halbbruder fort. – Sie suchen die Stelle, wo der Himmel die Erde berührt. Sie verzehren das Fleisch unserer Toten auf den Türmen. Dann tragen sie die Seelen dahin, wo sie zuhause sind.

Ja, sagte Parzivâl nach einer Weile. – Aber –

Aber, unterbrach ihn Feirefîz, die Seele wartet nicht nur auf den Tod. Der Mann sagt zur Frau: laß uns vögeln! Und die Frau sagt es zu ihm. Denn Frauen haben Lust, den Himmel zu berühren. Und wenn Mann und Frau sich wiegen, schlagen sie mit den Flügeln, aber sie fliegen nicht auf; denn sie müssen einander festhalten. Dennoch lernen sie im kleinen Sterben das große, und wenn sie in den Tod fliegen, können sie es allein. Denn sie werden eins mit dem Vogel, der sie trägt.

Das versteht er nicht, sagte Anfortas.

Parzivâl atmete tief auf. – Die Sprache ist arm, sagte er. – Wenn sie von Vögeln spricht, meint sie es roh.

Der Sinn ist arm, entgegnete Feirefîz nun wieder ruhig, aber die Sprache ist reich. Sie spricht auch aus deinen Templern. Sie lacht nur, wenn ein Mann das Rohe sucht. Wir werden roh geboren und sind roh geschaffen. Und wenn wir gesund werden wollen, müssen wir Rohes essen, denn es ist rein. Die Templer wollen vögeln, und sieh nur, wie gut sie kämpfen. Wer bist du, Bruder, das Leben zu verbittern?

Ich kannte die Vögel auch einmal, sagte Parzivâl, da war ich noch ein Kind.

Da fliegen sie ja! rief Anfortas und deutete in die Höhe. – Wilde Gänse!

Und Parzivâl sah die Augen der Spießgesellen wandern, langsam, glänzend, selbstvergessen, über die ganze Breite des Himmels. Er selbst war blind und entsetzte sich nicht einmal, daß er kaum noch erschrak.

Was tut Euer Spieß da draußen, sagte Anfortas, was habt Ihr gejagt?

Ich habe ihn weggeworfen, sagte Parzivâl.

Anfortas hob seine Hand vor die Augen wie gegen eine starke Blendung.

So klar, sagte er, war der See früher nicht.

Parzivâl fror. Er beugte sich zu dem Birkhahn nieder, faßte eine Schwinge und breitete sie aus. Das gebrochene Auge war halb von der gelben Lidhaut bedeckt. Die Beine waren verstümmelt.

Anfortas, sagte Parzivâl, warum hast du ihm die Füße abgeschnitten?

Ach, sagte der Oheim, er saß noch schlafbetäubt auf dem Ast, da habe ich ihn heruntergeholt mit einem Streich.

Flog er noch? fragte Parzivâl.

Ich brauchte ihn nur noch aufzuheben, sagte Anfortas, er war tot, bevor er's spürte.

Kannst du gehen, Anfortas? fragte Parzivâl. – Dann gehen wir.

Ganz die Mutter, sagte Anfortas.

Parzivâl starrte ihn an. – Von wem redest du? fragte er leise.

Anfortas rückte die Schultern und drehte das gestreckte Bein hin und her.

Du haßt mich, sagte er, warum hast du mich nicht liegen lassen?

Parzivâl schloß die Augen.

Du hast es getan, sagte er, weil du dir zu gut warst, meinen Anblick zu ertragen. Ich mußte aus der Welt, so oder so, aber in Gnaden war es feiner.

Warum sagst du: ganz die Mutter? fragte Parzivâl.

Ich kannte Herzeloyde früher als du, sagte Anfortas. – Die schöne Schwester machte die Augen zu, wenn sie es nicht mehr aushielt. Die Welt hat ihr gestunken, wie ich dir.

Wenn du an meiner Stelle gewesen wärest, fragte Parzivâl, was hättest du getan?

Wenn du so tot gewesen wärst wie ich? sagte Anfortas. – Ich hätte dich liegen lassen und wäre von Munsalvaesche weggelaufen, so weit mich die Füße tragen. Oder dann –

Sag es nur.

Oder ich hätte mich zu dir gelegt, wie du bist, erwiderte Anfortas, ich hätte deinen stinkenden Leib in die Arme genommen und dich auf die verdorbenen Lippen geküßt.

So hast du geliebt? fragte Parzivâl.

Hätt ich's nicht, sagte Anfortas, hättest du mich nicht so gefunden, wie du hast. Aber du bist Herzeloydes Kind.

Ja, sagte Parzivâl, ich bin Herzeloydes Kind.

Er hatte Mühe aufzustehen. Feirefîz reichte ihm den Arm.

Laß dich führen, Bruder, es ist nicht weit. Terresalvaesche ist ja nur ein Klacks von einem Land.

DER EISERNE TRAUM
WORIN ES PARZIVÂL
MIT GEWALT VERSUCHT

In der folgenden Nacht wurde Parzivâl heimgesucht von einem Traum.

In diesem Traum ging er den Weg nach der Grâlsburg allein und unberitten, suchte mit eigenen Füßen die Tritte auf dem Felsband, die einst der Fuchs so mühelos gefunden hatte. Mit blutenden Händen legte er den Riß in der Felswand frei, preßte sich hinein, um ihn zu dehnen, gewann in Todesängsten das Dickicht, das niedrig war wie ein Rattenkäfig, eine Falle, die bei der ersten falschen Bewegung zuschnappen konnte. Fast auf dem Bauch kroch er den drei Kuppen entgegen, dem eischalengrauen Gelege im Moos.

Doch anstelle Munsalvaesches erhob sich ein metallisches Sirren, das sich zum Knirschen steigerte, zum Kreischen, und der Träumer verstand, das war das Räderwerk der Welt, das man zum ersten Mal hört, und zum letzten Mal, wenn es zerbricht. Himmel und Erde erbrachen sich, scheiterten, polterten übereinander, ein Trümmersturz, der den Träumer begraben wollte, doch begegnete nun die Schwerkraft keinem Widerstand mehr. Die Fallsucht der Dinge machte sich frei, der Träumer fiel mit allem andern, denn alles fiel und begann sich im Fallen zu lösen, auseinanderzutreiben. Das große Gefährt der Erde, in Stücke zerlegt, war schwebender Abfall geworden, haltloses Treibgut in einem Meer von lauterem Nichts. Und wie der Träumer zuvor in der Klemme gesteckt hatte, hing er nun gewichtlos, schauderhaft frei, im Abgrund des offenen Raums. Vorsichtig, als wären sie zerbrechlich, breitete er die Arme aus: flog er nun einmal, endlich, er selbst?

Da packte es ihn am Genick, zog ihn am Kragen hoch wie einen Hasen vor der Schlachtung. Und das Grundgeräusch der Welt zog sich zusammen in eine Stimme, die wurde nicht ausgestoßen, sondern eingesogen. Ihr Atem ging rückwärts, machte sie hohl und gepreßt, wie die eines Fastnachtsnarren, eines nächtlichen Gastes, der nicht erkannt sein will. Und indem sie die Laute mehr entstellte als bildete, sog sie zugleich den Raum in sich auf, ließ ihn schrumpfen, alles darin in sich zusammenfallen und welken, was noch Ge-

genstand gewesen war. Und der Träumer fühlte, in zunehmender
Todesangst, wie auch aus ihm das Körperliche herausgepreßt wurde
in stetem Zug, meinte sogar ein Schmatzen zu hören. Was von dieser
Aber- und Widerstimme zu verstehen war, klang wie folgt:

Parzivâl, Schwächling vor dem Grâl, du maßlose Enttäuschung!
Elender Muttersohn, aus dem nichts geworden ist als ein schwankendes Rohr! Willst du aus dem Fragealter gar nicht herauskommen? Gefragt war die Antwort eines Königs! Du aber fährst fort, Rat
zu suchen, statt Rat zu schaffen, und wunderst dich, daß du mit
Munsalvaesche an kein Ende kommst! Beherrsche es, beherrsche
dich, so liegt es sonnenklar vor dir! Leg deinen zarten Zweifel ab,
opfere ihn auf dem Altar des Grâls, habe den Mut, dir seine Krone
aufzusetzen! Überwinde dich, dein Volk mit Glanz zu blenden, damit ihm ein Licht aufgehe. Spalte den Nebel der Zweideutigkeiten
mit dem Schwert deiner Berufung! Wozu hast du in den Abgrund des
Unheils gegriffen, wenn deine Hand zu zimperlich ist, ihm die Geburt des Heils zu entreißen? Du hast das Stöhnen Munsalvaesches
gestillt – und willst es schon wieder aufkommen lassen? Weißt du
nicht, wo er hinführt, der Ruf der Brunst, von dem die Mauern
erzittern? Unterdrücke ihn, wenn du ein Mann bist! Soll der Leib
der Welt denn niemals aufhören zu bluten? Soll sie wieder aufbrechen, die stinkende Wunde des Anfortas, um Ungeheuer des
Fleisches zu zeugen? Verstopfe sie mit dem Wort deiner Macht, denn
dazu wurde sie dir gegeben! Die einzige Krone der Schöpfung ist die
Dornenkrone des Endes! Also drücke sie dir in die Stirn, trag sie
endlich, die Last deiner Geschichte, und nimm dir ein Herz, sie
leicht zu tragen. Denn sie verdient es wahrlich, aufgehoben zu werden! Versäumst du sie nun, die Stunde des Heils, verscherzt du sie
abermals, die Pflicht zum krönenden Ende – und du bist auf dem
besten Weg dazu, in deiner elenden Gütlichkeit –: dann ist »Gans«
gar kein Wort für dich, und kein Fluch ausreichend, dein halbes
Herz zu geißeln! Dann sollst du dem Nichts verfallen, dem du die
rechte und rettende Form nicht zu entreißen wußtest, sollst verschwinden im Loch des Vergessens und verworfen bleiben im Abgrund der Unbeträchtlichkeit! Dann soll Anfortas umsonst gelitten
haben, und du gelebt für nichts!

Höre mich, Parzivâl, denn ich bin dein Gericht und deine letzte
Warnung! Kein Mensch kann die Welt gut sein lassen; du aber, der
Einzige, bist erwählt, sie gut zu machen: also wirf dich ins Mittel,

halte es an mit blutigen Händen, das Mühlrad, das Unheil aus Unheil mahlt. Flicht dich hinein als königliches Opfer und bringe der Welt den überfälligen Stillstand! Weißt du noch immer nicht, daß sie nur ein Glück verdient hat: zu verschwinden!

Parzivâl fühlte sich abermals geschüttelt, und als er die Augen aufriß, wußte er nicht, ob er zu sich gekommen war, oder wohin; sah nur ein Gesicht über sich, ungewiß im Dämmerdunkel. Vertraut wollte es lange nicht werden.

Warst du das? fragte er.

Wer? fragte Condwîr âmûrs, und er fühlte ihren Atem auf seiner Wange.

Du hast so geschrien, sagte sie.

Er hatte sich aufgerichtet; jetzt legte er sich zurück, immer noch zitternd, und er sah langsam den Raum sich herstellen mit seinen dunklen Maßen.

Ich habe auch geträumt, sagte sie. – Zum Glück hast du mich geweckt mit deinem Schrei. Ich war schwanger mit dir, ich wußte, daß ich dich zur Welt bringen sollte, und fühlte, du warst es gar nicht. Ein Ungeheuer wuchs mir aus dem Leib, ein geschuppter Drache, er wollte mit seinem Feuermaul mein Gesicht verschlingen –

Sie stockte.

Sprich zu Ende, sagte er heiser.

Er hatte deine Augen, sagte sie. – Unten warst du noch immer in meinem Leib. Aber ich wußte, du würdest mich töten.

Und du, sagte er und bewegte kaum die Lippen, und du warst auch in meinem Traum und hast mich verflucht.

Friedel, sagte sie. – Laß uns fort von hier. Jetzt gleich.

Ich hab's verscherzt, sagte er. – Zum zweiten Mal hab ich's verscherzt, alles, und für immer.

Ihre Arme ließen ihn los, erstarrt wie ihr Gesicht.

Du auch, sagte er. – Du hast mich verraten und allein gelassen. Der Grâl! Nie hast du ihn verstanden. Kümmerst dich nur um die Frauen, stiehlst ihnen das einzige, was sie haben. Zu Gänsen machst du sie, wie der Heide die Männer zu Narren. Sie waren Ordensmänner und Grâlsfrauen, weit her. Und was sind sie nun? Läufiges Gesindel. Nichts ist von Munsalvaesche übrig als das Seufzen der Eingeweide. Glaubst du, daß der Mensch nur für die Unzucht erschaffen ist?

Sie war zurückgewichen; es war gerade hell genug, daß sie das

Verdunkelte in seinem Gesicht sehen konnte, den Schweiß auf der Stirn, den plötzlichen Alterszug um den Mund, der um Luft rang. Sie wandte ihre Augen nicht ab, sondern sah es zum ersten Mal, das Gesicht seiner Mutter, und wie es mit dem Tode rang. In der Bestürzung suchte sie die Kraft, dieses Gesicht zu ertragen. Sie mußte es erwarten ohne Zutun, daß diese Züge brachen, denn er mußte es erleben, das Ende seiner Mutter. Und daß er es überlebte, war nicht gewiß.

Kundry, sagte er, wo ist die Person? Ich muß es wissen!

Dann mußt du fragen, daß ich dich verstehe. Welche Person?

Sie hat sich erfrecht, mit deinem Namen aufzutreten. Sie hat deine Augen. Und jetzt verfolgt sie mich bis in den Traum.

Ich wundere mich, Friedel! So heißt noch jemand Condwîr âmûrs?

Gott behüte! Kundry, die Grâlsbotin. Sie muß dir begegnet sein. Sie ist überall auf Munsalvaesche. Nur, sie zeigt sich nicht mehr!

Siehst du Gespenster?

Sie kann binden und lösen. Sie ist es, die mich verflucht hat. Und hat mich freigesprochen und abgeholt zum Grâl. Und jetzt besucht sie mich in der Nacht und verflucht mich zum zweiten Mal.

Condwîr âmûrs betrachtete ihn besorgt.

Beschreib sie mir doch, Friedel! bat sie.

Das kostete ihn Mühe. Denn als er zu reden begann, verwirrten sich ihre Züge und Gestalt. Die Worte, die sie nachzeichneten, rutschten ihm im Munde aus und verrannten sich zwischen Zunge und Zähnen, so daß er sie immer roher bildete. Am Ende war ein Ungeheuer daraus geworden, und Parzivâl hörte, daß sogar seine Stimme nicht mehr menschlich klang. Sie glich dem Heulen eines Wolfs.

Lieber Mann, sagte sie nach einer Weile, könnte es sein, daß du sie geträumt hast von Anfang an? So ein Geschöpf kann ich mir nicht vorstellen.

Aber du mußt sie kennen! rief er, ohne sie wäre ich nicht hier! Frag Bêne, die Zwillinge, frag Feirefîz! Ja, frag jeden Idioten am Artûshof, denn da ist nicht einer, den sie nicht schaudern machte!

Ich brauche niemanden zu fragen, sagte sie, mir genügt dein Wort.

Warum verhöhnst du mich denn? Geträumt! Sie war ein Alptraum, das ist wahr, aber wirklich war sie genug! Sie hat mir das Äußerste getan!

Du klingst ja, als müßtest du sie verteidigen. Selbst wenn es sie nur für dich gäbe, wäre sie mir wichtig genug.

Du willst mich beschwichtigen und kränkst mich immer mehr! Wenn es sie nicht gäbe, gäbe es mich noch viel weniger! Ohne sie wäre ich der Narr meiner Mutter geblieben, das Kalb von Nantes, der Scheinkönig von Pelrapeire –

Nach einer Stille sagte sie betroffen: Dann muß ich wohl froh sein, daß du all dies nicht geblieben bist, sondern fortgeschritten zur Herrschaft des Grâls und über dich selbst.

Er hörte das Schwanken in ihrer Stimme, aber ohne Geduld, es zu deuten.

Schöne Herrschaft! Kundry hat mich hergeführt. Warum bleibt sie außen, warum erkennt sie mich nicht an? Bist du ihr nahegetreten?

Wie sollte ich, da sie sich mir nicht einmal zeigt?

Siehst du! Seit du eingezogen bist, ist sie verschwunden! Ich will wissen, warum!

Es scheint, daß dir noch etwas zu fragen übrigbleiben soll, sonst wäre dein Glück mehr geworden, als du erträgst.

Wenn ich etwas nicht ertragen kann, ist es dein Spott! Das Glück! Wo ist mein Glück!

Da du es nicht sehen kannst, muß ich wohl schweigen.

Das ist bequem! Kennst du mich überhaupt, Frau, mit deiner glorreichen Vernunft? Weißt du, wo ich gewesen bin? In der Hölle! Sie hat mich hineingestürzt, sie hat mich herausgezogen. Und du wagst sie ein Hirngespinst zu nennen? Sie hat eine arme Seele! Sie hat mir das Leibhaftige zu schmecken gegeben, und du hast nur Gelassenheit für sie übrig, fragst ihr nicht einmal nach! Ist das der Lohn für meine Treue? Frau, ich bin an allem vorbeigegangen, und alles an mir. Sie aber, sie war der Kelch!

Darauf war, außer mit dem Schweigen beklommenen Mitleids, nicht zu antworten. Sie sah wohl, daß er den Kelch noch leeren mußte, und bemühte sich, unbesorgt abzuwarten, was er enthielt. Doch war sie traurig und tief bestürzt. So lange er fern geblieben war: noch immer hatte er die Mutter nicht besucht.

Frau, sagte er mit starren Lippen. – Ich will diese Burg wiedersehen wie beim ersten Mal. Frauen und Männer getrennt! Das Gebrüll hört auf. Du bleibst bei den Kindern und läßt sie nicht aus den Augen. Still will ich es hier wieder haben! ganz still. Jedermann zieht sich zurück, sechs Tage, zu Fasten und Gebet. Am siebten Tage will ich alles gerüstet haben zu Ehren des Grâls. Sie soll ihn hereintragen und an nichts anderes denken. Und Feirefîz muß getauft sein, damit er den Grâl sehen kann wie ein Krist. Und dann –

)ann, sagte er mit klappernden Zähnen, dann wird der Grâl reden, und sagen, was zu tun ist; und wir werden es aufs Wort befolgen. Denn ich kann lesen!

Und als sie sein letztes Wort hörte, überwand nun doch die Rührung die Erschütterung so weit, daß Condwîr âmûrs sein Gesicht in beide Hände nahm; es verschloß sich unter ihrer Zärtlichkeit. Aber als es wieder zu atmen begann, trat das Trotzgesicht eines Kindes hervor, das sie noch nie gesehen hatte. Es glättete sich sehr langsam zwischen ihren Händen. Parzivâl schlief ein. Seinen Schlaf hütend, fühlte sie sich mütterlich wie noch bei keinem ihrer Söhne.

Warte nur, sagte ihr Herz, mit mir treibst du es nicht zu weit!

Und zu ihrem Erstaunen begann etwas in ihr zu zittern und wurde ein Lachen, dem sie immer weniger widerstand. Es weckte ihn nicht, doch er erwiderte es mit einem schwachen Zucken der Lippen im tiefen traumlosen Schlaf.

Als es Tag wurde, so weit es Tag werden konnte auf Munsalvaesche, hatte er Traum und Trotz keineswegs vergessen. Er befahl die Männer ins Oktogôn, sprach wie ein Herr zu ihnen und verkündigte ihnen seinen Willen. Dazu gehörte, daß sie in ihren Zellen blieben, Männer und Frauen. Er verlangte, daß der Heide bekannt werde mit dem rechten Glauben, damit er den Grâl sehen könne. Dafür müsse er getauft sein, und zwar von Trevrizent, der ihn zuvor nach bestem Wissen und Gewissen zu unterweisen habe. Allen mache er es zur Pflicht, sich eine Woche mit Leib und Seele der Besinnung auf den Grâl zu widmen, damit sie am siebenten Tag seiner würdig den Überfluß empfingen und ihr Herz gerüstet sei für seinen Beschluß über Munsalvaesche und die Zukunft der Welt.

Es geschah wie befohlen; *daß* es befohlen war, unzweideutig, beflügelte, nach anfänglichem Argwohn, den Gehorsam. Die Zwillinge verkündeten es mit glasbewehrtem Blick: der Herr hatte die Zügel ergriffen und gedachte sie nicht einen Augenblick länger schleifen zu lassen. Alles wurde jetzt neu. Die Ordensritter sahen einander an. Auch in ihre Gesichter hatte sich etwas Neues eingeschlichen, eine neue Sorte von Spannung und Entspannung, was vielleicht vom Gebrüll herrührte und den Erwartungen, die es eingab. Haftete ihnen nicht schon etwas irdisch-Chevalereskes an, ein modischer Hauch, ja eine Andeutung von Keckheit und Wohlleben? Der Prinz war nicht spurlos an ihnen vorübergegangen, und die Elster, die sie im Schilde führten, ein bunter Vogel geworden.

Siegen oder Sterben war nicht mehr ihre einzige Devise. Sie wußten sogar ihre Namen wieder und trugen sie, wie ihre Waffenröcke, mit Anstand, auch Ritter, die eigentlich gar keinen Namen hatten; der wahre Adel des Ordens war es ja immer gewesen, daß man nicht durch Geburt dazu berufen war, sondern von Gnaden des Grâls. – Aber nun hatte der König die Zügel ergriffen, und so ließen sie die ihren los, die sie gelernt hatten spielend zu führen, und stiegen vom Pferd, der Heide sogar mit einem Freudensprung. Nein, Befehle war er wahrhaftig nicht gewohnt. Um so mehr hatte er Lust auf die Unterweisung, die ihm zugedacht war; mochte die ja kristlich sein, wie sie wollte: sie würde ihn zu der Dame führen, die er über alles begehrte. Und wenn er dazu den Grâl sehen mußte – auch wenn sein Interesse an ihm stark gedämpft war: – um so besser.

Nun, die Unterweisung belehrt ihn ja hoffentlich eines Anderen und Höheren. Man wird kein Krist, wenn man nur den Schoß einer Dame im Sinn hat, und wie man sich darin rühre und hüpfe vor Lust, besonders, wenn die Dame beinahe die eigene Tante ist und gar die Mutter sein könnte. Aber was zählen die Jahre einer Frau, die sie in der Nähe des Grâls zubringt, sogar als dessen auserwählte Trägerin und fast leibliches Gefäß! Daß die Grâlsdamen ihre Mädchenhaftigkeit bewahrt hatten, bewies das Puppenstubenhafte ihrer Zellen, die eigentlich Spielzimmer, Bastelräume waren. Es fällt nicht ganz leicht, sich in einer dieser Zellen Frau Herzeloyde vorzustellen. Und doch: ganz schwer fällt es auch nicht.

Nun hatte ihr Sohn jedenfalls die Zügel ergriffen und den Arrest der Frauen, der sich unter Condwîr âmûrs Besuchen gelockert hatte, wieder verschärft. – Keine Fabel berichtet, wie sich die neue Grâlskönigin diese Verkürzung gefallen ließ; wie sie es hinnahm, daß auch sie mit beiden Söhnen zu Einkehr und Stille verurteilt war. Man darf vermuten, daß sich dieser Zustand in Bênes Gesellschaft ertragen ließ, sogar für die Knaben. Doch seit der König, ihr Vater, befohlen hatte, schien auch das Draußen sich wieder zu verfinstern – und seine Verlockung zu verlieren. Ja, es gab in den Fensterlöchern gar keinen richtigen Himmel mehr. –

Fasten und Besinnung haben nichts mit Abenteuern zu tun, und solche der Entbehrung sind weder fabelhaft noch fabelfähig. Halbwegs heiter wird es nur an einem Ort Munsalvaesches zugegangen sein. Denn die Vermutung, daß kristliche Unterweisung bei Feirefîz nicht an den Rechten gekommen sei, ist ebenso stark wie die, daß

Trevrizent sie vielleicht so weit gar nicht kommen lassen wollte.
Oder waren sie beide nur zu sehr geeignet, die Botschaft vom heiligen Kristkind mit derjenigen des unbefleckten Schoßes zu vermi-
schen, in dem es empfangen wurde?

Es steht zu befürchten, daß Jupiter seine Nachfolge des kristlichen
Gottes in diesem Punkt wörtlich genug verstand und nur nicht begreifen konnte, warum da von Befleckung die Rede – und anderseits
im besonderen Fall Frau Maries durchaus keine Rede – sein durfte.
Er vermochte in einem Erguß des Himmels keinen Makel zu sehen,
und wollte wissen, warum es dabei so stubenrein habe zugehen müssen. Ach, Feirefîz war nicht Herzeloydes, er war um so mehr Gahmurets Kind. Seine Männlichkeit war unbelehrbar auch in göttlichen
Stücken und keineswegs unwillig, dem Herrn der Heerscharen,
Throne und Gewalten den Sprung in ein schön geformtes irdisches
Gefäß nachzutun, je eher je lieber.

Und da er die Frau recht zu würdigen begehrte, übte er in der
Fastenzeit lieber seine Phantasie als seine Zurückhaltung. Er meinte,
aus seiner Religion Beispiele genug zu kennen, wie Gott in einer
Jungfrau Fleisch geworden war und seine Schöpferkraft verherrlicht
hatte, unterwies Trevrizent seinerseits und wußte von Damen zu
erzählen, in die Gott, nach Wunsch oder Bedarf, als Blitz, Goldregen, Stier, notfalls sogar als Ehemann gefahren war. Und wer weiß,
ob sich der Katechet solche Belehrung, statt sie im Keim zu erstik-
ken, nicht auch noch gefallen ließ? Er wird mit dem zweiten Anschewîn nicht ganz anders umgesprungen sein als einst mit dem ersten in seiner Höhle, und den Bußwillen des Heiden mit der verdienten Heiterkeit begleitet haben, zumal ihn der Prinz ja auch noch
in seinem gutturalen Französisch an den Tag legte.

Ja, es ist nicht einmal ganz sicher, ob Gott, auf den es bei dieser
Unterweisung abgesehen war, das Wichtigste daran gefehlt habe.
Denn dem Heiden brannte das Herz im Leibe, und er war seriös in
seiner Passion. Auch der heidnischen Gottesart war es durchaus gegeben, das Ende und die Trauer aller menschlichen Dinge, der Liebe
zuerst, zu bedenken und anzunehmen. Diese Hinnahme des notwendigen Endes war sogar etwas wie die Bedingung seiner männlichen Hingabebereitschaft. Der Wunsch, das Eisen zu schmieden, so
lange es heiß ist wie die Liebe, setzt bei höheren Menschen eine
geprüfte Kenntnis der Tatsache voraus, daß Eisen von Haus aus kalt
ist wie der Tod. Stein und Erde befinden sich im traurigen Normal-

zustand der Materie, während das fröhlich brennende Fleisch ein
Zustand der Ausnahme und als solche besonders gnadenhaft und
verehrungswürdig ist. Der Mann der Höhle aber erfreute sich am
Mann der Wüste. Denn auch das, was man schon weiß, erfährt man
niemals tief genug und erfreut sich der Findigkeit, mit dem einem das
immer Gleiche begegnet als niemals Dasselbe.

So wurden sie in diesen sechs Tagen der Klausur alle wieder etwas
heiligmäßiger, jeder auf seine Art. Wobei schon die Frage bleibt, was
zum Beispiel die beiden Zwillinge als hartnäckige Aufklärer mit dieser Einkehr anzufangen wußten; zeichneten sie etwa weiter an ihrer
vergeblichen Topographie? Feilten und schliffen sie an ihrem Konzept vom Roten Ritter, nachdem dieser zum ersten Mal als Diktator
aufgetreten war? Condwîr âmûrs dagegen lebte gewiß in tiefer Sorge
um ihren Mann. Was tat er da? Wo blieb er selbst? Übte er vielleicht
den Sitz auf seinem Thron, den er auf einmal mit so viel Entschlußkraft beanspruchte? Mit wem sprach, zu wem betete er in dieser Zeit?

Sogar die 3 Eier schweigen sich über ihn aus. Sie wissen zu gut,
daß seine Entschlußkraft nur angenommen und in Wahrheit ein
Werk der Ratlosigkeit ist, also auch der Gewalt. Denn Verzweiflung
schöpft Gewalt, wie diese wieder die Verzweiflung vermehrt. Und
Parzivâl war, als er sich endlich zum König aufwarf und die Erbschaft seiner Mutter wie ein Herr antrat, desperat, zum zweiten Mal
und gründlicher als je verzweifelt an sich und Munsalvaesche. Sicher
ist, daß er die Gesellschaft scheute; die seines Bruders und Trevrizents, die seiner Frau, die seiner weltverbessernden Gesellen, am
meisten die seiner Kinder. Denn wer falsch spielt vor sich selbst,
weiß nicht mehr mit Kindern zu spielen. Das tat Parzivâl, weil er das
Rechte nicht wußte. Und nie hatte es sich ihm entzogen wie jetzt
gerade, da er es packen wollte in Gestalt einer Krone.

Nur ein Satz von ihm ist überliefert aus diesen sechs Tagen der
dunklen Woche, nicht aber, zu wem er ihn geäußert haben soll:

»Hier frage ich!«

Der oder das Einzige aber, was als Adressat in Betracht kam: Das
Ding, der Stein, die wabernde Lücke in der Luft von Munsalvaesche:
der Grâl also blieb doppelt verschlossen in der Tiefe der Frauenzimmer. Nach strengster Vorschrift gehütet, hütete er sich seinerseits vor
jedem Wort. Aber er würde vorgetragen werden und sprechen müssen am siebenten Tag, an seinem Fest, das man sich nicht anders zu
denken hatte denn als ein Fest der Krönung, der Krönung von Her-

zeloydes Sohn, dem Mann Condwîr âmûrs, zum Herrn und höchsten Diener am Ding und an allen Dingen.

Die Dreieinigen wissen noch was, ihr Möglichkeitssinn hat's ihnen gesagt.

Sie können sich vorstellen, daß Parzivâl mit seiner Verbeugung vor
der Disziplin sein Leben gerettet hat. Oder wäre es etwa nicht möglich, daß die furchtbarste Truppe der Kristenheit sich an ihrem Herrn
für den Zwiespalt gerächt hätte, in den er sie stürzte? Sie sollten, statt
die Welt Mores zu lehren, eine Elster fangen, und auch noch lebend;
sie sollten ihre Fassung, die mit Blut und Tränen geschweißt war,
auch noch lachend verlieren.

Dem herrischen Wesen fällt es schwer, sich dieses Lachen nicht
übelzunehmen. Nur allzu möglich, daß diesem oder jenem in den
Sinn kam, Parzivâl dafür das Gesicht zu zerschlagen. Er könnte es
geschützt haben, indem er es verlor, auslieferte den Ordnungskräf-
ten, die gewohnt gewesen waren, Munsalvaesche zu beherrschen. Er
gab sein Gesicht der Disziplin preis, doch nicht aus Liebe zu ihr,
sondern aus Verzweiflung am Unübersichtlichen. Wär's nur ein
Schachzug gewesen, eingegeben von den schlauen Zwillingen: es
hätte nicht geholfen. Eine angenommene Rüstung bietet keinen
Schutz gegen den Dolch des Mörders.

Aber der Grâlskönig verzweifelte ehrlichen Herzens; guten Gewissens peinigte der Träumer seine Frau mit einem Hirngespinst. So
hat ihn seine Dummheit gerettet; als gut Beratener hätte er nicht
überlebt.

Und wieder einmal wird man Gott preisen dürfen: daß Er's ihm,
durch die Stimme der schrecklichen Botin, im Schlaf gab, das
Grundverkehrte; nur so war's richtig.

DER JUDE
WIE TREVRIZENT
SEINEM NEFFEN PARIZIVÂL
AUF DEN SPRUNG HILFT

Ein Zwischenfall gegen Ende dieser sechs Tage ist immerhin zu melden.

Parzivâl begegnete Trevrizent auf der Brücke über den Graben, die ins Freie führt. Warum nicht? Warum hätte ihn, den Herrn, die Klausur binden sollen, die er dem Orden verschrieben hatte?

Er schnappte nach der frischen Luft, als er über den hohlen Boden stampfte. Drüben und unter ihm braute das Ungewisse, der Tag war tot. Parzivâl lehnte sich an die Kette, deren straff gespannte Glieder im Dunst verschwanden und weiter reichten, als er sich zu entfernen gut fand. Plötzlich konnte er keinen Schritt mehr tun.

Dafür hörte er Schritte. Vom anderen Ufer zeichnete sich eine Gestalt ab, gab sich allmählich zu erkennen. Parzivâl hielt sich an der Kette fest und atmete kurz. Die Augen des Oheims waren leer.

Was treibt Euch um? fragte Trevrizent.

Wo kommt Ihr her? fragte Parzivâl.

Trevrizent wies den Folianten vor, den er unter dem Mantel schützte, und schlug ihn auf. Die Seiten waren dicht mit Zeichen bedeckt, sie schwammen Parzivâl vor den Augen.

Das Lesebuch, sagte der Oheim. – Euer Bruder wünscht es kennenzulernen. Er sucht Euch darin.

Wo stehe ich, Oheim? fragte Parzivâl.

Ihr friert, erwiderte der Andere nach einer Pause. – Geht in Euer Haus.

Das Haus friert noch mehr, sagte Parzivâl, ich habe es wieder kalt gemacht. Warum?

Als Ihr in meine Höhle kamt, konnte ich Euch raten. Es reichte, daß Ihr Eure Rüstung ablegtet, um nicht mehr zu frieren. Was sage ich dem König des Grâls?

Ihr spottet. – König? Wer soll mich krönen?

Wenn's weiter nichts ist, antwortete Trevrizent, der Grâl wird Euch schon berichten, wie Ihr gekrönt sein sollt.

Er hatte das Buch zugeschlagen und wollte vorbei. Parzivâl hielt ihn fest.

Oheim, sagte er, bei unserer Verwandtschaft! Wie kann ich tun,
was geschehen muß?

Ich weiß nicht, was geschehen muß, sagte Trevrizent gelassen. –
Ich habe mich schon einmal getäuscht, als ich sicher war, der Grâl
müsse Euch verloren sein. Hier habt Ihr meinen Irrtum schriftlich. –
Er schüttelte das Buch. – Ich würde wieder irren, wenn ich mir
einfallen ließe, Euch zu raten. Und jetzt denkt an Eure Gesundheit.

Ihr habt Euch nicht geirrt, sagte Parzivâl. – Ich bin der Falsche.

Ihr seid allein mit Eurem Amt, sagte Trevrizent, und daß Ihr noch
an Rat glaubt, ist das Falscheste, was ich an Euch finde.

Parzivâl fiel auf die Knie, legte die Stirn auf den Boden und die
Arme über den Kopf.

Nach einer Weile setzte sich Trevrizent neben ihn und sagte:

Ich will Euch mehr sagen von meiner Höhle. Die hütet jetzt ein
alter Mann. Der hat Zuflucht gesucht vor wütenden Kristenmen-
schen, denn er ist ein Jude. Dafür haben sie ihm geschlachtet Frau,
Söhne, Töchter und Enkel. Das hat er alles mitansehen müssen. Er
bat die Mörder um ein Ende, damit er wieder versammelt würde zu
den Seinen. Da haben sie ihm den Bart angezündet, so daß sein
Gesicht schwarz wurde und er liegen blieb wie tot, bis auf die Höllenqual.

So wurde er gestraft dafür, daß er nicht hatte glauben können,
unser Herr Jesus sei der verkündigte Messias gewesen und habe aufgehoben alle unsere Sünden. – Seit sie ihm das Gesicht versengt
haben, redet er ohne Lippen. Ich habe gesündigt, redet er, als ich
Den Menschen nicht für Gottes Kind hielt. Denn das Kind hat ihn
bekannt bis an sein Ende, ja sein Ende am Kreuz. Fast wäre ich
gewürdigt worden, dem Kinde nachzufolgen. Etwas muß mir noch
gefehlt haben zur Vollendung. Und doch hat mich die Qual nur
gefunden, damit ich die höchste Freude soll erfahren in dieser Qual.
Denn ich weiß nun, daß Gott wohl mich verlassen kann, ich aber
nicht Gott.

Nun weiß ich auch für gewiß, redete der Mann mit den verbrannten Lippen, daß Euer Herr den Messias nicht nur gespielt hat, wie
ich glauben mußte. Denn er hat ihn gespielt bis zum Ende, Gott zu
Liebe, um Ihn zu verherrlichen, ungeachtet, ob es Ihm so gefällig sei
oder nicht. Und so darf ich mich durch den Tod meiner Nächsten
mit denen, die sie mir gemordet haben, vereinigen im Glauben, und
fühle mich leicht wie eine Feder vor Unserem Gott. Preisen kann ich

ihn nicht für das Vertrauen, mit dem Er Sein Geschöpf an die Stelle führt, wo Er sich so grausam verborgen hält. Aber da meine arme Frau mit Seinem Namen auf den Lippen gestorben ist, kann Er mir nicht verbieten, für Ihn zu beten für den Rest meiner Tage, damit Er nie so verloren gehe, wie ich es bin.

Steh auf, Neffe, sagte Trevrizent. – Enthebe dich der Sorge, ob du für etwas, was deines Weges kommt, der Richtige seist oder der Falsche. Es kommt auf dich zu, also begegne ihm freudig im Namen des Gottes, den die versengten Lippen bezeugt haben. Kümmere dich nicht darum, ob Er dir beistehe, sondern steh bei Ihm. Weck Ihn auf, Neffe. Versuche Ihn getrost, den lebendigen Gott.

Und ging weiter, aber drehte sich noch einmal um.

Gibst du mir auch den Speer wieder, bei Gelegenheit?

Den Speer –? Parzivâl nahm die Hände vom Gesicht und starrte ihn an.

Geruht Euch zu erinnern, sagte der Oheim. – Als Ihr meine Höhle zum ersten Mal besuchtet – ich war nicht da –, habt Ihr Euch an Taurians Speer gehalten. Er ist Euch in der Hand geblieben.

Mit dem Salamandermuster? fragte der Neffe. – Den habe ich Euch zurückgebracht!

So war es – war es so?

Und wieder mitgenommen, sagte Trevrizent. – Parzivâl wußte nichts mehr.

Euch liegt daran? fragte er leise.

Euch muß daran liegen, erwiderte der Oheim, denn Ihr seid es, der ihn verloren hat, gewiß nicht ohne Grund.

Parzivâl legte die Hände vor die Augen. Die kleine Dunkelheit war undurchdringlich.

Ich habe damit den Grâlsritter in die Schlucht gestoßen. Aber da ich selber stürzte und mein Pferd verlor, weiß ich nicht, ob der Speer ganz geblieben ist.

Ihr hättet ihn mir wiedergebracht, habt Ihr soeben behauptet.

Dann hab ich's auch getan! fuhr Parzivâl auf.

Ihr möchtet's wohl gern getan haben, sagte der andere, denn Ihr gehört zu denen, die nichts schuldig bleiben können.

Hab ich's nun getan oder nicht? fragte Parzivâl in zorniger Verwirrung und behielt die Hände vor den Augen.

Vergessen ist eine Gnade, erwiderte der Oheim, denn mit dem Behalten ist es ein eigen Ding.

Da stand Parzivâl auf. – Dann muß ich die Lanze suchen, Oheim, sagte er mit rauher Stimme.

Da auf der Welt nichts verloren geht, erwiderte der andere, könntet Ihr nicht einmal ausgesucht haben?

Ihr fahrt fort, mich zu beschämen, sagte Parzivâl. – Ihr führt mich auf einen Punkt, wo ich weder vorwärts kann noch zurück.

Und jetzt? fragte der Oheim.

In diesem Augenblick fühlte sich Parzivâl von einem stillen Ruck erhoben. Die Brust wurde ihm federleicht, als blättere ein Wind sie auf. Sie wehte mit ihm davon und ließ ihn auseinanderfliegen in tausend Punkte. Noch zitterten sie auf seinem Federkleid; schon befestigten sie sich am Gewölbe des Himmels.

Bewegte er sich gar nicht, hatte er die Arme ausgebreitet? Es war eins. Seine Augen ruhten in denen Trevrizents, und siehe, da hatte sich die Leere geballt, aus zwei war eins geworden, Augapfel, Glaskörper, der runde blaue Erdball, auf dem es von Zeichen wimmelte, von Gestalt, von Leben. Und Parzivâl stürzte darauf zu wie auf eine Beute, mit freudig gestreckten Fängen.

Du hast gestutzt! – Ich bin König des Grâls!

Der Oheim hatte das Buch fallen lassen und sich selbst dazu, daß der Steg dröhnte. Er saß auf seinem Hintern und lachte, während dasselbe Lachen aus Parzivâl herausbarst, und sein Gesicht sprang in tausend Stücke. Es schüttelte die Männer, es rüttelte sie gegeneinander wie Korn, das den Mühlsteinen entgegenhüpft. Es mahlte sie immer kleiner, dies Lachen zum Steinerweichen. Und als auch der Stein Mehl geworden war, erhoben sie sich daraus wie Lausbuben, denen ein Hauptstreich gelungen ist.

Sie mußten sich nicht mehr halten. Sie schwebten, ohne eine Feder rühren zu müssen, in Gottes Auge, wo es die Welt immer neu gebiert und verschlingt. Sich selbst mußten sie nicht halten, aber einander hielten sie umschlungen. Arm über Arm und Brust an Brust hockten sie auf der Brücke von Munsalvaesche, fast Nichts, zwischen Nichts und Nichts. Der dünne Boden unter ihren Ärschen bebte. Je länger sie lachten, desto dünner wurde er, desto müheloser trug er sie.

Und als er Luft geworden war und sie sich selber trugen, standen sie auf und verneigten sich voreinander.

Parzivâl aber nahm das Buch und trug es, den Oheim an der Hand führend, über den Steg zurück nach Munsalvaesche.

Wozu ein vergessener Speer gut sein kann! sagte Trevrizent unter dem offenen Tor.

Mitten durch! antwortete Parzivâl und ließ dem Oheim den Vortritt.

DIE HÖHE

WORIN DER GRÂL
SICH SELBST ÜBERFLÜSSIG MACHT

Sonst hatte sich auf Munsalvaesche kaum etwas ereignet. Sie schlichen vorbei, die sechs verschriebenen Tage, und endlich graute der Morgen des siebenten – wenn da hinten von Morgen die Rede sein kann; mit dem Grauen hat es schon seine Richtigkeit. Alles war zum Fest gerüstet und hatte dazu keines Befehls mehr bedurft. Während die Damen hoffentlich im Gebet verharrten und dann mit Reinigung und Einkleidung beschäftigt waren, hatten die Ordensmänner das Gröbere besorgt. Sie hatten die Wände des Oktogôns gereinigt von Kalkfluß, Schimmel und Bewuchs; sie hatten sie mit Jagdszenen behängt, die, beginnend mit einer Sauhatz, sich in Richtung des aufgeschlagenen Doppelthrons – der König hatte befohlen, die Sitze gleich hoch zu machen – ins Heiligmäßige veredelten. Linkerseits hielt eine Hindin ein Kreuz mit dem Vorderlauf, vor dem Bracken und Windspiele fromm zurückscheuten; rechterhand ließ ein Hirsch sein Geweih als Kerzenleuchter prangen. In der Mitte, überlebensgroß, lagerte das Einhorn weißmähnig und mit geblähten Nüstern im Schoß der Jungfrau, die über ihre geneigte Stirn einen Strom brandroten Haares auf das graulichte Fell des Geschöpfs fließen ließ, während sie sein Horn mit beiden Händen umfaßte. – Die drei Essen brannten lichterloh; Aloë-Holz wäre nicht nötig gewesen, denn Aasgeruch war nicht mehr zu übertäuben, doch tat es auch gegen den Hauch von Schimmel gute Dienste. Und es gab einen riesigen Vorrat davon. Vor kurzem hatte man ja noch mit der ewigen Verdammnis des Anfortas rechnen müssen.

Die Mühsal der Einrichtung machte den Rittern ohnehin warm genug. Sie hatten ungezählte Tafeln vorweg mit Damast gedeckt, und zwar auf beiden Seiten des Oktogôns. Denn auch die Frauen sollten diesmal lagern dürfen und bequemer in den Genuß des Überflusses kommen. Rot waren die Sitzkissen auf ihrer Seite, weiß auf derjenigen der Männer. Das Podest des Siechtums war abgebaut und an seiner Stelle stand eine Bühne, auf welche der Grâlstisch und auf diesem Das Ding abgesetzt werden sollten. Auf der dem Thron gegenüberliegenden Seite stand ein Taufstein, an dem sich die Herren schier überhoben hatten. Es war ein Sarkophag aus der Gruft der verstorbenen Junggesellen, der mittels Rollen und Hebeln und über viele Treppen heraufbefördert werden wollte. Da hatten sie gestöhnt wie seit den Zeiten des Königsleidens nicht mehr. Doch der Herr hatte befohlen, und sie durften sich für keinen Dienst zu gut sein. Sie hatten den Trog mit Wasser gefüllt, überschlagenem immerhin, um den Täufling nur zu kühlen, nicht zu erkälten. Auch das ungewohnte Feuermachen und Wassersieden in der Waschküche hatte die Ordensmänner mitgenommen. Aber ihre Muskeln waren gekräftigt im Turnierspiel, und ihr Humor ebenso. Da das Schweigegebot an diesem Tage nicht mehr galt, erleichterten sie sich die Mühsal durch Reden und Arbeitslieder, die ihnen Dioméd beibrachte. Die Beweisstücke des Leidens, Lanzenspitze und Silbermesser, blieben im Reliquienschrein. Anerkennend vermerkte man, daß Anfortas Hand anlegte wie irgendein Ritter und keine Mühe scheute, sich den andern gleichzustellen.

Dann wurde eine Glocke laut, die man noch nie gehört hatte; sie hatte Mühe, den würdigen Ton zu finden, der sich für einen Taufakt schickt. ParziVâl trat aus der Klausur hervor; das Ordenskleid, das er zum ersten Mal angezogen hatte, ließ ihn kleiner erscheinen als sonst.

Condwîr âmûrs zeigte sich noch nicht; die Taufe war Männersache. Der Täufling hatte einen durchscheinenden Überwurf am Leibe, der ließ den Bau seiner Glieder in so vieler Herrlichkeit erkennen, daß nun doch wieder etwas wie ein Stöhnen durch den Raum ging. War jemals ein solcher Körper der Heiligkeit zugeführt worden? Aber Feirefîz ließ sich nicht länger führen, weder von Anfortas zu seiner Linken noch von Parzivâl zu seiner Rechten; er ging, er schritt, er sprang. Seinen Mantel abwerfend, stieg er in den Sarkophag wie in ein Bad. Trevrizent, der Pate im Ordensstaat, ergriff den Täufling bei den Haaren und tauchte seinen Kopf unter, einmal, zweimal, ein drittes Mal. Und mit lauter Stimme sprach er, als wäre es schon vollbracht: Im Namen des Vaters – des Sohnes – und der heiligen Jungfrau!

Trevrizent drückte den Prinzen so lange unter Wasser, daß man danach die unsauberen Geister förmlich konnte ausfahren hören aus dem Bauch und der nach Atem ringenden Brust. Auf welchen Namen wurde er denn getauft? Offenbar hatte niemand an einen Kristennamen gedacht. Als Feirefîz tauchte er unter, und als Feirefîz richtete er sich wieder auf. Und sein erster Blick galt der kleinen

Stahltür, durch die das Wunder eintreten mußte, das er sich von der heiligen Handlung versprach.

Leider war es davon noch weit entfernt. Die Stunde der Frauen kam erst am Abend, mit dem Einzug des Grâls, den der Heide jetzt hoffentlich sehen würde. –

Er hielt es nicht aus. Der Tag dauerte ihm zu lange, so sprang der Prinz auf sein Pferd, er allein, und tummelte es draußen im Burghof. Er ritt Scheinangriffe, schlug Volten und brüllte die leere Luft an, die er mit Lanze und Schwert berannte; nicht viel fehlte, er hätte sie als gewaltiger Ringer umarmt. Sollte ihm Condwîr âmûrs von einem Söller aus zugesehen haben, so hätte sie an keinen so sehr wie an den Jüngling erinnert, der vor dem verhungerten Pelrapeire ebensolche Kapriolen aufgeführt hatte, bevor er draußen den Scheneschlant ansprang, um ihn vom Pferd und fast aus der Welt zu fegen.

Sein Täufer aber, Trevrizent, der ihm zusah, dankte Gott, daß Er seine Schafe von den Böcken selbst am besten zu unterscheiden wußte. Es geschieht nicht jeden Tag, daß Jupiter in Person auf den Namen der Heiligen Dreifaltigkeit getauft wird. Etwelche Nachsicht durfte man dem Herrn über Himmel und Erde wohl zutrauen.

Daß Feirefîz auch einige jüngere Ordensmänner verleiten wollte, mit ihm eine Lanze zu brechen, war freilich des kristlichen Übermuts zu viel. Denn jetzt war es an den Frauen, das Oktogôn mit Blumen zu schmücken und mit Kerzen zu bestecken; und die Männer gehörten in die Klausur. So nahm Anfortas sein Taufkind erst am Zügel, dann beim Arm, um auch ihn der gebührenden Meditation zuzuführen; worin diese aber bestanden haben mag, verschweigen selbst die 3 Eier. Die Unruhe des Prinzen dürfte eher göttlich gewesen sein als kristlich. Es waren Stunden wahrer Prüfung für das frischgebackene Gotteskind.

Leicht war die Mühe der Damen, der sie sich noch im Dienstkleid unterzogen, bevor sie sich zum feierlichen Einzug ins Oktogôn schmückten. Condwîr âmûrs ließ es beim einfachen grünen Kleid bewenden, das sie selbst geschnitten hatte. Hier hatte so lange keine Königin gesessen, daß es für ihren Staat keine Vorschrift mehr zu geben schien. Dann verabschiedete sie sich mit ihren Kindern, die ohne Bênes Geduld kaum zu halten gewesen wären. Sie ließ auch die Frauen zurück, nachdem sie befand, deren Putz lasse nichts mehr zu wünschen übrig. Zuletzt warf sie noch einen nachdenklichen Blick auf die verwirrten und schon öde wirkenden Puppenstuben.

Ist es so weit? Ziehen sie endlich ein? Unter den zahllosen Augenpaaren, die inzwischen, von der Klausur ausgehungert, im festlichen Saal versammelt sind, gibt es eines, das vorgreifen *muß*, es wolle oder nicht. Ungeduldiger sind nur noch die Kinder, Kardeiz und Loherangrîn. Sie haben lange genug in der Kammer stillgesessen und Bênes Märchen anhören müssen. Jetzt hindert sie nichts mehr daran, auf der immer noch leeren Frauenseite zwischen den gedeckten Tischen hin- und herzulaufen und Fangen oder Verstecken zu spielen. Bêne, zu Füßen der Königin, fängt die Prinzen immer wieder ein. Doch sie rufen nach Lähelîn, den sie vermissen; sie wollen essen, nachdem auch sie einen Tag haben fasten müssen, was nur mit dem Hinweis auf besondere Leckerbissen am Abend zu erzwingen war. Jetzt soll es aber kommen, das Wunder! Dessen bedürfte es wohl, um sie zur Vernunft oder zum Schweigen zu bringen – und es geschieht. Es tritt ein.

Denn die Stahltür hat sich geöffnet. Der Einzug der Damen entfaltet sich in Kerzenlicht und Seidenschimmer. Da halten auch die Kinder den Mund und vergessen, daß sie nur hergekommen sind, um ihn zu stopfen mit allem, was ein Tischlein-deck-dich hergeben mag. Auch den Ordensmännern vergeht das Murren, das ihnen angesichts der Jungherrschaft aufgestiegen ist. Wie soll ihr König die Ordnung der Welt wieder herstellen, wenn er nicht einmal die eigene Jugend im Zaum hält? Was ist das für eine Mutter, die für den Unfug nur ein schmales Lächeln übrig hat?

Einer ist da, der verschlingt die Damen mit den Augen, Paar um Paar – denn immer zu zweit tragen sie die Balsamkerzen herein, den schwelenden Weihrauch, die duftende Myrrhe. Wann kommt es endlich, das Wahre, die Eine? Das Fest in Goldbraun, die Augenweide in Olivgrün und Azur – dem Prinzen ist's nur ein Vorgeschmack, zu wenig und viel zu viel: die Eine ist's, die er sucht.

Und da kommt sie wirklich – ist das noch Wirklichkeit? – kommt in arabischer Seide aus Einem Schnitt. Oh, was er den Augen enthüllt! Ach, was er ihnen verbirgt!

Er hat sich vorgebeugt, der Getaufte. Es ist viel, daß es ihn hält zu Füßen des Throns. Wie er sich dreht und wendet, um sitzend an Höhe zu gewinnen, was er an Nähe entbehrt! Sieht er ihn jetzt, den Grâl? Er sieht ihn nicht und überall, in jeder Bewegung der Jungfrau. Er würde ihn auch in ihrer Zahnlücke sehen, blieben ihre Lippen nicht beim Lächeln verschlossen, dem strengsten, um ihr Beben zu beherrschen.

Aber, gesehen oder nicht: er ist erschienen, der Grâl. Wo die Jungfrau hinreicht mit ihren weißen Händen unter dem grünen Seiden-
tuch, da bebt die Luft, ganz von einem Gegenstand erfüllt, und doch
durchsichtiger als überall sonst, ein Fenster in der gemauerten Welt.
Die einzigen Arme, die Es heben können, legen Es nun ab, auf der
Amethystplatte, die vier vorgegangene Damen getragen und auf die
Elfenbeinstützen der Vorvorgegangenen abgesetzt haben, König und
Königin zu Füßen, dicht neben dem Prinzen Feirefîz. Für Menschenkraft wäre die Edelsteinplatte zu schwer. Die reine Unschuld
allein kann sie heben; die reinste nur kann Das Ding so darauf setzen, daß es auch sitzt. Feirefîz aber sieht nur die weißen Arme. Und
so voll sie sind, für ihn sind sie leer, wie seine eigenen.

Auch die Kinder sind ruhig. Mehr zu sagen über Wirkung und
Kraft des Grâls wird nie mehr nötig sein.

Nun beginnt der Stein zu fließen. Das Ding spendet sein Übermaß. Das Stöhnen des Hungers tönt wie ein tiefer Gesang, in den
sich die höheren Stimmen der Frauen mischen. Das Oktogôn singt,
der Grâl überströmt. Sie eilen herbei, die jüngsten Ordensmänner,
um den Segen aufzufangen, in Körben, Pokalen, Schüsseln und Sau-
cièren, wie jedesmal und wie schon so lange nicht mehr.

Was ist?

Was soll sein? – Sie fließt, die Nahrung, aber sammeln will sie sich
nicht. Nicht ballen zu Braten, Schnepfen und zartem Fisch. Sie fließt
so dünn, daß die schön geflochtenen Körbe nutzlos werden für den
dürftigen Überfluß. Das strömt nicht, das trieft und tropft. Das läuft
durch, festigt sich nicht einmal zu Brei.

Wassersuppe, mit einem Wort! damit sollen wir abgespeist werden?

Vielleicht schmeckt sie ganz wunderbar? Vielleicht ist auch das
biblische Manna als Wassersuppe vom Himmel gefallen und hat sich
erst auf der Zunge in Engels Kost verwandelt?

Sie nehmen die vollen Schüsseln entgegen. Sie schöpfen. Sie löffeln
die Brühe, prüfend, andächtig, so gut es geht. Doch dauert es nicht
lange, bis sie einander ansehen mit vollen Backen, die sich zu schluk-
ken weigern: was ist denn das? Was sollen wir damit? Das schmeckt
ja schal – kaum rührt sich darin ein Rest von Salz. Saft ohne Kraft
ist's, was der Grâl seinen Rittern zumutet! Haben sie dafür gehungert und gefastet?

Aber sehe einer den Heiden an, pardon, das neu getaufte Kind des
Herrn! Verklärt, hingerissen, nimmersatt schlüft er aus dem Bottich,

was ihm dieser zu bieten hat. Seine Augen wandern nach oben und unten vor Wonne. Ihm, dem einzigen, bekommt das Süppchen. Es schlägt ihm an. Er wird genährt, er ißt, was auf den Tisch kommt – wie sein König Tiridê von Elicodjôn.

Kardeiz und Loherangrîn aber spucken und winseln vor Enttäuschung, mit jenen spitzen Kinderstimmen, die sie aufsetzen, wenn sie sich von den Großen schmählich betrogen fühlen. Klagend und empört suchen sie Schutz vor der Enttäuschung ihres Lebens, Schutz bei der Mutter. So schmeckt ein Versprechen, wenn es gehalten wird? Nein, das schlucken sie nicht!

Und siehe da: der Grâl hat aufgehört zu spenden. Nicht nur dünn ist er an diesem Tag von Parzivâls Krönung. Er ist auch karg.

Condwîr âmûrs ist errötet, als wüßte sie schon, was sie da in den Mund genommen hat. Parzivâl wird blaß. Und noch einer ist da, der dem Grâl auf die Schliche gekommen sein muß. Denn er sagt so leise, daß nur die Nächsten es hören:

Fruchtwasser. Etwas lange her, daß ich darin geschwommen bin.

Also sprach Trevrizent. Und blaß war nun Condwîr âmûrs, rot aber Parzivâl. Er starrte auf den Fuß des Steines, ob dort eine Legende erscheine, eine Erklärung für den tief verstimmenden Zwischenfall. Der Grâl aber saß nur da und schwieg sich aus. Und in dem achteckigen Raum verbreitete sich eine Verlegenheit, daß sich die Wände bogen, die Mauern knackten.

Da hatte sich Einer erhoben und sein Gesicht leuchtete von verborgenem Lachen. Es erschütterte auch seine Stimme, denn nun sprach er, Parzivâl, der König des Grâls.

Schwestern, Brüder! sagte er. – Es scheint, daß wir uns versehen haben. Wir meinten uns wieder einmal sattessen zu müssen am Grâl. Nun gibt uns der Grâl zu verstehen: daß er unser satt sei. Das Ding bedeutet uns sein Ende. Wem Gott die rechte Zunge gegeben hat, der schmeckt immerhin einen Anfang darin; die Geburt eines neuen Menschen. Aber Den Menschen gibt es nicht! Es gibt nur Mann und Frau. – Und wie erleuchtet fuhr er fort: Wir haben nicht gewußt, wie diese Krönung zu feiern sei; ich, der König, wußte es am allerwenigsten. Nun aber liegt es auf der Hand!

Darum frage ich dich, als dein Verwandter, Repanse de Schoye: willst du meinen Bruder Feirefîz zu deinem Mann nehmen und ihn begleiten auf seinen Wegen, wie weit sie euch immer führen, Zeit eures Lebens?

Repanse de Schoye war blühend geworden wie eine Rose; sie ließ die weißen Arme sinken, und dann öffnete sie beide.

Und antwortete ihm gar nicht mehr, ihrem königlichen Neffen, sondern gleich dem andern, der ihr hineingestürzt war und sie umschlungen hielt wie Apollo den Lorbeerstamm.

Ja! sagte sie. Ja! ja, ja! *Mais oui!*

Sie standen zusammengewachsen, Feirefiz und Repanse, und hörten und sahen nicht mehr – niemand sah es, außer Trevrizent und den 3 Eiern – daß Das Ding nicht mehr zugegen war. Die Amethystplatte spiegelte die Lichter der Kerzen, blank, ohne die mindeste Verdunkelung durch ein Wunder.

Die Festgemeinde hatte ihre hungrigen Augen auf das Paar geheftet und sah nur noch Mann und Frau, die unzertrennlich schienen, zum ersten Mal in der langen Geschichte des Lebens.

DIE AUSWANDERUNG
WORIN 3 EIER
DAS LETZTE WUNDER DER GRÂLSBURG WIRKEN,
WORAUF DIESE IN DEN ORIENT UMZIEHT

Nach einer Weile fuhr Parzivâl gelassen fort: Wir sollten etwas essen.
Die Zeit des Tischlein-deck-dich ist vorbei, und ihr müßt damit
gerechnet haben. Denn habt ihr nicht vorgesorgt? Hier ist keiner
und keine, die nicht in der Kammer etwas aufgehoben hätte vom
vorigen Überfluß! Geht und holt es, damit wir es teilen. Wir wollen
auf Munsalvaesche noch einmal in Freuden zusammensein, bevor
wir nach Hause gehen!

Parzivâl war kein Wahrsager, als er im Kalten Haus manch warm
gehaltenes Nest des Eß- und Naschbaren vermutete. Er machte nur
von der Erfahrung Gebrauch, die er sich als Pferdeknecht und Seneschall erworben hatte. Vernünftigerweise war anzunehmen, daß sich
das Grâlsvolk nicht auf das Speisungswunder verlassen, sondern es
für den Haus- und Zellengebrauch etwas gestreckt hatte, für
schlechte Tage, und die meisten Tage auf Munsalvaesche waren ja
schlecht genug gewesen.

Wahrheit macht frei, auch die banalste; so gingen sie denn halb
befreit, halb beschämt in ihre Kammern und Zellen, um die Heck-
nester zu räumen, das Haltbare – Apfelsinen zum Beispiel – hervor-
zuholen unter Strohsäcken und hinter Heiligenbildern, ferner trok-
kene Feigen, gedörrtes Fleisch, mit Zucker bestäubte Süßigkeiten,
die man nicht hatte umkommen lassen. Auch das Leckermaul durfte
sich, auf das erlösende Geheiß des Königs, bei Lichte zeigen. Und so
wurden die verborgenen Schätze herbeigeschafft und auf einen Haufen gelegt, gar zu einem Gabentisch aufgebaut. Es kam allerhand
Überraschendes zusammen, auch von Leuten, bei denen man es gar
nicht gesucht hätte. Die Befreiten aber brachten es und trugen es bei,
vollständig und rückhaltlos.

Alles Licht des nun beinahe wohnlichen Raums war auf dem Segen versammelt, der die Amethystplatte überhäufte und den Grâl
zugedeckt hätte, wäre er nicht ohnehin verschwunden gewesen. Sul-
taninen hatten sie gesammelt und Oliven, getrockneten Tintenfisch
und gepökelte Haifischflosse, eßbare Vogelnester und himmlischen

Nektar schüsselweise, der inzwischen wohl etwas vergoren sein mochte. Sie tauschten die Rezepte aus, die ihnen beim Konservieren gedient hatten; und bald hörte man Frauen und Männer durcheinander und sogar miteinander reden. Auch fehlten gewisse Blätter und Stiele nicht, die in getrocknetem Zustand sanftes Wohlbefinden erzeugen und über manches hinwegtrösten können – der träumende Blick vieler Jungfrauen fand auf einmal eine natürliche Erklärung. Doch hatte der Tribut an die Wahrheit, der sich zu Füßen von König und Königin sammelte, nichts von Opfer an sich und nahm sich viel eher als Anerkennung ihrer Rechtmäßigkeit aus.

Trevrizent, mit kultivierter Entbehrung längst zu leben gewohnt, hatte Muße und fand Gründe, diesen Dank Munsalvaesches an die Wahrhaftigkeit als wahre Krönungsfeier seines Schützlings zu betrachten. Der Meister hatte seinen Meister gefunden und darum selbst nichts mehr zu wünschen übrig. Er bemerkte aber auch, welche Natur-Wunder sich erst dann ereignen, wenn die forcierten abgedankt haben. Er sah das Paar, Feirefîz und Repanse, im Schutz der allgemeinen Unaufmerksamkeit vereinigt stehen: als lebendiges Zeichen dafür, daß das Dunkel der Liebe so wenig wie das tiefere Dunkel der Einsamen das Licht des Festes zu scheuen braucht. Während König und Königin daran gingen, den Überfluß gerecht zu verteilen – nur bei Loherangrîn und Kardeiz war eine Ausnahme unumgänglich, denn wohin kämen Kinder mit der Gerechtigkeit der Erwachsenen? und so naschten sie nach Belieben –; während also die wunderbare Speisung ihren Gang nahm, wie seinerzeit auf Pelrapeire, der Hungerburg, wurde Trevrizent, diesmal verblüfft und fast entsetzt, einer neuen Wundererscheinung gewahr.

Denn wer saß ihm da gegenüber auf einem Mehlsack und verfolgte das Schauspiel der essenden Ritter und Damen mit nicht geringerem Vergnügen als er selbst? Keine Augentäuschung: Lähelîn war's, der Fürst in Person, dem der Grâl ganz offensichtlich den Zutritt nicht mehr verbot, ihn womöglich gar zitiert hatte. Er blickte in freier Nachdenklichkeit auf die Bühne des Oktogôns, die ihm so plastisch den Beweis für das Unumstößliche von Handel und Wandel lieferte. – Und wenn es noch eines weiteren Beweises bedurft hätte, daß Lähelîn wirklich zugegen war, so lieferten ihn die Kinder. Mit vollen Backen kauend überstürzten sie sich, den Mann zu fassen und zu erklettern, der ihnen als Reittier und Spielgefährte gedient hatte. Er aber legte die Arme um sie und wehrte ihnen nicht. – Flog da nicht

doch ein Schatten über das Gesicht des Königs, als er seine Prinzen
in dieser Umarmung sah? Die Königin verzog keine Miene, so daß
ihrem Herrn nichts blieb, als ebenfalls seine beste dazu zu machen.
Vielleicht war die Krönung nun erst vollständig geworden, und es
fehlte niemand mehr zur allgemeinen Verwandtschaft –

Gar Niemand? Als Parzivâl sich aufmachte, um den nicht mehr
ganz fremden Mann willkommen zu heißen, und ihm nicht nur den
kleinen Finger reichte, sondern die ganze Hand, da sagte Lähelîn leise:

Majestät, ich habe Grüße von Grâharz.

Von Grâharz! rief Parzivâl, sagt, wie steht es da?

Wohl, sagte der Fürst, auch wenn Fräulein Liâzens Hochzeit ver-
schoben werden mußte; doch wird der junge Mann, den sie gewählt
hat, der Rechte bleiben, wenn die Trauerfrist verstrichen ist. Er sieht
Euch gleich, nach seiner Art; doch ist er noch jung und wird sich den
Namen, den er nicht hat, erwerben durch klugen Umgang mit seinen
Gütern.

Trauerfrist? fragte Parzivâl.

Er konnte nicht ewig leben, Euer Rittermeister, sagte der Fürst,
aber doch lange genug, um von Eurem Einzug auf Munsalvaesche zu
vernehmen. Er ist inmitten seiner Vögel gestorben und wohl *an* seinen Vögeln. Denn die Wunde, die ihm sein Lieblingsfalke beim Abheben schlug, wollte nicht heilen und verzehrte sein Leben in kurzer
Frist. Für das einfache Auge hat er ihn vergiftet; für das höhere Auge
aber ist Herr Gurnemanz an seinesgleichen gestorben, beflügelt zum
Tode, wenn Ihr wollt.

Parzivâl schlug die Augen nieder. – Er soll mir gelobt sein, dieser
Tod, sagte er; offenbar bedarf es des Tropfens Wermut, damit ein
Glück vollständig sei.

Wenn Ihr's ein Glück nennen wollt, erwiderte der Fürst, ich zöge
es vor, vom Lauf der Dinge zu sprechen. Die menschlichen Dinge
vergehen und verlieren darum, wie meine heidnischen Bücher meinen, nichts von ihrer Herrlichkeit.

So soll es sein, antwortete Parzivâl, da es so ist.

Inzwischen zeigte sich, daß auch das Glück auf Munsalvaesche
noch keineswegs vollständig war. Der Berg an Lebensmitteln und
Süßigkeiten war abgetragen; sie stießen miteinander an, Herren und
Damen, mit dem aufgesparten Sinopel und Maulbeerwein, und ihre
Stimmen waren um so lauter geworden, als man sie, um sich zu
verständigen, immer weiter erhob. Darum mußte Parzivâl nachfra-

gen – vielleicht traute er auch seinen Ohren nicht –, als ein Templer an ihn herantrat; es war derselbe, den Parzivâl am Karfreitag in die Schlucht gestoßen hatte.

Parzivâl, sagte der Mann, ich danke dir, daß ich lebe.

Der Satz verlor in der Wiederholung nichts von seiner schönen Biederkeit.

Aber wir haben noch nicht genug! schrie der Mann. Er hatte den schwarzen Mantel abgeworfen und stand im weißen Gewand mit heftig gerötetem Kopf.

Wie meint Ihr? fragte Parzivâl.

Ich meine, sagte der Mann, wir haben Lust auf Eier! Wir haben eine Ewigkeit lang keine Eier mehr genossen. Spiegeleier!

Wie heißt Ihr? fragte Parzivâl.

Meierlîn, sagte der Mann. – Ich bin mit den Hühnern aufgewachsen und auch mit ihnen aufgestanden, bevor der Grâl mich berief. Seit ich hier bin, all die Jahre, habe ich von Eiern geträumt. Zuhause war ich sie satt, denn es gab nichts anderes. Jetzt schmecken sie nach Zuhause.

Wo soll ich Eier hernehmen? fragte Parzivâl.

Der Mann grinste verschmitzt. – Es gibt Eier in diesem Raum, sagte er, jemand hat sie gut versteckt. Aber frische Eier rieche ich auf eine Meile, und so weit weg sind sie nicht.

Immerhin! sagte Parzivâl, nicht eben eine eindeutige Erlaubnis. Aber was Meierlîn verstanden haben wollte, war: Immer zu!

Schon gut, Parzivâl! sagte er, und machte sich auf die Suche; er mit drei Kumpanen, und eine Jungfrau war auch darunter, deren Lustigkeit nicht zu übersehen war. Und alsbald war die Grâlsgesellschaft mit Eiersuchen beschäftigt, als wäre Ostern angebrochen. Parzivâl, verstummt, setzte sich wieder auf den Thron neben seine Frau, die noch nichts gegessen hatte.

Freund, sagte sie, hungert dich nicht? Es ist noch etwas übrig.

Und hielt ein Stück graues Brot in der Hand, brach es und reichte ihm die Hälfte, und sie aßen.

Kundry! sagte er.

Ja, Friedel, antwortete sie.

Ein fröhliches Geschrei zeigte an, daß die Sucher fündig geworden waren. Einer war dem andern auf die Schultern geklettert, ein dritter hatte diese beiden noch überstiegen und balancierte auf der Schulter des zweiten; aufgerichtet wie ein Akrobat, hielt er drei Eier in der

Hand, nicht groß nicht klein – drei gewöhnliche Hühnereier, die sich auf dem Sims der mittleren Esse gefunden hatten. Wer mochte auf ein so unerschwingliches Versteck verfallen sein?

Und ehe man sich's versah, hatte Meierlîn die drei Eier in die Eisenpfanne geschlagen, die ein Kumpan ihm reichte, und hielt die drei Dotter, die in ihrem Gallert schwammen, über das Feuer, wo sie alsbald brutzelten und sich beschlugen mit würzigem Duft; denn eine Jungfrau hatte nicht versäumt, von den übriggebliebenen Kräutern darüberzustreuen. Der Duft hatte die Menge andächtig gemacht.

In der Tat, sie waren noch nicht satt; und o Wunder, jetzt wurde ihnen Genüge getan. Denn die drei Eier reichten für alle. Nur das Königspaar, Trevrizent und Lähelîn bedurften keiner Speise mehr; die beiden Kinder aber schrien wie aus einem Mund: Wäh, Eier, Igitt!

Parzivâl stand auf von seinem Thron.

Da wir nun alle genug haben, sagte er, laßt uns danken für die Mahlzeit.

Und begann ohne Umstände das Gebet der Menschenkinder zu sprechen, als sage er das Selbstverständlichste von der Welt.

Vater und Mutter, sagte er, die ihr in uns fortlebt nach unsern Kräften, seid bedankt für Eure Sorge. Laßt uns die Erde so leicht werden, wie uns das Gute schwer fällt. Gönnt uns heute unser tägliches Brot, und laßt unsere Schuld dahingestellt sein, wie auch wir Euch vergeben, unsern lieben Schuldigern. Laßt uns das Beste machen aus der Versuchung, und steht uns bei gegen das Übel, Gier, Geiz und Trägheit des Herzens.

Und sagte noch: Wir bitten um den Mut zu ändern, was wir ändern können. Wir bitten um die Gelassenheit hinzunehmen, was wir nicht ändern können. Und wir bitten um die Weisheit, das Eine vom Anderen zu unterscheiden.

Amen! sagte eine starke Stimme. Feirefîz war in die Mitte des Oktogôns getreten. Er hielt Repanse de Schoye bei der Hand.

Väterchen, sagte er zu Parzivâl gewendet, wir brechen auf!

Parzivâl schwieg.

Und wenn es Euch recht ist, nehmen wir die Ritter und Damen mit. Heute nacht ist mir ein Berg erschienen, da ich wachte, der heißt Skiz und ist ein ausgezeichneter Ort. Denn da ist Feuer vom Himmel gefallen, und ein Kind ist da geboren worden, das hat das Feuer festgehalten und hält es so lange, bis es in allen Herzen brennt; das Feuer heißt Freude. Dieses Kind soll wieder gezeugt und wieder geboren werden. Ich will ihm ein Haus rüsten auf seinem Berg, und diese Damen und Herren sollen ihm Paten sein und meine Gäste, so lange Gott ihnen das Leben gönnt, oder auch weniger lang: wie es ihnen beliebt. Wenn unser Kind groß ist, wird es an alle Enden der Welt ziehen, um sie einzuholen, wie ein Fischer sein Netz, damit die Welt darin aufhüpfe vor Freude über ihre Sammlung und einerlei werde in der Liebe. Bis dahin aber wollen wir uns tummeln und etwas bunter leben, als wir es hier getrieben haben. Und wollen auch etwas Ordentliches lernen, damit wir bereit sind für die Weisheit des Kindes, wenn es kommt; und es kommt gewiß. Du aber, mein Bruder, bist erwählt, dem Kind den Weg zu bereiten, wo immer du gehst. Denn da du ein Mann geworden bist, hast du die Höhe gewonnen, deren das Kind bedurfte für seinen Anfang. Niemand wird sagen können, ob du dem Kind Gottes vorgehst, oder ob es dir nachschlägt. Denn alles bleibt in der Familie; auch die Zeit und die Geschichte, in die du uns geführt hast, kennt nicht vorne und hinten. Alles ist ein Weg.

So sei es, sagte Parzivâl, Bruder: daß alles Ein Weg ist, alles Ein Tun.

Das wäre noch schöner, wenn alles Ein Tun wäre! erwiderte Feirefîz, das wäre zu fad!

Wir meinen das Gleiche, Bruder, erwiderte Parzivâl, es ist nur die Sprache, die den Unterschied macht.

So kommt jetzt, ihr Damen und Herren! rief Feirefîz mit lauter Stimme, kommt, wie ihr seid, stehenden Fußes, denn ausstatten will ich euch unterwegs! Kommt mit allem, was ihr nötig habt, um weit zu gehen und wiederzukehren, wenn es euch bestimmt ist. Denn wo wir hingehen, führt jeder Weg hin, und jeder führt zurück!

Nie war auf Munsalvaesche königlicher gesprochen worden, sie erschraken und staunten, doch nicht lange. Erhob sich da nicht ein Gemurmel, wurde es nicht laut und begeistert, und klang es nicht wie: *Dieu le vult!* Da war einer, der hatte nicht mehr gesprochen; doch jetzt wischte sich Anfortas den Mund und sprach:

Ich wollte schon lange ins Morgenland, wo Milch und Honig aus dem Paradiese fließen. Wo aber bleibt dann Munsalvaesche, und was wird aus seinem Herrn, meinem Arzt? Ich bleibe bei dir, lieber Neffe, denn wo du bist, ist die Treue.

Parzivâl und Condwîr âmûrs lasen einander an den Augen ab, was jetzt zu sagen sei, und es war Parzivâl, der es sagte: Bleib dir selber treu, Oheim, so bist du's dem Grâl und mir, denn wahre Treue ist beweglich. – Darum bewegt Euch und geht in Frieden! sagte er mit leiser Stimme. – Freut euch des Lebens, und dann blühe euch, was Gott will!

Und schon begannen sie zu drängen, Herren und Damen, und unterließen die Mühe, sich einzukleiden. So viel Vertrauen schenkten sie dem Wort des Prinzen und verließen sich sogar darauf, daß er dem Wetter die nötige Milde gebieten könne. Sie bildeten einen Zug hinter Feirefîz und Repanse, die einander bei der Hand hielten. Diese waren die Ersten, sich vor Parzivâl und Condwîr âmûrs zu neigen, und die hinter ihnen, schon zu Paaren geordnet, taten es ihnen nach. Und siehe, es kam auf jeden Mann eine Frau, und manchmal auf den unscheinbarsten die ansehnlichste; alle mochten die Hand eines andern, die sie zum ersten Mal im Leben hielten, nicht lassen. So bewegte die Reverenz vor dem Königspaar den Hochzeitszug wie ein Sommerwind, der übers Gerstenfeld streicht.

Die Kinder waren es überdrüssig geworden, auf dem Schoß Herrn Lähelîns um den bequemsten Platz zu streiten. Kardeiz, mit der Miene des Klügeren, hatte ihn geräumt, um die Knie Trevrizents zu erklettern. – Hü, Narr! rief er, Hüst und Hott!

Aber Trevrizent traf keine Anstalten, sich auf die Knie niederzulassen und Pferd zu spielen.

Kinder, sagte er, seht, wie eure Eltern der Gesellschaft das Geleit geben. Ihr seid Prinzen und ebenfalls Fürsten dieses Hauses. Es schickt sich nicht, daß ihr zurückbleibt. Hört ihr denn nicht das Stampfen und das Wiehern? Das sind die Araber von Munsalvaesche, Ihr müßt ihnen auf Wiedersehn wünschen! Also, Kardeiz – du auch, Loherangrîn! – macht, daß Ihr weiterkommt zu euren Eltern. Denn das wird kein rechter Urlaub für die Herrschaften, wenn Ihr nicht zuschaut und Euren Segen und Senf dazu gebt! Ihr könnt ja wiederkommen und dem Fürsten und mir erzählen, welche Richtung der Zug genommen hat! Oder könnt Ihr etwa Osten und Westen noch gar nicht unterscheiden?

Und wie! schrie Loherangrîn, komm, Kardeiz! Wir kennen auch Süden und Norden!

Dann müßt Ihr aber unsere Burg hüten! rief Kardeiz und dafür sorgen, daß der Feind sie nicht erobert!

Welcher Feind, Kind? fragte Lähelîn, aber Trevrizent fiel ihm ins Wort: Geht nur! sagte er, das besorgen wir schon, der Fürst und ich. Keiner findet Munsalvaesche!

Und so liefen sie denn dem Getrampel nach, um wenigstens die letzten Araber noch abziehen zu sehen, paarweise ihrerseits, die Stute rechterhand im Paßgang, weil es der Dame mit ihrem Sitz so bequemer war, die Hengste, ihren Drang zügelnd, zur Linken. Als die Kinder vor das Tor neben ihre Eltern traten – geblendet, denn es war heller Tag geworden –, konnten sie das letzte Paar im Hohlweg verschwinden sehen; die Dame kannten sie nicht, aber der Mann, der ganz ohne Rüstung im lockeren Festkleid ritt, war unzweifelhaft der Schalk, vor dem ihnen immer etwas gegraut hatte, auch ohne seinen Buckel. Da er aber fortritt, winkten sie ihm nach.

Die Leute von Munsalvaesche ritten nach Osten. Immer ferner waren die Hufe zu hören, Lachen und Zurufe immer leiser. Und dann war es stiller, als es um Munsalvaesche je gewesen war. Nur der Wind strich durch die Wipfel, die sich neigten ohne Regel. Die Kinder schwiegen unter dem Eindruck plötzlicher Feierlichkeit; Condwîr âmûrs winkte nicht mehr, hatte die Hand sinken lassen und beschattete die Augen. Sie wandte sich um; sie taten es ihr nach, die andern drei, und erstaunten.

Munsalvaesche war nicht mehr da.

Sie standen in einer offenen Lichtung, in der das Gras hoch gediehen war, mit sparsamen Blumen dazwischen; ganz in der Höhe zog eine Elster ihre Kreise und schrie.

Und der Narr? fragte Loherangrîn.

Wo ist mein Fürst? fragte Kardeiz. – Wo sind unsere Pferde?

Da rührte sich ja etwas im lichten Vorgehölz; und je länger sie starrten, desto unzweifelhafter sahen sie: es waren Pferde, ihrer vier sogar, zwei ausgewachsene – ein Grâlspferd und eine Schimmelstute – und zwei Ponies, fuchsfarben das eine, das andere silbergrau.

Das Graue ist meins! rief Loherangrîn.

Und zum ersten Mal traf es sich, daß sie einander ihre Wünsche nicht streitig machten; denn Kardeiz war schon auf das Füchslein zugelaufen und faßte es bei der Mähne.

Die Lichtung glich derjenigen, in der Parzivâl den Blutstropfen begegnet war, und später dem Zelt seiner Frau; hier hatten sie Kyôt begraben, aber da war kein Hügel zu sehen und kein gefallener Baum, aus dessen toter Krone ein frischer wuchs. Alles sah unberührt aus und unbetreten seid Menschengedenken, bis auf die vier Pferde, an deren Leibhaftigkeit kein Zweifel möglich war. Denn die Kinder hatten sie schon bestiegen, Kardeiz mit Anstand, Loherangrîn ungestüm. Doch schien das Silberweiße nachsichtig und kindliche Behandlung gewohnt.

Als Parzivâl auf die Schimmelstute zutrat, um ihren Halfter vom Baum zu lösen, erschien sie ihm einen Augenblick als das angepflockte Pferd Frau Jeschûtes.

Parzivâl half seiner Frau in den Damensattel und reichte ihr den Zügel; dann trat er zu Liliencrôn und blickte ihm in die Augen. Das Tier schüttelte Kopf und Mähne.

Komm! sagte er leise. – Jetzt bist *du* Munsalvaesche.

Ohne Worte machte sich der kleine Zug auf, in der vorgezeichneten Spur, denn diejenige der Ausgewanderten war noch frisch. Und so ritten sie hin, jeder im Zeug, das er anhatte. Es war zu leicht, doch spürten sie im Sonnenschein keine Kälte, auch nicht im lichten Wald, der sich vor ihnen öffnete und offen blieb, wegsam in der Richtung, in der sie weiterzogen, immer weiter. Und Kardeiz und Loherangrîn, mit Reiten überaus beschäftigt und ihrer Pferdchen froh, hätten keinem mehr zu erzählen gewußt, ob sie jetzt nach Osten oder Westen ritten, Süden oder Norden; aber da war auch keiner mehr, der danach fragte. Condwîr âmûrs ritt voraus und gab den Schritt an, gelassen folgte auf seinem Grâlspferd der Vater. So ritten sie hin, bis hinter ihnen der Schrei der Elster verklang.

ARTÛS ZUM LETZTEN
WORIN PARZIVÂL
UND SEINE FAMILIE
DEM ARTÛSHOF BERICHTEN,
WIE MAN DEN GRÂL GEWINNT

Was war zuerst: der Ritter oder das Ei?

Wer lacht zuletzt?

Man wird die Frage nicht durch das Ende der 3 Eier für erledigt halten. Friede ihren Resten? Aber restlos sind sie verzehrt, ihrer wundersamen Vermehrung ungeachtet. Der Hunger war größer.

Darum wollen wir auch nicht von einem Opfer reden. Wer ohne Rest gebraucht wird, hat den Namen nicht nötig. Er hat sein Lebensrecht erwiesen. Wer von uns Rittern könnte Ähnliches von sich behaupten? Unsere Opfer pflegen Reste zurückzulassen – so viel schattenhaftes Nachleben, daß ganze Kulturen darauf gedeihen. Die 3 Eier aber sind ihrem Personal nichts schuldig geblieben, und ihnen nichts der Appetit des Personals. Sogar ihre Schalen müssen eßbar gewesen sein. Jedenfalls weiß die Fabel nichts mehr davon zu melden.

Wer zuletzt lacht, lacht am besten? Da jedes Ende mühsam ist und meist lebensgefährlich, lacht noch besser, wer auch über ein Ende lachen kann.

Darum mag die Geschichte noch ein paar Schritte weitergehen, um ihre eigenen Reste aufzuheben. Sie tut das Überflüssige, aber in Freiheit – jener Freiheit, die das, was die Sprache der 3 Eier wäre, auch ohne sie spricht.

Die erste Strecke ritten sie wie im Traum, darum begegnete ihnen auch keinerlei Grenze darauf: die Fabel weiß von keiner. Immerhin fiel Parzivâl und Condwîr âmûrs nach dem Nachlassen ihres benommenen Zustandes auf, daß nicht nur Trevrizent und Lähelîn fehlten. Wo war ihr eigenes Gefolge geblieben, die Zwillinge, der Schauspieler, Bêne? Niemand hatte sie mit dem Zug des morgenländischen Bruders abreiten sehen. In Luft konnten sie sich doch nicht aufgelöst haben – bei Diomêd wäre dergleichen allenfalls vorstellbar. Was die Zwillinge betrifft, ließe sich auch noch denken, daß sie von der Zuversicht auf das kommende Weltenkind mitgerissen worden und in einen morgenländischen Lernprozeß geraten sind; doch wie weit sie auch reiten, werden sie ihren Charakter nicht verleugnen und jeder neuen Berufung das Salz der Vernunft zusetzen. Gewiß gibt es auch im »Palast der Säulen«, den der Prinz in seinem Paradies zu errichten gedenkt, Verwendung dafür; es möchte anders des Weltfriedens und der schönen Eintracht zu viel werden.

Wie gern wüßte man auch, ob Repanse de Schoye mit den im Osten bereits vorhandenen Bräuten ihres Jupiters zurecht gekommen ist; als kristliche Dame konnte sie ihnen nicht wohl den Tod wünschen. Jedweden Rechtsanspruch der zivilisierten Welt wird man hinten im Paradies kaum geltend machen dürfen, etwa den empfindlichen gegenseitigen Alleinbesitzes. Wenn nicht die Klugheit, so hätte gewiß der Geschmack dieser ausgezeichneten Dame verboten, einen Mann, dessen Herrlichkeit durch die Taufe noch gewachsen war, nur für sich zu beanspruchen und an seiner göttlichen Reichweite zu verkürzen.

Wohlbekannt ist immerhin, daß sie ihm den verkündigten Sohn gebar. Er bekam den Namen Iohannes, des Lieblingsjüngers des Herrn, und wird ein Kind, vor dem die Fabel nur verstummen kann. Sein Beruf wird ihr gewissermaßen den Boden entziehen, denn er erfüllt ihre Wünsche nur zu gut. Die Vereinigung der Welt ist zwar der Wunsch aller Fabeln, aber ihr Stoff ist sie nicht. Wie sollte sie auch für ihre Bedürfnisse – und die ihrer Hörer – ohne die Gebrechlichkeit des Lebens auskommen?

Diese Geschichte wird also nicht zu erzählen sein. Und man muß fürchten – man darf hoffen –, daß es mit der Endzeit des Iohannes, den die Fabel als »Priesterkönig« bezeichnet, noch sehr gute Weile hat. Neun Monate bis zur Geburt, das ohnehin, denn nur ein Kind wie ein anderes kann die Welt erlösen. Danach wird es ewig leben müssen, um sein Werk zu vollenden. Die Fabel aber, kindlich ihrerseits, wird es nicht lassen können, ihren Beitrag dazu wo nicht zu leisten, so doch zu fordern.

Daß sich Fürst Lähelîn in Luft aufgelöst haben sollte, strapaziert die Wahrscheinlichkeit noch mehr. Er hat gar nicht das Zeug dazu, obwohl seine letzte Entwicklung, am Leitfaden seiner arabischen Schriften, aus dem Gegenspieler wohl etwas wie einen Mitspieler und aus Handel und Wandel fast ein Gleichnis gemacht hat. Da gönnt man sich noch eher die Vermutung (sie ist immer noch kühn genug), Trevrizent habe den Händler und Wandler in die Falle seines eigenen heiteren Verschwindens gelockt, nicht ohne dessen Einver-

ständnis, so daß er jetzt in das aufgehobene Munsalvaesche eingeschlossen bleiben müsse wie die Fliege in den Bernstein; ein Bild, das
der Beweglichkeit der beiden alten Herrn freilich zu nahe tritt. –
Artiger bleibt der Verdacht, daß sie nun im Nirgendwo zusammensitzen und der eine im andern endlich den gewünschten Schach-
Partner gefunden hat.

Parzivâl und Condwîr âmûrs, Kardeiz und Loherangrîn aber reiten
noch immer auf dem Boden der Fabel, also in der ritterlichen Welt –
und in dieser führt nun einmal kein Weg an König Artûs vorbei. So
müssen sie ihm noch einmal begegnen – mit Gefahr für das Ende
ihrer Geschichte, und nicht ohne Gefahr für die erreichte Sammlung.
Denn ohne Zerstreuung kann es in der Nähe des Königs Artûs nicht
abgehen. Er will weder weise werden noch ein Ende gelten lassen,
das über ihn hinweggeht. Er will seinen Tribut, auch von Parzivâl,
und vor allem von Condwîr âmûrs, die er noch nie mit Augen gesehen hat. Ein förmlicher Urlaub, ein Abschied in seinem hohen Sinn,
muß schon sein. Denn er wird auch nicht jünger, und um so bedürf-
tiger der Gelegenheiten, die ihm eigene Größe zu zeigen. Von Herrn
Gawân zu schweigen – nein, die Fabel hat nicht das Recht, zu diesem
Mann in seinem Glück und Unglück zu schweigen. Ihn und Orgelûse auf sich beruhen zu lassen: das wäre feige, redlichkeitswidrig
und kommt nicht in Betracht. Wir wollen ihm nochmals ins Auge
sehen, unserem schwierigsten Paar.

So fügt es sich denn, daß Parzivâls kleine Sippe – ihres Ziels längst
gewiß, doch ausgesprochen wurde es bisher erst in Loherangrîns
Ohr – von ungefähr auf das Zentrum des höfischen Lebens stößt.
    Sie haben eine kleine Anhöhe erreicht, auf der ein Lindenhain
steht. Da sehen sie vor sich im Grünen ein Festlager ausgebreitet,
einen ansehnlichen Zusammenzug von Zeltringen und vielförmigen
Einzelzelten, denen nur eines gemeinsam ist: die Rosenfarbe. Parzivâl will nicht glauben, daß dies Artûs' Lager sein soll, das er vor so
kurzer Zeit verlassen hat. Wie kann ein ganzer Hof fast von heute auf
morgen umrüsten auf Rosarot?
    Und doch sieht er die bretonischen Farben auf dem Hauptzelt
wehen; er sieht die Lindwürmer und Salamander, Strauße und Greifen, die ebenfalls in Rosenfarbe getaucht sind. Er kennt die Namen
dazu, die Männer und Frauen, und manche nur zu gut. Wäre Iwânet

bei ihm: der könnte das Rosenwunder rasch erklären; denn wie oft hat er solche Stilwechsel erlebt und helfen müssen, sie ins Werk zu richten. Mit einem Zauberschlag soll das Lager in frische Farbe getaucht sein. Durchaus ist es nicht immer König Artûs selbst, der das Zeichen dazu gibt; oft genug folgt er einer stürmischen Pagenmode. Und nie kann man wissen, ob man mit einem neuen Effekt ausgelacht wird oder Schule macht –. So sieht es aus, das abenteuerliche Leben aller Tage am Artûshof. Wenn er nichts Ernsthaftes zu besorgen hat, stattet er eine Novität mit so viel Ernst aus, daß die Heiterkeit, mit der man sie tragen muß, gespielt wirkt; und das eben soll sie ja auch.

Condwîr âmûrs steht still auf diesem Hügel, der Schimmel tut es für sie. Er öffnet das Maul zum Wiehern, während ihre Lippen sich verschließen. Das soll der berühmte Artûshof sein? Eine Bonbonnière, über die grüne Wiese hingeschüttet? Aber sie sieht die Augen ihrer Kinder glänzen; sie muß es fassen, daß an einem solchen Platz Ritterschaft vergeben und gefeiert wird, daß Männer kein höheres Ziel kennen, als hier einzukehren und etwas Besonderes zu scheinen. Sie kann das Zeltlager auch als einen Haufen gefallener und zusammengewehter Blüten betrachten, wie sie im Frauengarten von Munsalvaesche geblüht haben, hier freilich rosa, dort immerweiß. Kardeiz und Loherangrîn klatschen in die Hände, ihre geduldigen Ponies leiden es, daß man die Zügel losläßt.

Ich sehe das Zelt Clamidês, sagt Parzivâl.

Das ist mir gar nicht recht! erwidert Condwîr âmûrs.

Wir wollen sehen, ob Frau Cunnewâre das Lachen nicht verlernt hat.

Sie soll sich unterstehen, versetzt Condwîr âmûrs; denn er hat ihr dies und das erzählt.

Ach, liebe Frau, antwortet er, ich hoffe ihr Lachen immer noch zu verdienen. Was habe ich nicht alles getan, um zum Lachen zu sein, sogar für dich!

Wenn man dich kennt, ist das auch nicht schwer. Aber wer dich nicht kennt, soll dich respektieren!

Das hat sie getan, auf ihre Art, lacht Parzivâl. – Orilus und Jeschûte scheinen auch da zu sein – die dachte *ich* nicht wiederzusehen.

Siehst du! sagt sie, können wir uns das nicht sparen? War das nicht die Person, die du verheiraten *mußtest?*

Ja, das mußte ich, erwidert Parzivâl ohne Spott. – Gawâns Zelt kann ich nicht sehen! fährt er fort, oder ich werde kurzsichtig. Das ist das Alter –

Im Alter wird man weitsichtig, Parzivâl, sagt sie. – Jedenfalls wäre es zu wünschen.

Aber ja doch, Klinschors Zelt steht da; nur ist es immergrün gewesen, und der Himmel weiß, wie es Rosenfarbe annehmen konnte.

Müssen wir hinab, Mann? Was haben wir da verloren?

Liebe Frau, entgegnet er, ich heiße »mitten durch«. Hier ist keiner, dem ich nicht Aufmerksamkeit schulde. Und du mußt König Artûs und Frau Ginovêr gesehen haben, und Gâwân besonders. Die Küsse werden dich nicht reuen.

Du bist zu ritterlich, mein Freund, sagt sie. – Noch können wir uns beiseite schlagen, denn sie haben uns nicht bemerkt.

Welcher Irrtum! Denn in diesem Augenblick ertönt der ferne Klang eines Horns in merkwürdiger Tonfolge.

Das Grâlsmotiv, sagt Parzivâl befremdet. – Wir sind entdeckt.

Da bleiben wir auf keinen Fall! sagt Condwîr âmûrs jetzt beinahe ängstlich. – Die Kinder würden sich zutode langweilen. Ich bin sicher, da wird bloß hofiert!

Wir wollen Gâwân sehen! und Orgelûse! und das Zauberbett! zetern die Kinder; denn Bêne hat ihnen genug davon erzählt in den faden Stunden der Einkehr auf Munsalvaesche.

Wir bleiben nicht, sagt Parzivâl, aber etwas hofieren kannst du dich schon lassen. Sie haben auch allerhand über Condwîr âmûrs gehört, und die Damen werden schon dafür sorgen, daß du nicht über jeden Vergleich erhaben bist.

In meinem Aufzug! seufzt Condwîr âmûrs. – Wir sind ja losgeritten, wie wir gingen und standen!

Der Ritt hat dich noch blühender gemacht, sagt Parzivâl.

Du redest abgeschmackt wie ein Kavalier, entgegnet seine Frau halb versöhnt, denn sie weiß selbst, wie wohl sie aussieht, und hat auch nicht übel Lust, die notorischen Damen kennenzulernen. – Jeschûte, sagt sie, Cunnewâre – Orgelûse auch! Und wen noch? Das ist ja ein rechter Harem, Feirefîz hätte seine Freude an dir! Man merkt schon, von welchem Stamm ihr *beide* gefallen seid!

Gahmuret galt als treu, sagt Parzivâl, und ich bin es sogar. – Und nachdenklich fügt er hinzu: Zum Glück ist Bêne nicht mitgekommen.

Wo ist Bêne? fragen die Söhne. – Wo ist sie?

Sie verweilt sich irgendwo, sagt Parzivâl leise. – Wir werden sie wiedersehen; denn niemand geht verloren.

Gâwân ist da! erwidert Loherangrîn, das ist die Hauptsache! Bêne liebt ihn auch, das habe ich schon bemerkt. Sie konnte nicht von ihm erzählen, ohne rot und blaß zu werden. Erst wollte sie nicht reden, und dann hörte sie gar nicht mehr auf!

Und so reiten sie denn eher zögernd in die grün-blau-rosafarbene Gegend hinein, über der sich der reinste Himmel wölbt. Denn der begleitet immer die Blüte der Ritterschaft.

Wo sind die Wachen? fragt Condwîr âmûrs.

Artûs braucht keine Wachen, erwidert Parzivâl, gegen wen auch? Alles, was ihn bedrohen könnte, zieht er an sich. Sein Lager bewacht sich selbst.

Ein gewisser Zauber waltet bereits an dieser Stelle. Denn der Artûshof liegt unmittelbar vor ihren Augen und will doch lange nicht näher kommen und größer werden, als wüßte er, daß er von weitem am schönsten sei. Aber nun meldet sich doch ein Wächter.

Denn ein roter Ritter steht unter blühendem Hollergebüsch. Wie Parzivâls Familie näherkommt, schiebt er das Visier hoch und klappt es sofort wieder herunter. Einen Augenblick steht er regungslos mit seinem Pferd; das immerhin ist nicht rosa, sondern ein schwerer Brauner. Plötzlich stößt er einen Schrei aus, der hohl klingt unter dem Eisen, reißt, als hätte er ein Gespenst gesehen, sein Pferd herum und sprengt dem Lager zu.

Das war Orilus, sagt Parzivâl. – Den kenn ich am Pferd.

Warum trägt er deine alte Rüstung, Vater? fragt Loherangrîn.

Seltsam, sagt Parzivâl.

Hat er sie dir abgenommen?

Nicht daß ich wüßte.

Und abermals erschallt das Grâlsmotiv. Man kann die Bewegung sehen, die im Lager entstanden ist; da läuft's wie ein Haufen roter Ameisen.

Nun hilft alles nichts, sagt Parzivâl, wir werden empfangen.

In der Tat. Der Klang verstummt, dafür hören sie, je näher sie reiten, den Lärm. Und allmählich sind sie nahe genug, daß ihnen rötlich wird vor den Augen. Und hört, hört, der Lärm schweigt auch, und seht: die Bewegung ordnet sich. Sie reiten durch den Lagereingang, einen Triumphbogen, auch Himmelstor genannt; die Mittelstraße verwandelt sich in ein Spalier von Rittern und Damen. Und weit hinten schwankt der Baldachin, unter dem ein Paar sitzt; es kann nur das Königspaar sein. Die Zeltstadt, Ring um Ring, gewinnt ihre Ordnung, dem Sternbild des Reiters nachgebildet; Artûs, nicht ganz in der Mitte, stellt seinen Hauptstern Al Mânach vor. Die Kinder sind verstummt. Parzivâl braucht den Kopf nicht zu entblößen, denn er trägt weder Helm noch Hut. Ihr Weg zum Thron führt durch eine Gasse von lauter Roten Rittern; Alle tragen sie Parzivâls Rüstung, und die Damen rosa Kleider, Ton in Ton. Parzivâl und die Seinen hätten fast vergessen, abzusitzen. Nun aber werden von beiden Seiten lautlos ihre Zügel ergriffen und die Pferde beiseite geführt. Und wieder, schmetternd diesmal, die Grâlsfanfare.

Heil! schreit eine Knabenstimme. Und: Heil! donnert es aus vielen Kehlen zum blauen Himmel, in hellen und heiseren Stimmen. Parzivâl ist zusammengezuckt, und schneller, wie auf der Flucht, gehen sie vorwärts. Flüchtig sieht Parzivâl Herrn Gâwâns Gesicht und das Herrn Keies. Alle haben sie den Helm abgenommen, und auch diese beiden sind Rote Ritter. König Artûs ist ungerüstet und erhebt sich ganz in Rot. Er gebietet dem Geschrei zu schweigen mit einem Wink seiner müden und leicht zitternden Hand: kann er in kurzer Zeit so alt geworden sein? Die Singstimme wird nach kurzem Schwanken fest; ganz hell ist sie nicht mehr.

Gegrüßt, gegrüßt! sagt er. – Hoch gegrüßt, Parzivâl, Herr des Grâls! Hochwillkommen, Königin, Frau Condwîr âmûrs!

Er spricht durch die Nase, dehnt das U mit ungebührlicher Andacht. – *Tiens*, lieber Neffe, fährt er in gewöhnlichem Ton fort, was für eine Ehre. Frau Condwîr âmûrs, welch ein Glück. Und was für holde Knaben! Wie heißt du denn?

Kardeiz, sagt Kardeiz.

Kardeiz! sagt Loherangrîn.

Wie artig! haucht König Artûs. – Zwillinge sollten immer den selben Namen tragen, besonders, wenn sie so verschieden sind. Einer von Euch ist ein Schalk, und ich sehe auch, wem er gleicht. Das muß er von Euch haben, Frau Königin, denn sein Vater war immer ein Dümmling. – Das ist meine Hausfrau Ginovêr. Jetzt müßt Ihr zu küssen beginnen, Herr Parzivâl, ich beneide Euch darum. Aber mich selbst beneide ich am meisten, denn bei Eurer Frau, mit Verlaub oder nicht, fange ich an und höre gar nicht mehr auf.

Und er küßt Condwîr âmûrs mit gespitzten Lippen auf die Wange, während Parzivâl Frau Ginovêr fast scheu in die Arme schließt und von ihr desto entschiedener umfangen wird.

Parzivâl! sagt sie, wie habt Ihr uns gefehlt!

Er neigt sich und beginnt der Reihe nach die Damen zu küssen, und die Herren auch, denn so geziemt es sich neuerdings. Condwîr âmûrs beginnt ihre Runde noch nicht, obwohl Artûs schon Miene macht, sie Herrn Lanzelôt vorzustellen. Sie aber blickt ihm unverwandt in die Augen.

Mein Mann mag ein Dümmling sein, sagt sie, dafür ist man hier ziemlich närrisch, wie mir scheint. Was kommt Euch in den Sinn, Euch so zu verkleiden? Hier sind ja lauter rote Ritter und rosa Damen!

Wir verdienen Euren Tadel, erwidert Herr Artûs, denn wie soll die Kopie vor dem Original bestehen? Doch traue ich auf Euer Erbarmen, wenn Ihr mit unseren Gründen bekannt gemacht seid – es sind die allerwürdigsten. Nur, laßt Euch nicht hindern, zuvor mein Völklein willkommen zu heißen. Dies ist Herr Lanzelôt, der Unentbehrliche. Dies Herr Gâwân, immer zu meiner Rechten. Seine Herzogin Orgelûse, das Glanzlicht unserer kleinen Welt.

So muß Condwîr âmûrs in Gottes Namen küssen und geküßt werden, was das Zeug hält, während die Söhne angewidert zurücktreten und sich von Frau Ginovêr durchaus nicht auf den Schoß ziehen lassen. Ihre Mutter aber blickt jedem ernsthaft in die Augen. Sie hat sich Frau Orgelûse höher vorgestellt, dennoch wirkt sie langgliedrig in ihrem dunkelrosa Kleid, das aus einem Stück geschnitten ist. Freilich hat der Schnitt keinerlei Ähnlichkeit mit demjenigen, den Condwîr âmûrs eigenhändig zu machen pflegte.

Eine Begrüßung am Artûshof ist ein ausgiebiger Vorgang, kaum weniger als die berühmten Abschiede; denn es darf niemand, der einen Namen hat, davon ausgenommen werden. Immerhin sorgt eine gewisse Befangenheit Condwîr âmûrs für kürzeren Prozeß, während Parzivâl auf der andern Seite fortwährend aufgehalten wird, um Verbindlichkeiten auszutauschen. Eines Führers bedarf er wahrlich nicht. Er hat sie alle kennengelernt, ob als Sieger oder als Seneschall und Pferdeknecht. So trifft Condwîr âmûrs, von Herrn Artûs auf die Gegenseite geleitet, mit ihrem Mann zusammen, und zwar gerade vor Herrn Clâmidê, und darf nicht schnell weiter gehen, um sich seiner andächtigen Betrachtung zu entziehen.

Der Belagerer von einst ist eitel Bonhomie. Herr Clâmidê hat sich als Eheherr würdig und wohl auch etwas fester herausgebildet und seinen Leib dennoch in die Rüstung des Roten Ritters gezwängt. – Daß wir uns wiedersehen! ruft er. – Welche Fügung!

Zumal wir uns noch nie gesehen haben, sagt sie. – Interessant. Die Rüstung steht Euch beinahe. Macht sie Euch nicht etwas warm?

Das tue ich für den Grâl! erwiderte Herr Clâmidê unverdrossen. – Herr Artûs, darf ich die Vorstellung übernehmen? – Das ist meine gute Cunnewâre – und sie die Königin Condwîr âmûrs, du weißt schon! mit der ich mich damals vor Pelrapeire gestritten habe. Wie lange das her sein muß!

Frau Cunnewâre lacht, während Condwîr âmûrs Lächeln eine gewisse Eisigkeit nicht verbirgt. Denn die andere Dame, salopp auf den ersten Blick, interessant auf den zweiten, hat ihren Kleiderschnitt geradezu unverschämt getroffen. Sie trägt das Brustteil schräg nach links an die Schulter geknöpft; an der Nackenseite entfernt sich die Seide kapuzenartig wegsinkend vom Hals. Zum ersten Mal ist Condwîr âmûrs dankbar für das anspruchslose Reisekleid.

So schreitet die Begrüßung fort, zeremoniell oder spontan, und nimmt lange kein Ende. Iwein und Laudîne, Erec und Enîte, Gramovlanz und Itonjê, Sangîve und ihr Turkoyte... und, keineswegs zuletzt, Orilus und Jeschûte. Die Rothaarige knickst vor Condwîr âmûrs, die dabei feststellt, daß das in der Tat schöne Rothaar etwas trocken ist. Herr Orilus aber macht ein Gesicht, als verbinde er mit Parzivâl nichts Besonderes, und dieser läßt seine gespielte Abwesenheit gut sein. Je weiter die Begrüßung fortschreitet, desto tiefer sinken die Begrüßten. Parzivâl kann die dienenden Ritter, mit denen er als Seneschall gut Freund gewesen ist, leider nicht daran hindern, vor ihm ins Knie zu fallen. Er will eben die Begrüßung mit einer den Rest des Spaliers umfassenden Geste beenden, als er stutzt – er traut seinen Augen nicht.

Vor ihm steht einer, der fällt nichts ins Knie, der blickt ihm ins Gesicht – und ist nicht nur gekleidet als roter Ritter, er *ist* der Rote Ritter. Parzivâl steht sich selbst gegenüber und starrt in die eigenen Augen – nein, sie sind es doch nicht ganz; denn die andern zeigen ein leuchtendes Grün. Condwîr âmûrs kommt der Bestürzung ihres Mannes zu Hilfe. Sie kennt ihn besser, als er sich selbst, erkennt auch den Mann vor ihm mit einem Blick.

Diomêd! ruft sie. – Du hier! Wo kommst du her? Wohin bist du verschwunden?

Oh! sagt der Gaukler, denn jetzt ist er es ganz unverkennbar, – wo käme man hin, wenn man nicht überall hinkäme zur rechten Zeit! – Ich komme da her, wo Ihr hinwollt. Ich habe Bêne und die Zwillinge bereits da gelassen, damit sie das Nötige zu Eurem Empfang rüsten, und bin Euch wieder ein Stück des Weges entgegengeeilt, den Ihr nehmt und der natürlich ein Umweg ist; denn Eure Sippschaft wählt niemals die kürzeste Strecke. – Außerdem, flüstert der Gaukler, wollten wir Bêne das Spektakel hier ersparen – sowie gewisse andere Umstände.

Was bist du für ein taktvolles Ungeheuer, sagt Parzivâl. – Und von hier an geleitest du uns?

Ich denke nicht daran! sagt er. – Ein Familienbild, das am Horizont verschwindet, ist genau das Wahre für den Schluß Eurer Geschichte. Dieses Tableau werde ich nicht verpatzen! Ich fliege Euch wieder voraus, verweile jedoch auf meine Art; für den Fall, daß Ihr zufällig Bedarf haben solltet nach einem Dienst –

Herr Artûs, der die Vorstellungsgespräche auch weiterhin begleitet, zeigt sich erstaunt über die Ausdauer des gegenwärtigen und über die Person des Unbekannten, der dem hohen Gast zum Verwechseln ähnlich sieht. Sie stehen wie Zwillinge, und hätte Parzivâl, wie alle andern, die rote Rüstung angehabt – sie hätten ihr Fest dem Falschen ausrichten können.

Lassen wir's genug sein! singt Herr Artûs nicht ganz ohne schrillen Ton. – Ich habe Ordre gegeben, die Tafel zu rüsten, als ich Euch kommen sah –

Pardon! unterbricht ihn Parzivâl, wo ist Herr Iwânet?

Diesem eben, erwidert Herr Artûs, habe ich Ordre gegeben, denn in der kurzen Frist, die zwischen Eurer fernen Erscheinung und Eurer kräftigen Gegenwart verging, hätte kein anderer das Kunststück fertiggebracht.

Er ist mein Freund, sagt Parzivâl.

Er soll in Eurer Nähe Platz finden, lächelt König Artûs. – Wenn Ihr mit meiner Frau Ginovêr zu Eurer Linken vorliebnehmen wollt? Eure hohe Königin aber möchte ich mir als Nachbarin nicht nehmen lassen.

Die *Malice* des Herrn ist noch immer so ungebrochen wie sein Taktgefühl. So löst sich das Spalier auf und wird, hinter dem Königszelt, zum Rund. Weltweit wie zu Jôflanze ist es nicht mehr. Es zeigt die Handschrift Keies, der auf Ordnung hält und Gleichheit auf die Prominenz beschränkt. Ein Wiesenrund ist es immer noch, denn keine Tafel der Welt hätte ausgereicht, die Häupter des Lagers recht zu setzen; so sitzen sie an schmalen Tafeln, die zum Kreis zusammengestellt sind, und lassen sich von der grünen Mitte her bedienen. Und da findet sich endlich auch der, den der Gast gesucht hat.

Iwânet! – Parzivâl! rufen sie und liegen einander in den Armen. Auch Condwîr âmûrs beschränkt sich nicht auf einen Wangenkuß und gebraucht beide Arme, den Jugendgefährten ihres Mannes recht zu fassen. Die Kinder, ins Schmollen geraten, haben sich im Übermut dem Tafelmeister angeschlossen und drängen ihn zum Spielen und Erzählen, als wäre er Bêne. Und so bleibt den Eltern denn nichts übrig, als auf Iwânet bei Tische zu verzichten und die drei ins Grüne abziehen zu lassen. Die rot verkleideten Herrschaften ziehen eine ungnädige Miene. Man ist es nicht gewohnt, daß Nachwuchs im kinderlosen Artûskreis Ämter entfremdet, Abläufe verdirbt. Doch wäre es an der Mutter gewesen, Kardeiz und Loherangrîn zurechtzuweisen, und leider tut sie dergleichen nichts. So muß die Tafel ohne Meister auskommen, und siehe, sie kann es auch. Keie weiß dafür zu sorgen, rührt freilich vor Ärger keinen Bissen an. Ungezogene Grâlskinder im Artûskreis! Man hat sich die Zucht Munsalvaesches anders vorgestellt. Daß die Grâlskönigin ohne Gouvernante reist, erstaunt nun kaum noch, und ihr Reisekostüm ist auch danach. Aber hat die Frau nicht schon zu Pelrapeire ihre Sprößlinge selbst gestillt und erzogen? Nette Erziehung!

Dies wäre nun der Augenblick, Abenteuer auszutauschen, sagt Herr Artûs, nachdem er das rötliche Buchweizenbrot gebrochen hat. – Leider, Herr Parzivâl, hat unser Kreis im Grunde nur von einem einzigen zu berichten, oder jetzt zweien: nämlich, Euch verloren und Euch wiedergefunden zu haben, mitsamt Eurer herrlichen Königin und Euren Kindern, die ein rechtes Wunder sind. Wir werden die Gegenwart des Grâls gar nicht genug feiern können – so weit unser ritterlicher Horizont reicht. Zur Weihe fehlt uns noch dies und das; hoffentlich findet Ihr wenigstens unseren *Rosé* passabel. Auf Euer Heil, auf unser Wohl!

Gleichmäßig ist die Tafel ja doch nicht gerichtet, denn die Baldachine sind von unterschiedlicher Prächtigkeit. Immerhin sind sie alle rosenfarben, und so findet sich die Runde am hellichten Tag in bengalisch-zartes Licht getaucht.

Auch die Speisen sind rot. Rotbarsch, ein Roastbeef, mit rotem Pfeffer bestreut, Rotkraut und rote Bete, zum Nachtisch Erdbeeren, die Artûs' Maienlüftchen zu jeder Jahreszeit gedeihen läßt. Der Rosé ist von Anschouwe, dem Gast zu Ehren. – An einer so ausgesuchten Tafel kommt das Auge eher zu seinem Recht als die Konversation; und es wäre wohl im Sinne der 3 Eier gewesen, daß die Fabel nur notiert, was in der Nähe ihres Helden verhandelt wird. Condwîr âmûrs bleibt etwas blaß auch im Rotschimmer, denn das linde Lüftchen, das sie gern genossen hätte, ist mit so viel Maiglöckchenparfum geschwängert, daß ihr schon beim Küssen unwohl geworden ist. Ihre Augen erholen sich am Gras, das sich in der Mitte der Runde plustert in seinem satten Grün. Der Jubel der Kinder schallt vom nahen Wäldchen herüber wie Finkenschlag und Kuckucksruf.

König Artûs, fragt sie, wozu die Maskerade? Hier sitzen lauter rote Ritter, meinem Mann nachgebildet, wie er früher leibte und lebte; aber das war einmal, und besonders getroffen kann ich ihn nicht finden. Und wenn die Damen glauben, sich nach meiner Façon zu kleiden, wage ich daran zu erinnern, daß ich niemals Rot getragen habe. Es mag ehrenvoll gemeint sein, aber ein Unfug bleibt's doch.

Liebste, Verehrteste, entgegnet Herr Artûs ganz ungekränkt, verzeiht, wenn uns die Strenge nicht so kleiden will wie Euch, und wie Euch das Grün kleidet, das Ihr bevorzugt – wie sollte das hier nicht bekannt sein! Denn wir reden ja gewissermaßen von nichts anderem als von Euch. Aber für einen kleinen Hof wie meinen würde Rot *und* Grün doch wohl einen zu schreienden Kontrast bilden. Das Unverblümte kleidet uns sehr viel weniger als etwa Euch. Wir bitten ferner um die Gnade zu bedenken, daß Ihr den Grâl gefunden habt; wir aber suchen ihn noch.

Wer sucht den Grâl? fragte Parzivâl.

Wir alle, erwidert König Artûs heiter, das heißt, jeder Ritter für sich, wie sich's gehört. Wir mögen an der Oberfläche der Dinge bleiben, so weit aber sind wir doch in sie eingedrungen, daß wir wissen: *en masse* läßt sich der Grâl nicht finden, nicht einmal *en groupe*.

Er läßt sich gar nicht finden, sagt Parzivâl.

Das ist vorausgesetzt, sagt Herr Artûs, außerdem habt Ihr ihn ja schon, wenn Haben das Wort ist für Euren Rang und Euer Amt. Demnach könnte sich die Suche erübrigen, wollt Ihr sagen? Gewiß – wenn sie zweckhaft wäre und sein dürfte. Aber das darf sie ja wohl nicht, und eben dies habt Ihr uns vorgelebt. Was macht den Ritter aus? Daß er dient, jedoch niemals um Lohn. Also wäre noch schöner, wenn wir's uns verdrießen ließen, den Grâl zu suchen, nur weil er sich nicht finden läßt und sich außerdem schon gefunden hat. Eine Suche, die keinen Lohn verspricht, hat erst recht angefangen sich zu lohnen, wenn Ihr mir ein Bonmot erlaubt. Je mehr also die Grâlssuche Gemeingut wird, jedenfalls unter nicht ganz gemeinen Leuten, desto schöner blüht die höfische Kultur. So suchen wir ihn nun eben alle, Euren Grâl.

Ihr spottet, sagt Parzivâl.

Gewiß nicht, entgegnet Herr Artûs, wenn aber doch: wäre es das Schlimmste? Schlimmer, als aufeinander Einschlagen und einander die Kur Schneiden, schlimmer als die adeligen Dummheiten, denen Ihr selbst so glorreich entwachsen seid? Wir spotten nicht, Herr Parzivâl. Es ist uns um den Grâl so ernst, wie uns etwas nur sein kann. Das mag nicht viel heißen, und ganz gewiß genügt es nicht. Aber zählt vor der Gnade des Himmels der gute Wille nicht ebensoviel wie die gute Tat?

Wer hat denn diese Grâlsmode angefangen? fragt Condwîr âmûrs.

Mit Gunst: das war Euer Herr und Gemahl, erwidert Artûs, und wandte sich jetzt so gut wie möglich beiden zu. – Geruht Euch zu erinnern: nachdem Ihr das Lachen Frau Cunnewâres zu Ehren gebracht hattet – die Ehre sieht aus wie Herr Clamidê, fügte er *sotto voce* hinzu –, war Euch eine neue Anlaufstelle vonnöten, da Ihr ja nicht aufhören konntet, meine Ritter zu besiegen. Ihr habt sie Eurer lieben Hausfrau zugeschickt, das war fein und sinnig, doch nur eine halbe Sache. Ihr habt sie *auch* zum Grâl geschickt, als wär's in den April – pardon. Ihr habt ihnen also, wie Euch selbst, ein doppeltes Ziel gesetzt: ein minnigliches und ein geistliches. Das war eine spezielle Schönheit, die uns erst langsam aufgegangen ist, denn sie weist ja hin auf die höhere Einheit von Liebe und Geist. Darauf habt Ihr bestanden, auch in Zeiten, wo Ihr Frau Condwîr âmûrs – salopp gesprochen – habt sitzen lassen, um Euch *nur* den geistigen Belangen zu widmen. – Nun, in Minnesachen brauchen meine Ritter nicht allzuviel Nachhilfe. Diesen Sprung hätten sie auch ohne Euch geschafft. Auf den Grâlsgeschmack mußten sie erst kommen, und den habt Ihr ihnen mit Eurer starken Lanze ja nicht übel eingetränkt –

Wem hätte ich das? fragt Parzivâl nicht eben herzlich.

Dem schönen Herrn Vergulaht zum Beispiel, sagt König Artûs, dem man viel erspart, wenn man seine Beschreibung auf die Schönheit beschränkt. Da haben wir uns schon etwas gewundert, was dieser Herr mit dem Grâl zu schaffen haben sollte. Aber Ihr habt ihn darauf verpflichtet, nachdem Ihr ihn vom Pferd gestochen habt. Da mag sich mancher gedacht haben: die Wege Gottes sind wunderbar, und was Herr Vergulaht zu können glaubt, das kann ich auch. – Nun

hat jener Herr ja für Abhaltung zu sorgen gewußt, indem er unsern
Freund Gâwân zur Stellvertretung verpflichtete – die dieser seinerseits wahrzunehmen gehindert war; wenn Ihr das Hindernis und
sein rotes Haar betrachtet, werdet Ihr ihn nicht zu streng tadeln. –
Aber das Gefühl mag ihn so wenig wie uns andere ganz losgelassen
haben, daß Uns doch das Beste und die wahre Krone zu unserem
Glück fehle. Euer Grâlshandel, das große Auf und Ab, Hin und Her
von Fluch und Begnadung hat hier natürlich den stärksten Eindruck
hinterlassen. Es blieb Tischgespräch bei uns und gab ihm immer eine
besondere Note; schließlich handelte es sich um etwas Schweres und
Tiefes. – So habt Ihr einen Sog erzeugt in unserer lieben Ritterschaft,
Herr Parzivâl, als Ihr dahinfuhrt mit Eurem Bruder Feirefîz – steht
es wohl um ihn? – als Berufener zum Grâl. Da wurde es plötzlich
leer in unserer Mitte. Und bevor wir fürchten mußten, so dumm
auszusehen, wie wir uns anblickten, machten wir uns lieber gleich
auf, den Grâl ebenfalls zu erringen – symbolisch, natürlich, aber
auch Symbole haben ihren Charme und machen Epoche. Eure Abwesenheit untätig zu ertragen, war meinen Herren rein unmöglich.
Nachdem das Affengöttlein Eures Herrn Bruders nicht nur dessen
Heer, sondern auch einen Geschenkevorrat herbeigeschafft hatte,
der unsere Hofhaltung über und über beschämte, konnten wir an
nichts Ehrenhafteres denken, als uns insgesamt, Damen und Herren,
gewissermaßen an Eurem Vorbild zu orientieren. Wir haben, statt bis
ans Ende der Tage in Samt und Seide zu schwimmen, beides dazu
verwendet, Euch nachzuleben, so gut wir's verstanden. Unsere Blä-
ser übten das Grâlsmotiv ein, bis sie es zwar spielen konnten, wir
aber fast nicht mehr hören. Unter Anleitung Eures Freundes Iwânet
legten die Hofschneider uns Euer Maß an, unbekümmert, ob wir
darin bestehen konnten. Die Waffenschmiede hämmerten das Eisen
bis zur Weißglut, so daß es rot erkalten mußte, und die Kettenhemd-
macher flochten ihr Zeug, bis es eine Art hatte, nämlich die Eure.
Alles drehte sich bei uns nur noch um Eure Farben – diejenige des
irrenden und am Ende doch noch begnadeten Rittertums. Sie wirkten Wunder, unsere Handwerker, das müßt Ihr ihnen lassen. Und
auch wo sie Euren Geschmack nicht überall getroffen haben, dürfen
wir, da es um höhere Dinge geht als Geschmack, von einem Grâlskönig wohl etwas Nachsicht erwarten. Gefällt Euch der Rosé denn
gar nicht? Ihr sprecht ihm gar nicht zu, wie er's verdient. –

Parzivâl scheint von seinem Kopfschütteln selbst nichts zu wissen.

– Das gibt es nicht, sagt er wie zu sich selbst. – Das gibt es doch gar nicht.

Damit mögt Ihr recht haben, wie fast immer, lächelt König Artûs.

Das könnte ja von Lähelîn erfunden sein! sagt Parzivâl.

Weit gefehlt, erwidert Artûs, und doch nicht ganz gefehlt. Tatsächlich haben uns die Schätze Eures Herrn Bruders instand gestellt, uns mit den nötigen Mengen roten Tuchs einzudecken; das wiederum wäre ohne Lähelîns Manufaktur nicht möglich gewesen. – Eure Bemerkung beweist nur aufs Neue, daß der Meister der Einkehr sein scharfes Auge für diese Welt nicht verloren hat. – Der Fürst persönlich war nicht zur Stelle; er wurde gewürdigt, Euch zur Krönung zu begleiten, wie ich höre. Für ein Wunder habe ich Euch immer gehalten; jetzt weiß ich, daß Ihr auch ein begnadeter Politiker seid. *Tant mieux!* Auch Wir hätten kaum gewagt, Euch die Einladung zu Eurer Inthronisierung abzuschlagen, wenn sie an Uns ergangen wäre.

Aber Wir sind es ja immer, die da schwatzen, fährt Herr Artûs fort, und scheinen Euch damit den Appetit zu verderben. Dabei brennen wir so sehr darauf, von Euch zu vernehmen, wie Ihr das Wunder vollbracht und den Grâl, der sich nicht suchen lassen will, dennoch gefunden habt. Ihr sitzt unter Weggefährten, hoher Mann, wenn auch unter geringen. Betrachtet sie darum nicht zu schroff, und haltet ihnen zugute, daß sie kaum erst am Anfang Eures formidablen Weges stehen.

Was denkt Ihr nur! sagt Parzivâl, blaß trotz des roten Schattens, den der Sonnenschirm auf sein Gesicht warf. – Ihr irrt ja, Ihr irrt über alle Maßen!

Das ist unsere ritterliche Art, und so übt gefälligst die Gnade des Himmels, antwortet Artûs, nun doch mit schwankender Stimme, indem Ihr geruht, uns zu berichtigen. Ich bin gewiß, dafür bedarf es nur eines Wortes; denn schon Euer Schweigen ist fast zu gewaltig für unser Gehör.

Parzivâl sitzt wie gelähmt und blickt um sich her wie in einem schlechten Traum. Er sieht Herrn Gâwân, das vertraute, schmal gewordene Gesicht: auch der Vetter und Gefährte sitzt im Kleid des Roten Ritters da. Parzivâl blickt sie an, einen nach dem andern, sieht die höflich angestrengten Mienen der Männer, die sich den förmlich aufmerksamen der Damen zuwenden. Müssen sie denn alle von Gott verlassen sein, nur weil sie das Kleid der Prüfung als Narrenkostüm

tragen? Sind sie darum weniger seine Brüder und Schwestern? Kann
er sie ansehen, ohne daß ihm einfällt, wie lange die rote Tracht, mit
der sie sich putzen, für ihn selbst eine Mordslüge gewesen ist; wie
weit er hat gehen müssen, bis sich das Blut, das daran klebte, verwandelte in sein eigen Fleisch und Blut; nicht durch ritterliche
Werke, allein durch den guten Glauben anderer, durch die Unterweisung Trevrizents und die Liebe seiner Frau? Da sie ihm nun
gleich hundertfältig entgegenkommt, die Rüstung seiner Lüge, wirft
nicht das Allzu-Menschliche daran auch einen Schimmer Wahrheit
auf sie? Er besinnt sich der Dienste, die ihm hier so mancher unwissend geleistet hat; und plötzlich fällt sein Blick auf Einen, der mit
Lüge und Wahrheit umzugehen versteht in einer Sprache, die jeder
versteht, der Augen hat, ohne daß er ihnen darum zu trauen braucht.

Diomêd! ruft Parzivâl.

Der Gerufene hat weit entfernt von der Tafelrunde gestanden und
springt doch auf den Ruf herbei, als hätte er nur darauf gewartet.

Spiel! sagt Parzivâl. – Spiel diesen Herren und Damen vor, wie es
mit dem Grâl gewesen ist.

Und der Gaukler hüpft in die Mitte des grünen Runds, daß seine
Zotteln fliegen. Er spielt Anfortas auf dem Schmerzenslager; er
spielt die entsetzliche Wunde zwischen den Beinen, und die glühende Lanze, die hineinfährt, um sich zu beschlagen mit Eis, der
Todeskälte eines Menschenleibes. Er spielt den Dümmling, dem dieses Schauspiel den Mund verschließt. Er spielt, wie der Grâl hereingetragen wird und wie er nicht Linderung bringt, sondern Ewigkeit
des Leidens und Speise im Überfluß. Diomêd spielt Schnepfen und
Wachteln, fließt in Maulbeerwein dahin und ballt sich zu Wundern
von Backwerk. Er spielt Parzivâls Erschöpfung, in welcher er Anfortas' Schwert empfängt. Er streckt sich zum Bett, in das sich der
Knabe endlich legen darf. Er schwebt herein mit den Grâlsmüttern,
die ihn zur Ruhe bringen, ohne ihn zu berühren. Er spielt den Fluch
am nächsten Morgen und den Ritt Parzivâls durch die Mitte der
Wildnis; er spielt den Kampf mit Orilus und die Rechtfertigung Frau
Jeschûtes. Und die Zuschauer sind atemlos; diesen Teil der Geschichte kannten sie erst vom Hörensagen; nun aber sehen sie ihn im
Licht der Wahrheit. – Die Einkehr bei Trevrizent – nein, sie spielt der
Gaukler nicht. Lieber spielt er gleich Kundrys Wiederkehr ins Lager,
spielt sie mit langen Zähnen und gezopften Brauen, die Demutsgeste
und Abbitte vor Parzivâl.

Sie sehen wieder, was sie schon gesehen haben, und fast ähnlicher als in Wirklichkeit. Und jetzt sehen sie atemlos, wie Parzivâl auf Munsalvaesche einreitet, wie er Anfortas anfaßt und mit einer einzigen Frage, der rechten, aufstehen heißt und wandeln; wie gesund und kräftig wandelt er da! Und Dioméd spielt, wie der Grâl abermals hereingetragen wird; wie er Parzivâl zu seinem König krönt und überquillt vor himmlischer Labsal. Und eine lange Zeit spielt der Gaukler nichts anderes als die zum Brechen beladenen Tische und gibt allen die Feierlichkeit und geweihte Stille zu fühlen, die sich, des Festessens unbeschadet, unter den Erlösten ausbreitet. Man sieht den Grâl in Parzivâls Händen, für die er bestimmt ist, wie der Grâl für sie. Er spielt Parzivâl in seiner Glorie, er zeigt die Huldigung des Ordens vor dem Erlöser. Auch Condwîr âmûrs darf er zu spielen nicht vergessen: wie sie das Glück ihres Herrn teilt und vollständig macht. Er spielt Kardeiz und Loherangrîn – zum Glück sind sie nicht zugegen, um ihr rührendes Bild zu verwirren, denn sie spielen weiter hinten Ritter und Räuber im Wald –; so spielt Dioméd sie ohne Scheu und überaus glaubhaft als himmlische Kinder, die ihr Glück, mitberufen zu sein, mit Engelsgesichtern zu tragen wissen; so spielt er das selige Paar und die heilige Familie. Er setzt sie sich eigenhändig auf, die Grâlskrone, denn wer sonst hätte es tun dürfen; er nimmt das Grâlsszepter in die eine Hand, und den Grâlsapfel in die andere. Dann verwandelt er sich mit einem Wimpernzucken in die Taube des heiligen Geistes und fliegt über alle Wipfel davon.

So täuschend ist dieses Ende des Spiels, daß die Blicke der Runde tatsächlich zum nahen Wald hinüberfliegen – gerade als Loherangrîn und Kardeiz leibhaftig aus demselben stürzen. – Essen! schreien sie wie aus einem Mund, warum bekommen wir nichts zu essen? Das ist gemein!

Dem ist abzuhelfen, und wahrscheinlicher und rührender hätte das Spiel gar nicht ausgehen können. Die entzaubert-Erwachten wetteifern darin, die hungrigen Kindermäuler zu stopfen mit allem, was übrig ist, und es ist immer noch mehr als genug, um den stärksten Magen zu verderben. Da sind sie beschäftigt; sie sind entzückt, die Damen und Herren, ihr angenommenes Grâlswesen mit den Kindern zu vergessen. Sie nehmen sich Zeit, Zeit genug für den Gaukler zu verschwinden – wohin?

Denn wie aller Augen, gesättigt von der Unschuld der unersättlichen Grâlskinder, endlich zurückkehren in die grüne Mitte des

Runds: siehe, da es ist leer. Nur das Gras plustert sich, als hätte es nie ein Fuß betreten.

Ah! sagen sie endlich, spät genug, aber immer noch von Herzen. So also war's –! Und nun ist es so gut, als wären sie dabei gewesen.

Wie lange hat das Spiel gedauert? Als sie, vom Appetit der Kinder selbst wieder hungrig geworden, abermals zugreifen auf ihre unerschöpfliche Tafel, die sich, nicht unwürdig des Grâlswunders, wieder mit allem Guten bedeckt hat: siehe, da finden sie Roastbeef und Schnepfen immer noch warm, und den Wein so frisch und kühl, wie es sich für einen Rosé d'Anjou gehört.

Artûs spricht lange kein Wort. Dann aber sagt er:

Ich danke Gott und Euch, daß ich das noch erleben durfte.

Und zum ersten Mal hätte selbst Gott in seiner Stimme keine Spur von *malice* gehört.

Danke, Herr Parzivâl, daß Ihr noch bei uns vorbeigekommen seid, mit Eurer lieben Frau, und den begnadeten Kindern! flüstert Frau Ginovêr. Ihre Augen sind feucht. – Davon zehren wir noch lange. Es gibt sie also doch, die wirkliche Gnade. Das Glück in der Welt, das gibt es, und nicht alles ist eitel.

Parzivâl neigt den Kopf.

Und nun? fragt König Artûs. – Wohin wendet Ihr Euch? Gleich zurück nach Munsalvaesche?

Nach Hause, sagt Parzivâl.

Condwîr âmûrs sieht ihn an.

Verzeiht die Frage, flüstert Frau Ginovêr, zu Hause: wo ist Euer Haus?

Statt aller Antwort wendet sich Parzivâl an seine Frau.

Als ich dich verließ, sagt er, habe ich dir versprochen, meine Mutter zu suchen. Sie lebt nicht mehr. Jetzt bitte ich dich, daß wir hinfahren, wo ich hergekommen bin. An Soltâne erinnere ich mich noch deutlich, aber geboren bin ich in Kanvoleis. Da war ich noch nie; da möchte ich wieder hin, mit dir, mit uns.

ZWEI RITTER

WIE PARZIVÂL UND GÂWÂN
EINANDER NOCH EIN WORT GÖNNEN

Kardeiz hat sich überessen und sitzt schweigsam auf dem Pony. Nachdem er sich erbrochen hat, wird ihm leichter, sprechen mag er noch nicht; da schweigt auch Loherangrîn. Bald schlafen sie ein, über den Hals ihres Tieres gesunken, dessen Mähne als Kissen dient: so liegt das helle Haar auf dem roten und das braune auf dem silberweißen. Condwîr âmûrs bittet, daß die Männer die Söhne zu sich nehmen; so reitet der müde Loherangrîn in den Armen des Vaters, Kardeiz aber liegt an der Brust des zweiten Mannes, der sich nicht nehmen ließ, der Familie sein Geleit zu geben.

Die Frau führt am langen Seil die Ponies nach und läßt den Zelter langsamer gehen. Sie sieht wohl, daß die beiden Männer zu reden haben ohne Zeugen. Leise reden sie über das Haar der Kinder hinweg, das sich im frischen Wind rührt. Doch je weiter sie sich von Artûs' Lager entfernen, desto schwächer weht das Maienlüftchen, und die gewöhnliche Jahreszeit tritt in ihre Rechte. Es ist Sommer; oder neigt er sich schon? Die Frucht steht hoch und hat noch keine Eile, geschnitten zu werden. Und doch liegt ein Hauch von Reife und eine erste Müdigkeit über dem satten Grün der nahen Hügel und dem verschatteten der ferneren. Der Nebel, der in den vergangenen Tagen die Ferne von der Nähe getrennt hat, ist verschwunden, bis auf ein paar Streifen über den Niederungen. Der Azur aber, der sich über Allem wölbt, ist von einer Durchsichtigkeit ohne Ende. In der Kuppel hängt ein Falke, von bewegungslosen Schwingen im Kreise getragen. Er scheint die Familie zu begleiten; manchmal tönt sein Schrei wie der einer Katze.

Herr Gâwân sagt: ich könnte immer zureiten! – Und das hat er schon über eine Stunde getan und macht keine Miene, umzukehren. Er hat seine Begleitung damit begründet, daß der kleine Zug »einen Mann mehr« allenfalls gebrauchen könne. Dabei herrscht Friede im Land, noch vertieft durch die Stille des Mittags. Von weit her das nölende Gackern der Hühner aus einem versteckten Hof, der einsame Schlag einer Axt vom Wald herüber.

Ihr werdet vermißt, sagt Parzivâl.

Wohl nicht, erwidert Gâwân. – Ich bin lange nicht mehr geritten, darum reite ich noch ein Weilchen mit Euch, wenn Ihr erlaubt.

Deine Gesellschaft soll mir willkommen sein, sagt Parzivâl fast förmlich und fällt ins brüderliche Du zurück.

Gâwân schweigt lange. –

Ich bleibe auf dem Pferd sitzen, sagt er dann, wie ein Kind, das jeden Vorwand benützt, um noch nicht schlafen zu gehen.

Mein Kind hat gute Ruhe bei dir, und so reisen wir alle, Gâwân, erwidert Parzivâl. – Wir werden geführt und getragen; denn du reitest auf Gringuljete. Es ist natürlich, daß wir des Glücks schneller müde werden als des Unglücks; vielleicht ist es auch männlicher so, was ich nicht als Kompliment verstehe. Aber bedenke, wie müde du auch schon des Reitens gewesen bist, wie du gehungert und gedürstet hast nach der Ankunft.

Wünsche bleiben nur in der Erschütterung lebendig, erwidert Gâwân, sonst werden sie mit uns alt und sind am Ende kaum noch wiederzuerkennen.

Du machst mir nicht den Eindruck, daß deine Wünsche aufgehört haben, dich zu erschüttern. Könnte es sein, daß die Erfüllung sie aufgehoben hat?

Erfüllung? erwidert Gâwân, und lange nichts weiter. – Vielleicht sind Wünsche verzweifelt von Haus aus.

Wünsche haben kein Haus, sagte Parzivâl, sie sind Fahrende, Kinder der Landstraße, die manchmal, wenn es zu dick kommt, mit einem Obdach vorlieb nehmen. Doch selbst wenn es ein Palast wäre, gedeihen sie nicht darin und verziehen nie lange.

Was aber machen wir Menschen mit unserem Bedürfnis nach fester Bleibe? fragt Herr Gâwân.

Dasselbe, denke ich, wie mit dem Wunsch nach Fahren, antwortet Parzivâl, wir lassen ihn gelten und sehen ihm dabei ins Gesicht, ohne erschrecken zu müssen über ihn oder uns.

So redet der Herr von Munsalvaesche, fragt Gâwân, des festesten Hauses der Erde?

Ja, antwortet Parzivâl, so muß ich reden; ich habe Munsalvaesche wandern sehen wie ein anderes Zelt.

Es ist schwerer mit mir, sagt Gâwân leise, ich habe mein Haus nicht gefunden in der Frau, die ich liebe.

So bleibe ihr gnädig, antwortet Parzivâl, und dir selbst sei es noch mehr. Denn auch ein Zelt ist ein Haus; und im Grund sind Fahren und Bleiben ein Tun.

Aber einerlei sind sie nicht, erwidert Gâwân, das eine ist getrennt vom andern durch einen Schmerz.

Vetter, erwidert Parzivâl, wir müssen genug erfahren um zu wissen, daß Ein Tun nur das werden kann, was uns gar nicht einerlei ist. Sonst bleiben wir Höflinge Zeit unseres Lebens.

Du hast gut reden, sagt Herr Gâwân, du hast eine Frau, die Treue kennt, und ihr habt Kinder.

Und Parzivâl sieht Gâwâns Augen feucht werden über dem Kopf von Kardeiz, der ihm an Hals und Wange ruht.

Parzivâl antwortet nicht.

Sie ist eifersüchtig zum Entzücken, Parzivâl, sagt Gâwân, daran fehlt es nicht. Es ist viel, daß sie mich mit Euch reiten läßt. Wahrscheinlich bin ich längst zu weit gegangen und werde etwas hören, wenn ich wiederkomme.

Ich habe sie mir größer vorgestellt, sagt Parzivâl leichthin, ich meine, dem Leibe nach.

Oh, sie ist groß genug, sagt Gâwân wieder lächelnd, auch darin, mich nicht zu täuschen, wenn sie lügt. Du hast sie nicht angesehen, aber sie hätte dich lieber gehabt als mich.

Wasser unter der Brücke, sagt Parzivâl.

Du hast sie verschmäht, fuhr Gâwân trotzig gegen sich selbst fort. – Deine Herrlichkeit hat sich gehalten in ihren Augen und bleibt unerschöpflich. Am liebsten ritte sie an meiner Statt neben dir.

Ich habe sie nicht verschmäht, ihre Sache war nur nicht meine Sache.

Du hast sie ja doch zu deiner gemacht, erwidert Gâwân, als du sehen konntest, daß ich ihr nicht gewachsen war. Du hast dich an meine Stelle versetzt und Siegfried für mich gespielt. Du hast die Tarnkappe übergezogen und statt meiner gekämpft.

Ehrensachen kann man so wenden oder so, erwidert Parzivâl, doch schief liegen sie am Ende immer. Denn der Blick der Ehre macht alles schief. Darum ist es besser, Kopf und Herz davon zu leeren. Ehre ist dumm und hat noch nie etwas anderes gelernt, als beschwerlich zu sein. Ich, Siegfried! Du wirst nicht behaupten, daß ich dich in der Hochzeitsnacht vertreten habe oder gar, daß sie dir zuvor die Glieder zusammengebunden und dich an den Nagel gehängt habe –

Nicht wörtlich, sagt Gâwân, doch als Bild kann es sich sehen lassen. Für die Nächte bin ich einstweilen noch Manns genug. Damit ist weniger gewonnen, als man glauben möchte.

Da Parzivâl schweigt, fährt Gâwân fort: Sie geht ja noch weiter, denn sie ist brav geworden über Erwarten und beschränkt ihre Kühnheit immer mehr darauf, auf meiner Bravheit zu bestehen. – Das Liebste schrumpft in unserem Arm. Es muß an unserem Arm liegen.

Vetter, sagt Parzivâl, daß wir etwas geworden sind, zeigt sich doch nur daran, ob wir mit Anstand zu schrumpfen wissen.

Auch du? fragt Gâwân. – Nein, du eben nicht. Wer so sprechen kann wie du, der hat sich bereits widersprochen.

Ein findiges Sätzlein, lacht Parzivâl, das ich mir gefallen lasse. Nur wahr ist es nicht.

Wir sind verwandt seit dem Tag, sagt Gâwân aufatmend, als du vor den Blutstropfen hieltest. Ich habe gesehen, was du siehst, und meinen Mantel darüber gebreitet. Es war nicht nur Erbarmen und Brüderlichkeit. Es war auch besser so – ich hatte keine Lust, mich von dir vom Pferd stechen zu lassen wie Segramors oder Keie.

Deine Offenheit, sagt Parzivâl, beweist, daß wir Brüder geblieben sind.

Mit einem Unterschied, sagt Gâwân. – Wir wurden am selben Tag verflucht, aber dein Fluch war nobler als meiner. Dich führte er zum Grâl, und mich ins Zauberbett. – Und doch, sagt er leise, es mag ja vermessen sein: und doch bin ich im Gefühl aufgebrochen, daß wir uns in die Arbeit teilen, du und ich. Ich bildete mir sogar ein, meine Arbeit sei dem Menschlichen näher. Ich habe ein Schloß voller Frauen erlöst – das war ein Kinderspiel neben der Arbeit mit Orgelûse. Der Grâl für dich, für mich eine einzige Frau – an ihrer Einzigkeit konnte es keinen Zweifel geben, und etwas kosten durfte sie auch. Aber da ich mein Glück nun festhalte, wo ist es hingekommen?

Parzivâl schweigt. –

Vetter, sagt er dann, es ist wahr: ohne dich hätte es meine Geschichte nicht gegeben.

Und nun? fährt Gâwân fort. – Du reitest wieder, und ich begleite dich noch eine Strecke. Das ist meine ganze Freiheit, und auch für die werde ich zahlen. Wer zu ihr zurückkehrt, dem muß ja doch etwas fehlen! Nur wer ihr aus den Augen geht, der bleibt ihr im Herzen.

Du redest trauriger als nötig, antwortet Parzivâl, du redest vom Natürlichsten der Welt.

Das hast du überwunden, sagt Gâwân, und das ist das Geistige in dir.

Was soll denn an meiner Sippschaft so geistig sein? lacht Parzivâl.
– Ich reite nach dem Meinigen wie der erste Beste, mit Frau und zwei
Kindern, und weiß nicht einmal wie ich's dort antreffe. Verwildert,
wenn mich nicht alles täuscht. Wir werden uns durchsetzen und
Ordnung schaffen müssen, das ist die ganze Geistigkeit. Ich sehe
nicht, wie du mich darum beneiden solltest.

Genau so muß man reden, wenn man vom Grâl kommt, erwidert
Gâwân, soviel verstehe ich auch davon: daß man berufen wird, der
Welt ihre Ordnung zu geben. Das ist mehr, als ich gelernt habe.

Du brauchst nicht nach Munsalvaesche zu blicken, um es zu lernen, erwidert Parzivâl, du brauchst nur Keie auf die Finger zu sehen.
Sogar Lähelîn war ein Kerl, dem man dies und das abgucken konnte.
Das Gute liegt immer am nächsten; der Weg zum Besseren mag wohl
ein Abenteuer sein. Aber zuviel davon hermachen kann man nicht.
Man muß reden lernen mit Taten, und das Beste, was es dabei zu
lernen gibt, erfährt man von seiner Frau. Denn die hat es schon
zuvor gewußt.

Man soll Frauen mehr vertrauen als Gott, hast du gesagt, erwidert
Gâwân schwermütig, das habe ich nie vergessen und sogar befolgt,
auf meine Art; aber war es die rechte?

Die eigene Art ist Jedem die rechte, erwidert Parzivâl, er darf nur
nicht erwarten, daß er dabei findet, was er gesucht hat. Sondern muß
das Gefundene betrachten lernen als das Gesuchte.

Ach, sagt Gâwân, wenn du das Vergnügen gesehen hättest, als mir
Orgelûse deine Rüstung überzog und sie mir zu groß war! Die reine
Schadenfreude. Ich bin ziemlich vom Fleisch gefallen.

Um so fester kannst du werden im Humor und in der Zuversicht,
entgegnete Parzivâl. – Daß du nicht, wie die andern Herren, einen
Bauch angesetzt hast, ist immerhin das Werk deiner Frau.

Gelobt sei deine Weisheit, sagt Gâwân nicht ohne Bitterkeit.

Sie mag hingehn, erwidert Parzivâl, wenn sie närrisch genug sein
sollte; am Anfang war ich zwar närrisch, doch nicht genug.

Ich habe einen ganzen Frauenhaufen erlöst, sagt Gâwân, um mit
deinem Freund Keie zu reden. Warum nur will es mir mit der Einen
nicht gelingen?

Ich glaube nicht mehr, daß die Menschen dafür gemacht sind,
erlöst zu werden, erwidert Parzivâl. – Sie sind dazu erschaffen, lebendig zu sein und immer noch zu werden, bis der Tod sie reif genug
    det für seine Ernte.

Du hast die rechte Frage gestellt, sagt Gâwân.

Es gibt nicht nur eine, erwidert Parzivâl. – Noch in der dümmsten Behauptung steckt eine gute Frage. Du mußt nur lernen, sie zu hören, dann wirst du geheilt.

Wovon? fragt Gâwân.

Von falschen Antworten, sagt Parzivâl, und die schnellen sind immer die falschesten. Wir dürfen doch damit leben, daß es auf unsere Fragen immer nur eine einzige wahre Antwort gibt: größere Fragen.

Es hilft, fährt Parzivâl fort, daß die Welt auch ohne unsere Arbeit zusammenhält. Ich habe keinen Menschen erlöst, Vetter, auch nicht Anfortas. Ich habe gemeint, ich stelle Zusammenhänge her – die Wahrheit ist, daß ich nur entdeckt habe, daß es sie ohnehin gab. An dieser Entdeckung mag wohl etwas Menschliches sein. Ich denke, Vetter, Gott versucht sein Spiel mit uns. Er will wissen, ob wir als Mitspieler in Frage kommen, und diese Neugier Gottes ist der Stoff, aus dem unsere Erfahrungen sich machen; was für ein Glück, daß sie sich offenbar nicht machen wollen ohne uns. Wir scheinen gefragt zu sein. Wir müssen Figuren Seines Spiels sein, und werden gefragt, welchen Zug wir für den stärksten halten in unserer Stellung auf dem Brett. Und wenn unsere Antwort den Spieler erheitert – überraschen kann sie ihn wohl kaum –, dann wird dieser Zug mit uns getan, und was wir gefragt wurden, geschieht. Das scheint nicht viel; aber ohne unser Mitreden geschähe es doch wohl nicht so lachend. Wir dürfen Gottes Mitspieler sein, als ob es auf uns ankäme. In diesem Anschein steckt das ganze Wunder unseres Lebens. Und was wir in müden Stunden für eitel Schein halten möchten, tritt in guten Stunden als Glanz hervor und wirft sein Licht auf die kleinsten Dinge, und auf diese am liebsten.

Er ist wach, sagt Gâwân halblaut, als könnte ein lautes Wort das Kind an seiner Schulter erst ganz wecken.

Habt ihr nichts gehört? sagt Kardeiz. Er richtet sich auf und deutet auf die Anhöhe vor ihnen, den Lindenhain hoch über dem Weg; darin rührt sich etwas.

Seht ihr sie jetzt! ruft Kardeiz und springt von Gringuljete. – Sie sind's!

NUR NOCH EIN SCHRITT
WIE SICH DIE KÖNIGLICHE FAMILIE
EINEM BERG NÄHERT, EINEM FLUSS UND EINER STADT

Willkommen! klingt es von der Anhöhe herab, mit Einer Stimme, aus zwei Kehlen; da sind zwei Figuren aus dem Schatten getreten und stehen eine neben der andern, noch klein, doch schon unverkennbar. In ihren Gesichtern müßte es blitzen, hätten sie die Gläser nicht abgenommen, um ins Weite zu sehen. Sie decken sogar die Augen ab gegen die schon tiefe Sonne, während sie mit der andern Hand zögernd, fast abwehrend, winken, der Linke mit der Rechten, der Rechte mit der Linken, im Takt.

Daneben schimmert es im Gehölz – steht ein Busch in später Blüte, hat sich ein toter Stamm aus der Rinde geschält? Oder blieb ein Flecken Mondlicht zurück im halben Dunkel der Stämme? Sie rührt sich nicht, die Erscheinung; doch je näher sie nun reiten, desto mehr nimmt sie den Umriß eines bekannten Wesens an.

Denn sie reiten heran, vom Winken zugleich ermutigt und befremdet. Condwîr âmûrs, zu den Männern aufgerückt, duldet es nicht, daß Kardeiz den Bruder weckt, doch das Seil darf er lösen, die Ponies selber führen, zu Fuß. Da zieht er sie schon voraus und bergan, kann's nicht erwarten, die Höhe zu gewinnen, die Zwillinge zu grüßen. Die übrigen folgen, Parzivâl hält die Augen prüfend auf den hellen Fleck gerichtet; ja doch, es wird ein Mensch daraus, oder etwas dem Menschen Verwandtes.

Kundry, flüstert Parzival, ist das nicht der Kaufmann vom Meer – wie hieß er doch?

Selim Hassan, erwidert sie. – Aber er trägt ja die Zotteln Diomêds –

Die trägt das Geschöpf aber nicht auf dem Kopf, den ein Mützchen aus Glasperlen deckt; darunter erst quillt das Haar in dichten Strähnen nach allen Seiten hervor, fällt fast bis zum Boden und scheint halb durchsichtig nur an einer einzigen Stelle. Dort, wie hinter einem Fächer, sammelt sich etwas wie Augenlicht, versteckt, wie eben noch die kleine Gestalt es war, und schimmert schwarz wie Teer aus dem silbernen Fell.

Grüß Gott, Herr Klinschor, sagt Gâwân offenbar kaum erstaunt und steigt aus dem Sattel.

Schenkt mir den einen Herrn, so schenk ich Euch den andern, redet es mit feiner Stimme aus dem härenen Versteck. – Brav, Herr Gâwân, Ihr kommt wieder einmal einen weiten Weg, und immer für fremde Leute. Ihr seid zu nett!

Fremde? lacht Gâwân, das ist doch mein Vetter Parzivâl, der Herr des Grâls, und seine Königin Condwîr âmûrs! Ihr müßt von ihnen gehört haben – In der Tat, sagt das Geschöpf. –

Und das, Freunde, ist Klinschor – oder wie soll ich Euch nennen?

Vor allem leise, sagt Klinschor, kein Name ist es wert, daß man ein Kind darum weckt. Bleibt oben, Herr Parzivâl, da sitzt Ihr am besten. Ich kannte Euch schon, als es Euch noch gar nicht gab. Aber die artige Hausfrau bleibt eine Überraschung, so lange die Welt besteht.

Castôr, Pollux! sagt Parzivâl beherrscht, wo ist Diomêd?

Die Zwillinge sind nähergetreten, doch ganz nahe nicht, und treten von einem Fuß auf den andern. Parzivâl wiederholt die Frage nicht ohne Schärfe.

Wo, wer, wie, was, wann! antwortet Klinschor an ihrer Stelle, ach, Herr Grâlskönig, wer sind wir denn, von solchen Sachen so viel herzumachen, da sie es selbst nicht tun! ›Ich bin, der ich bin‹ – das war einmal ein großes Wort, und wir wollen's Dem überlassen, dessen Mundwerk groß genug dafür war. – Was habt Ihr für schöne Kinder, Perle des Abends!

Kardeiz ist uns weit voraus, sagt Condwîr âmûrs, ich muß sehen, wo er steckt.

Wen zwei Pferde hüten, der wird nicht gestohlen! klingelt der Kleine, und in diesem Augenblick ist auch schon von weit vorn die Stimme des Knaben zu hören:

Eltern! Kommt!

Die Mutter folgt dem Ruf als erste und setzt den Zelter in Trab; Parzivâl, das Kind an der Schulter, folgt langsamer; es ist kein langer Ritt durch das Wäldchen die Kuppe hinauf. Gâwân, in Gesellschaft der Zwillinge und des Gnoms, führt Gringuljete am Zügel nach.

Da erwartet sie, schon durch die Stämme, ein weiter Blick; und wie sie ganz ins Offene getreten sind, stehen sie still.

Im gedämpften, doch schattenlosen Licht dehnt sich die Ebene dem Ufer ferner Hügel zu; oder sind diese der Wellenschlag, der sich in der ungeheuren Bucht zu ihren Füßen beruhigt? Fluren feinen Nebels schweben darüber hin; eine Dunstspur bezeichnet den Lauf eines Flusses, der unter ihren Augen sichtbar und sonnenklar aus

dem Wälderschatten tritt. Das fließende Band zieht sich durch Ge-
röllstrecken und Ufergebüsch näher; es beschreibt einen weiten, von
Sandbänken vielfach geteilten Bogen um den Fuß der Höhe, auf der
sie anhalten. Zu hören ist das Wasser nicht; die Landschaft liegt ohne
Laut und zeigt nirgends die Spur einer menschlichen Ansiedlung.

Aber im Mittelgrund der diesigen Landschaft erhebt sich, wie aus
dem Boden geschossen oder vom Himmel gestürzt, eine vereinzelte
fremdartige Form, ein nackter Brocken mit schiefem Kamm, kein
Berg, ein Trümmerstück, ein behauener Stein ohne Maß, in der Mitte
gespalten wie von einem ungeheuren Schlag. Die eine Seite des Ein-
schnitts liegt schon in dumpfer Nacht, während die andere, rot entzündet, das Abendlicht von innen noch zu verstärken scheint, als
brenne der Fels von heimlicher Glut. DER BERG WO EIN TAL IST! das
Wahrzeichen von Kanvoleis; wo aber ist Kanvoleis?

Parzivâl hat sogar das Kind an seiner Schulter vergessen; er sieht
nicht, was das andere Kind ihm zeigen will. Betäubt sitzt er auf
Liliencrôn und starrt in die Leere hinaus, die ihn mit stiller Gewalt
anweht, sieht nur das Mal, den Spaltstock, den Opfertisch.

Die Katze! kommt doch einmal! ruft Kardeiz.

Das Kind hat die Ponies an einem Baum festgemacht; darunter
sitzt eine junge Frau. Sie sitzt allein am Rand der Weite und hält ein
Blatt auf den Knien, an dem sie mit ihrem Silberstift arbeitet. Hin
und wieder blickt sie auf, wie um der Landschaft Maß zu nehmen.

Das ist ja Bêne! Aber wo soll die Katze sein?

Man müßte näher heran, um zu sehen, was Bêne zu Papier bringt;
um sich erklären zu können, warum sie das Blatt so sonderbar hält
und den Stift wie behindert führt. Condwîr âmûrs hat ihren Zelter
unter den Baum gelenkt, sie sieht, was Kardeiz ihr zeigen will: Bêne
hält, halb unter dem Zeichenblatt, eine Katze auf dem Schoß. Es ist
ein junger roter Tiger, und immer wieder hascht er nach dem Spielzeug, der unruhigen Beute, Bênes Stift.

Gâwan ist am Rand des Wäldchens stehen geblieben und sieht nur
die Frau, die Katze nicht.

Verzeiht, Frau, daß ich Euch nicht recht grüßen kann, lächelt
Bêne. – Sie ist mir von der Stadt nachgelaufen bis hierher, und jetzt
findet sie zum Ausruhen keinen besseren Platz.

Helft mir aus dem Sattel! sagt Condwîr âmûrs, und die Zwillinge
stürzen herbei, deutlich erleichtert über das Angebot, sich nützlich
zu machen. Doch Condwîr âmurs hält sich in den hilfreich stützen-

den Armen nicht auf. Sie tritt hinter die Zeichnende und legt Kardeiz beide Hände auf die Schultern.

Kanvoleis! ruft das Kind und deutet auf die Blattmitte, wo ein Geflecht von Dächern und Türmen in den angedeuteten Strichen der Burg gipfelt, wie ein Gesteck aus trockenen Blumen, Disteln und Röhricht.

Herr Gâwân! ruft Kardeiz, seht doch, wie Bêne zeichnen kann!

Und Gâwân kommt, doch zieht ihn sein Pferd eher, als daß er es geführt hätte.

Bêne! sagt Gâwân.

Ja, erwidert sie mit schwankender Stimme, ich freue mich auch, daß ich Euch noch einmal sehen kann.

Sie läßt den Stift ruhen, es wird noch stiller. Da klirren die Steigbügel; Gâwân hat sich auf Gringuljete geschwungen.– Lebt wohl, sagt er laut.

Und sprengt davon in die Richtung, aus der man gekommen ist. – Parzivâl schrickt auf. Gâwân? sagt er.

Er hat Frau Herzeloyde gekannt, läßt sich Klinschors Stimme plötzlich so nahe vernehmen, als spräche er Parzivâl ins Ohr. – Eure Mutter war die erste Frau, die er geliebt hat.

Wiehert es in der Ferne? Bevor jemand sicher sein kann, recht gehört zu haben, schüttelt Liliencrôn den Hals und wiehert mit Macht zurück; da fährt Loherangrîn auf. Die Katze springt von Bênes Schoß und ins Gebüsch.

Loherangrîn reckt sich. – Sind wir schon da? fragt er und gähnt.

Bald, sagt seine Mutter. – Da vorn liegt Kanvoleis. Die Pferde wittern es schon! Es zieht sie heim.

Warum habt ihr mich schlafen lassen! beschwert sich Loherangrîn.

Helden kommen im Schlaf nach Hause, sagt Klinschor. – Daran erkennt man sie.

Wer bist denn du? fragt Loherangrîn.

Ich? antwortet Klinschor. – Ich hole nur diese zwei Herren ab. – Sein Haar weht, als er mit dem Kopf auf die Zwillinge deutet; ist jetzt nicht sein Auge zu sehen gewesen? Dann ist es starr und ernst wie das eines Vogels.

Castôr und Pollux? fragt Loherangrîn, was fällt dir ein! – Er läßt sich vor Schreck vom Pferd gleiten. – Die gehören uns!

Parzivâl starrt auf die Zwillinge herab, die mit gesenkten Mienen dastehen.

Redet, befiehlt Klinschor.

Herr! sagt der Eine. – Wir sind von der Veränderung der Welt leider etwas abgekommen. – Ehrlicherweise! fällt der Andere ein. – Sie verändert sich wohl, doch ohne Verstand. Von Verbesserung kann die Rede nicht sein. – Darum reden wir auch nicht mehr davon. Und was das Handeln betrifft ... – Man will das Beste, und bekommt das Gegenteil. – Nicht mal das, denn dabei wäre ja noch etwas wie Vernunft. – Und angesichts der Tatsachen ... ihrer Renitenz ... – schien uns nichts übrigzubleiben, als die Tatsachen nicht mehr mitzumachen, flüstern beide kaum vernehmlich, wie aus Einem Mund.

Und was tut ihr nun? fragt Parzivâl.

Wir verwandeln uns, sagt der Eine. – Das heißt, wir versuchen es! der Andere. – Und unisono schließen sie: Wir üben. Wir lernen bei diesem Herrn –

So geht, sagt Parzivâl.

Verzeiht uns, sagt der Eine. – Es tut uns leid, der Andere.

Mir auch, sagt Parzivâl.

Mann, sagt Condwîr âmûrs, komm herunter von deinem Roß.

Parzivâl rührt sich nicht. Dann sagt er: So zeigt, was ihr gelernt habt.

Danke, Majestät, antwortet der Zwerg jetzt wie von sehr weit her und beginnt in den Umrissen zu verblassen, während diejenigen der Zwillinge erst zittern, dann verschwimmen. – Verwandlung ist schwer genug, klingt es aus der abnehmenden Körperdichte, da freut man sich über jeden Skrupel, den man nicht zu haben braucht. – Unterdessen sind auch die beiden jungen Herren immer unverkennbarer geschwunden; schließlich wispern dort, wo die Drei standen, nur noch Laubwerk und Gras. Oder schwebt noch ein Grinsen in der Luft? Auf dem Gesicht der Katze erscheint es deutlich, die sich durch die geschlossene Lücke wieder heranschleicht. Sie weicht den Kindern aus, schmiegt sich an Bênes Bein, die wieder an ihrem Blatt strichelt, und rundet den Schweif.

Ich bin gleich fertig, sagt Bêne.

Parzivâl springt aus dem Sattel, legt Liliencrôn die Zügel über den Rücken und nimmt die Kinder bei der Hand. So gehen sie zu den Frauen hinüber. Parzivâl sieht über Bênes Schulter auf das Blatt in ihrem Schoß.

Wo ist DER BERG?

Der Berg? fragt Bêne.

WO EIN TAL IST!

Ich kann nur zeichnen, was ich sehe, sagt Bêne und reicht ihm das Blatt.

Parzivâl läßt die Söhne los, hält es vor sich, blickt darüber hinweg ins Land hinaus. Auch da draußen ist DER BERG nicht mehr zu sehen. An seiner Stelle erhebt sich nun die Stadt, das hochgebaute Kanvoleis, dessen Zinnen das Licht noch halten, während der Fuß des Hügels schon im Schatten liegt.

Reiten wir endlich? fragt Kardeiz.

Zu Pferd eine gute Stunde, sagt Bêne, es könnte noch hell sein, wenn ihr ankommt.

Und du? fragt Condwîr âmûrs.

Bêne nimmt die Katze auf den Arm. Ach, sagt sie heiter, ich weiß noch nicht, wo ich landen werde.

Bêne! ruft Loherangrîn, das geht nicht!

Warum nicht? Für jeden kommt der Tag, wo er allein gehen kann.

Aber wohin? fragt Kardeiz.

Schau, sagt Bêne und verbirgt das Gesicht im Fell der Katze, sie ist mir bis hierher nachgelaufen, um euch zu grüßen. Jetzt will ich ihr nachlaufen. Manchmal ist es das Beste, einem Tier zu folgen; frag nur deinen Vater.

Suchst du den Grâl? fragt Loherangrîn. – Den haben wir schon! Du kannst nicht mehr König werden!

Muß ich denn? Vielleicht gibt es ja noch etwas Anderes, was gut ist für mich. – Gebt Ihr mir Euren Segen, lieber Herr, liebe Frau?

Ich? fragt Parzivâl.

Ja, sagt Condwîr âmûrs. – Wir geben dir unsern Segen. Wir wünschen dir etwas ganz Gutes. Was noch nirgends geschrieben steht. Lies es in unsern Augen.

Parzivâl will Bêne das Blatt wieder reichen.

Behaltet es, Herr. Wohnt sicher in Eurer Stadt.

Da wendet sich Parzivâl heftig ab. Als seine Augen wieder fester werden, sieht er da hinten, weit in der Ferne, aus der sie gekommen sind, die Sonne auf den Horizont niederschweben. Wo sie ihn berührt, bewegt sich fast ein Punkt – keine Mücke und doch nicht größer – mitten in die ermattende Glut hinein und zögert noch eine Weile, darin zu verschwinden.

Ja, sagt Parzivâl und dreht sich wieder um. – Dann wollen wir Abschied nehmen.

Sie legen, Parzivâl und Condwîr âmûrs, ihre Arme um die junge
Frau, die sich erhoben hat. Sie ziehen sie mit Vorsicht an sich, denn
Bêne hat die Katze auf dem Arm behalten. Kardeiz und Loherangrîn
sind unschlüssig stehengeblieben. Da setzt Bêne das Tier ab und
öffnet den Kindern beide Arme. Sie halten sie fest; sie wissen nicht
recht, was dieser Abschied von ihnen verlangt.

Sie lassen die Arme hängen, als der Vater die Pferde bereitmacht;
er hebt sie hinauf, da fassen sie die Zügel und blicken lange nicht
zurück. Sie sind schon ein gutes Stück weitergeritten, als Loherangrîn sagt:

Ich habe Hunger auf Eier. Gibt es Eier in Kanvoleis? – Und als die
Mutter die Antwort schuldig bleibt, fährt er fort: Eine Katze kann
man nicht hüten.

Man muß auch nicht, findet Kardeiz, die hütet sich selbst.

Aber zu zweit geht es doch leichter, sagt Loherangrîn.

Wir sind ja sogar zu viert, antwortet Kardeiz.

Wie kommen wir nur über den Fluß? fragt Parzivâl nach einer Weile;
inzwischen meinen sie das Rauschen des Wassers deutlich zu hören.

Die andern sind ja auch herübergekommen, sagt Condwîr âmûrs,
als sie uns entgegengingen.

Der Zwerg kann zaubern, da ist es keine Kunst, sagt Loherangrîn.
– Das können wir nicht.

Nein, sagt die Mutter, aber Bêne ist die Tochter eines Fährmanns,
sie hätte uns gesagt, wenn der Fluß schwierig wäre.

Wenn es keine Furt gibt –! sagt Parzivâl.

Dann trage ich dich hinüber, lächelt Condwîr âmûrs.

Weißt du, was du redest? – In der Dunkelheit geht man nicht über
einen Fluß, mit zwei Kindern! Und mit Pferden, die man nicht kennt!

Du sorgst dich ja, sagt Condwîr âmûrs. – Das habe ich lange nicht
gehabt.

Das Land, in das sie immer weiter hinausreiten, erwartet die Dämmerung, der Himmel über den Bäumen ist durchsichtiger geworden,
klarer zeichnet sich der Mond darin ab.

Morgen wird er rund sein, sagt Parzivâl, wäre es nicht schön, jetzt
im Freien zu übernachten?

Ja! rufen die Kinder, und Loherangrîn: Ich kann die ganze Nacht
wach bleiben! Ich habe genug geschlafen!

Wir bauen ein Zelt, fällt Kardeiz ein, und machen ein Feuer, gegen

Wölfe und Bären! – Das geht ja nicht, Vater, unterbricht er sich selbst. – Die Leute erwarten uns. Wir sind doch die Königsfamilie!

Wer König ist, erwidert Loherangrîn, der kann auf sich warten lassen. Er bleibt, wo es ihm paßt, und so lange es ihm gefällt.

Möchtest du einen solchen König? fragt sein Vater.

Ich will doch gar keinen! sagt Loherangrîn. – Ich will zusammen sein, mit uns, hier!

Gut, sagt Parzivâl, sitzen wir ab, besorgen wir die Pferde, und dann laßt uns Brennholz suchen, so lange es hell ist. Auch zum Feuermachen hätten wir gern noch ein wenig Licht.– Habt ihr schon mal Feuer gemacht? Ich hab's erst beim Einsiedler gelernt; da haben wir uns die Köpfe so heiß geredet, daß der Herd ausging, und wir merkten es nicht. Aber was wären wir für Könige, wenn wir nicht einmal Feuer machen könnten?

Das Feuer war niedergebrannt, aber im Mondschein, der sich über die Lichtung ergoß, waren die Köpfe der Kinder zu erkennen, die in ihrem Bett aus Farnkraut lagen, unter einer Pferdedecke; eine zweite war von Ast zu Ast darüber gespannt, zum Schutz gegen die fallende Nässe. Im tieferen Baumschatten stand die dunkle Masse der Pferde. Das Paar saß am Rand der Glut und hatte sich beider Mäntel um die Schultern geschlagen; allmählich sank der Kopf der Frau an die Schulter des Mannes, ihr Atem ging so ruhig, Parzivâl war sicher, daß sie schlief.

Was hast du beim Einsiedler so viel zu reden gehabt, fragte sie.

Seltsam, sagte er, genau das wollte ich dich auch fragen.

So stimmen wir überein, sagte sie.

Und die Antwort?

Lassen wir auf sich beruhen, antwortete sie, und er spürte das Gewicht ihres Kopfes, ihm anvertraut, eine Wärme an der anderen.

Jeder behält sein Geheimnis für sich, sagte er, dann haben wir's gemeinsam.

Pst! sagte sie und legte ihm den Zeigefinger auf den Mund.

ANHANG

NAMENSREGISTER

Der Nachweis der HAUPTPERSONEN (und -SCHAUPLÄTZE) beschränkt sich grundsätzlich auf Kapitel, in denen sie eine ausgezeichnete Stellung einnehmen.

Das gilt für den Titelhelden (TH) Parzivâl naturgemäß derart uneingeschränkt, daß seine Nennung im Register unterbleiben konnte.

CIDEGAST Orgelûses erster Mann, von Gramovlanz erschlagen I 3, 10; III 17

CLÂMIDÊ Herr von Patrigalt, unglücklicher Werber um Condwîr âmûrs; getröstet mit der lachenden Cunnewâre II 23; III 2, 5, 6; IV 22

CLAUDITTE Freundin Obilôts III 9

CLODÉVIC Abbé von St. Denis, in erfolgloser Liebesmission bei Gahmuret I 4, 7, 8

CONDWÎR ÂMÛRS die Rechte des TH, Herrin von Brôbarz, Mutter Kardeiz' und Loherangrîns, Nichte Kyôts und Manpfilyôts II 20-25; III 4; IV 8, 10, 12, 14-16, 18, 20-24

CUNDRÎE Schwester Gâwâns, getraut mit Lischoys Gwelljus III 21; IV 1, 6

CUNNEWÂRE Schwester Lähelîns und Orilus', vom TH zum Lachen erlöst und Adressatin seiner ritterlichen Dienstleistungen I 2; II 11; III 3, 5, 6; IV 10, 11, 22

DIPEKÂ Auge, siehe Pekadî, auch Kadipê I 11; IV 7, 21

DIOMÊD Schauspieler im Dienst des TH IV 3, 5, 6, 8, 14, 22-24

EKUBÂ Morgenländische Botschafterin ihres Vetters Feirefiz III 3-6

ENÎT(E) mit Erec verbundene Dame des Artûskreises III 3

EREC mit Enît verbundener Ritter des Artûskreises II 5; III 3

EZZÔ buckliger Zeuge für die Wirkung des Grâls III 1, 2; IV 8, 14

FEIREFÎZ Sohn Gahmurets und Belakânes, Halbbruder des TH, Großkönig im Morgenland, da mit Secundille verbunden, in der Fabel mit der Grâlsjungfrau Repanse III 5; IV 3-6, 8, 13-18, 20, 21

FLEGETÂNÎS halb Heide, halb Jude, Berichterstatter vom Grâl III 16

FLÔRANT Leibwächter (»Turkoyte«) Orgelûses, später mit Gâwâns Mutter Sangîve verbunden III 21, 22, 23; IV 1, 2, 4, 6

FRIDO Pferdeknecht Gâwâns III 7

FRIMUTEL Grâlskönig, dem das Sterben gelang, Vater Anfortas', Trevrizents, Herzeloydes, Schoysîânes und Repanses I 16; III 1; IV 14

GAHMURET Vater Feirefiz' und des TH, Zweiter Sohn aus dem Haus Anschouwe, verlobt mit Ampflîse, verbunden mit Belakâne und getraut mit Herzeloyde I 4-10, 13 15, 17, 18, 24; II 15; IV 11

GÂLÔES Bruder Gahmurets, von Anschouwe I 6

GALOGANDRES von Gippones, Gefolgsmann Clâmidês II 23

GARDEVÎAS 1. mysteriöse Lesetafel, Spielzeug Sigûnes I 21, 22, 24; 2. entlaufener Jagdhund (Bracke) II 7; IV 14

GASCHIER Normannenkönig, Morgenlandfahrer, Gefährte Gahmurets I 3, 7

GÂWÂN Anderer Held der Fabel, Sohn Lôts und Sangîves, Neffe des Königs Artûs, von dessen Frau Ginovêr erzogen, nach vielen Herzensabenteuern (und noch nicht an ihrem Ende) verbunden mit Orgelûse I 3, 10; II 11; III 3-12, 18-25; IV 1-6, 23, 24

KADIPÊ Ohr, siehe Dipekâ, auch Kapedî I 11; IV 7, 21

KAHENÎS Karfreitagspilger, Wegweiser des TH zu Trevrizent III 13

KANVOLEIS Hauptstadt von Wâleis, Mutterstadt der Fabel I 1-25; II 1, 2, 5; IV 23, 24

KARDEIZ Sohn Parzivâls und Condwîr âmûrs II 25; IV 10, 12, 14, 20, 21-24

KARNACHKARNANZ von Ulterlec, erster Ritter, der dem TH begegnet II 6

KAYLET Parteiführer im Spanischen Krieg, Teilnehmer am Turnier von Kanvoleis, mit Gahmuret vervettert I 3, 7, 8

KEIE Hofmarschall am Artûshof II 11, 23; III 4; IV 5

KILLIRJAKAC Mitbewerber um Herzeloyde am Turnier von Kanvoleis I 3, 8

KINGRIMURSEL Landgraf von Schanpfanzûn, Herausforderer Gâwâns III 6, 10, 11

KINGRÛN Seneschall (mit Sprachfehler) Clâmidês, Belagerer von Brôbarz II 21, 23; III 4

KLINSCHOR Zauberer und Eunuch, kleinwüchsig und verwandlungsstark, Erbauer von Schastelmarveile und Drahtzieher der Fabel I 15; III 18, 19, 23, 24; IV 24

KUNDRY 1. Grâlsbotin, aus morgenländischer Sippschaft, monströs und gelehrt III 6; IV 6, 16, 18; – 2. Kurzname Condwîr âmûrs II 23; IV 8, 18

KYBERG (DER) in Herzeloydes Dienst Burggraf von Kanvoleis und Majordomus von Wâleis I 2-9, 12, 18, 25; II 1; IV 11

KYÔT von Katelangen, Vater Sigûnes und Oheim Condwîr âmûrs, als Sterndeuter nicht ganz von dieser Welt I 19, 20; II 20, 24; IV 10, 12, 14

LÂC König, Turnierteilnehmer in Kanvoleis I 6

LÄHELÎN Verwandler von Lehen in Besitz und von Besitz in Kapital, Bruder Orilus' und Cunnewâres, Verehrer und Feind Herzeloydes, Gegenspieler des TH und mit diesem manchmal verwechselt I 2, 3, 6-9, 23; II 5; IV 8, 10, 11, 20, 21

LÄMBEKÎN Herr von Brâbant, Gatte Alîzes, goldsüchtiger Teilnehmer am Spanischen Krieg und am Turnier von Kanvoleis I 3, 9

LANZELÔT Artûsritter, Liebhaber Ginovêrs II 11; III 3; IV 1, 4, 22

LANZÎDANT, LÎEDARZ,

LÎACHTURTELTART Gefolge des Prälaten Clodévic I 8

LAUDÎNE mit Iwein verbunden II 11; III 3, 6

LAUPPÔ Knecht Gâwâns III 7

LEOPL[A]N Turnierfeld vor Kanvoleis I 2-6

LIÂZE Tochter Gurnemanz', Jugendliebe des TH II 14, 15, 17-19; IV 21

LIDDAMUS schöngeistiger Ritter am Hof von Schanpfanzûn III 10, 11

LILIENCRÔN als Stute Pferd Gahmurets, als Hengst Pferd des TH I 4, 16; III 13; IV 1, 24

LIPPS »von Siebenthal«, Badermeister zu Pelrapeire II 24

LISCHOYS GWELLJUS Jüngling im Dienst Orgelûses, später mit Cundrîê verbunden III 18; IV 1, 2, 5, 6

PLIPPALINÔT Ritterlicher Fährmann vor Schastelmarveile, geschäftstüchtiger Verseschmied, Vater Bênes III 18

POLLUX vom TH so genannter Mitarbeiter, Zwilling Castôrs IV 1, 2, 5, 6, 16, 23, 24

POLYKARP Kaplan und Zeichner am Artûshof, später Bischof III 4, 5; IV 1, 2, 7

REPANSE DE SCHOYE junge Tante des TH mütterlicherseits, Trägerin des Grâls, zum guten Ende verbunden mit Feirefîz III 1; IV 8, 15, 16, 20

ROSCHE RABBÎNS Hauptstadt des Gramovlanz III 17, 24

SANGÎVE Tochter Arnîves, ev. Utepandragûns, verheiratet mit Lôt von Norwäge, Mutter Gâwâns und seiner Brüder und Schwestern, schließlich mit Flôrant verbunden III 20, 21, 23, 24; IV 1, 2, 4, 6

SCHAFILLÔR von Aragon, Teilnehmer am Großen Pfingstturnier I 3

SCHANPFANZÛN Hauptstadt des südlichen Landes Ascalûn, Ort von Gâwâns Prüfungen III 10, 11

SCHASTELMARVEILE Zauberburg der Gefangenen Frauen I 15; III 12, 18-21

SCHENTEFLÛRS Sohn Gurnemanz', gefallen im Dienst Condwîr âmûrs II 13, 20-23

SCHERULES Beamter in Bêârosche III 8, 9

SCHIÔNATULANDER Sohn und Halter eines Gurzgrî, Knappe Gahmurets, dessen Verweser in Wâleis, im Minnedienst an Sigûne geprüft und verklärt I 1, 12, 14, 16, 17, 24; II 2, 5, 7, 10; IV 14

SCHOYSÎÂNE Grâlstochter, Kyôt von Katelangen als Ehefrau zugesandt, an der Geburt Sigûnes gestorben I 19

SCHYOLARZ von Poytouwe, »Junge Unrast«, Teilnehmer am Großen Pfingstturnier I 3

SECUNDILLE Königin im Morgenland und Feirefîz' Erste Frau IV 4

SEGRAMORS junger Artûsritter, Verehrer Jeschûtes III 3

SIGÛNE Tochter Kyôts und der Gralstochter Schoysîâne, von ihrer Tante Herzeloyde erzogen, ihrem Schiônatulander treu im Tod, dem lebenden TH eine aufmerksame Schwester auf seinem Weg I 1, 9, 10, 12, 14, 16, 17, 19-22, 24, 25; II 2, 5, 7, 10; III 2, 13; IV 12, 14

SOLTÂNE Herzeloydes Eremitage und Ort der Kindheit des TH II 1-4

SULEIMAN Astronom, Diener Lähelîns IV 11

TAMPANÎS als Knappe Gahmurets lebenstüchtiger als Schiônatulander I 12, 16, 24; II 2

TAURIÂN Ritter, nur in seiner Lanze gegenwärtig III 14; IV 19

THABRONÎT, THASMÊ Hauptstädte Feirefîz' IV 4

TREVRIZENT Bruder des Grâlskönigs Anfortas, Oheim des TH und in der Waldeinsiedelei dessen Lese- und Lebemeister I 19; III 14-16; IV 9, 10, 12-14, 16, 18-21

INHALTSVERZEICHNIS

BUCH I
NIEDERKUNFT

BUCH III

ENGFÜHRUNG

BUCH IV

DIE KRONE

IV.25   DER LESER Worin die Hauptperson dieses Buches ihr
          Geheimnis verrät und das Hundert voll macht

(hic et ubique)

Anhang

Adolf Muschg
im Suhrkamp Verlag und
im Insel Verlag

Albissers Grund. Roman. Leinen und st 334

Baiyun oder die Freundschaftsgesellschaft. Roman. st 902

Dreizehn Briefe Mijnheers. Vom Bildersehen und Stilleben. Mit einem Vorwort des Autors. BS 920

Empörung durch Landschaften. Vernünftige Drohreden. st 1482

Entfernte Bekannte. Erzählungen. Leinen und st 510

Fremdkörper. Erzählungen. st 964

Gegenzauber. Roman. st 665

Goethe als Emigrant. Auf der Suche nach dem Grünen bei einem alten Dichter. st 1287 und it 1700

Gottfried Keller. st 617

Herr, was fehlt Euch? Zusprüche und Nachreden aus dem Sprechzimmer des heiligen Grals. es 1900

Im Sommer des Hasen. Roman. st 263

Die Insel, die Kolumbus nicht gefunden hat. Sieben Gesichter Japans. Engl. Broschur

Leib und Leben. Erzählungen. Leinen, BS 880 und st 2153

Das Licht und der Schlüssel. Erziehungsroman eines Vampirs. Leinen und st 1560

Liebesgeschichten. Leinen, BS 727, st 164 und st 2538

Literatur als Therapie? Ein Exkurs über das Heilsame und das Unheilbare. es 1065

Mitgespielt. Roman. st 1083

Noch ein Wunsch. Erzählung. Leinen, BS 1127 und st 735

Nur ausziehen wollte sie sich nicht. Die Blüte und ihr Schatten auf einem entfernten Gesicht. Bütten-Broschur

Der Rote Ritter. Eine Geschichte von Parzivâl. Leinen

Die Schweiz am Ende. Am Ende die Schweiz. Erinnerungen an mein Land vor 1991. Kartoniert

Der Turmhahn und andere Liebesgeschichten. Leinen und st 1630

Ein ungetreuer Prokurist und andere Erzählungen. Großdruck. it 2326

Vorworte, Nachworte

Johann Wolfgang Goethe: Der Mann von funfzig Jahren. Mit einem Nachwort von Adolf Muschg. it 850

Johann Wolfgang von Goethe: Wilhelm Meisters Wanderjahre oder die Entsagenden. Mit einem Nachwort von Adolf Muschg. Leinen und it 575

37/1/7.95

Adolf Muschg
im Suhrkamp Verlag und
im Insel Verlag

Goethe. Sein Leben in Bildern und Texten. Vorwort von Adolf
  Muschg. Herausgegeben von Christoph Michel. Gestaltet von Willy
  Fleckhaus. Leinen und it 1000

Zu Adolf Muschg
Adolf Muschg. Herausgegeben von Manfred Dierks. stm. st 2086

Deutschsprachige Literatur
in den suhrkamp taschenbüchern: Prosa
Eine Auswahl

Deutschsprachige Literatur
in den suhrkamp taschenbüchern: Prosa
Eine Auswahl

253/3/11.95

Deutschsprachige Literatur
in den suhrkamp taschenbüchern: Prosa
Eine Auswahl

253/4/11.95

Deutschsprachige Literatur
in den suhrkamp taschenbüchern: Prosa
Eine Auswahl

Deutschsprachige Literatur
in den suhrkamp taschenbüchern: Prosa
Eine Auswahl

Deutschsprachige Literatur
in den suhrkamp taschenbüchern: Prosa
Eine Auswahl

Deutschsprachige Literatur
in den suhrkamp taschenbüchern: Prosa
Eine Auswahl

Deutschsprachige Literatur
in den suhrkamp taschenbüchern: Prosa
Eine Auswahl

Deutschsprachige Literatur
in den suhrkamp taschenbüchern: Prosa
Eine Auswahl

Deutschsprachige Literatur
in den suhrkamp taschenbüchern: Prosa
Eine Auswahl

Deutschsprachige Literatur
in den suhrkamp taschenbüchern: Prosa
Eine Auswahl

253/12/11.95